MW00977065

Gustav Freytag
Soll und Haben

Gustav Freytag
SOLL UND HABEN

Mit einer Einleitung von
Karl-Heinz Ebnet

Die Reihe erscheint bei SWAN Buch-Vertrieb GmbH, Kehl
Editorische Betreuung: Karl-Heinz Ebnet, München
Gestaltung: Schöllhammer & Sauter, München
Satz: WTD Wissenschaftlicher Text-Dienst/pinkuin, Berlin
Umschlagbild: Edgar Degas, Büro der Baumwollhändler (Ausschnitt)

DIE DEUTSCHEN KLASSIKER

© 1993 SWAN Buch-Vertrieb GmbH, Kehl
Gesamtherstellung: Brodard et Taupin, La Flèche
Printed in France
ISBN: 3-89507-007-6

SOLL UND HABEN

Einleitung

GUSTAV FREYTAG – SOLL UND HABEN

Das Motto des Romans sagt es bereits: *das deutsche Volk da suchen, wo es in seiner Tüchtigkeit zu finden ist, nämlich bei seiner Arbeit.*

Gustav Freytags Roman *Soll und Haben* fand es exemplarisch in der Figur des rechtschaffenen Anton Wohlfahrt; der Name spricht für ihn. Getreu Freytags nationalliberaler Gesinnung arbeitet sich Wohlfahrt, Sohn eines kleinen Beamten, in dem schon für diese Zeit etwas anachronistisch anmutenden Kolonialwarenhaus T. O. Schröter die Karriereleiter nach oben. Bürgerliches Glück und Ansehen sind seine Ziele. Er folgt dabei den Grundsätzen, die sein Lehrherr Schröter – und darin sicherlich Freytags Überzeugung folgend – so formuliert: *daß freie Arbeit das Leben des Volkes groß und sicher und dauerhaft macht.*

Wohin es führt, wenn diese Grundsätze nicht beachtet werden, zeigt das Schicksal der adeligen Familie von Rothensattel. Dekadenz und überkommener Adelsdünkel ruinieren den einst blühenden Besitz.

Anton Wohlfahrt wird mit der Liquidation beauftragt und stößt hier auf seinen, bereits von seinem Geburtsort vertrauten Gegenspieler, den Juden Veitel Itzig. Besessen von Habgier und Ehrgeiz, ohne Moral und ohne Ideale, ist er es – im Verein mit dem Makler und Spekulanten Hirsch Ehrenthal –, der nicht unwesentlich zum Ruin der adeligen Güter beigetragen hat.

Der Roman entwirft das klischeehaft antisemitische Bild des Juden. Der Einfluß von *Soll und Haben* auf die überaus große Leserschaft, seine Wirkung, die Verfestigung und Ausprägung der bereits vorhandenen antisemitischen Vorurteile, sollten nicht unterschätzt werden und sind heute, fast 150 Jahre später, angesichts der leidvollen Ereignisse in der Vergangenheit und Gegenwart nicht anders als kritisch zu lesen.

Auch andere Aufsätze Freytags aus dieser Zeit enthielten anti-semitisches Gedankengut. Erst später, vor allem in dem gegen Richard Wagner verfaßten Artikel *Der Streit über das Judentum* von 1869, revidierte er seine vormaligen Äußerungen. Freytag setzte sich in der Folge für die Auflösung der noch bestehenden Ghettostrukturen und die Integration der Juden in die deutsche Gesellschaft ein. Später wurde er Mitglied in dem 1890 gegründeten »Verein zur Abwehr des Antisemitismus« und trat rassistischen Diffamierungen offen entgegen. Seine dritte Frau, Anna Strakosch, war Jüdin.

Anton Wohlfahrts selbstloser Einsatz für die Familie von Rothensattel wird allerdings nicht belohnt. Der Standesdünkel des Freiherrn, obwohl finanziell am Ende, ist nach wie vor ungebrochen. Statt Anton Wohlfahrt gibt er seine Tochter, die frivole Leonore, dem aus Amerika zurückgekehrten Adeligen von Fink zur Frau.

Wohlfahrt zeigt sich allerdings moralisch untadelig und gewappnet. Er heiratet schließlich die junge Schwester Schröters und wird Anteilseigner des Handelshauses – ein neues Soll-und-Haben-Konto wird eröffnet.

Der Roman, ein Musterbeispiel für den bürgerlich-programmatischen Realismus, folgt formal streng einem dramatischen Aufbau: Einleitung – Verwicklung – Höhepunkt – Umschlag – Auflösung. Die Tendenz ist eindeutig; nur der Fleiß und die Tugend des Bürgertums vermögen Fortschritt, Zivilisation und Kultur zu schaffen, während die Habgier des Judentums sich gegen die Interessen der Gemeinschaft richtet und der im Standesdünkel und selbstvergessenen Vergnügen gefangene Adel zu keiner gesellschaftlich-sozialen Leistung mehr fähig ist.

Dennoch bietet der Roman eine faszinierende Lektüre und zeichnet in seiner biedermeierlichen Monumentalität ein beeindruckendes Bild von den sozialen Verhältnissen der Zeit, als zeithistorische Quelle und poetische Umsetzung nationalliberaler Weltanschauung hat er bis heute nichts von seinem Wert eingebüßt.

Gustav Freytag wurde am 13. Juli 1816 im schlesischen Kreuzburg geboren. Nach Gymnasialjahren in Oels und dem Philologiestudium in Breslau bei Hoffmann von Fallersleben und in Berlin war er bis 1847 Privatdozent in Breslau. In dieser Zeit entstanden die ersten Theaterstücke, 1844 *Die Brautfahrt oder Kunz von den Rosen*, 1847 *Die Valentine*.

Mit der Übernahme der Leipziger Zeitschrift »Die Grenzboten« (1848), des bis zur Reichsgründung führenden Organs des National-Liberalismus, begann seine Karriere als Journalist. Hier wie auch später in der Zeitschrift »Im neuen Reich« (1871 – 1873) vertrat er seine auf die Erziehung des Publikums im nationalliberalen Sinne zielenden Ansichten, wandte sich gegen philiströs-restaurative Enge, gegen Kleinstaaterei und verfocht die Idee eines kleindeutschen Einheitsstaates unter Führung Preußens. Freytag wurde zum Inbegriff des deutschen Liberalen.

Konsequente Fortsetzung des journalistischen Wirkens stellten die Jahre von 1867 bis 1870 dar; als Abgeordneter im Reichstag des Norddeutschen Bundes vertrat er einen thüringischen Wahlkreis, von der Politik Bismarcks enttäuscht, zog er sich aber bald aus dem politischen Leben zurück.

Als Berichterstatter im Hauptquartier des preußischen Kronprinzen nahm er 1870/71 am Deutsch-Französischen Krieg teil.

Den ersten literarischen Erfolg erzielte er mit dem Lustspiel *Die Journalisten* (1853), 1855 schließlich erschien der Roman *Soll und Haben*, der sich schnell zum Bestseller entwickelte. Nicht zuletzt wegen ihm wurde Freytag in der zweiten Hälfte des 19. Jahrhunderts zum meistgelesenen Autor in Deutschland.

1859 bis 1867 kamen die fünfbändigen *Bilder aus der deutschen Vergangenheit* heraus, ein noch heute kulturgeschichtlich informatives, fundiertes Werk mit einer Fülle von Zeugnissen zur deutschen Geschichte.

Die Ahnen, ein neunteiliges Romanwerk (1872 – 1880), war als poetische Weiterführung der *Bilder* gedacht – beschrieben wird die Genese des deutschen Bürgertums anhand der sich über Jahrhunderte erstreckenden Geschichte einer Familie; jahrzehntelang galt das Werk als *der* deutsche Geschichtsroman.

Bereits 1863 war *Die Technik des Dramas* erschienen, ein noch immer häufig zitiertes, bereits bei den Zeitgenossen umstrittenes Lehrbuch zur Dramatik.

1878 war er aus gesundheitlichen Gründen von Leipzig nach Wiesbaden umgesiedelt.

Nachdem er sich während einer Reise nach Gotha eine Lungenentzündung zugezogen hatte, starb Gustav Freytag am 30. April 1895 im Alter von fast 79 Jahren in Wiesbaden.

Der Roman soll das deutsche Volk da suchen, wo es in seiner Tüchtigkeit zu finden ist, nämlich bei seiner Arbeit.

Julian Schmidt

ERSTES BUCH

1

Ostrau ist eine kleine Kreisstadt unweit der Oder, bis nach Polen hinein berühmt durch ihr Gymnasium und süße, Pfefferkuchen, welche dort noch mit einer Fülle von unverfälschtem Honig gebakken werden. In diesem altväterischen Orte lebte vor einer Reihe von Jahren der königliche Kalkulator Wohlfart, der für seinen König schwärmte, seine Mitmenschen – mit Ausnahme von zwei Ostrauer Spitzbuben und einem groben Strumpfwirker – herzlich liebte und in seiner sauren Amtstätigkeit viele Veranlassung zu heimlicher Freude und zu demütigem Stolze fand. Er hatte spät geheiratet, bewohnte mit seiner Frau ein kleines Haus und hielt den kleinen Garten eigenhändig in Ordnung. Leider blieb diese glückliche Ehe durch mehrere Jahre kinderlos. Endlich begab es sich, daß die Frau Kalkulatorin ihre weißbaumwollene Bettgardine mit einer breiten Krause und zwei großen Quasten verzierte und unter der höchsten Billigung aller Freundinnen auf einige Wochen dahinter verschwand, gerade nachdem sie die letzte Falte zurechtgestrichen und sich überzeugt hatte, daß die Gardine von untadelhafter Wäsche war. Hinter der weißen Gardine wurde der Held dieser Erzählung geboren.

Anton war ein gutes Kind, das nach der Ansicht seiner Mutter vom ersten Tage seines Lebens die staunenswertesten Eigenheiten zeigte. Abgesehen davon, daß er sich lange Zeit nicht entschließen konnte, die Speisen mit der Höhlung des Löffels zu fassen, sondern hartnäckig die Ansicht festhielt, daß der Griff dazu geeigneter sei, und abgesehen davon, daß er eine unerklärliche Vorliebe für die Troddel auf dem schwarzen Käppchen seines Vaters zeigte und das Käppchen mit Hilfe des Kindermädchens alle Tage heimlich vom Kopf des Vaters abhob und ihm lachend wieder aufsetzte, erwies er sich auch bei wichtigerer Gelegenheit als ein einziges Kind, das noch nie dagewesen. Er war am Abend sehr schwer ins Bett zu bringen und bat, wenn die Abendglocke läutete, manchmal mit gefalteten Händen, ihn noch herumlaufen zu lassen; er konnte stundenlang vor seinem Bilderbuch kauern und mit dem roten Gockelhahn auf der letzten Seite eine Unterhaltung führen, worin er diesen wiederholt seiner Liebe versicherte und dringend aufforderte, sich nicht dadurch seiner kleinen Familie zu entziehen, daß er sich vom Dienstmädchen braten ließe. Er lief zuweilen mitten im Kinderspiel aus dem Kreise und setzte sich ernsthaft in eine Stubenecke, um nachzudenken. In der Regel war das Resultat seines Denkens, daß er für Eltern oder Gespielen etwas hervorsuchte, wovon er annahm, daß es ihnen lieb sein würde. Seine größte Freude aber war, dem Vater gegenüberzusitzen, die Beinchen übereinanderzulegen, wie der Vater tat, und aus einem Holunderrohr zu rauchen, wie sein Herr Vater aus einer wirklichen Pfeife zu tun pflegte. Dann ließ er sich allerlei vom Vater erzählen, oder er selbst erzählte seine Geschichten. Und das tat er, wie die Frauenwelt von Ostrau einstimmig versicherte, mit so viel Gravität und Anstand, daß er bis auf die blauen Augen und sein blühendes Kindergesicht vollkommen aussah wie ein kleiner Herr im Staatsdienst. Unartig war er so selten, daß der Teil des weiblichen Ostrau, welcher einer düsteren Auffassung des Erdenlebens geneigt war, lange zweifelte, ob ein solches Kind heranwachsen könne; bis Anton endlich einmal den Sohn des Landrats auf offener Straße durchprügelte und durch diese Untat seine Aussichten auf das Himmelreich in eine behagliche Ferne zurückhämmerte. Kurz, er war ein so ungewöhnlicher Knabe, wie nur je das einzige Kind warmherziger Eltern gewesen ist. Auch in der Bürgerschule und später im Gymnasium wurde er ein Muster für andere und ein Stolz seiner Familie. Und da der Zeichenlehrer behauptete, Anton müsse Maler werden, und der Ordinarius von Tertia dem Vater riet, ihn Philologie studieren zu lassen, so wäre der Knabe seiner zahlreichen Anlagen wegen wahrscheinlich in die gewöhnliche Gefahr ausgezeichneter Kinder gekommen, für keine einzige Tätigkeit den rechten Ernst zu finden, wenn nicht ein Zufall seinen Beruf bestimmt hätte.

An jedem Weihnachtsfest wurde durch die Post eine Kiste in das Haus des Kalkulators befördert, worin ein Hut des feinsten Zuckers und ein großes Paket Kaffee standen. Gewöhnlichen Zucker ließ der Hausherr durch seine Frau kleinschlagen, diesen Zuckerhut zerbrach er selbst mit vielem Kraftaufwand in einer feierlichen Handlung und freute sich über die viereckigen Würfel, welche seine Kunst hervorzubringen vermochte. Der Kaffee dagegen wurde von der Frau Kalkulatorin eigenhändig gebrannt, und sehr angenehm war das Selbstgefühl, mit welchem der würdige Hausherr die erste Tasse dieses Kaffees trank. Das waren Stunden, wo ein poetischer Duft, der so oft durch die Seelen der Kinder zieht, das ganze Haus erfüllte. Der Vater erzählte dann gern seinem Sohne die Geschichte dieser Sendungen. Vor vielen Jahren hatte der Kalkulator in einem bestäubten Aktenbündel, das von den Gerichten und der Menschheit bereits aufgegeben war, ein Dokument gefunden, worin ein großer Gutsbesitzer aus Posen erklärte, einem bekannten Handelshause der Hauptstadt mehrere tausend Taler zu schulden. Offenbar war der Schuldschein in kriegerischer und ungesetzmäßiger Zeit in ein falsches Aktenheft verlegt worden. Er hatte den Fund am gehörigen Orte angezeigt, und das Handelshaus war dadurch in den Stand gesetzt worden, einen verzweifelten Rechtsstreit gegen die Erben des Schuldners zu gewinnen. Darauf hatte der junge Chef der Handlung sich angelegentlich nach dem Finder des Dokuments erkundigt und demselben einen artigen Brief geschrieben, der Kalkulator hatte, wie seine Art war, sehr bestimmt allen Dank abgelehnt, weil er nur seine Amtspflicht erfüllt habe. Von da ab erschien an jeder Weihnacht die erwähnte Sendung mit einem kurzen herzlichen Begleitschreiben und wurde jedesmal umgehend durch ein kalligraphisches Kunstwerk des Kalkulators erwidert, worin dieser unermüdlich seine Überraschung über die unerwartete Sendung ausdrückte und der Firma zum neuen Jahr aus voller Seele Gutes wünschte. Selbst seiner Frau gegenüber behandelte der Herr die Weihnachtssendung als einen Zufall, eine Kleinigkeit, ein Nichts, welches von der Laune eines Kommis der Firma T. O. Schröter abhänge, und jedes Jahr protestierte er eifrig, wenn die Frau Kalkulatorin die zu erwartende Kiste bei ihren Wirtschaftsplänen in Rechnung brachte. Aber im stillen hing seine Seele an diesen Sendungen. Es waren nicht die Pfunde Raffinade und Kuba, es war die Poesie dieser gemütlichen Beziehung zu einem ganz fremden Menschenleben, was ihn so glücklich machte. Er hob alle Briefe der Firma sorgfältig auf, wie die drei Liebesbriefe seiner Frau, ja er heftete sie mit dem Ehrwürdigsten, was er kannte, mit schwarz und weißem Seidenfaden, in ein kleines Aktenbündel; er wurde ein Kenner von Kolonialwaren, ein Kritiker, dessen Geschmack von den Kaufleuten in Ostrau höchlich respektiert wurde; er konnte sich nicht enthalten, den billigen Meliszucker und den Brasilkaffee als untergeordnete Erzeugnisse der Schöpfung mit einer entschiedenen Verachtung zu behandeln; er fing an, sich für die Geschäfte der großen Handlung zu interessieren, und studierte in den Zeitungen regelmäßig die Marktpreise von Zucker und Kaffee, welche mit merkwürdigen und für Nichteingeweihte ganz unverständlichen Bemerkungen hinter den politischen Nachrichten standen; ja er spekulierte in seiner Seele mit als Associé seines Freundes, des großen Kaufmanns, er ärgerte sich, wenn der Kaffee in den Zeitungen flaute, und war vergnügt, wenn der Zucker als angenehm notiert war.

Das war ein unscheinbares, leichtes Band, welches den Haushalt des Kalkulators mit dem geschäftlichen Treiben der großen Welt verknüpfte; und doch wurde es für Anton ein Leitseil, wodurch sein ganzes Leben Richtung erhielt. Denn wenn der alte Herr am Abend in seinem Garten saß, das Samtkäppchen in dem grauen Haar und seine Pfeife im Munde, dann verbreitete er sich gern mit leiser Sehnsucht über die Vorzüge eines Geschäftes und fragte dann scherzend seinen Sohn, ob er auch Kaufmann werden wolle. Und in der Seele des Kleinen schoß augenblicklich ein hübsches Bild zusammen, wie die Strahlen bunter Glasperlen im Kaleidoskop, zusammengesetzt aus großen Zuckerhüten, Rosinen und Mandeln und goldenen Apfelsinen aus dem freundlichen Lächeln seiner Eltern und all dem geheimnisvollen Entzücken, welches ihm selbst die ankommende Kiste je bereitet; bis er begeistert ausrief: »Ja, Vater, ich will!« – Man sage nicht, daß unser Leben arm sei an poetischen Stimmungen; noch beherrscht die Zauberin Poesie überall das Treiben der Erdgebore-

nen. Aber ein jeder achte wohl darauf, welche Träume er im heim-
lichsten Winkel seiner Seele hegt, denn wenn sie erst groß gewachsen
sind, werden sie leicht seine Herren, strenge Herren!

So lebte die Familie still fort durch manches Jahr. Anton wuchs
heran und lief mit seiner Büchermappe durch alle Klassen des
Gymnasiums bis in die stolze Prima. Wenn die Frau Kalkulatorin
ihren Mann bat, über Antons Zukunft einen festen Entschluß zu
fassen, erwiderte der Hausherr mit einem siegesfrohen Lächeln: »Der
Entschluß ist gefaßt, er will ja Kaufmann werden. Erst muß er mit dem
Gymnasium fertig sein, dann steht ihm die ganze Welt offen.« Und
dann tat der Kalkulator, als ob das Abiturientenzeugnis ein Schlüssel
zu allen Ehren der Welt sei. Im geheimen aber bangte ihm ein wenig
davor, den Familientraum der Ausführung näherzubringen.

Unterdes kam ein schwarzer Tag, wo die Fensterladen des Hauses lange geschlossen blieben, das Dienstmädchen mit roten Augen
die Treppe auf und ab lief, der Arzt kam und den Kopf schüttelte,
und der alte Herr am Lager seiner Frau das Samtkäppchen in den
gefalteten Händen hielt, während der Sohn schluchzend vor dem
Bette kniete und seinen Lockenkopf darauf legte, welchen die Hand
der sterbenden Mutter noch zu streicheln versuchte. Drei Tage nach
diesem Morgen wurde die Frau Kalkulatorin begraben, und der alte
Herr und Anton saßen am Abend nach dem Begräbnis bleich und
einsam einander gegenüber. Anton schlich von Zeit zu Zeit hinter die
Stachelbeeren, sich dort in der Stille auszuweinen, und der alte Herr
stand häufig von seinem Stuhle auf und ging in die Schlafstube, wo
die weiße Gardine mit den beiden Quasten hing, und weinte ebenfalls. Der Jüngling erhielt nach langem Weinen die roten Backen
wieder, der alte Herr kam nicht wieder zu Kräften. Er klagte über
nichts, er rauchte seine Pfeife wie immer, er ärgerte sich noch
immer, wenn der Kaffee flaute; aber es war kein rechtes Rauchen
und auch kein rechter Ärger mehr. Oft sah er seinen Sohn nachdenklich und traurig an, und der junge Gesell konnte nicht erraten,
was den Vater so besorgt mache. Als der Vater aber an einem
Sonnabend den Sohn wieder gefragt hatte, ob er noch Kaufmann
werden wollte, und Anton zum hundertsten Male versichert hatte,
daß er gerade dies gern wolle und nichts anderes, da stand der alte
Herr entschlossen auf, rief das Dienstmädchen und bestellte zum
nächsten Morgen eine Fuhre nach der Hauptstadt. Er gestand dem
fragenden Sohn nicht, weshalb er die unerhörte Expedition vornahm. Und er hatte wohl Grund zum Schweigen, der arme alte Herr!
Denn wenn er auch seit zwanzig Jahren stolz gewesen war auf seinen
großen Handelsfreund, so hatte ihm doch immer der Mut gefehlt,
selbst vor den Kaufmann zu treten und für seinen Sohn einen Platz
im Kontor zu erbitten. Sein Wunsch kam ihm sehr verwegen vor,
und seine Ansprüche unermeßlich gering. Oft hatte er sich's vorgenommen, und stets hatte er's wieder aufgeschoben, bis die Sorge um
seinen Sohn größer wurde als seine Scheu.

Als er den Tag darauf sehr spät aus der Hauptstadt zurückkehrte, war er in ganz anderer Stimmung, glücklicher als je nach dem Tode der Frau Kalkulatorin. Er begeisterte seinen Sohn, der ihn in ahnungsvoller Spannung erwartete, durch seinen Bericht von der unglaublichen Annehmlichkeit des großen Geschäftes und der Freundlichkeit des großen Kaufmanns gegen ihn. Er war zu Mittag geladen worden, er hatte Kiebitzeier gegessen, er hatte griechischen Wein aus den Kellern seines Freundes getrunken, einen Wein, gegen welchen der beste Wein im Gasthofe zu Ostrau nichtswürdiger Essig war; er hatte das Versprechen erhalten, daß sein Sohn nach Jahresfrist in das Kontor eintreten könne, und einige Wünsche über die Vorbildung, die dafür wünschenswert sei. Schon am nächsten Tage saß Anton vor einem großen Rechenbuch und disponierte mit unbeschränkter Vollmacht über Hunderttausende von Pfunden Sterling, welche er bald in rheinische Gulden verwandelte, bald in Hamburger Mark Banko umsetzte, als brasilianische Milreis in die Welt flattern ließ und zuletzt ruhig in mexikanischen Staatspapieren anlegte, an denen er mit größter Sicherheit alle möglichen Interessen bis zu zehn vom Hundert zog. Hatte er auf diese Weise ein kolossales Vermögen zusammengescharrt, so ging er in den Garten, ein kleines dünnleibiges Buch in der Hand, welches auf dem Titel versprach, ihn in vier Wochen zu einem fertigen Engländer zu machen. Dort bemühte er sich zum Entsetzen der deutschen Sperlinge und Finken, das A und andere ehrliche Buchstaben auf jede Weise auszusprechen, welche dem Menschen möglich ist, wenn er einen Buchstaben anders ausspricht, als sich mit der Natur und dem Charakter desselben verträgt.

So ging wieder ein Jahr hin, Anton war gerade achtzehn Jahre alt und hatte seine Abiturientenprüfung bestanden; da wurden wieder einmal an einem Morgen die Fensterladen des Kalkulators nicht zu gehöriger Zeit geöffnet, wieder rannte das Dienstmädchen mit verweinten Augen durch das Haus, und wieder schüttelte die Nachtlampe unzufrieden und kummervoll ihre feurige Mütze. Diesmal lag der alte Herr selbst im Bett, und Anton saß vor demselben, beide Hände des Vaters haltend. Der alte Herr aber ließ sich nicht festhalten, sondern starb so eilig als möglich, nachdem er seinen Sohn vielmal gesegnet hatte. Nach einigen Tagen lauten Schmerzes stand Anton allein in der stillen Wohnung, eine Waise, im Anfang eines neuen Lebens.

Der alte Herr war nicht umsonst Kalkulator gewesen: sein Haushalt war in musterhafter Ordnung, seine sehr geringe Hinterlassenschaft in der geheimen Schublade des Schreibtisches war auf dem gehörigen Blatt Papier zu Heller und Pfennig aufgezeichnet; alles, was im letzten Jahre durch das Dienstmädchen zerschlagen oder verwüstet worden war, fand sich an der betreffenden Stelle bemerkt und abgerechnet, über jedes war Disposition getroffen. Auch ein Brief an den Kaufherrn fand sich vor, den der Verstorbene noch in den letzten Tagen mit zitternder Hand geschrieben hatte: ein treuer Hausfreund war zum Vormund Antons bestellt und mit dem Verkauf des Hauses und Gartens und seines ganzen Inhalts beauftragt, und Anton trat, vier Wochen nach dem Tode des Vaters, an einem frühen Sommermorgen über die Schwelle des väterlichen Hauses, legte den Schlüssel desselben in die Hand des Vormundes, übergab sein Gepäck einem Fuhrmann und fuhr durch das Tor des Städtchens auf die Hauptstadt zu, den Brief seines Vaters an den Kaufmann in der Tasche.

2

Schon welkte das frischgemähte Wiesengras in der Mittagssonne, als Anton dem Nachbar aus Ostrau, der ihn bis zur letzten Station vor der Hauptstadt mitgenommen hatte, die Hand schüttelte und dann rüstig auf der Landstraße vorwärts schritt. Es war ein lachender Sommertag, auf den Wiesen klirrte die Sense des Schnitters am Wetzstein, und oben in der Luft sang die unermüdliche Lerche. Vor dem Wanderer strich die Landschaft in hügelloser Ebene fort, am Horizont hinter ihm erhob sich der blaue Zug des Gebirges. Kleine Bäche, von Erlen und Weidengruppen eingefaßt, durchrannen lustig die Landschaft, jeder Bach bildete ein Wiesental, das auf beiden Seiten von üppigen Getreidefeldern begrenzt wurde. Von allen Seiten stiegen die hellen Glockentürme der Kirchen aus dem Boden auf, jeder als Mittelpunkt einer Gruppe von braunen und roten Dächern, die mit einem Kranz von Gehölz umgeben waren. Bei vielen Dörfern konnte man an der stattlichen Baumallee und dem Dach eines großen Gebäudes den Rittersitz erkennen, welcher neben den Dorfhäusern lag, wie der Schäferhund neben der wolligen Herde.

Anton eilte vorwärts, wie auf Sprungfedern fortgeschnellt. Vor ihm lag die Zukunft, sonnig gleich der Flur, ein Leben voll strahlender Träume und grüner Hoffnungen. Nach langer Trauer in der engen Stube pochte heut sein Herz zum erstenmal wieder in kräftigen Schlägen; in der Fülle der Jugendkraft strahlte sein Auge und lachte sein Mund. Alles um ihn glänzte, duftete, wogte wie in elektrischem Feuer, in langen Zügen trank er den berauschenden Wohlgeruch, der aus der blühenden Erde aufstieg. Wo er einen Schnitter im Felde traf, rief er ihm zu, daß heut ein guter Tag sei, und einen guten Tag rief jeder Mund dem schmucken Jüngling zurück. Im Getreidefelde neigten sich die Ähren am schwanken Stiel auf ihn zu, sie nickten und grüßten, und in ihrem Schatten schwirrten unzählige Grillen ihren Gesang: »Lustig, lustig im Sonnenschein!« Auf der Weide saß ein Volk Sperlinge, die kleinen Barone des Feldes flüchteten nicht, als er vor dem Stamm stehenblieb, ja sie beugten die Hälse herunter und schrien ihn an: »Guten Tag, Wandersmann, wohin, wohin?« Und Anton sagte leise: »Nach der großen Stadt, in das Leben.« »Gutes Glück«, schrien die Sperlinge, »frisch vorwärts!«

Anton durchschritt auf dem Fußpfad einen Wiesengrund, ging über eine Brücke und sah sich in einem Wäldchen mit gut erhaltenen Kieswegen. Immer mehr nahm das Gebüsch den Charakter eines gepflegten Gartens an, der Wanderer bog um einige alte

Bäume und stand vor einem großen Rasenplatz. Hinter diesem erhob sich ein Herrenhaus mit zwei Türmchen in den Ecken und einem Balkon. Wer auf dem Balkon stand, konnte über den Grasplatz hinüber durch eine Öffnung in den Baumgruppen die schönsten Umrisse des fernen Gebirges sehen. An den Türmchen liefen Kletterrosen und wilder Wein in die Höhe, und unter dem Balkon öffnete sich gastlich eine Halle, welche mit blühenden Sträuchern ausgeschmückt war. Es war kein prunkender Landsitz, und es gab viele größere und schönere in der Umgegend; aber es war doch ein stattlicher Anblick, sehr imponierend für Anton, der, in einer kleinen Stadt aufgewachsen, nur selten den behaglichen Wohlstand eines Gutsbesitzers in der Nähe gesehen hatte. Alles erschien ihm sehr prächtig und großartig! Die zierlich geformten Blumenbeete in dem geschorenen Samt des Rasens, die bunten Gruppen der Glashauspflanzen, der fröhliche Schmuck, den die Hand des Gärtners um das Herrenhaus herum angebracht hatte, das alles sah ihm in dem reinen Lichte und der Ruhe des Sonnentages aus wie ein Bild aus fernem Lande. Der glückliche Jüngling geriet in ein so träumerisches Entzücken, daß er sich in den Schatten eines großen Fliederstrauches am Wege setzte und hinter dem Busch verborgen lange Zeit auf das anmutige Bild hin starrte. Wie glücklich mußten die Menschen sein, welche hier wohnten, wie vornehm und wie edel! Auf dieser Seite schöne Blüten und große Bäume, auf der anderen Seite wahrscheinlich ein weiter Hofraum mit Scheuern und Ställen, viele Pferde darin, große Rinder und unzählige feinwollige Schafe. Denn schon vor dem Eintritt in den Park hatte Anton auf eingehegtem Wiesenraum eine Anzahl Füllen gesehen und ihre lustigen Sprünge beobachtet. Der Respekt vor allem, was stattlich, sicher und mit Selbstgefühl in der Welt auftritt, war ihm, dem armen Sohn des Kalkulators, angeboren, und wenn er jetzt in der reinen Freude über die Pracht, welche ihn umgab, an sich selbst dachte, erschien er sich als höchst unbedeutend, als gar nicht der Rede wert, als eine Art gesellschaftlicher Däumling, winzig, kaum sichtbar im Grase. Unwillkürlich fuhr er in die Rocktasche, seine Handschuhe herauszuholen. Sie waren von gelbem Zwirn, und noch seine gute Mutter hatte gesagt, sie sähen ganz aus wie seidene, und seidene Handschuhe galten in Ostrau für den höchsten Luxus. Der arme Junge zog mit ihnen die Überzeugung an, daß er durch sie seiner jetzigen Umgebung doch um einige Gran würdiger werde.

Lange saß er in tiefer Einsamkeit; endlich kam Bewegung in das stille Bild. Auf den Balkon des Hauses trat durch die geöffnete Tür eine zierliche Frauengestalt im hellen Sommerkleide mit weiten Spitzenärmeln und einer liebenswürdigen Frisur, wie sie Anton von alten Rokokobildern her kannte; er konnte deutlich die feinen Züge ihres Gesichts erkennen und den klaren Blick des Auges, welcher auf dem Rasenplatz unter ihren Füßen ruhte. Die Dame stand auf das Geländer gestützt, bewegungslos wie eine Statue, und Anton sah ehrerbietig zu ihr auf. Endlich flog aus der offenen Tür hinter der

Dame ein bunter Papagei, setzte sich auf ihre Hand und ließ sich von ihr liebkosen. Dies glänzende Tier steigerte Antons Bewunderung. Und als dem Papagei ein fast erwachsenes Mädchen folgte, welches schmeichelnd den Hals der schönen Frau umschlang, und als die Dame zärtlich die Wange des Mädchens an die ihre drückte, und als der Papagei auf die Köpfe der beiden Damen flog und laut schreiend von einer Schulter zur anderen sprang, da wurde das Gefühl der Verehrung in Anton so lebhaft, daß er vor innerer Aufregung errötete und sich tiefer in den Schatten des Gebüsches zurückzog.

Er dachte an die beiden schönen Frauengestalten auf dem Balkon und ging mit elastischem Schritt wie einer, dem etwas Fröhliches begegnet ist, den breiten Weg zurück, um einen Ausgang aus dem Garten zu finden. Da hörte er hinter sich das Schnauben eines Pferdes. Auf einem schwarzen Pony kam die jüngere der beiden Damen in seinem Wege geritten, die schlanke Gestalt saß sicher auf dem Pferde und gebrauchte einen Sonnenschirm als Reitgerte. Die Damenwelt von Ostrau hatte nicht die Gewohnheit, auf kleinen Pferden umherzureiten. Nur einmal hatte Anton eine Kunstreiterin gesehen mit sehr roten Wangen und einem langen roten Kleide, welche, begleitet von einem großen schwarzbärtigen Herrn, hinter dem lustigen Bajazzo durch die Straßen ritt und an jeder Straßenecke anhielt, wo ihr Pferd einen Sprung machte, und Bajazzo unerhört lächerliche Worte zu der versammelten Jugend sprach. Schon damals hatte er mit unsäglicher Bewunderung die schöne Reiterin betrachtet, und jetzt war er ganz Mann, dasselbe Gefühl womöglich in stärkerem Grade zu empfinden. Er blieb stehen und machte der Reiterin eine ehrfurchtsvolle Verbeugung. Diese erwiderte die Huldigung mit graziösem Kopfnicken, worauf sie plötzlich ihr Pferd anhielt und freundlich fragte: »Suchen Sie jemand hier? Vielleicht wünschen Sie meinen Vater zu sprechen?«

»Ich bitte um Verzeihung«, sagte Anton mit tiefster Ehrerbietung. »Wahrscheinlich bin ich auf einem Wege, der Fremden nicht erlaubt ist. Ich kam den Fußsteig über die Wiesen und sah kein Tor und keinen Zaun.«

»Das Tor ist auf der Brücke, es steht am Tage offen«, belehrte das Fräulein, gnädig auf Anton sehend; denn da Ehrfurcht nicht gerade das gewöhnliche Gefühl ist welches vierzehnjährige Fräulein einflößen, so war ihr die massenhafte Anhäufung dieser Empfindung außerordentlich wohltuend.

»Da Sie im Garten sind, wollen Sie sich nicht darin umsehen? Es wird uns freuen, wenn er Ihnen gefällt«, fügte sie mit Würde hinzu.

»Ich habe mir die Freiheit genommen«, erwiderte Anton wieder mit Verbeugung, »ich war bis dort oben am Rasenplatz vor dem Schloß. Er ist prächtig!« rief der ehrliche Junge begeistert aus.

»Ja«, sagte die Dame, immer noch den Pony anhaltend, »Mama hat selbst dem Gärtner alles angegeben.«

»Also die gnädige Frau, welche vorhin auf dem Balkon stand, ist Ihre Frau Mutter?« fragte Anton schüchtern.

»Ah! Sie haben uns belauscht«, rief die Kleine und sah ihn vornehm an. »Wissen Sie, daß das nicht hübsch war?«

»Seien Sie mir deshalb nicht böse«, bat Anton demütig; »ich trat sogleich zurück, aber es sah wunderschön aus. Die beiden Damen nebeneinander, die Büschel blühender Rosen und das zackige Weinlaub um Sie herum. Ich werde das nicht vergessen«, fügte er ernsthaft hinzu.

»Er ist allerliebst!« dachte das Fräulein. »Da Sie soviel von unserm Garten gesehen haben«, sagte sie herablassend, »so müssen Sie auch auf die Punkte gehen, wo Aussichten sind. Ich reite dahin – wenn Sie mir folgen wollen.«

Anton folgte in der glücklichsten Stimmung. Das Fräulein redete ihrem Pferde zu, im Schritt zu gehen, und machte den Erklärer. Sie zeigte ihm große Baumgruppen und freundliche Aussichten auf die Landschaft, legte dabei einen Teil ihrer Majestät ab und wurde gesprächig. Bald plauderten beide so ungezwungen wie alte Bekannte. Endlich stieg das Fräulein ab, als ihr einige Stufen eine schickliche Veranlassung gaben, und führte das Pferd am Zügel; darauf wagte Anton den Hals des Schwarzen zu streicheln, was der Pony wohlwollend aufnahm und seinerseits dem Fremdling die Rocktaschen beroch.

»Er hat Zutrauen zu Ihnen«, sagte das Fräulein, »er ist ein kluges Tier.« Sie warf ihm die Zügel über den Kopf und gab ihm einen Schlag, worauf der Pony in kurzen Sprüngen davonrannte. »Wir kommen in den Blumengarten, da darf er nicht hinein; er läuft zum Stall zurück; er ist's gewöhnt.«

»Dieser Pony ist ein Wunder von einem Pferde«, rief ihm Anton nach.

»Ich bin sein Liebling«, sagte das Fräulein bestimmt, »er folgt mir aufs Wort.« Anton fand die Anhänglichkeit des Pony natürlich, setzte dieselbe Empfindung beim Papagei voraus und war geneigt zu behaupten, daß alle übrige Kreatur der Erde eine ähnliche Stimmung gegen seine Führerin haben müsse.

»Ich denke, Sie sind von Familie«, fragte die junge Dame plötzlich, stemmte ihren Schirm gegen einen Baumast und sah Anton mit altklugem Blick an.

»Nein«, sagte der Sohn des Kalkulators traurig, »mein Vater starb vor vier Wochen, es ist ein Jahr, daß meine gute Mutter tot ist, ich bin allein, ich gehe nach der Hauptstadt.« Seine Lippen zuckten bei der Erinnerung an den jüngsten Verlust.

Erschrocken sah das Fräulein den Schmerz im Gesicht des Fremden. »Sie armer, armer Herr!« rief sie gerührt und verlegen. »Kommen Sie schnell, ich will Ihnen noch etwas zeigen. Hier sind die Frühbeete; hier ist das Beet mit Erdbeeren, es sind noch einige darin. – Franz, bringen Sie den Teller mit Beeren«, rief sie dem Gärtner zu. Franz eilte damit herbei. Eifrig ergriff das Fräulein den Teller und bot die Beeren unserm Helden mit gütigem Lächeln: »Hier, mein Herr! Haben Sie die Güte, dies von mir anzunehmen. Vom Hause meines Vaters darf kein Gast scheiden, ohne von dem Besten zu kosten, das uns die Jahreszeit gibt. Bitte, nehmen Sie«, bat sie dringend.

Anton hielt den Teller in der Hand und sah aus feuchten Augen herzlich nach der jungen Dame.

»Ich esse mit Ihnen«, sagte das Fräulein und faßte zwei Beeren. Darauf leerte Anton gehorsam den Teller.

»Jetzt führe ich Sie noch aus dem Garten«, sprach die Dame. Der Gärtner öffnete respektvoll eine kleine Seitentür, und das Fräulein geleitete den Reisenden bis an einen Teich, auf dem alte und junge Schwäne schwammen.

»Sie kommen heran«, rief Anton freudig.

»Sie wissen, daß ich etwas für sie in der Tasche habe«, sagte seine Begleiterin und löste die Kette eines Kahns. – »Steigen Sie ein, mein Herr, ich fahre Sie hinüber, dort drüben ist Ihr Weg.«

»Ich darf Sie nicht so bemühen«, sagte Anton und zauderte, einzutreten.

»Ohne Widerspruch«, befahl das Fräulein, »es geschieht gern.« Sie setzte sich auf die Steuerbank und drückte das Wasser mit dem leichten Ruder geschickt hinter den Kahn. So fuhr sie langsam über den Teich, die Schwäne zogen nach, sie hielt von Zeit zu Zeit an und warf ihnen Bissen zu.

Anton saß ihr selig gegenüber. Er war wie verzaubert. Im Hintergrund das dunkle Grün der Bäume, um ihn die klare Flut, welche leise an dem Schnabel des Kahns rauschte, ihm gegenüber die schlanke Gestalt der Schifferin, gerötet durch ein liebliches Lächeln, und hinter ihnen her das Volk der Schwäne, das weiße Gefolge der Herrin dieser Flut. Es war ein Traum, so lieblich, wie ihn nur die Jugend träumt.

Der Kahn stieß an das Ufer, Anton stieg heraus und rief: »Leben Sie wohl!« und unwillkürlich streckte er ihr die Hand entgegen. »Leben Sie wohl«, sagte die Kleine und berührte seine Hand mit den Fingerspitzen. Sie wandte den Kahn und fuhr langsam zurück. Anton sprang über den Rasen bis auf den erhöhten Weg und sah von dort auf das Wasser. Der Kahn landete an einer Baumgruppe, das Fräulein wandte sich noch einmal nach ihm um, dann verschwand sie hinter den Bäumen. Durch eine Öffnung des Parkes sah Anton das Schloß vor sich liegen, hoch und vornehm ragte es über die Ebene. Lustig flatterte die Fahne auf dem Türmchen, und kräftig glänzte im Sonnenschein das Grün der Schlingpflanzen, welche den braunen Stein der Mauern überzogen.

»So fest, so edel!« sagte Anton vor sich hin.

»Wenn du diesem Baron aufzählst hunderttausend Talerstücke, wird er dir doch nicht geben sein Gut, was er geerbt von seinem Vater«, sprach eine scharfe Stimme hinter Antons Rücken. Dieser wandte sich zornig um, das Zauberbild verschwand, er stand in dem Staube der großen Landstraße. Neben ihm lehnte an einem Weidenstamm ein junger Bursche in ärmlichem Aufzuge, welcher ein kleines Bündel unter dem Arme hielt und mit ruhiger Unverschämtheit unsern Helden anstarrte.

»Bist du's, Veitel Itzig!« rief Anton, ohne große Freude über die Zusammenkunft zu verraten. Junker Itzig war keine auffallend schöne Erscheinung; hager, bleich, mit rötlichem krausem Haar, in einer alten Jacke und defekten Beinkleidern sah er so aus, daß er einem Gendarmen ungleich interessanter sein mußte als andern Reisenden. Er war aus Ostrau, ein Kamerad Antons von der Bügerschule her. Anton hatte in früherer Zeit Gelegenheit gehabt, durch tapfern Gebrauch seiner Zunge und seiner klugen Fäuste den Judenknaben vor Mißhandlungen mutwilliger Schüler zu bewahren und sich das Selbstgefühl eines Beschützers der unterdrückten Unschuld zu verschaffen. Namentlich einmal in einer düstern Schulszene, in welcher ein Knackwürstchen benutzt wurde, um verzweifelte Empfindungen in Itzig hervorzurufen, hatte Anton so wacker für Itzig plädiert, daß er selbst ein Loch im Kopfe davontrug, während seine Gegner weinend und blutrünstig hinter die Kirche rannten und selbst die Knackwurst aufaßen. Seit diesem Tage hatte Itzig eine gewisse Anhänglichkeit an Anton gezeigt, welche er dadurch bewies, daß er sich bei schweren Aufgaben von seinem Beschützer helfen ließ und gelegentlich ein Stück von Antons Buttersemmel zu erobern wußte; Anton aber hatte den unliebenswürdigen Burschen gern geduldet, weil ihm wohltat, einen Schützling zu haben, wenn dieser auch im Verdacht stand, Schreibfedern zu mausen und später an Begüterte wieder zu verkaufen. In den letzten Jahren hatten die jungen Leute einander wenig gesehen, gerade so oft, daß Itzig Gelegenheit erhielt, die vertraulichen Formen des Schulverkehrs durch gelegentliche Anreden und kleine Spöttereien aufzufrischen.

»Die Leute sagen, daß du gehst nach der großen Stadt, um zu lernen das Geschäft«, fuhr Veitel fort. »Du wirst lernen, wie man Tüten dreht und Sirup verkauft an die alten Weiber; ich gehe auch nach der Stadt, ich will machen mein Glück.«

Anton antwortete unwillig über die freche Rede und über das vertrauliche Du, das der Kamerad aus der Elementarschule immer noch gegen ihn wagte: »So gehe deinem Glück nach und halte dich nicht bei mir auf.«

»Es hat keine Eil'«, entgegnete Veitel nachlässig, »ich will warten, bis auch du gehst, wenn dir meine Kleider nicht sind zu schlecht.« Diese Berufung auf Antons Humanität hatte die Folge, daß Anton sich schweigend die Gegenwart des unwillkommenen Gefährten gefallen ließ. Er warf noch einen Blick nach dem Schlosse und schritt dann stumm auf der Landstraße fort, Itzig immer einen halben Schritt hinter ihm. Endlich wandte sich Anton um und fragte nach dem Eigentümer des Schlosses.

Wenn Veitel Itzig nicht ein Hausfreund des Gutsbesitzers war, so mußte er doch zum wenigsten ein vertrauter Freund seines Pferdejungen sein; denn er war bekannt mit vielen Verhältnissen des Freiherrn, der in dem Schlosse wohnte. Er berichtete, daß der Baron nur zwei Kinder habe, dagegen eine ausgezeichnete Schafherde auf einem großen schuldenfreien Gut. Der Sohn sei auswärts auf einer

Schule. Als Anton mit lebhaftem Interesse zuhörte und dies durch sein Fragen verriet, sagte Itzig endlich: »Wenn du willst haben das Gut von diesem Baron, ich will dir's kaufen.«

»Ich danke«, antwortete Anton kalt; »er würde es nicht verkaufen, hast du mir eben gesagt.«

»Wenn einer nicht will verkaufen, muß man ihn dazu zwingen«, rief Itzig.

»Du bist der Mann dazu«, sprach Anton.

»Ob ich bin der Mann, oder ob es ist ein anderer: es ist doch zu machen, daß man kauft von jedem Menschen, was er hat. Es gibt ein Rezept, durch das man kann zwingen einen jeden, von dem man etwas will, auch wenn er nicht will.«

»Muß man ihm einen Trank eingeben«, fragte Anton mit Verachtung, »oder ein Zauberkraut?«

»Tausendgüldenkraut heißt das Kraut, womit man vieles kann machen in der Welt«, erwiderte Veitel, »aber wie man es muß machen, daß man auch als kleiner Mann kriegen kann so ein Gut wie des Barons Gut, das ist ein Geheimnis, welches nur wenige haben. Wer das Geheimnis hat, wird ein großer Mann wie der Rothschild, wenn er lange genug am Leben bleibt.«

»Wenn er nicht vorher festgesetzt wird«, warf Anton ein.

»Nichts eingesteckt!« antwortete Veitel. »Wenn ich nach der Stadt gehe zu lernen, so gehe ich zu suchen die Wissenschaft, sie steht auf Papieren geschrieben. Wer die Papiere finden kann, der wird ein mächtiger Mann: ich will suchen die Papiere, bis ich sie finde.«

Anton sah seinen Reisegefährten von der Seite an, wie man einen Menschen ansieht, dessen Verstand in der Irre lustwandelt und sagte endlich mitleidig: »Du wirst sie nirgend finden, armer Veitel.«

Itzig aber fuhr fort, sich vertraulich an Anton drängend: »Was ich dir sage, das erzähle keinem weiter. Die Papiere sind gewesen in unsrer Stadt, einer hat sie gekriegt von einem alten sterbenden Bettler und ist geworden ein mächtiger Mann; der alte Schnorrer hat sie ihm gegeben in einer Nacht, wo der andere hat gebetet an seinem Lager, ihm zu vertreiben den Todesengel.«

»Und kennst du den Mann, der die Papiere hat?« fragte Anton neugierig.

»Wenn ich ihn weiß, so werde ich es doch nicht sagen«, antwortete Veitel schlau, »aber ich werde finden das Rezept. Und wenn du haben willst das Gut des Barons, und seine Pferde und Kühe und seinen bunten Vogel, und den Backfisch, seine Tochter, so will ich dir's schaffen aus alter Freundschaft und weil du ausgehauen hast die Bocher in der Schule für mich.«

Anton war entrüstet über die Frechheit seines Gefährten. »Hüte dich nur, daß du kein Schuft wirst, du scheinst mir auf gutem Wege zu sein«, sagte er zornig und ging auf die andere Seite der Straße.

Itzig ließ sich durch diesen guten Rat nicht anfechten, sondern pfiff ruhig vor sich hin. So schritten die beiden Reisenden in langem Schweigen, welches Itzig unbefangen beim nächsten Dorfe unter-

brach, indem er seinem Begleiter wieder Namen und Vermögensverhältnisse des Rittergutes angab. Und diese belehrende Unterhaltung wiederholte sich bei jedem Dorf, bis Anton ganz betroffen
wurde über die ausgebreiteten statistischen Kenntnisse seines Gefährten. Endlich verstummten beide und legten die letzte Meile,
ohne ein Wort zu sprechen, nebeneinander zurück.

3

Der Freiherr von Rothsattel gehörte zu den wenigen Menschen,
welche nicht nur von aller Welt glücklich gepriesen werden, sondern
auch sich selbst für glücklich halten. Er stammte aus einem sehr alten
Hause. Ein Rothsattel war schon in den Kreuzzügen nach dem
Morgenlande geritten. Wenigstens wurde in der Familie ein Rokoko-
Flakon von buntem Glas als orientalisches Fläschchen aufbewahrt,
zum Beweis für die Existenz des Ahnherrn und zur Erinnerung an die
fromme Zeit der Kreuzzüge. Ein anderer Rothsattel hatte einen
Haufen Bergleute gegen die Hussiten geführt und war mit dem
ganzen Haufen zu seiner und des Herrn Ehre erschlagen worden.
Wieder einer war Fähnrich in dem Heere des Moritz von Sachsen
gewesen, er galt für den Stifter der Linie Rothsattel-Steigbügel, und
sein kriegerisches Bildnis hing noch im Turmzimmer des Schlosses.
Ein anderer hatte sich im Dreißigjährigen Kriege bei verschiedenen
Armeen und auf eigene Faust gerührt; die Familiensage meldete von
ihm, er sei ein sehr dicker Herr und ein großer Trinker gewesen, von
kräftiger Suade und etwas freien Sitten. Er war als erster des Geschlechtes in die Gegend gekommen, in welcher diese Erzählung
verlaufen soll, und hatte eine Anzahl Landgüter auf irgendeine
Weise in Besitz genommen. Unter den Kinderfrauen der Familie
bestand seit alter Zeit die düstere Überzeugung, daß dieser dicke
Herr zuweilen im Keller auf einer großen Krauttonne zu sehen sei,
wo er als ruheloser Geist sitze und ächze, zur Strafe für schauderhafte
Vergehungen gegen die Tugend seiner weiblichen Zeitgenossen.
Wieder ein anderer Vorfahre war kaiserlicher Rat zu Wien gewesen;
der Urgroßvater des gegenwärtigen Besitzers war von dem großen
König der Preußen starr angesehen und darauf mit Wohlwollen
angeredet worden. Auch der Großvater war zu seiner Zeit ein unternehmender und vielbesprochener Kavalier gewesen, der in der Armee keine Lorbeeren gefunden und sich resigniert hatte, dieselben
im Boudoir galanter Damen und am grünen Tisch zu suchen. Leider
waren ihm dabei seine Güter lästig geworden und aus den Händen
geglitten. Sein Sohn endlich, der Vater des gegenwärtigen Besitzers,
war ein einfacher Landedelmann von mäßigem Geiste, der nach
langen Prozessen das eine stattliche Gut aus den Trümmern des
Familienvermögens rettete und sein Leben damit zubrachte, dasselbe
für seine Nachkommen schuldenfrei zu machen. Die Rothsattel
haben von je in dem Rufe gestanden, starke Nachkommenschaft zu

hinterlassen, und alle älteren Damen aus der Familie erklärten diese Eigenheit – so höchst achtungswert sie auch sonst sei – doch für den einzigen Grund, daß das berühmte Haus nicht dazu gekommen war, die neunzinkige Grafenkrone oder gar den geschlossenen Reif eines Titularfürstentums auf dem Wappenhelm seines Seniors zu sehen. Gegenüber dem alten Brauch seines Hauses erwies der Vater auch dadurch seinen bescheidenen Sinn, daß er nur einen Sohn hinterließ.

Der gegenwärtige Besitzer des Gutes hatte in einem Garderegiment gedient, wie dem Sproß eines so kriegerischen Hauses ziemte. Er hatte dort den Ruf eines vollendeten Edelmanns erworben. Er war brauchbar im Dienst und ein vortrefflicher Kamerad gewesen, wohlbewandert in allen ritterlichen Übungen, zuverlässig in Ehrensachen. Er hatte bei Hofbällen stets schicklich dagestanden, und sooft er von einer Prinzeß befohlen wurde, mit guter Haltung getanzt. Auch als Mann von Charakter hatte er sich gezeigt, da er aus wirklicher Neigung ein armes Hoffräulein heiratete, eine liebenswürdige junge Dame, deren Abgang aus den Quadrillen des Hofes lebhafte Betrübnis in allen Männerherzen hervorrief. Mit seiner Gemahlin hatte sich der Freiherr als verständiger Mann in die Provinz zurückgezogen, hatte durch eine Reihe von Jahren fast ausschließlich für seine Familie gelebt und dadurch den Vorteil errungen, daß seine Regimentsschulden sämtlich bezahlt und seine Ausgaben nicht größer waren als seine Einnahmen. Sein Haus war vortrefflich eingerichtet, die geringe Aussteuer seiner Frau war benützt worden, ihr durch Einrichtung des Parks eine große Freude zu machen. Der Freiherr hielt einen guten Weinkeller von guten Tischweinen, hatte zwei prächtige Wagenpferde und zwei elegante Reitpferde, ging jeden Morgen durch die Wirtschaft und ritt jeden Nachmittag aufs Feld, hielt viel auf seine Schafherde und setzte einen Stolz darein, seine feine Wolle gut waschen zu lassen. Er war ein durchaus ehrlicher Mann, noch jetzt eine imponierend schöne Gestalt, verstand würdig zu repräsentieren und einen gastfreien Wirt zu machen, und liebte seine Frau womöglich noch mehr als in den ersten Monaten nach der Vermählung. Kurz, er war das Musterbild eines adligen Rittergutsbesitzers. Er war kein übermäßig reicher Herr, ungefähr das, was man einen Fünftausendtalermann nennt, und hätte sein schönes Gut in günstigen Zeiten wohl um vieles höher verkaufen können, als der scharfsinnige Itzig annahm. Er hätte das aber mit Recht für eine große Torheit gehalten. Zwei gesunde und fähige Kinder vollendeten das Glück seines Haushaltes, der Sohn war im Begriff, als Militär die Familienkarriere zu beginnen, die Tochter sollte noch einige Jahre unter den Flügeln der Mutter leben, bevor sie in die große Welt trat.

Wie alle Menschen, welchen das Schicksal Familienerinnerungen aus alter Zeit auf einen Schild gemalt und an die Wiege gebunden hat, war auch unser Freiherr geneigt, viel an die Vergangenheit und Zukunft seiner Familie zu denken. An seinem Großvater war die trübe Erinnerung gemacht worden, daß ein einziger ungeordneter

Geist hinreicht, das auseinanderzustreuen, was emsige Vorfahren an Goldkörnern und Ehren für ihre Nachkommen gesammelt haben. Er hätte deshalb gern sein Haus für alle Zukunft vor dem Herunterkommen gesichert, hätte gern sein schönes Gut in ein Majorat verwandelt und dadurch leichtsinnigen Enkeln erschwert, zwar nicht Schulden zu machen, aber dieselben zu bezahlen. Doch die Rücksicht auf seine Tochter hielt ihn von diesem Schritte ab, es kam seinem ehrlichen Gefühl ungerecht vor, dies geliebte Kind wegen künftiger ungewisser Rothsattel zu enterben. Und er empfand mit Schmerz, daß sein altes Geschlecht in der nächsten Generation in dieselbe Lage kommen werde, in der die Kinder eines Beamten oder eines Krämers sind, in die unbequeme Lage, sich durch eigene Anstrengung eine mäßige Existenz schaffen zu müssen. Er hatte oft versucht, von seinen Erträgen zurückzulegen, indes die Gegenwart war dazu wirklich nicht geeignet; überall fing man an, mit einer gewissen Reichlichkeit zu leben, mehr auf elegante Einrichtung und den zahllosen kleinen Schmuck des Daseins zu halten. Und was er in günstigen Jahren etwa gespart hatte, das war auf kleinen Badereisen, welche die zarte Gesundheit seiner Frau nach der Behauptung des Arztes notwendig machte, immer wieder ausgegeben worden. Der Gedanke an die Zukunft seiner Familie beschäftigte den Freiherrn auch heut, als er auf einem Halbblut durch die große Kastanienallee dem Schlosse zusprengte. Es war eine sehr kleine Wolke, welche unter dem Sonnenschein seiner Seele dahinfuhr, sie verschwand im Nu, als er Gewänder vor sich flattern sah und seine Gemahlin erkannte, welche mit der Tochter ihm entgegeneilte. Er sprang vom Pferde, küßte sein Lieblingskind auf die Stirn und sagte vergnügt zu seiner Frau: »Wir haben vortreffliches Wetter zur Heuernte, es wird nach Kräften eingefahren, der Amtmann behauptet, wir hätten noch nie so viel Futter gemacht.«

»Du hast Glück, Oskar«, sagte die Baronin, zärtlich zu ihm aufblickend.

»Wie immer seit siebzehn Jahren, seit ich dich heimgeführt habe«, antwortete der Gemahl mit einer Artigkeit, die vom Herzen kam.

»Heut sind es siebzehn Jahr«, rief die Baronin, »sie sind vergangen wie ein Sommertag. Wir sind sehr glücklich gewesen, Oskar.« Sie schmiegte sich an seinen Arm und sah dankend zu ihm auf.

»Gewesen?« fragte der Freiherr, »ich denke, wir sind's noch. Und ich sehe nicht ein, weshalb es nicht weiter so fortgehen soll.«

»Berufe es nicht«, bat die Baronin. »Mir ist manchmal, als könnte so viel Sonnenschein nicht ewig währen; ich möchte demütig entbehren und fasten, um den Neid des Schicksals zu versöhnen.«

»Nun«, sagte der Freiherr gutmütig, »das Schicksal läßt uns auch nicht ungezaust. Die Donnerwetter fehlen uns nicht, aber diese kleine Hand erhebt sich zur Beschwörung, und sie ziehn vorüber. Hast du nicht Ärger genug mit dem Haushalt, den Tollheiten der Kinder und zuweilen mit deinem Tyrannen, daß du dir mehr ersehnst?«

»Du lieber Tyrann!« rief die Baronin. »Dir danke ich dies Glück.

Und wie fühle ich es! Nach siebzehn Jahren bin ich immer noch stolz darauf, einen so stattlichen Hausherrn zu haben, ein so schönes Schloß und so ein großes Gut, wo jeder Fußtritt des Bodens auch mir gehört. Als du mich, das arme Fräulein mit meinem Fähnchen und dem Schmuckkästchen, das ich der Gnade der Herrschaften verdanke, in dein Haus führtest, da erst lernte ich erkennen, welche Seligkeit es ist, im eigenen Hause als Herrin zu regieren und dem Willen keines andern zu gehorchen als dem des geliebten Mannes.«

»Du hast doch vieles aufgegeben um meinetwillen«, sagte der Freiherr. »Oft habe ich gefürchtet, daß unser Landleben dir, dem Günstling der verstorbenen Prinzeß, zu einsam und klein erscheinen würde.«

»Dort war ich Dienerin, hier bin ich Herrin«, sagte die Baronin lachend. »Außer meiner Toilette hatte ich nichts, was mir selbst gehörte. Immer in den langweiligen Stuben der Hoffräulein herumziehen, an allen Abenden zu der letzten Rolle verurteilt sein und dabei die Angst haben, daß das immer so fortgehen soll, bis man alt wird in ewigen Zerstreuungen, ohne eigenes Leben! Du weißt, daß mich das oft traurig gemacht hat. Hier sind die Überzüge unserer Möbel nicht von schwerem Seidenstoff, und in unserm Saal steht keine Tafel aus Malachit, aber was im Hause ist, gehört mir.« Sie schlang ihren Arm um den Freiherrn: »Du gehörst mir, die Kinder, das Schloß, unsere silbernen Armleuchter.«

»Die neuen sind nur Komposition«, warf der Freiherr ein.

»Das sieht niemand«, erwiderte seine Gemahlin fröhlich.

»Und wenn ich das Porzellan ansehe und am Rande dein und mein Wappen erblicke, so schmecken mir unsere zwei Schüsseln zehnmal so gut, als die vielen Gänge der Hofküche. Und vollends die großen Hoftage und unsere Marschallstafel, wo jeder den andern zum Verzweifeln genau kannte und jeder dem andern zum Verzweifeln gleichgültig war.«

»Du bist ein glänzendes Beispiel von Genügsamkeit«, sagte der Freiherr. »Um deinetwillen und wegen der Kinder wollte ich, dies Gut wäre zehnmal so groß und unsere Einnahme so, daß ich dir einen Pagen halten könnte, Frau Marquise, und außer der Wirtschafterin ein paar Hoffräulein.«

»Nur kein Fräulein«, bat die Baronin, »und was den Pagen betrifft, so braucht man keinen, wenn man einen Kavalier hat, der so aufmerksam ist, wie du.«

So schritt der Freiherr behaglich zwischen den beiden Frauen dem Schlosse zu. Lenore hatte sich unterdes der Zügel seines Reitpferdes bemächtigt und redete dem Pferde freundlich zu, so wenig Staub als möglich zu machen.

»Dort hält ein fremder Wagen, ist Besuch gekommen?« fragte der Freiherr, als sie sich dem Hofe näherten.

»Es ist nur Ehrenthal«, antwortete die Baronin, »er wartet auf dich und hat bereits seinen ganzen Vorrat von schönen Redensarten an uns verschwendet; Lenore ließ ihrem Übermut die Zügel schießen, und es war hohe Zeit, daß ich sie wegführte; dem drolligen Manne wurde angst bei der Koketterie des unartigen Kindes.« Der Freiherr lächelte. »Mir ist er immer noch der liebste aus dieser Klasse von Geschäftsleuten«, sagte er; »sein Benehmen ist wenigstens nicht abstoßend, und ich habe ihn in dem langen Verkehr stets zuverlässig gefunden. – Guten Tag, Herr Ehrenthal, was führt Sie zu mir?«

Herr Ehrenthal war ein wohlgenährter Herr in seinen besten Jahren, mit einem Gesicht, welches zu rund war, zu gelblich und zu schlau, um schön zu sein; er trug Gamaschen an den Füßen, eine diamantene Busennadel auf dem Hemd, und schritt mit großen Bücklingen und tiefen Bewegungen des Hutes durch die Allee dem Baron entgegen.

»Ihr Diener, gnädiger Herr«, antwortete er mit ehrerbietigem Lächeln, »wenn mich auch nichts herführt von Geschäften, so werde ich Sie doch bitten, Herr Baron, daß Sie mir manchmal erlauben, herumzugehen in Ihrer Wirtschaft, damit ich in meinem Herzen eine Freude habe. Es ist mir eine Erholung von der Arbeit, wenn ich komme in Ihren Hof. Alles so glatt und wohlgenährt, und alles so reichlich und gut eingerichtet in den Ställen und in den Scheunen. Die Sperlinge auf dem Dach sehen bei Ihnen lustiger aus als die Sperlinge von anderen Leuten. Wenn man als Geschäftsmann so vieles erblicken muß, was einen nicht erfreut, wo die Menschen durch ihr Verschulden in Unordnung kommen und Verfall, da tut's einem wohl, wenn man ein Leben sieht wie das Ihre; keine Sorgen, keine großen Sorgen zum wenigsten, und so vieles, was das Herz erfreut.«

»Sie sind so artig, Herr Ehrenthal, daß ich glauben muß, etwas recht Wichtiges führt Sie her. Wollen Sie ein Geschäft mit mir machen?« fragte der Freiherr gutmütig.

Mit einem Kopfschütteln, wie es dem biedern Mann ansteht, wenn er einen ungerechten Verdacht von sich abweisen will, antwortete Herr Ehrenthal: »Nichts vom Geschäft, Herr Baron! Die Geschäfte, die ich mit Ihnen mache, sind solche, wo man sagt keine Artigkeiten. Gute Ware und gutes Geld, so haben wir es immer gehalten, und so wollen wir's mit Gottes Hilfe auch ferner halten. Ich kam nur herein im Vorbeifahren« – dabei bewegte er nachlässig die Hand, um pantomimisch zu bekräftigen, daß er nur im Vorbeifahren sei –, »ich wollte fragen wegen des Pferdes, das der Herr Baron zu verkaufen haben. Es ist einer im Dorfe daneben, dem ich habe versprochen, zu fragen nach dem Preis. Ich kann's ebensogut mit dem Amtmann abmachen, wenn der Herr Baron keine Zeit haben für mich.«

»Kommen Sie mit, Ehrenthal«, sagte der Freiherr, »ich führe mein Pferd selbst in den Stall.«

Herr Ehrenthal machte den Frauen viele Bücklinge, welche von Lenore durch ebensoviele Knickse erwidert wurden, und folgte dem Freiherrn zur Stalltür. Dort blieb er respektvoll stehen und bestand darauf, daß das Pferd des Barons und der Baron selbst vor ihm eintraten. Nach kurzer Besichtigung und den üblichen Reden und Gegenreden führte der Freiherr Herrn Ehrenthal auch in den Kuhstall, worauf Herr Ehrenthal den leidenschaftlichen Wunsch aussprach, auch die Kälber zu sehen, und endlich die Bitte zufügte, auch bei den Zuchtböcken zur Audienz zugelassen zu werden. Er war ein erfahrener Geschäftsmann, und wenn das Entzücken, welches er aussprach, auch etwas handwerksmäßig und überschwenglich klang, so war das, was er lobte, doch wirklich lobenswert, und der Freiherr hörte das Lob mit Wohlgefallen an.

Nach Besichtigung der Schafe mußte eine Pause gemacht werden, denn Ehrenthal war zu sehr ergriffen von der Feinheit und Dichtigkeit ihres Pelzes. »Nein, dieser Stapel!« seufzte er in träumerischer Begeisterung; »schon jetzt kann man sehen, was er sein wird im nächsten Frühjahr.« Er wiegte den Kopf hin und her und zwinkerte mit den kleinen Augen nach der Sonne. »Wissen Sie, Herr Baron, daß Sie sind ein glücklicher Mann! Haben Sie gute Nachrichten von Ihrem Herrn Sohn?«

»Danke, lieber Ehrenthal, er hat gestern geschrieben und seine Zeugnisse geschickt«, antwortete der Freiherr.

»Er wird werden wie sein Herr Vater!« rief Herr Ehrenthal aus, »ein Kavalier von erster Qualität, und ein reicher Mann, der Herr Baron weiß zu sorgen für seine Kinder.«

»Ich erspare nichts, lieber Ehrenthal«, erwiderte der Baron nachlässig.

»Was ersparen?« rief der Händler mit Verachtung gegen eine so plebeje Tätigkeit; »was sollen Sie sparen? Wenn ich mir erlauben darf, das zu bemerken als ein Geschäftsmann, der schon lange die Ehre hat, Sie zu kennen. Was brauchen Sie zu sparen? Sie werden doch dereinst, wenn der alte Ehrenthal nicht mehr sein wird, auch ohne Sparen hinterlassen dem jungen Herrn das Gut, welches unter Brüdern wert ist ein und ein halbes Hunderttausend, und dem gnädigen Fräulein Tochter außerdem eine Aussteuer von – was soll ich sagen – von fünfzigtausend Taler bar.«

»Sie irren«, sagte der Freiherr ernst, »ich bin nicht so reich.«

»Nicht so reich?« rief Herr Ehrenthal mit sittlicher Entrüstung gegen jeden Menschensohn (den Baron ausgenommen), der so etwas behaupten könnte. »Es hängt doch nur von Ihnen ab, jeden Augenblick so reich zu sein. Wer ein Vermögen hat, wie der Herr Baron, der kann in zehn Jahren verdoppeln sein Kapital ohne Gefahr. – Warum wollen Sie nicht Pfandbriefe der Landschaft auf Ihr Gut nehmen?«

Die »Landschaft« der Provinz war damals ein großes Kreditinstitut der Rittergutsbesitzer, welches Kapitalien zur ersten Hypothek auf Rittergüter auslieh. Die Zahlung erfolgte in Pfandbriefen, welche auf den Inhaber lauteten und damals überall im Lande für das sicherste Wertpapier galten. Das Institut selbst zahlte die Interessen an die Besitzer der Obligationen und erhob von seinen Schuldnern außer den Zinsen noch einen geringen Zuschlag für Verwaltungskosten und zu allmählicher Tilgung der aufgenommenen Schuld.

»Ich mache keine Geldgeschäfte«, antwortete der Freiherr stolz,

aber in seiner Brust klang die Saite fort, welche der Händler ange-
schlagen hatte.

»Die Geschäfte, welche ich meine, sind so, wie sie heutzutage
macht jeder«, fuhr Herr Ehrenthal mit Feuer fort. »Wenn der gnädige Herr Pfandbriefe der Landschaft aufnimmt auf seinGut, so kann
er jeden Tag erhalten fünfzigtausend Taler in gutem Pergament. Sie
zahlen dafür die Landschaft vier vom Hundert, und wenn Sie die
Pfandbriefe liegenlassen in Ihrer Kasse, so erhalten Sie davon Zinsen dreiundeinhalb vom Hundert. Dann zahlen Sie ein halbes Prozent zu an die Landschaft, und durch das halbe Prozent wird noch
amortisiert das Kapital.«

»Das heißt Schulden machen, um reich zu werden«, warf der
Gutsherr achselzuckend ein.

»Verzeihen Sie, Herr Baron, wenn ein Herr wie Sie fünfzigtausend Taler liegen hat, welche ihm jährlich kosten ein halbes Prozent,
so kann er damit kaufen die halbe Welt. Immer gibt es Gelegenheit,
Güter zu erwerben zu einem Spottpreis, wenn man bar Geld oder
Pfandbriefe hat zu rechter Zeit. Da sind Rittergüter, da sind Waldun-
gen, die man kann kaufen, oder Anteile von Bergwerken, oder
Aktien von einer soliden Sozietät. Oder der Herr Baron können
selbst anlegen ein Etablissement auf Ihrem Gut, wenn Sie wollen
schaffen Zucker aus Rüben, wie der Herr v. Bergen am Gebirge,
oder amerikanisches Mehl, wie der Herzog von Löbau, oder bayrisches Bier, wie Ihr Nachbar, der Graf Horn. Was ist dabei für eine
Gefahr? Sie werden einnehmen zehn, zwanzig, ja fünfzig Taler vom
Hundert des Kapitals, das Sie geliehen haben an der Landschaft zu
vier vom Hundert.«

Der Freiherr sah nachdenklich vor sich hin. Was ihm der Händler sagte, war durchaus nichts Neues und Unerhörtes, er selbst hatte
oft ähnliches gedacht. Es war gerade die Zeit, wo eine Menge von
neuen industriellen Unternehmungen aus dem Ackerboden auf-
schossen, wo durch die hohen Schornsteine der Dampfmaschinen,
durch neuentdeckte Kohlen- und Erzlager, durch neue landwirt-
schaftliche Kulturen große Summen erworben und noch größere
Reichtümer gehofft wurden. Die vornehmsten Grundbesitzer der
Landschaft standen an der Spitze ausgedehnter Aktienunterneh-
mungen, welche auf einer Verbindung moderner Industrie und des
alten Ackerbaues beruhten. Es war nichts Neues und Auffallendes in
den Worten des Händlers, und doch schlugen sie als zündender Blitz
in die Seele des Freiherrn. Sie kamen im rechten Augenblick. Herr
Ehrenthal bemerkte die Wirkung, welche er hervorgebracht hatte,
und schloß mit der Gemütlichkeit, welche seine Lieblingsstimmung
war: »Wo habe ich das Recht, einem Herrn, wie Sie sind, einen Rat zu
geben? Aber jeder Gutsbesitzer muß sagen dasselbe, daß ein solches
Geschäft mit Pfandbriefen in unserer Zeit die solideste Art ist, wie
ein vornehmer Herr kann sorgen für seine Kinder. Wenn einst das
Gras wachsen wird über dem Grabe des alten Ehrenthal, dann
werden Sie an mich denken und bei sich sagen: der alte Ehrenthal

war nur ein einfacher Mann, aber er hat mir geraten, was gut war und ein Segen für die Familie.«

Der Freiherr sah immer noch vor sich hin. Was er lange in sich herumgetragen hatte, das war auf einmal zum festen Entschluß geworden. Dem Händler sagte er mit einer Leichtigkeit, die ihm nicht vom Herzen kam: »Ich will mir's überlegen.« Ehrenthal war damit zufrieden und bat um die Erlaubnis, sich den Damen empfehlen zu dürfen, was er als Mann von Welt und Gemüt selten unterließ.

Es war schade, daß der Freiherr nicht das Gesicht des Geschäftsmannes sah, als dieser in seinen Wagen stieg und mechanisch die Bourbonrose ins Knopfloch steckte, welche ihm Lenore beim Abschiede mit schalkhafter Artigkeit überreicht hatte. Auch Herr Ehrenthal machte ein lustiges Gesicht, aber nicht aus Freude über die volle Rose. Er ließ den Kutscher langsam durch die Feldmark fahren und sah wohlgefällig auf die Ackerstücke, welche mit reifender Frucht zu beiden Seiten des Weges lagen. In langem Zuge kamen die Heuwagen des Gutes ihm entgegen. Sooft er stillhielt, um einen Riesenwagen vorbeizulassen, berupften seine Pferde das Heu, und sein Kutscher drehte sich um und rief schnalzend: »Schönes Futter!«

»Ein schönes Gut«, sagte dann Ehrenthal in tiefem Nachdenken.

Unterdes saß die Baronin in einer Gartenlaube und blätterte in den neuen Journalen, welche der Buchhändler aus der nächsten Kreisstadt zugeschickt hatte. Sie betrachtete prüfend die Modekupfer und genoß die kleinen Nippes der Tagesliteratur: Geschichten von Menschen, welche auf außerordentliche Weise reich geworden, und von andern, welche auf schauderhafte Weise ermordet sind, Tigerjagden aus Ostindien, ausgegrabene Mosaikböden, rührende Schilderungen von der Treue eines Hundes, hoffnungsreiche Betrachtungen über die Unsterblichkeit der Seele, und was sonst das flüchtige Auge eleganter Damen zu fesseln vermag. Die schöne Gemahlin des Freiherrn schaukelte während des Lesens die gestickte Fußbank, ihre Seele war nur halb in den Blättern, sie sah oft über den Rasenplatz nach ihrer Tochter, welche wieder mit dem Pony beschäftigt, diesem aus Blumen und Zeitungspapier eine groteske Halskrause und eine gehörnte Mütze zurechtmachte, was der Pony vergebens dadurch zu vereiteln suchte, daß er so viel Blüten und Zeitungspapier wegfraß, als er mit dem Maul erreichen konnte. Als die junge Dame, stolz auf ihr Werk, den Kopf nach der Laube wandte und das Auge der Mutter auf sich gerichtet sah, überließ sie das Pferd dem herzueilenden Bedienten und flog wie eine Libelle zu den Füßen der Mutter. Sie setzte sich auf die Fußbank, zog die Journale auf das Knie der Baronin und fing an, sich possenhaft mit den Herren und Damen der Modekupfer zu unterhalten. Da die Gesichter dieser Ideale, wie bekannt, den Vorzug haben, allen Menschen ähnlich zu sein, von denen sie sich durch einzelne charakteristische Eigenheiten, durch merkwürdig kleine Lippen und zuweilen durch ein auf der Stirn oder den Wangen sitzendes Auge unterscheiden, so wurde der jungen Dame nicht schwer, zahlreiche Ähnlichkeiten mit Bekannten des Hauses aufzufinden und die Bilder danach zu behandeln. Die Mutter lächelte über die kindischen Scherze der Tochter und sagte endlich, ihre Gedanken laut fortsetzend: »Lenore, du wirst jetzt ein großes Mädchen und bist noch so sehr Kind. Wir haben dich aufwachsen lassen bei dem Unterricht der Bonne und des Kandidaten; es wird Zeit, daran zu denken, daß du etwas Ordentliches lernst, mein armes Kind.«

»Ich dachte, das Lernen sollte jetzt aufhören«, antwortete Lenore schmollend.

»Deine französische Aussprache ist noch schlecht, und dein Vater will, daß du dich im Zeichnen übst, du hast Anlage dazu.«

»Ich zeichne nur Karikaturen«, rief Lenore, »die sind am leichtesten, man macht eine lange Nase oder kurze Beine und das Kerlchen sieht lächerlich aus.«

»Du sollst nicht Karikaturen zeichnen«, sprach die Mutter, »das verdirbt deinen Geschmack und macht dich spöttisch.« Lenore ließ das Köpfchen hängen. »Und wer war der junge Mann, mit dem du vorhin durch den Garten gingst?« fuhr die Mutter strafend fort. »Du hast ihm die Erdbeeren des Vaters gegeben.«

»Schilt nur nicht immer, liebe Mutter«, rief die Tochter errötend. »Der Fremde war ein hübscher, artiger Junge, er geht nach der Hauptstadt; er hat weder Vater noch Mutter, das tut mir leid. Und so bescheiden war er! Sei mir nicht böse«, schmeichelte sie und flog an den Hals der Mutter, in deren Augen mehr Liebe als Zorn zu lesen war.

Die Mutter küßte das Kind auf den Mund und sagte gütig: »Du bist mein gutes, wildes Mädchen, suche mir jetzt den Vater, sein Kaffee wird kalt.«

Als der Freiherr in die Laube trat, noch voll von seiner Unterredung mit Ehrenthal, legte die Baronin ihre Hände in die seinen und sagte: »Oskar, ich habe Sorge um Lenore!«

»Ist sie krank?« fragte der Vater betroffen.

»Sie ist gesund und von Herzen gut, aber sie ist kecker und ungebundener, als sich für ihre Jahre paßt.«

»Sie ist auf dem Lande aufgewachsen und eine tüchtige Dirne geworden«, erwiderte der Freiherr beruhigend.

»Es fehlt ihr aber an Form und an Zartgefühl im Umgange mit Fremden«, fuhr die Mutter fort. »Ich fürchte, sie ist in Gefahr, ein Original zu werden.« »Nun, das Unglück wäre nicht so groß«, sagte der Freiherr lachend.

»Es gibt kein größeres für ein Mädchen aus unserm Kreise. – Was in der Gesellschaft auffällt, wird auch lächerlich; ein kleiner Zug von bizarrem Wesen kann ihre ganze Zukunft verderben. Sie muß genötigt werden, mehr auf sich zu achten, und ich fürchte, hier auf dem Lande wird sie das nicht lernen.«

»Wir sollen das Kind von uns tun, vielleicht auf Jahre, und unter fremden Menschen aufblühen lassen?« fragte der Freiherr unwillig.

»Und doch muß es sein«, sagte die Baronin ernst, »und es kostet mich viel, dir das zu sagen. Sie ist unartig gegen Mädchen ihres Alters, rücksichtslos gegen Frauen, und Männern gegenüber viel zu dreist. – Kannst du dir ein Mädchen von Lenorens Wesen am Hofe denken?« fragte die Baronin nach einer Pause.

Der Gemahl konnte sich das nicht denken, vielleicht deshalb nicht, weil ein Fürstenhof überhaupt nicht der Ort ist, wo schnell aufgeschossene Fräulein die Schulbücher umhertragen und Katze und Maus spielen.

»Sie wird sich ändern«, warf er endlich ein.

»Sie wird sich nicht ändern«, entgegnete die Baronin sanft, die Hand auf seine Schulter legend, »solange der Liebling mit seinem Vater zu Pferde über Gräben setzt und ihn sogar auf dem Pirschgang begleitet.« »Ich kann mich nicht darein finden, beide Kinder zu entbehren«, sprach der Vater gutmütig. »Das wäre sehr hart für uns, am schwersten für dich, du strenge Hausfrau.«

»Vielleicht!« sagte die Baronin leise, und ihre Augen wurden feucht. »Aber wir dürfen nicht an uns denken, nur an die Zukunft der Kinder.«

Der Freiherr sah die Bewegung der geliebten Frau, er zog sie an sich und sprach entschlossen: »Höre, Elsbeth, wenn wir in früheren Jahren von dieser Zeit sprachen, da dachten wir uns Lenorens Erziehung anders. Wir wollten die Winter über selbst in der Stadt leben; unter deinen Augen sollte das Kind den letzten Unterricht erhalten und in die Gesellschaft treten. Du sollst dich nicht von ihr trennen. Wir ziehen schon diesen Winter nach der Hauptstadt.«

Überrascht erhob sich die Baronin. »Guter Oskar!« rief sie gerührt aus. »Aber – verzeih die Frage, würde ein solcher Aufenthalt nicht in anderer Hinsicht für dich ein großes Opfer sein?«

»Nein«, sagte der Freiherr fröhlich, »ich habe Pläne, die auch für mich es wünschenswert machen, den Winter in der Stadt zuzubringen.«

Er erzählte; der Umzug nach der Hauptstadt wurde beschlossen.

4

Schon stand die Sonne niedrig am Himmel, als die beiden Wanderer bei den ersten Häusern der Hauptstadt ankamen. Erst einzelne kleine Gebäude, dann zierliche Sommerwohnungen mitten in blühenden Gärten; dann rückten die Häuser dichter zusammen, die Straße schloß sich auf beiden Seiten, und mit dem Staube und dem Wagengerassel legte sich bange Sorge um die Brust unseres Helden. In dem Geflecht großer und kleiner Straßen wäre Anton ratlos gewesen, wenn ihn nicht sein Begleiter, der aus Achtung vor dem besseren Rock Antons hinter ihm geblieben war, durch laute Rechts und Links an den Straßenecken gelenkt hätte. Veitel Itzig aber hatte eine merkwürdige Vorliebe für krumme Seitengassen und schmale Trottoirs. Hier und da winkte er hinter dem Rücken seines Reisegefährten mit frecher Vertraulichkeit geputzten Mädchen zu, die an den Türen standen, oder jungen Burschen mit krummer Nase und runden Augen, welche, die Hände in den Hosentaschen, auf der Straße lungerten. Zuweilen wurde sein Gruß mit nachlässigem Kopfnicken erwidert, welches ungefähr bedeutete: »Er ist ein gutes Geschöpf, aber er hat kein Geld«; in der Regel ward seine Zuvorkommenheit mit kalter Verachtung hingenommen, welche der Pflastertreter der schmutzigen Nebenstraße da, wo nichts zu gewinnen ist, ebenso gut zu äußern weiß als der schnurrbärtige Held der Granitplatten im eleganten Stadtteil. Endlich bogen die jungen Männer in eine Hauptstraße, wo große Häuser mit Säulenportalen, elegante Kaufläden und ein Gewühl gut gekleideter Menschen verrieten, daß hier der Wohlstand einen entschiedenen Sieg über die Armseligkeit davongetragen hatte. In dieser Straße hielten sie vor einem hohen Hause an. Itzig wies auf das Tor mit einer gewissen scheuen Achtung und sagte kurz: »Hier wohnt er, hier wirst du werden bald so stolz, wie diese Gojim sind; wenn du willst wissen, wo ich zu finden bin, so kannst du nachfragen im Geschäft bei Ehrenthal auf der Gerbergasse. Gute Nacht!« Er pfiff vor sich hin und schlenderte die Straße hinab, ohne sich umzusehen.

Anton trat mit klopfendem Herzen in den Hausflur und lockerte den Brief seines Vaters in der Brusttasche. Er war sehr kleinmütig geworden, und sein Kopf war so schwer, daß er sich am liebsten einen Augenblick hingesetzt hätte, um auszuruhen. Aber wie Ruhe sah es in dem Hause nicht aus. Vor der Tür stand ein großer Frachtwagen, in dem Hause mächtige Fässer und Ballen, und riesengroße, breitschultrige Männer mit Lederschürzen und kurzen Haken im Gürtel trugen Leiterbäume, klirrten mit Ketten, rollten die Fässer und schnürten dicke Stricke durch künstliche Knoten zusammen; dazwischen eilten Kommis, die Feder hinter dem Ohr, Papier in der Hand, ab und zu, und Fuhrleute in blauen Blusen nahmen die Papiere, die Ballen und die Fässer mit der geschäftlichen Würde in Empfang, welche die Tätigkeit aller verantwortlichen Menschen zu bezeichnen pflegt. Hier war kein Ort der Ruhe, Anton stieß an einen Ballen, fiel beinahe über einen Hebebaum und wurde durch das »Vorgesehen!« welches ihm zwei Enaksöhne mit Lederschürzen zuriefen, noch mit Mühe vor dem Schicksal bewahrt, unter einer großen Öltonne plattgedrückt zu werden.

Im Zentrum der Bewegung, gleichsam als Sonne, um welche sich die Fässer und Arbeiter und Fuhrleute herumdrehten, stand ein junger Herr aus dem Geschäft, ein Herr mit entschlossener Miene und kurzen Worten, welcher als Zeichen seiner Herrschaft einen großen schwarzen Pinsel in der Hand hielt, mit dem er bald riesige Hieroglyphen auf die Ballen malte, bald den Aufladern ihre Bewegungen vorschrieb. Diesen Herrn fragte Anton mit tonloser Stimme nach dem Prinzipal des Geschäftes und wurde durch eine kurze Bewegung des Pinselstiels in den hinteren Teil des Hausflurs nach dem Kontor gewiesen. Zögernd trat er an die Tür, es kostete ihn einen großen Entschluß, den Griff mit der Hand zu drehen – er hat sich später oft daran erinnert – und als die Tür geräuschlos aufging und er in das Dämmer der großen Arbeitsstube sah, da wurde ihm so angst, daß er kaum über die Schwelle schreiten konnte. Sein Eintritt machte wenig Aufsehen. Ein halbes Dutzend Schreiber fuhr hastig mit den Federn über die blauen Briefbogen, um noch die letzten Züge vor dem Schluß des Kontors und der Post zu tun. Nur einer der Herren, welcher zunächst der Tür saß, erhob sich und fragte in kühlem Geschäftston: »Was steht zu Ihren Diensten?«

Auf die schüchterne Erklärung Antons, daß er Herrn Schröter zu sprechen wünsche, trat aus dem zweiten Kontor ein großer Mann mit faltigem Gesicht, mit stehendem Hemdkragen, von sehr englischem Aussehen. Anton sah schnell auf das Antlitz, und dieser erste Blick, so ängstlich, so flüchtig, gab ihm einen guten Teil seines Mutes wieder. Er erkannte alles darin, was er in den letzten Wochen ach so oft ersehnt hatte, ein gütiges Herz und einen redlichen Sinn. Und doch sah der Herr streng genug aus, und seine erste Frage klang kurz und entschieden. Anton faßte schnell nach seinem Brief, nannte seinen Namen und erzählte hastig und mit stockender Stimme, daß sein Vater gestorben sei und daß er den Herrn von seinem Totenbette grüßen lasse.

Wie ein freundliches Licht flog es über das Auge des Kaufmanns, er öffnete den Brief schweigend, las ihn langsam durch, reichte dem bewegten Anton die Hand und sagte: »Seien Sie mir willkommen.« Darauf wandte er sich zu einem von den schreibenden Herren, welcher einen grünen Rock trug und einen grauen Überziehärmel um den rechten Arm gebunden hatte: »Herr Anton Wohlfart tritt von heut in unser Geschäft.« Einen Augenblick hörten die sechs Federn auf zu rennen, und ihre Lenker sahen im Tempo nach Anton hin; der Chef aber fuhr zu Anton gewandt fort: »Sie werden müde sein, Herr Jordan wird Ihnen Ihr Zimmer anweisen, ruhen Sie heut aus, morgen das Weitere.« Nach diesen Worten wandte er sich mit leichtem Kopfnicken ab und ging nach dem zweiten Kontor zurück, wo ebenfalls sechs Federn über das blaue Papier fuhren, und jetzt mit solcher Schnelligkeit, daß sich der Federbart vor Aufregung sträubte, denn die alte Wanduhr hatte zum Schlage bereits ausgehoben.

Nur der Herr im grünen Rock streifte den grauen Ärmel ab, strich ihn sorgfältig glatt, schloß ihn mit einem Haufen Papiere in das Pult und lud Anton ein, ihm auf das Zimmer zu folgen. Wieder schritt Anton durch die Tür des Kontors, in welchem er nur zehn Minuten gewesen war; aber er war ein anderer Mann geworden, sein Schicksal war entschieden, er hatte jetzt eine Heimat, er gehörte in das Geschäft. Deshalb schlug er im Vorbeigehen herzhaft auf einen großen Ballen, wie man auf die Schulter eines guten Bekannten schlägt, wobei der grüne Herr sich umwandte und mit wohlwollender Herablassung zu ihm sagte: »Baumwolle«, und drei Schritt weiter klopfte Anton Einlaß fordernd an ein riesiges Faß, welches wohlbehäbig in einer Ecke stand wie ein dicker Pächter in seinem hellen Sommerrock; worauf sich wieder der grüne Herr umwandte und ebenso wohlwollend sagte: »Korinthen.« Jetzt stieß unsern Anton kein Hebebaum mehr, ja er selbst schob den einen mit kräftiger Fußbewegung beiseite, und einen Riesen mit lederner Schürze, der ihm begegnete, grüßte er mit sicherer Vertraulichkeit und fühlte sich behaglich, als der Riese ihm artig dankte, besonders als der grüne Herr wieder herablassend geäußert hatte: »Der oberste Auflader«.

Durch den Hofraum gingen sie auf gewundenen Pfaden in ein Hintergebäude und stiegen drei ausgetretene Treppen hinauf. Dort öffnete Herr Jordan ein Zimmer und bemerkte gegen Anton, daß dies wahrscheinlich seine künftige Wohnung sein werde, es sei die frühere Behausung eines guten Freundes von ihm, der aus dem Geschäft geschieden sei und sich selbst etabliert habe. Es war ein sehr kleines Zimmer, die Möbel einfach und nicht neu, aber saubere weiße Gardinen und weiße Rouleaus vor den Fenstern und auf dem Schreibtisch eine schöne Katze von Gips, mit gelblicher Lederfarbe lackiert, so daß sie aussah wie eine lebende. Diese Katze hatte der etablierte Kollege zum Besten seines Nachfolgers in der Stube zurückgelassen.

Herr Jordan eilte in das Kontor zurück, in dem er der Erste und Letzte sein mußte, weil ihm ein Teil der Schlüssel anvertraut war, und Anton blieb allein. Mit Hilfe eines freundlichen Bedienten, welcher ihm schnell das Zimmer wohnlich zu machen suchte, ordnete er seinen Anzug und war eben damit fertig, als zahlreiche Tritte auf den Treppen verkündeten, daß seine Kollegen aus dem Geschäft in ihre Zimmer eilten.

Wieder erschien der grüne Herr und teilte ihm mit, Herr Schröter sei zu einer Konferenz und heut nicht mehr zu sprechen. Dagegen sei seine Ansicht, daß der Ankömmling den einzelnen Herren Besuch machen müsse, um die Bekanntschaft mit ihnen auf anständige Weise einzuleiten. Ein Frack sei nicht nötig.

Anton stieg mit seinem Begleiter einige Treppen herunter, und Herr Jordan war im Begriff, an einer Tür anzuklopfen, als der Bewohner des Zimmers ihm entgegentrat, ein schöner schlanker Mann von mäßiger Größe und einem Wesen, welches unserm Helden sehr imponierte. Er hatte seinen Anzug gewechselt, trug kurze Beinkleider und Stulpenstiefel, eine Jockeimütze auf dem Kopf und eine Reitgerte in der Hand, die er unternehmend schwenkte.

»Führen Sie Ihr Füllen schon an der Leine?« sagte der Junker in den Stulpenstiefeln lächelnd zu dem Führer. Herr Jordan stellte sich feierlich auf und präsentierte: »Herr Wohlfart, der neue Lehrling, soeben angekommen. – Herr von Fink, Sohn der großen Firma Fink und Becker in Hamburg.«

»Erbe des größten Tranvorrats von der Welt und so weiter«, unterbrach ihn Herr von Fink nachlässig. »Jordan, geben Sie mir zehn Taler, ich will den Reitknecht bezahlen. Schreiben Sie's zu dem übrigen.« Jordan holte bereitwillig ein Kassenbillett aus seiner Brieftasche und überreichte es dem Jockei, der es zusammenknitterte und in die Westentasche steckte; worauf er mit einiger Höflichkeit zu Anton sagte: »Wenn Sie mich besuchen wollen, wie ich aus dem festlichen Gesicht Ihres Merkurs merke, so bedaure ich heute nicht zu Hause zu sein, ich will ein neues Pferd kaufen. Ihren Besuch nehme ich als geschehen an, ich danke Ihnen in aller Feierlichkeit dafür und gebe Ihnen meinen Segen zu Ihrem Eintritt.« Er nickte gleichgültig mit dem Kopf und schritt klirrend die Stufen hinab und über die Steinplatten des Hofes.

Antons Behagen erlitt durch das kühle Benehmen des Herrn einen großen Stoß, und er dachte verschüchtert, wenn die andern Herren vom Geschäft ebenso sind, so wird es mir schwer werden, mit ihnen umzugehen. Auch Herr Jordan fand nötig, das auffallende Benehmen des Jockei zu erklären, und sagte mit vertraulicher Wichtigkeit: »Fink gehört nur halb in unser Geschäft, er ist erst seit kurzer Zeit hier, von seinem Vater aus New York gezogen und hierher versandt worden, um bei uns vernünftig zu werden.«

»Ist er denn nicht vernünftig?« fragte Anton neugierig.

»Nur zu wild, liebt den Sport, ist aber sonst ein guter Gesellschafter«, sagte Herr Jordan. »Die andern Herren habe ich hier auf die Stube gebeten, um Sie mit allen bekannt zu machen; wir werden dort eine Tasse Tee trinken. Morgen machen Sie den einzelnen Besuch auf ihren Zimmern.«

Die Stube des Herrn Jordan war die größte unter den kleinen Wohnungen des Hinterhauses, in welchem die Herren vom Kontor einzeln oder zu zweien hausten, und wurde deshalb und wegen der ansprechenden Gemütsart ihres Bewohners zuweilen als Salon benutzt; sie genoß die Auszeichnung, ein Fortepiano und einige Armstühle besitzen. An den Fenstern hingen zahlreiche Biskuitbilder, in denen edle Weiblichkeit durch mittelalterliche Kirchengängerinnen, Loreleis und Madonnen vertreten war. In diesem Zimmer saßen und standen die Herren und erwarteten die Ankunft des Neulings. Anton machte die Massenvorstellung mit Erfolg durch, indem er jedem einzelnen die Hand schüttelte und hinterdrein alle zusammen um ihr Wohlwollen und freundliche Hilfe bat, weil er im Geschäft ganz unerfahren und noch gar nicht in der Welt und wenig unter Menschen gewesen sei. Diese Offenheit verfehlte nicht, einen guten Eindruck hervorzubringen. Darauf ging eine friedfertige Unterhaltung an, gewürzt mit kleinen Scherzen und Anspielungen, welche für einen Neuling so unverständlich als möglich waren. Anton verhielt sich schweigend und mühte sich, das Wesen der einzelnen Herren zu erkennen. Da war der Buchhalter, Herr Liebold, ein ältlicher kleiner Mann mit einer feinen Stimme und einem bescheidenen Lächeln, durch welches er die Welt um Vergebung bat, daß er sich die Freiheit nehme, vorhanden zu sein. Er sprach wenig, hatte aber die Eigenschaft, im Nachsatz das zurückzunehmen, was er im Vordersatz behauptete; z. B.: »Ich glaube fast, daß dieser Tee zu schwach ist, aber freilich ist starker Tee sehr ungesund«, und ähnliches. Ferner war da Herr Pix, der tyrannische Führer des schwarzen Pinsels in dem

Hausflur, ein entschlossener Mann, welcher geneigt schien, alle menschlichen Verhältnisse wie Detailgeschäfte zu betrachten, vielleicht respektabel, aber kleinlich. Als ein Stuhl im Zimmer fehlte, rückte er verächtlich einen kleinen Tisch in die Nähe des Tees, schwang sich darauf und blieb den ganzen Abend rittlings darauf sitzen. Ferner war da ein Herr Specht, welcher viel sprach und stark in Behauptungen war, die von jedermann bestritten wurden. Er behauptete, China werde durch eine Konstitution regiert, die von der englischen nur wenig verschieden sei, und verfocht mit Leidenschaft die Ansicht, daß Schneckensuppe das Lieblingsgericht des seligen Kaisers Napoleon gewesen sei. Ferner war da ein schmächtiger Herr Baumann mit kurzgeschorenem Haar und sinnigem Wesen, welcher jeden Sonntag in die Kirche ging, allen Missionsvereinen Beiträge zahlte und, wie seine Kollegen ihm auf den Kopf zusagten, die Absicht hatte, später einmal Missionar zu werden. Er schob das noch auf aus einer gewissen kindlichen Gewöhnung an Deutschland und die Firma, zu deren Nutzen er gegenwärtig arbeitete. Anton bemerkte mit Freuden, daß im ganzen ein artiger und rücksichtsvoller Ton unter den Herren herrschte. Da er ermüdet war, empfahl er sich in kurzem, und weil er niemandem widersprochen hatte und gegen alle zuvorkommend gewesen war, so wurde nach seinem Abgange erklärt, er verspreche ein guter Kollege zu werden.

Underdes schritt Veitel Itzig mit der Gleichgültigkeit eines Herumtreibers und der Sicherheit eines Eingeborenen durch das Gewirr der Menschen und Straßen. Das rötliche Licht der Abendsonne war von den Steinen der Straße an den Häusern hinaufgestiegen, von einem Fenstersims zu dem andern bis hoch auf die Dächer, und das Dunkel des Abends erfüllte die engen Gassen des alten Stadtteils, welcher am Flusse liegt. In einer solchen Gasse stand ein großes Haus mit breiter Front. Die untern Fenster waren durch Eisenstäbe vergittert, im ersten Stockwerk glänzten die weißen Rahmen, welche große Spiegelscheiben einfaßten, unter dem Dach waren die Fenster blind, schmutzig, hier und da eine Scheibe zerschlagen. Es war kein guter Charakter in dem Hause, wie eine alte Zigeunerin sah es aus, die über ihr bettelhaftes Kostüm ein neues buntes Tuch geworfen hat.

In dieses Haus trat Veitel Itzig, indem er einem geputzten Dienstmädchen an der Tür schnalzend einen Kuß zuwarf, den diese wie eine heranfliegende Wespe pantomimisch mit der Hand fortscheuchte. Die unsaubere Treppe führte zu einer weißlackierten Entreetür, auf welcher in großem Messingschild der Name: ›Hirsch Ehrenthal‹ zu lesen war. Veitel faßte den dicken Porzellangriff der Klingel und schellte, ein ältliches Frauenzimmer mit zerknitterter Haube öffnete einen schmalen Spalt und fragte, die Nase hinaussteckend, nach seinem Begehr, dann riß sie die Stubentür auf und rief in das Zimmer: »Es ist einer da, Itzig Veitel heißt er, aus Ostrau, er will den Herrn Hirsch Ehrenthal sprechen.« Aus der Stube scholl die Stimme des Hausherrn: »Warten soll er!« und das Geklirr von Tellern verriet, daß der Geschäftsmann erst das Familienglück des Abendessens genießen wollte, bevor er dem künftigen Millionär Audienz gab. Die aufwartende Person warf mit mißtrauischen Blicken auf den Ankömmling die Tür wieder zu und sperrte ihn aus.

Veitel setzte sich auf die Treppe und sah mit starrem Auge auf das Messingschild und die weiße Tür, bewunderte die abgeschrägten Ecken der Messingplatte und versuchte sich vorzustellen, wie der Name Itzig auf einer ebensolchen Platte an einer ähnlichen weißen Tür aussehen würde. Darauf kam er auf geradem Wege zu der Betrachtung wieviel ihm noch fehle, um so reich zu sein wie Hirsch Ehrenthal; er fühlte nach seinen halben Dukaten, welchen ihm seine alte Mutter mit einem Lederfleck in das Futter seiner Weste eingenäht hatte, und überlegte, wieviel er alle Tage dazu sparen könnte, vorausgesetzt, daß ihm der reiche Mann Gelegenheit ließe, etwas zu verdienen. Er war tief in Betrachtung versunken über den Wert von zwei Phantasiestiefeln, welche er sich auf den Beinen eines jungen Elegants vorstellte, und welche nach seiner Annahme den dreifachen Wert des Viergroschenstücks haben mußten, das er dem eleganten Herrn dafür bieten wollte; da wurde die Entreetür mit starker Hand aufgemacht und Herr Ehrenthal stand vor dem armen Bocher. Das war nicht mehr der Mann von heut nachmittag, die anschmiegende Freundlichkeit war verschwunden wie der Duft einer Rose am Ende des heißen Tages, er war ganz Majestät, Selbstgefühl, Despotismus; kein asiatischer Kaiser kann so stolz auf die Kreatur vor seinen Füßen heruntersehen, als er auf das Kind von Ostrau zu blicken verstand. Itzig fühlte das Bedeutende in der Stellung des großen Mannes und seine eigene Nichtigkeit trotz der sechs Dukaten im Ledersäckchen, er schnellte in die Höhe und stand demütig vor seinem Meister. »Hier ist ein Brief von Baruch Goldmann, bei welchem der Herr Ehrenthal mich hat verschrieben für sein Geschäft«, begann Veitel und hielt dem großen Mann einen Brief entgegen.

»Ich habe dem Goldmann geschrieben, er soll mir einen Menschen schicken, den ich mir ansehe, ob ich ihn brauchen kann; gemacht ist noch nichts«, sprach Ehrenthal vornehm und öffnete das Schreiben.

»Ich bin doch gekommen, damit Sie mich ansehen«, entgegnete Veitel.

»Und was kommst du so spät, junger Itzig? Es ist keine Zeit mehr zur Rede vom Geschäft«, schnarrte ihn der Hausherr an.

»Ich wollte mich melden bei meinem Herrn Hirsch Ehrenthal zum Dienst noch heut abend, wenn er mir hat zu geben einen Auftrag für morgen früh.«

»Davon ist zu reden morgen früh«, antwortete gereizt der Herr, welcher es für vorteilhaft hielt, dem Neuling zu zeigen, wie wenig ihm an seiner Person gelegen sei. Itzig begriff vollkommen das Zweckmäßige dieses Benehmens, und da er sah, daß seine Stellung bei dem abzuschließenden Geschäftsvertrag bis jetzt keine günstige war, suchte er sie dadurch zu verbessern, daß er tiefer auf die Sache

einging und entgegenwarf: »Ich kann vielleicht leisten einen Dienst
morgen früh, wo Markttag ist, weil ich kenne die meisten Kutscher
von den Herren, welche hereinkommen mit Raps.«

»Was Raps! Was tue ich mit Raps? Was will er reden vom Geschäft?«schleuderte ihm Hirsch Ehrenthal noch grimmiger entgegen.

Aber unerschüttert fuhr Veitel fort, sich herauszustreichen wie
ein seidenes Halstuch: »Ich bin auch sonst bekannt in der Stadt, ich
kenne die Makler und die kleinen Leut' und kann dem Herrn helfen
bei jedem Geschäft, das er machen will im Haus und außer dem
Haus.« Und um seinen Selbstverkauf dem Abschluß näherzubringen, fügte er mit resignierter Miene hinzu: »Ich bin nicht so stolz, daß
ich will wohnen in dem Hause bei Herrn Hirsch Ehrenthal; wenn der
Herr Ehrenthal für mich nicht hat ein Bett in seinem Hause, so will
ich mir suchen mein Lager in der Nähe bei einem Wirt.«

Herr Ehrenthal wurde durch diese Anspruchslosigkeit so weit
gerührt, daß er den Burschen noch einmal von oben bis unten ansah
und mit mehr Herablassung fragte: »Sind deine Papiere in Ordnung, daß du mich in keine Unannehmlichkeiten bringst mit der
Polizei?«

Veitel beruhigte ihn über diesen wichtigen Punkt; eine uralte
große Brieftasche flog plötzlich auf geheimnisvolle Weise aus den
Falten seiner schlottrigen Jacke; aus ihr suchte er seine Legitimation
heraus.

Herr Ehrenthal faßte das Papier mit einem geschickt angenom-
menen Widerwillen gegen die gelbliche Farbe desselben und sah es
genau durch, Unterschrift, Siegel und alles, indem er es sogar gegen
das Licht hielt. Veitel wartete gespannt, ob er das Dokument behalten würde; wenn er es in der Hand behielt, so war das Geschäft zum
Abschluß reif.

Als Herr Ehrenthal das Dokument nachlässig in der Hand wiegte, versuchte Itzig mit unterwürfiger Vertraulichkeit zu lächeln.
»Wenn ich dich in meinen Dienst nehme«, sprach der Hausherr, »so
wirst du machen alles in meinem Hause, was ich dir werde auftragen, oder Madame Ehrenthal oder mein Sohn Bernhard Ehrenthal;
du wirst putzen die Stiefel am Morgen und die Schuhe meiner Frau,
du wirst holen in die Küche, was dir die Köchin sagen wird, in
meinem Geschäft wirst du machen alle Gänge, die ich habe zu
machen, und wirst ausrichten alle Bestellungen.«

»Ich will, Herr Ehrenthal«, sagte Veitel demütig, »ich will alles
tun, daß Sie seien zufrieden mit mir.«

»Frühstück und Mittagessen wird dir geben die Köchin, am
Abend von sieben Uhr kannst du sein dein eigener Herr.« – Veitel
nahm mit derselben Bereitwilligkeit auch diese Bedingung an und
bemerkte nur: »Kann ich nicht haben am Morgen ein bis zwei
Stunden für mich?«

»Nein«, sprach Ehrenthal ungnädig, »ich kann es nicht leiden,
wenn einer in meinen Diensten ist und macht Geschäfte für eigene
Rechnung.«

Da Veitel beschlossen hatte, unter allen Umständen Geschäfte für eigene Rechnung zu machen und Herr Ehrenthal das ebenso gut wußte wie Veitel, so wurde auf diesen zarten Punkt nicht weiter eingegangen.

»Dafür sollst du erhalten alle Monat zwei Taler, und wenn ich mit deiner Hilfe ein Geschäft mache, erhältst du deinen Anteil davon.«

»Wie groß soll sein dieser Anteil?« rief Veitel schnell.

»Wie groß er soll sein?« fragte Herr Ehrenthal unwillig, »was ich dir werde geben, wird sein groß genug.«

»Groß genug für den Herrn, aber nicht für mich«, antwortete Veitel dreist, denn er fühlte, daß bei diesem Hauptpunkt Entschlossenheit nötig sei.

»Das wird sich finden, wenn du wirst abgedient haben deine Probezeit. Vier Wochen dienst du auf Probe, nach der Zeit werde ich mit dir reden über deinen Verdienst.«

Das war alles, was Veitel billigerweise verlangen konnte, er hob sein Bündel von den Treppenstufen auf und sagte unterwürfig: »Ich bin's zufrieden, wenn der Herr Ehrenthal mir noch will schenken eine alte Hose und Rock, daß ich ihm keine Schande mache vor den Leuten.«

»Keinen Rock und keine Hose«, antwortete der Herr entschieden.

»Dann geben Sie mir Hose und Rock in vier Wochen, wenn meine Probezeit zu Ende ist.« Diese Forderung war nach dem Kurs der Trödlerbörse gleich einem Geschenk von drei bis vier Talern, und Ehrenthal fand die Forderung mit Recht hoch; er warf noch einen prüfenden Blick auf den Burschen, auf die Demut seiner Stellung und die ungewöhnliche Frechheit seiner Augen, er schloß, daß der Mensch brauchbar sein werde und fühlte sich bewogen, Großmut zu zeigen. »So mag es sein«, schloß er, »in vier Wochen. Dein Nachtquartier kannst du nehmen bei Löbel Pinkus an der Ecke, damit ich weiß, wo du bist zu finden.« Darauf öffnete Herr Ehrenthal die Entreetür und rief hinein: »Frau, Bernhard, Rosalie, kommt heraus.« Zwei Stubentüren und die Küchentür öffneten sich und die Familie des Hausherrn wurde sichtbar, dahinter die zerknitterte Köchin.

Madame Ehrenthal war eine volle Frau in schwarzer Seide, mit starken Augenbrauen und rabenschwarzen Hängelocken; sie machte noch große Ansprüche, zu gefallen und gefiel auch. Wenigstens versicherten ihr das mit mehr oder weniger Anstand junge Herren vom Adel, welche zuweilen in den Morgenstunden Herrn Ehrenthal besuchten, um mit ihm Geschäfte zu machen; und obgleich diese Versicherungen um so wärmer zu sein pflegten, je kühler Ehrenthal sich gegen das abzuschließende Geschäft verhielt, so galt doch, die Wahrheit zu sagen, Madame Ehrenthal auch bei solchen Leuten, welche keine Solawechsel zu prolongieren wünschten, für eine sehr stattliche Dame. Ihre Tochter aber war in der Tat eine Schönheit, eine große edle Gestalt mit glänzenden Augen, dem reinsten Teint und einer nur sehr wenig gebogenen Nase. Wie aber kam der Sohn in diese Familie? Er war fast klein, mit einem bleichen, faltigen Gesicht und gebückter Haltung; daß er noch ein Jüngling war, sah man nur an seinem Munde und dem hellen Blick; auch er war nachlässiger gekleidet, als einem Sohn des Herrn Ehrenthal geziemte, und in dem braunen Haar hingen noch jetzt am Abend einige Federn. Die Familie und Veitel sahen einander stumm an, während Herr Ehrenthal mit Selbstgefühl bemerkte: »Dieses ist der Veitel Itzig, ich habe ihn genommen in unsern Dienst.« Der vornehme Stolz der Mutter, der mißfällige Blick der Tochter und das zerstreute Auge des Sohnes wurden von dem armen Bocher ebenso gewandt aufgefangen, wie die bunten Strahlen eines Prismas von einem beobachtenden Naturforscher; er beschloß auf der Stelle, gegen die Mutter sehr, sehr unterwürfig zu sein, sich in die Tochter zu verlieben und Bernhards Stiefel schlecht zu putzen, und in den Rocktaschen desselben beim Ausbürsten nachzusehen, ob nicht ein Geldstück durch Nachlässigkeit des Besitzers in den Falten sitzengeblieben.

Nach dieser Vorstellung erklärte Herr Ehrenthal, Veitel könne gehen und solle am nächsten Morgen um sechs Uhr im Hause sein. Die Entreetür schloß sich hinter dem Burschen, auch er stand auf der Treppe, ins Geschäft aufgenommen, ein angehender Kaufmann. Er lächelte vergnügt, als er die Treppe hinunterging, offenbar war er mit seinem Handel zufrieden. Hatte er sich doch gemessen mit dem großen Herrn im Geschäft und hatte einen Vorteil davongetragen. Denn da er sich auf jede Bedingung auch ohne Garderobenzulage engagiert haben würde, so betrachtete er den alten Rock und Hose, zahlbar in vier Wochen, mit Recht als eine angenehme Übervorteilung seines neuen Prinzipals. Die Überlegung: »Es wird nur ein Sommerrock sein«, flog wie ein düsterer Schatten über seine Seele; »aber die Hose wird von seinem Bernhard, welcher trägt Tuchhosen auch heut am heißen Sommertage.« So trug er beruhigt sein Bündel um die Ecke zu Löbel Pinkus.

Löbel Pinkus war Hausbesitzer und hielt zu ebener Erde einen kleinen Branntweinladen, welcher zahlreiche Kunden hatte. Doch war ersichtlich, daß weder die starke, wie fettig glänzende Figur des ehrsamen Pinkus selbst, noch die dicke Halskette seiner Frau ihre solide Pracht aus dem Branntweingeschäft allein herleiteten, und die Nachbarn zerbrachen sich manchmal den Kopf darüber, wie Frau Pinkus es durchsetzen könne, immer die teuersten Gänse zu braten, ja zuweilen sogar Truthühner. Indes, da ihr Gemahl ein Mann von Charakter war, in allen seinen Reden grob und entschieden, da er Branntwein verkaufte, was immer für ein Zeichen volkstümlicher Gesinnung gelten wird, und da er außerdem Geld gegen ungewöhnliche Prozente auszuleihen wußte, so war er unter den kleinen Handwerkern in der Nachbarschaft doch sehr respektiert und gefürchtet. Sein Leumund war gut. Die Straßenpolizei trank im Vorbeigehen gern in seinem Laden einen Likör, für den er das Geld zu nehmen stets verweigerte, er zahlte seine Abgaben pünktlich und galt für einen Freund, ja Vertrauten der exekutiven Macht. In Wahrheit aber war Herr Pinkus eine von den glücklichen Naturen, welche Honig aus allen Blumen zu saugen wissen, auch aus übelriechenden. Er hielt in dem ersten Stock seines Hauses eine stille Herberge für Männer mit und ohne Bart, welche einen Haß gegen alles, was von dem Geschlecht der Schweine stammt, nicht überwinden konnten. Diese Männer von uralter Familie schätzten zuweilen ein billiges und verborgenes Nachtlager, bei welchem der Wirt keine hohen Rechnungen machte und keinen Paß abforderte; sie kamen in der Regel am späten Abend in die Herberge und schlichen am frühen Morgen wieder hinaus in die Gassen der Stadt oder auf die Landstraße, bescheidene Trödler und Schacherer, welche ihren Gewinn nach Groschen und Pfennigen berechneten. Außer diesen Gästen erschienen ab und zu noch andere, unregelmäßig wie Kometen, von jedem Alter, Geschlecht und Glauben, sie verhandelten in größter Stille mit dem Hausherrn und konnten es nicht vertragen, wenn man bei Nacht in der Nähe ihres Gesichtes ein Schwefelholz anzündete. Alte Gastfreunde des Pinkus hatten über solche Eigentümlichkeit allerdings ihre Ansichten, aber sie fanden es nicht geraten, darum viele Worte zu verlieren.

In diesem Hause tappte Itzig im Finstern eine Treppe hinauf und unsaubere Wände entlang, stieß an eine schwere eichene Tür mit großem Schloß und trat, als er diese durch einen starken Druck geöffnet hatte, in einen wüsten Raum, der fast die ganze Länge des Hauses einnahm. In der Mitte stand ein alter Tisch mit einer schlechten Öllampe, einige Schemel darum; gegenüber der Türseite war ein großer Wandverschlag mit vielen kleinen Türen, welche zum Teil offenstanden und verrieten, daß der ganze Verschlag aus schmalen, voneinander getrennten Abteilungen mit hölzernen Kleiderhaken und Fächern bestand. Vor den kleinen Fenstern, welche auf die Straße führten, waren verblichene Rouleaus heruntergelassen, auf der gegenüberliegenden Langseite fiel durch eine offene Tür das Abendlicht in das Zimmer, diese Tür führte auf eine hölzerne Galerie, welche längs der Gaststube an der Außenseite des Hauses fortlief.

Itzig warf sein Bündel in einen Wandschrank und trat auf die Galerie hinaus. Da er auch hier keinen zweiten Gast vorfand, fing er an, von der Galerie die Aussicht zu bewundern mit demselben Grad von Teilnahme, welchen ein niederländischer Architekturmaler gehabt haben würde, nur nicht ganz in derselben Absicht. Unten am Fuß des Hauses wälzte ein Fluß sein lehmiges Wasser eilig vorwärts und bildete eine schmale Wasserstraße, welche auf beiden Seiten mit verfallenen hölzernen Häusern eingefaßt war. Fast an jedem Hause, an jedem Stockwerk waren ähnliche hölzerne Galerien herausgebaut und durch gebräunte Balken gestützt. Manchmal liefen drei, vier Galerien übereinander, dann war der Fußboden der obern das Regendach der untern. In alter Zeit hatte die achtbare Zunft der Gerber diese Straße bewohnt, damals war das Holzwerk glatt und neu gewesen, und helle Lämmer- oder Ziegenfelle hatten an den Geländern gehangen, bis sie weich und geschmeidig geworden waren, um

Handschuhe für die Patrizier und Ledertaschen für ihre Frauen zu geben. Jetzt waren die Gerber nach entfernteren Stadtteilen hinabgezogen, und statt der Tierfelle hing die Wäsche armer Leute an den hölzernen Balkonen, über dem zerbrochenen Schnitzwerk und den wurmstichigen Balkenköpfen. Noch stach die weiße, rote und blaue Farbe der Wäsche im Abendlichte seltsam ab von dem schwarzen Holzwerk, und das Licht brach sich auf gar wunderliche Weise an den Säulen und Vorsprüngen der Galerien, an rohen Arabesken der Einfassung und an den dunklen Pfählen, welche hier und da aus dem Wasser hervorragten. Es war ein unheimlicher Aufenthalt für jedes Geschöpf, außer für Maler, Katzen oder arme Teufel.

Junker Itzig war schon früher ein und das andere Mal in dem Hause gewesen, aber immer in größerer Gesellschaft. Heut bemerkte er, daß eine lange bedeckte Treppe vom Ende seiner Galerie bis hinunter an das Wasser führte; er sah, daß unweit von dieser Treppe eine ähnliche am Nachbarhause hinablief und schloß daraus, daß es möglich sein müsse, die eine Treppe hinunter- und die andere hinaufzusteigen, ohne sich mehr als die Schuhe naß zu machen; er entdeckte ferner, daß es bei dem niedrigen Wasserstand des Sommers möglich war, längs der Häuserreihe am Wasser weithin fortzugehen, und er überlegte, ob es Menschen geben könnte, welche bei Tag oder Nacht einen solchen Spaziergang für nützlich hielten. Nachtwächter und Polizeidiener wenigstens waren dort nicht zu befürchten. Durch diese Betrachtungen wurde seine Phantasie so aufgeregt, daß er in das Gastzimmer zurücklief, in die Wandschränke kroch, welche offenstanden, und die Holzwände derselben durch Klopfen und Schütteln untersuchte. Mit Erstaunen entdeckte er, daß auch die Rückwand von Holz war und hohl klang. Da an dieser Seite die Mauer laufen mußte, welche dies Haus vom Nachbargebäude trennte, so fand er den hohlen Ton auffällig und nicht in der Ordnung und war eben im Begriff, einen verschlossenen Wandschrank anzugreifen und zu sehen, ob nicht ein Ritz in dem Holze der Rückwand weiteren Aufschluß gäbe, als ein dumpfes Knurren seine Hand von der Schranktür zurückhielt. Er sah sich um und erkannte – ohne große Beschämung – daß er nicht mehr allein war. In einer Ecke des Zimmers lag, in seinen Kaftan gewickelt, das schwarze Käppchen im Haar, ein galizischer Handelsmann zusammengekauert auf dem Strohsack. Er hatte seine Sachen in dem angegriffenen Wandschrank verschlossen und hielt für nötig, gegen die Untersuchung des Wißbegierigen zu protestieren. Itzig versuchte ein Gespräch mit dem Fremden anzuknüpfen; da dieser aber mehr Lust zum Schlafen als zur Unterhaltung zeigte, setzte sich Itzig in die gegenüberliegende Ecke auf einen andern Strohsack und saß dort mit seinem rastlosen Geiste rechnend und Geschäfte ausdenkend, wobei er zuweilen in lebhaftem Sinnen mit Händen und Beinen schlenkerte, bis die Dunkelheit der Nacht durch die Tür eindrang und die kleine Öllampe zu knistern anfing und Miene machte auszugehen. Nun kam Pinkus, der Wirt, selbst herauf, ein

Licht in der Hand; er untersuchte den Bestand seiner Gäste, setzte einen Krug Wasser auf den Tisch und schloß beim Hinausgehen die Tür von außen ab. Im Finstern holte Itzig ein Stück trockenes Brot aus der Tasche und schlief endlich unter dem Schnarchen seines Stubengenossen ein, den Strohsack unter sich, zugedeckt mit seiner alten Jacke.

Zu derselben Stunde wickelte sich sein Reisegefährte im Patrizierhause in die gesteppte Decke seines Lagers, sah noch einmal mit müden Augen in der Stube umher und bemerkte schlaftrunken, daß die gelbe Katze auf dem Schreibtisch ihre Beinchen bewegte, sich mit der Pfote zu strählen anfing und ihm zuletzt sogar mit beiden Pfoten Kußhändchen zuwarf. Bevor er Zeit hatte, über diese ungewöhnliche Freundlichkeit des Gipses nachzudenken, war er eingeschlafen. Vor beiden Jünglingen senkte sich das Gewebe von grauem Flor herab, auf welchem die Traumgöttin ihre bunten Bilder zu zeigen pflegt. Anton sah sich selbst auf einem großen Warenballen sitzen und durch die Luft fliegen, während eine gewisse junge Dame die Arme nach ihm ausstreckte; und Veitel Itzig entdeckte mit Behagen, daß er ein Baron geworden war, welcher von Hirsch Ehrenthal um ein Almosen angeredet wurde. Er sah, wie er dem alten Ehrenthal seine sechs Dukaten als Geschenk gab und wie dieser sich kläglich bedankte. Über diese Großmut erschrak er im Traume so, daß er mit Beinen und Händen um sich schlug.

Am nächsten Morgen begann jeder der beiden Jünglinge seine Tätigkeit. Anton saß auf seinem Platze im Kontor und kopierte Briefe, und Veitel stand, nachdem er sämtliche Stiefel und Schuhe der Familie Ehrenthal gebürstet und die Kleidertaschen Bernhards untersucht hatte, als Aufpasser vor dem größten Hotel der Stadt, um einen fremden Herrn vom Lande zu beobachten, welcher mit Herrn Ehrenthal unzufrieden geworden war und im Verdacht stand, sich andere Geschäftsfreunde auf sein Zimmer bestellt zu haben. Anton bekam durch das Kopieren der Briefe Einsicht in Stil und Sprache seines Geschäfts, und Veitel hatte während seines Lauerns vor dem Gasthofe das Glück, die Adresse eines vorübergehenden Studenten zu erhalten, welcher es für zeitgemäß hielt, seine silberne Uhr zu verkaufen.

In seinen ersten Mußestunden zeichnete Anton das Schloß, die Kletterpflanzen, den Balkon und die Türmchen aus dem Gedächtnis auf das beste Papier, das ihm die große Stadt liefern konnte. Er ließ das Bild in einen Goldrahmen fassen und hing es über seinem Sofa auf.

5

Anton hatte in den ersten Wochen Mühe, sich in der neuen Welt zurechtzufinden, in die er versetzt war. Das Gebäude, der Haushalt, das Geschäft waren so altertümlich solid und großartig, daß sie auch einem Weltbürger von mehr Erfahrung imponieren mußten.

Das Geschäft war ein Warengeschäft, wie sie jetzt immer seltener werden, jetzt, wo Eisenbahnen und Telegraphen See und Inland verbinden, wo jeder Kaufmann aus den Seestädten durch seine Agenten die Waren tief im Lande verkaufen läßt, fast bevor sie im Hafen angelangt sind, so selten, daß unsere Nachkommen diese Art des Handels kaum weniger fremdartig finden werden, als wir den Marktverkehr zu Timbuktu oder in einem Kaffernkral. Und doch hatte dies alte weltbekannte Binnengeschäft ein stolzes, ja fürstliches Ansehen, und, was mehr wert ist, es war ganz gemacht, bei seinen Teilhabern feste Gesinnung und ein sicheres Selbstgefühl zu schaffen. Denn damals war die See weit entfernt, die Konjunkturen waren seltener und größer, so mußte auch der Blick des Kaufmanns weiter, seine Spekulation selbständiger sein. Die Bedeutung einer Handlung beruhte damals auf den Massen der Waren, welche sie mit eigenem Gelde gekauft hatte und auf eigene Gefahr vorrätig hielt. Auf den Packhöfen am Flusse lag in langen Speichern ein großer Teil der fremden Waren aufgestapelt, ein kleinerer Teil in den Kellern und Gewölben des alten Hauses selbst, viele Vorräte in Speichern und Remisen der Nachbarschaft. Zahlreiche Kaufleute in der Provinz versorgten sich aus den Magazinen der Handlung mit Kolonialwaren und den tausend guten Erzeugnissen der Fremde, welche uns ein tägliches Bedürfnis geworden sind. Aber auch über die Grenzen des Landes hinaus, nach dem Süden und Osten, bis an die türkische Grenze, saßen die Agenten des Hauses, und dieser Teil des Geschäftes, vielleicht weniger regelmäßig und sicher, galt zur Zeit für die gewinnreichste Tätigkeit der Handlung.

So bot der Verkehr des Tages dem neuen Lehrling eine Menge der verschiedensten Eindrücke, Menschen und Verhältnisse aller Art. Außer den Agenten der Seeplätze, welche fast täglich Warenproben brachten, und außer den Sensalen der Börse, welche die Geldgeschäfte des Hauses vermittelten, Wechsel anboten und verkauften, zog durch das vordere Kontor vom Morgen bis zum Abend eine bunte Prozession von allerlei Volk. Da kamen Materialhändler aus der Provinz, altväterische Männer mit jeder Art von Mützen und jedem Grade von Bildung und Zuverlässigkeit; sie kauften, drückten die Hände und verlangten als alte Freunde des Geschäftes behandelt zu werden; ferner Gutsbesitzer jedes Standes aus der Landschaft, welche die angebauten Handelsgewächse, Farbkräuter, Gewürze usw. anboten; dann polnische Juden, schwarzlockige Gesellen im langen seidenen Kaftan, die zuweilen einkauften, gewöhnlich aber die Erzeugnisse ihrer Länder, Wolle, Hanf, Pottasche, Talg verkaufen wollten. Mit ihnen war der Verkehr am wenigsten geschäftsmäßig, ihr Kommen erregte jedesmal unter den jüngeren Leuten des Kontors stille Heiterkeit. Dazwischen kamen Bettler, Hilfesuchende aller Art, Geschäftsfreunde des Hauses, Fuhrleute, welche ihre Frachtbriefe forderten, Auflader und Hausknechte, welche Aufträge erhielten oder die Aufträge anderer Geschäfte ausrichteten. Anton fand es sehr schwer, bei diesem ewigen Türöffnen und Durcheinandersprechen seine Gedanken zusammenzuhalten und die einfache Arbeit, welche ihm aufgetragen war, zu vollenden.

Eben war Herr Braun eingetreten, der Agent eines befreundeten Hauses in Hamburg, und hatte aus seiner Tasche eine Anzahl Kaffeeproben hervorgeholt. Während diese vom Prinzipal besichtigt wurden, gestikulierte der kleine behende Agent mit seinem goldenen Stockknopf in der Nähe von Antons Augen umher und berichtete von einem Seesturme und dem Schaden, den er angerichtet haben sollte. Da knarrte die Tür, und eine ärmlich gekleidete Frau trat herein. Herr Specht erhob sich und fragte: »Was wollen Sie?« Man hörte klägliche Töne, welche mit dem Gepiep eines kranken Huhns Ähnlichkeit hatten, der Kaufmann griff schnell in die Tasche, und das Piepen verwandelte sich in ein behagliches Glucksen. »Haushohe Wellen«, ruft der Agent. – »Gott vergelt es tausendmal«, gluckste die Frau. – »Macht 550 Mark, zehn Schilling«, sagte Herr Baumann zum Prinzipal.

Jetzt wird die Tür heftig aufgerissen, ein starker Mann, mit einem Geldsack unterm Arm, tritt ein, er setzt den Geldsack triumphierend auf den Marmortisch und ruft mit dem Ausdruck eines Mannes, der eine gute Tat vollbringt: »Hier bin ich, und hier ist Geld!«Sogleich erhebt sich Herr Jordan und sagt vertraulich: »Guten Morgen, Herr Stephan, wie geht's in Wolfsburg?« – »Ein furchtbares Loch«, klagt Herr Braun. – »Wo?« fragt Fink. – »Es ist keine schlechte Stadt, aber wenig Nahrung«, sagt Herr Stephan. – »Natürlich im Rumpfe des Schiffes«, antwortet Herr Braun. – »Fünfundsiebzig Sack Kuba«, bemerkt der Prinzipal als Antwort auf die Frage eines Kommis.

Während nun Herr Stephan die Neuigkeiten seiner Stadt erzählt, darunter die traurige Geschichte eines Lehrjungen, der sich mit Hilfe einer Schlüsselbüchse erschossen hat, und während Jordan diese notwendige Einleitung zu dem bevorstehenden Einkauf geduldig durchmacht, öffnet sich wieder die Tür, ein Bedienter tritt ein und ein Jude aus Brody. Der Diener bringt dem Kaufmann die Einladung zu einem Diner, und der Jude schleicht an die Ecke, wo Fink sitzt.

»Wozu kommt Ihr wieder, Schmeie Tinkeles?« fragt Fink kalt, »ich habe Euch schon gesagt, daß wir kein Geschäft mit Euch machen wollen.«

»Kein Geschäft?« ruft der unglückliche Tinkeles krächzend in abscheulichem Deutsch, so daß Anton ihn nur mit Mühe versteht. »Solche Wolle, wie ich bringe, ist noch nicht gewesen im Lande.«

»Wie hoch der Zentner?« fragt Fink schreibend, ohne den Juden anzusehen.

»Was ich doch habe gesagt«, antwortet der Jude.

»Ihr seid ein Narr«, sagt Fink, »fort mit Euch!«

»Kein Lotse kann ihm helfen«, sagte Braun.

»Meine Empfehlung an Herrn Kommerzienrat«, sagte der Kaufmann.

»Mit einem Schwefelhölzchen hat er den Schlüssel angezündet«, ruft Herr Stephan zum Himmel blickend.

»Wai!« schreit der Mann im Kaftan. »Was ist das: Fort mit Euch? Mit Fort kann man machen keine Geschäfte.«

»Was wollt Ihr also haben für Eure Wolle?«

»41 2/3«, sagt Tinkeles. »Hinaus!« bemerkt Fink.

»Sagen Sie doch nicht immer hinaus!« bittet der Jude in Verzweiflung, »sagen Sie, was wollen Sie geben?«

»Wenn Ihr so unverschämt fordert, gar nichts,« sagt Fink, eine neue Seite seines Briefes beginnend.

»Sagen Sie doch nur, was wollen Sie geben?« bittet der Jude wieder.

»Nur wenn Ihr wie ein anständiger Mann redet«, antwortet Fink, den Juden ansehend.

»Ich bin anständig«, sagt der Jude leise, »was wollen Sie geben?«

»39«, sagt Fink.

Jetzt gerät Schmeie Tinkeles außer sich, schüttelt seine schwarzen Locken und verschwört sich bei seiner Seele Seligkeit mit lautem Geschrei, er könne nicht unter 41; worauf Fink ihm bedeutet, er werde ihn von einem Hausknecht hinausführen lassen, wenn er solchen Lärm mache. Darauf geht der Jude entrüstet vor die Tür, steckt den Kopf wieder herein und ruft: »Also, was wollen Sie geben?«

»39«, sagt Fink und sieht der aufgeregten Mimik des Händlers ungefähr mit demselben Interesse zu, mit dem ein Physiker die galvanischen Zuckungen eines Frosches betrachtet. Die Zahl 39 bewirkt in der Seele des Juden eine neue Explosion, er tritt wieder vor, verschwört seine Seele in den tiefsten Abgrund der Hölle und erklärt sich selbst für das nichtswürdigste Scheusal der Welt, wenn er für weniger als 41 ablassen könne. Als er sich auf wiederholte Ermahnungen Finks, ruhig zu werden, dazu nicht entschließen kann, wird der Hausknecht gerufen. Das Erscheinen desselben wirkt so weit beruhigend, daß Herr Tinkeles erklärt, er könne allein gehen und werde allein gehen, worauf er stillsteht und 40 1/2 sagt. Der Agent, der Provinziale und das Kontor sind still und hören der Verhandlung neugierig zu, während Fink dem armen Schmeie mit einer gewissen Herzlichkeit den Vorschlag macht, er solle sich ohne weiteres entfernen, er sei völlig Narr und mit ihm kein Geschäft zu machen. Darauf wendet sich der Jude trotzig ab und geht hinaus. Und wieder fährt Herr Braun fort: »Dieser Sturm war ein seltenes Unglück, der Kaffee muß steigen«; und Herr Stephan beweist, daß die Selbstmorde und andere Untaten seit Erfindung der Schwefelhölzer zugenommen haben; und Fink sagt zum Prinzipal, der einen unterdes erhaltenen Brief durchliest. »Er wird's lassen, wenn ich ihm noch einen halben Taler zulege. Wollen Sie mit 39 1/2 abmachen?«

»Wieviel?« fragt der Kaufmann.

»120 Zentner«, sagt Fink.

»Nehmen Sie«, sagt der Kaufmann und liest weiter.

Von neuem wird die Tür aufgerissen, das Geschwirr geht fort, und Anton müht sich vergebens zu verstehen, wie man die Wolle kaufen könne, nachdem der Verkäufer in so entschiedener Weise gegangen ist. Da öffnet sich, gerade als wieder drei bis vier Stimmen durcheinander sprechen, ganz leise die Tür, Tinkeles schleicht auf den Zehen herein bis hinter Finks Platz und sagt, diesem die Hand auf die Schulter legend, wehmütig und vertraulich: »Was wollen Sie noch geben?«

Fink wendet sich um und sagt ebenfalls mit vertraulichem Lächeln: »Weil Ihr es seid, Tinkeles, 39 1/2, aber nur unter der Bedingung, daß Ihr kein Wort weiter sprecht, sonst nehm' ich das Gebot zurück.«

»Ich spreche nichts«, antwortet der Jude, »sagen Sie 40.«

Fink macht eine Bewegung der Entrüstung und weist schweigend nach der Tür. Der Händler geht und dreht an der Tür um.

»Jetzt kommt's«, sagt Fink. Darauf kehrt der Händler zurück und spricht mit mehr Haltung: »39 1/2, wenn Sie es dafür wollen nehmen.«

Nach einigem Zögern bemerkt Fink wie gelegentlich: »Es mag sein.« Worauf Schmeie Tinkeles ganz umgewandelt ist, sich als liebenswürdiger Freund der Handlung erweist und angelegentlich nach dem Befinden des Prinzipals erkundigt.

Und wieder knarrte nach diesem Intermezzo die Tür, neue Käufer und Verkäufer kamen, die Menschen sprachen und Federn knisterten, das Geld rollte unaufhörlich.

Auch der Haushalt, dem Anton jetzt angehörte, erschien ihm sehr fremdartig und mächtig. Das Haus selbst war ein altes unregelmäßiges Gebäude mit Seitenflügeln, kleinen Höfen und Hinterhäusern, voll von Mauern und kleinen Treppen, von geheimnisvollen Durchgängen, wo kein Mensch welche vermutete, von Korridoren, Nischen, tiefen Wandschränken und Glasverschlägen. Es war ein durchaus künstlicher Bau, an dem Jahrhunderte gearbeitet hatten, um ihn für späte Enkel so schwierig und unverständlich als irgend möglich zu machen. Und doch sah er im ganzen betrachtet behaglich aus und umfaßte mit seinen Mauern eine große Welt voll Menschen und Interessen. Der ganze Raum unter dem Gebäude und unter seinen Höfen war zu Kellern gewölbt und bis an die Gewölbgurte mit Waren gefüllt; das ganze Parterre gehörte der Handlung und enthielt außer den Kontorzimmern fast nichts als Warenräume. Darüber lagen im Vorderhause die Säle und Zimmer, in denen der Kaufherr selbst wohnte. Herr Schröter war nur kurze Zeit verheiratet gewesen, in einem Jahre hatte er Frau und Kind verloren; seit dem Tode seiner Eltern war eine Schwester alles, was er von Familie besaß.

Streng hielt der Kaufmann auf den alten Brauch seiner Handlung. Alle Herren des Kontors, welche nicht verheiratet waren, wohnten in seinem Hause, gehörten seinem Haushalte an und aßen alle Mittage Punkt ein Uhr an dem Tisch des Prinzipals. Am Morgen nach Antons Eintritt hatte Herr Schröter nur wenige Worte mit ihm gewechselt und ihn darauf Herrn Jordan und dem Provinzialgeschäft übergeben. Jetzt, einige Minuten vor der Mittagsstunde, war Anton in die Zimmer des ersten Stocks bestellt, um der Dame des Hauses vorgestellt zu werden. Erwartungsvoll stieg er die Teppichstufen der breiten Treppe hinauf, der Bediente öffnete und führte ihn durch eine Reihe von Gemächern in das Empfangszimmer. Anton sah auf seinem Wege mit Erstaunen den ruhigen und soliden Glanz der Einrichtung, die großen Wandspiegel, schwere Stoffe, Gemälde, Blumentische, zahlreiche Vasen und Fruchtschalen von Stein und gemaltem Porzellan. Der Diener schlug eine Portiere zurück, und Anton machte auf dem glatten Parkettboden eine tiefe Verbeugung, als der Prinzipal ihn einer jungen Dame vorstellte und dazusetzte: »Meine Schwester Sabine.«

Fräulein Sabine zeigte über dem eleganten Sommerkleide ein feines bleiches Gesicht, von rabenschwarzem Haar eingefaßt. Sie war nicht älter als Anton, aber sie hatte die Würde und Haltung einer Hausfrau. Sie nötigte, Platz zu nehmen, und fragte ihn teilnehmend, wie er sich eingerichtet habe und ob er noch irgend etwas vermisse.

»Meine Schwester regiert uns alle«, sagte der Kaufmann mit einem freundlichen Blick auf die Dame, »machen Sie hier Ihre Bekenntnisse, wenn Sie irgendeinen wirtschaftlichen Wunsch haben; sie ist jene gute Fee, welche den Haushalt in Ordnung hält.«

Anton sah zu der Fee auf und antwortete schüchtern: »Ich habe bis jetzt alles weit glänzender gefunden, als ich von Hause aus gewöhnt bin.«

»Ihr Leben wird Ihnen bei alledem mit der Zeit einförmig erscheinen«, fuhr der Kaufmann fort, »es ist eine strenge Regelmäßigkeit in unserm Hause. Sie haben viel Arbeit und wenig Zerstreuung zu erwarten; meine Zeit ist sehr in Anspruch genommen, auch nach dem Schluß des Kontors. Wenn Sie aber in irgendeiner Angelegenheit Rat oder Hilfe wünschen, so bitte ich, sich vor allem an mich zu wenden.«

Nach dieser kurzen Audienz erhob er sich und führte Anton nach dem Speisezimmer. Auf dem Wege setzte er ihm die Stellung eines Lehrlings im Geschäft auseinander. Anton fand seine Kollegen bereits aufgestellt und in bescheidener Toilette das Mahl erwartend; Sabine trat ein und mit ihr eine ältliche Dame, eine entfernte Verwandte der Familie, welche dem Fräulein in der Wirtschaft half und sehr gutmütig aussah. Die Herren vom Kontor machten den Damen ihre Verbeugung, und Anton erhielt seinen Platz am Ende einer langen Tafel, zwischen den jüngsten seiner Kollegen. Ihm gerade gegenüber saß Sabine, neben dieser ihr Bruder, auf der andern Seite die Verwandte, neben dieser Herr Fink und dahinter alle übrigen genau nach Rang und Alter im Geschäft. Es war im ganzen ein stilles Diner, welches eingenommen wurde, Antons Nachbarn sprachen nur wenig und mit gedämpfter Stimme, das Gespräch wurde fast ausschließlich von dem Prinzipal geleitet. Nur der Jockei von gestern benahm sich mit größter Unbefangenheit, erzählte kleine lächerliche Geschichten, wußte andere Leute vortrefflich in Stimme und

Haltung nachzuahmen und bewies seiner Nachbarin, der gutmütigen Tante, eine fast übertriebene Aufmerksamkeit. Kurz, Anton, dessen Herz bereits voller Pietät und Ehrfurcht war, sah mit einer Art von frommem Entsetzen, daß Fink den ganzen Tisch so behandelte, als wäre die Tafel nur seinetwegen gedeckt und als hätte der Kaufherr nur deshalb ein Geschäft, damit Fink, sein Volontär, leichtsinnige Scherze machen und alle Anwesenden dreist anreden könnte. Dabei glaubte er wahrzunehmen, daß der Kaufherr selbst den jungen Herrn mit Kälte behandelte, und ferner, daß Fink sich sehr wenig um dies zurückhaltende Wesen des Kaufherrn kümmerte. Der Diener im schwarzen Frack servierte mit größter Akkuratesse, und als sich die Herren vom Geschäft mit einer Verbeugung erhoben und ihre Stühle wegrückten, nahm Anton aus dem Speisesaal die Überzeugung mit hinaus, daß er noch nie so vornehm und feierlich sein Mittagsbrot verzehrt habe.

Mit allen werde ich zurechtkommen, nur mit diesem Herrn Fink nicht, sagte sich Anton den Tag über, er ist zu dreist und zu stolz. Auch sitzen blieb er, als alle von unserm Geschäft aufstanden. Er paßt nicht hierher, entschied der neue Ankömmling mit einer Weisheit, in welcher mehr Instinkt als Erfahrung war. Seit der Zeit sah Anton mit einiger Scheu auf Herrn von Fink, er mußte aber oft nach ihm hinsehen und sich viel um ihn kümmern, denn das Wesen des Gentlemans imponierte ihm doch sehr; der edel geformte Kopf, ein schmales Gesicht mit feinen Zügen, die sichere Haltung und die kurze Entschlossenheit in Bewegungen und Worten. Anton getraute sich kaum ihn anzureden, und Fink gab ihm keine Veranlassung dazu, denn er schien von der Anwesenheit des neuen Lehrlings nichts mehr zu wissen. Nur einmal, als Anton zufällig vor Fink die Treppe des Hinterhauses hinaufging, redete ihn dieser an: »Nun, Master Wohlfart, wie gefällt es Ihnen in diesem Hause?«

Anton blieb stehen und sagte, wie sich für einen guten Jungen schickt: »Ausgezeichnet! Ich sehe und höre so viel Neues, daß ich noch gar nicht zu mir selbst kommen kann.«

»Sie werden das alles gewohnt werden«, lachte Fink, »wie an einem Tage geht es das ganze Jahr ohne Veränderung fort. Am Sonntage ein Gericht mehr und ein Glas Wein vor jedem Kuvert, und Sie werden guttun, dazu Ihren Leibrock anzuziehen. Sie sind jetzt als Rad eingefügt in die Maschine, und es wird von Ihnen erwartet, daß Sie das ganze Jahr regelmäßig abschnurren.«

»Ich weiß, daß ich fleißig arbeiten muß, um das Vertrauen Herrn Schröters zu erwerben«, antwortete der kleine Philister gereizt durch die rebellische Gesinnung des Volontärs.

»Eine tugendhafte Bemerkung«, spottete dieser; »in wenigen Wochen werden Sie sehen, mein armer Junge, welch ein himmelweiter Unterschied ist zwischen dem Herrn des Geschäfts und den Leuten, welche seine Briefe schreiben und seine Kunden abfertigen. Kein Fürst auf Erden lebt so stolz und einsam unter seinen Vasallen als dieser Kaffeebeherrscher in seinem Reiche. Lassen Sie sich übrigens durch meine Rede nicht stören«, fügte er mit etwas mehr Gutmütigkeit hinzu, »das ganze Haus wird Ihnen sagen, daß ich unzurechnungsfähig bin. Da Sie mir aber aussehen wie ein hoffnungsvoller Kontorist, so will ich Ihnen noch einen ehrlichen Rat geben. Kaufen Sie sich einen englischen Sprachlehrer und machen Sie, daß Sie fortkommen, bevor Sie hier einrosten. Alles, was Sie hier lernen, wird Sie noch nicht zu einem tüchtigen Menschen machen, wenn Sie anders das Zeug haben, überhaupt einer zu werden. Guten Abend!« Mit diesen Worten drehte Fink unserm Anton den Rücken und ließ diesen wieder ärgerlich über den hohen Ton, den der Jockei angenommen hatte, zurück.

Wohl empfand unser Held nach einiger Zeit mitten in dem Rauschen des Geschäftslebens die ewige Gleichförmigkeit der Stunden und Tage; wohl ermüdete ihn das zuweilen, aber es machte ihn nicht unglücklich; denn durch seine Eltern war er an Ordnung und regelmäßigen Fleiß gewöhnt, und diese beiden Tugenden halfen ihm über manche langweilige Stunde hinweg.

Herr Jordan gab sich redlich Mühe, den Lehrling in die Geheimnisse der Warenkunde einzuweihen, und die Stunde, in welcher Anton zuerst in das Magazin des Hauses trat und hundert verschiedene Stoffe und merkwürdige Bildungen persönlich mit allen Kunstausdrücken kennenlernte, wurde für seinen empfänglichen Sinn die Quelle einer eigentümlichen Poesie, die wenigstens ebensoviel wert war als manche andere poetische Empfindung, welche auf dem märchenhaften Reiz beruht, den das Seltsame und Fremde in der Seele des Menschen hervorbringt.

Es war ein großes dämmriges Gewölbe im Parterre des Hauses, durch Fenster mit Eisenstäben notdürftig erhellt, in welchem die Warenproben und kleinen Vorräte für den täglichen Verkehr lagen. Tonnen, Kisten und Ballen standen auch hier massenhaft durcheinander, und nur schmale gewundene Pfade führten dazwischen durch. Fast alle Länder der Erde, alle Rassen des Menschengeschlechts hatten gearbeitet und eingesammelt, um Nützliches und Wertvolles vor den Augen unseres Helden zusammenzutürmen. Der schwimmende Palast der Ostindischen Kompanie, die fliegende amerikanische Brigg, die altertümliche Arche der Niederländer hatten die Erde umkreist, starkrippige Walfischfänger hatten ihre Nasen an den Eisbergen des Süd- und Nordpols gerieben, schwarze Dampfschiffe, bunte chinesische Dschunken, leichte malaiische Kähne mit einem Bambus als Mast, alle hatten ihre Flügel gerührt und mit Sturm und Wellen gekämpft, um dies Gewölbe zu füllen. Diese Bastmatten hatte eine Hindufrau geflochten, jene Kiste war von einem fleißigen Chinesen mit rot und schwarzen Hieroglyphen bemalt worden, dort das Rohrgeflecht hatte ein Neger aus Kongo im Dienst des virginischen Pflanzers über den Ballen geschnürt; dieser Stamm Farbholz war an dem Sande herabgerollt, den die Wellen des Mexikanischen Meerbusens angeworfen haben, jener viereckige Block von Zebra- oder Jakarandaholz hatte in dem sumpfigen Urwald Brasiliens gestanden, und Affen und bunte Papageien waren über seine Blätter gehüpft. In Säcken und Tonnen lag die grünliche Frucht des Kaffeebaumes fast aus allen Teilen der Erde, in rohen Bastkörben breiteten sich die gerollten Blätter der Tabakpflanze, das bräunliche Mark der Palme und die gelblichen Kristalle aus dem süßen Rohr der Plantagen. Hundert verschiedene Pflanzen hatten ihr Holz, ihre Rinde, ihre Knospen, ihre Früchte, das Mark und den Saft ihrer Stämme an dieser Stelle vereinigt. Auch abenteuerliche Gestalten ragten wie Ungetüme aus dem Chaos hervor: dort hinter dem offenen Faß gefüllt mit orangener Masse – es ist Palmöl von der Ostküste Afrikas – ruht ein unförmiges Tier – es ist Talg aus Polen, der in die Haut einer ganzen Kuh eingelassen ist –, daneben liegen zusammengedrückt, in riesigem Ballen, gepreßt mit Stricken und eisernen Bändern, fünfhundert Stockfische, und in der Ecke gegenüber erheben sich über einem Haufen Elefantenzähne die Barten eines riesigen Wals.

Anton stand noch stundenlang, nachdem die Erklärungen seines Lehrmeisters aufgehört hatten, neugierig und verwundert in der alten Halle, die Gurte der alten Wölbung und die Pfeiler an der Wand verwandelten sich ihm in großblättrige Palmen, das Summen und Geräusch auf der Straße erschien ihm wie das entfernte Rauschen der See, die er nur aus seinen Träumen kannte, und er hörte die Wogen des Meeres in gleichmäßigem Takt an die Küste schlagen, auf welcher er so sicher stand.

Diese Freude an der fremden Welt, in welche er so gefahrlos eingekehrt war, verließ ihn seit dem Tage nicht mehr. Wenn er sich Mühe gab, die Eigentümlichkeiten der vielen Waren zu verstehen, so versuchte er auch durch Lektüre deutliche Bilder von der Landschaft zu bekommen, aus welcher sie herkamen, und von den Menschen, die sie gesammelt hatten.

So vergingen schnell die ersten Monate seines Lebens in der Hauptstadt, und es war gut für ihn, daß er in seinen Freistunden diese lebhafte Unterhaltung mit der ganzen Welt zu führen hatte; denn in einem hatte Fink recht gehabt: Anton blieb trotz dem täglichen Mittagstisch in dem parkettierten Speisezimmer doch dem Chef des Hauses und der Familie sehr fremd und fühlte bald, daß eine Schranke gezogen sei zwischen den Herren vom Kontor und den Personen des Hauses, die, so unbemerkt sie für Fremde sein mochte, doch eisenfest stand. Er war so verständig, daß ihm nicht einfiel, darüber zu murren, aber er wurde doch manchmal dadurch bedrückt, denn mit dem Enthusiasmus der Jugend war er schnell bereit, seinen Prinzipal als das Ideal eines Kaufmanns zu verehren. Die Klugheit, Sicherheit und energische Kürze des Mannes und seine stolze Redlichkeit begeisterten ihn; er hätte sich gar zu gern mit schwärmerischer Innigkeit an ihn geschlossen, aber er sah weder den Geschäftsstunden wenig von ihm. Wenn der Kaufmann am Abend nicht in Versammlungen oder im Klub war, so lebte er nur für seine Schwester, an der er mit einer rührenden Zärtlichkeit hing. Für seine Schwester hielt der Kaufmann Wagen und Pferde, die er selbst selten benutzte, ihr zuliebe besuchte er auch Abendgesellschaften und gab selbst welche, zu denen Anton und seine Kollegen nicht zugezogen wurden. Dann rollten die Equipagen vor das Haus, galonierte Bediente flogen treppauf, treppab, und bunte Schatten schwebten an den erleuchteten Fenstern des Vorderhauses vorüber, während Anton in seiner Dachstube saß und mit Sehnsucht auf das glänzende Leben des Haushaltes sah, zu dem er doch auch gehörte: mit heißer Sehnsucht, denn unser Held war kaum neunzehn Jahre alt und kannte die geschmückte Geselligkeit eleganter Kreise nur aus den trügerischen Schilderungen der Bücher, welche er gelesen hatte. Dann sagte ihm zwar immer sein Verstand, daß er nicht in das Vorderhaus gehöre, und was daraus werden solle, wenn er mit seinem Dutzend Kollegen, die so verschieden an Bildung waren, bei solchen Gesellschaften sich ausbreiten wolle. Aber was der Verstand, dieser alte Herr, sagt, wird von der jungen Dame Begehrlichkeit nicht immer ehrerbietig angehört, und Anton schlich manchmal mit einem leisen Seufzer vom Fenster zu seiner Lampe und den Büchern zurück und bemühte sich, die lockende Musik der Quadrille zu vergessen, indem er auf das Geschrei des Löwen und das Gurgeln des Brüllfrosches in irgendeinem tropischen Lande lauschte.

6

Der Freiherr von Rothsattel hatte sein Quartier in der Hauptstadt selbst eingerichtet. Es war nur von mäßiger Größe, aber die Form der Möbel, die Arabesken der einfachen Wandmalerei, die Zeichnungen auf den Vorhängen und Teppichen waren so geschmackvoll zusammengepaßt, daß das Ganze in der guten Gesellschaft als ein Muster von Eleganz und Wohnlichkeit gerühmt wurde. Recht in der Stille hatte er das alles vorbereitet. Endlich hielt der neugekaufte Wagen vor der Wohnung, der Freiherr hob seine Gemahlin heraus und führte sie durch die Reihe der Zimmer bis zu ihrem kleinen Boudoir, das ganz mit weißer Gaze dekoriert war, die Decke eine Sonne von weißen Falten und an allen Wänden weiß gefältelte Sterne. Da flog ihm die Baronin, entzückt über so viel Aufmerksamkeit, in die Arme, und der gute Herr fühlte sich zufrieden und stolz wie ein König. Schnell war die Familie eingelebt, die Ackerpferde führten vom Gute die unvermeidlichen Kisten, Truhen und Vorräte von Lebensmitteln herbei, und nachdem einige Tage hindurch Strohhalme von Treppen, Fußböden und Teppichen abgefegt worden waren, konnte man daran denken, sich außerhalb des Hauses umzusehen und die nötigen Besuche zu machen.

Ein großer Teil des Landadels pflegte die Wintermonate in der Hauptstadt zuzubringen und die Rothsattel trafen mehrere Gutsnachbarn, viele Bekannte und Verwandte. Überall war man erfreut, die angesehene Familie in der Stadt zu begrüßen, und nach wenigen Wochen fanden sie sich mitten in einem großen Kreise fröhlicher Geselligkeit eingelebt. Der niedere Adel mit all seinen Titeln, welche ihm von den deutschen Regenten freigebig erteilt worden sind, bildete eine stattliche, ziemlich abgeschlossene Gesellschaft, und wenn in dem Völkchen auch nicht gerade ein Überfluß von geistreicher Bildung vorhanden war, so war doch das gesellige Behagen, mit dem sie untereinander verkehrten, vielleicht um so größer. Die Baronin wurde durch ihre sichere Liebenswürdigkeit eine Hauptgröße der Frauenwelt; auch ihr Gemahl, der in den ersten Wochen manchmal die Wanderungen durch den Wirtschaftshof und die Spazierritte in seinen Wald vermißt hatte, befand sich bald unter seinen Jugendfreunden nicht weniger wohl. Er wurde Mitglied einer adeligen Ressource, suchte seine alte Meisterschaft auf dem Billard hervor, spielte mit Anstand Whist und L'hombre und trieb in müßigen Stunden etwas Politik und ein wenig Kunst. So verlebte die Familie eine behagliche und heitere Wintersaison, und der Freiherr und seine Gemahlin äußerten einander ihre Verwunderung, warum sie ihrem Leben nicht schon in früheren Jahren diese bescheidene und anständige Abwechslung gegönnt hätten.

Nur Lenore war mit dem Umzug nicht ganz zufrieden. Sie fuhr fort, die Befürchtung ihrer Mutter zu rechtfertigen, daß sie ein Original werden könnte. Es wurde ihr schwer, den zahlreichen ältlichen Tanten der Familie eine anmutige Ehrerbietung zu bezeigen, und noch schwerer wurde ihr, lustige Herren aus der Nachbarschaft, gute Freunde ihres Vaters, die sie vom Gut her kannte, hier in der Stadt nicht zuerst anzureden, wenn sie ihnen auf der Straße begegnete. Auch das Behältnis war ihr peinlich, in dem sie die Bildung aus dem Mädcheninstitut nach Hause tragen mußte. Es war ein Zwitter von Tasche und Mappe, voll von langweiligen Heften und Lehrbüchern. Da die Mutter nicht gern sah, wenn der Bediente ihr die Schulbücher nachtrug, so schlenkerte sie das Ding verächtlich am Arm, sooft sie auf der Straße ging, blieb dabei von Zeit zu Zeit stehen und sah wie eine Juno mit dreistem Blick auf die Gruppen der Marktleute, auf Eckensteher, die sich prügelten, auf andere Menschenknäuel, welche sich in den Straßen einer großen Stadt zusammenballen. Einst, als sie so auf der Straße stand, die Mappe als Zeichen ihrer Sklaverei am Arme und einen kleinen Regenschirm in der Hand, siehe, da kam ihr auf dem Trottoir der junge Herr entgegen, den sie im Garten umhergeführt und über den Teich gefahren hatte. Sie freute sich darüber; er war ihr eine freundliche Erinnerung an das Gut, an ihren Pony und an das Volk der Schwäne. Noch war er eine Strecke entfernt, als ihre Falkenaugen ihn beobachteten. Er kam näher und sah sie nicht. Da ihr die Mutter verboten hatte, irgendeinen Herrn auf der Straße anzusprechen, so blieb sie in seinem Wege stehen und stampfte ihren Schirm befehlend vor ihm auf die Steine. Anton, der im Geschäftstrott war, blickte auf und sah mit der höchsten Freude, daß das schöne Fräulein vom See vor ihm stand. Er zog errötend seinen Hut, und das Fräulein erkannte aus seinem strahlenden Gesicht mit Befriedigung, daß trotz der Büchertasche ihre Erscheinung noch ebenso gewaltig auf ihn wirkte wie früher.

»Wie geht es Ihnen, mein Herr?« fragte sie würdevoll, das Köpfchen zurückwerfend.

»Sehr gut«, sagte Anton; »wie bin ich glücklich, Sie hier in der Stadt zu sehen.«

»Wir wohnen jetzt hier«, sprach das Fräulein weniger vornehm, »für den Winter Bärenstraße Nr. 20.«

»Darf ich fragen, wie sich der Pony befindet?« sagte Anton ehrfurchtsvoll.

»Denken Sie, er hat zu Hause bleiben müssen«, klagte die Dame; »und was treiben Sie hier?«

»Ich bin in der Handlung von T. O. Schröter«, antwortete Anton mit einer Verbeugung.

»Also Kaufmann?« sagte das Fräulein, »und womit handeln Sie?«

»Kolonialwaren und Produkte; es ist das größte Geschäft in dieser Branche hier am Platze«, antwortete Anton mit Selbstgefühl.

»Und haben Sie gute Menschen gefunden, die für Sie sorgen?«

»Mein Prinzipal ist sehr gütig gegen mich«, antwortete Anton, »in Kleinigkeiten muß ich für mich selbst sorgen.«

»Haben Sie auch Freunde hier, mit denen Sie sich unterhalten?« setzte das Fräulein ihr Examen fort.

»Einige Bekannte. Ich habe aber viel zu tun, und in den Freistunden muß ich für mich lernen.«

»Sie sehen auch etwas bleich aus«, sagte das Fräulein, ihn mit mütterlichem Wohlwollen betrachtend. »Sie müssen sich mehr Bewegung machen und fleißig spazierengehen. – Es ist mir angenehm gewesen, Sie hier zu treffen; ich werde mich freuen, wenn ich höre, daß es Ihnen wohlgeht«, fügte sie, wieder in Majestät übergehend, hinzu. Sie sah ihn noch einen Augenblick an, grüßte mit dem Kopf und verschwand in dem Menschenstrom, während Anton ihr mit abgezogenem Hut nachsah.

Lenore fand nicht für nötig, über das zufällige Zusammenreffen viele Worte zu verlieren. Nur als einige Tage darauf die Baronin ihren Gemahl fragte: »Aus welcher Handlung wollen wir die Waren nehmen, die der Haushalt braucht?« da sah Lenore von ihrem Buche auf und sagte: »Die größte Handlung hier am Platze ist die von T. O. Schröter, Kolonialwaren und Produkte.«

»Woher weißt du das?« fragte der Vater lachend, »du sprichst ja wie ein gelernter Kaufmann.«

»Das kommt alles von diesem Mädcheninstitut«, antwortete Lenore trotzig.

Über den geselligen Freuden vergaß der Freiherr nicht den Hauptzweck seines Aufenthaltes in der Stadt. Er zog sorgfältige Erkundigungen ein über die technischen Gewerbe, welche andere Gutsbesitzer eingerichtet hatten, er besuchte die Fabriken der Stadt und bemühte sich, gebildete Techniker kennenzulernen. Er bekam eine Masse von Nachrichten und erwarb einige Kenntnisse in Maschinen und Fabrikanlagen. Aber die Nachrichten, welche er erhielt, waren so widersprechend, und die Anschauungen, welche er selbst gewann, so unvollständig, daß er zuletzt für das beste hielt, nichts zu übereilen und abzuwarten, bis sich ein geschäftliches Unternehmen von besonderer und möglichst sicherer Rentabilität fände.

Es darf nicht verschwiegen werden, daß zu dieser Zeit auch der Familienschatz durch ein schönes, mit vergoldetem Messing beschlagenes Kästchen vermehrt wurde. Es war von gemasertem Holz mit Arabesken von mattem Metall und mit einem sehr kunstvollen Schloß, welches für einen Spitzbuben gar nicht zu öffnen war und den Dieb in die Notwendigkeit versetzte, das ganze Kästchen zu stehlen. In diesem Behältnis lagen fünfundvierzigtausend Taler in neuen weißen Pfandbriefen der Landschaft. Der Freiherr betrachtete die Pfandbriefe mit vieler Zärtlichkeit. Er saß in den ersten Tagen stundenlang vor dem geöffneten Kästchen und wurde nicht müde, die Pergamentblätter nach den Nummern zu ordnen, sich über den reinlichen weißen Glanz derselben zu freuen und die Tilgungspläne für das Kapital zu entwerfen. Auch als er das Kästchen der Sicherheit wegen wieder ins Depositorium der Landschaft gegeben hatte, war der Gedanke daran eine von den kleinen Freuden, welche der ritterliche Freiherr im stillen hatte. Ja, der Geist des Kästchens spukte in seinem Haushalt fort. Die Baronin war verwundert, wenn ihr Gemahl zuweilen anfing, da zu sparen, wo er es sonst nicht getan hatte, wenn er einige Male von Logenbilletten abriet, weil man gute Wirtschaft treiben müsse, oder wenn er ihr mit einer gewissen Freude erzählte, daß er am vergangenen Abend zehn Louisdore im Spiel gewonnen habe. Die verständige Dame wurde ernstlich besorgt, ob ihr Gemahl nicht durch einen Unfall in Geldverlegenheit gekommen sei; indes beruhigten sie seine Versicherungen vom Gegenteil und ein zufriedenes Lächeln, welches in solchen Stunden über seinem Gesicht schwebte, sehr bald wieder. In der Tat waren die kleinen Anfälle von Sparsamkeit nicht konsequent und nichts anderes als eine unschuldige Laune, denn in allen größeren Dingen hielt der Freiherr in gewohnter Weise auf anständige Repräsentation, und sein Auftreten war durchaus seiner Familie und seinem Wohlstande entsprechend. Auch war es in der Tat nicht möglich, gerade jetzt zurückzulegen. Das Leben in der Stadt, die Einrichtung der Wohnung und die unvermeidlichen geselligen Ansprüche verringerten natürlich die Ausgaben nicht.

So kam es, daß der Freiherr, als er zur Abnahme der Winterrechnungen auf sein Gut gereist war, sehr verstimmt nach der Stadt zurückkehrte. Er hatte große Rechnung gemacht, er hatte gesehen, daß die Ausgaben des letzten Jahres größer gewesen waren als die Einnahmen, daß der Revenuenanschlag des nächsten Jahres keine Deckung des Defizits versprach, daß fast zweitausend Taler fehlten, daß welche geschafft werden mußten. Der Gedanke griff ihm an das Herz, daß er dies Geld von den weißen Pergamenten nehmen sollte, und dem Manne, welcher mit dem größten Anstand einen feindlichen Kugelregen ausgehalten hätte, wurde siedend heiß, wenn er dachte, daß er in diesem Falle einige tausend Taler wirkliche Schulden auf seinem Gute haben würde. Er war verständig genug einzusehen, daß in seiner Spekulation ein Fehler gewesen war. Wenn man ein Vermögen durch jährliche kleine Ersparnisse erwerben will, muß man seine Ausgaben einschränken; er aber hatte seine Ausgaben bedeutend vermehrt. Ohne Zweifel war diese Vermehrung sehr notwendig gewesen, aber es war ein unglücklicher Zufall, daß es so zusammentraf. Seit seinen Leutnantstagen hatte der gute Herr keine so peinliche Unruhe empfunden. Aus der Stadt zurück konnte er nicht, dafür gab es tausend Gründe; er hatte die Wohnung auf eine Reihe von Jahren gemietet, was würden die Bekannten zu einer plötzlichen Abreise gesagt haben, wie hätte er seiner geliebten Frau und Lenoren das Opfer zumuten können? So verschloß er den Ärger in sich. Er entschuldigte gegenüber den besorgten Fragen der Baronin seine Verstimmung durch eine Erkältung auf der Reise, aber tagelang nagte der Gedanke an ihm, daß er einen Verlust erlitten habe, daß er zurückgekommen sei; und je sanguinischer er vorher gewesen war, desto niedergeschlagener wurde er jetzt. Ja es geschah, daß er auf einem Spaziergange durch die Stadt bei einem Lotterieeinnehmer eintrat und ein Lotterielos kaufte, damit ein gütiges Geschick das gutmachen möge, was schadhaft war; besonders am Abend, wenn er aus heiterer Gesellschaft kam, lächelte er selbst über diese Verstimmung und schalt sie töricht. Das ganze Unglück war so unbedeutend, es war ja keine Lebensfrage; in wenigen Jahren konnten seine Angelegenheiten wieder aufs beste arrangiert sein. Nur an den nüchternen Morgen kam ihm der langweilige Gedanke wieder, und er konnte ihn nicht loswerden.

An einem solchen Morgen wurde Herr Ehrenthal gemeldet, er ihm eine Summe für gekauftes Getreide zu zahlen hatte. Den Freiherrn überkam ein peinliches Gefühl, als der Bediente den Namen Ehrenthal aussprach; der Mann hatte ihm den Rat gegeben, Pfandbriefe aufzunehmen. Freilich sagte er im nächsten Augenblick, daß derselbe Mann ihm nicht den Rat gegeben hatte, nach der Stadt zu ziehen; aber er grollte ihm doch, und sein Gruß mochte wohl kälter klingen als gewöhnlich. Herr Ehrenthal war ein zu guter Geschäftsmann, um auf die Launen seiner Kunden viel zu geben. Er zählte sein Geld auf und war dabei freigebig mit den Versicherungen seiner Ergebenheit. Der Freiherr blieb unzugänglich, bis Ehrenthal im Abgehen fragte: »Und sie sind gekommen, die Pfandbriefe, gnädiger Herr Baron?«

»Ja«, sagte der Herr mürrisch. »Es ist jammerschade«, rief Ehrenthal, »daß fünfundvierzigtausend Taler liegen sollen so tot, als ob sie nicht vorhanden wären in der Welt. Dem Herrn Baron ist's gleich, ob er einmal gewinnt ein paar tausend Taler oder nicht, aber unsereinem ist es nicht gleich. Ich kann in diesem Augenblick machen ein solides Geschäft und ein sicheres, und mein Geld ist versteckt, ich muß mir entgehen lassen einen braven Gewinn von viertausend Talern.«

Der Freiherr hörte aufmerksam zu, der Händler fuhr mit größerem Mute fort: »Herr Baron, Sie kennen mich seit Jahren als einen ehrlichen Mann, Sie wissen auch, daß ich nicht ohne Mittel bin; ich will Ihnen einen Vorschlag tun: Leihen Sie mir zehntausend Taler Pfandbriefe auf drei Monat; ich gebe Ihnen für das Kapital einen Wechsel auf mich selbst, welcher ist wie bar Geld. Es sind zu gewinnen viertausend Taler bei dem Geschäft; was gewonnen wird, das teile ich mit dem Herrn Baron statt der Zinsen zu gleichen Teilen. Sie sollen kein Risiko haben, und wir machen das Geschäft zusammen. Wenn verloren wird, trage ich's allein und zahle in drei Monaten dem gnädigen Herrn die zehntausend Taler zurück.«

Diese Worte des Händlers, so wenig aufregend sie wahrscheinlich in das Ohr des Lesers dringen, klangen dem Freiherrn wie ein Alarmsignal beim unbehaglichen Biwak. Eine heftige Spannung, eine wilde Freude arbeiteten in ihm. Kaum hatte er Ruhe genug, zu sagen: »Vor allem muß ich wissen, von welcher Art das Geschäft ist, das Sie mit meinem Gelde machen wollen.«

Der Geldmann setzte das auseinander. Es war ihm der Antrag gemacht, eine große Quantität Holz zu kaufen. Das Holz lag auf einem Flößplatz im obern Teil der Provinz. Der Händler holte die Berechnung der Holzmasse, der Transportkosten bis zur Hauptstadt und des Wertes, den das Holz in der Hauptstadt haben würde, aus seiner Tasche und bewies dem Freiherrn, daß dabei in sechs bis acht Wochen ein sicherer Gewinn von bedeutender Größe zu machen sei. Der Freiherr sah mit Aufmerksamkeit die Menge der Zahlen durch; wenn die Berechnung richtig war, so war der Gewinn sonnenklar; er tat aber doch die bedächtige Frage: »Wie kommt es, daß der Eigentümer des Holzes das Geschäft nicht selbst macht, und daß er sich einen so sichern Gewinn entgehen läßt?«

Der Händler zuckte die Achseln. »Wer ein Geschäft macht, kann nicht immer fragen: warum läßt der andere die Ware so billig? Wer in Verlegenheit ist, kann nicht warten zwei bis drei Monat, das Eis liegt auf dem Fluß, der Mann braucht das Geld binnen zwei Tagen.«

»Sind Sie sicher, daß das Eigentumsrecht des Verkäufers unbestreitbar ist?« fragte der Freiherr.

»Der Mann ist mir sicher«, sagte der Händler, »wenn ich ihm das Geld bis morgen abend schaffe, ist das Holz mein.«

Dem Edelmann war es peinlich, die Verlegenheit eines andern zu benutzen, so sehr sich auch sein Herz nach dem Gewinn sehnte. Er sagte mit Würde: »Ich halte es für unpassend, auf den Verlust eines andern zu rechnen.«

»Warum soll er haben Verlust?« rief Ehrenthal eifrig. »Er ist Spekulant, jetzt braucht er Geld; vielleicht will er machen ein größeres Geschäft; so muß er den Vorteil am kleineren überlassen einem andern. Er hat sich erboten, gegen Zehntausend bar den ganzen Vorrat zu übergeben. Es ist nicht meine Sache, zu fragen, ob er mehr gewinnen kann mit meinem Gelde, als ich gewinnen kann durch sein Holz.«

Was Herr Ehrenthal sagte, war richtig; er verschwieg nur einiges. Der Verkäufer des Holzes war ein unglücklicher Spekulant, der, von seinen Gläubigern gedrängt, eine Auspfändung fürchtete und die unbescheidenen Hoffnungen derselben dadurch beendigen wollte, daß er seine Vorräte an einen Fremden schnell und heimlich verkaufte und mit der erhaltenen Summe unsichtbar wurde. Vielleicht wußte Herr Ehrenthal das, vielleicht ahnte auch der Freiherr, daß es bei einem so leichten Gewinn eine Bewandtnis haben müsse, wenigstens sagte sein Kopfschütteln, daß ihm die Sache keineswegs ganz klar war. Und doch hatte er wenig zu wagen und nichts zu verantworten; er lieh sein Geld an einen sichern Mann, den er seit vielen Jahren als wohlhabend und pünktlich kannte, und gewann dadurch die Aussicht, in kurzer Zeit einen bösen Geist loszuwerden, der ihn rastlos quälte. Er war zu unruhig, um zu überlegen, daß er vielleicht einen Teufel vertreibe durch Beelzebub, der Teufel Obersten. Er klingelte nach seinem Wagen und sagte vornehm: »In einer Stunde sollen Sie das Geld haben.«

Ehrenthal dankte in seiner feurigen Weise für diese große Gefälligkeit, schrieb auf der Stelle einen wohlverklausulierten Solawechsel über die Pfandbriefe und empfahl sich mit einer Untertänigkeit, die sehr gegen das stolze Kopfnicken des Freiherrn abstach.

Seit diesem Tage lebte der Freiherr in banger Erwartung. Immer mußte er an die Unterredung mit dem Händler denken. Wenn er am Teetisch neben seiner Gemahlin saß und über Theater und Konzert geplaudert wurde, irrte seine Seele ruhelos zwischen den Holzklaftern umher oder wurde von langen rollenden Mastbäumen gedrückt; und wenn er die Arbeitsbücher seiner Tochter durchsah, so starrten ihm auf dem Deckel und am Rande zahlreiche Gesichter Ehrenthals entgegen, und jedes lachte ihn höhnisch an. Sooft er auf seinem Jagdpferd ausritt, richtete sich der Kopf des Pferdes nach dem Strom, und mit finsterm Blick sah der Reiter die gefrorene Fläche hinab, sah die Eisschollen stromabwärts treiben und das hohe Frühlingswasser bis an die Steine des Randes fluten.

Ehrenthal hatte sich lange nicht sehen lassen. Endlich, an einem sonnigen Morgen erschien er mit seinen unvermeidlichen Bücklingen, zog ein großes Paket aus der Tasche und rief triumphierend: »Herr Baron, das Geschäft ist gemacht. Hier sind die Pfandbriefe zurück, und hier sind zweitausend Taler als der Gewinn, welcher auf Sie fällt.«

Die Hand des Freiherrn griff hastig nach dem Paket. Es waren dieselben weißen Pergamente, die er mit schwerem Herzen aus der Kassette hervorgeholt hatte, und außerdem ein Bündel Kassenscheine. Diesmal hörte der Freiherr kaum auf den Wortschwall des

Händlers, eine Last fiel ihm vom Herzen, er hatte seine Pfandbriefe wieder, und der Ausfall in seinen Finanzen war gedeckt. Ehrenthal wurde gnädig entlassen, die Pergamente eingeschlossen, und der Freiherr durfte sich heute keinen Zwang antun, um ein liebenswürdiger Gesellschafter zu sein. Noch an demselben Tage kaufte er der Baronin einen Schmuck aus Türkisen, den sie sich lange im stillen gewünscht hatte.

Seit dem Tage war im Hause des Freiherrn heller Sonnenschein, und wenn es eine Erinnerung an die letzten Wochen gab, so äußerte sie sich nur in Kleinigkeiten. Der Kopf des Halbblutes vermied seit diesem Tage den Strom ebenso sehr, als er ihn früher gesucht hatte, und wenn der Reiter auf der Straße von Herrn Ehrenthal gegrüßt wurde, so regte sich wieder ein lebhafter Widerwille gegen den glücklichen Geschäftsmann in seiner Seele, und sehr nachlässig war der Gegengruß, welchen er von der Höhe des Rosses zurückgab.

Aber noch ein dunkler Schatten aus der letzten Vergangenheit sollte über den Freiherrn fallen. Er las in dem Zimmer seiner Frau die Zeitung, als sein Auge auf einen Steckbrief fiel, durch welchen ein verschwundener Holzhändler wegen betrügerischen Bankrotts verfolgt wurde. Er legte das Blatt weg, ein kalter Schweiß trat ihm auf die Stirn. Und er, der furchtlose Kavalier, nahm das Zeitungsblatt vom Tisch fort und versteckte es tief unter die Bücher seines Arbeitstisches. Wenn der Betrüger derselbe Mann war – Ehrenthal hatte ihm keinen Namen genannt – aber wenn er, der Edelmann, durch sein Geld und seinen Gewinn fremde wohlbegründete Ansprüche verkürzt hatte, wenn er Gehilfe eines Betruges geworden war und wenn er für diese Hilfe bezahlt worden war – diese Gedanken waren fürchterlich für sein stolzes Herz. Der Herr ging in der Stube auf und ab und rang die Hände; er eilte zum Schreibtisch, um den Gewinn einzupacken und fortzuschaffen, er wußte selbst nicht wohin, sich von der Seele, weit weg aus seinem Hause. Mit Bestürzung sah er, daß nur noch ein kleiner Teil des Gewinns vorhanden war. Wie gelähmt setzte er sich an den Tisch und legte den Kopf auf seine Hände. Es war etwas in ihm entzweigegangen, das fühlte er, und er fürchtete, für immer. Heftig sprang er wieder auf, riß an der Klingel und ließ Ehrenthal zu sich fordern.

Zufälligerweise war der Händler verreist. Unterdes sprachen in dem Freiherrn die freundlichen Stimmen, welche in der Menschenbrust mit klugen und gewählten Worten alles Bedenkliche in ein gutes Licht zu setzen wissen. Wie war die ganze Angst so töricht! Es gab viele hundert Leute am Oberlauf des Stromes, die mit Holz handelten, es war ja sehr unwahrscheinlich, daß gerade jener Betrüger der Mann Ehrenthals sein sollte. Und selbst in diesem Fall, wie groß war sein eigenes Unrecht bei dem ganzen Ereignis? Klein, sehr klein, für einen Geschäftsmann nicht zu erkennen. Ja selbst Ehrenthal, was konnte er dafür, wenn der Verkäufer das Geld zu einem Betrug angewandt hatte? Es war doch alles ehrlich und gesetzlich gekauft worden. – So sprach es fortwährend begütigend in dem Freiherrn, ach, und welche Mühe gab sich der Herr, all diese Stimmen recht deutlich zu hören.

Als Ehrenthal endlich ankam und hastig zum Freiherrn eilte, trat ihm dieser mit einem Gesicht entgegen, das den Händler wirklich erschreckte. »Wie heißt der Mann, von dem Sie das Holz gekauft haben?« fragte der Freiherr heftig an der Tür.

Ehrenthal stand betroffen, auch er hatte eine Zeitung gelesen und verstand, was in der Seele des Edelmanns vorging. Er nannte einen beliebigen Namen.

»Und wie hieß der Ort, wo das Holz lag?« klang die zweite Frage etwas ruhiger. Herr Ehrenthal nannte einen beliebigen Ort.

»Ist das die Wahrheit, was Sie mir sagen?« fragte der Freiherr tief aufatmend zum drittenmal.

Da Herr Ehrenthal sah, daß er einen Kranken vor sich hatte, so behandelte er ihn mit der Milde, welche dem Arzt so gut ansteht. »Was sich der Herr Baron für Sorge machen!« sagte er kopfschüttelnd. »Ich glaube, der Mann, mit dem ich habe gemacht das Geschäft, hat seinen guten Vorteil dabei gehabt. Es sind große Eichenlieferungen ausgeschrieben, dabei sind für einen, der dort oben wohnt, hundert Prozent zu verdienen. Ich glaube, er wird sie haben verdient. Das Geschäft, welches ich mit ihm gemacht habe, ist gewesen gut und sicher, wie es kein Kaufmann von der Hand weisen wird. Und wenn er auch ein schlechter Mensch wäre, was haben Sie, gnädiger Herr, darum zu sorgen? Ich habe keinen Grund gehabt, Ihnen den Namen des Mannes und des Ortes zu verbergen, ich habe Ihnen doch beides damals nicht gesagt, weil nicht Sie gemacht haben das Geschäft, sondern ich. Ich bin gewesen ihr Schuldner, und ich habe Ihnen zurückgezahlt das Geld mit einer Provision. Mit einer guten Provision, das ist wahr. Ich habe seit Jahren vieles bei Ihnen verdient, warum soll ich nicht zuerst Ihnen den Vorteil gönnen, den ich jedem andern auch gegeben hätte? Was machen Sie sich Sorgen, Herr Baron, um Dinge, die nicht sind!«

»Das verstehen Sie nicht, Ehrenthal«, sagte der Gutsherr freundlicher; »es ist mir lieb, daß die Sache so steht. Wäre der Betrüger jener Mann gewesen, mit dem Sie gehandelt haben, so hätte ich unser Verhältnis abgebrochen, ich hätte Ihnen nie verziehen, daß Sie mich wider meinen Willen zum Mitschuldigen eines Betrugs machten.«

Ehrenthal wurde entlassen, und der Freiherr wurde von einer schweren Sorge befreit. Er beschloß, sich näher nach jenem beliebigen Namen und dem unbekannten Dorfe zu erkundigen. Er erkundigte sich aber nicht danach; durch die überstandene Angst war ihm die Erinnerung an das Geldgeschäft sehr peinlich geworden, und er mühte sich, gar nicht mehr daran zu denken.

Er war ein zartfühlender, guter Herr, und Ehrenthal war derselben Meinung, denn als er die Treppe hinunterging, murmelte er vor sich hin: »Er ist gut, der Baron, er ist gut!«

7

Anton stand unter der gemeinsamen Oberhoheit der Herren Jordan und Pix und entdeckte bald, daß er die Ehre hatte, kleiner Vasall eines großen Staatskörpers zu sein. Was die unerfahrene Außenwelt höchst oberflächlich unter dem Namen Kommis zusammenfaßt, das waren für ihn, den Eingeweihten, sehr verschiedene, zum Teil Ehrfurcht gebietende Ämter und Würden. Der Buchhalter, Herr Liebold, thronte als geheimer Minister des Hauses an einem Fenster des zweiten Kontors in einsamer Majestät und geheimnisvoller Tätigkeit. Unaufhörlich schrieb er Zahlen in ein ungeheures Buch und sah nur selten von seinen Ziffern auf, wenn sich ein Sperling auf die Gitterstäbe des Fensters setzte, oder wenn ein Sonnenstrahl die eine Fensterecke mit gelbem Glanze überzog. Herr Liebold wußte, daß der Sonnenstrahl nach den altertümlichen Gesetzen des Universums in keiner Jahreszeit weiter dringen durfte als bis zur Spitze des Fensterbretts, aber er konnte sich doch nicht enthalten, ihm plötzliche Überfälle auf das Hauptbuch zuzutrauen, und beobachtete ihn deshalb mit argwöhnischen Blicken.

Mit der Ruhe in seiner Ecke kontrastierte die ewige Rührigkeit in der entgegengesetzten. Dort waltete in besonderem Verschlage der zweite Würdenträger, der Kassierer Purzel, umgeben von eisernen Geldkasten, schweren Geldschränken und einem großen Tisch mit einer Steinplatte. Auf dem Tische klangen die Taler, klirrte das goldene Blech der Dukaten, flatterte geräuschlos das graue Papiergeld vom Morgen bis zum Abend. Wer die Pünktlichkeit als allegorische Figur in Öl malen wollte, der mußte ohne Widerrede Herrn Purzel abmalen und durfte höchstens das antike Kostüm dadurch andeuten, daß er mit künstlerischer Lizenz Herrn Purzel die Strümpfe über die Stiefel und das weiße Oberhemd über den Kontorrock herüber malte. Alles hatte in der Seele des Herrn Purzel eine eisenfeste unveränderliche Stellung, unser Herrgott, die Firma, der große Geldkasten, der Wachsstock, das Petschaft. Jeden Morgen, wenn der Kassierer in seinen Verschlag getreten war, begann er seine Amtstätigkeit damit, daß er die Kreide ergriff und einen weißen Punkt auf den Tisch malte, um der Kreide selbst die Stelle zu bezeichnen, wo sie sich den Tag über aufzuhalten hatte. Er stand nicht allein in seiner wichtigen Amtstätigkeit. Ein alter Hausdiener war seine Ordonnanz, die als Ausläufer mit Geldsäcken und Papiergeld den Tag über nach allen Richtungen der Stadt trabte. Es ist wahr, daß die Ordonnanz an der Eigentümlichkeit litt, gegen Abend sehr feurig auszusehen und in einer persönlichen Abhängigkeit von starkem Getränk zu stehen. Aber diese starke Eigenschaft vermochte nicht ihre Treue und Besonnenheit zu erschüttern, ja sie schärfte die Erfindungskraft der Ordonnanz, denn nie hat eines Menschen Gewand so viele geheime Taschen mit Knöpfen und Schnallen gehabt als der Rock des Ausläufers, und nach jedem Glase, das er getrunken, steckte er die Banknoten in einen noch geheimeren Verschluß.

In dem vorderen Kontor war Herr Jordan die erste Person, der Generalstatthalter seiner kaiserlichen Firma. Er war der Aristo der Korrespondenten, erster Kommis des Hauses, hatte die Prokura und wurde von dem Prinzipal zuweilen um seine Ansicht befragt. Er blieb für Anton, was er schon am ersten Tage gewesen war, ein treuer Ratgeber, ein Muster von Tätigkeit, der gesunde Menschenverstand in Person.

Von den Korrespondenten des Kontors, welche unter Anführung des Herrn Jordan Briefe schrieben und Bücher führten, war für Anton neben Herrn Specht, dem Sanguiniker, am interessantesten Herr Baumann, der künftige Apostel der Heiden. Der Missionar war nicht nur ein Heiliger, sondern auch ein sehr guter Rechner. Er war untrüglich in allen Reduktionen von Maß und Gewicht, warf die Preise der Waren aus und besorgte die Kalkulation des Geschäftes. Er wußte mit Bestimmtheit anzugeben, nach welchem Münzfuß die Mohrenfürsten an der Goldküste rechneten und wie hoch der Kurs eines preußischen Talers auf den Sandwichinseln war. Herr Baumann war Antons Stubennachbar und fühlte sich durch die gute Art unseres Helden so angezogen, daß er ihm in kurzer Zeit seine Neigung zuwandte und in den Abendstunden zuweilen seinen Besuch gönnte. Den übrigen stand er fern und ertrug mit christlicher Geduld ihre Spöttereien über seine Pläne.

Auch außerhalb des Hauses hatte die Firma noch einige Würdenträger. Da war Herr Birnbaum, der Zollkommis, welcher nur selten im Kontor sichtbar wurde und nur des Sonntags am Tische des Prinzipals erschien, ein exakter Mann, der draußen auf dem Packhof herrschte. Er hatte die Zollprokura für die Geschäfte nach dem Auslande, das gewichtige Recht, den Namen T. O. Schröter unter die Begleitscheine des Hauses zu setzen. Wenn einer von den Herren der Handlung den Namen eines Beamten verdiente, so war es dieser Herr, er trug auch seinen Rock stets zugeknöpft, wie seine Freunde, die Steueroffizianten. Ferner war da der Magazinier des Geschäftes, der die Kontrolle über die verschiedenen Magazine in der Stadt hatte, die Assekuranzen besorgte und auf dem Markte die großen Einkäufe in Landesprodukten machte. Herr Balbus war durchaus kein feiner Mann, er war von Haus aus sehr arm und seine Schulbildung war mangelhaft, aber der Prinzipal behandelte ihn mit großer Achtung. Anton erfuhr, daß er seine Mutter und eine kranke Schwester durch sein Gehalt erhielt.

Aber die größte Tätigkeit unter allen, eine kriegerische, wahrhaft absolute Feldherrntätigkeit, entwickelte Herr Pix, erster Disponent des Provinzialgeschäfts. An der Tür des vorderen Kontors begann seine Herrschaft und erstreckte sich durch das ganze Haus, bis weit hinaus auf die Straße. Er war der Gott aller Kleinkrämer aus der Provinz, die ihre laufenden Rechnungen hatten, galt bei ihnen für den Chef des Hauses und erwies ihnen dafür die Ehre, sich um ihre Frauen und Kinder zu kümmern. Er hatte die ganze Spedition der Handlung unter sich, regierte ein halbes Dutzend

Hausknechte und ebensoviele Auflader, schalt die Fuhrleute, kannte und wußte alles, war immer auf dem Platz und verstand es, in demselben Augenblick einer Krämersfrau zur Entbindung ihrer Tochter zu gratulieren, einen Bettler gröblich anzufahren, einem Hausknecht Order zu geben und das Zünglein an der großen Waage zu beobachten. Wie alle hohen Herren, konnte auch er keinen Widerspruch vertragen und verfocht seine Ansicht selbst gegen den Prinzipal mit einer Hartnäckigkeit, welche unserm Anton einige Male Entsetzen erregte. Außerdem besaß Herr Pix als Geschäftsmann zwei Eigenschaften von wahrhaft wissenschaftlicher Bedeutung: er konnte von jedem Häufchen Kaffeebohnen angeben, in welchem Lande dasselbe gewachsen war, und vermochte leere Räume im Hause und dessen Umgegend ebensowenig zu vertragen, wie die Luft und die Philosophie einen leeren Raum vertragen wollen. Wo ein Winkel, eine kleine Kammer, ein Treppenverschlag, ein Kellerloch aufzuspüren war, da siedelte sich Herr Pix mit Tonnen, Leiterbäumen, Stricken und allen erdenklichen Stoffen an, und wo er und seine Bande, die Riesen, sich einmal festgesetzt hatten, vermochte sie keine Gewalt der Erde zu vertreiben, selbst der Prinzipal nicht.

»Wo ist Wohlfart?« rief Schröter aus der Tür des vordern Kontors in den Hausflur.

»Auf dem Boden«, antwortete Herr Pix kaltblütig.

»Was tut er dort?« fragte der Prinzipal verwundert. – In demselben Augenblick hörte man oben im Hause lebhafte Stimmen, und Anton polterte die Treppe herunter, gefolgt von einem Hausknecht, beide beladen mit Zigarrenkisten, hinter ihnen die Tante, ein wenig erhitzt und sehr ärgerlich.

»Sie wollen uns oben nicht leiden«, sagte Anton eifrig zu Herrn Pix.

»Jetzt kommen sie uns schon auf den Wäscheboden«, sagte die Tante ebenso eifrig zum Prinzipal.

»Die Zigarren dürfen hier unten nicht stehenbleiben«, erklärte Herr Pix dem Prinzipal und der Tante. »Unter den Wäscheleinen dulde ich keine Zigarren!« rief die Tante; »kein Ort im Haus ist mehr sicher vor Herrn Pix. Auch in die Kammern der Dienstmädchen hat er Zigarren räumen lassen; die Mädchen klagen, daß sie es vor Tabakgeruch nicht mehr aushalten.«

»Es ist trocken dort oben«, sagte Herr Pix zum Prinzipal.

»Können Sie die Zigarren nicht irgend anderswo unterbringen?« fragte der Prinzipal Herrn Pix rücksichtsvoll.

»Es ist unmöglich«, antwortete Herr Pix bestimmt.

»Haben Sie den ganzen Bodenraum zur Wäsche nötig, liebe Tante?« fragte der Prinzipal die Dame.

»Ich glaube, die Hälfte wäre genug«, warf Herr Pix dazwischen.

»Ich hoffe, Sie werden sich mit einer Ecke begnügen«, entschied der Prinzipal lächelnd. »Lassen Sie sogleich den Tischler einen Verschlag machen.«

»Wenn Herr Pix erst einmal auf dem Boden ist, so wird er unsere Wäsche verdrängen«, klagte die erfahrene Tante.

»Es soll die letzte Bewilligung sein, die wir ihm machen«, beruhigte sie der Prinzipal.

Herr Pix lachte still, wie die Tante später behauptete, mit einem rebellischen Grinsen, und gab unserm Helden, sobald sich die beiden Autoritäten entfernt hatten, sofort den Befehl, mit den Kisten wieder hinaufzuziehen.

Am größten aber war Herr Pix, sooft seine Vertrauten, die reisenden Kommis des Geschäfts, auf kurze Zeit in die Handlung zurückkehrten. Dann setzte sich das Provinzialgeschäft im Hinterhause zusammen und verarbeitete die Neuigkeiten des Landes. Dann entfaltete Herr Pix seine genaue Bekanntschaft mit allen Geschäftsleuten der Provinz, mit ihren Vermögensverhältnissen und ihrer Gemütsart, und verfügte in kurzen, aber gewichtigen Worten wieviel an Vertrauen und Kredit den kleinen Handlungen zu schenken sei. Dann wurde Punsch getrunken und Solo gespielt, welches Spiel seines monarchischen Charakters wegen von Herrn Pix am meisten geschätzt wurde; doch behandelte er auch hier alle Kompaniegeschäfte mit Verachtung.

Was aber Herrn Pix in dem Auge der Mitwelt das größte Ansehen gab, das waren die Riesen, welche um die große Waage herum nach seinem Befehle schalteten, hohe breitschultrige Männer mit herkulischer Kraft. Wenn sie die großen Tonnen zuschlugen und rollten und mit Zentnern umgingen wie gewöhnliche Menschen mit Pfunden, so erschienen sie dem neuen Lehrling wie die Überreste eines alten Volkes, von dem die Märchen erzählen, daß es einst auf deutschem Boden gehaust und mit turmhohen Felsblöcken Murmel gespielt habe. Bald merkte Anton, daß sie selbst nicht einem Stamme angehörten. Da waren zuerst sechs Hausknechte, alle von der Natur aus zähem Holz über Lebensgröße ausgeführt. Sie gehörten ganz der Handlung an, waren die regelmäßigen Untergebenen des schwarzen Pinsels, ja mehrere von ihnen wohnten im Hause selbst und hatten allnächtlich der Reihe nach die Wache. Von neun Uhr ab saß dann Pluto, der Neufundländer des Fräuleins, neben einer riesigen Gestalt schweigend im Schatten eines großen Fasses. Diese Hausknechte, wie groß sie auch waren und wie stark, sahen doch den Söhnen sterblicher Menschen noch in manchen Stücken ähnlich. Daneben aber bildeten die Auflader der Kaufmannschaft eine besondere Korporation, welche auf dem Packhof vor dem Tore ihr Hauptquartier hatte und von dort aus die Ladungen nach den großen Warenhandlungen der Stadt schaffte oder abholte. Diese waren die mächtigsten unter den Riesen, und einzelne unter ihnen von einer Körperkraft, wie sie in anderm Berufe nicht mehr gefunden wird. Sie hatten mit vielen Handlungen der Stadt zu tun, aber das alte angesehene Haus von T. O. Schröter war die irdische Stätte, auf der sie sich am liebsten herabließen, mit der kleinen Gegenwart zu verkehren. Seit mehr als einem Menschenalter war der Chef dieses Hauses der erste Vorstand ihrer Korporation gewesen. So hatte sich ein Klientenverhältnis zu der Firma gebildet. Herr Schröter empfing am Neujahr als erster ihren Glückwunsch und wurde Pate sämtlicher Riesenkinder, welche im Laufe des Jahres bei ihrer Taufe die Arme der diensttuenden Hebamme auf das Taufbecken herunterdrückten und den Geistlichen durch ihre ungeheuren Köpfe so beunruhigten, daß er seine Stimme zur Stärke des Donners erhob, um den Teufel aus ihnen herauszutreiben.

Unter diesen Lederschürzen war Sturm, ihr Oberster, wieder der größte und stärkste, ein Mann, der enge Hintergassen vermied, um seine Kleider nicht auf beiden Mauerseiten zu reiben. Er wurde gerufen, wenn eine Last so schwer war, daß seine Kameraden sie nicht bewältigen konnten, dann stemmte er seine Schulter an und schob die größten Fässer weg wie Holzklötzchen. Es ging von ihm die Sage, daß er einmal ein polnisches Pferd mit allen vier Beinen in die Höhe gehoben hätte, und Herr Specht behauptete, es gäbe für ihn nichts Schweres auf der Erde. Über seinem großen Körper glänzte ein breites Gesicht von natürlicher Gutherzigkeit, welche nur durch die Würde gebändigt wurde, die ein Mann von seiner Stellung besitzen mußte.

Er stand zur Firma in einem besonders freundschaftlichen Verhältnis und besaß ein einziges Kind, an dem er mit großer Zärtlichkeit hing. Der Knabe hatte seine Mutter früh verloren, und der Vater hatte ihn als fünfzehnjährigen Burschen in der Handlung von T. O. Schröter untergebracht in einer eigentümlichen Stellung, die er selbst für ihn ausgedacht. Karl Sturm war unter den Hausknechten ungefähr dasselbe, was Fink im Kontor war, ein Volontär, er trug seine Lederschürze und seinen kleinen Haken wie der Vater und war durch eignen Verdienst zu einem ausgedehnten Wirkungskreis gekommen. Er genoß das Vertrauen aller Mitglieder der Handlung, wußte in jedem Winkel des Hauses Bescheid, sammelte alle Bindfäden und Schnüre, alle Nägel und alle Faßdauben, hob alles Packpapier auf, fütterte den Pluto und unterstützte den Bedienten beim Stiefelputzen. Er konnte genau angeben, wo irgendeine Tonne, ein Brett, ein alter Warenrest lag. Wenn ein Nagel einzuschlagen war, so wurde Karl gerufen; sooft ein Stemmeisen verlegt war, Karl wußte es zu schaffen; wenn die Tante den Wintervorrat von Schinken und Würsten aufhob, so verstand Karl am besten diese Schätze einzupacken, und wenn Herr Schröter eine schnelle Bestellung auszurichten hatte, so war Karl der zuverlässigste Bote. Zu allem anstellig, immer guter Laune und nie um Auskunft verlegen, war er ein Günstling aller Parteien, die Auflader nannten ihn »unser Karl«, und der Vater wandte sich oft von seiner Arbeit ab, um einen heimlichen Blick voll Stolz auf den Knaben zu werfen.

Nur in einem Punkte war er nicht mit ihm zufrieden: Karl gab keine Hoffnung, seinem Vater in Größe und Stärke gleich zu werden. Er war ein hübscher Bursch mit roten Wangen und blondem Kraushaar, aber nach dem Gutachten aller Riesen war für seine

Zukunft keine andere als eine mäßige Mittelgröße zu erwarten. So kam es, daß der Vater ihn als eine Art Zwerg behandelte, mit unaufhörlicher Schonung und nicht ohne Wehmut. Er verbot seinem Sohne, beim Aufladen schwerer Frachtgüter anzugreifen, und wenn er plötzlich von einem Vatergefühl ergriffen wurde, so legte er die Hand vorsichtig auf den Kopf seines Karls, in der unbestimmten Furcht, daß die Köpfe von Zwergen nur die Dicke einer Eierschale hätten und bei einem kräftigen Druck zerbrechen müßten.

»Es ist einerlei, was das Ding lernt«, sagte er zu Herrn Pix, als er den Knaben nach der Konfirmation im Geschäft einführte, »wenn er nur zweierlei lernt: ehrlich sein und praktisch sein.« Diese Rede war ganz nach dem Herzen des Herrn Pix. Und der Vater fing seine Lehre auf der Stelle damit an, daß er den Sohn in das große Gewölbe unter die offenen Vorräte führte und zu ihm sagte: »Hier sind die Mandeln und hier die Rosinen, diese in dem kleinen Faß schmecken am besten, koste einmal.«

»Sie schmecken gut, Vater«, rief Karl vergnügt.

»Ich denk's, Liliputer«, nickte der Vater. »Sieh, aus allen diesen Fässern kannst du essen, soviel du willst, kein Mensch wird dir's wehren; Herr Schröter erlaubt dir's, Herr Pix erlaubt dir's, ich erlaube dir's. Jetzt merke auf, mein Kleiner. Jetzt sollst du probieren, wie lange du vor diesen Tonnen stehen kannst, ohne hineinzugreifen. Je länger du's aushältst, desto besser für dich; wenn du's nicht mehr aushalten kannst, kommst du zu mir und sagst: es ist genug. Das ist gar kein Befehl für dich, es ist nur wegen dir selber und wegen der Ehre.« So ließ der Alte den Knaben allein, nachdem er seine große dreischalige Uhr herausgezogen und auf eine Kiste neben sich gelegt hatte. »Versuch's zuerst mit einer Stunde«, sagte er im Weggehen, »geht's nicht, schadet's auch nicht. Es wird schon werden.« Der Junge streckte trotzig die Hände in die Hosentaschen und ging zwischen den Fässern auf und ab. Nach Verlauf von mehr als zwei Stunden kam er, die Uhr in der Hand, zum Vater heraus und rief: »Es ist genug.«

»Zwei und eine halbe Stunde«, sagte der alte Sturm und winkte vergnügt Herrn Pix zu. »Jetzt ist's gut, Kleiner, jetzt brauchst du den übrigen Tag nicht mehr ins Gewölbe zu gehen. Komm her, du sollst diese Kiste zusammenschlagen; hier ist ein neuer Hammer für dich, er kostet zehn Groschen.«

»Er ist nur acht wert«, sagte Karl, den Hammer betrachtend, »du kaufst immer zu teuer.«

So wurde der Karl eingeführt. Am ersten Morgen, nachdem Anton gekommen war, sagte Karl zu seinem Vater im Hausflur: »Es ist ein neuer Lehrling da.«

»Was ist's für einer?« fragte der Alte.

»Er hat einen grünen Rock und graue Hosen, es ist Mitteltuch; er ist nur wenig größer als ich. Er hat schon mit mir gesprochen, es scheint ein guter Kerl. Gib mir dein Taschenmesser, ich muß ihm einen neuen Holznagel in einen Kleiderschrank schneiden.«

»Mein Messer, du Knirps?« rief Sturm, auf seinen Sohn heruntersehend, mit tadelnder Stimme, »du hast ja dein eigenes.«

»Zerbrochen«, sagte Karl unwillig.

»Wer hat's gekauft?« fragte Sturm.

»Du hast's gekauft, Vater Goliath; es war ein erbärmliches Ding, wie ein Wickelkind.«

»Ich konnte dir doch kein schweres kaufen für deine kleine Hand«, frug der Vater gekränkt.

»Da haben wir's« sagte Karl, sich vor den Vater hinstellend, »wenn man dich hört, muß man glauben, ich wäre eine Kaulquappe von Gassenjungen, die ihre Hosen noch an die Jacke knöpft und hinten ein weißes Schwänzchen trägt.«

Die Auflader lachten. »Sei nicht aufsässig gegen deinen Vater«, sagte Sturm und legte seine Hand behutsam auf den Kopf seines Sohnes.

»Sieh, Vater, da ist der Lehrling«, rief Karl und betrachtete Anton, der jetzt für ihn zum Inventarium des Hauses gehörte, mit prüfenden Blicken.

Herr Pix stellte Anton dem Riesen vor, und Anton sagte, wieder mit Achtung zu dem Riesen aufsehend: »Ich war noch nie in einem Geschäft, ich bitte auch Sie, mir zu helfen, wo ich nicht Bescheid weiß.«

»Alles Ding will gelernt sein«, erwiderte der Riese mit Würde. »Da ist mein Kleiner hier, der hat in einem Jahre schon hübsch etwas losgekriegt. Also Ihr Vater ist nicht Kaufmann.«

»Mein Vater war Beamter, er ist gestorben«, erwiderte Anton.

»Oh, das tut mir leid«, sagte der Auflader mit betrübtem Gesicht. »Aber Ihre Frau Mutter kann sich doch über Sie freuen.«

»Sie ist auch gestorben«, sagte Anton wieder.

»Oh, oh, oh!« rief der Riese bedauernd und sann erstaunt über das Schicksal Antons nach. Er schüttelte lange den Kopf und sagte endlich mit leiser Stimme zu seinem Karl: »Er hat keine Mutter mehr.«

»Und keinen Vater«, erwiderte Karl ebenso.

»Behandle ihn gut, Liliputer«, sagte der Alte, »du bist gewissermaßen auch eine Waise.«

»Na«, rief Karl, auf die Schürze des Aufladers schlagend, »wer einen so großen Vater hat, der hat Sorgen genug.«

»Weißt du, was du bist? Du bist ein kleines Ungetüm«, sagte der Vater und schlug lustig mit dem Schlegel auf die Reifen eines Fasses.

Seit der Zeit schenkte Karl dem neuen Lehrling seine Gunst. Wenn er am Morgen auf die Stiefelsohlen desselben Nr. 14 geschrieben hatte, so stellte er die Stiefel mit besonderer Sorgfalt zurecht; er nähte ihm abgerissene Knöpfe an die Kleider und war sooft Anton an der Waage zu tun hatte, dienstbeflissen an seiner Seite, ihm etwas zuzureichen und die kleineren Gewichte auf die Waage zu heben. Anton vergalt diese Dienste durch freundliches Wesen gegen Vater und Sohn, er unterhielt sich gern mit dem aufgeweckten Burschen und wurde der Vertraute von manchen kleinen Liebhabereien des

Praktikers. Und als die nächste Weihnacht herankam, veranstaltete er bei den Herren vom Kontor eine Geldsammlung, kaufte einen großen Kasten mit gutem Handwerkszeug und machte dadurch Karl zum glücklichsten aller Sterblichen.

Aber auch mit allen gebietenden Herren der Handlung stand Anton auf gutem Fuß. Er hörte die verständigen Urteile des Herrn Jordan mit großer Achtung an, bewies Herrn Pix einen aufrichtigen und unbedingten Diensteifer, ließ sich von Herrn Specht in politischen Kombinationen unterrichten, las die Missionsberichte, welche ihm Herr Baumann anvertraute, erbat sich von Herrn Purzel niemals Vorschüsse, sondern wußte mit dem wenigen auszukommen, was ihm sein Vormund senden konnte, und ermunterte oft durch seine lebhafte Beistimmung Herrn Liebold, irgendeine unzweifelhafte Wahrheit auszusprechen und dieselbe nicht durch sofortigen Widerruf zu vernichten. Mit sämtlichen Herren der Handlung stand er auf gutem Fuß, nur mit einem einzigen wollte es ihm nicht glücken, und dieser war der Volontär des Geschäfts.

An einem Nachmittage sah das Kontor in der Dämmerung grau und unheimlich aus, melancholisch tickte die alte Wanduhr, und jeder Eintretende brachte eine Wolke feuchter Nebelluft in das Zimmer, welche den Raum nicht anmutiger machte. Da gab Herr Jordan unserm Helden den Auftrag, in einer andern Handlung eine schleunige Besorgung auszurichten. Als Anton an das Pult des Prokuristen trat, um den Brief in Empfang zu nehmen, sah Fink von seinem Platz auf und sagte zu Jordan: »Schicken Sie ihn doch gleich einmal zum Büchsenmacher, der Taugenichts soll ihm mein Gewehr mitgeben.«

Unserm Helden schoß das Blut ins Gesicht, er sagte eifrig zu Jordan: »Geben Sie mir den Auftrag nicht, ich werde ihn nicht ausrichten.«

»So?« fragte Fink und sah verwundert auf, »und warum nicht, mein Hähnchen?«

»Ich bin nicht Ihr Diener«, antwortete Anton erbittert. »Hätten Sie mich gebeten, den Gang für Sie zu tun, so würde ich ihn vielleicht gemacht haben, aber einem Auftrage, der mit solcher Anmaßung gegeben ist, folge ich nicht.«

»Einfältiger Junge«, brummte Fink und schrieb weiter.

Das ganze Kontor hatte die schmähenden Worte gehört, alle Federn hielten still, und alle Herren sahen auf Anton. Dieser war in der größten Aufregung, er rief mit etwas bebender Stimme, aber mit blitzenden Augen: »Sie haben mich beleidigt, ich dulde von niemandem eine Beleidigung, am wenigsten von Ihnen. Sie werden mir heute Abend darüber eine Erklärung geben.«

»Ich prügele niemanden gern«, sagte Fink friedfertig, »ich bin kein Schulmeister und führe keine Rute.«

»Es ist genug«, rief Anton totenbleich. »Sie sollen mir Rede stehen«, ergriff seinen Hut und stürzte mit dem Briefe des Herrn Jordan hinaus.

Draußen rieselte kalter Regen herunter, Anton merkte es nicht. Er fühlte sich vernichtet, gehöhnt von einem Stärkeren, tödlich gekränkt in seinem jungen, harmlosen Selbstgefühl. Sein ganzes Leben schien ihm zerstört, er kam sich hilflos vor auf seinen Wegen, allein in einer fremden Welt. Gegen Fink empfand er etwas, was halb glühender Haß war und halb Bewunderung; der freche Mensch erschien ihm auch nach dieser Beleidigung so sicher und überlegen. Es wurde ihm schwer ums Herz, und seine Augen füllten sich mit Tränen. So kam er an das Haus, wo er seinen Auftrag auszurichten hatte. Vor der Tür hielt der Wagen seines Prinzipals, er huschte mit niedergeschlagenen Augen vorbei und hatte kaum Fassung genug, in dem fremden Kontor sein Unglück zu verbergen. Als er wieder herauskam, traf er an der Haustür mit der Schwester seines Prinzipals zusammen, welche im Begriff war, in den Wagen zu steigen. Er grüßte und wollte neben ihr vorbeistürzen, Sabine blieb stehen und sah ihn an. Der Bediente war nicht zur Stelle, der Kutscher sprach vom Bock nach der anderen Seite hinab laut mit einem Bekannten. Anton trat herzu, rief den Kutscher an, öffnete den Schlag und hob das Fräulein in den Wagen. Sabine hielt den Schlag zurück, den er zuwerfen wollte, und blickte ihm fragend in das verstörte Gesicht. »Was fehlt Ihnen, Herr Wohlfart?« fragte sie leise.

»Es wird vorübergehen«, erwiderte Anton mit zuckender Lippe und einer Verbeugung und schloß die Wagentür. Sabine sah ihn noch einen Augenblick schweigend an, dann neigte sie sich gegen ihn und zog sich zurück, der Wagen fuhr davon.

So unbedeutend der Vorfall war, er gab doch den Gedanken Antons eine andere Richtung. Sabinens Frage und ihr Gruß waren in diesem Augenblick eine Beschwörung seiner Mutlosigkeit. In ihrer dankenden Verbeugung lag Achtung und ein menschlicher Anteil in ihren Worten. Die Frage, der Gruß, der kleine Ritterdienst, den er der jungen Herrin des Hauses geleistet hatte, erinnerten ihn, daß er kein Kind sei, nicht hilflos, nicht schwach und nicht allein. Ja auch in seiner bescheidenen Stellung genoß er die Achtung anderer, und er hatte ein Recht darauf, und er hatte die Pflicht, sich diese Achtung zu bewahren. Er erhob sein Haupt, und sein Entschluß stand fest, lieber das Äußerste zu tun, als den Schimpf zu ertragen. Er hielt die Hand in die Höhe wie zum Schwur.

Als er in das Kontor zurückkam, richtete er mit entschiedenem Wesen seine Besorgung aus, ging schweigend und unbekümmert um die neugierigen Blicke der Herren an seinen Platz und arbeitete weiter.

Nach dem Schluß des Kontors eilte er auf Jordans Zimmer. Er fand bereits die Herren Pix und Specht daselbst vor, in dem gemütlichen Eifer, welchen jede solche Szene bei Unbeteiligten zu erzeugen pflegt. Die drei Herren sahen ihn zweifelhaft an, wie man einen armen Teufel ansieht, der vom Schicksal mit Fäusten geschlagen ist, etwas verlegen, etwas mitleidig, ein wenig verächtlich. Anton sagte mit einer Haltung, die in Betracht seiner geringen Erfahrung in

Ehrensachen anerkennenswert war: »Ich bin von Herrn von Fink beleidigt worden und habe die Absicht, mir diese Beleidigung nicht gefallen zu lassen. Sie beide, Herr Jordan und Herr Pix, sind im Geschäft meine Vorgesetzten, und ich habe große Achtung vor Ihrer Erfahrung. Von Ihnen wünsche ich vor allem zu wissen, ob Sie in dem Streite selbst mir vollkommen recht geben.«

Herr Jordan schwieg vorsichtig, aber Herr Pix zündete entschlossen eine Zigarre an, setzte sich auf den Holzkorb am Ofen und erklärte: »Sie sind ein guter Kerl, Wohlfart, und Fink hat unrecht, das ist meine Meinung.«

»Meine Meinung ist es auch«, stimmte Herr Specht bei.

»Es ist gut, daß Sie sich an uns gewendet haben«, sagte Herr Jordan; »ich hoffe, der Streit wird sich beilegen lassen; Fink ist oft rauh und kurz angebunden, aber er ist nicht maliziös.«

»Ich sehe nicht ein, wie die Beleidigung ausgeglichen werden kann, wenn ich nicht die nötigen Schritte tue«, rief Anton finster.

»Sie wollen den Streit doch nicht vor den Prinzipal bringen?« fragte Herr Jordan mißbilligend, »das würde allen Herren unangenehm sein.«

»Mir am meisten«, erwiderte Anton; »ich weiß, was ich zu tun habe, und wünsche nur vorher noch von Ihnen die Erklärung, daß Fink mich unwürdig behandelt hat.«

»Er ist Volontär«, sagte Herr, Jordan, »und hat kein Recht, Ihnen Aufträge zu geben, am wenigsten in seinen Privatgeschäften mit Hasen und Rebhühnern.«

»Das genügt mir«, sagte Anton. »Und jetzt bitte ich Sie, Herr Jordan, mich einen Augenblick unter vier Augen anzuhören.« Er sagte das mit so viel Ernst, daß Herr Jordan stillschweigend die Tür seiner Schlafkammer aufmachte und mit ihm eintrat. Hier ergriff Anton die Hand des Prokuristen, drückte sie kräftig und sprach: »Ich bitte Sie um einen großen Dienst, gehen Sie hinab zu Herrn von Fink und fordern Sie von ihm, daß er mir morgen, in Gegenwart der Herren vom Kontor, das abbittet, was er von beschimpfenden Ausdrücken gegen mich gebraucht hat.«

»Das wird er schwerlich tun«, sagte Herr Jordan kopfschüttelnd.

»Wenn er es nicht tut«, sagte Anton heftig, »so fordern Sie ihn von mir auf Degen oder Pistolen.«

Wenn vor Herrn Jordan plötzlich aus seiner Tintenflasche ein schwarzer Rauch gestiegen wäre, wenn dieser Rauch sich zu einem fürchterlichen Geiste zusammengeballt hätte wie in jenem alten Märchen, und wenn dieser Geist die Absicht ausgesprochen hätte, Herrn Jordan zu erdrosseln, so hätte dieser Herr nicht bestürzter dastehen können, als er jetzt unserm Helden gegenüberstand. »Sie wollen sich mit Herrn von Fink duellieren, er ist ein toller Pistolenschütz, und Sie sind Lehrling und erst seit einem halben Jahr im Geschäft, das ist ja unmöglich!«

»Ich bin Primaner gewesen und habe mein Abiturientenexamen gemacht, und wäre jetzt Student, wenn ich nicht vorgezogen hätte,

Kaufmann zu werden! – Verwünscht sei das Geschäft, wenn es mich so erniedrigt, daß ich meinen Feind nicht mehr fordern darf. Ich gehe dann noch heut zu Herrn Schröter und erkläre ihm meinen Austritt«, rief Anton mit flammenden Augen.

Herr Jordan sah mit größtem Erstaunen auf seinen gutmütigen Schüler, der auf einmal als ein phantastischer Riese vor ihm umherflackerte. »Seien Sie nur nicht so heftig, lieber Wohlfart«, bat er begütigend, »ich werde zu Fink hinuntergehen, vielleicht läßt sich alles im guten ausgleichen.«

»Ich verlange Abbitte vor dem Kontor«, rief Anton wieder, »Abbitte oder Satisfaktion.«

Es war wohltuend, unterdes die beiden Herren in der Nebenstube zu beobachten. Pix hatte als kluger Feldherr mit einem Ruck seinen Holzkorb in die Nähe der Kammertür geschoben und saß scheinbar gleichgültig da, nur mit seiner Zigarre beschäftigt, während Herr Specht sich nicht enthalten konnte, das Ohr an die Tür zu legen. »Sie schießen sich«, flüsterte Herr Specht, entzückt über die großen Empfindungen, welche dieser Streit hervorzurufen versprach. »Passen Sie auf, Pix, es wird ein furchtbares Unglück; wir alle müssen zum Begräbnis gehen, keiner darf fehlen. Ich wirke die Erlaubnis aus, daß wir Junggesellen die Leiche tragen dürfen.«

»Wessen Leiche?« fragte Herr Pix verwundert.

»Wohlfart muß dran glauben«, rief Herr Specht wieder mit dumpfem Flüsterton.

»Unsinn«, sagte Herr Pix, »Sie sind ein Narr!«

»Ich bin kein Narr, und ich verbitte mir alle Anzüglichkeiten«, rief Herr Specht wieder flüsternd und nach dem Beispiel Antons entschlossen, sich nichts gefallen zu lassen.

»Schreien Sie mir nicht so ins Ohr«, sagte Herr Pix unbewegt, »man kann nichts verstehen.« In dem Augenblick öffnete sich die Tür, Herr Specht sprang an ein Fenster und starrte angelegentlich in die finstere Regennacht, während Pix unserm Anton die Hand schüttelte und ihm erklärte, er sei ein tüchtiger Mann und das Provinzialgeschäft sei ganz auf seiner Seite. – Herr Jordan ging zu Fink hinab und kam bald wieder herauf; Herr von Fink war nicht zu Hause. Wahrscheinlich saß der Jockei ahnungslos in irgendeiner Weinstube. Anton sagte darauf: »Ich lasse die Sache nicht bis morgen ruhen, ich werde ihm schreiben und den Brief durch den Bedienten auf seinen Tisch legen lassen.«

»Tun Sie das nicht«, bat Herr Jordan, »Sie sind jetzt zu zornig.«

»Ich bin sehr ruhig«, erwiderte Anton mit heißen Wangen; »ich werde ihm nur das Nötige schreiben. Sie, meine Herren, bitte ich, daß Sie über alles, was Sie hier gehört haben, gegen die andern schweigen.«

Das versprachen die Herren. Darauf ging er auf sein Zimmer und schrieb einen Brief, in dem er Herrn von Fink sein Unrecht vorhielt und ihm schließlich die Wahl ließ, ob er durch Schläger oder Pistolen das verletzte Selbstgefühl Antons ausbessern wollte. Der

Brief war für einen jungen Gentleman gut genug geschrieben und wurde neben den Wachsstock des Herrn von Fink in dessen Stube niedergelegt, nachdem Herr Specht dem Bedienten noch auf der Treppe eingeschärft hatte, mit Kreide drei große Ausrufungszeichen auf den Tisch zu malen; wahrscheinlich sollten sie die Stelle der Späne vertreten, welche die Boten der heiligen Feme aus dem Burgtor der Angeklagten zu hauen pflegten. Anton blieb den Rest des Abends auf seinem Zimmer, wo er unruhig auf und ab schritt, bald die Szene der Beleidigung, bald die zu erwartende Szene dramatisch auseinanderlegte und jede Art von Gefühlen durcharbeitete, welche bei einem armen Jungen vor dem ersten Duell unvermeidlich sind.

Unterdes wurde im Zimmer des Herrn Jordan große Sitzung des gesamten Geschäfts gehalten. Da Herr Pix und Herr Specht versprochen hatten zu schweigen, beschränkten sie sich auf so mysteriöse und finstere Andeutungen, daß bei einem Teil der Herren die Ansicht entstand, ein Mord sei entweder schon vollbracht oder doch jeden Augenblick zu fürchten, bis endlich Herr Jordan das Wort ergriff: »Da die Differenz doch kein Geheimnis ist und die Sache uns alle angeht, so ist es am besten, wenn wir sie untereinander besprechen und uns sämtlich Mühe geben, die nachteiligen Folgen zu verhüten. Ich werde aufbleiben, bis Fink zurückkommt, und sogleich mit ihm reden. Unterdes muß ich Wohlfart das Zeugnis geben, daß er sich so gewandt benommen hat wie bei einem jungen Mann ohne Erfahrung nur möglich ist.« Alle stimmten eifrig bei. Darauf gerieten der Zollkommis Herr Birnbaum und Herr Specht in eine lebhafte Erörterung über die verschiedenen Arten der Duelle, und Herr Specht behauptete, beim Schießen über das Schnupftuch würden den Duellanten mit einem seidenen Taschentuch die Augen verbunden, und dieselben auf ihren Standorten so lange im Kreise herumgedreht, bis der Kampfrichter mit seinem Stock aufklopfte, worauf ihnen freistehe, hinzuschießen, wohin sie wollten. Herr Baumann stahl sich zuerst aus der Gesellschaft fort und ging zu Anton, drückte diesem herzlich die Hand und bat ihn dringend, nicht um rauher Worte willen zwei Menschenleben auf das Spiel zu setzen. Nachdem er Abschied genommen hatte, fand Anton auf seinem Tisch ein kleines Exemplar des Neuen Testamentes aufgeschlagen und darin durch ein großes Ohr den heiligen Spruch bezeichnet: »Segnet, die euch fluchen.« Anton war gerade nicht in der Stimmung, den Sinn dieser Worte zu befolgen. Aber er setzte sich doch vor das Buch und las darin die Sprüche, welche er als Kind seiner guten Mutter so oft aufgesagt hatte. Er wurde weicher und ruhiger und ging Stimmung zu Bett.

Unterdes drang das Gerücht von einem furchtbaren Ereignis durch alle Schlüssellöcher, Ritzen und Kammern des alten Hauses.

Sabine war in ihrer Schatzkammer. Dies war ein Raum, unwohnlich für einen Gast, aber für jede Hausfrau ein heimliches, herzerhebendes Zimmer. An den Wänden standen mächtige Schränke von Eichen- und Nußbaumholz mit schöner eingelegter Arbeit, in der

Mitte ein großer Tisch mit geschnörkelten Beinen, darum einige alte Lehnstühle. Aus den geöffneten Schränken glänzten im Lampenlicht unzählige Gedecke von Damast, hohe Terrassen von Wäsche, Linnen und bunten Stoffen, Kristallgläser, silberne Pokale, Porzellan und Fayence im Geschmack von mehr als drei Generationen. Die Luft war mit einem kräftigen Duft erfüllt, der aus uraltem Lavendel, Eau de Cologne und frischer Wäsche aufstieg. Hier herrschte Sabine allein. Nur ungern sah sie einen fremden Fuß eintreten; was aus den Schränken genommen wurde und wieder hineinkam, hob sie mit eigenen Händen; nur der treue Diener hatte das Vorrecht, ihr an schweren Tagen zu helfen und zuweilen Karl Sturm, sein Adjutant, der gewisse rosafarbene Pappkarten zum Zeichnen der Wäsche anfertigte und prachtvolle Zahlen darauf schrieb.

Heut stand Sabine noch spät vor dem Tisch, der mit weißer Wäsche belastet war; sie suchte die Nummern des feinen Damasts zusammen, zählte und sortierte Tischdecken und Servietten, band große Bündel mit rosa Bändern zusammen und hing die Nummernkarten daran. Zuweilen hielt sie ein Stück näher an das Licht und sah mit Behagen auf die weißen Arabesken, welche die Kunst des Webers hineingewirkt hatte. Da flog ein dunkler Schatten über ihr Antlitz, und traurig sah sie auf einige wunderfeine Servietten, in welche zahlreiche kleine Löcher gestochen waren, je drei oder vier in einer Reihe. Endlich rief sie den Bedienten. »Es ist nicht mehr auszuhalten, Franz, auch in Nr. 24 sind wieder drei Servietten mit der Gabel durchstochen. Einer der Herren sticht in das Tischzeug! Das ist doch bei uns nicht nötig.«

»Nein«, sagte der Vertraute kummervoll; »ich selbst habe ja das Silberzeug unter mir, ich weiß am besten, daß es nicht nötig ist.«

»Wer von den Herren ist so rücksichtslos?« fragte Sabine streng. »Es muß einer der neuen sein.«

»Herr von Fink ist es«, klagte der Diener, »er sticht vor jedem Essen zweimal mit der Gabel durch die Serviette; es gibt mir jedesmal einen Stich durchs Herz, Fräulein Sabine. Aber Herrn von Fink kann ich doch nichts sagen.«

Sabine hing den Kopf über die zerstochenen Servietten. »Ich wußte, daß er es war«, seufzte sie. – »Aber das darf nicht so fortgehen. Ich werde Ihnen für Herrn von Fink eine besondere Nummer herausgeben, die müssen wir opfern, bis sich eine Gelegenheit findet, ihn zu bitten, daß er von seinen Angriffen abläßt.« Sie trat zu dem Schrank und suchte lange. Es war eine schwere Wahl. Zwar von den groben konnte sie ohne Schmerz einige Dutzend missen, von den feinen aber war ihr jedes Gedeck ans Herz gewachsen. Eines freilich mehr als das andere. – »Dieses mag hingehen«, sagte sie endlich betrübt, »hier fehlt ohnedies eine Serviette.« Sie sah noch einmal auf das Muster, kleine Pfauen, welche kunstvoll durch Blumengewinde schritten, und legte die Nummer auf den Arm des Dieners. »Herr von Fink bekommt keine andern Servietten als diese«, befahl sie.

Franz zögerte zu gehen. »Er hat auch in seiner Schlafstube eine Gardine angebrannt«, sagte er unruhig. »Der Flügel wird nicht mehr zu brauchen sein.«

»Und sie war ganz neu«, klagte Sabine. »Morgen früh nehmen Sie die Gardine ab. – Was haben Sie noch, Franz? Ist etwas vorgefallen?«

»Ach, Fräulein«, erwiderte der Diener geheimnisvoll, »drüben bei den Herren geht alles durcheinander. Herr von Fink hat Herrn Wohlfart sehr beleidigt, Herr Wohlfart ist wütend, es wird ein Duell geben, sagt Herr Specht, die Herren fürchten ein großes Unglück.«

»Ein Duell«, rief Sabine, »zwischen Fink und Wohlfart?« – Sie schüttelte den Kopf. »Sie haben wohl Herrn Specht mißverstanden«, fügte sie lächelnd hinzu.

»Nein, Fräulein Sabine, diesmal ist es ernsthaft. – Es wird ein Unglück geben, Herr Wohlfart ging im größten Zorn an mir vorüber, und er hat seinen Tee nicht angerührt.«

»Ist mein Bruder noch nicht zurück?«

»Er kommt heut spät nach Hause, er ist im Komitee.«

»Es ist gut«, schloß Sabine. »Sie schweigen gegen jedermann, Franz, hören Sie?«

Sabine setzte sich wieder an den Tisch, aber ihr Damast war vergessen. Sie blickte starr hinaus in den dunklen Hof nach den Fenstern des Volontärs. »Er sticht durch die Servietten«, klagte sie leise, »er wird sich auch kein Gewissen daraus machen, eine Menschenbrust zu durchbohren! Das also war der Schmerz des armen Wohlfart! – Er kam zu uns, der wilde Gast, wie ein Wirbelwind über den blühenden Busch; wo er anschlägt, fallen die Blüten zur Erde. Sein Leben ist Wirrwarr, Aufregung, Getöse. Was ihm nahekommt, zieht er in seinen tollen Tanz. Auch mich! Auch mich! Du stolzer und verwegener Gast, auch mir hast du die Seele aufgeregt. Ich mühe mich, ich ringe Tag für Tag, aber immer wieder erfaßt mich sein Zauber. So schön, so glänzend, so seltsam ist er! Er ärgert mich täglich, und alle Tage muß ich an ihn denken, um ihn sorgen, über ihn trauern. O meine Mutter, hier war's, wo ich zum letztenmal zu deinen Füßen saß, hier übergabst du mir die Schlüssel des Hauses! Du hieltest die Hände segnend auf mein Herz. ›Der Himmel behüte dir jeden Schlag‹, sagtest du unter Tränen und Küssen. Jetzt schütze die Tochter, Geliebte, du mein Vorbild für alle Überlegung, für die Ordnung deines Hauses, für sicheres Pflichtgefühl, behüte mir das laut pochende Herz. Mache mich fest gegen ihn, gegen sein verführerisches Lachen, gegen seinen übermütigen Spott.«

So betete Sabine. Lange saß sie in feierlicher Beratung mit den guten Geistern des Hauses, dann fuhr sie mit dem Tuch über die Augen, trat entschlossen an den Tisch und fuhr fort, den Damast zu zählen und aufzuheben.

Anton war bereits ausgekleidet und im Begriff, sein Licht auszulöschen, als kräftig an die Tür geklopft wurde und der Mann eintrat, den er in diesem Augenblick am wenigsten von allen Sterblichen erwartete. Es war Herr von Fink mit seiner Reitpeitsche und seinem nachlässigen Wesen.

»Ah, Sie sind schon zu Bett«, sagte der Jockei und setzte sich rittlings auf einen Stuhl in der Nähe, »lassen Sie sich nicht stören! Sie haben mir einen gefühlvollen Brief geschrieben, und Jordan hat mir das übrige erzählt; ich komme, Ihnen mündlich zu antworten.« Anton schwieg und sah von seinem Kopfkissen finster auf den Gegner. »Ihr seid hier alle sehr tugendhafte und sehr empfindliche Leute«, fuhr Fink fort und schlug mit seiner Peitsche an das Stuhlbein. »Es tut mir leid, daß Sie sich meine Reden so zu Herzen genommen haben. Es freut mich aber, daß Sie so entschlossen sind. Sie haben den ehrlichen Jordan in einen wahren Werwolf verwandelt«, fügte er lächelnd hinzu.

»Bevor ich Sie weiter anhöre«, sagte Anton grollend, »muß ich wissen, ob Sie die Absicht haben, mir für Ihre Beleidigung eine Erklärung vor den übrigen Herren zu geben. Ich weiß nicht, ob nach der schweren Kränkung, die Sie mir zugefügt haben, ein anderer, der mehr Erfahrung in Ehrensachen hat, sich mit einer solchen Erklärung begnügen würde. Ich habe das Gefühl, daß ich damit zufrieden sein müßte.«

»Da fühlen Sie richtig«, sagte Fink kopfnickend; »Sie können damit zufrieden sein.«

»Wollen Sie mir morgen diese Erklärung geben?« fragte Anton.

»Warum denn nicht?« sagte Fink gleichgültig; »ich habe keine Lust, mich mit Ihnen zu schießen, ich will Ihnen gern vor sämtlichen Korrespondenten und Prokuristen der Firma die Erklärung ausstellen, daß Sie ein verständiger und hoffnungsvoller junger Mann sind, und daß ich unrecht getan habe, jemanden zu kränken, der jünger, und verzeihen Sie den Ausdruck, um vieles grüner ist als ich.«

Unser Held hörte diese Worte mit gemischten Empfindungen; es wurde ihm doch leichter ums Herz; aber die Manier Finks ärgerte ihn doch wieder sehr, und er sagte, sich im Bett aufrichtend, entschlossen: »Ich bin mit dieser Erklärung noch nicht zufrieden, Herr von Fink.«

»Ei«, sagte Fink, »was verlangen Sie noch?«

»Sie gefallen mir auch in diesem Augenblick nicht«, sprach Anton, »Sie sind wieder rücksichtsloser gegen mich, als gegen einen Fremden schicklich ist. Ich weiß, daß ich noch jung bin und wenig von der Welt kenne, und ich glaube, daß Sie mich in vielen Dingen übersehen; aber eben deshalb wäre es hübscher von Ihnen wenn Sie freundlich und gütig gegen mich wären.« Anton sagte dies mit einer Bewegung, welche seinem Gegner nicht entging. Fink streckte seine geöffnete Hand gutmütig über das Bett und sprach: »Seien Sie nur nicht wieder böse und geben Sie mir Ihre Hand.«

»Ich möchte gern«, rief Anton mit hervorbrechender Rührung, »aber ich kann noch nicht; sagen Sie mir zuvor, daß Sie den Streit mit mir nicht deswegen so leicht behandeln, weil Sie mich für zu jung und zu gering halten, oder weil Sie von Adel sind und ich nicht.«

»Hört, Master Wohlfart«, sagte Fink, »Ihr setzt mir das Messer verzweifelt an die Kehle. Weil Ihr aber in Eurem reinen weißen Hemdchen so unschuldig vor mir liegt, so will ich ein übriges tun und wegen dieser Punkte mit Euch kapitulieren. Was meinen deutschen Adel betrifft, so viel darauf!« – hier schnalzte er mit den Fingern – »er hat für mich ungefähr denselben Wert wie ein Paar gute Glanzstiefel und neue Glacéhandschuhe. Was aber meine Scheu vor Ihrer Jugend und der hoffnungsvollen Würde eines Lehrlings betrifft so will ich mich wenigstens zu dem Bekenntnis verstehen, daß ich nach dem, was ich heut abend an Ihnen kennengelernt habe, Ihnen fortan bei jedem neuen Zank, in den wir geraten werden, mit jedem Mordwerkzeug, das Sie vorschlagen, jede mögliche Genugtuung geben will. Damit können Sie sich begnügen.« – Nach diesem Trost hielt ihm Fink zum zweitenmal die Hand hin und sagte: »Jetzt schlagen Sie ein, es ist jetzt alles in Ordnung.«

Anton legte seine Hand in die dargebotene und der Jockei schüttelte sie ihm kräftig und sagte: »Wir sind heute so offenherzig gegeneinander gewesen, daß es gut sein wird, wenn wir eine Pause machen, sonst haben wir einander gar nichts mehr zu erzählen. Schlafen Sie wohl, morgen mehr davon.« Dabei ergriff er seine Mütze, nickte mit dem Kopf und schritt klirrend zur Tür hinaus.

Anton war, die Wahrheit zu gestehen, über diesen unerwartet friedlichen Ausgang so vergnügt, daß er lange nicht einschlafen konnte. Herr Baumann, der in seiner Schlafkammer das Bett an derselben Wand hatte, konnte sich nicht enthalten, nach Finks Abgang seinen Glückwunsch durch Klopfen an der Wand auszudrükken, und Anton beantwortete das Signal sofort durch ein ähnliches Klopfen, welches seinen Dank für die Teilnahme anzeigen sollte.

Am andern Morgen war das Kontor eine Viertelstunde vor der Ankunft des Prinzipals vollzählig versammelt. Fink erschien als letzter und sagte mit lauter Stimme: »Mylords und Gentlemen aus dem Export- und Provinzialgeschäft, ich habe gestern Herrn Wohlfart von hier in einer Weise behandelt, die mir jetzt, nach dem, was ich von ihm kennengelernt habe, aufrichtig leid tut. Ich habe ihm gestern bereits meine Erklärung gemacht und bitte ihn heute in Ihrer Gegenwart freiwillig nochmals um Verzeihung. Zu gleicher Zeit bemerke ich, daß unser Wohlfart sich bei diesem Streit durchaus respektabel benommen hat und daß ich mich freue, mit ihm in Geschäftsverbindung getreten zu sein.« Das Kontor lächelte, Anton ging auf Fink zu und schüttelte ihm wieder die Hand, Herr Jordan tat mit beiden Parteien dasselbe, und die Sache war abgemacht.

Doch blieb sie nicht ohne Folgen. Auch die Kunde von der ehrlichen Sühne, welche Fink dem Lehrling gab, und von der freundlichen Ausgleichung gelangte in das Vorderhaus. Und als Anton zusammen mit Fink beim Mittagessen erschien, ruhten die Blicke der Damen mit Teilnahme und Neugier auf ihm, und der Prinzipal verbarg nicht ein freundliches Lächeln. Aber auch auf

Fink fiel Sabinens Auge mit freudigem Glanz, und sooft sie zu ihm aufsah, war ihr, als hätte sie ihm etwas Großes abzubitten.

Bei den Herren vom Kontor war die Stellung Wohlfarts auf einmal eine ganz andere geworden, er wurde von allen mit einer Achtung behandelt, welche ein Lehrling sonst nicht durchzusetzen pflegt; Herr Specht erklärte ihn bei sämtlichen Kommis seiner Bekanntschaft – und seine Bekanntschaft war groß – für einen modernen Bayard, für den letzten Ritter Europas, für einen furchtbaren Haudegen im Reiche der Kontokurrenten; Herr Liebold wurde wahrhaft kühn in seinen Behauptungen, wenn er merkte, daß Anton auf seiner Seite stand, und sogar Herr Pix gönnte seinem Zögling von diesem Tage an augenscheinliche Hochachtung, er vertraute den Beobachtungen, welche Anton am Zünglein der großen Waage machte, ebenso fest wie seinen eigenen, und überließ ihm zuweilen sogar den schwarzen Pinsel, sein geliebtes Zepter, das Zeichen seiner Herrschermacht.

Die größte Veränderung aber wurde in Antons Verhältnis zu Fink hervorgebracht. Denn einige Tage nach dem Streit, als Anton hinter dem Jockei die Treppe des Hinterhauses hinaufstieg, hielt Fink auf den Stufen an und fragte: »Wollen Sie nicht bei mir eintreten? Sie sollen mir heut Ihren Besuch machen und meine Zigarren probieren.«

Zum erstenmal überschritt Anton die Schwelle des Volontärs und blieb verwundert an der Tür stehen, denn das Zimmer sah sehr fremdartig aus. Elegante Möbel standen unordentlich umher, ein dicker Teppich, weich wie Moos, bedeckte den Fußboden, und der ordentliche Anton sah mit Betrübnis, wie rücksichtslos die Zigarrenasche auf die prächtigen Blumen desselben geworfen war. An der einen Wand stand ein großer Gewehrschrank, darüber hing ein ausländischer Sattel und pfundschwere silberne Sporen; die andere Wand verdeckte ein ebenso großer Bücherschrank aus kostbarem Holz, voll von Büchern in braunem Lederband, und über den Schrank reichten riesige Flederwische, die schwarzen Flügel eines ungeheuren Vogels, von einer Stubenwand bis zur andern.

»Welche Menge von Büchern Sie haben!« rief Anton erfreut.

»Es sind Erinnerungen an eine Welt, in der ich nicht mehr lebe«, sagte Fink.

»Und diese Flügel, gehören sie auch zu Ihren Erinnerungen?«

»Ja, Herr, es sind die Fittiche eines Kondors; Sie sehen, ich bin stolz auf diese Jagdbeute«, antwortete Fink und hielt unserm Anton ein Paket mit Zigarren hin. »Setzen Sie sich, Wohlfart, lassen Sie uns plaudern, und zeigen Sie, ob Herr Specht recht hat, wenn er Sie als liebenswürdigen Gesellschafter rühmt.« Er schob unserm Helden mit dem Fuße einen großen Fauteuil zu. Anton sank behaglich in die weichen Kissen und blies blaue Wolken nach der Decke, während Fink die Lampe des silbernen Teekessels anzündete. »Sie haben mir neulich gefallen, Wohlfart«, sagte Fink, sich der Länge nach auf dem Sofa ausstreckend; »verstehen Sie sich auf Pferde?«

»Nein«, sagte Anton.

»Sind Sie Jäger?«

»Auch nicht.«

»Treiben Sie Musik?«

»Nur wenig«, sagte Anton.

»Nun also, in Teufels Namen, welche menschliche Eigenschaft haben Sie denn?«

»In Ihrem Sinne keine«, antwortete Anton ärgerlich. »Ich kann die Leute lieben, welche mir gefallen, und ich glaube, ich kann ein treuer Freund sein; wenn mich aber jemand übermütig behandelt, so empöre ich mich.«

»Schon gut«, sagte Fink, »von der Seite kenne ich Sie. Für einen Anfänger war Ihr Debüt gar nicht übel. Ich sehe, es ist Rasse in Ihnen. Lassen Sie hören, wer Sie sind. Von welchem Volke der sterblichen Menschen stammen Sie, und welches Schicksal hat Sie hierher geschleudert in dieses traurige Mühlwerk, wo jeder zuletzt voll Staub und Resignation wird, wie Liebold, oder im besten Fall wie der pünktliche Jordan?«

»Es war doch ein gutmütiges Schicksal«, antwortete Anton und begann von seiner Heimat und seinen Eltern zu erzählen. Mit Wärme schilderte er den kleinen Kreis, in dem er aufgewachsen war, die Abenteuer seiner Schulzeit und einige närrische Leute aus Ostrau, mit denen er verkehrt hatte. »Und so ist für mich ein großes Glück, was Sie für ein Unglück halten«, schloß er, »daß ich hierher gekommen bin.«

Fink nickte beistimmend und sagte: »Zuletzt ist der größte Unterschied zwischen uns beiden, daß Sie Ihre Mutter gekannt haben und ich die meine nicht. Übrigens ist es ziemlich gleichgültig, in welchem Nest einer aufwächst, man kann fast unter allen Umständen ein tüchtiger Gesell werden. – Ich habe Leute gekannt, die weniger Liebe in ihrem Vaterhause gefunden haben als Sie.«

»Sie haben so viel von der Welt gesehen«, sagte Anton rücksichtsvoll, »ich bitte Sie, mir zu sagen, wie Sie dazu gekommen sind.«

»Sehr einfach«, begann Fink. »Ich besitze einen Onkel in New York, der dort einer von den Aristokraten der Börse ist. Dieser schrieb meinem Vater, als ich vierzehn Jahre war, ich solle eingepackt und herübergeschickt werden, er habe die Absicht, mich zu seinem Erben zu machen. Mein Vater ist sehr Kaufmann, ich wurde emballiert und abgeschickt. In New York wurde ich bald ein gottverdammter kleiner Schuft und Taugenichts, ich trieb jede Art von Unsinn, hielt einen Stall von Rassepferden in einem Alter, wo bei uns ehrliche Jungen noch auf offener Straße ihre Buttersemmel verzehren und mit einem Papierdrachen spielen. Ich bezahlte Sängerinnen und Tänzerinnen und mißhandelte meine weißen und schwarzen Domestiken so sehr durch Fußtritte und Haarraufen, daß mein Oheim genug zu tun hatte, um Entschädigungsgelder an diese freien Bürger zu bezahlen. Sie hatten mich aus meiner Heimat fortgerissen, ohne sich um meine Gefühle zu bekümmern;

ich bekümmerte mich jetzt den Teufel um die ihren. Übrigens, je toller ich's trieb, desto mehr Geld bekam ich in die Hände. Ich war bald der verrufenste unter den jungen Bengeln, welche die vornehmen Unarten jenseits des Wassers kultivieren. Einst an meinem Geburtstage kam ich um sechs Uhr früh von einem kleinen Souper, bei dem ich aus Kaprice den Spröden gegen einige zuvorkommende Damen gespielt hatte, und unterwegs fiel mir ein, daß diese Wirtschaft ein Ende nehmen müsse, oder ich selbst würde ein Ende nehmen. Ich ging nach dem Hafen statt nach Hause, steckte mich in grobe Matrosenkleider, die ich unterwegs kaufte, und bevor es Mittag wurde, fuhr ich als Schiffsjunge auf einem dickbäuchigen Engländer zum Hafen hinaus. Wir segelten einige tausend Meilen um Kap Horn herum und auf der andern Seite des Festlandes wieder hinauf. Als wir in Valparaiso ankamen, erklärte ich dem Kapitän, daß ich ihm für die Überfahrt dankbar sei, traktierte die ganze Mannschaft und sprang ans Land, um mit den zwanzig Dublonen, die ich noch in der Tasche hatte, auf eigene Faust mein Glück zu machen. Ich traf bald einen verständigen Mann, der mich auf seine Hazienda brachte, wo ich als Ochsenhirt und Reitkünstler nicht geringe Lorbeeren erntete. Ich war etwa anderthalb Jahre dort oben und befand mich sehr wohl, ich wurde als eine Art diensttuender Gastfreund behandelt, ich war verliebt, ich war bewundert als Jäger und tummelte mich tüchtig im Sattel, was fehlte mir? – Doch alle Freude ist vergänglich. Wir hatten gerade großes Rinderschlachten, und ich war fleißig beschäftigt, von meinem Pferd die Kühe in den Schlachthof zu eskortieren, als plötzlich zwei Regierungsbeamte in unser Fest hineinritten. Diese behandelten mich selber mit vieler Artigkeit wie ein junges Rind, nahmen mich samt meinem Pferd in die Mitte und führten mich zwischen ihren Steigbügeln Trott und Galopp nach der Hauptstadt. Dort wurde ich beim amerikanischen Konsul abgeliefert, und da mein Oheim Himmel und Hölle in Bewegung gesetzt hatte, mich auszuspüren und ich aus einem langen Briefe meines Vaters erkannte, daß dieser Herr sich wirklich über mein Verschwinden ängstigte, so beschloß ich, ihm den Gefallen zu tun und zurückzukehren. Ich unterhandelte mit dem Konsul und reiste mit dem nächsten Schiff nach Europa ab. Als ich auf diesem bejahrten Erdhaufen ankam, erklärte ich meinem Vater, daß ich nicht Kaufmann werden wolle, sondern Landwirt. Darüber geriet die Firma Fink und Becker außer sich, aber ich blieb fest. Endlich kam ein Vertrag zustande. Ich ging zunächst auf zwei Jahre in eine norddeutsche Wirtschaft, dann sollte ich einige Jahre in einem Kontor arbeiten, dadurch hoffte man meine Kapricen zu bändigen. So bin ich jetzt hier in Klausur. Aber alle Mühe ist umsonst. Ich tue meinem Vater den Gefallen hier zu sitzen, weil ich merke, daß sich der Mann viel unnützen Kummer um mich macht, aber ich bleibe nur so lange hier, bis er sich überzeugt, daß ich recht habe. Dann werde ich Landmann.«

»Wollen Sie bei uns ein Gut kaufen?« fragte Anton neugierig.

»Nein, Herr«, antwortete Fink, »das will ich nicht. Ich würde es vorziehen, vom frühen Morgen bis gegen Mittag zu reiten, ohne an einen Grenzstein meines Landes zu stoßen.«

»Sie wollen also wieder nach Amerika zurück?«

»Oder anderswohin, ich bin in Erdteilen nicht wählerisch. Unterdes lebe ich in diesem Kloster als Mönch, wie Sie sehen«, sagte Fink lachend und goß aus einer großen Flasche eine Menge Rum unter ein geringes Maß anderer Substanzen, rührte das Getränk um und trank zum geheimen Schreck Antons die feurige Mischung behaglich hinunter. »Frisch, Mann«, rief er, Anton die Flasche zuschiebend, »macht Euren Trunk zurecht, und jetzt laßt uns lustig plaudern, wie sich für gute Gesellen und versöhnte Feinde schickt.«

Seit diesem Abend behandelte Fink unsern Helden mit einer Freundlichkeit, welche sehr verschieden war von dem nachlässigen Wesen, das er den übrigen Herren vom Geschäft gönnte. In kurzem wurde Anton der Liebling des Mönchs in der Klausur, oft rief ihn Fink in sein Zimmer, ja er verschmähte sogar nicht, drei Treppen hoch in das Heiligtum der lederfarbenen Katze hinaufzusteigen, wenn er gerade gelaunt war, einen Abend im Hause zu verleben. Allerdings war das nicht oft der Fall. Anton merkte bald, daß sein neuer Freund eine in der Stadt sehr bekannte und vielbesprochene Person war, daß er unter der eleganten Jugend mit einem wahren Despotismus herrschte, und bei Herrenreiten Jagdpartien und anderen nützlichen Tätigkeiten Anführer und vielbegehrte Autorität war. Er war jung, gewandt, von Adel, galt für unermeßlich reich und besaß eine Meisterschaft in allen Dingen, die mit einem Pferdehuf, einem Gewehrlauf und einem vergoldeten Teelöffel irgend in Verbindung gedacht werden können, und was über allem stand, er behandelte jeden, der in seine Nähe kam, mit der leichten Süffisance, welche von je bei dem großen Haufen unselbständiger Menschen als Zeichen von überlegener Kraft gegolten hat. Fink war deshalb viel in Gesellschaft und kam oft erst gegen Morgen nach Hause. Anton hörte ihn zuweilen ankommen, wenn er bereits vor seinem Buche saß; er bewunderte die Lebenskraft seines Freundes, der dann nach einer oder zwei Stunden Ruhe seinen Platz im Kontor einnahm und während des ganzen Vormittags keine Spur von Mattigkeit zeigte. Gegen die strenge Ordnung des Hauses stach Fink auch dadurch ab, daß er sich die unerhörte Freiheit herausnahm, zuweilen eine Stunde nach Eröffnung des Kontors zu erscheinen und sich vor dem Schluß zu entfernen. Anton konnte nicht erraten, ob sein Prinzipal diese gelegentliche Selbständigkeit für ein großes oder für ein kleines Verbrechen hielt. Jedenfalls schwieg er dazu.

So verging der Winter, und Anton merkte an untrüglichen Zeichen, daß der Frühling und der Sommer über das Land daherzogen. Die Fuhrleute brachten nicht mehr Schneeflocken ins Kontor, sondern Regentropfen und braune Fußstapfen, zuweilen wagte sich ein

Mädchen mit Veilchensträußchen in die Nähe der unermüdlichen Wanduhr; dann schien die Sonne Herrn Liebold kriegslustig auf seine Fensterecke, dann kamen die Makler und erzählten von der gelben Blüte der Ölfrucht draußen im Freien, und endlich erschien Herr Braun und trug die erste Rose in der Hand. Ein Jahr war vergangen, seit Anton mit den Schwänen über den See gefahren war. Er hatte das ganze Jahr hindurch an die Fahrt gedacht.

8

Noch immer besaß Veitel Itzig seine Schlafstube in der stillen Karawanserei, wo er sich am Tage seiner Ankunft einquartiert hatte. Wenn nach den Behauptungen der Polizei jeder Mensch irgendwo zu Hause sein muß, und nach der Ansicht aller verständigen Frauen vorzugsweise da zu Hause ist, wo sein Bett steht, so war Veitel merkwürdig wenig zu Hause. Sooft er aus dem Geschäft des Herrn Ehrenthal entschlüpfen konnte, trieb er sich auf den Straßen umher, sah lauersam auf jeden jungen Herrn, welcher ihm geneigt schien, etwas zu kaufen oder zu verkaufen, und wußte aus der Haltung des Vorübergehenden genau zu erkennen, ob derselbe für die Reize eines kleinen Handels empfänglich sei oder nicht. Stets hatte er einige Paradetaler in der Tasche, mit welchen er in anmutiger Nachlässigkeit so lockend zu klappern verstand, daß nur ein fühlloser Mensch gleichgültig gegen diese Zahlungsfähigkeit sein konnte. Er wußte mit einem einzigen schnellen Blick die geheimsten Fehler eines Rockes oder einer Weste zu erkennen, er hatte für seine Kunden eine bezaubernde Fülle von verbindlichen Redensarten, er sprach aus Grundsatz zu keinem halbwüchsigen Primaner anders als: »Wenn der gnädige Herr mir allergnädigst erlauben«, er verstand, was ewig für das Höchste in diesem Geschäft gelten wird, seiner Untertänigkeit einen skurrilen Anstrich zu geben, und war Meister darin, die allerabgeschmacktesten Bücklinge zu machen. Er besaß die Wissenschaft, altes Messing durch Katzensilber blendend zu machen und altem Silber den allerhöchsten Glanz zu geben; er war stets bereit, abgelegte schwarze Fracks zu kaufen – was von allen Eingeweihten als Symptom einer kühnen und waghalsigen Natur betrachtet wird, – er wußte das fasrige Tuch derselben durch einen eigentümlichen Bürstenstrich mit einem Schein von Neuheit zu überziehen, der gerade lange genug dauerte, um seine Käufer zu verblenden, welche er in armen Schulmeistern, hoch aufgeschossenen Konfirmanden und freigesprochenen Lehrlingen zu finden bemüht war. Mit jedem Gange, welchen er für Herrn Ehrenthal tat, suchte er einen andern zu seinem eigenen Nutzen zu verbinden, und erwarb dadurch schnell eine Kundschaft, welche den Neid graubärtiger Trödler erregte. Er beschränkte sein Geschäft aber nicht auf gebrauchte Gegenstände, obgleich er hierin seine ersten und zahlreichsten Erfolge durchgesetzt hatte. Er wurde Agent von

Pferdehändlern, trat in Verbindung mit verschwiegenen Geldverleihern und trieb solchen Ehrenmännern Kunden zu; ja, er lieh sein eigenes Geld aus und hatte das ungewöhnliche Zartgefühl, nie mehr als fünfzig vom Hundert zu nehmen; er lieh aber nur auf kurze Fristen und nahm am Zahlungstermin statt des baren Geldes mit großer Bereitwilligkeit jede Art von verkäuflichen Dingen zu einer Taxe, welche er als Sachverständiger am besten selbst machte. Dabei hatte er die Tugend, nie zu ermüden, er war den ganzen Tag auf den Beinen, lief um einige Groschen zehnmal denselben Weg, freute sich wie ein König um einen eroberten Taler, schüttelte jedes rauhe Wort – und er mußte oft welche hören – ab, wie der Pudel seine Schläge. Er gönnte sich selbst keine Stunde des Genusses, seine einzige Erquickung war, an den Fingern die Geschäfte abzuzählen, welche er gerade im Gange hatte, und seinen Gewinn zu berechnen. Es war merkwürdig, wie wenig er brauchte, er aß am Abend ein Stück Brot, welches er zu Mittag aus Ehrenthals Küche in seine Tasche praktiziert hatte; ein Glas Dünnbier gönnte er sich im ersten Jahre nur einmal, und zwar an einem heißen Tage, wo er einem Gutsbesitzer behilflich gewesen war, einen Wagen zu verkaufen, und durch eine Tätigkeit von zwei Stunden ebensoviele Taler verdient hatte. Seine Kleider gewährte ihm sein Geschäft. Sommer und Winter ging er deshalb in schwarzem Frack und den entsprechenden Pantalons; ja er fand es nützlich, über einer schwarzen Samtweste eine vergoldete Kette zu tragen, und erschien stets als Gentleman unter seinesgleichen, weil er mit Recht behauptete, jeder Geschäftsmann müsse so auftreten, daß sich kein Mensch zu schämen brauche, mit ihm ein Geschäft zu machen. Aus allen diesen Gründen genoß er schon nach Ablauf des ersten Jahres die Freude, seine sechs Dukaten um das dreißigfache vermehrt zu sehen.

Im Geschäft des Herrn Ehrenthal war er schnell ein unentbehrliches Mitglied geworden, seinem Scharfsinn entging keine Person, kein Pferd, kein Getreidewagen; jedes Gesicht, das er einmal gesehen, erkannte er wieder, jeden Tag wußte er den Kurszettel der Börse auswendig, als ob er selbst vereideter Sensal gewesen wäre. Noch bekleidete er die mehr nützliche als erhabene Stelle eines Laufburschen, noch putzte er Bernhards Stiefel und aß vor der Küchentür; aber es war ersichtlich, daß ihm ein Schreibpult und ein Lederstuhl in dem kleinen Kontor, welches Herr Ehrenthal der Form wegen hielt, nicht fehlen würden. Dieser Stuhl war das Ziel seiner Sehnsucht, es war für ihn ein Sitz im Paradiese. Denn noch war er nicht eingeweiht in die Tiefen des Geschäfts, noch wurde er weggeschickt, sooft irgendein wichtiger Kunde mit Herrn Ehrenthal verhandelte. Sehr bald sah er ein, daß ihm selbst noch einiges fehle, um dies Glück zu verdienen; er gebrauchte die deutsche Sprache mit vieler Fertigkeit, aber es war ein östlicher Hauch darin, mehr Kehlkopf als höhere Grammatik; er schrieb wohl auch Geschäftsbriefe und Rechnungen, aber es war keine Glätte, kein Strich dabei, die

Buchstaben waren sozusagen widerhaarig, und die Perioden waren löchrig und geflickt; und was vollends die Geheimnisse der Buchhaltung betraf, so war er darin wie ein unschuldiges Kind. Dieser Mangel drückte ihn sehr.

In seiner Herberge war er unterdes ein angesehener Mann geworden, selbst Löbel Pinkus behandelte ihn mit ungewöhnlicher Vertraulichkeit. Dies schöne Verhältnis verdankte Veitel seinem Scharfblick. Jene Bretterwand in der Gaststube und der hohle Klang des Holzes hatten ihn seit dem Tage seines Einzuges beunruhigt, wochenlang hatte er auf eine Gelegenheit gewartet, seine Untersuchungen fortzusetzen. Endlich an einem Sonnabend schützte er Unwohlsein vor und blieb zu Hause, als der Hauswirt und seine Gäste mit würdigem Schritt nach der Synagoge zogen. Da endlich glückte ihm, einen Ritz in der Hinterwand seines Schrankes zu erweitern und etwas zu erblicken, was ihn aufs höchste überraschte. Er sah in eine große schmutzige Stube, welche ganz angefüllt war mit Koffern und Kisten und einem Chaos begehrenswerter Artikel. Herren- und Damenkleider, Betten, Wäsche, Stoffe, bunte Vorhänge lagen in großen Haufen durcheinander, auch metallene Geräte, ein Kruzifix, Kelche, Kronleuchter glänzten in dem Halbdunkel und noch andere lockende Spekulationen, welche auch sein scharfes Auge nicht erkennen konnte. Als Aladin den ersten Schritte in die Zauberhöhle tat, geriet er schwerlich in so große Aufregung wie Junker Itzig bei seiner Entdeckung. Er lief immer wieder zu dem Ritz zurück und starrte in das staubige Dämmerlicht der geheimnisvollen Niederlage, bis die Gäste aus der Synagoge nach Hause kamen. Er behielt die Entdeckung für sich, aber er lag seit dem Tage auf der Lauer, wie das Wiesel vor einem Mauseloch. Einigemal hörte er bei Nacht Geräusch in der geheimnisvollen Stube des Nebenhauses; einmal gelang es ihm, ein Geflüster zu vernehmen, bei welchem die tiefe Stimme des würdigen Pinkus unverkennbar war; einst, als er spät nach Hause kam, sah er am Nachbarhause Fässer, Kisten und Bündel in eine kleine Britschka laden, welche schamhaft mit weißer Leinwand verhüllt war, eine Maßregel, welche schon Sulamith im Hohenliede Salomonis als nützlich empfiehlt, damit man nicht von den Wächtern des Königs in den Weinbergen angehalten werde. In derselben Nacht verschwanden zwei schweigsame Gäste seines Herbergsvaters, welche offenbar aus Polen stammten und kamen nicht wieder. Aus alledem zog er den Schluß, daß sein Wirt eine Art Kommissions- und Speditionsgeschäft von allerlei merkwürdigen Waren hielt, welche er aus guten Gründen lieber am Abend als bei Tage fortschaffte. – Wie ein Licht ging es unserm Veitel auf. Die Waren fuhren nach dem Osten, wurden über die Grenze geschmuggelt und verbreiteten sich bis tief in das Russische Reich, bis an die asiatische Grenze, wo zuletzt der strebsame Kirgise die Hemden und Schnürröcke aufträgt, welche vom deutschen Schneider genäht sind. Alles nach dem Grundsatz, was in Deutschland defekt wird, fällt den Russen zu. Veitel benutzte seine Entdeckung mit der Mäßigung eines Geschäftsmannes und machte seinem Hauswirt gerade nur so viel Andeutungen, daß Pinkus sich bewogen fühlte, ihn mit besonderer Rücksicht zu behandeln.

Nach einem tatenreichen Tage schritt Veitel nachdenkend in seine Herberge zurück und betrat mit dem üblichen Gruß die Gaststube. Er setzte sich still in eine Ecke und suchte in seinen Gedanken nach einem Schriftgelehrten, welcher geeignet war, ihn in die Geheimnisse eines guten Stils und der Buchführung einzuweihen, gegen möglichst geringes Honorar, ja vielleicht gegen einen schwarzen Frack, den er durchaus nicht loswerden konnte, weil die Schöße desselben – er hatte einem riesigen Leichenbitter gehört – bis auf den Boden hingen, wie die Äste einer Trauerweide. Als Veitel nach fruchtlosem Überlegen aufsah, erblickte er am Tische einen fremden Gast, welcher eine Feder in der Hand hielt und diese zuweilen in ein Tintenfaß tauchte; der Mann sprach leise mit einem Händler und beugte sich von Zeit zu Zeit auf das Papier, wahrscheinlich, um die Beschlüsse der geheimen Unterhaltung zu verewigen. Veitel sah sich den Schreiber ahnungsvoll an. Es war klar, daß die Großväter dieses Mannes nicht unter Moses durch das Rote Meer gezogen waren. Der Herr war stark und klein, er hatte eine rötliche aufgeregte Nase und ein rundes ältliches Gesicht, verworrenes Haar und eine alte Stahlbrille, die er zuweilen an den Ohren festdrückte, weil es ihr trotz ihrer langen Dienstzeit ganz unmöglich war, auf der Stumpfnase Schluß zu gewinnen. Veitel bemerkte, daß dieser Mann mit der Brille einen ungewöhnlich schlechten Rock anhatte und zuweilen aus einer Zinndose schnupfte, wobei er jedesmal den Händler mit einem eigentümlichen Schielblick ansah, mit einer Art von inquisitorischem Blinzeln, welches seinem Gesicht einen gutmütigen Ausdruck geben sollte, dies aber nicht tat. Offenbar war der Mann ein Schriftgelehrter, und Veitel beschloß abzuwarten, ob er an ihn kommen könne. Endlich war die Verhandlung geschlossen, der Händler empfing ein Papier und legte dafür ein Geldstück, vor Veitels Adleraugen ein Achtgroschenstück, auf den Tisch, welches von dem Herrn mit der Brille nachlässig in die Tasche des Beinkleides versenkt wurde. Der Händler entfernte sich, der Fremde blieb, wie es schien, in gemütlicher Stimmung sitzen und goß sich aus einer kleinen Flasche Branntwein den letzten Rest in das Glas. Veitel trat auf ihn zu, der kleine Herr blickte mißtrauisch auf, aber als er die verbindliche Stellung Veitels sah, fuhr ein vertrauliches Lächeln über sein rotes Gesicht, und eine scharfe Stimme sprach: »Nur näher, mein junger Freund, Sie wollen mich konsultieren, ich stehe zu Diensten.«

Veitel begann zögernd: »Wenn der Herr bekannt ist am Orte, so wollte ich ihn wohl ersuchen um etwas.«

»Immer heraus, mein Sohn«, ermunterte der andere, indem er sein Glas austrank und Veitel mit seinem gutmütigen Blick ansah.

»Ich wollte Sie fragen, ob Sie vielleicht jemand wüßten, der gegen eine billige Vergütung einem Manne von meiner Bekanntschaft

Unterricht geben würde im Schreiben und in den Aufsätzen, wie man sie braucht zum Geschäft.«

»So?« fragte der schäbige Herr, »wie man sie braucht zum Geschäft? – Und dieser Mann von Ihrer Bekanntschaft sind Sie selbst, mein Sohn?«

»Was soll ich daraus machen ein Geheimnis?« antwortete Veitel aufrichtig, »ja, ich bin es selbst; aber ich bin noch ein Anfänger und bin nicht imstande, mehr zu geben als wenig.«

»Wer wenig gibt, erhält wenig, mein Lieber – wie war doch der Name?« fragte der Alte gleichgültig dazwischen und drehte die Dose.

»Veitel Itzig heiße ich.«

»Also, lieber Itzig«, fuhr der Alte fort, »guter Unterricht kostet gutes Geld. Und was treiben Sie für ein Geschäft?« forschte er mit väterlicher Miene weiter.

»Ich bin im Kontor bei Hirsch Ehrenthal«, erklärte Veitel mit Selbstgefühl.

Der Fremde wurde aufmerksam. »Herr Ehrenthal ist ein reicher Mann, ein kluger Mann, ich habe seinerzeit viel mit ihm zu tun gehabt, er hat eine schöne Gesetzkenntnis. Wenn Sie den Geschäftsstil erlernen wollen und bei Herrn Ehrenthal sind«, fuhr er überlegend fort, »vielleicht kann da Rat werden. Welches Honorar würden Sie zahlen, wenn sich jemand fände?«

Veitel fand es gewissenlos, etwas zu bieten, er bemerkte zurückhaltend: »Ich weiß doch noch nicht, was er fordern wird für solchen Unterricht.«

»So will ich's Euch geradeheraus sagen«, erklärte der Herr mit der Brille. »Ich selbst könnte Euch vielleicht den Unterricht geben, vielleicht auch nicht; man gibt solche Anweisung nicht jedem, ich müßte mich erst näher nach Euch erkundigen. Wenn ich Euch aber den Gefallen tue, so will ich Euch den Unterricht erteilen in Erwägung, daß Ihr ein Anfänger seid, in Erwägung, daß Ihr arm seid, und in Erwägung, daß ich jetzt gerade einige freie Zeit habe und aufgelegt bin, mehr Theorie als Praxis zu treiben, wenn Ihr mir fünfzig Taler zahlt; fünfundzwanzig Taler vor der ersten Lektion und fünfundzwanzig Taler in einem Schuldschein, den ich selbst Euch schreiben werde, binnen vier Wochen.«

»Fünfzig Taler!« rief Veitel entsetzt und sank wie vom Schlag gerührt auf einen Schemel, »fünfzig Taler!« wiederholten mechanisch seine Lippen, als das Räderwerk seines Geistes bereits ins Stocken geraten war.

»Ist Euch das zuviel«, fragte der Herr mit der Brille in scharfem Ton, »so laßt Euch sagen, junger Itzig: Erstens, daß ich mit keinem Gelbschnabel handle, zweitens, daß ich meine Hilfe andern noch nie so billig gegönnt habe, und drittens, daß ich mich den Teufel mit Euch befassen würde, wenn ich nicht große Lust hätte, einige Wochen in dieser Stube zu verweilen.«

»Fünfzig Talerstücke! «rief Itzig außer sich, »ich habe geglaubt, es würde nicht kosten mehr als zwei, drei Taler, wenn ich noch vielleicht wollte zugeben eine Weste und ein Paar gute Stiefeln.« Der alte Herr fuhr heftig nach seiner Brille – »und einen Hut, der noch ist wie neu«, fügte Veitel schnell hinzu, weil er einen Sturm herannahen sah und bemerkt hatte, daß der Hut auf dem Tische sehr schadhaft war.

»Scher dich zum Henker, du Dummkopf«, fuhr ihn der Alte mit einer Überlegenheit an, welche Veitel nur von jungen Herren mit großen dänischen Doggen zu ertragen gewohnt war. »Suche dir einen Schulmeister bei der Armenschule.«

»So ist der Herr kein Schreiber?« fragte Itzig gedrückt, aber beharrlich.

»Nein, du Narr«, brummte der Alte. »Wie konnte ich denken, daß der Ehrenthal in seinem Geschäft einen solchen Strohkopf hat«, fügte er in lautem Monologe hinzu. »Er hält mich für einen Schreiblehrer.«

»Was sind Sie denn sonst?« fragte Itzig gekränkt.

»Etwas, das dich nichts angeht«, sprach der fremde Herr entschieden, stand mit einem durchbohrenden Blick auf den armen Veitel von seinem Platz auf und begab sich auf den Söller des Hauses. Dort drückte er sich in eine Ecke, wo er aussah wie ein Kleiderbündel, zog ein Aktenstück aus der großen Rocktasche und las eifrig darin.

Veitel stand noch einen Augenblick verdutzt in dem einsamen Zimmer und faßte endlich den Entschluß, sich bei Pinkus Auskunft über den fremden Mann zu holen. Er trat unter einem Vorwande in den Branntweinladen und fragte den Wirt mit möglichster Unbefangenheit nach Namen und Geschäft des kleinen Herrn.

»Ihr kennt ihn nicht?« sprach Pinkus mit ironischem Lächeln, von dem Veitel nicht recht wußte, ob es ihm oder dem Fremden galt. »Nehmt Euch in acht, daß Ihr diesen Mann nicht mit Schaden kennenlernt. Nach dem Namen fragt ihn selbst, er wird ihn besser wissen als ich.«

»Wenn Sie mir auch kein Vertrauen schenken, so will ich es doch haben zu Ihnen«, antwortete Veitel und erzählte ihm seine Unterredung mit dem Fremden.

»Also er hat Euch Unterricht geben wollen?« fragte Pinkus erstaunt und schüttelte seinen dicken Kopf. »Fünfzig Taler sind viel Geld, aber mancher reiche Mann würde geben hundertmal soviel, wenn er wüßte, was der weiß, das will ich Euch sagen. Übrigens geht's mich nichts an, ob Ihr was lernt und bei wem«, schloß Pinkus grob und ging zu seinen Likörflaschen.

Veitel ging noch verwirrter hinauf, als er heruntergekommen war, und setzte sich wieder grübelnd in seine Ecke, indem er nachdachte, wie man für eine so gewöhnliche Sache, als der Geschäftsstil ist, so ungewöhnliches Geld fordern könne. Unterdes war der Wirt heraufgekommen, hatte das Licht auf den Tisch gesetzt und eine einfache Abendkost für den Fremden mitgebracht. Ganz gegen seine Natur war er diesem gegenüber von großer Leutseligkeit, ließ sich von ihm auf den Altan führen und hatte dort im Finstern eine kurze Unterredung, deren Gegenstand, wie Veitel merkte, seine Person war.

Als Pinkus mit dem Fremden wieder in die Stube trat, sagte er zu Veitel: »Dieser Herr wird einige Wochen hier wohnen und will nicht, daß man darüber spricht. Ihr werdet gegen niemanden sagen, daß er hier ist, wer Euch auch deswegen ausfragen mag.«

»Weiß ich doch gar nicht, wer der Herr ist«, sprach Veitel, »wie kann ich jemandem sagen, daß er hier wohnt.«

»Sie können sich auf den jungen Menschen verlassen«, bemerkte Pinkus gegen den Fremden, worauf dieser gleichgültig mit dem Kopfe nickte. Der Wirt ließ diesmal das Licht brennend in der Stube zurück und schied mit einem Nachtgruß. Der Herr setzte sich behaglich nieder, aß mit unangenehmem Schmatzen die Abendkost und sah dabei von Zeit zu Zeit auf Veitel, ungefähr wie ein alter Rabe auf das gelbe Küchlein sieht, welches sich mit dem Leichtsinn der Jugend in seine Nähe gewagt hat.

Während der Alte zwinkernd auf seine Beute sah, fuhr dem jungen Itzig plötzlich der Gedanke durch den Kopf, diese geheimnisvolle Person mit den ungeheuren Forderungen ist vielleicht einer von den Auserwählten, ein Besitzer der Rezepte, durch welche ein armer Handelsmann unfehlbar Glück, Gold und alle Güter der Erde erwerben kann. Ihm wurde glühend heiß bei dem Gedanken. Zwar sah der Fremde durchaus nicht reich und glücklich aus, aber war es nicht möglich, daß er den alten Rock nur inkognito trug, oder daß er übermäßig geizig war, oder daß er selbst aus irgendeinem Grunde von den Rezepten keinen Gebrauch machen durfte? Vielleicht waren die fünfzig Taler der Preis für das Geheimnis. Veitel hatte jetzt Weltbildung genug, um einzusehen, daß weder durch eine Salbe noch durch einen Zufall solche Wirkungen hervorgebracht werden, sondern daß Wissenschaft dazu nötig sei. Er merkte, daß es darauf ankomme, schlauer zu sein als andere Leute, und daß solche Schlauheit auch für den Inhaber nicht ohne Bedenken sei; ja es kam ihm allerdings so vor als ob man durch die Benutzung derselben in Gefahr gerate, sich dem Satan zu verschreiben. Aber seine Begier, etwas Näheres zu erfahren, war übermächtig. Seine Hände zitterten wie im Fieber, und sein bleiches Gesicht glühte, als er aus seiner Ecke wieder zu dem Fremden trat und mit großem Eifer sagte: »Ich wollte mir noch erlauben, eine Frage zu tun an den Herrn. Ich habe gehört, daß man kann lernen die Kunst, wodurch man Glück hat in allen Geschäften, womit man kann machen jede Art von Kauf und Verkauf zu dem besten Preise. Wenn es gibt eine solche Kunst, wie mich hat versichert einer von unsern Leuten, so wollte ich den Herrn nur fragen, ob das dieselbe Wissenschaft ist, die der Herr mich könnte lehren, wenn er wollte.«

Der Alte schob den Teller von sich und sah mit außerordentlichem Augenzwinkern auf den Burschen. »Du bist der merkwürdigste Mensch, der mir in praxi vorgekommen. Du bist entweder sehr dumm, oder der abgefeimteste Schauspieler, den ich je gesehen habe.«

»Nein, ich bin nur dumm, aber ich möchte werden klug«, sagte Veitel Itzig.

»Ein merkwürdiger Kerl«, bemerkte der alte Herr rücksichtslos und rückte an seiner Brille, um Veitel genau anzusehen, dem bei dem kalten Glanz der Brillengläser sehr unheimlich wurde. Nach langer Prüfung sprach der Alte, indem er eine Gönnermiene annahm: »Was du Kunst nennst, mein Sohn, ist weiter nichts als die Gesetzkenntnis und die Weisheit, das Gesetz zum eigenen Vorteil zu benutzen. Wer das versteht, der wird auf Erden ein großer Mann; es hindert ihn nichts daran, denn er kann nicht gehangen werden.« Bei diesen Worten lachte der Alte in einer Weise, die selbst unserm Veitel einen bänglichen Eindruck machte, obgleich dieser auf die mechanischen Bewegungen der Gesichtsmuskeln sonst nicht viel gab.

»Diese Kunst, mit den Gesetzen umzugehen«, fuhr der kleine Herr fort, »ist nicht leicht zu lernen, mein Sohn, es gehört lange Übung dazu und ein anschlägiger Kopf und Entschlossenheit im richtigen Augenblick, und vor allem das, was die Gelehrten Charakter nennen.« Dabei lächelte er wieder.

Veitel merkte, daß er bei einem wichtigen Punkt seines Lebens angelangt sei, er fuhr mit der Hand in die Jacke nach seiner alten Brieftasche und hielt sie einen Augenblick in der bebenden Hand. Was in diesem Moment durch seine arme Seele fuhr, – und es war nur ein Moment –, das waren wilde und schmerzhafte Empfindungen. Schnell wie Blitze zuckten sie durcheinander. Er dachte in diesem Augenblick an seine alte Mutter in Ostrau, ein ehrliches Weib, wie sie ihre goldene Kette verkauft hatte, um ihm sechs Dukaten in die Ledertasche zu nähen, er sah sie vor sich, wie sie ihm beim Abschiede mit Tränen gebenscht hatte und zu ihm gesagt: »Veitel, es ist eine arge Welt, verdiene dir ehrlich dein Brot, Veitel!« – Er sah seinen grauen Vater vor sich auf dem Totenbett liegen, wie ihm der weiße Bart herunterhing über den magern Leib – und tief holte er Atem. Auch an die fünfzig Taler dachte er, wieviel Mühe es ihn gekostet hatte, sie im Schacher zu erwerben, wie oft er darum gelaufen war, wie oft man ihn geschmäht, ja als Überlästigen mit Schlägen bedroht hatte. Als ihm der letzte Gedanke durch die Seele flog, riß er heftig die Brieftasche aus der Jacke, warf sie auf den Tisch, setzte die geballte Faust darauf und rief mit blitzenden Augen: »Hier ist Geld!« – und während er das aussprach, fieberhaft erregt, in leidenschaftlicher Hast, selbst in diesem Augenblick fühlte er deutlich, daß er daran sei, etwas Böses zu tun, und er fühlte, wie eine Last sich unsichtbar auf seine Brust senkte. Aber er war entschlossen. Schwerlich hatten die jungen Herren, welche den zudringlichen Judenknaben die Treppe hinunterwiesen, daran gedacht, daß ihre höhnenden Worte in der armen verwilderten Menschenseele einen Dämon erwecken würden, der ihnen selbst in späteren Jahren Elend und Verderben heraufbeschwören sollte.

Nach einigen Stunden war das Licht tief herabgebrannt, und bei dem roten Schein saß in dem wüsten Raume noch immer Veitel, mit offenem Munde, glänzenden Augen und geröteten Wangen dem Vortrage des alten Mannes lauschend. Und der Alte sprach doch über Dinge, von denen zu hören den meisten Sterblichen sehr langweilig ist, über gewöhnliche Schuldverschreibungen.

Das Licht war erloschen, der kleine Herr hatte die neugefüllte Branntweinflasche geleert und war, ermüdet vom langen Sprechen, auf seinem Strohsack eingeschlafen, und noch immer saß Veitel auf dem Schemel. Heute dachte er nicht an seine Kunden, nicht an sein gezahltes Geld, sondern er schrieb Schuldscheine an die schwarzen Wände, in denen sich der Aussteller mit vielen Worten zu so wenig als möglich verpflichtete, und schrieb Empfangsscheine über geliehenes Geld, in denen er durch unscheinbare Zusätze die Rückzahlung der Summe von seinem Belieben abhängig machte. So saß er lange in bleischwarzer Finsternis und große Schweißtropfen rannen von seinen Schläfen. Dann öffnete er die Tür zur hölzernen Galerie, lehnte sich auf das Geländer und sah durch das Dämmerlicht hinunter in das Wasser, welches wie ein riesiger Strom von Tinte vorbeiflutete. Und wieder schrieb er Schuldscheine in die schwarzen Schatten der gegenüberliegenden Häuser und schrieb Quittungen auf die dunkle Wasserfläche, bis sein müder Leib erschöpft zusammenbrach und er in einer Ecke einschlief, das heiße Haupt an die Holzwand gelehnt. In kaltem Zuge fuhr der Nachtwind über das Wasser und unten gurgelte die Flut klagend an den Holzpfählen und Vorsprüngen der alten Häuser. Was er in die Schatten gezeichnet, das verrückte sich, und was er auf das Wasser geschrieben, das zerrann, und doch hatte seine Seele einen Schuldschein ausgestellt in dieser Nacht, der einst von ihm eingefordert werden sollte mit Zins und Zinseszins. Der Wind heulte, und der Sturm klagte, wilde Mahner an die Schuld, rächende Boten des Gerichts.

Seit dieser Nacht eilte Veitel alle Abende mit schnellem Schritt nach seiner Herberge, der Unterricht im Geschäftsstil wurde regelmäßig fortgesetzt. Der Herr mit der Brille war ein gründlicher Lehrer, die tiefsten Geheimnisse des Wechselrechts und der Hypothekenordnung waren ihm offenbar, er kannte jeden Schlupfwinkel, welchen das Gesetz dem gewandten Mann offen läßt, er war mit jedem Schleichwege vertraut, auf welchem man eine gesetzliche Verpflichtung umgehen kann. Seine Methode des Unterrichts war vortrefflich. Er ging bei allen auszustellenden Urkunden und bei jeder geschäftlichen Verpflichtung von der gewöhnlichen Form aus, lehrte seinen Schüler die betreffenden Gesetze kennen und machte seine Lehre durch Beispiele deutlich und angenehm. Dann erst gab er bei jedem Gesetz, bei jedem einzelnen Fall die kleinen Hilfsmittel an, durch welche man gegenüber der Verpflichtung einen freien Standpunkt gewinnen konnte. Jeden Abend nahm Veitel einige kostbare Rezepte in seine Brieftasche auf, Formulare zu Dokumenten, welche zu nichts verpflichteten, und wieder solche, welche zu weit mehr verpflichteten, als sie den Anschein hatten. Zuweilen schrieb der Alte selbst ein solches Kunstwerk vor und ließ es den Schüler abschreiben, worauf er seine eigene Handschrift sorgfältig am Licht verbrannte. Wenn fremde Gäste in der Herberge waren, zogen sich Lehrer und Schüler in eine Ecke zurück und verhandelten in einem Flüsterton, welcher von den Anwesenden mit vieler Achtung angehört wurde, denn Veitel pflegte dann zu erklären, daß er von dem Herrn Unterricht in der Buchführung und anderen nützlichen Dingen erhalte.

Was Veitel nach und nach über die Person seines Lehrers erfuhr, Namen und Schicksal, sei hier in Kürze berichtet. Herr Hippus hatte bessere Tage gesehen. Er war einst ein vielgesuchter Rechtsanwalt der Hauptstadt gewesen, der es durchgesetzt hatte, in wenigen Jahren eine ausgebreitete Praxis zu erwerben. Bei dem geschäftetreibenden Publikum einer großen Stadt erhält jeder Advokat sehr bald einen bestimmten Ruf, einen Ruf, welcher ebenso unsicher sein mag als der Ruhm einer Sängerin oder Tänzerin, der aber auch durch eine große Klasse von Menschen als anziehender Stoff der Unterhaltung benutzt wird. Bei dieser Klasse galt Herr Hippus für sehr gewandt und zuvorkommend im Verkehr mit den Parteien und für den entschiedensten und kühnsten Mann, um ein mißliches Recht in ein gutes Recht zu verwandeln. Im Anfang hatte er so wenig wie der gewissenhafteste Staatsanwalt den Trieb, seine Karriere dadurch zu machen, daß er Unrecht in Recht verdrehte. Auch er hatte ein peinliches Gefühl von Unsicherheit, wenn er eine Partei vertrat, deren Sache er für schlecht hielt, er war von den ehrenwertesten seiner Kollegen nur sehr wenig verschieden, er hatte einige kleine Skrupel weniger und trank etwas zu guten Rotwein. Diese letzte so löbliche Eigenschaft wurde bald eine Schwäche. Er war ein Mann, der mit Geschmack zu frühstücken wußte, ein Herr von kaustischem Witz und ein vortrefflicher Gesellschafter bei der Tafel. Er hatte einen subtilen Geist, freute sich über geistreiche Paradoxien und liebte es, die Haare zu spalten, die er seinen Gegnern ausriß. Mit Hilfe des Rotweins erlangte er die Fertigkeit, viel Geld auszugeben, und geriet in die Lage, viel einnehmen zu müssen. Die eitle Freude an Spitzfindigkeiten verlockte ihn einigemal, die ganze Energie seines glänzenden Geistes einer schlechten Sache dienstbar zu machen und diese zum Siege zu führen. So erlebte er den Fluch, der häufig Advokaten trifft, welche Glück in verzweifelten Prozessen gehabt haben, es liefen ihm alle zu, welche eine schlechte Sache zu verteidigen hatten. Lange Zeit ärgerte er sich darüber, und es fehlte ihm nur ein klein wenig Kraft, um diese Spitzbubenpraxis, wie er sie selbst nannte, loszuwerden; allmählich wurde er durch die schlechten Sachen, an denen er sein nicht gemeines Talent geltend zu machen suchte, selbst schlecht. Immer größer wurden seine Bedürfnisse, immer lockender die Verführung, immer kleiner sein Gewissen. So war er schon lange ausgehöhlt und mit Giftstaub gefüllt wie ein Bofist, von außen sah er noch stattlich und glänzend aus, und oft wurde ihm prophezeit, daß er mit der größten Praxis in der Stadt als einer der reichsten Männer seine Laufbahn beschließen werde. Da begegnete ihm, dem Schlauen, dem Gesetzkundigen, das Unglück, daß er in eine Untersuchung geriet, weil er bei einer Sache, welche nur durch verzweifelte Mittel zu halten war, dem Gesetz eine Blöße gegeben hatte. Er wurde verurteilt, mit Schimpf kassiert und verschwand als ein gefallener Stern aus dem Kreise seiner Amtsgenossen. Was er noch von Bedenken und Rücksichten gehabt hatte, ging seit der Zeit mit reißender Schnelligkeit verloren. Er hatte in Wirklichkeit wenig Vermögen gesammelt, fast nur Ansprüche an den Besitz anderer, verzweifelte Schuldverschreibungen und hoffnungslose Dokumente, deren Erwerb ihn allerdings sehr wenig gekostet hatte. Die Beitreibung derselben machte er jetzt zur Aufgabe seines Lebens, denn noch immer hatte er das Bedürfnis, viel auszugeben. Deshalb war er durch mehrere Jahre als ewiger Kläger und Querulant eine den Gerichtshöfen wohlbekannte Person. Was er durch Prozessieren erwarb, vergeudete er mit roher Sinnlichkeit in schlechter Gesellschaft, er wurde ein Trunkenbold, ein liederlicher Schlemmer. Aber auch diese unsicheren Einnahmen hörten auf, sein Name verschwand allmählich aus den Prozeßakten, und seine Person ward auch in den Restaurationen untergeordneten Ranges nicht mehr gesehen. Doch seine Tätigkeit hörte nicht auf. Er sank zum Besucher von Branntweinstuben und zum Winkelkonsulenten herab, der andere Leute zu Prozessen aufstachelte und Schwindlern und Gaunern gute Ratschläge erteilte. In dieser stillen Tätigkeit verlebte er einige Jahre und stiftete so viel Unheil, als nötig war, um seinen Grimm gegen nicht gefallene irdische Größen und seinen Durst, der sehr gemeiner Natur wurde, zu befriedigen. Leider glückte ihm noch nicht, ganz aus dem Auge des Gesetzes zu verschwinden. Gerade jetzt wurde ihm wegen unbefugter Praxis nachgestellt, und er fand für nötig, unter dem Vorwand einer längeren Reise auf einige Zeit unsichtbar zu werden. Deshalb hatte er sich bei Herrn Pinkus, dessen Kunde und Rechtsbeistand er zuweilen gewesen war, einquartiert und so Muße gewonnen, den jungen Itzig seine Rezeptierkunst zu lehren.

Übrigens verfuhr Herr Hippus nicht ohne Vorsicht. Sooft er seinem Schüler irgendeine Schurkerei beibrachte, welche wie eine Arabeske an die gewöhnliche gerade Linie des Geschäftsstils angehängt wurde, verfehlte er nie, mit einem häßlichen Lächeln zu bemerken: »Dies alles sage ich dir nur, damit du dich in acht nimmst.« Diese Phrase wurde stehend und eine anmutige Quelle der Heiterkeit für Lehrer und Schüler, auch nachdem Veitel einen ungewöhnlichen Scharfsinn gezeigt hatte und alle Erfordernisse des Charakters, welche für einen Apostel dieser Geheimlehre nötig waren.

Der Unterricht wurde für den alten Mann sehr bald ein Bedürfnis seines Herzens. Ja, seines Herzens. Denn er war allerdings ein schlechter Mensch geworden, an dem etwas Gutes nur schwer aufzufinden gewesen wäre, aber die schwarze Schlacke, welche er statt eines warmblütigen Menschenherzens in der Brust trug, war doch nicht ganz ausgeglüht; er hatte das Bedürfnis zu hassen, aber ebensosehr das Bedürfnis, anerkannt zu werden. Nach vielen Jahren fand er jetzt Gelegenheit, sein Wissen in längerer Rede zu entwickeln, Geist zu zeigen und einem anderen Menschen eine Art von Verehrung einzuflößen. Einst war er ein gebildeter und scharfsinniger Jurist gewesen; das Gebäude seines Wissens war bei dem wüsten Leben sehr zerfallen, aber es war noch genug vorhanden, was den jungen Wilden imponieren konnte, und mit einer melancholischen Freude, dem edelsten Gefühl, das der verworfene Mann seit Jahren gehabt hatte, öffnete er vor dem Jüngling die verschütteten Türen seines Geistes. Die Aufmerksamkeit Veitels schmeichelte ihm sehr, er fing an, ihn für sein Geschöpf zu halten, und faßte allmählich eine Zuneigung zu dem Judenknaben, über die er selbst zynische Witze machte. Und doch war sie ein Schatz für den Elenden. Denn die Güte der menschlichen Natur ist unzerstörbar, und die größte Korruption eines Menschen vermag nicht alles in ihm zu verderben. Immer sucht seine Lebenskraft die Stellen, wo sie sich gesund und zum Guten entwickeln kann, aber der Fluch einer verderbten Seele ist, daß auch ein gutes menschliches Empfinden sich ihr zu Unheil und Sünde verkehrt.

Schnell wurde dem alten Mann sein Schüler wichtiger als irgendeine andere Person auf Erden. Mit Ungeduld wartete er auf die Abendstunde, in welcher der geschäftige Bocher zur Vorlesung kam; ja es begegnete ihm, daß er von seiner Abendkost und seinem Branntwein einige Reste für Veitel übrigließ, und wenn das Judenkind bei dem trüben Lichte vor ihm saß und mit großem Appetit das kalte Fleisch verzehrte, so konnte der Alte ihn schweigend ansehen und sich darüber freuen. Und einst, als Veitel sich bei rauher Witterung erkältet hatte und fiebernd unter dünner Decke auf dem Strohsack lag, da ereignete sich das Unglaubliche, daß der Alte ein Federbett, welches er als privilegierte Person durch den Wirt erhalten hatte, von seinem eigenen Lager trug und über den Burschen breitete; und als Veitel ihn dankbar anlachte, freute sich das alte Geschöpf wieder.

Veitel verdiente diese Funken von Freundschaft, welche in dem Alten aufstiegen, denn er bezeigte ihm eine Verehrung, wie sie nur irgendein Schüler gegen seinen berühmten Lehrer gefühlt hat. Er erbot sich, ihm eine neue Garderobe zum Einkaufspreise zu besorgen, und handelte stierköpfig um einen passenden Oberrock, weil er ihn dem alten Mann so billig als möglich verschaffen wollte; er war stets zu der Verschwendung bereit, die Branntweinflasche zu füllen, weil er wußte, daß dies die Schwäche eines würdigen Lehrers war; er machte ihn zum Vertrauten seiner kleinen Geschäfte, ja er brachte ihm zuweilen am Abend Geschenke mit und lief nach einem glücklichen Geschäftstage sogar in einen Fleischladen, um für Herrn

Hippus eine verhaßte Zungenwurst einzukaufen. Allerdings war auch diese Herzensfreundschaft nicht ohne kleine Stacheln. Der Alte konnte es nicht lassen, seine gallige Laune an dem Schüler zu üben, und Itzig nannte den Alten, wenn dieser dem Branntwein zuviel einräumte, mit höchst unzierlichen Namen, welche bewiesen, daß das Gefühl der Hochachtung in ihm nicht unerschütterlich war. Im ganzen aber stimmten die beiden Ehrenmänner doch vortrefflich zusammen und wurden einander unentbehrlich.

Veitel lernte in den Monaten, welche der Alte in seinem Versteck zubrachte, auch noch anderes als schlechte Handwerkskniffe: er lernte das Deutsche richtig sprechen und schreiben, ja er las zuweilen in den Büchern, welche er für Hippus aus einer kleinen Leihbibliothek holen mußte; er las mit Vergnügen Abenteuer zu Wasser und zu Lande, die Eroberung Amerikas und andere aufregende Unternehmungen, an welche seine Phantasie allerlei Geschäfte knüpfen konnte. Durch seinen Lehrer erhielt er viele Aufschlüsse über das Leben der Menschen und Völker, auch über den Staat, in dem er selbst existierte und von dem er bis dahin sehr wenig gewußt hatte. So machte er in wenigen Monaten Veränderungen durch, welche dem Blick des Herrn Ehrenthal nicht entgingen.

Dieser bemerkte nach und nach, daß Veitel weniger grotesk aussah, daß er richtiger sprach und schrieb, und vor allem, daß er in Geschäften unwillkürlich eine Sicherheit und juristische Kenntnis entwickelte, die an einem Lehrling seiner Art sehr ungewöhnlich waren. Herr Ehrenthal besprach diese Veränderung in seiner Familie ungefähr so, wie ein Landwirt das vielversprechende Aussehen eines Zuchtstiers lobt, und kündigte am Ende des Vierteljahrs dem Burschen freiwillig an, daß das Stiefelputzen und das Essen vor der Tür aufhören solle, und daß er bereit sei, ihm einen Platz im Geschäftslokal und außer dem Kostgelde ein kleines Gehalt zu bewilligen.

Veitel empfing die Ankündigung, auf die er so lange gewartet hatte, mit großer Selbstbeherrschung, er dankte demütig und versprach alles mögliche für die Gegenwart und Zukunft: »Noch eine Bitte habe ich an den Herrn, eine große Bitte, die Sie nicht ungünstig aufnehmen möchten. Wenn ich die Ehre haben könnte, einmal in der Woche am Tisch des Herrn Ehrenthal zu essen. Da Sie mir so viele Güte erweisen, so haben Sie auch diese Rücksicht auf mich, damit ich kann sehen in guter Gesellschaft, wie man sich benimmt, wenn man ißt mit vornehmen Leuten. Sie können mir's abrechnen von meinem Kostgeld, das Sie mir geben wollen.«

Ehrenthal schüttelte den Kopf und sagte erstaunt über dies Verlangen: »Zuerst muß ich sprechen mit meiner Frau, ob's ihr wird recht sein, daß du dich bildest in meinem Hause. Du kannst warten, bis ich gesprochen habe.« Er ging zu seiner Frau und trug ihr Veitels Wunsch vor, mit einem kühlen Wesen, welches andeuten sollte, daß ihm als einem Mann von Welt die Forderung ungehörig erscheine. Im Innern freilich meinte er, daß Itzigs Wunsch zu gewähren sei, denn er hielt es für wichtig, den anstelligen Mann seinem Geschäft zu erhalten. Aber er wagte nicht, seiner Hausfrau gegenüber diesen Wunsch zu äußern, denn Madame Ehrenthal hatte noch viel mehr Welt und Bildung als er selbst und war ihm in allen Dingen, welche vornehmes Wesen betrafen, eine große Autorität. Sie war die Tochter eines großen Schnittwarengeschäftes aus der Residenz und hatte Geschmack für das Neueste und einen sehr energischen Willen in Teetrinken, Stutzuhren, Möbelstoffen und andern Eigenschaften, durch welche sich ein gebildeter Mensch von einem ungebildeten unterscheidet. Wider Erwarten nahm Madame Ehrenthal Veitels Wunsch ohne Überraschung auf. Diese Überraschung wäre auch unnatürlich gewesen, da Veitel durch wahrhaft unmäßigen Diensteifer, durch Verschwiegenheit in einzelnen kleinen Fällen und durch die größte Höflichkeit das Wohlwollen der vornehmen Dame zu erwerben gewußt hatte. »Wenn der junge Mann sich bilden will in unserer Familie, so kann er keinen besseren Ort finden. Da er brauchbar ist im Geschäft, wie du sagst, so wird es dir von Nutzen sein, wenn er auch zu essen und zu reden weiß mit den Leuten.«

Nach dieser Entscheidung wurde Veitel am nächsten Sonntage, dem Tage einer gebratenen Gans, aufgefordert, in der Familie zu erscheinen. Und als er zu den gedeckten Tische trat, angetan mit dem besten unter den sechs Leibröcken, welche er auf seinem Lager hatte, einen neuen weißen Hut in der Hand und ein baumwollenes Hemd mit stehendem Kragen unter der ausgeschnittenen Weste, da wurde er von Ehrenthal mit den würdigen Worten eingeführt: »Der junge Itzig ist aufgenommen in mein Geschäft als Buchhalter. Es ist nicht mehr anständig für ihn, in der Wirtschaft zu helfen, und es wird jetzt anständig sein, daß wir ihn als einen gebildeten Menschen behandeln. Sie können Platz nehmen dort unten am Tisch, lieber Itzig.«

9

An einem warmen Sommerabend sprach Fink nach dem Schluß des Kontors zu Anton: »Wollen Sie mich heut begleiten? Ich will auf dem Fluß ein Boot probieren, das ich hier habe bauen lassen.« Anton war bereit. Die Jünglinge sprangen in einen Wagen und fuhren an den Fluß oberhalb der Stadt, wo eine Kolonie von Schiffern und Fischern in ärmlichen Hütten wohnte. Fink wies auf ein rundes Fahrzeug, welches auf dem Wasser schwamm wie eine große Kürbisschale, und sagte melancholisch: »Da liegt das Gefäß, es ist ein Scheusal! Ich selbst habe dem Kahnbauer das Modell geschnitzt, denn ein Kielboot bauen ist hier zulande etwas Unerhörtes; ich habe dem Strohkopf alle Verhältnisse angegeben und er hat ein solches Möwenei zur Welt gebracht.«

»Es ist sehr klein«, erwiderte Anton mit trüben Ahnungen.

»Ich sage Euch«, rief Fink strafend dem Kahnbauer zu, welcher herantrat und respektvoll die Mütze abnahm, »daß unsere Seelen auf Euer Gewissen kommen, wir werden in dem Dinge da unfehlbar ertrinken, und Euer Mangel an Witz wird schuld sein.«

»Herr«, sagte der Kahnbauer kopfschüttelnd, »ich habe das Boot ganz nach Ihrer Anweisung gemacht.«

»Den Teufel habt Ihr«, schalt Fink, »zur Strafe sollt Ihr mitfahren. Ihr werdet einsehen, daß es billig ist, wenn Ihr mit uns ertrinkt.«

»Nein, das tue ich nicht, lieber Herr«, antwortete der Mann entschieden, »bei dem Winde will ich's nicht wagen.«

»So bleibt am Lande und kocht Euren Kindern Brei von Hobelspänen. Gebt Mast und Segel her.« Fink setzte den kleinen Mast ein, sah nach, ob die Schoten der Segel glatt durch die Löcher liefen und ob das Geitau anzog. Sämtliche nautische Erfindungen erwiesen sich als befriedigend. Dann hob er Mast und Segel wieder aus, legte sie der Länge nach in das Boot, warf einige Eisenstücke Ballast auf den Boden, hakte das Steuer ein, ergriff zwei lange Streichruder und wies unserm Helden seinen Platz an. Darauf legte er die Ruder aus und fuhr mit der Kraft eines Matrosen im Doppelschlag vom Ufer ab. Er ließ den Kürbis auf der Wasserfläche tanzen zur großen Belustigung des Zimmermanns und sämtlicher Nachbarn am Ufer und äußerte seine Zufriedenheit, daß Anton ihm so zuversichtlich gegenübersaß. »Es ist möglich, in einem Kielboot gegen den Strom zu kommen«, sagte er, »das war's, was ich diesen Nachtmützen beweisen wollte.« Darauf setzte er den Mast wieder ein, löste die Segel, gab seinem Schüler die Schote des Klüvers in die Hand und unterrichtete ihn, wie er anziehen und loslassen sollte. Der Wind blies in unregelmäßigen Stößen, bald blähten sich die kleinen Segel und neigten den Rand des Bootes dem Wasser zu, bald schlugen sie untätig und ratlos an den Mast. »Es ist ein elender Seelenverkäufer«, rief Fink ärgerlich, »wir treiben unvermeidlich ab und werden nächstens umwerfen.«

»Wenn das ist, so schlage ich vor, umzukehren«, sagte Anton mit erheuchelter Leichtigkeit.

»Es tut nichts«, versetzte Fink kaltblütig, »ich werde uns schon wieder an Land bringen, so oder so. Sie können doch schwimmen?«

»Wie Blei«, antwortete Anton; »wenn wir umwerfen, gehe ich sicher auf den Grund. Sie werden Mühe haben, mich herauszuziehen.«

»Fassen Sie nur in keinem Falle nach meinem Körper, wenn Sie im Wasser liegen«, belehrte ihn Fink, »das wäre das beste Mittel, uns beide unten festzuhalten; warten Sie ruhig ab, bis ich Sie in die Höhe hebe. Übrigens wird es nicht schaden, wenn Sie sich Rock und Stiefel ausziehen, es ist gemütlicher im Wasser, wenn man im Negligé ist.« Anton tat willig, wie ihm befohlen war.

»So ist's recht«, sprach Fink. »Im Grunde ist's ein erbärmliches Vergnügen, hier herumzufahren. Keine Wellen, kein Wind und zuletzt auch kein Wasser. – Da sitzen wir wieder auf dem Grund. Stoßen Sie ab. – He, Bootsmaat, was werden Sie sagen, wenn dies garstige Ufer plötzlich versinkt, und wir auf einem anständigen Meere schaukeln, Wasser bis an den Horizont, Wellen wie der Baum dort und ein herzhafter Wind, der die Ohren abbläst und die Nase schräg an die Backen legt.«

»Ich kann nicht sagen, daß ich es angenehm fände«, erwiderte Anton besorgt.

»Je nachdem«, sagte Fink, »es gibt wenig Lagen, die nicht noch viel schlechter sein könnten. Bedenken Sie, es wäre auch in diesem Fall immer noch ein glückliches Los, daß wir diese nichtsnutzigen Faßdauben zwischen uns und dem Wasser haben. Wie aber, wenn wir selbst mit unserm Leibe in der Flut lägen, ohne Kahn, ohne Ufer, zwischen haushohen Wellen?«

»Wenigstens ich wäre verloren«, rief Anton mit aufrichtigem Entsetzen.

»Ich sage Euch aber, ich habe einen Freund, einen guten Freund, auf den ich mich in einer Krisis gern verlasse, dem ist so etwas begegnet. Der Mann schlendert am Strande der See an einem glorreichen Abend, er beschließt zu baden, wirft seine Kleider ab und geht ins Wasser. Lustig schwimmt er in die See hinein. Die Wellen heben ihn und werfen ihn zu Tal, das Wasser ist wohlig warm, um ihn glitzert in der Abendsonne die Flut von zehntausend bunten Farben, und über ihm lodert das goldene Licht des alten Himmels. Der Mann jauchzt vor Vergnügen.«

»Und Sie selbst waren der Mann?« fragte Anton. »Meinetwegen ja. – So schwamm ich eine Weile fort, bis ich an dem matten Schein des Himmels merkte, daß es Zeit war, mich aus der Wasserschaukel ans Land zu versetzen. Ich wandte mich um und hielt auf das Land zu, und was meint Ihr, Master Wohlfart, das ich sah?«

»Ein Schiff«, rief Anton, »einen Fisch.«

»Nein«, sagte Fink, »*nichts* sah ich, das Land war verschwunden. Ich spähte nach allen Seiten in die Dämmerung hinein, ich hob mich aus den Wellen so hoch ich konnte; nichts war zu erblicken als Wasser und Himmel. Die Strömung, die vom Lande abwärts zog, hatte mich heimtückisch fortgeführt, ich trieb in der hohen See. Ich lag im Atlantischen Ozean zwischen Amerika und England. Insofern wußte ich, wo ich war, aber diese geographische Kunde erwies sich in meiner Lage als unbefriedigend. Es wurde dunkler am Himmel, die Täler der Wellen füllten sich mit schwarzen ungemütlichen Schatten, die Wasserberge hoben sich höher, ein kalter Luftzug fuhr über mein Haupt. Und nichts war zu sehen als das rötliche Grau des Himmels und die wilde rollende Flut.«

»Das war schrecklich!« rief Anton.

»Es war ein Augenblick, wo kein Pfaff' einer armen Seele verwehren kann, den Teufel um Hilfe zu bitten. Wo das Land zulag, erkannte ich natürlich am Himmel. Jetzt entstand die Frage, wer stärker war, die Strömung des Meeres oder mein Arm. Ein mörderisches Ringen mit dem perfiden Schurken von Wassergott begann. Durch die Stöße eurer Schwimmschule wäre ich nicht weit gekommen, ich rollte wie die Seekälber und die Wilden und griff Hand um Hand vorwärts. So konnte ich's im Notfall ein paar Stunden aushalten. Und jetzt arbeitete ich. Es war ein harter Kampf, der mächtigste meines Lebens. Unterdes wurde es finster, die smaragdgrünen Wellen verwandelten sich in eine Flut von schwarzem flüssigem Pech, nur ihre Häupter schimmerten noch von weißem Gischt; wie Totenschädel stiegen sie um mich auf und spukten mich an. Der Himmel hing bleigrau über mir, zuweilen blinzte ein einzelner Stern hinter dem Wolkenrauch, das war mein einziger Trost. So schwamm ich zwischen Schwarz und Grau ins Endlose hinein, noch immer kein Land zu sehen. Ich wurde matt, und die teuflische Schwärze um mich herum gab mir zuweilen den Gedanken ein, die unnütze Arbeit aufzugeben. Die Wolkenbank stieg höher, die Sterne verschwanden, die Richtung wurde zweifelhaft und meine Lage durchaus unhaltbar. Ich merkte, daß die Sache zum Ende kam; meine Brust keuchte, vor den Augen tanzten unzählige Funken wie Leuchtkäfer auf dem Wege zur Hölle. Da, mein Junge, als ich halb besinnungslos mit einer Welle hinabgeglitten war, da fühlte ich mit dem Fuße etwas, was nicht mehr Wasser war.«

»Es war Grund«, rief Anton.

»Ja«, nickte Fink, »es war fester Sand. Ich kam eine Meile nördlich von meinen Kleidern ans Ufer und fiel dort hin wie eine erschlagene Robbe.« Er brach ab und sah prüfend auf Anton. »Und jetzt macht Ihr Euch fertig, Maat«, rief er, »nehmt Eure Beine unter der Bank hervor, ich werde einen Schlag machen und zum Ufer wenden. Nur ruhig!«

In diesem Augenblick fuhr ein starker Windstoß über die Wasserfläche, der Mast knarrte, das Boot neigte sich auf die Seite und hörte mit der Schwankung nicht eher auf, bis sein Kiel in die Höhe stand wie die Rückenflosse eines Fisches. Anton sank, seinem Versprechen getreu, ohne weitere Bemerkungen in die Tiefe. Blitzschnell tauchte Fink in die Strömung, stieß ebenfalls, wie er versprochen hatte, seinen Gefährten über sich nach der Oberfläche des Wassers und schob ihn mit großer Anstrengung auf eine seichte Stelle, wo es möglich war, watend das Ufer zu erreichen. »Zum Henker, fassen Sie doch meinen Arm!« rief Fink keuchend.

Anton aber, der gegen die Abrede eine ziemliche Masse Wasser verschluckt hatte, besaß nicht mehr allzuviel Besinnung und machte nur eine abwehrende Bewegung mit der Hand.

»Ich glaube, er will noch einmal hinunter«, rief Fink ärgerlich, faßte den Kraftlosen um den Leib und schleppte ihn ans Ufer.

Eine Menge Menschen hatte sich hier versammelt und stürzte jetzt an den Rand des Wassers, wo Fink den jungen Matrosen im Arme hielt und ihm lebhaft zuredete, doch wieder zu sich zu kommen. Endlich öffnete Anton die Augen und bezeugte dadurch und durch einige andere Bewegungen die Absicht, seine Stellung in der bürgerlichen Gesellschaft noch nicht aufzugeben. »Wie geht's, Wohlfart?« fragte Fink und sah ihm besorgt in das bleiche Antlitz.

»Sie haben sich die Sache sehr zu Herzen genommen! Poncho y Ponche!« rief er heftig den Leuten zu, »einen Mantel und ein Glas Rum für den Herrn. Das wird Sie am schnellsten kurieren.«

Ein Leiermann zog bereitwillig seinen alten Soldatenmantel vom Leibe, unser Held wurde hineingewickelt und wie ein verwundeter Krieger nach dem Hause des Zimmermanns geführt. Dort setzte man ihn in einen Lehnstuhl.

»Da geht der Kürbis hin, Segel, Streichruder und alles«, sagte Fink im Abgehen strafend zum Schiffszimmermann, »und unsere Röcke obendrein. Habe ich's Euch nicht gesagt, daß das Ding nichts taugte?«

Eine Stunde lang pflegte Fink sein Opfer mit der größten Zärtlichkeit, er rührte ihm eigenhändig den Zucker in einem Glas Grog und drückte ihm zuweilen die kalte Hand. Es war bereits dunkel, als Anton so weit hergestellt war, daß er nach Hause gehen konnte. Sie vervollständigten ihre Toilette durch Kleider und Schuhe des Kahnbauers und lachten auf dem Rückwege über ihre Ausrüstung. Fink hatte wieder sein gewöhnliches kühles Wesen angenommen, und unser Held stolperte bleich, aber lustig in hohen Transtiefeln neben ihm her. »Hören Sie, Fink«, sagte er ermahnend, »wenn Sie mich das nächste Mal zu einer Partie auffordern, so möchte ich Ihnen andeuten, daß ich manches andere lieber trinke als dies lehmige Wasser. Ich bin noch voll davon.«

»Wie konnte ich denken«, antwortete Fink, »daß Sie mit solcher Vehemenz den halben Fluß einschlucken würden, Sie Unschuld! Ich habe in meinem Leben noch keinen Menschen mit solcher Kindlichkeit auf den Grund gehen sehen. Sie sind ein märchenhafter Kerl!«

Der nächste Tag war ein Sonntag und der Geburtstag des Prinzipals. An diesem wichtigen Tage blieben die Herren nach dem Diner einige Stunden in den Zimmern des ersten Stockes, der Bediente präsentierte dann Kaffee und Zigarren. Als man sich zu Tische setzte, sagte die Tante zu Fink: »Die ganze Stadt ist voll davon, daß Sie und Herr Wohlfart gestern in einer schrecklichen Gefahr gewesen sind.«

»Es war nicht der Rede wert, gnädige Frau«, antwortete Fink leichtsinnig, »ich wollte nur untersuchen, wie sich Master Wohlfart beim Ertrinken benehmen würde. Ich warf ihn ins Wasser und wäre um ein Haar auf dem Grunde liegengeblieben, weil er es für indiskret hielt, mich durch seine Rettung zu belästigen. Einer solchen höflichen Resignation ist nur ein Deutscher fähig.«

»Aber Herr Fink«, rief die Tante erschrocken, »das hieß ja das Schicksal herausfordern! Es ist schauderhaft, nur daran zu denken.«

»Schauderhaft war nur die Unsauberkeit dieser Lehmrinne, die man hier Fluß nennt. Es müssen sehr schmutzige Nixen sein, die auf dem Grunde dieses Wassers leben. Aber Wohlfahrt ließ sich durch ihren Lehm nicht stören. Er fiel ihnen begeistert in die Arme, gerade wie es in dem berühmten Liede Sr. Exzellenz heißt: ›Halb zogen sie ihn, halb sank er hin‹. Er warf beide Beine über den Rand des Kahns, noch bevor es nötig war.«

»Sie hatten mich's so gelehrt, Sir!« rief Anton zu seiner Entschuldigung von unten dazwischen.

»Ja«, fuhr Fink gegen die Tante fort, »ich habe als Freund an ihm gehandelt. Ich trage keine Schuld, wenn er so viel Wasser geschluckt hat, daß der Wasserstand heut unerhört niedrig ist und die Zinkkähne der Handlung oben im Flusse auf einer Sandbank liegenbleiben. Ich habe ihm vorher noch jede Art von gutem Rat gegeben. Ich habe ihm eine lange Geschichte erzählt, wie man sich im Wasser zu benehmen hat, ich habe ihn darauf aufmerksam gemacht, welche Toilette man braucht, um mit Anstand ins Wasser zu fallen. Man kann gegen einen Bruder nicht sorgsamer sein. Aber es half alles nichts. Er fuhr wie aus einer Pistole geschossen auf den Grund und bohrte sich dort mit einer Behendigkeit eines Karpfens ein. Ich versichere Sie, es war eine mühsame Arbeit, ihn im Schlamm wieder aufzufinden. Ich glaube, er war bereits in zärtlicher Unterhaltung mit einigen Wassergeschöpfen, als ich ihn auffand, denn er winkte mir unwillig mit der Hand, als wollte er sagen: Störe mich nicht, ich gehe hier meinem stillen Vergnügen nach.«

»Der arme Herr Wohlfart«, rief die Tante verwundert.

»Aber Ihre Röcke! Heute früh begegnete ich im Hause einem Polizeidiener, der das nasse Bündel auf dem Arm trug, von dem erfuhr ich zuerst das Unglück.«

»Die Röcke sind heute früh unterhalb der Stadt aufgefischt worden«, sagte Fink, »Karl zweifelt daran, sie je wieder zu trocknen. Unterdes machte Wohlfarts Stiefel eine Vergnügungsreise nach dem Weltmeer.«

Anton errötete vor Ärger über die Weise des Freundes und sah verstohlen nach dem oberen Ende des Tisches. Der Kaufmann blickte finster auf den gemütlichen Fink, und Sabine saß bleich mit gesenkten Augen, nur die Tante war wortreich in aufrichtigem Bedauern der durchnäßten Röcke.

Das Mittagessen war noch feierlicher als gewöhnlich. Nach dem Braten erhob sich Herr Liebold und verrichtete das schwere Stück Arbeit, wozu er durch seine hohe Stellung verpflichtet war, er brachte die Gesundheit des Prinzipals aus. Er gab sich redlich Mühe, die entschiedenen Wünsche des Vordersatzes nicht durch einen schüchternen Nachsatz zurückzunehmen. Aber selbst sein Toast vermochte nicht, eine gewisse Spannung in den oberen Regionen des Tisches zu beseitigen.

Nach aufgehobener Tafel standen die Herren Kaffee trinkend in Gruppen um den Prinzipal herum, wobei kühne Naturen wie Herr Pix auch eine Zigarre anzubrennen wagten. Unterdes trieb Anton in größter Muße durch die geöffnete Zimmerreihe, bewunderte die Bilder an der Wand, blätterte in einem Album und hielt sich durch solche Tätigkeit die drohende Langeweile tapfer vom Halse. Er beobachtete gerade das Muster eines Teppichs und hoffte im stillen, daß sich hier oder da ein keckes Fünfeck von dem Zwange des Musters losmachen und eigenwillig an einer unpassenden Stelle erscheinen könnte. So war er an den Eingang des letzten Zimmers gelangt und blieb betroffen stehen. Wenige Schritte vor ihm stand Sabine an einem Blumentisch und hielt sich mit beiden Händen an der Tischplatte fest, während große Tränentropfen aus ihren Augen auf die Blumen herunterfielen. Es war ein lautloses Schluchzen, wie von innerem Krampfe wurde die schlanke Gestalt erschüttert; sie bekämpfte den Ausbruch eines tiefen, lange unterdrückten Schmerzes mit einer Energie, welche ihn doppelt rührend machte. Anton war bestürzt über den Zufall, der ihm einen solchen Anblick gestattete, und fühlte doch wieder eine so warme Teilnahme, daß er darüber vergaß, sich zurückzuziehen. Als er sich umwandte, blickte Sabine nach dem Geräusch hin. Sich schnell fassend, drückte sie das Tuch an die Augen und kehrte sich sogleich zu Anton. »Hüten Sie sich, Herr Wohlfart«, sagte sie herzlich, »daß die Tollkühnheiten Ihres Freundes Sie nicht in neue Gefahren bringen; meinem Bruder würde es sehr leid tun, wenn der Verkehr mit Herrn von Fink Ihnen Nachteil brächte.«

»Fräulein Sabine«, erwiderte Anton und sah der Dame mit inniger Hochachtung in die feuchten Augen, »Fink ist ebenso edel als rücksichtslos. Er hat mich mit eigener Gefahr aus dem Wasser herausgeholt.«

»O ja«, rief Sabine mit einem Ausdruck, den Anton nicht ganz verstand, »Herr von Fink liebt es, mit allem zu spielen, was anderen Menschen heilig ist.«

In diesem Augenblick eilte Herr Jordan herzu und bat das Fräulein, an den Flügel zu kommen. So rauschte sie an Anton vorüber.

Anton war in mächtiger Aufregung. Sabine Schröter stand bei den Herren des Kontors in einem Ansehen, welches sie über den Bereich der gewöhnlichen Diskussion stellte und in die glückliche Lage brachte, daß im Hinterhaus nur selten von ihr gesprochen ward. Die meisten der jüngeren waren, wie sich aus den Neckereien ihrer Kollegen und gelegentlichen Geständnissen merken ließ, während der ersten Monate ihres Aufenthaltes leidenschaftlich in das Fräulein des Hauses verliebt gewesen. Und als die Flamme aus Mangel an Nahrung nach und nach heruntergebrannt war, hatte jeder ein Häuflein glühender Kohlen vor den Spöttereien der Kollegen in den geheimsten Winkel seines Herzens geschoben, wo die Kohlen noch lagen und fortglimmten. Sämtliche Herren waren bereit, für die Tochter ihres Hauses gegen jeden Feind loszurennen. Allen galt sie für eine kalte Heilige, deren Herz einer leidenschaftlichen Schwäche unzugänglich war. Aber ihre ruhige Haltung tat allen sehr wohl, und wenn Herr Pix sie stolz nannte, so verfehlte er nie, dazuzusetzen: »Aber sie hat ein gutes Herz, sie ist eine tüchtige Wirtin.«

Ob Sabine ganz so war, wie das Kontor einstimmig annahm, darüber hatte auch Anton kein Urteil. Auch ihm war die junge Herrin bekannt, und doch fern wie der Mond, den wir immer nur von einer Seite sehen. Alle Tage saß er ihr gegenüber und sah aus der Ferne auf das feine Oval ihres Gesichts, auf das dunkle Haar und den tiefen Glanz ihrer schönen Augen, täglich hörte er ihre Stimme in dem gleichförmigen Tischgespräch, weiter kannte er nichts von ihr. Jetzt merkte er plötzlich, daß die Heilige nicht so ruhig und so gefühllos lebte, als das Hinterhaus annahm; durch einen Zufall war er Vertrauter eines stillen Wehes geworden. Ihr Schmerz, so lautlos und so schön getragen, steigerte seine Teilnahme zu leidenschaftlicher Höhe. Er hatte nie eine Schwester gehabt und sich wohl zuweilen danach gesehnt; heut empfand er eine wahrhaft brüderliche Zärtlichkeit für die Trauernde; er hätte sein Leben hingeben können, um sie von diesem Schmerz zu befreien; er hätte es für das höchste Glück gehalten, ihre Hand zu ergreifen, ihren Kopf an seine Brust zu legen und ihr die weinenden Augen zu küssen. Es wurde ihm auf einmal deutlich, daß ihr Kummer mit Fink in irgendeiner Verbindung stand, es war ihm schon lange unzweifelhaft gewesen, daß diese beiden Gestalten zueinander in einer geheimnisvollen Beziehung stehen mußten, und oft hatte er prüfend nach Sabinens Gesicht hingesehen, wenn Fink bei Tisch etwas Liebenswürdiges erzählte. Er hatte nie etwas anderes entdeckt, als daß ihr Auge den Platz vermied, an welchem Fink saß, und daß sie den Jockei vielleicht noch seltener anredete als einen anderen Herrn. Jetzt ahnte er allerlei Schmerzliches für die Gebieterin des ersten Stocks, er sah im Geist wilde Leidenschaften über den ruhigen Glanz des Hauses T. O. Schröter heraufstürmen. Wohl empfand er für Fink die hingebende Neigung, welche eine unverdorbene Jugend so gern dem kühnen und erfahrenen Genossen weiht; aber in diesem Falle nahm seine Seele entschieden Partei gegen den Freund, er beschloß, Fink genau zu beobachten und dem Fräulein irgend etwas zu werden, ein brüderlicher Schutz, ein Vertrauter, alles, was dazu helfen konnte, sie von einem Schmerz zu befreien, der ihn mit Rührung und heißem Mitgefühl erfüllte.

Einige Stunden darauf saß Sabine in der Fensternische. Die Hände über das Knie gefaltet, sah sie still vor sich hin. Das rötliche Abendrot goß über ihr Antlitz einen Schimmer von froher Laune, die in ihrem Herzen nicht war. Der Bruder hatte die Zeitung weggelegt und blickte von seinem Armstuhl sorgenvoll auf die Regungslose, endlich trat er leise zu ihr und legte seine Hand auf ihr Haupt. Sabine erhob sich und umschlang den Bruder fest mit beiden Armen. So standen die Geschwister eines an das andere gelehnt, zwei Freunde, welche sich so ineinander eingelebt haben, daß jeder ohne Worte versteht, was den andern bewegt. Der Kaufmann strich zärtlich die Locken seiner Schwester zurecht und sagte bekümmert: »Du weißt, wie groß die geschäftlichen Verpflichtungen sind, welche wir gegen den Vater Finks haben.«

»Ich weiß«, erwiderte Sabine aufblitzend, »daß du mit dem Sohne nicht zufrieden bist.«

»Ich konnte nicht vermeiden, die fremdartige Gestalt in unsern Kreis aufzunehmen, aber ich bereue die Stunde, wo dies geschah.«

»Sei nicht hart gegen ihn«, bat die Schwester und küßte die Hand des Kaufmanns.

»Denke auch daran, wieviel Edles in seinem Wesen liegt.«

»Ich tue ihm nicht unrecht. Aber ob sein Leben zum Heil für andere werden wird oder zum Unheil, das steht noch dahin. Sein Selbstgefühl, die großen Anlagen, die trotzige Kraft seines Egoismus, das zusammen ist Stoff genug, um einen großen Charakter zu bilden. Aber wozu wird er seine Kraft gebrauchen? Ungeordnet, in wilden Torheiten hat er bis jetzt seine Tage verbracht, der Zwang unseres Hauses empört ihn innerlich. Noch ist wahrscheinlich, daß ein schlechter Aristokrat aus ihm wird, der seine Lebenskraft in raffiniertem Genuß vergeudet, oder auch ein wucherischer Geldmann wie sein Verwandter in Amerika, der zum letzten aufregenden Spielzeug das Geld erwählt und mit frevelhaftem Witz die Schwächen anderer benutzt, um aus den Trümmern ihres Glücks seine Paläste zu bauen.«

»Er ist nicht herzlos«, murmelte Sabine, »auch sein Verhältnis zu Wohlfart beweist das.«

»Er spielt mit ihm, er wirft ihn ins Wasser und zieht ihn wieder heraus.«

»Nein«, rief Sabine, »er achtet den verständigen Sinn Wohlfahrts, er fühlt, daß dieser trotz seinem Mangel an Erfahrung ein reicheres Gemüt hat als er selbst.«

»Täusche dich und mich nicht«, entgegnete der Kaufmann finster, »ich weiß, wie es gekommen ist, wie seine Sicherheit, die Gabe, schön zu sprechen und sich in leichtem Scherz über seine Umgebung zu erheben, dich gefesselt haben. Nicht ohne brüderliche Eifersucht erkannte ich den Zauber, den der fremde Mann auf dich ausübte. Ich schwieg, denn ich konnte dir vertrauen. War ich doch selbst hingerissen von manchem, was an ihm ungewöhnlich ist. Auch als ich seine Härten unangenehm empfand, schwieg ich, denn ich bemerkte, wie du dich von ihm zurückzogst. Jetzt aber, wo ich sehe, wie sehr seine Art dich noch immer aufregt, ja unglücklich macht, jetzt muß ich seine Entfernung für wünschenswert halten. Er soll fort aus unserm Hause, fort auch aus deiner Nähe.«

»O mein Gott!« rief Sabine, die Hände ringend. – »Nein, Traugott, das soll, das darf nicht geschehen. Um meinetwillen soll ein Verhältnis nicht gelöst werden, welches zu seinem Nutzen geschlossen wurde. Wenn es ein Mittel gibt, ihn vor den Gefahren zu behüten, die seine Vergangenheit über ihn bringt, so ist es das Leben in deiner Nähe. Deine rastlose Tätigkeit, die hohe Ehre deines Geschäftes, die zu sehen, daran sich zu gewöhnen, das ist Heilung für seine Seele. Ja, Traugott«, fuhr sie fort und faßte seine Hand, »ich habe kein Geheimnis vor dir! Du hast eine törichte Schwäche meines Gefühls vielleicht eher erkannt als ich selbst. Aber ich verspreche dir, dies Gefühl soll sein, wie die Erinnerung an ein Buch, das ich gelesen habe. Durch keine Miene, durch kein Wort will ich verraten, daß ich schwach war. Oh, zürne ihm nicht, löse ihn nicht aus deinem Kreis, nicht im Zorn, und nicht um meinetwillen.«

»Und darf ich zugeben, daß seine Nähe dich zu einem aufreibenden Kampfe verurteilt?« fragte der Bruder. »Unser Verhältnis zu ihm ist ohnedies schwer genug. Er gilt für eine glänzende Partie in jedem Sinne des Wortes. Es ist wahrscheinlich, daß sein Vater bestimmte Pläne mit ihm hat; es ist sicher, daß er selbst für weit hinaus phantastisch über seine Zukunft geträumt hat. Mir hat sein Vater die Aufsicht über ihn, den schwer zu Lenkenden gegeben, weil er vertraut, daß ich in seinem Sinn handeln werde. Es wäre ein Verrat gegen den Vater, wenn ich eine Annäherung zwischen euch beiden auch nur durch Stillschweigen zuließe. Leicht wird man uns auch die harmlose Zuvorkommenheit so auslegen, als hätten wir einen Wunsch, den reichen Erben an uns zu fesseln. Und er selbst, der Übermütige, an leichte Siege Gewöhnte, er wird zuerst einem solchen Gedanken Raum geben und geneigt sein, über das zu triumphieren, was er deine Schwäche und meine Berechnung nennen mag. Ich höre ihn darüber lachen und witzeln, und sieh, Sabine, dagegen empört sich mein Stolz.«

»Traugott«, rief Sabine mit geröteten Wangen, »vergiß nicht, daß ich deine Schwester bin. Ich bin ein Bürgerkind, und er wird nie ganz zu uns gehören. Ich bin so stolz wie du. Immer habe ich das Gefühl, daß zwischen ihm und mir eine Kluft liegt, so weit und tief, daß alle Liebe sie nicht auszufüllen vermöchte. Vertraue mir«, bat sie unter Tränen, »ich werde dich nicht mehr durch meine Mienen betrüben. Und gegen ihn, den du nicht liebst, sei gütiger. Ertrage auch du das Lästige in seinem Wesen. Bedenke, wie sein Schicksal war. In der Welt herumgeschleudert, in Lagen, welche jedem Gelüst schmeichelten, immer unter Fremden, ohne Liebe und ohne Heimat, so ist er aufgewachsen, in manchem verdorben, aber im Grunde seiner Seele hochsinnig und ein Feind jeder Gemeinheit.« Wieder schlang sie den Arm um den Hals ihres Bruders und sah bittend zu ihm auf. »Vertraue mir und gegen ihn sei gütiger.«

»Er soll hierbleiben«, sagte der Kaufmann und blickte gerührt in die feuchten Augen der Schwester. »Aber außer meinem Liebling ist noch jemand in unserm Hause, der sich vor dem Einfluß seines Wesens zu bewahren hat.«

»Wohlfart«, rief Sabine heiter. »Für den bürge ich.«

»Du übernimmst viel, du Vormund unserer Herren. Also auch er ist ein Günstling?«

»Er ist zartfühlend und ehrlich, er hängt mit ganzer Seele an dir. Wie treuherzig sah er heut darein, als der andere so ruchlos scherzte. Und er hat Mut! Verlaß dich darauf, er wird auch mit Fink fertig. Zufällig sah ich ihn damals, als ihn Fink so gekränkt hatte. Er sah ordentlich rührend aus. Seit der Zeit habe ich ihn ins Herz geschlossen.«

»Was hat alles in diesen Herzen Raum!« rief der Kaufmann

scherzend. »Zuerst und vor allem die große Vorratsstube, die Nuß-
baumschränke der Großmutter und viele Schock weiße Leinwand.
Dann in bescheidener Seitenkammer der gestrenge Bruder, dann –«

»Dann im Vorzimmer alles übrige«, unterbrach ihn Sabine.

»Ja, und jetzt finde ich sogar unsern Lehrling dort einquartiert«,
fuhr der Bruder fort.

Sabine nickte. »Er ist ja auch mein Lehrling, er ist ja schon von
seinem Vater her ein Kind unserer Handlung. Jetzt wünscht er sich
ein Dutzend feiner Oberhemden, Karl hat mir's zugetragen. Die
Tante und ich wollen sie besorgen, du mußt sie ihm bei erster
Gelegenheit durch die Post senden. Er ist von Haus aus an solche
Überraschungen gewöhnt. Die Tante soll ihm einen geheimnisvollen Brief dazu schreiben.« Sie lachte herzlich bei dem Gedanken an
den Brief der Tante, zog an der Teeserviette und rückte die Tassen
zurecht, bis alle drei in einer Reihe standen.

»So ist's recht«, rief der Kaufmann, »jetzt bist du wieder du selbst.
Die Linie ist untadelhaft, und die Symmetrie der Serviettenzipfel ist
außerordentlich.«

»Man muß doch seine Freude haben«, sagte Sabine. »Ihr Männer
tut doch nichts anderes als uns ängstigen.«

Zu derselben Zeit trat Fink in Antons Zimmer, ein Lied trällernd,
ohne eine Ahnung des Unwetters im Vorderhause, und, die Wahrheit zu gestehen, ziemlich unbekümmert um die Gefühle, welche er
dort erregte. »Ich bin um Ihretwillen in Ungnade gefallen, mein
Sohn«, rief er lustig, »der Souverän hat mich heut mit haarsträuben-
der Gleichgültigkeit behandelt, und der Schwarzkopf hat mir den
ganzen Tag keinen Blick gegönnt. Respektable Leute, aber bis zur
Verzweiflung hausbacken! Diese Sabine hat im Grunde Feuer, Stolz,
gute Qualitäten, aber auch sie verkümmert in dem ewigen Einerlei.
Wenn eine Fliege sich am Kopfe kraut, so erregt das Erstaunen und
erregt Skrupel, ob es ihr anständig sei, mit dem rechten oder mit
dem linken Beine zu kratzen. – Glück zu, Wohlfart, Sie sind auf dem
besten Wege, der Mignon dieses Kontors zu werden, und mich
betrachtet man als Ihren bösen Genius. Tut nichts! Morgen gehen
wir zusammen in die Schwimmschule.«

Und so geschah es. Seit dieser Zeit fand Fink ein Vergnügen
daran, den jüngeren Freund in seine Künste einzuweihen. Er selbst
lehrte ihn schwimmen, er bestand darauf, daß Anton zuweilen ein
Pferd bestieg, und zwang ihn durch brüderliche Ermahnungen, auf
dem Mietgaul Reitkünste zu üben. Ja, er ging in seiner Freundschaft
so weit, daß er sich selbst auf einen Mietklepper setzte, – etwas,
wogegen er großen Abscheu hatte – und den Lehrling zur Übung
auf seinem eigenen feurigen Pferde reiten ließ. Er schoß mit Anton
nach der Scheibe und drohte sogar, ihm eine Einladung zur Jagd zu
verschaffen, wogegen aber Anton auf das äußerste protestierte.

Anton lohnte seinem Freunde durch die größte Anhänglichkeit,
er war glücklich, einen Genossen zu haben, an dem er so vieles
verehren und bewundern konnte, und es tat seinem Selbstgefühl

unendlich wohl, daß er als Vertrauter vor vielen andern ausgezeichnet wurde. Fink gewann vielleicht nicht weniger dabei; was zuerst eine Laune gewesen war, wurde ihm schnell Bedürfnis. Es waren glückliche Abende für beide, wenn sie im Schatten der großen Kontorflügel oder in dem bescheidenen Quartier der gelbblakkierten Katze zusammen saßen in seligem Geplauder über die Eindrücke des Tages, über den Weltlauf, oder über nichts; dann erzählte Fink oder trieb Possen, übermütig wie ein kleiner Knabe, und Anton folgte mit Entzücken den kräftigen Gedanken und dem kühnen Ausdruck des vielerfahrenen Gefährten; dann klang bei offenem Fenster ihr Lachen bis tief hinab in das Dunkel des Hofes, so daß der alte zottige Pluto, der sich als Vogt des Hauses betrachtete und von jedermann als ein angesehener Associé der Firma betrachtet wurde, aus seinem leisen Schlummer aufwachte und durch ermunterndes Bellen seine Billigung ihrer guten Laune ausdrückte. Es war eine glückliche Zeit für beide; aus ihrer Vertraulichkeit blühte, zum erstenmal für beide, eine herzliche Jugendfreundschaft auf.

Und doch hörte Anton nicht auf, Fink und das Fräulein mit einer leisen Unruhe zu beobachten; nie sprach er mit seinem Freunde über das, was er ahnend voraussetzte, immer aber erwartete er, daß sich im Vorderhause etwas ereignen würde, eine Verlobung, oder ein Bruch zwischen Fink und dem Kaufmann, oder etwas anderes Außerordentliches. Aber es kam nichts dergleichen, unverändert verliefen die feierlichen Mahlzeiten an der langen Tafel, unverändert blieben das Antlitz und das Benehmen Sabinens gegen den Freund und gegen ihn. Es schien, als wenn die ernste und emsige Tätigkeit des Geschäftes jedes ungewöhnliche Familienereignis, jede Leidenschaft, jede schnelle Veränderung fern hielte von dem Leben der Hausgenossen. Verstimmung und Hader, Genuß und Schwärmerei, alles wurde niedergehalten durch den unablässigen, gleichmäßigen Fluß der Arbeit.

10

Wieder war ein Jahr vergangen, das zweite seit dem Eintritt des Lehrlings, und wieder blühten die Rosen. Anton hatte beim Schluß des Kontors einen großen Strauß roter Zentifolien gekauft und klopfte an die Tür von Herrn Jordan, um diesem, der ein Gefühl für Blumen hatte, den Salon zu schmücken. Mit Überraschung sah er, gerade wie am ersten Tage seiner Lehrzeit, alle Kollegen in dem Zimmer versammelt und erkannte auf den ersten Blick, daß bei seinem Eintreten eine exklusive Feierlichkeit, welche ihn zurückwies, in den Mienen aller sichtbar wurde. Jordan eilte ihm mit einer leisen Verlegenheit entgegen und bat, er möge auf eine Stunde die Versammlung sich selbst überlassen, es sei etwas Wichtiges zu besprechen, was er als Lehrling nicht hören dürfe. Die gutherzigen

Männer hatten ihn bis dahin nur selten empfinden lassen, daß er ihnen an Würden nicht gleichstand, deshalb demütigte ihn die Verbannung doch ein wenig. Er trug den Strauß in das eigene Zimmer und stellte ihn resigniert auf den Tisch, ergriff ein Buch und sah zuweilen darüber hinweg auf das Büschel Rosen, welches sogleich eifrig bemüht war, seinen rosigen Schein bis in die Winkel der kleinen Stube auszubreiten.

Unterdes wurde im Salon feierlich Sitzung gehalten. Der Herr des Salons pochte mit einem Lineal auf den Tisch und eröffnete die Verhandlung: »Wie Sie alle wissen, hat einer der Kollegen das Geschäft verlassen. Herr Schröter hat mir deshalb heut eröffnet, daß er nicht abgeneigt ist, an Stelle desselben unsern Wohlfart als Korrespondenten in das Provinzialgeschäft aufzunehmen. Da aber die herkömmliche Lehrzeit Wohlfarts erst in einem oder nach dem Uso unserer Handlung sogar erst in zwei Jahren zu Ende geht, so will er eine solche außerordentliche Abweichung von der Ordnung nicht eintreten lassen ohne die Beistimmung des Kontors. Deshalb frage ich Sie, wollen Sie die Rechte, welche Sie an Wohlfart als unsern Lehrling haben, zu seinen Gunsten schon jetzt aufgeben und wollen Sie ihn als Kollegen in unser Geschäft aufnehmen? Ich ersuche Sie sämtlich, mir Ihre Meinung mitzuteilen. Noch fühle ich mich verpflichtet zu bemerken, daß Herr Schröter selbst unsern Wohlfart für vollkommen geeignet hält, die neue Stellung auszufüllen; auch halte ich es für sehr gentil vom Prinzipal, daß er uns die letzte Entscheidung überläßt.«

Nach diesen Worten des Herrn Jordan entstand die imposante Stille, welche jeder Debatte vorhergeht. Nur Herr Pix erhob sich von der Sofalehne, an welcher er gehangen hatte, und sprach: »Vor allem stimme ich dafür, daß wir ein Glas Grog machen, hole ein anderer für die Teetrinker den Kessel her, den Grog braue ich.« Nach dieser Erklärung zog sich der Sprecher wieder in seine reitende Stellung zurück und brannte eine Manila an, eine Art von Zigarren, welche er in stetem Kampf gegen seine Kollegen begünstigte.

Die anderen Herren verharrten in genußreichem Schweigen und sahen feierlich der Bereitung des Tees zu, jeder fühlte die Wichtigkeit seiner bürgerlichen Stellung und seine Würde als Mensch und Kollege.

Als die Spiritusflamme um den Kessel leckte und noch niemand das Wort ergriff, erkannte der Vorsitzende die Notwendigkeit, die Debatte auf irgendeine Weise zu fördern, und fragte: »Wie wollen wir abstimmen? Wünschen Sie von unten nach oben oder von oben herab?«

»Bei der englischen Marine wird, soviel ich weiß, der Jüngste zuerst gehört«, bemerkte Herr Baumann.

»Wie bei der englischen Marine!« entschied Herr Pix.

Specht war der jüngste der anwesenden Kollegen. »Ich muß vor allem bemerken, daß Herr von Fink nicht anwesend ist«, sprach er und sah sich aufgeregt um. Ein allgemeines Gemurmel entstand: »Er ist nicht zu Hause. Er ist Volontär.«

»Er gehört nicht zu uns«, sagte Herr Pix.

»Er selbst wird es ablehnen, mitzubestimmen,« sagte Herr Jordan, »da er keiner von den Engagierten der Handlung ist.«

»In diesem Falle bin ich der Meinung«, fuhr Herr Specht fort, etwas herabgestimmt durch die allgemeine Opposition, welche seine erste Bemerkung erfahren hatte, »daß Wohlfart die Verpflichtung hat, vier Jahre Lehrling zu bleiben, wie ich selbst, oder doch drei Jahre, wie unser Baumann bei C. W. Strumpf und Kniesohl. Da er aber ein guter Kerl und nach aller Ansicht im Geschäft brauchbar ist, so bin ich auch der Meinung, daß wir einmal eine Ausnahme machen und ihn schon jetzt als Kollegen anerkennen. Doch bitte ich Sie, dabei vorsichtig zu sein und ihm bemerklich zu machen, daß er eigentlich noch Lehrling sein sollte. Deshalb schlage ich vor, daß er verpflichtet wird, uns noch ein Jahr hindurch den Tee zu machen, wie er es jetzt als Lehrling getan. Außerdem halte ich für schicklich, daß er zur Erinnerung an seinen früheren Stand jedem Kollegen alle Quartale eine Feder schneidet.«

»Narrheiten«, brummte Herr Pix; »Sie haben immer überspannte Einfälle.«

»Wie können Sie meine Einfälle überspannt nennen«, rief Herr Specht entrüstet, »Sie wissen, daß ich mir von Ihnen nichts gefallen lasse.«

»Ich muß um Ruhe bitten«, sagte Herr Jordan.

Die nächsten Kollegen gaben in runder Weise ihre Einwilligung, Herr Baumann mit vieler Wärme. Endlich griff Herr Pix nach dem Hahn des Teekessels und sprach: »Meine Herren, was soll das lange Reden; seine Warenkenntnis ist nicht schlecht, wenn man berücksichtigt, daß er noch ein junger Kauz ist, sein Benehmen ist kulant, die Hausknechte haben Respekt vor ihm, gegen meine Kunden ist er noch zu zartfühlend und umständlich, aber es ist nicht allen Leuten gegeben, andere Leute zu behandeln. Solo spielt er schlecht, und sein Punschtrinken ist unbedeutend. So steht es mit ihm. Da diese letzteren Qualitäten aber nicht den Ausschlag geben dürfen, so sehe ich nicht ein, weshalb er nicht vom heutigen Dato ab Kollege werden soll.«

Der Kassierer sprach: »Es ist nicht in Ordnung, daß einer mit zwei Jahren seine Lehrzeit abmacht; da es aber der Prinzipal wünscht, so werde ich nicht widersprechen, denn sein Wille muß zuletzt doch respektiert werden.«

Alle sahen auf Herrn Liebold, den diese allgemeine Aufmerksamkeit sehr beunruhigte, weil sie ihn an die Verantwortlichkeit seines Votums erinnerte. Natürlich wollte er beistimmen, aber wenn er nicht beistimmte? Wenn er jetzt widerspräche, welcher Skandal würde daraus entstehen? Wie würde ihn Wohlfart ansehen, und die Kollegen und der Prinzipal selbst? So zog er an seinem Halskragen, lächelte verbindlich nach allen Seiten und räusperte sich wie vor dem Ausbruch einer kräftigen Rede, worauf er, verwirrt durch den Gedanken an die möglichen Folgen seines Vetos, zurücksank und sich mit allem einverstanden erklärte, was seine Kollegen beschließen würden.

»Abgemacht!« sagte Herr Jordan, »auch ich stimme bei und habe noch den Grund anzuführen, daß Wohlfart bei seinem Eintritt älter war als ein anderer von uns, und daß er an Jahren und Bildung nichts zu wünschen übrig läßt. Deshalb freue ich mich über unsere Einstimmigkeit. Herr Schröter hat mir erlaubt, im Falle unserer Einwilligung den Lehrling vorläufig davon zu benachrichtigen. Ich schlage vor, daß dies auf der Stelle geschieht. Wir wollen ihn herunterrufen.«

»Ja, ja, gut, das wollen wir!« riefen alle, und Baumann schickte sich an, hinaufzugehen.

Da aber sprang Herr Specht auf und vertrat dem Kollegen Baumann den Weg. »Wir sind keine Ferkel«, rief er und streckte die Hand abwehrend an der Tür aus, »wir sind keine wilden Tiere, daß wir so ohne Ordnung durcheinander laufen und einen neuen Kollegen aufnehmen, wie ein Stück von einer Herde. Ich bitte Sie dringend, denken Sie an die Ehre des Geschäfts. Es ist notwendig, daß zwei von uns als Deputation hinaufgehen, es muß wenigstens ein Punsch gemacht werden, und Jordan muß ihn mit einer Rede begrüßen.«

Dieser Vorschlag fand Beifall, Herr Liebold und Herr Pix wurden erwählt, den Neuling herunterzuführen. Herr Specht aber fuhr mit glänzenden Augen in der Stube herum, er rückte den Tisch zurecht, ordnete die Stühle im Halbkreis zu beiden Seiten, schleppte Gläser und Flaschen herzu und setzte einen grünen Ritter aus Papiermaché, der ein vergoldetes Schwert trug, auf einen Tabakskasten in die Mitte des Tisches. Dann holte er einen Teppich herzu und legte ihn zwischen die Tür und die Versammlung, damit Wohlfart darauf stehe, wie eine Braut vor dem Altare. Darauf erschöpfte er seine ganze Beredsamkeit, um die Lichter und Lampen aus den Zimmern seiner Kollegen auf einen Haufen zu versammeln. Endlich ließ er die Rouleaus herunter, schloß die bunten Gardinen und brachte zunächst eine künstliche Dämmerung und darauf einen ungewöhnlichen Lichterglanz und heftigen Lampengeruch zustande. So bewirkte er mit Hilfe der andern, welche ihm erst zusahen und bald, durch seinen Eifer fortgerissen, tätig beistanden, daß der Salon in der Tat ein fremdartiges und mysteriöses Aussehen erhielt: Jetzt erst ließ er die Deputierten hinaufgehen, und da ihm eine dunkle Erinnerung durch den Kopf fuhr von dem imponierenden Aussehen des römischen Senates, welcher lautlos auf Stühlen saß, als die grimmigen Feinde in Rom einzogen, so beschwor er leidenschaftlich alle Zurückgebliebenen, sich stumm und unbeweglich auf den Stühlen in der Runde festzusetzen. Als sich aber die Tür öffnete und der erstaunte Wohlfart, der noch nichts ahnte, in der Mitte seiner beiden Führer erschien, von denen Herr Pix in praktischer

Umsicht die Zuckerbüchse Antons, Herr Liebold feierlich das große Rosenbukett getragen brachte, da verblich in der Phantasie des Herrn Specht der römische Senat, und die Heiligen Drei Könige, welche mit Büchsen und Gaben eintreten, Weihnachtsbescherung und christliche Feierlichkeit wurden in ihm mächtig. Er sprang in Ekstase von seinem Sitz auf und rief: »Alle müssen stehen!«

Durch diese veränderte Anordnung störte er leider sich selbst die Wirkung, denn nur ein Teil der Herren folgte seinem Beispiel, der Rest blieb sitzen, bis Herr Jordan vor Anton trat und ihm mit aufrichtiger Herzlichkeit sagte: »Lieber Wohlfart, Sie haben zwei Jahre mit uns gearbeitet, Sie haben sich Mühe gegeben, das Geschäft kennenzulernen, wir alle haben Sie in dieser Zeit liebgewonnen. Es ist der Wille des Prinzipals und unser aller Wunsch, daß die herkömmliche Lehrzeit bei Ihnen ausnahmsweise abgekürzt werde. Herr Schröter beabsichtigt, Sie morgen als Kontoristen aufzunehmen, wir haben die Freude, Ihnen dies schon heute mitzuteilen. Wir wünschen Ihnen von Herzen Glück und bitten Sie, uns dieselbe ehrliche Freundschaft als Kollege zu bewahren, die Sie uns bis jetzt bewiesen haben.« So sprach der gute Herr Jordan und hielt seinem Zögling die Hand hin.

Anton stand einen Augenblick starr, dann faßte er mit beiden Händen die dargeboten Rechte und fiel glücklich und gerührt Herrn Jordan um den Hals. Die Kollegen drängten sich um ihn, und es entstand ein Händedrücken und Umarmen, welches in der Geschichte des Salons beispiellos war. Immer wieder ging Anton von dem einen zum andern und faßte ihn mit nassen Augen beim Arm. Specht sah ohne Betrübnis sein Zeremoniell durch die lebhafte Empfindung des Aufgenommenen ruiniert, Baumann saß, die Hände über das Knie geschlungen, vergnügt in der Ecke, und Pix bot unserm Helden binnen fünf Minuten zweimal seine Zigarren an und hielt ihm sogar das Licht, als Wohlfart endlich eine davon ansteckte. Alles war in bester Laune, die Kollegen freuten sich, weil sie mit Selbstgefühl etwas Bedeutendes schenken konnten und Anton war selig, so viel Freundlichkeit zu empfangen. Verklärt er in einem gepolsterten Sessel, zu dem ihn Freund Specht genötigt hatte, vor ihm stand der Ritter und salutierte mit seinem goldenen Schwert aus dem Rosenbusch heraus, und um ihn lagerten seine Genossen, heut alle bemüht, ihm Fröhliches zu sagen. Wie ein Heros erhob sich Herr Pix und brachte die Gesundheit Antons aus. Er schilderte mit einer Beredsamkeit, wie sie vorher und nachher nie wieder an ihm wahrgenommen wurde, daß Anton gewissermaßen als ein Säugling zu ihm gekommen sei, dem der Unterschied zwischen Pennal und Kaneel ebenso unbekannt war, als einem Zeisig das Kaffeekochen, und wie mit Hilfe der großen Waage, die als seine Wiege betrachtet werden müsse, und der Auflader, welche Ammendienste an ihm verrichtet hätten, und unter Mitwirkung einiger anderer Personen, die der Sprecher aus Bescheidenheit nicht nenne, in so kurzer Zeit ein so auffallendes Wachstum des Unmündigen hervorgebracht worden sei. Darauf erhob sich Anton und brachte die Gesundheit seiner Kollegen aus. Er erzählte, wie bange ihm damals gewesen war, als er zum ersten Male die Tür des Kontors geöffnet hatte. Er erinnerte Herrn Pix an den schwarzen Pinsel, mit welchem er ihm den Weg gewiesen, Herrn Specht an seine stehende Frage: Was steht zu Ihren Diensten? und Herrn Jordan an den Überziehärmel, den er damals eingepackt, um den Neuling in sein Zimmer zu führen. Diese Anspielung auf die berühmten Attribute der drei Herren fand den höchsten Beifall. Und jetzt folgte ein Toast auf den andern, und es ergab sich zum allgemeinen Erstaunen, daß der stille Herr Birnbaum, der Zollkommis, von der Natur die außerordentliche Begabung erhalten hatte, nach dem dritten Glase zwei, ja sogar vier Zeilen in Versen zu sprechen. Immer fröhlicher wurde die Gesellschaft, immer festlicher glänzten die Lichter, immer röter leuchteten die Wangen und die Rosen auf dem Tische.

Erst spät trennten sich die Kollegen. Anton wollte nicht zu Bett gehen, bevor er seinem Freunde Fink das Glück berichtet hatte. Er eilte dem Ankommenden entgegen und erzählte ihm im Mondschein auf der Treppe das große Ereignis. Fink schrieb mit seiner Reitpeitsche eine lustige Acht in die Luft und sagte: »Es ist brav, daß das Vorderhaus auf den Einfall gekommen ist, ich hätte einen solchen Exzeß unserm Despoten nicht zugetraut. Jetzt kommst du ein Jahr eher übers Wasser in die große Welt.«

Am nächsten Morgen rief der Prinzipal den neuen Kommis in das kleine Zimmer hinter dem letzten Kontor, in das Allerheiligste des Geschäfts, und hörte lächelnd die Dankesworte Antons an. »Ich habe so gehandelt«, sagte er, »weil Sie tüchtig sind und weil der Brief, den Sie mir bei Ihrem Eintritt in das Geschäft überbrachten, Ihnen einen Kredit bei mir eröffnet hat. Es wird Ihnen Freude machen, daß Sie von jetzt ab durch Ihre eigene Tätigkeit Ihr Leben zu erhalten vermögen. Sie treten von heut in die Stellung, also auch in das Gehalt des Ausgeschiedenen ein.«

Zuletzt bei der Mittagstafel gratulierten auch die Damen dem neuen Geschäftsmann, Sabine kam sogar bis zum untern Ende des Tisches, wo Anton hinter seinem Stuhle stand, und begrüßte ihn dort mit herzlichen Worten, der Bediente setzte jedem der Herren eine Flasche Wein vor das Kuvert, und der Kaufmann erhob das Glas, und dem glücklichen Anton zuwinkend, sagte er mit gütigem Ernst: »Lieber Wohlfart, dies dem Andenken an Ihren guten Vater!«

ZWEITES BUCH

1

An einem Sonntagmorgen las Anton emsig in dem letzten Mohikaner von Cooper, während vor dem Fenster die ersten Schneeflocken ihren Kriegstanz tanzten und sich vergeblich bemühten, in das Asyl der gelben Katze zu dringen. Da trat Fink eilig in das Zimmer und rief schon an der Tür: »Anton, zeige mir deine Garderobe.« Er öffnete den Kleiderschrank, untersuchte den Leibrock und die übrigen Stücke mit großem Ernst, schüttelte den Kopf und schloß seine Musterung mit den Worten: »Ich werde dir meinen Schneider heraufschicken, laß dir ein neues Gewand anmessen.«

»Ich habe kein Geld«, antwortete Anton lachend.

»Unsinn«, versetzte Fink, »der Schneider gibt dir Kredit, soviel du willst.«

»Ich möchte aber nichts auf Kredit nehmen«, erwiderte Anton und setzte sich behaglich auf dem Sofa zurecht, um gegen seinen mächtigen Ratgeber zugunsten guter Wirtschaft zu plädieren.

»Diesmal mußt du eine Ausnahme machen«, entschied Fink, »es ist Zeit, daß du mehr unter Menschen kommst. Du sollst in die Gesellschaft treten, ich werde dich einführen.«

Anton stand errötend wieder auf und rief eifrig: »Das geht nicht, Fink, ich bin hier ganz unbekannt und habe noch keine Stellung, welche mir die Sicherheit gibt, in großer Gesellschaft aufzutreten.«

»Eben deshalb, weil du keine gesellschaftliche Courage hast, sollst du unter Menschen«, sagte Fink strafend. »Diese jammervolle Schüchternheit mußt du loswerden, so schnell als möglich; sie ist der dümmste Fehler, den ein gebildeter Mensch haben kann. Verstehst du zu walzen? Hast du eine Ahnung davon, was eine Tour in der Quadrille ist?«

»Ich habe vor einigen Jahren in Ostrau Tanzstunde genommen«, versetzte Anton.

»Einerlei, du sollst noch einmal Tanzstunde nehmen. Frau von Baldereck hat mir gestern vertraut, daß einige Familien für ihre flüggen Märzhühnchen einen Tanzsalon einrichten wollen, damit diese in Sicherheit vor Raubvögeln die Flügel bewegen lernen. Die Tanzstunde soll in dem Haus der gnädigen Frau sein, welche ihr eignes Kücklein darin für den Markt abrichten will. Das ist etwas für dich, ich werde dich dort einführen.«

Antons Seele wurde durch diese Zumutung heftig alarmiert, er setzte sich erschrocken wieder auf dem Sofa zurecht, schickte seinen Verstand ins Vordertreffen und sagte mit aller Ruhe, über die er in diesem Augenblick verfügen konnte: »Fink, das ist wieder einer von deinen tollen Einfällen, es ist unmöglich, daß ich darauf eingehe; Frau von Baldereck gehört zu der hiesigen Aristokratie, und die Tanzgesellschaft bei ihr wird ohne Zweifel aus demselben Kreise sein.«

»Ohne Zweifel«, nickte Fink, »reines blaues Blut, die Urgroßmütter sämtlicher Damen haben ohne Ausnahme im deutschen Urwald die Ehre gehabt, der Fürstin Thusnelda die Nachthaube nachzutragen.«

»Siehst du«, sagte unser Held, »wie kannst du den Einfall haben, mich in diese Gesellschaft zu bringen, du würdest mir nur das bittere Gefühl bereiten, zurückgewiesen zu werden, oder, was noch schlimmer wäre, eine übermütige Behandlung zu erfahren.«

»Soll man da nicht die Geduld verlieren«, rief Fink entrüstet. »Gerade du und deinesgleichen haben mehr Recht, den Kopf hoch zu tragen, als der größte Teil der Sozietät, welche dort zusammenkommen wird. Und grade ihr seid es, die durch ungeschicktes Benehmen, bald durch Schüchternheit, bald durch Kriecherei die Prätentionen der Landjunkerfamilien erhalten. Wie kannst du dich selbst für schlechter halten, als irgend jemand anderen. Ich hätte nicht gedacht, daß eine solche Niedrigkeit auch in deiner Seele Raum findet.«

»Du irrst«, erwiderte Anton erzürnt, »ich halte mich nicht für geringer, als ich bin, aber es wäre töricht und anmaßend, wenn ich mich in die Gesellschaft anderer eindrängen wollte, welche mich aus irgendeinem Grunde nicht gern sehen. Gerade mein Selbstgefühl verbietet mir, mit solchen zu verkehren, welche einen Mann deshalb geringer achten, weil er in einem Comtoir arbeitet.«

»Ich sage dir aber, deine Person wird den guten Leuten nicht unangenehm sein, ich stehe dir dafür«, sagte Fink überredend. »Du kennst die Gesellschaft nicht und denkst dir das alles viel zu schwer. Es ist Mangel an Herren, ich gelte etwas bei der Frau vom Hause – nebenbei gesagt, ich bin nicht stolz darauf, – sie hat mich gebeten, einige junge Männer meiner Bekanntschaft bei ihr einzuführen; ich führe dich ein, die Sache ist ganz in der Ordnung. Sieh das Geschäft doch etwas näher an. Was ist diese Tanzstunde? Es ist eine Art Aktienverein zur Verbesserung der Waden aller Teilnehmer, du bezahlst deinen Anteil am Stundengeld wie jeder andere, und ob du eine junge Komtesse oder ein Bürgermädchen in der Mazurka herumschwenkst, Taille ist Taille, die Bälger tanzen alle gern.« – »Es geht doch nicht«, antwortete Anton kopfschüttelnd, »ich habe das Gefühl, daß es unpassend wäre, und möchte diesem gehorchen.«

»Ich will dir einen Vorschlag tun«, sagte Fink ungeduldig; »du sollst in diesen Tagen mit mir einen Besuch bei Frau von Baldereck machen. Ich werde dich als Anton Wohlfart aus dem Comtoir der

Firma T. O. Schröter vorstellen; du sollst kein Wort von der Tanzstunde erwähnen; du wirst abwarten, wie die gute Dame dich aufnimmt. Wenn diese Tanzmutter etwas anderes ist als eitel Liebenswürdigkeit, wenn sie dir auch nur die geringste Hauteur zeigt, und
nicht selbst von der Tanzstunde anfängt, so sollst du vollständige
Freiheit haben, bei deiner Weigerung zu beharren. Dagegen kannst
du nichts Stichhaltiges einwenden.«

Anton zauderte und überlegte. Die Sache schien ihm keineswegs
so einfach, wie Fink sie darstellte, aber er war nicht mehr der Mann,
kaltblütig zu prüfen und zu wählen. Seit Jahren verbarg er einen
Wunsch im Grund seiner Seele, die Sehnsucht nach dem freien,
stattlichen, schmuckvollen Leben der Vornehmen. Sooft er die Tanz-
musik im Vorderhause hörte, sooft er von dem Treiben der aristo-
kratischen Kreise las, sehr oft, wenn er mit sich allein war, wurde in
ihm eine holde Erinnerung lebendig, das hohe Schloß mit Türmen
im Blumenpark und das adlige Kind, das ihn über den Schwanen-
teich gefahren. Jetzt wieder stieg das Bild in ihm auf, in dem
goldenen Licht, das seine Poesie in jahrelanger Arbeit dazugetan. Er
sprang auf und willigte in den Vorschlag des erfahrenen Freundes.

Eine Stunde darauf kam der Schneider, von Fink geführt, und
Fink bestimmte selbst das Detail der neuen Ausstattung mit einer
Sachkenntnis, welche dem Schneider nicht weniger als Anton impo-
nierte.

Am Nachmittag leckte die Novembersonne den Schnee von den
Steinen der Straße. Da steckte Fink einige merkwürdig aussehende
Papiere in seine Brusttasche, schlenderte als müßiger Wanderer
durch die lebhaftesten Straßen der Stadt und sah sich mit scharfem
Blick um wie ein Polizeibeamter, der Beute sucht. Endlich lenkte er
mit zufriedenem Gesicht auf das Trottoir der entgegengesetzten
Straßenseite und stieß dort auf zwei elegante Herren, welche wie er
einsam durch das plebeje Treiben der Sonntagsspaziergänger zogen.
Es war der Leutnant von Zernitz und Herr von Tönnchen, beide von
großem Unternehmungsgeist und untadelhaften Allüren.

»Was Teufel, Fink!« –

»Guten Tag, Ihr Herren!« –

»Was treiben Sie so träumerisch auf der Straße?« fragte Herr von
Tönnchen.

»Ich suche Menschen«, erwiderte Fink melancholisch, »ein paar
treue Gesellen, welche verdorben genug sind, an diesem langweiligen Sonntage bei Tageslicht eine Flasche Portwein zu trinken und
mir vorher in einem kleinen Geschäft als Zeugen zu dienen.«

»Als Zeugen?« frug Herr von Zernitz. »Wollen Sie sich hinter der
Kirche duellieren?«

»Nein, schöner Kavalier«, erwiderte Fink, »Sie wissen, ich habe
diese Unart verschworen, seit der kleine Lanzau meiner Pistole
den Hahn abgeschossen hat. Gerade jetzt bin ich sehr friedfertig, ein
geplagter Geschäftsmann, würdiger Sohn der Handlung Fink und
Becker. Ich suche Zeugen für eine notarielle Urkunde, welche eiligst

ausgestellt werden muß. Ich finde wohl einen Notar, aber die gewöhnlichen Gerichtszeugen sind heut am Sonntag auf den Kegelschub gelaufen. Es wäre menschlich von Ihnen, wenn Sie mir diesen unglücklichen Nachmittag durchbringen hälfen, eine Viertelstunde beim Notar, den Rest beim Italiener.«

Mit Vergnügen waren die Herren bereit. Fink führte sie zu einem bekannten Notar und bat diesen vor beiden Zeugen eine Abtretungsurkunde auszustellen, da die Zession sofort erfolgen müsse und die Sache von größter Bedeutung sei. Er überreichte ein ehrwürdiges, in englischer Sprache geschriebenes Dokument, worin der Generaladvokat irgendeiner County im Staat New York urkundlich offenbarte, daß Herr Fritz von Fink Eigentümer des Territoriums Fowlingfloor, sowohl des Grund und Bodens als der darauf befindlichen Gebäude, Bäume, Gewässer und aller daran haftenden Nutzungen sei. Darauf erklärte er vor dem Notar, daß er alle nach dieser Urkunde ihm zustehenden Eigentumsrechte an Herrn Anton Wohlfart, zur Zeit im Geschäft von T. O. Schröter, zediere. Zahlung dafür sei vollständig geleistet. Endlich bat er den Notar inständigst, das Dokument schleunigst auszustellen und über die ganze Sache Stillschweigen zu beobachten. Der Herr versprach das, und die beiden Zeugen unterschrieben die Verhandlung. Beim Herausgehen bat er diese ebenfalls mit mehr Ernst, als er sonst zu verwenden pflegte, diesen Akt als tiefes Geheimnis zu bewahren und vor allem gegen Herrn Wohlfart selbst ein unverbrüchliches Schweigen zu beobachten. Beide gelobten das mit einiger Neugierde, und Herr von Zernitz konnte nicht umhin zu bemerken: »Ich will nicht hoffen, Fink, daß Sie hier Ihr Testament gemacht haben, in diesem Falle wäre ich Ihnen dankbar gewesen, wenn Sie mir Ihre Büchse vermacht hätten.«

»Wenn Sie die Büchse von dem lebendigen Fink annehmen wollen«, erwiderte Fink melancholisch, »so werden Sie ihn sehr glücklich machen.«

»Teufel!« rief der gutmütige Leutnant fast erschrocken, »so war es nicht gemeint. Ich weiß doch nicht, ob ich das mit gutem Gewissen annehmen darf.«

»Tun Sie es immerhin«, sagte Fink freundlich, »ich habe das Rohr satt, es wird bei Ihnen in guten Händen sein.«

»Es ist ein kostbares Geschenk«, warf der Leutnant mit Gewissensbissen ein. »Es ist ein altes Rohr«, sagte Fink, »und morgen müssen Sie es ohne Widerrede annehmen, denn heut werden Sie mich nicht los, Sie sollen mit mir zu Feroni. Was aber die geheimnisvolle Abtretung der Güter betrifft, so handle ich hier nicht ganz freiwillig. Es ist eine Art politisches Geheimnis dabei, das ich auch Ihnen nicht mitteilen kann; schon deshalb nicht, weil mir die Sache selbst noch nicht recht klar ist.«

»Ist denn das Gut groß, welches Sie abgetreten haben?« fragte Herr von Tönnchen.

»Ein Gut?« fragte Fink und sah nach dem Himmel, »es ist gar kein Gut. Es ist eine Bodenfläche, Berg und Tal, Wasser und Wald, ein kleiner Teil von Amerika. Und ob dieser Besitz des Herrn Wohlfart groß ist? Was nennen Sie groß? Was heißt groß auf dieser Erde? In Amerika mißt man die Größe des Landbesitzes nach einem anderen Maß, als in diesem Winkel von Deutschland. Ich für meinen Teil werde schwerlich je wieder eine solche Besitzung mein Eigentum nennen.«

»Wer ist denn aber dieser Herr Wohlfart«, fragte auf der anderen Seite der Leutnant.

»Sie sollen nächstens seine Bekanntschaft machen«, antwortete Fink. »Er ist ein netter Junge aus der Provinz, über dem ein merk-würdiges Schicksal schwebt; von dem er selbst zur Zeit noch gar nichts weiß und nichts wissen darf. Doch genug von Geschäften. Ich habe für diesen Winter etwas mit Ihnen vor. Sie sind zwei alte Knaben, aber Sie müssen doch noch einmal Tanzstunde nehmen.«

Bei diesen Worten traten sie in die Weinstube des Italieners, wurden von Feroni mit tiefen Bücklingen empfangen und vertieften sich schnell in Untersuchungen über die Reize der schweren Weine von Portugal.

Frau von Baldereck war eine Hauptstütze der allerbesten Gesell-schaft, welche durch die Familien des Landadels, einige höhere Beamte und Offiziere gebildet wurde. Es war schwer zu sagen, welche Vorzüge der Dame eine solche achtunggebietende Stellung verschafft hatten; sie war weder sehr vornehm, noch sehr reich, noch sehr elegant, noch sehr geistreich, noch sehr medisant, aber sie besaß von allen diesen Eigenschaften etwas. Sie hatte in ihrem Privatleben stets soviel als irgend möglich auf Grundsätze gehalten und hatte das Selbstgefühl gehabt, sich den Anspruchsvollen niemals aufzudrän-gen. Wegen dieser konstanten Mäßigung war sie von der öffentli-chen Meinung erhöht worden. Sie besaß eine sehr ausgebreitete Bekanntschaft, war vertraut mit allen Heiraten und Verwandtschaf-ten aller Familien der Provinz, stand in allen distinguierten Häusern auf der ersten Seite der Einzuladenden und machte als Witwe selbst ein mäßiges Haus, welchem der Hahnfederbusch eines Jägers und zwei fette Rappen zu anständigem Schmuck gereichten. Frau von Baldereck war nach alledem eine regelrechte Dame, welche Perso-nen und Ereignisse scharf und genau nach den Vorurteilen der Gesellschaft, in welcher sie lebte, zu beurteilen wußte; deshalb wurde ihr Urteil überall mit großer Achtung angehört. Daß sie außerdem nicht ohne Gutmütigkeit war, rechnete ihr die Gesellschaft, für welche sie lebte, wahrscheinlich nicht so hoch an, als der alte Engel des Gerichts, welcher im Himmel über die Taten der Menschen Buch führt, und welcher, nebenbei bemerkt, nach der Usance seines heili-gen Geschäfts oben auf die Seiten des Buches statt des irdischen Kredit und Debet die Wörter Schaf und Bock zu schreiben pflegt und alle Kreditposten auf die rechte Seite, die Böcke aber auf die linke setzt. – Sie hatte eine junge Tochter, welche ihr sehr ähnlich zu werden versprach, und bewohnte einen ersten Stock mit großen Zimmern, worin seit einer Reihe von Jahren häufige Proben von

Aufzügen, dramatischen Vorstellungen und lebenden Bildern abgehalten wurden.

Die einflußreiche Dame war gerade in vertraulicher Beratung mit einer Schneiderin, sie überlegte, wie tief der Ausschnitt der Kleider eingerichtet werden dürfe, um die tadellose Büste ihrer Tochter im besten Licht zu zeigen, und doch wieder in der Tanzstunde keinen Anstoß zu erregen, als Fink, ihr Liebling, gemeldet wurde. Eilig schob sie die Tochter, die Schneiderin und die Kleider beiseite und erschien in dem Besuchszimmer mit der Gemütlichkeit einer Hausfrau, welche für sich selbst nicht mehr übermäßige Ansprüche macht.

Nach den einleitenden Bemerkungen über die Ereignisse der letzten Abendgesellschaft und die langen Hängelocken der Komtesse Pontak sagte Fink, indem er angelegentlich einen Fußschemel malträtierte, auf welchem ein schlafender Pinscher, von der Tochter des Hauses gestickt, unter den Fußbewegungen des Gastes stöhnte: »Ich habe Ihren Auftrag ausgerichtet, Lady Patroneß, und bringe Ihnen vorläufig drei Herren.«

»Und wer sind diese?« fragte die Dame vom Hause erwartungsvoll, vergaß die Leiden des gestickten Pinschers und rückte näher an ihren Verbündeten.

»Zuerst Leutnant von Zernitz«, sagte Fink.

»Eine gute Akquisition«, rief die gnädige Frau erfreut, denn der Leutnant war, was man einen geistreichen Offizier nennt, er machte niedliche Verse in Familienalben und zu verlorenen Vielliebchen, war unübertrefflich im Arrangement von mimischen Darstellungen und stand in dem Ruf, irgend einmal in irgendein Taschenbuch eine Novelle geschrieben zu haben. »Herr von Zernitz ist ein liebenswürdiger Gesellschafter.«

»Ja«, sagte Fink, »aber Portwein kann er nicht vertragen. Der zweite ist Herr von Tönnchen.«

»Eine alte Familie«, bemerkte die Frau vom Hause, »ist er nicht etwas wild?« fügte sie schüchtern hinzu.

»Behüte«, sagte Fink, »die Familie hat immer viel Grundsatz gehabt; er ist gar nicht wild, nur zuweilen hat er die Eigenschaft, andere wild zu machen.«

»Und der dritte?« fragte die Dame.

»Der dritte«, sagte Fink, »ist ein Herr Wohlfart.«

»Wohlfart?« fragte die gnädige Frau befremdet und sah ihren Besuch unruhig an, »die Familie kenne ich nicht.«

»Das ist sehr möglich«, erwiderte Fink kaltblütig, »es gibt zu viele Leute mit und ohne Namen, als daß man sich um alle kümmern könnte. Herr Wohlfart ist vor einigen Jahren aus der Provinz hierhergekommen, um vorläufig die Geheimnisse des Handels durch eigne Anschauung kennenzulernen; er arbeitet im Geschäft des Kaufmanns Schröter, gerade wie ich.«

»Aber, lieber Fink!«, schaltete die Dame ein.

Fink ließ sich nicht stören, er legte sich in den Armstuhl zurück und blickte nach dem Grau der Arabesken an der Decke. »Herr

Wohlfart ist ein merkwürdiger und interessanter Gesell. Es hat mit ihm eine eigene Bewandtnis. Er selbst ist der bescheidenste und bravste Mann, der mir je vorgekommen, er ist hier aus einer Ecke der Provinz, aus Ostrau, der Sohn eines verstorbenen Beamten. Aber es schwebt ein Geheimnis über ihm, von dem er selbst noch nichts weiß.«

»Aber, Herr von Fink«, versuchte die Dame wieder einzufallen.

Fink sah eifrig nach den Schnörkeln der Decke und fuhr fort:

»Er ist bereits in diesem Augenblick Eigentümer eines Landgebietes in Amerika, die Besitzurkunde ist durch meine Hände gegangen, und, im Vertrauen, er selbst hat keine Ahnung von diesem Besitz, und die Sache soll ihm auch vorläufig ein tiefes Geheimnis bleiben. Wie ich glaube, hat er alle Aussicht, in Zukunft mehr als Millionen zu besitzen. – Haben Sie den verstorbenen Großfürsten, hier nebenbei, gekannt?« Fink wies mit der Hand bedeutsam nach irgendeiner Himmelsgegend.

»Nein«, sagte die gnädige Frau neugierig.

»Es gibt Leute«, fuhr Fink fort, »welche behaupten, daß Anton ihm sprechend ähnlich sieht. Was ich Ihnen sage, ist übrigens mein Geheimnis, mein Freund selbst lebt in vollständiger Unkenntnis aller dieser Beziehungen, durch welche möglicherweise seine Zukunft bestimmt werden kann. Bekannt ist nur der Umstand, daß der verstorbene Kaiser bei seiner letzten Reise durch diese Provinz in Ostrau angehalten und sich längere Zeit mit dem Geistlichen des Ortes leise und angelegentlich unterhalten hat.«

Diese letzte Mitteilung war in der Hauptsache richtig, denn Anton hatte dasselbe vor einiger Zeit dem Jockei erzählt, wie man eine Erinnerung aus der Kinderzeit zu erwähnen pflegt. Er hatte sogar noch zugesetzt, daß der Geistliche seiner Heimat in dem letzten großen Krieg Feldprediger gewesen war und daß der Kaiser ihn gefragt: »Sie haben gedient?« und eine Weile darauf: »Bei welchem Corps?«

Fink hatte es nicht für nötig gefunden, das kleine Ereignis so ausführlich darzustellen. Frau von Baldereck aber war durch diese perfiden Andeutungen in eine gewisse neugierige Stimmung gebracht, sie erklärte sich bereit, Herrn Wohlfart in ihrem Hause zu empfangen.

»Und jetzt noch eine Bitte«, sagte Fink, sich erhebend: »Was ich Ihnen über meinen Freund mitgeteilt habe, gütige Fee« – die Fee wog über sieben Stein – »das lassen Sie ein Geheimnis zwischen uns beiden sein. Ihrem Zartgefühl durfte ich anvertrauen, was ich in jedem fremden Mund als eine Indiskretion gegen mich und Herrn Wohlfart ahnden müßte.« Er sprach den Namen so ironisch aus, daß die Dame fast überzeugt war, der geheimnisvolle, in einem Comtoir verpuppte Herr werde nächstens als Prinz der Aleuten und Kurilen oder in irgendeiner andern unerhörten Würde auftreten.

»Wie aber soll ich«, fragte sie beim Abschied, »den Herrn bei unsern Bekannten einführen?«

»Nur als meinen besten Freund, ich bürge in jeder Hinsicht für ihn und habe die Überzeugung, daß unser Kreis sich selbst den größten Gefallen tut, wenn er den Herrn mit Zuvorkommenheit aufnimmt.«

Als Fink auf der Straße war, murmelte er respektwidrig: »Diese alte Person fuhr wie eine Ente nach dem Köder und tauchte bis zum Steiß in meine Lügen unter. Als ehrlicher Leute Kind wäre der arme Junge von ihnen über die Achseln angesehen worden. Jetzt glauben sie zu wissen, daß irgendein fremder Potentat, vor dem zu kriechen sie für eine Ehre halten, an dem Jungen Anteil nimmt. Jetzt werden sie ihn mit einer Artigkeit behandeln, die meinen Kleinen bezaubern wird. Ich hätte nicht gedacht, daß das alte Sandloch am Strande von Long Island und die verfallene Vogelhütte darin mir je in meinem Leben zu einem solchen Spaß verhelfen würden.«

Der Same, welchen Fink ausgestreut hatte, war auf empfänglichen Boden gefallen. Frau von Baldereck hatte als kluge Frau bei der Tanzstunde auch ihre kleinen Privatinteressen im Auge. Sie war doch einmal vor allem Mutter und hatte es in der Tat auf niemand Geringeren, als Herrn von Fink selbst abgesehen. Ihre Tochter war fünfzehn Jahr alt, und Fink besaß alle Eigenschaften, welche ihr an dem künftigen Gemahl ihrer Tochter wünschenswert erscheinen mußten; er war eine in jeder Hinsicht ungewöhnliche Partie, und sie war deshalb überzeugt, daß er ihre Tochter glücklich machen müßte. Aus langer Erfahrung wußte sie, daß solche Privattanzstunden ein vortreffliches Mittel sind, erfahrenen, etwas blasierten Herren sehr junge Damen im besten Licht zu zeigen; die Hauptschwierigkeit dabei ist nur, diese Art Herren überhaupt zur Teilnahme an dergleichen Vergnügungen heranzuziehen. Sie hatte eine durchaus nicht unnatürliche Angst, daß Fink für die Tanzstunde kein Herz haben würde. Zu ihrer Überraschung hatte er sich mit ziemlicher Wärme bereit erklärt, einen ganzen Winter lang in ihrem Hause zu walzen, ja er hatte sogar zur Bedingung gemacht, daß Fräulein Eugenie ihn zum bevorzugten Tänzer im voraus annehmen solle. Und deshalb hatte die triumphierende Mutter sich gerade so sorgfältig mit dem Schnitt der Tanzkleider beschäftigt, als Fink seinen Schützling Anton bei ihr empfahl. Vielleicht hätte sie auch ohne seine ungewöhnliche Empfehlung ein Opfer gebracht und das Geschöpf des Comtoirs in ihrer Tanzstunde zu verantworten gesucht, indes waren ihr die Andeutungen des Schelms doch sehr willkommen. Wahrscheinlich hatte sie selbst einige Zweifel über die abenteuerlichen Verhältnisse, denn Finks Weise war so, daß man ihm niemals recht trauen konnte; aber ihre Mutterliebe trieb sie, auch auf das Dunkle und Ungenügende Gewicht zu legen. Sie eilte in die befreundeten Familien, den Gewinn an Herren mitzuteilen und Herrn Wohlfart durch einige geheimnisvolle Andeutungen auszuschmücken. Als das wenige, was sie sagen konnte, auf einmal von anderer Seite durch ebenso geheimnisvolle Andeutungen zweier Herren von Charakter Bestätigung erhielt, wurde sie selbst fest in dem Glauben, daß hier ein ungewöhnlicher Fall vorliege. Nach wenig Tagen ging ein Summen durch die gute Gesellschaft, daß in der Tanzstunde ein bürgerlicher Herr von ungeheurem Vermögen auftreten werde, für den der Kaiser von Rußland in Amerika unermeßliche Besitzungen gekauft habe.

Einige Tage darauf wurde Anton durch Fink in das Haus der gnädigen Frau geführt, im neuen Frack, in regelrechten Glacéhandschuhen, ein Opferlamm finsterer Mächte, welche im Begriff waren, den Frieden seines Innern zu zerstören. Sie lauerten in dem Haus der gnädigen Frau und schnürten dem eintretenden Anton schon im Haustor die Brust zusammen. Sie saßen auf der viereckigen Laterne, welche am Gewölbe des Hausflurs baumelte, sie hingen mit ausgebreiteten Händen an dem Holzgeländer der Treppe und steckten durch die großen Bogenlöcher des Geländers ihre Geisterzungen mit höhnischem Lachen gegen ihn aus. Fink sah mit unwilligem Blick, wie sein Opfer den rötlichen Schimmer der Beklommenheit erhielt, er raunte ihm noch zu: »Unterstehe dich nicht, vor diesem Volke rot zu werden«, warf dem Diener herablassend seinen Überrock zu und führte den Freund unter die Augen der gnädigen Frau. Diese war wirklich, wie Fink prophezeit hatte, eitel Zuvorkommenheit. Mit Neugierde und einem gewissen menschlichen Anteil sah sie auf den hübschen schüchternen Jungen, der mit seinem treuherzigen Gesicht vor ihr stand und vollständig geneigt schien, ihre Macht auf sich wirken zu lassen.

Anton sagte ihr mit einer tiefen Verbeugung: »Nur die Versicherung meines Freundes, daß Sie, gnädige Frau, mir nicht zürnen werden, hat mir den Mut gegeben, Ihnen persönlich meine Ehrfurcht zu bezeigen.« Und die Dame lächelte holdselig, oder, wie der Unhold Fink diese Tatsache auffaßte, sie grinste, und entgegnete: »Herr von Fink hat mir die Hoffnung gemacht, daß Sie diesen Winter ein regelmäßiger Gast bei unsern kleinen Tanzübungen sein werden.«

Darauf konnte sich Anton nicht enthalten, zu erröten, sehr glücklich auszusehen und zu versichern: »Ich würde mit Vergnügen teilnehmen, wenn ich die Meinung haben könnte, in der fremden Gesellschaft nicht lästig zu werden.«

Nachdem dies mit Eifer verneint worden war, trat Fräulein Eugenie herein, Anton wurde auch dieser vorgestellt, erhielt einen so schnippischen Knicks, als fünfzehnjährige Damen fremden Herren zu machen pflegen, und stieg nach einer Viertelstunde, ganz entzückt über die Anmut der Familie, mit seinem Mentor Fink die Treppe herab. Der unschuldige Junge hing sich vergnügt an den Arm des Freundes und versicherte diesem auf der Straße ernsthaft: »Ich habe mir nicht vorgestellt, daß es so leicht ist, mit eleganten Leuten zu verkehren.«

Fink brummte etwas in sich hinein, was ebensogut eine Bestätigung dieser Ansicht als das Gegenteil ausdrücken konnte, und sagte: »Im ganzen bin ich mit dir zufrieden. Du hast trotz deines neuen Fracks dagesessen, wie ein nackter kleiner Engel in einem durchsichtigen Batisthemde. Indessen das nackte Wesen steht dir nicht ganz schlecht. Nur das verfluchte Erröten wirst du dir diesen Winter abgewöhnen müssen, bei einer schwarzen Krawatte ist es bekanntlich allenfalls noch zu ertragen, aber über einer weißen Halsbinde sieht es abscheulich aus. Du siehst dann aus wie ein apoplektischer Amor.«

Frau von Baldereck dagegen fand von ihrem Standpunkt die Anspruchslosigkeit des geheimisvollen Jünglings wahrhaft rührend, und als ihre Tochter mit Bestimmtheit aussprach: »Fink ist ein ganz anderer Mann und gefällt mir viel besser«, da schüttelte sie den Kopf und sagte lächelnd: »Das verstehst du nicht, mein Kind, es ist ein Adel und eine natürliche Grazie in den Bewegungen des Fremden, ein gewisser Charme, der ganz bezaubernd ist.«

Der große Tag, an welchem die Tanzstunde feierlich eröffnet werden sollte, war gekommen. Hastig kleidete sich Anton nach dem Schluß des Comtoirs an und trat in Finks Zimmer, diesen abzuholen. Der Mentor untersuchte mit prüfendem Blick den Anzug des Novizen. »Zeige dein Taschentuch«, sagte er. »Bunte Seide? Schäm dich. Hier ist eines von meinen. Gieß dir etwas Parfüm darauf. Wo sind deine Handschuhe?«

Mit solchen Lehren führte er den Freund vor das erleuchtete Haus der Baronin.

Als Anton die Treppe des Hinterhauses hinabschritt, öffnete sich die Tür von Jordans Zimmer, und Herr Specht steckte seinen Kopf am Ende eines langen Halses über die Treppe und sandte dem Kollegen seinen neugierigsten Blick nach.

»Er geht«, rief er in die Stube zurück, »es ist unerhört. So etwas hat sich noch nicht ereignet, solange die Welt steht. Es sind lauter Adlige dort. Das wird eine schöne Geschichte werden.«

»Zuletzt, warum soll er nicht gehn, wenn sie ihn einladen?« sprach der gutmütige Herr Jordan, um den stummen Vorwürfen der Kollegen zu begegnen. Keiner wußte etwas dagegen zu sagen, nur Herr Pix rief ärgerlich vom Sofa: »Mir aber gefällt's nicht, daß er eine solche Einladung annimmt. Er gehört in das Comtoir und zu uns. Etwas Gutes wird er unter den Schwadronierern nicht lernen. Fensterglas ins Auge kneifen und Süßholz raspeln, und das wird noch nicht das Schlechteste sein.«

»Es soll merkwürdig bei diesen Tanzgesellschaften zugehen«, rief Specht. »Äußerst frivol, Liebesgeschichten und Duelle jeden Tag. Aber Wohlfart hat immer einen Tick auf solche Dinge gehabt. Nächstens wird er an einem Morgen mit seinen Pistolen unterm Arm ausgehen, und wie er zurückkommen wird, das will ich gar nicht sagen. Auf seinen Füßen nicht, das ist sicher.«

»Unsinn«, erwiderte Pix ärgerlich, »es gibt dort nicht mehr Händel, als bei andern Leuten.«

»Und französisch muß er sprechen«, fuhr Specht unaufhaltsam fort.

»Warum nicht russisch?« rief Herr Pix.

Hier gerieten Herr Pix und Herr Specht in einen Streit über die

Sprache, durch welche man sich im Salon der Frau von Baldereck verständlich mache. Aber alle Kollegen waren darin einig, daß dieser Besuch der Tanzstunde für Wohlfart ein äußerst gewagter und verhängnisvoller Schritt sei, der unaussprechliches Unheil bereite und die gesamte menschliche Ordnung störe.

»Er ist gegangen«, rief die Tante, von einer Konferenz mit dem Bedienten zurückkehrend.

»Das ist wieder ein Streich seines Freundes Fink«, sagte der Prinzipal.

Sabine sah auf ihre Arbeit nieder. »Mich freut's«, sagte sie endlich, »daß Fink seinen Einfluß dazu benutzt, dem Freunde ein Vergnügen zu machen. Er selbst tanzt nicht gern, und ihm persönlich ist dies Kränzchen gewiß eher ein Opfer, als eine Freude.« Der Bruder sah die Schwester prüfend an, sie winkte ihm leise zu. »Und wie gönne ich's Wohlfart, daß er unter Menschen kommt! Er ist am meisten von allen Herren zu Haus. Fast jeden Abend, wenn ich zu Bett gehe, sehe ich bei ihm die Lampe brennen. Die andern haben Verwandte oder gute Freunde von früher her, er ist ganz allein, er hat nichts, als was dieses Haus einschließt. Es ist hart, das ganze Jahr so zu leben.«

»Er hat sich bis jetzt brav gehalten«, sagte der Prinzipal, »wollen sehen, ob das Dauer hat.«

»Aber wie war es möglich, daß er in diese Gesellschaft –« rief die Tante. »Bedenkt doch, diese Frau von Baldereck –«

Sabine tippte mit dem Fingerhut auf die Tischplatte: »Fink hat's ihnen befohlen«, sagte sie, »und das war hübsch von ihm. Und zum Dank dafür soll er morgen trotz des ernsten Gesichts meines Chefs sein Lieblingsgericht erhalten.«

»Also Schinken mit Burgundersauce«, rief die Tante. »Aber ich bitte dich, wie wird sich Wohlfart unter diesen Uniformen ausnehmen? Und wie wird er mit diesen Lebemännern fertig werden? Er kann's ihnen nicht gleichtun. Dazu gehört doch wenigstens Geld.«

»Dafür laß ihn sorgen«, erwiderte Sabine fröhlich. »Um den grämen wir uns nicht.«

»Er ist gegangen«, sagte Karl am Abend zu seinem Vater. »Kleine lackierte Glanzstiefel, ich habe sie geholt. Herr von Fink verbot ihm, Schuhe anzuziehen. Und ein neuer Hut, alles vom Kopf bis zu Füßen neu. So also sieht man aus, wenn man bei vornehmen Leuten tanzen will.«

»Du möchtest wohl auch tanzen gehn?« fragte der Vater.

»Nein«, erwiderte Karl, »aber ich möchte sehn, wie sie's auf einem Balle machen.«

»Sieh in den ›blauen Mond‹ nebenan, da kannst du es alle Sonntage sehen; es ist bei den Vornehmen auch nicht anders, nur daß sie einander etwas behutsamer anfassen und außerdem mit Handschuhen.«

»Na, morgen wird's einen guten Staub in den Kleidern geben«, sagte Karl.

»Es ist ein staubiges Vergnügen«, bestätigte der Riese. »Es besteht im Umwenden, es besteht im Springen, man dreht sich zuerst auf die eine Seite und hernach auf die andere. Man versucht sich selber von der Erde zu heben, was immer unmöglich ist. Man wird heiß, man trinkt ein Glas oder auch mehrere und zuletzt wird eine Kußpolonaise getanzt. Wenn man heiraten will, ist das Ding notwendig. So weit bist du noch nicht, bis dahin hat's noch manches Jahr Zeit.«

»Aber Herr Wohlfart ist auch noch nicht so weit«, erwiderte Karl. »Das wäre eine schöne Geschichte, wenn der jetzt ein Fräulein heiratete mit zwei Schimmeln und versilbertem Pferdegeschirr.«

»Ja, da wird wohl nichts helfen«, sagte der Vater kopfschüttelnd, »mit Tanzen fängt's an, mit der Hochzeit hört's auf. Es ist mir auch so gegangen.«

»Dich hätte ich auch sehn mögen«, rief Karl.

»Oho«, rief der Riese, »ich habe zu meiner Zeit getanzt wie ein Kreisel, Walzer, Hopswalzer, russischen Walzer, und im Großvatertanz hatte ich nicht meinesgleichen.«

Karl sah den Vater kopfschüttelnd an. »Ja«, fuhr der Riese vergnügt in der Erinnerung fort, »wenn der Fußboden fest ist und gute Kameraden dabei, so lasse ich mir die Arbeit schon gefallen. – Es war großer Ball im Bürgerverein, ich war geladen, der Wilhelm mit, welcher damals noch ein schmächtiger Junge war. Ich gedenke es wie heute, ich hatte einen blauen Rock an mit blanken Knöpfen und stand mitten im Saal und sah auf die Gesellschaft, die sich um mich herumdrehte. Da fiel mir deine Mutter in die Augen, ach, ein niedliches Ding, wie eine Puppe saß sie da; neben ihr saß ihr Vater als Schlossermeister. ›Guten Abend, Hans‹, rief der Schlosser mich an, ›bist du auch da?‹

›Ich sollt's denken, Gevatter‹, sagte ich und trat näher, ›und je mehr ich mir die Puppe besah, desto besser gefiel sie mir. ›Dies ist meine Tochter‹, sagte der Schlosser, ›du kennst wohl das Mädel gar nicht mehr? Sie ist zwei Jahre auf dem Lande bei der Muhme gewesen.‹ ›Wie sie hübsch geworden ist‹, sagte ich, ›sie ist rund und sie ist nett, wie gedrechselt.‹ Die Kleine wurde rot, und auch ich wurde feurig. ›Na‹, sagte der Schlosser, ›wenn du mit ihr tanzen willst, immerzu! Greif sie nur nicht zu hart an.‹

›Nur zart‹, sagte ich und führte sie zum Tanz. Wir mochten wohl konträr ausgesehen haben, das kleine Blitzmädel und ich, und ich glaube, die Leute lachten.«

»Das hättest du nicht leiden sollen«, rief Karl, der sich ihm gegenübergesetzt und die Arme untergeschlagen hatte.

»Es war nicht böse gemeint«, sagte der Alte, »und deine Mutter gestand mir nach den ersten Tänzen, sie mache sich nichts daraus, wenn auch die Leute lachten. Ja, und sie sagte, es tanze sich gut mit mir. Natürlich tanzte ich den ganzen Abend mit ihr, nun erst recht. Und beim letzten Tanz gab es ihretwegen noch einen Handel mit dem Wilhelm, denn wie er sah, daß ich mit ihr tanzte, wollte er auch mit ihr tanzen, und wie er merkte, daß ich ihr den Hof machte und mich um sie herumdrehte und mir in die Haare fuhr und draußen vor dem Saale beim Blumenmädchen einen Strauß für sie kaufte und einen für mich, da kaufte er auch zwei Sträuße und drehte sich um sie herum wie ein Finkenhahn, bis ich ihn zuletzt beiseite zog und ihm sagte: ›Siehst du, Wilhelm, bei jedem Wagen, und bei jedem Faß, und bei jedem Kollo sollst du deine Hand haben, wo ich meine habe, aber hier bei dieser Schlosserstochter nicht rühran!‹ – ›Warum nicht?‹ fragte er. ›Warum‹, sagte ich, ›weil wir Freunde sind, Wilhelm, und ich dir keinen Puffer geben möchte, und ich dich nicht abwalken möchte vor den Leuten. ›Weißt du was‹, sagte er, ›du bist schlau.‹ Da merkte ich, wie ich daran war. Seit dem Tage war ich verliebt. Auch du wirst merken, wie das tut. Es macht unruhig, und es bringt in Unordnung, und es macht hitzig, und man fängt an zu singen, man schreibt Briefe und kauft sich einen neuen Rock. So treibt's jeder, und so habe ich's gemacht. Durch sechs Wochen, dann war die Hochzeit. Und dein Großvater bestand darauf, daß alle Auflader dazu geladen wurden. Und beim Polterabend tanzten wir Auflader miteinander eine Kegelquadrille, und ich war der erste Kegel. Das Haus erschütterte sich wohl, aber es ist kein Unglück geschehen, nur der Kronleuchter wurde zerbrochen.«

»Potz Wunder«, rief Karl, »das hätte ich sehn mögen; schade, daß ich nicht dabei war!«

»Du ungezogener Knirps«, sagte der Vater, »wie konntest du dabeisein, an dich war damals noch gar nicht zu denken. Natürlich nicht, es war ja erst die Vorbereitung.«

»Wenn Wohlfart nur nicht zu spät nach Hause kommt, das kann Herr Schröter nicht leiden«, sagte Karl.

Unterdes öffnete der Bediente die Flügeltüren zum Salon der Frau von Baldereck, und Fink und Anton betraten eine Reihe erleuchteter Zimmer, in denen sich eine große Anzahl eleganter Damen und Herren Tee trinkend, schwirrend und mit den Flügeln schlagend durcheinander bewegte. Die Mütter und Verwandten der jungen Damen waren geladen, um der Eröffnung der Tanzstunde beizuwohnen. Fink raunte dem Freunde noch ins Ohr: »Sei nur so unverschämt, als du kannst, es ist alles dummes Zeug.« – und führte den Widerstandslosen vor das Angesicht der Frau vom Hause.

Anton wurde huldreich empfangen, machte seine Verbeugung und sah in seiner Angst nicht, daß die Blicke des Kreises, in den er getreten war, sich mit wahrhaft unverschämter Neugierde auf ihn hefteten. »Ich werde Sie der Gräfin Pontak vorstellen«, sagte seine gütige Patronin und führte den Schützling, der tief Atem holte, vor die Füße einer hagern langen Frau von unbestimmtem Alter, welche auf einem erhöhten Platz, von Damen und Herren umgeben, thronte. »Liebe Betty, hier Herr Wohlfart.« Anton sah in dieser Angststunde, daß die liebe Betty eine lange pergamentene Nase, wenig Lippen und ein recht hartes abstoßendes Gesicht besaß, er fühlte zwei stechende Blicke an seinem Gesicht herumpicken und senkte sein Haupt halb zum Gruß, halb mit der Ergebenheit eines Kriegsgefangenen. Die Gräfin saß kerzengerade bei seiner Verbeugung und fragte von ihrer Höhe mit gleichgültiger Stimme: »Sie sind ein Freund des Herrn von Fink?«

»Zu Befehl, Frau Gräfin«, antwortete Anton.

»Und Sie leben noch nicht lange hier in der Stadt?« Jedes Gespräch in der Nähe hörte auf, mehr als zwanzig Augen stachen den armen Anton.

»Doch schon einige Jahre«, antwortete Anton wieder. »Sie sind ja wohl ein Ausländer?« fuhr Betty in gemütvoller Konversation fort.

»Ich bin in dieser Provinz geboren und erzogen«, antwortete Anton.

Ein »So?« kam eisig von den Lippen der Dame. »Und woher?«

»Aus Ostrau«, erwiderte Anton schnell das Haupt erhebend. Das Verhör wurde ihm drückend, er wußte selbst nicht, weshalb, und seine Schüchternheit verflog vor dem aufsteigenden Ärger.

»Mein Freund, stolze Herrin, ist ein halber Slawe«, sagte Fink, zu rechter Zeit dazwischentretend, »obgleich er leidenschaftlich dagegen protestiert, wenn man an seiner deutschen Herkunft zweifelt. Dafür macht er Hoffnung, dereinst ein guter Engländer zu werden. In diesem Augenblick teilt er meinen Wunsch, Gnade vor Ihren Augen zu finden. Ich empfehle ihn Ihrer Huld; Sie haben soeben eine Probe von Ihrem Talent gegeben, fremder Menschen Natur zu erforschen; gönnen Sie jetzt meinem Freunde, was wir alle an Ihnen bewundern, Ihre sanfte Nachsicht mit fremder Unvollkommenheit.« – Die Frauen lächelten, einige der Herren wendeten sich ab, um ihr Lachen zu verbergen, und Betty saß mit gesträubten Federn da, wie ein Raubvogel, dem ein größerer seine Beute abgejagt hat.

Anton eilte, sich dem Blick dieser Gruppe zu entziehen, er schlüpfte in eine andere Ecke und gedachte sich durch ruhiges Beobachten der Gesellschaft von der Anstrengung seiner Präsentation zu erholen. Da schlug ein Batisttuch leicht an seinen Arm, und eine dreiste Mädchenstimme fragte: »Herr Wohlfart, kennen Sie Ihre alten Freunde nicht mehr? Es ist das zweite Mal, daß ich Sie zuerst grüßen muß.«

Anton wandte sich schnell zur Seite. Vor ihm stand eine hohe schlanke Gestalt mit blondem Haar und großen tiefblauen Augen, welche ihm lächelnd ins Gesicht sah. So sprechend war der Ausdruck des Entzückens auf Antons Antlitz, daß Lenore sich nicht enthalten konnte, ihm freundlich zuzunicken und zu sagen: »Ich freue mich, daß Sie hier sind. Die Herren sind mir alle fremde Gesichter. Aber wie kommen Sie hierher?«

Anton erklärte das in einer Stimmung, welche ihn fast der Herrschaft über seine Worte beraubte, verloren im Anblick des Fräuleins, welches jahrelang, ohne es zu wissen, in seiner Dachstube unumschränkt geherrscht hatte. Wie war sie in der letzten Zeit groß, voll und schön geworden! Und das luftige weiße Kleid und der Blumenkranz von nie dagewesenen Blumen im Haar! Mächtig glänzte das Auge in dem entzückenden Gesicht, und ihre Haltung war die einer Fürstin.

Schnell waren beide in eifrigem Gespräch, es war zum drittenmal, daß sie einander sahen, aber sie hatten soviel zu erzählen, als hätten sie Jahre gemeinsam verlebt.

»Wir werden heut alle durcheinander tanzen und uns um unsern Tanzmeister gar nicht kümmern«, sagte endlich das Fräulein. »So ist mir's am liebsten. – Sie dürfen jetzt nicht länger mit mir allein sprechen, unterhalten Sie sich mit andern Damen. Ich gehe zu meiner Mutter. Wenn die Musik anfängt, kommen Sie zu mir, ich werde Sie der Mama vorstellen.«

So winkte sie ihm gnädig zu und schritt majestätisch durch den Saal in einen Kreis von Frauen.

Jetzt war Anton gefeit gegen alle Schrecken der Gesellschaft, seine Befangenheit war verschwunden, eine angenehme Begeisterung erfüllte ihn. Was konnten ihm noch diese hellgekleideten, buntgebänderten Gestalten sein, welche um ihn hüpften, oder fest gewurzelt standen? Sie waren ihm gleichgültig, wie eine Schar kleiner Vögel oder wie die Pflanzen auf der Wiese. Sie anreden und mit ihnen verkehren, war ihm ebensoviel, als zu den Drosseln in der Hecke sagen: Still, ihr lustiges Gesindel! Er suchte schnell Fink auf und ließ sich von ihm einem Dutzend Herren vorstellen, ohne irgendeinen Namen der Vorgestellten zu behalten, sie waren ihm so gleichgültig, wie die Blätter auf einer Pappel an der Landstraße. Darauf bat er Fink sofort, ihn zu einzelnen der jungen Damen zu führen.

»Hast du mit der Tochter vom Hause gesprochen?« fragte Fink.

»Nein«, sagte Anton lustig.

»Schnell hin, Unseliger«, ermahnte Fink, »mache dich gefaßt auf schlechte Behandlung.«

»Ist mir ganz gleichgültig«, sprach Anton, den Arm seines Freundes drückend, diesem ins Ohr, während er vor Fräulein Eugenie aufgestellt wurde.

Das Fräulein war so kalt gegen Anton, als sich nach der langen Vernachlässigung nur irgend erwarten ließ. Er hatte Mühe, einige kurze Antworten zu erlangen, und wurde durch den Anblick ihres Hinterzopfes beglückt, sobald Leutnant von Zernitz an sie herantrat.

Auch diese Niederlage war ihm sehr gleichgültig. In seiner Nähe waltete Frau von Baldereck und beobachtete mit einem Auge die Gesellschaft, mit dem andern ihre Tochter und mit dem unnennbaren sechsten Sinn, welchen die Fledermäuse in so ausgezeichnetem Grade besitzen sollen, Herrn von Fink. Schnell trat Anton an sie heran und bat, ihn mit einem rosafarbenen Wesen, welches braunes Haar und silberne Kornähren zu tragen schien, bekannt zu machen.

»Sie meinen Komteß Lara?« fragte die Dame vom Hause.

Natürlich verneigte sich Anton bejahend, Lara, Tara oder Gutgewicht war ihm in diesem Augenblick ganz gleichgültig. Die Komteß sah ihn befremdet an, er aber sprach mit gemütlicher Wärme in sie hinein, von den Freuden der zu erwartenden Tanzstunde, von der allerliebsten Dekoration des Salons, und wie schön man jetzt Säle auszuschmücken wisse, und von dem neuen Wintergarten in Paris, den er am Tage zuvor aus irgendeiner Zeitung kennengelernt hatte. Er schilderte ihr Springbrunnen und Glaskuppeln und vergoldete Gitter und künstliche Felsen mit tropischen Pflanzen und kleine Salamander, welche zur Freude des Publikums dazwischen umherschlüpfen, alles mit einem Feuer, daß die kleine Dame in Rosa nach und nach auftaute und endlich, als er bei den Eidechsen angekommen war, ebenfalls beweglich wurde und ihrerseits von zwei Feuermolchen erzählte, die sie einmal auf einem Stein gesehen, und von dem Entsetzen, das sie ihr eingejagt. Wenn sie Anton gesagt hätte, daß die beiden Molche mit untergeschlagenen Beinen auf dem Felsen gesessen und Bier aus einem Deckelglase getrunken hätten, so wäre ihm auch das als ein alltägliches Ereignis aus dem Nachtgebiet der Natur erschienen. Da gerade, als Anton wieder den Übergang machte vom Molch zu einer großen Ausstellung von Kürbissen, welche einige Wochen zuvor in der Stadt gewesen war, da dröhnte die Pauke, da schmetterte die Trompete, und das rosafarbene Kleid sowie die silbernen Ähren versanken vor seinen Augen in den Boden, er machte eine kurze Wendung und verließ das betroffene Fräulein, bevor er seine Rede geendet hatte.

Dort stand seine Königin im Gespräch mit ihrer Mutter, welche, jetzt kleiner als die hoch aufgeschossene Gestalt der Tochter, zu dieser aufsehen mußte. Der kriegerische Trotz Antons verschwand, als er vor die Baronin trat. Das waren die feinen Züge, das unaussprechliche vornehme Wesen, welches ihn einst so sehr in Erstaunen gesetzt hatte. Die letzte Vergangenheit hatte die Schönheit der Baronin nicht vermindert, und die Nähe, in welcher Anton sie jetzt betrachtete, erhöhte den Zauber, den ihre Erscheinung auf ihn ausübte. Die erfahrene Frau sah mit dem ersten Blick in Anton einen Neuling der Gesellschaft, seine Annäherung zeigte einen Überfluß von Hochachtung, und sein Hut, den er im Arme hielt, war von dem Druck wollig geworden und sah aus, wie mit einem Pudelfell überzogen.

»Dies ist Herr Wohlfart«, sagte Lenore mit einer empfehlenden Handbewegung, »hier ist der Herr, um dessentwillen du mich schon einmal ausgescholten hast. Ja, mein Herr, ich habe damals, als ich Sie zuerst sah, von Mama Schelte bekommen, weil ich Sie so lange in unserm Garten aufgehalten hatte.«

»Das macht mich sehr unglücklich«, erwiderte Anton mit dem Ausdruck eines unsäglichen Leidens. »Ach, Sie können nicht ahnen, Frau Baronin, wie glücklich mich damals die Teilnahme des gnädigen Fräuleins gemacht hat, ich ging zu fremden Menschen und in eine ungewisse Zukunft. Ihre freundlichen Worte haben mir Mut gemacht. Und oft sind sie mir seitdem in einsamen Stunden wieder in die Erinnerung gekommen als eine gute Prophezeiung für meine Zukunft.«

»Sie wissen das so rührend zu machen«, sagte Lenore ihn unverwandt ansehend.

Die Baronin hörte den Erguß Antons mit Verwunderung an und betrachtete den gefühlvollen Tänzer jetzt mit einer Neugierde, die nicht ohne leises Unbehagen war. Lenore aber unterbrach die beginnende Unterhaltung Antons mit ihrer Mutter, indem sie unruhig sagte: »Man tritt an, wir müssen zum Tanz.« Anton ergriff ihre Hand mit den Fingerspitzen und führte sie in den Kreis der tanzenden Paare.

»Er walzt erträglich, etwas spießbürgerlich, zuviel Zirkel, aber es ist Haltung darin«, murmelte Fink.

»Ein distinguiertes Paar«, sagte Frau von Baldereck laut in der Nähe der Baronin von Rothsattel, als Anton und Lenore vorbeiwalzten.

»Sie spricht zuviel mit ihm«, sagte Frau von Rothsattel zu ihrem Gemahl, welcher in diesem Augenblick zu ihr trat.

»Mit ihm?« fragte der Freiherr, »wer ist der junge Mann? Ich habe das Gesicht noch nicht gesehen.«

»Er gehört zu den Poursuivants des Herrn von Fink, er ist nicht von Familie, er soll reiche Verwandte in Amerika oder Rußland haben. Mir gefällt das Entree für Lenore nicht.«

»Nun«, erwiderte der Freiherr, »er hat das Aussehen eines frischen Jungen. Für dies Kindervergnügen ist eine solche Gestalt immer noch besser, als die alten Knaben, die ich hier im Kreise sehe. Die jüngeren amüsieren sich und ihre Tänzerinnen, während Benno Tönnchen sich nur belustigen wird, wenn er die Mädchen rot macht, oder ihnen das Rotwerden abgewöhnt. Lenore sieht recht gut aus. Ich gehe zu meinem Whist, laß mich rufen, wenn du den Wagen befiehlst.«

Anton hörte nichts von allem, was über ihn und seine Tänzerin gesprochen wurde, und wenn die Gesellschaft um ihn herum so laut gesummt hätte, wie die große Glocke am höchsten Kirchturm der Stadt, er hätte nichts gehört. Der Erdball war für ihn sehr klein geworden, nicht größer als der Kreis, den er mit seiner Tänzerin durchmaß, was etwa noch außerhalb existierte, war Finsternis, Öde, ein Nichts, nur was er im Arm halten durfte, das nahm alle seine Sinne gefangen. Das schöne blonde Haar, so nahe an seinem Haupt, daß er mit seinen Locken die ihren berühren konnte, ihr warmer Atem, der seine Wange streifte, der unsägliche Reiz des weißen Handschuhes, der ihre weiche Hand versteckte, das Parfüm ihres Taschentuches, die rote Blüte, welche vorn am Kleide befestigt war, das sah und empfand er, und sonst nichts. Wenn sie im Tanz sich vertrauend von seinem Arm umschlingen ließ, wenn sie ihn fröhlich ansah und auch während des Tanzes, wenn er sie atemlos anhielt und sie sich langsam von seiner Hand löste, ein Armband zurechtrückte oder ihr allerliebstes Taschentuch einen Augenblick an den Mund hielt, wie reizend waren nicht alle ihre Bewegungen. Wie bezaubernd der freundliche Gruß ihrer Augen oder ihr leises Lächeln, wenn Anton etwas sagte, was ihr gefiel.

Und er hatte das Glück, ihr zu gefallen; sie sagte ihm, er spreche allerliebst und es höre sich ihm gut zu. Ach, was er plauderte, war gleichgültig, er hätte vielleicht nicht weniger Erfolg gehabt, wenn er von Neuseeländern oder dem Kaiser von Japan gesprochen hätte. Denn nicht was er erzählte, sondern wie er es sagte, die stille Huldigung seiner Augen, der bebende Ton seiner Stimme, das drang schmeichelnd in die Seele seiner Tänzerin.

Die Pauke schwieg, der Trompeter setzte sein Blech ab, der Erdball löste sich auf in ein lichtloses Chaos. »Schade«, rief Lenore, als die letzte Note verklungen war.

»Ich danke Ihnen für dieses Glück«, sagte Anton, als er das Fräulein an ihren Platz führte.

Als er jetzt unter den fremden Menschen umhertrieb, wie ein steuerloses Schiff unter rauschenden Wellen, trat Fink zu ihm und sagte: »Höre, du Duckmäuser, entweder hast du süßen Wein getrunken, oder du bist ein heimlicher Don Juan. Woher kennst du die Rothsattel? Du hast mir ja nie etwas von der Bekanntschaft gesagt. Sie ist eine hübsche Figur und ein klassisches Gesicht. Hat sie denn auch Verstand?«

Anton hätte in diesem Augenblick seinem Freund erklären können, daß er ihn aufs tiefste verachte. Eine solche Roheit des Ausdrucks konnte nur aus einem ganz entmenschten Gemüt kommen.

»Verstand?« erwiderte er und sah Fink mit einem Blick tödlicher Feindschaft an; »wer daran zweifeln kann, muß selbst sehr wenig besitzen.«

»Nun, nun«, sagte Fink erstaunt, »ich bin nicht in dieser trostlosen Lage. Ich finde das Mädchen, oder was ihrer würdiger sein wird, das junge Fräulein sehr einnehmend, ja, um in der Sprache eines gebildeten Menschen die Wahrheit zu sagen, ungewöhnlich liebenswürdig, und wenn ich nicht anderweitig kleine Verpflichtungen hätte, so weiß ich nicht, ob ich nicht genötigt würde, das Fräulein, dessen Namen ich soeben auszusprechen wagte, für die Herrin meines Herzens zu erklären. So freilich darf ich sie nur von fern bewundern.«

Fink war doch nicht so schlecht. Er war in seinen Ausdrücken nicht immer gewählt, aber er hatte im Grunde ein sehr richtiges Gefühl und ein treues Gemüt. Deshalb faßte Anton seinen Arm, drückte ihn kräftig und sagte: »Du hast recht.«

»Wirklich?« fuhr Fink wieder in seiner gewöhnlichen Weise fort. »Na! Du fängst gut an, ich will mich lieber mit einem Stück brennendem Schwefel in ein Pulverfaß setzen, als mit dir und deinem schüchternen Wesen. Übrigens vergiß nicht, Fräulein Eugenie zum nächsten Tanz aufzufordern, du wirst einen Korb bekommen, denn sie ist bereits engagiert. Du hast dich bis jetzt gut gehalten, fahr so fort, mein Sohn.«

Und Anton fuhr fort, seinem Lehrer Ehre zu machen. Wohl war er berauscht, aber durch einen stärkern Trank, als süßen Wein. Die Musik, die Aufregung des Tanzes und das fröhliche Geschwirr um ihn herum steigerten seine Begeisterung, er fühlte sich den ganzen Abend sicher, ja übermütig, und betrug sich, einige kleine Verstöße abgerechnet, wie einer, der täglich von Wachskerzen und servierenden Dienern umgeben ist. Er wurde bemerkt, er machte als Fremder einiges Aufsehen. Dunkle Sagen von seinen geheimnisvollen Verbindungen flogen aus einer Ecke des Saals, wo Mütter prüfend und richtend zusammensaßen, bis in die andere. Es wurde unzweifelhaft, daß dies heitere und harmlose Sichgehenlassen die Folge eines ganz besondern Selbstgefühls war. Er erfuhr Zuvorkommenheit von den älteren Frauen, bald auch von einzelnen Herren.

Und endlich kam der Kotillon. O du längster und merkwürdigster aller Tänze! Du halb Spiel und halb Tanz! Reizend, wenn du die einzelnen Paare im Kreise umhertreibst, noch reizender, wenn du ihnen erlaubst, ungestört und ein wenig versteckt zu plaudern. Wir hören, daß du dem Geschlecht der Gegenwart für veraltet und spießbürgerlich giltst. Wankelmütiges Jahrhundert! Wissenschaft und Staatskunst werden nichts Neues erfinden, was so vielfachen Bedürfnissen des Menschengeschlechts Genüge tut, als du. Da ist das kindliche Gemüt, es kann sich als Pyramide aufstellen, es kann sich in Schlangenwindungen umherdrehen, es kann hier und dort hinlaufen, alte Herren vom Spieltisch zu Extratouren holen, es kann auf dem Stuhle sitzend drei bis vier junge Damen verächtlich vor sich stehen lassen, es kann, von Tanzlust ergriffen, plötzlich aufspringen, irgendeine Dame ergreifen und im Kreise umhertanzen, und kein Mensch kann es ihm verwehren. Da sind höher strebende Naturen, welche Gefühle haben oder Ehrgeiz oder Bosheit und Menschenhaß; allen bist du gefällig. Du gibst jedem Herrn das Recht, sich mehr als einmal eine Tänzerin nach seinem Herzen zu suchen, du erlaubst jeder Dame in der allerzartesten Weise anzudeuten, welche zwei oder drei Herren ihre höchste Achtung genießen, du verteilst an strebsame Kavaliere Schleifen und Orden, du heftest massenhafte Blumensträuße vor die Brust der gefeierten Dame. Du läßt aber auch verschmähte Herren zähneknirschend umherlaufen und sich irgendeine Surrogattänzerin suchen; du offenbarst die Lieblinge der Gesellschaft, aber du machst den Unbekannten und Unbeliebten noch einsamer und verlassener. Wenn du beginnst, werden die Blicke der Mutter besorgt, die Nasen vieler Tanten spitz. Du kindischer, lustiger, endloser Tanz! Wie viele Glückliche hast du gemacht, wieviel stille Tränen hast du verursacht, wie manches Brautpaar hast du zusammengeführt, und welche Qualen der Eifersucht hast du erregt. Freilich hast du auch endlosen Staub aufgerührt, zahllose Toiletten unscheinbar gemacht, und manche grimmige Feindschaft hervorgerufen. So bist du in deiner Blütenzeit gewesen, die Freude der Jugend, die große Angelegenheit der Mütter, die Furcht der ermüdeten Väter, ein Greuel nur für die Musiker.

Als dieser vielseitige Tanz herankam, suchte Anton wieder in Lenorens Nähe zu kommen, er bat sie um den Tanz.

»Ich wußte, daß Sie mit mir tanzen würden« sagte sie aufrichtig; er holte ihr einen Stuhl, schob sich neben sie und war selig. Und als er die Aufgabe hatte, in der Tour eine fremde Dame zu holen, dieser etwas zu schenken, was in einem Körbchen mitten im Kreise aufge-

stellt war, und darauf mit ihr zu tanzen, da gab er der Welt die
energische Erklärung ab, daß für keine andere Dame die Möglichkeit irgendeiner Stellung in seinem Herzen vorhanden sei; er holte
sein Geschenk aus dem Korbe, wartete, bis seine Tänzerin auf ihren
Platz zurückkam, und überreichte dann ihr die rote Schleife. Das war
für beide der größte Augenblick in dem ganzen großen Abend.

Was darauf folgte, war nur undeutliches Traumgesicht. Er sah
sich mit Fink Arm in Arm durch den Saal schlendern, er hörte sich
mit ihm und andern Herren über allerlei sprechen und lachen, er
bemerkte sich vor der Dame vom Hause einen Dank murmeln und
eine Verbeugung machen; es kam ihm vor, als ob ihm ein Diener den
Paletot überreichte, worauf er in die Tasche griff und ihm etwas in
die Hand drückte. Schattenhaft und unklar waren alle diese Begebenheiten. Nur eins sah er noch deutlich, einen weißen Damenman-
tel mit einem seidenen Kapuchon und einer Quaste daran; o diese
Quaste, sie war unsäglich entzückend! Noch einmal fiel ein Blick aus
den großen Augen voll und glänzend auf ihn, und er hörte von ihren
Lippen ein leises Flüstern, wie »gute Nacht«. Das übrige war
wieder ein nichtssagender Traum, daß er neben Fink die Treppe
herunterstieg und die spöttischen Reden des Freundes nur mit
halbem Ohr hörte, daß er in seiner kleinen Stube ankam, die Lampe
anzündete und sich umsah, ob er auch wirklich hier wohne, und daß
er sich langsam entkleidete, sich noch in seinem Bett wunderte, daß
er all diese Herrlichkeit erlebt hatte, und endlich ermüdet einschlief.
Und ein Traum war's, daß sein Hausgeist, die gelbe Katze, sich auf
ihrem Postament hoch aufrichtete und den Kopf schüttelte über den
langen Zug fremdartiger Bilder und Gefühle, welche in der friedlichen Stube eingekehrt waren.

2

Seit diesem großen Abend hatte die Tanzstunde regelmäßigen Verlauf. Als Anton das Fegefeuer der Einführung bestanden hatte,
fühlte er sich unter den Florkleidern, den vornehmen Damen und
den Sofakissen mit gestickten Wappen bald heimisch. Er selbst wurde ein nützliches Mitglied des Kränzchens, und zwar durch die
bürgerlichsten aller Tugenden, durch Ordnung und Pflichttreue.
Und das ging so zu. Das Kränzchen war keine gewöhnliche Tanzstunde, denn bei sämtlichen Teilnehmern wurden die ersten Anfänge
der Kunst vorausgesetzt; es hatte vielmehr den Zweck, einige neue
Tänze einzuüben und nebenbei eine Vereinigung der befreundeten
Familien in bequemer Fasson hervorzubringen. Nun ergab sich bald,
daß die bequeme Fasson allerdings nach Finks Herzen war, das
Einstudieren neuer Tänze aber von ihm und mehreren seiner Kameraden mit einer sträflichen Lauheit betrieben wurde. Er kam oft
gegen Ende der Tanzstunde, er betrachtete den Salon nur als eine
Gelegenheit, die jüngeren Damen zu necken und sich mit den reife-

ren Schönheiten eine Stunde zu unterhalten; er vertrat zum Entsetzen des Tanzmeisters den Grundsatz, wo man im Tanz nicht im gewöhnlichen Schritt fortkomme, sei das einfache Pas des Galopps für alle Fälle gut genug, und das einzige Vergnügen bei unsern Tänzen sei, regelmäßig aus dem Takt und wieder hineinzukommen. »Aber, Herr von Fink«, klagte der Tanzmeister, »das heißt nicht mehr tanzen; dabei ist keine Kunst.«

»Es soll auch keine dabei sein«, sagte Fink, »was hat die Kunst mit unserm Tanzen zu tun? Was Sie die Jugend lehren, ist weiter nichts als eine gesellschaftliche Rotation um einen imaginären Mittelpunkt. Mir ist das langweilig, ich gehe deshalb in Kometenbahn.« Und er blieb dieser Ansicht treu, er zwang die unglücklichen Opfer, welche er zu engagieren sich herabließ, sich quer durch die Reihe der Tanzenden zu stürzen, aus einer Ecke des Saals in die andere, aus dem Takt, wieder in den Takt, wie es seiner Laune passend schien.

Gegenüber dieser exzentrischen Auffassung, welche leider in dem Kränzchen zahlreiche Anhänger fand, zeigte Wohlfart die Regelmäßigkeit eines Mannes, der mit Entzücken seine Pflicht tut, er erschien pünktlich, er machte jedes Pas, er tanzte jeden Tanz, er war immer in guter Laune und fand eine Freude darin, vernachlässigte junge Damen zu engagieren. Da bei der Sorglosigkeit Finks und seiner Genossen schnell Mangel an Tänzern eintrat, wurde Anton in kurzem eine anspruchslose Hauptstütze des Salons, Liebling des Tanzmeisters und ein Vertrauter der jungen Damen, durch welchen heimliche Wünsche von den hellen Rändern des Saals zu der dunklen Mitte getragen wurden. Er selbst war in diesen Stunden ein seliger Mann, und die freudige Verklärung, welche auf ihm lag, fiel jungen wie älteren Damen als etwas Ungewöhnliches auf. Die einen wurden in der Überzeugung bestärkt, daß er ein guter Junge sei, und die letztern in der keineswegs entgegengesetzten Überzeugung, daß er ein unbekannter Prinz sei. Er selbst wußte am besten, warum er so glücklich war. Alle seine Gedanken und Bewegungen bezogen sich im stillen auf sie, die unbestrittene Herrin seines Herzens. Alle andern Tänze und jede Unterhaltung mit einer Dritten betrachtete er nur als gesellschaftliche Schnörkel, mit denen die Feder seines Herzens um den einen Namen beschrieb. Und er diente nicht ohne Erhörung. Er wurde von ihr wie ein alter Freund unter Fremden behandelt. Sie bat ihn leise, einen oder den andern Tanz mit ihr zu tanzen, ja sie bat ihn sogar einige Male, zugunsten eines neuangekommenen Vetters auf seine Rechte zu verzichten. Und sie freute sich, als Anton über dies Ereignis grenzenlos betrübt war, keine andere Dame aufforderte, sondern still den Tanzenden zusah. Niemals entfernte er sich eher, bis sie den Saal verlassen hatte, dann stand er unweit der Tür, um noch die letzten Aufträge, einen Gruß, einen Blick ihres glänzenden Auges zu erhalten. Und auch ihr Auge flog, sooft sie in den Saal trat, suchend in den Kreis der schwarzröckigen Herren, bis sie Antons braunen Kopf erkannt hatte, dann erst fühlte sie sich heimisch in dem erleuchteten Raum. Auch mit vielen der Herren kam Anton in ein freundliches Verhältnis. Fink beeilte sich, ihn bei Feroni einzuführen. Zwar gefiel ihm manches an seinen neuen Bekannten nicht, ihre Urteile waren zuweilen roher, als ihm behaglich war, und er hatte mehrere von ihnen bald in Verdacht, herzlich ungebildet zu sein. Aber ihre Art zu sprechen und sich zu gebärden imponierte ihm doch, vor allem eine gewisse ritterliche Atmosphäre, die sie umgab, etwas Salonduft, etwas Stalluft und viel von dem Aroma der Weinstube. Da Anton eine harmlose Laune bewies, der nächste Bekannte des mächtigen Fink war und zuweilen eigenen Willen zeigte, wenn er nach Mitternacht gegen eine vorge-schlagene letzte Flasche protestierte, oder die abwesenden Damen gegen eine übermütige Kritik mit frommem Ernst verteidigte, so erhielt er unter den andern Herren der Tanzstunde das Renommee eines guten Kerls.

Gleich in den ersten Wochen hatte Anton Gelegenheit, seine angebetete Tänzerin in einer Situation zu sehen, welche die gewaltig-sten menschlichen Leidenschaften aufregte. Die jüngern Damen des Kränzchens waren natürlich untereinander alle ein Herz und eine Seele, jedoch verstand sich von selbst, daß einige in der Stille andere nicht recht leiden konnten. So entstanden Parteien. Bald bildeten sich zwei große Bundesgenossenschaften, zwischen denen einzelne hin- und herschwankten, die aber im ganzen fest zusammenhielten und im geheimen starke Antipathien gegen die Gegenpartei nähr-ten. Es kam so weit, daß an einem Abend sämtliche Damen der einen Partei eine weiße Kamelie in der Mitte ihres Ballstraußes trugen und ein sehr auffallendes hellbraunes Band von dem Strauß herunter-hängen ließen; dies hatte zur notwendigen Folge, daß die Gegenpar-tei am nächsten Abend mit roten Kamelien im Strauß erschien und ein grünes Band darum wand. An der Spitze der Braunen stand Lenore, das Haupt der Grünen war Eugenie, die Tochter des Hau-ses. Im Vertrauen gesagt, die Grünen waren unerträglich. Sie mach-ten Ansprüche ohne Berechtigung, sie waren mokant, sie gaben sich das Air, älter zu sein, als die Braunen. Weil Hulda Werner und Mechthild Fiorelli den Winter zuvor in der Residenz gewesen waren und auf den Hofbällen getanzt hatten, und weil Fanny Mareschalk bei einem lebenden Bild die Genoveva dargestellt hatte, mit ihrem kleinen Bruder und einem Rehkalb zur Seite, die durch Bänder an die hölzerne Rasenbank festgebunden waren, deshalb erhoben sie solche Ansprüche. Zu den Braunen gehörten Theone Lara und die reizende Hildegard Salt, zwei innige Freundinnen, die immer Arm in Arm gingen, gleiche Ballroben trugen, und im Anfange des Winters geschworen hatten, einander nie zu verlassen, ein Schwur, gegen dessen Erfüllung sich die einzige Schwierigkeit erhob, daß ihre Eltern den Sommer über in den beiden entgegengesetzten Ecken der Provinz wohnten. Beide waren schwärmerische Naturen, die alle Gefühle miteinander teilten, beide sangen, beide spielten den Flügel, beide liebten dieselben Dichter, beide hatten einen unüberwindlichen Abscheu vor Herren mit Kinnbärten, beide saßen wie zwei Sympathievögel zusammen und fanden ihr höchstes Glück darin, einander die Gefühle ins Ohr zu flüstern, die ihnen das Benehmen eines Herrn erregte, oder das melancholische Vorspiel eines Walzers. Diese beiden schlossen sich bald innig an Lenore Rothsattel; sie, Valeska Panin und Hortense Leloup bildeten den Mittelpunkt der braunen Partei; Lenorens stattliche Größe ragte aus dem Kreise dieser Getreuen hervor, wie die Gestalt eines Häuptlings unter seinen Kriegern. Wenn ein Tanz beendet war, machte sich's von selbst, daß die Braunen zusammentraten; wenn sie in der Quadrille gegeneinander tanzten, so erhoben sie unmerklich ihren Strauß und grüßten einander.

Natürlich war Anton braun, braun vom Kopf bis zum Fuß, und als er über seine Gemütsstimmung ein offenes Bekenntnis ablegte, indem er an einem Abend in Braun und weißgestreifter Ballweste erschien, wurde er in der ersten Tour des Kotillons von allen Damen der Partei auf Verabredung geholt, ein Ereignis, welches sogar bei den Ehrendamen am Rande des Salons große Aufregung hervorbrachte. Es tut dem wahrhaftigen Geschichtsschreiber leid, zu melden, daß Fink unter die Grünen gerechnet wurde, nicht unbedingt, denn er behandelte, wie die Braunen behaupteten, seine grünen Tänzerinnen sehr nachlässig, aber da Eugenie Baldereck seine Dienste vorzugsweise in Anspruch nahm, so war es, wie Anton entschuldigend sagte, seinem Freunde nicht möglich, sich dem Einfluß dieser Farbe ganz zu entziehen. Nun begab sich folgendes:

Theone Lara hatte ein Tagebuch, in das sie ihre Empfindungen mit einer schwarzen Krähenfeder durch winzig kleine Buchstaben einzeichnete. Außer der bereits früher erwähnten Geschichte von den zwei Molchen stand alles andere darin, was ihr Herz jemals erregt hatte, ihre Ansichten über Natur, die Menschen und das Kränzchen. Es war ihr höchster Schatz. In einer himmlischen Stunde hatte sie Hildegard Salt in die Geheimnisse dieses Buches eingeweiht, beide hatten einander geküßt und viel geweint und über diesem Buch ewige Freundschaft beschworen. Von da ab führten beide das Tagebuch gemeinschaftlich. Ihre vertrautesten Gefühle, die allergeheimsten Bemerkungen waren darin aufgezeichnet. Nach einem Kränzchenabend, wo Lenore sehr nett gegen sie gewesen war, schlossen sie ihr Herz auch gegen diese auf und zeigten ihr wenigstens einige Blätter des Buchs. Seit der Zeit hatte auch Lenore zuweilen den Vorzug gehabt, etwas hineinzuschreiben. Da aber ihre Stärke nicht sowohl war, Gefühle aufzuzeichnen, als vielmehr Gesichter und lächerliche Männchen zu malen, so hatte sie einige Karikaturen hineingesetzt, und Hildegard, welche Gedichte machen konnte, hatte zu jedem Bild einige Zeilen gedichtet. In dieses teure Buch durfte kein fremdes Auge blicken, niemand durfte das Heiligtum sehen und berühren. Theone trennte sich niemals davon. Am Tage und in der Nacht trug sie es bei sich. Bei Nacht lag es unter ihrem Kopfkissen, und während die Kammerjungfer sie anzog, steckte sie es heimlich oben in den Schnürleib hinein und trug es an ihrem warmen unschuldigen Herzen. Es war ein ganz kleines dünnes Buch in karmoisine Seide gebunden. Wenn Hildegard sie zärtlich ansah, oder Lenore sie mit dem Ballstrauß auf den Arm schlug, so deutete sie mit dem Finger heimlich auf ihre Brust. An diesem Abend hatte sie das Buch wieder an seine Stelle geschoben, während der ersten Tänze hatte sie es deutlich gefühlt. Nach einer Quadrille fühlte sie danach, das Buch war verschwunden.

Es war verschwunden, es war nicht mehr an ihr, es mußte während des Tanzes hinabgeglitten sein bis auf den Fußboden. Wie so etwas möglich war, ist ihr selbst und allen Beteiligten ewig ein finsteres Rätsel geblieben. – Sie war einer Ohnmacht nahe; kaum vermochte sie, Hildegard beiseite zu ziehen und ihr das Schreckliche zu klagen. Hildegard rief Lenore, vernichtet standen die drei nebeneinander. Das Bundesheiligtum war verloren, es war in fremde Hände gefallen, ja entsetzlich zu denken, vielleicht sogar in die Hände der Grünen. Auf jeder der letzten Seiten waren schelmische Bemerkungen, sämtliche Herren waren darin aufgeführt, mit fremden Namen zwar, Fink hieß Zeisig, Tönnchen Nußknacker, aber wer könnte dafür stehen, daß sie nicht diese Chiffresprache herausbrachten? Und was mußte dann geschehen! Es war Untergang! Ruin der Tanzstunde, Familienzwist, Auflösung aller menschlichen Bande. Theone saß verstört, sie dachte einen Augenblick an Gift, dann wieder an Flucht, weit hinweg aus allen Ländern, in denen man tanzte. Lenore faßte sich zuerst. »Laß uns suchen«, rief sie, Hildegard am Arm fassend, »vielleicht liegt's noch irgendwo im Saale. Ich sehe nach der Mitte, den Herren unter die Füße, du unter die Sitze der Damen.«

So zogen sie miteinander durch den Saal, äußerlich lustwandelnd, in dem Herzen die Hölle, scheinbar miteinander plaudernd, innerlich weinend. Zuweilen redete ein langweiliger Herr sie an und zwang sie, stillzustehen und zu antworten, während die fliegende Angst in ihrem Haupte umherraste: »Jetzt vielleicht findet's ein anderer.« Sie kamen durch die Gruppe der Grünen, wo sie nach allen Seiten anhalten mußten, um zu lächeln und Freundliches zu sagen, sie kamen zu Eugenie Baldereck, die sie fragte, ob es nicht zweckmäßig sei, noch einen Tanz anzuhängen, während sie daran denken mußten, daß in dem Buch ein unverkennbares Porträt zu sehen war mit der Unterschrift: »Naseweis, gefühllos, keck ist E..... B......;« sie kamen, wehe, wehe! sogar in Finks Nähe, von dem eine schreckliche Zeichnung war, wie er mit Herrn von Tönnchen in einem Rebenstock saß, mit der Unterschrift:

Ein Zeisig und Nußknacker tranken sich voll,
Der Zeisig sang: mein Schnabel ist spitz,
Grün sind meine Federn und grün mein Witz
Der Nußknacker seufzte: ich bin so hohl,
Ich weiß nicht, was das bedeuten soll.

So zogen sie zweimal durch den Saal; ein drittes Mal trauten sie sich's nicht mehr, sie hatten nichts gefunden. Trostlos kamen sie zu Theone zurück.

»Es gibt nur ein Mittel«, rief Lenore. »Wo ist Herr Wohlfart?«

Hildegard hielt sie zurück. »Du willst doch nicht einem Herrn –«

»Ich übernehme die Bürgschaft«, sagte Lenore stolz; »er ist treu, wo steht er?«

»Dort spricht er mit Frau von Baldereck.« Die beiden Suchenden gingen langsam an Anton vorüber, er drehte ihnen zwar den Rücken zu, aber als sie näher kamen, zog es ihn unwiderstehlich, nach der Musik zu sehen. Er wandte sich um, Lenore stand vor ihm, sie sah ihn bedeutsam an, er löste die Unterhaltung mit Frau von Baldereck, er sprach zu ihnen, sie hatzten ihn. »Herr Wohlfart, ein kleines Buch in roter Seide, so groß, ist hier im Saale von Theone Lara verloren. Es ist uns unendlich viel daran gelegen, bitte, schaffen Sie es uns zurück.«

»Ist es gedruckt?«

»Nein, geschrieben, auch Sie dürfen nicht hineinsehen, es sind unsre Geheimnisse darin. Schwören Sie mir, daß Sie mit keinem Auge hineinsehen, wenn Sie es finden.«

»Ich schwöre es Ihnen zu«, erwiderte Anton feierlich.

»Ich danke Ihnen, bitte, seien Sie vorsichtig.«

Anton eilte in das Gewühl und beschäftigte sich die nächste halbe Stunde mit Suchen. Nichts lag auf dem Boden, nichts auf den Plätzen, keiner von den Dienern hatte etwas gefunden, das Buch war verschwunden. In tiefstem Mitgefühl brachte er den Damen die traurige Nachricht. Der neue Tanz begann. Theone vermochte vor Kopfschmerz nicht sich zu erheben, der innerste Schrein ihres Herzens war geöffnet, sein Inhalt auf den Markt geworfen, alle ihre Gefühle lagen nackt vor jedermanns Auge, alle ihre Geheimnisse wurden Gemeingut einer rohen Außenwelt. Lenore fühlte das Unglück mehr vom Parteistandpunkt. Die Braunen waren in Gefahr, eine Niederlage zu erleiden, von der sie sich niemals erholen konnten. Und jetzt tanzen! Es war ein Tanz wie auf einem Vulkan, der Boden war glühende Lava, jeden Augenblick konnte die Explosion erfolgen. Je länger die Verbündeten über ihr Schicksal nachdachten, desto schrecklicher wurden ihre Aussichten; denn immer noch fielen ihnen neue Gräßlichkeiten ein, die in dem Buche standen.

Als der Tanz beendigt war, begab es sich, daß Fink im Vorbeigehen vor Hildegard mit dem Fuß auf dem Boden wippte und zu ihr gewandt sagte: »Dieser Boden klingt so hohl, ich weiß nicht, was das bedeuten soll, vielleicht liegt ein verlorener Schatz unter den Füßen.«

Hildegard stürzte zu Lenore und dem kranken Sympathievogel und rief außer sich: »Herr von Fink weiß es.« Die braunen Bänder flatterten in einer Ecke, die Mädchenköpfe fuhren zusammen und hielten Beratung. Endlich wurde entschieden, daß diese Äußerung sehr beunruhigend sei, aber noch keine Gewißheit des Unglücks gebe.

Doch auch diese letzte Unsicherheit sollte verschwinden, denn

Finks Benehmen wurde zu auffallend. Er vernachlässigte heut seine Partei, er suchte alle Braunen auf, er setzte sich zu Theone, welche die Greuel von Juliens Sterbeszene und den Untergang des Hauses Capulet bereits dreimal durchgekostet hatte und ihre Tränen gar nicht mehr zurückhalten konnte; er fing ein Gespräch mit ihr an, er zwang sie zu antworten, er beklagte ihr bleiches Aussehen und schalt auf das heiße Zimmer. Er quälte sie bis zur Ohnmacht und schloß endlich seine teuflische Rache damit, daß er sie auf Hulda Werner aufmerksam machte und fragte: »Wie gefällt Ihnen dies grüne Kleid? Sieht sie nicht aus wie ein Zeisig?« – Sein nächstes Opfer war Lenore. Sie stand unter ihrer Schar noch immer mit dem Stolz einer Fürstin, aber einer entthronten. Vor allen ihren Getreuen redete Fink sie an. Sie war artiger gegen ihn als je in ihrem Leben, sie preßte ihr Taschentuch zusammen, daß die Spitze riß, um sein Lächeln ruhig auszuhalten. Alles ging gut, bis zu dem Augenblick, wo er dem vorübergehenden Herrn von Tönnchen mitten im Gespräch zurief: »Benno, knacken Sie gern Nüsse?«

Benno Tönnchen, der auch ein Grüner war, sagte verwundert: »Nein, wenn Fräulein Lenore uns eine aufgegeben hat, so fürchte ich, wird sie für mich zu hart sein.«

Jetzt war es entschieden, kein Zweifel mehr möglich, Fink hatte das Buch. Die braunen Bänder rauschten auseinander, die Partei glich einem Schwarm entsetzter Küchlein, unter welche der Habicht stößt. Nur Lenore nahm sich zusammen und trat entschlossen auf Fink zu. »Sie haben das Buch, Herr Fink, eine meiner Freundinnen hat es verloren und ist sehr unglücklich darüber. Sein Inhalt ist nicht für fremde Augen, er kann in dieser Gesellschaft großen Ärger verursachen. Ich bitte, daß Sie mir das Buch zurückgeben.«

»Ein Buch?« fragte Fink neugierig, »was für ein Buch?«

»Verstellen Sie sich nicht«, sagte Lenore, »es ist uns allen deutlich, daß Sie es haben. Ich kann nicht glauben, daß Sie es nach dem, was ich Ihnen über die Folgen gesagt habe, noch einen Augenblick behalten können.«

»Ich könnte es behalten«, nickte Fink, »Sie sind zu gütig, wenn Sie mir ein so großes Zartgefühl zutrauen.«

»Das wäre mehr als unartig«, rief Lenore.

»Es würde mir das größte Vergnügen machen, mehr als unartig zu sein, wenn ich das Buch hätte. Ein Buch, das Ihnen, oder einer Ihrer Freundinnen gehört, das möglicherweise Ihre Handschrift oder eine andere Erinnerung an Sie enthält, das werde ich Ihnen in keinem Fall zurückgeben, wenn ich es finde; und wenn ich erfahre, wo es liegt, werde ich es stehlen. Und wenn ich es habe, werde ich es Zeile für Zeile auswendig lernen. Ich werde Ihnen dadurch zu gefallen suchen, daß ich Ihnen einige Stellen daraus vortrage, sooft ich die Freude habe, Sie zu sehen.«

Lenore trat ihm einen Schritt näher, und ihre Augen flammten: »Wenn Sie das tun, Herr von Fink«, rief sie, »so werden Sie als ein Unwürdiger handeln.«

Fink nickte ihr freundlich zu: »Der Eifer steht Ihnen allerliebst, Fräulein; aber wie können Sie Würde von einem lustigen Vogel verlangen, wie ich bin? Die Natur hat ihre Gaben verschieden ausgeteilt, manchem hat sie verliehen, Verse zu machen, andere zeichnen kleine Bilder, ich habe von ihr einen spitzen Schnabel erhalten, den gebrauche ich. Haben Sie je einen würdigen Zeisig gesehen?« Er wandte sich lachend ab, faßte Benno Tönnchen am Arm und ging mit ihm nach der Tür.

Lenore eilte zu Anton: »Herr von Fink hat das Buch, ich flehe Sie an, schaffen Sie es uns zurück, er hat sich geweigert. Er darf nicht weiter darin lesen, es wäre Theones Tod.«

Anton ergriff hastig seinen Paletot und sprang dem Freunde nach, der bereits auf der Straße war. »Zu Feroni, Anton!« rief ihm Fink im Arm des Benno Tönnchen zu.

»Ich muß etwas im Vertrauen mit dir sprechen«, sagte Anton an seiner andern Seite.

»Jetzt nicht, du brauner Gesandter«, rief Fink, »ich will nichts mit dir zu tun haben.« – »Ich bitte dich, Fritz«, bat Anton sich an ihn drückend, »gib das Buch heraus, die Mädchen ängstigen sich bis zum Vergehen.«

»Nur zu!« sagte Fink.

»Keine tut heut nacht ein Auge zu«, rief Anton.

»Um so besser, wir wollen's auch nicht tun. Sie können sämtlich zu Feroni kommen, wenn's ihnen zu Haus zu bangsam wird. Wir bleiben bis zum Morgen zusammen. Und du, Anton, wirst dich heut nacht nicht ohne mich nach Hause schleichen, sondern du wirst aushalten, und zwar in stiller Todesangst.«

»Was ist das für eine Geschichte mit dem Buch?« fragte Tönnchen am andern Arm.

»Sage nichts«, bat Anton leise.

»Eine tolle Konfusion«, erwiderte Fink, »Sie sollen alles erfahren.«

»Um Gottes willen, schweig«, bat Anton.

»Ich werde mich nach deinem Benehmen richten«, sagte Fink, »läufst du weg, so lese ich den andern das ganze Buch vor.«

So kamen sie bei Feroni an. Anton überlegte, ob er sich auf Fink werfen und diesem mit Gewalt das Buch entreißen sollte. Aber der Erfolg war unsicher. Mit Ernst und Bitten war heut vollends nichts auszurichten. Nur List konnte helfen. Während er darüber nachsann, lagerten sich die Herren in dem kleinen Hinterzimmer, ihrer gewöhnlichen Trinkstube. Es waren außer Anton und Fink noch Zernitz und Tönnchen, der kleine Lanzau, ein Werner, ein Cousin Baldereck, (dieser ein junger Herr mit hervorstehenden Augen, der in dem Buch unter dem Namen Laubfrosch angedeutet war) und zwei Tronka, nicht von den Tronka-Hams, sondern aus der andern Linie, in welcher das Majorat ist, Söhne des alten Majoratsherrn.

»Was trinken wir?« fragte Fink.

»Jeder seine Flasche«, erwiderte Zernitz.

»Warum nicht gar!« rief Fink.

»Nur nicht Ihren furchtbaren weißen Burgunder«, rief Guido Tronka. »Von unserer letzten Sitzung sind mir noch heute die Adern geschwollen wie Stränge.«

»Dann also Sekt und Porter, ein ehrliches Halb und Halb«, schlug Fink vor.

»Superbos!« rief der kleine Lanzau, welcher witzig war.

»Das ist ebenso ein Höllengetränk«, klagte Zernitz.

»Küfer, Schenk, herbei!« riefen die Herren und die Bestellung wurde gemacht.

Unterdes verfiel Anton auf ein verzweifeltes Mittel. Er ging hinaus, gab dem Aufwärter einen Taler und den Auftrag, den Ofen der kleinen Hinterstube zu überheizen und ohne Rücksicht auf die Klagen der Herren immerfort Kohlen nachzuwerfen. Er selbst setzte sich so weit vom Ofen, als irgend möglich war, und sah mit Freude, daß Fink sich dicht an den eisernen Zylinder gerückt hatte. Bald mußte ihm die Wärme unbequem werden, dann zog er seinen Rock aus, wie er stets in solchen Fällen tat, dann war es möglich, das rote Buch vor seinen Augen aus der Rocktasche zu ziehen.

»Ich nehme mir die Freiheit, Sie von einem großen Ereignis in Kenntnis zu setzen«, begann Tönnchen. »Haben Sie Tronkas Alice gesehen, Fink?«

»Nein«, sagte Fink eingießend, »ist's ein Pferd oder ein Frauenzimmer?«

»Natürlich ein Pferd!« rief Tönnchen.

»Bah, laßt heut die Stalljacke zu Haus«, sagte Fink.

»Es ist aber verdammter Ernst«, rief Tönnchen. »Guido hat zum Herrenreiten eingesetzt.«

»Zahlen Sie Reugeld«, sprach Fink zu Guido Tronka, »und bleiben Sie zu Haus. Den Ajar schlägt kein Traber in diesem Erdenwinkel.«

»Sehen Sie sich morgen meine Alice an«, bat Tronka wieder, »ich möchte Ihr Urteil hören.«

»Haben Sie die neue Liebhaberin gesehen?« sprach Zernitz zu Anton, »sie hat brillante Augen.«

»Sie trägt magnifique«, rief der andere Tronka zu Fink herüber.

»Sie hat ja eine Hasenscharte«, rief der Laubfrosch verächtlich dazwischen.

»Wer ist nun das wieder?« fragte Fink.

»Die Seppi, ein grünäugiges Scheusal«, schrie wieder der Laubfrosch Baldereck. »Gehen Sie denn gar nicht mehr ins Theater?«

»Nein«, versetzte Fink, »aber ich schicke meinen Reitknecht hinein. Wenn Sie Gefühle haben, bei denen er Sie unterstützen kann, so wenden Sie sich nur an ihn.«

Es wurde warm. Anton fühlte die Verpflichtung, die Herren zu beschäftigen. Er bat Herrn von Zernitz um eine komische Geschichte im Volksdialekt, die ihm der Leutnant neulich anvertraut hatte, er stimmte laut in das Lachen des Laubfrosches ein, er verführte den ältesten Tronka, ein Abenteuer mitzuteilen, welches den Tod eines Hasen und einer Schnepfe verursacht hatte. Er griff nach der Kelle und goß die Gläser voll.

Es wurde wärmer. Die Herren rückten unzufrieden mit ihren Stühlen und riefen nach dem Aufwärter.

»Es verfliegt sogleich«, tröstete dieser.

»Ich finde es gar nicht warm«, sagte Fink ruhig, »im Gegenteil, Sie können noch einlegen.«

Aber die Hitze wurde unerträglich, die Herren gerieten in Zorn, Feroni selbst wurde gerufen. Anton protestierte gegen das Öffnen des Fensters, weil man vom Tanze noch zu warm sei. Fink erklärte die Temperatur für behaglich und behielt seinen Rock an.

Anton war in Verzweiflung. Endlich ergriff er das letzte Mittel, er zog seinen eigenen Rock aus, um den Freund zu gleichem Entschluß anzuregen. Sofort tat Fink dasselbe, legte den Rock sorgfältig über seinem Stuhl zusammen und sah lächelnd auf Anton, der mit großer Aufmerksamkeit seine Bewegungen beobachtete.

»Das Buch steckt nicht im Rock«, nickte Fink ihm zu, »die Mühe war umsonst, denke auf etwas anderes.«

Anton öffnete das Fenster. »Ich versuche nichts mehr«, sagte er resigniert, »du bist mir zu schlau.«

»Halt aus«, sagte Fink. Zernitz machte niedliche Witze, Tönnchen erzählte lügenhafte Geschichten von Tänzerinnen, der kleine Lanzau betrank sich. Endlich pochte Fink auf den Tisch. »Jetzt merkt auf. Ich wollte es verbergen, aber es ist nicht möglich, es schreit zum Himmel.«

Anton fuhr auf: »Ich bitte dich, Fritz.«

»Ruhig, Ofenheizer!« rief Fink. »Hört, ihr Herren, ich habe heut ein geheimes Tagebuch der Braunen gefunden und habe es durchgeblättert.«

»Hurra, heraus damit!« riefen sämtliche Herren.

»Es sind gewiß Verse darin«, rief Zernitz.

»Es mag ein schöner Unsinn darin stehen«, rief Tönnchen, »Phantasie und Bosheit Unmündiger.«

Anton war wütend.

»Allerdings steht Unsinn darin, und die Verse scheinen mir schlecht. Hören Sie, Zernitz, was haben Sie mit der kleinen Lara gehabt?«

»Nichts«, sagte der Leutnant befremdet, »ich habe ein paarmal mit ihr getanzt, das ist alles.«

»So muß es gekommen sein«, fuhr Fink nachdenkend fort. »Die arme Theone! Ich habe ein Lied gelesen, das die Komteß auf Sie gemacht hat. Na, zuletzt sind Sie kein übel Bursch, aber ich hätte es niemals für möglich gehalten, daß man mit solcher Schwärmerei von einem Mann sprechen kann.«

»Zeigen Sie her«, bat Zernitz angelegentlich.

»Hier?« fragte Fink vorwurfsvoll, »vor dieser wilden Bande? Wenn Sie auch die Lara, die mir heute in ihrer Angst allerliebst vorkam, nicht gerade begünstigen, so haben Sie doch gar keinen Grund, die reine Leidenschaft des armen Mädchens hier zu profanieren.«

»Sie haben recht«, sagte Zernitz. »Aber unter vier Augen werden Sie mir's zeigen.«

»Gewiß«, versetzte Fink. »Ihr wißt, ich habe kein Gefühl für alle Kreatur, welche ihren Rock länger trägt als bis zum Knie, und wenn es etwas auf der Welt gibt, was mich kaltläßt, so sind es Backfische in Butter und in Kleidern. Aber der Wahrheit soll ihr Recht werden, die Mädchen, welche das Tagebuch miteinander geführt haben, sind seelengute Dinger, es ist auch nicht eine unartige Bemerkung darin.«

Er wandte sich zum Cousin Baldereck: »Von Ihrer Cousine ist auf jeder Seite mit einer Liebe und Herzlichkeit gesprochen die ebenso verdient als rührend genannt werden muß. – Das strengste Urteil wird über mich gefällt, ich werde ein Zeisig genannt.«

»Auf die Art ist das Heft ziemlich langweilig«, sagte Benno Tönnchen.

»Ja«, erwiderte Fink, »wenn Sie nicht interessiert, was Hildegard Salt über Sie hineingeschrieben hat.«

»Viel Gutes wird's nicht sein«, versetzte Benno neugierig.

»Nein«, sagte Fink, »sie spricht von Ihnen in einem Ton, der Ihren Bekannten wahrhaft betrübend vorkommen muß. Sie werden groß und still genannt. Ihr Gesicht ein Muster männlicher Kraft, die Dichterin findet Sie voll Kenntnisse, voll Geist und voll Witz; sie fragt, ob ein solcher Mensch nicht zu bedeutend sei, um sich zu einem weichen Mädchen hinabzuneigen. Nun frage ich alle, wie kann ein gescheites Kind, wie Hildegard Salt, sich so weit verirren, Sie in der Stille anzubeten. Denn Sie sind bei der letzten Flasche ein ziemlich kurzweiliger Gesell, Benno, aber wenn ich ein Mädchen wär und mir ein Ideal aussuchte, ich würde lieber einen Nußknacker zu meinem Götzen machen, als Sie.«

Tönnchen verzog den Mund.

»Ist von uns auch etwas darin?« fragte Herr von Werner, auch einer der Grünen, ein Bruder von vier schönen Schwestern, Nachbar der Rothsattel, von jungem Adel, aber reich, in Familieneifersucht aufgewachsen.

»Von Ihnen wenig«, versetzte Fink, »nur zwei Zeilen.« Er nahm das Buch hervor und sah hinein und suchte: – Anton ballte die Hände unter dem Tisch. – »Schmerzliche Fügung des Himmels, Lenore liebt und sucht vergebens ihr Herz zu verhüllen. Und der Geliebte gehört den Feinden an. O Georg W. Jetzt kommen Punkte und drei Ausrufungszeichen.« Fink steckte das Buch wieder ein. Anton beruhigte sich, das konnte nicht in dem Buche stehen, auch sah er, daß die Nasenflügel Finks sich heftig bewegten, ein untrügliches Kennzeichen, daß er Schelmerei trieb.

Zernitz schob sein Glas weg und rief: »Es ist indiskret, daß wir uns in diesem Raume über das unterhalten, was die Mädchen gefühlt haben.«

»Ich bin derselben Meinung«, rief Benno Tönnchen eifrig.

»Ich auch«, Georg Werner.

»Sie müssen das Buch versiegeln und zurückschicken«, sprach der Frosch.

»O ihr gemütvollen Zettel«, rief Fink in der glücklichsten Stimmung, »weil eure haarigen Köpfe von seinen Händen gekraut werden, wird euer Herz zartfühlend. Ich möchte eure Gesichter sehen, wenn ich aus dem Buche das Gegenteil herausgelesen hätte. – Ei, ei! und keiner kennt den Shakespeare!«

»Komteß Lara und Hildegard sind zu feinfühlend, um das hineinzusetzen, was Ihre Bosheit gern gesehen hätte«, rief Zernitz.

»Die Rothsattel ist zwar stolz«, rief Werner, »aber sie hat keinen Grund, von mir etwas anderes zu sagen, als was wahr ist. Ich habe sie immer im stillen für ein tüchtiges Mädchen gehalten, das wohl verdient, einmal die Frau eines ehrlichen Jungen zu werden.«

Fink nickte ihm billigend zu, dann erhob er das Buch und blickte hinauf an die Decke. »Warum werde ich nicht auf der Stelle von dieser sündigen Erde unter bessere Geschöpfe versetzt? Ich bin ein Seraph, und niemand merkt es, und niemand wird es glauben, am wenigsten die Weiber. Hier, Anton, empfange das Buch! Nicht durch Ofenwärme, nicht durch Überredung oder Zwang ist es erobert; durch freiwilligen Entschluß der tanzenden Herren wird es ungelesen zurückgeschickt.«

Anton ergriff das Buch, eilte in die Schreibstube von Feroni, schrieb auf einen Zettel: »Fink hat einige Blätter gelesen, er wird schweigen, sonst niemand eine Zeile«, siegelte Zettel und Buch in ein Kuvert und sandte dies durch einen von Feronis Leuten am späten Abend nach dem Haus der Komteß Lara mit dem ausdrücklichen und durch eine Kette von Versprechungen verstärkten Befehl, der Bote müsse unter allen Umständen durch Nachtwächter und Hausknechte in das Haus und bis an die Grenzen des Schlafzimmers dringen, wo, wie er mit Grund annahm, Theone jetzt ihre schwarzen Locken durch Ströme von Tränen in träufelnden Bindfaden verwandelte.

Das Gelag nahm seinen Verlauf. Das heiße Zimmer, der starke Trank und ein gewisses nachdenkliches Wesen der meisten Herren machten der Sitzung früher ein Ende, als Finks Absicht war. Endlich brach er auf, weckte den verschlafenen Küfer und sagte zu Anton: »Bezahle die Rechnung.« Als Fink mit Anton nach Hause ging, sagte er: »Sei ruhig, Tony, natürlich war alles gelogen, was ich aus dem Buch erzählt habe. In Wahrheit war alle Bosheit darin aufgesammelt, deren eine Gesellschaft Turteltauben fähig ist.«

»Ich hab's gemerkt«, sagte Anton vergnügt, »in der nächsten Stunde werden deine Herren schön den Hof machen.«

»Einer oder der andere soll die Geliebte, die ich ihm heut zugeteilt habe, noch heiraten, ich will mich jetzt aufs Kuppeln legen.«

Anton schwieg gekränkt. »Sei ruhig«, fuhr Fink behaglich fort, »auch du sollst deine Einwilligung zu den Partien geben. Sprich, wie gefallen dir meine Herren?«

»Sieh«, sagte Anton, »was sie sagen, erscheint mir oft gewöhnlich, aber sie haben Selbstvertrauen und eine sichere Haltung, die sie auch dann nicht verlieren, wenn sie sich gehnlassen.«

»Na«, sagte Fink, »es geht, sie sind in ihrer Clique, in dem müßigen Umherlaufen mit Cousinen und Sporen an den Beinen verkümmert, sie sollen im ganzen genommen ein Beispiel sein, wie man nicht sein muß, wenn man amüsant sein will. Ihre Liederlichkeit ist nicht lustig und ihre Lustigkeit ist kläglich, in ein paar Jahren sind sie schal und ungenießbar, wie schlechter Most. Dieses Tönnchen wird schon säuerlich. Ich habe große Lust, sie dir nächstens betrunken zu zeigen.«

»Sprich nicht so liederlich«, bat Anton.

»Ach, du armer Junge«, sagte Fink. »Schließ die Tür auf und gib mir meine Geldbörse zurück.«

»Du hast heut wieder eine große Rechnung bezahlt«, sagte Anton. »Ich bitte dich, sei nicht so freigebig, du demütigst ja die andern.«

»Sei ruhig, Anton«, erwiderte Fink, »ich halte mich über sie auf, folglich ist auch billig, daß ich für sie bezahle.«

»Ich hoffe, du wirst niemals für mich bezahlen«, sagte Anton.

»Nein«, entgegnete Fink, »du sollst das Privilegium haben, dein eigener Kassierer zu sein; ich bin zufrieden, daß du mir den Hausschlüssel trägst und bei mir noch deine Zigarre rauchst, während ich mich ausziehe. – Welche Stunde ist?«

»Es ist gegen zwei Uhr«, erwiderte Anton vorwurfsvoll.

»Dann sind wir sicher die letzten. Da ich herkam, konnte das alte Haus solche Exzesse nicht vertragen. Als ich das erste Mal beim Frühlicht diesen Riesenschlüssel ins Schloß steckte, fürchtete ich, die alten Mauern würden über mir zusammenbrechen. Jetzt sind sie daran gewöhnt, der Hund, die Hausknechte und der Prinzipal. Oft bleibe ich nur deshalb länger aus, um diese schauderhafte, philiströse Hausordnung umzudrehen.«

Als Hildegard Salt nach einer feuchten Tränennacht gegen Morgen die ersten Anstalten zum Schlafen machte, wurde sie durch einen Brief von Theone Lara geweckt, in dessen vorderem Teil Theone mit schwarzer Krähenfeder die Ansicht aussprach, daß für sie auf dieser Welt kein Raum mehr sei, und in der zweiten Hälfte diese Ansicht dahin berichtigte, daß sie Hildegard und Lenore für nächsten Nachmittag zur Schokolade einlud, um wegen der glücklichen Rettung des Buches eine vertrauliche Festfeier zu begehen.

Auf dieser Konferenz der Braunen wurde die Entweihung des Buches durch Männeraugen lebhaft besprochen. Schrecklich war, daß Fink hineingesehen hatte. Aber auch Wohlfart hatte das Buch in Händen gehabt, und es war sehr zu fürchten, daß auch er es durchgelesen hatte. Hildegard behauptete, er sei ein Mann, und kein Mann, auch der beste nicht, sei einer solchen Diskretion fähig. Dagegen war Lenore überzeugt, Wohlfart habe nicht darin gelesen. Nach längerer Debatte wurde beschlossen, ihn auf eine Probe zu stellen. »Wenn er hineingesehen hat«, sagte Lenore, »so hat er doch zuerst das Titelblatt angesehen.« – »Das Titelblatt durfte er ansehen«, warf ein brauner Vogel ein.

»Ich hatte ihm verboten, das Buch zu öffnen«, sprach Lenore, »und ich weiß, er hat keine Seite angesehen. Ihr alle sollt zuhören, wie er meine Fragen beantwortet.«

Als Anton in der nächsten Tanzstunde erschien, trat ihm Lenore an der Spitze der Partei entgegen, ihre Miene war bekümmert, und alle Braunen bemühten sich, die Köpfe zu hängen und ebenso traurig auszusehen: »Ach Herr Wohlfart, was haben Sie gemacht! Das Buch, welches Sie an Theone geschickt haben, war ja nicht ihr Tagebuch, es war das Notizbuch eines Herrn, aus einer fremden Brieftasche.«

»Wie ist das möglich«, rief Anton bestürzt.

»Gleich auf der ersten Seite war eine Rechnung vom 29ten über einen Frack, vom 30ten eine Flasche Rotwein und zwei neue Sporen. Das Buch konnte uns nichts helfen.« Alle Braunen schüttelten den Kopf und sahen betrübt zur Erde.

Anton suchte sich zu entschuldigen: »Fink zog das rote Buch aus der Westentasche und gab es in meine Hand, ich sandte es sogleich versiegelt ab.«

»Dann muß Herr von Fink das Buch vertauscht haben«, fuhr Lenore fort. »Warum haben Sie denn nicht hineingesehen?« fragte sie vorwurfsvoll, »wenigstens auf das Titelblatt.«

»Das durfte ich ja nicht«, rief Anton, »ich hatte Ihnen ja versprochen, keinen Blick hineinzuwerfen. Ich rufe Fink.«

»Halt!« rief Lenore, »noch einen Augenblick! Hat er hineingesehen oder nicht?« fragte sie siegreich zu ihrer Schar gewandt.

Ein bewunderndes »Nein« kam von allen Lippen. »Bleiben Sie, Herr Wohlfart, es ist das rechte Buch, das sie zurückgesandt haben. Einige von uns bezweifelten, ob ein Mann, ob selbst Sie das Tagebuch ungelesen aus der Hand geben könnten, ich sagte, Sie wären das imstande, und habe meinen Freundinnen das soeben bewiesen.«

»Ich danke Ihnen für das gute Zutrauen«, rief Anton erfreut.

»Alles traue ich Ihnen zu, was brav und ehrlich ist«, sagte Lenore und blickte ihn mit herzlichem Vertrauen an.

Das war ein großer Abend im Kränzchen. Anton war bis zum Kotillon von einem Kreis junger Damen umgeben, welche ihn mit rührender Vertraulichkeit behandelten, und als der Augenblick kam, in welchem farbige Schleifen an die Herren ausgeteilt wurden, wurden die Klappen seines Fracks von oben bis unten besteckt, und er sah aus wie der bunteste Hofmarschall des Kontinents.

Aber noch Größeres begab sich. Die Partei der Grünen drohte zu zerfallen. Zernitz, Georg Werner und der kleine Lanzau tanzten heut nur mit den Braunen. Hildegard Salt verlebte eine schreckliche halbe Stunde an der Seite des Nußknackers, welcher sie während eines Walzers mit ritterlicher Artigkeit, ja man muß sagen, mit Gefühl behandelte und dadurch in die allergrößte Verlegenheit setzte; Lenore hatte gar von den ehrerbietigen Angriffen des Laubfrosches, des Georg Werner und des kleinen Lanzau zu leiden, welche sämtlich auf einmal zu der Überzeugung gekommen waren, daß Lenore ihrer ernsthaften Huldigungen nicht unwürdig sei. Eugenie selbst war heut gegen die Braunen von aufrichtiger Herzlichkeit, sie hing sich an Lenorens Arm und küßte beim Abschied Theome im überströmenden Gefühl auf beide Wangen. Und Frau von Werner setzte sich neben die Baronin Rothsattel, kündigte für die nächsten Tage ihren und ihrer Töchter Besuch an, bat um die Erlaubnis, ihren Georg mitzubringen, und sprach unaufhörlich davon, wie glücklich ihre Kinder noch im nächsten Sommer darüber sein würden, daß die Tanzstunde sie in ein so intimes Verhältnis zu Lenore gebracht habe. Kurz, das ganze Aussehen der Tanzstunde war verändert. Mit Ausnahme der grünen Damen, welche über die Untreue ihrer Herren zürnten, war alles in einer gemütvollen, von Menschenliebe gleichsam überfließenden Stimmung, deren Gegenstand die Damen des braunen Bundes waren. Verlegen erkannten diese die Veränderung ihrer Stellung, die Herzlichkeit der Baldereck, die ernsthaften Huldigungen aller feindlichen Herren, ach, aber zu einem Genuß ihres Glückes konnten sie nicht kommen, in ihrer Brust fühlten sie die Nadelstiche des bösen Gewissens, und um sie herum bewegte sich in weitem Kreise die furchtbare Gestalt Finks, des Wissenden. Durch ein Wort konnte er den unbegreiflichen Zauber zerstören, der sie umgab. – Den ganzen Abend hielt er sich fern von allen Teilnehmern am Tagebuch, erst am Ende der Stunde trat er zu Lenore: »Ist Fräulein Eugenie heut nicht allerliebst? Ich gebe Ihnen zu, daß sie gefühllos ist, aber diese kleine Unart wird sich möglicherweise im Laufe der Jahre in eine ganz entgegengesetzte Eigenschaft verwandeln.«

Lenore sah ihn verlegen an. »Kommen Sie mit zu Theone Lara«, sagte sie endlich. »Herr von Fink hat ein Recht auf unsern Dank«, rief sie dort, »wir alle wollen ihn bitten, daß er über das Buch schweigt, wie er bis jetzt getan.«

»Ich will mich dazu verpflichten«, versetzte Fink, »unter einer Bedingung. Ein Opfer muß ich haben. Ich muß die Dame erfahren, welche den Vers unter einen gewissen Weinstock geschrieben hat. Ich muß jemand haben, den ich hassen kann, von dem ich bei Gelegenheit alles Schlechte rede, jemanden, der dafür bezahlt, daß Sie so leichtsinnig waren, die Dokumente ihres scharfen Witzes in meine Hände fallen zu lassen. Nennen Sie mir die eine, und ich gebe Ihnen freiwillig das Versprechen, daß ich gegen Fremde nie ein Wort aus dem Tagebuch zitieren werde.«

In der Gruppe entstand eine ängstliche Bewegung, jede fürchtete die Beute des rachsüchtigen Indianers zu werden. Lenore sah auf Hildegard, welche vor Schrecken verblich, und sagte eifrig: »Ich habe die Zeichnung gemacht und ich habe die Verse darunter meiner Freundin diktiert; da Sie's gesehen haben, so bitte ich Sie um Verzeihung. Mehr kann ich nicht tun; und wenn Sie jetzt die Absicht haben, sich an mir zu rächen, so werde ich Ihren Haß zu ertragen suchen.«

»Schön«, sagte Fink lächelnd, »ich werde mich rächen, ich werde Sie von heut ab hassen. Übrigens ist mir angenehm zu erfahren, daß auch das vergänglichste aller Gefühle, Mädchenfreundschaft, die Unglücklichen, welche davon befallen werden, zu heldenmütigen Opfern begeistern kann. – Ah, Fräulein Hildegard, finden Sie nicht, daß Benno Tönnchen ein herzensgutes Kind ist? Auch seine Gestalt ist nicht schlecht. Etwas zu voll, werden Sie sagen, aber grade dies volle Wesen macht ihn und seine Familie so ansprechend.«

Die letzte Folge dieses glücklichen Abends war, daß auf einer neuen Konferenz der Braunen beschlossen wurde, den treuen Ritterdienst Wohlfarts in außerordentlicher Weise zu belohnen. Nach längerer Überlegung wurde man einig, daß Theone gemeinschaftlich mit ihren Freundinnen eine prachtvolle Börse zu häkeln habe. Gleich am nächsten Morgen wurden Seide und Perlen gekauft. Lenore wollte, um sich nicht auszuschließen, die Kunst des Häkelns eigens erlernen. Auch strahlte bereits die erste Kappe der Börse in Braun und Gold, als Ereignisse eintraten, welche die Vollendung hinderten.

3

Es ist eine traurige Erfahrung, daß die überirdischen Gewalten dem Menschenkind das Glück einer hochgespannten Empfindung nicht lange unverkümmert lassen. Sie haben die Sache so schlau eingerichtet, daß sich fast immer eine Saite unsres Innern abspannt, sooft sie den Wirbel einer andern zur Höhe herumdrehen. Natürlich entsteht daraus ein Mißklang. Diese schlechte Behandlung erfuhr auch Antons Seele.

Zunächst ereignete sich, daß das Comtoir fortfuhr, die Veränderung in Antons Leben mit kritischem Blick zu betrachten. Jede Art von Befremden herrschte in den verschiedenen Zimmern des Hinterhauses, in allen aber war man einig, daß sich Anton, seit er die Tanzstunde besuchte, sehr auffällig und nicht zu seinem Vorteil verändere. In Wirklichkeit war diese Veränderung nicht groß. Es ist wahr, Anton war in den Freistunden weniger mit seinen Kollegen zusammen, als sonst, er brachte viele Abende außer dem Hause zu, und wenn er einmal in Gesellschaft der Hausgenossen aushielt, so war er wohl zerstreuter, ja vielleicht übte er auch geringere Nachsicht gegen die ihm wohlbekannten kleinen Schwächen der andern Herren. Sein Verstand bewahrte ihn davor, sich wegen der plötzlichen gesellschaftlichen Erfolge zu überheben und die Kollegen durch Erzählung seiner Abenteuer zu langweilen, aber er konnte sich doch nicht enthalten, zuweilen Vergleiche anzustellen zwischen dem Ton und Benehmen seiner Umgebung, die er übersah, weil er sie genau kannte, und dem Ton und Benehmen im Salon der gnädigen Frau, der ihm imponierte, weil er ihm neu war. Das Comtoir erklärte seine größere Schweigsamkeit für Stolz, seine häufige Abwesenheit für unziemlichen Leichtsinn, und er, der sonst ein Liebling des Hauses gewesen war, kam gerade deshalb in die Lage, jetzt sehr streng beurteilt zu werden. Er selbst empfand die kühlere Haltung der Gemäßigten, die auffallende Kälte der Entschiedenen als lieblose Behandlung. So kam es, daß er die Abende, an denen er keine Veranlassung hatte, auszugehen, fast nur mit Fink verlebte, und daß beide zusammen nach wenig Wochen als aristokratische Coterie den anderen Herren gegenüberstanden.

Anton wurde durch dies Verhältnis mehr gedrückt, als er sich selbst gestehen wollte; er fühlte es an seinem Arbeitspult, auf seinem Zimmer, sogar beim Mittagessen im Vorderhause. Seltener redete ihn einer seiner Kollegen an; wenn Jordan eine Auskunft forderte, wandte er sich nicht mehr an ihn, sondern an Baumann; wenn der Kassierer zur Frühstücksstunde in das vordere Comtoir kam, so trat er nicht mehr an Antons Sitz; und wenn Specht sich von seinem Platz umwandte und mitten in den kaufmännischen Korrespondenzen eine auffallende Frage an die Umsitzenden tat, so wandte er sich zwar öfter als sonst an Anton, aber es erschien diesem als keine Verbesserung seiner Situation, wenn Specht ihm flüsternd ins Ohr schrie: »Ist es wahr, daß Herr von Berg Apfelschimmel hat?« oder: »Muß man bei Frau von Baldereck lackierte Stiefel oder Schuhe tragen?« Am gewalttätigsten wurde Anton von seinem alten Gönner Pix behandelt. Übergroße Toleranz hatte niemals die Energie dieses Herrn geschwächt, und aus einem nicht recht verständlichen Grunde sah er in dem gegenwärtigen Anton eine Art Verräter am Comtoir, an der großen Waage und am Solo. Es war seine Gewohnheit, den eigenen Geburtstag so feierlich als möglich zu begehen. Er lud dann seine Vertrauten, in deren erster Reihe Anton stand, zum Abend auf sein Zimmer und setzte ihnen an diesem Tage ausnahmsweise Wein auf den Tisch und einen Napfkuchen, den er eigens beim Bäcker bestellte und den er in immer größeren Verhältnissen zu liefern bemüht war. In diesen Wochen kam wieder sein Geburtstag heran, und Anton war, obgleich Herr Pix sich in der letzten Zeit sehr schweigsam gegen ihn verhalten hatte, doch vorbereitet, den Abend bei ihm zuzubringen, er hatte deshalb eine Einladung des Herrn von Zernitz bereits abgelehnt. Früh vor der Comtoirstunde ging er auf das Zimmer von Herrn Pix und gratulierte diesem. Herr Pix nahm den Glückwunsch sehr kühl auf und gönnte ihm keine Einladung für den Abend. Nach Tische begegnete Anton dem kolossalen Napfkuchen, welcher mit Hilfe eines Bäckerlehrlings mühsam die Treppen des Hinterhauses hinaufstieg, im Comtoir merkte er aus einer Äußerung des Herrn Specht, daß diesmal sämtliche Kollegen aufgefordert waren, den Tag festlich zu begehen, an welchem Herr Pix durch sein Erscheinen eine Lücke der Schöpfung ausgefüllt hatte. Alle waren geladen, nur Anton und Fink nicht.

Mit Recht empfand Anton diese Zurücksetzung als eine Unart. Er empfand sie aber tiefer, als wohl nötig gewesen wäre. Und zum Überfluß teilte ihm Specht im Vertrauen mit, daß Pix die Erklärung abgegeben habe, ein junger Herr, der mit Leutnants umgehe und bei Feroni am liederlichen Tisch sitze, sei kein passender Gesellschafter für einen soliden Kaufmann. Als er an diesem Abend einsam auf seiner Stube saß und unter sich die lustige Unterhaltung der Kollegen hörte, da überkam ihn eine bange und gedrückte Stimmung, und keines von den glänzenden Bildern, welche in der letzten Zeit seine Mußestunden ausgefüllt hatten, auch das holdeste nicht, war mächtig genug, durch die dichte Wolke des Mißmuts durchzudringen, welche ihn umhüllte.

Er selbst war nicht zufrieden mit sich und suchte selbstquälerisch Anklagen gegen sich zu sammeln. Er war ein anderer geworden. Er war nicht gerade nachlässig in den Arbeitsstunden, aber seine Tätigkeit machte ihm wenig Freude, sie war ihm oft eine Last. Es war ihm begegnet, daß er in seinen Briefen Wichtiges vergessen hatte, ja er hatte sich ein paarmal sogar in den Preisen verschrieben, und Jordan hatte ihm mit einer kurzen Bemerkung die Briefe zurückgegeben. Es fiel ihm ein, daß der Prinzipal in der letzten Zeit sich gar nicht um ihn gekümmert, und daß Sabine ihn vor einigen Tagen auf der Treppe kälter gegrüßt hatte, als gewöhnlich. Und neulich, als die Tante über Störung ihrer Nachtruhe klagte, weil jemand so spät und geräuschvoll die Haustür geöffnet, da hatten alle Kollegen vorwurfsvoll auf ihn gesehen. Sogar der treue Karl hatte ihn vor der letzten Tanzstunde, wie Anton jetzt meinte, ironisch gefragt, ob er auch seinen Hausschlüssel bei sich habe. In solcher Stimmung ging Anton an seinen Schreibtisch und fing an, sein kleines Kassenbuch durchzusehen. Er hatte in den letzten Wochen keine Ausgaben eingeschrieben, ängstlich faßte er die Feder und suchte Rechnungen und Erinnerungen zusammen, um das Versäumte nachzuholen. Mit Schrecken entdeckte er, daß seine Schulden zusammen eine Summe ausmachten, welche er nicht tilgen konnte, ohne die kleine Hinterlassenschaft seiner Eltern anzugreifen. Er fühlte sich sehr unglücklich. Hohe Töne hatten lange Zeit in ihm geklungen. Das Schicksal hatte auf einer Saite die feinste Melodie gespielt, jetzt schnurrte die andere. Der Mißton sollte noch größer werden.

An demselben Abend kam der Kaufmann verstimmt aus der Ressource nach Hause, er beantwortete kurz Sabinens Gruß und ging mit starken Schritten im Zimmer auf und ab.

»Was hast du, Traugott?« fragte die Schwester.

Der Bruder trat an ihren Stuhl. »Willst du wissen, wie Fink seinen Schützling bei Frau von Baldereck eingeführt hat? Du warst so bereit, dich über seine Freundschaft zu freuen. Er hat ein System von Lügen gesponnen und hat den unerfahrenen Wohlfart zu einem ruchlosen Abenteurer gemacht.« Er erzählte darauf, daß ihn ein älterer Offizier nach den Verhältnissen Antons gefragt hatte, und was dabei zutage gekommen war.

»Ist denn auch gewiß, daß Fink diese abgeschmackten Märchen erfunden, und daß Wohlfart darum gewußt hat?« fragte Sabine schüchtern.

»An Finks Beteiligung ist kein Zweifel. Der Streich sieht ihm zu ähnlich. Das ist der leichtsinnige frevelhafte Sinn, der nichts achtet, nicht einmal den Ruf des Freundes.«

Sabine lehnte sich an den Stuhl und nickte mechanisch mit dem Haupt. Ja, so war er. Wieder einmal empörte sich ihr Herz gegen ihn. »O wie traurig!« sagte sie vor sich hin. »Aber Wohlfart ist unschuldig, Traugott, das weiß ich bestimmt. Eine solche Lüge ist nicht in seinem Wesen.«

»Ich werde es morgen erfahren«, sagte der Kaufmann. »Um seinetwillen wünsche ich, daß du recht hast.«

Am folgenden Morgen ging der Prinzipal durch das vordere Comtoir und rief Anton zu sich in die kleine Hinterstube. Da dies selten geschah, so folgte Anton mit der Ahnung, daß irgend etwas Unheimliches heranziehe. Der Prinzipal schloß hinter ihm die Tür, setzte sich recht ernsthaft vor ihn auf den Lederstuhl und begann mit strenger Miene. »Lieber Wohlfart, ich halte es für meine Pflicht, mit Ihnen über einige Gerüchte zu sprechen, die sich in der Stadt verbreitet haben. Man hält Sie für einen reichen jungen Mann von geheimnisvoller Herkunft, erzählt sich, daß Sie große Besitzungen in Amerika haben und daß vornehme Personen sich im stillen lebhaft für Sie interessieren. Ich setze voraus, daß auch Ihnen diese Gerüchte zu Ohren gekommen sind, und wünsche zu wissen, was Sie getan haben, dieselben zu widerlegen.«

Anton erwiderte erstaunt, aber mit Entschlossenheit: »Ich weiß nichts von einem solchen Gerücht, ich habe einige Male von Fremden sonderbare Anspielungen auf mein Vermögen gehört, ich habe stets widersprochen.«

»Haben Sie mit der nötigen Entschiedenheit widersprochen?« fragte der Kaufmann streng.

»Ich glaube ja«, antwortete Anton ehrlich.

»Es wäre an dem müßigen Geschwätz wenig gelegen«, fuhr der Prinzipal fort, »wenn nicht Ihr eigener Charakter dadurch verdächtigt würde. Denn die Welt wird geneigt sein anzunehmen, daß Sie selbst aus irgendeinem Grunde bei der Verbreitung dieses Gerüchts tätig gewesen sind; für das Renommee eines Kaufmanns aber gibt es keinen schlimmeren Argwohn, als den, daß er durch niedrige Mittel sich einen Kredit geben will, den zu beanspruchen er kein Recht hat.«

Anton stand starr.

Der Kaufmann fuhr fort: »Außerdem wird durch dieses Geschwätz auch der gute Ruf Ihrer Eltern angegriffen, denn man will wissen, daß Sie der heimliche Sohn eines sehr vornehmen Mannes sind.«

»O meine Mutter!« rief Anton, rang die Hände und die Tränen rollten aus seinen Augen. Er war so ergriffen, daß ihm der Prinzipal Zeit lassen mußte, sich zu beruhigen, und endlich begütigend sagte: »Fassen Sie sich, lieber Wohlfart, Sie haben jetzt die Aufgabe, die Unwahrheit dieser Erzählungen nachzuweisen. Sie werden Ruhe und männliche Haltung dazu brauchen.«

»Am schrecklichsten ist für mich der Gedanke«, rief Anton noch immer außer sich, »daß Sie selbst vielleicht glauben, ich hätte diese Unwahrheiten hervorgerufen, oder ich hätte sie mir gefallen lassen, um mich wichtig zu machen. Ich bitte Sie, mir zu glauben, ich habe bis zu dieser Stunde nichts davon gewußt.«

»Ich glaube Ihnen gern«, sagte der Kaufmann freundlicher, »aber Sie haben doch manches getan, um solchen Erzählungen Raum zu geben. Sie sind fortwährend in einem Kreise gesehen worden, welcher sich sonst gegen junge Männer in Ihrer Stellung sehr spröde verhält. Sie haben hier und da Ausgaben gemacht, welche Ihre Mittel offenbar übersteigen und jedenfalls unpassend für Sie waren.«

Anton hatte die dunkle Empfindung, daß er sich im Mittelpunkt der Erde viel behaglicher befinden würde, als auf der Oberfläche. »Ja«, sagte er endlich verzweifelnd, »Sie haben recht, ich habe sehr unrecht getan, über meine Verhältnisse hinauszugehen, ich habe das während der ganzen Zeit empfunden; seit einigen Tagen, wo ich Kasse gemacht habe und gesehen, daß ich in Schulden gekommen bin« – hier lächelte der Kaufmann fast unmerklich – »ist's mir klargeworden, daß ich auf unrechtem Wege bin, ich habe nur nicht gewußt, wie ich zurück soll. Jetzt werde ich nicht mehr zaudern«, fuhr er sehr traurig fort, »und Sie mögen die Güte haben, zu entscheiden, ob ich mich jetzt verständig benehme.«

»Nicht wahr, Fink hat Sie in die Gesellschaft der Frau von Baldereck eingeführt? Ich dachte es«, sagte der Prinzipal lächelnd, »vielleicht weiß er auch mehr von den Gerüchten, welche Sie gegenwärtig so beunruhigen.«

»Erlauben Sie, daß ich in Ihrer Gegenwart sein Zeugnis fordere, daß ich nichts von allen diesen Nachreden gewußt habe, und daß ich selbst wohl leichtsinnig gewesen bin, aber nicht niedrig. Fink ist mein Freund und kennt mein ganzes Verhalten.«

»Wenn es Sie beruhigt«, sagte der Prinzipal und ließ Herrn von Fink rufen.

Fink sah im Eintreten auf den aufgeregten Anton mit verwundertem Blick und sagte, ohne auf die Gegenwart des Prinzipals sonderlich zu achten: »Was Teufel, du hast geweint?«

»Über Verleumdungen«, sprach der Kaufmann ernst, »welche seine Solidität als Geschäftsmann und die Respektabilität seiner Familie angegriffen haben.« Darauf sagte er kurz, worum es sich handle.

Fink lachte und rief: »Er ist ein Kind; wozu sich um das müßige Geschwätz der Leute kümmern?«

»Er hat kein Recht, dies Geschwätz zu verachten, denn er hat es durch seinen Verkehr in den Kreisen, in die Sie ihn einführten, genährt.«

»Vor allem bitte ich dich, mir hier vor Herrn Schröter zu bezeugen, daß ich keine Ahnung von alledem gehabt habe; du kennst mich genug, um zu wissen, daß ich keinen Fuß in die Gesellschaft der Frau von Baldereck gesetzt hätte, wenn ich für möglich gehalten, daß so etwas von mir gesagt werden kann.«

»Er ist ganz unschuldig«, sagte Fink mit überzeugender Gutmütigkeit zum Prinzipal. »Unschuldig und harmlos wie das Veilchen, das still im Verborgenen blüht; wenn irgend jemand schuld hat bei dieser lächerlichen Geschichte, so bin ich es und außerdem die törichten Menschen, welche so etwas verbreitet haben. Gib dich zufrieden, Anton; wenn dir die Sache leid ist, so wollen wir sie bald wieder in Ordnung bringen.«

»Ich werde noch einmal zu Frau von Baldereck gehen und ihr mitteilen, daß ich die Tanzstunden nicht mehr besuchen kann.«

»Auch ich halte das für das beste Mittel«, sagte der Kaufmann.

»Ich fürchte, es wird nicht viel helfen«, bemerkte Fink weise.

»Dann habe ich wenigstens das Meinige getan«, rief Anton.

»Wie du willst«, sagte Fink, »Tanzen hast du doch gelernt und deinen Hut verstehst du auch mit Anstand zu bewegen.«

Gegen Mittag sagte der Kaufmann zu seiner Schwester: »Du hast recht gehabt, Wohlfart war in der Hauptsache unschuldig, Fink hat in seinem Übermut die ganze Intrige angezettelt.«

»Ich wußte es«, rief Sabine und fuhr heftig mit der Nadel in ihre Stickerei. – »Wenn es möglich ist, Traugott, so verhüte jetzt eine neue Unbesonnenheit.«

»Sie müssen die Geschichte selbst ausmachen«, antwortete der Kaufmann, »ich bin neugierig, wie sie das zustande bringen werden.«

Anton arbeitete den Tag über wie einer, der sich betäuben will, sprach nur das Nötigste und ging am Abend trotzig die drei Treppen hinauf, sich anzukleiden, als ein Mann, der seinen Entschluß gefaßt hat.

Fink sah ihn den Tag über mißtrauisch an und fragte sich selbst: »Was hat der Junge vor? Er gebärdet sich, als sollte er das erste Duell abmachen.« Und hätte er in Antons Seele sehen können, vielleicht hätte auch ihn erschüttert, den Schmerz zu erkennen, der in dem jungen Herzen fraß. Es war nicht verletzter Stolz allein, nicht die Scham, wie ein Abenteurer und Betrüger zu erscheinen, denn diese beiden Empfindungen gingen in einem größeren Weh unter, in dem Gedanken an den Abschied von seiner geliebten Tänzerin.

Fink sprang die drei Treppen hinauf in Antons Zimmer, den er bereits angekleidet fand, sah das bleiche Gesicht des Freundes, das heute um ein paar Jahre älter aussah als gewöhnlich, und fragte, seine Hand ergreifend: »Bist du böse auf mich?«

»Nicht auf dich und auf keinen anderen«, sagte Anton aufgeregt. »Höre mich an; wie das Gerücht entstanden ist, will ich nicht wissen. Es ist möglich, daß du dir einen Scherz mit mir und den Leuten gemacht hast.«

»Mit dir nicht, mein Kind«, sagte Fink.

»Jedenfalls hast du um das Geschwätz gewußt und mir nichts davon gesagt, das war nicht recht von dir, ich sage dir das jetzt und werde dir's nicht nachtragen, und wir wollen miteinander über diese Geschichte niemals wieder reden.«

»Höre«, sagte Fink, »ich habe die Notion, du nimmst das Geschwätz viel zu tragisch.«

»Laß mich«, fuhr Anton fort, »nur heut in meiner Weise handeln.«

»Was willst du denn tun?« fragte Fink.

»Frage mich nicht«, sagte Anton, »ich empfinde sehr deutlich, was ich tun muß. Laß uns gehen.«

»Tu, was du nicht lassen kannst«, sagte Fink gutmütig, »aber vergiß nur eines nicht: daß jede Art von Szene, die du vor den Leuten aufführst, sie nur amüsieren wird; um so mehr, je aufgeregter du dich zeigst.«

»Vertraue mir«, sagte Anton, »ich werde ruhig sein.«

Es war große Gesellschaft in den erleuchteten Zimmern, kleine Balltoilette, viel Lichterglanz; sämtliche Familienmütter und mehrere Väter; einige eingeübte Tänze sollten zum besten gegeben werden. Als sie in den gefüllten Saal traten, sah Fink besorgt auf seinen Freund und fand, daß Anton verstört aussah, aber mit großer Energie vorwärts schritt. Er machte sich von Fink los und trat sogleich zu Lenore, mit der er sich zum ersten Tanz bereits engagiert hatte. Das Fräulein sah heut so reizend aus, als möglich, sie hatte ihr erstes Ballkleid an, und die großen Augen strahlten vor Lust; sie kam ihrem Tänzer einige Schritte entgegen und sagte ihm mit freundlichem Vorwurf: »Sie kommen so spät, der Ball wird gleich anfangen, und ich hatte gehofft, mit Ihnen vorher noch eine Weile zu plaudern. Papa ist auch hier. Ich werde Sie ihm vorstellen. – Aber was haben Sie? Sie sehen ja so feierlich aus!«

»Gnädiges Fräulein«, erwiderte Anton mit einer Verbeugung, »mir ist heut sehr traurig zumute, ich kann nicht die Ehre haben, den nächsten Tanz mit Ihnen zu tanzen.«

»Und warum nicht?« fragte die junge Frau fast erschrocken.

»Hören Sie mich an, Fräulein, ich werde nicht lange in dieser Gesellschaft bleiben und komme heut nur, mich bei Ihnen und der Dame vom Hause wegen meines Weggehens zu entschuldigen.«

»Aber Herr Wohlfart«, rief Lenore die Hände zusammenschlagend.

»Viel mehr als an der Meinung der übrigen liegt mir an Ihrer guten Meinung«, sagte Anton errötend, »und vor Ihnen will ich mich zuerst rechtfertigen.«

»Sie sollen sich aber nicht rechtfertigen, ich verstehe Sie nicht«, rief die junge Dame.

Anton aber erzählte ihr mit fliegenden Worten, was er heute von seinem Prinzipal gehört, und versicherte sie eifrig, daß er von dem Gerücht nichts gewußt habe. »Das glaube ich Ihnen gern«, sagte Lenore vertrauensvoll. »Papa hat auch gesagt, daß es wahrscheinlich ein müßiges Geschwätz sei.« – Sie hielt inne, denn sie dachte in dem Augenblick daran, daß ihr Vater zugesetzt hatte, dieser Herr Wohlfart möge ein recht guter Mann sein, aber er passe doch nicht in die Gesellschaft. »Und weil Sie erfahren haben, was man sich über Sie erzählt, wollen Sie ganz aus der Tanzstunde ausscheiden?«

»Ja, ich will«, sagte Anton, »denn wenn ich hierbliebe, würde ich mich der Gefahr aussetzen, für einen Eindringling oder gar für einen Betrüger gehalten zu werden.«

Lenore warf das Köpfchen zurück und sagte gekränkt und heftig: »So gehen Sie, mein Herr.«

Dies war das beste Mittel, das Gehen unseres Anton zu verhindern, er blieb stehen und sah seine Tänzerin flehend an.

»Warum gehen Sie nicht?« fragte das Fräulein noch heftiger.

Anton wurde sehr bleich; er sah mit tiefem Schmerz in das Gesicht seiner zornigen Dame und sagte mit zitternder Stimme: »Sagen sie mir wenigstens, daß Sie nicht schlecht von mir denken wollen.«

»Ich werde gar nicht an Sie denken«, rief die junge Dame mit schneidender Kälte und wandte sich ab.

Der arme Anton stand einen Augenblick wie vernichtet, es war ein bitterer Schmerz, der seine unerfahrene Seele durchbebte. Wäre er zehn Jahre älter gewesen, so hätte er sich diesen heftigen Zorn vielleicht günstiger ausgelegt. Der Gedanke, daß er noch nicht fertig war, gab ihm seine Kraft wieder, er ging aufgerichtet, ja mit stolzem Schritt zu dem Kreise, in welchem Frau von Baldereck die Honneurs machte. Da waren alle die auserwähltesten Damen der Gesellschaft. Die lange hagere Gräfin saß da eine Tasse Tee trinkend, Eugeniens Mutter und neben ihr eine große Männergestalt; Anton wußte, ohne daß es ihm jemand gesagt hatte, daß der stattliche Herr Lenorens Vater sein müsse. In dem Augenblick, wo er vor die Frau vom Hause trat, seine Verbeugung zu machen, flog sein Blick über die ganze Gesellschaft. Jahre sind seitdem vergangen, aber noch lebt der Augenblick in seinem Gedächtnis, und noch heut weiß er die Farbe von jedem Kleide, er könnte noch die Blumen aufzählen, welche in dem Strauß der Baronin Rothsattel waren, ja, er erinnert sich noch an das Bild, das auf der gemalten Tasse war, aus welcher die Gräfin trank. Die Hausfrau empfing die Verbeugung unsers Helden mit herablassendem Lächeln und war im Begriff, ihm etwas Freundliches zu sagen, als Anton sie unterbrach und mit einer Stimme, die vor Bewegung zitterte, aber laut durch den ganzen Saal tönte, seine Rede begann, so daß nach den ersten Worten eine allgemeine Stille entstand: »Gnädige Frau, ich habe heut erfahren, daß in der Stadt erzählt wird, ich sei reich, ich besitze Güter in Amerika, und vornehme Herrschaften nehmen im geheimen ein Interesse an mir. Ich erkläre dies alles für Unwahrheit, ich bin der Sohn des verstorbenen Kalkulators Wohlfart aus Ostrau; ich habe von meinen Eltern fast nichts geerbt, als einen ehrlichen, unbescholtenen Namen. Ich bin dem Andenken an meine guten Eltern und mir selbst schuldig, das hier öffentlich zu erklären. Sie, gnädige Frau, haben die hohe Güte gehabt, einen fremden und unbedeutenden Menschen so freundlich in Ihrem Hause aufzunehmen und mich zur Teilnahme an den Tanzstunden dieses Winters aufzufordern. Ich darf nach dem, was ich heut gehört habe, nicht mehr daran teilnehmen, weil mein fernerer Besuch der Tanzstunde den Unwahrheiten, welche man über mich verbreitet hat, Nahrung geben würde, und weil ich gar in den Verdacht kommen könnte, ein Betrüger zu sein, welcher die Gastfreundschaft Ihres Hauses mißbraucht. Deshalb sage ich Ihnen meinen innigen Dank für Ihre Güte und bitte Sie, mir ein freundliches Gedächtnis zu bewahren.«

Die Rede war etwas zu pathetisch für den Kreis, in welchem sie wirken sollte, aber sie wirkte doch. Es entstand für einige Augenblicke tiefes Stillschweigen; die Gräfin hielt wie erstarrt ihre Tasse in der Luft zwischen Schoß und Mund, und die Frau vom Hause sah verlegen vor sich nieder.

Anton machte eine tiefe Verbeugung und ging zur Tür.

Da eilte aus der starren Gruppe mit beflügeltem Schritte eine helle Gestalt dem Scheidenden nach, faßte mit ihren Händen seine beiden Hände; Anton sah in Lenorens weinende Augen und hörte noch, wie sie mit weicher Stimme unter Tränen zu ihm sagte: »Leben Sie wohl!« Dann schloß sich die Tür hinter ihm, und alles war vorbei.

Anton ging langsam nach Hause. Es war so ruhig und still in seiner Seele, als wäre er nie in dem Hause hinter ihm gewesen; er sah auf die großen Schneeflocken, welche vor ihm herunterfielen, und freute sich über die Spur, welche die Fußgänger in den weichen Schnee gedrückt hatten. Wenn er Schmerzen fühlte, so waren sie doch ohne Bitterkeit. Er trug sein Haupt stolz und dachte an alles mögliche, woran ein unbefangener Spaziergänger denkt, an seine Eltern, an die Briefe, die er heut im Geschäft geschrieben hatte, an seinen Prinzipal und auch an den närrischen Tinkeles, den Fink heut wieder zum Comtoir hinausgewiesen hatte. Aber in seinem Ohr klang fortwährend eine Melodie, die neben allen Gedanken forttönte, es waren die Worte Lenorens: »Leben Sie wohl!«

In dem Salon der gnädigen Frau kehrte das Leben zurück, als er das Zimmer verlassen hatte. Das erste Wort, welches gehört wurde, war der strafende Ruf der Mutter, die ihre Tochter zu sich forderte, welche in der vergangenen Szene eine so auffallende Rolle improvisiert hatte. »Lenore, du hast dich vergessen!« sagte die Mutter leise und bekümmert.

»Laß sie«, sagte der Freiherr mit Geistesgegenwart laut, »die Tochter hat getan, was der Vater hätte tun sollen, der junge Mann hat sich brav gehalten, und wir werden ihm unsre Achtung nicht versagen.«

Unter den übrigen Gruppen aber erhob sich ein Gemurmel, die Einleitung zu lebhafter Unterhaltung. »Das war ja eine wahre Theaterszene«, sagte die Dame vom Hause mit nicht ganz natürlichem Lächeln; – »aber, wer hat uns denn gesagt –«

»Ja, wer hat denn gesagt? –« fiel Herr von Tönnchen ein.

Aller Augen richteten sich auf Fink.

»Sie sagten ja doch, Herr von Fink –« fing Frau von Baldereck wieder an, sich majestätisch erhebend.

»Jawohl«, fiel Herr von Zernitz ein, »und es ist doch etwas an dem Gerücht, mein Wort darauf! Ich selbst habe bei einem notariellen Akt als Zeuge gedient«, fuhr er unvorsichtig heraus. »Erklären Sie doch, Fink.« – »Auch ich muß um Erklärung bitten, Herr von Fink«, fuhr die Hausfrau gereizt fort.

»Mich? Gnädige Frau«, sagte Fink mit der Ruhe eines Gerechten, dem ein Unrecht geschieht. »Was soll ich von diesem Gerücht wissen? Ich selbst habe ihm widersprochen, soviel ich nur konnte.«

»Ja, das haben Sie«, ließen einzelne Stimmen sich hören, »aber Sie ließen merken –«

»Sie sagten doch –« fiel Frau von Baldereck ein.

»Was? Gnädige Frau«, fragte kalt der unerschütterliche Fink.

»– daß dieser Herr Wohlfart auf geheimnisvolle Weise mit dem – dem Kaiser – in Verbindung stehe.«

»Das ist unmöglich«, antwortete Fink mit größtem Ernst. »Das ist ein arges Mißverständnis! Ich habe Ihnen die Person des Herrn beschrieben, der Ihnen damals noch unbekannt war; es ist möglich, daß ich dabei eine zufällige Ähnlichkeit erwähnt habe.«

»Aber was ist das mit den Gütern?« fiel Herr von Tönnchen ein, »Sie selbst haben ja die Herrschaft an ihn zediert, und dieser Verkauf war von auffallenden Umständen begleitet. Sie forderten von uns, die Sache als tiefes Geheimnis zu bewahren.«

»Da Sie mein Geheimnis so gut bewahrt haben, daß Sie es überall und jetzt hier vor der ganzen Gesellschaft erzählen, entgegnete Fink lachend, »so tragen Sie und Zernitz offenbar die Schuld, wenn sich dies törichte Gerücht verbreitet hat. Merken Sie auf, meine teuern Herren. Mein Freund Wohlfart hatte einmal in fröhlicher Stimmung geäußert, er wünsche wohl, Grundbesitz in Amerika zu haben. Ich machte mir einen Scherz und schenkte ihm zu Weihnachten eine Besitzung, die ich auf Long Island bei New York hatte. Diese Besitzung, meine Herren, besteht in einer Sandgrube, welche mit Gesträuch bewachsen ist und in welcher eine bretterne Vogelhütte zum Schießen von Strandvögeln steht. Wenn ich Sie gebeten habe, nicht davon zu sprechen, so war das ganz in Ordnung; daß Sie aber aus dieser Kleinigkeit ein Tau gesponnen haben, welches einen liebenswürdigen Mann von unsrer Gesellschaft scheiden soll, tut mir sehr leid.« Ein kalter Hohn legte sich auf sein Gesicht, als er fortfuhr: »Mit Freuden sehe ich, wie sehr Sie alle diese Empfindung teilen, und wie stark Sie den gemeinen Bedientensinn verachten, welcher einen Mann deswegen für salonfähig hält, weil irgendein fremder Potentat sich um ihn gekümmert haben soll. Da wir aber den heutigen Ball mit Erklärungen angefangen haben, so will auch ich die Erklärung abgeben, daß Herr Anton Wohlfart legitimer Sohn des verstorbenen Herrn Kalkulators Wohlfart in Ostrau ist, und daß ich jede fernere Erwähnung dieser Mißverständnisse für eine Beleidigung meines nächsten Freundes halten werde. – Und jetzt, gnädige

Frau, schenken Sie mir aufs neue Ihre Huld, ich bin mit Fräulein Eugenie zur ersten Quadrille engagiert und fühle mich außerstande, länger zu warten.«

In Frau von Baldereck kämpfte eine Weile verletztes Selbstgefühl und mütterliche Sorgfalt, endlich siegte, wie bei einer guten Natur zu erwarten war, die letztere; sie sagte, Fink vorwurfsvoll anblickend, leise: »Ich fürchte, Sie haben Ihr Spiel mit uns getrieben!« – Fink aber schüttelte den Kopf und erwiderte mit großer Aufrichtigkeit: »Man spielt nicht, wo man fühlt.« Darauf führte er Fräulein Eugenie zum Tanze.

Beim Antreten sagte ihm Leutnant von Zernitz: »Sie haben Ihr Spiel mit uns getrieben, Fink, ich bedaure, darüber noch eine Erklärung von Ihnen fordern zu müssen.«

»Seien Sie verständig und fordern Sie nichts«, entgegnete Fink, »wir haben so oft miteinander um die Wette geschossen, daß es sehr töricht wäre, wenn wir einer auf den andern zielen wollten.«

Da Fink bei weitem der beste Schütz in der Gesellschaft war, so sah Herr von Zernitz doch zuletzt ein, daß Fink recht hatte. Und eine kleine Spannung von einigen Wochen abgerechnet, welche an einem stillen Abend bei der zweiten Flasche Burgunder durch Händeschütteln ausgeglichen wurde, hatte die Sache keine weiteren Folgen. – Doch erkaltete seit dem Abgange Antons das Interesse, welches Fink an der Tanzstunde genommen, und weder Theone Lara noch Lenore hatten Ursache, seine Anspielungen zu fürchten, denn wenn er im Salon erschien, so begnügte er sich, der Tochter vom Hause und einigen erfahrenen Frauen seine Huldigung darzubringen, um die aufstrebende Jugend kümmerte er sich nicht mehr.

Anton aber war wie ein erlöschender Stern aus der Gesellschaft geschieden. Er wurde nicht wieder darin gesehen. Frau von Baldereck erkannte etwas spät, daß es passend sei, den jungen Mann, der doch einmal in ihrem Hause aufgenommen war, gelegentlich wieder einzuladen, um ihm und andern zu zeigen, daß man seine Gegenwart nicht bloß deswegen für anständig halte, weil er – sondern auch um seiner selbst willen. – Und einige andere Familien des Landadels dachten ebenso, da aber, wie bemerkt, alle diese Einladungen etwas spät kamen, und Anton sein Nichterscheinen entschuldigte, so geschah ihm in kurzem, was viel bedeutenderen Größen der Gesellschaft zu begegnen pflegt, er wurde vergessen. Die frühern Eideshelfer bei der großen Urkunde, Herr von Zernitz und Herr von Tönnchen, redeten ihn noch eine Weile auf der Straße an, wenn er ihnen begegnete, dann grüßten sie ihn noch ein Jahr, und endlich kannten auch sie ihn nicht mehr.

Unserem Anton kam wenig darauf an. Er stürzte sich jetzt mit Leidenschaft in die Arbeiten des Geschäfts. Gleich am andern Morgen klopfte er an die Tür des kleinen Comtoirs und trat in das Allerheiligste des Prinzipals ein. Er erzählte, was er gestern zu Frau von Baldereck gesagt habe, und fügte hinzu: »Ich werde nicht mehr in die Gesellschaft gehen und ich bitte Sie, mir zu verzeihen, wenn ich in der letzten Zeit meine Pflicht nicht vollständig getan habe, ich werde von heut an sorgfältiger sein.«

»Ich habe keinen Grund, über Sie zu klagen«, erwiderte der Kaufmann freundlich, »geben Sie mir die Summe an, welche Sie bedürfen, um Ihre Verhältnisse in Ordnung zu setzen.« Anton zog einen Zettel aus der Tasche, auf dem er gewissenhaft sein Debet aufgezeichnet hatte, Herr Schröter rief den Kassierer, ließ die Summe an Anton zahlen und diesem zur Last schreiben, und auch das war abgemacht.

Fink sagte am nächsten Tage zu Anton: »Du bist mit einem Knalleffekt ausgetreten und hast von den ältern Herren der Gesellschaft das Zeugnis bekommen, daß du dich angemessen benommen hast.«

»Wer hat das gesagt?« Fink erzählte ihm die Äußerung des Freiherrn von Rothsattel und tat, als bemerkte er nicht, daß Antons Gesicht eine tiefe Röte überflog. »Indes wäre doch klüger gewesen«, fuhr Fink fort, »wenn du die Angelegenheit nicht so auf die Spitze getrieben hättest. Wozu die ganze Gesellschaft meiden, in der doch einige sind, die dich persönlich liebgewonnen haben?«

»Ich habe gehandelt«, sprach Anton, »wie es mir mein Gefühl eingab, ein anderer, der älter ist und mehr Welt hat, wird es vielleicht geschickter anfangen. Du kannst mir nicht zürnen, daß ich in dieser Sache nicht deinem Rat gefolgt bin.«

»Es ist merkwürdig«, dachte Fink, die Treppe hinuntersteigend, »bei welchen Gelegenheiten die verschiedenen Menschen lernen, den eigenen Willen zu gebrauchen. Dieser Knabe ist über Nacht selbständig geworden, und was ihm das Schicksal jetzt von größern Dingen bringt, er wird sicher alles anständig durchmachen.«

Für Anton sowohl, als seinen Freund, war ein gutes Zeichen, daß ihr Verhältnis durch diese Szene nicht gestört wurde. Ja, es gewann an innerm Wert. Fink behandelte seinen jüngern Freund mit größerer Achtung, und Anton bewegte sich mit mehr Freiheit und gewöhnte sich, auch Fink gegenüber einen eigenen Willen zu haben. Und das richtige Urteil des Jüngern trug allmählich dazu bei, den Älteren von manchem losen Streich abzuhalten und seinen Übermut zu bändigen. Anton erfüllte seine Pflichten im Comtoir mit der größten Pünktlichkeit, sein Diensteifer war unendlich, und seine Zuvorkommenheit gegen die Kollegen größer als jemals. Fink gewöhnte sich dadurch, ohne daß er es selbst merkte, auch seinerseits regelmäßiger im Geschäft zu erscheinen und die Arbeitsstunden besser auszuhalten. Nur einen Gegenstand gab es, über den er mit seinem Freunde nie sprach, obgleich er wußte, daß Anton immer an ihn dachte, das war die junge Dame der Tanzstunde, welche so viel Herz und Mut gezeigt hatte.

Nie hatten die Blumen so reichlich geblüht und nie die Vögel so lustig gesungen, als in diesem Sommer auf dem Gut des Freiherrn. Die Wintersaison hatte die Familie mit einem großen Kreis des Landadels verbunden, und die Bekanntschaften des Teetisches und Ballsaals spannen sich jetzt unter dem blauen Himmel weiter. Fast immer war Besuch auf dem Schloß. Aus der Stadt kam Frau von Baldereck mit Eugenie, zuweilen auch der Laubfrosch, Zernitz und Benno Tönnchen, von ihrem Gut Frau von Werner mit einem Sohn und vier Töchtern. Theone und Hildegard waren wochenlang die Gäste Lenores, sie hatten kein Mittel gefunden, ihren Schwur zu halten, und trafen jetzt wenigstens auf befreundetem Gebiet wieder zusammen. Das Haus schien manchmal zu klein, die Gäste zu fassen. In allen Zimmern des Schlosses und auf dem runden Rasenplatz tummelten sich die zierlichen Gestalten der Mädchen. Sie lasen Theaterstücke mit verteilten Rollen, sie fühlten miteinander die zartesten und höchsten Gefühle durch, sie tanzten, sie schlugen den dritten ab, oder ließen sich vom wilden Mann jagen. Und wenn die jungen Herren ja einmal langweilig wurden und die Stimmung der Mädchen nicht verstanden, so bestiegen diese den Kahn, ergriffen die Streichruder und zogen sich vom Festlande zurück in eine unangreifbare Stellung mitten auf dem Wasser. Wie süß wurde dort geschwärmt, wenn das Ruder leise in der Flut plätscherte und der Mond über den Bäumen des Parks heraufzog. Um den Kahn hoben die Seerosen ihr weißes Haupt aus dem Wasser, erfreut, daß ihre Feinde, die Schwäne, zur Ruhe gegangen waren, das Bild des Mondes zitterte auf dem Kamm kleiner Kreiswellen, die Nachtigall schmetterte im Busch, und ein warmer Windeshauch trieb den Duft blühender Sträucher über den See. Dann sangen Theone und Hildegard zweistimmige Lieder, oder Hulda Werner gestand eine holde Erinnerung aus der Residenz, oder Eugenie machte spöttische Bemerkungen über die unglücklichen Herren, welche am Uferrand auf und ab liefen und vergeblich durch List und Gewalt in den Besitz des Kahnes zu kommen suchten.

Aber die prächtigsten Stunden waren am Sonntagabend; dann wurde das Winterkränzchen fortgesetzt, der Reihe nach im Schloß der Rothsattel, bei Werners, bei Balderecks. Wenn man nicht tanzte, trieb man schelmische Possen. Man verkleidete sich. Mit Mänteln, Schals und Tüchern drapierte sich die junge Gesellschaft in der lächerlichsten Weise, dann stellte Zernitz, der in solchen Dingen ein Meister war; schnell ein Tableau, und die Väter und Mütter mußten als Publikum zusehen. Oder man führte Scharaden in dramatischen Szenen auf, entweder aus dem Stegreif oder so, daß die Rollen der einzelnen auf kleine Zettel geschrieben wurden, die man während der Aufführung in der Hand hielt. Die ganze Woche hindurch dachten die Mädchen auf hübsche Wörter, und wie man sie darstellen könnte. Klassische Wörter wurden dort aufgeführt, zum Beispiel: »Referendarius«, als Reh, als Fee, als Wettrennen und als König Darius, wo Benno Tönnchen als toter Darius auf dem Boden lag, und die schöne Hulda Werner als Alexander der Große mit gerungenen Händen hinter ihm stand, worauf Lenore als Ganzes mit einer Brille auf der Nase und Akten unter dem Arm erschien und über den Laubfrosch, welcher ein Verbrechen begangen hatte, ihr Protokoll aufnahm.

Und erst als das treffliche Wort Parthenia dargestellt wurde. Zuerst ein feierliches Ehepaar aus der alten Zeit; dann ein langweiliger Tee, dann ein schüchterner Liebhaber, welcher täglich seiner Dame einen Liebesantrag machen will und niemals damit zustande kommt, sondern immer sitzen bleibt, so daß die Dame zuletzt mit einem Seufzer die Erklärung ausrufen kann, »nie, nie«! Und dann eine andere Brautwerbung, bei der ein verschämtes Bauernmädchen ihrem Liebhaber, dem Otto Tronka, zuletzt ein leises Ja zuflüstern muß. – Theone Lara war als Bauernmädchen bezaubernd, nur das Ja sprach sie nicht aus, sie schämte sich. – Und am Schluß erschien Lenore wieder als Ganzes, als eine griechische Jungfrau, und der Laubfrosch, der Nußknacker und der kleine Lanzau saßen als Wilde in schwarzhaarigen Schlittendecken um sie herum, und wurden von ihr ach! so schlecht behandelt.

Wie glücklich war Lenore in dieser Zeit! Zwar ein wenig original war sie geblieben, und die Mutter schüttelte zuweilen den Kopf über einen kecken Einfall oder einen kräftigen Ausruf, der den Lippen des schönen Mädchens entschlüpfte. Natürlich tanzte Lenore immer als Herr, sooft es an Herren fehlte; sie war die Anführerin bei einigen entschlossenen Taten, welche die Mädchen verübten, sie führte ihre ganze Gesellschaft einmal wohl eine Meile weit auf einen Punkt, wo eine gute Aussicht sein sollte, sie zwang sie dann, in die Schenke des nächsten Dorfes einzukehren und Milch und Schwarzbrot als Abendkost zu genießen, und brachte die Todmüden am späten Abend auf einem Leiterwagen zurück, den sie gemietet hatte und auf dem sie stand und selbst kutschierte. Sie behandelte die jungen Herren fortwährend gönnerhaft wie kleine Jungen, die ein Butterbrot in der Hand halten, sie ließ sich von ihnen Pferdegeschichten erzählen, und trat bei einer dramatischen Szene zum Schrecken der Mutter sogar selbst als Herr auf, mit einer Reitpeitsche und einem kleinen Bart von Wolle, den sie allerliebst zu drehen wußte. Dabei sah sie aber so wunderhübsch aus, daß auch die Baronin nicht im Ernst zürnen konnte.

Wenn jemand auf dem Gut mit dem neuen Leben der Familie nicht ganz zufrieden war, so war's die Baronin. Über ihren Gemahl war Zerstreuung und Geschäftigkeit gekommen, die wolkenlose ruhige Heiterkeit früherer Jahre schien aus seiner Seele verschwunden. Auch jetzt im Sommer fuhr er oft nach der Stadt, manchen Abend brachte er in der Ressource zu, und lustige Regimentskameraden, welche eine Frau zu nehmen vermieden hatten, zogen ihn häufig aus den Zimmern der Hausfrau in ihre Rauchstuben. Er verhandelte mit Ehrenthal und gefiel sich in lauter Gesellschaft, von der er sonst wenig gehalten hatte. Es war eine sehr geringe Veränderung des Freiherrn, nur für das Auge der Gattin erkennbar. Und auch die Baronin sah ein, daß sie unrecht tue, über diese Veränderung zu trauern.

Aber auch ihr wurde in dieser Zeit große Freude. Eugen bestand sein Offizierexamen und kündigte seinen Besuch an, um die Schnüre auf seinen Achseln zu zeigen. Die Mutter ließ ihm sein Zimmer neu einrichten, und der Vater stellte einen Gewehrschrank und eine neue Jagdausrüstung hinein, die er ihm zum Geschenk bestimmte. Als die Stunde kam, wo Eugen eintreffen sollte, konnte der Freiherr die Ankunft gar nicht erwarten, er ließ satteln und ritt dem Sohn bis zum nächsten Dorf entgegen. Und als eine kleine Staubwolke auf der Landstraße das Nahen des Reiters verkündete und der Vater die schlanke Gestalt des Husarenleutnants vor sich erblickte, das Gesicht, welches der geliebten Frau so ähnlich sah, da sprang er wie ein Jüngling vom Pferde, der Sohn tat im Nu dasselbe, und es war ein guter Anblick, als die beiden ritterlichen Gestalten einander auf der Heerstraße umarmten. Und stattlich anzusehen war's, als sie nebeneinander dem Schlosse zutrabten.

»Ich bringe dir auch gute Nachricht vom Regiment«, begann Eugen nach dem ersten Austausch freudiger Fragen und Antworten. »Zuerst läßt dich der Oberst grüßen.«

»Er war seinerzeit ein toller Junge«, sagte der Vater.

»Jetzt ist er ein Brummbär«, sagte der Sohn. – »Unser Avancement wird magnifique. Waldorf wird ausscheiden müssen, weil seine Brust immer schlechter wird; Balduin Tronka will sich versetzen lassen, er hat mit dem Rittmeister einen famosen Streit gehabt, die Geschichte muß ich dir noch erzählen, und Stallinger bekommt das Majorat seines Onkels, der auf den Tod liegt. Er wird ein fanatisch reicher Kerl. Man sagt, zwanzigtausend Revenüen.« – »Das ist sehr übertrieben«, sagte der Vater, »das Majorat ist wenig größer, als unser Gut.«

»Jedenfalls wird er seinen Wallach dem Wachtmeister schenken«, sagte der Sohn. »Er hat dem Tisch einen superben Satz versprochen. Wie gefällt dir mein Brauner, Vater?« Sie hielten vor dem Hofe an, der Leutnant ritt das Pferd vor. Der Freiherr untersuchte als Kenner und sprach im allgemeinen seine Billigung aus. »Wir wollen die Frauen überraschen«, sagte der Freiherr. Vor dem Pferdestall hielten sie noch einmal an. Als der Reitknecht die Pferde abnahm, konnten Vater und Sohn sich nicht enthalten, auf einen Augenblick einzutreten. Zuerst prüften sie die Reitpferde des Freiherrn, dann gingen sie die Reihe der Ackergäule durch. Mit Gönnermiene schlug der Leutnant das eine oder andere, einen persönlichen Bekannten, an den Hals und sprach zur Freude des Vaters mit militärischer Kürze entschiedene Urteile über die Tüchtigkeit aus. Die Knechte standen ehrerbietig herum, Vater und Sohn gerieten in Eifer und teilten einander nicht aufzuschiebende Sportanekdoten mit, der Freiherr mit der Ruhe eines alten Roßbändigers, der Leutnant mit jugendlichem Feuer, seelenvergnügt vor der erprobten Weisheit des Vaters auch seine lustig grünende Wissenschaft zu zeigen. Bei Lenorens Pony erinnerten sich Vater und Sohn zu gleicher Zeit an die Frauen des Hauses und eilten schnell aus dem Stall nach dem Schlosse.

In der Rosenlaube hielt die Baronin ihren Sohn umschlungen, während Lenore ihm liebkosend auf die Schultern klopfte. – Jetzt erst begann die rechte Freude auf dem Schloß. – Die Augen der Eltern glänzten, sooft sie auf die hohe Gestalt des Reiters sahen. Wenn einzelne seiner Ausdrücke und Gebärden noch an die Reitbahn erinnerten, so ertrug auch die Baronin das mit freundlichem Lächeln. Denn seit alter Zeit ist der Stall die Vorhalle, durch welche der Kavalier zu den gefälligen Formen des Salons hinaufsteigt. Im Kreise der Mädchen eroberte sich Eugen sofort die Herrschaft, wenigstens in allen lustigen Stunden wurde er ihr bevorzugter Gefährte. Er machte seine Besuche in der Umgegend, man lud ein und wurde geladen, ein fröhliches Fest folgte dem andern.

Das Behagen an diesem bunten Treiben wurde dem Freiherrn nur durch einen Umstand beeinträchtigt: er konnte durchaus nicht mehr mit seinem Gelde auskommen. Was zwanzig Jahre hindurch möglich gewesen war, erwies sich jetzt als völlig unmöglich. Das Winterquartier in der Stadt, die größere Ausdehnung seiner gesellschaftlichen Verbindungen, die Epauletten seines Sohnes, die Florkleider und Spitzen Lenorens, sogar die Zuschüsse, welche er zu den jährlichen Zinsen seiner Pfandbriefe machen mußte, um die Interessen an die Landschaft zu zahlen, das alles zusammen wurde ihm unbequem. Die Erträge des Gutes wurden zuweilen ungeduldig erwartet und schnell in Anspruch genommen, sie wurden dadurch nicht größer und nicht sicherer; und mancher verständige Vorsatz früherer Zeiten blieb unausgeführt. Er hatte den Plan gefaßt, eine sterile Sandfläche an der Grenze seines Gutes mit Kiefern zu besäen, sogar die unbedeutenden Kosten dieser Verbesserung wurden ihm lästig, und der gelbe Sand glänzte ungefurcht das ganze Jahr in der Sonne. Wieder war er mehr als einmal in die Lage gekommen, die zierliche Kassette, welche seine geliebten Pfandbriefe beherbergte, zu öffnen und einzelne Nummern des schönen Pergaments herauszunehmen; wieder umwölkte sich seine Stirn, und wieder durchfuhr eine fliegende Unruhe sein in der Regel so würdig gehaltenes Wesen. Aber es war nicht mehr die quälende Angst einer früheren Zeit, er hatte bereits eine kleine Praxis in Geschäften erworben und sah die Sache ein wenig kaltblütiger an. Es mußte einen Weg geben, aus diesen Verlegenheiten herauszukommen, im schlimmsten Falle lebte er noch einen, höchstens zwei Winter in der Stadt, bis Lenorens Erziehung vollendet war, und zog sich dann mit Energie in seine Landwirtschaft zurück. Er fühlte, daß ihm das kein großes Opfer kosten würde. Und dann führte er seine industriellen Projekte aus, als guter Wirt nur auf die Zukunft der Kinder bedacht. Unterdes beschloß er, sich gelegentlich bei Ehrenthal Rat zu holen. Der Mann war im ganzen doch wohl ein ehrlicher Mann, soweit ein Negociant einem Edelmann gegenüber so etwas sein kann; und was die Hauptsache war, er kannte die Verhältnisse des Freiherrn ziemlich genau, und der Herr fühlte ihm gegenüber nicht die Scheu, welche ihn abhalten mußte, einem Fremden Bekenntnisse zu machen.

Wie immer erschien auch diesmal der Händler zu rechter Zeit. Seine diamantene Busennadel blitzte, seine unterwürfigen Komplimente gegen die Baronin waren lächerlicher als je, und seine Bewunderung des Gutes zeigte sich wahrhaft grenzenlos. Der Freiherr führte ihn in guter Laune durch die Wirtschaft und sagte endlich: »Sie sollen mir einen Rat geben, Ehrenthal.«

Ehrenthal zuckte mit den Augen und sah den Freiherrn schlau an.

Es waren nur wenige Jahre vergangen, seit sie einen ähnlichen Gang durch die Gebäude des Hofes gemacht hatten, und sehr hatten sich die Zeiten geändert! Damals mußte der Händler seinen guten Rat dem stolzen Baron so vorsichtig und in Süßigkeiten eingehüllt anbieten, wie man dem unartigen Kinde eine Arznei einflößt, und jetzt kam derselbe Herr bereits hilfesuchend zu ihm.

Der Freiherr fuhr mit möglichst leichtem Tone fort: »Ich habe in diesem Jahr größere Ausgaben gehabt, als früher, selbst die Pfandbriefe verlangen Zuschüsse, ich muß darauf denken, meine Einnahmen zu vermehren. Was ist nach Ihrer Meinung für diesen Zweck am besten zu tun?«

Die Augen des Händlers glänzten, aber er erwiderte mit gebührender Demut: »Was zu tun ist, werden der Herr Baron besser wissen, als ich.«

»Nur keins von Ihren Geschäften, Ehrenthal«, warf der Freiherr vorsichtig ein. »Ich werde mit Ihnen nicht wieder in Kompanie treten.«

Kopfschüttelnd antwortete Ehrenthal: »Es ist auch nicht immer zu machen ein solches Geschäft, welches ich mit gutem Gewissen dem Herrn Baron empfehlen kann. Der gnädige Herr hat fünfundvierzigtausend Taler liegen in Pfandbriefen. Wozu sich halten die Pfandbriefe, welche sowenig Zinsen geben? Wenn Sie dafür kaufen eine sichere Hypothek zu fünf Prozent, so werden Sie davon zahlen vier Prozent an die Landschaft und ein Taler vom Hundert bleibt Ihnen als Vorteil, ein jährlicher Vorteil von vierhundertfünfzig Taler für Ihre Kasse. Und Sie können dabei haben noch einen größeren Vorteil. Manche sichere Hypothek zu fünf Prozent wird angeboten zum Kauf mit großem Profit für den Käufer, welcher Bargeld bezahlen kann: Sie werden vielleicht vierzigtausend Taler zahlen, vielleicht noch weniger, und eine gute Hypothek erhalten, welche Ihnen bringt fünf Prozent Zinsen von fünfundvierzigtausend Talern.«

Der Freiherr antwortete: »So war auch mein Gedanke, aber mit der Sicherheit solcher Hypotheken, welche auf dem Markt in den Händen von Euch Händlern sind, sieht es schlecht aus, und ich kann mich darauf nicht einlassen.«

Ehrenthal wälzte durch eine Handbewegung jeden Bruchteil dieses Vorwurfs, welcher ihn persönlich hätte treffen können, von sich ab und sagte ärgerlich über den unsoliden Schacher mit solchen Instrumenten: »Ich mache nicht gern Geschäfte mit Hypotheken; was so ist auf dem Markt in den Händen der Händler, das ist nichts für den Herrn Baron; Sie müssen sich wenden an einen zuverlässigen Mann. Sie haben einen Rechtsanwalt, welcher gute Geschäftskenntnis hat, vielleicht kann der Ihnen schaffen eine sichere Hypothek.«

»Sie wissen also keine?« frug der Freiherr prüfend und doch mit dem stillen Wunsche, daß Ehrenthal ihm die Mühe erleichtern möchte.

»Ich weiß keine«, sagte der Händler mit größter Entschiedenheit. »Aber wenn Sie wünschen, will ich mich erkundigen unter der Hand; es sind immer welche zu haben. Auch Ihr Rechtsanwalt wird Ihnen sagen, was er für sicher hält. Solche Herren geben sich nur keine Mühe bei den Verhandlungen vor dem Kauf, und Sie werden beim Rechtsanwalt voll einzahlen müssen die ganze Summe für dieselbe Hypothek, welche Sie durch einen Geschäftsmann können erhalten mit einem Vorteil von einigen Tausend.«

Da in der Seele des Freiherrn dieser Vorteil bereits die größte Wichtigkeit erlangt hatte, so faßte er in der Stille seinen Entschluß. Er wollte sehr vorsichtig sein, aber womöglich lieber eine bereits vorhandene Hypothek kaufen, als durch seinen Rechtsfreund das Geld anlegen lassen. Und dem Händler sagte er: »Es eilt nicht, falls Sie etwas Passendes finden, benachrichtigen Sie mich.«

»Ich will mir Mühe geben«, sprach der Händler mit Zurückhaltung, »aber es wird am besten sein, wenn auch der Herr Baron bei diesem Geschäft Erkundigungen einziehen, denn ich mache sonst keine Geschäfte mit Hypotheken.«

Wenn diese Äußerung auch nicht wahrhaftig war, so erfüllte sie doch ihren Zweck, denn die kühle Unschuld des Händlers, steigerte das Zutrauen des Freiherrn zu ihm um ein Bedeutendes. Ehrenthal aber suchte eilig von dem Gute wegzukommen; er vernachlässigte diesmal die feinwolligen Sprungböcke, übersah das runde Aussehen der Sperlinge auf dem Dache und grollte seinem Kutscher, weil dieser zu langsam fuhr: »Wenn ich einer Schnecke binde die Zügel an ihre Hörner, so wird sie mich schneller fahren als Ihr«, zankte er ärgerlich und rückte auf seinem Sitze hin und her.

Der Kutscher peitschte verdrießlich die Pferde und warf grob über die Schulter zurück: »Wenn Sie Ihren Pferden mehr Hafer geben, werden sie mehr sein wie die Schnecken. Zwei Metzen Hafer, und er verlangt Galopp auf steinigem Wege!«

Der Freiherr fuhr am nächsten Tage nach der Stadt und ersuchte seinen Rechtsfreund, die nötigen Anstalten zur Erwerbung einer Hypothek zu machen. Er verbarg ihm nicht, daß er dieselbe gern mit einigem Vorteil erhalten würde.

Der verständige Jurist riet ihm dringend, auf solchen Vorteil zu verzichten, weil keine Aussicht sei, daß er eine sichere Anlage um weniger als den Nennwert bewirken werde. Grade dieser Rat machte den Freiherrn nur noch mehr geneigt, sich beim Erwerb der Hypothek seinem eigenen Urteil zu überlassen.

Einige Tage darauf meldete sich beim Baron ein starker großer Mann mit rötlichem, glänzendem Gesicht, ein Herr Pinkus aus der Hauptstadt. Der würdige Herbergsvater wurde in das Arbeitszimmer des Barons geführt und beeilte sich, sein Erscheinen zu entschuldigen. Er hatte gehört, daß der gnädige Herr Geld anzulegen wünschte, und wußte eine ausgezeichnet sichere, höchst empfehlenswerte Hypothek von vierzigtausend Taler auf eine große Herrschaft in der benachbarten Provinz, Eigentum des reichen Grafen Zaminsky, der im Ausland lebte. Die Güter, auf welchen die Hypothek haftete, hatten alle möglichen Vorteile; es waren drei, vier Güter, es war eine Waldfläche dabei von mehr als zweitausend Morgen, und reiner Urwald war das nach den Schwüren des Berichterstatters. Vier Dörfer waren zu Spann- und Handarbeit verpflichtet, hundert Stellen in vier Dörfern hatten bares Geld an die Herrschaft zu zahlen, kurz, es war eine Besitzung, welche dem größten Fürsten keine Schande gemacht hätte. Und diese Hypothek von vierzigtausend Talern stand mit ihrem Pfandrecht gleich hinter den ersten hunderttausend Talern. Hinter ihr waren noch fünf oder sechs kleinere, aber immerhin ansehnliche Kapitalien eingetragen. Die Hypothek war gegenwärtig im Besitz des Grafen Zaminsky selbst. Er hatte dieselbe seinem Geschäftsträger zum Verkaufe zediert. Und dieses vortreffliche Instrument war, wie Pinkus geheimnisvoll andeutete, möglicherweise für neunzig Prozent, also für sechsunddreißigtausend Taler, zu haben. Es war unbequem, daß die Herrschaft in einer benachbarten Provinz lag, in welcher die Landwirtschaft noch viele altertümliche Eigenschaften hatte. Aber die Grenze war höchstens zwei Meilen entfernt, die nächste Kreisstadt war durch eine Chaussee mit der Welt verbunden, kurz es gab nichts, was nicht bei unbefangener Betrachtung an der Hypothek einnehmend erschienen wäre, und Pinkus würde sich nie entschlossen haben, einen solchen Schatz irgendeinem fremden Käufer zu gönnen, wenn dieser nicht in so ausgezeichneter Weise alle höheren Tugenden in seiner Person vereinigte, wie der Freiherr.

Der Gutsherr verhielt sich gegenüber diesen Anpreisungen so würdig, wie einem Mann von Erfahrung geziemte. Vor seinem Abgange zog Pinkus ein dickes Aktenbündel, welches das Dokument selbst vorstellte, aus einer Ledertasche/hervor und legte dasselbe vertrauensvoll vor dem Freiherrn auf den Tisch, damit dieser bei Gelegenheit mit Muße die Richtigkeit aller Angaben prüfen könnte.

Am andern Morgen fuhr der Freiherr mit dem Dokument zu seinem Rechtsfreund, ersuchte ihn, dasselbe durchzusehen und die nötigen Ermittelungen anzustellen. Er selbst stieg darauf die schwarze Treppe zur weißlackierten Pforte des Herrn Ehrenthal hinauf.

Ehrenthal war entzückt über das Glück, welches ihm widerfuhr, er warf seinen Schlafrock mit Blitzeseile ab und bestand darauf, der

Herr Baron möge ihm die unendliche Ehre erweisen, bei ihm zu frühstücken. Der Freiherr war human genug, das nicht ganz auszuschlagen; er wurde in das distinguierte Putzzimmer des Hauses geführt und sah mit innerer Heiterkeit über die auffallenden Farben der bunten Vorhänge, den roten Plüsch des Sofas, den unsaubern Fußboden und die zahlreichen schlechten Ölbilder an den Wänden, dicke Farbenmassen, welche wahrscheinlich auf dem Trödel gekauft waren und schwärzlichen Baumschlag aus irgendeinem unreinlichen Weltteil darstellten. Die schöne Rosalie trat nach einiger Weile selbst herein mit rabenschwarzen Hängelocken, in rauschendem Seidenkleid, machte eine tiefe Verbeugung und besetzte den Frühstückstisch. Es war dem Freiherrn eine stille Unterhaltung, zu beobachten, wie die gezierte Haltung der Tochter mit dem kriechenden Wesen des Vaters kontrastierte, und der gute Herr freute sich schon darauf, wie er auf den Abend beim Teetisch der Baronin und seiner Lenore dies wunderliche Gemisch von Luxus und Unbehilflichkeit schildern würde. So saß er auf dem Sofa and sah mit freundlichem Lächeln auf den Händler. Herr Ehrenthal saß ihm gegenüber und freute sich auch; auch sein Mund lächelte so verbindlich als möglich. Endlich sagte der Freiherr, nachdem er der schönen Tochter des Hauses einige artige Worte gegönnt hatte: »Kennen Sie einen Herrn Pinkus, lieber Ehrenthal?«

Die Tochter verschwand bei diesen geschäftlichen Worten, der Vater rückte sich auf seinem Stuhl zurecht. »Ja, ich kenne ihn«, sagte er kühl, »er ist ein kleiner Geschäftsmann; ich glaube auch, daß er ist ein ehrlicher Mann. Er ist nicht von Bedeutung, er macht seine Geschäfte nach Polen zu.«

»Haben Sie diesem Herrn etwas von meinem Wunsche gesagt, eine Hypothek zu kaufen?« fragte der Freiherr weiter.

»Was sollte ich es ihm sagen?« antwortete Ehrenthal; »ist er gewesen bei Ihnen wegen einer Hypothek«, fragte er kopfschüttelnd, »so hat er es erfahren von einem anderen Geschäftsmann, mit dem ich darüber gesprochen. Der Pinkus ist ein kleiner Mann, was kann er bringen eine Hypothek für Sie?« Hier deutete Herr Ehrenthal durch eine Handbewegung an, wie klein Pinkus sei, und hob die Augen in die Höhe, gleichsam um die unermeßliche Höhe des Barons anzudeuten.

Der Baron erzählte ihm darauf, welche Hypothek der Unterhändler ihm angeboten habe, und fragte nach den Gütern und Verhältnissen des Grafen.

Herr Ehrental wußte nichts Näheres, besann sich aber, daß ein respektabler Geschäftsmann aus jener Gegend in der Stadt sei, und erbot sich, diesen Mann aufsuchen zu lassen und in die Wohnung des Freiherrn zu senden.

Das nahm der Freiherr an und erhob sich. Ehrenthal begleitete ihn die Treppe hinunter bis an den Hausflur und sagte beim Abschied: »Seien Sie vorsichtig, Herr Baron, mit der Hypothek, es ist schönes Geld, und es gibt viele schlechte Hypotheken, aber es gibt auch gute Hypotheken, und es wird viel geschwatzt von manchen Geschäftsleuten zur Empfehlung ihrer Sachen. Und was den Löbel Pinkus betrifft, so ist er nur ein kleiner Mann, er wird nicht viel haben vom Geschäft, aber er ist, soweit ich ihn kenne, ein ehrlicher Mann. Was Sie mir von der Hypothek sagen, scheint gut, aber doch bitte ich untertänig, Herr Baron, seien Sie vorsichtig.«

Da der Freiherr durch diese wortreiche Rede um nichts klüger geworden war, so ging er in seine Wohnung und erwartete mit Ungeduld die Ankunft des fremden Geschäftsmanns. Dieser ließ nicht lange auf sich warten. Diesmal war es ein Herr Löwenberg, in seiner Erscheinung ein Seitenstück zu Ehrenthal und Pinkus. Nur war er etwas hagerer als die beiden und trug als Mann aus der Provinz ein schweres spanisches Rohr und in der Hand eine Mütze. Er gab sich als einen Weinkaufmann zu erkennen und zeigte sich über die betreffenden Güter und die Verhältnisse des Grafen sehr gut unterrichtet. Er erzählte, daß der gegenwärtige Besitzer noch jung sei, im Auslande lebe, daß der verstorbene Vater desselben etwas bunt gewirtschaftet habe, dagegen sei jetzt bessere Ordnung eingeführt, man erzähle sich Gutes von dem Erben, und wenn auch Kapitalien auf den Gütern ständen, so habe die Familie doch so viele Mittel, daß an eine Gefährdung ihres Besitzes gar nicht zu denken sei. Die Güter seien noch nicht auf hoher Kulturstufe, jedenfalls sei aber viel daraus zu machen, und er hoffe, der junge Graf werde der Mann dazu sein. Alles, was er sagte, war nicht übertrieben, es klang recht nüchtern und verständig. Das Ganze war entschieden günstig, und als der Fremde den Baron verließ, war dieser fast entschlossen, das Geschäft zu machen. Um nichts zu versäumen, ging er noch zu einem seiner Bekannten und zog Erkundigungen ein. Was er erfuhr, war nicht viel, aber auch nicht ungünstig. Die Hauptsache war, daß die Familie eine sehr alte und in ihrer Provinz angesehene Familie war, und daß der verstorbene Graf Zaminsky wild gewirtschaftet hatte. Bevor er nach Hause fuhr, erhielt er einen Gegenbesuch des Herrn Ehrenthal, welcher ihn benachrichtigte, daß die Wolle der Schafe auf diesen Gütern allerdings nicht fein sei, und dagegen vom Freiherrn erfuhr, daß er vor allem noch das Gutachten seines Rechtsfreundes abwarten wolle, bevor er sich entschließe.

Das kleine Comtoir Ehrenthals lag im Wohnhaus zu ebener Erde und hatte seinen einzigen Eingang von dem Hausflur. Es war gegen Abend, als Herr Ehrenthal in das Comtoir trat, wo Itzig gelangweilt vor einem Buch weißen Briefpapiers saß und die Ankunft seines Meisters erwartete. Ehrenthal war in großer Aufregung, er legte seinen Stock ab, vergaß aber den Hut abzunehmen und schritt unruhig in dem Raum auf und ab.

Itzig dachte: »Was tut der Rebb? Was hat er, daß er heut so in Sorgen ist?« Da trat Ehrenthal vor Itzig und sagte mit Eifer: »Itzig, heut werden Sie zeigen, ob Sie verdienen, daß Sie Brot bei mir haben und den Mittagstisch, den ich Ihnen gebe wegen Ihrer Bildung.« – »Was soll ich tun?« sprach Veitel und erhob sich von seinem Sitz.

»Erst werden Sie mir rufen den Löbel Pinkus, dann werden Sie mir bestellen eine Flasche Wein und zwei Gläser, und dann gehen Sie fort, ich brauche Sie heut nicht mehr. Sie sollen mir aber gehn und herausbringen, an wen der Justizrat Horn, welcher wohnt am Markte, heut geschrieben hat nach Rosmin, außerhalb der Provinz, und wenn er heut nicht geschrieben hat, an wen er morgen schreibt. Ich werde Ihnen geben fünf Talerstücke, damit Sie das können erfahren. Wenn Sie mir heut abend noch Antwort bringen, so sollen Sie außerdem haben einen Dukaten.«

Veitel erglühte innerlich, entgegnete aber mit dem Schein von Kälte: »Ich kenne keinen von den Schreibern des Justizrats und brauche Zeit, bis ich machen kann ihre Bekanntschaft. Morgen abend sollen Sie Antwort haben, Sie können mir aufheben den Dukaten auf morgen.«

»Wenn Sie Bescheid bringen, kommen Sie zu jeder Zeit, und wenn es wäre nach Mitternacht«, rief ihm Ehrenthal nach.

Itzig sprang die Treppe hinauf, bestellte in der Küche eine Flasche Wein und lief dann als Spürhund auf die Straßen.

Unterdes schritt Herr Ehrenthal, den Hut auf dem Kopfe, die Hände auf dem Rücken, immer noch in dem Comtoir auf und ab, und nickte dabei mit dem Haupt wie eine Pagode. So sah er in dem Halbdunkel des Zimmers aus wie ein dickes schwarzes Gespenst, das seinen abgeschlagenen Kopf nicht fest auf den Schultern halten kann.

Veitel führte auf seinem Gange lebhafte Unterhaltung mit sich selbst. »Was ist los?« fragte er, »es muß ein großes Geschäft sein und soll mir bleiben ein Geheimnis. Ich soll den Pinkus holen. Der Pinkus ist gewesen vor einigen Tagen beim Ehrenthal, und den Tag darauf ist er gefahren aufs Land zum Baron Rothsattel. Das Geschäft ist also über den Baron. Und der Ehrenthal will einem vorsetzen ein Glas Wein, der Pinkus bekommt keinen Wein, es muß sein ein anderer, es wird nicht sein der Baron selbst, denn den Edelmann führt er nicht ins Comtoir, der muß oben hinauf zum roten Plüsch. – Wenn der Pinkus zu tun hat bei dem Geschäft mit dem Baron, so kann er nur haben gestellt das Sprenkel für den Rothschwanz, und der jetzt abends kommt, den ich nicht sehen soll, der muß sein der Treiber, – und der Ehrenthal selber? Als er heut herunterging mit dem Baron, habe ich gehört, wie er sagte: »Seien Sie vorsichtig!« Folglich ist der Alte der Scheucher. Wenn der Ehrenthal scheucht, so muß es sein ein großes und ein delikates Geschäft.« Bei diesem Punkte seines Monologs war Veitel vor der Herberge angekommen, er bestellte seinem Wirt, der eilig aus dem Laden in seine Stube lief, sich einen besseren Rock anzuziehen, und ging dann im Selbstgespräch weiter. »Wenn der Schreiber, der die Briefe aus dem Geschäfte des Justizrats trägt, um sieben Uhr zur Post geht, und ich die Adresse von den Briefen lesen könnte, so würde ich mir ersparen die fünf Taler«, überlegte er weiter. »Es geht nicht«, setzte er bekümmert hinzu, »er gibt die Briefe in einem Haufen in das Postloch hinein, der Postmann ist zu schnell, ich werde nicht lesen können die verkehrten Adressen. – Vielleicht kann ich's doch möglich machen; der die Briefe auf die Post trägt, ist in der Regel ein junger Mensch; vielleicht kann ich über ihn kommen. Und geht's nicht so, so geht's anders, ich kenne einen Schreiber von einem Justizmann, welcher schon manchen Groschen von mir verdient hat. Die Schreiber kennen einander alle. Wenn ich ihm zwei Taler gebe, besorgt er mir das Verzeichnis der Briefe von seinem Kollegen, drei Taler will ich sparen.«

Nachdem Veitel diesen Entschluß gefaßt hatte, ging er in das Haus des Rechtsanwalts und stellte sich, wie jemand erwartend, so auf, daß er das Amtslokal im Auge hatte; es war kurz vor dem Schluß der Sprechstunde, mehrere Menschen, welche den vielbesuchten Notar konsultiert hatten, kamen die Treppe herab. Endlich polterte ein eiliger Schritt, ein junger Mann stürzte mit einem Paket Briefe zum Hause hinaus. Veitel setzte ihm in langen Schritten nach, machte an der nächsten Ecke eine Schwenkung und stand vor dem Schreiber. Er berührte seinen Hut: »Sie sind aus dem Geschäft des Justizrats Horn?« – »Ja«, sagte der Schreiber eilig und wollte weitergehen.

»Ich bin aus der Provinz und warte seit drei Tagen auf einen dringenden Brief vom Herrn Justizrat, ich bin heut gekommen, um ihn zu sprechen, vielleicht haben Sie selbst einen Brief an mich aufzugeben auf der Post.«

Mißtrauisch sah der Schreiber ihn an und fragte: »Wie heißen Sie?« Veitel griff in die Tasche, holte schnell ein Achtgroschenstück hervor und sagte: »Ich will nichts Unrechtes von Ihnen, junger Mann, ich will nur, daß Sie die Gefälligkeit haben und mich lassen nachsehen, ob ein Brief für mich da ist.«

»Ich kann Ihr Geld nicht nehmen«, erwiderte der Schreiber kurz, im Begriff weiterzugehen. »Wie heißen Sie denn?«

»Bernhard Magdeburg aus Ostrau«, sagte Veitel schnell, »es kann aber der Brief auch sein an meinen Onkel.«

»Es ist kein Brief für Sie darunter«, antwortete der Schreiber, flüchtig die Adressen auseinanderhaltend.

Veitels Augen starrten auf die Briefe, als wollten sie das Papier durchbrennen, es war ihm aber nicht möglich, mit den Augen der Handbewegung des Schreibers zu folgen. Er faßte daher mit schnellem Griff das Bündel Briefe, und während der erzürnte Schreiber ihn von der andern Seite packte und rief: »Was fällt Ihnen ein, Herr, wie können Sie sich unterstehen!« las er mit fliegender Eile die Aufschriften, gab die Briefe in einer verzweifelten Ruhe zurück und sagte, an den Hut greifend: »Ich danke Ihnen, es ist nichts für mich darunter.« Der empörte Schreiber wollte ihn halten: »Herr, wie können Sie diese Unverschämtheit haben!«

»Versäumen Sie nicht die Post«, sagte Veitel gutmütig, »ich gehe jetzt selbst zum Herrn Justizrat.« Damit drehte er sich schnell auf das Haus zu und entkam dem Schreiber, welcher einen Augenblick ganz erstarrt über die Frechheit dastand und endlich nach der Post stürzte, die versäumte Zeit nachzuholen.

Veitel hatte nur wenig Adressen in seinem Gedächtnis behalten trotz seiner schnellen Beobachtungsgabe. »Vielleicht ist damit der Dukaten verdient«, sagte er; »wo nicht, so schadet's auch nichts.« Er schlich langsam an den Häusern auf Umwegen nach dem Comtoir zurück, stellte sich an die Tür und horchte. Der würdige Pinkus sprach, aber es wurde leise geredet, und Veitel konnte nur wenig verstehen. Endlich wurden die Stimmen lauter und es klang wie Zank zwischen den beiden Herren.

»Wie können Sie fordern eine so große Summe für den einen Weg?« rief Ehrenthal zornig; »ich habe mich in Ihnen getäuscht, wenn ich Sie habe gehalten für einen zuverlässigen Mann.«

»Ich will zuverlässig sein«, klang die Stimme des Pinkus dazwischen, »aber ich muß vierhundert Taler haben, oder es wird nichts aus dem Geschäft.«

»Wie können Sie sagen, daß nichts aus dem Geschäft wird? Was wissen Sie von dem ganzen Geschäft? Wer sind Sie, daß Sie etwas davon wissen können?«

»Ich weiß so viel, daß ich mir kann die vierhundert Taler geben lassen von dem Baron, wenn ich zu ihm gehe und ihm sage, was ich weiß«, schrie Pinkus mit lauter Stimme.

»Sie sind ein schlechter Mensch«, rief Ehrenthal im Zorn. »Sie sind ein Spion! Sie sind mir verächtlich wie eine Maus, welche piept in ihrem Loch. Wissen Sie, wen Sie so behandeln? Mich behandeln Sie so«, fuhr er immer zorniger fort. »Ich kann Ihnen nehmen Ihren Kredit und werde Sie bekanntmachen als ein schlechtes Subjekt bei allen Geschäftsleuten.«

»Und ich will Sie bekannt machen dem Baron, was Sie sind für ein schlechter Mann«, rief seinerseits Pinkus erzürnt.

Bei diesen Worten öffnete sich die Tür, Veitel tauchte mit einem Sprung in den Schatten der Treppe.

»Ich will Ihnen Zeit lassen zur Überlegung bis morgen früh«, schrie der abgehende Pinkus ins Comtoir zurück und rannte hinaus.

Veitel trat mit der größten Unbefangenheit in das Comtoir und wurde von seinem Patron, der in dem kleinen Raum auf und ab stürmte, wie ein wildes Tier im Käfig, gar nicht gesehen. »Gerechter Gott, daß dieser Löbel sein kann ein solcher Verräter! Er wird alles ausschwatzen auf dem Markte, er wird mich ruinieren«, jammerte Herr Ehrenthal und schlug die Hände zusammen.

»Wozu soll er Sie ruinieren?« fragte Veitel und warf seinen Hut auf das Pult.

»Was wollen Sie hier? Was haben Sie gehört?« schrie ihn Ehrenthal zornig an.

»Alles habe ich gehört«, sagte Veitel kaltblütig, »Sie haben ja beide geschrien, daß man es hören mußte in dem Hausflur; warum haben Sie mir ein Geheimnis gemacht aus dem Geschäft? Wenn Sie mir gesagt hätten, was Sie vorhaben, ich hätte Ihnen den Löbel billiger verschafft.«

Herr Ehrenthal sah starr auf den kecken Burschen und konnte nichts hervorbringen, als die Worte: »Was ist das?«

»Ich kenne den Pinkus«, fuhr Veitel fort, entschlossen, sich zum Mitspieler in dem Stück zu machen, welches jetzt aufgeführt wurde. »Wenn Sie ihm geben hundert Taler, so wird er Ihnen als treuer Mann verkaufen eine gute Hypothek an den Baron.«

»Was wissen Sie von der Hypothek?« fuhr Herr Ehrenthal bestürzt heraus.

»Ich weiß genug, um Ihnen dabei zu helfen, wenn ich helfen will«, antwortete Veitel. »Und ich will Ihnen helfen, wenn Sie haben Vertrauen zu mir.«

Herr Ehrenthal starrte immer noch verwundert in das Gesicht seines Buchhalters, es dämmerte ihm die Ansicht, daß sein Gehilfe mehr kaltes Blut und Entschlossenheit haben könnte, als er selbst. Endlich rief er zwischen Freude und Sorge: »Sie sind ein braver Mensch, Veitel, schaffen Sie mir den Pinkus zurück, er soll haben die hundert Taler.«

»Ich habe auch gelesen die Aufschrift von den Briefen, welche der Justizrat zur Post gegeben hat. Es ist ein Brief darunter an den Justizkommissarius Walther.«

»Ich hab's gedacht«, rief Herr Ehrenthal erfreut; »es ist gut, Itzig, schaffen Sie mir den Löbel!«

»Dem Schreiber des Justizrats habe ich zu zahlen fünf Taler, und ich soll bekommen einen Dukaten, macht acht Taler 5 1/2«, fuhr Veitel fort, ohne sich von der Stelle zu rühren.

»Es ist schon gut«, beschied ihn Ehrenthal durch eine nachlässige Handbewegung; »Sie sollen haben das Geld, aber vor allem muß ich haben den Pinkus.«

Veitel eilte hinüber in die Herberge und suchte nach dem entflohenen Geschäftsmann. Dieser hatte sich in seine Stube zurückgezogen, in welcher auch er aufgeregt auf und ab lief und alle Anzüglichkeiten, die ihm Ehrenthal vorgeworfen hatte, mit Ingrimm verarbeitete.

Veitel öffnete die Tür und sagte mit Energie: »Pinkus, ich komme vom Ehrenthal, ich will, daß Sie nehmen hundert Taler und helfen meinem Rebb; ich will, daß Sie nicht als schlechter Mensch an ihm handeln. Wenn Sie etwas von ihm wissen, was ihm schaden kann bei dem Baron, so weiß ich etwas von Ihnen, was Ihnen schaden wird bei der Polizei.«

Der Pinkus stand still und unterdrückte einen Fluch, den er gegen Veitel auf seinen Lippen hatte. »Ich bin ein ehrlicher Mann«, rief er trotzig, »und brauche mich vor der Polizei nicht zu fürchten.«

»Sie wird fragen, was Sie für ein Warenlager halten in dem Hause daneben, und von welchen Leuten Sie gekauft haben Ihre Waren. Ich will Sie aber nicht zu Schaden bringen; Ehrenthal wird Ihnen geben hundert Taler, und Sie werden mir geben von jetzt ab in Ihrem Hause eine Stube und ein Bett gegen billige Miete, und werden mich nicht mehr behandeln als Bocher, sondern als Geschäftsmann, welcher so gut ist wie Sie.«

Pinkus war überrascht, besiegt, gefangen; er sprudelte noch eine Weile auf, focht mit Händen und Füßen gegen eine feindliche Luft, welche ihm keinen Widerstand leistete; er beschwor häufig seine Ehrlichkeit und mischte starke Klagen gegen Ehrenthal hinein, bis die Wellen seiner sittlichen Entrüstung allmählich kleiner und kürzer wurden und zuletzt in seiner Seele ein anmutiges Wellengekräusel entstand, als Zeichen, daß sie brauchbar geworden für alle guten Werke des Friedens.

Veitel hatte, an den Ofen gelehnt, diese Umwandelung ruhig abgewartet und führte jetzt den Versöhnten im Triumph zu Ehrenthal zurück. Hier maßen die beiden würdigen Männer einander zuerst mit feindseligen Blicken, dann schüttelten sie einander die Hände und versicherten sich gegenseitig ihrer Hochachtung, während Veitel wieder als Genius des Friedens daneben stand und beide mit einem Gefühl betrachtete, welches der entschiedenste Gegensatz von Hochachtung war. Pinkus steckte ein Kassenbillett von hundert Talern ein und empfahl sich, da seine Hilfe bei der großen Operation nicht mehr nötig schien, und Veitel öffnete kurz darauf die Tür für Herrn Löwenberg, den Geschäftsmann aus der Provinz, und lächelte innerlich, als Ehrenthal fast bittend sagte: »Lieber Itzig, Sie können jetzt gehen.« Er ging diesmal, ohne am Schlüsselloch zu horchen, zufrieden nach Hause und bezog noch denselben Abend ein kleines Zimmer im ersten Stock des Pinkus, trank das Glas Likör und aß das Bratenstück, welches Frau Pinkus ihm vorsetzte.

Unterdes sagte Herr Ehrenthal zu Löwenberg, als beide bei einem Glas Wein gemütlich einander gegenübersaßen, »ich habe erfahren, daß der Justizrat Horn sich Auskunft holt über die Hypothek bei dem Justizkommissarius Walther in Ihrem Orte. Ist etwas zu machen mit diesem Mann?«

»Es ist nichts zu machen mit Geld«, erwiderte der Mann aus der Provinz nachdenklich, »aber es wird etwas zu machen sein auf andere Weise. Er weiß nicht, daß ich selbst von dem Bevollmächtigten des Grafen den Auftrag habe, zu verkaufen diese Hypothek. Ich werde hingehen zu ihm in meinen Geschäften und werde mir einen Vorwand nehmen, ihm zu loben das Gut und die Verhältnisse des Grafen; vielleicht sage ich ihm sogar, daß ich Lust habe zu kaufen diese Hypothek.«

Kopfschüttelnd sagte Ehrenthal: »Wenn er kennt den Grafen und sein Gut, so wird Ihr Lob noch nicht helfen, daß er einen günstigen Brief hierherschreibt.«

»Es hilft doch, diese Justizkommissarien müssen bei uns Erkundigungen einziehen über die Verhältnisse; sie können selbst nicht so gut wissen wie wir, wie es steht mit dem Kauf und Verkauf der Wolle und des Getreides. Wir müssen tun, was wir können, und ich glaube, es wird helfen für das Geschäft.«

Ehrenthal stützte schwermütig den Kopf auf die Hand und sagte mit einem Seufzer: »Sie können glauben, Löwenberg, es macht mir schwere Sorge.«

»Es wird auch sein ein schöner Vorteil«, tröstete der andere. »Neunzig Prozent zahlt der Käufer, den Sie haben, und dem Grafen werden geschickt nach Paris siebzig Prozent; von den zwanzig Prozent Differenz zahlen Sie fünf an den Bevollmächtigten des Grafen, und fünf an mich für meine Bemühung, und zehn Prozent bleiben Ihnen. Viertausend Taler sind ein schöner Gewinn bei einem Geschäft, zu dem man braucht kein Kapital.«

»Aber es macht Sorge«, sprach Herr Ehrenthal gebeugt; »glauben Sie mir, Löwenberg, ich bin so aufgeregt von dem Nachdenken, ich habe keine Nacht, wo ich schlafen kann, wenn ich liege in meinem Bett. Und wenn meine Frau mich fragt: ›Schläfst du, Ehrenthal?‹, so muß ich ihr immer sagen: ›Ich kann nicht schlafen, Sidonie, ich muß denken an die Geschäfte.‹«

Eine halbe Stunde darauf fuhr eine Extrapost zum Tore hinaus. Am nächsten Morgen erhielt der Justizkommissarius Walther einen Geschäftsbesuch des Herrn Löwenberg und wurde durch die kühle und überzeugende Weise dieses Herrn allerdings zu der Ansicht gebracht, daß die Verhältnisse des Grafen Zaminsky doch nicht so zerrüttet waren, als man in der Umgegend erzählte.

Acht Tage darauf empfing der Freiherr von Rothsattel einen Brief seines Rechtsfreundes und darin die Kopie eines Schreibens vom Justizkommissarius Walther. Das Gutachten beider Rechtsverständigen stellte den Kauf der Hypothek als ein Geschäft dar, von dem wenigstens nicht unbedingt abzuraten war. Und als den Tag darauf Ehrenthal auf dem Gut seinen Besuch machte, hatte der Freiherr seinen Entschluß gefaßt, die Hypothek zu nehmen. Was ihn lockte, fortwährend unwiderstehlich, das war der schnelle Gewinn von einigen tausend Talern. Es war ein Segen der Praxis, die er in dem früheren Geschäft mit Ehrenthal erworben hatte. Er wollte die Hypothek gut finden, und hätte sie vielleicht genommen, auch wenn sein Rechtsfreund ihm entschieden abgeraten hätte.

Ehrenthal erbot sich mit großer Uneigennützigkeit, da er doch eine Geschäftsreise in jene Gegend vorhabe, Vollmacht von dem Freiherrn anzunehmen und für ihn den Kauf mit dem Bevollmächtigten abzuschließen. Der Freiherr war gern damit zufrieden, denn sein Zartgefühl sträubte sich mit Recht dagegen, daß er in eigener Person eine Zahlung machen sollte, deren Betrag geringer war, als die Summe, welche er durch das Hypothekeninstrument dafür kaufte.

Acht Tage später war er im Besitz einer Hypothek von vierzigtausend Talern, für welche er nur sechsunddreißigtausend Taler gezahlt hatte, und Ehrenthal und seine Freunde hatten obendrein ein schönes Geschäft gemacht, das beste von allen Itzig, denn er hatte ein Übergewicht über seinen Meister erhalten und war Ratgeber und Vertrauter geworden bei den geheimnisvollsten Unternehmungen. Alle Parteien waren zufrieden. Der Freiherr holte seine reich ausgelegte Kassette hervor und legte an die Stelle der schönen weißen Pergamente das dicke, gelbliche, durch viele Hände abgegriffene Aktenbündel, welches von jetzt ab sein Vermögen vorstellte. Er sah nicht mehr mit der frohen Aufmerksamkeit hinein, welche er früher den Pfandbriefen gegönnt hatte, er warf den Deckel des Kästchens schnell zu und schob es in den Sekretär, ganz wie ein alter ermüdeter Geschäftsmann, wie einer, der froh ist, eine Arbeit hinter sich zu haben. Er eilte in die Zimmer der Damen und beschrieb dort mit Laune die Glückwünsche und Bücklinge Ehrenthals.

»Ich mag ihn nicht leiden«, sagte Lenore, »er sieht aus wie ein kleiner fauchender Hamster.«

»Diesmal wenigstens hat er sich in seiner Weise uneigennützig gezeigt«, antwortete der Vater. »Es ist wahr, alle diese Geschäftsleute haben etwas Karikiertes, und es ist bei aller Gutmütigkeit für unsereinen nicht immer möglich, bei ihren Bücklingen das Lachen zu unterdrücken.«

An demselben Abende ging Herr Ehrenthal bei seiner Frau Sidonie im langen Schlafrocke sehr vergnügt auf und ab, er versuchte ein kleines Lied zu singen, klopfte seine Tochter Rosalie auf den weißen Nacken und warf seiner Frau von Zeit zu Zeit einen schlauen und zärtlichen Blick zu, so daß ihn Madam Ehrenthal endlich fragte: »Du hast abgemacht dein Geschäft mit dem Baron?«

»Ja«, rief Ehrenthal lustig.

»Er ist ein schöner Mann, der Baron«, bemerkte die Tochter. »Er ist ein guter Mann«, sagte Ehrenthal, »aber er hat seine Schwächen. Er ist einer von den Menschen, welche verlangen tiefe Bücklinge und untertänige Reden und welche Geld bezahlen, damit andere für sie denken. Er würde lieber verlieren eins vom Hundert, wenn man nur zu ihm spricht mit gebogenem Rücken, den Hut in der Hand. Es sind auch solche Leute nötig in der Welt, was sollte sonst werden aus unserm Geschäft?« –

Und an demselben Abend saß auch Veitel in seiner Stube, und der Advokat neben ihm, und Veitel berichtete in der Kunstsprache über das abgeschlossene Geschäft und sagte: »So ist der Rothschwanz gefangen in dem Sprenkel, und der Ehrenthal hat dabei gewonnen viertausend Taler.«

Hippus hatte seine Brille abgenommen und sah in dem viereckigen Holzkasten, welchen Frau Pinkus ein Sofa nannte, gerade aus wie ein weiser ältlicher Affe, der den Weltlauf verachtet und seinen Wärter in die Beine beißt. Er hörte mit kritischem Ernst auf den Bericht seines Schülers, schüttelte hin und wieder den Kopf, oder lächelte, wenn etwas nach seinem Geschmack war.

Als Veitel seinen Bericht mit den Worten schloß: »Der Ehrenthal hat keine Courage, er verliert den Kopf bei großen Geschäften«, da rief Herr Hippus verächtlich: »Der Ehrenthal ist ein Gimpel. Er setzt nichts Großes durch, er ist ein kleinlicher Mann. Es ist ihm immer so gegangen, wo es darauf ankam, hat er gezaudert und ist steckengeblieben. Wenn er den Edelmann durch Trinkgelder kirren will, die er ihm zukommen läßt, so wird ihn der Freiherr zuletzt die Treppe hinunterwerfen.«

»Was soll er aber mit ihm tun?« fragte Veitel.

»Sorgen muß er ihm machen«, sprach Hippus im Eifer aufstehend, »Sorgen durch Arbeit. Große Arbeit, immerwährende Unruhe, tägliche Sorgen, die nicht aufhören, das ist das einzige, was der Freiherr nicht aushalten kann. Diese Leute sind gewöhnt, wenig Arbeit zu haben und viel Vergnügen, alles wird ihnen zu leichtgemacht im Leben von klein auf. Es gibt wenige, die den Kopf nicht verlieren, wenn eine große Sorge das ganze Jahr in ihrem Schädel herumbohrt. Das ruiniert sie. Ist so einer höchstens zweimal im Tage durch seine Wirtschaft gelaufen, so denkt er, er hat gearbeitet, während der Amtmann das Beste tut und manchmal noch die Dummheiten des Herrn ausbessern muß. – Will der Ehrenthal den Baron unter sich bringen, so muß er ihn in große Geschäfte verwikkeln, er muß selbst etwas wagen, und dazu hat er keine Entschlossenheit und keinen Verstand, er ist nur ein Gimpel, der sein gelerntes Stückchen pfeift und hinterher mit dickem Kopfe dasitzt.«

So lehrte der Advokat, und Veitel verstand die klugen Worte und sah mit einer Mischung von Achtung und Scheu auf den kleinen häßlichen Teufel, welcher heftig vor ihm gestikulierte. Endlich ergriff Herr Hippus die Branntweinflasche, stampfte sie auf den Tisch und rief: »Heut noch eine Füllung extra, aber wenigstens Kümmel! Was ich dir jetzt gesagt habe, du junger Galgenvogel, ist mehr als eine Flasche Doppelten wert.«

5

»Ich bin heut achtzehn Jahr«, sagte Karl zu seinem Vater, der an einem Sonntag zufrieden in seiner Stube saß und nicht müde wurde, den stattlichen Jüngling anzusehen.

»Das ist richtig«, erwiderte der Vater, »achtzehn Lichter stehen auf dem Kuchen.«

»Also, Vater«, fuhr Karl fort, »es ist Zeit, daß ich etwas werde.«

»Du?« fragte der Vater verwundert, »was willst du denn noch anderes werden, als du bist? Ein Knirps bist du und wirst in deinem Leben nichts anderes.«

»Sei jetzt einmal still mit deinem ewigen Knirps«, entgegnete Karl. »Ich will Auflader werden.«

»Ei so hört doch«, rief der Alte, »also Auflader! warum nicht lieber gar Bürgermeister, oder König oder so etwas?«

»Ich habe Kräfte genug«, fuhr Karl entschlossen fort. »Ich will mir etwas verdienen. Ich will ein ordentlicher Mann werden. Herr Wohlfart ist jetzt schon seit einem Jahre frei geworden, und ich bin noch immer ein Junge.«

»Du willst etwas verdienen?« wiederholte der Alte und sah mit immer größerem Erstaunen auf seinen Sohn. »Verdiene ich nicht genug und mehr, als wir brauchen? Wozu willst du als Geizhals an uns handeln?«

»Ich kann doch nicht immer an deiner Lederschürze hängen«, sagte Karl, »und wenn du tausend Taler verdientest, würde ich dadurch ein ordentlicher Mensch? Und wenn ich dich einmal verlieren sollte, was soll dann aus mir werden?«

»Du wirst mich verlieren, Junge«, sagte der Riese mit dem Kopf nickend, »das versteht sich, in einigen Jahren«, setzte er hinzu, »nachher kannst du werden, was du willst, nur nicht Auflader.«

»Aber warum soll ich nicht werden, was du bist? Sei doch nicht so hartnäckig.«

»Das verstehst du nicht. Komm mir nicht mit deinem Ehrgeiz, ehrgeizige Leute kann ich nicht vertragen.«

»Und wenn ich nicht Auflader werden soll«, rief Karl wieder, »so muß ich doch etwas anderes lernen, sieh das doch ein, Vater.«

»Du willst nichts gelernt haben?« rief der Alte bekümmert. »Ach, du armes Kind, was haben sie dir nicht alles in deinen kleinen Kopf hineingetrieben! Da war die Klippschule, zwei Klassen, und die Stadtschule, vier Klassen, und die Gewerbeschule, zwei Klassen, acht Klassen hast du gelernt und kennst alle Waren so gut wie ein Kommis, ist das nichts? Du bist ein nimmersatter Junge!«

»Ja, ich muß doch aber etwas Bestimmtes wissen für einen Beruf«, versetzte Karl, »Schuster, Schneider, Kaufmann oder Mechanikus.«

»Darum mache dir keine Sorge«, sagte der Vater mit Überlegenheit, »dafür habe ich bei deiner Erziehung gesorgt, du bist praktisch – und ehrlich«, fügte er hinzu.

»Das denke ich«, sagte Karl, »aber kann ich ein Paar Stiefel machen? Kann ich einen Rock zuschneiden?«

»Du kannst's«, erwiderte der Alte ruhig, »versuch's, und du wirst's können.«

»Na, warte, du Brummbär, morgen kaufe ich Leder und nähe dir ein Paar Stiefel, du sollst fühlen, wie sie drücken.«

»Weißt du was«, entgegnete der Vater, »ich werde diese Stiefel nicht anziehen, ich werde vielleicht auch die zweiten nicht anziehen, ich werde warten, bis du das dritte Paar gemacht hast, die werden nicht drücken.« – »Mit dir wird man nicht fertig«, sagte Karl ärgerlich, »ich weiß schon, wo ich mir Rat erhole. So kann's mit mir nicht bleiben; ich werde dir jemand auf den Hals schicken, der dir dasselbe sagen soll.«

»Sei nur nicht ehrgeizig, Karl«, sagte der Alte kopfschüttelnd, »und verdirb mir den heutigen Tag nicht. Jetzt gib mir die Bierkanne her und sei ein guter Junge.«

Karl setzte die große Kanne vor den Vater, nahm bald darauf seine Mütze und verließ das Zimmer. Der Vater blieb bei seinem Bier sitzen, aber sein Behagen war gestört, er sah immer wieder nach der Tür, zu welcher Karl hinausgegangen war, er sah sich in der Stube um, die ohne das fröhliche Gesicht seines Sohnes so einsam war. Endlich ging er in die Kammer nebenan, setzte sich dröhnend auf dem Bett nieder und zog unter der Bettstelle einen schweren eisernen Kasten hervor. Er öffnete ihn mit einem Schlüssel, den er aus der Westentasche zog, nahm einen Beutel Geld nach dem andern heraus und stellte eine Kopfrechnung an, dann schob er den Kasten wieder unter das Bett und setzte sich beruhigt zu dem Haustrunk.

Unterdes ging Karl in seinem Sonntagsstaat mit eiligen Schritten in die Stadt und trat in Antons Zimmer. »Guten Morgen, Karl«, rief ihm Anton entgegen, »was bringst du?«

Karl begann feierlich: »Ich komme, Sie um Rat zu fragen, was aus mir werden soll. Mit meinem Vater ist darüber nicht zu reden. Ich will Auflader werden, und der Alte will's nicht leiden; ich will etwas anderes werden, und er vertröstet mich auf die Zeit, wo er nicht mehr leben wird. Ein schöner Trost! Er ist gerade wieder ein rechter Goliath. Ich bin heut achtzehn Jahr, und das Ding muß mit mir anders werden, ich greife hier im Hause überall mit an, aber das ist nirgends etwas Ordentliches.«

»Du hast recht«, sagte Anton verständig. »Vor allem aber gratuliere ich dir zu deinem Geburtstage, und warte, hier ist ein Buch für dich, das nimm zum Angebinde, ich werde dir meinen Namen hineinschreiben.«

»Seinem getreuen Karl Anton Wohlfart«, las der erfreute Karl. »Ich danke Ihnen, Herr Wohlfart, ich habe schon fünfundsechzig Bücher. Jetzt wird die zweite Reihe voll.«

»Und so setze dich zu mir und laß uns Rat halten. Vor allem sage, was kann ich dir helfen? Ist's nicht besser, wenn du mit Herrn Schröter selbst sprichst? Er ist ja dein Pate.«

»Das wird mir zu groß«, entgegnete Karl ernsthaft, »der Vater könnte denken, ich wollte ihn verklagen. Bei Ihnen ist das freundschaftlicher.«

»Gut«, stimmte Anton bei.

»Und so wollte ich Sie bitten, daß Sie gelegentlich mit meinem Vater über mich sprechen. Er hat zu Ihnen ein großes Zutrauen und er weiß, daß Sie's mit mir gut meinen.«

»Das will ich gern«, sagte Anton, »aber was gedenkst du zu werden?«

»Das ist mir gleich«, erwiderte Karl, »nur etwas Ordentliches.«

Am nächsten Sonntage ging Anton nach dem Haus des Vater Sturm.

Die Wohnung des obersten Aufladers war ein kleines Haus am Flusse, unweit des Packhofes; es war sein Eigentum und zeichnete sich durch die Rosafarbe seines Anstrichs vor den Nachbarhäusern schon von weitem aus. Anton öffnete die niedrige Tür und wunderte sich, wie es dem Riesen überhaupt möglich sei, sich in einen so kleinen Bau einzupacken. Und als der alte Sturm aufstand, ihn zu begrüßen, da wurde ihm klar, daß eine unaufhörliche Geduld des mächtigen Mannes nötig war, um diese Wohnung zu ertragen. Denn wenn er sich mit aller Kraft ausstreckte, so mußte er unfehlbar Decke und Wände zerreißen und mit Kopf und beiden Fäusten in die freie

Luft hineinragen. Der riesige Mann stand vergnügt über den Besuch ohne Rock und Weste vor ihm und streckte ihm grüßend seine Hand entgegen, welche wohl imstande war, einen Kürbis von mäßiger Größe zu umspannen.

»Ich freue mich sehr, Sie in meinem Hause zu sehen, Herr Wohlfart«, sagte Sturm und faßte so zierlich, als es ihm möglich war, Antons Hand.

»Es ist etwas klein für Sie, Herr Sturm«, antwortete Anton lachend, »Sie sind mir noch nie so groß vorgekommen, als in diesem Zimmer.«

»Mein Vater war noch größer«, antwortete Sturm wohlgefällig und richtete sich hoch auf, so daß sein Kinn auf dem obern Rand des Ofens ruhte, »so groß war mein Vater«, sagte er und wies auf den bunten Farbensaum längs der Decke, an welchem mehrere Marken mit Bleistift gezeichnet waren. »So groß war er und noch breiter. Er war Ältester der Auflader und der stärkste Mann am Orte, und doch hat ihn ein Faß, nicht halb so hoch als Sie, zu Tode gebracht. Hier nehmen Sie Platz, Herr Wohlfart.« Er rückte ihm einen Stuhl von Eichenholz hin, der so schwer war, daß Anton Mühe hatte, ihn von der Stelle zu heben, und setzte sich mit Geräusch auf eine Bank. »Mein Karl hat mir gesagt, daß er Sie besucht hat, und daß Sie sehr freundlich gegen ihn waren. Er ist ein guter Junge und ich habe meine Freude an ihm, aber er ist doch aus der Art geschlagen. Seine Mutter war eine kleine Frau«, setzte Herr Sturm traurig hinzu und griff nach einem Glas Bier, welches mehr als ein Quart faßte, setzte das Glas an und nicht eher wieder auf den Tisch, bis der letzte Tropfen daraus verschwunden war.

»Es ist Faßbier«, sagte er entschuldigend, »darf ich Ihnen ein Glas anbieten? Es ist Herkommen bei unserm Geschäft, kein anderes zu trinken; dies freilich trinkt man den ganzen Tag, denn unsere Arbeit macht warm.«

»Ihr Sohn hat, wie ich höre, Lust, in Ihre Korporation zu treten«, lenkte Anton ein.

»Unter die Auflader?« fragte der Riese. »Nein, dies wird er nicht, niemals.« Er legte seine Hand vertraulich auf Antons Knie. »Er wird es nicht, meine Selige hat mich auf dem Totenbette darum gebeten. Warum? Darum! Unsere Arbeit ist respektabel, Sie wissen das selbst am besten, Herr Wohlfart. Wir sind Männer, welche ein Vertrauen haben, wie wenig andere. Es ist eine Ehre, Auflader der Kaufmannschaft zu werden, um die sich Hunderte bei mir bewerben, und nicht einen lassen wir zu. Es gibt wenige, welche die Kraft haben, und noch wenigere, welche etwas anderes haben.«

»Die Ehrlichkeit«, sagte Anton.

»Ganz recht«, nickte Sturm, »daran fehlt's auch den Starken. Alle Tage jede Art Ware in Tonnen und Kisten in größter Quantität vor sich zu haben und da rumzuhantieren, wie um eigentümliche Sachen, und niemals die Hand hineinzustecken, das ist leider nicht jedermanns Gewohnheit. Also Sie wissen, wir halten auf uns. Und die

Einnahmen sind nicht schlecht, ja, sie sind gut. Meine Selige hielt noch auf Sparbüchsen und Strümpfe und solches Zeug. Als sie starb, fand ich den ganzen Grund ihres Kastens mit zugebundenen Strümpfen zugestopft, die nebeneinanderstanden, wie die fetten Lerchensteiße in der Schachtel. Alles für unsern Karl, und es war nicht nur Silber, es war auch Gold dabei. Sie war eine sparsame Frau und hob alles auf. Das ist nun meine Art nicht. Denn warum? – Wer praktisch ist, braucht um das Geld nicht zu sorgen, und der Karl wird ein praktischer Mensch. Aber nicht als Auflader«, fügte er kopfschüttelnd hinzu, »meine Selige wollte das nicht haben, und sie hat recht.«

»Ihre Arbeit ist sehr anstrengend«, stimmte Anton bei.

»Anstrengend?« lachte Sturm, »sie mag wohl anstrengend sein für einen, der nicht die Kraft hat, so anstrengend, daß ihm der Rücken darüber zerbrechen kann; aber es ist nicht die Anstrengung, es ist noch etwas anderes. Dies ist es!« Bei diesen Worten holte er einen großen Krug aus der Ecke und goß sein Glas voll. »Das Faßbier ist es.« Anton lächelte. »Ich weiß, Sie und Ihre Kollegen trinken viel von dem dünnen Getränk.«

»Viel«, sagte Sturm mit Selbstgefühl, »es ist bei uns Geschäftsbrauch, es ist Herkommen, es ist von je bei den Aufladern so gehalten worden; sie müssen Kräfte haben, sie müssen treue Männer sein und sie müssen Faßbier trinken können. Es ist Bedürfnis bei unserer Arbeit, wer's nicht tut, hält's nicht aus; Wasser trinken macht uns schwach, und Wein und Branntwein gleichfalls, nur Faßbier tut's, dies und Provenceröl. Sehen Sie, Herr Anton, so: –« Der Riese streckte den Arm aus und holte ein kleines Glas von dem Gestell, füllte es zur Hälfte mit feinem Baumöl, zur andern Hälfte mit Bier, tat eine Masse Zucker in die Mischung und trank zu Antons Schrekken die widerwärtige Flüssigkeit aus. »Das macht stark«, sagte er, »es ist ein Geheimnis unserer Zunft, es erhält die Kraft und macht solche Arme«, er legte stolz seinen Arm auf den Tisch und versuchte ihn mit seiner Hand vergebens zu umspannen. »Aber es ist ein Haken dabei«, fügte er leiser hinzu. »Es wird keiner von uns über fünfzig Jahre alt. Haben Sie schon einen alten Auflader gesehen? Sie haben keinen gesehen, denn es gibt keinen. Fünfzig Jahre ist das Höchste, was einer erreicht, länger duldet's der Biergeist nicht. Mein Vater war fünfzig, als er starb; der, den wir neulich begraben haben, – Herr Schröter war mit beim Begräbnis, – der war neunundvierzig. Ich habe noch ein paar Jahre bis dahin«, setzte er wie zur Beruhigung hinzu.

Anton blickte besorgt in das ehrliche Gesicht des Aufladers. »Aber Sturm, wenn Sie das wissen, warum sind Sie nicht mäßiger?«

»Mäßig?« fragte Sturm verwundert, »was ist mäßig? Es steigt keinem von uns in den Kopf. Vierzig Halbe in einem Tage ist nicht viel, wenn man's nicht merkt.«

Anton sah den Auflader ungläubig an.

»Soviel trinke ich«, sagte Sturm. »Der, den wir neulich begraben haben, konnte noch mehr vertragen; er hatte aber auch Wochen, wo er noch stärker war, als ich. Sehen Sie, Herr Wohlfart, deshalb aber soll mein Karl nach dem Willen der Seligen lieber etwas anderes werden. Es ist, unter uns Männern gesagt, mit dem ganzen Alter nur dummes Zeug. Auch von den Menschen, welche keine Auflader sind, werden die wenigsten älter als fünfzig. Sie sterben an allen möglichen Krankheiten von den Windeln an fortwährend dahin, und an lauter Krankheiten, die wir Auflader nicht kennen. Aber meine Selige hat's einmal so gewollt, und so mag's drum sein.«

»Und haben Sie an etwas anderes gedacht?« fragte Anton weiter. »Er ist zwar im Geschäft sehr nützlich, und wir alle werden ihn vermissen, wenn er im Hause fehlen sollte.«

»Das gerade ist es«, unterbrach ihn der Auflader, »das war das richtige, was Sie gesagt haben. Sie werden ihn vermissen, ich auch. Ich bin allein im Hause, seit meine Selige tot ist; wenn ich die roten Backen meines Kleinen an diesen Wänden sehe, so bin ich zufrieden; wenn ich im Haus bei Herrn Schröter seinen kleinen Hammer höre, so fühle ich die Lustigkeit in meinem Herzen. Wenn er weggeht von mir, und ich einsam in diesem Hause sitze, ich weiß nicht, wie ich's ertragen soll.«

Die Züge des Mannes zuckten vor innerer Bewegung. »Aber muß er sich denn ganz von Ihnen trennen?« fragte Anton endlich, »vielleicht kann er bei Ihnen noch jahrelang wohnen.«

Sturm schüttelte bedeutungsvoll den Kopf. »Ich kenne ihn, er kann's nicht; wenn er erst einmal etwas anfängt, so ist er hinterher, wie ein Teufel, dann denkt er an nichts, als an das eine Ding. Aber ich habe mir's überlegt in den letzten Tagen. Ich will Ihnen sagen«, fuhr er vertraulich fort, »ich habe unrecht, wenn ich an mich denke. Der Junge hat nicht für mich seinen Kopf in die Welt gesteckt, sondern für sich selber. Er soll etwas werden. Und nun frage ich, was meine Selige sich für den Jungen wünschen würde, wenn sie noch lebte. Diese Frau hatte einen Bruder, welcher mein Schwager ist, und dieser Schwager ist auf dem Lande. Ein Freigut, dort oben, wo das hohe Wasser herkommt; ein gesetzter Mann, er tauscht nicht mit manchem Rittergut. Der besucht mich alle Jahre, wenn sie ihre Wolle geschoren haben. Der kennt mich und kennt den Karl, dem möchte ich meinen Kleinen übergeben, wenn ich ihn nicht behalten soll. Es ist weit von hier«, schloß er traurig, »aber es ist Verwandtschaft.«

»Das ist ein guter Gedanke, Herr Sturm«, sagte Anton, erfreut auf sowenig Hindernisse zu stoßen, »aber ich habe immer gehört daß der Landwirt auf eine selbständige Tätigkeit in der Regel nur dann hoffen kann, wenn er nicht ganz ohne Vermögen ist.«

»Das paßt«, sagte der Riese seinen Finger erhebend, geheimnisvoll, »er ist nicht ganz ohne Vermögen. Von seiner Mutter her und auch etwas von seinem Vater. Er weiß aber von gar nichts, denn ich wollte, er sollte praktisch werden. Und sagen Sie ihm auch nichts.« –
»Da Sie so väterlich für Ihren Sohn sorgen«, rief Anton, »so lassen Sie ihn auch nicht länger in Unsicherheit; es ist brav von ihm, daß er das Ungenügende seiner jetzige Arbeit so sehr empfindet.«

»Er soll es sogleich hören«, sagte der Alte aufstehend, »er steckt im Garten. Sie sollen dabeisein.« Sturm trat in das Haus und rief mit seiner mächtigen Stimme in den Garten. Karl eilte herbei, begrüßte Anton und sah erwartungsvoll bald auf diesen, bald auf den Vater. Der Alte hatte sich wieder ruhig hingesetzt und fragte in seinem gewöhnlichen Ton: »Kleiner Knirps, will du ein Ökonom werden?«

»Landwirt?« rief Karl, »daran habe ich noch gar nicht gedacht. Dann müßte ich ja fort von dir, Vater.«

»Er denkt auch daran«, sagte der Alte, Anton zunickend.

»Ist denn dein Wille, daß ich von dir soll?« fragte Karl erschrocken.

»Allerdings, mein Kleiner«, sagte der Vater ernsthaft, »dies muß mein Wille sein, weil es notwendig ist, wegen deiner selig Mutter.«

»Ich soll zum Onkel!« rief der Sohn.

»Nur zu diesem«, sagte der Vater. »Widerrede nutzt nichts, die Sache ist abgemacht, natürlich vorausgesetzt, daß dich der Onkel haben will. Du sollst Ökonom werden, du sollst etwas Ordentliches lernen, du sollst deinen Vater verlassen.«

»Vater«, sagte Karl niedergeschlagen, »wenn ich von dir weg soll, ist mir's nicht recht.«

»Es soll dir aber recht sein, du ehrgeiziger Knirps«, rief der Alte.

»Dann komm mit aufs Land«, sagte der Sohn.

»Ich soll aufs Land kommen? Ho ho!« Sturm lachte, daß die Stubentür zitterte. »Mein Knirps will mich in die Tasche stecken und mit sich auf dem Lande herumtragen.« Er lachte so lange, bis er mit der Hand über die Augen fuhr. »Komm her, mein Karl«, sagte er endlich, zog den Sohn an sich und hielt den Kopf desselben lange zwischen seinen großen Händen. »Du bist mein guter Junge, und Trennung muß sein auf Erden, wenn nicht jetzt, dann in ein paar Jahren.«

So schied Karl aus der Handlung. Vergeblich versuchte er in den letzten Tagen seine Bewegung hinter leisem Pfeifen zu verstecken. Er streichelte zärtlich Freund Pluto und die Katze, welche er in das Haus gebracht hatte, er verrichtete seine kleinen Arbeiten mit maßlosem Eifer und hielt sich dabei soviel wie möglich in der Nähe seines Vaters; auch dieser sah den Tag hindurch immer wieder auf seinen Sohn und verließ manchmal seine Tonnen, um langsam auf ihn zuzugehen und ihm die Hand schweigend auf den Kopf zu legen.

»Es ist nicht schwer bei der Landwirtschaft?« sagte der Vater Sturm vor der großen Waage zu Anton und blickte ihm fragend ins Gesicht.

»Leicht ist es nicht«, erwiderte Anton, »es ist vielleicht noch mehr dabei zu lernen, als bei unserem Geschäft.«

»Lernen!« rief der Alte, »je mehr er lernen muß, desto lieber ist es ihm, das tut nichts; nur ob es sehr schwer ist?«

»Nein«, sagte Herr Pix, der die Sprache des Riesen besser verstand. »Schwer ist dort nichts; das schwerste ist der Sack Weizen, hundertundachtzig Pfund, und Bohnen, zweihundert Pfund. Und das braucht er nicht zu heben, das tun die Knechte.«

»Wenn das bei der Landwirtschaft so ist«, rief Sturm verächtlich und richtete sich hoch auf, »so ist mir ganz egal, ob er das hebt. Zweihundert Pfund trägt auch mein Zwerg.«

6

Anton war jetzt der pflichtgetreueste Korrespondent seines Comtoirs. Gegen die ritterlichen Künste seines Freundes verhielt er sich kühl. Nur selten vermochte ihn Fink, des Sonntags sein Begleiter zu Pferde oder am Pistolenstand zu werden. Dagegen benutzte Anton Finks Bücherschrank mehr als dieser selbst. Es war ihm nach langem Bemühen gelungen, in die Mysterien der englischen Aussprache einzudringen, und eifrig suchte er die Gelegenheit, sein Sprechtalent an Fink zu üben. Da aber dieser den Übelstand hatte, ein sehr unregelmäßiger und gewissenloser Lehrer zu sein, gab Anton seine Zunge in die Zucht eines gebildeten Engländers.

Einst sah er von seinem Platze im Comtoir auf, als sich die Tür öffnete, und erkannte mit der größten Verwunderung in dem Eintretenden Veitel Itzig, den Genossen aus der Bürgerschule von Ostrau. Er war bisher nur selten mit ihm zusammengetroffen. Das freche Wesen des Burschen und die Furcht vor dem vertraulichen Du, mit dem dieser ihn leicht anreden mochte, hatten sein Auge auf allerlei andere Gegenstände gelenkt, sooft er Veitels Nasenspitze im Gedränge der Straße erkannte. Noch mehr erstaunte er, als Veitel auf die Frage des Herrn Specht: »Was steht zu Ihren Diensten?« artig erwiderte, er wünsche Herrn Wohlfart zu sprechen.

Anton stieg von seinem Sitze in den freien Raum des Comtoirs, und Veitel redete ihn an: »Sie werden mich doch noch kennen, obgleich Sie oft an mir vorbeigegangen sind, ohne mich zu grüßen.«

»Wie geht es Ihnen, Itzig?« frug Anton mit Kälte.

»Schlecht«, antwortete Itzig, die Achsel zuckend; »es ist kein Verdienst im Geschäft. – Ich soll Ihnen diesen Brief vom Sohn des Ehrenthal übergeben und Sie fragen, zu welcher Zeit Ihnen der Bernhard seinen Besuch machen kann.«

»Mir?« frug Anton und nahm eine Karte und einen Brief aus Veitels Händen. Der Brief war von Antons Sprachlehrer, er enthielt die Anfrage, ob Anton an einer Lehrstunde teilnehmen wolle, in welcher Herr Ehrenthal ältere englische Schriftsteller in einer literarhistorischen Reihenfolge durchzunehmen beabsichtige.

»Wo wohnt Herr Bernhard Ehrenthal?« frug Anton.

»Im Hause bei seinem Vater«, erwiderte Veitel und verzog das Gesicht. »Er sitzt den ganzen Tag auf seiner Stube.«

»Ich werde den Herrn selbst aufsuchen«, sagte Anton. – »Guten Morgen, Herr Anton!« – »Guten Morgen, Itzig.«

Anton empfand keine große Neigung, auf den Antrag des Lehrers einzugehen. Der Name Ehrenthal hatte in seinem Comtoir keinen guten Klang, und das Erscheinen Itzigs trug nicht dazu bei, ihm das Anerbieten annehmlicher zu machen. Doch die ironische Art, in welcher Itzig vom Sohne seines Brotherrn sprach, und einzelnes, was er auf seine Erkundigungen über Bernhard hörte, bewog ihn, die Sache wenigstens in Erwägung zu ziehen. So suchte er einige Tage darauf nach dem Schluß des Comtoirs das Haus Ehrenthals auf, entschlossen, sich durch den Eindruck, den der Sohn auf ihn mache, bestimmen zu lassen.

Er trat an die weißlackierte Türe, zog den dicken Porzellangriff und wurde durch die struppige Köchin ohne weitläufige Anmeldung in die Stube des jungen Ehrenthal geführt. Es war ein langes schmales Zimmer mit alten Möbeln und schmucklosen Büchergerüsten, auf welchen eine Menge großer und kleiner Bücher unordentlich durcheinanderlag. Bernhard saß tief über seine Arbeit gebeugt am Schreibtisch und sah erst auf, als Anton bereits im Zimmer stand. Eilig knöpfte er den Hausrock über seinem Hemd zusammen und trat dem Fremden mit der Unsicherheit entgegen, welche Herren mit kurzem Gesicht bei der Begrüßung Eintretender eigen ist. Neugierig sah Anton auf den Sohn des Händlers. Es waren feine Züge und ein zarter Körper, kastanienbraunes krauses Haar, und zwei graue Augen von freundlichem Ausdruck. Bernhard nötigte seinen Gast auf ein kleines Sofa. Anton erwähnte den Zweck seines Besuches, und Bernhard antwortete schüchtern, daß er sich in allem nach den Wünschen seines Besuchs richten wolle. Und als Anton nach dem Preise der Stunden fragte, erstaunte er, daß der Sohn Ehrenthals mit einiger Verlegenheit sagte: »Ich weiß es wirklich in diesem Augenblick nicht, wenn Sie aber darauf bestehen, auch den Lehrer zu bezahlen, so will ich mich sogleich danach erkundigen.« Darauf konnte sich Anton nicht enthalten zu fragen: »Sie sind nicht im Geschäft Ihres Herrn Vaters?«

»Ach nein«, erwiderte Bernhard, diesen Übelstand entschuldigend, »ich habe studiert, und da einem jungen Mann von meiner Konfession die Anstellung im Staate nicht leicht wird, und ich in meiner Familie leben kann, so beschäftige ich mich mit diesen Büchern.« Dabei warf er einen Blick voll Liebe auf sein Büchergerüst, stand auf und trat in ihre Nähe, als wollte er sie seinem Gast vorstellen. Anton las einige goldene Titel und sagte mit einer Verbeugung: »Das ist für mich zu gelehrt.« Es waren Ausgaben orientalischer Werke.

Bernhard lächelte: »Durch das Hebräische bin ich zu den andern asiatischen Sprachen gekommen. Es ist viel fremdartige Schönheit in dem Leben dieser Sprachen und in den Gedichten der alten Zeit. Ich habe auch Handschriften, wenn es Sie interessiert, diese zu sehen.«

Er schloß einen Schub auf und holte ein Bündel seltsam aussehender Manuskripte heraus. Mit glänzenden Augen öffnete er das oberste, im Einband von grünem Seidenstoff, der mit Goldfaden fremdartig durchwirkt war; er ließ Anton die Schrift betrachten und war vergnügt, als dieser erklärte, er könne nicht einmal angeben, welcher Sprache diese Schriftzüge angehörten.

»Es ist Arabisch, aber freilich ist gerade diese Handschrift sehr schwer zu lesen. Und hier ist mein Lieblingsdichter, Firdusi, ich habe aber nur ein kleines Bruchstück seines Gedichts in der Handschrift.«

Anton sagte ihm, »es muß viel Gelehrsamkeit dazu gehören, das alles zu verstehen.«

»Nur etwas Geduld«, antwortete Bernhard bescheiden, »wer ein Herz hat für das Schöne, der findet es bald überall heraus, auch unter dem fremdartigen Kleide, welches die Sänger aus dem Morgenlande tragen. Ich arbeite an einer Übersetzung persischer Gedichte; wenn Sie später einmal Muße haben, und Sie so etwas nicht langweilt, möchte ich Sie um Erlaubnis bitten, Ihnen eine kurze Probe vorzulesen.«

Anton hatte die Höflichkeit, sogleich darum zu bitten; der junge Ehrenthal griff nach einem Papier auf seinem Schreibtisch und las schnell und etwas ungelenk ein kleines Liebesgedicht vor. Es war eins von den zahllosen Gedichten, in denen ein weiser Trinker seine Geliebte mit allerlei hübschen Dingen vergleicht, mit Tieren, Pflanzen, der Sonne und andern Weltkörpern, und daneben einem zelotischen Pfaffen Nasenstüber gibt. Dem ehrlichen Anton imponierte die verschlungene Form und der zugespitzte Ausdruck sehr, aber es war ihm doch komisch, als der Vorleser ausrief: »Nicht wahr, das ist schön? Der Gedanke meine ich; denn die Schönheit der Sprache im Deutschen wiederzugeben, bin ich zu schwach.« Bei diesen Worten sah er begeistert vor sich, wie ein Mann, der alle Tage fünf bis sechs Flaschen Schiraswein trinkt und alle Abende seine Suleika küßt.

»Muß man denn aber trinken, um recht lieben zu können?« sprach Anton, »das ist bei uns doch auch ohne Wein möglich.«

»Bei uns«, erwiderte Bernhard, »ist das Leben sehr nüchtern«, dabei legte er das Blatt ernsthaft auf den Tisch.

»Ich denke, es ist nicht so«, erwiderte Anton eifrig, »ich kenne noch wenig vom Leben, aber ich sehe doch, auch wir haben Sonnenschein und Rosen, die Freude am Dasein, große Leidenschaften und merkwürdige Schicksale, welche von den Dichtern besungen werden.«

»Unsere Gegenwart«, wiederholte Bernhard weise, »ist zu kalt und einförmig.«

»Ich habe das schon einige Male in Büchern gelesen, aber ich kann nicht verstehen, warum, und ich glaube es auch gar nicht. Ich meine, wer in unserm Leben unzufrieden ist, der wird es mit dem Leben in Teheran oder in Kalkutta noch mehr sein, wenn er längere Zeit dort lebt. Es muß dort viel einförmiger und langweiliger sein, als bei uns. Ich lese das auch aus Reisebeschreibungen heraus. Was den Reisenden reizt, ist das Neue; wenn das Fremde alltäglich geworden ist, sieht es gewiß ganz anders aus.«

»Wie arm an großen Eindrücken unser zivilisiertes Treiben ist«, entgegnete Bernhard, »das müssen Sie selbst in Ihrem Geschäft manchmal empfinden, es ist so prosaisch, was Sie tun müssen.«

»Da widerspreche ich«, erwiderte Anton eifrig, »ich weiß mir gar nichts, was so interessant ist, als das Geschäft. Wir leben mitten unter einem bunten Gewebe von zahllosen Fäden, die sich von einem Menschen zu dem anderen, über Land und Meer aus einem Weltteil in den anderen spinnen. Sie hängen sich an jeden einzelnen und verbinden ihn mit der ganzen Welt. Alles, was wir am Leibe tragen, und alles, was uns umgibt, führt uns die merkwürdigsten Begebenheiten aller fremden Länder und jede menschliche Tätigkeit vor die Augen; dadurch wird alles anziehend.

Und da ich das Gefühl habe, daß auch ich mithelfe, und sowenig ich auch vermag, doch dazu beitrage, daß jeder Mensch mit jedem andern Menschen in fortwährender Verbindung erhalten wird, so kann ich wohl vergnügt über meine Tätigkeit sein. Wenn ich einen Sack mit Kaffee auf die Waage setze, so knüpfe ich einen unsichtbaren Faden zwischen der Kolonistentochter in Brasilien, welche die Bohnen abgepflückt hat, und dem jungen Bauernburschen, der sie zum Frühstück trinkt, und wenn ich einen Zimtstengel in die Hand nehme, so sehe ich auf der einen Seite den Malaien kauern, der ihn zubereitet und einpackt, und auf der anderen Seite ein altes Mütterchen aus unserer Vorstadt, das ihn über den Reisbrei reibt.«

»Sie haben eine lebhafte Einbildungskraft und sind glücklich, weil Sie Ihre Arbeit als nützlich empfinden. Aber was der höchste Stoff für die Poesie ist, ein Leben reich an mächtigen Gefühlen und Taten, das ist bei uns doch sehr selten zu finden. Da muß man wie der englische Dichter aus den zivilisierten Ländern hinaus unter Seeräuber gehen.«

»Nein«, versetzte Anton hartnäckig, »der Kaufmann bei uns erlebt ebensoviel Großes, Empfindungen und Taten, als irgendein Reiter unter Arabern oder Indern. – Je ausgebreiteter sein Geschäft ist, desto mehr Menschen hat er, deren Glück oder Unglück er mitfühlen muß, und desto öfter ist er selbst in der Lage, sich zu freuen oder Schmerzen zu empfinden. – Neulich hat hier ein großes Haus Bankrott gemacht.«

»Ich weiß es«, sagte Bernhard, »es war ein trauriger Fall.«

»Wenn Sie die Gewitterschwüle empfunden hätten, welche auf dem Geschäft lag, bevor es fiel, die furchtbare Verzweiflung des Mannes, den Schmerz der Familie, die Hochherzigkeit seiner Frau, welche ihr eigenes Vermögen bis zum letzten Taler in die Masse warf, um die Ehre ihres Mannes zu retten, Sie würden nicht sagen; daß unser Geschäft arm an Leidenschaften und großen Gefühlen ist.«

»Sie sind mit ganzer Seele Kaufmann«, sagte Bernhard freundlich, »ich möchte Sie beneiden und die reine Freude, die Sie über Ihre Arbeit haben.«

»Ja«, entgegnete Anton. »Auch der Kaufmann hat trübe Erfahrungen in Menge zu machen. Der kleine Ärger fehlt ihm nicht, und vieles Schlechte muß er erleben, aber der ganze Handel ist doch so sehr auf die Redlichkeit anderer und auf die Güte der menschlichen Natur berechnet, daß ich bei meinem Eintritt in diese Tätigkeit erstaunt war. Wer ein ehrliches Geschäft hat, kann von unserm

Leben nicht schlecht denken; er wird immer Gelegenheit haben, Schönes und Großartiges darin zu finden.«

Bernhard hatte mit gesenkten Augen zugehört, jetzt blickte er schweigend zum Fenster hinaus; und Anton bemerkte, daß er verlegen und bekümmert aussah. Endlich wandte sich Bernhard um und sagte, das Gespräch abbrechend, mit bittender Stimme: »Wenn es Ihnen recht ist, Herr Wohlfart, so möchte ich mit Ihnen sogleich zum Sprachlehrer gehn. Es ist ein weiter Weg, wir sprechen im Freien mehr miteinander.«

Wie alte Bekannte traten die beiden Jünglinge aus dem finstern Haus in die warme Abendluft. Und als sie nach einer Stunde voneinander schieden, sagte Bernhard angelegentlich: »Ist Ihnen der Verkehr mit mir nicht zu uninteressant, Herr Wohlfart, so besuchen Sie mich doch manchmal in Ihren Freistunden.« Anton versprach das. Beide hatten Behagen aneinander gefunden. Anton wunderte sich noch immer, daß ein Sohn Ehrenthals so wenig Geschäftsmann sein konnte, und Bernhard war glücklich, einen Menschen zu treffen, mit dem er über vieles reden konnte, was er sonst schweigend mit sich herumtrug.

Bernhard trat am Abend vergnügt in die Familienstube und stellte sich hinter den Rücken der Schwester, welche auf einem kostbaren Flügel ein neues Modestück einübte und dabei eine große Fingerfertigkeit entwickelte. Der Bruder küßte sie leise an das Ohr, sie drehte sich schnell um und rief: »Laß mich in Ruh, Bernhard, ich muß das Stück einüben, denn auf den Sonntag ist große Soiree, und sie werden mich auffordern zu spielen.«

»Ich weiß, daß sie dich auffordern werden«, sagte die Mutter, als Bernhard sich schweigend auf das Sofa niedersetzte und ein aufgeschlagenes Buch in die Hand nahm. »Es ist keine Gesellschaft, wo man nicht das Verlangen hat, die Rosalie zu hören. Wenn du nur einmal dich entschließen könntest, mitzukommen, Bernhard, du bist ein Mann von soviel Geist, du bist gelehrter als alle aus der ganzen Bekanntschaft. Neulich hat der Professor Starke von der Universität mit großer Hochachtung über dich gesprochen und hat gesagt, du würdest ein Stolz werden für die Wissenschaft. Es ist erfreulich für eine Mutter, wenn sie stolz sein kann auf ihre Kinder. Warum kommst du nicht in die Gesellschaft, sie wird so auserlesen sein, wie sie in unserer Stadt nur sein kann.« – »Du weißt, Mutter, ich gehe nicht gern zu fremden Leuten«, sagte der Sohn.

»Und ich will, daß mein Sohn Bernhard hat seinen eigenen Willen«, rief der Vater aus einer Nebenstube, wo er die letzten Worte Bernhards gehört hatte, da in diesem Augenblicke Rosalie von ihren schweren Passagen ausruhte. Herr Ehrenthal trat in seinem verschossenen Schlafrocke zu der Familie: »Unser Bernhard ist nicht, wie andere Leute, und der Weg, den er geht, wird immer sein ein guter Weg. Du siehst aus so bleich«, sagte er zum Sohne und strich mit der Hand über seine braunen Locken. »Du studierst zuviel, mein Sohn. Denke auf deine Gesundheit, der Doktor hat gesagt, daß dir Bewegung nötig ist, und hat dir geraten zu nehmen ein Pferd und darauf zu reiten. Warum willst du nicht nehmen ein Pferd? Ich kann es haben, daß mein Sohn Bernhard auf dem teuersten Pferde reitet, das in der Stadt zu haben ist; tu, was der Arzt sagt, mein Bernhard, ich will dir kaufen ein Pferd.«

»Ich danke dir, lieber Vater«, erwiderte Bernhard, »es würde mir keine Freude machen, und wie ich fürchte, deshalb nicht viel helfen.« Er drückte dankbar die Hand des Vaters, der ihm wehmütig in das faltige Gesicht sah.

»Gebt Ihr dem Bernhard auch immer zu essen, was er gern hat? Laß ihm Pfirsiche holen, Sidonie, es sind neue Pfirsiche angekommen beim Fruchthändler, das Stück kostet zwei gute Groschen; oder willst du haben irgend etwas anderes, so sag's. Du sollst haben, was du gern hast; du bist mein guter Sohn Bernhard, und ich habe meine Freude an dir.«

»Er will ja nie etwas annehmen«, sprach die Mutter dazwischen, »er hat keine andere Freude, als an seinen Büchern; nach Rosalie und mir frägt er manchmal den ganzen Tag nicht.«

»Liebe Mutter!« warf Bernhard bittend ein.

»Er liest zuviel in den Büchern und kümmert sich nicht um die Menschen«, fuhr die erfahrene Frau fort, »deshalb sieht er aus so bleich und verfallen, wie ein Mann von sechzig Jahren. Warum will er nicht gehen auf den Sonntag in die Soiree?«

»Ich werde mitkommen, wenn du es wünschst«, sagte Bernhard traurig und setzte nach einer Weile hinzu: »Ist euch ein junger Mann bekannt, ein Herr Wohlfart, der in Schröters Geschäft ist?«

»Den kenne ich nicht«, sprach der Vater mit bestimmtem Kopfschütteln.

»Vielleicht du, Rosalie? Er ist ein hübscher Mann von gentilem Aussehen. Er scheint mir ein guter Tänzer und Gesellschafter zu sein. Bist du nicht irgendwo ihm begegnet? Ich glaube, er müßte dir aufgefallen sein.«

»Ist er blond?« fragte die Schwester, indem sie ihr Haar vor einem kleinen Handspiegel zurechtstrich.

»Er hat dunkles Haar und blaue Augen.«

»Wenn er aus einem Comtoir ist, werde ich ihn wohl schwerlich kennen«, sagte Rosalie das Haupt zurückwerfend.

»Unsere Rosalie tanzt meist mit Offizieren und Künstlern«, schaltete die Mutter erklärend ein.

»Er ist ein tüchtiger und liebenswürdiger Mensch«, fuhr Bernhard fort; »ich will mit ihm zusammen Englisch treiben und freue mich sehr, daß ich seine Bekanntschaft gemacht habe.«

»Er soll eingeladen werden zu uns«, dekretierte Herr Ehrenthal vom Sofa aufstehend; »wenn er unserem Bernhard gefällt, so soll er willkommen sein in meinem Hause. Laß einen guten Braten machen auf den Sonntag, Sidonie, und laß mir einladen Herrn Wohlfart zum Mittagessen, nicht um ein Uhr, sondern um zwei Uhr! Er soll von jetzt gebeten werden zu allen Gesellschaften, die wir geben; wenn er ein Freund ist von Bernhard, so soll er auch ein Freund sein von unserem Hause.«

»Er hat ja noch nicht seinen Besuch gemacht«, sagte die Mutter wieder, »wir müssen doch abwarten, bis er sein Entree macht bei der Familie?«

»Wozu Entree«, fuhr der Vater auf, »wenn er bekannt ist mit unserem Bernhard, wozu soll er erst Entree machen bei uns?« –

»Ich will noch in dieser Woche zu ihm gehen, und wenn du erlaubst, liebe Mutter, ihn auffordern, auf den Sonntag bei uns zu essen.«

Die Mutter gab ihre Einwilligung, und Rosalie setzte sich jetzt zum Bruder und fragte ihn mit größerem Interesse über Person und Wesen des neuen Bekannten aus.

Bernhard schilderte mit Wärme den angenehmen Eindruck, den Anton auf ihn gemacht hatte, so daß die Mutter daran dachte, auf den Sonntag die große Silbervase herauszugeben und aufputzen zu lassen. Rosalie überlegte, in welchem Kleide und durch welche Seite ihrer Bildung sie auf den Fremden Eindruck machen wolle, und der Vater erklärte wiederholt, daß er Herrn Wohlfart zu jeder Tageszeit und bei jedem ausgezeichneten Bratenstück in seinem Hause zu sehen wünsche.

Wie kam es doch, daß Bernhard seiner Familie nicht den Inhalt des Gesprächs mitteilte, welches ihm den neuen Bekannten so lieb gemacht hatte? Wie kam es doch, daß er kurz darauf wieder in trübes Schweigen verfiel und in sein Arbeitszimmer zurückging? Daß er dort seinen Kopf über eine alte Handschrift lehnte und lange auf die krausen Züge hinstarrte, bis ihm große Tränen herabfielen, welche die Tusche der Buchstaben, auf die er soviel hielt, auflösten und verdarben, ohne daß er's merkte? Wie kam es doch, daß der junge Mann, auf den die Mutter so gern stolz sein wollte, und den der Vater so sehr verehrte, allein in seiner Stube saß und die bittersten Tränen vergoß, die ein guter Mensch weinen kann? Und woher kam es, daß er endlich mit rotgeweinten Augen am späten Abend sich zusammenfaßte und eifrig den Kopf in seine Bücher senkte, während seine schöne Schwester in der anderen Ecke der Wohnung noch immer mit ihren runden Fingern über die Tasten fuhr und das schwere Stück einübte, welches bestimmt war, bei der nächsten Soiree zu wirken?

Mit diesem Tage begann für Anton und Bernhard ein Verhältnis, welches für beide Wert erhielt. Bei der Unterhaltung über das Schöne, welches die Kraft eines fremden Volkes geschaffen hatte, genossen sie die Freude, auch das Gute liebzugewinnen, das jeder in dem andern fand. Bernhards Sprachkenntnisse waren größer, und sein Gefühl für das Reizende in fremder Poesie bis zum Übermaß fein, in Antons Seele war alles geordnet und sicher. Wenn Bernhard für Byron kämpfte, so vertrat Anton die ruhige Klarheit Walter Scotts, und beide waren glücklich, als ihre Begeisterung sich vor dem größten dramatischen Dichter vereinigte.

Anton schilderte die ungewöhnliche Bildung Bernhards dem gleichgültigen Fink. Er freute sich darauf, beide miteinander bekannt zu machen, und als er einst Bernhard zu sich geladen hatte, bat er auch Fink, heraufzukommen.

»Wenn dir's Spaß macht, Tony«, sagte Fink achselzuckend, »so will ich kommen. Ich sage dir aber im voraus, daß ich unter allen Kreaturen Büchereulen am wenigsten leiden kann. Es gibt kein Volk, welches selbstgefälliger über alles mögliche aburteilt, und keines, das sich törichter benimmt, wenn es selbst etwas tun soll. Und vollends ein Sohn des würdigen Ehrenthal! Nimm mir's nicht übel, wenn ich euch bald entlaufe.«

Bernhard saß erwartungsvoll auf dem Sofa Antons und sah mit Befangenheit der Ankunft des berühmten Mannes entgegen, über welchen manche Sage sogar in seine stille Studierstube gedrungen war. Als Fink eintrat und die tiefe Verbeugung Bernhards mit einem leichten Kopfnicken beantwortete, sich einen Stuhl zum Tisch zog und den schwachen Tee, den Bernhard so erbeten hatte, durch allerlei Zutaten trinkbar zu machen suchte, da empfand Anton mit Betrübnis, daß diese beiden schwerlich zueinander passen würden. Kein größerer Gegensatz war möglich, als ihr Wesen. Die magere durchsichtige Hand Bernhards und der kräftige Fleischton in den Muskeln Finks, die gedrückte Haltung des einen, die elastische Kraft des andern, dort ein faltiges Gesicht mit träumerischen Augen, hier stolze Züge mit einem Blick, der dem eines Adlers glich: das paßte nimmermehr zusammen. Doch ging es besser, als Anton gedacht hatte. Bernhard hörte mit Achtung an, was der Jockei erzählte, und da Anton eifrig bemüht war, das Gespräch auf ein Gebiet zu bringen, wo auch Bernhard teilnehmen konnte, blieb die Unterhaltung in Fluß.

»Fink hat auch Indianer gesehen«, sagte Anton zu Bernhard.

»Haben Sie etwas von ihren Liedern gehört?« fragte der Gelehrte.

»Ich habe sie einigemal gehört. Möglich, daß klügere Leute etwas Erbauliches in ihrem Gesang finden, mir ist er nie anders vorgekommen, als kläglich. Schlagen Sie auf ein altes Blech und singen Sie dazu durch die Nase mit allerlei Nebentönen: ›Tum, tum, te – ticke, ticke te, – Och, och, tum, tum, te‹, so haben Sie ihren Gesang, der auf deutsch ungefähr bedeuten würde: ›Guter Geist, gib Büffel, Büffel, Büffel. Dicke Büffel gib uns, guter Geist.‹« – Seine Zuhörer lachten – »Und wozu sollen diese Geschöpfe kunstvolle Lieder machen? Entweder sind sie auf der Jagd, oder sie suchen Skalpe, oder sie essen und schlafen, oder sie halten Parlamentsreden, wozu sie allerdings große Neigung haben.«

»Aber die Frauen?« fragte Bernhard lächelnd.

»Wie es bei den mit der Poesie steht, weiß ich nicht, mir rochen sie immer zu sehr nach Fett. Freilich, wenn man nichts anderes hat, gewöhnt man sich auch daran. Doch ist mit den Männern noch besser zu verkehren. So ein nackter Bursch auf seinem halbwilden Pferd ist kein übler Anblick.«

»Die erste Begegnung muß doch sehr imponieren, ihre auffallende Tracht und ihr stolzes Wesen«, warf Bernhard ein.

»Das kann ich nicht sagen«, versetzte Fink. »Vor Jahren machte ich mit meinem Onkel eine Reise nach der Agentur einer Pelzwaren-Kompanie, bei der er beteiligt war. Als wir aus dem Dampfer ans Ufer stiegen, fanden wir am Landungsplatz eine Gesellschaft der rötlichen Herren, welche stark betrunken war. Ein langer Schlingel schritt auf meinen Onkel zu und hielt ihm eine Rede, die, wie der Dolmetsch erklärte, die Versicherung enthielt, daß sie sämtlich große Krieger wären, und nach jedem Satz bellte die Bande ein lautes Hau, hau, das in ihrer Sprache soviel als ja bedeutet. Es war ein Trupp Schwarzfüße.«

»Es waren Sioux«, verbesserte Bernhard bescheiden.

Fink legte den Teelöffel hin und sah Bernhard groß an. »Ich kalkuliere, Herr, es waren Schwarzfüße.«

»Es waren doch wohl Sioux«, wiederholte Bernhard. »Bei den Schwarzfüßen lautet das Ja anders.«

»Wetter«, rief Fink, »wenn Sie mit den roten Teufeln so bekannt sind, wozu lassen Sie mich hier meine Jagdgeschichten erzählen?«

»Ich habe mich nur ein wenig um ihre Sprache bekümmert«, erwiderte Bernhard, »es ist ein Zufall, daß ich vor kurzem einige Wörterverzeichnisse verschiedener Stämme durchgesehen habe.«

»Und wozu haben Sie sich die unnütze Mühe gemacht? Es wird dort drüben schnell aufgeräumt; bevor Sie eine Sprache erlernen, ist der Stamm ausgerottet, der sie sprach.«

Jetzt wurde Bernhard beredt. Er sagte, daß die Kenntnis der Sprachen für die Wissenschaft die beste Hilfe sei, um das Höchste zu verstehen, was der Mensch überhaupt begreifen könne, die Seelen der Völker.

Die vom Geschäft hörten aufmerksam zu. Als Bernhard sich entfernt hatte, rief Fink noch immer verwundert: »Er geht mit unserm alten Herrgott um, wie mit einem Duzbruder, und konnte vorhin rechts und links nicht unterscheiden.«

Die Folge dieses Abends war, daß Bernhard einige Tage später sogar auf den Polsterstuhl Finks zu sitzen kam und daß er selbst den Mut faßte, mit Anton auch Fink zu sich einzuladen. »Es ist keine Gesellschaft«, fügte er hinzu, »ich möchte nur Sie beide einmal auf meinem Zimmer sehen.«

Fink sagte zu. Darüber entstand in der Familie Ehrenthal große Aufregung. Bernhard stäubte selbst seine Bücher ab und stellte die verkehrten zurecht, und es geschah das Unerhörte, daß er sich um die Wirtschaft kümmerte. »Es muß Tee sein, Abendessen, Wein, auch Zigarren.«

»Du sollst um nichts sorgen«, beruhigte ihn die Mutter, »wenn der Herr von Fink dein Gast ist, so soll er sehn, wie es in unserm Hause zugeht.«

»Die Zigarren werde ich dir kaufen«, rief der Vater, »wie sie rauchen die jungen Herren, etwas Feines, und ich werde dir auch besorgen den Wein. Laß Fasanen holen, Sidonie.«

»Wir wollen einen Lohndiener annehmen«, sagte die Mutter.

»So will ich's nicht«, widersprach Bernhard ängstlich, »die Herren kommen zu mir als gute Freunde, und so sollen sie aufgenommen werden in meiner Stube und ohne fremden Diener.«

Und als die Stunde des Besuchs herankam, wie wurde da Bernhard eifrig, ja er wurde ärgerlich, nichts war ihm in Ordnung. »Wo ist der Teekessel? Noch steht kein Kessel in meiner Stube«, rief er der Mutter zu.

»Ich werde dir den Tee eingießen und hineinschicken, wie sich's bei Herrengesellschaft paßt«, sagte die Mutter, die im neuen Seidenkleide auf und ab rauschte.

»Nein«, entgegnete Bernhard eigensinnig, »ich selbst will den Tee machen, Wohlfart macht ihn, und Herr von Fink macht ihn.«

»Der Bernhard will selbst den Tee machen!« rief die Mutter verwundert Rosalie zu. »Ein Wunder, er will selbst den Tee machen!« rief Ehrenthal in seiner Schlafstube, in der er gerade unter den Stiefeln klapperte. »Er will Tee machen!« rief die Köchin in der Küche und schlug die Hände zusammen.

Und wieder kam Bernhard in die Wohnstube gerannt, eine geschliffene Flasche in der Hand. »Was ist das hier?« fragte er im Eifer.

»Arrak«, sagte die Mutter.

»Es muß Rum sein. Fink trinkt keinen Arrak im Tee.«

»Ich werde selbst gehen, Rum holen«, rief Ehrenthal, ergriff seinen Hut und lief mit der Flasche zum Nachbar Goldstein, dem Weinhändler.

Auf dem Wege sagte Anton zu Fink: »Es ist hübsch von dir, Fritz, daß du mitkommst. Bernhard wird eine große Freude darüber haben.«

»Der Mensch muß Opfer bringen«, erwiderte Fink. »Ich habe mir die Freiheit genommen, im voraus zu Abend zu essen, denn ich habe einen Abscheu vor Gänsefett. Aber das schönste Mädchen der Stadt ist schon eine Entsagung wert. Ich habe sie neulich wieder im Konzert gesehen, ein prachtvoller Leib. Und welche Augen! Ihr Vater, der alte Wucherer, hat nie einen Edelstein unter seinen Händen gehabt, der so funkelt.«

»Wir sind zu Bernhard eingeladen«, versetzte Anton mit leisem Vorwurf.

»Jedenfalls wird doch die Schwester zu sehen sein«, sagte Fink, »wo nicht, so zwingen wir ihn, sie vorzuführen.«

»Ich hoffe, sie wird unsichtbar sein«, seufzte Anton.

Die Tür öffnete sich, das Entree war durch zwei prachtvolle Lampen erleuchtet, Bernhards Stube war festlich geschmückt. Eine große Blumenvase stand auf dem Tisch, daneben buntes Porzellan, vergoldete Löffel auf seidener Tischdecke, und ein großes Bund Imperiales von riesigem Format, wahre Stangen, die man ohne Stütze zwischen den Lippen nicht erhalten konnte. Auf dem Boden war ein neuer Teppich ausgebreitet, es war alles sehr anständig. Und wie liebenswürdig war Bernhard als Wirt. Er machte den Tee. Er bat in rührender Hilflosigkeit Fink um Rat, wieviel Tee er einschütten solle, er drehte den Hahn so künstlich herum, daß lange Zeit gar nichts aus der Öffnung floß, und dann wieder die Flut nicht zu bändigen war. Errötend scherzte er über seine eigene Ungeschicklichkeit, und seine Augen leuchteten vor Freude, als Fink entschied, der Tee sei vortrefflich. Eifrig bot er die Zigarren, andächtig hörte er die Belehrung, die ihm Fink über das schickliche Maß hielt, in welchem diese Erfindung menschlichen Scharfsinnes geformt werden müsse. Und ganz glücklich wurde er, da Anton endlich bat, dem Freund seine Bücherschätze zu zeigen, und da Fink über das Aussehen der fremden Buchstaben humoristische Glossen machte. Als gute Leute saßen die drei zusammen und plauderten eine Stunde in bester Eintracht. Fink war in der menschenfreundlichsten Stimmung, und Anton bat die Götter im stillen, die schöne Schwester nur heut von ihrem Tisch fernzuhalten.

Doch Punkt neun Uhr öffnete sich die Tür des Nebenzimmers, und Frau Sidonie überschritt majestätisch die Schwelle. »Bathseba tritt ein zu König David«, sagte Fink leise zu Anton; erzürnt drückte ihm Anton den Fuß. Bernhard stellte verlegen vor, die Frau vom Hause lud in das Nebenzimmer, Herr Ehrenthal und Rosalie präsentierten sich. Fink trat zu dem schönen Mädchen, nannte sie gnädiges Fräulein und erzählte ihr, daß er eine alte Bekanntschaft erneuere, da er sie bereits in der Akademie gesehen habe. Er setzte sich zwischen Mutter und Tochter zu Tisch, er sagte ihnen im gleichgültigsten Ton so viele Artigkeiten, daß beide bezaubert wurden. Er rühmte gegen die Mutter die entfernte Residenz, gegen welche diese Stadt ein kleinlicher Haufe von Ziegelsteinen sei, er ließ sich mit Rosalien in eine lebhafte Unterhaltung über Musik ein, für die er sonst wenig Herz hatte, er versprach ihr beim nächsten Wettrennen einen guten Platz auf der Tribüne, er erzählte kleine Geschichten aus der besten Gesellschaft, in denen er mit Humor die Schwächen derselben karikierte. Er entzückte dadurch die Frauen, die mit Eifersucht auf die Kreise hinsahen, die sich gegen Leute von Bildung so sehr abschlossen, er erfreute dadurch auch Bernhard, der auf diese Berichte lauschte, wie auf die Kunde aus fremder Welt. Es war von einer Fürstin die Rede, welche für eine berühmte Schönheit galt, Fink war ihr irgendeinmal vorgestellt worden und fand, daß sie dem Fräulein zum Verwechseln ähnlich sah, etwas kleiner war die Fürstin, die Gestalt weniger edel; er bewunderte dreist eine Mosaikbrosche an der Brust von Frau Sidonie und verglich sie mit einem kostbaren Kunstwerk in einem Museum. Nur Vater Ehrenthal war für ihn nicht vorhanden. Nach den ersten Begrüßungen mit Anton machte der Händler einige vergebliche Versuche, mit Fink eine Unterhaltung anzuknüpfen. Aber Fink sprach über ihn weg, als ob ein Stück Luft auf dem Stuhl des Hausherrn sitze. Und doch war er nicht unartig, jedem war, als müßte es so sein. Ehrenthal selbst fand sich mit Demut in die bescheidene Rolle, zu der er verurteilt war und rächte sich dadurch, daß er einen ganzen Fasan verzehrte.

Als Fink merkte, daß es ein wenig unbequem war, die Frauen zu lebhafter Teilnahme an der Unterhaltung heranzuziehen, fing er an, in seiner Weise mit Worten zu phantasieren.

Die Mutter klagte gegen ihn über Bernhards Stubensitzen.

»Er ist ein Aristokrat«, antwortete Fink gutmütig. »Der zehnte Mensch ist ihm nicht recht. Die Herren Gelehrten haben alle diese Eigentümlichkeit. Wenn ich meinem Schöpfer für etwas dankbar bin, so ist es dafür, daß er mich zu einem einfachen bescheidenen Mann gemacht hat, dessen Kopf nicht stark genug ist, große Weisheit zu vertragen. Uns gewöhnlichen Menschen wird es am leichtesten, mit dieser Welt fertig zu werden, wir sind genötigt, uns in andere zu schicken. Wer aber berechtigt ist, große Ansprüche zu machen wegen seines Wissens oder wegen seiner Schönheit« – hier neigte er sich mit überzeugender Ehrlichkeit gegen die Tochter vom Hause – »der findet leicht die Welt nicht so, wie er sie fordert, während ich und meinesgleichen die Überzeugung haben, daß sie ganz vortrefflich eingerichtet ist.«

»Es ist doch viel Gemeines auf der Erde«, sagte Madame Ehrenthal.

»Daß ich nicht wüßte«, rief Fink lachend. »Ich gebe Ihnen zu, daß einige Insekten einen gemeinen Charakter haben, und daß es gemein ist, sich in Branntwein zu betrinken. Sehen Sie diese Auster. Ich wette, es gibt zahlreiche Fische und Erdbewohner, welche dies holde Geschöpf für etwas Gemeines halten, mir erscheint sie als eine der vornehmsten Erfindungen der Natur. Was verlangen wir von einem Vornehmen? Die Auster hat alles: sie ist ruhig, sie ist still, sie sitzt fest auf ihrem Grund und Boden. Sie schließt sich ab gegen die Außenwelt, wie kein anderes Geschöpf. Wenn sie ihre Schalen zuklappt, so deutet sie auf das Entschiedenste an: Ich bin für niemand zu Hause; wenn sie ihr perlmutternes Haus öffnet, so zeigt sie den bevorzugten Ebenbürtigen ein zartes gefühlvolles Wesen. Wenn der Mensch das Recht hat, etwas Geschaffenes zu beneiden, so ist es die Auster. Sie werden sagen, daß das Seewasser kein ansprechendes Element ist. Aber da muß ich widersprechen. Wer auf die schlechte Gewohnheit verzichten kann, alle Augenblicke nach Luft zu schnappen, wie wir leider tun müssen, für den muß es dort unten auf dem Meeresgrund sehr gemütlich sein.« Er wandte sich zu Rosalie: »Nur die musikalische Bildung der Auster ist, wie ich fürchte, ungenügend. Außer dem Heulen des Sturmwinds und dem Gerassel des Dampfschiffs dringen nicht viele Töne in ihre Behausung.«

»Treiben Sie Musik?« fragte Rosalie.

»Kaum darf ich das zugeben«, erwiderte Fink verbindlich. »Ich klimpere ein wenig auf dem Flügel herum, und wenn ich zu singen versuche, meide ich Menschenwohnungen. Aber ich stehe zur Musik in dem Verhältnis eines unglücklichen Liebhabers. Ich habe ein

Instrument, das ich schwärmerisch verehre, und ich würde viel darum geben, wenn ich imstande wäre, dasselbe mit Meisterschaft zu spielen.«

»Die Violine?« fragte Rosalie.

»Vergebung, die Pauke. Ich frage Sie, was heißt spielen auf den andern Instrumenten? Es ist ein ewiges unruhiges Umherrasen von der Höhe zur Tiefe und wieder umgekehrt, eine ungemütliche Anstrengung in allen möglichen Schnelligkeiten, Triolen, Trillern, Tremolos und wie die Quälereien alle heißen. Nur selten erscheint eine lange, dicke, ruhige Note, ein solider Ton, welcher aushallt und nicht von der nächsten Note seinen Fußtritt bekommt. Nehmen Sie dagegen den Ton der Pauke. Welche Kraft, welche Feierlichkeit und welche Wirkung! Und erst der Glückliche, dem ein solches Instrument anvertraut wird! Man sagt den übrigen Virtuosen nach, daß sie reizbar und empfindlich sind, der Pauker wird ein Held, ein großer Charakter, er bekommt eine Weltanschauung, wie sie nur auf dem erhabensten Standpunkt möglich ist. Er pausiert dreißig, fünfzig Takte, unterdes rennt und quiekt das Volk der übrigen Töne durcheinander, wie die Mäuse, wenn die Katze nicht zu Hause ist. Er allein steht in einsamer Größe, scheinbar mit nichts beschäftigt, er nimmt vielleicht eine Prise oder sucht sich lächelnd die schönsten Damen im Zuhörerraum. Aber innerlich denkt er: 27, wartet nur, ihr ruppiges Notengesindel, 28, ich werde euch sogleich eins auf den Kopf geben, 29, diese Geige wird naseweis, 30, bum! er schlägt auf, und die andern Instrumente fahren aufgeregt zusammen, sie fühlen die Sprache ihres Herrn und Meisters, und alle Zuhörer atmen tief auf, das große Wort ist gesprochen.« – Rosalie lachte.

»Ich lasse mir nächstens ein paar Pauken bauen und werde mir die Ehre geben, ein Duett für Pauke und Fortepiano zu schreiben und Ihnen, mein Fräulein, zu widmen, am liebsten ein gefühlvolles Notturno. – Beim Apoll, ein vortrefflicher Wein! Was für ein Landsmann? Ich habe noch nicht die Ehre seiner persönlichen Bekanntschaft.«

»Es ist ein Ungarwein, alter Menes«, rief Vater Ehrenthal über den Tisch, »er hat fünfzig Jahre gelegen im Keller.«

»Kennen Sie die Sorte, Herr Bernhard?« fragte Fink, die Worte des Vaters überhörend.

»Ich verstehe wenig vom Wein«, sagte Bernhard.

»Schade«, erwiderte Fink. »Wer ein Gönner der Poesie ist, wie Sie, der sollte auch etwas auf seinen Weinkeller halten. Aber da wir von Musik sprechen, müssen Sie uns wenigstens sagen, wie Ihre persischen Freunde, die Herren Jussuf und Sadi, ihre Lieder den schwarzäugigen Schönen vorsingen. Bitte, rezitieren Sie uns ein Gedicht auf persische Weise.«

Bernhard setzte ernsthaft auseinander, daß die Musik des Orients für unser Ohr manches Auffallende habe, und hatte lange zu tun, um die angelegentlichen Bitten Finks abzuwehren, welcher durchaus einen Vortrag in Originalsprache und Melodie von ihm hören wollte.

So zog er die Tafel hin bis nach Mitternacht, zuletzt mußte Rosalie sich an den Flügel setzen, dann fuhr auch er mit den Fingern über die Tasten und sang ein wildes Lied in spanischer Sprache. Als die Gäste sich entfernten, war die Familie entzückt. Rosalie eilte wieder an den Flügel und suchte die Melodie des fremden Gassenhauers zu wiederholen, die Mutter war unerschöpflich im Ruhme des vornehmen Wesens; auch der von den Stühlen der Menschheit gestrichene Vater war über den Besuch des reichen Erben begeistert und wiederholte in angenehmer Weinlaune, daß er über eine Million schwer sei. Selbst Bernhards unschuldige Seele war durch die Art des gewandten Mannes mächtig gefesselt. Wohl hatte er bei den Reden Finks zuweilen ein leichtes Mißbehagen gefühlt, es war ihm vorgekommen, als mache der Fremde sich über ihn und die Seinen lustig, aber er war zu unerfahren, um das vollständig zu übersehen, und beruhigte sich damit, daß solche Gleichgültigkeit zum Wesen der Weltleute gehöre.

Nur Anton war unzufrieden mit dem Freunde und sagte ihm das auf dem Heimwege.

»Du hast gesessen wie ein Stock«, erwiderte Fink, »ich habe die Leute unterhalten, was willst du mehr? Laß dich in eine Maus verwandeln und kriech in die Löcher der aufgeputzten Stube, und du wirst hören, wie sie jetzt mein Lob singen. Kein Mensch kann mehr verlangen, als daß man ihn so behandelt, wie ihm selbst behaglich ist.«

»Ich meine«, sagte Anton, »man soll ihn so behandeln, wie es der eigenen Bildung würdig ist. Du hast dich benommen, wie ein leichtsinniger Edelmann, der morgen bei dem alten Ehrenthal eine Anleihe machen will.«

»Ich will leichtsinnig sein«, rief Fink lustig, »vielleicht will ich auch eine Anleihe bei dem Hause Ehrenthal machen. Schweig jetzt mit deinen Bußpredigten, es ist ein Uhr vorüber.«

Einige Tage später erinnerte sich Anton nach dem Schluß des Comtoirs, daß er dem jungen Gelehrten die Übersendung eines Buches versprochen hatte. Da Fink schon vor einer Stunde weggegangen war und, wie er oft tat, den Paletot Antons mitgeführt hatte, so wickelte dieser sich in Finks Burnus, der auf seiner Stube lag, und eilte in Ehrenthals Haus. Er trat an die weiße Tür und war nicht wenig verwundert, als die Tür geräuschlos aufging und eine verhüllte Gestalt herausschlüpfte. Ein weicher Arm legte sich in den seinen und eine leise Stimme sprach: »Kommen Sie schnell, ich erwarte Sie schon lange.« Anton erkannte Rosaliens Stimme. Er stand starr wie eine Bildsäule und erwiderte endlich mit dem Erstaunen, das in solcher Lage verzeihlich ist: »Sie verkennen mich, mein Fräulein.« Mit einem unterdrückten Schrei huschte die junge Dame die Stufen hinab, Anton trat kaum weniger erschrocken in Bernhards Zimmer. Er hatte in der Verwirrung den Mantel nicht abgenommen, und erlebte jetzt das Leid, daß der kurzsichtige Bernhard auf ihn zutrat und ihn Herr von Fink anredete. Ein schrecklicher Verdacht stieg in ihm auf, er schützte gegen Bernhard große Eile vor und trug den unglücklichen Mantel schnell nach Hause über einem Herzen voll Schmerz und Ärger. Wenn es Fink war, der von der schönen Tochter Ehrenthals zu so vertraulichem Abholen erwartet wurde! Je länger Anton auf den Abwesenden wartete, desto höher stieg sein Unwille. Endlich hörte er Finks Tritt auf den Steinen des Hofes und eilte mit dem Mantel zu ihm hinab. Er erzählte kurz, was ihm begegnet war, und schloß mit den Worten: »Sieh, ich hatte deinen Mantel um, und es war dunkel, ich habe den häßlichen Verdacht, daß sie mich für dich gehalten hat, und daß du das Vertrauen Bernhards in unverantwortlicher Weise mißbraucht hast.«

»Ei, ei«, sagte Fink kopfschüttelnd, »da sieht man, wie schnell der Tugendhafte bereit ist, seine Steine auf andere zu werfen. Du bist ein Kindskopf. Es gibt mehr weiße Mäntel in der Stadt, wie kannst du beweisen, daß es gerade mein Mantel war, der erwartet wurde? Und dann erlaube mir die Bemerkung, daß du selbst dich bei diesem Abenteuer in einer Weise benommen hast, die weder artig, noch entschlossen, noch irgend etwas anderes war als täppisch. Warum hast du nicht das Fräulein die Treppe heruntergeführt? Und wenn die Verwechselung unten nicht mehr zu verbergen war, konntest du nicht sagen: Zwar bin ich nicht der, für den Sie mich halten, aber ich bin ebenfalls bereit, in Ihrem Dienst zu sterben, und so weiter.«

»Du täuschst mich nicht«, erwiderte Anton. »Ich traue nicht, daß du mir die Wahrheit sagst. Wenn ich mir alles recht überlege, so kann ich, trotz deinem Leugnen, den Verdacht nicht loswerden, daß du doch der Erwartete warst.«

»Du bist ein kleiner Schlaukopf«, sagte Fink gemütlich, »du wirst mir aber ebenfalls zugestehn, daß ich, da eine Dame im Spiel ist, nichts anderes tun kann, als leugnen. Denn siehst du, mein Sohn, wenn ich dir Geständnisse machte, so würde ich ja die schöne Tochter des ehrenwerten Hauses kompromittieren.«

»Leider fürchte ich«, rief Anton, »daß sie sich ohnedies kompromittiert fühlt.«

»Na«, sagte Fink ruhig, »sie wird's ertragen.«

»Aber Fritz«, rief Anton die Hände ringend, »hast du denn gar keine Empfindung für das Unrecht, das du an Bernhard begehst? Du verleitest die Schwester eines gebildeten und feinfühlenden Menschen zu Torheiten, die für sie verhängnisvoll werden müssen. Gerade daß sein reines Herz in einer Umgebung schlägt, die er nur ertragen kann, weil er so voll Vertrauen ist und so wenig erfahren, gerade das macht dein Unrecht für mich so bitter.«

»Deshalb wirst du am klügsten tun, wenn du das große Zartgefühl deines Freundes schonst und seiner Schwester Verschwiegenheit gönnst.«

»Nein«, erwiderte Anton zornig, »meine Pflicht gegen Bernhard zwingt mich zu etwas anderem. Ich muß von dir fordern, daß du dein Verhältnis zu Rosalie, von welcher Art es auch sei, auf der Stelle abbrichst und dich bemühst, in ihr nur das zu sehen, was sie dir immer hätte sein sollen, die Schwester meines Freundes.«

»So?« entgegnete Fink spöttisch, »ich habe nichts dawider, daß du diese Forderung stellst. Wenn ich aber nicht darauf eingehe, wie dann? Immer vorausgesetzt, was ich überhaupt leugne, daß ich der glückliche Erwartete war.«

»Wenn du nicht darauf eingehst«, rief Anton in großer Bewegung, »so kann ich dir diesen Streich niemals verzeihen. Das ist nicht mehr Mangel an Zartgefühl, es ist etwas Schlimmeres.«

»Und was, wenn's beliebt?« fragte Fink kalt.

»Es ist schlecht«, rief Anton. »Es war schon schlimm genug, daß du die Koketterie des Mädchens benutztest, aber es ist doppelt schlecht, daß du auch jetzt nicht daran denken willst, wie du sie kennengelernt hast, nicht an ihren Bruder und nicht an mich, der ich diese unglückliche Bekanntschaft vermittelt habe.«

»Und du laß dir sagen«, erwiderte Fink, die Lampe seiner Teemaschine anzündend, »daß ich dir durchaus nicht das Recht einräume, mir solche Vorträge zu halten. Ich habe keine Lust, mit dir zu zanken, aber ich wünsche über diesen Gegenstand kein Wort weiter von dir zu hören.«

»Dann muß ich dich verlassen«, sagte Anton, »denn es ist mir unmöglich, mit dir über anderes zu sprechen, solange ich die Empfindung habe, daß du frevelhaft handelst.«

Er ging zur Tür. »Ich lasse dir die Wahl, entweder du brichst mit Rosalie, oder, so furchtbar mir ist das auszusprechen, du brichst mit mir. Wenn du mir bis morgen abend nicht die Versicherung gibst, daß deine Intrige zu Ende ist, so gehe ich zu Rosaliens Mutter.«

»Gute Nacht, du dummer Tony«, sagte Fink.

Anton verließ den leichtsinnigen Freund. Es war der erste ernsthafte Streit zwischen ihm und Fink. Er war sehr unglücklich über Finks Leichtsinn und schritt bis tief in die Nacht in seinem Zimmer trostlos auf und ab. Dem harmlosen Bernhard etwas zu sagen, erschien ihm bei der Persönlichkeit des Gelehrten bedenklich, er fürchtete, ihn im tiefsten Herzen zu verwunden, und traute ihm wenig Einfluß auf die Schwester zu. Auch Fink war ärgerlich über den Zufall. Er trank seinen Grog diesmal allein und dachte vielleicht mehr an Antons Groll, als an den Schreck der schönen Rosalie.

Der nächste Tag war grau für beide. Sonst, wenn Fink ins Comtoir trat, nickte er dem Freunde, der ihm seit einiger Zeit gegenüber saß, freundlich zu, und Anton kam dann schnell an den Stuhl des andern und fragte leise, wie Fink den letzten Abend verlebt hatte. Heut saß Anton stumm auf seinem Platz und beugte sich tief auf den Brief hinab, als Fink sich ihm gegenüber setzte. Jeder mußte, wenn er aufsah, in das Gesicht des andern blicken, heut hatten beide die Aufgabe zu tun, als ob ihnen gegenüber ein leerer Raum sei. Es war Fink leicht gewesen, den Vater Ehrenthal als Luft zu behandeln, bei Anton war auch ihm das lästig, und Anton, der keine solche Gewandtheit im Übersehen fremder Körper hatte, fühlte sich höchst

unglücklich, wenn er nach rechts und links ausschauen mußte, bei
dem Kopf des andern vorbei, über ihn weg, immer gleichgültig, wie
der Kriegsbrauch zwischen Schmollenden nötig macht. In der Mitte
des Vormittags kam das Frühstück in das Comtoir, dann wurde eine
kurze Pause gemacht, die Herren standen von ihren Plätzen auf und
traten zusammen. Heut blieb Anton sitzen, weil sein Platz der einzige
Ort war, welcher ihn vor der Berührung mit Fink sicherte. Alles
verschwor sich, beiden ihre Rolle schwerzumachen. Schmeie Tinkeles erschien im Comtoir, und Fink hatte wieder eine lächerliche
Verhandlung. Alle Herren sahen auf Fink und sprachen mit ihm;
sonst hatte Anton dem Freunde fröhliche Zeichen des Einverständnisses gemacht, jetzt starrte er vor sich hin, als ob Tinkeles hundert
Meilen entfernt wäre. Herr Schröter gab Anton einen Auftrag, bei
dem er Fink um Auskunft fragen mußte. Anton war genötigt, sich
vorher stark zu räuspern, damit seine Stimme nicht gepreßt klang,
und als Fink eine kurze Antwort gab, kränkte ihn das, und sein Zorn
gegen den Verstockten loderte wieder zu heller Flamme auf. Zum
Mittagessen waren die beiden immer zusammen gegangen, Fink
hatte regelmäßig gewartet, bis Anton ihn abholte. Heut kam Anton
nicht. Fink ging mit Herrn Jordan ins Vorderhaus, so daß Jordan
verwundert fragte: »Wo bleibt denn Wohlfart?« und Fink mußte
sagen: »Wo er will.«

Am Nachmittag konnte Anton sich nicht enthalten, einigemal
heimlich von seinem Briefe aufzusehen und den Kopf und das stolze
Angesicht des andern zu betrachten. Dabei mußte er denken, wie
fürchterlich es für ihn sei, von jetzt ab dem Manne fremd zu werden,
an dem er so sehr hing. Aber er blieb fest. Auch jetzt, wo der erste
Zorn verraucht war, fühlte er, daß er nicht anders handeln konnte.
Diese Überzeugung rührte ihm das Herz. Und in solcher Stimmung
vermied er nicht mehr auf den Platz des verlornen Freundes zu
schauen. Als Fink aufblickte, sah er das Auge Antons voll Trauer auf
seinem Gesicht ruhen. Der schmerzliche Ausdruck beunruhigte den
Rücksichtslosen mehr als der frühere Zorn. Er erkannte daraus, daß
Anton fest war, und die Waagschale, worin Rosalie saß, fuhr in die
Höhe. Wenn Anton in seiner Spießbürgerlichkeit zu Rosaliens Mutter ging, so wurde ihm das Abenteuer doch verdorben. Zwar um den
Zorn der Mutter kümmerte er sich wenig, Rosalie mochte sehn, wie
sie mit ihr fertig wurde, aber der Gedanke an den harmlosen Bernhard war ihm unbehaglich. Und was das Schlimmste war, sein eigenes Verhältnis zu Anton war für immer zerstört, sobald dieser erst
mit einer dritten Person über die Liaison gesprochen hatte. Diese
Erwägung zog ihm die Stirn in Falten.

Kurz vor sieben Uhr fiel ein Schatten auf Antons Papier. Anton
sah auf, Fink hielt ihm schweigend einen kleinen Brief über das Pult,
die Aufschrift war an Rosalie. Anton sprang von seinem Sitz auf.

»Ich habe an sie geschrieben«, sprach der andere mit eisiger
Kälte; »da deine Freundschaft mir nur die Wahl läßt, entweder das
Mädchen zu kompromittieren oder meine Studien über eine interes-

sante Völkerseele aufzugeben, so muß ich mich zu dem letzteren verstehen. Hier ist der Brief. Ich habe nichts dagegen, daß du ihn liest. Es ist ihr Laufpaß.«

Anton nahm den Brief aus der Hand des Sünders, siegelte ihn in der Eile mit dem kleinen Comtoirstempel und übergab ihn einem Hausknecht zur schleunigen Abgabe auf der Stadtpost.

So war die Gefahr beseitigt, aber es blieb seit diesem Tage eine Spannung zwischen den beiden Verbündeten. Fink grollte, und Anton konnte nicht vergessen, was er Verrat an seinem Freund Bernhard nannte. Und Fink trank durch einige Wochen seinen Tee nicht in Antons Gesellschaft.

7

Das Haus von T. O. Schröter hatte einen Tag im Jahre, an dem es sich unabänderlich dem Vergnügen ergab. Dies geschah zur Erinnerung an die Stunde, in welcher Herr Schröter als Teilhaber in das Geschäft seines Vaters eingetreten war. Wenn dieser Tag durch die Tücke der Kalendermacher unter die Wochentage gesetzt wurde (und es war sechs gegen eins zu wetten, daß sie dem Geschäft den Possen spielten), so wurde das Fest am nächsten Sonntag gefeiert. Es war keine Festfeier, welche übermäßig aufregte, sie hatte einen ruhigen regelmäßigen Verlauf und einen leisen Anflug von Geschäftlichkeit. Zuerst war großes Diner des Comtoirs beim Prinzipal, dann fuhr die Gesellschaft nach einem nahe gelegenen Dorfe, wo der Kaufmann ein Landhaus besaß, und eine Anzahl öffentlicher Gärten und Sommerkonzerte die Stadtbewohner anzog. Dort wurde Kaffee getrunken, Natur genossen, und am Abend zur Bürgerstunde nach der Stadt zurückgefahren.

In diesem Jahr feierte der Kaufmann das fünfundzwanzigjährige Jubiläum seines Eintritts. Schon am Morgen gratulierten Deputationen der Auflader und Hausknechte, an der Mittagstafel waren heut die Kollegen im höchsten Staat versammelt, Herr Liebold in einem neuen Frack, den er, wie alle Prachtstücke seiner Garderobe, seit vielen Jahren an diesem Fest zum erstenmal trug.

Nach dem Mittagessen fuhren einige Wagen vor das Haus, die Gesellschaft ins Freie zu schaffen. Herr Schröter stieg mit Sabine in den ersten Wagen, und da die Tante als Krankenpflegerin einer Verwandten abwesend war, sah sich der Prinzipal unter den Herren um, welche massenhaft um den Wagen standen und das Einsteigen Sabinens durch heftige Dienstbeflissenheit wenigstens moralisch unterstützten. Fink saß bereits auf seinem Reitpferd, und so rief der Prinzipal Herrn Liebold und Herrn Jordan auf den Rücksitz des Staatswagens. Beide Herren verneigten sich, Herr Liebold nahm mit feierlichem Lächeln gegenüber dem Fräulein Platz. Ach, aber seine Freude war nicht ohne den Bodensatz heimlicher Angst. Es war allen Kollegen wohlbekannt und ihm am besten, daß er das Rückwärtsfahren durchaus nicht vertragen konnte. Nie hatte er nach Ehrenplätzen gestrebt, sein ganzes Leben durch war er auf der Rückseite von Fortunas Karosse fortgeschafft worden, aber in einem gewöhnlichen Wagen empörte sich augenblicklich sein ganzes Innere, wenn er nicht vornehm im Fond saß. Auch heut sah er das Unglück kommen, gerade heut, wo er der angebeteten Herrin des Hauses gegenübersaß. Wie gern hätte er seinen Platz geopfert, aber das war unmöglich, die Ehre war zu groß, und seine Weigerung wäre ihm falsch ausgelegt worden. So saß er als Märtyrer, auf das Ärgste gefaßt, dem Fräulein gegenüber, er versuchte vergebens unbefangen auszusehen und auf die Seite zu blicken, wo Häuser und Bäume, Menschen und Hunde bei ihm vorbeitanzten. Dies fürchterliche Tanzen kannte er, das war immer der Anfang. Er mußte also gerade vor sich hin sehen, und da es unpassend gewesen wäre, dem Fräulein ins Gesicht zu blicken, so starrte er über sie weg. Noch lächelte sein Mund, aber sein Auge sah stier und seine Wangen wurden blaß, blutlos, erdfarben. Jordan sah ihn von der Seite an und konnte das Lachen nicht verbergen. Das brachte Sabine zu der besorgten Frage: »Fehlt Ihnen etwas, Herr Liebold?« Da Liebold die Augen nicht vom Himmel wegwenden durfte, so bohrte er sie an einer ruhigen Wolke fest und murmelte die Versicherung, daß ihm sehr wohl sei. Dabei erhielt sein Gesicht aber den Ausdruck stumpfer Verzweiflung, so daß Sabine sich ängstlich an Herrn Jordan wandte.

»Er kann nicht vertragen rückwärts zu sitzen«, sagte dieser.

»Dann wechseln wir die Plätze«, rief Sabine. Herr Liebold schüttelte erschrocken den Kopf und machte schweigend allerlei Bewegungen, um seinen Abscheu gegen eine solche Zumutung auszudrücken. »Bitte, Herr Jordan, lassen Sie den Kutscher halten«, rief Sabine. Der Wagen stand, das Fräulein erhob sich: »Schnell, Herr Liebold«, rief sie. Dieser versuchte noch zu protestieren, aber Jordan rückte ihn kräftig in die Höhe, und ehe er wußte, wie ihm geschah, saß er im Fond, und das Fräulein ihm gegenüber auf dem Rücksitz. Die Spannung in seinen Zügen ließ nach, eine feine Röte zog verklärend über sein Gesicht. Aber in welcher Lage war er! Was mußten die Vorübergehenden von ihm und seiner Stellung zum Hause denken! Fremde konnten ihn für den Onkel der Dame halten, aber jeder, der sie kannte, – und wer kannte die schöne Sabine Schröter nicht? – der mußte auf die abenteuerlichsten Gedanken kommen. Daß er mit ihr verlobt sei, war noch viel zu wenig, als Verlobter hätte er nicht im Fond sitzen dürfen, nein, er saß da, wie mit ihr verheiratet. Der Gedanke trieb ihm den Schweiß aus allen Poren, er sah demütig auf das Fräulein und bat sie mit leiser Stimme um Verzeihung wegen des Skandals, den er verursache. Sabine streckte zur Antwort ihre Hand aus und schüttelte ihm die seine kräftig. Da übermannte ihn die Freude, er beugte sich schon ein wenig herab, in der kühnen Absicht, ihr den Handschuh zu küssen. Und in demselben Augenblick fuhren sie bei dem Buchhalter von Strumpf und Kniesohl vorüber, Herr Liebold schnellte stracks in die Höh, jetzt war das Unglück geschehen, Sabine und er waren das Opfer eines unerhörten Irrtums. Es war unnütz, noch gegen das Schicksal anzukämpfen. Er saß fortan verklärt und still selig, bis die Wagen vor der großen Restauration des Dorfes anhielten. Man stieg aus, die Herren sammelten sich um das seidene Gewand ihres Fräuleins, rauschende Musik scholl ihnen entgegen, sie traten in die Buchengänge des geschmückten Gartens, welcher heut mit den glänzenden Toiletten der Städter angefüllt war.

Sabine schwebte in einer Wolke von Herren dahin. Es ist möglich, daß dieser wandelnde Hof mancher Mitschwester größere Freude gemacht haben würde, als ihr. Jedenfalls sah es stattlich aus, als sie am Arm des Bruders durch die Gänge schritt, auf beiden Seiten und hinter ihr diensteifrige Herren, alle bemüht, sich mit ihr als dem Mittelpunkt in Verbindung zu halten, zumal heut, wo das Haus in Masse unter der Fashion der Stadt auftrat, und jeder einzelne als Mitglied des berühmten Geschäfts zu repräsentieren hatte. Liebold war in einem beständigen Lächeln begriffen, welches er auf der Außenseite seines Gesichts allerdings zu bewältigen suchte, um bei den Vorübergehenden nicht den Argwohn zu erregen, daß er sie auslache. Aber um so stärker arbeitete es in seinem Innern und fuhr zuweilen im gleichgültigen Gespräch wie ein Wetterleuchten über sein Gesicht, dehnte ihm plötzlich Nase und Mund aus, und machte die Augen klein und glänzend. Er trug heut als Bevorzugter den Schal des Fräuleins, schritt in angemessener Entfernung hinter ihr her und bezeichnete so die zweite von den Linien, welche die Firma heut im grünen Hauptbuch der Natur einnahm. Durch eine kühne Handbewegung hatte sich Herr Specht in Besitz des Sonnenschirms gesetzt und umgab mit diesem Sabine von allen Seiten, in der Regel marschierte er wie ein Fähnrich voran am Rand des Gehölzes. Mit verlangendem Blick sah er in das Gebüsch, ob ihm nicht eine auffallende Blume oder ein Schmetterling Veranlassung geben könnten, mit dem Fräulein eine Unterhaltung anzufangen. Jedenfalls war das nicht leicht, denn Fink ging neben ihr. Dieser war heut in boshafter Stimmung, und wider Willen lachte Sabine über die unbarmherzigen Glossen, welche er auffallenden Gestalten unter den Spaziergängern gönnte. Auch den massenhaften Aufmarsch der Firma machte er lächerlich, aber er selbst verschmähte nicht, etwas von dem exklusiven Stolz der Handlung zu empfinden.

Um sie herum zogen, trippelten und rauschten die Schwärme der Lustwandelnden. Es war ein unaufhörliches Anstarren, Grüßen, Ausweichen, der Kaufmann mußte immer wieder nach dem Hut greifen, und sooft er grüßte, gerieten die vierzehn Hüte der Kollegen ebenfalls in Bewegung und erregten in der Luft zahlreiche kleine Wirbelwinde. Das machte einen großartigen Eindruck.

Als die Hausgenossen einige Zeit in der Strömung fortgeschwommen waren, äußerte Sabine den Wunsch auszuruhen. Sogleich flogen Tirailleure der Herren unter die Bankreihen und belegten einen Tisch. Man nahm Platz, die Kellner schleppten eine riesige Kaffeekanne mit der entsprechenden Anzahl Tassen herbei. Jetzt war eine Freude, der Handlung zuzusehen, wie jeder der Herren bemüht war, dem Fräulein das Eingießen abzunehmen, weil die Kanne für sie zu schwer war, wie Sabine sich Anton zum Adjutanten erwählte, weil er auch im Salon der Kollegen das Geschäft des Eingießens verrichtete, wie die Kollegen sich freuten, daß man im Vorderhause auch das von ihnen wußte, ferner, wie verbindlich Sabine jedem der Herrn den Kuchen präsentierte, und wie sie immer ein Auge darauf hatte, daß die Zuckerschale und der Sahnetopf in ihrem Laufe um den Tisch nicht unterbrochen wurde, und endlich, wie alle Kollegen den braunen Trank des Wirts mit der stillen Überlegenheit von Leuten einnahmen, welche besser wissen, was guter Kaffee ist. Es war kein ruhiger Sitz, und Sabine hatte viel zu tun, die vorbeiziehenden Bekannten zu grüßen und den Freunden des Bruders, welche an sie herantraten, Rede zu stehn. Sie war allerliebst in dieser unaufhörlichen Bewegung. Mit einer ruhigen hausmütterlichen Haltung sprach sie mit den Herren vom Comtoir, und mit einfacher Herzlichkeit erhob sie sich und bewillkommnete die Herantretenden. Sie grüßte, scherzte und waltete über dem Kaffeebrett, sie sah auf die Spaziergänger und hatte noch Zeit, prüfende Blicke in das Innere der Tassen zu werfen, welche sie Anton zureichte. Anton und Fink, beide empfanden, wie gut ihr das sichere Wesen stand, und Fink sagte ihr das: »Wenn dies ein Tag der Erholung ist, Fräulein Sabine, so beneide ich Sie nicht um Ihre Arbeitstage. Keine Prinzeß hat im Empfangssaal so viele Rücksichten zu nehmen, soviel mit dem Kopf zu nicken, zu lächeln und Artiges zu sagen, als Sie. Es geht vortrefflich, Sie haben das jedenfalls einstudiert. Da kommt der Bürgermeister selbst, er wird Sie sogleich anreden. Jetzt tun Sie mir leid, mit dem Ohr sollen Sie auf mich hören, in der Hand halten Sie Liebolds Tasse und mit den Augen müssen Sie achtungsvoll den Großwürdenträger empfangen. Ich bin neugierig, ob Sie noch meine Worte verstehen.«

»Nehmen Sie nur den Käfer aus Ihrer Tasse, ich werde Ihnen sogleich eingießen«, sagte Sabine lachend und stand auf, den Bekannten des Hauses zu begrüßen.

Unterdes belustigte sich Anton, die Urteile der Vorübergehenden über seine Gesellschaft zu erlauschen. »Da ist Herr von Fink«, wisperte eine junge Dame ihrer Begleiterin zu. »Ein nettes Gesicht, famose Taille«, schnarrte ein Leutnant. »Was ist ein Fisch unter so viele Hungrige?« brummte ein Ruchloser. »Still, das sind die von Schröters«, stieß ein Kommis den andern an. Als er so aufblickte, sah er zwei hohe üppige Gestalten langsam heranziehn. Es waren Dame Ehrenthal und Rosalie, Rosalie ging auf der Seite des Tisches. Ihr Gesicht überzog sich langsam mit einer dunkeln Röte, als sie in dem Gedränge dicht an seinem und Finks Platz vorüberkam. Unruhig sah er auf Fink, der wieder in lebhaftem Gespräch mit Sabine doch Augen genug hatte, die Nahenden zu bemerken. Anton erhob sich grüßend, der unerschütterliche Fink griff nachlässig an seinen Hut und blickte von seinem Sitze so kalt auf die beiden Frauen, als hätte er nie die Armbänder an dem weißen Arm der schönen Rosalie bewundert. Der Gruß Antons, die auffallende Schönheit Rosaliens, vielleicht einiges Auffallende ihrer Toilette bewirkten, daß auch Sabine die beiden Frauen aufmerksam ansah.

Die Tochter Ehrenthals achtete nicht auf Antons Gruß, ihre dunkeln Augen hefteten sich fest auf Sabine. Ein Flammenblitz voll Haß und Zorn fiel auf das Mädchen, welches sie für ihre glückliche Nebenbuhlerin hielt, so daß Sabine sich erschrocken zurückbeugte, wie um dem Anfall eines Raubtieres zu entgehen.

Mit zusammengepreßten Lippen, unsäglichen Widerwillen auf allen Zügen fuhr Rosalie vorüber. Finks Lippen kräuselten sich und er zog seine Schultern ein wenig in die Höhe. Als die Frauen vorüber waren, sah Sabine erstaunt auf Anton und Fink, und frug: »Wer war das?«

»Eine von den Bekanntschaften Antons«, sprach Fink höhnend.

»Madame Ehrenthal und ihre Tochter«, erwiderte Anton verlegen, »die junge Dame ist die Schwester des Gelehrten, von dem ich Ihnen neulich erzählt habe.« Aber unwillkürlich sah er auf Fink, während er sprach, und beide tauschten einen finstern Blick miteinander aus.

Sabine schwieg und rückte sich auf ihrer Bank zurück, ihre frohe Laune war dahin. Die Unterhaltung kam nicht mehr in Fluß, und als der Bruder von einem Besuch bei dem nächsten Tisch zurückkehrte, erhob sich das Fräulein und lud die Herren ein, nach ihrem Garten zu kommen. Von neuem zog sie mit ihrer Wolke dahin, aber Fink ging nicht mehr an der Seite des Fräuleins. Der glühende Blick voll Haß hatte die grünen Ranken versengt, welche sich wieder von ihr zu ihm gezogen hatten. Sabine wandte sich zu Anton und sprach mit diesem; sie mühte sich, heiter zu sein, aber Anton merkte ihr den Zwang an.

Der große Garten des Kaufmanns mit einem hübschen Gartenhaus und Glashäusern war ein Lieblingsaufenthalt Sabinens. Sommer und Winter fuhr sie hinaus, wenn das Wetter es irgend erlaubte, und besprach mit dem Gärtner alle Einzelheiten der Einrichtung und Blumenzucht. Die Kollegen bestürmten sie daher mit Fragen über Namen und Charakter ihrer Blumen; und während der Kaufmann mit Fink ein benachbartes Grundstück betrachtete, das ihm zum Kauf angeboten war, zeigte Sabine der übrigen Gesellschaft, was sie in der letzten Zeit angelegt hatte. Sie führte die Herren durch die Blumen, die Rasenstücke, in das Warmhaus. Der Bruder hatte ihr eine hohe Palme geschenkt, und die Palme, große Pisangblätter, tropische Farren und blühende Kakteen waren in eine Gruppe zusammengestellt, eine zierliche Bank und ein Tisch standen davor, es war ein allerliebster Wintergarten. Während Sabine erzählte, daß sie hier an sonnigen Wintertagen den Kaffee trinke, und wie schön es sich dann unter den großen Blättern sitze, brachte ihr der Gärtner auf einem Teller Kuchenbrocken und Vogelfutter. »Auch wenn ich nicht so große Begleitung habe, bin ich hier nicht allein«, sagte sie lächelnd.

»Wir bitten, stellen Sie uns den Vögeln vor«, rief Anton.

»Sie müssen aber in das Gartenhaus treten und hübsch still sein«, bat Sabine, »das kleine Volk kennt zwar mich, aber die vielen Herren würden ihm doch Schrecken einjagen.«

Die Kollegen zogen nach dem Gartenhaus. Pix lenkte den aufgeregten Specht am hintersten Rockknopf zurück und drehte die Glastür herum, Sabine streute das Futter einige Schritt von der Tür auf den Kies und schlug in die Hände. Dem Klatschen antwortete mehrstimmiger Ruf von den nächsten Bäumen und dem Dach des Hauses. Eine Menge kleiner Vögel schoß herzu und hüpfte mit lustigem Geschrei um die Krumen, sie waren so zahm, daß sie bis an die Füße Sabinens herankamen. Es war keine vornehme Gesellschaft, einige Finken, Hänflinge und ein ganzes Volk Spatzen. Sabine trat leise zur Tür und fragte durch den Spalt: »Können Sie die einzelnen unterscheiden? So ähnlich auch die Herrschaften einander sehen, sie sind doch verschieden, nicht nur im Kleide, auch in ihrem Wesen. Mehrere davon kenne ich persönlich.« Sie wies auf einen großen Sperling, ein schönes Männchen mit schwarzem Kopf und feurigem Braun auf dem Rücken: »Sehen Sie den dicken Herrn dort?«

»Er ist der größte von allen«, sagte Anton erfreut.

»Er ist mein ältester Bekannter, er hat sich zuerst an mich gewöhnt, von meinem Kuchen ist er so stark geworden. Er ist ausgefüttert und satt. Wie sicher er umherhüpft, und wie vornehm er in die Brocken pickt! Gleich einem reichen Bankier geht er unter den andern umher. Hören Sie ihn schreien? Seine Stimme klingt wegwerfend und aristokratisch. Er betrachtet dies Ausstreuen als eine Verpflichtung, welche die Welt gegen ihn hat. Da kräht er wieder. Wissen Sie, was er sagt: Mein Kuchenmädel ist da. Dies ewige Gebäck! Was ich nicht aufessen kann, will ich den andern lassen. Ich glaube, es hängt ihm eine Berlocke an seinem kleinen Bauch herunter.«

»Es ist eine Feder«, flüsterte Herr Specht.

»Ja«, fuhr Sabine fort, »ich fürchte, die hat ihm seine Frau ausgehackt. Denn, so gewichtig er aussieht, er steht unter dem Pantoffel. Das graue Weibchen dort, das hellste von allen, ist seine Frau. Sehen Sie, daß sie ihn weghackt?«

Ein lebhafter Zank unter den Sperlingsleuten begann. Der Bankier, welcher gerade vornehm in einen ungewöhnlich großen Brocken pickte, bekam von seiner Frau einige Hiebe mit dem Schnabel; er fing an zu räsonieren, die Nachbarn flogen herzu, ein heftiges Geschrei begann, der allgemeine Unwille war gegen den Bankier gerichtet. Er wurde aus dem Haufen beiseite gejagt und hüpfte zerzaust, mit dem Kopfe schüttelnd, einige Schritt vor den Brocken auf und ab, während seine Frau über dem eroberten Bissen stand und laut triumphierte.

Die Herren lachten.

»Jetzt kommt mein Kleiner, mein Liebling, jetzt merken Sie auf!« rief Sabine freudig. Unbehilflich, mit ausgebreiteten Flügeln tappte ein kleiner Sperling heran, ganz wie ein Kind, welches Mühe hat, im Gehen das Gleichgewicht zu behaupten. Er flatterte neben die Sperlingsfrau, sperrte den Schnabel weit auf, schrie und schlug mit den Flügeln auf die Erde. Die Mutter zerhackte den großen Bissen, faßte die Teile und steckte sie in den aufgesperrten Schnabel des Kleinen. Mitten unter der schwirrenden, tanzenden, hackenden Gesellschaft fütterte die Mutter den Schreihals. Ein Stück des eroberten Bissens nach dem andern steckte sie ihm in den Hals, während der Vater einige Schritt davon selbstgefällig auf und ab schritt und zuweilen von der Seite mißtrauisch auf die energische Hausfrau hinblickte.

»Wie allerliebst!« rief Anton.

»Nicht wahr?« sagte Sabine. »Auch bei den Kleinen sind Charaktere und ein Familienleben.« Aber die Szene wurde auf gewaltsame Weise unterbrochen. Ein leichter Schritt kam um das Haus, die Vögel flatterten auf, nur die Mutter und das Junge waren so eifrig beschäftigt, daß sie zögerten. Endlich flog auch die Sperlingsfrau auf den Baum und rief ängstlich ihr Kind. Aber der Kleine, vom genossenen Kuchen schwer und betäubt durch die Fülle des Genusses, vermochte nicht so schnell die schwachen Flügel zu heben. Ein Schmiß von der Reitpeitsche Finks erreichte ihn, der Körper flog als Leiche in die Blumen. Ein zorniger Ruf von sämtlichen Herren wurde gehört, und finster blickten alle Gesichter des Comtoirs auf den Mörder. Fink, der auf die Gruppe an der Salontür nicht geachtet hatte, sah verwundert auf den Sturm, der gegen ihn hereinbrach. Sabine eilte an ihm vorbei nach dem Beet, auf dem der Vogel lag, ergriff diesen, küßte den kleinen Kopf und sprach mit klangloser Stimme: »Er ist tot.« Sie setzte sich auf die Bank an der Türe und deckte ihr Taschentuch über den Toten.

Ein unbequemes Stillschweigen folgte. »Es war der Lieblingsvogel von Fräulein Sabine, den Sie erschlagen haben«, sagte endlich Herr Jordan vorwurfsvoll.

»Das tut mir leid«, erwiderte Fink und rückte sich einen Stuhl zum Tisch. »Ich habe nicht gewußt, Fräulein, daß Sie Ihre Teilnahme auch auf diese Klasse von Spitzbuben ausdehnen. Ich habe im besten Glauben gehandelt, und dachte den Dank des Hauses zu verdienen, als ich den Dieb aus der Welt schaffte.«

»Das arme Kleine«, sprach Sabine traurig, »die Mutter schreit auf dem Baum, hören Sie?«

»Sie wird sich trösten«, entgegnete Fink. »Ich halte es für unzweckmäßig, einem Sperling mehr Gemüt zu gönnen, als seine eigene Verwandtschaft hat. Aber ich weiß, Sie lieben alles, was Sie umgibt, mit Rührung und Gefühl zu betrachten.«

»Wenn Sie diese Eigenschaft nicht haben, weshalb verspotten Sie dieselbe bei andern?« fragte Sabine mit zuckendem Munde.

»Weshalb?« fragte Fink. »Weil ich dieser Gewohnheit überall begegne. Dies ewige Gefühl, mit dem hier alles überzogen wird, was des Gefühls nicht wert ist, macht zuletzt schwach und kleinlich. Wer seine Empfindung immer an allen möglichen Tand heftet, der hat zuletzt keine, wo eine große Leidenschaft seiner würdig ist.«

»Und wer nie etwas anderes tut, als mit herber Kälte zu betrachten, was ihn umgibt, wird dem zuletzt nicht auch die Empfindung fehlen, wo eine große Leidenschaft Pflicht wird?« fragte Sabine mit einem schmerzlichen Blick auf Fink.

»Es wäre unartig, wenn ich das nicht zugeben wollte«, sagte Fink achselzuckend. »Jedenfalls wird es einem Mann besser anstehen, hart zu sein, als zu weichlich.

Aber sehen Sie das Volk hier an«, fuhr er nach einer unbehaglichen Pause fort. »Das liebt seinen Strickbeutel, den Kupferkessel, in dem die Mutter Würste gekocht hat, es liebt eine zerbrochene Pfeife, einen fadenscheinigen Rock, und ebenso alle Mißbräuche, die zehntausend verrotteten Gewohnheiten seines Lebens; überall liegen phantastische Grillen, Liebhabereien und schwache Gemütlichkeiten herum und hängen sich wie Blei an die Menschen, wenn es einmal gilt, frisch vorwärts zu gehen. Achten Sie auf die deutschen Auswanderer. Welche Masse unnützen Krames schleppt dies Volk übers Wasser, alte Vogelbauer, zerbrochene Holzstühle; wurmstichige Wiegen und andern Plunder. Ich habe einen Kerl gekannt, der in brennender Sonnenhitze acht Tagereisen machte, um einmal Sauerkraut zu essen. Und wenn sich so ein armer Teufel irgendwo niedergelassen hat und nach einem Jahre entdeckt, daß er in einer Fiebergegend steckt, so hat er seine ganze Umgebung mit Gemütlichkeit übersponnen wie mit Spinnweben und ist oft nicht mehr aus dem Sumpf zu bringen, und wenn er und Weib und Kind darüber zugrunde gehen.

Da lobe ich mir das, was Sie die Gemütlosigkeit des Amerikaners nennen. Er arbeitet wie zwei Deutsche, aber er wird sich nie in seine Hütte, seine Fenz, in seine Zugtiere verlieben. Was er besitzt, das hat ihm gerade nur den Wert, der sich in Dollars ausdrücken läßt. Sehr gemein, werden Sie mit Abscheu sagen. Ich lobe mir diese Gemeinheit, die jeden Augenblick daran denkt, wie viel und wie wenig ein Ding wert ist. Denn diese Gemeinheit hat einen mächtigen freien Staat geschaffen. Hätten nur Deutsche in Amerika gewohnt, sie tränken noch jetzt ihre Zichorie statt Kaffee unter der Steuer, die ihnen eine gemütliche Regierung von Europa aus auflegen würde.«

»Und fordern Sie von einer Frau denselben Sinn?« fragte Sabine.

»In der Hauptsache, ja«, erwiderte Fink. »Keine deutsche Hausfrau, die nicht in ihre Servietten verliebt ist. Je mehr eine von den Lappen hat, desto glücklicher ist sie. Ich glaube, sie taxieren einander in der Stille, wie wir die Leute an der Börse: fünfhundert, achthundert Servietten schwer. Die Amerikanerin ist kein schlechteres Weib, als die Deutsche, aber sie wird über eine solche Liebhaberei lachen. Sie hat, soviel ihr für den täglichen Gebrauch nötig sind, und kauft neue, wenn die alten zugrunde gehen. Wozu sein Herz an solchen Tand hängen, der dutzendweise für etwa vier bis sechs Taler in jeder Straße zu haben ist?«

»O es ist traurig, das Leben in ein solches Rechenexempel aufzulösen!« erwiderte Sabine. »Was man erwirbt und was man hat, verliert seinen besten Schmuck. Töten Sie die Phantasie und unsere gute Laune, die auch den leblosen Dingen ihre freundlichen Farben verleiht, was bleibt dann dem Leben des Menschen? Nichts bleibt, als der betäubende Genuß, oder ein egoistisches Prinzip, dem er alles opfert. Treue, Hingebung, die Freude an dem, was man schafft, das alles geht dann verloren. Wer so farblos denkt, der kann vielleicht groß handeln, aber sein Leben wird weder schön, noch freudenreich, noch ein Segen für andere.« Unwillkürlich faltete sie die Hände und warf einen Blick voll Trauer auf Fink, dessen Gesicht einen trotzigen und harten. Ausdruck erhielt.

Die Kollegen hatten bis jetzt der Unterhaltung in düsterem Schweigen zugehört und nur durch Mimik ihren Abscheu gegen Finks Behauptungen ausgedrückt. Der Geist des gemordeten Sperlings hob sich vor aller Augen fortwährend über die Tischplatte neben Finks Stuhl, und sie starrten auf den Macbeth des Comtoirs wie auf einen verlorenen Mann. Anton ergriff begütigend das Wort:

»Vor allem muß ich bemerken, daß Fink selbst ein glänzendes Beispiel gegen seine eigene Theorie ist.«

»Wieso, Herr?« fragte Fink, von der Seite auf Anton sehend.

»Das wird sogleich offenbar werden, ich will nur erst uns alle zusammen loben. Wir alle, die wir hier sitzen und stehen, sind Arbeiter in einem Geschäft, das nicht uns gehört. Und jeder unter uns verrichtet seine Arbeit in der deutschen Weise, die du soeben verurteilt hast. Keinem von uns fällt ein zu denken, so und soviel Taler erhalte ich von der Firma, folglich ist mir die Firma so und soviel wert. Was etwa gewonnen wird durch die Arbeit, bei der wir geholfen, das freut auch uns und erfüllt uns mit Stolz. Und wenn die Handlung einen Verlust erlitten hat, so ist es allen Herren ärgerlich, vielleicht mehr, als dem Prinzipal. Wenn Liebold seine Ziffern ins große Buch schreibt, so sieht er sie mit Genuß an und freut sich über den schönen kalligraphischen Zug, und wenn er Posten einträgt, welche der Handlung besonders vorteilhaft waren, so lacht er in der Stille vor Behagen. Sehen Sie ihn an, wie er's jetzt tut.«

Liebold sah verlegen aus und rückte an seinem Hemdkragen.

»– Da ist ferner Kollege Baumann, welcher in der Stille Neigung zu einem andern Beruf hat. Er brachte mir neulich einen Bericht über die Greuel des Heidentums an der afrikanischen Küste und sagte in tiefster Seele erschüttert: ›Es wird Zeit, Wohlfart, ich muß hin.‹ ›Wer soll die Kalkulatur besorgen?‹ frug ich, ›und wie soll es mit dem Krappgeschäft werden, das Sie und Balbus so festhalten, daß sie keinen andern darüber lassen?‹ ›Ja‹, rief Baumann, ›an den Krapp hatte ich nicht gedacht. Ich muß es noch aufschieben.‹«

Die Herren sahen lächelnd auf Baumann, der leise vor sich hin sagte: »Es ist auch unrecht.«

»– Und von dem Tyrannen Pix will ich gar nicht sprechen, da er selbst in vielen Stunden zweifelhaft ist, ob die Handlung ihm gehört oder Herrn Schröter.«

Alle lachten. Herr Pix steckte wie Napoleon die Hand in seine Brusttasche. – »Du bist ein perfider Advokat«, sagte Fink, »du regst persönliche Interessen auf.«

»Du hast dasselbe getan«, erwiderte Anton. »Und jetzt will ich von dir reden. Vor etwa einem halben Jahre ist dieser Amerikaner zu Herrn Schröter gegangen und hat ihm gesagt: Ich wünsche nicht mehr Volontär zu sein, ich bitte um eine feste Stellung im Geschäft. Warum? fragte Herr Schröter. Natürlich hatte Fink nur die Absicht, so und soviel Taler festes Gehalt von der Handlung zu beziehen.« Wieder lächelten alle und sahen auf Fink; aber die Blicke waren nicht mehr feindlich, es war etwas von Achtung und fröhlicher Billigung darin, denn es war allen bekannt, daß Fink gesagt hatte: »Ich wünsche einen regelmäßigen Anteil an der Arbeit, ich wünsche die Verantwortung, welche bei fester Tätigkeit ist; die Arbeit in meiner Branche macht mir Freude.«

»Und ferner«, fuhr Anton fort »wer einmal das Behagen gesehen hat, mit welchem Fink den Schmeie Tinkeles behandelt, der weiß, wieviel von dem schwächlichen deutschen Gemüt auch bei ihm zutage kommt. Es ist so viel drollige Laune in seinem Wesen, daß das Comtoir durch solche Stunden entzückt wird, und, was die Hauptsache ist, Tinkeles selbst ist geradezu in ihn verliebt.«

»Weil er malträtiert wird, Herr«, versetzte Fink.

»Nein, sondern weil er hinter deinen kräftigen Worten dasselbe behagliche Wohlwollen bemerkt, mit dem ein anderer sein Hündchen oder seine Vögel liebkost. – Und wenn irgendein Geschäft des Prinzipals glänzenden Erfolg gehabt hat, so ist niemand von uns fröhlicher darüber, als Fink selbst. Neulich, als die Krisis im Zinkgeschäft eintrat und Herr Schröter gegen die stille Ansicht des ganzen Comtoirs, auch gegen Finks Ansicht, noch zu rechter Zeit in Hamburg verkauft und die Handlung dadurch vor einigen tausend Talern Verlust bewahrt hatte, da triumphierte derselbe Fink lauter, als einer von uns, und zwang Jordan und mich, denselben Abend ins Weinhaus zu gehen.«

»Weil ich nicht allein trinken wollte, du Narr«, sagte Fink.

»Natürlich«, rief Anton, »deshalb stießest du auch bei dem ersten Glas auf das Wohl der Handlung an und nanntest sie eine glorreiche Firma.«

Fink sah vor sich nieder. Sabine blickte mit leuchtenden Augen auf Anton. Wieder lächelten die Herren freundlich und rückten näher heran, die kleine Spannung war behoben.

»Und«, fuhr Anton siegreich fort, »auch in andern Fällen hat er ganz dieselbe armselige Gemütlichkeit, die er jetzt so angreift. Er liebt, wie wir alle wissen, sein Pferd persönlich, es ist ihm durchaus etwas anderes, als die Summe von fünfhundert Dollar, repräsentiert durch so und soviel Zentner Fleisch mit einer Haut überzogen. Er ist besorgt um das Tier, wie um einen Freund.«

»Weil es mir Spaß macht.«

»Versteht sich«, sprach Anton, »die Servietten machen unsern Hausfrauen auch Spaß, das ist's ja eben. Und seine Kondorflügel, die Pistolen, Reitpeitschen, die rote Rumflasche, das sind alles Dinge, die ihm so gut Spaß machen, wie einem deutschen Auswanderer sein Vogelbauer. Ja er hat mehr grillige Capricen und Liebhabereien, als wir. Und es kurz zu sagen, er ist in Wahrheit ebensosehr ein armer gemütlicher Deutscher, als irgendeiner.«

Sabine schüttelte leise den Kopf, aber sie blickte jetzt freundlich auf den Amerikaner. Auch Finks Gesicht hatte sich verwandelt. Er sah ernst vor sich hin, und es lag etwas auf seinen stolzen Zügen, was man bei einem anderen Rührung genannt hätte. »Na«, begann er endlich, »das Fräulein und ich, beide haben wir zu sehr auf einer Seite gestanden.« Er wies auf den toten Sperling. »Vor diesem ernsten Fakt strecke ich die Waffen und bekenne, daß ich den Wunsch habe, der kleine Herr wäre noch am Leben und erreichte unter den Kirschen und Kuchen der Firma das höchste Greisenalter. Und so sind Sie mir nicht mehr böse, Fräulein.«

Sabine nickte zu ihm herüber und sagte herzlich: »Nein.«

»Du aber, Anton, reiche mir deine Hand. Du hast mit Glanz plädiert und von der deutschen Jury ein Nichtschuldig erschwindelt. Nimm die Feder und streiche aus unserm Kalender vierzehn Tage aus. Du verstehst mich.« Anton drückte ihm die Hand und legte den Arm um seine Schulter.

Wieder war die Gesellschaft in der besten Stimmung. Herr Schröter kam heran, Zigarren wurden angezündet, jeder bestrebte sich, so unterhaltend als möglich zu sein. Herr Liebold stand auf und erbat sich von dem Fräulein und dem Prinzipal die Erlaubnis, wenn er sie nicht störe, und wenn sie an dem schönen Abend nichts Besseres vorzuschlagen hätten, in welchem Falle er ergebenst bitte, seine Worte als ungesprochen zu betrachten, so wollten er und einige Kollegen sich die Freiheit nehmen, vierstimmige Lieder zu singen. Da er seit mehreren Jahren an diesem Tage regelmäßig eine solche Mitteilung machte, und alles darauf vorbereitet war, so rief ihm Sabine zu: »Das versteht sich, Herr Liebold, wenn das Quartett fehlte, wäre die Freude nur halb.« Die Sänger holten Notenbücher herzu und rückten zusammen, Herr Specht als erster Tenor, Herr Liebold als zweiter, Herr Birnbaum und Herr Balbus als Bässe. Diese vier bildeten den musikalischen Teil des Comtoirs und hielten trotz kleiner Zwistigkeiten, welche durch ihr musikalisches Naturell hervorgerufen wurden, gegen die übrigen fest zusammen. Herr Specht krähte etwas zu laut, und Herr Liebold sang etwas zu leise, aber ihr Publikum war dankbar, und der Abend war wunderschön. Im farbigen Licht glänzten die großen Blätter des Nußbaums vor dem Gartenhause, die Grillen schwirrten und die wilden Sänger der Bäume flöteten einzelne Noten herunter, die Natur selbst flüsterte und stimmte, bis die volle Kraft der Menschenstimmen einfiel und die feinen Laute des Gartens übertönte. Dann schwiegen die Vögel, die Heimchen und Mücken, aber sooft die Sänger anhielten, klang das leise Summen der Natur wie zum Wechselgesange wieder durch. Alle hörten erfreut zu. »Wir danken, wir danken!« rief Sabine, als sie aufhörten, und klatschte in die Hände.

»Es ist eine närrische Sache«, begann Fink, »daß eine gewisse Folge von Tönen das Herz erschüttert und Tränen hervorruft auch bei Menschen, welche sonst für weiche Stimmungen abgestorben sind. Jedes Volk hat solche einfache Weisen, bei denen sich Landsleute an dem Eindruck erkennen, den die Melodie auf sie macht. Wenn die Auswanderer, von denen wir vorhin sprachen, alles verlieren, die Liebe zu ihrem Vaterlande, selbst den geläufigen Ausdruck ihrer Muttersprache, die Melodien der Heimat leben unter ihnen länger, als alles andere, und mancher Narr, der in der Fremde seinen Stolz dareinsetzt, ein naturalisierter Fremder zu sein, fühlt sich plötzlich wieder deutsch, wenn er ein paar Takte singen hört, die ihm in seiner Jugend bekannt waren.«

Der Kaufmann sagte: »Sie haben recht. Wer aus seiner Heimat scheidet, ist sich selten bewußt, was er alles aufgibt; er merkt es vielleicht erst dann, wenn die Erinnerung daran eine Freude seines späteren Lebens wird. Diese Erinnerung ist wohl auch dem verwilderten Mann ein Heiligtum, das er oft selbst entehrt und verspottet, das er aber in seinen besten Augenblicken immer wieder aufsucht.«

»Mit einiger Beschämung bekenne ich, daß ich selbst von dieser Freude nur wenig empfinde«, sagte Fink. »Ich weiß nicht recht, wo ich zu Hause bin. Wenn ich die Jahre meines Lebens zusammenzähle, so habe ich freilich den größten Teil in Deutschland gelebt, aber die mächtigsten Eindrücke hat mir die Fremde gegeben. Immer hat mich das Schicksal wieder aufgegriffen, bevor ich irgendwo festgewurzelt war. Und jetzt in Deutschland fühle ich mich zuweilen fremd. Die Dialekte der Landschaften zum Beispiel sind mir fast ganz unverständlich. Ich habe zu Weihnachten immer mehr Geschenke erhalten, als mir gut waren, aber der Zauber der deutschen Weihnachtsbäume hat mich nie berührt; von den Volksliedern, die Sie so rühmen, klingen nur wenige in mein Ohr; noch heut bin ich unsicher, wann man Karpfen essen muß, und Hörner und Mohnkuchen, und ich gestehe einen entschiedenen Mangel an Empfänglichkeit für die Reize des Bleigießens und Pantoffelwerfens. – Und außer diesen Kleinigkeiten gibt es noch anderes, worin ich mich unter der deutschen Art fremd und arm fühle«, fuhr er ernster fort. »Ich weiß, daß ich zuweilen die Schonung meiner Freunde mehr als billig in Anspruch nehme. Ihrem Hause werde ich zu danken haben«, schloß er, sich gegen den Kaufmann verneigend, »wenn ich von einigen respektablen Seiten der deutschen Natur Kenntnis erhalte.«

Das war ein männliches Bekenntnis, er sprach die letzten Worte mit einem Gefühl, das selten bei ihm durchbrach. Sabine war glücklich, der Sperling war vergessen, sie rief mit überströmendem Gefühl: »Das war edel gesprochen, Herr von Fink.«

Der Diener lud zum Abendessen. Im Saal des Gartenhauses war die Tafel gedeckt. Der Kaufmann nahm in der Mitte Platz, Sabine lächelte, als Fink sich neben sie setzte. »Mir gegenüber, Herr Liebold«, rief der Prinzipal. »Heut muß ich Ihr treues Gesicht vor mir sehen. Heut sind's fünfundzwanzig Jahr, daß wir miteinander in Verbindung stehn. – Herr Liebold trat wenige Wochen vor dem Tage bei uns ein, an dem ich durch meinen Vater als Associé aufgenommen wurde«, erklärte er den Jüngeren. »Und wenn ich allen Mitgliedern des Comtoirs Anerkennung schuldig bin, Ihnen bin ich die größte schuldig. Fünfundzwanzig Jahre im Geschäft, zehn Jahre beim Hauptbuch, stets ein treuer, zuverlässiger Gehilfe!« Er hielt ihm sein Glas über die Tafel entgegen: »Stoßen Sie an, mein alter Freund, solange unsere Stühle nebeneinanderstehen, nur durch eine dünne Wand getrennt, soll es zwischen uns bleiben, wie bisher, ein festes Vertrauen ohne viele Worte.«

Herr Liebold hatte die Anrede des Prinzipals stehend angehört und blieb stehen. Er wollte eine Gesundheit ausbringen, das sah jeder, aber er brachte kein lautes Wort aus seinem Munde, er hielt sein Glas in die Höhe und sah auf den Prinzipal, und seine Lippen bewegten sich ein wenig. Endlich setzte er sich schweigend wieder hin. Statt seiner erhob sich zu aller Erstaunen Fink und sprach in tiefem Ernst: »Trinken Sie mit mir auf das Wohl eines deutschen Geschäfts, wo die Arbeit eine Freude ist, wo die Ehre eine Heimat hat; hoch unser Comtoir und unser Prinzipal!«

Ein donnerndes Hoch der Kollegen folgte, Sabine stieß mit allen an, der Kaufmann kam Fink auf allen Wegen entgegen. – Der Rest des Abends war ungestörte Freude. Das Quartett sang noch ein paar lustige Trinklieder, und es war heut lange nach zehn Uhr, als die Gesellschaft in der Stadt ankam.

An der Treppe des Hinterhauses sagte Fink zu Anton: »Heut, mein Junge, darfst du nicht an meiner Stube vorbei. Es ist mir langweilig genug gewesen, dich so lange zu entbehren.« Und bis spät in die Nacht saßen die versöhnten Freunde beieinander, beide bemüht, einander zu zeigen, wie froh sie über die Versöhnung waren.

Sabine trat in ihr Zimmer. Da überreichte ihr das Mädchen ein Billett von unbekannter Hand. Ein starker Moschusgeruch und die gekritzelten Züge verrieten, daß es von einer Dame kam.

»Wer hat den Brief gebracht?« fragte Sabine.

»Ein fremder Mann«, antwortete das Mädchen, »er wollte den Namen nicht nennen und sagte, Antwort sei nicht nötig.«

Sabine las: »Mein Fräulein, triumphieren Sie nicht zu früh. Sie haben durch Ihre Koketterie einen Herrn an sich gelockt, welcher gewöhnt ist, zu verführen, zu vergessen und die, welche auf seine Worte hören, unverschämt zu behandeln. Vor kurzem hat er einer anderen Geständnisse gemacht, jetzt hat er Sie betört. Er wird auch Ihnen heucheln und sie verraten.«

Das Billett hatte keine Unterschrift, es war von Rosalie. Sabine wußte, wer die Schreiberin war. Sie hielt den Brief an die Kerze und schleuderte das brennende Papier in das Kamin. Schweigend sah sie zu, wie die lodernde Flamme kleiner wurde und verlöschte, und wie die glimmenden Punkte auf der verkohlten Fläche umherfuhren, bis auch der letzte verging. Lange stand sie da, ihr Haupt an das Gesims gelehnt, den Blick auf das Häufchen Asche gerichtet. Ohne Tränen, lautlos, hielt sie die Hand auf ihr zuckendes Herz.

8

Veitel Itzig war in der größten Aufregung. Er, der Nüchterne, Enthaltsame, glich in allen seinen Freistunden einem Trunkenbold. Seine Lippen bewegten sich in lebhaftem Selbstgespräch, und eine fieberische Röte lag über seinen spitzen Backenknochen. Auf der Straße war er schon von weitem kenntlich durch die allerauffälligste Weise der Fuß- und Armbewegungen; ruhiger Schlaf war etwas, das er kaum dem Namen nach kannte. Und das alles, weil eine verwitwete Geheimrätin ihren Lieblingshund verloren hatte. Dieser Mops war an einem heitern Frühlingsmorgen, verführt durch den Sonnenschein oder durch das Aroma eines Fleischerjungen, mühsam zwei Treppen bis auf die Straße hinabgestiegen. Und dort war er verschwunden, im Wasser ertrunken, von Gaunern gestohlen, von Banditen geschlachtet, kurz, er war verschollen; und keine Zeitungsannonce vermochte die runde Gestalt des Flüchtlings in die Räume zurückzuführen, in denen er so lange als Tyrann geherrscht hatte. Aus Ärger über diesen Verlust war die Rätin gefährlich erkrankt, und Veitel nahm einen so lebhaften Anteil an ihrem Leide, daß er selbst in Gefahr kam, seine Gesundheit einzubüßen. Leider waren Veitels Hoffnungen nicht auf das Leben der würdigen Dame gerichtet. Er hatte ein Riesengeschäft gewagt, er hatte es unternommen nach vielen Verabredungen mit seinem Ratgeber Hippus und nachdem er oft in stillen Nächten seine Brieftasche hervorgeholt und sein Vermögen überrechnet hatte. Die Spekulation war eine der schönsten, welche ein Mann von Veitels Grundsätzen unternehmen konnte, sie war vielleicht ein wenig gewagt, aber so sauber, wie ein Wickelkind unter dem Badeschwamm.

Ein armer Teufel von Rittergutsbesitzer hatte schlecht gewirtschaftet und war so lange betrogen worden, bis er sein Gut auf dem traurigen Wege der notwendigen Subhastation verloren hatte. Bei diesem Verkauf war ein Hypothekeninstrument von zwölftausend Talern ausgefallen. Der Gläubiger, dessen Forderung durch die Verkaufssumme des Gutes nicht gedeckt werden konnte, hatte vergebens versucht, sich an die Person des verarmten Gutsbesitzers zu halten. Der Schuldner war ohne alle Mittel, das Gericht fand nichts, was ihm zu nehmen war. Er war frustra excussus, wie unsere Juristen sagen, und empfand das Behagen des Elends, seine Gläubiger nicht mehr zu fürchten; dies verzweifelte Glück war für ihn nach trüben Jahren eine Art grönländischer Sonnenschein. Der Eigentümer der Hypothek aber sah wehmütig auf sein zerschnittenes Dokument, welches unter diesen Umständen für ihn fast nur den Wert von Makulatur hatte. Den Spürungen Itzigs blieb dies Sachverhältnis nicht unerforscht. Er stand mit dem Gutsbesitzer wohl ein Jahr lang in inniger Verbindung. Er hatte die Gefälligkeit, ihm alte Röcke abzukaufen, ja sogar Geld vorzuschießen, und wurde in manches kleine Geheimnis eines verfehlten Lebens eingeweiht. So hatte er auch erspäht, daß sein Kunde alles Segelwerk seines lecken Fahrzeugs aufspannte, sich in die Gunst und das Testament einer alten Tante zu setzen, und kam allmählich zu der Überzeugung, daß ihm dies gelingen werde. Zwei seidene Halstücher und ein Paar vergoldete Ohrringe mußte Veitel an die Dienstmädchen der Rätin wenden, um genaue Nachrichten zu erhalten. Der Neffe las der Tante Mordgeschichten aus den Zeitungen vor, er wurde eingeladen, wenn die Tante ihr Lieblingsgericht kochen ließ, die Tante sprach davon, ihn zu verheiraten, tat es aber nicht, und endlich, als aller Lebensmut der Tante durch einen vierwöchentlichen Regen fortgeschwemmt worden war, ließ sie Gerichtspersonen kommen, trieb ihren Neffen, der, zum Weinen gerüstet, sein Taschentuch in der Hand hielt, aus dem Zimmer und zwang durch diese auffallenden Maßregeln das Dienstmädchen, an der Kammertür zu erlauschen, daß sie ihr Testament machte und des armen Neffen darin ehrenvoll gedachte. Als Veitel dies erkundschaftet hatte, tat er den zweiten großen Schritt und kaufte dem Besitzer des ausgefallenen Instruments die Urkunde und alle Rechte, welche dieselbe an der Person des Schuldners gab, um vierhundert Taler ab. Jetzt war der Mops verschwunden, die schwer geärgerte Tante lag zu Bett, acht Tage darauf war sie gestorben, und der Neffe erbte den größten Teil ihrer Hinterlassenschaft. Veitel unterzog sich übermenschlichen Anstrengungen, um zu verhindern, daß sein Schuldner nicht durch eins von den kleinen Manövern, welche Veitel alle persönlich kannte, die Erbschaft unsichtbar machte. Wie ein Gespenst verfolgte er den unglücklichen Erben; kaum hatte dieser sich in die ersten Träume über sein künftiges Glück hineingelebt, so stand Veitel als unerbittlicher Mahner an eine finstere Vergangenheit vor ihm und schlug durch die eisige Kälte seiner Forderungen allen warmen Dampf nieder, welcher aus der hoffnungsvollen Seele des Erben aufstieg. Es war unmöglich, ihm zu entkommen, wie mit eisernen Zangen hielt er seinen Schuldner fest, und das Gesetz half ihm so energisch, daß der Erbe nach vielen Winkelzügen kapitulieren mußte. Mit achttausend Talern, dem größten Teile seiner Erbschaft, kaufte er sich von Veitel frei.

Heut war der glückliche Tag, wo der junge Geschäftsmann sein großes Kapital in der Tasche nach Hause trug. Er flog über die Straße, er flog die Treppe hinauf in seine Hinterstube, ganz unsinnig vor Freude. Der Zwang, den er sich lange angetan, kalt zu scheinen, während ihm sein Herz in Angst und Erwartung wie ein Schmiedehammer pochte, war überwunden, er war wie ein Kind, wenn auch nicht so unerfahren; er sprang in der Stube umher, ja er lachte vor Freude und fragte Herrn Hippus, der ihn seit einigen Stunden erwartete: »Welche Sorte Wein wollen Sie trinken, Hippus?«

»Wein allein wird's nicht tun«, erwiderte Hippus vorsichtig. »Indes ist es lange her, daß ich keinen Ungar gekostet habe. Hole eine Flasche alten Oberungar, oder halt, es ist draußen finster genug, ich will sie selbst holen.«

»Was kostet's?« rief Veitel.

»Zwei Taler«, antwortete Hippus.

»Das ist viel Geld«, sagte Veitel, »aber es ist einerlei, hier sind sie.« Mit kühner Handschwenkung holte er einen Doppeltaler aus der Tasche seines Beinkleides und warf ihn auf den Tisch.

»Schön«, nickte Hippus und griff hastig nach dem Geldstück. »Aber dies allein wird's nicht tun, mein Sohn. Ich verlange Prozente von deinem Gewinn. In Erwägung, daß wir alte Bekannte sind, und daß man seine Freunde nicht drücken soll, will ich zufrieden sein mit fünf vom Hundert des Kapitals, das du heut eingenommen hast.«

Veitel stand starr, sein strahlendes Gesicht wurde plötzlich sehr ernst, mit offenem Munde sah er auf den schwarzen Mann im Sofa.

»Rede nichts«, fuhr Hippus kaltblütig fort und warf über seine Brille hinweg einen bösen Blick auf Veitel, »untersteh dich nicht, auch nur ein Wort von deinem Geschacher gegen mich vorzubringen, wir kennen einander; – ich habe gemacht, daß du das Geld gewinnen konntest, ich allein. Du brauchst mich, und du siehst, daß auch ich dich gebrauchen kann. Gib mir auf der Stelle vierhundert von deinen achttausend.«

Veitel wollte sprechen.

»Kein Wort«, wiederholte Hippus und schlug mit dem Geldstück im Takt auf den Tisch, »gib her das Geld.«

Veitel sah ihn an, griff endlich schweigend in die Tasche seines Rocks und legte zwei Pergamente vor Hippus auf den Tisch.

»Noch zwei«, fuhr Hippus in demselben Tone fort. Veitel legte hundert Taler dazu. »Und jetzt das letzte, mein Sohn«, nickte der Alte ermunternd und schlug mit dem Taler wieder auf den Tisch.

Veitel zögerte einen Augenblick und sah ängstlich auf den Alten, in welchem eine boshafte Freude mächtig geworden war. Auf diesem Antlitz war nichts Tröstendes zu finden; wieder griff Veitel in die Tasche, schob das vierte Pergament auf den Tisch und sprach mit klangloser Stimme: »Ich habe mich in Euch geirrt, Hippus.« Und darauf holte er sein Taschentuch hervor, wandte sich ab, schneuzte sich und wischte sich die nassen Augen.

Hippus achtete wenig auf die elegische Stimmung seines Schülers. Er befühlte das Pergament, wie man eine Kostbarkeit in der Hand umwendet, die man vor langer Zeit verloren hat und unerwartet wiederfindet. Endlich sagte er, seine Beute einsteckend: »Wenn du dir's ruhig überlegst, wirst du einsehen, daß ich als guter Freund an dir gehandelt habe. Ich hätte viel mehr fordern können.«

Veitel stand noch immer am Fenster und sah in die Nacht hinaus. Ihm war jämmerlich zumute. Gleich auf dem Heimwege vom Notar hatte er an den Alten gedacht und den Entschluß gefaßt, auch diesem eine Freude zu machen; er hatte ihm eine neue Schnupftabakdose von Silber kaufen und zehn Dukaten hineinlegen wollen. Und jetzt kam ihm dieser Hippus so!

Da er vor Schmerz über das Benehmen seines Lehrers kein Wort sagte, stand Hippus gemächlich auf und sagte wohlwollend: »Laß dir's nicht zu Herzen gehen, du Dummkopf, sollte ich eher sterben als du, so mache ich dich zu meinem Erben. Dann wirst du dein Geld wiederbekommen, wenn noch etwas davon übrig ist. Jetzt gehe ich, den Wein kosten. Auf deine Gesundheit werde ich ihn trinken, gefühlvoller Itzig.« Bei diesen Worten schlich der Alte zur Tür hinaus.

Noch einmal fuhr Veitel nach seinem Taschenbuch und wischte eine bittere Träne ab, welche an seiner Wange herunterrann. Seine Freude über den Gewinn war verdorben. Es war eine unklare Empfindung und ein unreines Gefühl, das ihn bewegte, denn es war viel Schmerz um die verlorenen Pergamente dabei. Aber er hatte noch mehr verloren, als sein kostbares Geld. Der einzige Mensch auf Erden, gegen den er eine Anhänglichkeit fühlte und von dem er gute Freundschaft erwartete, hatte sich gefühllos, eigennützig, feindselig gegen ihn benommen. Zu allen andern Menschen stand er auf Kriegsfuß und erwartete auch von ihnen nichts anderes, als Krieg, nur dem kleinen Mann mit der Brille hatte er sein Herz offengehalten. Und dies warme Gefühl hatte der Alte durch seine rohe Forderung tödlich beschädigt. Es war vorbei zwischen ihm und Hippus, er konnte den Mann nicht entbehren, aber von dieser Stunde ab trug er einen Groll gegen ihn mit sich herum, der Alte hatte ihn einsamer und schlechter gemacht. So erfuhr Veitel den Fluch der Argen, daß sie elend gemacht werden nicht nur durch ihre Missetaten, sondern auch durch ihre bessern Neigungen.

Doch nicht lange dauerte die Schwermut des Geschäftsmannes, bald griff er entschlossen in die Tasche, holte den übriggebliebenen Schatz hervor, untersuchte jedes einzelne Pergament von allen Seiten und notierte die Nummern zuerst in seine Brieftasche und dann auf einen Zettel. Den Zettel versteckte er in einem Ritz der Diele. Diese Beschäftigung tröstete ihn wieder etwas. Und jetzt wandte er seine Gedanken auf die Zukunft. Wieder rannte er in dem Zimmer auf und ab und machte Pläne. Seine Weltstellung war mit einem Schlage geändert. Als Eigentümer von baren achttausend Talern – ach, es waren nur siebentausendsechshundert – stand er unter den Geschäftsleuten seiner Art da als ein kleiner Krösus. Viele andere machten Geschäfte mit Hunderttausenden, ohne so viel Vermögen zu besitzen als er; die Welt lag widerstandslos vor ihm, wie eine Perlmuschel auf dem Teller, es kam nur darauf an, mit welchem Hebel er sie öffnen wollte. Wie sollte er sein Kapital anlegen, verdoppeln, verzehnfachen? Jetzt mußte er wählen, und er mußte dies allein tun. Es gab wohl zehn verschiedene Wege für ihn: er konnte fortfahren, Geld gegen hohe Interessen zu leihen, er konnte in Aktien spekulieren, er konnte das Woll- oder Getreidegeschäft betreiben, und mit einem Gefühl von Stolz sagte sich der Schelm, daß er auf jedem von diesen Wegen so gut vorwärtskommen könnte, wie der verschlagenste unter seinen Genossen. Aber jede von diesen Tätigkeiten brachte ihm das geliebte Kapital in Gefahr, er konnte dabei ein reicher Mann werden, er konnte aber auch alles verlieren; und dieser Gedanke war ihm so schrecklich, daß er sofort alle diese Pläne beiseite warf. Eine Beschäftigung gab es, bei der ein schlauer Mann viel gewinnen konnte, und bei der es wohl möglich war, große Verluste zu vermeiden. Von seiner Heimat aus war er als umherziehender Trödler auf die Höfe der Gutsherren gekommen, zur Zeit des Wollmarktes hatte er in den Straßen der Stadt den vornehmen Herren mit Schnurrbart und Ordensband seine Dienste angeboten, im Comtoir seines Brotherrn hatte er sich unaufhörlich mit dem Vermögen und den Geldgeschäften des Landadels beschäftigt. Wie genau kannte er die stille Sehnsucht des alten Ehrenthal, ein gewisses Rittergut zu besitzen, wie oft hatte ihm der Mann mit der Brille in höhnischem Scherz geraten, er solle sich zum Rittergutsbesitzer machen. Und wie kam es doch, daß ihm in seinem Schmerz über den Alten plötzlich sein Schulkamerad Anton einfiel und der Tag, wo er zum letzten Male mit diesem verkehrt hatte? Auch damals, als er zur Stadt zog und mit Anton zusammentraf, war er auf dem Gute des Freiherrn umhergestrichen, hatte vor der Tür des Kuhstalls gestanden und die lange Doppelreihe der gehörnten Rinder abgeschätzt, bis die Großmagd ihn herrisch wegwies. Und wie ein heißer Strahl schoß es in seinen Kopf: er selbst konnte der Rittergutsbesitzer werden, so gut wie Ehrenthal, er selbst konnte andere seine weiße Wolle waschen lassen und mit zwei, ja mit vier Pferden nach der Stadt fahren. Er griff mit den Händen heftig in die Tischplatte und rief laut: »Ich werde es tun!« Setzte sich auf dem Stuhl fest und schlug die hageren Arme übereinander. Und von dem Augenblick an wollte er etwas und begann seine Arbeit.

Und er spekulierte schlau. Er hatte nach seiner Meinung ein Recht an das Gut des Freiherrn gewonnen durch seinen Entschluß, er wollte dies Recht auch erwerben durch sein Geld, er wollte für sich eine Hypothek auf dem Gute des Barons. So wollte er sein Kapital sicherstellen auf Jahre, ruhig wollte er arbeiten, bis der große Tag käme, wo er mit seinem Kapital das ganze Gut in seine Hände brächte. Und im schlimmsten Falle, wenn sein Plan nicht gelang, der jetzt der stille Zweck seines Lebens werden sollte, dann war wenigstens sein Geld nicht verloren. Unterdes wollte er Agent und Kommissionär werden; er wollte Käufe und Verkäufe vermitteln, wie so viele andere taten, arme Teufel, die einander die halben Prozente gegenseitig beneideten, und vornehme Herren mit großen Titeln, welche den Güterschacher ins Große treiben und Hunderttausende dabei gewinnen durch List, Bestechung und Schleichwege. Veitel wußte, daß es wenig Wege gab, auf denen er nicht bekannt war. So wollte er anfangen, zunächst mußte er als Faktotum bei Ehrenthal bleiben, solange er den Alten benutzen konnte. Die Rosalie war schön und sie war reich, denn Bernhard war nicht zu rechnen als Erbe des Vaters. Vielleicht wollte er werden der Schwiegersohn des alten Ehrenthal, vielleicht wollte er auch nicht; dies Geschäft hatte keine Eile. Und noch einer war, mit dem er sich stellen mußte: der kleine schwarze Mann, welcher jetzt drüben in der Gaststube seinen teuren Wein trank. Auch mit ihm mußte er von heut ab Rechnung halten, er wollte ihn bezahlen für jeden Dienst, den ihm der Alte tat, und wollte ihm nur so weit sein Vertrauen geben, als es nötig war.

Das waren die Entschlüsse, zu denen Veitel kam, und als er seinen Plan überlegt hatte, wie ein Gelehrter das Buch, das er schreiben will, da trug er seine Pfandbriefe unter das Kopfkissen, verschloß seine Türe, lehnte einen schweren Stuhl dagegen und warf sich erschöpft durch die Anstrengung des Tages auf sein hartes Lager, er, der neue wild aufgeschossene Agnat der Rothsattel, der Mitbesitzer ihres schönen Gutes. Vielleicht war es die aberwitzige Phantasie eines Toren, was der Händler auf seiner ärmlichen Stube in unruhiger Seele umhergewälzt hatte, vielleicht wurde es der Anfang einer Reihe von entschlossenen und konsequenten Taten, ein finsteres Schicksal für den Freiherrn und seine Familie. Der Freiherr selbst sollte darüber entscheiden.

An demselben Abend saßen die Baronin und ihre Tochter in der Rosenlaube des Parks, beide waren allmählich verstummt. Die Mutter sah in tiefen Gedanken auf den Tanz eines Nachtschmetterlings, der mit dem kleinen dicken Kopf durchaus in die Flamme der Kerze fahren wollte und immer wieder an die Glasglocke stieß, welche das Licht vor der Nachtluft schützte. Verwundert flatterte er in das Dunkel zurück, vergaß im nächsten Augenblicke das Unbehagliche des Stoßes und suchte von neuem eine Öffnung im Glase. Lenore beugte sich über ein Buch und warf zuweilen einen forschenden Blick in das ernste Gesicht der Mutter. Da knirschte der Kies, und der alte Amtmann des Gutes trat hastig mit abgezogener Mütze heran und fragte nach dem gnädigen Herrn.

»Was bringen Sie?« frug Lenore den Graukopf, »ist etwas vorgefallen?«

»Mit dem alten Rappen geht's zu Ende«, antwortete der Amtmann besorgt, »er hat wütend um sich geschlagen und in die Krippe gebissen, jetzt liegt er und keucht wie im Sterben.«

»Das wäre der Teufel!« rief Lenore aufspringend.

»Lenore!« schalt die Mutter.

»Ich komme, selbst nachzusehen«, sagte Lenore eifrig und eilte mit dem Alten nach dem Hofe.

Das kranke Pferd lag auf seiner Streu triefend von Angstschweiß, und seine Flanken hoben und senkten sich in keuchendem Atemholen. Beim Schein der Stallaterne standen die Knechte umher und sahen phlegmatisch auf das leidende Tier. Als Lenore eintrat, wandte das Pferd die Augen hilfesuchend nach dem Fräulein.

»Es kennt mich noch«, rief sie und winkte den stämmigen Groß-knecht beiseite.

»Er hat sich abgearbeitet«, sagte der Mann, »jetzt ist er ruhig.«

»Werft Euch sogleich auf ein Pferd und reitet zum Tierarzt«, befahl Lenore dem Knecht.

Dem Mann war es nicht behaglich, zur Nacht einige Meilen zu reiten, er antwortete zögernd: »Der Doktor ist niemals zu Hause; ehe er kommt, ist's mit dem Pferde zu Ende.«

»Gehorcht!« befahl Lenore kalt und wies nach der Türe. Der Knecht ging widerwillig hinaus.

»Was ist das mit dem Großknecht?« frug Lenore, als sie mit dem Amtmann aus dem Stall trat.

»Er tut nicht mehr gut und müßte fort, ich habe es dem gnädigen Herrn schon oft gesagt. Aber gegen den Herrn Baron ist der Schlin-gel betulich wie ein Ohrwurm; er weiß, daß er einen Stein im Brett hat; gegen alle andern Leute ist er widerhaarig, und ich habe täglich meinen Ärger mit ihm.«

»Ich will mit dem Vater sprechen«, erwiderte Lenore die Stirn faltend.

Der alte Diener blieb stehen und fuhr zutraulich fort: »Ach, gnädiges Fräulein, wenn Sie sich der Wirtschaft etwas annehmen wollten, das wäre ein wahres Glück für das Gut. Mit dem Kuhstall bin ich auch nicht zufrieden. Die neue Wirtschafterin versteht die Mägde nicht zu traktieren, sie ist zu flatterhaft, Bänder hinten und Bänder vorn. Sonst war's besser im Gange, da kam der Herr Baron manchmal selbst und besah das Butterfaß. Jetzt hat er wohl andere Geschäfte, und wenn die Leute wissen, daß der Herr nachsichtig ist, so spielen sie dem Amtmann Trumpf aus, wenn er sie scharf behan-delt. – Sie können scharf sein mit den Leuten, es ist jammerschade, daß Sie kein Herr sind.«

»Ja, Sie haben recht, es ist jammerschade«, nickte Lenore beistim-mend ihrem alten Freund zu. »Aber man muß es mit Geduld ertra-gen. Um die Molkerei will ich mich kümmern, ich werde von heut ab alle Tage beim Buttern sein. Wie steht das Korn jetzt? Sie haben ja neulich nach der Stadt gefahren.«

»Ja«, sagte der Alte gedrückt, »der gnädige Herr hatten so be-fohlen, ich weiß nicht, was er genommen hat. Er hat den ganzen Schüttboden schon im Winter an Händler verkauft auf Lieferung. Sehen Sie«, fuhr er bekümmert fort und schüttelte seinen weißen Kopf, »sonst verkaufte ich, und ich schrieb's ins Buch und strich das Geld ein und zählte es dem Herrn Baron auf. Jetzt kann ich in meinem Buch die Einnahmen nicht mehr notieren; wenn die Seite zu Ende ist, mache ich einen Strich, aber ich ziehe keine Summe mehr.« Lenore hörte, die Hände auf dem Rücken, die Klage teilnehmend an. »Hm! Es wird eine von den neuen Einrich-tungen sein. Grämt Euch nur nicht darüber, mein Alter. Ich will, sooft Papa nicht da ist, nachmittags mit Ihnen auf das Feld gehen oder Sie dort aufsuchen. Sie sollen Ihre Pfeife dabei rauchen.

Wie schmeckt's in dem neuen Kopf, den ich Ihnen mitgebracht habe?«

»Er ist dick angeraucht«, sagte der Amtmann schmunzelnd und zog zur Bekräftigung seine kurze Pfeife halb aus der Tasche. »Aber um wieder auf den Rappen zu kommen, der Herr Baron wird sehr böse sein, wenn er das Malheur erfährt, und wir können doch nichts dafür.«

»Ei was«, sagte Lenore, »wenn wir nichts dafür können, wollen wir's ruhig abwarten. Gute Nacht, Amtmann. Gehen Sie mir zurück nach dem Pferd.«

»Zu Befehl, gnädiges Fräulein, und gute Nacht auch für Sie«, sagte der Amtmann.

Noch immer saß die Baronin allein unter den schwellenden Knospen der immergrünen Rose, auch sie dachte an ihren Hausherrn, der sonst selten an ihrer Seite gefehlt hatte, wenn sie die warmen Frühlingsabende im Freien zubrachte. Ihr Gemahl war anders geworden. Er war herzlich und liebevoll gegen sie, wie immer, aber er war oft zerstreut und abgespannt und wieder reizbarer und durch Kleinigkeiten verstimmt, seine Fröhlichkeit war lauter, und sein Bedürfnis nach Herrengesellschaft größer als vordem. Sein Haus, ja sie selbst, übte geringere Anziehungskraft aus als sonst, und sie frug sich immer wieder, ob solche Veränderung die trübe Folge davon sein konnte, daß der rosige Hauch der Jugend von ihrer Stirn schwand. Mit diesem Gefühl rang sie und suchte ängstlich nach andern Gründen für die häufige Abwesenheit des geliebten Mannes.

»Ist der Vater noch nicht zurück?« frug Lenore zu ihr tretend. »Es fuhr ein Wagen auf der Landstraße.«

»Nein, mein Kind«, sagte die Mutter, »er hat wohl in der Stadt zu tun, es ist möglich, daß er erst morgen zurückkommt.«

»Ich bin nicht zufrieden damit, daß Papa jetzt soviel in der Stadt ist und bei den Nachbarn umherfährt«, sagte Lenore; »es ist lange her, daß er uns des Abends nicht mehr vorgelesen hat.«

»Er will, daß du meine Vorleserin wirst«, sagte die Mutter lächelnd. »Du sollst es auch heut abend sein, hole ein Buch und setze dich artig neben mich, du Ungeduld.«

Lenore verzog schmollend den kleinen Mund und statt das Buch zu ergreifen, setzte sie sich neben die Baronin, umschlang sie mit beiden Armen und sagte, das Haupt der Mutter an sich drückend und ihr das Haar streichend: »Liebes Herz, auch du bist traurig, du hast Kummer; hast du Sorge um den Vater? Er ist nicht so, wie er früher war. Ich bin kein Kind mehr, sage mir, was er treibt.« – »Du bist töricht«, antwortete die Baronin mit ruhiger Stimme. »Ich habe nichts vor dir zu verbergen. Wenn dein Vater wirklich etwas hat, was ihn von uns fortzieht, so dürfen wir Frauen nicht danach fragen, es ist an uns, zu warten, bis die Stunde kommt, wo der Herr des Hauses uns sein Herz öffnet.«

»Und unterdes sollen wir uns ängstigen, vielleicht um ein Nichts«, rief Lenore.

»Wir sollen uns mühen, ruhig zu sein, und wenn wir vertrauen, wo wir lieben, ist es nicht schwer«, antwortete die Baronin, sich aus dem Arm Lenores aufrichtend.

»Und doch sind deine Augen feucht und du verbirgst mir deine Sorge«, sprach die Tochter. »Wenn du schweigen willst, ich werde es nicht tun, ich werde den Vater fragen.«

»Das wirst du nicht«, sagte die Baronin in bestimmtem Ton.

»Der Vater!« rief Lenore, »ich höre seinen Tritt.« – Die stattliche Gestalt des Freiherrn kam mit schnellen Schritten auf die Laube zu. »Guten Abend, ihr Heimchen«, rief er schon von weitem mit heller Stimme. Er schloß Frau und Tochter zugleich in seine Arme und sah ihnen so fröhlich in die Augen, daß die Baronin ihren Schmerz, und Lenore die Frage vergaß. »Es ist hübsch, daß du so früh zurückkommst«, sagte die Hausfrau mit heiterem Lächeln, »Lenore wollte dich heut abend durchaus neben uns sehen. Der Abend war so schön.«

Der Freiherr setzte sich zwischen die Frauen und fragte behaglich: »Kinder, bemerkt Ihr keine Veränderung an mir?«

»Du bist heiter«, sagte die Baronin ihm ins Auge sehend, »sonst wie immer.«

»Du hast deine Uniform angehabt und Besuche gemacht«, sagte Leonore, »ich sehe es an der weißen Krawatte.«

»Ihr habt beide recht«, antwortete der Baron, »aber ich bringe doch noch etwas: Der König hat die Huld gehabt, mir den Orden zu verleihen, den der Vater und Großvater getragen haben; es freut mich, daß das Kreuz in unserer Familie fast erblich wird. Und mit dem Orden kam ein gnädiges Schreiben des Prinzen, worin er mir Glück wünscht und sich sehr freundlich an die Jahre erinnert, die ich in seiner Nähe verlebte, und auch an dich, du vielumworbene Dame des Hofes. Ich wollte, er sähe dich wieder; er wird es für unmöglich halten, daß Jahre vergangen sind, seit er dein Tänzer war.«

»Welche Freude!« rief die Baronin und umschlang den Hals ihres Mannes, »ich habe deiner Toilette den Stern schon seit Jahren gewünscht.« Lenore öffnete unterdes das Etui und drehte den Orden beim Licht der Kerze hin und her. »Wir machen ihm die Dekoration um.« Die Baronin hing ihm das Kreuz um den Hals und küßte loyal erst ihn und dann das Kreuz.

»Nun, wir wissen ja«, sagte der Baron, »was in unsrer Zeit von solchem Schmuck zu halten ist. Doch gestehe ich, daß gerade diese Standesdekoration mir die liebste von allen ist. Unsre Familie ist eine der ältesten, und in unsrer Linie sind, was freilich ein Zufall ist, niemals Mißheiraten vorgekommen. Dies Kreuz ist gegenwärtig so ziemlich die letzte Erinnerung an die alte Zeit, wo man auf dergleichen noch großen Wert legte. Jetzt tritt eine andere Macht an die Stelle unsrer Privilegien, das Geld. Und auch wir sind in der Lage, uns darum bemühen zu müssen, wenn wir unsre Familie in Ansehen erhalten wollen. In dem Brief des Prinzen ist das Alter der Familie erwähnt und der Wunsch ausgesprochen, daß sie noch viele Generationen, wie bisher, in musterhafter Gentilität, so sind die Worte des Briefes, blühen möge. Du, Lenore, und dein Bruder, ihr habt dafür zu sorgen.«

»Ich lebe in musterhafter Gentilität«, antwortete Lenore die Arme übereinanderschlagend. »Und für die Ehre der Familie kann ich nichts tun. Wenn ich heirate, wozu ich gar keine Lust habe, so muß ich doch einen andern Namen annehmen, und es wird dem alten Ahn in der Rüstung, der oben im Erkerzimmer hängt, ziemlich gleich sein, wen ich zu meinem Herrn mache. Eine Rothsattel kann ich doch nicht bleiben.«

Der Vater lachte und zog die Tochter an sich. »Wenn ich nur wüßte, woher mein Kind diese Ketzereien hat.«

»Sie ist allmählich so geworden«, sagte die Mutter.

»Das wird sich geben«, antwortete der Vater und küßte die Tochter herzlich auf die Stirn. »Hier lies den Brief des Prinzen, ich sehe nach dem Pferde, dann essen wir zusammen im Freien.«

»Ich komme mit dir zu dem Kranken«, sagte Lenore.

Das Ordenszeichen, eine niedliche Erinnerung an einen gewaltigen Bund geistlicher Ritter, welche Länder erobert, ganze Völker ausgerottet und ein eigenes Reich gegründet hatten, warf in die Seele des Freiherrn ein helles Licht, so gleichgültig er sich auch dagegen stellte. Die Glückwünsche seiner zahlreichen Bekannten taten ihm wohl, und seine Selbstachtung erhielt dadurch eine geheime Stütze, deren sie manchmal bedurfte. So fand ihn nach Verlauf einer Woche auch Ehrenthal, der Händler, als er auf seinem Wege nach einem nah gelegenen Dorfe anhielt, nur um dem Freiherrn zu gratulieren. Er hatte bereits seine Abschiedsverbeugung gemacht, als er noch einmal anhielt und die Worte hinwarf: »Der gnädige Herr hatten früher die Idee, eine Zuckerfabrik aus Rüben anzulegen. Ich höre, es ist jetzt im Werk, eine Kompagnie zu bilden, welche eine solche Fabrik ganz in Ihrer Nähe bauen will, ich bin aufgefordert worden, an dem Geschäft teilzunehmen, und wollte doch erst fragen, wie der Herr Baron es noch gedenken zu halten in dieser Sache.«

Dem Freiherrn war die Nachricht sehr unangenehm. Seit Jahren hatte er sich mit dem Gedanken getragen, eine gleiche Fabrik auf seinem Grund und Boden zu errichten, er hatte eine Anzahl ähnlicher Unternehmungen besucht, hatte sich Anschläge machen lassen, mit Technikern verhandelt, ja er hatte schon den Platz bezeichnet, auf dem das Etablissement am wenigsten unschön gewesen wäre. Er hatte diesen Plan eine Zeitlang mit großem Eifer verfolgt, allmählich war er ihm weniger lockend erschienen. Die Scheu eines vorsichtigen Mannes vor der neuen und noch unsichern Industrie, die Klagen einiger Bekannten über die Menge der Kosten und vor allem über die Unruhe und vielen Inkonvenienzen, die ein solches Unternehmen in das Leben eines Gutsbesitzers und die Verwaltung seines Gutes bringe, das alles hatte ihn bewogen, das Projekt liegenzulassen und für die nächsten Jahre eine ruhige Anlage seines Kapitals mit allerdings mäßigem Zinsengenuß vorzuziehen. Jetzt sollte eine Anlage, wie er sich doch für die Zukunft vorbehalten hatte, von andern ausgeführt werden; es war klar, daß sein eigenes Projekt dadurch zerstört wurde. Denn zwei gleiche Fabriken in unmittelbarer Nähe mußten sich zuverlässig hindern. Geärgert rief er: »Gerade jetzt, wo ich mir auf einige Jahre die Disposition über die Kapitalien genommen habe.«

»Herr Baron«, sagte der Händler mit Herzlichkeit, »Sie sind ein reicher Mann und angesehen in der Gegend. Wenn Sie erklären, daß Sie selbst anlegen wollen diese Fabrik, so geht der Aktienverein auseinander an demselben Tage.«

»Sie wissen, daß ich das jetzt nicht kann«, erwiderte der Freiherr unwillig.

»Wenn Sie wollen, gnädiger Herr, so können Sie auch«, entgegnete der Händler mit ehrerbietigem Lächeln. »Ich bin nicht der Mann, der Ihnen zuredet zu einer solchen Fabrik. Was haben Sie nötig, Geld zu verdienen? Wenn Sie aber jetzt zu mir sagen, Ehrenthal, ich will anlegen eine Fabrik, so steht Ihnen Kapital zu Gebot, soviel Sie haben wollen. Ich selbst habe eine Summe von sieben-, von zehntausend Talern vorrätig, Sie können diese erhalten jeden Tag. – Und ich will Ihnen einen Vorschlag tun. Ich schaffe Ihnen das Geld, welches Sie brauchen, zu billigen Zinsen. Für die Summe, die ich selbst Ihnen gebe, lassen Sie mir einen Anteil am Geschäft bis zu dem Tage, wo Sie mir zurückzahlen mein Geld. Für das übrige Geld, das Sie brauchen, bestellen Sie Hypothek auf Ihr Gut, bis Sie zurückzahlen in einigen Jahren die ganze Anleihe.«

Der Vorschlag erschien uneigennützig, ja freundschaftlich, aber der Freiherr fühlte zu lebhaft die große Veränderung, welche ein solches Geschäft in seinem ganzen Leben hervorbringen werde, er sah mit banger Sorge und einem Mißtrauen sowohl gegen sich selbst, als gegen Ehrenthal in eine Zukunft von Verwickelungen. Er verhielt sich deshalb sehr kühl gegen Ehrenthals Antrag. »Ich danke Ihnen für das Zutrauen«, sagte er, »aber ich will nicht mit fremdem Gelde einrichten, was doch nur aus den Überschüssen der eigenen Einnahme mit Segen erbaut wird.«

Ehrenthal mußte sich mit diesem Bescheide entfernen und sagte nur noch an der Tür: »Der gnädige Herr können sich ja die Sache überlegen, ich getraue mir durch vier Wochen das Aktiengeschäft aufzuhalten, damit in dieser Zeit nichts weiter geschieht.«

Nur wer einmal in seinem Leben eine gefeierte Sängerin gewesen ist, kann sich eine Vorstellung von der Fülle unbekannter kleiner Briefe, Pakete und Sendungen machen, welche der Freiherr in den nächsten vier Wochen aus der Stadt empfing. Zuerst schrieb Herr Ehrenthal: »Ich habe die Aktionäre vier Wochen aufgehalten«, dann schrieb Herr Karfunkelstein, ein Aktionär: Ich höre, daß Sie wollen anlegen eine Fabrik, in diesem Fall stehe ich Ihnen nach.« Dann schrieb wieder Herr Ehrenthal: »Hier ist eine Jahresberechnung einer ähnlichen Fabrik, woraus man kann sehen, was zu gewinnen wäre.« Dann schrieb wieder ein Herr Wolfsdorf: »Es verlautet, daß der Herr umgehe mit einer Fabrik; ich habe Kapitalien auszuleihen gegen mäßigen Zinsfuß und würde glücklich sein; wenn ich eine Hypothek erhielte oder am liebsten einen Anteil am Geschäft.« Zuletzt schrieb gar ein undeutlicher Herr Itzigveit: »Der Herr Baron soll das Geschäft nicht machen mit Ehrenthal, wie man in der Stadt erzählt, Ehrenthal ist ein reicher, aber ein interessierter Mann, er soll ihn wenigstens nicht annehmen zum Kompagnon; ich der Briefschreiber will ihm viel bessere Kapitalien verschaffen und ganz andere Teilnehmer«, worauf Herr Ehrenthal wieder genötigt war zu schreiben: »Es werden Intrigen gespielt von meinen Gegnern in der Stadt, um dem gnädigen Herrn anderes Geld zu seinem schönen Unternehmen zu verschaffen; Sie können tun nach Gefallen, ich bin ein ehrlicher Mann und dränge mich nicht vor.«

Der Freiherr war erstaunt zu sehen, wie leicht und massenhaft seinem Namen die Kapitalien zurollten, und daß ganz unbekannte Menschen bereit waren, das Unternehmen auf seinem Grund und Boden für ein unfehlbares, glänzendes, beneidenswertes zu halten. Er hatte in seinen Spekulationen bis jetzt entschiedenes Glück gehabt, er hatte die Abneigung vor Geldgeschäften ziemlich vollständig überwunden, ja er hatte sich gewöhnt, einen gewissen Anspruch an die Kapitalien anderer zu machen. Jetzt wurde er allmählich mit dem Gedanken vertraut, das Geld zur Anlage seiner Fabrik von Fremden zu nehmen. Nur eines widerstand seinem Stolz, den zuvorkommenden Ehrenthal als Teilnehmer anzunehmen; so weit wirkte der Brief des undeutlichen Schreibers. Und er beschloß, im Fall das Unternehmen zustande kommen sollte, dem Händler für sein geliehenes Geld festen Zinsfuß zu gewähren. Vier Wochen kämpfte der Freiherr mit innerer Unentschlossenheit, oft war seine Stirn umwölkt, oft sah die Baronin wieder mit stillem Schmerz die Aufregung ihres Gemahls, oft fuhr dieser nach der Stadt oder auf die Güter seiner Bekannten, um ähnliche Anlagen zu besichtigen und sich die möglichen Vorteile aus verschiedenen Anschlägen herauszunehmen. Über die projektierte Aktiengesellschaft konnte er nichts Sicheres erfahren. Die weniger günstigen Nachrichten, welche er über die Erfolge einzelner Fabrikanten einsammelte, schrieb er auf Rechnung einer natürlichen Furcht vor seiner Konkurrenz oder auf die unvorteilhafte Anlage ihres Geschäftes.

Vier Wochen waren vergangen, und ein neuer Brief von Ehrenthal erschien, worin der Baron dringend gebeten wurde, seinen Entschluß mitzuteilen, weil einzelne von den Aktionären gar nicht mehr zu halten wären.

Es war der Abend eines heißen Tages, als der Freiherr unruhig aus dem Wirtschaftshof ins Freie trat. Tief unten am Himmel glänzte ein gelbes blendendes Licht hinter schwarzem Dunst hervor, dicht zusammengeballt hingen die Wolken über seinem Scheitel, wie dunkle Felsen der Luft mit eisigen Gipfeln. Rings um den Herrn des Guts war Schwüle, Mutlosigkeit und bange Ahnung. Im Getreide schwirrten die Grillen lauter als sonst, unaufhörlich tönte ihr warnender Ruf in das Ohr des Herrn. Die kleinen Vögel auf den Bäumen der Landstraße kreischten in den Zweigen, flatterten von einem Baum auf den andern und riefen einander zu, daß etwas Furchtbares über ihre Felder hereinbreche; wir Kleinen werden es überstehen, schrien sie, aber die Großen mögen sich hüten. Die Schwalben strichen tief am Boden hin und flogen dicht an dem Freiherrn vorüber, als sei er nicht mehr vorhanden, und die Stelle leer, wo er stand. Die wilden Blattpflanzen am Wege ließen saftlos ihre Blätter hängen, sie waren mit häßlichem Staub überzogen und sahen aus wie Gewächse einer untergegangenen Welt, die vor vielen Jahren einmal grün war und Blüten trug. Eine dicke Staubwolke rollte die Landstraße entlang auf den Herrn zu, die heimkehrenden Gespanne zogen an ihm vorüber. Schwerfällig schritten die Pferde vorwärts und senkten ihre Köpfe in den Geschirren. Die häßliche gelbe Wolke wälzte sich mit ihnen fort und verhüllte die Umrisse ihres Leibes, daß nur die Hälse hervorragten und sie dem Freiherrn aussahen wie schattenhafte Gestalten, welche in der Luft dahinfahren. Nach ihnen kam langsam in drei Haufen die Schafherde, wieder in Wolken des erstickenden Staubes gehüllt. Die Glöckchen der Tiere klangen dumpf in der dicken Luft, und wie aus weiter Entfernung tönte im Wirbel am Boden bald hier bald dort die Stimme eines geisterhaften Schäferhundes. Und als der Schäfer seinen Herrn grüßend vorüberschritt, sah der Mann so grau und schattenhaft aus, wie ein Gespenst aus dem Grabe, das einst auf der grünenden Erde wirkliche Schafe über das Brachfeld getrieben hatte.

Der Gutsherr blieb stehen an den Pferden und Schafen, er stand vor der welken Königskerze am Grabenrand, er hörte auf die Vögel im Laube, es waren unheimliche Gedanken, die sie ihm gaben. Er ging weiter auf dem Damm am Teiche, wo einst Anton den letzten Blick auf das Herrenhaus geworfen hatte. In rotem Feuer stand das Schloß mit seinen Türmen und Mauern vor dem Freiherrn, helle Flämmchen brannten auf den Spitzen der Türme in die Wolken hinein, im Brand leuchteten alle Fensterscheiben des Schlosses, und wie Blutstropfen lagen die rosigen Blumenbüschel auf dem schwarzgelben Laub der Kletterpflanzen. Über dem Schlosse aber in der Luft ballte und wälzte sich's, und immer näher kam's in schwarzen Massen heran, um mit Nacht den glänzenden Bau zu verhüllen. Kein Blatt der Bäume bewegte. sich, keine Kreiswelle furchte die dunkle Wasserfläche, tot lag sie da, wie ein See der Unterwelt. Der Herr beugte sich hinab und suchte ein Zeichen des Lebens, nur eine Wasserspinne, eine Libelle, welche in dem finstern Schweigen um ihn herum sich leibhaftig regte, – da starrte ihm aus der Tiefe ein bleiches Menschengesicht entgegen, daß er zurückfuhr und ein zweites Mal hinsehen mußte, um zu lächeln und zu erkennen, daß es sein eigener Widerschein war. Auch hier war um den Herrn des Guts Schwüle, Mutlosigkeit und bange Ahnung.

Er lehnte sich an den hohlen Weidenstamm und sah unverwandt auf sein Haus und auf die Fenster, wo seine Lieben wohnten; er suchte nach einem Umriß ihrer Gestalt, er horchte nach einem Ton von dem Flügel der Baronin, er wünschte, daß nur ein helles Band Lenores niederflattern möchte von dem Balkon ihres Zimmers; aber kein Zeichen des Lebens war in dem Hause zu erspähen, das Schloß war ausgestorben, wüst, wie ein Bau aus uralter Zeit, durch geisterhaftes Licht beleuchtet; – noch wenig Augenblicke, und es mußte verschwinden in dem Boden. Dann konnte das Wasser darüber hinfluten, und die Leute konnten sich erzählen, daß hier einst ein schönes Schloß war, in dem ein stolzer Baron lebte, das sei aber lange, lange her.

Ein gefallenes Haus, eine untergegangene Familie! – Wenn die Zeit kam, wo ein fremder Mann an seiner Stelle stand und ein neues Haus ansah, das er sich erbaut, dann lag die Wasserfläche vor dem Fremden, wie jetzt vor ihm, dieselbe Erdscholle, die sein Pflug aufwarf, trug auch dem Spätern bereitwillig Frucht. Dann gaben die Körner aus seinem Korn noch weißes Mehl, die Lämmer von seinen Schafen sprangen um denselben steinernen Wassertrog, die Acker-fläche lag vor dem Neuen da, wie jetzt vor ihm, an derselben Stelle liefen vielleicht die Wasserrinnen durch das Feld, die Binsenwurzel unter ihm trieb vielleicht ebenso ihren Schaft aus dem Wasser: nur er und sein Geschlecht, die jetzt über alles geboten, sie sollten dann verschwunden sein, verschwunden bis vielleicht auf eine gleichgülti-ge Erinnerung!

So stand der Herr des Gutes, gelähmt durch den bösen Zauber, der auf der Erde und auf seiner Seele lag, er holte tief Atem und trocknete den Schweiß von der Stirne, er war ratlos und wie gebro-chen. Da fuhr ein scharfer Ton durch die Wipfel der Bäume, es war ein Jagdruf der Lüfte. Noch einmal wurde alles still, dann raste der Sturmwind plötzlich hernieder von der Höhe, er rauschte durch die Baumwipfel, er zischte über das Wasser; tief beugten die Weiden ihre grauen Äste, und die Staubwolken der Straße fuhren in tollen Wirbeln nach der Höhe; der gelbe Schein an den Mauern des Schlosses verschwand, bleigraue Dämmerung überzog die Land-schaft. Ein zackiger Blitz fuhr durch die Finsternis, und lang und majestätisch rollte der Donner herauf. Der wilde Jäger der Luft hielt seine Hetzjagd über die Fluren der Menschen.

Der Freiherr richtete sich hoch auf und öffnete seine Brust dem Zuge des Sturmwindes. Blätter und Baumzweige flogen um ihn, und große Regentropfen schlugen auf sein Haupt, er aber starrte nach den Wolken in das Wetter hinein und auf die Blitze, welche sich kreuzten, als erwartete er von da oben eine Entscheidung. Da klap-perte der Galopp eines Pferdes auf der Straße, und eine fröhliche Männerstimme rief von der Höhe herab: »Mein Vater!« Ein junger Reiteroffizier hielt auf der Straße.

»Mein Sohn, mein geliebter Sohn«, rief der Vater mit bebender Stimme, »du kommst zur rechten Zeit.« Er drückte den Jüngling fest an sich, und als er ihn aus der Umarmung losließ, hielt er noch lange seine Hände fest und wurde nicht müde, ihn anzusehen. Auch der Reitersmann vor ihm war mit grauem Staube bedeckt, aber ein jugendliches Gesicht und zwei kecke Augen sprachen in diesem Augenblick entscheidende Worte zu dem Vater. Die Unsicherheit, alle trübe Ahnung war verschwunden, er fühlte sich wieder fest, wie dem Chef seines Hauses geziemte. Vor ihm stand in blühender Jugend die Zukunft seines Geschlechtes. Daß diese Erinnerung ihm gerade jetzt kam, in der Stunde, wo er einen Entschluß fassen sollte, das galt ihm für einen Befehl des Schicksals. »Und jetzt komm nach Haus«, sagte er »es ist kein Grund mehr, daß wir unsere Begrüßung im Regen abmachen.«

Während die Baronin ihren Sohn auf das Sofa zog und nicht müde wurde, sich über sein männliches Aussehen zu freuen, und während Lenore sogleich mit dem Bruder ein leichtes Wortgefecht begann, ging der Freiherr in der Familienstube auf und ab und sah zuweilen durch den strömenden Regen in die Landschaft hinaus. Immer schneller fuhren die Blitze durcheinander, und immer kürzer wurden die Pausen, in denen der Donner dem Zucken des Feuerstrahls folgte.

»Schließe das Fenster«, bat die Baronin, »das Wetter kommt herauf.«

»Es wird unserm Hause nichts tun«, antwortete der Freiherr beruhigend. »Der Leiter steht oben auf dem Dach, er glänzte vorhin hell wie ein Licht durch die dunklen Wolken. Sieh dorthin, wo die Wolken am schwärzesten zusammengeballt sind, dort über der hellgrünen Esche.«

»Ich sehe die Stelle«, sagte die Baronin.

»Mache dich gefaßt«, fuhr der Freiherr lächelnd fort, »daß ein blauer Himmel dort für immer durch graue Wolken bedeckt wird, dort wird der Schornstein der Fabrik über die Bäume ragen.«

»Du willst bauen?« frug die Baronin besorgt.

»Du willst eine Fabrik errichten?« rief der Leutnant vorwurfsvoll.

»Ja«, sagte der Freiherr zu seiner Gemahlin, »das Unternehmen wird viel Unbequemes haben für dich und mich, und wird meine Kräfte in jeder Beziehung in Anspruch nehmen. Wenn ich es doch wage, so geschieht es nicht um unsertwillen, sondern für die Kinder, für die Familie. Ich will das Gut befestigen bei unserem Hause, ich will seine Einkünfte so vermehren, daß der Herr dieses Schlosses in der Lage ist, auch für die Zukunft der Lieben zu sorgen, denen er nach dem alten Recht der Erstgeburt und der männlichen Nachfolge das Gut nicht überlassen kann. Es hat mich langen Kampf gekostet, heut hab' ich mich entschlossen.«

9

Der Freiherr trieb mit Feuer die Anlage seiner Fabrik. Er suchte wenigstens einen Teil der Ziegeln selbst zu brennen, er bezeichnete die Stämme des Waldes, welche im Winter zu Bauholz geschlagen werden sollten. Ein Baumeister wurde durch Ehrenthal empfohlen, und ein Techniker von dem Freiherrn selbst angeworben. Er erkundigte sich sorgfältig nach der Vergangenheit des Mannes, dem er Einrichtung und Betrieb seiner Fabrik übergeben wollte, und wünschte sich Glück, als er nach langem Suchen einen redlichen Mann fand, der eine ungewöhnliche theoretische Bildung besaß. Vielleicht war gerade diese letztere Eigenschaft vom Standpunkt des Barons nicht ohne Bedenken, denn dem Erwählten wurde von zehn Praktikern nachgesagt, daß er nie eine Fabrik in ruhigem Betriebe lassen könne, sondern durch hastige Einführung neuer Erfindungen die tägliche Arbeit zu oft störe. Daher galt er für kostspielig und unsicher. Dem Freiherrn war die Intelligenz und Redlichkeit des Mannes natürlich die Hauptsache, mehr noch als jedem andern, weil er im stillen die Empfindung hatte, daß diese Eigenschaften des Technikers die Mängel seiner eigenen Leitung ausgleichen müßten.

So froh aber diese Aussichten waren, ein Übelstand war doch dabei. Ordnung und Behagen waren auf dem Gut nicht mehr zu finden, sie waren mitten im Sommer fortgeflogen, wie die Störche, welche seit vielen Jahren hinter der großen Scheuer genistet hatten. Alle Welt wurde durch die neue Anlage belästigt. Die Baronin verlor eine Ecke des Parks, sie erlebte das Herzeleid, daß ihr ein Dutzend mächtiger alter Bäume niedergeschlagen wurden. Ein Haufe fremder Arbeiter zog mit Hacke, Schaufel und Karren wie ein Heuschreckenschwarm über das Gut. Sie zertraten die Grasplätze des Parks, sie lagerten in ihren Eßstunden in der Nähe des Schlosses und genierten die Frauen oft durch ihren Mangel an Rücksicht. Der Gärtner rang die Hände über die zahlreichen Diebstähle an Obst und Gemüse. Der Amtmann war in lauter Verzweiflung über die Unordnung, welche in seiner Wirtschaft einriß. Die neuen Leute, welche er angenommen hatte, erschwerten ihm die Aufsicht über das Gesinde. Die neuen Zugtiere, in der Eile gekauft, reichten nicht aus. Die Ackerpferde wurden ihm zu Fuhren verwandt, wenn er sie am notwendigsten im Felde brauchte, seine guten Zugochsen waren für ihn gar nicht mehr vorhanden. Der Bedarf der Wirtschaft wurde größer, die Einnahmen drohten geringer zu werden. Auch die Bodenfläche, welche für die Rübenkultur bestimmt war, machte dem alten Mann schwere Arbeit. In der Fruchtfolge mußte vieles geändert, die Taglöhner sollten für den neuen Bau angelernt werden. Lenore hatte viel zu trösten und brachte ihm manches Pfund Tabak aus der Stadt, damit er seinen Kummer mit den blauen Wolken in die Luft blasen konnte. Die schwerste Last trug natürlich der Freiherr selbst. Sein Arbeitszimmer, sonst nur von einzelnen Bittstellern oder dem Amtmann besucht, wurde jetzt ein Gemeinplatz, wie der Laden eines Krämers. Nach zehn Seiten sollte er Rat schaffen, Aufschluß geben, Schwierigkeiten überwinden. Fast täglich jagte er nach der Stadt, und wenn er am Friede bringenden Abend auf dem Gute war, erschien er in dem Familienkreise sorgenvoll, mürrisch, abgespannt. Es war eine große Hoffnung, die ihn erfüllte, aber es war sehr schwierig, sie in Wirklichkeit zu verwandeln.

Einigen Trost fand der Freiherr in der lebhaften Anhänglichkeit Ehrenthals. Dieser wußte sich überall nützlich zu machen, hatte stets einen guten Rat bei der Hand und war um Auskunft niemals verlegen. Er erschien jetzt oft auf dem Gut, dem Baron ein willkommener Gast, weniger den Frauen. Diese gönnten ihm den Argwohn, daß seine Beschwörung die Flut von Geschäften heraufführe, welche sich jetzt durch alle Fenster und Türen des Schlosses ergoß. Glücklicherweise dauerten seine Besuche immer nur kurze Zeit, und wenn man ihm auch ansah, daß er sich jetzt auf dem Gut nicht unbehaglich fühlte, so war sein Benehmen in Betreff der Ehrerbietung doch durchaus untadelhaft.

An einem sonnigen Mittag trat Ehrenthal mit Brillantnadel und Busenkrause in das Zimmer seines Sohnes. »Willst du heut mitfahren auf das Gut der Rothsattel, mein Bernhard? Ich habe dem Baron gesagt, daß ich dich mitbringen werde, um dich zu präsentieren der Familie.«

Bernhard sprang von seinem Sitze auf. »Aber Vater, ich bin den Herrschaften ja ganz fremd!«

»Wenn du das Gut gesehen haben wirst, wird es dir nicht mehr fremd sein, und wenn du gesprochen haben wirst den Baron, die Baronin und das Fräulein, so wirst du sie kennen. Es sind gute Leute«, fügte er wohlwollend hinzu.

Der Sohn hatte noch viele schüchterne Bedenken, aber der Vater schlug sie durch die bestimmte Erklärung nieder, daß der Freiherr ihn erwarte.

Bernhard saß im Wagen, über ihm hoch in der Luft flogen die Vögel, die Pappeln an der Landstraße schnurrten wie durch ein Band gezogen hinter ihm, lachend schien die Sonne in sein bleiches Gesicht und fragte: wo kommst du her, Mann, dich kenne ich nicht; er rückte sich auf seinem Sitze in unruhiger Spannung zurecht. Seit er Anton kannte, ja länger, seit er seine Dichter las, hatte er von der kleinen einsamen Stube sehnsüchtig auf das fröhliche Treiben solcher gesehen, welche daraufloseleben und unnützes Grübeln hassen. Heut kam ihm vor, als ob er selbst ein wenig darauflosebe, heut jagte er in die Welt hinein zu einem unbekannten Edelmann, in das Haus einer berühmten Schönheit, die er sich ansehen wollte. Er zog seinen Hemdkragen zurecht, drückte den Hut entschlossen in die Stirn und schlug die Arme unter. Mit scharfem Blick musterte er die vorübergehenden Reisenden, und die Frau vom Zollhause, welche das Geld abnahm, fixierte er so unternehmend, daß sie ihr Brusttuch zurechtzog und ihn lächelnd anblinzte. Unterdes floß das Herz des alten Ehrenthal von Lobreden auf den Freiherrn und seine Familie über. »Noble Leute«, rief er; »wenn du gesehen haben wirst diese Baronin, wie sie ist, wenn sie ist in ihrer Spitzenhaube, alles so fein und alles honett! Zu honett für die Welt, wie diese Welt einmal ist! Die Stücke Zucker sind zu groß, und der Wein, den man bei Tische trinkt, ist zu teuer, aber es ist ihre Qualität, es steht ihnen gut.«

»Fräulein Lenore soll eine große Schönheit sein«, fragte Bernhard. »Ist sie so stolz, wie junge Damen von ihrem Stande zu sein pflegen?« – Mein armer Bernhard kannte nicht viele junge Damen, weder aus diesem, noch aus einem andern Stande.

»Sie ist stolz«, sagte der Vater, »aber es ist wahr, sie ist schön. Unter uns gesagt, sie gefällt mir besser, als die Rosalie.«

»Ist sie blond?« Herr Ehrenthal dachte nach. »Was soll sie anders sein, als blond oder braun, freilich hat sie blonde Augen. Du kannst dir auch ansehen die Herde auf dem Gute, und vergiß nicht herumzugehen im Park. Sieh dich um, ob du einen Platz findest, wo du gern sitzen möchtest mit deinem Buche.«

Der arglose Bernhard schwieg und sah mit glänzenden Augen auf die dunkeln Umrisse des Parks, der am Horizont aufstieg.

Der Wagen hielt vor dem Schloß. Der Bediente trat an den Schlag. Die Gäste erfuhren, daß der Freiherr in seinem Zimmer und die gnädige Frau im Augenblick nicht zu sprechen war, das Fräulein aber spazierte im Garten. Ehrenthal schritt um das Haus, Bernhard neugierig hinter ihm her. Über den Grasplatz kam die hohe Gestalt Lenorens langsam auf die Fremden zu. Ehrenthal stellte sich auf, bog seinen linken Arm zu einem Kreise zusammen, steckte seinen Hut hinein und präsentierte: »Mein Sohn Bernhard, dies ist das gnädige Fräulein.« Bernhard verneigte sich tief. Es war nur ein kühler Gruß, den Lenore dem Gelehrten schenkte. »Wenn Sie zu meinem Vater wollen, er ist oben in seinem Zimmer.« – »Ich werde hinaufgehen«, sagte Ehrenthal gehorsam. »Bernhard, du kannst unterdes zurückbleiben bei dem gnädigen Fräulein.«

In dem Zimmer des Freiherrn legte der Händler einige tausend Taler auf den Tisch und sagte: »Hier ist das erste Geld. Und wie wollen der Herr Baron es mit der Sicherheit halten?«

»Nach unserer Verabredung muß ich Ihnen dafür Hypothek auf das Gut geben«, erwiderte der Freiherr.

»Wissen Sie was, Herr Baron, um jedes Tausend Taler, das ich Ihnen zahle, können Sie mir nicht immer bestellen eine Hypothek, das macht viel Kosten und bringt das Gut in schlechtes Renommee. Lassen Sie vom Gericht ausstellen ein Hypothekeninstrument, welches auf eine große Summe lautet, ich will sagen auf zwanzigtausend Taler. Lassen Sie es ausstellen auf den Namen der gnädigen Frau Baronin, so haben Sie eine Sicherheit, die Sie jeden Tag verkaufen können, und Ihr Gut wird noch nicht belastet durch ein neues Kapital. Und mir geben Sie jedesmal, sooft ich an Sie zahle, einen einfachen Schuldschein, worin Sie mir auf Ihr freiherrliches Wort versichern, daß ich für den Betrag der Summe, die ich Ihnen zahle, ein Anrecht haben soll an diese Hypothek von zwanzigtausend Talern, welche im Hypothekenbuche steht zunächst hinter den Pfandbriefen. Das ist einfach, und es bleibt still zwischen uns beiden. Und wenn Sie keine weitern Vorschüsse brauchen, dann machen wir die Sache fest vor dem Notar. Sie zedieren mir dann die Hypothek selbst, und ich gebe Ihnen Ihre Schuldscheine zurück und zahle Ihnen nach, wenn noch etwas fehlt an den zwanzigtausend Talern. Ich verlange nichts von Ihnen, als Ihr Ehrenwort auf einem Blatt Papier, welches nicht größer ist, als dieses Schnitzel. Und wenn das Gericht Ihnen ausgefertigt hat das Hypothekeninstrument von zwanzigtausend Talern, so wäre mir's lieb, wenn Sie's wollten aufheben in meinem Hause.«

Als der Freiherr bei der letzten Bedingung unwillig aufsah, legte Ehrenthal seine Hand auf den Arm des Herrn und sagte vertraulich: »Seien Sie ruhig, Herr Baron; dagegen, daß ich selbst aufheben will das Hypothekeninstrument, dürfen Sie nichts einwenden. Ich kann keinen Mißbrauch damit treiben, und es ist mir eine Beruhigung. Jeder Jurist wird Ihnen sagen, daß ich in dieser Sache gegen Sie verfahre, wie es selten vorkommt im Geschäft. Oft wird ein Wort gebrochen, das einer dem andern gegeben hat, aber wenn es etwas gibt, was fest ist auf dieser Welt, so ist es für mich, wenn Sie mir geben Ihr Ehrenwort. Ist es nicht geschäftlich, Herr Baron, daß ich so denke, so ist es doch freundschaftlich.«

Ehrenthal sagte das mit einem Ausdruck von Herzlichkeit, der nicht ganz erlogen war. Was er anbot, zeigte in der Tat ein großes Vertrauen. Nach vielen Beratungen mit Veitel Itzig war er auf diese Maßregel gekommen. Er wußte, daß der Freiherr außer den zwanzigtausend Talern noch manches andere Kapital für die Fabrik brauchen würde. Es lag im Interesse auch des Händlers, daß der Freiherr noch andere Summen ohne Schwierigkeit erhielt. Und er traute dem Edelmann; er, der durchtriebene Schelm, hatte einen festen Glauben an den adligen Sinn des andern. Auch wenn ihn Itzig nicht unaufhörlich auf den ehrenwerten Charakter des Gutsherrn aufmerksam gemacht hätte, er würde ihm nichts Unehrliches zugetraut haben. Was von achtungsvoller Zuneigung in seiner Seele noch Raum hatte, das war dem Freiherrn zuteil geworden. Der Herr war seit langer Zeit der Gegenstand seiner Sorge, seiner Arbeit, seiner eifersüchtigen Wachsamkeit. Er war dem Schurken geworden, was dem Landwirt sein Acker, der Hausfrau ihr Lieblingstier ist. Es war ein allerliebster kleiner Teil von gemütlicher Zuneigung in dem Verhältnis. Auch die Hausfrau vertritt eifrig die Tugenden ihres vierbeinigen Pfleglings, sie betrachtet ihn mit Freude und findet sein Temperament ungewöhnlich sanft. Sie ist geneigt, ihren Liebling für das vortrefflichste Stück seiner Art zu halten, und wenn der Schlachttag kommt, vergießt sie vielleicht eine Träne. Aber, beim heiligen Antonius! so leid es ihr auch tut, sie wird das arme Ding doch schlachten.

Unterdes sagte unten Lenore zu Bernhard: »Ist Ihnen gefällig, unterdes in den Park zu gehen?« Bernhard folgte schweigend und sah scheu auf die Aristokratin, welche ihren Kopf trotzig in die Höhe warf und wenig von seiner Anwesenheit erbaut schien. An dem grünen Platz, der einst Anton so entzückt hatte, blieb sie stehen und wies auf den Kiesweg. »Dort hinab geht es zum See, und hier weiter hinein in den Garten.« Sie erhob die Hand zu einer verabschiedenden Bewegung. Bernhard aber sah staunend auf den Platz, auf die Türmchen des Schlosses, die Schlingpflanzen des Balkons und rief: »Das habe ich schon einmal gesehen, und ich bin doch noch nie hier gewesen.«

Lenore blieb stehn: »Das Haus ist nicht nach der Stadt gekommen, soviel ich weiß; es mag wohl andere geben, die ähnlich aussehen.«

»Nein«, erwiderte Bernhard sich besinnend, »ich habe das Schloß auf einer Zeichnung im Zimmer eines Freundes gesehen. Er muß Sie kennen«, rief er freudig, »und er hat mir doch nie etwas davon gesagt.«

»Wie heißt dieser Herr, der Ihr Freund ist?«

»Es ist ein Herr Wohlfart.«

Das Fräulein wandte sich lebhaft zu dem Gelehrten: »Wohlfart? Ein Kaufmann bei T. O. Schröter, Kolonialwaren und Produkte? Ist's dieser Herr? – Und dieser Herr ist Ihr Freund? Wie kommen Sie zu der Bekanntschaft?« fragte sie streng und stellte sich vor Bernhard auf, die Hände auf dem Rücken, wie ein Lehrer, der einen kleinen Dieb wegen gestohlener Äpfel ins Verhör nimmt. Bernhard erzählte, wie er Anton kennengelernt hatte und wie lieb ihm der tüchtige Freund geworden war. Darüber verlor er etwas von seiner Befangenheit, und das Fräulein viel von ihrer Strenge.

»Ja, wenn Sie so sind«, sagte Lenore noch immer verwundert. »Also wie geht es Herrn Wohlfart? Erzählen Sie geschwind, wie sieht er aus, ist er lustig? Er hat wohl recht viel zu tun?«

Bernhard erzählte, er wurde immer beredter. Lenore setzte sich in die Rosenlaube und winkte ihm herablassend, gegenüber Platz zu nehmen. Als er geendet hatte, sagte sie freundlich: »Wenn Herr Wohlfart Ihr Freund ist, so gratuliere ich Ihnen, er ist ein guter Mensch; ich will hoffen, daß Sie das auch sind.«

Bernhard lächelte: »Unter meinen Büchern habe ich nur wenig Gelegenheit, meinen guten Willen dafür zu weisen. Ich lebe still vor mich hin und zirpe wie eine Grille; in dem Treiben der Welt komme ich mir oft recht unnütz vor.«

»Das viele Studieren wäre nicht meine Sache«, erwiderte Lenore. »Man sieht Ihnen auch an, daß Sie wenig in der freien Luft leben. Kommen Sie, mein Herr, ich werde Sie herumführen. So setzen Sie doch Ihren Hut auf.«

Der Bediente trat mit dem Teebrett aus der Halle. Lenore winkte ihm und sah wohlwollend zu, als Bernhard den heißen Trank so eilig einschlürfte, wie ein Ritter seinen Steigbügeltrunk. »Verbrennen Sie sich nicht«, ermahnte sie.

Sie führte ihn durch den Park, wie sie einst Anton geleitet hatte. Bernhard war ein Sohn der großen Stadt. Nicht die hohen Baumkronen, nicht die blühenden Beete im grünen Rasen, auch nicht die Türmchen des Herrenhauses waren ihm etwas Ungewöhnliches, sein Auge hing nur an dem Fräulein. Es war ein klarer Abend im September. Das Sonnenlicht fiel schräge durch das Laub, der Kiesweg war gefleckt von gelben Lichtern und dunklen Schlagschatten. Sooft ein

Sonnenstrahl durch die Blätter auf Lenorens Haupt schoß, glänzte ihr Haar wie Gold. Das stolze Auge, der feine Mund, die schlanken Glieder des kräftigen Mädchens nahmen die Empfindung des Gelehrten gefangen. Sie lachte und zeigte die weißen kleinen Zähne, und er war entzückt; sie brach einen Zweig ab und schlug damit an die Büsche am Wege, und ihm war, als neigten sich die Zweige und Blätter vor ihr auf den Boden.

Sie kamen an die Brücke, an den Ausgang des Parks nach dem Feld. Einige Mädchen liefen an Lenore heran, knixten und küßten ihr die Hände, sie nahm diese Huldigung der Untertanen wie eine Königin an. Zwei kleine Dirnen hatten die hohlen Stengel des Löwenzahns in Kettenglieder zusammengebogen und eine lange Kette daraus gemacht, sie stellten sich verschämt vor Bernhard in den Weg und hielten ihm die Kette vor.

»Hinweg, Ihr unartiges Volk!« rief Lenore. »Wie könnt Ihr uns den Weg versperren, der Herr kommt ja aus dem Schloß. Sie lernen dies Wegelagern von den fremden Arbeitern.« Und Bernhard fühlte mit Stolz, daß er in diesem Augenblick zu ihr gehörte. Er griff in die Tasche und löste sich von den Mädchen. »Es ist lange her, daß ich eine solche Kette gesehen habe«, sagte er. »Dunkel erinnere ich mich, daß ich als kleiner Knabe auch einmal auf einem grünen Platz saß und die Stiele zusammensteckte.« Er pflückte einige Stengel des Löwenzahns und versuchte die Kinderarbeit.

»Haben die gelehrten Herren auch an solchen Spielen Freude?« frug Lenore lächelnd.

»O ja«, erwiderte Bernhard. »Ich habe auch die spitzen Blüten von Akelei und Rittersporn zu runden Kränzen ineinandergesteckt und in meinen Büchern gepreßt, dann trocknete ich Blätter und ganze Blumen, dann legte ich ein Herbarium an. Was uns als Erwachsene interessiert, das knüpft sich häufig an eine kleine Freude der Kinderzeit an. Aus dem Kinde, das zufällig einige bunte Kristalle in die Hand bekam, wird vielleicht ein Mineralog, und schon mehr als ein berühmter Reisender ist durch den Robinson Crusoe zu seinen Entdeckungen gekommen. Es ist immer eine Freude, zu erfahren, wie ein bedeutender Mann zu dem gekommen ist, was seine Seele erfüllt.«

»Wir Frauen sehen das ganze Leben hindurch die Natur an wie die Kinder«, sagte Lenore, »wir spielen mit den glänzenden Steinen und Blüten noch in unsern alten Tagen, geradeso wie die Mädchen vor uns. Und die Kunst ist so gefällig, uns Blumen und Steine nachzumachen, damit wir nur niemals das Spielzeug entbehren. – Wenn Sie so gut mit den Kinderspielen Bescheid wissen, dort ist etwas für Sie«, sie wies auf einen großen Klettenstrauch am Weg. »Haben Sie sich jemals eine Mütze aus Kletten gemacht?«

»Nein«, erwiderte Bernhard mit bangen Ahnungen.

»Sie sollen sogleich eine haben«, sagte Lenore. Sie gingen zu dem Klettenstrauch. Bernhard pflückte die runden Köpfe ab und reichte ihr einige Hände voll hin. Sie nestelte die Kletten aneinander und machte eine Kappe mit zwei kleinen Hörnern daraus. »Das können Sie aufsetzen«, sagte sie gnädig.

Bernhard hielt das kleine Monstrum in der Hand. »Allein wage ich's nicht«, sagte er, »die Vögel auf den Bäumen würden mich zu sehr anschreien. Wenn Sie auch eine Haube aufsetzen wollten –«

»Kletten können Sie nicht verlangen«, erwiderte Lenore, »aber Sie sollen den Willen haben. Kommen Sie zurück, ich zeige Ihnen, wie wir als Mädchen unsere Mützen gemacht haben.«

Sie führte ihn an eine Stelle, wo eine Gruppe von Sonnenrosen mit schwarzen Gesichtern und gelben Strahlen am Rande des Gebüsches stand. Dort schnitt sie mit einem kleinen Trennmesser einige Blumen ab, durchstach die Stengel und band sie zu einem Helm zusammen, den sie lachend aufsetzte. Es war ein fremdartiger Schmuck und gab dem schönen Gesicht ein wildes Ansehen. »Jetzt setzen Sie Ihre Kappe auf«, befahl sie. Bernhard gehorchte, und sein ehrbares faltiges Gesicht, der schwarze Frack und die weiße Krawatte erschienen unter der Klettenmütze so abenteuerlich, daß Lenore ihr Lachen nicht verbergen konnte und vergebens den Mund hinter ihrem Taschentuch verbarg. »Sie sehen schrecklich aus.« Bernhard nahm den Kopfputz sogleich wieder ab. »Kommen Sie zum Wasser, dort sollen Sie Ihr Spiegelbild sehen.«

Sie führte ihn an die Stelle, wo der Grund des Fabrikgebäudes ausgegraben wurde. Es war ein wüster Platz. Erdhaufen, einige tausend Ziegel, Baumstämme und Balken waren zusammengefahren. Die Arbeiter hatten Feierabend gemacht und den Platz verlassen, nur einige Kinder aus dem Dorfe kauerten unter dem Holz und sammelten die Späne zum Abendfeuer. Wenige Schritt hinter der Baustelle zog sich eine Bucht des Sees heran, durch Gebüsch eingefaßt und mit grünen Wasserlinsen überdeckt. »Wie wüst es hier aussieht«, klagte Lenore, »die Zweige der Sträucher sind geknickt, auch die Bäume sind beschädigt. Das alles macht der Bau. Wir kommen der fremden Arbeiter wegen jetzt nur selten hierher. Auch die Kinder vom Dorf sind dreist geworden, sie haben hier einen Spielplatz aufgeschlagen, und es ist ihnen gar nicht zu wehren.«

In dem Augenblick fuhr ein Kahn hinter dem Vorsprung des Gehölzes hervor. Ein kleines Bauernmädchen, ein pausbäckiges rundes Ding, stand darin und wankte ängstlich bei der raschen Bewegung des Kahnes, den ihr älterer Bruder mit einer Stange vom Ufer abstieß. »Sehen Sie«, rief Lenore ärgerlich, »die Krabben haben auch unsern Kahn genommen. Wollt Ihr sogleich ans Land!« Die Kinder erschraken über den Zuruf, dem Knaben fiel die Stange ins Wasser, das kleine Mädchen schwankte in der Angst des bösen Gewissens an den Rand des Kahnes, sie verlor das Gleichgewicht und fiel ins Wasser. Der Knabe trieb hilflos mitten in der Bucht. Ein lauter Schrei vom Ufer und aus seiner Kehle folgte dem Fall der Kleinen. »Retten Sie das Kind!« rief Lenore außer sich. Bernhard lief gehorsam in den See, ohne daran zu denken, daß er nicht schwimmen konnte, er watete einige Schritt vor und stand gleich darauf hilflos bis unter die

Arme im Schlamm und Wasser. Er streckte die Hände nach der Stelle aus, wo das Kind versunken war, aber der Punkt war noch einige Klafter von ihm entfernt. Unterdes war Lenore schnell wie der Blitz hinter einen Strauch gesprungen. Nach wenig Augenblicken trat sie hervor und eilte an einen Vorsprung des Ufers. Aus der Tiefe der grünen Wasserlinsen sah Bernhard mit Entsetzen und Wonne auf die hohe Gestalt. Noch haftete die phantastische Blumenkrone auf ihrem Haupt, das luftige Kleid floß jetzt in leichten Falten an ihrem Leibe herunter, aus dem entschlossenen Gesicht starrten die Augen nach der Stelle, wo der Rock des Kindes wieder sichtbar wurde. Sie erhob die Arme hoch über das Haupt und stürzte sich mit einem Sprunge in den See. Der Kranz fiel von ihrem Haupt, in langen Stößen schwamm sie auf das Kind zu. Sie faßte den Rock, noch zweimal griff sie mit der freien Hand aus und hatte den Kahn erreicht. Sie hielt sich daran fest, sie spannte alle Kraft an, das Kind hineinzuheben, sie faßte die Kette des Kahns und zog ihn hinter sich an das Land. Bernhard, der bleich wie der Tod ihrer Anstrengung zugesehen hatte, kämpfte sich an das Ufer zurück, er reichte ihr die Hand und zog den Kahn aufs Land. Lenore ergriff das bewußtlose Kind, Bernhard hob den Knaben an das Ufer, und vorwärts eilten beide zu der nahen Gärtnerwohnung, der Knabe lief mit gellendem Geschrei hinter ihnen her. Das nasse Gewand legte sich dicht an Lenorens Leib, die schönen Formen des Körpers wurden in der raschen Bewegung dem Auge ihres Begleiters fast unverhüllt sichtbar. Sie achtete nicht darauf. Bernhard drang mit ihr in die Stube des Gärtners, aber Lenore trieb ihn hastig wieder hinaus. Mit Hilfe der erschrockenen Gärtnersfrau entkleidete sie das Kind und suchte das bewußtlose durch Reiben ins Leben zurückzubringen. Unterdes lehnte Bernhard draußen vor der Tür vor Kälte klappernd und in einer Aufregung, welche seine Augen glühen machte wie Kohle. »Lebt das Kind?« rief er durch die Tür.

»Es lebt«, rief Lenore vom Bett zurück.

»Gelobt sei Gott!« rief Bernhard und schlug die Hände zusammen; aber der Gott, an den er in diesem Augenblick dachte, war das schöne Weib dadrin, von dessen Reizen sein Auge mehr gesehen hatte, als irgendein anderer Mann. Lange stand er so, schauernd und vor sich hin träumend, bis eine hohe Gestalt in wollenem Rock und Mieder aus dem Hause trat. Es war Lenore in den Kleidern der Gärtnerin, noch ergriffen von der Anstrengung, aber mit einem fröhlichen Lachen auf den Lippen. Außer sich griff Bernhard in stürmischer Bewegung nach ihrer Hand und küßte sie mehr als einmal, er hätte vor ihr auf die Knie sinken mögen.

»Sie sehen schön aus, mein Herr«, sagte Lenore heiter, »Sie werden sich verkälten.«

Er stand vor ihr, naß, am ganzen Körper triefend, mit Wasserlinsen und Schlamm überzogen. »Ich fühle nichts von Kälte«, rief er, aber seine Glieder schüttelten.

»Schnell in das Haus«, trieb Lenore. Sie öffnete die Tür und rief der Frau zu: »Geben Sie dem Herrn Kleider des Gärtners zum Wechsel. – Dort in der Kammer machen Sie Ihre Toilette.«

Bernhard lief nach der Kammer, die Gärtnersfrau trug ihm herzu, was sie von Kleidern in der Eile fand. Nach einer Weile trat er, in einen Bauernburschen verwandelt, vor das Haus, wo Lenore in der Abendsonne mit schnellen Schritten auf und ab ging. »Kommen Sie nach dem Schloß«, sagte das Fräulein, welche wieder ihre ruhige Gönnermiene angenommen hatte.

»Noch einmal möchte ich das Kind sehen«, bat Bernhard. Sie traten an das Bett, auf welchem das Mädchen lag, mit müden Augen sah die Kleine auf das faltige Gesicht des Mannes, der sich über das Lager beugte und ihr die Stirn küßte. »Es ist das Kind eines Tagelöhners aus dem Dorfe«, sagte die Frau. Bernhard legte hinter Lenorens Rücken seine Börse auf das Bett.

Eilig schritten Lenore und Bernhard dem Schlosse zu, wo Ehrenthal an seinem Wagen ungeduldig die Rückkunft des Sohnes erwartete, und mit maßlosem Erstaunen in dem Gärtnerburschen seinen Bernhard erkannte.

»Geben Sie dem Herrn einen Mantel«, befahl Lenore dem Bedienten, »er friert. Wickeln Sie sich gut ein, Sie könnten sonst lange an Ihren Marsch unter die Wasserlinsen denken.«

Und Bernhard dachte lange daran. Er hüllte sich in den Mantel und drückte sich in eine Ecke des Wagens, dem kalten Bad folgte brennende Glut, stürmisch rollte sein Blut durch die Adern. Er hatte das schönste Weib der Welt gesehen, er hatte etwas erlebt, was für ihn größer und hinreißender war, als jeder Dichtertraum in seinen Pergamenten. Mit Scham dachte er daran, wie unbehilflich er selbst gewesen war, und wie von seinem tiefen Stand im Wasser sah er zu der Heldin auf, welche so entschlossen und stark gewesen war. Nur kurze Antworten vermochte er auf die Fragen seines Vaters zu geben. So saßen Vater und Sohn nebeneinander, kalte Arglist und die Glut der Leidenschaft. Beide hatten auf dieser Fahrt erreicht, wonach sich ihr Herz so lange gesehnt, der Vater ein Anrecht an das schöne Gut, der Sohn ein Abenteuer, das seinem Leben einen neuen Inhalt gab.

Auf dem Gut stieg das Fabrikgebäude langsam in die Höhe, in dem Geldschrank Ehrenthals füllte sich die Kassette des Freiherrn mit seinen Schuldverschreibungen und dem neuen Hypothekeninstrument, und während Bernhards zarter Leib an den Folgen des kalten Bades kränkelte, berauschte sich seine Seele in süßen Phantasien.

10

An einem Nachmittage brachte der Briefbote einen schwarzgesiegelten Brief an Finks Adresse. Fink öffnete den Brief und ging schweigend auf sein Zimmer. Als er nicht wieder herunterkam, eilte Anton besorgt zu ihm hinauf. Er fand Fink auf dem Sofa sitzend, den Kopf auf die Hand gestützt.

»Du hast eine traurige Nachricht erhalten?« fragte Anton.

»Mein Oheim ist gestorben«, erwiderte Fink, »er, vielleicht der reichste Mann der Wallstreet in New York, ist auf einer Geschäftsreise mit der Maschine eines Mississippiboots in die Luft geflogen. Er war ein unzugänglicher Mann; mir hat er in seiner Art viel Güte erzeigt, und ich habe ihm als törichtes Kind mit Undank vergolten. Dieser Gedanke macht mir seinen Tod bitter. Außerdem wird das Fakt entscheidend für meine Zukunft.«

»Du willst fort von uns?« fiel Anton erschrocken ein.

»Ich werde morgen abreisen. Mein Vater ist zum Universalerben des Verstorbenen ernannt, mir hat dieser seinen Landbesitz in den westlichen Vereinsstaaten als Legat vermacht. Mein Oheim war ein großer Landspekulant, und es gilt jetzt schwierige und verworrene Verhältnisse zu lösen. Deshalb will mein Vater, daß ich so schnell als möglich nach New York gehe, und auch ich merke, daß die persönliche Anwesenheit der Erben dort nötig ist. Mein Vater hat auf einmal ein großes Zutrauen zu meiner Umsicht und Geschäftskenntnis bekommen. Lies selbst seinen Brief.«

Anton zögerte den Brief zu nehmen. »Lies, Anton«, sagte Fink mit trübem Lächeln, »in meiner Familie schreiben Vater und Sohn einander keine Geheimnisse.« Anton sah auf eine Stelle: »Die vortrefflichen Zeugnisse, welche Herr Schröter mir über Deinen praktischen Sinn und Deinen Scharfblick im Geschäft eingesendet hat, veranlassen mich, Dich zu ersuchen, daß Du selbst hinübergehst. Ich würde Dir in diesem Fall Herrn Westlock aus unserem Geschäft zur Hilfe mitgeben.«

Anton legte den Brief schweigend auf den Tisch, und Fink frug: »Was sagst du zu dem Lob, welches mir der Prinzipal so freigebig erteilt? Wie du weißt, habe ich einigen Grund zu glauben, daß ich nicht in seiner Gunst stehe.«

»Und doch halte ich das Lob für gerecht und sein Urteil für richtig«, erwiderte Anton.

»Gleichviel aus welchen Gründen es gegeben ist«, erwiderte Fink, »es entscheidet mein Schicksal. Ich werde jetzt, was ich mir lange gewünscht habe, Grundbesitzer jenseits des Wassers. Auch wir müssen uns trennen, lieber Anton«, fuhr er fort und hielt dem Freund die Hand hin, »ich habe nicht geglaubt, daß das so schnell kommen würde. Doch wir sehen uns wieder.«

»Vielleicht«, sagte Anton traurig und hielt die Hand des jungen Erben fest. »Jetzt aber geh zu Herrn Schröter, er hat das erste Anrecht, zu erfahren, daß du uns verlassen willst.«

»Er weiß es bereits«, sagte Fink, »auch er hat einen Brief meines Vaters erhalten.«

»Um so mehr wird er erwarten, daß du mit ihm sprichst.«

»Du hast recht, laß uns gehen!«

Anton eilte auf seinen Platz zurück, und Fink trat in das kleine

Zimmer des Prinzipals hinter dem zweiten Comtoir. Der Kaufmann kam ihm ernst entgegen und sagte, nachdem er in würdiger Weise seine Teilnahme ausgedrückt hatte: »Es versteht sich, daß von dieser Stunde an Ihr Verhältnis zu meinem Geschäft gelöst ist; während der Tage, welche Sie noch hier zubringen, bitte ich Sie, sich als einen Gast meines Hauses zu betrachten, dem ich für seine Tätigkeit in meinem Interesse zu vielem Dank verpflichtet bin. Nehmen Sie Platz, Herr von Fink, und lassen Sie uns ruhig besprechen, womit ich Ihnen etwa noch dienen kann.«

Fink sagte vom Sofa aus mit ebenso großer Artigkeit: »Die Bestimmungen, welche mein Vater über meine Zukunft getroffen hat, stimmen so sehr mit dem zusammen, was ich mir selbst für meine künftige Tätigkeit gewünscht habe, daß ich Ihnen darüber meinen Dank aussprechen muß. Ihre Urteile über mich sind günstiger gewesen, als ich es nach manchem, was vorgefallen ist, erwartet habe. Waren Sie in der Tat zufrieden mit mir, so wird es mich freuen, wenn ich aus Ihrem Munde dasselbe höre.«

»Ich war es nicht ganz, Herr von Fink«, erwiderte der Kaufmann mit Haltung, »Sie waren hier nicht an Ihrem Platz. Das durfte mich nicht verhindern, zu beurteilen, daß Sie für eine andere, immerhin größere Tätigkeit vorzügliche Befähigung haben. Sie verstehen ausgezeichnet zu disponieren und die Menschen unter ihre Herrschaft zu bringen, und besitzen eine ungewöhnliche Energie des Willens. Für solche Natur ist das Pult im Comtoir nicht der rechte Ort.«

Fink verneigte sich. »Es wäre demungeachtet meine Pflicht gewesen, diese Stelle ganz auszufüllen; ich bekenne, daß ich das nicht immer getan habe.«

»Sie kamen her, ohne an eine regelmäßige Tätigkeit gewöhnt zu sein, und haben sich in den letzten Monaten nur noch sehr wenig von einem fleißigen Comtoiristen unterschieden. Deshalb und weil ich die Überzeugung habe, daß Sie Ihrem Wesen nach nicht sowohl zum Kaufmann als zum Fabrikanten passen, habe ich Ihrem Herrn Vater so über Sie berichtet, wie ich berichtet habe.«

»Sie halten mich für geeignet Fabrikant zu werden?« frug Fink mit einer Verbeugung, welche für die gute Meinung danken sollte.

»Im weitesten Sinne des Wortes«, erwiderte der Kaufmann. »Jede Tätigkeit, welche neue Werte schafft, ist zuletzt Tätigkeit des Fabrikanten; sie gilt überall in der Welt für die aristokratische. Wir Kaufleute sind dazu da, diese Werte populär zu machen.«

»In diesem Sinne lasse ich Ihre Ansicht gern gelten«, antwortete Fink und erhob sich von seinem Platz.

»Ihr Abgang wird für einen unserer Freunde ein großer Verlust sein«, sprach der Kaufmann, den Erben begleitend.

Fink blieb stehen und sagte schnell: »Geben Sie mir ihn mit nach Amerika. Er hat das Zeug, dort sein Glück zu machen.«

»Haben Sie bereits mit ihm darüber gesprochen?« fragte der Kaufmann.

»Nein«, sagte Fink.

»So will ich Ihnen mein Bedenken nicht verhehlen; Wohlfart ist jung, und die bescheidene und regelmäßige Tätigkeit des Binnengeschäfts erscheint mir noch auf Jahre hinaus für die Bildung seines Charakters wünschenswert. Übrigens wissen Sie, daß ich durchaus kein Recht habe, den freien Entschluß desselben zu bestimmen. Ich werde ihn ungern verlieren, wenn er aber die Überzeugung hat, in Ihrer Nähe schneller sein Glück zu machen, so werde ich nichts dagegen einwenden.«

»Gestatten Sie mir, ihn sogleich darüber zu fragen«, sagte Fink.

Er rief Anton in das Comtoir und sagte zu ihm: »Anton, ich habe Herrn Schröter gebeten, dich mit mir zu entlassen. Es würde mir viel wert sein, dich mitzunehmen; du weißt, daß ich an dir hänge, wir werden in den neuen Verhältnissen zusammen tüchtig vorwärtskommen, du selbst sollst die Bedingungen festsetzen, unter denen du mit mir gehst. Herr Schröter überläßt deinem freien Entschluß die Entscheidung.«

Anton stand betroffen und nachdenkend; die Bilder der Zukunft, welche sich so plötzlich vor ihm aufrollten, erschienen ihm sehr lachend, aber er faßte sich schnell, sah auf den Prinzipal und fragte diesen: »Sind Sie der Meinung, daß ich gut tue, wenn ich gehe?«

»Nicht ganz, lieber Wohlfart«, erwiderte der Kaufmann ernst.

»Dann bleibe ich«, sagte Anton entschlossen. »Zürne mir nicht, daß ich dir nicht folge, ich bin eine Waise und habe jetzt keine andere Heimat als dies Haus und dies Geschäft; ich will, wenn Herr Schröter mich behalten will, bei ihm bleiben.«

Durch diese Worte fast gerührt, sagte der Kaufmann: »Denken Sie aber auch daran, daß Sie mit diesem Entschluß vieles aufgeben. In meinem Comtoir können Sie weder ein reicher Mann werden, noch das Leben in großen Verhältnissen kennenlernen; unser Geschäft ist begrenzt, und es werden wohl die Tage kommen, wo die Beschränkung desselben auch Ihnen peinlich erscheinen wird. Alles, was eine Selbständigkeit Ihrer Zukunft sichert, Vermögen und Bekanntschaften, vermögen Sie drüben leichter zu erwerben, als bei mir.«

»Mein guter Vater hat mir oft gesagt: Bleibe im Lande und nähre dich redlich. Ich will nach seinen Worten leben«, antwortete Anton mit einer Stimme, die vor innerer Bewegung leise klang.

»Er ist und bleibt ein Philister«, rief Fink in einer Art von Verzweiflung.

»Ich glaube, daß dieser Bürgersinn eine sehr respektable Grundlage für das Glück des Mannes ist«, sprach der Kaufmann, und die Sache war abgemacht.

Fink sprach nicht weiter über den Vorschlag, und Anton bemühte sich, durch zahlreiche kleine Aufmerksamkeiten dem scheidenden Freunde zu zeigen, wie lieb er ihm sei und wie schwer ihm der Abschied werde.

Am Abend sagte Fink zu Anton: »Höre, mein Sohn, ich habe Lust, mir eine Frau mit hinüber zu nehmen.«

Erschrocken sah Anton den Freund an, und wie einer, der eine mächtige Erschütterung sich und dem andern verbergen will, fragte er in gezwungenem Scherz: »Wie? du willst Fräulein von Baldereck –«

»Nichts da«, rief Fink mutwillig, »was soll ich mit einer Frau machen, die keine anderen Gedanken hat, als sich mit dem Geld ihres Mannes zu amüsieren?«

»An wen denkst du denn sonst? Du willst doch nicht der Tante vom Geschäft deinen Antrag machen?«

»Nein, mein Schatz, aber dem Fräulein vom Hause.«

»Um alles nicht«, rief Anton bestürzt aufspringend, »das wird eine schöne Geschichte werden.«

»Gar nicht«, versetzte Fink kaltblütig, »entweder nimmt sie mich, und dann werde ich ein wohlberatener Mann, oder sie nimmt mich nicht, dann werde ich ohne Frau abreisen.«

»Du wirst ohne Frau abreisen?« rief Anton. »Hast du denn je daran gedacht, Fräulein Sabine für dich zu wählen?« fragte er unruhig.

»Zuweilen«, sagte Fink, »im letzten Jahr oft, sie ist die beste Hausfrau und das edelste, uneigennützigste Herz von der Welt.«

Anton sah erstaunt auf seinen Freund. Nie hatte Fink durch eine Andeutung verraten, daß ihm Sabine mehr gelte als eine andere Dame seiner Bekanntschaft. »Aber du hast mir ja nie etwas davon gesagt?«

»Hast du mir etwas von deinen Empfindungen für eine andere junge Dame erzählt?« antwortete Fink lachend.

Anton errötete und schwieg. »Daß sie mich wohl leiden mag, glaube ich«, fuhr Fink fort, »ob sie mit mir geht, weiß ich nicht; dies wollen wir sogleich erfahren; ich gehe jetzt hinunter, sie zu fragen.«

Anton sprang zwischen seinen Freund und die Tür: »Noch einmal beschwöre ich dich, überlege, was du tun willst.«

»Was ist da zu überlegen, du Kindskopf«, lachte Fink, aber eine ungewöhnliche Hast wurde in seinen Gebärden sichtbar.

»Liebst du denn Fräulein Sabine?« fragte Anton.

»Das ist wieder eine spießbürgerliche Frage«, versetzte Fink. »Meinetwegen ja, ich liebe sie!«

»Und du willst sie mitnehmen in die Ansiedelungen und Wälder?«

»Gerade deshalb will ich sie heiraten; sie wird ein hochherziges starkes Weib sein, sie wird meinem Leben Halt und Adel geben. Sie ist nicht liebenswürdig, wenigstens ist nicht so bequem mit ihr zu plaudern wie mit mancher andern, aber wenn ich mir ein Weib nehme, so brauche ich eins, das mich übersehen kann, und glaube mir, der Schwarzkopf ist dazu gemacht! Jetzt aber laß mich los, ich muß erfahren, wie ich daran bin.«

»Sprich nur erst mit dem Prinzipal«, rief Anton dem Stürmenden nach.

»Zuerst mit ihr«, sagte Fink und sprang die Treppe hinab.

Anton ging mit gefalteten Händen die Stube auf und ab; alles, was Fink an Fräulein Sabine rühmte, hatte guten Grund, das fühlte er lebhaft, er wußte, daß sie ihn tief im Herzen trug, aber er ahnte auch, daß sein Freund mit unbekannten Hindernissen zu kämpfen habe. Und diese Hast, dies Überstürzen war ihm unheimlich, es war zu sehr gegen seine eigene Natur. Und noch etwas mißfiel ihm. Fink hatte nur von sich gesprochen, hatte er denn auch an das Glück des Fräuleins gedacht, hatte er auch Sinn dafür, was es sie kosten würde, den geliebten Bruder zu verlassen aus der Heimat zu scheiden, sich in ein fremdes Volk, vielleicht in ein wildes Leben zu wagen? Ja, er war überzeugt, Fink war der Mann, alle Blüten der Neuen Welt vor ihre Füße zu streuen, aber er war auch unruhig, stets viel beschäftigt, würde er immer ein Herz haben für die Gefühle seiner deutschen Frau? Unwillkürlich nahm unser Held in Gedanken wieder Partei gegen seinen Freund; es schien ihm, als dürfe Sabine nicht fort aus der Handlung, er fühlte tief die Leere, welche entstehen würde, wenn sie verschwunden wäre, vom Mittagstisch, aus dem Haushalt, und vor allem aus dem Leben ihres Bruders. So ging er unruhig und kummervoll auf und ab. Es wurde dunkel, aus den gegenüberliegenden Fenstern fiel ein matter Lichtschein in das finstere Zimmer, und immer noch kam Fink nicht zurück.

Unterdes ward Fink bei Sabine gemeldet. Sie kam ihm hastig entgegen, und ihre Wangen waren röter als gewöhnlich, als sie ihm sagte: »Mein Bruder hat mir gesagt, daß Sie uns verlassen müssen.«

Fink begann in lebhafter Bewegung: »Ich muß, ich kann aber nicht scheiden, ohne offen gegen Sie gewesen zu sein. Ich kam hierher ohne Interesse an dem stillen Leben, welches meinem zerstreuten Geist ungewohnt war; ich habe hier das Glück und die Innigkeit eines deutschen Haushaltes kennengelernt. Sie, mein Fräulein, habe ich immer als den guten Geist dieses Hauses verehrt. Sie haben mich bald nach meinem Eintritt in einer Entfernung zu halten gesucht, welche mir oft schmerzlich war. Ich komme, Ihnen jetzt zu sagen, wie sehr mein Blick und meine Seele an Ihnen gehangen hat; ich fühle, daß mein Leben glücklich sein würde, wenn ich Ihre Stimme immerfort hören, und wenn Ihr Geist den meinen begleiten könnte auf den Wegen meiner Zukunft.«

Sabine wurde sehr bleich und trat zurück. »Sprechen Sie nicht weiter, Herr von Fink«, sagte sie bittend und bewegte halb bewußtlos die Hand, als wollte sie abwehren, was ihr bevorsteht.

»Lassen Sie mich aussprechen«, fuhr Fink schnell fort; »ich würde es für mein höchstes Glück halten, wenn ich die Überzeugung mit mir nehmen könnte, daß auch ich Gnade vor Ihren Augen gefunden habe. Ich habe nicht die Anmaßung, Sie zu bitten, daß Sie mir jetzt folgen sollen in ein ungewisses Leben, aber geben Sie mir die Hoffnung, daß ich in einem Jahr zurückkehren und Sie bitten darf, mein Weib zu werden.«

»Kehren Sie nicht zurück«, sagte Sabine unbeweglich wie eine

Statue mit kaum vernehmbarer Stimme; »ich beschwöre Sie, machen Sie diesem Gespräch ein Ende.«

Ihre Hand faßte krampfhaft die Lehne des nächsten Sessels, sie hielt sich daran fest und stand ohne einen Tropfen Blut in den Wangen vor dem Flehenden; aber sie sah ihn durch ihre Tränen unverwandt an, mit einem Blick so voll Schmerz und Zärtlichkeit, daß der wilde Mann ganz aufgelöst wurde und in der Sorge um ihre Bewegung all sein Selbstvertrauen, ja seine Werbung vergaß und nur die Absicht hatte, sie zu beruhigen.

»Ich fühle großes Bedauern, daß ich Sie so erschreckt habe«, sagte er; »verzeihen Sie mir, Sabine!« –

»Gehen Sie«, sagte Sabine noch unbeweglich mit rührender Bitte.

»Lassen Sie mich nicht ohne einen Trost von Ihnen scheiden, geben Sir mir eine Antwort; auch die schmerzlichste ist besser als dieses Schweigen.« – .

»So hören Sie«, sprach Sabine mit einer unnatürlichen Ruhe, während ihre Brust sich hob und ihre Hand zitterte. »Ich bin Ihnen gut gewesen seit dem ersten Tage Ihrer Ankunft; als ein kindisches Mädchen habe ich mit Entzücken auf den Ton Ihrer Stimme gehört und auf das, was Ihr Mund so einschmeichelnd schilderte. Aber ich habe das Gefühl bekämpft. Ich habe es bekämpft«, wiederholte sie. »Ich darf Ihnen nicht angehören, denn es würde mein Unglück sein.«

»Weshalb?« frug Fink in aufrichtiger Verzweifelung. –

»Fragen Sie mich nicht«, sagte Sabine kaum vernehmlich.

»Ich muß aus Ihrem Munde mein Urteil hören«, rief Fink.

»Sie haben gespielt mit Ihrem eigenen Leben und mit dem Leben anderer; Sie werden einst schonungslos handeln für Ihre Pläne. Sie werden Großes und Edles unternehmen, das glaube ich; aber die Menschen werden Ihnen dabei nichts gelten. Ich kann einen solchen Sinn nicht ertragen. Sie würden gütig gegen mich sein, das glaube ich, Sie würden mich überall schonen, aber Sie würden mich immer schonen müssen, und das würde Ihnen eine Last werden; und ich, ich wäre in der Fremde allein. – Ich bin weich, ich bin verwöhnt, mit hundert Fäden bin ich festgebunden an den Brauch dieses Hauses, an die kleinen Pflichten des Haushalts und an das Leben des Bruders.«

Fink sah finster vor sich nieder. »Sie strafen in dieser Stunde streng, was Ihnen an mir mißfallen hat.«

»Nein«, rief Sabine die Hand gegen ihn ausstreckend, »nicht so, mein Freund! Wenn ich Stunden hatte, wo Sie mir Schmerz machten, ich hatte ebenso viele, wo ich mit Bewunderung zu Ihnen aufsah. Und sehen Sie, das eben ist es, was uns für immer auseinanderhält. Ich kann nicht ruhig werden in Ihrer Nähe, immer fühle ich mich aus einem Gefühl in das andere geschleudert, jetzt in banger Scheu und wieder in mächtiger Freude. Ich bin unsicher Ihnen gegenüber, und das würde ewig so bleiben. Ich müßte diesen Kampf in mir verbergen, in einem Verhältnis, wo ich mich mit all meinem Gefühl an Sie anschließen sollte. Und Sie würden das erkennen und würden mir deshalb zürnen.«

Sie reichte ihm die Hand hin, Fink beugte sich tief auf die kleine Hand und drückte einen Kuß darauf.

»Segen über Ihre Zukunft«, sagte Sabine, am ganzen Körper bebend. »Wenn Sie eine Stunde hatten, wo Sie gern unter uns waren, so denken Sie in der Fremde daran. Wenn Sie in dem deutschen Bürgerhaus, in dem Tun meines Bruders je etwas gefunden haben, was Ihnen ehrenwert erschien, o so denken Sie in der Fremde daran. In dem großartigen Leben, das Sie erwartet, unter den mächtigen Versuchungen, in dem wilden Kampf, den Sie führen werden, denken Sie niemals gering von unserer Art zu sein.« Sie hielt die Rechte über sein Haupt, wie eine Mutter, welche angstvoll den scheidenden Liebling segnet.

Fink hielt ihre Hand fest. Beide sahen einander stumm in die Augen, beide mit erblichenen Wangen. Endlich rief Fink mit tiefem Tonfall seiner melodischen Stimme: »Leben Sie wohl!«

»Leben Sie wohl!« sagte das Mädchen leise, so leise, daß Fink kaum die Worte verstand. Er schritt langsam über die Türschwelle, sie sah ihm unverwandt nach, wie man einer Erscheinung nachsieht.

Als der Kaufmann nach dem Schluß des Geschäfts in das Zimmer seiner Schwester trat, flog ihm Sabine entgegen, drückte sich fest an ihn und legte ihren Kopf an seine Brust. »Was hast du, Mädchen?« frug der Bruder besorgt und strich ihr das Haar von der feuchten Stirn.

»Fink war bei mir«, rief Sabine sich erhebend, »ich habe mit ihm gesprochen.«

»Worüber? Hat er dir einen Antrag gemacht? Ist er unartig gewesen?« frug der Kaufmann scherzend.

»Er hat mir einen Antrag gemacht«, sagte Sabine.

Der Kaufmann trat erschrocken zurück. »Und du, meine Schwester?«

»Ich habe getan, was du von mir erwarten konntest; ich werde ihn nicht wiedersehen.« Dabei stürzten ihr die Tränen aus den Augen, sie ergriff die Hand des Bruders und küßte sie: »Sei nicht böse, daß ich weine, ich bin noch angegriffen, es wird vorübergehen.« –

»Meine holde Schwester, liebe, liebe Sabine!« rief der Kaufmann und umfaßte die gebeugte Gestalt der Weinenden, »ich will nicht fürchten, daß du an mich gedacht hast, als du die Hand des reichen Erben ausschlugst.« –

»Ich dachte an dich und dein aufopferndes, pflichtgetreues Leben, und seine glänzende Gestalt verlor die schönen Farben, in denen ich sie wohl sonst gesehen hatte.« –

»Sabine, du hast mir ein Opfer gebracht«, rief der Bruder erschrocken. –

»Nein, Traugott, wenn es ein Opfer war, so habe ich es diesem Hause gebracht, in dessen Räumen ich unter deinem Schutze aufgewachsen bin, und dem Andenken an unsere guten Eltern, deren Segen über unserem bescheidenen Leben ist.«

Es war spät, als Fink in Antons Zimmer trat, er sah erhitzt aus, setzte den Hut auf den Tisch und sich auf das Sofa und sagte zum Freunde: »Vor allem gib mir eine Zigarre.«

Kopfschüttelnd trug Anton ein Bündel herzu und frug: »Nun, wie sieht's aus?« –

»Hochzeit wird nicht«, erwiderte Fink kalt. »Sie erklärte mir, ich sei ein kleiner Taugenichts und keine annehmbare Partie für ein anständiges Mädchen. Sie nahm die Sache wieder zu gefühlvoll, versicherte mich ihrer Hochachtung, gab mir eine Silhouette von meinem Wesen und entließ mich. Aber der Teufel soll mich holen«, rief er aufspringend und warf die Zigarre in eine Ecke, »wenn sie nicht die beste Seele ist, die je in einem Unterrocke Tugend gepredigt hat: sie hat nur den einen Fehler, daß sie mich nicht heiraten will; und zuletzt hat sie auch darin recht.«

Das Heftige in der Laune des Freundes machte Anton besorgt. »Wo bist du aber so lange gewesen und woher kommst du jetzt?«

»Nicht aus dem Weinhaus, wie deine Weisheit anzunehmen scheint. Wenn jemand einen Korb erhält, so hat er doch wohl das Recht, ein paar Stunden melancholisch zu sein; ich habe mich benommen, wie sich jeder in solchen verzweifelten Fällen benimmt, ich bin einige Zeit umhergelaufen und habe philosophiert. Ich habe mit der Welt gegrollt, d. h. mit mir selbst und dem Schwarzkopf, und habe zuletzt damit aufgehört, daß ich vor einer bunten Lampe stehenblieb und einer Hökerin diese Orangen abkaufte.« Bei diesen Worten zog er einige Früchte aus der Tasche. – »Jetzt aber, mein Sohn, ist die Vergangenheit abgetan, jetzt laß uns von der Zukunft reden, es ist der letzte Abend, den wir miteinander zubringen, an dem soll keine Wolke über unseren Seelen sein. Mache mir ein Glas Punsch und drücke die dicken Geschöpfe hinein. Orangenpunsch ist eine von deinen Forcen, die du mir verdankst. Ich habe dich's gelehrt, und du Schelm machst ihn jetzt besser als ich. Komm! und setze dich her zu mir.«

Am andern Tage kam Vater Sturm in eigener Person auf das Zimmer des jungen Erben, um seine Reisekoffer in die Droschke zu tragen. Anton hatte den Morgen über mit Fink eingepackt und sich so über die bangen Empfindungen weggeholfen, welche den zurückbleibenden Freund mehr bewegten, als den Scheidenden.

Fink faßte Antons Hand und sagte: »Bevor ich das Handschütteln mit den übrigen durchmache, wiederhole ich, was ich in den ersten Tagen zu dir gesagt habe: Treibe dein Englisch fort, damit du mir nachkommen kannst. Und wo ich auch sein mag, in einer Kajüte oder im Blockhaus, für dich werde ich stets einen Raum offenhalten. Sobald dir diese alte Welt mißfällt, komm zu mir! Unterdes sei überzeugt, daß ich aufhöre, dumme Streiche zu machen. Und jetzt keine Rührung, mein Junge, es gibt keine große Entfernung mehr auf Erden.« Er riß sich los und eilte in das Comtoir, stand noch einen Augenblick seinem Prinzipal gegenüber, und es war für Anton eine Freude zu sehn, wie die beiden so verschiedenen Männer, die große breitschultrige Gestalt des Bürgers und die zierliche Figur des Aristokraten, nebeneinander standen. Noch einen Gruß an die Damen warf Fink in das Haus zurück, zog den Freund noch einmal an die Brust und sprang in den Wagen, fort in die Neue Welt.

Anton aber ging traurig in sein Comtoir zurück und schrieb einen Brief an Herrn Stephan in Wolfsburg, worin er dem ehrenwerten Mann eine neue Warenliste und Zuckerproben übermachte.

Anton fühlte den Verlust seines Freundes lange Zeit sehr schmerzlich. Er blieb in den ersten Tagen vor Finks Tür stehen, weil er das fröhliche Lachen desselben zu hören glaubte, oft sah er im Comtoir von seinem Sitze auf, um sich an Finks spöttischer Miene zu erfreuen und einen schnellen Blick des Einverständnisses mit ihm auszutauschen.

Seine Stellung im Haushalt wurde durch den Abgang des Freundes außerordentlich geändert. Das ging so zu: Herr Liebold hätte jetzt bei Tische neben der Tante sitzen müssen, wenn es nach Rang und Würde gegangen wäre. So war es auch früher gewesen, und Fink war zwischen ihn und die Tante eingeschoben worden. Es ist für einen wahrheitsliebenden Chronisten schmerzlich zu berichten, daß Herr Liebold über diesen Einschub aufs höchste erfreut war, indem er behauptete, es sei sehr angenehm, neben Damen zu sitzen, und kein Mensch verstehe besser weiblichen Umgang zu schätzen, als er; aber zuweilen sei eine nahe Nachbarschaft doch sehr unbequem, zumal alle Tage und besonders beim Essen und außerdem, wenn die Dame über das Zeitalter der jugendlichen Torheiten hinaus sei. Diesen letzten Grund seiner Abneigung gestand er aber nur seinen vertrautesten Freunden, und seine Gegner, zu denen der Kassierer gehörte, behaupteten, er werde neben der jungen Nichte sich noch viel verlegener und unglücklicher fühlen, als neben der ruhigen Schönheit der Tante. Das Resultat war, daß im Comtoir wegen des Platzes am Mittagstisch eine stille Gärung und ein geheimes Intrigieren entstand, dessen letzter Grund, leider und zur Schande des Männergeschlechts sei es gesagt, der war, daß keiner von den Herren neben der Tante und so nahe am Prinzipal sitzen wollte. Es wurde deshalb am Abend nach Finks Abreise, während Anton einige Aufträge des Freundes besorgte, im Hinterhause großer Rat gehalten, dem Herr Jordan präsidierte. Herr Specht erklärte sich bereit, überall und neben jeder Tante der Welt zu sitzen, aber der Vorsitzende bemerkte ihm mit vieler Artigkeit, seine Gegenwart sei unten am Tische zur Belebung der Unterhaltung unentbehrlich; denn seinen gewagten Behauptungen zu widersprechen, sei der Hauptspaß seiner Nachbarn. Und als jeder einzelne der Anwesenden gegen die Ehre protestiert hatte, erklärte Herr Jordan seine Ansicht dahin, daß Wohlfart neben der Tante sitzen solle; dies scheine ihm darum passend, weil er mit Fink am meisten befreundet gewesen sei und ein gutes Temperament für ältliche Damen habe. So wurde Anton am nächsten Tage durch Dekret seiner Kollegen an den leeren Platz gerückt, nachdem dieser Beschluß durch den Bedienten in das Vorderhaus getragen war und die stille Sanktion der Damen erhalten hatte.

Noch eine Veränderung machte Anton durch. Wenige Tage nach Finks Abreise erhielt Herr Schröter einen Brief aus Hamburg, in welchem ein offner Zettel Finks an Anton lag. Fink schrieb: »Die Möbel in der Stube, welche ich bewohnt habe, gehören mir, ich mache dich hiervon, sowie von allem, was ich sonst hinterlasse, zu meinem.« Das Wort »Erbe« war unterstrichen. – »Ich habe Herrn Schröter ersucht, dich in meiner Stube wohnen zu lassen.« Anton zog hinunter in das elegante Zimmer des ersten Stocks. In die zweite Stube Finks wurde Herr Baumann befördert, welcher so Antons Stubennachbar blieb. Anton vergaß nicht, die gelbe Katze von seinem Schreibtisch mit hinunterzuschaffen. Die Katze erwies sich übrigens in der ganzen Zeit als verstockt und machte auf ihrem Postament keine nächtlichen Bewegungen. Vielleicht kam das daher, daß Anton bei dem stillen und tätigen Leben, das er führte, nicht mehr träumte.

Seit dieser Zeit wurde er im Comtoir Finks Erbe genannt, und diese Erbschaft wurde für ihn wichtiger, als seine Kollegen geglaubt hatten. Er saß jetzt am oberen Teil des Tisches und hatte täglich seinen bescheidenen Teil an der Unterhaltung, welche von der Familie geführt wurde. Die Tante, deren Liebling Fink gewesen war, versöhnte sich bald mit der Änderung und nahm die kleinen Aufmerksamkeiten Antons gnädig hin, und der Kaufmann richtete oft das Wort an ihn und freute sich über die verständigen, mannhaften Ansichten des Jünglings; auch Sabine gewöhnte sich, mit ihm über die Interessen des Tages zu sprechen, und ihr Auge, welches sonst den Platz hinter der Tante so eifrig gemieden hatte, ruhte jetzt mit freundlichem Glanze auf dem offenen Gesicht unseres Helden. Zwischen beiden bestand ein stilles Einverständnis, eine von den reizenden leichten Beziehungen, welche das Leben so freundlich schmücken. Sabine sah in Anton den Freund, vielleicht den Vertrauten des Geschiedenen, und Anton fühlte gegen das Fräulein eine unbegrenzte Verehrung, welche sein Benehmen so zart und rücksichtsvoll machte, daß Sabine dies zuweilen mit Rührung empfand. Er sprach bei Tische nie von Fink, obgleich sein Herz voll von ihm war, und wenn die Tante in ihrer gutmütigen Weise bei hundert kleinen Veranlassungen an Fink zu erinnern wußte, so parierte Anton mit aller Diplomatie, die er aufbringen konnte, ihre Andeutungen und wußte das Gespräch wieder in eine unbedenkliche Richtung zu bringen.

Auch im Geschäft änderte sich die Stellung Antons; er war bis dahin einer der Adjutanten des Herrn Jordan im Provinzial-Geschäft gewesen, jetzt erhielt er seinen Platz im auswärtigen Geschäft unter dem Prinzipal selbst. Dieselbe Tätigkeit, welche Fink gehabt hatte, wurde ihm zugewiesen, und er erlangte bald etwas von der Virtuosität Finks, mit Herrn Tinkeles umzugehen und die Zackelwolle aus Ungarn zu beurteilen.

DRITTES BUCH

1

Ein böses Jahr kam über das Land, ein plötzlicher Kriegslärm alarmierte die deutschen Grenzländer im Osten, darunter auch unsere Provinz. Die furchtbaren Folgen eines heftigen Landschreckens wurden schnell fühlbar. Der Verkehr stockte, die Werte der Güter und Waren fielen, jeder suchte das Seine zu retten und an sich zu ziehen, viele Kapitalien wurden gekündiget, große Summen, welche in kaufmännischen Unternehmungen angelegt waren, kamen in Gefahr. Niemand hatte Lust zu neuer Tätigkeit, Hunderte von Bändern wurden zerschnitten, welche die Menschen zu gegenseitigem Nutzen durch lange Zeit verbunden hatten. Jede einzelne Existenz wurde unsicherer, isolierter, ärmer. Überall sah man ernste Gesichter, gefurchte Stirnen. Das Land war wie ein gelähmter Körper, langsam rollte das Geld, dies Blut des Geschäftslebens, von einem Teile des großen Leibes zu dem andern; der Reiche befürchtete, daß er viel verlieren werde, der Arme verlor die Möglichkeit, sich auch nur wenig zu erwerben. Die Zukunft erschien plötzlich verhängnisvoll, schwarz, verderblich, wie der Himmel vor einem schweren Gewitter.

Das Schreckenswort, »Revolution in Polen« brachte so große Wirkungen auch in Deutschland hervor. Es war eine der krampfhaften Zuckungen, welche die Slawenländer in dem letzten Jahrhundert so oft gehabt haben. Das Landvolk jenseits der Grenze, aufgeregt durch alte Erinnerungen und seine Gutsherren, hatte sich erhoben, es zog von fanatischen Geistlichen angeführt längs der Grenze hin und her, hielt Reisende und Warensendungen an, fiel plündernd und brennend über Edelhöfe und kleine Städte und versuchte sich unter Häuptlingen militärisch zu organisieren, indem es seine Sensen gradeschmieden ließ und alte Flinten aus dem Versteck hervorholte. Die Insurgenten nahmen eine große polnische Stadt unweit der Grenze ein, setzten sich dort fest und vekündeten ein Polenreich.

In unserem Staat wurden schleunigst Truppen zusammengezogen und nach der Grenze geschickt, dieselbe militärisch zu besetzen. Unaufhörlich führten die Dampfwagen der neuerbauten Eisenbahn Soldaten ab und zu, überall rasselte die Trommel; die Straßen der Hauptstadt füllten sich mit Uniformen. Die Armee geriet in die Aufregung, welche bei der Aussicht auf Krieg regelmäßig entsteht. Die Offiziere rannten geschäftig umher, kauften Landkarten und tranken Toaste in jeder Art von Wein, die Soldaten schrieben nach Hause, ließen sich womöglich etwas Geld schicken und mit mehr oder weniger Gefühl ihre Mädchen grüßen. Zahlreiche Soldatenbräute im Lande wurden durch bleiche Wangen kenntlich und erschreckten ihre Familien durch fürchterliche Träume von ermordeten Musketieren; zahlreiche Mütter kauften sich Wolle und strickten mit trübem Auge Kriegssocken für ihre armen Söhne und suchten vorsichtig alte Leinwand zusammen, um Scharpie zu zupfen, was noch vom letzten großen Krieg her als nützliche Beschäftigung in wilder Zeit anerkannt war; zahlreiche Väter sprachen mit unsicherer Stimme von der Verpflichtung eines braven Sohnes, für König und Vaterland in den Krieg zu gehen, und erinnerten sich mit größerer Sicherheit an den Schaden, den sie einst dem argen Napoleon zugefügt hatten.

Es war ein sonniger Herbstmorgen, als die erste Nachricht von dem polnischen Aufstande in der Hauptstadt ankam. Dunkle Gerüchte hatten schon am Abend vorher die Einwohner neugierig gemacht, und Haufen unruhiger Geschäftsleute und erschreckter Müßiggänger standen auf dem Perron des Bahnhofes. Sogleich nach Öffnung des Comtoirs von T. O. Schröter kam Herr Braun, der Agent, hereingestürzt und erzählte atemlos, aber mit dem innern Behagen, welches der Besitzer auch der unangenehmsten Neuigkeit verspürt, daß ganz Polen und Galizien und viele angrenzende Länder in vollem Aufstande loderten, unzählige fremde Geschäftsreisende und friedliche Beamte seien überfallen und getötet worden, viele Grenzstädte ständen in Flammen, und ein nichtswürdiger Krakuse in roter Mütze habe um einen Vetter von Herrn Braun bereits mit seiner Sense den Kriegstanz getanzt, in der Absicht, ihm den Garaus zu machen, sei aber durch eine Erinnerung, die ihm sein Weib mit der Mistgabel gegeben, wieder so weit zur Besinnung gekommen, daß er nur die Mütze des Vetters, die diesem vor Haarsträuben vom Kopf gefallen war, durchstochen habe. Darauf sei sein Vetter barhäuptig die hundert Schritt bis zur Grenzbrücke gelaufen, wo ihn unsere Grenzwache aufgenommen und durch einen Schluck aus der Feldflasche wieder ins Gleichgewicht gebracht habe, während der Krakuse, die gemordete Mütze auf seiner Sense schwenkend, mit Triumphgeschrei abgezogen sei.

Anton geriet über diese Nachrichten in die größte Bestürzung, und er hatte Grund dazu. Kurze Zeit vorher hatte ein unternehmender Kaufmann aus Galizien eine ungewöhnlich große Sendung von Kommissionsartikeln, deren Wert sich auf zwanzigtausend Taler belief, an die Firma abgesendet und, wie bei solchen Geschäften dort üblich ist, den größten Teil des Wertes bereits in Wechseln gezogen. Die Wagenkarawane, welche diesen Transport bringen sollte, mußte grade in dem insurgierten Gebiet sein. Außerdem war eine zweite Karawane mit Kolonialwaren auf dem Wege nach Galizien expediert und nach der Berechnung jetzt ebenfalls in Feindesland. Und was über dem allen stand, ein großer Teil der Geschäfte, welche das Haus machte, und ein großer Teil des Kredits, welchen dasselbe bewilligte, war in den empörten Landschaften gemacht und bewilligt worden; vieles, ja alles, so ahnte Anton, ward durch diesen Krieg in Frage gestellt.

Deshalb stürzte er seinem Prinzipal entgegen, als dieser die Treppe herabkam, und erzählte ihm hastig das Wichtigste der Neuigkeit; während Herr Braun im Comtoir sich beeilte, den andern Herrn die Schauergeschichte vom tanzenden Krakusen in zweiter Auflage mitzuteilen, wobei ihm begegnete, daß diesmal außer der Mütze des Vetters auch noch dessen Rock und Stiefel an der Sense des Krakusen hängenblieben, so daß der Bedrohte nur mit einem Hemd bekleidet bei der schützenden Grenzwache ankam. Beiläufig sei hier erwähnt, daß der arme Vetter bei der nächsten Wiederholung auch das Hemd hergeben mußte und daß ihm später noch die Haare abrasiert und sein Leib durch Megären auf die nichtswürdigste Weise zerzwickt wurde. Weiter konnte Herr Braun, ein wahrheitsliebender Mann, nicht gehen, da der Vetter noch als lebender Mensch unter dem Schirm einer neuen Mütze umherwandelte.

Unterdes vernahm der Prinzipal Antons fliegenden Bericht. Er blieb einen Augenblick stumm auf der Treppe stehen, und Anton, welcher ängstlich in sein Gesicht starrte, glaubte zu bemerken, daß er etwas bleicher aussah als gewöhnlich; aber er mußte sich wohl geirrt haben, denn der Kaufmann sah über Anton hinweg unter die Auflader, welche unruhig in der Hausflur standen, und rief mit dem kühlen Geschäftston, welcher unserm Helden so oft imponiert hatte: »Sturm, schaffen Sie das Faß beiseite, es steht mitten im Wege. Rührt Euch, Ihr Leute, in einer Stunde muß der Fuhrmann abgehen!« Worauf Sturm sein breites Gesicht bekümmert nach dem Auge des Kaufmanns richtete und, mit der ungeheuern Faust nach draußen weisend, fast mutlos sagte: »Es trommelt, sie schlagen Generalmarsch; es geht los, unsere Leute marschieren. Mein Karl ist mitten darunter, als Husar, mit den Schnüren an seinem kleinen Rock. Es ist ein Unglück! Ach unsre Waren, Herr Schröter!«

»Eben deshalb eilt, Ihr Männer«, antwortete der Prinzipal lächelnd. »Der Wagen geht nach der Grenze, es ist Zucker und Rum darauf, unsre Soldaten wollen bei dem kalten Wetter ein Glas Punsch trinken.« Diese humane Rücksicht auf die Kehlen der Vaterlandsverteidiger brachte das Behagen in die Seelen der Riesen zurück, sie lächelten grimmig und Sturm setzte seinen Haken mit furchtbarer Kraft an den nächsten Ballen und schwang ihn mit einer Verachtung in die Luft, welche bedeuten sollte: »Wir geben nicht so viel auf die ganze Polakenwirtschaft«, während die übrigen das Faß aus dem Wege rollten und kurze geschäftliche Späße über Soldatenpunsch machten.

Zu Anton gewandt sprach der Prinzipal: »Die Nachrichten sind nicht gut, aber wir wollen nicht alles glauben.« Darauf ging er in das Comtoir, grüßte Herrn Braun fast heiterer als sonst und ließ sich von ihm noch einmal die Geschichte seines Vetters und das übrige Unglück erzählen.

Als Braun gegangen war, sagte er beruhigend den Herren vom Comtoir: »Ich hoffe, daß unsere Waren an der Grenze liegen, Fuhrleute sind ihrer Pferde wegen vorsichtig, sie werden es vermeiden, den Insurgenten in die Hände zu fallen. Sind die Wagen auf feindlichem Gebiet, so müssen wir versuchen, sie herauszubekommen.« Zu Anton setzte er leiser hinzu: »Schreiben Sie sogleich an das Grenzzollamt und unsern Spediteur an der Grenze, sicher gehn Extrazüge dahin ab, ein Nachtzug kann Antwort bringen, morgen wissen wir Näheres.«

Damit war für heut die große Frage erledigt, und alles im Comtoir ging seinen gewöhnlichen Gang. Herr Liebold schrieb seine großen Zahlen ins Hauptbuch, Herr Purzel setzte Häufchen von Talern zusammen und schob papierne Handschuhhalter um große Bündel von Kassenanweisungen, und Herr Pix ergriff den schwarzen Pinsel, malte neben der großen Waage Hieroglyphen auf Packleinwand und beherrschte die Hausknechte mit gewohnter Entschiedenheit. Der Prinzipal selbst wendete sich an Herrn Jordan, nahm die eingegangenen Briefe, welche zum Teil eine Bestätigung der kriegerischen Nachrichten enthielten, besprach die geschäftlichen Antworten und übergab sie den einzelnen Kommis. Darauf erschienen die Makler, die Agenten und Sensale, und wie gewöhnlich fielen vom Pult des Prinzipals kurze Bemerkungen, oder ein trockener Scherz, wenn die Geschäftsfreunde sich zu tief in die Schrecken des Bürgerkrieges einließen. Die kleine Nebenunterhaltung im Geschäft war etwas belebter, sonst alles wie gewöhnlich. Beim Mittagstisch ging die Unterhaltung so ruhig vorwärts, als hätte nie ein polnischer Bauer seine Sense geschwungen, und nach Tisch fuhr der Prinzipal mit seiner Schwester und einigen Damen ihrer Bekanntschaft spazieren, und die Geschäftsleute, welche ihn sahen, sagten mit Verwunderung: »Er fährt heut spazieren, er hat's wie gewöhnlich vorausgewußt, er ist doch ein kluger Kopf, ein solides Haus. Allen Respekt!«

Anton war den ganzen Tag an seinem Schreibpult in einer nervösen Aufregung, wie er bis dahin noch nicht gekannt hatte. Er war beklommen und erwartungsvoll, und doch empfand er diese Stimmung mit Behagen, wie ein großes Ereignis. Er fühlte lebhaft die Gefahr des Geschäftes und seines Prinzipals, aber er war nicht mehr niedergeschlagen und mutlos. Ihm war, als trüge er Sprungfedern an Arm und Bein; seine Feder flog bei den gleichgültigen Geschäftsbriefen, die er zu schreiben hatte; trotz dem Gedanken an die Gefahr, welche in seiner Seele fortwährend Fanfare blies, war seine Fassungskraft nie schneller, sein Stil nie klarer gewesen, nie hatte er so hurtig Provision und Spesen ausgerechnet. Es waren Augenblicke einer erhöhten, fast freudigen Tätigkeit; er bemerkte das selbst und wunderte sich darüber. Bei seinem Prinzipal sah er dieselbe Stimmung, auch dieser schritt mit glänzenden Augen und schnellem Fuß durch die Comtoire.

Nie hatte ihn Anton so verehrt als heut, er sah ihm aus wie verklärt. Mit einer wilden Freude sagte sich Anton: »Das ist Poesie, die Poesie des Geschäftes, solche springende Tatkraft empfinden nur wir, wenn wir gegen den Strom arbeiten. Wenn die Leute sagen, daß unsere Zeit leer an Begeisterung sei und unser Beruf am allerleersten, so verstehen sie nicht, was schön und groß ist. Dem Mann steht in diesem Augenblick alles auf dem Spiel, woran seine Seele hängt, sein Geschäft, das Resultat eines langen Lebens von rastloser Tätigkeit, seine Freude, sein Stolz, seine Ehre; und er steht kaltblütig an seinem Pult, schreibt Briefe über geraspeltes Farbeholz und gibt sein Urteil über Kleesamen ab, ja ich glaube, er lacht innerlich.« So dachte Anton, als er am Abend sein Pult abräumte und mit den übrigen Herren nach dem Hinterhaus ging. Auch seine Kollegen ließen jetzt ihre innere Aufregung merken, sie setzten sich in Jordans Salon zusammen und besprachen mit gemütlichem Schauder bei einer Tasse schwarzen Tees die Neuigkeiten und den Einfluß derselben auf das Geschäft. Alle waren geneigt, anzunehmen, daß die Firma zwar einigen Verlust erleiden werde, aber sie seien die Männer, mehr zu retten, als irgendein anderes Geschäft retten werde. Herr Specht bemerkte hoffnungsreich, bei jeder Insurrektion würden ungeheure Kolonialwaren verbraucht, und die Firma werde ein glänzendes Geschäft mit allen Flüssigkeiten nach der Grenze machen. Wenn die Insurrektion nur ein Vierteljahr anhalte, sei der mögliche Verlust wieder gedeckt; denn trinken täten sie alle, Freunde und Feinde. Zuletzt sprach sich Herr Jordan dahin aus, daß man noch gar nicht wissen könne, wie die Sache verlaufen werde. Diese neue und gründliche Ansicht wurde von den meisten adoptiert, worauf sich die einzelnen in ihre Zimmer verfügten. In seiner Stube vernahm Anton durch die dünne Wand, wie sein Nachbar, Herr Baumann, beim Zubettgehen für das Geschäft und den Prinzipal betete. Dies ergriff Anton so, daß er imit großen Schritten in seiner Stube auf und ab ging, bis das Licht flackerte und der Gips auf dem Schreibtisch erschrak und in ein krankhaftes Zittern geriet.

Es war spät geworden, als der Diener geräuschlos in Antons Zimmer trat und halblaut meldete: Herr Schröter wünsche ihn noch heut zu sprechen. Rasch folgte Anton dem Diener in den ersten Stock des Vorderhauses und trat erwartungsvoll in das braune Arbeitszimmer des Prinzipals. Der Kaufmann stand vor dem gepackten Koffer, sein Portefeuille lag daneben auf dem Tisch und das untrügliche Zeichen einer längeren Reise, die große englische Zigarrentasche von Büffelleder. Diese hielt hundert Stück, war seit alter Zeit ein Lieblingsgegenstand für die Bewunderung des Herrn Specht und galt dem ganzen Comtoir für eine Art Kriegsfahne, welche nur dann hervorgeholt und in den Wagen getragen wurde, wenn die Hauptmacht des Geschäftes auf ein außerordentliches Unternehmen auszog. Sabine war an dem Schubladen des Schreibtisches beschäftigt und trug schweigend zu, was ihre Sorgfalt dem Reisenden für nützlich hielt. Sie warf einen schnellen Blick auf Anton und senkte das Haupt, als sie in seinem Gesicht las, was sie selbst mit banger Ahnung erfüllte. Der Prinzipal trat Anton freundlich entgegen. »Ich habe Sie spät herbemüht, glaubte aber nicht, daß Sie noch außer Bett sein würden.«

Als Anton erwiderte: »Die Aufregung ließ mich nicht schlafen«, fiel wieder ein Strahl aus dem Auge der Schwester auf ihn, so sorgenvoll und so dankbar für seine Teilnahme, daß er mächtig gerührt wurde und nicht weitersprach, um seine Bewegung nicht zu verraten.

Der Prinzipal aber sagte lächelnd: »Sie sind noch jung, die Ruhe kommt mit den Jahren. Es wird nötig sein, daß ich selbst morgen nach unsern Waren sehe. – Ich höre, die Polen zeigen besondere Rücksicht gegen unsere Landsleute, es ist möglich, daß sie sich sogar mit dem Gedanken tragen, unsere Regierung sei ihnen nicht abgeneigt. Diese Täuschung kann nicht lange dauern, es wird kein Unrecht sein, wenn wir davon für unsere Waren Vorteil zu ziehn suchen. Sie haben die Korrespondenz geführt und wissen selbst, was für mich zu tun ist. Ich werde nach der Grenze reisen und mich dort über die nächsten Schritte entscheiden.«

Mit ängstlicher Spannung hörte die Schwester auf seine Worte, sie suchte in seinen Mienen zu lesen, was er aus Rücksicht gegen sie nicht aussprach. Anton aber verstand, was die Rede bedeutete, sein Chef ging über die Grenze in das insurgierte Land.

Mit bittender Stimme sprach er, näher tretend: »Könnte nicht ich an Ihrer Stelle die Reise machen? Ich fühle wohl, daß ich Ihnen noch keine Veranlassung gegeben habe, mir in so wichtiger Sache zu vertrauen. Ich werde mir wenigstens alle Mühe geben, bis zum Äußersten, Herr Schröter.« Antons Wangen glühten, als er dies sagte, er fühlte in diesem Augenblick entschiedene Neigung, sich mit allen Krakusen um die Warenballen zu raufen.

»Das ist brav gesprochen und ich danke Ihnen«, erwiderte der Prinzipal, »aber ich kann Ihr Anerbieten nicht annehmen, die Reise könnte Schwierigkeiten haben, und da der Vorteil mein ist, wird es auch billig sein, daß ich die Mühe übernehme.« Anton ließ den Kopf hängen. »Ich beabsichtige im Gegenteil, Sie mit bestimmter Ordre hier zu lassen, für den Fall, daß ich übermorgen abend nicht zurück sein sollte.«

Sabine hatte ängstlich zugehört, jetzt faßte sie die Hand des Bruders und sagte leise: »Nimm ihn mit.«

Diese Unterstützung gab Anton neuen Mut. »Wenn Sie mich nicht allein schicken wollen, so erlauben Sie mir wenigstens, Sie zu begleiten, vielleicht kann ich Ihnen doch in etwas nützlich sein, ich würde es wenigstens sehr gern sein.« »Nimm ihn mit«, wiederholte die Schwester flehend.

Der Kaufmann wandte den Blick langsam von der Schwester auf das ehrliche Gesicht Antons, welches von Diensteifer strahlte, und, erfreut über den Eifer der Jugend, erwiderte er: »So mag es sein. Sie begleiten mich morgen früh bis zur Grenze. Sollte meine Abwesenheit für längere Zeit nötig werden, so wird es vorteilhaft sein, Sie an Ort und Stelle zu informieren. Bis dahin mag Jordan die laufenden

Geschäfte besorgen. Es ist nicht nötig, daß von unserer Reise hier am Ort viel verlautet. Und jetzt schlafen Sie aus, Herr Wohlfart. Einer unserer Hausknechte erwartet auf der Eisenbahn die ankommenden Nachtzüge; man hat mir versprochen, daß die Kondukteure uns Antwort zurückbringen sollen. Ist die Antwort so, wie ich annehme, dann fahren wir mit dem ersten Zug. Schlafen Sie wohl!«

Anton verbeugte sich dankend und sah noch im Hinausgehen, daß Sabine in heftiger Bewegung den Hals des Bruders umschlang. Er ging nach seinem Zimmer, packte geräuschlos eine Reisetasche, holte die damaszierten Pistolen heraus, welche ihm Fink hinterlassen hatte, und warf sich halbentkleidet auf das Bett, wo er erst spät den Schlummer fand. Gegen Morgen erweckte ihn ein leises Klopfen, der Bediente meldete: »Die Briefe von der Eisenbahn sind gekommen.« Anton eilte in das Comtoir und fand dort bereits Herrn Jordan und den Prinzipal in lebhaftem Gespräch; bei seinem Eintritt rief ihm Herr Schröter aus den geschäftlichen Verhandlungen kurz zu: »Wir reisen!«

»Gut«, dachte Anton. »Wir reisen in Feindesland, wir schlagen uns mit den Sensenmännern und wir zwingen sie, unsere Waren herauszugeben, denn daß sie uns zwingen könnten, darf nach dem Willen des Prinzipals nicht angenommen werden.«

Nie hatte Anton mehr mit den Türen geklopft, schneller die Treppenstufen gemessen und kräftiger die Hände seiner Kollegen geschüttelt, als in der nächsten Stunde. Als er so geschäftig durch den dunklen Hausflur eilte, hörte er ein leises Rauschen neben sich. Sabine trat schnell an ihn heran und faßte seine Hand: »Wohlfart, schützen Sie meinen Bruder vor Gefahr!« Anton versprach mit maßloser Bereitwilligkeit, dies in jeder Weise zu tun, fühlte nach seinen geladenen Pistolen in der Rocktasche und stieg in den Wagen, selbst geladen mit den edelsten und seligsten Gefühlen, welche je ein junger Held gehabt hat. Er zog auf Abenteuer, er war stolz auf das Vertrauen seines Prinzipals, gehoben durch das zarte Verhältnis, in das er zu der Heiligen des Geschäfts getreten war. Er war glücklich.

Das Dampfroß schnaubte und raste über die weite Tallandschaft, wie ein Pferd aus Beelzebubs Marstall. In allen Waggons des Zuges saßen Soldaten, sie hingen auf den Frachtstücken, sie guckten aus den kleinen Fenstern der Packwagen; überall glänzten Bajonette und Helme, überall steckten Tornister, Feldkessel und Trommeln. Auf allen Stationen standen die Haufen der Neugierigen, überall hastige Fragen und Antworten, überall aufregende Neuigkeiten, schreckliche Gerüchte und abenteuerliche Erzählungen. Anton war froh, als sie sich am Ende der Bahnstrecke aus der kriegerischen Masse lösten und in einer leichten Chaise mit Kurierpferden der Grenze zu rollten. Auf der Landstraße war es still, leerer als gewöhnlich, nur kleine Detachements aus den Garnisonen nahe der Grenze wurden noch von den Reisenden überholt. Die Mannschaft sang lustig, als zöge sie zum Manöver, hier und da machte der Spaßvogel der Kompagnie seinen Witz über die schnellfüßigen Zivilisten, zuweilen ritt ein Offizier grüßend an den Wagen, wenn er den Prinzipal kannte, oder einen Auftrag für sein Nachtquartier vorauszusenden hatte. Der Kaufmann sprach zu Anton gar nicht vom Geschäft, aber mit großer Heiterkeit von allem andern, von frühern Erlebnissen, von dem Treiben an der Grenze, von Schmugglern und Zollwächtern, und behandelte seinen Reisegenossen mit der vertraulichen Herzlichkeit, welche ein älterer Kamerad dem jüngeren zu zeigen pflegt. Nur gegen die Pistolen bewies Herr Schröter eine Kälte, welche den kriegerischen Mut Antons ein wenig dämpfte, denn als dieser auf der zweiten Station seine Mordwerkzeuge sorgfältig aus einer Wagentasche in die andere trug, sah der Prinzipal mit feindseligem Blick auf die beiden Läufe, und als die Reisenden bei den letzten Häusern des Orts vorübergerollt waren, wies er auf die braunen Kolben, welche brüderlich aus der Tasche hervorragten, und sagte zu Anton: »Ich glaube nicht, daß es Ihnen gelingen wird, durch diese Puffer unsere Waren wieder zu erobern. Sind sie geladen?«

Anton bejahte und sagte mit dem letzten Rest seines kriegerischen Selbstgefühls: »Es sind gezogene Läufe.«

»So?« sagte der Prinzipal ernsthaft, nahm die Pistolen aus der Tasche, rief dem Postillon zu, die Pferde anzuhalten, und schoß kaltblütig beide Läufe ab. »Es ist besser, wir beschränken uns auf die Waffen, die wir zu gebrauchen gewöhnt sind«, bemerkte er gutmütig, indem er Anton die Pistolen zurückgab, »wir sind Männer des Friedens und wollen nur unser Eigentum zurückhaben. Wenn wir es nicht dadurch erhalten, daß wir andere von unserem Recht überzeugen, so ist keine Aussicht dazu. Es wird dort drüben viel Pulver unnütz verschossen werden, alles Ausgaben, welche nichts einbringen, und Kosten, welche Land und Menschen ruinieren. Es gibt keine Rasse, welche so wenig das Zeug hat, vorwärtszukommen, und sich durch ihre Kapitalien Menschlichkeit und Bildung zu erwerben, als die slawische. Was die Leute dort im Müßiggang durch den Druck der stupiden Masse zusammengebracht haben, vergeuden sie in phantastischen Spielereien. Bei uns tun so etwas doch nur einzelne bevorzugte Klassen, und die Nation kann es zur Not ertragen. Dort drüben erheben diese Privilegierten den Anspruch, das Volk darzustellen. Als wenn Edelleute und leibeigene Bauern einen Staat bilden könnten! Sie haben nicht mehr Berechtigung dazu, als dieses Volk Sperlinge auf den Bäumen. Das Schlimme ist nur, daß wir ihre unglücklichen Versuche auch mit unserem Geld bezahlen müssen.«

»Sie haben keinen Bürgerstand«, sagte Anton eifrig beistimmend.

»Das heißt, sie haben keine Kultur«, fuhr der Kaufmann fort, »es ist merkwürdig, wie unfähig sie sind, den Stand, welcher Zivilisation und Fortschritt darstellt und welcher einen Haufen zerstreuter Akkerbauer zu einem Staate erhebt, aus sich heraus zu schaffen.«

»Da ist doch Conrad Günther in der insurgierten Stadt vor uns, dann die Geschäfte der drei Hildebrandt in Galizien«, warf Anton ein.

»Brave Leute«, stimmte der Kaufmann bei, »alle aber eingewandert, und der ehrbare Bürgersinn hat keinen Halt, vererbt sich selten auf die nächste Generation. Was man dort Städte nennt, ist nur ein Schattenbild von den unsern, und ihre Bürger haben blutwenig von dem, was bei uns das arbeitsame Bürgertum zum ersten Stande des Staates macht.«

»Zum ersten?« frug Anton.

»Ja, lieber Wohlfart, die Urzeit sah die einzelnen frei und in der Hauptsache gleich, dann kam die halbe Barbarei der privilegierten Freien und der leibeigenen Arbeiter, erst seit unsere Städte groß wuchsen, sind zivilisierte Staaten in der Welt, erst seit der Zeit ist das Geheimnis offenbar worden, daß die freie Arbeit allein das Leben der Völker groß und sicher und dauerhaft macht.«

Im Abendlicht kamen die Reisenden im Grenzort an. Es war ein kleines Dorf, welches außer den Zollgebäuden und den Wohnungen der Grenzbeamten nur ärmliche Hütten und eine Schenke zu zeigen wußte. Auf dem freien Platz zwischen den Häusern und um das Dorf herum biwakierten zwei Eskadronen Reiter, welche ihre Posten längs dem schmalen Grenzfluß aufgestellt hatten und mit einem Detachement Jäger die Grenze bewachten. In der Schenke war ein wildes Treiben, Husaren und Jäger zogen ein und zogen aus, Husaren und Jäger saßen Kopf an Kopf gedrängt in der kleinen Gaststube, bunte Dolmans und grüne Röcke lagerten um das Haus herum auf Stühlen, Tischen, Pferderaufen, wankenden Tonnen und jedem möglichen Gerät, welches irgendeine Methode des Sitzens gestattete. Wie unzählige Herren Pixe kamen sie Anton vor, so entschlossen verfuhren sie mit der Schenke und allem Inhalt derselben, lebendigem und flüssigem. Mit lautem Gruß empfing der jüdische Wirt den wohlbekannten Kaufherrn; durch seinen Diensteifer wurde der letzte Raum des Hauses für die Reisenden freigemacht, ein kleiner Verschlag, in welchem sie die Nacht wenigstens allein verbringen konnten.

Kaum war der Kaufmann vom Wagen gestiegen, als ihn ein halbes Dutzend Fuhrleute mit lebhaftem Freudenruf umringte, die Führer der Wagen, welche vor kurzem durch das Geschäft expediert waren. Ganz ohne Unfall war es mit ihnen nicht abgegangen. Wie der älteste erzählte, waren sie auf der Straße jenseits der Grenze durch den Anblick eines bewaffneten Bauernschwarmes zur eiligen Rückkehr getrieben worden. Beim Umwenden war ein Rad des letzten Wagens zerbrochen, der Fuhrmann hatte in der Angst die Pferde ausgespannt und den Wagen jenseits der Grenze stehenlassen. Während der flüchtige Führer mit dem abgezogenen Hut in der Luft umherfocht und seine Entschuldigungen machte, trat der kommandierende Rittmeister zu dem Kaufmann und bestätigte die Aussage der Leute.

»Man kann den Wagen etwa tausend Schritt jenseits der Brücke an der Straße hängen sehen«, erklärte er, und als der Kaufmann um Erlaubnis bat, die Brücke zu betreten, sagte er zuvorkommend: »Ich werde Ihnen einen meiner Offiziere mitgeben.«

Ein junger Offizier der Eskadron, welcher soeben von einer Patrouille zurückgekehrt war, tummelte sein feuriges Pferd vor der Schenke.

»Leutnant von Rothsattel«, rief der Rittmeister, »begleiten Sie die Herren auf die Brücke.«

Mit Entzücken hörte Anton den Namen, an welchen sich für ihn so holde Erinnerungen knüpften. Er wußte auf der Stelle, daß der Herr auf dem wilden Pferd niemand anders sein konnte, als der Bruder des Fräuleins vom See. Der Leutnant, eine schlanke Gestalt mit kleinem Bart auf der Oberlippe, sah seiner Schwester so ähnlich, wie einem jungen Reiteroffizier in Beziehung auf das allerschönste irdische Fräulein nur möglich ist. Anton fühlte auf der Stelle eine freundschaftliche Hochachtung für ihn, welche der junge Herr aus Antons Gruß wohl herauslesen mochte, denn er dankte durch ein herablassendes Neigen seines kleinen Kopfes. Tänzelnd avancierte sein Pferd neben den Kaufleuten bis zur Brücke. Dort standen die Vedetten, ihre Pistole mit gespanntem Hahn in der Hand, unbeweglich wie Statuen, nur ihre Pferde verrieten manchmal durch eine anmutige Schweifbewegung, oder ein Stampfen der Füße das mutige Leben. Die Reisenden eilten auf die Mitte der Brückenwölbung und sahen mit spähendem Blick die Landstraße hinab. Dort hinten lag der riesige Wagen, wie ein weißer Elefant lag er verwundet auf einem Knie.

»Vor kurzem war noch nicht geplündert«, sagte der Leutnant, »die Leinwand hing noch dickbäuchig darüber. Ja, sie haben ausgeräumt; dort an der Ecke flattert die weiße Decke.«

»Es scheint nicht arg zu sein«, antwortete der Prinzipal.

»Wenn Sie ein Rad und ein Paar Pferde hinüberschaffen wollen, können Sie das Ding abholen«, bemerkte der Leutnant nachlässig. »Unsere Leute hatten den ganzen Tag große Lust dazu. Sie hätten gern nachgesehn, ob etwas Trinkbares darin ist. Wir haben aber Befehl, die Grenze nicht zu überschreiten. Sonst ist's eine Kleinigkeit, den Wagen herüberzuschaffen, wenn der kommandierende Offizier Ihnen erlaubt, die Posten zu passieren, und wenn Sie mit diesen da fertig werden.« Dabei wies er auf einen Haufen Bauern, welche jenseits der Brücke außerhalb der Schußweite hinter verkrüppelten Weiden lagerten und einen bewaffneten Mann als Posten auf die Landstraße vorgestellt hatten.

»Wir wollen den Wagen holen, wenn der kommandierende Offizier erlaubt«, sagte der Prinzipal, »ich hoffe, es wird möglich sein, mit den Leuten dort zu unterhandeln.«

Und Anton konnte sich nicht enthalten zu murmeln: »Den ganzen Tag haben die Herren ein paar tausend Taler auf der Landstraße liegenlassen, sie hätten Zeit genug gehabt, den Wagen für uns zurückzuschaffen.«

»Man muß keine unbilligen Forderungen an das Heer machen«, antwortete der Kaufmann lächelnd, »wir wollen zufrieden sein, wenn sie uns erlauben, unser Eigentum aus den Händen der Bauern zu holen.« Die Reisenden eilten zum Rittmeister zurück, und der Kaufmann teilte diesem seinen Wunsch mit.

»Wenn Sie Pferde und Menschen finden, so habe ich nichts dagegen«, erwiderte dieser.

Sogleich wurden die Fuhrleute zusammengerufen, der Prinzipal fragte, wer ihn mit den Pferden begleiten wolle, er sei gut für den Schaden an den Pferden. Nach einigem Kratzen des Kopfes und einigem Schütteln der Hüte erklärten mehrere ihre Bereitwilligkeit. Schnell wurden vier Pferde angeschirrt, ein Kinderschlitten des Schenkwirts hervorgeholt, ein Rad und einige Hebebäume daraufgelegt, und die kleine Karawane zog der Brücke zu, verfolgt von beifälligen Scherzen der Soldaten und begleitet von einigen Offizieren, welche an dem Feldzug so viel Teilnahme verrieten, als sich mit ihrer kriegerischen Würde irgend vertrug.

An der Brücke sagte der Rittmeister: »Ich wünsche guten Erfolg, leider bin ich außerstande, Ihnen meine Mannschaft zur Hilfe mitzugeben.«

»Es ist besser so«, antwortete der Prinzipal grüßend, »wir wollen als friedliche Leute unsere Waren wiederholen und fürchten die Herren dort nicht, wollen sie aber auch nicht reizen. Haben Sie die Güte, Herr Wohlfart, Ihre Pistolen zurückzulassen, wir müssen den Bewaffneten zeigen, daß uns der Kriegsapparat nichts angeht.«

Anton hatte seine Pistolen in die Rocktasche gesteckt, wo sie wieder trotzig hervorsahen, er gab sie jetzt einem Schützen, den der Leutnant von Rothsattel herbeiwinkte. So zogen sie über die Brücke. Am Ende der Grenzbrücke parierte der Leutnant unwillig sein Pferd und brummte: »Diese Pfeffersäcke rücken eher ein als wir«, und der Rittmeister rief ihnen noch nach: »Sollten Ihre Personen in Gefahr kommen, so werde ich es für keine Überschreitung meiner Ordre halten, wenn ich Ihnen Leutnant Rothsattel mit einiger Mannschaft zu Hilfe schicke.« Der Leutnant stob zurück und kommandierte den Zug, welcher in einiger Entfernung hielt, sehr kampflustig: »Stillgesessen!« worauf er wieder bis an das Ende der Brücke vorsprengte und mit großem Interesse und kriegerischer Ungeduld den Pfeffersäcken nachsah. Zu seiner und des Kriegsheers Ehre muß an dieser Stelle bekannt werden, daß sowohl er als sein Zug den Zivilisten einen warmen Empfang und ernste Unbequemlichkeiten herbeiwünschten, damit sie selbst das Recht erhielten, sich hineinzumengen und ein wenig einzuhauen.

Es war kein imponierender Einmarsch in das feindliche Gebiet, den die Kaufleute anführten; mit einer gewissen Gemütlichkeit im ruhigen Schritt seine Zigarre anzündend ging der Prinzipal voran, ihm dicht zur Seite Anton, dahinter drei stämmige Fuhrleute mit den Pferden. So waren sie ungefähr auf dreißig Schritt einigen Bauern mit weißen Kitteln nahe gekommen, als diese ihre Gewehre anschlugen und durch einen lauten polnischen Schrei Halt geboten. Der Prinzipal rief mit lauter Stimme in ihrer Sprache: »Ruft euern Anführer.« Gehorsam schrie einer von den Wilden mit heftiger Handbewegung einem entfernten Haufen zu. Die anderen behielten mit drohender Haltung ihre Gewehre im Anschlag und zielten, wie Anton ohne besonderen Wohlgefallen bemerkte, unter heimtückischem Augenblinzeln sämtlich grade auf ihn. Unterdes kam mit langen Schritten der Anführer der Bande heran. Er trug einen blauen Rock mit bunten Schnüren, eine viereckige rote Mütze mit grauem Pelz besetzt und hielt eine lange Entenflinte in der Hand. Er war im ganzen betrachtet ein brauner Kerl von gefährlichem Aussehn, verziert mit einem langen schwarzen Schnurrbart, der ihm auf beiden Seiten am Mund herunterhing. Als der Mann herangekommen war, redete ihn der Kaufmann in unvollkommenem Polnisch mit kräftiger Stimme an: »Wir sind Freunde! Ich bin der Herr des Wagens dort und will mir ihn herüberholen; sagt Euern Leuten, daß sie mir dabei helfen, ihr sollt ein gutes Biergeld haben.« Bei dem Wort »Biergeld« senkten sich die Gewehre hochachtungsvoll von selbst. Der Hauptkrakuse aber stellte sich pathetisch in die Mitte der Heerstraße und begann eine lange Rede mit Handbewegungen, von welcher Anton sehr wenig und sein Prinzipal nicht alles verstand, die aber durch den Fuhrmann dahin erklärt wurde, der Mann bedaure, dem Herrn nicht dienen zu können, er habe Befehl von einem dahinter stehenden Korps, den Wagen zu bewachen, bis die Pferde ankämen, welche ihn nach ihrer Stadt schaffen sollten.

Der Kaufmann schüttelte gemütlich den Kopf und antwortete im Ton des ruhigen Befehls: »Das geht nicht, der Wagen gehört mir, und ich muß ihn mitnehmen, ich kann nicht so lange warten, bis Euer Führer mir die Erlaubnis gibt.« Dabei griff er in die Tasche und hielt dem insurgierten Bewohner des blauen Rockes ungesehen von den andern ein halbes Dutzend harte Taler hin: »So viel für Euch und ebensoviel für Eure Leute.« Der Anführer sah auf die Taler, fuhr mit der Hand nach dem Kopfe, kraulte sich heftig und drehte an seiner Mütze, worauf er endlich zu dem Resultat kam: wenn die Sache so sei, möge der gnädige Herr den Wagen nur fortnehmen.

Im Triumph zog die Karawane zu dem Wagen, die Fuhrleute ergriffen die Hebebäume und hoben mit vereinter Kraft die gesenkte Seite in die Höhe, lösten die Trümmer des alten Rades, setzten das neue an und spannten die Pferde vor, alles unter tätiger Mitwirkung einiger Bauern, brüderlich unterstützt von dem Kommandeur, welcher in eigener Person den Hebebaum regierte. Darauf wurden die Pferde herzhaft angetrieben und der Wagen rollte der Brücke zu unter dem lauten Hoi! Hoi! des Krakusen, welcher dadurch vielleicht eine dissentierende Stimme in seinem Innern überschreien wollte. »Gehen Sie mit dem Wagen voraus«, sagte der Kaufmann zu Anton, und da Anton zögerte, seinen Prinzipal allein unter den Bauern zurückzulassen, fügte dieser befehlend hinzu: »Ich will es haben.« So fuhr der Wagen langsam an die Grenze, und schon von weitem hörte Anton das Lachen und die Grüße der Soldaten.

Unterdes blieb der Kaufmann mit dem Dolmetsch und dem Bandenführer in eifrigem Gespräch zurück und schied endlich im besten Einvernehmen von dem Insurgenten, welcher mit slawischer Höflichkeit den Hauswirt auf der Landstraße machte und die Reisenden mit abgezogener Mütze bis in Schußweite von dem Militär begleitete. An der Brücke holte der Prinzipal den Wagen ein, machte das Halt! Werda! der Vedetten und das damit verbundene kriegerische Zeremoniell durch und empfing auf heimatlichem Boden angekommen den lachenden Glückwunsch des Rittmeisters, während der Leutnant spöttisch zu Anton sagte: »Sie haben keinen Grund gehabt, die Abwesenheit Ihrer Schlüsselbüchsen zu bedauern.«

»Es ist besser so«, antwortete Anton, »es war ein glattes Geschäft. Die armen Teufel haben nichts gestohlen als ein kleines Faß Rum.«

Eine Stunde darauf saßen die Reisenden mit den Offizieren der Reiter und der Jäger zusammen in dem kleinen Verschlage der Schenke bei einigen Flaschen alten Ungarweins, welche der Wirt aus dem tiefsten Winkel seines Kellers heraufgeholt hatte. Nicht am wenigsten vergnügt war Anton. Er hatte zum erstenmal in seinem Leben eine kleine anständige Kriegsgefahr durchgemacht und war im ganzen mit sich zufrieden und jetzt saß er neben einem jungen Krieger, den er hochzuschätzen äußerst bereitwillig war, und hatte die Freude, diesem seine Zigarren anzubieten und von dem Abenteuer dieses Tages zu sprechen.

»Die Bauern haben ja im Anfange auf Sie angelegt«, sagte der junge Herr, nachlässig sein Bärtchen kräuselnd, »das war Ihnen wohl unbequem?«

»Nicht sehr«, erwiderte Anton so kühl als möglich; »einen Augenblick wurde ich stutzig, als die Flinten auf uns gerichtet waren, und hinter den Flinten andere unternehmende Männer mit ihren Sensen die Pantomime des Kopfabschneidens machten. Es kam mir zuerst befremdlich vor, daß die Mündungen alle gerade auf mein Gesicht gerichtet waren. Nachher hatte ich am Wagen zu tun und dachte nicht mehr daran. Und als auf dem Rückwege jeder von unsern Fuhrleuten behauptete, daß gerade nur auf ihn gezielt worden sei und auf keinen andern, da kam ich zu der Ansicht, daß diese Vielseitigkeit eine besondere Eigenschaft der Flintenläufe sein muß, eine Art von optischer Ungezogenheit, die nicht viel zu bedeuten hat.«

»Wir hätten Sie schon herausgehauen, wenn die Bauern Ernst gemacht hätten«, antwortete der Leutnant wohlwollend. »Ihre Zigarren sind übrigens gut.«

Anton freute sich darüber und goß seinem Nachbar das Glas voll. So unterhielt er sich und blickte auf seinen Prinzipal, der heut besonders aufgelegt schien, sich mit den bunten Herren über Krieg und Frieden zu unterhalten. Anton sah, daß der Kaufmann die Offiziere mit einer gewissen förmlichen Artigkeit behandelte, welche dem nachlässigen Ton, in welchem die Herren die Trinkgesellschaft begonnen hatten, wirksam steuerte. Bald wurde das Gespräch allgemein, und man hörte mit Aufmerksamkeit dem Kaufmann zu, welcher von dem insurgierten Gebiet, mit dem er durch frühere

Reisen bekannt war, erzählte und einzelne Führer des Aufstandes zu schildern wußte.

Nur der junge Herr von Rothsattel schien zu Antons großer Betrübnis nicht zufrieden mit der Aufmerksamkeit, welche seine Kameraden dem Zivilisten gönnten, und mit dem Löwenanteil, den dieser an der Unterhaltung erlangt hatte; er warf sich nachlässig in seinen Stuhl zurück, sah wie zerstreut nach der Decke, spielte mit seinem Säbelgriff und warf kurze Bemerkungen von den Lippen, welche eine ennuyierte Gemütsstimmung andeuten sollten. Als der Rittmeister erwähnte, daß er am nächsten Morgen den Befehlshaber des Grenzkorps erwarte, und der Kaufmann darauf entgegnete: »Ihr Oberst wird vor morgen abend nicht hier eintreffen, wenigstens hat er mir heut auf der Eisenbahn, wo ich mit ihm zusammentraf, so erzählt«, da kam in dem kleinen Offizier der Teufel des Hochmuts zum Durchbruch und er sagte mit unartigem Ton: »Sie kennen unsern Obristen also persönlich? Er nimmt ja wohl seinen Zucker und Kaffee bei Ihnen?«

»Wenigstens geschah das früher«, sagte der Kaufmann artig, »ich selbst habe als junger Mann einige Mal den Kaffee für ihn abgewogen.«

Unter den Offizieren entstand eine gewisse Verlegenheit, und einer der ältern versuchte von seinem Standpunkt aus eine Verbesserung der beabsichtigten Grobheit, indem er etwas von einer höchst respektablen Handlung murmelte, bei welcher jeder Militär und Nicht-Militär seinen Bedarf nur mit Vergnügen entnehmen könnte.

»Ich danke Ihnen für das gute Zutrauen, welches Sie zu meinem Geschäft haben, Herr Kapitän«, sagte der Kaufmann lächelnd; »ich bin allerdings stolz darauf, daß mein Geschäft respektabel geworden ist durch meine und meiner Angehörigen angestrengte Tätigkeit.«

»Leutnant Rothsattel, Sie führen die nächste Patrouille, es ist Zeit, daß Sie aufbrechen«, erinnerte der Rittmeister. Klirrend erhob sich der Leutnant.

»Hier bringt Herr Warschauer eine neue Flasche, auf welche er große Stücke hält, es ist der beste Wein seines Kellers. Darf Herr von Rothsattel nicht erst den Wein versuchen, bevor er unsere Nachtruhe bewacht?« frug der Kaufmann mit ruhiger Artigkeit zum Rittmeister gewandt. Der junge Herr dankte mit Trotz und ging rasselnd aus der Stube. Anton hätte seinen Liebling prügeln mögen, so zornig war er auf ihn. Der Rittmeister aber beseitigte das kleine Zwischenspiel durch ein lebhaftes Gespräch, welches er einleitete.

Es war spät geworden, und Anton sah mit Verwunderung, daß der Kaufmann fortfuhr, mit ausgesuchter Artigkeit den Wirt zu machen und an dem Prüfen des Ungarweins ein Behagen zu empfinden, welches mit dem Zwecke seiner Reise nicht recht verträglich war. Endlich, nachdem eine neue Flasche entkorkt war, und auch der Rittmeister eine neue Zigarre des Kaufmanns bewundert hatte, warf dieser leicht hin: »Ich wünsche morgen nach der insurgierten Hauptstadt zu reisen und erbitte mir Erlaubnis dazu, wenn diese nötig ist.«

»Sie wollen –« riefen die Offiziere rund um den Tisch.

»Ich muß«, sagte der Kaufmann mit Ernst und setzte ihnen kurz auseinander, weshalb er müsse.

Der Rittmeister schüttelte den Kopf: »Zwar läßt der Wortlaut meiner Ordre zweifelhaft, ob ich die Grenze für jedermann zu verschließen habe, doch ist mir Absperrung des insurgierten Landes als der nächste Zweck unserer Aufstellung angegeben.«

»Dann würde ich meinem Wunsch dem Kommandeur vortragen müssen, das würde mich länger als einen Tag aufhalten, und dieser Aufenthalt könnte den Zweck meiner Reise vereiteln. Wie Ihre Güte mir mitteilt, herrscht gegenwärtig unter den Insurgenten noch erträgliche Ordnung, es ist unmöglich, daß diese noch lange anhält. In den Rücksichten aber, welche ich dort finde, liegt für mich die einzige Möglichkeit, meine Waren zu retten, denn die Frachtwagen kann ich nur mit Bewilligung der revolutionären Behörde aus der Stadt schaffen.«

»Und hoffen Sie, diese zu erlangen?« frug der Rittmeister. »Es muß versucht werden«, antwortete der Kaufmann. »Jedenfalls werde ich mich der Plünderung und Zerstörung meines Eigentums dort nach Kräften widersetzen.«

Der Rittmeister überlegte. »Was Sie tun wollen, setzt mich in einige Verlegenheit; wenn Ihnen ein Unglück zustößt, wie ich fast fürchte, so könnte mir ein Vorwurf daraus gemacht werden, daß ich Ihnen gestattet habe, die Grenze zu passieren. Kann Sie denn nichts bewegen, diese Reise zu unterlassen?«

»Nichts«, erwiderte der Kaufmann, »nichts als das Gesetz.«

»Liegt Ihnen denn soviel an den Frachtwagen, daß Sie Ihr Leben dafür in die Schanze schlagen wollen?« frug der Rittmeister nicht ohne inneres Mißfallen.

»Ja, Herr Rittmeister, ebensoviel, als Ihnen daran liegt, Ihre Pflicht zu tun; es hängt für mich mehr an dem Besitz dieser Frachtwagen, als ein geschäftlicher Vorteil. Ich muß hinüber, wenn mich nicht ein unbedingtes und unwiderrufliches Verbot der Staatsregierung daran hindert. Diesem würde ich mich zuletzt nicht entziehn, ich werde aber alles versuchen, für mich eine Ausnahme zu erwirken.«

»Wohlan«, sagte der Rittmeister aufstehend, »ich will Ihrer Reise kein Hindernis in den Weg legen. Sie werden mir Ihr Ehrenwort geben, daß Sie drüben unter keiner Bedingung etwas über die Stärke dieses Grenzpostens, die Aufstellung unserer Truppen und über das mitteilen, was Sie etwa über unsere projektierten Maßregeln erfahren haben.«

»Ich gebe mein Wort«, sagte der Kaufmann.

»Ihre Persönlichkeit bürgt mir zwar dafür, daß Ihre Angaben über den Zweck der Reise die richtigen sind, zu meiner dienstlichen Information wünsche ich aber die betreffenden Papiere zu sehn, wenn Sie solche bei sich haben.«

»Hier sind sie«, sprach der Kaufmann ebenso geschäftsmäßig. »Hier mein Paß ins Ausland auf ein Jahr, hier der Verladeschein des polnischen Verkäufers, die Kopien meiner Briefe an das Grenzzollamt und den hiesigen Spediteur, und hier die Antworten derselben. Die Beamten des Grenzzollamts und der Spediteur können außerdem die Wahrheit dieser Angaben bezeugen.«

Der Rittmeister durchflog die Papiere und gab sie zurück. »Sie sind ein mutiger Mann, und ich wünsche Ihnen alles Glück«, sagte er mit amtlicher Würde. »Und wie wollen Sie reisen?«

»Mit Postpferden. Im Fall man mir die Pferde verweigert, werde ich sie kaufen und selbst fahren; einen Wagen wird mir unser Wirt überlassen, ich werde morgen bei Tage reisen, weil ich bei Nacht noch mehr Verdacht erwecken würde.«

»Wohlan, morgen mit Tagesanbruch sehe ich Sie wieder. Wie ich annehme, rücken wir selbst spätestens in drei Tagen in Feindesland; falls ich bis dahin keine Nachricht von Ihnen habe, werde ich Sie in der eroberten Stadt aufsuchen. Wir brechen auf, meine Herren, die Sitzung hat bereits zu lange gedauert.«

So zogen die Herren vom Militär mit geschäftigem Klirren ab, und Anton und sein Prinzipal blieben mit den leeren Weinflaschen allein in der Kammer. Der Kaufmann öffnete das Fenster und wandte sich dann zu Anton, welcher den letzten Verhandlungen in großer Aufregung zugehört hatte. »Wir werden uns hier trennen, lieber Wohlfart«, fing er an.

Bevor er aussprechen konnte, ergriff Anton seine Hand und sagte mit Tränen in den Augen: »Erlauben Sie mir, mit Ihnen zu gehen, schicken Sie mich nicht in das Geschäft zurück. Es würde mir mein ganzes Leben hindurch ein unerträglicher Vorwurf sein, wenn ich auf dieser Reise von Ihnen gegangen wäre.«

»Es ist unnütz, vielleicht unklug, wenn Sie mitreisen. Was dort zu tun ist, kann ich sehr gut allein abmachen; wenn irgendeine Gefahr ist, was ich nicht glaube, so kann Ihre Gegenwart mich nicht davor schützen, ich würde nur das peinliche Gefühl haben, daß ich einen andern um meinetwillen in Verlegenheit gebracht habe.«

»Ich würde Ihnen doch sehr dankbar sein, wenn Sie mich mitnehmen wollten«, bat Anton flehentlich, immer noch die Hand des Prinzipals haltend. »Auch Fräulein Sabine hat es gewünscht«, fügte er hinzu, indem er in weiser Steigerung den stärksten Überredungsgrund zuletzt aus seinem bewegten Gemüt heraufholte.

»Sie ist ein furchtsames Mädchen«, sagte der Kaufmann lächelnd. »Indes, da Sie so freundschaftlich darauf bestehen, mag es sein. Wir reisen zusammen; rufen Sie den Wirt und lassen Sie uns die Reisegelegenheit besprechen.«

2

Es war noch dämmrige Nacht, als Anton vor die Tür der Schenke trat. Ein dichter Nebel hing über der Ebene und bewegte sich unruhig in dem Zwielicht des nahen Tages. Ein roter Feuerschein am Horizont bezeichnete die Gegend, nach welcher die Reisenden fahren sollten. Mit grauem Schleier verhüllten die Dämpfe der Nacht einen dunklen Haufen an der Erde. Anton trat näher und erkannte eine Anzahl Männer, Weiber und Kinder, sie kauerten am Boden, bleiche, ausgehungerte, tiefgefurchte Gesichter. »Sie sind aus dem Grenzdorf von jenseits«, erklärte ihm ein alter Wachtmeister, welcher in seinem Reitermantel daneben stand. »Ihre Dörfer brennen, sie waren in die Wälder gelaufen, heut nacht kamen sie an das Wasser, streckten die Hände aus und schrien jämmerlich nach Brot. Weil es meist Weiber und Kinder sind, hat der Herr Rittmeister ihnen erlaubt, herüberzukommen, und hat ihnen einige Brote zerschneiden lassen. Sie haben einen Mordsheißhunger. Nach ihnen kamen größere Banden, alle schrien Brot! Brot! und rangen die Hände. Wir haben ihnen einige Pistolenschüsse über die Köpfe gefeuert und sie weggefegt.«

»Ei!« sagte Anton, »das ist keine tröstliche Aussicht für unsere Reise. Was soll hier aus den armen Leuten werden?«

»Es sind Grenzteufel«, sagte der Wachtmeister begütigend, »die Hälfte des Jahres schmuggeln und saufen sie, und die andere Hälfte hungern sie. Diese hier frieren jetzt etwas.«

»Kann man ihnen nicht einen Kessel mit Suppe kochen?« fragte Anton mitleidig und griff nach seiner Tasche. »Wozu Suppe?« sagte der Wachtmeister kaltblütig, »ein Schluck Branntwein wäre der ganzen Gesellschaft lieber; dort trinkt alles Branntwein, auch was noch Säugling ist; wenn Sie etwas dran wenden wollen, ich will's ihnen austeilen und einen ehrlichen Soldaten nicht vergessen.«

»Ich werde beim Wirt bestellen, daß die Hausmagd etwas Warmes kocht, und Sie, Herr Wachtmeister, haben die Güte, zuzusehen, daß alles in Ordnung zugeht.« Dabei griff er in die Tasche, und der Wachtmeister versprach bereitwillig, sein kriegerisches Herz dem Mitleid offen zu erhalten.

Eine Stunde darauf rollten die Reisenden in offener Britschka durch die Vorposten, der Kaufmann fuhr, Anton saß hinter ihm und blickte spähend in die Landschaft hinein, in welcher sich aus Finsternis und Nebel bereits einzelne Gegenstände erkennen ließen. Ungefähr zweihundert Schritt waren sie gefahren, da tönte hinter einem dicken Weidenbaum an der Landstraße ein polnischer Zuruf. Der Kaufmann hielt die Pferde an, ein einzelner näherte sich vorsichtig dem Wagen. »Kommt herauf, guter Freund«, rief der Kaufmann dem Fremden zu, »setzt Euch neben mich.« Höflich nahm der Fremde seine Mütze ab und schwang sich auf den Vordersitz des Wagens. Es war der oberste Krakuse von gestern mit seinem hängenden Schnauzbart und dem langen Leinwandkittel. »Haben Sie ein Auge auf ihn«, sagte der Kaufmann in englischer Sprache zu Anton, »er soll uns als Sauvegarde dienen und wird dafür bezahlt; wenn er mir auf den Leib rückt, so fassen Sie ihn von hinten.«

Anton holte seinen Stolz, die verachteten Pistolen, aus einer alten Ledertasche an der Seite des Wagens und steckte sie vor den Augen des Krakusen recht sichtbar in die Taschen seines Paletots. Der Führer im Leinwandrock aber lachte vertraulich und erwies sich bald als ein Geschöpf von freundschaftlicher und geselliger Natur, er nickte höchst verbindlich beiden Reisenden zu, trank Schlucke aus Antons Reiseflasche und machte Versuche, über seine linke Schulter mit diesem eine gemütliche Unterhaltung anzuknüpfen, indem er ihn in gebrochenem Deutsch Euer Gnaden nannte und ihm offenbarte, er rauche auch Tabak, habe aber keinen. Zuletzt bat er um die Ehre, die Herren fahren zu dürfen.

So waren sie an einer Gruppe zerfallener Häuser vorbeigekommen, welche an einem Sumpf auf kahler Fläche standen, wie riesige Pilze, die an einer vergifteten Stelle in die Höhe geschossen sind; da sahen sie sich plötzlich von einem Haufen Insurgenten umringt. Es war Landsturm, wie sie ihn schon am Tage vorher gesehen hatten, einige Dreschflegel, einige gerade Sensen, alte Musketen, Leinwandkittel, viel Schnapsgeruch und glotzende Augen. Der Haufe fiel den Pferden in die Zügel und schickte sich mit Blitzesschnelle an, dieselben abzuspannen. Da erhob sich der Krakus von seinem Sitz wie ein Löwe und entwickelte in seinem Polnisch eine ungeheure Beredsamkeit, wobei er mit Händen und Füßen nach allen Seiten hin gestikulierte. Er erklärte, daß diese Herren große Herren der Riemey seien, welche nach der Hauptstadt reisten, weil sie mit der Regierung sprechen müßten; es werde jedem den Kopf kosten, der auch nur ein Haar aus dem Schwanz ihrer Pferde ausrisse. Auf diese Rede erfolgten ebenso lebhafte Gegenreden, bei denen ein Teil die Fäuste ballte, ein Teil die Mützen abnahm. Darauf hielt der Führer eine noch stärkere Rede und stellte allen Patrioten ein Zerschnittenwerden in vier Teile in Aussicht, wenn sie wagen würden, auch nur ihre Pferdeköpfe scheel anzusehen. Darauf wurde die Zahl der geballten Fäuste geringer und die Zahl der gezogenen Mützen größer. Endlich machte der Kaufmann dieser Szene ein Ende, indem er die Pferde mit einem kräftigen Peitschenschlag antrieb und den letzten widerspenstigen Patrioten zu einem schnellen Seitensprung veranlaßte. Im Galopp stoben die Pferde vorwärts, einige lebhafte Interjektionen klangen hinter ihnen her, und eine Kugel pfiff unschädlich über die Häupter der Reisenden, wahrscheinlich mehr aus allgemeiner Vaterlandsliebe, als zu einem bestimmten Zweck abgeschossen.

So ging es einige Stunden fort. Nicht selten überholten sie Haufen bewaffneter Landleute, welche entweder schrien und ihre Knittel schwangen, oder einem Geistlichen mit der Kirchenfahne nachzogen, die Köpfe gesenkt, geistliche Lieder singend. Die Reisenden wurden einigemal aufgehalten und bedroht, zuweilen auch mit großer Ehrerbietung begrüßt, zumal Anton, der auf seinem Hintersitz für die Hauptperson galt.

Endlich näherten sie sich einem größern Dorf, die Haufen wurden dicker, das Geschrei lauter, unter den Bauernkitteln waren hier und da eine Uniform, Federbüsche und Bajonette sichtbar. Hier zeigte der Führer Symptome von Unruhe und erklärte dem Kaufmann, weiter könnte er sie nicht führen, hier müßten sie sich bei dem Befehlshaber melden. Der Prinzipal zeigte sich damit zufrieden, zahlte dem Führer seinen Lohn aus und ließ den Wagen bei dem ersten Haufen, welcher die Straße besetzt hielt, halten. Ein junger Mann in blauer Pikesche, mit einer rot und weißen Schärpe um den Leib, eilte heran, nötigte die Reisenden abzusteigen, und führte sie mit leidenschaftlichem Diensteifer der Hauptwache zu. Der Kaufmann behielt die Zügel der Pferde in der Hand und raunte Anton zu, er solle den Wagen unter keinen Umständen aus den Augen lassen. Anton heuchelte Unbefangenheit und drückte dem getreuen Krakusen, der hinter dem Wagen herschlich, etwas in die Hand, damit dieser den Pferden einige Bündel Heu verschaffe.

Das Wachlokal war in einem Hause, dessen Strohdach durch den weißen Anstrich der Wände einen vornehmen Schimmer erhielt. Dort standen einige Jagdflinten und Musketen an Holzpfähle gelehnt, bewacht von einem jugendlichen Volontär in blauem Rock und roter Mütze. Daneben saß der kommandierende Offizier, ein plattes Gesicht unter einem mächtigen, weißen Federbusch; er war mit einer ungeheuern seidenen Schärpe und einem riesigen Säbel mit schöngewundenem Korbgriff geschmückt. Dieser Herr geriet in nicht gewöhnliche Aufregung, als er die Fremden erblickte, er drückte seinen Hut fest, strich sich grimmig den unordentlichen Bart und begann ein Verhör. Nach früherer Verabredung sagten ihm beide Reisende, daß sie das Oberkommando in wichtiger Angelegenheit zu sprechen hätten. Über den Zweck ihrer Reise verweigerten sie jede Auskunft. Diese Erklärung kränkte die junge Würde des Befehlshabers. Er machte lieblose Anspielungen auf verdächtige Menschen und Spione und schrie seiner Wache zu, ins Gewehr zu treten. Fünf junge Männer in blauen Pikeschen stürzten aus dem Hause, stellten sich in Linie auf und wurden mit einem Aufwand von Kommandowörtern befehligt, ihre Gewehre bereit zu halten. Anton sprang unwillkürlich zwischen die Blauröcke und seinen Prinzipal. Indes änderte der Herr mit dem großen Säbel seinen mörderischen Entschluß, als der Kaufmann mit Gemütsruhe an dem Pfosten stehenblieb, um die er die Zügel geschlungen hatte. Der Befehlshaber begnügte sich, ihn nochmals zu versichern, er halte ihn für höchst gefährlich und sei sehr geneigt, ihn als Verräter zu füsilieren.

Der Kaufmann zuckte mit den Achseln und sagte in ruhiger Höflichkeit: »Sie sind durchaus im Irrtum über den Zweck unserer Reise. Sie können uns nicht im Ernst für Spione halten, denn wir haben uns durch einen Ihrer Landsleute gerade zu Ihnen führen lassen, um durch Ihre Güte ein Geleit nach der Hauptstadt zu bekommen. Ich bitte Sie nochmals, uns nicht aufzuhalten, da unsere Geschäfte bei der Kommandantur dringend sind, und ich Sie für Ihre unnütze Verzögerung unserer Reise verantwortlich machen müßte.« Der Kommandeur fing nach dieser Rede von neuem an zu wettern, er schnaubte heftig gegen den Kaufmann und Anton, trank endlich ein großes Glas Branntwein und faßte einen Entschluß. Er rief drei seiner Leute und befahl ihnen, sich mit den Reisenden aufzusetzen und dieselben nach der Hauptstadt zu transportieren. Ein neues Strohbund wurde in den Wagen geworfen, zwei konfiszierte Burschen nahmen mit ihren Gewehren Platz hinter den Reisenden; vor ihnen setzte sich ein weißröckiger Bauer auf den Kutschersitz, ergriff die Zügel und fuhr gleichgültig seine Ladung, Verdächtige, Patrioten und alles, im Galopp nach der Hauptstadt.

»Unsere Lage hat sich verschlechtert«, sagte Anton, »fünf Mann auf dem kleinen Wagen, und die armen Pferde sind ermüdet.«

»Ich sagte Ihnen, daß unsere Reise einige Unbequemlichkeiten haben würde«, antwortete der Kaufmann. »Die Menschen sind nie lästiger, als wenn sie Soldaten spielen. Übrigens ist diese Bewachung kein Unglück, wir werden wenigstens bei solcher Empfehlung in die Stadt gelassen werden.«

Es war Abend, als sie in der Nähe der Stadt ankamen. Ein rötlicher Schein am Himmel bezeichnete schon aus der Ferne das Ziel ihrer Fahrt, dann zahlreiche bewaffnete Banden, welche in die Stadt hinein- oder von ihr herzogen. Darauf folgte ein langer Aufenthalt an dem Tore, ein Durcheinander von Fragen und Antworten, Beleuchtung der Reisenden durch Laternen und brennende Kienspäne, feindselige Blicke und unverständliche Drohungen, endlich eine lange Fahrt durch die Straßen der alten Hauptstadt. Um sie herum bald Totenstille, bald ein wildes Geschrei zusammengelaufener Menschen, doppelt unheimlich, wenn die Worte den Hörenden unverständlich waren.

Zuletzt lenkte der Kutscher auf einen Marktplatz und hielt vor einem stattlichen Hause. Die Reisenden wurden durch ein Gedränge bunter Uniformen, beschnürter Röcke und heller Kittel gezogen und eine breite Treppe hinaufgedrängt. Dort stieß man sie in ein großes Zimmer und stellte sie einem Herrn mit weißen Glacehandschuhen gegenüber, welcher in einen schriftlichen Rapport sah und ihnen kurz ankündigte, daß sie nach dem Bericht des Stationskommandanten der Spionage verdächtig wären und vor einem Kriegsgericht verhört werden sollten. Der Kaufmann antwortete sogleich mit kräftigem Unwillen: »Dann bedaure ich, daß Ihr Untergebener eine große Unwahrheit gemeldet hat, denn wir haben die Reise bei hellem Tage auf der großen Landstraße bis hierher gemacht, in der bestimmten Absicht, ihren Kommandierenden zu sprechen; mein sind die Pferde und mein der Wagen, welche mich vor dieses Haus gebracht haben, und es war eine überflüssige Höflichkeit Ihres Stationskommandanten, daß er mir solche Begleitung mitgegeben hat. Ich wünsche den Herrn, welcher hier befehligt, so bald als möglich zu sehen, nur ihm werde ich den Zweck meiner Reise mitteilen; haben Sie die Güte, ihm meinen Paß einzuhändigen.«

Der Herr sah in den Paß und frug mit mehr Rücksicht auf Anton blickend: »Aber dieser Herr? Er hat das Aussehen eines Offiziers Ihrer Armee.«

»Ich bin ein Kommis des Herrn Schröter«, erwiderte Anton mit einer Verbeugung, »und durch und durch zivil.«

»Warten Sie«, sprach der junge Mann von oben herab und ging mit dem Paß in ein Nebenzimmer.

Da er einige Zeit ausblieb, und niemand die Reisenden hinderte, setzten sie sich auf eine Bank und nahmen die sicherste Miene an, welche ihnen möglich war. Anton warf einen besorgten Blick auf seinen Prinzipal, welcher finster vor sich nieder sah, und betrachtete dann verwundert seine Umgebung. Es war ein hohes Zimmer, die Decke mit Stickerei und Malerei verziert, die Wände verräuchert und beschmutzt, Tische, Stühle und Bänke standen unordentlich umher, sie schienen aus einem Schenkhause herzugeschleppt; an den Tischen beugten sich einige Schreiber über ihre Papiere, und an den Wänden saßen und lagen Bewaffnete, sie schliefen oder sprachen laut miteinander, zum Teil in französischer Sprache. Das heruntergekommene Zimmer in der trüben Beleuchtung machte auf Anton keinen ermutigenden Eindruck, und leise sagte er zu dem Kaufmann: »Wenn Revolution so aussieht, sieht sie häßlich genug aus.«

»Sie verwüstet immer und schafft selten Neues. Ich fürchte, die ganze Stadt gleicht dieser Stube. Die gemalten Wappen an der Decke, und die schmutzige Bank, auf der wir sitzen, wenn solche Gegensätze zusammenkommen, dann darf ein ehrlicher Mann sein Kreuz schlagen. Der Adel und der Pöbel sind jeder einzeln schlimm genug, wenn sie für sich Politik treiben; sooft sie sich aber miteinander vereinigen, ruinieren sie sicher das Haus, in dem sie zusammenkommen.«

»Die Vornehmen sind uns unbequemer«, sagte Anton, »ich lobe mir unsern Krakusen, der war ein höflicher Insurgent, und er hatte ein Herz für ein Achtgroschenstück; die Herren hier aber verfahren durchaus nicht geschäftsmäßig.«

»Warten wir ab«, sprach der Prinzipal.

Eine Viertelstunde war vergangen, da trat ein junger Mann von schlankem Wuchs und stattlichem Aussehen, gefolgt von dem Herrn mit den weißen Händen aus dem Nebenzimmer, schritt artig auf den Kaufmann zu und sagte mit lauter Stimme, so daß auch die Schläfer auf den Bänken ihn hören mußten: »Ich freue mich, Sie hier zu sehen, ich habe so etwas erwartet; haben Sie die Güte, mir mit Ihrem Begleiter zu folgen.«

»Wetter! Unsere Aktien steigen«, dachte Anton. Sie folgten dem majestätischen Redner in ein kleines Eckzimmer, welches gewissermaßen das Boudoir des Hauptquartiers war; denn es stand eine Ottomane darin, weich gepolsterte Sessel, und ein zierlicher Schreibtisch von seltenem Holz. Verschiedene Anzüge und Uniformstücke hingen unordentlich über den Möbeln, und auf dem Tisch lag neben Papieren ein niedliches, kostbar ausgelegtes Taschenterzerol mit zwei Läufen und ein großes Petschaft von buntem Stein in Gold eingefaßt.

Während Anton die Beobachtung machte, daß es in dem Raum sehr elegant, aber auch sehr unordentlich aussah, sagte der junge

Chef mit etwas mehr Haltung und etwas weniger Zärtlichkeit zu dem Kaufmann: »Sie sind durch ein Mißverständnis rauher Behandlung ausgesetzt worden, wie Sie in unruhiger Zeit nicht immer zu vermeiden ist; Ihre Begleiter haben Ihre Angaben bestätigt. Ich ersuche Sie, mir mitzuteilen was Sie zu uns führt.« Der Kaufmann berichtete kurz, aber genau den Zweck seiner Reise, nannte die Namen seiner Geschäftsfreunde am Ort und berief sich auf sie zur Bestätigung seiner Aussage.

»Ich kenne den einen oder andern dieser Herren«, antwortete der Kommandant nachlässig. Er fixierte den Kaufmann scharf und frug nach einer Pause: »Haben Sie mir nichts weiter mitzuteilen?«

Der Prinzipal verneinte, aber der andere fuhr schnell fort: »Ich begreife wohl, daß unsere ungewöhnliche Lage Ihrer Regierung verbietet, direkt mit uns in Verbindung zu treten, und daß Sie, falls Sie irgendeinen Auftrag an uns haben, die höchste Vorsicht beobachten müssen.«

Lebhaft fiel ihm der Kaufmann ins Wort: »Bevor Sie weitersprechen, versichere ich nochmals, als Mann von Ehre, daß ich nur in meinen Angelegenheiten herkomme und daß diese Angelegenheiten nur die angegebenen sind. Da ich aber aus Ihren Worten und aus manchem, was ich auf dem Wege gehört habe, schließe, daß Sie mich für einen Bevollmächtigten, gleichviel von wem, halten, so fühle ich mich gezwungen, Ihnen zu sagen, daß ich in keinerlei Auftrag hierher hätte reisen können, weil ein Auftrag, wie Sie zu erwarten scheinen, unmöglich ist.«

Der vornehme Häuptling sah sehr ernst vor sich nieder und sagte nach einem Augenblick finsteren Schweigens: »Gleichviel, Sie sollen darunter nicht leiden. – Der Wunsch, welchen Sie hier ausgedrückt haben, ist so ungewöhnlich, daß er bei einer regulären Obrigkeit durchaus nicht erfüllt werden könnte; wenn uns nicht vergönnt ist, Sie für einen Freund zu halten, so gebietet uns die Pflicht der Notwehr, Sie und Ihr Eigentum als feindlich zu behandeln. Aber die Männer meines Volkes haben, sooft sie zu den Waffen griffen, die verhängnisvolle Tugend gehabt, auch andern einen großen Sinn zuzutrauen und um ihrer selbst willen auch da edel zu handeln, wo sie auf keinen Dank zu rechnen hatten. Seien Sie überzeugt, daß ich, soviel an mir liegt, dazu beitragen werde, Ihr Eigentum frei zu machen.«

So sprach der Edelmann mit Selbstgefühl und in prächtiger Haltung, und Anton fühlte lebhaft, daß etwas wahrhaft Edles aus den Worten hervorleuchtete, aber er war schon zu sehr Geschäftsmann, um sich solchem Eindruck ganz hinzugeben, und ein recht gemeines Bedenken fiel als Reif auf die aufkeimende Bewunderung. »Er verspricht uns Hilfe und hat sich noch nicht einmal überzeugt, ob das in der Tat unser Eigentum ist, was wir aus seiner Stadt herausziehen wollen.«

»Leider bin ich nicht so souverän«, fuhr der Anführer fort, »daß ich Ihnen ohne weiteres Ihr Verlangen erfüllen kann. Indes hoffe ich, Ihnen auf morgen einen Freipaß für Ihre Wagen durchzusetzen. Vor allem suchen Sie selbst zu ermitteln, wo Ihr Eigentum sich befindet; ich werde Ihnen einen meiner Offiziere zum Schutz mitgeben. Morgen früh das Weitere.«

Mit diesen Worten wurden die Reisenden huldreich entlassen, und Anton sah beim Herausgehen, wie der Befehlshaber sich ermüdet in einen weichen Samtstuhl setzte und mit gesenktem Haupte an dem Griff seines schönen Terzerols spielte.

Ein kleiner Herr mit großer Schärpe, fast noch ein Kind, aber von sehr zuversichtlichem Wesen, begleitete die Reisenden aus dem Hause. Im Herausgehen wurden sie von mehreren Anwesenden artig gegrüßt, und Anton sah, daß das Vorzimmer sie noch immer für diplomatische Charaktere hielt. Der Offizier frug, wohin er die Herren begleiten solle, sein Auftrag sei, sie nicht zu verlassen.

»Zu unserm Schutz, oder zu unserer Bewachung?« frug Anton heiter, denn er hatte jetzt guten Mut.

»Sie werden mir keine Veranlassung geben, mich als Ihren Aufseher zu betrachten«, antwortete der kleine Krieger in elegantem Französisch.

»Nein«, sagte der Kaufmann, mit Teilnahme auf den Jüngling blickend, »aber wir werden Sie ermüden, denn wir haben noch heute sehr uninteressante und gewöhnliche Geschäfte abzumachen.«

»Ich tue nur meine Pflicht«, antwortete mit stolzer Haltung der Führer, »wenn ich Sie begleite, wohin Sie irgend wünschen.«

»Und wir die unsere, wenn wir eilen«, sagte der Kaufmann.

So schritten die Reisenden durch die Straßen der Stadt. Die Nacht war eingebrochen, aber unter ihrem Mantel wurde das wüste Treiben noch peinlicher. Haufen des niedrigsten Pöbels, Patrouillen des Heeres, Scharen von flüchtigen Landbewohnern drängten sich schreiend, fluchend, singend durcheinander; viele Fenster waren erleuchtet, und der Lichterglanz verbreitete über den Straßen ein schattenloses, gespenstiges Licht. Über die Häuser wälzten sich dicht geballte rötliche Wolken, es brannte in einer Vorstadt, und der Wind trieb Schwärme goldener Funken und lohende Holzsplitter über die Häupter der Reisenden. Dazu heulten die Glocken der Türme mit schauerlicher Stimme eintönigen Klagegesang. Die Reisenden eilten schweigend durch das Gedränge, die trotzigen Worte ihres Begleiters öffneten ihnen einen Weg auch durch drohende Haufen. So kamen sie zu dem Hause, in welchem der Agent der Handlung wohnte. Das Haus war verschlossen, und lange mußten sie pochen, bis ein Fenster geöffnet wurde und eine ängstliche Stimme in den Straßenlärm hinunterrief, wer da sei?

Als sie eintraten, lief ihnen der Agent händeringend entgegen und fiel dem Kaufmann weinend um den Hals. Die Gegenwart des jungen Insurgenten verhinderte ihn, seinen Gefühlen Wort zu geben; er öffnete den Ankommenden seine Zimmer und bat mit kläglicher Stimme um Entschuldigung wegen der übergroßen Unordnung. Koffer und Kisten waren gepackt, Frauen und Dienstboten liefen ängstlich ab und zu, versteckten hier silberne Leuchter und packten dort wieder silberne Löffel aus. Unterdes rang der Hausherr unaufhörlich die Hände, lief in der Stube auf und ab, beklagte sein Unglück und das Unglück der Handlung, segnete und bedauerte die Ankunft des Chefs in einem Atemzuge und versicherte dazwischen dem jungen Krieger mit gepreßter Stimme, daß auch er ein Patriot sei, und daß nur ein unbegreifliches Versehen des Dienstmädchens die Kokarde von seiner Hausmütze abgetrennt habe. Es war ersichtlich, daß der Mann und seine ganze Familie den Kopf verloren hatten. Mit Mühe und nur durch ernste Worte brachte ihn der Kaufmann so weit, daß er ihm in einer Fensterecke über den Stand der Geschäfte Auskunft gab. Die Frachtwagen waren in der Stadt angekommen, gerade an dem Tag, an welchem der Tumult anfing. Durch die Vorsicht eines Fuhrmanns waren sie in dem großen Hofraum einer entlegenen Herberge untergebracht worden; was seit der Zeit aus dem Transport geworden war, wußte der Agent nicht.

Nach kurzer Unterredung sagte der Kaufmann: »Ihre Gastfreundschaft nehmen wir heute nacht nicht in Anspruch, wir werden dort schlafen, wo unsere Wagen sind.« Alle Einwendungen des Agenten wurden mit Entschiedenheit zurückgewiesen. Der ehrliche, aber schwache Mann schien wahrhaft bekümmert über die neuen Gefahren, denen sich sein Geschäftsfreund aussetzen wollte.

»In der Frühe hole ich Sie ab«, sagte der Kaufmann beim Scheiden; »ich beabsichtige morgen mit meinen Wagen abzureisen, vorher werde ich bei unsern Kunden einige Besuche machen, die, wie Sie wissen, notwendig sind, dabei wünsche ich Ihre Begleitung.« Der Agent versprach, bei Tageslicht alles mögliche zu tun.

So traten die Reisenden wieder in die Nacht hinaus, geleitet von dem Polen, welcher mit Verachtung die halblaute Verhandlung angehört hatte. Auf der Straße sagte der Prinzipal, seine Zigarre unwillig wegwerfend, zu Anton: »Unser Freund wird uns wenig nützen, er ist hilflos wie ein Kind. Er hat versäumt, im Anfang dieser wilden Tage seine Pflicht zu tun, Gelder einzuziehen und Deckung für unsere Forderungen zu suchen.«

»Und jetzt wird niemand den Willen haben«, sagte Anton bekümmert, »uns weder Zahlung zu leisten, noch Deckung zu geben.«

»Und doch müssen wir das morgen durchsetzen, und Sie sollen mir dabei helfen. Bei Gott, solche kriegerische Krämpfe sind für den Verkehr ohnedies unbequem genug, sie lähmen jede nützliche Tätigkeit des Menschen, und doch ist's diese allein, welche ihn davor bewahrt, ein Tier zu werden. Wenn aber ein Geschäftsmann sich noch mehr stören läßt, als nötig ist, so begeht er ein Unrecht gegen die Zivilisation, ein Unrecht, das gar nicht wiedergutzumachen ist.«

So kamen sie in einen Stadtteil, in welchem leere Straßen und die Totenstille um sie herum noch unheimlicher gegen den fernen Lärm und die Röte am Himmel abstachen. Endlich machten sie halt vor einem niedrigen Gebäude mit großem Torwege. Sie traten ein und sahen in die Wirtsstube, einen schmutzigen Raum mit geschwärzten

Deckbalken, in welchem sich auf Holzbänken und Tischen schreiende und Branntwein trinkende Patrioten drängten. Der junge Offizier trat auf die Schwelle und rief nach dem Wirt. Eine dicke Figur mit rotglühendem Gesicht tauchte aus dem Dampf eines Schenktisches hervor. »Im Namen der Regierung Zimmer für mich und meine Begleiter«, forderte der andere. Widerwillig ergriff der Wirt ein verrostetes Schlüsselbund und ein Talglicht und führte die Fremden in den Oberstock, dort öffnete er ein dumpfiges Zimmer und erklärte mürrisch, er habe keine andere Gaststube.

»Schafft uns ein Abendbrot und eine Flasche von Eurem besten Wein«, sagte der Kaufmann »wir bezahlen Euch gut und auf der Stelle.«

Solche Andeutung verbesserte die Stimmung des dicken Gastwirts sichtlich, er kam sogar auf den unglücklichen Einfall, höflich auszusehn. Jetzt frug der Kaufmann nach den Fuhrleuten und nach den Wagen. Diese Fragen kamen dem Wirt quer. Zuerst versuchte er gar nichts zu wissen und behauptete, es seien viele Wagen in seinem Hofe aufgefahren, und es seien wohl auch Fuhrleute da, er kenne sie nicht.

Vergebens versuchte der Kaufmann ihm den Zweck seiner Herkunft verständlich zu machen, der Wirt blieb verstockt und verfiel wieder in mürrische Grobheit, bis der junge Pole dazwischentrat und dem Kaufmann bemerkte, mit solchen Leuten müsse man anders reden. Er stellte sich vor den Wirt, bezeichnete ihn mit mehreren Hundenamen und versprach ihn auf der Stelle arretieren und abführen zu lassen, wenn er nicht die genaueste Auskunft gebe.

Der Wirt sah scheu auf den Offizier und erbot sich endlich, fortzugehen und einen der Fuhrleute heraufzuschicken.

Kurz darauf polterte eine lange Gestalt mit braunem Filzhut die Treppe herauf, stutzte beim Anblick des Kaufmanns und erklärte endlich mit erzwungener Freundlichkeit, er sei da.

»Wo stehn die Wagen, wo sind die Frachtbriefe?«

Die Wagen waren im Hofe der Herberge aufgefahren, die Frachtbriefe kamen zögernd aus der schmutzigen Ledertasche des Fuhrmanns.

»Ihr steht mir dafür, daß Eure Ladung vollständig und unversehrt ist?« frug der Kaufmann.

Mißvergnügt antwortete der Filzhut, er könne dafür nicht stehen. Die Pferde des Transports seien ausgespannt und in einem versteckten Stall verborgen, damit sie nicht von der Regierung mit Beschlag belegt würden; was von den Wagen heruntergenommen sei, könne er nicht wissen und nicht vertreten, jede Verantwortlichkeit höre bei solcher Unordnung auf.

»Wir sind in einer Diebeshöhle«, sagte der Kaufmann zu seinem Begleiter; »ich bitte um Ihre Hilfe, die Leute zur Ordnung zu bringen.«

Andere Leute zur Ordnung zu bringen, war gerade, was der junge Pole für seine Stärke hielt, denn er nahm lächelnd eine Pistole in die Hand und sagte verbindlich zu Anton: »Tun Sie wie ich und haben Sie die Güte, mir zu folgen.« Darauf faßte er den Fuhrmann beim Kragen wie einen erschossenen Hasen und schleppte ihn die Treppe hinunter in den Hausflur. – »Wo ist der Wirt?« rief er mit möglichst furchtbarer Stimme. »Der Hund von Wirt und eine Laterne!« Als die Laterne endlich gebracht wurde, führte er den ganzen Zug, die Fremden, den gefangenen Fuhrmann, den dicken Wirt und was bei dem Lärm sonst zusammengelaufen war, in den Hof. Dort stellte er sich mit seinen Gefangenen als Mittelpunkt eines Kreises auf, widmete dem Wirt noch einige Hundesöhne, schlug seinen Fuhrmann mit dem Kolben der Pistole auf den Kopf und sagte dann dem Kaufmann artig in französischer Sprache: »Der Schädel dieses Burschen klingt merkwürdig hohl, was wünschen Sie zunächst von diesen Tröpfen?« – »Haben Sie die Güte, die Fuhrleute zusammenzurufen.« »Gut«, sagte der Pole, »und dann?«

»Dann will ich die Ladung der Wagen untersuchen, wenn das in der Finsternis möglich ist.«

»Möglich ist alles«, sagte der Pole, »wenn Sie sich die Unbequemlichkeit machen wollen, bei Nacht diese alte Leinwand zu durchforschen. Ich würde Ihnen zu einer Flasche Sauternes raten und zu einigen Stunden Ruhe. Man muß in solchen Zeiten die Gelegenheit nicht versäumen, sich zu stärken.«

»Ich würde es vorziehen, auf der Stelle die Wagen anzusehn«, antwortete der Kaufmann lächelnd, »wenn Sie nichts dagegen haben.«

»Ich bin im Dienst«, sagte der Pole, »also frisch ans Werk, es sind Hände genug hier, um Ihnen die Lichter zu halten. – Ihr gottverdammten Schurken«, fuhr er polnisch fort, wieder den Fuhrmann knuffend und den Wirt bedrohend, »ich führe euch alle zusammen ab und lasse Standrecht über euch halten, wenn ihr nicht auf der Stelle die übrigen Fuhrleute dieses Herrn vor meine Augen schafft. Wieviel sind ihrer?« frug er französisch den Kaufmann. »Es sind vierzehn Wagen«, erwiderte dieser.

»Vierzehn müssen's sein«, donnerte der Pole wieder die Leute an, »der Teufel soll all euren Großmüttern das Ärgste tun, wenn ihr euch nicht auf der Stelle vor diesem Herrn aufstellt.« Mit Hilfe eines alten Hausknechts wurde endlich etwa ein Dutzend der Fuhrleute herbeigeschafft, zwei waren nicht aufzutreiben; der Wirt gestand endlich, sie hätten sich dem Heere der Patrioten angeschlossen.

Der Pole schien nicht viel Wert auf diesen Patriotismus zu legen. Er sprach zum Kaufmann gewandt: »Hier haben Sie die Leute, sehen Sie nach der Ladung; wenn auch nur ein Stück fehlt, lasse ich über die ganze Gesellschaft Standrecht halten.« Dabei setzte er sich nachlässig auf eine Wagendeichsel und drehte die Spitzen seiner beschmutzten Glanzstiefel beim Licht der Laterne hin und her.

Eine Anzahl Laternen, auch einige Fackeln wurden gebracht, und auf einige ermutigende Worte des Kaufmanns stiegen die Fuhrleute in die Wagenburg, welche in dem großen Hofe aufgefahren war, rollten einige leere Wagen beiseite und eröffneten den Zugang zu ihrer Ladung. Die meisten waren schon früher im Geschäft des Kaufmanns gewesen und kannten ihn und Anton persönlich, einige zeigten sich dienstfertig und gutwillig, und während der Kaufmann den verständigsten unter ihnen vornahm und ausfrug, untersuchte Anton, soweit es in der Eile möglich war, die Beschaffenheit der Ladung, welche zumeist aus Wolle und Talg bestand. Einige Wagen waren unbeschädigt, der eine war ganz abgeladen, mehrere andere ihrer Decken beraubt und teilweise geplündert. Der Kaufmann trat zu dem jungen Polen: »Es ist so, wie wir annahmen«, sagte er, »der Wirt hat einige von den Fuhrleuten überredet, da jetzt Revolution sei, hätten ihre Verpflichtungen aufgehört; sie haben angefangen, die Ladung in einem Nebengebäude abzuladen. Kamen wir einen Tag später, so war alles ausgeräumt. Der Wirt und einige Spießgesellen waren die Anstifter, ein Teil der Fuhrleute ist durch Drohungen eingeschüchtert worden.«

Aus diesem Bericht folgte eine neue Auflage von Donnerwettern aus dem Munde der kleinen Autorität; der Wirt, von dessen Gesicht alle Röte verschwunden war, lag vor dem Offizier auf den Knien und wurde von diesem bei den Haaren festgehalten und in gefährlicher Weise zerzaust. Unterdes warf sich Anton mit einigen Fuhrleuten gegen die verschlossene Remise, schlug das Tor auf und beleuchtete die Wollsäcke und die übrigen gestohlenen Güter.

»Lassen Sie die Leute aufladen, sie mögen zur Strafe die Nacht arbeiten«, sagte der Kaufmann. Nach einigem Widerspruch fügten sich die Fuhrleute, besiegt durch eine Mischung von Drohungen und Versprechungen. Der Pole trieb die betrunkenen Gäste der Wirtsstube aus dem Hause, ließ das äußere Tor schließen und alles Beleuchtungsmaterial des Hauses in den Hof schaffen. Darauf zog er den Hauswirt unter fortgesetztem freundschaftlichem Haarraufen nach dem oberen Stock, ließ ihn dort durch einige hilfreiche Patrioten mit großen Kokarden, welche unter den Gästen der Wirtsstube gewesen waren, an einem Bettpfosten befestigen und kündigte ihm an, daß er diese Nacht auf kein anderes Verhältnis zu seiner Bettstelle Anspruch habe. »Im Fall die Waren vollständig aufgefunden und aus deinem Hause geschafft werden, wirst du Verzeihung erhalten; im entgegengesetzten Fall werde ich Gericht über dich halten und dich erschießen lassen.«

Unterdes klirrte und rasselte es im Hofraum, und Menschenstimmen schrien eifrig durcheinander. Anton ließ die Wagen belasten und die Ladung festmachen. In dem Eifer der Arbeit sah er kaum um sich und dachte nur auf Augenblicke an die fremdartige Umgebung und das Abenteuerliche dieser Szene. Es war ein großer viereckiger Hofraum, von niedrigen verfallenen Holzgebäuden, Ställen und Wagenschuppen eingefaßt, mit zwei Einfahrten, durch die Herberge selbst und ein gegenüberliegendes Tor; ein Raum von mehreren Morgen Ausdehnung, wie sie häufig bei den Herbergen des östlichen Europas zu finden sind, welche an großen Verkehrsstraßen liegen und wie die Karawansereien des Morgenlandes bestimmt sind, großen Wagentransporten und einer schnell zusammenströmenden Menge notdürftigen Schutz zu geben. Alle Arten von Wagen waren in dem Hofe in großem Viereck zusammengefahren, es war ein Gewirr von Leitern, Deichseln, Rädern, von großen geflochtenen Weidenkörben und grauen Leinwanddecken, von Heu- und Strohbündeln, alten Pechbüchsen und tragbaren Futterkrippen. Außer Stallaternen und lodernden Kienfackeln leuchtete der rote Himmel, noch immer zogen die Brandwolken, geballter Rauch und glühende Funken über die Häupter der Reisenden. Das fremdartige Dämmerlicht beleuchtete hier wenigstens ein Werk des Friedens. Die Fuhrleute arbeiteten eifrig unter lautem Zuruf; ein Haufen dunkler Gestalten verschwand bald im Schatten der Frachtwagen und Ballen, bald sprang er auf die Höhe der Wagen, und die lebhaften Gestikulationen der Arbeitenden gaben ihnen in dem roten Licht das Aussehen von Wilden, welche ein unbekanntes nächtliches Werk ausführen.

Der Kaufmann ging zwischen dem Hof und Gastzimmer ab und zu, vergebens bat ihn Anton, sich doch einige Stunden Ruhe zu gönnen. »Für uns ist heut keine Nacht zum Schlafen«, sagte er finster, und Anton sah in dem düstern Blick seines Prinzipals die Entschlossenheit eines Mannes, der bereit ist, alles daranzusetzen, um seinen Willen durchzuführen.

Es war gegen Morgen, als der letzte riesige Wollsack mit Ketten und Stricken hoch oben auf dem Wagen befestigt war. Anton, der selbst Hand angelegt hatte, glitt herunter und meldete seinem Prinzipal: »Wir sind fertig.«

»Endlich«, antwortete der Kaufmann tief aufatmend und ging hinauf in das Zimmer, um dies seinem freundlichen Begleiter anzuzeigen. Dieser hatte die Nacht auf seine Weise zugebracht; zuerst ließ er sich das Abendbrot und den Wein, welchen entsetzte Dienstmädchen auf seine Forderung heraufschafften, sehr wohl schmecken und behielt noch Zeit, eine wie die andere vornehm um die Taille zu fassen und ihnen einige aufmunternde Worte zu gönnen. Dann betrachtete er die unsaubern Betten und streckte sich endlich mit einem französischen Fluch auf einem derselben aus, sah gleichgültig in das zusammengezogene Gesicht des tückischen Wirtes, der ihm gegenüber auf dem Boden saß, starrte die Zimmerdecke an und sagte dem Kaufmann, welcher einige Male in die Stube trat, schon in halbem Schlummer Artigkeiten über seine Fertigkeit, die Nächte ohne Schlaf hinzubringen. Endlich schlief er fest ein. Wenigstens fand ihn der Kaufmann am Morgen hingestreckt auf der groben Leinwand, das feine Gesicht von langem schwarzen Haar eingefaßt, die kleinen Hände verschlungen, ein freundliches Lächeln um seinen Mund. So war er mit seiner Umgebung kein unpassendes Bild der Aristokratie seines Stammes, er selbst ein vornehmes Kind mit den Leidenschaften und vielleicht mit den Sünden eines Mannes, und ihm gegenüber auf dem Fußboden die rohe Gestalt des gefesselten Plebejers, der sich den Anschein gab, ebenfalls zu schlafen, aber oft mit bösem Blick auf den Liegenden hinschielte.

Der Aristokrat sprang auf, als der Kaufmann an sein Bett trat, er öffnete das Fenster und sagte: »Guten Tag! Es ist Morgen, ich habe exzellent geschlafen.« Darauf rief er eine vorbeiziehende Patrouille an, erklärte dem Führer kurz das Sachverhältnis, übergab ihm die Reste des Abendessens und den Wirt und befahl ihm ohne weiteres, mit seinen Leuten im Hause Wache zu halten, bis er selbst zurückkehre. Dann trug er den Fuhrleuten auf, die Pferde anzuschirren, und führte die Reisenden hinaus in das Dämmerlicht eines unheimlichen Tages.

Auf dem Wege zum Agenten sagte der Kaufmann zu Anton: »Wir teilen uns die nötigsten Besuche; sagen Sie unsern Kunden, daß wir durchaus nicht beabsichtigen, sie zu drücken, daß sie bei Wiederherstellung einiger Ordnung auf die größte Nachsicht und Schonung rechnen können, ja unter Umständen auf eine Erweiterung ihres Kredits, jetzt aber und vor allem verlangen wir Sicherheiten. Wir werden in diesem Wirrwarr nicht viel abmachen, aber daß die Herren heut durch uns selbst an unsere Firma erinnert werden, das ist die Hälfte unsrer Außenstände wert.« Leiser fügte er hinzu: »Diese Stadt ist ihrem Schicksal verfallen, wir werden in der nächsten Zukunft hier wenig Geschäfte machen, denken Sie daran und seien Sie fest.« Und zum Polen gewendet sagte er: »Ich bitte Sie, meinem Gefährten zu erlauben, daß er in Begleitung des Agenten einige Geschäftswege gehe.«

»Wenn Ihr Agent mir mit seiner Person für die Rückkehr dieses Herrn haften will«, erwiderte der Pole zögernd, »so mag es geschehen.«

Das Tageslicht hatte seine schöne Eigenschaft, den Blumen Farbe und den Furchtsamen Mut zu geben, auch an dem Agenten bewährt. Er erklärte sich bereit, mit Anton auszugehn. Unter dem Schutz der großen Kokarde, welche der Agent am Hute trug, eilte Anton von Haus zu Haus, er selbst bleich nach der ruhelosen Nacht, aber mit entschlossenem Herzen. Überall wurde er mit Staunen empfangen, welches nicht immer frei von Bestürzung war: Wie man in solcher Zeit daran denken könne, Geschäfte abzuwickeln, zwischen Waffenlärm und Sturmgeläut und in der Todesangst um eine furchtbare Zukunft?

Anton erwiderte kaltblütig: »Unsere Handlung ist nicht gesonnen, sich um den Kriegslärm zu kümmern, wo sie nicht dazu gezwungen wird; jede Zeit ist gut genug, um Verpflichtungen zu erfüllen; wenn für uns die Zeit war, hierher zu kommen, so ist auch für Sie Zeit, mit mir zu verhandeln.« Durch solche und ähnliche Vorstellungen gelang es ihm doch, hier und da ein bestimmtes Versprechen, Anerbietungen, ja sogar einige Deckung zu erlangen. Nach einigen Stunden angestrengter Arbeit traf Anton in der Wohnung des Agenten wieder mit seinem Prinzipal zusammen.

Als er Bericht abgestattet hatte, sagte der Kaufmann, ihm die

Hand reichend: »Wenn wir noch unsere Wagen glücklich aus der Stadt bringen, haben wir so viel durchgesetzt, daß wir die unvermeidlichen Verluste an diesem Ort wohl ertragen können. Jetzt auf die Kommandantur!« – Er gab dem Agenten noch Instruktion und sagte ihm beim Abschied leise: »In wenigen Tagen werden unsere Truppen einrücken, ich nehme an, daß Sie bis dahin Ihr Haus nicht verlassen. Dann sehen wir uns wieder.«

Der Agent rief mit aufgehobenen Händen den Schutz aller Himmlischen auf die Reisenden herab, verschloß und verriegelte hinter ihnen die Haustüre und versteckte seine revolutionäre Kokarde in dem Ofen.

Die Reisenden eilten unter Führung des Polen mit schnellen Schritten durch das Gewühl. Wieder hatten sich die Straßen gefüllt, wieder zogen Scharen Bewaffneter an ihnen vorüber, der Pöbel war wilder und aufgeregter, und das Geschrei war noch größer, als am Abend zuvor. Es wurde an die Häuser gedonnert und Einlaß verlangt, Branntweinfässer wurden auf die Pflastersteine gerollt und von dichten Haufen trunkener Männer und Weiber umdrängt, alles kündigte an, daß die befehlende Macht nicht stark genug war, die Straßendisziplin aufrechtzuerhalten. Auch im Hause der Kommandierenden war ein unruhiges Treiben, Bewaffnete eilten zu und ab, und die Botschaft, welche sie brachten, mußte ungünstig sein, denn in dem großen Vorzimmer wurde mit halblauter Stimme viel geflüstert, und unruhige Erwartung lag auf allen Gesichtern.

Der junge Pole wurde bei seinem Eintritt von seinen Freunden umdrängt und in eine Ecke gezogen. Nach hastigen Fragen faßte er ein Gewehr, rief einige beim Namen und verließ das Zimmer ohne sich weiter um die Reisenden zu bekümmern.

Der Kaufmann und Anton wurden in das Nebenzimmer gewiesen. Dort empfing sie der junge Befehlshaber. Auch er war bleich und niedergeschlagen, aber hatte doch die Haltung eines vornehmen Mannes, als er den Kaufmann anredete: »Ich habe Ihren Wunsch befürwortet, hier ist ein Passierschein für Sie und Ihre Wagen; ich bitte Sie, daraus zu entnehmen, daß wir die Bürger Ihres Staates rücksichtsvoll zu behandeln wünschen, mehr vielleicht, als die Pflicht der Selbsterhaltung ratsam macht.«

Der Kaufmann empfing das verhängnisvolle Papier mit glänzenden Augen: »Sie haben mir eine ungewöhnliche Rücksicht bewiesen«, sagte er; »ich fühle mich Ihnen tief verpflichtet und wünsche, daß es mir einst vergönnt sein möge, meine Dankbarkeit Ihnen zu beweisen.«

»Wer weiß«, antwortete der junge Befehlshaber mit trübem Lächeln, »wer alles auf das Spiel setzt, kann auch alles verlieren.«

»Vieles«, sagte der Kaufmann mit einer höflichen Neigung seines Hauptes, »aber nicht alles, wenn man sich ehrlich Mühe gibt.«

In diesem Augenblick drang ein dumpfer Ton in das Ohr der Sprechenden, ein Geräusch, wie der Zug des heulenden Windes oder das Brausen der hereinstürzenden Flut. Der Kommandierende stand unbeweglich und horchte. Plötzlich erklang ganz in der Nähe ein mißtönender Schrei aus vielen Kehlen, einzelne Schüsse folgten. Anton, durch Nachtwachen und lange Spannung empfänglich gemacht für einen Schauer, schrak zusammen, er sah, daß die Hand seines Prinzipals, welche den Passierschein festhielt, heftig zitterte. Da wurde die Tür des Kabinetts aufgerissen, einige stattliche Männer stürzten herein, mit zerrissenen Kleidern, die Waffen in der Hand, in den verstörten Gesichtern die Spuren des Straßenkampfes, an ihrer Spitze der Führer der Reisenden.

»Empörung!« rief der junge Pole seinem Befehlshaber zu, »sie suchen dich! – Rette dich! – Ich halte sie auf.«

Schnell wie der Gedanke sprang Anton zu seinem Prinzipal, er riß diesen mit sich fort, und beide flogen durch das Vorzimmer die Treppe hinab in den Hausflur. Hier stießen sie auf einen Haufen Bewaffneter, welche sich noch einmal gegen eine andrängende Volksmasse am Eingang des Hauses zu setzen suchten. Aber so schnell die Reisenden auch waren, schneller noch glitt ihr Gefährte der letzten Nacht die Treppe hinunter, flog an die Spitze seiner Freunde und warf sich unter lautem Zuruf mit ihnen einem hereinbrechenden Pöbelhaufen entgegen. Wild flogen die schwarzen Haare um sein entblößtes Haupt, und in seinem schönen, jetzt so farblosen Angesicht glänzten die Augen von der unwiderstehlichen Energie eines tapferen Mannes. »Zurück!« rief er mit heller Stimme dem wüsten Volk zu und sprang wie ein Panther von den Stufen des Portals weit hinein in den Haufen, mit flachen Schlägen seiner Klinge auf die Köpfe der Andrängenden hauend. Die Volksmasse wich zurück, die Gefährten des Tapfern stellten sich kampfbereit hinter ihm auf. Wieder ergriff Anton den Arm seines Prinzipals und zog ihn aus dem Hause mit der Hast, welche dem Menschen nur dann wird, wenn er widerstandslos einem mächtigen Triebe folgt. Schon waren sie hinter einem Vorsprung des Hauses, da fiel ein Schuß, und mit Entsetzen sahen sie noch, daß der junge Pole blutend auf den Rücken fiel, sie hörten seinen letzten Schrei: »Die Kanaille!«

»Zu den Wagen!« rief der Kaufmann und warf sich in eine enge Quergasse. Aus der Ferne klangen noch einzelne Schüsse und das Geschrei der Uneinigen; sie durchbrachen die Haufen neugieriger und erschreckter Einwohner, welche ihren Lauf durch entlegene Straßen hinderten, und kamen atemlos, das Schlimmste befürchtend, vor der Herberge an.

Auch hier war die Empörung ausgebrochen. Die zurückgelassene Wache hatte den Wirt losgebunden und sich schleunigst entfernt, als die Nachricht von dem Tumult zu ihren Ohren gedrungen war. Jetzt füllte den Hof Zank und vielstimmiges Geschrei. Der Wirt, unterstützt von einem Haufen Straßengesindel, verhandelte heftig mit den Fuhrleuten. Ein Teil der Wagen war angespannt und zur Abfahrt bereit, von andern war die Decke wieder heruntergerissen, ein Trupp der Fuhrleute, offenbar die Minderzahl, stand davor und widersetzte sich dem andringenden Wirt und seiner Bande. Es war eine verzweifelte Lage. Der Kaufmann riß sich von Anton los, welcher ihn zurückhalten wollte, stürzte mitten in den Haufen der Streitenden und rief, den Passierschein hochhebend, so laut er konnte, in polnischer Sprache: »Haltet ein! Hier ist der Befehl des Kommandanten, daß unsere Wagen die Stadt verlassen sollen. Wer sich widersetzt, wird bestraft werden. Wir stehen unter dem Schutz der Regierung.«

»Welcher Regierung? Du Schelm von einem Deutschen!« schrie der Wirt mit kirschrotem Gesicht; »die alte Regierung gilt nicht mehr, die Verräter haben ihren Lohn erhalten, und ihr Spione sollt gleichfalls hängen!« So drang er auf den Kaufmann ein und hieb mit einem alten Säbel nach dem Haupt des Wehrlosen, welcher ihm gegenüber stand.

Unserm Anton grauste; aber wie der Mensch in den schrecklichsten Momenten von abenteuerlichen Ideenverbindungen befallen wird, welche wie Sternschnuppen durch die Finsternis eines empörten Gemütes schießen, so erhielt auch ihm der breite Rükken des Wirtes auf einmal eine auffallende Ähnlichkeit mit dem Rücken eines merkwürdig dicken Schulkameraden aus Ostrau, eines gutmütigen Bäckersohnes, an dem er in vielen Balgereien den Knabenkunstgriff geübt hatte, seinen Gegner durch einen gewissen Ruck und Druck von hinten platt auf die Erde zu legen. Er sprang blitzschnell hinter den Wirt, faßte ihn mit der Stärke eines Riesen am Genick, gab ihm den Ruck mit aller Kunst und schrie dabei unwillkürlich: »Du Hanswurst!« – Der niedersausende Säbel verlor seine gefährliche Richtung, er traf den Arm des Kaufmanns, zerschnitt den Rock und drang in das Fleisch ein, das Blut färbte augenblicklich die weiße Leinwand, welche durch den Schnitt bloßgelegt wurde. Als der Dicke, wie ein Käfer zappelnd, auf dem Rücken lag, hielt ihm Anton wieder die treue Pistole vor und schrie in seiner verzweifelten Begeisterung: »Zurück, ihr Schufte, oder ich schieße ihn tot!«

Diese schnelle Diversion bewirkte für den Augenblick mehr, als nach Lage der Dinge zu hoffen stand: das Gesindel, welches der Wirt aus seiner Schenkstube zusammengeholt hatte und welches zunächst in fremdem Interesse handelte, wich zurück, und ein halbes Dutzend Fuhrleute drängte sich mit Radstangen und anderen Angriffswerkzeugen um den Kaufmann und schrie jetzt ebensolaut, wie früher die andern, daß dem fremden Herrn und den Wagen kein Leid geschehen solle. Der Kaufmann rief: »Jagt das fremde Volk hinaus!« faßte selbst den Säbel, welcher dem liegenden Wirt entfallen war, stürmte an der Spitze der Getreuen auf die Helfer des Wirts ein und trieb diese durch den gepflasterten Hausflur. Die Hartnäckigsten machten noch einen vergeblichen Versuch, sich in der Schenkstube festzuhalten, aber einer nach dem andern ward aus dem Hause geworfen, daß sie brüllend und fluchend davonliefen. Darauf wurde die Haustür geschlossen, und der Kaufmann eilte nach dem Hof zurück, wo Anton noch immer vor dem unverbesserlichen Wirt kniete und diesen am Aufstehen hinderte. Die übrigen Fuhrleute hatten sich scheu zurückgezogen, der Kaufmann rief jetzt alle heran und befahl:

»Spannt an!« – Zu Anton sagte er: »Dies Haus müssen wir sogleich verlassen. Besser auf dem Straßenpflaster, als in dieser Höhle.«

»Sie bluten«, rief Anton, bestürzt zu dem Arm des Kaufmanns aufblickend.

»Es muß unbedeutend sein, ich kann den Arm bewegen«, antwortete der Kaufmann schnell. »Öffnet das Hintertor, hinaus mit den Wagen! Vorwärts, ihr Männer! – Einer der Fuhrleute wird Ihnen helfen, den Wirt festzuhalten.«

»Und wo sollen wir hin?« frug Anton in englischer Sprache. »Sollen wir mit den Wagen hinein in das Blutvergießen der Straße?«

»Wir haben einen Passierschein und werden die Stadt verlassen«, erwiderte der Kaufmann hartnäckig.

»Man wird den Paß nicht respektieren«, rief Anton wieder und hielt dem ungeduldigen Wirt seine Pistole an die Stirn.

»Im schlimmsten Falle gibt es mehrere Herbergen in diesem Teile der Stadt, jede andere wird eine bessere Zuflucht sein.«

»Aber die Fuhrleute sind nicht vollzählig und haben zum Teil bösen Willen.«

»Den bösen Willen einzelner bezwinge ich«, antwortete der Kaufmann finster; »die Gespanne sind vollzählig, es fehlen nur die Knechte. Wer Pferde besaß, blieb bei seiner Pflicht. – Das Tor ist geöffnet, hinaus mit den Wagen!«

Das hintere Tor führte auf einen offenen Platz, der mit Schutt und Bausteinen bedeckt und von einzelnen ärmlichen Häusern umgeben war. Der Kaufmann eilte an das Tor und trieb zur Abfahrt. Ein stämmiger Bursche kam von seinen Pferden zur Unterstützung Antons herbei. Es waren angstvolle Momente. In der Nähe des Hauses rangen Anton und sein Gehilfe mit dem liegenden Mann, und an der Tür heulten die häßliche Frau des Liegenden und die beiden Dienstmädchen. Als der erste Wagen durch das Hoftor hinausfuhr, wurde das Geschrei der Weiber lauter, die Wirtin rief Mord und Hilfe, und die Mädchen ächzten um so herzhafter, je eifriger der junge Fuhrmann ihnen versicherte, dem Herrn Wirt solle kein Leid geschehen, wenn er nur ruhig liegenbleibe; und ihre Zeche würden sie auch bezahlen.

Da donnerten Kolbenschläge an das verschlossene Haustor, die Weiber stürzten hin und öffneten; und so groß war die hoffnungslose Spannung der letzten Augenblicke gewesen, daß Anton mit einer gewissen Befriedigung ein starkes Kommando Bewaffneter in den Hof dringen sah. Er erhob sich vom Boden und ließ den Wirt los. Der Kaufmann aber ging langsam, mit wankendem Schritt wie ein gebrochener Mann den Feinden entgegen, welche im entscheidenden Augenblick seinen Willen hinderten.

Der Anführer des Trupps, einer von den Wächtern, welche der junge Pole am Morgen in die Herberge gerufen hatte, sagte zum Kaufmann: »Sie sind Gefangener der Regierung, Sie und Ihre Waren dürfen die Stadt nicht verlassen.«

»Ich habe einen Passierschein«, antwortete der Kaufmann mit heiserer Stimme und griff nach der Brusttasche.

»Das neue Kommando verbietet Ihnen die Abreise«, wiederholte der Bewaffnete kurz.

»Ich muß mich unterwerfen«, sprach der Kaufmann, er setzte sich mechanisch auf eine Deichsel und faßte mit beiden Händen nach dem Wagenkorbe.

Anton hielt den halb Bewußtlosen in seinen Armen und rief in der tiefsten Empörung: »Wir sind in dieser Herberge zweimal beraubt worden, wir waren in Gefahr, getötet zu werden, mein Begleiter ist verwundet, wenn Ihre Regierung uns und die Wagen zurückhalten will, so schützen Sie wenigstens unser Leben und diese Güter, welche uns gehören. In dieser Herberge können die Wagen nicht bleiben, und wenn Sie uns von den Wagen trennen und fortführen, so wird Plünderung und Zerstörung derselben noch schwerer zu verhüten sein.«

Die Bewaffneten traten zusammen und hielten Rat; der Anführer rief endlich auch Anton. Nach langem Verhandeln wurde bestimmt, die Wagen in eine nahe gelegene Herberge von ähnlicher Beschaffenheit, aber etwas besserem Charakter zu geleiten. Anton erhielt die Erlaubnis, mit dem Kaufmann unter Bewachung in demselben Gasthofe zu bleiben, bis weiteres über sie beschlossen würde. Der Kaufmann hatte unterdes an die Leinwand des Wagens gelehnt teilnahmslos dagesessen. Anton teilte ihm schnell das Resultat der Unterhandlungen mit.

»Wir müssen es ertragen«, sprach der Prinzipal langsam und versuchte mit Mühe sich zu erheben. »Fordern Sie unsre Rechnung von dem Wirt.«

»Der Wirt wird seine Bezahlung durch uns erhalten«, sagte der Führer des Trupps und stieß den Besitzer des Hofes unsanft zur Seite. »Denken Sie jetzt an sich selbst«, fügte er teilnehmend hinzu und faßte den Arm des Verwundeten, um ihn zu stützen.

»Bezahlen Sie für uns und für die Pferde«, wiederholte der Kaufmann zu Anton gewandt, »wir dürfen hier nichts schuldig bleiben.«

Anton zog seine Brieftasche hervor, rief die Fuhrleute zusammen, übergab vor ihren Augen dem Wirt ein Kassenbillett und sagte ihm: »So zahle ich Euch, bis Eure Forderung festgestellt ist, vorläufig diese Summe. Ihr Männer, seid Zeugen.« Die Fuhrleute nickten respektvoll und eilten zu ihren Wagen.

Der Zug setzte sich in Bewegung. Voran ein Teil der Eskorte, dann die Frachtwagen, welche langsam und unbehilflich über die Steine der Ausfahrt rasselten, einige ohne Fuhrmann, nur durch die eingeübten Pferde in der Reilie gehalten. Der Kaufmann stand am Tor, auf Anton gelehnt, und zählte leise wie im Traume, sooft ein Wagen durch das Tor fuhr; da der letzte hinausrollte, sagte er: »Abgemacht!« und ließ sich von Anton und dem Polen hinter den Wagen her führen.

In der nächsten Querstraße fuhr der Zug in den weiten Hofraum einer Herberge ein. Als nach langem Aufenthalt der letzte Wagen abgespannt war, und die Wache das Tor von innen verriegelt hatte, sank der Kaufmann ohnmächtig zusammen und wurde in das Haus getragen.

In einem kleinen Zimmer wurde der Verwundete niedergelegt; die Polen stellten eine Wache vor das Zimmer der Reisenden, eine andere in den Hof; Anton blieb mit dem Ohnmächtigen allein. Angstvoll kniete er an dem Lager des Kaufmanns nieder, öffnete ihm die Kleider und benetzte das Gesicht mit kaltem Wasser. Nach einer Weile kehrte Leben in das Angesicht des Prinzipals zurück, er öffnete die Augen, blickte dankend auf Anton und wies auf das Fenster.

Anton sah hinaus und sagte freudig: »Es führt auf den Hof, ich kann die Wagen zählen und übersehn. Hier, glaube ich, sind wir in erträglicher Sicherheit; freilich sind wir Gefangene! Vor allem aber erlauben Sie mir, nach Ihrer Wunde zu sehen, Ihre Kleider sind mit vielem Blut befleckt!«

»Die Schwäche kommt von der Anstrengung mehr, als vom Blutverlust«, antwortete der Kaufmann sich aufrichtend.

Anton öffnete die Tür und bat um einen Wundarzt. Der Wächter war bereit, einen solchen zu holen, und ließ nach Verlauf einer langen ängstlichen Stunde ein schäbiges Subjekt herein, welches eilig ein Barbiermesser und ein schmutziges Taschentuch hervorholte, das Messer an seinem Ärmel strich und das Taschentuch in eine bedenkliche Nähe von Antons Kinn zu bringen wagte. Mit Mühe wurde ihm begreiflich gemacht, weshalb er gerufen sei. Anton schnitt den Rockärmel und das Hemde auf und untersuchte selbst die verwundete Stelle. Es war ein Schnitt in den Oberarm, er schien nicht gerade tief, doch war der Arm steif, und der Kaufmann fühlte heftige Schmerzen. Der Barbier versuchte einen Verband anzulegen und entfernte sich mit dem Versprechen, in den nächsten Tagen wiederzukommen. Der Kaufmann sank erschöpft durch die Schmerzen des Verbandes auf das Lager zurück, und Anton saß den Rest des Tages neben ihm, machte dem Arm Umschläge von kaltem Wasser und beobachtete den fieberhaften Schlummer des Kranken.

Bald versank er selbst in einen Zustand von Halbschlaf, eine dumpfe Abspannung, welche ihn gleichgültig gegen alles machte, was außerhalb des Zimmers vorging. So kam der Abend und die Nacht, Anton tauchte jede Minute die Fingerspitzen in kaltes Wasser und schlich zuweilen vom Lager des Verwundeten nach dem Fenster, um nach den Wagen zu sehen, oder nach der Tür, um einige halblaute Worte mit der Wache zu wechseln, welche eine gutmütige Teilnahme bewies. Unterdes wütete in der Stadt das Feuer und vor den Toren donnerte das Geschütz angreifender Truppen. Anton sah gleichgültig auf die glühende Lohe, welche vom Winde getrieben wieder über die unglückliche Stadt flog, er hörte mit einer schwa-

chen Verwunderung, daß der Donner des Geschützes immer stärker
rollte und endlich in ein betäubendes Krachen überging, und wenn
er Wehgeschrei oder Gebrüll auf der Straße hörte, klang es ihm so
unbedeutend, wie das Läuten eines Frühglöckchens, das er von
seiner Stube im Hause des Prinzipals hören konnte, und das niemanden
aus der Morgenruh aufzustören vermochte, als höchstens einige
fromme Mütterchen. Mechanisch griff er die ganze Nacht hindurch
mit den Händen in das kalte Wasser und an den Arm des Liegenden
und fuhr auf, so oft dieser stöhnte und sich bewegte. Als aber gegen
Morgen der Kranke in einen ruhigeren Schlummer sank, vergaß
auch Anton seine Arbeit, der Kopf fiel ihm schwer auf die Hände,
welche er über den Tisch ausgebreitet hatte; er sah und hörte nichts
mehr; er war unter dem Angstgeschrei und Kanonendonner, welche
die Eroberung einer hartnäckig verteidigten Stadt anzeigten, unter
allen Greueln eines blutigen Kampfes fest eingeschlafen, wie ein
müder Knabe über seinen Schularbeiten.

    Als er nach einigen Stunden erwachte, war der Morgen längst
angebrochen, der Kaufmann lachte ihn von seinem Lager freundlich
an und reichte ihm die gesunde Hand. Anton drückte sie erfreut und
eilte wieder nach dem Fenster, »Alles in Ordnung!« Darauf öffnete
er die Tür, die Wache war verschwunden. Und auf der Straße klang
Trommelwirbel und der regelmäßige Tritt einziehender Regimenter.

3

»Wir gaben Sie bereits verloren«, rief der eintretende Rittmeister
dem Kaufmann zu. »Es ist hier arg gewirtschaftet worden, und
meine Erkundigung nach Ihnen war ohne Erfolg; ein Glück war es,
daß Ihr Brief mich in dem Gewirr auffand.«

    »Wir haben unsern Willen durchgesetzt«, sagte der Kaufmann,
»wie Sie sehen, nicht ohne Hindernisse« – er zeigte lächelnd auf
seinen verbundenen Arm.

    »Vor allem lassen Sie mich wissen, welche Abenteuer Sie erlebt
haben«, sagte der Rittmeister, sich zu dem Verwundeten setzend;
»Sie haben mehr Spuren des Kampfes aufzuweisen als wir.« Der
Kaufmann erzählte. Er verweilte mit Wärme bei Antons Heldentat,
dem er seine Rettung zuschrieb, und schloß mit den Worten: »Meine
Wunde verhindert mich nicht, zu reisen, und meine Rückkehr ist
dringend notwendig. Die Wagen will ich bis zur Grenze mit mir
nehmen.«

    »Morgen früh geht ein Zug unsres Trains nach der Grenze
zurück, diesem können Sie Ihre Wagen anschließen. Übrigens ist die
große Straße jetzt sicher. Von morgen wird auch der Postenlauf
wieder beginnen.«

    »Unterdes erbitte ich Ihre Vermittelung, ich will noch heut durch
Estaffette Briefe nach Haus senden.«

»Ich will sorgen«, versprach der Rittmeister, »daß Ihre Rückkehr morgen keine Verzögerung erleidet.«

Als der Offizier das Zimmer verlassen hatte, sagte der Kaufmann zu Anton: »Ihnen, lieber Wohlfart, muß ich jetzt eine Überraschung bereiten, die Ihnen, wie ich fürchte, wenig willkommen sein wird. Ich wünsche Sie an meiner Stelle hier zu lassen.« Erstaunt trat Anton an das Lager des Prinzipals. »Auf unsern Agenten ist in dieser Zeit nicht zu bauen«, fuhr der Kaufmann fort; »ich habe in diesen Tagen mit Freuden erkannt, wie sehr ich mich auf Sie verlassen kann. Was Sie noch nebenbei getan haben zur Rettung meiner Stirnhaut, das bleibt Ihnen unvergessen, solange ich lebe. – Und jetzt setzen Sie sich mit Ihrer Schreibtafel zu mir, wir überlegen noch einmal, was wir zu tun haben.«

Am nächsten Morgen hielt ein Postwagen vor der Herberge, der Kaufmann wurde von Anton hineingehoben und ließ an der Seite der Straße halten, bis die Frachtwagen einer nach dem andern zum Tor hinausgefahren waren. Dann drückte er noch einmal Antons Hand und sagte: »Ihr Aufenthalt wird Wochen, ja er kann Monate dauern. Ihre Arbeit wird sehr unangenehm und zuweilen ohne Resultate sein. Und ich wiederhole Ihnen, seien Sie nicht zu ängstlich, ich vertraue auf Ihr Urteil, wie auf mein eigenes. Fürchten Sie nicht, uns einen Verlust zu bereiten, wenn Sie unsichere Schuldner zur Zahlung bringen können. Dieser Ort ist verwüstet und fortan für uns verloren. Leben Sie wohl, auf ein gutes Wiedersehn zu Hause.«

So blieb Anton allein in der fremden Stadt, in einer Stellung, in welcher großes Vertrauen ihm große Verantwortlichkeit auflegte. Er ging in das Zimmer zurück, rief den Wirt und schloß mit ihm auf der Stelle einen Vertrag über seinen ferneren Aufenthalt. Die Stadt war so angefüllt mit Militär, daß er es vorzog, in der kleinen Wohnung, welche er bereits in Besitz hatte, zu bleiben und die Unbequemlichkeiten des dürftigen Quartiers zu ertragen. Er durfte nicht erwarten, es irgendwo wohnlicher zu finden.

Wohl war es eine verwüstete Stadt, welche Antons Fuß durchschritt. Vor wenigen Tagen füllte das Gewühl leidenschaftlicher Menschen die Straßen, jede Art von Unternehmungslust war auf den wilden Gesichtern zu lesen. Wo war jetzt der Trotz, die Kampflust, die Begeisterung der vielen Tausende? – Die Haufen der Landleute, Schwärme des Pöbels, Krieger des Patriotenheeres waren zerstoben wie Geister, welche der Sturmschlag fremder Trommeln verscheucht hat. Was von Menschen auf den Straßen daherschritt, das waren fremde Soldaten. Aber die bunten Uniformen der Fremden gaben der Stadt kein besseres Ansehn. Zwar das Feuer war gelöscht, dessen Qualm in den letzten Tagen den Himmel verdunkelt hatte. Aber in dem bleichen Herbstlicht standen die Häuser da, wie ausgebrannt. Die Türen blieben verschlossen, viele Scheiben zerschlagen, auf den Steinen lag der Unrat, faules Stroh, Trümmer von Hausgerät, hier mit zerbrochenen Rädern ein Karren, dort eine Montur, Waffen, die Leiche eines Pferdes. An einer Straßenecke standen

Schränke und Tonnen, die man aus Häusern zusammengeworfen hatte als einen letzten Wall gegen die eindringenden Truppen, und dahinter lagen mit einem Strohbund nachlässig zugedeckt die Leichen getöteter Menschen. Anton wandte sich mit Grausen ab, als er die blutlosen Köpfe unter den Halmen erblickte. Auf den Plätzen biwakierten neu eingezogene Truppen, ihre Pferde standen in Haufen zusammengekoppelt, daneben aufgefahrene Geschütze; in allen Straßen dröhnte der Tritt starker Patrouillen, nur selten eilte eine Gestalt in Zivilkleidern über das Pflaster, den Hut tief in die Augen gedrückt, mit furchtsamem Blick von der Seite auf die fremden Krieger sehend, zuweilen wurde ein bleicher Mann von Bewaffneten vorübergeführt, und wenn er zu langsam ging, mit dem Kolben vorwärts gestoßen. Die Stadt hatte häßlich ausgesehen während der Aufregung, sie erschien noch häßlicher in der Totenruhe, welche jetzt auf ihr lag.

Als Anton mit solchen Eindrücken von seinem ersten Gange zurückkehrte, fand er vor seiner Zimmertür einen Husaren, der wie auf Posten mit dröhnendem Tritt auf und ab ging.

»Herr Wohlfart!« schrie der Husar und stürzte dem Ankommenden entgegen.

»Mein lieber Karl«, rief Anton, »das ist die erste Freude, die ich in dieser traurigen Stadt habe. Aber wie kommen Sie hierher?«

»Sie wissen ja, daß ich jetzt meine Zeit abdiene. Wir stießen zu unsern Kameraden an der Grenze wenige Stunden, nachdem Sie abgereist waren. Vom Wirt, der mich noch aus dem Geschäft kannte, erfuhr ich Ihre Reise. Sie können denken, in welcher Angst ich war. Erst heut erhielt ich Urlaub, und es war mein Glück, daß ich einen der Fuhrleute in der Haustür frug, sonst hätte ich Sie noch nicht gefunden. Und jetzt vor allem, Herr Wohlfart, was macht unser Prinzipal, wie steht's mit unsern Waren?«

»Kommen Sie nur erst ins Zimmer«, erwiderte Anton. »Sie sollen alles hören.«

»Halt«, rief Karl, »noch nicht; erst muß noch etwas in Ordnung gebracht werden. Sie sprechen Sie zu mir, dies leide ich nicht. Tun Sie mir den Gefallen und reden Sie zu mir, als wäre ich noch der Karl im Geschäft.«

»Aber Sie sind's ja nicht mehr«, sagte Anton lachend.

»Dies hier ist nur Maskerade«, sagte Karl auf seine Uniform weisend, »in meinem Herzen bin ich immer noch freiwilliger Auflader bei T. O. Schröter. Wenn mir bei Ihnen wohl sein soll, so führen Sie das alte Du wieder ein.«

»Wie du willst, Karl«, erwiderte Anton, »komm herein und laß dir erzählen.«

Karl geriet in den heftigsten Zorn gegen den schlechten Wirt. »Dieser diebische Hundsfott! An unserer Firma, an unserm obersten Chef hat er sich vergriffen. Aber morgen führe ich einen ganzen Beritt unserer Jungen in seine Herberge. Ich lasse ihn in seinen eigenen Hof treiben, er wird als hölzernes Pferd aufgestellt und wir springen eine Stunde lang über ihn weg, einer nach dem andern, und bei jedem Sprunge geben wir ihm einen Puff auf seinen boshaften Kopf.«

»Herr Schröter hat ihm die Strafe erlassen«, sagte Anton begütigend, »sei du nicht grausamer. Höre, du bist ein hübscher Junge geworden.«

»Es geht an«, erwiderte Karl geschmeichelt. »Mit der Landwirtschaft habe ich mich ausgesöhnt. Mein Onkel ist ein guter Mann. Wenn Sie sich meinen Alten halb so groß denken, als er ist, und dünn statt dick, und mit einer kleinen Stumpfnase statt einer großen Nase, und mit einem länglichen Gesicht statt einem runden, und mit einem eselsfarbenen Rock und ohne Lederschürze, dafür mit zwei hohen Kniestiefeln, so haben Sie ganz mein Onkel. Ein prachtvolles kleines Kerlchen. Er meint's gut zu mir. Im Anfange freilich war mir's zu still auf dem Lande, dagegen viel wasserpolackisches Volk in der Nähe; aber es ging mit der Zeit. Man sieht bei der Wirtschaft immer, was man schafft, das ist die größte Freude. Daß ich Soldat werden mußte, war meinem grauröckigen Onkel ein Strich durch die Rechnung, mir war's recht, daß ich einmal im Ernste auf ein Pferd kam und etwas von der Katzbalgerei mit ansehen konnte. Elende Wirtschaften hier auf dem Lande, Herr Wohlfart. Und dieser Platz, es ist eine greuliche Verwüstung!« So schwatzte Karl vergnügt fort. Endlich ergriff er seine Mütze: »Wenn Sie jetzt hierbleiben, so erlauben Sie mir, Sie manchmal auf eine Viertelstunde zu besuchen.«

»Du sollst tun wie zu Hause«, sagte Anton. »Wenn du mich einmal nicht triffst, der Wirt hat den Schlüssel, hier stehen die Zigarren.«

So hatte Anton einen alten Freund wiedergefunden. Aber Karl blieb nicht seine einzige Bekanntschaft in Dolman und Schleppsäbel. Der Rittmeister freute sich über den Landsmann, der sich so wacker gegen die Insurgenten gehalten hatte. Er stellte ihn dem Obersten vor, welcher die Truppenabteilung befehligte. Anton mußte bei diesem seine Abenteuer erzählen und wurde vor einem großen Kreise von Epauletten höchlich gelobt, darauf lud ihn der Rittmeister an einem der nächsten Tage zu Tische und stellte ihn den Offizieren seiner Eskadron vor. Antons bescheidene Ruhe machte einen günstigen Eindruck auf die bunten Herren. In der Garnison wären sie wahrscheinlich durch gewisse Ansichten über Menschengröße verhindert worden, mit einem jungen Kaufmann ungezwungen zu verkehren, hier im Felde waren sie selbst tüchtigere Männer, als in der geschäftigen Langeweile des Friedens, ihre Vorurteile waren geringer und ihre Anerkennung eines mutigen Mannes unbefangener. So betrachteten sie den Herrn aus dem Comtoir bald als einen verdammt guten Jungen, sie gewöhnten sich, ihn im Scherz bei seinem Vornamen zu nennen, und wenn sie im Kaffeehaus ihre Tasse tranken und eine Partie Domino spielten, so riefen sie Anton unfehlbar in ihren Kreis. Eine dunkle Sage vom großen Vermögen und von ungewöhnlichen Verbindungen des Zivilisten tauchte aus dem Dunkel der Jahre jetzt wieder auf, aber um der Eskadron nicht unrecht zu tun, sie war nicht mehr der Hauptgrund für die rücksichtsvolle Behandlung, die sie ihrem Landsmann gönnte. Anton fühlte sich durch die leichte Verbindung mit den ritterlichen Knaben mehr gehoben, als er sich selbst oder Herrn Pix gestanden hätte. Er genoß jetzt den freien Verkehr mit anspruchsvollen Menschen und erschien sich manchem ebenbürtig, den er bis dahin von seinem Comtoir aus mit stillem Respekt betrachtet hatte. Alte Erinnerungen wurden in ihm mächtig, er fühlte sich aufs neue hereingezogen in den Zauber eines Kreises, welcher ihm für frei, glänzend und schön galt. Auch der Leutnant von Rothsattel gehörte bald zu den guten Bekannten Antons. Anton behandelte ihn mit der zartesten Aufmerksamkeit, und der Leutnant, im Grunde ein verzogener, leichtsinniger, gutmütiger Mensch, ließ sich die herzliche Neigung Antons gern gefallen und lohnte ihm durch besondere Vertraulichkeit.

Die Geschäfte Antons sorgten dafür, daß er unter den neuen Bekannten seine innere Selbständigkeit nicht verlor. Wohl war die Stadt ein verwüsteter Ort, der wilde Rausch war verflogen, jetzt lag die Abspannung auf aller friedlichen Tätigkeit. Die täglichen Lebensbedürfnisse waren teuer, und lohnende Arbeit war nur für wenige vorhanden. Mancher, der sonst Stiefel getragen hatte, ging barfuß, wer in anderer Zeit einen neuen Rock gekauft hätte, ließ jetzt einen Lappen auf den alten setzen, der Schuster und der Schneider verzehrten zum Frühstück Wassersuppe statt Kaffee und Zucker, der Krämer bezahlte seine Schuld beim Kaufmann nicht, und der Kaufmann vermochte nicht seine Verpflichtung gegen andere Handlungshäuser zu erfüllen. Wer in solcher Zeit sein Geld zurückfordert von solchen, welche schwere Verluste mutlos beklagen, der hat eine harte Arbeit. Anton empfand das. Überall hörte er Klagen, die nur zu sehr begründet waren, an vielen Orten versuchte man seinem Drängen durch allerlei Kunstgriffe zu entgehen. Täglich erlebte er peinliche Szenen, oft mußten beim Advokaten endlose Verhandlungen in polnischer Sprache aufgenommen werden, bei denen er sich wie verkauft vorkam, obgleich der Agent den Dolmetscher machte. Es war ein bunt zusammengewürfelter Handelsstand, in welchem Anton zu verkehren hatte, Männer aus fast allen Teilen Europas. Der Verkehr hatte vieles, was in deutschen Augen als wild und unregelmäßig galt. Und doch übte die Gewohnheit, Verpflichtungen zu erfüllen, einen so großen Einfluß auch auf mutlose Naturen, daß Antons Beharrlichkeit mehr als einmal den Sieg errang.

Die größte Forderung hatte sein Haus an einen Herrn Wendel, einen kleinen trocknen Mann, der große Geschäfte nach allen Seiten gemacht hatte. Man sagte, er sei reich geworden durch Schmuggel und sei jetzt in großer Gefahr zu fallen. Er hatte den Prinzipal selbst mit Trotz empfangen und gebärdete sich gegen Anton lange wie ein Verzweifelter. Anton hatte wieder einmal wohl eine Stunde lang in den mürrischen Alten hineingesprochen, und wie sehr der Mann sich drehte und wand, er war fest geblieben. Da brach Wendel endlich in die Worte aus: »Es ist genug, ich bin ein ruinierter Mann, aber Sie verdienen, zu Ihrem Gelde zu kommen. Ihr Haus ist gegen mich immer großartig gewesen. Sie sollen Deckung erhalten. Schikken Sie mir noch heut Ihren Agenten, holen Sie mich morgen früh ab.«

Als am nächsten Morgen Anton in Begleitung des Agenten bei dem Schuldner eintrat, ergriff Wendel nach finsterm Gruß einen großen rostigen Schlüssel, zog langsam einen verschossenen Mantel an, auf welchem zahlreiche Kragen übereinander lagen, wie die Schindelreihen auf einem Dach, und brachte die Gläubiger in einen entlegenen Stadtteil vor ein verfallenes Kloster. Sie schritten durch einen langen Kreuzgang. Anton sah bewundernd zu dem kunstvollen Bau der Wölbung auf; die Zeit hatte viele Gurte gesprengt und einige Gewölbkappen ausgebröckelt, die Trümmer lagen auf den großen Steinen des Fußbodens. An der Wand waren die Leichensteine der alten Bewohner eingemauert, verwitterte Inschriften meldeten dem unaufmerksamen Geschlecht der Lebenden, daß einst fromme Slawenmönche in diesen Räumen den Frieden gesucht hatten. In diesem Kreuzgange waren sie täglich, das Brevier in der Hand, auf und ab gegangen, hier hatten sie gebetet und geträumt, bis sie ihre arme Seele der Fürbitte ihres Heiligen übergeben mußten. Im Innern des Gebäudes öffnete Wendel eine verborgene Tür und führte seine Begleiter auf gewundener Steintreppe hinab in ein großes Gewölbe. Einst hatte der Wein des reichen Klosters darin gelegen, und der Bruder Kellermeister war, ach wie oft, dieselben Stufen hinabgegangen; er war zwischen den Reihen der Fässer umhergewandelt, hatte hier und da eine Probe ausgehoben, und wenn das Glöckchen über ihm läutete, hatte er schnell sein Haupt gesenkt und ein kleines Gebet gesprochen und war darauf wieder an das Kosten gegangen, oder in behaglicher Stimmung auf und ab spaziert. Die Betglocken des Klosters waren längst eingeschmolzen, die leeren Zellen der Brüder hatten Risse, und Getreide wurde jetzt aufbewahrt, wo ehemals der Prior an der Spitze der Brüder beim ehrbaren Male saß. Alles war verschwunden, nur der Keller hatte sich erhalten, und wie vor vierhundert Jahren, lagen noch jetzt die Kufen des feurigen Ungarweins auf ihren schmalen Kentnern. Noch immer schossen die Strahlen der schönen Wölbung zu großen Sternen zusammen, noch immer war der Raum mit reinem Weiß getüncht, der Boden mit hellem Sande tief bestreut, noch immer war es Brauch, daß der Kellermeister nur mit einem Wachslicht dem edlen Wein nahen durfte. Es waren nicht dieselben Fässer, aus denen die alten Mönche ihren Trunk zogen, aber es war dasselbe Gewächs von den Rebenhügeln der Hegyalla, und der rosige Wein von Menes, der Stolz Ödenburgs und der milde Trank der sorgfältigen Lese von Rust.

»Hundertundfünfzig Kufen, die Kufe zu achtzehn, vierundzwanzig, dreißig Dukaten«, sagte der Agent, und die Inventur der

Fässer begann. Mit gesenktem Haupt ging Wendel von einem Faß zum andern, die Kerze in der Hand. Vor jedem blieb er stehen und wischte mit einem reinen Leinwandlappen sorgfältig die kleinste Spur des Schimmels ab, die sich an einzelnen Fässern zeigte. »Es war mein liebster Weg hierher«, sagte er zu Anton. »Seit zwanzig Jahren bin ich zu jeder Weinlese hinausgefahren und habe eingekauft. Es waren fröhliche Tage, Herr Wohlfart, jetzt vorbei für immer. Oft bin ich hier auf und ab gegangen und habe mir das Sonnenlicht angesehen, das von oben auf die Fässer fiel, und habe an die gedacht, die vor mir hier gegangen sind. Heut bin ich zum letztenmal in diesem Keller. Was wird jetzt aus dem Wein werden? Sie werden ihn fortschaffen, man wird ihn in der Fremde ohne Verstand austrinken; in den Keller wird ein Branntweinbrenner seinen Spiritus tun, oder ein neuer Brauer sein bayrisches Bier. Die alte Zeit geht zu Ende auch für mich! – Dies hier ist das edelste Gewächs«, sagte er, zu einem Faß tretend. »Ich hätte es ausnehmen können bei unsrer Abmachung. Was soll mir das Faß allein? Austrinken? Ich trinke keinen Wein mehr. Es soll fortgehen mit dem übrigen. Nur Abschied will ich noch von ihm nehmen.« Er füllte sein Glas. »Haben Sie je so etwas getrunken?« frug er und hielt Anton betrübt das Glas hin. Anton verneinte gern.

Langsam stiegen sie wieder die Stufen hinauf. An der Schwelle hielt der Kaufmann noch einmal an und sah in den Keller hinab eine lange Weile. Dann drehte er sich entschlossen um, schlug die Kellertür zu, zog den Schlüssel ab und legte ihn feierlich in Antons Hand. »Hier ist der Schlüssel zu Ihrem Eigentum, unsre Rechnung ist abgemacht. Leben Sie wohl, meine Herren.« Langsam und mit gesenktem Haupt ging er den verfallenen Kreuzgang hinab; in dem Dämmerlicht des trüben Tages glich er einem der alten Kellermeister des Klosters, der noch als Geist durch die Trümmer der vergangenen Herrlichkeit gleitet. Der Agent rief ihm nach: »Aber das Frühstück, Herr Wendel!« Der Alte schüttelte den Kopf und winkte abwehrend mit der Hand.

Ja, das Frühstück! Jedes Abkommen an diesem Orte wurde mit Wein überschwemmt. Diese langen Sitzungen im Weinhause, welche auch in der traurigen Zeit nicht ausgesetzt wurden, waren für Anton kein geringes Leiden. Er sah, daß man in dem Land viel weniger arbeite, und viel mehr schwatze und trinke, als bei ihm daheim. Sooft es ihm gelungen war, etwas ins reine zu bringen, konnte auch er sich dem Frühstück nicht entziehen. Dann setzten sich Käufer, Verkäufer, die Helfer, und wer sonst zu den Bekannten gehörte, in einer Weinhandlung am runden Tisch zusammen, man fing mit Porter an, aß Kaviar nach Pfunden und zechte dann den roten Wein von Bordeaux. Gastfrei wurde nach allen Seiten eingeschenkt; wer ein bekanntes Gesicht hatte, mußte am Gelage teilnehmen, immer zahlreicher wurde die Gesellschaft, oft kam der Abend heran. Unterdes ließen die Hausfrauen der Männer, an solche Ereignisse gewöhnt, das Mittagessen wohl dreimal wieder abtragen und hoben es zuletzt gleichmütig bis zum andern Tage auf. Oft dachte Anton in solcher Zeit an Fink, der ihm, dem Widerstrebenden, wenigstens eine mäßige Fertigkeit beigebracht hatte, dergleichen schwere Geschäfte mit Anstand durchzumachen.

An einem Nachmittag saß Anton beim Domino. Da rief ein älterer Leutnant von seiner Zeitung den spielenden Offizieren zu: »Gestern abend sind einem unserer Husaren zwei Finger der rechten Hand zerschmettert worden. Der Esel, welcher mit ihm einquartiert war, hat mit seinem Karabiner gespielt, in dem er den Schuß nicht herausgezogen hatte. Der Doktor hält eine Amputation für unvermeidlich. – Schade um den tüchtigen Mann, er war einer der brauchbarsten Leute in der Eskadron. Solch Malheur trifft immer die Besten.«

»Wie heißt der Mann?« frug Herr von Bolling, seinen Stein setzend.

»Es ist der Gefreite Sturm.«

Anton sprang auf, daß die Steine auf dem Tische tanzten. »Wo liegt der Verwundete?«

Der Leutnant beschrieb ihm die Lage des Lazaretts.

In einem finstern Zimmer, voll von Betten und kranken Soldaten, lag der bleiche Karl und streckte seine linke Hand Anton entgegen. »Es ist vorüber«, sagte er, »es hat höllisch weh getan, aber ich werde die Hand doch wieder gebrauchen. Die Feder kann ich noch führen, und auch das übrige will ich versuchen, und ist's nicht mit der Rechten, so ist's mit der Linken. Nur in goldnen Ringen werde ich keinen Staat mehr machen.«

»Mein armer, armer Karl«, rief Anton, »mit deinem Dienst ist's vorbei.«

»Wissen Sie was«, sagte Karl, »das Unglück will ich ertragen, ein ordentlicher Krieg wird doch nicht; wenn's auf das Frühjahr zum Einsäen kommt, bin ich wieder imstande. Ich könnte schon jetzt aufstehn, wenn nicht der Doktor so streng wäre. Hier ist es nicht schön«, setzte er entschuldigend hinzu, »es sind viele unserer Leute erkrankt, da muß man sich in der fremden Stadt behelfen.«

»Du sollst nicht in dieser Stube bleiben«, sagte Anton, »wenn ich's ändern kann. Es riecht hier so nach Krankheit, daß ein Gesunder schwach wird; ich werde bitten, daß dein Chef dir erlaubt, in meine Wohnung zu ziehen.«

»Lieber Herr Anton!« rief Karl erfreut. »Still«, sagte dieser, »noch weiß ich nicht, ob wir die Erlaubnis erhalten.«

»Noch eine Bitte habe ich an Sie«, sagte beim Abschiede der Kranke, »daß Sie die Geschichte dem Goliath so mitteilen, daß er nicht zu ängstlich wird. Wenn er's durch Zufall von Fremden erfährt, so stellt er sich wie ein Menschenfresser.«

Das versprach Anton und eilte darauf zu dem Eskadronsarzt und zu seinem Gönner, dem Rittmeister.

»Ich will mich dafür verwenden, daß er jetzt Urlaub erhält«, versprach dieser. »Da mir bei der Beschaffenheit seiner Wunde seine

Verabschiedung zweifellos scheint, so kann er ja bei Ihnen abwarten, bis diese erfolgt.«

Drei Tage darauf trat Karl mit seiner verbundenen Hand in Antons Zimmer. »Da bin ich«, sagte er. »Adieu Dolman, adieu Selim, mein Brauner! Eine Woche müssen Sie noch mit mir Geduld haben, Herr Anton, dann hebe ich Ihnen wieder Tisch und Stuhl mit steifem Arm.« – »Hier ist eine Antwort deines Vaters«, sagte Anton, »sie ist an mich gerichtet.«

»An Sie?« frug Karl verwundert, »warum an Sie? Warum hat er denn nicht an mich geschrieben?«

»Höre selbst.« Anton ergriff einen großen Bogen, der von oben an mit halbzölligen Buchstaben bemalt war, und las: »Geehrter Herr Wohlfart, das ist ein großes Unglück für meinen armen Sohn! Zwei Finger von zehn bleiben nur acht. Wenn es auch kleine Finger sind, es tut ebenso weh. Es ist ein sehr großes Unglück für uns beide, daß wir einander nicht mehr schreiben können. Deswegen bitte ich, daß Sie die Güte haben, ihm alles zu sagen, was folgt. Er soll sich nicht sehr grämen. Bohren kann vielleicht noch gehn, auch manches mit dem Hammer. Und wenn der Himmel wollte, daß dieses nicht möglich wäre, so soll er sich doch nicht zu sehr grämen. Es ist für ihn gesorgt, durch einen eisernen Kasten. Wenn ich gestorben bin, findet er den Schlüssel in meiner Westentasche. So lasse ich ihn von ganzem Herzen grüßen. Sobald er wieder fahren kann, soll er zu mir kommen, um so mehr, da ich ihm schriftlich nicht mehr sagen kann, daß ich bin ewig sein getreuer Vater Johann Sturm.« – Anton reichte den Brief dem Invaliden.

»Es ist richtig«, sagte Karl zwischen Lachen und Wehmut, »er hat sich in der ersten Angst eingebildet, daß auch er mir nicht mehr schreiben kann, weil ich an der Hand blessiert bin. Der wird Augen machen, wenn er meinen nächsten Brief erhält.« So wohnte Karl einige Wochen in dem Zimmer neben Anton. Sobald er seine Hand wieder bewegen konnte, bemächtigte er sich der Garderobe des Freundes und begann einige der kleinen Dienste, welche er vor Jahren im Hause des Prinzipals übernommen hatte. Anton hatte zu wehren, daß er nicht die unnötige Rolle eines Bedienten übernahm. »Hast du schon wieder meinen Rock unter der Bürste?« sagte er in Karls Stube tretend; »du weißt, daß ich das nicht leiden will.« – »Es war nur zur Gesellschaft von meinem«, entschuldigte sich Karl, »zwei nebeneinander halten sich immer besser als einer. Ihr Kaffee ist fertig, aber die Maschine taugt nichts, er schmeckt immer nach Spiritus.« Da er sich für Anton nicht nützlich machen konnte, wie er sagte, so fing er an, für sich selbst zu arbeiten. Bei seiner alten Vorliebe für Handwerkszeug hatte er bald eine Menge verschieden-artiger Instrumente um sich versammelt, und sooft Anton das Haus verließ, begann ein Sägen, Bohren, Hobeln und Raspeln, daß sogar der taube Artilleriekapitän, welcher im Nebenhaus einquartiert war, zu der Ansicht kam, ein Tischler sei eingezogen, und seine eingefal-lene Bettstelle zum Ausbessern herüberschickte. Da Karl die rechte

Hand noch schonen mußte, übte er die linke Hand mit allen Werkzeugen nach der Reihe und freute sich wie ein Kind über die Fortschritte, die er machte. Und als ihm der Arzt für die nächsten Wochen auch diese Tätigkeit abriet, fing er an, mit der linken Hand zu schreiben und zeigte Anton täglich Proben seiner Handschrift. »Es ist nur der Übung wegen«, sagte er, »der Mensch muß wissen, was er vermag. Übrigens ist es nur eine Angewohnheit, mit den Händen zu schreiben; wer keine hat, tut's mit den Beinen; ich glaube, daß auch die nicht einmal nötig sind, es müßte auch mit dem Kopfe gehn.«

»Du bist ein Narr«, sagte Anton lachend.

»Ich versichere Sie«, fuhr Karl fort, »ein langes Rohr in den Mund gesteckt, mit zwei Drähten, die hinter die Ohren gedrückt werden, um die Schwankung zu verringern, es müßte ganz erträglich gehn. – Da ist die beinerne Einfassung von Ihrem Schlüsselloch abgesprungen, die wollen wir sogleich leimen.«

»Ich wundere mich, daß sie nicht von selbst wieder fest wird«, spottete Anton, »denn aus deiner Stube kommt ein schrecklicher Leimgeruch hereingezogen. Die ganze Luft ist in Leim verwandelt.« – »Gott bewahre«, sagte Karl, »es ist ja geruchloser Leim, den ich habe, eine neue Erfindung.«

Als der treue Mann mit dem Abschied in der Tasche nach der Heimat zurückfuhr, fühlte sich Anton so vereinsamt, als wäre er jetzt aus dem Zauberkreise der großen Waage in die Fremde gezogen.

Einst ging Anton an der verhängnisvollen Herberge vorüber, in welcher sein Prinzipal verwundet worden war. Er stand einen Augenblick still und sah mit Neugier auf das alte Haus und den Hofraum, in welchem jetzt weißröckige Soldaten beschäftigt waren, ihr Lederzeug zu färben und zu glätten. Da erblickte er ein Wesen im schwarzen Kaftan, welches wie ein Schatten aus der Schenkstube quer über die Einfahrt hinglitt. Es waren die schwarzen Ohrlocken, es war das kleine Käppchen, es war Figur und Haltung des alten Bekannten Schmeie Tinkeles. Ach, aber es war nicht sein Gesicht. Der frühere Tinkeles war in seiner Art ein hübscher Bursch gewesen. Er hatte seine beiden Locken stets so glänzend und kokett getragen, wie einem Geschäftsmann nur möglich ist, er hatte hübsche rote Lippen gehabt und einen leichten Rosaschimmer auf seinen gelben Wangen. Der gegenwärtige Schmeie war nur ein Schatten des frühern. Er sah gespenstig bleich aus, seine Nase war spitz und groß geworden, und sein Kopf hing ihm nach vorn, wie der Kelch einer welkenden Blume am Bach Kidron.

Anton rief erstaunt: »Tinkeles, seid Ihr's wirklich?« und trat auf ihn zu. Tinkeles schrak zusammen, wie von einem Blitzstrahl getroffen, und starrte mit aufgerissenen Augen Anton an, ein Bild des Schreckens und der Furcht. »Gott gerechter!« waren die einzigen Worte, welche über seine blutlosen Lippen kamen.

»Was habt Ihr, Tinkeles? Ihr seht ja aus, wie ein armer Sünder! Was treibt Ihr hier am Platz? Und wie zum Teufel kommt Ihr grade in dieses Haus?«

»Ich kann doch nichts dafür, daß ich hier bin«, antwortete der Geschäftsmann noch immer in halber Bewußtlosigkeit; »ich kann doch nichts dafür, daß der Prinzipal hat solches Unglück gehabt mit dem Menschen. Sein Blut ist ja geflossen wegen der Waren, welche der Mausche Fischel hatte abgeschickt und hatte das Geld bereits gezogen. Ich bin unschuldig, Herr Wohlfart, auf meine ewige Seligkeit, ich habe nicht gewußt, daß der Wirt ist ein so schlechter Mensch, und wird die Hand aufheben gegen den Herrn, welcher vor ihm steht ohne Hut, ohne Mütze. – Ohne Mütze«, jammerte er lauter, »in bloßem Kopf, Sie können glauben, es ist mir gewesen, als wenn ein Schwert fiele in meinen Leib, als ich habe gesehen, wie der Wirt sich benommen hat so gewalttätig gegen einen Mann, der vor ihm stand mit aufgerichtetem Haupt als ein Ehrenmann, was er ist gewesen sein Leben lang.«

»Hört, Schmeie«, sagte Anton, erstaunt auf den Galizier blickend, der immer noch danach rang, durch Worte seine Fassung wiederzugewinnen, »hört, mein Bursch, Ihr seid hier in dieser Herberge gewesen, als die Wagen geplündert wurden. Ihr habt aus einem Versteck unsern Streit mit dem Wirt angesehen. Ihr kennt den Wirt und wohnt noch hier, ich will Euch geradeheraus sagen, was Ihr mir zur Hälfte eingestanden habt. Ihr habt von dem Abladen der Wagen gewußt; und ich will Euch noch etwas anvertrauen, Ihr habt ein Interesse daran gehabt, daß die Fuhrleute hier zurückblieben, und Ihr habt mit dem Wirt unter einer Decke gesteckt. Nach dem, was mir gesagt habt, lasse ich Euch nicht los, bevor ich alles weiß. Ihr werdet entweder jetzt auf mein Zimmer kommen und mir freiwillig gestehen, was Ihr wißt, oder ich führe Euch zum Militär und lasse Euch von den Soldaten verhören.«

Tinkeles war vernichtet. »Gott meiner Väter, es ist schrecklich, es ist schrecklich!« wimmerte er leise und klapperte mit den Zähnen.

Anton fühlte Mitleid mit der großen Angst des Mannes und sagte: »Kommt mit mir, Tinkeles; ich verspreche Euch, wenn Ihr ehrlich gesteht, soll Euch nichts geschehen.«

»Was soll ich gestehen dem Herrn«, ächzte Schmeie, »wo ich doch nichts habe zu gestehen?«

»Wenn Ihr nicht gutwillig kommt, so rufe ich die Soldaten«, sagte Anton barsch.

»Nichts von Soldaten«, bat Tinkeles wieder schaudernd, »ich will kommen mit Ihnen und will sagen, was ich weiß, wenn Sie mir wollen versprechen, daß Sie mich verraten gegen niemanden, nicht an Ihren Prinzipal und nicht an Mausche Fischel, auch nicht an den schlechten Menschen diesen Wirt, und keinen Soldaten.«

»Kommt«, sagte Anton und wies mit der Hand die Straße hinab. So führte er den Willenlosen wie einen Gefangenen mit sich fort und verwandte kein Auge von ihm, weil er befürchtete, daß Schmeie den Ratschlägen seines bösen Gewissens folgen und in eine Seitengasse entlaufen könnte.

Der Galizier hatte nicht den Mut dazu, er schlich mit gesenktem Haupt neben Anton her, sah ihn zuweilen seufzend an und gurgelte unverständliche Worte vor sich hin. Auf Antons Zimmer fing er aus freien Stücken an: »Es ist mir gewesen eine Last auf meinem Herzen, ich habe nicht können schlafen, ich habe nicht können essen und trinken, und wenn ich gelaufen bin, um zu machen ein Geschäft, so hat es mir in der Seele gelegen, wie ein Stein in einem Glase: Wenn man trinken will, fällt der Stein auf die Zähne, und man beschüttet sich mit Wasser. Weh! Was habe ich mich beschüttet!«

»So redet«, sagte Anton, wieder erweicht durch die aufrichtige Klage.

»Ich bin hergekommen wegen der Wagen«, fuhr Tinkeles hastig fort und sah Anton furchtsam an. »Der Mausche hatte doch mit Ihnen gehandelt seit zehn Jahren, und immer ehrlich, und Sie haben verdient ein gutes Stück Geld an ihm; und da hat er gemeint, daß jetzt gekommen wäre die Zeit, wo er anfangen könnte in großes Geschäft und mit Ihnen seine Abrechnung machen. Und wie losgegangen ist das Geschrei und das Geschmuse, da ist er zu mir gekommen und hat zu mir gesagt: ›Schmeie‹, sagt er, ›du hast keine Furcht‹, sagt er. ›Laß sie schießen und gehe unter sie und sieh, daß du anhältst die Wagen für mich. Vielleicht kannst du sie verkaufen unterwegs, vielleicht bringst du mir sie zurück, es ist immer besser, wir haben sie, als es hat sie ein anderer.‹ So bin ich hergekommen und habe gewartet, bis die Wagen angekommen sind, und habe gesprochen mit dem Wirt, weil die Waren doch nicht würden kommen in Ihre Hände, wäre es am besten sie kämen wieder in unsere. Aber daß der Wirt soll sein ein solcher Blutmensch, das habe ich nicht gewollt und habe ich nicht gewußt, und seit ich habe gesehen, wie er Ihrem Herrn hat aufgeschnitten den Rock, habe ich keine Ruh gehabt, und ich habe immer gesehen vor mir das blutige Hemde und das feine Tuch von seinem grünen Rock, welches entzweigeschnitten war.«

Anton hörte die Geständnisse des Tinkeles mit einem Interesse an, welches den Widerwillen überwog, den er gegen das – nicht seltene – Manöver der galizischen Händler empfand. Er begnügte sich, dem Sünder zu sagen: »Eurer Schurkerei verdankt Herr Schröter seinen wunden Arm, und wären wir Euch nicht in die Quere gekommen, so hättet Ihr uns zwanzigtausend Taler gestohlen.«

»Es sind nicht zwanzigtausend«, rief Schmeie sich windend, »die Wolle steht schlecht, und mit Talg ist nichts zu machen. Es sind weniger als zwanzig.«

»So«, sagte Anton verächtlich, »und was werde ich jetzt mit Euch tun?«

»Tun Sie nichts mit mir«, bat Schmeie beweglich und legte seine Hand bittend auf Antons Rock. »Lassen Sie schlafen die ganze Geschichte. Sie haben die Waren, seien Sie damit zufrieden. Es ist ein schönes Geschäft, das der Mausche Fischel nicht hat machen können, weil Sie ihn haben daran gehindert.«

»Es tut Euch noch leid«, erwiderte Anton erzürnt.

»Es ist mir recht so, daß Sie die Waren haben«, sagte der Jude, »denn Sie haben vergossen Ihr Blut darüber. Und deshalb tun Sie nichts mit mir; ich will sehen, daß ich Ihnen kann in andern Sachen zu Gefallen sein. Wenn Sie etwas zu tun haben hier am Ort für mich, es wird mir sein eine Beruhigung, daß ich Ihnen kann zu etwas verhelfen.«

Anton antwortete kalt: »Wenn ich Euch auch versprochen habe, Eure Spitzbüberei dem Gericht nicht anzuzeigen, so können wir doch mit Euch kein Geschäft mehr machen. Ihr seid ein schlechter Mensch, Tinkeles, und habt Euch gegen unser Haus unredlich bewiesen. Wir sind von jetzt ab geschiedene Leute.«

»Warum sagen Sie mir, daß ich ein schlechter Mensch bin?« klagte Tinkeles; »Sie haben mich gekannt als ehrlichen Mann seit Jahren, wie können Sie sagen, daß ich schlecht bin, weil ich einmal habe machen wollen ein Geschäft, und habe dabei Unglück gehabt und hab's nicht gemacht? Ist das schlecht?« –

»Es ist genug«, sagte Anton. »Ihr könnt jetzt gehn.« Tinkeles blieb stehn und fragte: »Können Sie vielleicht brauchen neue kaiserliche Dukaten? Ich kann sie Ihnen besorgen mit fünf und ein Viertel.« – »Ich will nichts von Euch«, sagte Anton, »geht.«

Der Jude ging zögernd bis zur Tür und drehte wieder um. »Es ist zu machen ein schönes Geschäft mit Hafer, wenn Sie wollen mit übernehmen die Lieferung, ich will Ihnen einen Teil verschaffen; es ist dabei zu verdienen ein rares Geld.«

»Ich mache keine Geschäfte mit Euch, Tinkeles; geht in Gottes Namen.«

Der Jude schlich hinaus; noch einmal kratzte es an der Tür, aber das Gewissen war in dem Schelm so mächtig geworden, daß er sich nicht mehr in das Zimmer traute. Nach einigen Minuten sah Anton, wie er schwermütig quer über die Straße ging.

Seit diesem Tage wurde Anton durch den reuigen Tinkeles in Belagerungszustand versetzt. Kein Tag verlief, wo der Galizier sich nicht an Anton herandrängte und in seiner Weise Versöhnung mit ihm suchte. Bald überfiel er ihn auf der Straße, bald störte sein unsicheres Klopfen den Beschäftigten am Schreibtisch, immer aber hatte er etwas anzubieten, oder Neues mitzuteilen, wodurch er Gnade für sich zu erwerben hoffte. Rührend war seine Erfindungskraft, er erbot sich, alles mögliche für Anton zu kaufen, oder zu verkaufen, jede Art von Geschäftsgängen zu machen, zu spionieren und zuzutragen. Und als er entdeckte, daß Anton auch mit Offizieren verkehrte, und daß besonders ein junger Leutnant mit zartem Gesicht und einem kleinen Bart zuweilen mit Anton aus der Restauration ging und die Wohnung desselben besuchte, da fing Tinkeles an, auch solche Gegenstände anzubieten, die nach seiner Meinung für einen Offizier angenehm sein mußten. Anton blieb zwar dabei, jedes Geschäft mit dem Sünder zu vermeiden, konnte aber zuletzt nicht mehr übers Herz bringen, den armen Teufel rauh zu behandeln, und Tinkeles erkannte aus manchem unterdrückten Lächeln oder aus kurzen Fragen Antons, daß seine Fürsprache beim Chef des Hauses nicht unmöglich sei. Und er warb darum mit der Ausdauer seines Ahnherrn Jakob.

An einem Morgen klirrte der junge Rothsattel in Antons Zimmer. »Ich werde krank gemeldet, habe starken Katarrh und muß in meinem trostlosen Quartier bleiben«, sagte er, sich auf dem Sofa niederlassend. »Sie können mir heut abend helfen, die Zeit vertreiben. Wir spielen eine Partie Whist. Ich habe noch unsern Doktor und einen und den anderen Kameraden dazu aufgefordert. Werden Sie kommen?« – Erfreut und ein wenig geschmeichelt sagte Anton zu. »Gut«, fuhr der junge Herr fort, »dann müssen Sie mir auch die Möglichkeit geben, mein Geld an Sie zu verlieren; das elende Vingt-un hat mir die Taschen rein ausgefegt. Leihen Sie mir auf acht Tage zwanzig Dukaten.«

»Mit Vergnügen«, sagte Anton und suchte eilig seine Börse hervor.

Als der Leutnant das Geld nachlässig in seine Tasche steckte, klang auf der Straße der Hufschlag eines Pferdes; schnell trat er an das Fenster. »Wetter, das ist eine hübsche Katze, polnisches Blut, der Roßkamm hat sie einem der Rebellen gestohlen und will jetzt einen ehrlichen Soldaten damit anführen.«

»Woher wissen Sie, daß das Pferd zu verkaufen ist?« frug Anton, der unterdes am Schreibtisch einen Brief siegelte.

»Sehen Sie nicht, daß ein Gauner das Tier im Parademarsch vorbeiführt? In dem Augenblick klopfte es leise an die Tür, und Schmeie Tinkeles schob zuerst sein lockiges Haupt und darauf den schwarzen Kaftan in die Stube und gurgelte unterwürfig: »Ich wollte die gnädigen Herren fragen, ob sie vielleicht wollen ansehen ein Pferd, welches so viel Louisdor wert ist, als es Talerstücke kostet. – Wenn Sie doch nur gehen wollten bis an das Fenster, Herr Wohlfart, Sie sollen es ja nur ansehen; sehen ist nicht kaufen.«

»Ist diese Gestalt einer von Ihren Geschäftsfreunden, Wohlfart?« fragte der Leutnant lachend.

»Er ist es nicht mehr, Herr von Rothsattel«, antwortete Anton in demselben Ton, »er ist in Ungnade gefallen. Diesmal gilt sein Besuch Ihnen. Nehmen Sie sich in acht, er wird Sie verführen, das Pferd zu kaufen.«

Der Händler hörte aufmerksam der Unterredung zu und heftete seinen Blick neugierig auf den Leutnant. »Wenn der gnädige Herr Baron will kaufen das Pferd«, sagte er zudringlich zu dem Leutnant tretend und denselben unverrückt anstarrend, »so wird es ein schönes Reitpferd sein auch auf dem Gut in Ihrer Wirtschaft.« – »Was zum Henker weißt du von meinem Gut?« sagte der Leutnant; »ich habe kein Gut!«

»Kennt Ihr diesen Herrn?« frug Anton.

»Warum soll ich ihn nicht kennen, wenn er ist, welcher das große Gut hat in Ihrem Lande und jetzt gebaut hat eine Fabrik, worin er macht Zucker aus Viehfutter.«

»Er meint Ihren Herrn Vater«, sagte Anton zum Leutnant. »Tinkeles hat seine Verbindungen auch in unserer Provinz und hält sich oft monatelang bei uns auf.«

»Was ich höre!« rief der Galizier nachdenkend, »es ist der Vater von dem Herrn Offizier. Um Vergebung, Herr Wohlfart, also Sie sind bekannt mit dem Herrn Baron, welcher ist der Vater von diesem Herrn?« – Um den Schnurrbart des Leutnants zuckte ein Lächeln.

»Ich habe den Vater dieses Herrn wenigstens gesehen«, antwortete Anton, unwillig über die zudringliche Frage des Händlers und darüber, daß er das Erröten seiner Wangen fühlte.

»Und um Vergebung, wenn ich fragen darf, Sie kennen den Herrn Offizier genau, wie man kennt einen guten Freund –«

»Was geht Euch das an, Tinkeles?« frug Anton barsch und errötete noch tiefer, weil er auf die Frage nicht so recht zu antworten wußte.

»Ja, er ist mein guter Freund, Jude«, sagte der Leutnant, auf Antons Schulter schlagend. »Er ist mein Kassierer, er hat mir heute erst zwanzig Dukaten geborgt und wird mir kein Geld geben, um dein Pferd zu kaufen. Also geh zum Teufel.«

Der Händler lauschte mit vorgebogenem Hals auf jedes Wort des Offiziers und sah die jungen Männer mit einer Neugierde, und wie Anton zu bemerken glaubte, mit einer Teilnahme an, welche von seinem gewöhnlichen lauernden Wesen verschieden war. »Also zwanzig Dukaten hat er Ihnen geborgt«, wiederholte er mechanisch, »er wird Ihnen auch mehr borgen, wenn Sie mehr von ihm verlangen. Ich weiß«, murmelte er, »ich weiß.«

»Was wißt Ihr?« frug Anton.

»Ich weiß doch, wie es ist unter jungen Herren, welche gut Freund miteinander sind«, sagte der Händler mit einer nachdrücklichen Bewegung des Kopfes. »Also Sie können das Pferd nicht brauchen, Herr Wohlfart? So empfehle ich mich Ihnen, Herr Wohlfart.« Bei diesen Worten kehrte er kurz um und verschwand. Gleich darauf hörte man das Pferd im Trabe fortreiten.

»Ist das ein verrückter Kerl!« rief der Leutnant, dem Davoneilenden nachsehend.

»Er ist sonst nicht so schnell bereit, sich zu entfernen«, erwiderte Anton verwundert über das rätselhafte Benehmen des Geschäftsmannes. »Wahrscheinlich hat Ihre Uniform seinen Abgang beschleunigt.«

»Ich hoffe, sie hat Ihnen einen Gefallen getan. Also heute abend«, sagte der Leutnant grüßend und verließ das Zimmer.

Am Nachmittag tönte wieder das leise Klopfen an Antons Tür, Tinkeles erschien aufs neue. Er sah sich vorsichtig in der Stube um und trat ohne auf Antons finstere Stirn zu achten, nahe an. »Erlauben Sie mir zu fragen«, sprach er mit vertraulichen Kopfschütteln, »ist es in der Wahrheit, daß Sie ihm geborgt geben haben zwanzig Dukaten und daß Sie ihm geben würden noch mehr, wenn er mehr haben wollte?«

Anton sah den Händler erstaunt an und sagte aufstehend: »Ich habe ihm das Geld gegeben und werde ihm noch mehr geben. Und jetzt sagt Ihr mir geradeheraus, was Euch im Kopfe herumgeht. Denn ich sehe, Ihr habt mir etwas mitzuteilen.«

Tinkeles machte ein schlaues Gesicht und zwinkerte bedeutungsvoll mit den Augen. »Wenn er auch ist Ihr guter Freund, so nehmen Sie sich doch in acht, daß Sie ihm borgen kein Geld. Wissen Sie was, borgen Sie ihm keinen Gulden mehr«, wiederholte er nachdrücklich.

»Und weshalb nicht?« frug Anton. »Euer guter Rat ist nichts wert, wenn ich nicht weiß, aus welchen Gründen Ihr mich warnt.«

»Und wenn ich Ihnen sage, was ich weiß, wollen Sie dann sprechen für mich bei Herrn Schröter, daß er nicht mehr denkt an die Frachtwagen, wenn er mich sieht in Ihrem Comtoir?« frug der Jude schnell.

»Ich will ihm sagen, daß Ihr mir seit der Zeit in anderer Weise ehrlich gedient habt. Was er dann tun wird, steht bei ihm«, erwiderte Anton ebensoschnell.

»Sie werden sprechen für mich«, sagte der Händler, »das ist mir genug. – Es steht faul mit dem Rothsattel, dem Vater dieses jungen Menschen, sehr faul; das Unglück hält über ihn eine schwarze Hand. Er ist ein verlorener Mensch. Es ist ihm nicht zu helfen.«

»Woher habt Ihr diese Nachricht?« rief Anton erschreckend.

»Es ist unmöglich«, setzte er ruhiger hinzu, »es ist eine Unwahrheit, Geschwätz von Winkelagenten und ähnlichem Volk.«

»Glauben Sie meiner Rede«, sprach der Jude mit einem eindringlichen Ernst, welcher seine Figur größer machte und sogar seine Sprache weniger mißtönend. »Sein Vater ist unter den Händen von einem, der heimlich wandelt wie ein Engel des Verderbens. Er geht und legt seinen Strick um den Hals der Menschen, die er bezeichnet hat, ohne daß ihn einer sieht. Er zieht den Strick zu, und sie fallen um, wie die hölzernen Kegel. Warum wollen Sie Ihr Geld verlieren an solche Leute, die schon tragen die Schlinge am Halse?«

»Wer ist der Teufel, den Ihr meint, wer hat den Baron in den Händen?« rief Anton in einer Aufregung, welche ihn alle Vorsicht vergessen ließ.

»Was nützt der Name«, erwiderte der Galizier kalt. »Wenn ich auch wüßte den Namen, so würde ich ihn doch nicht sagen, und wenn ich ihn sage, es kann Ihnen nichts helfen und dem Rothsattel auch nicht, denn Sie kennen den Mann nicht, und Ihr Baron kennt ihn vielleicht auch nicht.«

»Ist dieser Mann Ehrenthal?« frug Anton.

»Ich kann den Namen nicht sagen«, wiederholte der Händler mit einem Achselzucken, »aber der Hirsch Ehrenthal ist es nicht.«

»Wenn ich Euren Worten glauben soll, und wenn Ihr mir damit einen Dienst leisten wollt«, fuhr Anton ruhiger fort, »so müßt Ihr mir Genaues mitteilen. Ich muß den Namen dieses Mannes wissen, und ich muß alles wissen, was Ihr über ihn und den Freiherrn gehört habt.«

»Nichts habe ich gehört«, antwortete der Händler verstockt »wenn Sie mich fragen wollen, wie die Gerichte fragen. Eine Rede, die gesprochen ist, versiegt in der Luft wie ein Geruch, der eine fängt das auf, der andere jenes. Ich kann Ihnen nicht sagen die Worte, die ich gehört habe, und ich will sie nicht sagen um vieles Geld. Ich will nicht die Hand legen an meine Gebetschnüre und vor Gericht zeugen. Was ich spreche, ist gut für Ihr Ohr und für kein anderes. Ihnen aber sage ich, daß zwei haben zusammengesessen nicht einen Abend, viele Abende, und nicht in einem Jahre, sondern mehrere Jahre, und sie haben leise miteinander gemurmelt in unserer Herberge hinten an dem Geländer, wo unten das Wasser läuft. Und das Wasser hat gemurmelt unten, und sie haben gemurmelt oben über dem Wasser. Ich lag in der Stube auf meinem Strohsack, daß sie glaubten, ich schliefe. Und oft habe ich gehört aus dem Munde von beiden den Namen Rothsattel und den Namen von seinem Gute. Und ich weiß, daß ein Unglück über ihm steht, aber weiter weiß ich nichts. Und jetzt ist es gesagt und ich werde gehen. Der gute Rat, den ich Ihnen gegeben habe, soll sein Ihre Bezahlung für den Tag, wo Sie gefochten haben mit einer Pistole für die Wolle und für die Häute. Und Sie werden denken an das Versprechen, das Sie mir gegeben haben.«

Anton sah besorgt vor sich nieder. Durch Bernhard wußte er, daß Ehrenthal mit dem Freiherrn in vielfacher Verbindung stand, und dieser Verkehr des Gutsbesitzers mit dem übelberüchtigten Spekulanten war ihm schon oft auffallend erschienen. Aber was Tinkeles sagte, klang doch zu unglaublich, er selbst hatte nie etwas Ungünstiges über die Verhältnisse des Freiherrn gehört. »Bei dem, was Ihr mir heut erzählt habt«, sprach er nach einer Weile, »kann ich mich nicht beruhigen. Ihr werdet Euch besinnen, vielleicht erinnert Ihr Euch an die Namen und einzelnen Worte, die Ihr gehört habt.«

»Vielleicht werde ich mich erinnern«, erwiderte der Galizier mit einem eigentümlichen Ausdruck, der dem bekümmerten Anton entging. »Und so haben wir geschlossen unsere Rechnung, ich habe Ihnen Sorge gemacht und Gefahr, dafür habe ich Ihnen jetzt getan einen Gefallen. Einen großen Gefallen«, setzte er selbstgefällig in das betroffene Gesicht Antons blickend hinzu. »Können Sie gebrauchen Louisdor gegen Banknoten?« frug er plötzlich im Geschäftston; »ich kann Ihnen lassen Louisdor, wenn Sie mir dafür geben Dukaten oder Banknoten.«

»Ihr wißt, ich mache keine Geldgeschäfte«, antwortete Anton zerstreut. – »Vielleicht können Sie abgeben Wiener Wechsel auf gute Häuser?« – »Ich habe keine Wechsel abzugeben«, sagte Anton ärgerlich.

»Gut«, sagte der Jude, »eine Anfrage beißt niemanden«, und wandte sich zum Gehen. An der Tür hielt er noch einen Augenblick an. »Dem Seligmann, der das Pferd hat vorgeführt für die Herren und hat auf die Herren gewartet einen ganzen halben Tag, habe ich geben müssen zwei Gulden Münz. Es ist eine bare Auslage, die ich gehabt habe für Sie, wollen Sie mir nicht wiedergeben meine zwei Gulden?«

»Gott sei Dank!« rief Anton wider Willen lächelnd. »Jetzt seid Ihr wieder der alte Tinkeles. Nein, Schmeie, die zwei Gulden bekommt Ihr nicht.«

»Und Sie wollen mir nicht abnehmen die Louisdor gegen Papiere auf Wien?«

»Auch nicht«, erwiderte Anton.

»Adjes«, sagte Tinkeles. »Wenn ich Sie wiedersehe, sind wir gut Freund miteinander.« Er ergriff die Klinke. »Und wenn Sie wissen wollen den Namen von diesem Mann, der den Rothsattel so herunterbringen kann, daß er klein wird, wie das Gras auf der Landstraße, wo jedermann tritt darauf, so fragen Sie nach dem Buchhalter von Hirsch Ehrenthal, mit Namen Itzig. Veitel Itzig wird sein der Name.« Bei diesen Worten eilte Tinkeles zur Tür hinaus. Anton sprang ihm nach, aber der Händler hörte nicht auf sein Rufen und war aus der Haustür geschlüpft, bevor Anton ihn einholen konnte. Da gegründete Aussicht war, ihn in kurzem wiederzusehen, so ging Anton, sehr beschäftigt durch die Geständnisse des wunderlichen Heiligen, auf sein Zimmer zurück.

Was er gehört hatte, mußte er sogleich dem Sohn des Freiherrn mitteilen. Er sagte sich, daß bei dem großen Zartgefühl seines militärischen Freundes diese Mitteilung schwierig sei. »Aber es muß geschehen, noch heut abend ziehe ich ihn beiseite, ich gehe zeitig zu ihm oder bleibe beim Aufbruch zurück.«

Diesem guten Vorsatz gönnte das Schicksal eine bequeme Ausführung nicht. So früh Anton auch in das Quartier des jungen Rothsattel eilte, er fand doch die Stube bereits durch fünf bis sechs Husarenleutnants besetzt. Eugen lag in seinem Schlafrock auf dem Sofa, die Eskadron lagerte um ihn herum. Gleich nach Anton trat der Doktor ein. »Wie geht's?« frug dieser zum Kranken tretend.

»Gut genug«, erwiderte Eugen, »ich brauche Ihre Giftpulver nicht.«

»Etwas Fieber«, fuhr der Doktor fort, »eingenommener Kopf und so weiter. Es ist zu heiß hier, ich schlage vor, das Fenster zu öffnen.«

»Beim Teufel, das werden Sie nicht, Doktor«, rief ein junger Herr, der sich aus zwei Stühlen eine Art Bank zusammengerückt hatte. »Sie wissen, daß ich außer dem Dienst keinen Zug vertragen kann.« – »Lassen Sie zu«, rief Eugen, »wir sind Homöopathen, die Wärme vertreiben wir durch Wärme. Was trinken wir?«

»Irgendein Punsch wird für den Patienten immer noch am gesündesten sein«, sagte der Doktor.

»Holen Sie die Ananas, bester Anton, sie liegt mit dem ganzen Apparat hier nebenan«, bat Eugen.

»Ei«, rief der Doktor, als Anton die Frucht und der Bursch einen Korb Wein hereinbrachten, »ein süßer Koloß, ein ausgezeichnetes Exemplar. Mit Verlaub, ich mache den Punsch, die Mischung muß nach dem Zustand des Patienten eingerichtet werden.« Er griff nach seiner Tasche, brachte ein schwarzes Besteck hervor und suchte ein Messer zum Zerschneiden der Früchte.

»Alle Wetter! Plagt Sie der Teufel! Zum Henker mit Ihrem Besteck!« riefen sämtliche Husarenoffiziere aufspringend. Wie Hekkenfeuer fuhren ihre Verwünschungen um das Haupt des Doktors.

»Meine Herren«, rief der Doktor, nur wenig eingeschüchtert durch den Sturm des Unwillens, »hat einer von Ihnen ein Messer? Sehen Sie nicht erst nach, ich weiß, keiner hat eins. Spiegel und Bürste, weiter darf man in Ihren Taschen doch nichts suchen. Und versteht einer von Ihnen eine Bowle zu machen, die ein Mann von Herz und Welt trinken kann? Austrinken, ja, aber machen können Sie nichts.«

»Ich will's versuchen, Doktor«, sagte Bolling aus einer Ecke.

»Ach, Herr von Bolling, Sie auch hier?« erwiderte der Doktor mit einer Verbeugung.

Bolling nahm ihm die Ananas aus der Hand und hielt sie sorgfältig aus dem Bereich des medizinischen Armes. »Kommen Sie, Anton«, rief er, »und verhüten Sie, daß dieses Ungeheuer von Doktor mit seinem Tranchiermesser dem Getränk zu nahe kommt.«

Während Anton mit dem ältern Leutnant in eifriger Tätigkeit war, zog der Doktor zwei Spiele Karten aus der Tasche und legte sie feierlich auf den Tisch.

»Fort mit Ihren Karten«, rief Eugen, »heut wenigstens wollen wir ohne Sünde zusammenbleiben.«

»Sie können's ja nicht«, spottete der Doktor, »Sie selbst sind der erste, der danach greifen wird. Ich beabsichtigte nichts, als ein ruhiges Whist mit stabilem Pari nach rechts und links, ein Spiel für fromme Einsiedler. Was Sie aber mit diesen Karten anfangen, das wird die Zeit lehren. Hier liegen Sie beim Leuchter.«

»Hört nicht auf den Versucher«, rief einer der Leutnants lachend.

»Wer die Karte zuerst anfaßt, zahlt ein Frühstück zur Strafe«, ein anderer.

»Hier ist der Trank«, sagte Bolling und trug die Bowle auf den Tisch. Er goß ein. »Kosten Sie, Blutmensch«, sagte er zu dem Doktor.

»Roh«, entschied dieser, »morgen abend wird sie trinkbar sein.«

Während die Herren sich über das Getränk stritten, griff Eugen nach einem Spiel Karten und zog es mechanisch in zwei Häufchen ab, die er nebeneinander legte. Der Doktor rief: »Halt, gefangen! Er selbst zahlt die Strafe. Alles lachte und drängte an den Tisch. »Die Bank, Doktor«, riefen die Offiziere, sie warfen ihm die Karten zu, schnell kamen einige andere Spiele aus den Taschen der Herren ans Licht, der Doktor legte ein Häufchen Papier und Silber auf den Tisch, das Spiel begann. Man pointierte nicht gerade hoch, kurze Scherze begleiteten den Gewinn und Verlust der Spieler. Auch Anton ergriff eine Karte und setzte ohne Aufmerksamkeit. Er vermochte heut nur mit Mühe an der Unterhaltung teilzunehmen und sah mit inniger Teilnahme auf den jungen Rothsattel, der sich ahnungslos über die Karten beugte. Anton gewann einige Taler, aber mit Mißbehagen bemerkte er, daß Eugen endloses Unglück hatte. Ein Dukaten nach dem andern flog in die Kasse des Bankhalters. Da Anton bei dem Verlust seines Wirtes nicht ganz unbeteiligt war, so machte er keine Bemerkung darüber, aber der Doktor selbst sagte zu seinem Patienten, nachdem er wieder einige Dukaten eingestrichen hatte: »Sie sind heiß geworden, Sie haben Fieber, es wäre am klügsten, wenn Sie nicht mehr spielten, ich habe noch nie einen Fieberkranken gehabt, der nicht im Pharao verloren hätte.«

»Das geht Sie nichts an, Doktor«, erwiderte Eugen heftig und setzte wieder.

»Du hast Unglück, Eugen«, rief der gutmütige Bolling, »du gehst wieder zu sehr ins Geschirr.«

Als der Abzug beendet war, nahm der Doktor die Karten und steckte sie gemütlich in die Tasche. »Die Bank hat stark gewonnen«, sagte er, »aber ich höre doch auf, es ist genug des Guten.«

Wieder erhob sich ein Sturm unter den Offizieren. »Ich will Bank legen«, rief Eugen, »geben Sie mir Ihre Kasse, Wohlfart.«

Der Doktor protestierte, endlich beruhigte er sich mit der Ansicht, »vielleicht hat er Glück als Bankier, man muß dem Menschen nicht die Gelegenheit entziehen, eine Scharte auszuwetzen.«

Anton holte einige Kassenbillette aus der Tasche und legte sie schweigend vor Eugen hin, aber er selbst spielte nicht mehr. Traurig saß er da und sah auf seinen guten Freund, der mit einem Gesicht, das von Wein und Fieber glühte, auf die Karten der Spieler hinstarrte. Wieder folgte ein Abzug auf den andern, und wieder verlor Eugen, was er vor sich hatte. Die Kassenscheine flogen von ihm weg, kaum einmal fiel ein Blatt zu seinem Gunsten. Verwundert sahen die Offiziere einander an. »Auch ich schlage vor, daß wir aufhören«, rief Bolling, »ein andermal geben wir dir Revanche.«

»Ich will sie haben«, rief Eugen, sprang auf und verschloß die Tür, »keiner kommt heraus. Setzt ordentlich und wagt, hier ist Geld.« Er warf einen Haufen Streichhölzer auf den Tisch: »Das Holz einen Champagnertaler, morgen zahle ich; ich gebe zu, daß das Holz einmal gebrochen wird, unter einem Taler kein point.« Wieder fuhren die Karten auf den Tisch und wieder ging das Spiel fort. Anton bemächtigte sich unterdes des Punschlöffels und beschloß, nichts mehr in die Gläser zu gießen. Eugen verlor immerfort; die Streichhölzer wurden wie durch eine geheime Kraft nach allen Richtungen fortgerissen. Eugen holte neue Bündel und rief wild: »Beim Abschied machen wir Rechnung.« Bolling erhob sich und stampfte mit dem Stuhle auf den Boden.

»Ein Hundsfott, wer die Stube verläßt«, rief Eugen. »Du bist ein Narr«, sagte der andere unwillig, »es ist Unrecht, seinem nächsten Kameraden das Geld abzunehmen, wie wir heut mit dir tun. Ich habe so etwas noch nie gesehen. Wenn hier der Satan sein Spiel hat, ich will ihm nicht helfen.« Er setzte sich vom Tisch ab, Anton trat zu ihm;

beide sahen schweigend dem Übermut zu, mit welchem das Geld aus einer Hand in die andere geworfen wurde.

»Auch ich habe genug«, sagte der Doktor und zeigte ein dickes Bund Hölzer in seiner Hand. »Dies ist ein merkwürdiger Abend, seit ich Karten kenne, ist mir so etwas noch nicht vorgekommen. Er vermag kein Paroli mehr abzuschlagen.«

Von neuem sprang Eugen zu dem Seitentisch, wo die Hölzer lagen. Da ergriff Bolling den Rest des Paketes, öffnete das Fenster und warf die Hölzer hinunter auf die Straße. »Besser die Teufelsbolzen verbrennen da unten einen Stiefel, als hier deine Börse«, rief er. Darauf schleuderte er die Karten auf die Erde. »Das Spiel soll aufhören, du hast uns vorhin aufgetrumpft, wie einer aus der Wachtstube des alten Dessauers, ich tue jetzt dasselbe.«

»Ich verbitte mir solche Befehle«, rief Eugen gereizt.

Bolling schnallte seinen Säbel um und faßte mit der Hand an das Gesäß. »Du wirst dich heut fügen«, sagte er ernst, »morgen will ich dir vor dem Korps Rede stehn. Macht Eure Rechnung, ihr Herren, wir brechen auf.«

Die Marken wurden auf den Tisch geworfen, der Doktor zählte.

Eugen riß finster die Brieftafel aus der Tasche und notierte seine Schuld an die einzelnen. Ohne Behagen, mit kurzem Gruß entfernte sich die Gesellschaft. »Es sind gegen achthundert Taler«, sagte der Doktor auf dem Wege. Bolling zuckte die Achseln. »Ich hoffe, er kann das Geld schaffen, aber ich wollte doch, daß Sie heut das Stempelpapier in Ihrer Tasche behalten hätten. Wenn von der Geschichte etwas verlautet, so wird Rothsattel keine Ursache haben, sich zu freuen. Wir alle werden gut tun, über den Vorfall zu schweigen, auch Sie, Herr Wohlfart, bitte ich darum.«

Anton ging in stürmischer Bewegung nach Hause. Den ganzen Abend hatte er wie auf Kohlen gesessen und dem Verschwender in der Stille die bittersten Vorwürfe gemacht. Er schalt sich, daß er ihm Geld geliehen hatte, und fühlte doch, wie unpassend es gewesen wäre, seinen Wunsch nicht zu gewähren.

Als er am nächsten Morgen Eugen aufsuchen wollte, öffnete sich die Tür, und Eugen selbst trat in das Zimmer, verstimmt, niedergeschlagen, unsicher. »Ein nichtswürdiges Malheur gestern«, rief er, »ich bin in arger Klemme; ich muß heut achthundert Taler schaffen und habe in diesem Unglücksnest niemand, an den ich mich wenden kann, als Sie. Seien Sie verständig, Anton, und besorgen Sie mir das Geld.«

»Auch mir ist es nicht leicht, Herr von Rothsattel«, erwiderte Anton ernst, »es ist keine unbedeutende Summe, und die Gelder, über die ich hier disponieren kann, sind nicht mein Eigentum.«

»Sie werden es schon möglich machen«, fuhr Eugen überredend fort, »wenn Sie mir nicht aus der Verlegenheit helfen, so bin ich ganz ratlos. Der Chef versteht keinen Spaß, ich riskiere alles, wenn die Geschichte nicht schnell abgemacht wird.« Er ergriff in seiner Verlegenheit Antons Hand und drückte sie ängstlich.

Anton sah in das verstörte Gesicht dessen, der Lenorens Bruder war, und erwiderte mit innerer Überwindung: »Ich habe eine kleine Summe, welche mir gehört, in der Kasse unseres Geschäftes, und habe von hier aus Geld an unser Haus zu senden. Es wird möglich sein, daß ich unsern Kassierer auf mein Geld anweise, und die Summe, welche Sie brauchen, zurückbehalte.«

»Sie sind mein Retter«, rief Eugen erleichtert; »in spätestens vier Wochen schaffe ich Ihnen achthundert Taler zurück«, fügte er hinzu, bei der Aussicht auf das Geld geneigt, das Beste zu hoffen.

Anton ging zum Schreibtisch und zählte dem Leutnant das Geld auf. Es war ein großer Teil der Summe, die er von seinem Erbteil noch übrig hatte.

Als Eugen das Papier unter lebhaftem Danke eingesteckt hatte, begann Anton: »Und jetzt, Herr von Rothsattel, wünsche ich Ihnen noch etwas mitzuteilen, was mir gestern den ganzen Abend auf dem Herzen gelegen hat. Ich bitte Sie, mich nicht für zudringlich zu halten, wenn ich Ihnen nicht verschweige, was Sie wissen müssen, und was doch ein Fremder kaum zu sagen das Recht hat.«

»Wenn Sie mir gute Lehren zuteilen wollen, so ist der Augenblick schlecht gewählt«, antwortete der Leutnant finster, »ich weiß ohnedies, daß ich einen dummen Streich gemacht habe, und bin auf eine Strafrede meines Papas gefaßt. Was ich von ihm anhören muß, wünsche ich von keinem Dritten zu vernehmen.«

»Sie trauen mir wenig Zartgefühl zu, Herr von Rothsattel«, rief Anton, aufrichtig bekümmert durch den Ärger des Offiziers. »Ich habe gestern aus einer allerdings wenig lauteren Quelle gehört, daß Ihr Herr Vater durch die Intrigen gewissenloser Spekulanten in Verwickelungen gekommen ist oder doch kommen soll, welche seinem Vermögen Gefahr drohen. Auch der gefährliche Mensch, welcher die Ränke gegen ihn schmiedet, ist mir genannt worden.«

Der Leutnant sah verwundert in das ernste Gesicht Antons und sagte endlich: »Teufel, Sie jagen mir einen Schrecken ein, es ist nicht möglich, Papa hat mir nie etwas davon gesagt, daß seine Verhältnisse nicht ganz in Ordnung sind.«

»Vielleicht kennt er selbst nicht die Pläne und die Rücksichtslosigkeit der Menschen, welche die Absicht haben, seinen Kredit für ihre Zwecke zu benutzen.«

»Der Freiherr von Rothsattel ist nicht der Mann, sich von irgend jemand benutzen zu lassen«, entgegnete der Leutnant mit Stolz.

»Das nehme ich auch an«, räumte Anton bereitwillig ein. »Und doch bitte ich Sie, daran zu denken, daß die letzten großen Unternehmungen des Herrn Barons ihn mehrfach mit schlauen und wenig bedenklichen Händlern in Berührung gebracht haben. Der mir den Rat erteilte, gab ihn offenbar in guter Meinung. Er sprach eine Ansicht aus, welche, wie ich fürchte, von einer Anzahl untergeordneter Geschäftsleute geteilt wird, daß Ihr Herr Vater in ernster Gefahr sei, große Summen zu verlieren. Und ich fordere Sie auf, mit mir zu dem Mann zu gehen, vielleicht gelingt es uns, mehr von ihm zu erfahren. Es ist derselbe Händler, den Sie gestern bei mir sahen.«

Der Leutnant sah sehr niedergeschlagen vor sich hin, er faßte, ohne ein Wort zu sagen, seine Dienstmütze, und beide eilten nach der Herberge, in welcher Tinkeles wohnte.

»Es wird am besten sein, daß Sie selbst nach ihm fragen«, sagte Anton auf dem Weg. Der Offizier ging in das Haus, er frug einen Hausknecht, den Wirt, alle Hausgenossen, welche ihm in den Weg kamen; Schmeie war seit gestern mittag abgereist. Sie eilten von der Herberge zum Stadtkommando und erhielten nach vielen Fragen die Auskunft, daß dem Tinkeles sein Paß nach der türkischen Grenze visiert worden. So war der Zudringliche plötzlich verschwunden, und durch seine Abreise erhielt die Warnung für beide noch größeres Gewicht. Je länger sie über seine Bekenntnisse sprachen, desto aufgeregter wurde der Leutnant. Und um so weniger wußte er, was zu tun sei. Endlich brach er in großer Bewegung mit der Klage hervor: »Mein Vater ist vielleicht jetzt in Geldverlegenheit. Wie soll ich ihm meine Schuld gestehen? Es ist für mich ein verfluchter Fall. Wohlfart, Sie sind ein honetter Mann, denn Sie haben mir das Geld geliehen, obgleich Sie die Nachrichten dieses unsichtbaren Juden schon im Kopfe hatten. Sie müssen jetzt weiter anständig sein und mir die Summe auf längere Zeit leihen.«

»So lange, bis Sie selbst den Wunsch aussprechen, sie zurückzuzahlen.«

»Das ist gentil«, rief der Leutnant, »und noch eins, schreiben Sie selbst an meinen Vater. Sie wissen am besten, was der verrückte Mensch Ihnen gesagt hat, und mir ist es langweilig, so etwas meinem Papa mitzuteilen.«

»Aber Ihr Herr Vater wird die Einmischung eines Fremden mit Recht für zudringlich halten«, entgegnete Anton, befangen durch die Aussicht, mit dem Vater Lenorens in Korrespondenz zu treten.

»Mein Vater kennt Sie ja«, sagte Eugen überredend; »ich erinnere mich, daß meine Schwester mir schon von Ihnen erzählt hat. Schreiben Sie nur, ich hätte Sie darum gebeten. Es ist wirklich besser, wenn Sie das übernehmen.«

Anton willigte ein. Er setzte sich auf der Stelle hin und berichtete dem Baron die Warnungen des Händlers.

So kam er in der Fremde mit der Familie des Freiherrn in eine neue Verbindung, welche für ihn und die Rothsattel verhängnisvoll werden sollte.

4

Glücklich der Fuß, welcher über weite Flächen des eigenen Grundes schreitet; glücklich das Haupt, welches die Kraft der grünenden Natur einem verständigen Willen zu unterwerfen weiß! Alles, was den Menschen stark, gesund und gut macht, das ist dem Landwirt zuteil geworden. Sein Leben ist ein unaufhörlicher Kampf, ein endloser Sieg. Ihm stählt die reine Gottesluft die Muskeln des Leibes, ihm zwingt die uralte Ordnung der Natur auch die Gedanken zu geordnetem Lauf. Er ist der Priester, welcher Beständigkeit, Zucht und Sitte, die ersten Tugenden eines Volkes, zu hüten hat. Wenn andere Arten nützlicher Tätigkeit veralten, die seine ist so ewig, wie das Leben der Erde; wenn andere Arbeit den Menschen in enge Mauern einschließt, in die Tiefen der Erde oder zwischen die Holzplanken des Schiffes, sein Blick hat nur zwei Grenzen, oben den blauen Himmel, und unten den festen Grund. Ihm wird die höchste Freude des Schaffens, denn was sein Befehl von der Natur fordert, Pflanze und Tier, das wächst unter seiner Hand zu eigenem frohen Leben auf. Auch dem Städter ist die grüne Saat und die goldene Halmfrucht des Feldes, das Rind auf der Weide und das galoppierende Füllen, Waldesgrün und Wiesenduft eine Erquickung des Herzens, aber kräftiger, stolzer, edler ist das Behagen des Mannes, der mit dem Bewußtsein über seine Flur schreitet, dies alles ist mein, meine Kraft erschuf es, und mir gereicht es zum Segen. Denn nicht in müheloses Genuß betrachtet er die Bilder, welche ihm die Natur entgegenhält. An jeden Blick knüpft sich ein Wunsch, an jeden Eindruck ein Vorsatz, jedes Ding hat für ihn einen Zweck, denn alles, das fruchtbare Feld, das Tier und der Mensch soll Neues schaffen seinem Willen, dem Willen des Gebieters. Die tägliche Arbeit ist sein Genuß, und in diesem Genusse wächst seine Kraft. – So lebt der Mann, welcher selbst der arbeitsame Wirt seines Gutes ist.

Und dreimal glücklich der Herr eines Grundes, auf dem durch mehrere Menschenalter ein starker Kampf gegen die rohen Launen der Natur geführt ist. Die Pflugschar greift tief in den gereinigten Boden, anspruchsvolle Kulturpflanzen breiten ihre Blätter in üppiger Pracht, auf den Stengeln bräunen sich große Dolden und körnerreiche Schoten, und unten in der Erde rundet sich mächtig die fleischige Wurzel. Dann kommt die Zeit, wo sich kunstvolle Industrie auf den Ackerschollen ansiedelt. Dann ziehn die abenteuerlichen Gestalten der Maschinen nach dem Wirtschaftshof, der ungeheure Kupferkessel fährt mit Blumen bekränzt heran, große Räder mit hundert Zähnen drehn sich gehorsam im Kreise, lange Röhren verschlingen sich in den neugebauten Räumen, und die mechanischen Gelenke bewegen sich rastlos bei Tag und Nacht. Eine edle Industrie! Sie erblüht aus der Kraft des Bodens und vergrößert wieder diese Kraft! Wo der eigene Grund des Gutes seine Früchte der Fabrik reichlich spendet, da arbeiten im Freien die uralte Pflugschar, im gemauerten Haus der neue Dampfkessel brüderlich miteinander, um ihren Herrn reicher zu machen, stattlicher und weiser. Solange er nur die alten Halmfrüchte baute, die grüne Nahrung der Tiere und die runde Knollenfrucht, waren die Preise auf dem nächsten Wochenmarkt vielleicht das, was ihn in der fremden Welt am meisten interessierte; und wenn der Bauer im Dorf gegen ihn auftrumpfte, so war ihm das vielleicht der größte Ärger. Und mit abschließendem Stolz sah er aus seinem umgrenzten Kreise, wie in die blaue Ferne hinein in das geschäftige Treiben der großen Städte, in die verwickelten Verhältnisse, welche durch eine neue Zeit geschaffen sind. Jetzt steht er selbst mitten zwischen den Rädern des modernen Lebens, aber er gewinnt über die Tätigkeit vieler Fremden ein Urteil, er beobachtet viele Strömungen des menschlichen Geistes auch außerhalb seiner Feldmark. Viele Gesetze des Lebens lernt er kennen und viele Gedanken der Menschen, er gewinnt einen andern Maßstab für den Wert des Menschen, jetzt wo er das Gewühl des Marktes, das Arbeitszimmer des Gelehrten auch für sich braucht. Er knüpft seine Fäden an Leute von anderm Beruf, und Fremde freuen sich, ihm die Hand zu reichen und ihren Vorteil mit dem seinen zu verbinden. Immer größer werden die Kreise, in welche ihn sein Interesse zieht, immer mächtiger der Einfluß, den er auf andere gewinnt.

Neben dem ländlichen Tagelöhner baut ein neues Geschlecht arbeitsamer Menschen seine Hütten auf den Ackerboden, in jeder Abstufung von Wissen und Bildung; allen kann er gerecht und allen zum Heil werden. Dann wächst in starker Zunahme die Kraft seiner Landschaft, der Wert des Bodens steigt von Jahr zu Jahr, die lockende Aufforderung zu größerem Erwerb treibt auch den zähen Bauer aus dem Gleise alter Gewohnheit. Der schlechte Feldweg wird zur Chaussee, der sumpfige Graben zum Kanal. Zwischen den Getreidefeldern fahren die Reihen der Lastwagen entlang, auf wüsten Stellen erheben sich die roten Dächer neuer Wohnungen; der Briefbote, der sonst nur zweimal in der Woche seine Ledertasche durch die Fluren trug, erscheint jetzt alle Tage, sein Ranzen ist schwer von Briefen und Zeitungen; und wenn er bei einem neuen Haus anhält, um der jungen Frau, die mit ihrem Mann von fern zuzog, eine Nachricht aus der Heimat zu bringen, da nimmt er dankend das Glas Milch, das ihm die Erfreute an der Tür reicht, und erzählt ihr eilig, wie lang ihm sonst der Weg von einem Dorf zum andern in der heißen Sonne geworden. Dann erwacht auch die Begehrlichkeit, die kindische Base jedes Fortschritts. Die Nadel des Schneiders hat viel an neuen Stoffen zu nähen, zwischen den Bauernhäusern stellt der kleine Kaufmann seinen Kram auf, er legt seine Zitronen in das Schaufenster, den Tabak in schönen Paketen, und lockende Flaschen mit silbernen Zetteln. Und der Schullehrer in den Dörfern klagen über die Menge der Schüler, ein zweites Schulhaus wird gebaut, eine höhere Klasse eingerichtet; in einem Schrank einer Wohnstube legt der Lehrer die erste Leihbibliothek an, und der Buchhändler in der Stadt übergibt ihm neue Bücher zum Verkauf. – So wird das Leben des starken Landwirts ein Segen für die Umgegend, für das ganze Land.

Wehe aber dem Landwirt, dem der Grund unter seinen Füßen fremden Gewalten verfällt! Er ist verloren, wenn seine Arbeit nicht mehr ausreicht, die Ansprüche zu befriedigen, welche andere Menschen an ihn machen. Die Geister der Natur gönnen ihren Segen nur dem, welcher ihnen frei und sicher gegenübersteht, sie empören sich, wo sie Schwäche, Eile und halben Mut ahnen. Keine Arbeit wird mehr zum Heil. Die gelbe Blüte der Ölsaat und die blaue Blume des Flachses vertrocknen ohne Frucht, Rost und Brand fallen über das Getreide, in tödlichem Faulfieber schwindet der kleine Leib der Kartoffel; sie alle, so lange an Gehorsam gewöhnt, wissen sie bitter jede Nachlässigkeit zu strafen. Dann wird für den Herrn der tägliche Gang durch die Felder ein täglicher Fluch; wenn die Lerche aus dem Roggen aufsteigt, muß er denken, daß die Frucht schon auf dem Halme verkauft ist, wenn das Gespann der Rinder den Klee nach den Ställen fährt, weiß er, daß der Ertrag von Milch und Fleisch schon von fremden Gläubigern gefordert ist, und er muß zweifeln, ob die Fruchtbarkeit, welche seinem Acker durch das Widerkäuen der eßlustigen Tiere im nächsten Jahr kommen soll, noch ihm selbst zum Vorteil werden wird. Finster, mürrisch, verzweifelt kehrt er nach dem Hofe zurück. Leicht wird er dann seiner Wirtschaft und den Feldern fremd, er sucht jenseits seiner Flur den lästigen Gedanken zu entfliehen, und durch die Flucht beschleunigt er seinen Untergang. Was ihn vielleicht noch retten könnte, ein vollständiges Hingeben an die Arbeit, das wird ihm unerträglich.

Und dreimal wehe dem Landwirt, der übereilt in unverständigem Gelüst die schwarze Kunst des Dampfes über seine Schollen führt, um Kräfte aus ihnen hervorzulocken, die nicht darin leben. Ihn trifft der härteste Fluch, der Sterblichen beschieden ist. Nicht er allein wird schwächer, er macht auch viele andere schlecht, die er zum Dienst an sein Leben gebunden hat. In dem Schwunge der Räder, die er vorwitzig in seinem Kreis aufstellte, wird zerrissen, was in seiner Wirtschaft noch unversehrt war, die Kraft seines Bodens verzehrt sich in fruchtlosen Versuchen, seine Gespanne erlahmen an schweren Fabrikfuhren, seine ehrlichen Landarbeiter verwandeln sich in ein schmutziges, hungerndes Proletariat. Wo sonst ruhiger Gehorsam wenigstens das Nötige schuf, wuchert jetzt Hader, Widersetzlichkeit und Betrug. Er selbst ist hineingezogen in die Wirbel lästiger Geschäfte, wie brausende Wellen stürzen die Forderungen auf ihn herein, im verzweifelten Kampf, ein Ertrinkender, sucht er ohne Wahl Hilfe bei allem, was in den Bereich seiner Hände kommt, und ermattet vom fruchtlosen Ringen sinkt er hinab in die Tiefe.

Auf dem Gute des Freiherrn hatte die Saat oft besser gestanden, als bei den Nachbarn, seine Herden waren als kerngesund in der ganzen Landschaft bekannt, Fehljahre, welche andere niederdrückten, hatten ihm verhältnismäßig wenig geschadet; jetzt war das alles wie durch bösen Zauber verändert. In der Rinderherde brach eine pestartige Krankheit aus, das Getreide stand hoch im Feld, und als die Garben in der Scheuer zerschlagen wurden, waren der Scheffel nur wenige, die er aufschütten konnte. Überall war sein Anschlag größer gewesen, als der Ertrag. Zu anderer Zeit hätte er's ruhig überwunden, jetzt machte ihn das krank. Die Ackerwirtschaft wurde ihm verhaßt, er überließ sie ganz dem Amtmann. Alle seine Hoffnungen flogen jetzt der Fabrik zu, und wenn er seine Feldmark betrat, so geschah es nur, um nach den Rüben zu sehn, auf deren Bau er im letzten Jahr die beste Kraft des Gutes verwandt hatte.

Hinter den Bäumen des Parks erhob sich das neue Fabrikgebäude. Viele Stimmen geschäftiger Menschen schrien um den neuen Bau durcheinander. Die erste Rübenernte wurde eingebracht und zum Verarbeiten aufgeschüttet. Mit dem nächsten Tage sollten die regelmäßigen Arbeiten in der Fabrik beginnen. Noch immer hämmerte drin der Kupferschmied, an der großen Presse arbeitete der Mechaniker, und emsige Frauen trugen Körbe von Spänen und Kalkbrocken aus den Mauern und säuberten mit Scheuerlappen die Stätte, in der sie fortan handlangen sollten. Der Freiherr stand vor dem Hause; er hörte ungeduldig auf das Klopfen der Hämmer, die so lange die Vollendung des Werkes verzögert hatten. Von morgen begann für ihn eine neue Zeit. Er stand jetzt an der Pforte seines Schatzhauses. Die alten Sorgen konnte er weit hinter sich werfen, in den nächsten Jahren zahlte er ab, was er geliehen hatte, dann sammelte er Geld. Und während er so dachte, sah er auf seine abgetriebenen Pferde und das sorgenvolle Gesicht des alten Amtmanns, und eine unbestimmte Furcht schlich wie ein häßliches Insekt über die unruhig flatternden Blätter seiner Gedanken. Er hatte alles auf diesen Wurf gesetzt, er hatte sein Gut so hoch mit Hypotheken belastet, daß er sich in diesem Augenblick fragen konnte, wieviel davon noch ihm selbst gehöre, alles, um durch den erhärteten Saft der Ackerfrucht den Wappenschild seines Geschlechtes höher zu stellen. Hüte dich, Freiherr! Und wenn du die weißen Kristalle härtest, daß sie klingen wie Stein, sie halten Wind und Wetter nicht aus, sie zerfließen im Regen, sie verwittern in der Luft, und was du darauf gegründet, das stürzt in Trümmer. Der Freiherr selbst war in den letzten Jahren ein anderer geworden. Falten auf der Stirn, zwei mürrische Falten um den Mund und graues Haar an den Schläfen, das waren die ersten Resultate der ewigen Sorge um Kapital, um die Familie, um die Zukunft des Gutes. Seine Stimme. die sonst kräftig aus der Brust geklungen hatte, war scharf und heiser geworden, und eine zornige Hast war in seinen Gebärden. Schwere Sorge hatte der Freiherr in der letzten Zeit gehabt. Was bei einem großen Bau Mangel an Geld heißt, das Elend hatte er gründlich kennengelernt. Ehrenthal war jetzt ein regelmäßiger Besucher des Schlosses. Seine Pferde hatten in jeder Woche gutes Heu von den Raufen des Freiherrn gerupft, in jeder Woche hatte er seine Brieftasche hervorgezogen und Rechnungen gebracht oder Kassenscheine aufgezählt. Seine Hand, die im Anfange so ehrerbietig nach der Tasche griff, war säumig geworden, und nur langsam lösten sich die flatternden Papiere von seinen Fingern, sein gebeugter Hals war steif, sein unterwürfiges Lächeln hatte sich in einen trockenen Gruß verwandelt, er schritt jetzt mit prüfendem Blick durch den Wirtschaftshof, und statt der feurigen Lobrede kam mancher Tadel aus seinem Munde. Der demütige Agent war zum anspruchsvollen Gläubiger herangewachsen, und der Freiherr ertrug mit immer steigendem

Widerwillen die Ansprüche eines Mannes, den er nicht mehr entbehren konnte. Aber nicht Ehrenthal allein, auch andere fremde Gestalten klopften an das Arbeitszimmer des Gutsherrn und verhandelten mit ihm unter vier Augen. Die breite Figur des rauhen Pinkus schritt alle Vierteljahre aus dem Gasthof des Dorfes auf das Schloß, und jedesmal, wenn sein schwerer Fuß die Stufen betrat, zog hinter ihm der Mißmut in das Haus. Alle Wochen war Ehrenthal auf dem Gute erschienen, jetzt war die schwerste Zeit gekommen, und kein Auge erblickte den Geschäftsmann. Er war verreist, hieß es in der Stadt, und unruhig hörte der Freiherr auf das Geräusch jedes Wagens, ob nicht einer den Säumigen zuführe, den Verhaßten, Unentbehrlichen. Lenore trat zu dem Vater, eine reife Schönheit von vollen Formen und hohem Wuchs; daß auch sie von dem Ernst des Lebens berührt war, zeigte das sinnende Auge und der besorgte Blick, den sie auf den Freiherrn warf. »Der Bote bringt die Postsachen«, sagte sie, ein Paket Briefe und Zeitungen überreichend. »Es ist gewiß wieder kein Brief von Eugen dabei.«

»Der hat jetzt anderes zu tun, als zu schreiben«, antwortete der Vater, aber er selbst suchte eifrig die Handschrift des Sohnes. Da sah er ein Schreiben von fremder Hand, mit dem Postzeichen der Stadt, in welche Eugen eingerückt war. Es war Antons Brief. Schnell öffnete er. Als er in der ehrerbietigen Sprache die gute Meinung erkannt und den Namen Itzigs gelesen hatte, verbarg er den Brief hastig in seiner Brusttasche. Die geheime Angst, welche jetzt manchmal sein Herz zusammenzog, überfiel ihn wieder, und gleich darauf folgte der unwillige Gedanke, daß seine Verlegenheiten ein Gegenstand der Unterhaltung in der Fremde waren. Unbestimmte Warnungen waren das letzte, was er bedurfte, sie demütigten ihn nur. Lange stand er in finsterem Schweigen neben der Tochter. Da der Brief aber Nachrichten von Eugen enthielt, so zwang er sich endlich zu sprechen. »Da hat mir ein Herr Wohlfart geschrieben, der jetzt als Kaufmann jenseits der Grenze umherreist und Eugens Bekanntschaft gemacht hat.«

»Er!« rief Lenore. »Er scheint ein ordentlicher Mann zu sein«, fuhr der Freiherr mit Überwindung fort. »Er spricht mit Wärme von Eugen.« »Ja«, rief Lenore erfreut, »was gewissenhaft und zuverlässig heißt, das lernt man kennen, wenn man mit ihm umgeht. Welcher Zufall! Die Schwester und der Bruder. Was hat der dir geschrieben, Vater?«

»Geschäftliches, das wahrscheinlich gut gemeint ist, mir aber nicht von wesentlichem Nutzen sein kann. Die törichten Knaben haben irgendein Geschwätz aus dritter Hand gehört und haben sich um meine Angelegenheiten unnötige Sorge gemacht.« Und schwerfällig schritt er nach diesen Worten zu seiner Fabrik.

Beunruhigt folgte ihm Lenore. Endlich entfaltete er die Zeitung und wandte die Blätter nachlässig um, bis sein Blick auf eine gerichtliche Anzeige fiel. Eine dunkle Röte stieg ihm langsam über die Wangen, das Blatt fiel zur Erde, er griff mit der Hand an die Bretter eines Wagens und legte seinen Kopf darauf. Erschrocken hob Lenore das Zeitungsblatt auf und sah den Namen der polnischen Herrschaft, auf welcher der Vater, wie sie wußte, ein großes Kapital stehen hatte. Ein Termin zur Versteigerung der Herrschaft wegen Konkurses war angezeigt.

Wie ein Blitzstrahl traf den Freiherrn die Nachricht. Wenn er sein eigenes Gut belastet hatte, war ihm die Summe, die auf fremdem Grund ruhte, als die letzte Grundlage seines Wohlstandes erschienen. Oft hatte er gedacht, ob es nicht töricht war, andern in der Fremde sein Geld zu lassen und daheim fremdes nur zu teuer zu bezahlen, immer hatte er eine Scheu davor gefühlt, auch dies runde Kapital in seine Unternehmungen zu werfen, er betrachtete es als das Wittum seiner Gemahlin, als das Erbteil der Tochter. Jetzt war auch diese Summe gefährdet, die letzte Sicherheit war verschwunden, alles um ihn wankte. Ehrenthal hatte ihn betrogen, er hatte die Korrespondenz mit dem Bevollmächtigten des polnischen Grafen geführt, er hatte ihm am letzten Termin die Zinsen noch vollständig berechnet, es war kein Zweifel, Ehrenthal wußte von den schlechten Verhältnissen des polnischen Gutes und hatte sie ihm verheimlicht.

»Vater«, rief Lenore, ihn von dem Wagen aufrichtend, »fasse dich, sprich mit Ehrenthal, fahr zu deinem Anwalt, es wird auch gegen dieses Unglück eine Hilfe geben.«

»Du hast recht, mein Kind«, sagte der Freiherr mit klangloser Stimme, »noch ist möglich, daß die Gefahr nicht so groß ist. Laß anspannen, ich will nach der Stadt. Verbirg der Mutter, was du gelesen hast, und du, liebe Lenore, begleite mich.«

Als der Wagen vorfuhr, fand er den Freiherrn noch auf derselben Stelle, wo die Nachricht in sein Herz gedrungen war. Schweigend saß er während der Fahrt in eine Ecke gedrückt.

In der Stadt brachte er die Tochter in sein Quartier, daß er immer noch nicht aufgegeben, um seinen Bekannten und seiner Frau nicht den Verdacht zu erregen, als gehe es zurück mit seinem Vermögen. Er selbst fuhr zu Ehrenthal. Zornig trat er in das Comtoir und hielt dem Händler nach rauhem Gruß das Zeitungsblatt entgegen. Ehrenthal erhob sich langsam und sagte mit dem Kopf nickend: »Ich weiß, der Löwenberg hat deswegen an mich geschrieben.« – »Sie haben mich getäuscht, Herr Ehrenthal«, rief der Freiherr, mühsam nach Haltung ringend.

»Wozu?« erwiderte achselzuckend der Händler, »wozu sollte ich Ihnen verstecken, was doch die Zeitung melden muß? Das kommt vor bei jedem Gut, bei jeder Hypothek. Was ist dabei für ein Unglück?«

»Die Verhältnisse der Herrschaft sind schlecht, Sie haben lange darum gewußt«, rief der Freiherr; »Sie haben mich betrogen.«

»Was reden Sie da von Betrug?« rief Ehrenthal erzürnt; »nehmen Sie sich in acht, daß nicht ein Fremder Ihre Worte hört. Ich habe mein Geld bei Ihnen stehen, wie kann ich ein Interesse haben, Sie kleiner zu machen und größer zu machen Ihre Verlegenheiten? Ich selber stecke darin bei Ihnen so tief«, er wies auf die Stelle, wo bei den

Menschen das Herz zu sitzen pflegt. »Hätte ich gewußt, daß diese Fabrik wird fressen mein gutes Geld, ein Tausend nach dem andern, wie ein Tier frißt, das hinten offen ist, ich hätte mich bedacht und Ihnen auch nicht gezahlt einen einzigen Taler. Ich will mit meinem Gelde füttern eine Herde Elefanten, aber ich will niemals wieder füttern eine Fabrik. Wie können Sie also sagen, daß ich Sie betrogen habe?« fuhr er in steigender Hitze fort.

»Sie haben um den Konkurs gewußt«, rief der Freiherr, »und haben mir verheimlicht, wie es mit dem Grafen steht.«

»Bin ich es gewesen, der Ihnen hat verkauft die Hypothek?« frug der entrüstete Ehrenthal. »Ich habe Ihnen alle halbe Jahre die Zinsen eingezogen, das ist mein Unrecht, ich habe Ihnen außerdem gezahlt noch vieles Geld, das ist mein Betrug.« – Versöhnend fuhr er fort: »Sehen Sie die Sache ruhig an, Herr Baron, ein anderer Gläubiger hat angetragen auf den Verkauf der Herrschaft, die Gerichte haben's uns nicht angezeigt, oder sie haben die Anzeige geschickt an eine falsche Adresse. Was tut's? Sie werden jetzt bekommen nach der Subhastation ausgezahlt Ihr Kapital, dann können Sie bezahlen die Gläubiger, die Sie auf Ihrem Gut haben. Es sind, wie ich höre, große Güter bei dieser Herrschaft, und Sie haben nichts zu befürchten für Ihr Kapital.«

Mit dieser zweifelhaften Hoffnung mußte sich der Freiherr entfernen. Niedergeschlagen bestieg er seinen Wagen; er rief dem Kutscher: »Zum Justizrat Horn!« aber mitten auf dem Wege gab er Gegenbefehl und fuhr nach seinem Quartier zurück. Es war zwischen ihm und dem alten Rechtsfreund eine Kälte eingetreten. Er hatte sich gescheut, diesem seine unaufhörlichen Verlegenheiten mitzuteilen, und war durch einige wohlgemeinte Warnungen desselben verletzt worden, so hatte er oft die Hilfe anderer Juristen in Anspruch genommen.

Itzig war in seinem Zartgefühl aus dem Comtoir gestürzt, als er die Pferdeköpfe des Barons auf der Straße erblickt, jetzt steckte er den Kopf wieder herein. »Wie war er?« frug er Herrn Ehrenthal.

»Wie soll er gewesen sein«, antwortete Ehrenthal unwillig, »er war wie ein Fisch, welcher hat viele Gräten; er hat geschlagen mit seinem Kopf in die Luft, und ich habe gehabt meinen Ärger. Mein Geld habe ich gesteckt in das Gut, und Sorgen habe ich um das Gut, so viel Haare auf dem Kopf, weil ich gefolgt bin Ihrem Rat.« – »Wenn Sie denken, daß ein Rittergut Ihnen geschwommen kommt wie ein Fisch mit dem Wasser, daß Sie nur dürfen ausstrecken die Hand und festhalten, so tun Sie mir leid«, versetzte Veitel boshaft.

»Was tue ich mit der Fabrik?« rief Ehrenthal, »das Gut ist für mich gewesen zweimal soviel wert, ohne den Schornstein.«

»So verkaufen Sie die Ziegeln, wenn Sie den Schornstein erst haben«, versetzte Veitel ironisch. »Ich wollte Ihnen noch sagen, daß ich morgen einen Besuch habe von einem Bekannten aus meiner Gegend. Ich kann morgen nicht kommen in Ihr Comtoir.«

»Sie haben in dem letzten Jahr so oft Ihre eigenen Gänge gemacht«, erwiderte Ehrenthal grob, »daß mir nichts daran liegt, wenn Sie auch länger fortbleiben aus meinem Kontor.«

»Wissen Sie, was Sie gesagt haben?« fuhr Veitel auf. »Sie haben mir gesagt: Itzig, ich brauche dich nicht mehr, du kannst gehen. Ich aber werde gehen, wenn es mir recht ist, und nicht, wenn es Ihnen recht ist.«

»Sie sind ein dreister Mensch«, rief Ehrenthal; »ich will Ihnen verbieten, daß Sie so zu mir reden. Wer sind Sie, junger Itzig?«

»Ich bin der, welcher weiß Ihre ganzen Geschäfte, ich bin der, welcher Sie ruinieren kann, wenn er will, und ich bin der, welcher es gut zu Ihnen meint, besser als Sie selber. Und deswegen, wenn ich übermorgen in das Comtoir komme, werden Sie zu mir sagen: Guten Morgen, Itzig! Haben Sie mich verstanden, Herr Ehrenthal?« Er ergriff seine Mütze und eilte auf die Straße, dort brach sein unterdrückter Zorn gegen Ehrenthal in helle Flammen aus, er schwenkte heftig die Hände und murmelte drohende Worte. Dasselbe tat Ehrenthal in seinem Comtoir.

Der Freiherr fuhr zu seiner Tochter zurück, er setzte sich niedergeschlagen auf das Sofa, und die liebevollen Worte Lenores gingen ungehört bei seinem Ohr vorüber. Er hatte nichts, was ihn noch in der Stadt zurückhielt als seine Furcht, der Baronin die traurige Nachricht mitzuteilen. Er brütete über Plänen, wie er den möglichen Verlust überwinden konnte, und malte sich wieder mit den schwärzesten Farben aus, welche Folgen dies Ereignis haben mußte. Unterdes saß Lenore schweigend am Fenster und sah hinunter in das Getümmel der Straßen, auf die Lastwagen, welche vorüberrasselten, und auf die Ströme geschäftiger Menschen, die auf dem Trottoir dahinzogen, unaufhörlich, ohne Rast, um Verdienst und Genuß. Und während Lenore sich frug, ob wohl einer von all den Leuten, die vorübergingen, den heimlichen Kummer, die Furcht, die Nutzlosigkeit gefühlt habe, die in den letzten Jahren über ihr junges Herz gekommen waren, da sah zuweilen einer von unten zu den Spiegelfenstern des stattlichen Hauses auf, dann ruhte sein Auge bewundernd auf dem schönen Mädchen, und er beneidete vielleicht das Glück der Vornehmen, die so ruhig von oben herabsehn auf die Leute, die sich um den Verdienst plagen müssen.

So wurde es dunkel auf der Straße, das Licht der Laternen warf einen matten Schein in das Zimmer, Lenore sah auf die Schatten und Lichtstreifen, welche sich an der Stubenwand bewegten, und mit der steigenden Finsternis vergrößerte sich das Bangen in ihrer Brust. Vor der Haustür aber standen zwei Männer in eifrigem Gespräch, der eine trat in das Haus, die Klingel wurde gezogen, ein schwerer Tritt schallte im Vorzimmer. Der Bediente trat ein und meldete Herrn Pinkus. Bei dem Namen fuhr der Freiherr auf, forderte Licht und eilte in das Nebenzimmer.

Der Herbergsvater trat bei dem Freiherrn ein und neigte einige Mal seinen großen Kopf, beeilte sich aber nicht zu sprechen; der

Freiherr stützte sich auf die Tischplatte, wie einer, der bereit ist, alles zu hören. »Was bringen Sie mir so spät?«

»Der Herr Baron weiß, daß morgen der Wechsel fällig ist mit zehntausend Talern.« – »Können Sie nicht erwarten, daß ich Ihnen bei der Verlängerung Ihre zehn Prozent einrechne?« frug der Freiherr mit Verachtung. »Ich glaubte erst morgen das Rechenexempel machen zu müssen.«

»Da es Ihnen nicht recht ist, das Exempel zu machen«, erwiderte Pinkus, »so bestehe ich nicht darauf. Ich komme Ihnen anzeigen, daß ich plötzlich in die Lage gekommen bin, Geld zu brauchen; ich werde Sie morgen bitten um die zehntausend.«

Der Freiherr trat einen Schritt zurück. Das war der zweite Schlag, und dieser traf sein Leben. Er hatte geahnt, daß noch etwas kommen würde, ihn zu zermalmen; jetzt wußte er genau, daß alles unnütz war, was er noch sagen konnte. Sein Gesicht war fahles Gelb, als er mit heiserer Stimme begann: »Wie können Sie diese Forderung stellen, nach dem, was wir miteinander besprochen haben? Wie oft haben Sie mir beteuert, daß diese Wechselform nichts als eine leere Förmlichkeit sei?«

»Es ist gewesen bis heut eine Förmlichkeit«, sagte Pinkus, »jetzt wird's ein Zwang. Ich habe morgen zu zahlen zehntausend Taler an einen Mann, dem ich verpflichtet bin.«

»Dann sprechen Sie mit dem Mann«, sagte der Freiherr, »ich bin bereit, Ihnen neue Zugeständnisse zu machen, ich bin aber jetzt außerstande, zu zahlen.«

»Dann, Herr Baron, tut mir's leid, Ihnen zu sagen, daß man gegen Sie verfahren wird nach Wechselrecht.«

Der Freiherr schwieg und wandte sich ab. »Wann darf ich morgen wiederkommen nach meinem Geld?« frug Pinkus.

»Um diese Stunde«, erwiderte eine Stimme, welche hohl klang, wie die Stimme eines Greises. Mit einem neuen Kopfnicken entfernte sich Pinkus, der Freiherr wankte in sein Zimmer zurück. Sein Kopf sank auf die Lehne des Sofas herab, erstarrt dachte er an das, was jetzt kommen mußte. Lenore kniete neben ihm nieder, sie faßte sein Haupt und legte es auf ihre Schultern, sie nannte ihn mit den zärtlichsten Namen und flehte ihn an, doch wieder zu sprechen. Er hörte nichts und sah nichts, in ihm schlug es wie mit einem Hammer immer stärker und schneller. Die hohlen Gebilde von buntem Glas, die er sich ausgeblasen hatte, zersplitterten in Scherben, er ahnte jetzt die schreckliche Wahrheit, er war ein ruinierter Mann.

So saß er bis zum späten Abend, die Tochter brachte ihn endlich dazu, einen Schluck Wein zu trinken und an die Heimkehr zu denken. »Ja, fort von hier«, rief er endlich, »ins Freie.« So fuhren sie ab. Als die Bäume der Landstraße bei ihm vorbeiflogen, und die frische Luft in sein Gesicht schlug, kam seine Seele wieder in Spannung. Diese Nacht und der ganze nächste Tag gehörten ihm, in dieser Zeit mußte sich eine Hilfe finden. Es war nicht die erste Verlegenheit, die er empfand, und er hoffte jetzt sogar, es werde nicht die letzte sein. Er war diese Wechselschuld von ursprünglich siebentausend und einigen hundert Talern eingegangen, weil der Schurke, der ihm heut das Geld kündigte, vor einigen Jahren zu ihm gekommen war und ihm das Geld angeboten, ja aufgedrängt hatte, zuerst mit den niedrigsten Zinsen. In dem sicheren Mut eines glücklichen Unternehmers hatte er das Geld angenommen. Es hatte einige Wochen müßig dagelegen, dann hatte er es angegriffen, und Schritt vor Schritt hatte der Gläubiger seine Forderungen gesteigert bis zum Solawechsel und einem übermäßigen Zinsfuß. Jetzt trotzte der Schurke. War er wie die Ratte, welche den bevorstehenden Untergang des Schiffes merkt und sich zu retten sucht? Der Freiherr lachte auf, daß Lenore zusammenfuhr – aber er war nicht der Mann, sich widerstandslos dem Gauner in die Hände zu geben, er wußte, die Nacht und der nächste Tag mußten ihm Hilfe bringen. Ehrenthal konnte ihn nicht im Stiche lassen.

Er fühlte die Notwendigkeit, sich zu beherrschen, er gewann es über sich, mit seiner Tochter wieder von gleichgültigen Dingen zu sprechen. »Es sind unangenehme Geschäfte, die sich jetzt drängen«, sagte er, »und ich bin durch die vielen Ansprüche, welche man in der letzten Zeit an mich gemacht hat, auch körperlich angegriffen. Es wird vorübergehn, mein Kind. Jedem Unternehmer kommt solche Zeit; ist die Fabrik erst im Gange, so ist das Ärgste überstanden.«

Es war Nacht, als sie nach Hause kamen, der Freiherr eilte auf sein Zimmer. Er legte sich zu Bett, aber er wußte, daß das eine Szene war, die er nur seinem Bedienten vorspielte; das war wieder eine Nacht, so der Schlaf sein Haupt nicht berühren sollte. Vom Turme der Dorfkirche schlug eine Stunde nach der andern, der Freiherr zählte jeden Schlag, und nach jeder Stunde pochte das Blut stürmischer in seinen Adern, und heißer wurde seine Angst. Wo war Rettung? Es gab für ihn keine andere, als Ehrenthal. Aller Widerwille, den er dagegen empfand, morgen als Bittender vor diesen Mann zu treten, floß dahin mit dem Fieberschweiß, der von seiner Stirn rann. So lag er und rang die Hände; und wenn der Schlummer, das stille Kind der Nacht, sich seinem Lager näherte, immer erhob sich das graue Gespenst der Angst neben seinem Haupt und trieb mit drohender Gebärde den hilfreichen Gott aus seiner Nähe. Gegen Morgen erst verlor er die Empfindung seines Elends.

Schneidende Mißtöne drangen aus dem Hofe in sein Zimmer und weckten ihn; die Arbeiter der Fabrik zogen mit der Dorfmusik unter sein Fenster und brachten ihm ein Ständchen. Zu anderer Zeit hätte er sich über den gutwilligen Eifer gefreut, heut hörte er nur die unreinen Klänge, und sie quälten ihn. Hastig kleidete er sich an und eilte in den Hof. Sein Haus war bekränzt, die Arbeiter hatten sich vor der Tür aufgestellt, sie empfingen ihn mit lautem Zuruf, er mußte den Mund auftun und ihnen sagen, daß er sich dieses Tages freue und daß er viel Gutes von ihm erwarte, und während er sprach, fühlte er, wie unwahr seine Worte waren und wie gebrochen sein Mut. Er ließ anspannen, ehe er noch seine Frau und Tochter begrüßt hatte, und jagte wieder der Stadt zu. Er stand in Ehrenthals Hause und schüttelte an der Tür des Comtoirs; noch war die Tür verschlossen, sein Diener mußte den Händler vom Frühstück herunterholen.

Unruhig über das Außerordentliche des frühen Besuches erschien Ehrenthal, er hatte sich diesmal nicht beeilt, den alten Schlafrock auszuziehn. Der Freiherr trug sein Anliegen so kaltblütig vor, als es ihm nach der schlaflosen Nacht möglich war. Ehrenthal geriet in die größte Entrüstung. »Dieser Pinkus«, rief er einmal über das andere, »er hat sich unterstanden, Ihnen Geld zu borgen gegen einen Wechsel! Wie kann er Ihnen borgen eine so große Summe? Der Mann hat keine zehntausend Taler, er ist ein kleiner Mann ohne Mittel.« Der Freiherr gestand ihm, daß die Summe ursprünglich geringer gewesen war, aber dies Geständnis steigerte die Unruhe Ehrenthals.

»Von sieben zu zehn!« rief er und rannte heftig auf und ab, daß der Schlafrock um ihn flog, wie die Flügel einer Eule. »Fast dreitausend Taler hat er genommen! Ich habe immer ein schlechtes Zutrauen zu diesem Menschen gehabt, jetzt weiß ich, was er ist! Er ist ein Spion, ein Achselträger, der auf zwei Schultern trägt. Er hat auch nicht gegeben die siebentausend, sein ganzer Kram ist nicht siebentausend wert.«

Die starke sittliche Entrüstung des Händlers warf einen Freudenschimmer in die Seele des Freiherrn; wie unrecht hatte er dem Mann oft in seinen Gedanken getan! »Auch ich habe Ursache, diesen Pinkus für einen gefährlichen Menschen zu halten«, sagte er.

Aber diese Bestimmung gereichte dem Freiherrn zum Unheil, der Zorn Ehrenthals wandte sich jetzt gegen ihn. »Was rede ich von dem Pinkus«, schrie er; »er hat gehandelt, wie ein Mensch von seiner Art handeln muß. Aber Sie, der Sie sind ein Edelmann, wie haben Sie in solcher Weise an mir handeln können? Sie haben hinter meinem Rücken mit einem andern Geschäfte gemacht und haben ihn in kurzer Zeit verdienen lassen drei von sieben auf Wechsel. Auf Wechsel«, fuhr er fort; »wissen Sie, was das heißt, auf Wechsel?«

»Auch ich wünschte«, sagte der Freiherr, »daß die Schuld nicht nötig gewesen wäre; da aber heut der Verfalltag ist, und der Mann in eine Verlängerung nicht willigt, so müssen wir versuchen, Zahlung zu schaffen.«

»Was heißt wir!« fuhr Ehrenthal zornig auf; »Sie müssen Zahlung schaffen, sehen Sie zu, wie Sie Geld schaffen für den Mann, dem Sie dreitausend haben geschrieben in seine Tasche. Sie haben mich nicht gefragt, als Sie ausgestellt haben den Wechsel, Sie brauchen mich nicht zu fragen, wie Sie werden zahlen das Geld.«

In dem Freiherrn lagen Angst und Zorn im Kampfe. »Mäßigen Sie Ihre Sprache, Herr Ehrenthal«, rief er.

»Was soll ich mich mäßigen«, schrie der Händler; »Sie haben sich nicht gemäßigt, und der Pinkus hat sich nicht gemäßigt, ich will mich auch nicht mäßigen.«

»Ich werde wiederkommen«, sagte der Freiherr, »wenn Sie die

Haltung gewonnen haben, die ich mir mir gegenüber unter allen Umständen erbitten muß.«

»Wenn Sie wieder Geld von mir wollen, so kommen Sie nicht wieder, Herr Baron«, rief Ehrenthal. »Ich habe kein Geld mehr für Sie; lieber will ich werfen die Taler auf die Straße, als Ihnen noch zahlen einen einzigen in Ihr Gut.«

Der Freiherr verließ schweigend das Zimmer. Sein Elend war groß, er mußte das Gezänk des gemeinen Mannes ertragen. Jetzt fuhr er in der Stadt bei seinen Bekannten umher und stand die Qual aus, alle Stunden von neuem um Geld zu bitten und immer abschlägige Antwort zu erfahren. Zum Mittag war seine Kraft gebrochen. Er kehrte in sein Quartier zurück und überlegte, ob er noch einmal zu Ehrenthal gehn oder ob er die Zahlung des Wechsels wegen wucherischer Zinsen verweigern solle. Da schlich der in sein Haus, welcher bis dahin sein Leben in weitem Kreise umlauert hatte, er, der künftige Besitzer des Gutes, der Erbe der Rothsattel. Der Freiherr wunderte sich, als eine fremde Gestalt, die er kaum ein oder das andere Mal gesehen hatte, in sein Zimmer trat, ein hageres Gesicht von rötlichem Haar eingefaßt, zwei verschmitzte Augen, und um den Mund ein grotesker Zug, wie man ihn auf den lachenden Larven des Karnevals sieht.

Veitel verneigte sich tief und begann: »Gnädiger Herr Baron, haben sie die Gewogenheit zu verzeihen, daß ich mit einem Geschäft zu Ihnen komme. Ich habe den Auftrag von Herrn Pinkus, das Geld einzukassieren für den Wechsel. Ich wollte Sie untertänigst fragen, ob Sie vielleicht so gnädig sein wollten, mir zu zahlen das Geld.«

Der finstere Ernst der Stunde ging dem Freiherrn verloren, als er die lange Gestalt sah, welche sich krümmte und in possenhafter Artigkeit zu vergehen bemüht war. »Wer sind Sie?« frug er mit der Würde eines großen Herrn.

»Veitel Itzig ist mein Name, gnädiger Herr, wenn ich mir erlauben darf, Ihnen das zu melden.«

Der Freiherr fuhr zusammen, als er den Namen Itzig hörte. Das war der Mann, vor dem er gewarnt war, der Unsichtbare, Erbarmungslose. Wieder schnürte ihm die Angst das Herz zusammen.

»Ich war bis jetzt Buchhalter bei Ehrenthal«, fuhr Itzig bescheiden fort. »Aber der Ehrenthal wird mir zu groß; ich habe geerbt ein kleines Vermögen, ich habe es übergeben dem Pinkus in sein Geschäft. Jetzt bin ich dabei, mich selbst zu etablieren.«

»Sie können das Geld jetzt nicht bekommen«, erwiderte der Freiherr ruhiger. Diese hilflose Gestalt konnte schwerlich ein gefährlicher Gegner sein.

»Ausgezeichnet«, sagte Veitel, »es ist mir eine Ehre, zu hören von dem gnädigen Herrn, daß Sie mir's zahlen werden am Nachmittag. Ich habe Zeit.« – Er zog eine silberne Uhr heraus. – »Ich kann warten bis gegen Abend. Und damit ich den Herrn Baron nicht inkommodiere durch Wiederkommen zu einer Stunde, wo ich Ihnen nicht recht bin, oder wo Sie nicht zu Hause sind, so will ich mir die Freiheit nehmen, mich zu stellen auf Ihre Treppe. Ich kann stehen«, sagte er, als wollte er eine Einladung des Freiherrn, sich auf die Treppe zu setzen, im voraus ablehnen. »Ich halte aus bis heut abend um fünf. Der gnädige Herr braucht sich meinetwegen gar nicht zu genieren.« Durch die demütige Fratze Veitels klang es wie Hohn, dem Freiherrn fiel das Schreckliche der Stunde von neuem auf das Herz. Veitel ging mit Verbeugungen an die Tür und zog sich wie ein Krebs aus der Stube zurück. Da rief der Freiherr ihn zurück. Wie festgezaubert blieb er in gekrümmter Stellung stehn. Er sah in diesem Augenblick vollständig aus, wie ein etwas schwacher und wunderlicher Mensch. Der warnende Brief hatte dem armen Teufel von Buchhalter zur Last gelegt, was vielleicht Ehrenthal selbst gesprochen hatte. Jedenfalls war mit diesem Mann bequemer zu verkehren, als mit einem anderen.

»Können Sie mir angeben«, frug der Freiherr mit innerer Überwindung, »wie ich Ihnen für Ihre Forderung Deckung geben kann, ohne daß ich heut oder in diesen Tagen die Summe auszahle?«

Veitels Augen blitzten wie die eines Raubvogels, aber er schüttelte den Kopf und zuckte lange mit den Achseln, während er sich den Schein gab, nachzudenken. »Gnädiger Herr Baron«, sagte er endlich, »vielleicht gibt es ein Mittel, das letzte Mittel. Sie haben eine Hypothek von zwanzigtausend Talern auf Ihrem Gut, welche Ihnen selber gehört und welche bei Ehrenthal im Comtoir liegt. Ich will Ihnen machen, daß der Pinkus Ihnen läßt die zehntausend und will Ihnen noch schaffen zehn, wenn Sie meinem Freunde zedieren diese Hypothek.«

Der Freiherr lachte auf. »Wahrscheinlich wissen Sie nicht«, entgegnete er streng, »daß ich das Instrument bereits an Ehrenthal zediert habe.«

»Verzeihen Sie, gnädiger Herr, das haben Sie nicht getan, es ist keine gerichtliche Zession vorhanden.«

»Aber mein schriftliches Versprechen«, sagte der Freiherr.

Veitel zuckte die Achseln: »Wenn Sie versprochen haben, dem Ehrenthal zu stellen eine Hypothek für sein Geld, warum muß es gerade sein diese? Und was brauchen Sie eine Hypothek für Ehrenthal? In diesem Jahr erhalten Sie Ihr Kapital, das Sie haben auf der Herrschaft bei Rosmin, dann können Sie ihn bezahlen mit barem Geld. Bis dahin lassen Sie ruhig die Hypothek in seinen Händen, es braucht kein Mensch zu wissen, daß Sie uns gemacht haben eine Zession. Wenn Sie die Gnade haben wollen, mit mir zu gehen zu einem Notar und meinem Freunde vor diesem die Hypothek zu verschreiben, so schaffe ich Ihnen noch heut zweitausend Taler, und an dem Tage, wo Sie das Instrument legen in unsere Hände, zahle ich Ihnen den Rest.«

Der Freiherr hatte sich gezwungen, diesen Antrag mit einem Lächeln anzuhören. Endlich sagte er kurz: »Was Sie mir vorschlagen, kann ich nicht annehmen, denken Sie an einen anderen Ausweg.«

»Es gibt keinen«, sagte Veitel, »aber es ist erst Mittag, ich kann warten bis um fünf.« Er machte wieder seine tiefen Bücklinge und wandte sich an der Tür noch einmal um. »Was Sie, gnädiger Herr, jetzt von Geld brauchen«, sagte er ernst, »das sind die zehntausend Taler allein; Sie werden in den nächsten Monaten noch nötig haben ebensoviel für Ihre Fabrik; und um zu retten Ihr Kapital auf der polnischen Herrschaft. Wenn Sie mir zedieren die Hypothek, haben Sie das ganze Geld. Und noch eine Bitte habe ich an meinen gnädigen Herrn: Geruhen Sie nicht gegen Ehrenthal zu sprechen von unserm Geschäft; er ist ein harter Mann und würde mir schaden mein Leben lang.«

»Seien Sie ohne Sorge«, sagte der Freiherr mit einer verabschiedenden Handbewegung. Veitel entfernte sich.

Der Freiherr ging mit großen Schritten auf und ab. Was der ehrerbietige Mann ihm vorgeschlagen hatte, wühlte sein Inneres auf. Ja, es war Rettung für ihn aus dieser und aus kommenden Verlegenheiten, aber er konnte darauf nicht eingehen, das verstand sich von selbst. Er war lächerlich, der ihm den Antrag machte, und man konnte ihm nicht einmal zürnen, er verstand's nicht anders. Aber der Freiherr hatte sein Wort verpfändet, er durfte an die Sache gar nicht mehr denken.

Und doch, wie gering war für ihn die Gefahr. Die Dokumente blieben ruhig in Ehrenthals Hand, bis der Freiherr seine polnischen Gelder erhielt, dann zahlte er die Summe bar an Ehrenthal und löste seine Dokumente ein. Kein Mensch durfte etwas von dem Geschäft erfahren. Und wenn es zum Schlimmsten kam, so ließ er eine neue Hypothek für Ehrenthal auf sein Gut ausfertigen, er bewilligte ihm noch eine Entschädigung, und der Geldmann gab sich zufrieden. Immer wies er den Gedanken von sich ab, und unaufhörlich kam er zurück. Es schlug eins, es schlug zwei Uhr; er klingelte dem Bedienten und befahl, anzuspannen, und frug gelegentlich, ob der fremde Mensch noch im Hause sei. Der Kutscher fuhr vor, der Fremde stand unten an der Treppe. Der Freiherr stieg die Stufen hinab, ohne ihn anzusehn, und setzte sich in den Wagen. Als der Diener mit abgezogenem Hut neben ihm stand und frug, wohin der Kutscher fahren solle, da erst fiel ihm ein, daß er es selbst nicht wußte. »Zu Ehrenthal!« sagte er endlich.

Ehrenthal hatte unterdes einen unruhigen Vormittag verlebt. Der freche Eingriff, den ein Dritter in seine Rechte gewagt, flößte ihm den Argwohn ein, daß außer ihm noch eine andere unbekannte Macht gegen den Baron spekuliere. Er schickte zu Pinkus, überschüttete diesen mit Vorwürfen und suchte auf jede Weise zu erfahren, woher das Kapital gekommen sei. Pinkus aber war aufs beste geschult, er zeigte eine eherne Stirn und war grob. Darauf schickte Ehrenthal nach Itzig. Itzig war nirgends zu finden.

So war er in unholder Laune, als der Freiherr wieder bei ihm vorfuhr; er wußte am besten, daß diese neue Schuld nicht nötig war, um den Edelmann im ruhigen Lauf der Jahre aus dem Besitz seines Gutes zu bringen, und zürnte ihm deshalb als einem Toren, der sich eine so unnötige Verlegenheit bereitete. Und er sagte ihm mit dürren

Worten, daß der Tag gekommen sei, wo seine Geldzahlungen aufhören müßten. Es gab wieder eine heftige Szene, der Freiherr ging erbittert aus dem Comtoir, setzte sich in seinen Wagen und beschloß, noch einen letzten Besuch bei einem früheren Kameraden zu machen, der als reicher Mann bekannt war.

Es war vier Uhr vorbei, als er hoffnungslos in seinem Quartier ankam. An der Treppe lehnte eine hagere Gestalt, welche dem Vorübereilenden eine tiefe Verbeugung machte und ruhig stehenblieb. Die Kraft des Freiherrn war erschöpft. Er setzte sich in die Sofaecke wie am Tage zuvor und starrte vor sich hin. Es gab keine Rettung, das wußte er jetzt genau, keine andere als die, welche dort unten im Schatten des Pfeilers auf ihn lauerte. In einer wüsten Abspannung erwartete er, was kommen würde. Untätig, ohne sein Haupt von der Lehne zu erheben, hörte er die Viertelstunden von vier zu fünf schlagen. Wieder schlug es in seinem Haupt wie mit einem Hammer, jeder Schlag brachte ihn dem Augenblick näher, wo sein Schicksal zu ihm hereintrat. Der letzte Schlag der fünften Stunde war verhallt, der Klingelzug im Vorzimmer zitterte, der Freiherr erhob sich von seinem Pult. Itzig öffnete die Tür und hielt zwei Papiere in der Hand.

»Ich kann nicht zahlen«, rief ihm der Freiherr mit heiserer Stimme entgegen.

Itzig verneigte sich wieder und bot ihm das andere Papier: »Hier ist der Entwurf zu einem Vertrage.«

Der Freiherr ergriff seinen Hut und sagte, ohne den Fremden anzusehn: »Kommen Sie zu einem Notar.«

Es war Abend, als der Freiherr zu dem Schloß seiner Väter zurückkehrte. Das bleiche Mondlicht glänzte auf den Türmchen und den Vorsprüngen des Baues, schwarz wie Pech war der See, schwarz die Strebepfeiler, welche den Grund des Hauses zusammenhielten. Und farblos wie der Park und das Haus war das Gesicht des Mannes, der sich in dem Wagen zurücklehnte und die Lippen zusammenpreßte, als einer, der nach einem langen Kampf zur Entscheidung gekommen ist. Er sah gleichgültig auf das Wasser, auf die Mauern seines Hauses und auf das kalte Mondlicht am Dach, und doch war ihm lieb, daß die Sonne nicht schien, und daß er das Haus seiner Väter nicht im goldenen Licht des Tages anzusehen hatte. Er mühte sich, in die Zukunft zu denken, die ihm jetzt sicherer war, er überlegte alle Vorteile, die er von seiner Fabrik haben mußte, er dachte hinein bis in die Zeit, wo sein Sohn hier wohnen würde als ein befestigter reicher Mann, ohne die Sorgen, die den Vater in die Gemeinschaft mit niedrigen Geldleuten geführt und sein Haupt gebleicht hatten. Er dachte an alles, aber auch die liebsten seiner Gedanken waren ihm gleichgültig geworden, und er mußte sich zwingen, sie festzuhalten. Er stieg ab und griff nach der gefüllten Brieftasche, bevor er seiner Gemahlin die Hand reichte und Lenore mit einem Kopfnicken grüßte, welches ihren ängstlichen Blick beruhigen sollte. Er sprach herzlich zu den Frauen, und es gelang ihm,

Scherze über den unruhigen Tag zu machen; aber er fühlte, daß etwas zwischen ihn und seine Liebsten getreten war; auch sie erschienen ihm fremd. Wenn sie sich an ihn lehnten und seine Hand faßten, so zuckte er leise, als müsse er die Hand zurückziehen. Und wenn seine Frau ihn zärtlich ansah, da lag in ihrem Blick, auf den er immer auch im größten Leid als auf die letzte Hilfe hingesehn hatte, jetzt etwas, das er nicht ertragen konnte, und er schlug das Auge zu Boden. Er schritt zu der Fabrik, wo die Leute noch auf die Ankunft des Herrn warteten, und erblickte seinen Namenszug, der aus bunten Lampen zusammengesetzt über der Tür brannte, darüber die siebenzinkige Krone seines Geschlechts; und er wandte die Augen ab, der Glanz der Lampen stach ihn in die Seele.

Um ihn jubelte die Freude, die Arbeiter brachten ihm ein Hoch nach dem andern aus, die Dorfmusik spielte wieder lustige Tänze. Sie spielte auch denselben Marsch, unter dem er mit dem Regiment oft vor seinem alten General vorbeimarschiert war, der den jungen Offizier wie ein Vater geliebt hatte. Er dachte an das narbenvolle Gesicht des alten Kriegers und an seine Kameraden, er dachte auch an ein Ehrengericht, das die Offiziere des Regiments einst über einen Unglücklichen gehalten hatten, der sein Ehrenwort leichtsinnig gegeben und gebrochen. Er ging in sein Schlafzimmer, und ihm war wohl, als es um ihn finster wurde und er nichts mehr von allem sah, nicht sein Schloß und seine Fabrik, nicht den prüfenden Blick seiner Frau. Und wieder hörte er auf dem Lager eine Stunde nach der andern schlagen, und bei jedem Schlage mußte er denken: »Es gibt jetzt einen andern Mann vom Regiment, der mit grauem Haar dasselbe getan hat, was damals einen Jüngling dazu brachte, sich eine Kugel in den Kopf zu schießen. Hier liegt der Mann und kann nicht schlafen, weil er sein Ehrenwort gebrochen hat.«

5

Die Frühlingsstürme fuhren über das Flachland, als Anton in das Geschäft zurückgerufen wurde. Der Winter war ihm eine Zeit harter Arbeit, großer Beschwerde gewesen. Aus der fremden Stadt war er mehr als einmal in Kälte und Schnee durch verwüstete Landschaften gereist, weit hinein in den Osten und Süden, bis an die Berge Siebenbürgens und in die Weideländer der Magyaren. Er hatte viel Trauriges gesehen, niedergebrannte Edelhöfe, zerstörten Wohlstand, unsichere Menschen, Hunger, Roheit und brennenden Haß der Parteien.

»Um welche Stunde kommt er?« frug Sabine den Bruder.

»In wenigen Stunden, mit dem nächsten Bahnzug.« Sabine sprang auf und ergriff ihr Schlüsselbund. »Und noch sind die Mädchen nicht fertig, ich muß selbst zum Rechten sehn. Heut abend soll er bei uns essen, Traugott; auch wir Frauen wollen etwas von ihm haben.«

Der Bruder lachte. »Verzeiht ihn nur nicht.«

»Dafür ist gesorgt«, sagte die Tante. »Wenn er einmal wieder im Comtoir sitzt, dann steckt er wie in einer Schublade, man kann ihn, außer mittags, lange suchen.«

Unterdes suchte Sabine unter ihren Schätzen, belud den Arm des Bedienten mit allerlei Paketen und sah ungeduldig in den Hof hinab; ob die Herren noch nicht aus dem Hinterhause in das Comtoir gehen wollten. Endlich huschte sie selbst in Antons Stube. Sie warf noch einen prüfenden Blick auf das Sofakissen, das sie für den Abwesenden gestickt hatte, und ordnete in einer Alabasterschale alle Blumen, welche der Gärtner aufgetrieben hatte. Als sie so über der Schale stand, fielen ihre Blicke auf die Wände des Zimmers, wo noch die Zeichnung hing, welche Anton in den ersten Wochen nach seinem Eintritt gemacht, und auf den kostbaren Teppich, den noch Fink über den Fußboden gezogen hatte. Zum erstenmal seit langer Zeit war sie in diesem Raum, den ihr Fuß gemieden hatte, solange der andere ein Bewohner des Hauses war. Wo lebte er jetzt? Ihr war heut, als sei sie seit vielen vielen Jahren von ihm getrennt, und die Erinnerung an ihn kam ihr wie das bange Gefühl nach einem schweren Traume. Dem ehrlichen Mann, der jetzt hier wohnte, konnte sie offen sagen, wie wert er ihr geworden war, und freudig durfte sie der Stunde entgegensehen, wo sie ihm danken wollte für alles, was er ihrem Bruder getan.

»Aber Sabine!« rief die Tante erschrocken an der Tür. Auch die Tante hatte es leise in das Zimmer ihres Tischnachbars gezogen.

»Was hast du?« frug Sabine aufsehend. »Aber es sind ja die gestickten Vorhänge, die du aufgezogen hast. Die gehören doch nicht ins Hinterhaus, in diese Herrenwirtschaft.«

»Laß sie hängen«, sagte Sabine lächelnd.

»Und die Überzüge, und diese Handtücher, das ist unerhört, es sind ja deine besten Stücke. Mein Gott! Die Überzüge mit Spitzen, und auch das rosa Futter dazu.«

»Laß dir's gefallen, Tante«, rief Sabine errötend. »Der heut zurückkommt, hat es wohl verdient, daß er das beste aus den alten Schränken erhält.«

Aber die Tante fuhr fort, den Kopf zu schütteln. »Wenn ich's nicht selbst sähe, ich hätte es keinem geglaubt. So etwas für den täglichen Gebrauch zu geben! Ich verstehe dich nicht mehr, Sabine. – Man wird ihn nach und nach um einige Nummern herabsetzen müssen; er merkt's nicht, das ist mein einziger Trost. Nein, daß ich das erleben mußte!« Sie schlug die Hände zusammen und verließ aufgeregt das Zimmer.

Sabine ergriff wieder die Schlüssel und eilte ihr nach. »Sie macht gegen Traugott unnütze Worte«, sagte sie sich leise im Gehen, »ich muß ihr beweisen, daß es nicht anders einzurichten war.«

Unterdes war auch dem Reisenden zumute wie einem Sohn, der nach langer Abwesenheit in das Vaterhaus zurückkehrt. Auf den letzten Stationen vor der Hauptstadt pochte sein Herz in freudigen

Schlägen; das alte Haus und die Kollegen, das Geschäft und sein Pult, der Chef und Sabine, alle fuhren in lachenden Bildern vor seinem Auge vorüber. Endlich hielt die Droschke vor der geöffneten Haustür. Da standen die Frachtwagen, die Tonnen, der Leiterbaum. Da rief Vater Sturm mit einer Stimme, welche hell über die breite Straße klang, seinen Namen, riß den Wagenschlag auf und hob ihn heraus, wie ein Mann sein Kind aus dem Wagen hebt. Da eilte Herr Pix bis auf die Straße, schüttelte ihm lange die Hand und bemerkte in seiner Freude nicht, daß unterdes sein schwarzer Pinsel diese Bewegungen benutzte, um auf Antons Pelz allerlei Striche und Punkte zu malen. Dann kam Anton bei den großen Wagen vorbei und schüttelte mit der Hand vergnügt an den Ketten. Dann trat er in das vordere Comtoir, wo bereits die Lampen brannten, und rief herzhaft seinen guten Abend hinein. Mit lautem Ruf erhoben sich die Kollegen wie ein Mann und drängten sich um ihn. Herr Schröter eilte aus der Hinterstube herzu, und als er sein Willkommen! rief und die Hand entgegenhielt, fuhr ein heller Strahl von Freude über sein ernstes Gesicht. Das waren glückliche Augenblicke, und Anton wurde weicher, als sich für einen gereiften Mann schickt. Und als er nach den ersten Fragen und Antworten aus dem Comtoir nach seinem Zimmer ging, da sprang im Hofe Pluto mit Ungestüm auf ihn zu und wedelte unmäßig mit dem zottigen Schwanze, und Anton hatte Mühe, sich seiner Liebkosungen zu erwehren. Vor seinem Zimmer kam ihm der Diener mit vergnügtem Lächeln entgegen und riß respektvoll die Türe auf. Überrascht sah sich Anton um, der Raum war festlich geschmückt, im Kamin vor dem Ofen brannte ein behagliches Feuer, eine grüne Girlande hing über der Tür, auf dem Sofa lag ein neues gesticktes Kissen, auf dem Tisch stand ein zierliches Teeservice und daneben eine Alabasterschale mit Blumen. »Das Fräulein hat selbst alles aufgestellt«, vertraute ihm Franz. Anton beugte sich über die Schale und betrachtete die einzelnen Blumen aufs genaueste. Sie waren im allgemeinen anderen Naturerzeugnissen ihrer Art nicht unähnlich, aber Anton starrte in sie hinein, als hätte er noch nie etwas Ähnliches gesehen. Darauf nahm er das Kissen, befühlte und streichelte die Stickerei und stellte sie voll Bewunderung wieder an ihre Stelle. Zuletzt nahm er auch die Katze in die Hand, klopfte sie auf den Rücken und setzte sie vorsichtig gleich einem lebenden Geschöpf wieder auf den Schreibtisch; und die Katze war nicht unempfänglich für solche Freundlichkeit, denn in dem roten Scheine des Kaminfeuers glänzte sie hell und lebendig, und es klang durch das Zimmer wie ein leises Schnurren.

Wieder eilte Anton in das Comtoir, dem Chef über seine letzte Tätigkeit Bericht zu erstatten. Der Kaufmann nahm ihn in sein kleines Zimmer und besprach mit ihm die Ereignisse der vergangenen Zeit in so herzlicher Weise, wie man mit einem Freund über wichtige Angelegenheiten verhandelt. Es war doch eine ernste Unterredung. Vieles war verloren und nicht weniges noch gefährdet. Erst in der Ferne war Anton mit dem ganzen Umfange der Gefahr bekannt worden, welche das Geschäft bedroht hatte. Und er erkannte, daß die Tätigkeit vieler Jahre nötig sei, um die Verluste wieder auszugleichen und an Stelle der abgerissenen Fäden neue anzuknüpfen. Mit kurzen Worten sagte ihm der Kaufmann dasselbe. »Ihrer Umsicht und Energie verdanke ich viel«, schloß er, »ich hoffe, Sie werden mir helfen, das verlorene Terrain in anderer Weise wiederzugewinnen; das Unvermeidliche werden wir tragen.« Und als Anton hinausging, rief er ihm lächelnd nach: »Es ist noch jemand, der Ihnen zu danken wünscht; ich bitte Sie, heut abend mein Gast zu sein.«

So trat Anton an sein Pult, öffnete das langverschlossene und legte sich Papier und Feder zurecht. Aber aus dem Schreiben wurde heut nicht viel. Jordan weigerte sich, ihm Briefe zu geben, und in beiden Arbeitsstuben hörte die unruhige Bewegung nicht auf. Einer nach dem andern verließ seinen Platz und kam zu Antons Stuhl. Herr Baumann klopfte dem Stubennachbar mehrmals leise auf den Rücken und ging dann immer wieder vergnügt auf seinen Platz zurück, und Herr Specht hockte in großer Aufregung an dem Geländer neben Antons Sitz, und seine Fragen und verwunderten Ausrufe schossen wie ein Bach auf Anton nieder. Herr Liebold legte das Löschblatt mehrere Minuten vor der Schlußstunde in das Hauptbuch und zog sich nach dem vorderen Comtoir. Sogar Herr Purzel trat, die heilige Kreide in der Hand, aus seinem Verschlag; zuletzt kam auch Herr Pix in das Zimmer, um Anton im Vertrauen zu erzählen, daß er schon seit einigen Monaten keine Solopartie gespielt, und daß Specht unterdes in einen Zustand gekommen sei, der mit Verrücktheit eine unverkennbare Ähnlichkeit habe.

Am Abend betrat Anton den obern Stock des Vorderhauses. Die Portiere rauschte zurück, Sabine stand vor ihm. Ihr Mund lachte, aber ihre Augen glänzten feucht, als sie sich auf die Hand herabbeugte, welche die Todesgefahr vom Haupt des Bruders abgewandt hatte.

»Fräulein!« rief Anton erschrocken und zog die Hand zurück.

»Ich danke Ihnen, o ich danke Ihnen, Wohlfart!« rief Sabine und hielt ihn mit beiden Händen fest. So blickte sie ihn schweigend an, verklärt durch eine Rührung, welche sie nicht bewältigen konnte. Als Anton das Mädchen betrachtete, welches mit geröteten Wangen, so bewegt und dankbar zu ihm aufsah, da erkannte er, daß seit jenem Streich des slawischen Säbels auch seine Stellung zur Familie und zu ihr geändert war. Die Schranke war gefallen, welche bis dahin den Arbeiter des Comtoirs von dem Fräulein getrennt hatte. Und mit einer stolzen Freude, welche ihm das Herz schwellte, empfand er auch, daß er selbst in dieser Zeit ein Mann geworden war, wohl wert, daß ein Weib seiner Kraft und Ruhe vertraute.

Er erzählte ihr noch einmal, was sie durch viele Fragen aus seinem Munde zu vernehmen suchte, den Kampf um die Wagen, die Schrecken der wilden Zeit. Andächtig lauschte Sabine jedem Wort. Auch er war ihr ein anderer, seine Züge waren bestimmter, seine Haltung sicherer, seine Rede fest. Ihr Auge suchte den klaren Glanz des seinen, und wenn sein voller Blick freudig auf sie fiel, schlug sie das ihre unwillkürlich nieder. Nie war ihr aufgefallen, wie hübsch und stattlich er war. Heut sah sie auch das. Ein offenes männliches Antlitz, darüber das kastanienbraune lockige Haar, zwei prächtige Augen von dunklem Blau, ein kräftiger Mund und auf den Wangen ein feines Rot, das in der wachsenden Empfindung sich veränderte, wie das Sonnenlicht auf der lachenden Flur. Er war ihr neu geworden und doch wie ein lieber vertrauter Freund.

Die Tante kam herein, die gestickten Vorhänge hatten in ihrer Seele eine Erschütterung hervorgerufen, welche noch anhielt und jetzt durch ein Seidenkleid und eine neue Haube an das Licht trat. Ihre Begrüßung war laut und wortreich, und ihre Bemerkung, daß der neue Backenbart Herrn Wohlfart sehr gut stehe, wurde durch ein stilles Kopfnicken der Nichte bestätigt.

»Da habt Ihr den Helden des Comtoirs«, rief der Kaufmann. »Jetzt zeigt, daß Ihr Ritterdienste besser zu lohnen wißt, als durch schöne Worte. Tragt ihm auf, was Küche und Keller hergeben. Kommen Sie, mein treuer Gefährte. Der Rheinwein erwartet, daß Sie nach manchem schweren Polentrunk auch ihm eine Ehre erweisen.«

In dem ruhigen Licht der Lampe strahlte das Zimmer vor Behagen, als die vier sich zu Tische setzten. Der Kaufmann hielt Anton das Glas über den Tisch: »Willkommen in der Heimat!« »Willkommen im Hause!« rief Sabine. Da sagte er leise: »Ich habe eine Heimat, ich habe ein Haus, in dem ich mich wohl fühle. Durch Ihre Güte habe ich beides gewonnen. Viele Abende, wenn ich dort draußen in einer schlechten Herberge saß, unter wildfremden Leuten, deren Sprache ich nur unvollkommen verstand, da habe ich an diesen Tisch gedacht, und welche Freude es für mich sein würde, wieder Ihr Angesicht und diese Räume zu sehen. Denn das Bitterste auf Erden ist doch, sich in den Stunden der Ruhe allein zu fühlen, ohne einen guten Freund, ohne eine Stätte, an welcher das Herz hängt.«

Und als er spät am Abend aufbrach, sagte der Kaufmann beim Nachtgruß: »Wohlfart, ich wünsche Sie noch fester an dies Haus zu fesseln. Jordan verläßt uns mit dem nächsten Vierteljahr, um als Associé in die Handlung seines Oheims zu treten. Ich habe Sie für seine Stelle bestimmt. Ich weiß, daß ich keinen besseren Mann zu meinem Stellvertreter im Geschäft machen kann.«

Als Anton in sein Zimmer zurückkehrte, da fühlte er, was der Mensch nur in wenigen Stunden des Lebens ungestraft fühlen darf, daß er glücklich war, ohne Reue, ohne Wunsch. Er setzte sich auf das Sofa, sah auf· das Kissen und die Blumen, und seine Gedanken flogen zurück über die letzten Stunden. Immer wieder sah er Sabine vor sich, wie sie sich auf seine Hand niederbeugte und ihm dankte. Lange saß er so in holdem Traume und legte sein müdes Haupt auf die seidenen Arabesken, welche Sabinens Hand gestickt hatte.

Da fiel sein Auge auf den Tisch, ein Brief lag auf der Decke, das Postzeichen war von New York, die Adresse von Finks Hand.

Fink hatte ihm in dem ersten Jahre der Trennung einigemal geschrieben, fast immer nur wenige Zeilen, nie etwas von seinen Geschäften, noch weniger von den Plänen, welche er im Hinterhause für seine Zukunft gemacht hatte. Dann war eine lange Zeit verstrichen, in welcher Anton ohne jede Nachricht vom Freunde geblieben war, er wußte nur, daß Fink viele Zeit auf Reisen im Westen der Union zubrachte, wo er als Bevollmächtigter des Handelshauses, an dessen Spitze sein Oheim gestanden, und im Interesse verschiedener Kompagnien, an welchen der Verstorbene teilhatte, tätig war. Aber mit Bestürzung las Anton heut folgendes:

»Es muß endlich doch heraus, was ich Dir armem Jungen gern verschwiegen hätte. Ich bin unter die Räuber und Mörder gegangen. Wenn Du einen harten Kehlabschneider brauchst, wende Dich nur an mich. Ich lobe mir einen Burschen, der aus freier Wahl ein Schuft wird; er hat wenigstens das Vergnügen, mit dem Teufel einen klugen Vertrag zu machen, und kann die Klasse von Niederträchtigkeiten aussuchen, in der er sich behaglich fühlt. Mein Los ist weniger angenehm. Ich werde durch den Zwang der Schelmereien, welche andere ausgedacht haben, auf einem Wege fortgetrieben, welcher eine haarsträubende Ähnlichkeit mit der Chaussee hat, die sich Lawinen auf ihrem Sprunge nach der Tiefe bereiten. Wie das Felsstück in der Schneemasse, so stecke ich, von allen Seiten eingeengt, in der eisigen Kälte der furchtbarsten Spekulationen, welche je großartiger Wuchersinn ausgedacht hat. Der Verstorbene hat die Güte gehabt, grade mich zum Erben seiner Lieblingsprojekte, der Spekulationen mit Land, zu machen. Lange vermied ich, mich selbst in die Einzelheiten dieses Geschäfts zu verlieren. Ich ließ ein Jahr lang Westlock diesen Teil der Erbschaft bearbeiten. Wenn das feig war, so fand ich eine Entschuldigung in der Masse von Arbeiten, welche mir die Börsengeschäfte des toten Herrn machten. Endlich wurde die Übernahme auch dieser Tätigkeit unvermeidlich, und wenn ich schon vorher sehr bestimmte Ahnungen über die weite Ausdehnung des Luftsacks bekommen hatte, den der Tote statt eines Gewissens mit sich herumtrug, so ist mir jetzt ganz unzweifelhaft geworden, daß die Absicht seines Testaments war, sich für die kindischen Bosheiten, die ich gegen ihn gehabt, dadurch zu rächen, daß er mich zum Spießgesellen von alten verwitterten Schurken machte, deren Schlauheit so groß ist, daß Satan selbst den Schwanz in die Tasche stecken und sich als Schornsteinfeger verkleiden würde, um ihnen zu entlaufen.

Diesen Brief erhältst Du aus einer neuen Stadt in Tennessee, einem anmutigen Ort, der dadurch nicht besser wird, daß er auf Spekulation von meinem Geld gebaut ist. Einige Holzhütten, die Hälfte davon Schenken, bis unter das Dach angefüllt mit einem schmutzigen und verworfenen Gesindel von Auswanderern, von denen die Hälfte an Fäulnis und Fieber darniederliegt. – Auch was noch umherläuft, ist ein hohläugiges, verkümmertes Geschlecht, alle Kandidaten des Todes. Täglich, wenn die armen Tröpfe die aufgehende Sonne erblicken, sooft sie den unbescheidenen Wunsch fühlen, etwas zu essen und zu trinken, täglich vom Morgen bis zum Abend ist ihr Lieblingsgeschäft, auf die Landhaifische zu fluchen, welche ihnen ihr Geld für Transportkosten, für Land und Improvements abgenommen, und sie in diese Gegend geführt haben, welche zwei Monate im Jahr unter Wasser steht und die übrige Zeit einem zähen Brei ähnlicher sieht, als irgendwelchem Lande. Die Männer aber, welche sie auf diesen kotigen Weg ins Himmelreich weisen, sind meine Agenten und Bundesgenossen, und ich, Fritz Fink, bin der Glückliche, der hier allstündlich mit jedem Fluch der deutschen und irischen Zunge beworfen wird. Was noch gesunde Beine hat, schicke ich fort, was als Bewohner meines Hospitals umherschleicht, das habe ich mit Welschkorn und China zu füttern. In meiner Stube kriechen, während ich dies schreibe, drei nackte Paddykinder auf der Diele umher, ihre Mütter sind so pflichtvergessen gewesen, dies Jammertal zu verlassen, und ich genieße den Vorzug, die froschartigen Scheusälchen über den Nachttopf zu halten. Eine angenehme Beschäftigung für meines Vaters Sohn! Wie lange ich hier festsitzen werde, weiß ich nicht, möglicherweise bis der letzte gestorben ist.

Unterdes bin ich mit meinen Associés in New York zerfallen, ich habe den Vorzug gehabt, eine allgemeine Unzufriedenheit zu erregen, die Teilhaber an der großen Westlandkompanie sind zusammengekommen, man hat Reden gegen mich gehalten und Beschlüsse gefaßt. Mich würde das wenig kümmern, wenn ich einen Weg sähe, mich von dieser Bande loszumachen. Aber der Tote hat die Sache so schlau eingerichtet, daß ich festgeschnürt bin, wie ein Sklave im Negerschiff. Es sind ungeheure Summen in diese wüste Spekulation geworfen. Wenn ich ihnen den Kram kündige, so bin ich sicher, daß sie Mittel finden werden, mich die ganze Summe, die der Tote gezeichnet hat, bezahlen zu lassen, und wie ich das durchsetzen soll, ohne nicht nur mich, sondern vielleicht auch die Firma Fink und Becker zu ruinieren, das sehe ich noch nicht. Unterdes wünsche ich Deine Meinung über das, was ich tun soll, nicht zu hören. Sie kann mir nichts nutzen, denn ich weiß sie ohnedies. Ich wünsche überhaupt keinen Brief von Dir, Du einfältiger, altfränkischer Tony, der Du glaubst, ehrlich handeln sei eine so einfache Geschichte, wie ein Butterbrot streichen. Denn habe ich alles getan, was ich konnte, die einen begraben, die andern gefüttert und meine Kompagnons so sehr geärgert, als mir möglich ist; dann ziehe ich auf einige Monate weiter nach Westen, in eine ehrliche Prärie, wo weniger Gekrächz von Alligatoren und Nachteulen, und etwas mehr Aristokratism zu finden sein wird, als hier. Finde ich auf der Prärie Tinte und Stift, so schreibe ich Dir wieder. Ist dieser Brief der letzte, den Du von mir erhältst, so weine nur eine Träne und sage in Deiner salbungsvollen Art: Schade um ihn, er hatte auch seine guten Seiten!«

Darauf folgte eine genaue kaufmännische Darstellung der Geschäfte Finks und die Statuten der Landkompagnie.

Anton las den unerfreulichen Brief einigemal durch, dann setzte er sich an den Schreibtisch und schrieb an den Freund, trotz dem Verbot desselben, die ganze Nacht hindurch.

Noch in dem ruhigen Licht der nächsten Tage behielt Anton die erhobene Stimmung. Wenn er im Comtoir arbeitete und mit seinen Kollegen scherzte, immer fühlte er, wie fest sein Leben in den Mauern des großen Hauses die Wurzel geschlagen hatte. Auch den andern wurde das bemerkbar. Am Mittagstisch war die Unterhaltung jetzt lebhafter als je. Nicht nur der Prinzipal, auch Anton und Sabine führten das Gespräch. In einer Zeit, wo das Geschäft wenig Freudiges brachte, kam in diese drei ein neues Leben. Der Kaufmann wandte seine Rede fast ausschließlich zu Anton, und wenn Anton erzählte, dann hörte der ganze Tisch aufmerksam zu, und zuweilen klang ein heiteres Lachen aller Kollegen um die feierliche Tafel. Auch des Abends war Anton eine bevorzugte Person. Er wurde oft in das Vorderhaus geladen, dann saß er mit den Frauen und dem Prinzipal am kleinen Tisch zusammen, und dem Hausherrn war anzusehen, wie lieb ihm das persönliche Verhältnis zu einem Mann wurde, der so innig mit den Interessen seines Geschäfts verwachsen war und in dessen frischem und geordnetem Sinn er ein Bild seiner eigenen Jugend vor sich sah. Für Sabine wurden diese Stunden ein Genuß. Es war ihr ein freudiger Fund, wenn sie im Gespräch über die Neuigkeiten des Tages, über ein gelesenes Buch, über Erlebtes und Gefühltes wahrnahm, daß der Mann, der jahrelang so nahe an ihnen gelebt hatte, in so vielem mit ihr übereinstimmte. Seine Bildung, sein Urteil überraschten sie, sie sah sein ehrliches Gesicht plötzlich in glänzenden Farben vor sich stehen, wie der Reisende staunend auf eine reiche Landschaft blickt, die ihm wogender Nebel lange verhüllt hat.

Friedlich fanden sich die Kollegen in die ungewöhnliche Stellung ihres Genossen. Daß er dem Prinzipal das Leben gerettet hatte, wußten sie aus dem eignen Munde des Chefs, und dieser Zufall wurde sogar für Herrn Pix ein Grund, die Einladungen Antons in das Vorderhaus ohne Bemerkung zu ertragen. Anton tat das Seine, dem Comtoir seine Persönlichkeit wert zu erhalten. An freien Abenden lud er die einzelnen auf sein Zimmer, nicht selten kam die ganze Gesellschaft bei ihm zusammen. Jordan beklagte sich lächelnd, daß er schon bei Lebzeiten vergessen sei, und das Comtoir gewöhnte sich, in Anton seinen Nachfolger, den stillen Ratgeber der Jüngeren zu sehen. Am liebsten war Anton mit Baumann zusammen, der in dem letzten halben Jahre wieder einige starke Anwandlungen von Missionsgelüsten gehabt hatte und jetzt nur durch die Überzeugung zurückgehalten wurde, daß in der schwierigen Gegenwart ein geübter Kalkulator dem Geschäft nicht fehlen dürfe. Am eifrigsten aber bemühte sich um Antons Gunst der phantasiereiche Specht. Ihm hatte der Reisende einen romantischen Heiligenschein bekommen. Was Anton etwa erlebt hatte, das malte die Phantasie des Herrn Specht mit den grellsten Farben aus. Er war geneigt, anzunehmen, daß der Kollege außer den Abenteuern, welche er eingestand, noch unendlich reizende und furchtbare erlebt hatte, die zu verbergen er durch geheimnisvolle Verhältnisse gezwungen war.

Leider war seine eigene Stellung zu den Kollegen während Antons Abwesenheit mächtig erschüttert worden. Er war immer der Gegenstand gewesen, an welchem sich die gute Laune der andern aufzurichten pflegte, wie die Schlingpflanze an einem dünnen Bäumchen, und er war oft von den Blüten fremden Witzes fast erstickt worden. Jetzt sah Anton mit Bedauern, daß der gute Herr Specht in dem Zustand allgemeiner Mißachtung lebte. Sogar sein Quartett hatte ihn aufgegeben, wenigstens schwebte zwischen ihm und den beiden Bässen eine finstere Wolke des Mißmuts. Sooft Specht eine Behauptung aufstellte, welche nicht ganz unbestreitbar war, zuckte Pix die Achseln und warf ihm mit Verachtung das ungehörige Wort: »Kürbis« entgegen. Fast alles, was Specht sagte, war »Kürbis«; sogar bei Tische kugelte dieser Pflanzenkörper in den unteren Regionen von einem Munde zum anderen, und sooft das Wort ausgesprochen wurde, geriet Herr Specht in leidenschaftlichen Zorn, brach tief gekränkt das Gespräch ab und zog sich aus der Gesellschaft der andern in sich selbst zurück.

Anton besuchte an einem Abend den Verfemten auf seinem Zimmer. Schon vor der Tür hörte er die scharfe Stimme des Kollegen, welcher das berühmte Lied: »Hier sitz' ich auf Rasen mit Veilchen bekränzt« von dem erhabenen Ort seiner Behausung Herr Specht wohnte drei Treppen hoch – in das Haus hinuntersang. Als Anton leise die Tür öffnete, saß Specht in kunstvoller Attitüde, graziös auf einen Arm gestützt, bei seiner Lampe am Tisch und sang mit so innigem Behagen, daß Anton einige Augenblicke stehnblieb, den Begeisterten nicht zu stören. Es war kein großes Zimmer, welches Specht bewohnte, und die Erfindungskraft des Herrn hatte jahrelang gearbeitet, demselben einen Charakter zu geben, welcher von dem Wesen gewöhnlicher Stuben verschieden war. Es sah in der Tat keiner andern irdischen Behausung ähnlich. Alle Wände waren mit Bildern überzogen, mit Porträts berühmter Künstlerinnen, viele im Kostüm ihrer Rolle, dazwischen ragten zahlreiche Konsolen, auf denen kleine Vasen, Muscheln und Tonfiguren und andere Merkwürdigkeiten standen. Da der Konsolen mehr waren, als der darauf zu stellenden Gegenstände, so hatte Specht die leeren mit Tassen und Champagnerflaschen interimistisch besetzt. Über dem Bett hing ein großer Ritterschild von glänzendem Messingblech, daneben große Fechthandschuhe und ein Köcher mit Pfeilen. Über den Pfeilen war ein Zettel an die Wand geschlagen, mit einem gemalten Totenkopf und zwei gekreuzten Knochen und dem warnenden Wort: »Vergiftet!«. Dahinter drei Ausrufungszeichen.

Am auffälligsten aber war die Mitte des Zimmers eingerichtet. Dort schwebte etwas über Manneshöhe ein ungeheurer Reifen, durch Bindfaden an einem Haken der Decke festgehalten. Darunter standen große Tongefäße, mit Erde gefüllt, und von den Gefäßen liefen zahlreiche gespannte Schnüre bis zu dem Reifen. Unter dem

Reifen stand ein Gartentisch aus knorrigen Baumästen und einige Stühle aus Weidenruten. Durch diese Vorrichtung erhielt das Zimmer ein durchaus unerhörtes Aussehen, und die freie Bewegung der darin befindlichen Gliedmaßen wurde für jeden andern, als den erfahrenen Bewohner, sehr schwierig. Es war nicht abzusehen, welchen Zweck diese geheimnisvolle Vorrichtung hatte. Allerdings erinnerten der wilde Tisch, die Stühle und Erdtöpfe den menschlichen Geist gewissermaßen an Garten und freie Natur, während wieder die ausgespannten Schnüre eine entfernte Ähnlichkeit mit Strickleitern hatten, welche zum Mastkorb eines Schiffes hinaufführten. Zuletzt neigte sich Anton zu der Ansicht, daß diese Erfindung eine Menschenfalle vorstelle, welche nach dem Muster eines Spinngewebes gebaut und darauf berechnet war, die Köpfe und Beine boshafter Kollegen festzuhalten. Wenigstens saß Specht selbst als Dirigent in der Mitte des Netzwerks, und sein Sirenengesang konnte wohl darauf berechnet sein, die Eintretenden durch vorgespiegelten grünen Rasen und falsche Veilchenkränze ins Garn zu locken.

Anton blieb außerhalb der Falle stehn und rief endlich Specht von der Tür an: »Was zum Henker haben Sie in Ihrem Salon für ein Bindfadensystem ausgebreitet?«

Specht sprang auf und versetzte mit glänzenden Augen: »Es ist eine Laube.«

»Eine Laube? Ich sehe ja nichts Grünes.«

»Es kommt«, sagte Specht und führte den Besuch zu seinen Gefäßen. Bei näherer Betrachtung entdeckte Anton in den Töpfen einige schwache Efeuranken, welche bestaubt und verkommen wie die Überreste dämmeriger Traumbilder aussahen, welche dem erwachenden Menschen noch einige Augenblicke an den Fäden seiner Seele hängen, um gleich darauf für immer zu vergehen.

»Aber Specht, dieser Efeu wird's nicht tun«, sagte Anton.

»Er ist auch nicht allein da«, belehrte Specht geheimnisvoll; »sehen Sie, hier kommt noch anderes.« Er wies auf einige magere spargelähnliche Gebilde, welche sich aus den Töpfen erhoben und mit nichts anderem zu vergleichen waren, als mit den unglücklichen Versuchen zu keimen, welche die Kartoffeln zur Zeit des Frühjahrs in einem warmen Keller anstellen.

»Und was sollen diese Keime bedeuten?«

»Es sind Bohnen und Kürbisse«, sagte Herr Specht. »Das Ganze wird eine Kürbislaube; in einigen Wochen werden die Fäden von den Ranken belaufen sein. Denken Sie sich, Wohlfart, wie famos das aussehen wird! Von allen Seiten die grünen Ranken, die Blüten und die großen Blätter. Das Ganze wird ein Zelt sein mit zwei Eingängen. Die meisten Kürbisse werde ich abschneiden, damit mir die Last nicht zu schwer wird, einzelne laß ich hängen, es werden Netze daruntergemacht. Bitte, stellen Sie sich das ganze dicke Grün vor, dazwischen die gelben Blüten, es wird reizend aussehen! Das soll ein Sitz sein, mit guten Freunden eine Flasche Wein zu trinken, oder vierstimmig zu singen.«

Ach, die guten Freunde hatten Herrn Specht verlassen, er ließ sich aber alle Sonntage vom Bedienten eine halbe Flasche Wein holen, setzte vier Gläser auf den Tisch und trank eins nach dem andern aus.

»Aber Specht«, frug Anton lachend, »können Sie denn im Ernst glauben, daß die Kürbisse in Ihrer Dachstube wachsen werden?« – »Warum sollen sie nicht wachsen?« rief Herr Specht gekränkt. »Sie sind gerade wie die andern. Die Pflanzen haben ja Sonne, ich sorge für frische Luft, ich gieße mit Rinderblut, sie haben alles, was sie brauchen.«

»Aber sie sehen verzweifelt kränklich aus.«

»Das ist nur der Anfang, die Luft ist draußen noch kalt, und wir haben einige Wochen gehabt, wo der Sonnenschein fehlte. Später schießen sie auf einmal in die Höh. Wenn einer nichts von einem Garten hat, muß er sich zu helfen wissen.« Er sah sich vergnügt in der Stube um. »Sehen sie, im Dekorieren eines Zimmers will ich's mit jedem reichen Mann aufnehmen. Natürlich nach meinen Mitteln. Aus Ölbildern mache ich mir nicht viel, sie werden in der Regel schwarz; meine Bilder hier werden höchstens ein wenig heller. Es hat mich Geld gekostet, dafür ist es hier hübsch geworden. Mein Zimmer ist nicht groß, aber es ist wohnlich.«

»Ja«, entgegnete Anton, »außer für gewisse Unarten unruhiger Menschen, als Geradestehen und Umhergehen. Darauf muß man hier verzichten. Sie können nur solchen Besuch gebrauchen, der sich gleich an der Tür auf den Fußboden setzt.«

»Ruhig zu sitzen, ist ja eine Hauptregel bei der Unterhaltung«, versetzte Specht. »Leider sind die Menschen oft schlecht und ohne Herz. – Finden Sie nicht auch, Wohlfart, daß in unserem Comtoir einige Kollegen gemütlos sind?« sagte er leise.

»Manchmal etwas kurz«, erwiderte Anton, »aber die Meinung ist gut.«

»Ich finde das nicht«, seufzte Specht. »Ich bin jetzt ganz allein und muß meinen Trost außer dem Hause suchen. Wenn ich kann, gehe ich ins Theater, oder zu den Reitern, und wenn ein Zwerg kommt oder ein Seehund, und natürlich in die Konzerte.«

»Aber das hilft doch nicht immer gegen die Einsamkeit.«

»Nein«, versetzte Specht; »denn es kostet Geld, und Sie wissen, ich habe keinen hohen Gehalt, und ich fürchte, ich werde auch nicht mehr kriegen, als jetzt. Von Hause aus hatte ich Vermögen«, sagte er wichtig, »aber ein Vetter von mir, der mein Vormund war, hat mich darum gebracht. Hätte ich's noch, könnte ich vielleicht mit vieren fahren. Glauben Sie mir, ich wäre auch nicht glücklicher. Wenn nur der Pix nicht so grob wäre«, klagte er wieder. »Es ist schauderhaft, Wohlfart, das alle Tage anhören zu müssen. – Ich wollte ihn fordern, während Sie verreist waren«, rief er und wies auf ein altes Rapier, dessen Klinge hinter dem Bett hervorragte. »Aber er benahm sich schlecht. Ich schrieb ihm, daß es mir sehr leid täte, ihn fordern zu müssen, und es wäre mir gleichgültig, wo er sich mit mir duellieren wollte. Ich schlug ihm entweder den Berg auf der Promenade vor oder auch unsern Oberboden, wo Raum genug ist, und ersuchte ihn um eine Mitteilung über die Waffen, welche er für passend hielte. Da schrieb er mir unhöflich zurück, er würde sich nur im Hausflur duellieren, wo er sich alle Stunden des Tages aufhielte, und was die Waffen beträfe, so könnte ich fechten, womit ich wollte, seine Waffe wäre der große Pinsel, er sei bereit, mir auf jede Backe eine Signatur zu machen. Sie werden mir zugeben, das ich darauf nicht eingehen konnte.«

Das gab Anton zu.

»Jetzt hetzt er die andern Kollegen wider mich auf«, fuhr Specht kleinlaut fort. »Der Zustand ist für mich unerträglich, ich kann gar nicht mehr mit den andern zusammensein, ohne daß ich beleidigt werde. Aber ich weiß, wodurch ich mich räche. Ich spare jetzt. Wenn die Kürbisse erst blühen, dann gebe ich allen einen Satz, nur Pix lade ich nicht ein; wie er's damals mit Ihnen gemacht hat, Wohlfart. Ich will uns beide an ihm rächen.«

»Gut«, sagte Anton, »das gefällt mir. Aber wissen Sie was: da auch ich den Kollegen eine Aufmerksamkeit schuldig bin, so wollen wir beide zusammen das Fest in Ihrer Stube geben.«

»Das ist ausgezeichnet von Ihnen, Wohlfart«, rief Specht glücklich.

»Und wir wollen nicht warten«, fuhr Anton fort, »bis die Kürbisse groß geworden sind, sondern wollen uns unterdes durch anderes Grün helfen.«

»Gut«, sagte Specht, »vielleicht durch Tannenbäume.«

»Ich werde dafür sorgen«, fuhr Anton fort, »und endlich wollen wir Pix nicht ausschließen, sondern gerade dazu laden. Das ist eine viel feinere Rache, die Ihres guten Herzens am würdigsten ist.«

»Meinen Sie?« frug Specht zweifelhaft.

»Gewiß«, sagte Anton. »Ich schlage nächsten Sonnabend vor, die Einladung machen wir gemeinschaftlich.«

»Schriftlich«, rief Specht vergnügt, »auf rosa Papier.«

»Das ist recht«, sagte Anton. Darauf berieten die beiden in der Laube die nähere Einrichtung des Festes.

Die Kollegen waren nicht wenig verwundert, als sie einige Tage darauf durch bunte Billette, die Herr Specht geheimnisvoll vor Anfang der Comtoirstunden auf den Platz eines jeden gelegt hatte, zur Kürbisblüte in Herrn Spechts Stube eingeladen wurden. Da Antons geachteter Name mit unterzeichnet war, so blieb ihnen nichts übrig, als die Einladung anzunehmen. Unterdes zog Anton das Fräulein in das Geheimnis und erbat von ihr aus dem Garten einige vorhandene Efeustöcke und was sonst von Blumen gerade entbehrlich war, Specht aber arbeitete die ganze Woche bei verschlossenen Türen in seiner Stube, und am Tage des Festes bezog er mit Hilfe des Bedienten den leeren Bindfaden mit grünen Ranken, stellte einige blühende Sträucher in Gruppen, ließ sich eine Anzahl bunter Glaslampen holen und befestigte an den Ranken trichterförmige Erfindungen aus gelbem und weißem Papier, welche mit Kürbisblüten ganz besondere Ähnlichkeit hatten.

Durch diese Vorrichtungen erhielt das Zimmer das Aussehen, welches Herr Specht in seinen Träumen schon lange geahnt hatte. Die Kollegen waren höchlich überrascht. Als letzter trat Herr Pix herein, und auch er vermochte ein erstauntes »Donnerwetter!« nicht zu unterdrücken, als er die unglückliche Laube wirklich umrankt und mit gelben Blüten bedeckt sah, welche in dem farbigen Lampenlicht schimmerten und von ihrem Draht freundlich herunternickten. Die großen Tongefäße waren durch Sträucher verdeckt, in der Mitte der Laube hing eine rote Lampe wie ein Glühwurm herab, und auf dem Gartentisch stand ein riesig großer Kürbis. Anton nötigte das Quartett in die Laube und besetzte mit den übrigen alle noch leeren Teile der Stube, auch das Bett war mit Polster überdeckt und mußte als zweites Sofa dienen.

Als sich alle gelagert hatten, trat Specht an den großen Kürbis und rief feierlich: »Sie haben mich lange mit dem Kürbis geneckt, hier ist meine Rache. Hier ist der Kürbis.« Er ergriff den kurzen Stiel und hob den oberen Teil ab. Der Kürbis war hohl, eine Bowle stand darin.

Die Kollegen lachten und riefen »Bravo!« und Specht schenkte die Gläser voll.

Dennoch war im Anfange eine gewisse Spannung zwischen Herrn Specht und den übrigen Herren nicht abzuleugnen. Zwar das verrufene Wort »Kürbis« wurde nicht gehört, aber seine Vorschläge fanden selten bereitwillige Aufnahme. Als Anton ein Bündel türkischer Pfeifen, die er in der Fremde für die Kollegen gekauft hatte, herbeitrug und unter die Anwesenden verteilte, da machte Specht den Vorschlag, daß alle sich als Türken mit gekreuzten Beinen auf das Bett oder den Fußboden setzen sollten. Und dieser Vorschlag fiel durch. Auch als er die Behauptung aufstellte, daß die tscherkessischen Mädchen, welche jetzt von ihren Eltern in die türkischen Familien verkauft werden, bei größerer Ausdehnung unserer Handelsverbindungen mit dem Orient bis zu uns kommen würden, um die Rolle der Kellnerinnen in den bayerischen Bierkellern zu übernehmen, da konnte selbst diese Behauptung sich keine Anerkennung erringen. Aber nach und nach wirkte der milde Inhalt des Kürbis auf die strengen Seelen der Kollegen.

Zuerst wurde der Zwiespalt unter den musikalischen Naturen des Hauses ausgeglichen. Anton brachte die Gesundheit des Quartetts aus. Das Quartett dankte mit einiger Befangenheit, da es sich gerade vor vier Wochen in Mißklängen aufgelöst hatte. Es ergab sich aus düstern Andeutungen der Bässe, daß Specht eine ungehörige Forderung an sie gestellt hatte. Herr Specht hatte sie benutzen wollen, um einer Roßbändigerin des Zirkus, der entzückenden Tillebi, ein Ständchen zu bringen. Die Bässe hatten sich geweigert, bei solchem nächtlichen Werk tätig zu werden, und Specht war auf diese Weigerung in heftigen Zorn geraten und hatte geschworen, keinen Ton mit den andern zu singen, solange sie der Unvergleichlichen aus abgeschmackten Bedenken ihre Huldigung verweigerten. »Hätte er das Ständchen noch am Abend bringen wollen«, sprach Balbus, »so wären wir vielleicht um des lieben Friedens willen mitgegangen, aber er behauptete, es müßte um vier Uhr früh geschehen, weil das die Stunde sei, wo die Kunstreiter aufstünden, um ihre Pferde zu füttern. Das war uns doch zu arg. Unterdes ist das Frauenzimmer mit einem Bajazzo durchgegangen.«

»Das ist nicht wahr«, rief Specht; »der Bajazzo hat sie gewaltsam entführt.«

»Jedenfalls hat er uns dadurch einen Dienst erwiesen«, sagte Anton, »denn er hat den Herren die Erfüllung Ihres kräftigen Schwurs unmöglich gemacht. Und so sehe ich keinen Grund, weshalb Sie als Künstler und treue Kollegen noch länger der Ausübung Ihrer musikalischen Virtuosität entsagen sollen. Wie ich höre, waren Sie, liebster Specht, ein wenig heftig, machen Sie den Herren darüber Ihre Entschuldigung, wie sie einem Mann von Ehre wohl ansteht, alsdann schlage ich den Herren vor, das Quartett auf der Stelle neu zu begründen.«

Da erhob sich Specht und sprach: »Nach dem Rat meines Freundes Wohlfart mache ich Ihnen meine Entschuldigung, bin übrigens bereit, Ihnen in jeder Art Rede zu stehen.« Worauf er sein Glas austrank und den Bässen heftig die Hand schüttelte.

Darauf wurden die Notenbücher gebracht, und mit Behagen ließen alle vier in der Kürbislaube ihre Stimme erschallen.

Noch blieb die Versöhnung mit Pix als das schwerste Werk. Specht sah seinen Gegner den ganzen Abend mißtrauisch an.

Pix saß gefühllos auf dem Bett und streichelte den Pluto, welcher mit ihm zur Abendgesellschaft gekommen war.

Specht goß Pix das Glas voll und stellte es auf den Bettpfosten. Pix trank es schweigend aus. Specht füllte das Glas von neuem und begann in weltmännischem Ton: »Nun, Pix, wie finden Sie den Kürbis?«

»Es ist eine verrückte Idee«, sagte Pix.

Gekränkt wandte sich Specht ab und sah wieder unruhig auf seinen Gegner. Nach einer Weile streckte er die Füße mit scheinbarem Behagen aus, verbarg seine Hände in den Hosentaschen und sprach über die Schulter: »Sie werden mir zugeben, Pix, daß man über manche Dinge verschiedene Ansicht haben kann und deshalb doch nicht feindlich zu sein braucht.«

»Das gebe ich zu«, sagte Pix.

»Warum also«, fuhr Specht heftig fort und sprang auf, »warum sind Sie mein Feind? Warum denken Sie gering von mir? Es ist hart, mit seinen Kollegen in Feindschaft leben. Ich will Ihnen nicht verschweigen, daß ich Sie achte und daß mir Ihr Benehmen unangenehm ist. Sie haben mir Genugtuung verweigert und sind doch noch böse auf mich.«

»Erhitzen Sie sich nicht«, sagte Pix, »ich habe Ihnen keine Genugtuung verweigert und ich bin gar nicht böse auf Sie.«

»Wollen Sie mir das vor allen diesen Herren erklären?« rief Specht erfreut, »wollen Sie mit mir anstoßen?« Er holte sein Glas.

»Kommen Sie her«, sagte Pix versöhnlich, »ich habe gar nichts mehr gegen Sie, ich sage nur, das mit den Kürbissen war ein verrückter Einfall.«

»Es ist noch mein Einfall«, rief Specht das Glas zurückziehend, »ich dünge mit Rinderblut, in einigen Wochen werden sie grün sein.«

»Nein«, sagte Pix, »das ist vorbei für immer, morgen früh werden auch Sie das einsehen. Und jetzt kommen Sie her und stoßen Sie an, von den Kürbissen soll zwischen uns nicht mehr die Rede sein.«

Specht stieß verdutzt an und wurde gleich darauf sehr lustig. Die Last war von ihm genommen, welche ihn lange gedrückt hatte. Er sang, er schüttelte allen Kollegen die Hände und wurde groß in gewagten Behauptungen.

Als Anton mit den Kollegen die Treppe hinabstieg, bemerkte er, daß Pluto etwas Gelbliches im Maule trug und eifrig daran kaute. »Es sind Spechts Kürbisse«, sagte Pix, »der Hund hat sie für Rindfleisch gehalten und sämtlich abgebissen.«

6

Anton stand vor dem Bett des kranken Bernhard und sah mit innigem Anteil auf die verfallene Gestalt seines Freundes. Das Antlitz des Gelehrten war noch faltiger als sonst, seine Haut durchscheinend wie aus Wachs, unordentlich hing sein lockiges Haar um die feuchte Stirn, die Augen blitzten in fieberhafter Aufregung dem Besuch entgegen. »So lange waren Sie in der Fremde«, rief er klagend; »ich habe mich alle Tage nach Ihnen gesehnt. Jetzt, da Sie zurück sind, wird es auch mit mir besser werden.«

»Ich komme oft, wenn ich Sie nicht durch unser Gespräch aufrege«, erwiderte Anton.

»Nein«, sagte Bernhard, »ich will ruhig zuhören, Sie sollen von Ihrer Reise erzählen.« Anton begann seinen Bericht. »Ich habe in dieser Zeit gesehen, was wir uns oft miteinander gewünscht haben, fremde Menschen und ein stürmisches Treiben. Ich habe gute Gesellen auch in der Fremde gefunden, und doch ist mir bei vielem, was ich erlebte, die Überzeugung gekommen, daß es kein größeres Glück gibt, als sich in seiner Heimat mitten unter seinen Landsleuten tüchtig zu rühren. Manches habe ich erfahren, was auch Sie gefreut hätte, weil es poetisch war und die Seele bewegte, aber zuletzt war das Widerwärtige doch im Vordergrund.«

»Es war dort, wie überall auf der Erde«, sagte Bernhard. »Wo ein großes Gefühl das Herz erschüttert und den Menschen vorwärtstreiben möchte, wirft die Erde ihren Schmutz daran, und das Schöne verkümmert, und alles Große wird lächerlich gemacht. Es ist woanders wohl auch nicht besser, als bei uns.«

»Das ist unser alter Streit«, sagte Anton heiter, »sind Sie noch nicht belehrt, Ungläubiger?«

Bernhard zupfte mit dem Finger an seiner Bettdecke und antwortete niedersehend: »Vielleicht bin ich's doch, Wohlfart.«

»Ei«, rief Anton neckend, »und wer hat Ihre Bekehrung bewirkt? War's etwas, das Sie erlebt haben? Gewiß, so muß es sein.«

»Was es auch war«, sagte Bernhard mit einem Lächeln, das sein Gesicht wie ein heller Schein überflog, »ich glaube, daß es auch bei uns Schönheit und Liebenswürdigkeit gibt, ich glaube, daß auch bei uns das Leben große Leidenschaften bringen kann, heilige Freuden und bittere Schmerzen. Und ich glaube«, fuhr er traurig fort, »daß man auch bei uns unter dem Druck eines furchtbaren Schicksals untergeht.«

Besorgt hörte Anton diese Worte und sah, wie das große Auge des Kranken begeistert in die Höhe blickte. »Gewiß ist es, wie Sie sagen«, erwiderte er endlich, »aber das Allerschönste, was diesem Leben den höchsten Wert gibt, ist doch, wenn die Kraft des Menschen größer ist, als alles, was auf ihn eindringt. Ich lobe mir einen Mann, der sich Leidenschaften und ein ernstes Schicksal nicht über den Kopf wachsen läßt, der selbst, wenn er unrecht getan hat, sich immer wieder herauszureißen weiß.«

»Wenn es aber zu spät ist, und wenn die Macht der Verhältnisse stärker wird als er?«

»Ich glaube nicht gern an die Macht der Verhältnisse«, sagte Anton. »Ich denke mir, wenn einer noch so sehr umdrängt ist, und er will nur eine tüchtige Kraft daransetzen, so kann er sich wohl heraushauen; er wird Wunden davontragen wie ein Soldat in der Schlacht, aber sie werden ihm gut stehen. Und wenn er die Rettung nicht findet, so kann er wenigstens kämpfen als ein Tapferer. Und wenn er so unterliegt, werden die Augen aller mit Teilnahme auf ihm ruhn. Nur wer sich ohne Widerstand ergibt, wenn das Wetter hereinbricht, den verweht der Wind von dieser Erde.«

»Eine Flaumfeder wird durch kein Gebet in Stein verwandelt, sagt der Dichter«, erwiderte Bernhard und schnellte mit dem Finger eine Feder von seinem Kissen in die Luft. »Ich will Sie etwas fragen, Wohlfart«, fuhr er nach einer Weile fort, »kommen Sie näher heran. Denken Sie, ich wäre ein Christ, und Sie mein Beichtvater, vor dem man keine Geheimnisse haben möchte.« Er sah unmutig auf die Tür des Nebenzimmers und frug leise: »Was halten Sie von dem Geschäft meines Vaters?«

Betroffen fuhr Anton zurück, Bernhard sah in ängstliche Spannung auf den Freund: »Ich verstehe wenig von diesen Dingen, ach, vielleicht zu wenig. Ich will nicht wissen, ob er für reich oder arm gilt, aber ich frage Sie als meinen Freund, was halten fremde Menschen von der Art, wie er sein Geld erwirbt? Es ist schrecklich und vielleicht ein großes Unrecht, daß ich, sein Sohn so frage, aber mich zwingt etwas, dem ich nicht widerstehen kann. Seien Sie ehrlich gegen mich, Wohlfart.« Er erhob sich in seinem Bett und sagte, den Arm um

Antons Hals legend, diesem ins Ohr: »Gilt mein Vater bei Männern Ihrer Art für rechtschaffen?«

Antons Herz zog sich von innigem Mitgefühl zusammen, er durfte nicht sagen, was er dachte, und er durfte nicht lügen. So schwieg er eine Weile, der Kranke sank in seine Kissen zurück; und ein leises Stöhnen zitterte durch die Stube.

»Mein teurer Bernhard«, erwiderte Anton, »bevor ich dem Sohn eine solche Frage beantworte, muß ich erst wissen, weshall er einen Dritten fragt. Wenn Sie es nur tun, um durch meine Ansicht Ihr Urteil über die Geschäfte Ihres Vaters zu vervollständigen, so muß ich Ihnen die Antwort verweigern, gleichviel, wie sie ausfallen würde. Denn was ich etwa kenne, sind nur die kalten, vielleicht unfreundlichen Ansichten Fremder, und solche Auffassung soll der Sohn eines Geschäftsmanns niemals zu der seinigen machen.«

»Ich frage«, sagte Bernhard feierlich, »weil ich um das Wohl anderer in großer Sorge bin, vielleicht kann Ihre Antwort mehreren Menschen Angst und Not ersparen.«

»Dann«, sagte Anton, »will ich Ihnen antworten. Ich kenne keine einzelne Handlung Ihres Vaters, welche nach kaufmännischen Begriffen unehrenhaft ist. Ich weiß nur, daß er zu der großen Klasse von Erwerbenden gezählt wird, welche bei ihren Geschäften nicht sehr danach fragen, ob ihr eigener Vorteil durch Verluste anderer erkauft wird. Herr Ehrenthal gilt für einen vorsichtigen und gewandten Mann, dem die gute Meinung solider Männer weniger gleichgültig ist, als hundert andern. Er wird vielleicht manches tun, was ein Kaufmann von sicherem Selbstgefühl vermeidet, aber er wird sicher auch gegen vieles Widerwillen empfinden, was gewissenlose Spekulanten um ihn herum wagen.«

Wieder kam ein zitternder Seufzer von den Lippen des Kranken, ein peinliches Schweigen folgte. Endlich erhob sich Bernhard und sprach so nahe an Antons Ohr, daß dieser den heißen Atem des Kranken auf seiner Wange fühlte: »Ich weiß, Sie kennen den Baron Rothsattel.« Anton sah erstaunt auf. »Das Fräulein hat mir selbst gesagt, daß sie eine Bekannte von Ihnen ist.«

»Es ist so, wie Fräulein Lenore sagt«, erwiderte Anton, mit Mühe seine Aufregung verbergend.

»Wissen Sie etwas von der Verbindung meines Vaters mit dem Freiherrn?« frug Bernhard weiter.

»Nur wenig«, sagte Anton, »nur was Sie selbst mir gelegentlich erzählt haben, daß Herr Ehrenthal dem Freiherrn Geld auf sein Gut geliehen hat. Jetzt in der Fremde habe ich gehört, daß dem Freiherrn irgendeine Gefahr droht, ich habe sogar Veranlassung gehabt, ihn vor einem Intriganten zu warnen.« Bernhard starrte angstvoll auf Antons Lippen, Anton schüttelte den Kopf; »es war aber jemand«, sagte er, »der Ihrem Hause nicht fremd ist, Ihr Buchhalter Itzig.«

»Er ist ein Schurke«, rief Bernhard heftig und ballte seine magere Hand. »Er ist eine gemeine niederträchtige Natur. Von dem ersten

Tage, wo er in unser Haus kam, habe ich einen Abscheu gegen ihn gefühlt wie gegen ein unreines Tier.«

»Es scheint mir«, fuhr Anton fort, »daß Itzig, den auch ich aus früherer Zeit kenne, hinter dem Rücken Ihres Vaters gegen den Freiherrn arbeitet. Die Warnung, welche mir im Interesse des Freiherrn kam, war so dunkel, daß ich nichts daraus zu machen wußte; ich konnte nichts tun, als sie dem Freiherrn so mitteilen, wie ich sie selbst erhielt.«

»Dieser Itzig beherrscht meinen Vater«, flüsterte Bernhard; »er ist ein böser Geist in unserer Familie; wenn mein Vater egoistisch gegen den Freiherrn handelt, so trägt dieser Mensch die Schuld.«

Schonend gab Anton das zu. »Ich muß wissen, wie es zwischen dem Freiherrn und meinem Vater steht«, fuhr Bernhard fort; »ich muß wissen, was zu tun ist, um der Familie aus ihrer Verlegenheit zu helfen. Ich kann helfen«, fuhr der Kranke fort, und wieder flog ein matter Strahl von Freude über sein Antlitz. »Mein Vater liebt mich. Er liebt mich sehr, jetzt in meiner Schwäche habe ich empfunden, daß sein Herz an mir hängt. Wenn er des Abends an mein Bett kommt und mit seiner Hand über meine Stirn streicht, wenn er sich mir gegenüber setzt, wo Sie sitzen, und mich stundenlang kummervoll ansieht, – Wohlfart, er ist ja doch mein Vater!« Er schlug die Hände zusammen und verbarg sein Haupt in den Kopfkissen. »Sie müssen mir helfen, mein Freund«, fuhr er wieder fort, »Sie müssen mir sagen, was geschehen kann, den Freiherrn zu retten. Ich fordere das von Ihnen. Ich selbst werde meinen Vater fragen. Ich fürchte mich vor der Stunde, wo ich mit ihm darüber spreche, aber nach dem, was Sie mir gesagt haben, sorge ich, auch er weiß nicht alles, oder«, fuhr er murmelnd fort, »er wird mir nicht alles sagen. Sie aber müssen den Freiherrn selbst aufsuchen.«

»Vergessen Sie nicht, Bernhard«, erwiderte Anton, »daß es auch dem reinsten Willen nicht erlaubt ist, sich so in die Verhältnisse eines anderen einzudrängen. Wie gut unsere Absicht sein mag, dem Freiherrn bin ich ein Fremder. Mein Vermitteln wird ihm, wie Ihrem Vater, leicht als vorlaute Anmaßung erscheinen und ich fürchte, wir werden auf diesem Weg wenig erfahren. Ich sage nicht, daß der Schritt unnütz ist, aber ich halte ihn für unsicher. Eher wird es möglich sein, daß Sie selbst auf die Maßregeln Ihres Vaters Einfluß gewinnen.«

»Gehen Sie doch zum Freiherrn«, bat Bernhard dringend, »und wenn er selbst gegen Sie verschlossen bleibt, so fragen Sie das Fräulein. Ich habe sie gesehen«, fuhr er fort, »ich habe es Ihnen verschwiegen, wie der Mensch sein liebstes Geheimnis verhüllt, heut sollen Sie auch das erfahren. Ich war mehr als einmal auf dem Gut der Rothsattel. Ich weiß, wie schön sie ist, wie stolz ihre Haltung, wie edel ihre Gebärde. Wenn sie über den Rasen schritt, war sie wie eine Königin der Natur, ein blauer Schimmer glänzte um ihr Haupt; wo sie hinsah, neigte sich alles vor ihrem Blick – ihre Zähne wie Perlen und ihre Brüste wie Rosenhügel«, sagte er leise und sank in die Kissen zurück mit gefalteten Händen und blitzenden Augen. »Auch er«, rief es in Anton. »Mein armer Bernhard, Sie schwärmen.«

Bernhard schüttelte den Kopf: »Seit dem Tage weiß ich, daß unser Leben nicht grau ist«, sagte er lächelnd; »es ist nicht grau, aber es ist grausig. Wollen Sie jetzt mit dem Freiherrn und mit seiner Tochter sprechen?«

»Ich will«, sagte Anton aufstehend. »Aber ich wiederhole Ihnen, ich beginne etwas Auffallendes, das leicht neue Verwicklungen herbeiführen kann, auch für uns beide.«

»Wer so daliegt, wie ich, der fürchtet keine Verwickelungen«, sagte Bernhard, »und Sie«, fuhr er fort und sah Anton prüfend an, »Sie werden in Ihrem Leben sein, was Sie mir heut gesagt haben, ein Mann, welcher sich durchschlägt; und wenn er auch Wunden erhält, seine Aufgabe ist, mit dem Geschick zu kämpfen. Mich, Anton Wohlfart, mich wird der Sturmwind verwehen.«

»Kleinmütiger«, rief Anton weich, »das spricht die Krankheit aus Ihnen. Der Mut wird Ihnen mit der Genesung zurückkehren.«

»Hoffen Sie?« frug der Kranke zweifelnd; »oft tue ich's auch, nur manchmal überfällt mich die Mutlosigkeit. Ja, ich will leben, und anders will ich leben, als bisher, ich will alle Mühe daransetzen, stärker zu werden, ich werde nicht mehr so viel träumen als jetzt, mich nicht mehr aufregen und quälen in meiner Kammer. Ich will versuchen, wie man lebt, wenn man ein tüchtiger Mann ist, der jeden Streich zurückgibt, den er empfängt«, so rief er mit geröteten Wangen und streckte die Hand dem Freunde entgegen.

Anton beugte sich zu ihm nieder, dann verließ er das Zimmer.

Am Abend trat Ehrenthal zu dem Bett des Sohnes, wie er immer tat, wenn er das Comtoir verschlossen und den Schlüssel in seiner Schlafkammer versteckt hatte. »Was hat heut der Doktor gesagt, mein Bernhard?«

Bernhard hatte sich mit dem Kopf gegen die Wand gedreht, jetzt warf er sich plötzlich herum und sagte heftig: »Vater, ich muß etwas mit dir reden, verschließe die Tür, damit uns niemand stört.«

Erschrocken sah Ehrenthal zu beiden Türen, verschloß und verriegelte gehorsam, dann eilte er zum Bett des Sohnes zurück. »Was hast du, das dich kümmert, mein Bernhard?« frug er und fühlte mit der Hand auf die Stirn des Kranken. Bernhard entzog ihm sein Haupt, die Hand des Vaters sank auf die Bettdecke. »Setze dich hierher«, sagte der Sohn finster, »und beantworte meine Frage so aufrichtig, als wenn du zu dir selber sprächst.«

Der Alte setzte sich und sagte: »Frage, mein Sohn, ich will dir alles beantworten.«

»Du hast mir gesagt, daß du dem Baron Rothsattel viel Geld geborgt hast, daß du ihm keines mehr leihen willst und daß der Edelmann sein Gut nicht wird behalten können.«

»Es ist, wie ich habe gesagt«, erwiderte der Vater, vorsichtig wie in einem Verhör.

»Und was soll jetzt aus dem Baron und seiner Familie werden?«

Ehrenthal zuckte die Achseln. »Er wird herunter von seinem Gut, und wenn der Tag kommt, wo das Gut vom Gericht verkauft wird, so werde ich wegen meines Geldes bieten auf das Gut, und ich hoffe, ich werde es kaufen. Ich habe eine große Hypothek, welche ist sicher, und eine kleine hinten am Ende, welche ist schlecht. Wegen der schlechten Hypothek werde ich erstehn das Gut.«

»Vater«, rief Bernhard mit schneidender Stimme, so daß Ehrenthal zusammenfuhr, »du willst einen Vorteil ziehen aus dem Unglück des Mannes, du willst dich an seine Stelle setzen! Ja, du bist auf das Gut des Barons gefahren und hast mich mitgenommen vielleicht mit dem Gedanken, die Verlegenheit des Edelmannes zu benutzen. Es ist schrecklich, schrecklich!« Er warf sich in die Kissen zurück und rang die Hände.

Ehrenthal rückte unruhig auf seinem Sitz. »Führe nicht solche Reden von Sachen, die du nicht verstehst. Die Geschäfte sind für den Tag, wenn ich abends zu dir komme, sollst du dich nicht ängstigen um meine Arbeiten. Ich will's nicht haben, daß du die Hände aufhebst und rufst schrecklich.«

»Vater«, rief Bernhard, »wenn du nicht willst, daß ich vergehn soll vor Scham und Kummer, so wirst du deine Absicht aufgeben.«

»Aufgeben!« rief Ehrenthal entrüstet. »Wie kann ich aufgeben mein Geld? Wie kann ich aufgeben das Gut, um das ich mich bemüht habe bei Tag und bei Nacht? Wie kann ich aufgeben das größte Geschäft, das ich gemacht habe in meinem Leben? Du bist ein ungehorsames Kind und machst uns Jammer um gar nichts. Was habe ich für ein Unrecht getan, daß ich dem Baron gegeben habe mein Geld? Er hat's gewollt. Was tue ich für ein Unrecht, wenn ich kaufe das Gut? Ich rette mein Geld.«

»Verflucht sei jeder Taler, den du darauf gewandt, verflucht der Tag, wo du diesen unglücklichen Entschluß gefaßt«, fuhr Bernhard auf und erhob seine Hand drohend gegen den Vater.

»Was ist das?« rief Ehrenthal aufspringend, »welcher böse Gedanke hat getroffen das Herz meines Sohnes, daß er so spricht zu seinem Vater? Was ich getan habe, für wen habe ich's getan? Nicht für mich und meine alten Tage. Ich habe dabei gedacht jeden Tag an dich, mein Sohn, der du bist ein anderer Mann, als dein Vater. Ich werde haben den Kummer, und du sollst gehen aus dem Schloß in den Garten und wieder zurück in das Schloß, und wenn du gehst, soll der Amtmann abziehen seine Mütze, und die Knechte im Hofe abziehen ihre Hüte, und sie sollen zu sich sagen: das ist der junge Herr Ehrenthal, welcher ist unser Herr, der da geht.«

»Ja«, rief Bernhard bitter, »das ist deine Liebe. Mich willst du zum Mitschuldigen machen einer ungerechten Tat. Du irrst, Vater; niemals werde ich aus dem Schlosse in den Garten gehen mit meinem Buche, eher will ich als armer Bettler mein Essen erbitten von der Gemeinde, als daß ich einen Fuß auf das Gut setze, das durch Sünde erworben ist.«

»Bernhard«, rief der Alte mit gerungenen Händen, »du wirfst die Steine auf mein Vaterherz, daß ich fühle die Last, wie sie mich drückt zu Boden.«

»Und du verdirbst deinen Sohn«, rief Bernhard in auflodernder Leidenschaft. »Sieh zu, für wen du geschachert und gelogen hast; aber so wahr es einen Himmel über uns gibt, du wirst niemandem sagen, daß es geschehen ist für deinen unglücklichen Sohn.«

»Mein Sohn«, jammerte der Vater, »schlage nicht auf mein Herz mit deinem Fluche. Seit du bist gewesen ein kleiner Bocher, der sein Gebetbüchel in die Schule getragen hat, habe ich gehabt meinen Stolz, wenn ich auf dich gesehen habe. Ich habe dir gelassen allen Willen zu tun, was dir am liebsten war; ich habe dir gekauft von Büchern, ich habe dir gegeben von Geld mehr, als du hast haben wollen; wo ich dir etwas absehen konnte an deinen Augen, ich habe dir's abgesehen. Wenn ich unten den ganzen Tag mich geärgert habe, mußte ich immer denken, mein Sohn soll lachen, weil ich mich ängstige.« Er nahm den Zipfel seines Schlafrocks und fuhr sich damit über die Augen, vergeblich bemüht, seine Fassung wiederzugewinnen. So saß er als ein geschlagener Mann dem Sohn gegenüber.

Bernhard sah schweigend auf die gebeugte Gestalt, endlich streckte er die Hand aus: »Mein Vater«, rief er weich. Ehrenthal fuhr schnell mit beiden Händen nach der dargebotenen Rechten und hielt sie fest, als könnte sie ihm wieder entzogen werden, er schob sich näher heran, küßte und streichelte sie. »So bist du wieder mein guter Sohn«, sagte er gerührt. »Jetzt wirst du nicht mehr führen solche lästerliche Reden und wirst nicht mehr zanken wegen diesem Baron.«

Bernhard zog hastig seine Hand zurück.

»Ich will ihn nicht drücken, ich will Nachsicht mit ihm haben wegen der Zinsen«, fuhr der Vater flehend fort und suchte die Hand des Sohnes.

»O, es ist umsonst, mit ihm zu reden«, rief Bernhard in tiefstem Schmerz, »er versteht meine Rede nicht!«

»Ich will alles verstehen«, klagte Ehrenthal, »daß du mir wiedergibst deine Hand.« – »Willst du deine Pläne gegen das Gut aufgeben?« frug Bernhard.

»Sprich nicht von dem Gut«, flehte der Alte.

»Umsonst«, murmelte Bernhard sich abwendend und verbarg das Gesicht in seinen Händen.

Ehrenthal saß vernichtet dem Kranken gegenüber, auch er seufzte schwer auf. »Höre mich, mein Sohn«, bat er endlich mit leiser Stimme, »ich will sehen, daß ich ihm schaffe ein anderes Gut, welches er behaupten kann mit seinen Mitteln. Hast du gehört, mein Sohn Bernhard?«

»Geh«, rief Bernhard ohne Härte, aber mit der Energie eines tiefen Schmerzes, »geh, und laß mich jetzt allein!«

Ehrenthal erhob sich und verließ mit gesenktem Haupt das Zimmer, in der Nebenstube ging er heftig auf und ab, rang die Hände und sprach mit sich selbst. Und wieder öffnete er leise die Tür, trat an

Bernhards Bett und frug klagend: »Willst du mir nicht geben deine Hand, mein Sohn?« – Bernhard lag abgewandt und rührte sich nicht.

Mit klopfendem Herzen nannte Anton dem Diener des Freiherrn seinen Namen. »Wohlfart«, rief der Freiherr gedehnt, und die Erinnerung an den Brief Antons stach verletzend in seine Seele. »Führe ihn herein.« Mit kühlem Gruß beantwortete er Antons tiefe Verneigung. »Ich bin Ihnen wohl noch den Dank schuldig für Ihr Schreiben von neulich«, sagte er; »daß ich es nicht beantwortet habe, wie die gute Meinung verdiente, müssen Sie mit meinen vielen Geschäften entschuldigen.«

»Wenn ich jetzt in derselben Angelegenheit komme«, begann Anton, »so bitte ich Sie, dies nicht für Zudringlichkeit zu halten. Mich führt der Auftrag eines Bekannten her, der die wärmste Ergebenheit gegen Sie und Ihr Haus empfindet. Es ist der Sohn des Kaufmann Ehrenthal. Er selbst wird durch Krankheit verhindert, Ihnen seine Aufwartung zu machen, er läßt Sie deshalb durch mich bitten, daß Sie den Einfluß, den er auf seinen Vater hat, benutzen möchten. Im Falle Ihnen seine Einwirkung irgendwie brauchbar erscheinen könnte, soll ich Sie ersuchen, ihm Ihre Wünsche mitzuteilen.«

Der Freiherr horchte auf. Jetzt, wo ihn alles verließ, wo er sich selbst aufgegeben hatte, drängten sich fremde Gestalten in sein Leben, dieser Itzig, Wohlfart, der Sohn Ehrenthals. Was ihm Wohlfart anbot, klang abenteuerlich, aber es konnte für ihn eine Hilfe werden gegen das, was unaufhörlich an seinem Herzen fraß, eine Hilfe gegen die Ansprüche Ehrenthals, gegen die furchtbare Gefahr, in der sein guter Name schwebte. »Ich kenne den jungen Mann nur wenig«, sagte er mit Haltung, »ich ersuche Sie vor allem zu erklären, wie ich zu der Ehre komme, ein so ungewöhnliches Wohlwollen des Herrn zu erhalten.«

Anton erwiderte warm: »Bernhard Ehrenthal hat ein edles Herz und sein Leben ist rein. Unter seinen Büchern aufgewachsen, versteht er wenig von den Geschäften seines Vaters, aber er hat die Ansicht gewonnen, daß dieser sich durch schlechte Ratschläge verleiten läßt, feindselig gegen Sie aufzutreten. Er hat Einfluß auf seinen Vater, sein feines Ehrgefühl ist sehr beunruhigt, und er wünscht dringend, seinen Vater von Maßregeln abzuhalten, welche er selbst nicht für ehrenhaft hält.«

Hier war Hilfe! Das war ein reiner Luftzug, der in die stickende Atmosphäre eines Krankenzimmers drang, aber dem Kranken machte die frische Luft Mißbehagen. Diese ehrenhaften Leute, die so bereit waren, zu verdammen, was ihnen nicht ehrenvoll erschien, waren ihm peinlich. Und schon jetzt, während er den Wert erkannte, den auch diese unsichere Aussicht für ihn haben konnte, fühlte er in seinem Herzen eine Abneigung, seine Lösung aus der Angst diesen beiden zu verdanken. Dem eifrigen Wohlfart wenigstens, der alles sein sollte, was zuverlässig und gewissenhaft heißt, ihm wollte er Näheres nicht mitteilen. Und so erwiderte er mit einer Freundlichkeit, die ihm nicht von Herzen kam: »Meine Beziehungen zu dem

Vater Ihres Freundes sind allerdings von der Art, daß die wohlmeinende Vermittelung durch einen Dritten in unserm beiderseitigen Interesse liegen möchte. Ob der junge Ehrenthal die geeignete Person dafür ist, vermag ich nicht zu entscheiden. Jedenfalls sagen Sie ihm, daß ich für den Anteil dankbar bin, den er an meinen Angelegenheiten nimmt, und daß ich mir vorbehalte, zu seiner Zeit mit ihm selbst darüber Rücksprache zu nehmen.« Nach diesem Bescheid erhob sich Anton, der Freiherr begleitete ihn bis an die Tür und – merkwürdig, er machte ihm dort eine tiefe Verbeugung.

Es war kein Zufall, daß in dem Augenblick, wo Anton durch das Vorzimmer ging, auch Lenore hineintrat. »Herr Wohlfart«, rief sie freudig und eilte auf ihn zu. »Liebes Fräulein«, rief auch er, und beide begrüßten einander als alte Freunde.

Sie hatten im Nu die letzten Jahre vergessen, sie waren, wie vor Jahren, Ritter und Dame aus der Tanzstunde. Beide sagten einander, wie sehr sie sich seit der Zeit geändert hätten, und während sie das erzählten, waren sie in Empfindungen und Worten unvermerkt wieder jünger geworden um alle die Jahre, welche seit ihrer letzten Unterhaltung vergangen waren.

»Sie tragen Ihren Halskragen wieder aufrecht«, rief Lenore mit leisem Vorwurf. Anton strich ihn schnell herunter.

»Haben Sie noch den Capouchon von damals? Er war mit roter Seide gefüttert, gnädiges Fräulein?« fragte er, »der stand Ihnen reizend.«

»Der jetzige hat blaues Futter«, sagte Lenore lachend. »Und denken Sie, die kleine Komteß Lara heiratet in der nächsten Woche, wir haben erst neulich über Sie und das Tagebuch gesprochen. Auch Eugen hat uns von Ihnen geschrieben. Wie allerliebst Sie den Bruder kennengelernt haben! Kommen Sie herein, Herr Wohlfart, ich muß wissen, wie es Ihnen seit der Zeit ergangen ist.« Sie führte ihn in ein Gesellschaftszimmer und lud ihn ein, auf dem Fauteuil Platz zu nehmen. Sie saß ihm gegenüber und sah ihn mit lachenden Augen an, deren Gruß ihn einst so glücklich gemacht hatte. Vieles in ihm war anders geworden, ja vielleicht schüttelte jetzt zuweilen ein anderer Mädchenkopf seine Locken in dem Zimmer der gelben Katze, aber als er die Gebieterin seiner jungen Jahre, das wilde, ehrliche Mädchen als vornehme Dame sich gegenübersah, da lebten alle Empfindungen der Vergangenheit wieder auf, und er atmete mit Entzücken den feinen Duft des eleganten Zimmers, in dem sie lebte.

»Da ich Sie sehe«, sagte Lenore, »ist mir, als wäre die Tanzstunde gestern gewesen. Es war eine fröhliche Zeit auch für mich! Seitdem habe ich vieles Ernste erfahren«, fügte sie hinzu und senkte das Haupt. Anton bedauerte das mit einem Eifer, der das Fräulein zwang, wieder heiter auszusehen und ihm freundlich in die Augen zu blicken.

»Was hat Sie zu meinem Vater geführt?« frug sie endlich mit verändertem Ton.

Anton sprach von Bernhard, von dem langen Siechtum des

Freundes und seinen guten Wünschen für ihre Familie, er verbarg ihr nicht, daß sie selbst einen mächtigen Anteil daran habe, so daß Lenore auf ihr Taschentuch herunter sah und die Zipfel zusammenlegte. Er sagte ihr, wie sehr die Krankheit des Freundes ihn besorgt mache. »Wenn Sie etwas tun können, um Ihrem Herrn Vater die Vermittlung Bernhards zu empfehlen, so tun Sie es. Ich kann eine stille Sorge nicht loswerden, daß in dem Comtoir Ehrenthals eine Verschwörung gegen ihn ausgedacht ist. Vielleicht finden Sie ein Mittel, Bernhard oder mich wissen zu lassen, wie wir dem Herrn Baron von Nutzen sein können.«

Lenore sah ängstlich in Antons Gesicht und rückte ihren Stuhl näher an den seinen. »Sie sind mir wie ein alter Freund, Ihnen kann ich vertrauen, was mich ängstigt. Der Vater verbirgt der Mutter und mir, was ihn quält, ach, aber er selbst ist anders geworden von Jahr zu Jahr. Er hat für die Fabrik viel Geld gebraucht, und es fehlt ihm oft daran, das weiß ich. Alle Tage bitten die Mutter und ich den Himmel, uns den Frieden wiederzugeben; eine Zeit, wie damals, wo ich Sie kennenlernte. – Sobald ich etwas erfahre, sollen Sie es wissen. Ich will Ihnen schreiben«, rief sie entschlossen; »wenn Eugen auf Urlaub herkommt, soll er Sie aufsuchen.«

So verließ Anton die Wohnung des Freiherrn, aufgeregt durch das Wiedersehn der schönen Freundin, voll vom besten Willen, der Familie zu dienen. An der Haustür stieß er auf Herrn Ehrenthal. Mit kurzem Gruß eilte er an dem gefährlichen Manne vorüber, der ihm die Bitte nachrief, recht bald seinen Sohn Bernhard zu besuchen.

Ehrenthal hatte einige traurige Tage verlebt, er hatte in seinem Leben nicht so viel geseufzt und den Kopf geschüttelt, als jetzt. Vergebens frug seine Frau Sidonie ihre Tochter: »Was hat der Mann, daß er so seufzt?« Vergebens versuchte Itzig das gebeugte Gemüt seines Brotherrn durch lockende Bilder der Zukunft aufzurichten. Alle Unzufriedenheit, welche sich in der Seele des Händlers aufgesammelt hatte, entlud sich gegen den Buchhalter: »Sie sind der Mensch, welcher mir hat geraten zu diesen Schritten gegen den Baron«, schrie er ihn am Morgen nach der Szene mit Bernhard an. »Wissen Sie, was Sie sind? Malhonett sind Sie.«

Itzig sah erstaunt in das Gesicht ihm gegenüber und zuckte die Achseln: »Wenn Sie weiter nichts wissen«, sagte er, »war ist das für ein Wort ›malhonett‹? Soll ich's aufschlagen in dem Buch, wo die fremden Wörter stehn? Reden Sie doch nicht so schwach, Ehrenthal.« Dann seufzte Ehrenthal wieder, sah Veitel böse an und verbarg den Kopf in die Zeitung.

Länger als zwei Tage vermochte er nicht den Schmerz seines Sohnes zu ertragen, welcher zusehends kränker wurde, und alles Zureden der Eltern mit kurzen Worten zurückwies. »Ich muß ein Opfer bringen«, sagte Ehrenthal vor sich hin, »ich muß die Ruhe wiedergeben seinen Nächten und machen, daß er aufhört mit seinem Stöhnen. Ich will denken an meinen Sohn, und ich will dem Baron schaffen die andere Herrschaft bei Rosmin, worauf er jetzt stehn hat sein Geld, und wenn nicht, so will ich ihm retten das Geld darauf ohne einen Nutzen für mich. Ich verliere dabei einen Vorteil, den ich machen könnte mit dem Löwenberg, von mehr als einem Tausend Taler. Ich denke, das wird mir bewegen den Bernhard.« So setzte er entschlossen seinen Hut auf, zog ihn tief in die Stirn, um die rebellischen Gedanken, welche immer noch in ihm aufstiegen, kräftig zu unterdrücken, und schritt in die Wohnung seines Schuldners.

Der Freiherr empfing den unerwarteten Besuch mit der Angst, welche ihm jetzt bei jedem Eintritt eines Geschäftsmannes den Atem benahm. »Kaum ist der Warner hinaus, so kommt der Feind selbst. Jetzt wird er die gerichtliche Zession der Hypothek von mir fordern, jetzt kommt, was darauf folgen muß.« Aber freudig erstaunte er, als Ehrenthal mit höflichen Worten, aus freien Stücken sich erbot, für ihn nach Rosmin zu reisen und nötigenfalls von dort aus weiter, um ihn bei dem Verkauf der polnischen Herrschaft zu vertreten. »Ich will mir zu Hilfe nehmen einen sichern Mann, den Justizkommissarius Walther aus Rosmin, damit Sie sehen, daß alles in Ordnung zugeht. Sie werden mir Vollmacht geben zu bieten auf das Gut, und die Käufer so weit zu treiben, bis Ihre Hypothek gedeckt ist durch den Kaufpreis, den ein anderer zahlt.«

»Ich weiß, daß dies notwendig sein wird«, sagte der Freiherr, »aber um Gottes willen, Ehrenthal, was soll geschehen, wenn die Herrschaft in unsern Händen bleibt?«

Ehrenthal zuckte die Achseln: »Sie wissen, ich habe Ihnen nicht zugeredet zu der Hypothek, ja ich kann sagen, ich habe Ihnen abgeredet, wenn ich mich recht besinne. Wenn Sie mir damals hätten gefolgt, so hätten Sie vielleicht nicht gekauft die Hypothek.«

»Es ist aber einmal geschehen«, versetzte der Freiherr ärgerlich.

»Erst bitte ich Sie, Herr Baron, zu bezeugen, daß ich unschuldig bin.«

»Das ist ja jetzt gleichgültig.«

»Für Sie ist es gleichgültig«, sagte Ehrenthal, »aber nicht für mich und meine Ehre als Geschäftsmann.«

»Wie meinen Sie das«, fuhr der Freiherr auf, daß Ehrenthal zusammenschrak, »Sie wagen zu behaupten, daß mir etwas gleichgültig ist, was selbst Ihnen keine Ehre bringt.«

»Was werden Sie hitzig, Herr Baron«, rief der Händler; »ich spreche ja nichts gegen Ihre Ehre, soll mich Gott dafür bewahren!«

»Sie sprachen doch davon«, sagte der unglückliche Mann. »Wie können Sie mißverstehen einen alten Bekannten«, klagte Ehrenthal; »ich will nichts, als Ihre Versicherung, daß ich unschuldig bin an dem Kauf der Hypothek.«

»Meinetwegen ja«, rief der Freiherr mit dem Fuße stampfend.

»So ist es recht«, sagte der Händler beruhigt. »Und wenn ein Unglück geschieht und Sie die Herrschaft behalten müssen, so wollen wir sehen, was dann zu tun ist. Es ist eine böse Zeit zum Geldleihen, aber ich will Ihnen doch vorschießen die Kaution und die Gerichtskosten gegen eine Hypothek auf die Herrschaft.«

Darauf besprach er die Ausfertigung der Vollmacht und seine Reise nach der benachbarten Provinz. Als er den Freiherrn verließ, blieb dieser als ein Spielball entgegengesetzter Stimmungen zurück.

War er verloren, war er gerettet? Eine quälende Sorge kam ihm, daß diese Hypothek sein Schicksal entscheiden würde. Er beschloß, selbst hinzureisen und Ehrenthal nichts zu überlassen. Aber wieder überfiel ihn die Angst, daß er dem Mann jetzt ein großes Vertrauen zeigen müsse, damit dieser auch ihm nicht mißtraute. So trieb er kraftlos in einer See von Gefahren. Die Wellen hoben sich und rauschten gegen sein Leben heran.

Am Abend trat Ehrenthal wieder in die Krankenstube des Sohnes und legte die für ihn ausgefertigte Vollmacht auf die Bettdecke.

»Kannst du mir jetzt geben deine Hand?« frug er seinen Sohn, der finster vor sich hin starrte, »ich reise für den Baron, ihm zu kaufen ein neues Gut. Wir haben alles miteinander besprochen. Hier ist die Vollmacht, die er mir ausgestellt hat; ich werde ihm noch vorschießen ein Kapital; wenn er es versteht, kann er wieder werden ein angesehener Mann.«

Bernhard sah mit trübem Auge auf seinen Vater und schüttelte den Kopf. »Das ist nicht genug, mein armer Vater«, sagte er.

»Ich habe mich doch versöhnt mit dem Baron, und er hat mir zugestanden, daß ich keine Schuld habe an diesem Unglück. Ist dir das genug, mein Sohn?«

»Nein«, sagte der Kranke: »Solange du in deinem Comtoir den schlechten Menschen, diesen Itzig, duldest, wird kein Friede in mein Leben kommen.«

»Er soll fort«, rief Ehrenthal bereitwillig, »wenn mein Sohn Bernhard es verlangt, soll er fort zum nächsten Quartal.«

»Und du willst den Gedanken aufgeben, das Gut des Barons für dich zu erstehen?« frug Bernhard weiter, sich zu dem Vater wendend.

»Wenn es kommt zum Verkauf, will ich denken an das, was du mir gesagt hast«, erwiderte der Vater ausweichend.

»Jetzt rede mir nicht mehr von dem Gut, wenn du wieder wirst sein mein gesunder Sohn, dann sprechen wir darüber.« So ergriff er die Hand, welche Bernhard ihm zu geben zögerte, hielt sie fest in der seinen und saß ihm schweigend gegenüber.

War er einmal in seinem Leben zufrieden, so war er es jetzt, wo er sich die Versöhnung mit seinem Sohn erhandelt hatte.

7

Welle um Welle schlug über das Haupt des Ertrinkenden.

Die Fabrik hatte im Winter einige Monate gearbeitet. Die Rübenernte des Gutes war mißraten, der Anbau in der Umgegend, von dem der Freiherr vieles erwartet hatte, war unzureichend gewesen. Manche der kleinen Landwirte hatten ihre Kontrakte nicht erfüllt, andere hatten Schlechtes geliefert. Die Rüben fehlten, es fehlte das Kapital, die Fabrik stand still, die Arbeiter verliefen sich.

Ehrenthal war in die polnische Landschaft gereist, den Freiherrn schüttelte das Fieber der Erwartung. Er bestellte Postpferde, um seinem Bevollmächtigten nachzureisen, er bestellte sie wieder ab, denn ihm graute vor dem Tage des Termins, vor dem Bieten, dem Schacher und der bebenden Angst bis zum Schluß des Protokolls. Und wenn er dem Händler nicht traute, auf den Anwalt in Rosmin konnte er sich sicher verlassen. So kam der finstere Tag, wo Ehrenthal mit dem Brief des Justizkommissarius Walther vor ihn trat. Das Kapital des Freiherrn war nur dadurch zu retten gewesen, daß Ehrenthal die Herrschaft für den Freiherrn erstand. Die Eigentümer der ersten Hypothek von hunderttausend Talern hatten ihn hinaufgetrieben bis hundertundviertausend, dann waren sie fortgefahren, kein anderer Käufer war im Termin erschienen. »Die Herrschaft gehört jetzt Ihnen, Herr Baron«, schloß der Händler. »Damit Sie imstande sind, die Güter zu behaupten, habe ich mit den Eigentümern der ersten Hypothek verhandelt, sie werden Ihnen die hunderttausend auf der Herrschaft stehnlassen. Ich habe für Sie erlegt viertausend Taler und die Gerichtskosten.« Der Freiherr sprach kein Wort, sein Kopf fiel schwer auf das Holz des Schreibtisches. Der Händler erzählte, wie er die Herrschaft für den Freiherrn übernommen hatte. Vor der Tür brummte er: »Es ist vorbei mit ihm. Zum nächsten Quartal verliert er sein altes Gut, und er hat keine Kraft zu behaupten das neue. Zuletzt werde ich kaufen müssen auch die Herrschaft.«

Jetzt nahte der Termin, an dem der Freiherr die Interessen aller geliehenen Gelder bezahlen sollte. Er fuhr umher und suchte wieder Geld. Vergebens. Zuletzt kam er zu Georg Werner, der das Gut seiner Mutter übernommen hatte. Befangen empfing ihn der junge Herr, welcher einige Jahre lang Lenoren seine Huldigungen gegönnt und sich dann vorsichtig zurückgezogen hatte. Die Verlegenheiten des Freiherrn waren kein Geheimnis mehr. Der Gutsnachbar zeigte den Anteil, welcher bei solcher Veranlassung schicklich ist. Er bedauerte sehr, daß dem Freiherrn auf der neugekauften Herrschaft eine so große Hypothek ausgefallen war. »Wen haben Sie zum Termin geschickt?« fragte er.

»Den Hirsch Ehrenthal«, erwiderte der Freiherr gedrückt.

Jetzt wurde der Nachbar beredt. »Ich fürchte«, rief er, »der Mensch hat Sie schlecht vertreten. Ich kenne diesen Wucherer. Er hat uns vor Jahren durch seine Schurkerei um eine große Summe gebracht. Mein Vater hatte auf seinem Gut oben in der Provinz einen Wald geschlagen und das Holz an einen Holzhändler abgeliefert. Ehrenthal machte mit diesem Mann ein Gaunergeschäft, er handelte ihm das Holz zu einem Spottpreise ab, der andere entwich nach Amerika. Die beiden Schurken haben das Geld meines Vaters miteinander geteilt.«

Die Wange des Freiherrn wurde fahl, er stand auf, sprach von seinem Anliegen kein Wort mehr und entwich von der Schwelle des Nachbars wie ein Verbrecher.

Seit dem Tage brütete er in seinem Sessel finster vor sich hin; wenn er ausging, tat er es nur, um sich auf Augenblicke zu betäuben. Er war rauh gegen seine Gemahlin, ganz unzugänglich für die Tochter. Die Frauen litten unsäglich.

Noch eine Hoffnung dämmerte ihm, die Vermittlung Bernhards. Und diesmal hatte er recht, auf dem Wege war noch Rettung zu finden. Aber er ergriff nicht die Hand, die sich ihm uneigennützig darbot, nicht Anton ließ er rufen, sondern einen andern, der ihm unheimlich war, wenn er ihn nicht sah, und dessen trödelhaftes Wesen ihm wohltat, sooft er ihn erblickte. Noch einmal in der letzten Stunde bot ihm das gnadenvolle Schicksal die freie Entscheidung über seine Zukunft. Ach, aber er selbst war nicht mehr frei. Es war der Fluch einer schlechten Tat, der jetzt sein Urteil verwirrte.

Wieder stand Itzig vor ihm, der Freiherr sah die gekrümmte Gestalt von der Seite an: »Der junge Ehrenthal hat sich gegen mich erboten, meine Differenz mit seinem Vater beizulegen.«

Veitel fuhr in die Höhe wie durch einen Schuß getroffen, »der Bernhard!« rief er heftig.

»So ist ja wohl sein Name, er soll krank sein.«

»Er wird sterben«, erwiderte Veitel.

»Wann?« frug der Freiherr mit seinen Gedanken beschäftigt, er verbesserte sich aber sogleich: »Was fehlt ihm?«

»Es sitzt hier«, sagte Veitel auf die Brust zeigend, »es arbeitet wie ein Blasebalg, wenn ein Loch reißt, hört der Wind auf.«

Der Freiherr zeigte ein bedauerndes Gesicht, aber er dachte nur, daß er selbst Eile habe. »Der Kranke soll so viel Einfluß auf seinen Vater besitzen, daß durch ihn die Einwilligung des Ehrenthal zu hoffen ist.«

»Was versteht der Bernhard von Geschäften, er ist ein Narr«, rief Veitel, unfähig, seinen Ärger zu verbergen. »Wenn man ihm ein altes Leder hinlegt, das mit Buchstaben beschrieben ist, so gibt er dafür jede Hypothek; er ist unwissend.«

»Wie ich sehe, gefällt Ihnen dieser Weg nicht?« frug der Freiherr ratlos.

Bevor Itzig antwortete, stand er lange nachdenklich, unruhig fuhren die Augen von dem Freiherrn in die Ecken des Zimmers. Endlich erwiderte er mit plötzlicher Freundlichkeit: »Der gnädige Herr haben recht. Es wird am besten sein, wenn Sie und Ehrenthal an das Bett des kranken Bernhard gehen und dort miteinander abmachen Ihr Geschäft.« Wieder schwieg er eine Weile, und sein Gesicht rötete sich von stürmischen Gedanken. »Wollen der gnädige Herr mir überlassen, Ihnen Tag und Stunde anzusagen, wo Sie am besten sprechen den Bernhard Ehrenthal? Wenn Sie eingetreten sind ins Comtoir, dann werde ich schnell hinaufgehen zu Bernhard und ihm sagen, daß Sie gekommen sind. Unterdes haben Sie die Gnade und warten Sie im Comtoir, und wenn es dauert eine halbe Stunde, bis ich wiederkomme, warten Sie, was auch der Ehrenthal sagt, und wie er auch schreit, warten Sie doch. Wenn ich Sie hinaufhole, wird alles in Ordnung kommen, denn was der Bernhard von seinem Vater will, das kann er machen.«

»Ich werde Ihre Nachricht erwarten«, schloß der Freiherr gepeinigt durch die Aussicht auf den schweren Tag. Itzig verließ den Freiherrn und stürzte in wilder Aufregung nach seinem Lager im Hause des Pinkus. Heftig lief er in dem kleinen Zimmer auf und ab und ballte die Faust gegen Bernhard. Er öffnete den alten Schreibtisch und zog aus einer verborgenen Schublade zwei Schlüssel, die er auf die Tischplatte legte; immer wieder blieb er davor stehen und starrte sie an. Endlich versenkte er sie in die Tasche und sprang hinunter in die Karawanserei. Dort kauerte in einer Ecke der Galerie Herr Hippus, der kluge Freund Veitels. Hippus war in den letzten Jahren durch den Druck der Verhältnisse verhindert worden, stattlicher, jünger und ehrlicher zu werden, er sah vielmehr ungewöhnlich abgenagt und schadhaft aus. Jetzt hatte er sich in einen Winkel gedrückt, in welchen das warme Sonnenlicht fiel, und las in einem schmutzigen Roman. Als Veitel mit schnellem Schritt eintrat, senkte er den Kopf tiefer in sein Buch und schien an jedem Buchstaben mehr Anteil zu nehmen, als an dem jungen Geschäftsmann vor ihm.

»Macht Euer Buch zu, und hört mich an«, rief Veitel ungeduldig. »Der Rothsattel wird vom Ehrenthal seine Scheine zurückerhalten, er wird mir die Hypothek geben, und ich werde ihm sollen verschaffen die achttausend, welche noch Rest sind.«

»Seht doch, seht«, erwiderte der Alte, sein häßliches Haupt wiegend, »was man nicht alles erlebt! Wenn der Ehrenthal sein Geld an einen Lumpen wegschenkt, der ihm sein Wort gebrochen hat, so wird es Zeit, daß auch wir fromm werden und zur Beichte gehen. Bevor wir weitersprechen, kannst du mir etwas heraufbringen, was ich gern esse und trinke. Ich bin durstig und spreche kein Wort mehr.«

Veitel eilte hinab, das Verlangte zu holen, der Alte sah ihm nach und murmelte: »Jetzt kommt's«, und starrte kopfschüttelnd über das Buch weg.

Als Veitel die geforderte Mahlzeit vor dem Advokaten aufgestellt hatte, frug er kurz: »Wieviel?«

»Dreihundert«, sagte der Alte, »und dafür muß ich mir's noch überlegen. Es ist nicht mein Genre, holder Itzig. In meinem Beruf stehe ich für weniger zu Dienst, wie du zu deiner Zeit erfahren hast; aber bei einer ehrenwerten Arbeit im Stil des Herrn Cartouche und anderer Freunde von dir verlange ich eine bessere Behandlung. Ich bin nur Freiwilliger. Und ich kann nicht sagen, daß ich Vorliebe für solche Geschäfte habe.«

»Hab' ich sie denn?« rief Itzig. »Wenn es ein Mittel gibt, dies zu vermeiden, so sagt's. Wenn Ihr wißt, wie man den Baron und Ehrenthal auseinanderhalten kann und jeden ruinieren durch den andern, so sagt's. Der eigene Sohn Ehrenthals wird Friede machen zwischen den beiden, er wird zwischen ihnen stehen, wie ein nackter Bocher mit Flügeln auf den Bilderbogen steht zwischen zwei Verliebten; und wir werden sein die Geprellten.«

»Wir?« sagte der Alte vergnügt. »Du wirst der Geprellte sein, du Dohle. Was gehn mich deine Geschäfte an?«

»Zweihundert«, rief Veitel sich ihm nähernd.

»Drei«, erwiderte der Alte und trank sein Glas aus, »aber ich tue es nicht allein, du mußt dabeisein.«

»Wenn ich dabeisein will«, sagte Veitel »so kann ich's allein tun und brauche nichts von Eurer Hilfe. Hört mich an. Ich will machen, daß das Haus leer ist, daß der Ehrenthal und der Baron zu gleicher Zeit aus dem Comtoir hinausgehn; ich will Euch ein Zeichen geben, ob die Papiere auf dem Tisch liegen, oder im Schrank. Es wird finster sein, Ihr werdet haben die Zeit von einer halben Stunde. Ja, ich will zuschließen die Haustür; den Ausgang zur Hintergasse, der gewöhnlich verriegelt ist, werde ich aufmachen. Es ist so sicher, daß ein Kind von zehn Jahren könnte machen das Geschäft.«

»Sicher genug für dich«, sprach der Alte mürrisch, »aber für mich nicht.«

»Wir haben doch versucht, was man machen kann mit dem Gesetz, und es ist nicht gegangen«, rief Veitel, »so muß es gehn wider das Gesetz.« Er schlug mit der Faust auf das Geländer und preßte die Zähne zusammen, daß sie knirschten. »Und wollt Ihr's nicht tun, so soll es doch geschehen; obgleich ich weiß, daß aller Verdacht auf mich fällt, wenn ich während der Zeit nicht in der Stube des Bernhard bin.«

»So ist's recht, du lustiger Itzig«, sagte der Alte und rückte an seiner Brille, um die zornige Entschlossenheit des andern genauer zu betrachten. »Da du so tapfer bist, so will ich dich nicht im Stich lassen; aber dreihundert.«

Der Handel begann. Die beiden drückten sich in die Ecke der Galerie und sprachen leise miteinander bis zur Dunkelheit.

Einige Tage darauf saß Anton in der Dämmerstunde am Lager des kranken Bernhard: »Nur im Sprunge bin ich hergekommen, zu sehn, wie es Ihnen geht.«

»Schwach«, erwiderte Bernhard, »immer noch schwach; das Atmen wird mir schwer. Wenn ich nur ins Freie hinaus käme, nur einmal hinaus aus diesem dunkeln Zimmer.«

»Erlaubt der Arzt Ihnen nicht, auszufahren? Wenn die Sonne warm scheint, komme ich morgen mit einem Wagen, Sie abzuholen.«

»Ja«, rief Bernhard, »Sie sollen kommen. Dann werde ich Ihnen auch etwas erzählen.« Er sah sich vorsichtig um. »Ich habe heut durch die Stadtpost einen Zettel ohne Unterschrift erhalten.« Er zog unter seinem Kopfkissen einen kleinen Brief hervor und übergab ihn mit geheimnisvoller Miene dem Freunde: »Nehmen Sie, vielleicht kennen Sie die Hand.«

Anton ging zum Fenster und las: »Der Baron Rothsattel will Sie heut gegen abend sprechen. Sorgen Sie dafür, daß Sie mit Ihrem Vater allein sind.«

Als Anton den Brief zurückgab, betrachtete Bernhard das Papier andächtig und steckte es wieder unter die Kissen. »Kennen Sie die Hand?« frug er.

»Nein«, erwiderte Anton, »die Schrift scheint verstellt, die Hand des Fräuleins ist es nicht.«

»Wer auch der Schreiber ist«, fuhr Bernhard kleinlaut fort, »ich hoffe Gutes von dem heutigen Abend. Wohlfart, dieser Streit liegt mir mit Zentnerschwere auf der Brust, er nimmt mir den Atem, wie ein Gewicht fühle ich den Druck. Heut soll das besser werden, heut werde ich frei.«

Das Sprechen machte ihm Mühe. Nur in kurzen Sätzen fiel die Rede von seinen Lippen. »Also Wiedersehn auf morgen«, rief Anton. Als er sich erhob, knisterten weiche Damensohlen, die Mutter und Rosalie traten an das Bett des Kranken und begrüßten den Gast. »Wie geht's, Bernhard?« frug die Mutter, »du wirst heut mit deinem Vater allein sein, es ist heut abend große musikalische Akademie, die Rosalie wird auf dem Flügel spielen. Wir haben den Flügel in die Hinterstube gerückt, Herr Wohlfart, damit sie den Bernhard nicht durch ihre Übungen stört.«

»Setze dich noch einen Augenblick zu mir, Mutter«, sagte Bernhard, »ich habe dich lange nicht in deinen schönen Kleidern gesehen. Du siehst heute sehr hübsch aus, ein solches Kleid trugst du, da ich als Knabe das Scharlachfieber bekam. Wenn ich von dir träume, sehe ich dich immer in dem gelben Gewand vor mir. Gib mir deine Hand, Mutter, und wenn du heut abend Musik hörst, denke auch an deinen Bernhard, ich werde hier eine stille Musik machen.«

Die Mutter setzte sich zu ihm. »Er hat wieder das Fieber«, sprach sie zu Anton. Anton stimmte schweigend bei.

»Morgen fahre ich in die Sonne«, rief Bernhard aufgeregt, »das wird mein Vergnügen sein.«

»Der Wagen wartet«, erinnerte Rosalie, »wir müssen mit unsern Kleidern durchs Hinterhaus, wo es so unreinlich ist. Der Itzig hat dem Vater eingeredet, daß der Wagen vorn nicht vorfahren darf, weil er den Bernhard stört.«

»Schlaf wohl, Bernhard«, sagte die Mutter und reichte ihm noch einmal die runde Hand. Die Frauen eilten aus dem Zimmer, Anton folgte ihnen.

»Was sagen Sie zu dem Befinden des Bernhard?« frug die Mutter auf der Treppe.

»Ich halte ihn für sehr krank«, erwiderte Anton.

»Ich habe meinem Mann schon gesagt, wenn es weiter in den Sommer kommt, gehe ich mit Rosalie ins Bad, da wollen wir den Bernhard mitnehmen.«

Anton ging mit schwerem Herzen aus dem Hause.

Es wurde still im Hause, in den Zimmern Ehrenthals hörte man nichts, als die schweren Atemzüge des Kranken. Nur unter ihm im Boden rasselte es. Eine Maus nagte am Holz. Unruhig hörte Bernhard ihr zu. »Wie lange wird sie noch nagen, bis sich eine Öffnung ausgehöhlt hat, dann kommt sie zu mir in die Stube.« Ein Frösteln überlief ihn, er warf sich auf seinem Lager herum, die Dunkelheit war ihm heut beengend, die Luft dick. Er klingelte so lange, bis die Aufwärterin kam und die Lampe hereinsetzte. Jetzt sah er sich ermüdet um. Die Stube sah ihm heut alt und verschossen aus, sie kam ihm fremd vor wie ein Gastzimmer und er sich wie ein Fremder, der hier nur zum Besuch war. Teilnahmslos blickte er auf seinen Bücherschrank und auf die Schublade, in welcher die teuren Manuskripte lagen. Den Brandfleck auf der Diele, den Ritz in der Tür, durch den das Licht in der Nebenstube alle Abende durchschimmerte, das alles wollte er morgen verlassen, um mit Anton aus der engen Stube auszuziehn. Er dachte daran, ob sie nicht auf dem Wege fahren könnten, auf dem man das Fräulein nach dem Gute fuhr und wieder zurück. Vielleicht würde er sie treffen. Sein Auge strahlte, er hoffte sicher, daß er das Fräulein auf dem Wege treffen müßte. Sie saß stolz aufgerichtet in ihrem Wagen, der Schleier flog um das blühende Gesicht, ihr weißer Arm hob sich und winkte grüßend zu seinem Wagen herüber. Ja, sie erkennt ihn, sie weiß, daß er ihrem Vater einen Dienst geleistet hat, vielleicht läßt sie stillhalten und fragt herüber in seinen Wagen, wie es ihm ergehe. So wird er mit ihr sprechen und den edlen Klang ihrer Stimme hören. Noch einmal wird sie ihm zunicken, dann werden die beiden Wagen auseinander fahren, einer hierhin und der andere dorthin. – Und wohin würde er fahren? »Hinein in die Sonne«, flüsterte er. – Und wieder lauschte er ängstlich auf das Nagen der Maus.

Ein eiliger Fuß durchschritt den Vorsaal, Bernhard richtete sich auf, und das Blut stieg ihm ins Gesicht. Es war der Vater Lenorens, der zu ihm kam. Leise öffnete sich die Tür, eine häßliche Gestalt schlüpfte herein und sah sich scheu im Zimmer um. Erschrocken rief Bernhard: »Was wollen Sie hier?«

Hastig trat Itzig an sein Bett und sprach mit kurzem Atem und einer Stimme, die ebenso gepreßt klang, wie die des Kranken: »Der Baron ist jetzt in das Comtoir gegangen. Er hat mir gesagt, ich soll zu Ihnen gehen und Ihnen zureden, damit Sie die Forderung unterstützen, die er stellt an Ihren Vater.«

»Ihnen hat er das gesagt?« rief Bernhard. »Wie kann der Freiherr einem Mann, wie Sie sind, einen Auftrag geben?«

»Schweigen Sie still«, entgegnete Veitel rauh, »es ist jetzt keine Zeit für Ihr Gerede. Hören Sie meine Worte. Der Baron hat Ihrem Vater mit seinem Ehrenwort eine Sicherheit für zwanzigtausend Taler versprochen und er kann ihm diese Sicherheit nicht geben, weil er dasselbe Dokument einem andern verkauft hat. Er hat sein Wort gebrochen und verlangt jetzt von Ihrem Vater, daß der auf seine gute Sicherheit verzichtet. Können Sie zureden, daß Ihr Vater zwanzigtausend Taler verliert, so tun Sie es.«

Bernhard zitterte, daß ihm die Hände flogen. »Sie sind ein Lügner«, rief er. »Jedes Wort, das aus Ihrem Munde kommt, ist Betrug und Heuchelei und Hinterlist.«

»Schweigen Sie«, wiederholte Veitel in seiner Fieberangst. »Sie sollen Ihrem Vater nicht reden zu Schaden. Dem Baron ist nicht zu helfen, er ist eine Fliege, welche sich die Flügel am Licht verbrannt hat, er kann nur noch kriechen. Und wenn der Ehrenthal als Narr einem schlechten Rat folgt, den Sie ihm geben, weil Sie nichts verstehen, so kann er doch den Freiherrn nicht erhalten auf seinem Gut. Wenn er ihn nicht wirft, so tut's ein anderer. Ich habe keinen Vorteil dabei, wenn ich Ihnen das sage«, fuhr er unruhig fort und horchte nach einem Geräusch vor dem Hause, »ich tu es nur aus Anhänglichkeit an Ihre Familie.«

Bernhard rang nach Luft. »Gehn Sie hinaus«, rief er endlich, »es ist alles Betrug und Lüge auf dieser Welt.«

»Ich hole den Baron und Ehrenthal herauf«, sprach Veitel und stürzte hinaus.

Laut scholl in der Hausflur die zornige Stimme Ehrenthals: »Ich werde gehen zu den Gerichten, ich werde Sie anzeigen und Ihre Intrigen.« Veitel riß die Tür auf. Auf dem Lederstuhl saß der Freiherr und verbarg das Gesicht mit der Hand, vor ihm drohte Ehrenthal im Zorn zitternd, auf dem Pult stand die Kassette des Freiherrn, mit den verhängnisvollen Schuldscheinen und der Hypothek. Veitel rief in das Zimmer: »Hören Sie auf, Ehrenthal, Ihr Bernhard ist sehr krank, er liegt oben allein und ruft nach Ihnen, und ruft nach dem Herrn Baron, er will Sie beide haben an sein Bett.«

»Was ist das?« schrie Ehrenthal, »spielen Sie Intrige hinter meinem Rücken auch mit meinem Sohn?«

»Haben Sie ihm die neue Hypothek gezeigt, die Sie für ihn bestellt haben?« frug Veitel den Freiherrn in fliegender Eile.

»Er hat sie gar nicht sehen wollen«, sagte der Freiherr finster.

»Geben Sie her«, sagte Veitel hastig und legte ein neues Dokument vor Ehrenthal auf den Tisch.

»Sie wollen mir geben ein Stück Papier für mein gutes Geld, einen Wisch, welcher nicht wert ist, daß ich ihn verbrenne.«

»Halten Sie sich nicht auf«, rief Veitel wieder mit ängstlicher Stimme. »Es ist niemand oben beim Bernhard, er schreit nach Ihnen und dem Baron, er wird sich einen Schaden tun. Machen Sie, daß Sie hinaufgehen, er hat gestöhnt, ich soll Sie im Augenblick zu ihm schaffen.«

»Gerechter Gott!« rief Ehrenthal und ergriff seinen Hut, »was ist das wieder? Ich kann nicht kommen zu meinem Sohn, ich habe jetzt Sorge um mein Geld.«

»Er wird sich schreien zu Tode«, rief Veitel wieder, »wegen dem Gelde können Sie nachher noch genug reden. Machen Sie schnell.«

Der Freiherr und Ehrenthal traten aus dem Comtoir. Itzig folgte. Ehrenthal verschloß die Tür, er legte die eiserne Stange vor und befestigte das Vorlegeschloß: Sie eilten die Treppe hinauf, Veitel als letzter. Auf den Stufen klang ein Geldstück, Ehrenthal sah sich um. »Es ist mir aus der Tasche gefallen«, sagte Veitel.

Der Freiherr und Ehrenthal traten in das Zimmer des Kranken, hinter ihnen schob sich Itzig herein und fuhr längs der Wand bis an das Fenster, hinter das Haupt Bernhards, damit dieser ihn nicht erblicke. Der Freiherr setzte sich zu Häupten des Lagers, der Vater an das Fußende; aus der Lampe fiel ein mattes Licht auf die Parteien, welche zu dem Todkranken kamen, um über Kapital und Sicherheit zu hadern. Der Edelmann begann mit köstlicher Rede, er erinnerte sich der früheren Besuche Bernhards und sprach von der Hoffnung, ihn bald wieder auf seinem Gut zu begrüßen, aber seine Augen sahen furchtsam auf das entstellte Gesicht, und in ihm rief eine Stimme: es war die höchste Zeit. Bernhard saß aufgerichtet in seinem Bett, den Kopf zur Brust hinabgeneigt, er erhob die Hand und unterbrach die Rede des Freiherrn: »Bitte, Herr Baron, sagen Sie mir, was Sie von meinem Vater wollen, und nehmen Sie Rücksicht darauf, daß ich kein Geschäftsmann bin.«

Der Freiherr setzte ihm das auseinander, Ehrenthal versuchte oft, ihn zu unterbrechen, aber Bernhard winkte mit der Hand, worauf der Alte wieder abbrach und sich begnügte, heftig den Kopf zu schütteln und vor sich hin zu brummen.

Als der Freiherr geendet hatte, winkte Bernhard seinem Vater: »Komm näher heran, höre ruhig auf meine Worte.« Der Vater fuhr mit seinem Ohre bis nah an den Mund des Sohnes. »Was ich sage«, sprach Bernhard leise, »ist mein fester Wille, und nicht erst heut bin ich zu dem Entschluß gekommen. Wenn du Geld erworben hast, so war dein Gedanke, daß ich dich überleben sollte und nach deinem Tode dein Erbe werden. War's nicht so?« Ehrenthal nickte stark mit dem Kopf. »Wenn du in mir deinen Erben siehst«, fuhr Bernhard fort, »so höre auf meine Worte. Wenn du mich liebst, so handle nach dem, was ich dir sage. Ich verzichte auf mein Erbteil, während wir beide leben. Was du für mich gesammelt hast, das wirst du umsonst gesammelt haben. Ich verlange nichts für meine Zukunft. Wenn es mir beschieden ist, wieder gesund zu werden, so will ich mir durch meine eigene Arbeit forthelfen, ich will lernen, auf mich selbst vertrauen; außer deiner Liebe und deinem Segen begehre ich nichts mehr für mich. Daran denke.«

Ehrenthal erhob die Arme und rief: »Was ist das für eine Sprache, mein Bernhard, mein armer Sohn? Du bist krank, du bist sehr krank.«

»Höre mich weiter«, bat Bernhard. »Was du für Recht auf das Gut dieses Herrn hast, das soll hier gleich sein. Du hast lange Jahre mit ihm in Verkehr gestanden, du darfst nicht die Ursache sein, daß seine Familie unglücklich wird. Ich verlange nicht, daß du die große Summe wegschenken sollst, das würde dir zu wehe tun und würde den Herrn demütigen; aber ich fordere von dir, daß du die Sicherheit nimmst, die er dir anbietet. Hat er dir früher anderes versprochen, vergiß das; hast du Papiere in Händen, die ihn ängstigen, gib sie ihm zurück.«

»Er ist krank«, stöhnte der Vater, »sehr krank ist er.«

»Ich weiß, daß dich das schmerzen wird, mein Vater. Seit du aus dem Haus des Großvaters weggingst, als ein armer Judenknabe, barfuß, mit einem Taler in der Tasche, seitdem hast du an nichts anderes gedacht, als an Erwerb. Niemand hat dich etwas anderes gelehrt, dein Glaube hat dich ausgeschlossen aus dem Verkehr mit solchen, welche besser verstehen, was dem Leben Wert gibt. Ich weiß, daß es dir ans Herz geht, eine große Summe in Gefahr zu setzen. Aber du wirst es doch tun, du wirst es tun, weil du mich liebst.«

Ehrenthal rang die Hände und sagte unter strömenden Tränen: »Du weißt nicht, was du forderst, mein Sohn! Was du verlangst, das ist ein Diebstahl an deinem Vater.«

Der Sohn ergriff die Hand des Vaters. »Du hast mich immer geliebt. Du hast gewollt, ich sollte anders werden, als du. Du hast immer auf meine Worte gehört, und ehe ich einen Wunsch aussprach, hast du ihn erfüllt. Was ich jetzt von dir will, das ist die erste große Bitte, die ich an dich tue. Und diese Bitte werde ich dir ins Ohr sprechen, solange ich lebe, es ist die erste, mein Vater, und es wird meine letzte sein.«

»Du bist ein törichtes Kind«, rief der Vater außer sich, »du verlangst mein Leben, du verlangst mein ganzes Geschäft.«

»Hole die Papiere«, erwiderte Bernhard. »Ich will mit meinen Augen sehn, wie du dem Herrn zurückgibst, was er geschrieben hat, und wie du aus seiner Hand empfängst, was er dir noch geben kann.«

Ehrenthal holte sein Taschentuch hervor und weinte laut: »Er ist krank. Ich soll ihn verlieren und ich soll verlieren auch mein Geld.« Der Freiherr saß unterdes schweigend auf seinem Stuhl und sah vor sich nieder. An dem Fenster aber ballte Itzig krampfhaft die Hand, und ohne daß er es merkte, zerrte er die Gardine von der Stange.

Der Sohn sah unterdes unverwandt auf die Windungen des Vaters und rief endlich mit Anstrengung: »Ich will es, Vater, hole die Papiere.« Dann sank er in die Kissen zurück. Der Vater wollte sich auf ihn stürzen, aber mit einer kurzen Gebärde des Widerwillens wies Bernhard ihn zurück, und mit Mühe aufatmend, sagte er: »Es ist genug, du tust mir weh.«

Da fuhr Ehrenthal auf, ergriff seinen Comtoirleuchter und wankte aus dem Zimmer. Still war es in dem Raum, nur die ängstlichen Atemzüge der Zurückbleibenden wurden gehört. Immer noch saß der Freiherr gebeugt, aber in der Abspannung fühlte er etwas durch seine Seele zucken, was aussah wie Freude. Er sah eine Stelle an seinem Himmel, wo die Sonne aus den dunkeln Wolken brach. Er war gerettet. Sein Ehrenwort war ihm zurückgegeben, und neue achttausend Taler von dem Manne am Fenster in Aussicht. Jetzt konnte er wieder aufblicken, er durfte wieder sein Haupt hoch tragen. Er faßte die Hand des Kranken, drückte sie und sagte ihm leise: »Ich danke Ihnen, mein Herr, o wie danke ich Ihnen, Sie sind mein Retter, Sie schützen meine Familie vor Verzweiflung und mich vor der Schande.«

Bernhard hielt die Hand des Freiherrn fest, und ein seliges

Lächeln flog über sein Gesicht. Unterdes schlug am Fenster einer mit den Zähnen zusammen in verzweifelter Spannung und preßte seinen Leib fest an die Mauer, um das Fieber zu bändigen, das ihn schüttelte.

So blieb es lange still in der Stube, niemand sprach, Ehrenthal kam nicht zurück. Plötzlich wurde die Entreetür aufgerissen, in voller Furie stürzte ein Mann in das Zimmer, das Gesicht verstört, die Haare zerrauft. Es war Ehrenthal. – Er hielt das flackernde Licht in der Hand, aber nichts anderes.

»Verschwunden!« schrie er und schlug die Hände zusammen, daß das Licht auf den Boden fiel. »Alles ist fort, gestohlen ist alles.« Er stürzte an dem Bett seines Sohnes nieder und streckte die Arme nach dem Kranken aus, als wollte er Hilfe von ihm erflehen. Der Freiherr sprang auf, nicht weniger entsetzt, als Ehrenthal. »Was ist gestohlen?« rief er den andern an.

»Fort ist alles«, stöhnte Ehrenthal, nur auf seinen Sohn blickend, »die Verschreibungen sind fort, die Hypotheken sind fort. Ich bin beraubt«, schrie er aufspringend, »Diebstahl, Einbruch! Schickt nach der Polizei!« Und wieder stürzte er hinaus, der Freiherr hinter ihm.

Betäubt, halb ohnmächtig sah Bernhard ihnen nach. Da trat vom Fenster er, der zurückgeblieben war, an das Bett. Der Kranke warf sein Haupt zur Seite und starrte auf den Mann, wie der ermattete Vogel auf die Schlange. Es war das Gesicht eines Teufels, in das er blickte, rotes Haar stand borstig in die Höh, Höllenangst und Bosheit saß in den häßlichen Zügen. Bernhard schloß die Augen und hielt die Hand vor. Aber das Gesicht kam näher an ihn heran und eine heisere Stimme flüsterte in sein Ohr.

Unterdes standen unten im Comtoir zwei Männer einander gegenüber und sahen einander mit nichtssagenden Blicken an. Die Kassette mit ihrem Inhalt war verschwunden, was der Freiherr auf das Pult gelegt hatte, war verschwunden. Ehrenthal hatte mit seinen Schlüsseln geöffnet wie immer, nichts an den Schlössern war versehrt, alles im Comtoir lag an seiner Stelle. Wenn in dem offenen Geldschrank Geld fehlte, so konnte es nur wenig sein. An den wohlverwahrten Fensterladen war keine Spur von Verletzung, es blieb unbegreiflich, wie die Dokumente genommen waren.

Die beiden Männer liefen in den Hausflur, dort leuchteten sie umher, hinter der Treppe, hinter einer alten Kiste, in dem Eingang zum Keller, in dem schwarzen Hofraum, nirgend war etwas zu sehen. Sogar die Haustür war verschlossen; sie erinnerten sich, daß der vorsichtige Buchhalter beim Heraufgehen das getan hatte. Und wieder rannten sie zurück in das Comtoir und durchsuchten jeden Winkel immer hastiger, immer angstvoller. Dann saßen sie einander gegenüber mit blutlosen Wangen in einer Angst, welche mit jeder Minute stieg, jeder dem andern mißtrauend, jeder mit feindlichem Blick auf den andern schielend, ob nicht ein Zeichen das böse Gewissen verrate. Und wieder sprangen beide auf und überschütteten einander mit Vorwürfen, wie sie die Verzweiflung eingibt, und während sie wie Wilde gegen einander die Hand erhoben, empfanden beide, daß der andere ebensoviel verliere, als der eine, und daß sie Grund hatten, ihre Stimmen zu mäßigen, damit kein Fremder ein Zeuge des Auftritts werde.

Aus Ehrenthals Comtoir waren die Papiere verschwunden in dem Augenblick, wo er widerwillig dem Drängen seines Sohnes nachgab, sich mit dem Freiherrn zu versöhnen. Er hatte noch kaum in die Versöhnung gewilligt, er allein war gegangen, die Papiere zu holen. Würde man ihm glauben, daß sie gestohlen waren? Würde sein eigener Sohn ihm glauben?

Und wieder dem Freiherrn hing an den Papieren alles, o sein Verlust war der größte. Eben erst hatte er sich einer Hoffnung auf Rettung hingegeben, jetzt sank er in einen Abgrund, dessen Tiefe das Auge des Fallenden noch gar nicht ermessen konnte. In fremden Händen waren die Scheine. Wenn der Dieb sie zu benutzen verstand, ja wenn der Diebstahl nur vor Gericht angezeigt wurde, so war er verloren. Und wenn sie sich nicht wiederfanden, auch dann war er rettungslos verloren. Jahrelang konnte es dauern, bis ihm die verlorenen Hypotheken vom Gericht neu ausgefertigt wurden, und sein Schicksal mußte sich in Wochen entscheiden. Er war nicht imstande, sich mit dem feindseligen Ehrenthal auseinanderzusetzen, er war nicht imstande, andern Gläubigern Deckung zu geben. Jetzt war er unrettbar verloren. Vor ihm lagen Armut, Verfall, Schande. Wieder fiel ihm jenes Ehrengericht ein, seine Kameraden und der unglückliche junge Mann, der sich selbst gerichtet hatte. Er hatte damals den Toten ansehn müssen, er wußte, wie einer aussah, der so gestorben war. Er wußte jetzt auch, wie man dazu kam, so zu sterben. Sonst hatte ihn gegraut, wenn er an das Bild des Toten dachte, jetzt fühlte er kein Grauen mehr. Seine Lippen bewegten sich, und wie im Traume sprach er zu sich selbst die tröstenden Worte: das ist die letzte Hilfe.

So saßen die beiden Männer einander gegenüber und brüteten vor sich hin, und die Minuten, welche über ihr Haupt zogen, entstellten ihr Antlitz und ihr Urteil.

Hastiger flackerte das Licht, die Tür wurde aufgerissen, langsam wendeten die beiden ihr Gesicht dem Eintretenden zu. Ein häßlicher Kopf erschien an der Tür, und ein wilder Ruf wurde gehört: »Hinauf, Hirsch Ehrenthal, Euer Sohn stirbt.« Die Erscheinung verschwand, mit einem lauten Schrei stürzte Ehrenthal nach der Tür, der Freiherr wankte als ein müder Mann zum Hause hinaus.

Als der Vater am Bett seines Sohnes niederfiel, hob sich noch einmal seine weiße Hand drohend in die Höh, dann sank ein toter Leib zurück. Bernhard fuhr nach der Sonne.

Draußen war ein warmer Abend. Ein leichter Wolkendunst bedeckte die Sterne des Nachthimmels, aber ein heimliches Dämmerlicht erhellte die Erde. Von dem blühenden Gebüsch der öffentlichen Anlagen trieb der Luftzug balsamische Düfte in die Straßen der Stadt. Langsam zogen die heimkehrenden Spaziergänger an den Häusern entlang, es wurde ihnen schwer, die südliche Luft zu verlassen und sich in ihre Mauern einzuschließen. Behaglich dehnte sich der Bettler auf der Schwelle des steinernen Palastes; jeder Gesell, der ein Liebchen hatte, eilte heut zu ihr und führte sie durch die Straßen; wer müde war, heut vergaß er die Arbeit des Tages, wer Kummer hatte, heut fühlte er ihn wenig, wer sonst das ganze Jahr allein stand, heut suchte er den Nachbarn auf. Vor den Türen standen die Leute, plauderten und lachten, die Kinder spielten auf der Straße, sie haschten einander in der Dämmerung und tanzten auf den Granitplatten des Pflasters. Heut schmetterte die Nachtigall im Bauer ihr bestes Lied, sie sang, daß der schöne Frühsommer da sei, die glückliche Zeit, wo das Leben leicht wird, und die Hoffnungen sich zur Blüte entfalten.

Durch die Schwärme der Spaziergänger schritt schwerfällig die hohe Gestalt eines Mannes, den Kopf auf der Brust. Seine Pferde stampften ungeduldig auf das Pflaster und erwarteten die Rückkehr des Herrn, um ihn aus dem Gewühl der Arbeiter in das vornehme Quartier zu führen. Sie warteten umsonst bis in die Nacht hinein; der, dem sie dienten, hatte sie vergessen. Er hörte nichts von dem Ruf der Nachtigall und trat durch den Kreis der tanzenden Mädchen, ohne einen Laut von den fröhlichen Kinderstimmen zu vernehmen. Sein Haupt war ihm schwer, und träge der Zug seiner Gedanken. So kam er aus der Stadt in die Anlagen, er stieg langsam einen blumengeschmückten Hügel hinan und setzte sich dort ermüdet auf eine Bank. Unten vor seinen Füßen zog der dunkle Strom dem Meere zu, ihm gegenüber erhoben sich die gewaltigen Massen des alten Doms. Der Fluß vor ihm war bedeckt mit Holzflößen, welche vom Oberlauf des Stroms herkamen, um weit hinab zu fahren bis in die Nähe der See. Auf den Flößen standen die Hütten der Ruderknechte und kleine Feuer, an denen die Leute ihre Abendkost bereiteten. Durch die stille Luft klang zuweilen das laute Gelächter oder ein roher Schrei der Fährleute zu ihm herauf. Das flutende Wasser, die kühnen Umrisse der Türme, den duftigen Wolkenschleier hoch oben sah er wie im Nebel, nur ein Gedanke blitzte in seinem finsteren Gemüt auf, wie der feurige Punkt dort unten auf dem Fluß. Auch er hatte mit geflößtem Holz Geschäfte gemacht und das Geld, das er dabei gewonnen, wurde von andern ein Sündengeld genannt. Es war fremdes Eigentum, wie die Summe, die der Mann mit der Pistole genommen hatte. Er stand hastig auf und eilte den Hügel hinab.

In einer Allee hoher Platanen lief er hin und her, und wieder blieb er ermüdet stehen und stützte seinen Rücken an einen Baumstamm. Vor ihm stiegen die Schornsteine des Quartieres auf, in dem sich die Fabriktätigkeit der Stadt angesiedelt hatte, eine Reihe riesiger Obelisken ragte hoch über die Dächer der Menschenwohnungen. Er wußte, was das bedeutete, eine solche Säule in die Wolken bauen. Auch er hatte in den Grund des Baues alles hineingeworfen, was ihn bis daher schützend umgeben hatte, seine Kraft, sein Geld, seine Ehre. Mit schlaflosen Nächten, mit grauem Haar hatte sein Wahnwitz ein solches Monument bezahlt, es war die Leichensäule seines Geschlechts, die er auf seinem Gut aufgebaut hatte, und was er hier vor sich sah in dem undeutlichen Lichte der Nacht, das war ein ungeheurer Kirchhof, viele schattenhafte Denkmäler, unter welchen der Seelenfrieden glücklicher Menschen eingesargt lag. Und er nickte mit seinem Haupte und sagte, so daß er selbst die Worte vernahm: »Das war das letzte.« Er richtete sich auf und schritt seinem Hause zu.

Auf dem Wege empfand er, wie behaglich ihm war, an das zu denken, was ihn von solchen häßlichen Bildern befreien konnte. So trat er in sein Haus. Er machte ein freundliches Gesicht, als ihm die Lampe des Flurs auf die Augen schien. Als er in dem Entree stand, hörte er in dem Zimmer der Baronin sprechen. Lenore las vor. Er hörte zu und merkte, was sie vorlas, war aus einem Roman. Er durfte die Frauen nicht erschrecken. Aber es war ein Hinterzimmer im Hause, abgelegen, die Stube daneben unbewohnt, dorthin mußte er gehen. Als er noch so stand, öffnete sich die Tür, und die Baronin sah heraus. Unwillkürlich fuhr sie zurück, als sie ihn an der Tür erblickte. Er lächelte und trat mit munterem Schritt in das Zimmer. Seiner Frau gab er die Hand, er strich über Lenorens Haupt und beugte sich nieder, um zu sehen, was sie las. Die Baronin klagte, daß sie den Tee ohne ihn getrunken, und er scherzte über ihre Ungeduld, die den Lieblingstrank nicht erwarten konnte. Dabei dachte er, daß es ihm selbst auf eine Stunde durchaus nicht ankomme. Er trat zu dem Bauer, in welchem zwei kleine Vögel aus fremdem Lande schlafend auf der Stange saßen, dicht aneinandergedrängt, ein Köpfchen an das andere gelehnt; er steckte den Finger zwischen die metallenen Stäbe, als wollte er sie streicheln, und sagte gedankenlos: »Die sind zur Ruh gegangen.« Dann nahm er die Kerze aus der Hand des Bedienten und schritt nach der Tür seines Zimmers. Als er den Griff anfaßte, bemerkte er, daß das Auge seiner Frau ängstlich auf ihn gerichtet war, er wandte sich noch einmal zu ihr und nickte ihr freundlich zu. Dann schloß er die Tür. Er holte einen polierten Kasten aus seinem Schreibtisch und trug ihn mit dem Licht nach der Eckstube des Hauses. Hier war er sicher, niemanden zu stören.

Langsam lud er. Während des Ladens sah er auf die eingelegte Arbeit des Kolbens. Es war die mühsame Arbeit eines armen Teufels von Büchsenmacher, seine Bekannten hatten sie oft bewundert; die Pistolen selbst waren ein Geschenk des Generals, der bei seiner Hochzeit den Brautvater seiner elternlosen Gemahlin gemacht hatte. Schnell drückte er den Ladestock in den Lauf; dann sah er hinter sich, wenn er fiel, wollte er nicht auf dem Boden liegen. Er durfte die, welche eintraten, nicht durch den häßlichen Eindruck erschrecken, den ihm der Kamerad auf der Diele gemacht hatte.

Er setzte das Eisen an seine Schläfe. Da wurde der gellende Schrei einer Frau gehört, sein Weib stürzte in das Zimmer; sein Arm wurde mit der Kraft der Verzweiflung gefaßt, er zuckte zusammen, der Finger berührte den Drücker. Ein Feuerstrahl und ein Knall, und er sank in das Sofa zurück und fuhr ächzend mit beiden Händen nach seinen Augen.

Im Hause des Händlers aus dem Zimmer des Toten stieg ein Vater das Licht in der Hand die Treppe hinab in das Comtoir. Ängstlich leuchtete er auf das Pult, in den Schrank, in alle Ecken des Raumes, er setzte sich nieder, schüttelte den Kopf und wunderte sich. Dann verschloß er sein Comtoir, stieg wieder hinauf und fiel mit Stöhnen und Geschrei an dem Bett nieder. So trieb er es die ganze Nacht hindurch, klagend und suchend, ein verstörter, abgelebter, zugrundegerichteter Mann.

8

Im Hause des Kaufmanns floß das Leben der Hausgenossen wieder in ebener Strömung dahin. Die kleinen Wirbel, welche der heimkehrende Anton aufgeregt hatte, waren allmählich zerronnen. Die unerhörten Prachtstücke aus dem Nußbaumschrank hatten andern Nummern das Feld geräumt, welche zwar ebenfalls ausgezeichnet, aber für die Tante noch begreiflich waren. Auch darin hatte die Tante recht prophezeit, daß Anton von diesem heimlichen Sieg des ruhigen Verstandes über leidenschaftliche Dankbarkeit gar nichts bemerkte. Nur eine Veränderung war geblieben, die größte, glorreichste: Der Bewohner des Hinterhauses behielt einen bevorzugten Platz in dem Herzen der jungen Herrin, und seine stattliche Gestalt erschien jetzt oft unter den Bildern, welche Sabine am Arbeitskorb und in der Schatzkammer um sich versammelte.

Heut schritt Sabine vor dem Mittagstisch unruhig in ihrem Zimmer auf und ab. Die Tante, welche alles erfuhr, hatte ihr soeben erzählt, daß ein Mädchen aus Ehrenthals Hause in das Comtoir gelaufen war, um Bernhards Tod dem Freunde zu melden. »Wie wird er die Nachricht ertragen«, dachte Sabine. Und bei dem Namen Ehrenthal mußte sie an die Vergangenheit denken, an einen andern, der jetzt in weiter Ferne lebte, und an die Stunde, wo das Schwanken ihrer Seele durch einen Brief aus dem Hause des Toten zu schnellem Ende gebracht worden war. Und Anton wußte um dies bekämpfte Gefühl, o wie oft hatte sie dies Wissen aus seinem besorgten Blick, aus seiner schonenden Rede erkannt! Wie rücksichtsvoll war seine Haltung ihr gegerüüber gewesen, wie ritterlich die stille Hilfe, die er ihr in der Unterhaltung gebracht. Ob er auch eine Ahnung hatte von dem tapfern Sieg, den sie nach und nach über eine Jugendtorheit erkämpft hatte? Sie schüttelte ihr Haupt. »Nein, er weiß nichts davon, noch immer sieht er in mir das Mädchen, das der Schwäche ihrer kindischen Neigung erlag.« Sie blieb vor ihrem Blumentisch stehn. »An dieser Stelle verriet ihm der Zufall, wie ich damals empfand. Noch heut steht die Vergangenheit als eine dunkle Wolke zwischen ihm und mir. Überall fühle ich den Schatten des Geschiedenen an meiner Seite, wenn ich am Abend neben Wohlfart sitze, wenn er mich grüßt und zu mir spricht. Immer sagt sein Ton und seine Haltung: Sie ist nicht allein, er ist bei ihr.« Sie zuckte zusammen und fuhr mit der Hand leise über das lustige Laub, um den Gedanken wegzuwischen, der sie quälte. Sie konnte ihm nicht sagen, daß sie jetzt frei war von dem lange verhohlenen Leid. Aber heut, wo er einen Freund verloren hatte, der ihm so lieb war, mußte sie ihm zeigen, daß er noch andere Herzen besaß, die an ihm hingen. Und wieder ging sie sinnend auf und ab und suchte einen Weg, ihn allein zu sprechen.

Der Diener rief zur Tafel. Anton kam mit den andern Herren und setzte sich sogleich an seinen Platz. Es war keine Gelegenheit, vor Tische mit ihm zu reden. Aber er sah sie mit einem Blick voll Trauer an, daß sie sich nicht enthalten konnte, ihm herzlich zuzunicken. »Er ißt heut nichts«, flüsterte ihr die Tante zu, »auch keinen Braten«, wiederholte sie vorwurfsvoll. Sabine wurde sehr unruhig und besorgt. Jetzt mußten die Herren die Stühle rücken, dann ging er mit ihnen aus dem Saal, und sie sah ihn den ganzen Tag nicht wieder. Schon erhob sich Herr Jordan, da rief sie zu Anton herüber: »Die große Calla ist aufgeblüht, Sie haben sich neulich über die Knospe gefreut, verweilen Sie noch einen Augenblick, ich möchte sie Ihnen zeigen.« Anton verneigte sich und blieb. Noch einige peinliche Minuten, da stand auch der Bruder auf, sie eilte zu Anton und führte ihn in ihr Zimmer vor den Blumentisch.

»Sie haben heut eine schmerzliche Nachricht erhalten«, begann sie leise.

»Die Botschaft selbst hat mich nicht überrascht«, erwiderte Anton bewegt, »der Arzt gab keine Hoffnung. Aber ich verliere viel mit ihm.«

»Ich habe ihn nie gesehn«, sagte Sabine, »nur aus Ihrem Munde weiß ich, daß sein Leben einsam war, arm an Freuden und Liebe.«

Sie rückte Anton einen Sessel hin und ließ ihn von dem Freund erzählen. Mit warmem Anteil lauschte sie auf jedes Wort, liebevoll wußte sie zu fragen und zu trösten. Für Anton war es ein Bedürfnis, von dem Freunde zu sprechen, und beredt schilderte er ihr sein stilles Treiben, seine Gelehrsamkeit und sein enthusiastisches Gefühl. Da nach einer Pause sah ihm Sabine herzlich in die Augen und frug: »Haben Sie Nachricht von Herrn von Fink?«

Es war das erste Mal, daß sie gegen Anton den Namen über die Lippen brachte. Er fühlte das Rührende des Vertrauens, daß sie gerade in dieser Stunde nach dem Geliebten ihrer Seele frug. In seiner Bewegung faßte er ihre Hand, die vor ihm auf dem Tische lag. Langsam zog sie die Hand zurück und schlug die Augen nieder. Nur einen Augenblick, dann sah sie ihm wieder freundlich ins Gesicht.

»Er fühlt sich in dem neuen Leben nicht glücklich«, sagte Anton ernst. »In seinem letzten Brief war eine grimmige Laune, und ich schließe daraus noch mehr als aus seinen Worten, daß dort vieles nicht so ist, wie er es erwartet hat. Die Geschäfte, in welche er durch den Tod seines Onkels hineingeworfen wurde, gefallen ihm nicht.«

»Sie sind unwürdig«, rief Sabine schnell.

»Wenigstens nicht, was in diesem Hause ehrenhaft heißt«, erwiderte Anton. »Fink denkt zu groß und hat zu lange in der Nähe Ihres Bruders gelebt, als daß ihn die wüsten Spekulationen erfreuen könnten, welche dort drüben nur zu gewöhnlich sind. Seine Geschäftsfreunde sind zum großen Teil gewissenlose Menschen, und seine Seele empört sich gegen ihre Genossenschaft.«.

»Und kann Herr von Fink ein solches Verhältnis auch nur einen Tag ertragen?« frug Sabine.

»Es ist ein merkwürdiges Schicksal«, antwortete Anton, »daß er, der seinen eigenen Willen gegen andere so souverän geltend macht, gerade er, der so wenig geneigt ist, äußerem Zwang zu gehorchen, doch in seiner gegenwärtigen Tätigkeit überall mit gebundenen Händen arbeitet. Der ganze Mechanismus dieser Spekulationen ist in Amerika so fest organisiert, daß ein einzelner Teilhaber wenig daran ändern kann. Und so ist die Lage Finks jetzt, wo er seine Wünsche erreicht hat, große Kapitalien, Dispositionen über viele Quadratmeilen Landes, zweifelhafter als je in seinem Leben. Er war immer in Gefahr, gering von andern Menschen zu denken, jetzt ängstigt mich die herbe Verachtung, mit welcher er von seinem eigenen Leben spricht. Sein letzter Brief schilderte eine unerträgliche Lage und ließ irgendeinen gewaltsamen Entschluß ahnen.«

»Es gibt für ihn nur einen Entschluß«, rief Sabine. »Darf ich fragen, was Sie ihm geantwortet haben?«

»Ich habe von ihm gefordert, sich auf der Stelle unter jeder Bedingung von diesen Geschäften zu lösen. Seinem ernsten Willen wird ein Weg dazu sich bieten, auch wenn der Ausweg, den ich ihm vorschlug, unmöglich sein sollte. Und ich habe ihn gebeten, entweder seinen alten Plan auszuführen und ein wirklicher Gutsbesitzer in Amerika zu werden, oder zu uns zurückzukehren.«

»Ich wußte, daß Sie so schreiben würden«, sagte Sabine, tief aufatmend. »Ja, er soll zurückkehren, Wohlfart«, wiederholte sie leiser, »aber nicht zu uns soll er kommen.« – Anton schwieg.

»Und glauben Sie, daß Herr von Fink Ihrem Rat folgen wird?«

»Ich weiß es nicht«, erwiderte Anton langsam, »mein Rat war wenig amerikanisch.«

»Aber er war, wie Sie ihn geben mußten«, sagte Sabine mit freudigem Stolz.

»Ein Offizier wünscht Herrn Wohlfart zu sprechen«, unterbrach sie der eintretende Diener. – Anton sprang auf, Sabine trat zu ihren Blumen und beugte sich traurig über die grünen Blätter. Noch schwebte der Schatten des andern zwischen ihr und ihm.

Die hastigen Worte des Meldenden erfüllten Anton mit einer unbestimmten Angst, er eilte in das Vorzimmer. Dort stand Eugen von Rothsattel. Anton wollte ihm mit warmem Gruß entgegeneilen, da sah er das verstörte Gesicht und trat erschrocken zurück. Eugen aber flüsterte ängstlich wie mit bösem Gewissen: »Meine Mutter wünscht Sie zu sprechen, es ist etwas Schreckliches bei uns vorgefallen.« Anton griff nach seinem Hut und sprang nach dem Comtoir, wo er schnell Baumann bat, ihn beim Prinzipal zu entschuldigen;

dann begleitete er den Leutnant nach der Wohnung des Freiherrn. Vernichtet ging Eugen an Antons Seite, er hatte alle Fassung verloren. Unzusammenhängend und für Anton nicht ganz verständlich war, was er sagte: »Mein Vater hat sich gestern abend aus Versehen durch einen Schuß verwundet, – ein reitender Bote hat mich aus der Garnison nach der Hauptstadt gerufen – als ich ankam, fand ich die Mutter in Ohnmacht. Wohl eine Stunde hat sie darin gelegen. Ich und die Schwester wissen uns keinen Rat. Lenore hat die Mutter auf den Knien gebeten, zu Ihnen zu schicken. Sie sind der einzige Mensch, zu dem wir in unserer Not Vertrauen haben. Ich verstehe nichts von Geschäften, aber es muß mit dem Vater sehr schlecht stehen. Die Mutter ist ganz außer sich. Alles im Haus ist in der größten Unordnung.«

Aus dem, was er sagte und was er zu verschweigen suchte, aus seinen abgerissenen Reden und seinem angstvollen Blick ahnte Anton einiges von den Schrecken des letzten Abends. In dem Wohnzimmer der Baronin traf er Lenore verweint, erschöpft wankte sie ihm entgegen. »Lieber Wohlfart«, rief sie, seine Hand fassend; von neuem begann sie zu schluchzen, und kraftlos sank ihr Haupt an seine Schulter. Unterdes ging Eugen mit gerungenen Händen in der Stube auf und ab, setzte sich endlich in eine Sofaecke und weinte still vor sich hin.

»Es ist gräßlich, Herr Wohlfart«, klagte Lenore sich aufrichtend. »Niemand darf zum Vater, nicht Eugen, nicht ich, die Mutter allein und der alte Johann sind um ihn. Und heut früh war der Kaufmann Ehrenthal hier, er wollte durchaus mit dem Vater sprechen, er schrie laut gegen die Mama, er schalt den Vater einen Betrüger, so daß die Mutter zu Boden sank. Als ich in das Zimmer stürzte, ging der schreckliche Mensch fort und drohte noch mit der Faust nach uns.«

Anton führte Lenore in einen Sessel und wartete, bis sie sich erholt hatte. Hier zu trösten war unmöglich, ihn selbst erschütterte der Jammer im tiefsten Herzen. »Ruf die Mutter, Eugen«, sagte Lenore endlich. Der Bruder eilte hinaus. »Verlassen Sie uns nicht«, bat Lenore mit gerungenen Händen. »Es ist zum Äußersten mit uns gekommen, auch Ihre Hilfe vermochte nicht, das Unglück abzuwenden.«

»Er ist tot, der es vielleicht gekonnt hätte«, erwiderte Anton traurig. »Ob ich Ihnen nützen kann, weiß ich nicht, daß ich den guten Willen habe, daran werden Sie nicht zweifeln.«

»Nein«, rief Lenore, »auch Eugen dachte sogleich an Sie.«

Die Baronin trat herein. Sie ging mühsam auf Anton zu und stützte sich mit der Hand an einen Stuhl, aber sie begrüßte ihn mit Haltung. »Wir sind in eine Lage gekommen, in der uns ein Freund nötig ist, welcher mit Geschäften mehr Bescheid weiß, als wir drei. Ein unglücklicher Zufall verhindert den Freiherrn, wahrscheinlich für längere Zeit, sich um seine Angelegenheiten zu kümmern, und so wenig ich davon verstehe, so sehe ich doch, daß schnelle Tätigkeit in unserm Interesse notwendig wird. Meine Kinder haben mir Ihren

Namen genannt, ich mute Ihnen viel zu, wenn ich Sie bitte, unsern Wünschen Ihre Zeit zu opfern.« Sie setzte sich, winkte Anton, Platz zu nehmen, und sagte zu den Kindern: »Verlaßt uns, ich werde Herrn Wohlfart das wenige, das ich weiß, leichter sagen, wenn ich Euern Schmerz nicht sehe.«

Als sie allein waren, winkte sie Anton näher an sich heran und versuchte zu sprechen, aber ihre Lippe zuckte, und sie verbarg ihr Gesicht hinter dem Taschentuch.

Anton sah gerührt auf den Kampf, den ihr die Mitteilung kostete: »Bevor ich zugeben kann, daß Sie, gnädige Frau, mir ein so ehrenvolles Vertrauen schenken, muß ich Sie in Ihrem Interesse fragen: hat nicht Ihr Herr Gemahl einen Verwandten oder nahen Freund, dem Sie eine diskrete Mitteilung leichter machen würden? Ich bitte Sie, daran zu denken, daß meine eigene Geschäftserfahrung nicht groß, und meine Stellung nicht von der Art ist, daß ich für einen geeigneten Ratgeber des Herrn Barons gelten könnte.«

»Ich weiß niemanden«, sagte die Baronin trostlos und starrte vor sich hin. »Es wird mir leichter, Ihnen zu sagen, was ich nicht verschweigen darf, als einem von den Bekannten unsers Hauses. Betrachten Sie sich als einen Arzt, der zu Kranken gerufen wird. – Der Freiherr hat mir heute früh einige Mitteilungen über seine Vermögensverhältnisse gemacht.« –

Und jetzt erzählte sie ihm, was sie von den Verwickelungen ihres Gemahls verstanden hatte, von der Gefahr, in welcher das Familiengut schwebte, von dem Kapital, dessen er bedurfte, um die polnische Herrschaft zu übernehmen. Es war unvollständig, was sie zu sagen wußte, aber es reichte hin, Anton mit banger Sorge um die Zukunft der Familie zu erfüllen.

»Mein Mann hat mir den Schlüssel zu seinem Sekretär übergeben; er wünscht, daß Eugen mit einem Sachverständigen unsere Angelegenheiten ruhiger, als der Freiherr selbst, berate. An Sie habe ich die Bitte, daß Sie mit meinem Sohn diese Prüfung vornehmen. Wo Sie Auskunft brauchen, werde ich Ihnen diese von dem Freiherrn zu verschaffen suchen. Es fragt sich nun, ob Sie geneigt sind, für uns, die wir Ihnen doch Fremde sind, diese Mühe zu übernehmen.«

»Gern bin ich dazu bereit«, erwiderte Anton ernst, »und ich hoffe durch die Güte meines Chefs die dazu nötige Zeit zu erhalten; wenn Sie es nicht für zweckmäßiger finden, dem erfahrenen Anwalt Ihres Gemahls diese Tätigkeit zu überweisen.«

»Es wird ja wohl später Gelegenheit sein, diesen Herrn um seinen Rat zu fragen«, sagte die Baronin abwehrend. Anton erhob sich. »Wann befehlen Sie, daß wir anfangen?«

»Sogleich«, erwiderte die Dame, »ich fürchte, es ist kein Tag zu verlieren. Ich werde mir Mühe geben, Ihnen bei Durchsicht der Papiere zu helfen.« Sie führte Anton in das Nebenzimmer rief Eugen herzu und steckte den Schlüssel in das Bureau des Freiherrn. Als sich der Schrank öffnete, verlor auch sie auf einen Augenblick die Selbst-

beherrschung, und ihrem Mund entglitten die Worte: »Die Hinterlassenschaft eines Toten!« Sie wankte an das Fenster, und die zitternde Bewegung der Gardine verriet den Kampf, in dem ihr Körper
erbebte.

Die traurige Arbeit begann, Stunde auf Stunde verlief, Eugen
war nicht imstande, die Durchsicht zu ertragen, aber die Mutter
reichte Anton die Briefe und Dokumente zu, welche sie für nützlich
hielt, und so oft sie auch ihre Tätigkeit unterbrechen mußte, sie hielt
aus. Anton ordnete das Vorhandene und suchte bei flüchtiger
Durchsicht einzelner Schreiben wenigstens zu einem oberflächlichen
Verständnis zu kommen.

Es war Abend geworden, da öffnete der alte Diener erschrocken
die Tür und rief in das Zimmer: »Er ist wieder da.« Die Baronin stieß
einen leisen Schrei aus und machte mit der Hand eine abweisende
Bewegung.

»Ich habe ihm gesagt, daß niemand zu Hause ist, er aber läßt sich
nicht fortschicken, er lärmt auf der Treppe, ich kann nicht mit ihm
fertig werden.«

»Es ist mein Tod, wenn ich ihn wieder höre«, murmelte die
Baronin.

»Wenn der Mann Ehrenthal ist« sagte Anton aufstehend, »so will
ich versuchen, ihn fortzuschaffen. Das Nötigste ist hier geschehen,
haben Sie die Güte, diese Papiere zu bewahren und mir zu erlauben,
daß ich morgen wiederkomme.« Die Baronin winkte stumm eine
Bejahung und sank in den Stuhl zurück. Anton ergriff seinen Hut
und eilte in das Vorzimmer, wo er schon von weitem die lärmende
Stimme Ehrenthals vernahm.

Er erschrak über das Aussehen des Händlers. Den Hut weit nach
dem Nacken zurück gesetzt, das bleiche Gesicht wie vom Trunk
aufgedunsen, die gläsernen Augen gerötet, stand Ehrenthal vor ihm
und rief in abgebrochenen Sätzen nach dem Freiherrn, klagte und
fluchte. »Er soll kommen«, schrie er, »auf der Stelle soll er kommen,
der schlechte Mann. Ein Edelmann will er sein, ein Lump ist er,
gegen den ich werde holen die Polizei. Wo ist mein Geld, wo ist meine
Hypothek? Ich will wiederhaben meine Sicherheit von diesem Mann,
welcher nicht ist zu Hause.«

Anton trat dicht an ihn heran und sagte mit fester Stimme:
»Kennen Sie mich, Herr Ehrenthal?« Ehrenthal richtete seine verglas-
ten Augen auf ihn, allmählich erkannte er den Freund des verstorbenen Sohnes.

»Er hat Sie liebgehabt«, rief er kläglich, »er hat mit Ihnen gesprochen mehr als mit seinem Vater. Sie sind gewesen sein einziger
Freund, den er gehabt hat auf Erden. – Haben Sie gehört, was geschehen ist im Hause bei Ehrenthal?« fuhr er flüsternd fort. – »Als sie
gestohlen haben die Papiere, ist er gestorben. Er ist gestorben mit
einer solchen Hand.« Er ballte die Faust und schlug sich vor die Stirn.
»O mein Sohn, mein Sohn, was hast du nicht verziehen deinem
Vater!«

»Wir gehen zu Ihrem Sohn«, sprach Anton und ergriff den Arm des Händlers. Ehrenthal leistete keinen Widerstand und ließ sich von ihm die Treppe hinunter nach seinem Hause führen.

Von da eilte Anton zur Wohnung des Justizrat Horn und hatte mit diesem eine lange Unterredung.

Leidenschaftlich bewegt kam er am späten Abend nach Hause. In der Sorge um die Menschen, deren sicheres Glück ihm seit Jahren die Phantasie erfüllt hatte, erbebte sein Herz, das Vertrauen, mit dem sie ihn in ihr Unglück eingeweiht hatten, erfüllte ihn mit Stolz. Er brannte vor Begierde, ihnen zu helfen; er hoffte, daß dem treuen Diensteifer gelingen werde, die Wege zur Rettung zu finden. Noch sah er sie nicht. Als er im Mondenschein das große Haus der Handlung vor sich erblickte, die Fenster des untern Stocks vergittert, Gewölbe und Keller mit eisernen Türen verschlossen, so sicher und fest im Schlummer der Nacht, da wurde ihm klar: Wenn ein Mann helfen konnte, so war es sein Prinzipal. Sein Scharfblick wußte in alle dunklen Geheimnisse, denen der Freiherr verfallen war, einzudringen, seiner eisernen Kraft mußten die Schurken erliegen, welche den Gutsbesitzer festhielten. Ja und er hatte ein großes Herz, er fand das Rechte mühelos, ohne Kampf. Anton sah zu dem ersten Stock auf. Die ganze Hausfronte war finster, nur in der Eckstube brannte noch ein Licht. Dort war das Arbeitszimmer seines Chefs.

Mit schnellem Entschluß suchte Anton den Bedienten auf und ließ sich zu Herrn Schröter führen. Verwundert sah dieser auf den eintretenden Anton. »Was bringen Sie, Wohlfart? Ist etwas vorgefallen?«

»Ich·bitte um Ihren Rat, ich bitte um Ihre Hilfe«, rief Anton.

»Für sich oder für andere?« frug der Kaufmann.

»Für eine Familie, mit welcher ich durch Zufall in Verbindung gekommen bin. Sie geht unter, wenn nicht eine starke Freundeshand das Unheil abwehrt.« Darauf berichtete Anton in fliegender Eile, was er an diesem Nachmittag erlebt hatte, faßte in seiner Bewegung die Hand des Kaufmanns und rief: »Was ich gesehen habe, war schrecklich für mich. Haben Sie Erbarmen mit den unglücklichen Frauen und helfen Sie.«

»Helfen?« frug der Kaufmann ernst – »Wie kann ich das? Haben Sie einen Auftrag, mich dazu in Anspruch zu nehmen; oder ist es nur Ihre warme Empfindung, welche diese Forderung an mich richtet?«

»Ich habe keinen Auftrag«, sagte Anton, »nur der Anteil, den ich an dem Schicksal des Freiherrn nehme, treibt mich zu Ihnen.«

»Und welches Recht haben Sie, mir diese Mitteilung zu machen, die Ihnen selbst doch nur im engen Vertrauen von der Frau des Gutsbesitzers gemacht sein kann?« frug·der Kaufmann zurückhaltend.

»Ich begehe keine Indiskretion, wenn ich Ihnen sage, was in wenigen Tagen auch für Fremde kein Geheimnis sein wird.«

»Sie sind jetzt in einer ungewöhnlichen Aufregung, sonst würden Sie nicht vergessen, daß unter allen Umständen der Kaufmann, der erste Korrespondent meines Comtoirs, solche Mitteilungen nur mit besonderer Erlaubnis der Beteiligten wagt. Es versteht sich von selbst, daß ich keinen Mißbrauch von dem machen werde, was Sie mir gesagt haben, aber es war doch wenig geschäftsmäßig, Wohlfart, daß Sie so offen gegen mich waren.«

Anton schwieg betroffen. Er erkannte, daß sein Prinzipal recht hatte, aber es schien ihm hart, daß dieser in solcher Stunde den Vertrauenden tadelte. Auch der Kaufmann ging schweigend im Zimmer auf und ab; endlich blieb er vor Anton stehen. »Ich frage Sie jetzt nicht, wie Sie dazu kommen, so warmen Anteil an dem Schicksal dieser Familie zu nehmen; ich fürchte, es ist eine Bekanntschaft, die Sie Fink verdanken.«

»Sie sollen alles erfahren«, warf Anton ein.

»Noch nicht«, erwiderte der Prinzipal abwehrend. »Jetzt will ich Ihnen nur wiederholen, daß für mich keine Möglichkeit vorhanden ist, ohne direkte Aufforderung der Beteiligten in fremde Angelegenheiten einzugreifen. Ich füge hinzu, daß ich diese Aufforderung nicht wünsche. Ich verberge Ihnen nicht, daß ich wahrscheinlich auch dann ablehnen würde, etwas für den Freiherrn von Rothsattel zu tun.«

Antons Gefühl wallte auf. »Es gilt, einen ehrlichen Mann, liebenswürdige Frauen aus den Händen von Gaunern zu retten, welche sie umgarnt haben. Dies scheint mir Pflicht eines jeden Mannes, und vollends ich halte es für eine teure Verpflichtung, der ich mich nicht entziehen darf. Ohne Ihre Unterstützung aber vermag ich nichts.«

»Wie also denken Sie, daß dem verschuldeten Gutsbesitzer geholfen werden kann?« frug der Kaufmann sich niedersetzend.

Mit etwas mehr Ruhe erwiderte Anton: »Zunächst nur dadurch, daß ein erfahrener Geschäftsmann wie Sie die Verwicklungen zu durchschauen sucht. Es muß einen Punkt geben, wo die Schurken zu fassen sind. Ihr Rat, Ihre Einsicht würden ihn finden.«

»Beides besitzt jeder Rechtsanwalt in höherem Grade als ich«, entgegnete der Kaufmann, »ohne Schwierigkeit wird der Baron gescheite und ehrliche Juristen gewinnen. Wenn die Gegner des Freiherrn dem Gesetz irgendeine Blöße gegeben haben, so wird das Spürauge eines Sachwalters diese am ersten entdecken.«

»Leider gibt der Anwalt des Freiherrn wenig Hoffnung«, erwiderte Anton.

»Dann, lieber Wohlfart, wird auch für andere schwerlich etwas zu machen sein. Zeigen Sie mir einen Mann, der in Verlegenheit ist und Kraft hat, sich an einer dargebotenen Hand aufzuhelfen, und sagen Sie zu mir: ›Hilf ihm!‹ so werde ich, weil ich Ihr Freund und Ihnen zu großem Dank verpflichtet bin, meine Hand dem Gefährdeten nicht verweigern. Ich denke, Sie sind davon überzeugt.«

»Ich bin es«, versetzte Anton kleinlaut.

»So aber steht es nach allem, was ich höre, mit dem Freiherrn nicht. Soweit ich aus Ihrer Erzählung und dem, was man in der Stadt über ihn erzählt, seine Verhältnisse verstehe, konnte er nur deshalb in die Hände der Wucherer fallen, weil ihm das fehlte, was dem

Leben jedes Menschen erst Wert gibt, ein besonnenes Urteil und eine stetige Arbeitskraft.«

Anton mußte dies mit einem Seufzer zugeben.

»Einem solchen Mann zu helfen«, fuhr der Kaufmann unerbittlich fort, »ist eine mißliche Aufgabe, bei welcher der Verstand wohl das Recht hat, zu widersprechen. Man soll vor keinem Menschen die Hoffnung aufgeben, daß er sich ändern kann, aber gerade der Mangel an Kraft wird am allerschwersten gebessert. Unsere Fähigkeit, für andere zu arbeiten, ist beschränkt, und bevor man einem Schwächling seine Zeit opfert, soll man fragen, ob man sich dadurch nicht selbst der Fähigkeit beraubt, einem bessern Mann zu helfen.«

Anton rief unruhig: »Verdient er nicht einige Rücksicht? Er ist in Ansprüchen an das Leben erzogen, er hat nicht wie wir gelernt, durch eigene Anstrengung sich heraufzuarbeiten.«

Der Kaufmann legte die Hand auf die Schulter des jungen Mannes. »Grade darum. Glauben Sie mir, einem großen Teil dieser Herren, welche an ihren alten Familienerinnerungen leiden, ist nicht zu helfen. Ich bin der letzte, zu verkennen, wie groß die Anzahl tüchtiger Männer auch in dieser Menschenklasse ist. Und wo ein bedeutendes Talent oder eine edle Persönlichkeit unter ihnen aufschießt, mag sie sich grade in ihrer geschützten Stellung vortrefflich entfalten; aber für den großen Mittelschlag der Menschen ist diese Lage nicht günstig. Wer von Haus aus den Anspruch an das Leben macht, zu genießen und seiner Vorfahren wegen eine bevorzugte Stellung einzunehmen, der wird sehr häufig nicht die volle Kraft behalten, sich eine solche Stellung zu verdienen. Sehr viele unserer alten angesessenen Familien sind dem Untergange verfallen, und es wird kein Unglück für den Staat sein, wenn sie untergehen. Ihre Familienerinnerungen machen sie hochmütig ohne Berechtigung, beschränken ihren Gesichtskreis, verwirren ihr Urteil.«

»Und wenn das alles wahr ist«, rief Anton, »so darf es uns doch nicht abhalten, dem einzelnen als unserm Mitbruder zu helfen, wo unser Mitgefühl angeregt wird.«

»Nein«, sagte der Prinzipal, »wo es angeregt wird. Aber es glüht im Alter nicht mehr so schnell auf, als in der Jugend. – Der Freiherr soll dahin gearbeitet haben, sein Eigentum aus der großen Flut der Kapitalien und Menschenkraft dadurch zu isolieren, daß er es auf ewige Zeit seiner Familie verschrieb. Auf ewige Zeit! Sie als Kaufmann wissen, was von solchem Streben zu halten ist. Wohl muß jeder vernünftige Mann wünschen, daß der adlige Schacher mit Grundbesitz in unserm Lande aufhört, jedermann wird es für vorteilhaft halten, wenn die Kultur desselben Bodens vom Vater auf den Sohn übergeht, weil so die Kräfte des Ackers am ersten liebevoll und planmäßig gesteigert werden. Wir schätzen ein Möbel, das unsre Vorfahren benutzt haben, und Sabine wird Ihnen mit Stolz jeden Raum dieses Hauses aufschließen, zu dem schon ihre Urgroßmutter die Schlüssel getragen hat. So ist es auch natürlich, wenn im Gemüt des Landwirts der Wunsch entsteht, das Stück Natur, welches ihn

367

umgibt, die Quelle seiner Kraft und seines Wohlstandes, den Menschen zu erhalten, welche ihm die liebsten sind. Aber dafür gibt es nur ein Mittel, und dies Mittel heißt, seine Lieben tüchtig machen zur Behauptung und zur Vermehrung ihres Erbes. Wo die Kraft aufhört in der Familie oder im einzelnen, da soll auch das Vermögen aufhören, das Geld soll frei dahinrollen in andere Hände, und die Pflugschar soll übergehn in eine andere Hand, welche sie besser zu führen weiß. Und die Familie, welche im Genusse erschlafft, soll wieder heruntersinken auf den Grund des Volkslebens, um frisch aufsteigender Kraft Raum zu machen. Jeden, der auf Kosten der freien Bewegung anderer für sich und seine Nachkommen ein ewiges Privilegium sucht, betrachte ich als einen Gegner der gesunden Entwicklung unseres Staats. Und wenn ein solcher Mann in diesem Bestreben sich zugrunde richtet, so werde ich ihm ohne Schadenfreude zusehn, aber ich werde sagen, daß ihm sein Recht geschehen, weil er gegen einen großen Grundsatz unsers Lebens gesündigt hat. Und für ein doppeltes Unrecht werde ich eine Unterstützung dieses Mannes halten, solange ich befürchten muß, daß meine Hilfe dazu verwandt wird, eine ungesunde Familienpolitik zu unterstützen.«

Anton sah traurig vor sich nieder; er hatte Teilnahme, ein warmes Eingehen in seine Wünsche erwartet, und fand bei dem Mann, der ihm so viel galt, eine Kälte, die er zu überwinden verzweifelte. »Ich kann Ihnen nicht widersprechen«, sagte er endlich, »aber ich kann in diesem Falle nicht so denken wie Sie. Ich habe den ungeheuern Schmerz in der Familie des Freiherrn mit angesehen, und meine ganze Seele ist voll von Wehmut und Teilnahme und von dem Wunsch, irgend etwas für die Menschen zu tun, welche mir ihr Herz geöffnet haben. Nach dem, was Sie mir gesagt haben, wage ich nicht mehr, Sie selbst zu bitten, daß Sie um diese Angelegenheit kümmern. Aber ich habe der Baronin versprochen, ihr, so weit ich mit meiner geringen Kraft vermag und so weit Ihre Güte mir dies erlaubt, beim Ordnen ihrer Verhältnisse behilflich zu sein. Ich ersuche Sie um die Erlaubnis dazu. Ich werde mich bemühen, meine Comtoirstunden regelmäßig einzuhalten, aber wenn ich in den nächsten Wochen zuweilen eine Stunde versäume, so bitte ich Sie, mir dies nachzusehen.«

Wieder ging der Kaufmann schweigend im Zimmer auf und ab, endlich blieb er vor Anton stehen, sah ihm mit tiefem Ernst in das aufgeregte Gesicht, und es war etwas wie Trauer in seinen Zügen, als er mit Überwindung erwiderte: »Denken Sie auch daran, Wohlfart, daß jede Tätigkeit, bei welcher das Gemüt aufgeregt wird, leicht eine Macht über den Menschen gewinnt, die sein Leben ebensowohl stören als fördern kann. Dieser Grund ist es, welcher mir die Gewährung Ihres Wunsches nicht leichtmacht.«

»Auch ich habe vor Wochen dasselbe wie eine Ahnung gefühlt«, sagte Anton leise. »Jetzt kann ich nicht anders.«

»Wohl, so tun Sie, was Sie müssen«, schloß der Kaufmann finster, »ich werde Ihnen keine Hindernisse in den Weg legen. Und ich wünsche, daß Sie nach einigen Wochen die ganze Angelegenheit ruhiger betrachten mögen.« Anton verließ mit mehr Haltung das Zimmer. Der Kaufmann sah lange mit gefurchter Stirn auf die Stelle, an welcher sein Kommis gestanden hatte.

In seinem Innern aber war Anton nicht ruhiger geworden. Die kühle, ja mißfällige Aufnahme seiner Bitte verletzte ihn tief. »So herb, so unerbittlich«, rief er aus, als er sich ermüdet in seinem Zimmer niedersetzte. Aus einem Winkel seiner Seele stieg ihm der Verdacht auf, daß sein Chef doch mehr Egoismus und weniger Gemüt habe, als er ihm zugetraut. Manche Äußerung Finks fiel ihm wieder ein, jener Abend fiel ihm ein, wo der junge Rothsattel in knabenhaftem Übermut gegen den Kaufmann seinen Kamm gesträubt hatte. »Ist es möglich, daß diese Unart von ihm unvergessen ist?« frug er sich zweifelnd. Und hinter den hellen Gestalten der Edelfrauen verblich das scharf gefurchte Gesicht seines Chefs. »Ich tue nicht unrecht«, rief er sich selbst zu; »was er sagen mag, ich habe Rechte auch gegen ihn. Und mein Los wird sein, von heute ab für mich allein den Weg zu suchen, auf dem ich gehen muß.« So saß er lange im Finstern, und düster wie der Raum waren seine Gedanken. Er trat an das Fenster und blickte in den dunkeln Hof hinunter. Da schimmerte in dem matten Schein, der aus den Wolken in sein Zimmer fiel, ein riesiger weißer Kelch neben ihm geisterhaft in der Luft. Erstaunt faßte er danach. Er machte Licht und sah die prächtige Blüte der Calla von Sabinens Blumentisch. An dem geknickten Stengel hing sie traurig herab. Sabine hatte ihm die Blume heimlich hereingestellt. Wie ein trauriges Vorzeichen erschien ihm der kleine Unfall. Er löste die Blüte und legte sie vor sich auf den Tisch, und lange saß er schweigend und starrte auf das zusammengerollte Blütenblatt.

Sabine trat, die Kerze in der Hand, in das Zimmer des Bruders. »Gute Nacht, Traugott«, nickte sie ihm zu – »Wohlfart war den Abend bei dir, so spät hat er dich verlassen.«

»Er wird uns verlassen«, erwiderte der Kaufmann finster. Sabine erschrak, der Leuchter klirrte auf den Tisch. »Um Gottes willen, was ist geschehen? Hat Wohlfart gesagt, daß er von uns will?«

»Noch weiß er es selbst nicht; ich aber sehe es kommen Schritt vor Schritt. Und nicht ich und noch weniger du können etwas tun, um ihn zurückzuhalten. Als er hier vor mir stand und mit glühenden Wangen und bebender Stimme Hilfe für einen ruinierten Mann erbat, sah ich, was ihn forttreibt.«

»Ich verstehe dich nicht«, sagte Sabine und sah den Bruder groß an.

»Er hat Lust, der Vertraute eines heruntergekommenen Gutsbesitzers zu werden. Ein Paar Mädchenaugen ziehen ihn ab von uns, es erscheint ihm als ein würdiges Ziel seines Ehrgeizes, Geschäftsführer der Rothsattel zu werden. Er heißt im Comtoir Finks Erbe. Diese Verbindung mit dem adeligen Gutsbesitzer ist die Erbschaft, die ihm Fink hinterlassen hat.«

»Und du hast ihm deine Hilfe verweigert?« frug Sabine leise.

»Die Toten sollen ihre Toten begraben«, sagte der Kaufmann rauh und wandte sich ab zu seinem Schreibtisch. Schweigend entfernte sich Sabine. Der Leuchter zitterte in ihrer Hand, als sie durch die lange Zimmerreihe schritt. Ängstlich horchte sie auf ihren eigenen Fußtritt, und ein Schauer überlief sie, ihr war, als glitte eine fremde Gestalt unsichtbar an ihrer Seite hin. Das war die Rache des andern. Der Schatten, welcher aus der Vergangenheit auf ihr schuldloses Leben fiel, er scheuchte jetzt auch den Freund aus ihrem Kreise. An einer andern hing Antons sehnendes Herz, sie selbst war ihm eine Fremde geblieben, die einen Entfernten geliebt und verschmäht hatte und jetzt im Witwenschleier auf das verglühende Gefühl ihrer Jugend zurücksah.

Die nächsten Wochen vergingen Anton in einer aufreibenden Tätigkeit. Er war peinlich bemüht, in den Comtoirstunden seine Pflicht zu tun. Die Abende, jede Freistunde brachte er an dem Aktentisch in Konferenzen mit dem Rechtsanwalt und mit der Baronin zu. Unterdes nahm das Unglück des Freiherrn seinen Verlauf. Er hatte die Zinsen der Kapitalien, welche auf seinem Familiengut lasteten, am letzten Termine nicht gezahlt, eine ganze Reihe von Hypotheken wurden ihm an einem Tage gekündigt, das Familiengut kam unter die Verwaltung der Landschaft. Verwickelte Prozesse erhoben sich. Ehrenthal klagte und forderte die erste Hypothek von zwanzigtausend Talern, und forderte die neue Ausfertigung; er war aber auch geneigt, Ansprüche an die letzte Hypothek zu machen, welche ihm der Freiherr in der unheilvollen Stunde angeboten hatte. Löbel Pinkus forderte ebenfalls die erste Hypothek für sich und behauptete die volle Summe von zwanzigtausend Talern gezahlt zu haben. Ehrenthal hatte keine Beweise und führte seinen Prozeß unordentlich, er war jetzt wochenlang außerstande sich um seine Geschäfte zu kümmern, Pinkus dagegen focht mit allen Ränken, die ein hartgesottener Sünder ausfindig machen konnte, und der Vertrag, welchen der Freiherr mit ihm abgeschlossen hatte, war ein so vortreffliches Meisterstück des schlauen Advokaten, daß der Anwalt des Freiherrn gleich am Anfange des Prozesses wenig Hoffnung gab. Nebenbei bemerkt, Pinkus gewann den Prozeß, die Hypothek wurde ihm zugesprochen und neu für ihn ausgefertigt.

Anton hatte nach und nach Einsicht in die Verhältnisse des Freiherrn gewonnen. Nur den doppelten Verkauf der ersten Hypothek verbarg der Freiherr sorgfältig vor seiner Gemahlin. Er nannte die Ansprüche Ehrenthals unbegründet und äußerte den Verdacht, daß Ehrenthal selbst den Diebstahl in seinem Comtoir begangen habe. Das letztere war in der Tat seine Meinung geworden. So wurde der Name Itzigs Anton gegenüber gar nicht genannt, und der Verdacht gegen Ehrenthal, den auch der Anwalt teilte, verhinderte Anton, bei diesem Aufklärung zu suchen.

Zwischen Anton und dem Kaufmann war eine Spannung eingetreten, welche das ganze Comtoir mit Erstaunen wahrnahm. Finster sah der Kaufmann auf Antons leeren Sitz, wenn dieser einmal in den Arbeitsstunden abwesend war, und gleichgültig auf das Gesicht seines Comtoiristen, welches in Gemütsbewegungen und Nachtarbeit erblich. Wie einst für die Unregelmäßigkeiten Finks, so hatte er auch jetzt für Antons neue Tätigkeit kein Wort, er schien sie nicht zu bemerken. Selbst der Schwester gegenüber beobachtete er ein hartnäckiges Stillschweigen, Sabines Versuche, das Gespräch auf Wohlfart zu bringen, wies er mit kurzem Ernst ab. Antons Herz empörte sich gegen diese Kälte. Nach seiner Rückkehr behandelt wie ein Kind vom Hause, gerühmt, gepflegt, gehätschelt, und jetzt wieder gemißhandelt wie ein Lohnarbeiter, der das Brot nicht verdient, welches man ihm hinwirft. Ein Spielzeug unbegreiflicher Launen! Das wenigstens hatte er nicht verdient! So saß er verschlossen neben der Familie, wortkarg vor seinem Pult, aber des Abends, in der Einsamkeit seines Zimmers, fuhr ihm oft der Gegensatz zwischen einst und jetzt so schneidend durch das Haupt, daß er heftig aufsprang und mit dem Fuß auf den Boden stampfte.

Nur ein Trost blieb ihm: Sabine zürnte ihm nicht. Er sah sie jetzt wenig. Auch sie war bei Tische schweigsam und vermied Anton anzureden; aber er wußte doch, daß sie ihm recht gab. Wenige Tage nach jener Unterredung mit dem Kaufmann stand Anton allein an der großen Waage, während die Hausknechte vor der Tür um einen Frachtwagen beschäftigt waren. Da kam Sabine die Treppe herab, sie ging so nahe bei ihm vorbei, daß ihr Kleid ihn berührte. Anton trat zurück und machte eine förmliche Verbeugung. »Mir dürfen Sie nicht fremd werden, Wohlfart«, sagte sie leise und sah ihn bittend an. Es war nur ein Augenblick, ein kurzer Gruß, aber in dem Gesicht beider glänzte eine frohe Rührung.

So kam die Zeit heran, in welcher Herr Jordan die Handlung verlassen sollte. Der Prinzipal rief Anton wieder in das kleine Comtoir. Ohne Härte, aber auch ohne eine Spur der Herzlichkeit, die er ihm sonst gezeigt hatte, begann er: »Ich habe Ihnen meine Absicht ausgesprochen, Sie an Jordans Stelle zu setzen, um Ihnen die Prokura zu übergeben. Ihre Zeit war in den letzten Wochen durch andere Geschäfte mehr in Anspruch genommen, als für meinen Stellvertreter wünschenswert ist – deshalb frage ich Sie selbst, sind Sie imstande, von jetzt ab die Tätigkeit Jordans zu übernehmen?«

»Nein«, erwiderte Anton.

»Können Sie mir eine – nicht zu entfernte – Zeit angeben, in welcher Sie frei von Ihren gegenwärtigen Arbeiten sein werden?« frug der Kaufmann. Ich würde in diesem Fall für die nächste Zeit eine Auskunft zu treffen suchen.«

Anton erwiderte traurig: »Noch kann ich nicht bestimmen, wann ich wieder Herr meiner ganzen Zeit sein werde; ich fühle, daß ich durch manche Unregelmäßigkeit Ihre Nachsicht ohnedies sehr in Anspruch nehme. Deshalb bitte ich Sie, Herr Schröter, bei Besetzung der Stelle auf mich keine Rücksicht zu nehmen.« Die Stirn des Kaufmanns zog sich in Falten, und stumm neigte er sein

Haupt gegen Anton. Als Anton die Tür des Zimmers hinter sich schloß, fühlte auch er, daß dieser Augenblick den Bruch zwischen ihm und dem Kaufmann vollendet hatte. Er setzte sich auf seinen Platz und stützte den heißen Kopf mit der Hand. Gleich darauf wurde Baumann zum Prinzipal beschieden, er erhielt die Stelle Jordans. Als er in das vordere Comtoir zurückkehrte, trat er zu Anton und sagte leise: »Ich habe mich geweigert, die Stelle zu übernehmen, aber Herr Schröter bestand darauf. Ich begehe ein Unrecht gegen Sie.« – Und am Abend las Herr Baumann in seiner Stube aus dem ersten Buch Samuelis die Kapitel vom grimmigen König Saul, seinem Prinzipal, und von der Freundschaft zwischen Jonathan und dem verfolgten David, und stärkte dadurch sein Herz.

Den Tag darauf trat Anton in das Zimmer der Baronin. Lenore und die Mutter saßen an einem großen Tisch unter Toiletten und Kästchen von jeder Form; ein Koffer, stark mit Eisen beschlagen, stand zu den Füßen der Edelfrau. Die Vorhänge waren geschlossen, das gedämpfte Sonnenlicht füllte den reichgeschmückten Raum mit einem matten Glanz; auf dem Teppich des Fußbodens lagen nimmer welkende Kränze, und lustig tickte die Uhr im Gehäuse von Alabaster. Unter blühender Myrthe saßen zwei Sympathievögel in einem versilberten Käfig, sie schrien unaufhörlich einander zu, und wenn der eine zur nächsten Stange hinabflatterte, lockte der Genosse ihn ängstlich, bis er zurückflog. Dann saßen beide behaglich, dicht aneinandergedrückt. Von grünem und roten Gold schimmerten die kleinen zärtlichen Kinder eines wärmern Himmels, wo nie das weiche Leben im kalten Sturmwind erstarrt. So glänzte und duftete das Zimmer. – »Wie lange noch?« dachte Anton.

Die Baronin erhob sich: »Schon wieder bemühen wir Sie. Wir sind bei einer Arbeit, die uns Frauen viel zu tun macht.«

Auf dem Tische war Frauenschmuck, goldene Ketten, Brillanten, Ringe, Halsbänder in einen Haufen zusammengeschichtet. »Wir haben ausgesucht, was wir entbehren können«, sagte die Baronin, »und bitten Sie, den Verkauf dieser Sachen zu übernehmen. Man hat mir gesagt, daß einzelnes davon nicht ohne Geldwert ist, und da jetzt vor allem Geld nötig wird, so suchen wir hier eine Hilfe, welche die Sorge unserer Freunde verringert.«

Anton sah betroffen auf den blitzenden Knäuel. »Sprechen Sie, Wohlfart«, rief Lenore ängstlich, »ist das nötig und kann es etwas nützen? Mama hat darauf bestanden, unsern ganzen Schmuck und alles Silber, das wir nicht täglich gebrauchen, zum Verkauf zurückzulegen. Was ich selbst geben kann, ist nicht der Rede wert, aber der Schmuck der Mutter ist kostbar, es sind viele Geschenke aus ihrer Jugend dabei, Erinnerungen, von denen sie sich nicht trennen soll, wenn Sie nicht sagen, daß es nötig ist.«

»Ich fürchte, es wird nötig sein«, erwiderte Anton ernst.

Lenore sprang auf. »Arme Mutter«, rief sie zärtlich und schlang ihre Arme um den Hals der Baronin. »Nehmen Sie«, erwiderte die

Mutter leise zu Anton, »ich werde ruhiger sein, wenn ich weiß, daß wir das Mögliche getan haben.«

»Ist es aber gut, alles hinzugeben?« frug Anton bittend. »Vieles, was Ihnen vielleicht lieb ist, wird dem Juwelier weniger Wert haben.«

»Ich werde keinen Schmuck mehr tragen«, erwiderte die Baronin kalt, »nehmen Sie alles, alles.« Sie hielt die Hand vor die Augen und wandte sich ab.

»Wir foltern die Mutter«, rief Lenore heftig, »verschließen Sie, was auf dem Tisch liegt, schaffen Sie es fort aus dem Hause so bald als möglich.«

»Ich kann diese Kostbarkeiten nicht übernehmen«, sagte Anton, »ohne einige Maßregeln, welche meine Verantwortung geringer machen. Vor allem will ich in Ihrer Gegenwart wenigstens flüchtig aufzeichnen, was Sie mir übergeben wollen.«

»Welch unnütze Grausamkeit!« rief Lenore.

»Es soll nicht lange aufhalten.« Anton riß einige Blätter aus seiner Brieftasche und schrieb Stück für Stück auf.

»Du darfst nicht zusehen, Mutter, ich leide es nicht«, drängte Lenore, sie zog die Mutter aus dem Zimmer; dann setzte sie sich zu Anton und sah ihm zu, wie er die einzelnen Stücke einpackte, mit Nummern versah und zusammen in den Koffer legte.

»Diese Vorbereitungen für den Markt sind schrecklich«, klagte Lenore, »das ganze Leben der Mutter wird verkauft, an jedem Stück hängen für sie Erinnerungen. Sehen Sie, Wohlfart, diesen Diamantenschmuck hat sie von der Prinzessin bekommen, als sie den Vater heiratete.«

»Es sind prachtvolle Brillanten«, rief Anton bewundernd.

»Dieser Ring stammt von meinem Großvater, und das hier sind Geschenke meines armen Papas. – Ach, kein Mann versteht, wie lieb uns diese Schmucksachen sind. Es war jedesmal ein Festtag auch für mich, wenn Mama die Brillanten trug. – Jetzt kommen wir zu meinen Habseligkeiten, sie sind nicht viel wert. Ob dieses Armband gutes Gold sein mag?« Sie hielt ihm ihre Hand hin.

»Ich weiß es nicht.«

»Wir wollen es doch zu dem übrigen tun«, sagte Lenore streifte den Goldreif vom Arm und legte ihn auf den Tisch. »Ja, Sie sind ein guter Mensch, Wohlfart«, fuhr sie fort und sah ihm treuherzig in die feuchten Augen; »verlassen nur Sie uns nicht. Der Bruder hat keine Erfahrung und ist hilfloser als wir. Es ist eine furchtbare Lage auch für mich. Vor Mama mühe ich mich, gefaßt zu sein, aber ich möchte laut schreien und weinen den ganzen Tag.« Sie sank in einen Stuhl und hielt seine Hand fest. »Lieber Wohlfart, verlassen Sie uns nicht.«

Anton beugte sich über sie und sah in leidenschaftlicher Bewegung auf die schöne Gestalt, die so vertrauend aus ihren Tränen zu ihm aufsah. »Ich will Ihnen nützlich sein, wo ich kann«, sprach er in mächtiger Aufwallung seines Gefühls, »ich will Ihnen nahe sein, sooft Sie mich bedürfen. Sie haben eine zu gute Meinung von meinen Kenntnissen und meiner Kraft, ich kann Ihnen weniger helfen, als Sie glauben. Was ich aber vermag, das werde ich tun. In jeder Tätigkeit und auf allen Wegen.«

Mit einem warmen Druck lösten sich ihre Hände, ein Vertrag war geschlossen.

Die Baronin kam in das Zimmer zurück. »Unser Anwalt war heut morgen bei mir. Jetzt bitte ich auch Sie um Ihren Rat. Wie der Anwalt mir mitteilt, ist keine Aussicht, das Familiengut dem Freiherrn zu erhalten.«

»In dieser Zeit, wo das Geld teuer und schwer zu haben ist, keine«, erwiderte Anton.

»Und auch Sie sind der Meinung, daß wir alles anwenden müssen, um die polnische Herrschaft uns zu retten?«

»Ja«, erwiderte Anton.

»Auch dazu wird Geld nötig sein. Vielleicht vermag ich durch meine Verwandten Ihnen eine, wenn auch geringe Summe zugänglich zu machen; sie soll mit diesem da« – sie wies auf den Koffer – »ausreichen, die Kosten der ersten Einrichtung zu decken. Ich wünsche den Schmuck nicht hier zu verkaufen, auch für die Übernahme der Geldsumme, welche ich hoffen darf, wird eine Reise nach der Residenz nötig sein. Der Anwalt des Freiherrn hat mit großer Achtung von ihrer Umsicht gesprochen. Es ist auch sein Wunsch, der mich bestimmt, Ihnen ein Anerbieten zu machen: Wollen Sie uns für die nächsten Jahre, wenigstens so lange, bis die größten Schwierigkeiten überwunden sind, Ihre ganze Zeit widmen? Ich habe mit meinen Kindern beraten, beide sehen, wie ich, in Ihrer Tätigkeit die einzige Rettung. Auch der Freiherr ist damit einverstanden. Es fragt sich, ob Ihre Verhältnisse Ihnen erlauben, uns Unglücklichen Ihren dauernden Beistand zu gönnen. Unter welchen Bedingungen Sie dies auch tun, wir werden Ihnen dankbar sein. Wenn Sie irgendeine Form finden, in der wir die großen Verpflichtungen, die wir gegen Sie haben, auch in Ihrer äußern Stellung ausdrücken können, so sagen Sie mir das.«

Anton stand erstarrt. Was die Baronin von ihm forderte, war Trennung von dem Geschäft und Trennung von seinem Chef und Sabine. War ihm derselbe Gedanke schon früher gekommen, wenn er vor Lenore stand oder wenn er sich über die Briefe des Freiherrn beugte? – Jetzt, wo das Wort ausgesprochen wurde, erschütterte es ihn. Er sah auf Lenore, welche hinter der Mutter ihre Hände bittend zusammenlegte. »Ich stehe in einem Verhältnis«, erwiderte er endlich, »welches ich nicht ohne Einwilligung anderer lösen darf, ich bin auf diesen Antrag nicht vorbereitet und bitte Sie, gnädige Frau, mir Zeit zur Überlegung zu lassen. Es ist ein Schritt, der über meine Zukunft entscheidet.«

»Ich dränge nicht«, sagte die Baronin, »ich bitte nur. Wie Ihre Entscheidung auch ausfalle, unser warmer Dank wird Ihnen bleiben; wenn Sie außerstande sind, unsere schwache Kraft zu stützen, so fürchte ich, finden wir niemanden. Denken Sie auch daran«, bat sie flehend.

Mit glühenden Wangen eilte Anton über die Straße. Der bittende Blick der Edelfrau, die gerungenen Hände Lenorens winkten ihn hinaus aus dem dunkeln Comtoir in größere Freiheit, in eine ungewöhnliche Zukunft, aus deren Dunkel einzelne Bilder leuchtend vor ihm aufblitzten. Mit großem Sinn war eine Forderung an ihn gestellt, und es zog ihn mächtig, ihr gerecht zu werden. Ein unermüdlicher, aufopfernder Helfer war den Frauen nötig, um sie vor dem Unheil zu bewahren. Und er tat ein gutes Werk, wenn er dem Drange folgte, er erfüllte eine Pflicht.

So trat er in das Haus der Handlung. Ach! was hier sein Auge ansah, streckte eine Hand aus, ihn festzuhalten. Er sah in das dämmrige Warengewölbe, in die treuen Gesichter der Hausknechte, auf die Ketten der großen Waage und über den Farbentopf des ehrlichen Pix, und empfand wieder, daß er hierher gehörte. Der Hund Sabinens küßte seine Hand mit feuchter Schnauze und lief hinter ihm her bis an sein Zimmer. Sein und Finks Zimmer! Hier hatte das kindische Herz des verwaisten Knaben einen Freund gefunden, gute Kameraden, eine Heimat, ein festes ehrenhaftes Ziel für sein Leben. Und er sah durch das Fenster hinab in den Hof, auf die Winkel und Vorsprünge des mächtigen Hauses, auf das Gitterfenster, hinter welchem Herr Liebold am Hauptbuch saß, in das Comtoir, wo sein Pult stand, und auf die kleine Stube, wo er arbeitete, der ihm jetzt zürnte und der jahrelang sein väterlicher Freund gewesen war. Da fiel sein Blick auch auf das Fenster von Sabinens Vorratsstube; oft hatte sein Auge dort einen wandernden Lichtschimmer gesucht, der das ganze große Haus erhellte und auch Behagen in sein Zimmer sandte. Und schnell aufgerichtet sprach er zu sich selbst: »Sie soll entscheiden.«

Sabine erhob sich überrascht, als Anton mit schnellem Schritt vor sie trat. »Es treibt mich unwiderstehlich zu Ihnen«, rief er. »Ich soll über meine Zukunft einen Entschluß fassen, und ich fühle mich unsicher und traue meinem Urteil nicht mehr. Sie sind mir immer eine gütige Freundin gewesen, vom ersten Tage meines Eintritts. Ich bin gewöhnt, auf Sie zu sehen und an Sie zu denken bei allem, was in diesem Hause mein Herz erregt. Lassen Sie mich auch heut aus Ihrem Munde hören, was Sie für gut halten Mir ist von Frau von Rothsattel der Antrag gemacht worden, als Bevollmächtigter des Freiherrn in ein festes Verhältnis zu ihm zu treten. Soll ich annehmen oder soll ich hierbleiben? Ich weiß es nicht; sagen Sie mir, was recht ist für mich und für andere.«

»Nicht ich«, sagte Sabine zurücktretend, und ihre Wange erblich. »Ich darf nicht wagen, darüber zu entscheiden. – Und Sie selbst wollen das nicht, Wohlfart, denn Sie haben bereits entschieden.«

Anton sah vor sich hin.

»Sie haben daran gedacht, dies Haus zu verlassen, und aus dem Gedanken ist ein Wunsch geworden. Und ich soll Ihnen recht geben und Ihren Entschluß loben. Das wollen Sie von mir«, fuhr sie bitter fort. – »Das aber kann ich nicht, Wohlfart, denn ich traure, daß Sie von uns gehen.«

Sie wandte ihm den Rücken zu und stützte sich auf einen Stuhl.

»O zürnen Sie mir nicht, Fräulein Sabine«, flehte Anton, »das kann ich nicht ertragen. Ich habe in den letzten Wochen viel gelitten. Herr Schröter hat mir plötzlich sein Wohlwollen entzogen, das ich lange für den größten Schatz meines Lebens hielt. Ich habe seine Kälte nicht verschuldet. Nicht unrecht war, was ich in der letzten Zeit getan habe, und mit seinem Vorwissen habe ich es getan. Ich war wohl verwöhnt durch seine Güte, ich habe deshalb auch seinen Unwillen um so tiefer empfunden. Und wenn ich eine Beruhigung hatte, so war es der Gedanke, daß Sie mich nicht verurteilen. Seien Sie jetzt nicht kalt gegen mich, es würde mich elend machen für immer. Ich habe keine Seele auf Erden, die ich um Liebe bitten darf und um Verständnis für meine Zweifel. Hätte ich eine Schwester, heut würde ich ihr Herz suchen. Sie wissen nicht, was mir, dem Einsamen, Ihr Gruß, Ihr fröhlicher Handschlag bis heut gewesen ist. Wenden Sie sich nicht kalt von mir, Fräulein Sabine.«

Sabine schwieg lange, und von ihm abgewandt frug sie endlich zurück: »Was zieht Sie zu den Fremden – ist's eine frohe Hoffnung – ist's das Mitgefühl allein? – Seien Sie strenger gegen sich selbst, als ich gegen Sie bin, wenn Sie sich darauf antworten.«

»Was mir jetzt möglich macht, von hier zu scheiden, weiß ich nicht. Wenn ich für die Bewegung in mir einen Namen, sehe, so ist es heiße Dankbarkeit gegen eine. – Sie war die erste, die freundlich zu dem wandernden Knaben sprach, als er allein in die Welt zog. Ich habe sie bewundert in dem ruhigen Glanz ihres vergangenen Lebens. Ich habe oft kindisch von ihr geträumt. Es war eine Zeit, wo eine zärtliche Empfindung für sie mein ganzes Herz erfüllte, damals glaubte ich für immer an ihr Bild gefesselt zu sein. Aber die Jahre zogen ein neues Grün darüber, ich sah die Menschen und das Leben mit anderem Auge an. Da fand ich sie wieder, angstvoll, unglücklich, verzweifelt, und die Rührung in mir wurde übermächtig. Wenn ich von ihr entfernt bin, weiß ich, daß sie mir eine Fremde ist, und wenn ich vor ihr stehe, fühle ich nichts, als ihren hinreißenden Schmerz. Damals, als ich aus ihrem Kreis wie ein Übeltäter ausscheiden mußte, damals eilte sie mir nach, und vor den Augen der spöttischen Gesellschaft reichte sie mir die Hand und bekannte sich zu mir. Und jetzt kommt sie und fordert meine Hand zur Hilfe für ihren Vater. Darf ich sie ihr verweigern? Ist es ein Unrecht, daß ich so fühle? Ich weiß es nicht, und niemand kann es mir sagen, niemand, als nur Sie.«

Sabinens Haupt hatte sich heruntergeneigt bis auf die Lehne des Sessels. Jetzt erhob sie sich schnell, und mit tränenvollen Augen, mit einer Stimme voll Liebe und Schmerz rief sie: »Folgen Sie der Stimme, die Sie ruft! Gehen Sie, Wohlfart, gehen Sie!«

VIERTES BUCH

1

An einem kalten Oktobertage fuhren zwei Männer bei dem Torgitter der Stadt Rosmin vorüber in die Ebene, welche sich einförmig und endlos vor ihnen ausbreitete. Anton saß in seinen Pelz gehüllt, den Hut tief auf der Stirn, neben ihm der junge Sturm im alten Reitermantel, die Soldatenmütze lustig auf einem Ohr. Vorn hockte auf einem Strohbund der Knecht eines Ackerbürgers und peitschte die kleinen Pferde. Der Wind fegte mit seinem riesigen Besen Sand und Strohhalme über die Stoppelfelder, die Straße war ein breiter Feldweg, ohne Gräben und Baumreihen, die Pferde wateten bald durch ausgefahrene Wasserpfützen, bald durch tiefen Sand. Gelber Sand glänzte zwischen dem dürftigen Grün der Äcker überall, wo eine Feldmaus den Eingang zu ihrer Grube angelegt, oder wo der emsige Maulwurf nach Kräften gearbeitet hatte, die Ebene durch kleine Hügelketten zu unterbrechen. In den Senkungen des Bodens stand schlammiges Wasser; an solchen Stellen streckten die ausgehöhlten Stämme alter Weiden ihre verkrüppelten Arme in die Luft, ihre Ruten peitschten einander im Wind, und die welken Blätter flatterten herunter in das trübe Wasser. Hier und da stand ein kleiner Busch zwerghafter Kiefern, ein Ruheplatz für Krähen, die, durch den Wagen aufgescheucht, mit lautem Schrei über die Häupter der Reisenden flogen. Kein Haus war zu sehen an der Straße, kein Wanderer und kein Fuhrwerk.

Karl blickte zuweilen auf seinen schweigsamen Gefährten und sagte endlich auf die Pferde zeigend: »Wie struppig ihr Haar ist und wie schön ihr graues Mäusefell! Ich möchte wissen, wieviel Stück von diesen Tieren auf das Pferd meines Wachtmeisters gehn? – Als ich von meinem Vater Abschied nahm, sprach der Alte: ›Vielleicht besuche ich dich, Kleiner, zu Weihnachten, wenn sie die Christbäume anzünden.‹ ›Du wirst's nicht im Stande sein,‹ sagte ich. ›Warum nicht?‹ frug er. ›Du traust dich in keinen Postwagen‹, sagte ich. Da rief der Alte: ›Oho! die Postwagen haben eine gute Bauart, ich traue mich schon.‹ – Jetzt, Herr Anton, weiß ich, daß mein Vater uns niemals besucht.«

»Warum nicht?« frug Anton.

»Es ist möglich, daß er bis Rosmin kommt. Zwar nicht im Wagen, aber daneben. Denn solange er weiß, daß er einen oder zwei Plätze belegt hat, wird er allenfalls neben der Post herlaufen. Sobald er aber diese Pferde und diesen Weg sieht, kehrt er auf der Stelle um. ›Soll ich in eine Gegend, wo der Sand unter den Beinen wegläuft wie Wasser und wo die Mäuse im Geschirr gehen?‹ wird er sagen, ›dieses Land ist mir nicht fest genug.‹«

»Die Pferde sind nicht das Schlechteste in dieser Gegend«, erwiderte Anton zerstreut, »sieh zu, auch diese laufen schnell genug.«

»Ja«, erwiderte Karl, »aber nicht als ordentliche Pferde, sie werfen ihre Beine durcheinander, wie zwei Kater, die sich in der Petersilie balgen. Und was sie für Schuhe haben, deutliche Gänsefüße, für diese Hufe ist noch kein Eisen erfunden.«

»Wenn wir nur vorwärts kommen«, entgegnete Anton, »der Wind weht kalt, und mich fröstelt durch den Pelz.«

»Der Herr Bevollmächtigte haben die letzten Nächte wenig geschlafen«, sagte Karl salutierend; »die Luft bläst hier wie über eine Tenne. Die Erde ist in dieser Gegend nicht rund, wie anderswo, sondern platt, wie ein Kuchen. Gerade hier haben sich die Leute eine Wüstenei angelegt, wir fahren schon über eine Stunde, und noch ist kein Dorf zu sehen.«

»Jawohl, eine Wüste«, seufzte Anton; »hoffen wir, daß es besser wird.«

So ging es in tiefem Schweigen weiter. Endlich hielt der Kutscher neben einer Wasserlache, spannte die Pferde los, ohne sich um die Reisenden zu bekümmern, und führte sie an das Wasser.

»Was Teufel, soll das heißen?« rief Karl vom Wagen springend.

»Ich füttere«, antwortete der Knecht mürrisch mit fremdem Akzent.

»Ich bin neugierig, wie er das anfangen wird«, sprach Karl in den Wagen. »Es ist auch nicht der Schatten eines Futtersackes zu sehn.«

Die Pferde aber bewiesen, daß sie auch ohne Hafer zu leben wußten, sie streckten die zottigen Hälse zum Boden und fraßen das Gras und die Blätter des Strauchwerks am Wasserrand ab, zuweilen senkten sie den Kopf bis auf die Wasserfläche und prüften den trüben Trank.

Der Knecht aber holte einen Beutel unter seinem Sitz hervor, setzte sich in den Schutz eines Erlenstrauchs und schnitt mit seinem Messer Brot und Käse zurecht, ohne einen Blick auf seine Passagiere zu werfen.

»Höre, Ignaz oder Jakob«, rief Karl, ihn unsanft anstoßend, »wie lange soll das Frühstück dauern?«

»Eine Stunde«, erwiderte der Knecht kauend.

»Und wie weit ist noch von hier nach dem Gut?«

»Zwei Stunden, vielleicht auch mehr.«

»Du wirst nichts mit ihm ausrichten«, sagte Anton, »wir müssen uns den Brauch der Landstraße gefallen lassen.« Er stieg vom Wagen und trat zu den Pferden.

Anton ist auf dem Wege der polnischen Herrschaft. Er ist jetzt Geschäftsführer des Freiherrn. Sorgenvolle Monate hat er verlebt. – Die Trennung von seinem Prinzipal und dem Hause war reich an bittern Empfindungen. Anton stand die letzte Zeit allein, auch unter seinen Kollegen; nur der stille Baumann war auf seiner Seite, das übrige Comtoir betrachtete ihn als einen Verlorenen. Mit eiserner Kälte hörte der Kaufmann seine Kündigung an, noch in der Stunde des Abschieds lag die Hand des Chefs wie hartes Metall in der seinen. – Seitdem hat Anton im Auftrag der Familie einige Reisen gemacht, nach der Residenz, zu Gläubigern. Jetzt soll er mit Karl, den er für die Wirtschaft des Freiherrn geworben, auf dem neuen Gut eine bessere Ordnung einrichten. Ehrenthal hatte nach dem Termin der Versteigerung aufgrund seiner Vollmacht die Herrschaft übernommen, er hatte den polnischen Verwalter auch für den Freiherrn verpflichtet. Es war unordentlich zugegangen bei der Übernahme, und in Rosmin wußte man, daß der Verwalter des Gutes seitdem zahlreiche Verkäufe und Betrügereien vorgenommen hatte. So hat Anton auch jetzt keine Aussicht auf friedliche Tage.

»Jetzt ist die Stunde gekommen, wo ich meinen Auftrag ausrichten soll«, rief Karl und fuhr mit den Händen in das Stroh des Wagens. Er holte eine große Kapsel von lackiertem Blech hervor und trug sie zu Anton hinunter. »Gestern hat mir Fräulein Sabine dies für Sie mitgegeben.« Vergnügt öffnete er den Deckel und präsentierte die Bestandteile eines reichlichen Frühstücks, eine Flasche Wein und einen silbernen Becher. Anton griff nach der Kapsel. »Sie hat eine sehr schlaue Einrichtung«, erklärte Karl. »Fräulein Sabine hat sie so bestellt.« Anton betrachtete das Gefäß von allen Seiten und stellte es sorgfältig auf ein weiches Grasbüschel, dann ergriff er den Becher und sah darauf seinen Namenszug graviert und darunter die Worte: »Dein Wohl!« Darüber vergaß er das Frühstück und seine Umgebung und starrte nachdenkend auf das kleine Gefäß.

»Vergessen Sie das Frühstück nicht, Herr Generalbevollmächtigter«, erinnerte Karl.

»Setze dich zu mir, mein treuer Freund«, sagte Anton, »iß und trink mit mir. Deine höflichen Possen gewöhne dir ab, wir werden wenig haben; was wir aber erwerben, das wollen wir brüderlich miteinander teilen. Nimm die Flasche, wenn du kein Glas hast.«

»Nichts über Leder«, sagte Karl, ein kleines Trinkgefäß von braunem Leder aus der Tasche ziehend. »Und was Sie soeben zu mir gesagt haben, das war freundlich gemeint, und ich danke Ihnen dafür. Aber Subordination muß sein, schon wegen der andern Leute, und so wird der Herr Bevollmächtigte mir schon gütigst erlauben, daß ich Ihnen zuerst die Hand schüttele und im übrigen alles beim alten bleibt. Sehen Sie nur die Pferde, Herr Anton, meiner Treu, die Racker fressen auch Disteln.«

Wieder wurden die Pferde eingespannt, wieder warfen sie ihre kurzen Beine im Sande vorwärts, und wieder ging es fort in der kahlen Gegend. Zuerst durch eine leere Ebene, durch einen schlechten Kiefernwald, dann über eine Reihe von niedrigen Sandhügeln, die wie Dünen der öden Wasserflut über den pflanzenarmen Boden hervorragten, dann auf schadhafter Brücke über einen kleinen

Bach. »Hier ist das Gut«, sagte der Kutscher sich umdrehend, und wies mit der Peitsche auf einen Haufen dunkeler Strohdächer, welcher gerade vor ihnen sichtbar wurde. Anton erhob sich von seinem Sitz und suchte die Baumgruppe, in welcher das Herrenhaus liegen konnte. Er sah nichts davon. Um das Dorf war manches nicht zu finden, was auch die ärmlichsten Bauernhäuser seiner Heimat schmückte, kein Haufe von Obstbäumen hinter den Scheuern, kein umzäunter Garten, keine Linde auf dem Dorfplatz, einförmig und kahl standen die schmutzigen Hütten nebeneinander.

»Das ist traurig«, seufzte er sich niedersetzend, »viel ärger, als man uns in Rosmin gesagt.«

»Das Dorf sieht aus, wie verwünscht«, rief Karl; »die Gespanne arbeiten nicht auf dem Felde, und weder Kühe noch Schafe sind auf dem Stoppelland zu sehen. Wahrscheinlich haben die Leute hier Stallfütterung.«

Der Knecht schlug auf die Pferde, und in unregelmäßigem Galopp fuhren sie zwischen zwei Reihen von Lehmhütten durch das Dorf und hielten vor der Schenke an. Karl sprang vom Wagen, öffnete die Schenkstube und rief den Wirt. Ein Jude erhob sich langsam von seinem Sitz am Ofen und kam an die Haustür. »Ist der Gendarm von Rosmin angekommen?« fragte Anton. – Er war in das Dorf gegangen. – »Wo ist der Weg nach dem Hofe?«

Der Wirt, ein ältlicher Mann mit verständigem Gesicht, beschrieb den Weg deutsch und polnisch und blieb an der Tür stehen, wie Karl behauptete, ganz außer sich über den Anblick von zwei Menschen. Der Wagen bog in einen Seitenweg ein, der auf beiden Seiten mit dicken Baumstümpfen besetzt war, den Überresten einer gefällten Allee. Durch die Löcher des Weges, durch Schlammpfützen und über Steine rasselte der Wagen vor einen Haufen von Lehmhütten, an denen noch die Reste eines weißen Kalkmantels hingen. »Die Scheunen und Ställe sind leer«, rief Karl, »denn in den Dächern sind Öffnungen, groß genug, um mit unserm Wagen hineinzufahren.«

Anton sprach nichts mehr, er war gefaßt auf alles. Durch eine Lücke zwischen den Ställen fuhren die Reisenden in den Wirtschaftshof, einen großen unregelmäßigen Platz, auf drei Seiten von schadhaften Gebäuden umgeben, die vierte offen gegen das Feld. Dort lag ein Haufe von Trümmern, Lehm und verfaulten Balken, die Überreste einer eingefallenen Scheuer. Der Hofraum war leer, von Ackergeräten und menschlicher Tätigkeit war nichts zu erblicken. »Wo ist die Wohnung des Inspektors?« fragte Anton betroffen. Der Kutscher sah sich suchend um, endlich entschied er sich für ein kleines Parterregebäude mit einem Strohdach und unsaubern Fenstern.

Bei dem Geräusch des Wagens trat ein Mann auf die Türschwelle und wartete phlegmatisch ab, bis die Reisenden abgestiegen waren und dicht vor ihm standen. Es war ein breitschultriger Gesell mit einem aufgedunsenen Branntweingesicht, in einer Jacke von zottigem Zeuge, hinter ihm steckte ein ebenso zottiger Hund die Schnauze aus der Tür und knurrte die Fremden an.

»Sind Sie der Inspektor dieser Güter?« fragte Anton.

»Der bin ich«, erwiderte der kurze Mann in gebrochenem Deutsch, ohne sich von der Stelle zu rühren.

»Und ich bin der Bevollmächtigte des neuen Eigentümers«, sagte Anton. »Das geht mich alles nichts an«, grollte der zottige Mann in grobem Ton, drehte kurz um, ging in die Stube zurück und verriegelte die Tür von innen. Anton war empört.

»Schlag das Fenster ein und hilf mir den Schurken festnehmen«, rief er seinem Begleiter zu. Dieser griff kaltblütig nach einem Stück Holz, schlug auf die Scheiben, daß der morsche Fensterflügel klirrend in die Stube fiel, und sprang mit einem Satz durch die Öffnung hinein. Anton folgte. Das Zimmer war leer, die Kammer daneben auch, von dort führte ein offenes Fenster ins Freie, der Mann war hinausgesprungen. »Durchs Fenster herein und wieder hinaus, wie der Teufel«, schrie Karl und sprang dem Flüchtling nach, Anton eilte zurück um das Haus herum. Er hörte Hundgebell und sah, wie Karl über den ungetreuen Haushalter herfiel und ihn unter dem wütenden Gekläff des Hundes am Kragen faßte. Anton eilte zu Hilfe und hielt den Ausreißer fest, während Karl dem Hund einen Fußtritt gab, daß dieser weit weg auf den Boden flog. Darauf brachten beide den Inspektor, welcher eifrig um sich schlug, um die Ecke herum in das Haus zurück.

»Fahr zur Schenke und hole den Gendarm und den Wirt«, rief Anton dem Kutscher zu, der unbekümmert um die Händel der Herren unterdes das Gepäck der Reisenden vom Wagen abgeladen hatte. Der Knecht fuhr gemächlich ab, der Flüchtling wurde in die Stube geführt, Karl ergriff ein altes Tuch und band ihm die Hände auf den Rücken. »Entschuldigen Sie, Inspektor«, sagte er, »es ist nur auf einige Stunden, bis der Gendarm aus Rosmin kommt, den wir bestellt haben.« Unterdes sah sich Anton in der Wohnung um; außer dem notdürftigsten Hausrat und dem Bett des Mannes war nichts zu finden, weder Bücher noch Rechnungen. Es war kein Zweifel, auch die Wohnung war bereits ausgeräumt. Aus der Rocktasche des Gefangenen ragte ein Bündel Papiere, Anton zog sie dem Widerstrebenden heraus, es waren Verhandlungen und Aktenstücke in polnischer Sprache. Unterdes kam der Knecht mit dem Schenkwirt und dem bewaffneten Polizeibeamten zurück. Der Wirt blieb verlegen an der Tür stehn, den Gendarm erklärte Anton kurz den Zusammenhang. »Machen Sie eine Eingabe an das Amt«, sagte der Gendarm, »und geben Sie mir den Mann auf der Stelle mit. Er soll in Ihrem Wagen nach Rosmin fahren. Es wird am besten sein, wenn Sie sich den Menschen vom Halse schaffen, denn es ist eine schlechte Gegend hier, und er wird Ihnen zu Rosmin sicherer sein, als hier, wo er Freunde und Spießgesellen hat.« Aus der Schenke wurde nach langem Suchen ein Bogen Papier herzugebracht. Anton schrieb die Anzeige nieder und legte auf das Ansuchen des Polizeibeamten, der die polnischen Schriftstücke kopfschüttelnd durchgesehen hatte, diese bei; der Gefangene wurde auf den Wagen gehoben, der Gendarm setzte sich neben ihn und sagte vor der Abfahrt noch zu Anton: »Ich habe mir lange gedacht, daß so etwas kommen würde. Sie werden mich vielleicht noch öfter in diesen Tagen brauchen.« So fuhr der Wagen aus dem Hofe, und so verlief die Übernahme des Gutes durch Anton. Er war ausgesetzt, wie auf einer wüsten Insel. Seine Lederkoffer und Reisebedürfnisse standen im Freien an einer Lehmwand, der Schenkwirt des polnischen Dorfes war der einzige Mensch, der ihnen Auskunft geben konnte und Rat schaffen in der unbehaglichen Lage.

Jetzt, da der Inspektor entfernt war, wurde der Wirt gesprächig, er zeigte guten Willen und erbot sich demütig zu allen Diensten. Eine lange Unterredung begann. Das Resultat war ungefähr so, wie Anton nach den Warnungen des Justizkommissars Walther und der Beamten zu Rosmin gefürchtet hatte. Der abgeführte Verwalter hatte in den letzten Wochen noch nach Kräften gearbeitet, das Inventarium zu verwüsten; er war sicher geworden durch ein Gerücht, das aus der Stadt in die Dörfer gedrungen war, auch der neue Besitzer werde die Güter nicht übernehmen. Endlich schloß Anton die Verhandlung mit den Worten: »Was jener schlechte Mann veruntreut hat, darüber wird er Rechenschaft ablegen; unsere nächste Sorge ist, festzuhalten, was auf den Gütern noch vorhanden ist. Ihr müßt heut unsern Führer machen.«

So durchsuchten sie den menschenleeren Hofraum. – Vier Pferde mit zwei Knechten – sie waren in das Holz gefahren – wenige schadhafte Pflüge, ein Paar Eggen, zwei Leiterwagen, eine Britschka, ein Keller mit Kartoffeln, einige Wispel Hafer, wenig Stroh – die Aufzeichnung nahm keinen großen Raum in Anspruch; die Gebäude waren sämtlich schadhaft, nicht durch hohes Alter, sondern durch die Gleichgültigkeit der Menschen, welche das Eindringen der Elemente seit Jahren nicht verhindert hatten.

»Wo steht das Wohnhaus?« frug Anton. Der Wirt führte aus dem Hofraum auf den Anger, eine weite Fläche, welche allmählich zu dem Ufer des Baches abfiel. Es war eine große Viehtrift. Die Rinder und Schafe hatten Löcher ausgetreten, die Rüssel begehrlicher Schweine hatten den Boden aufgewühlt, graue Maulwurfshügel und üppige Grasbüschel erhoben sich auf dem Grund. Der Wirt streckte die Hand aus: »Dort ist das Schloß. Dies Schloß ist berühmt in der ganzen Umgegend«, fügte er mit Bewunderung hinzu, »ein solches steinernes Haus hat kein Edelmann im Kreise. Die Herren im Lande wohnen hier alle in Lehm und Holz. Auch der reichste, der von Tarow, hat nur ein niedriges Haus.«

Etwa dreihundert Schritt von der letzten Scheuer erhob sich ein mächtiger Bau von rohen Backsteinen, mit schwarzem Schieferdach und einem dicken runden Turm. Das finstere Mauerwerk auf dem Weideland ohne Bäume, ohne eine Spur von Leben, stand unter dem grauen Wolkenhimmel wie eine gespenstige Festung, welche ein häßlicher Geist aus den Tiefen der Erde gehoben hat, um von ihr aus das grüne Leben der Landschaft zu vernichten.

Die Männer traten näher heran. Das Schloß war zur Ruine geworden, bevor die erbauenden Handwerker ihre Arbeit vollendet hatten. Seit uralter Zeit hatte an dieser Stelle der unförmliche Turm gestanden, er war aus großen Feldsteinen gemauert, mit kleinen Fenstern und Zuglöchern. Die alten Herren der Landschaft hatten von seiner Höhe auf die Wipfel der Bäume gesehen, welche damals wohl noch weiter in die Ebene hineinreichten; sie hatten von dort aus als strenge Herren mit den Leibeigenen geschaltet, die vor ihren Füßen das Land bauten und für sie arbeiteten und starben. Mancher Sarmatenpfeil war durch die kleinen Fenster auf den ansprengenden Feind herabgeflogen, und manches anstürmende Tartarenpferd war zurückgeprallt vor der feindlichen Steinmauer. An diesen grauen Turm hatte vor vielen Jahren ein Despot der Landschaft die Mauern eines frommen Klosters zur Buße für begangene Sünden aufgebaut. Aber das Kloster war niemals fertig geworden, und lange hatten die Mauern zwecklos dagestanden, bis der verstorbene Graf sie zu einem Herrenhaus für sein Geschlecht ausbaute. Er wollte einen Prachtbau aufführen, wie die Umgegend keinen anderen kannte.

Die Front des Hauses war so an den Turm gemauert, daß er in ihrer Mitte stand, und aus der geraden Linie im Halbkreis vorsprang, zwei Flügel des neuen Baues gingen auf den Bach hin. Es war die Absicht gewesen, eine hohe Rampe vor dem Schloß aufzuführen, der Haupteingang war in den Turm eingeschlagen und ausgewölbt worden, aber die Rampe war nicht aufgeschüttet, und die steinerne Schwelle der Haustür lag weit über Manneshöhe in der Turmmauer, ohne Leiter nicht zu betreten. Keine Tür verschloß die große Öffnung. Die Fensterlöcher des untern Stocks wiesen noch die rohe Mauer, sie waren mit Brettern notdürftig verschlagen, im obern Stock waren einzelne Fenster mit künstlichen Rahmen von gedrehtem Holz verziert, und große Scheiben hatte man eingefugt, aber wieder zerschlagen. In andern Fensterlöchern hingen Notrahmen aus rohem Kiefernholz mit kleinen trüben Glasaugen. Auf der Zinne des Turms saß eine Gesellschaft Dohlen und blickte verwundert herab auf die fremden Männer, zuweilen flog eine mit lautem Schrei auf und ließ sich an einer andern Stelle des Daches nieder, um wieder auf die Unwillkommenen herabzustarren.

»Ein Haus für Krähen und Fledermäuse, aber nicht für Menschen«, rief Anton; »noch sehe ich keinen Zugang zu diesem Räuberschloß.« Der Wirt führte um das Gebäude herum. Auf der hinteren Seite, wo zwei Flügel die Form eines Hufeisens bildeten, waren niedrige Eingänge zum Erdgeschoß und den Kellern, dort unten waren Ställe, große gewölbte Kochräume und kleine Zellen für die unfreien Diener. Von dem Anger aber lief eine Holztreppe hinauf in das untere Stockwerk. Knarrend bewegte sich die Tür in ihren Angeln, ein schmaler Gang führte durch den Seitenflügel in die Räume des Vorderhauses. Dort war alles in großen Verhältnissen angelegt und auf eine reiche Ausstattung berechnet. Die runde Vorhalle, ein Gewölbe des alten Turms, war mit bunten Marmorstücken mosaikartig gepflastert, aus ihr sah man durch die große Türöffnung hinaus in das Freie. Eine breite Treppe, wie für ein Königsschloß, führte in den obern Stock. Hier wölbte sich eine zweite runde Halle mit kleinen Fensterlöchern, das zweite Stockwerk des Turms. Zu ihren beiden Seiten lag die Reihe der Zimmer. Überall hohe wüste Räume, schwere eichene Flügeltüren und schmutzige Kalkwände; die Decken waren aus dicken Fichtenstämmen gezimmert, die im Schachbrett ineinandergefügt waren, in einigen Stuben standen ungeheure grüne Kachelöfen, in andern fehlten die Öfen ganz, in einigen war der Fußboden kunstvolles Tafelwerk, in andern knorrige Kiefernbretter; ein großer Saal mit zwei riesigen Kaminen für Klafterscheite hatte eine Notdecke von alten Latten. Das Schloß war angelegt für einen wilden asiatischen Hofhalt, für Tapeten von Leder und Seide aus Frankreich, für kostbare Holzbekleidung aus England, für massives Silbergerät aus deutschen Bergwerken, für einen stolzen Herrn, für zahlreiche Gäste und für eine Schar leibeigener Knechte, welche die Hallen und Vorzimmer anfüllen sollten. Der Erbauer des Schlosses hatte an das reichliche Leben seiner wilden Ahnherren gedacht, als er den Bau ausführen ließ, er hatte dafür Hunderte von Stämmen aus seinem Walde niedergeschlagen, und seine Leibeigenen hatten mit ihren Beinen und Händen viele tausend Ziegel geknetet, aber die Zeit, die unerbittliche, hatte ihren Finger aufgehoben gegen seine Pläne, und nichts war lebendig geworden, was er gehofft hatte. Er selbst war verdorben und gestorben während des Baues, und sein Sohn, ein Kind der Fremde, hatte den Untergang seines Erbes im fernen Lande, so sehr als einem Unsinnigen möglich, beeilt. Jetzt standen die Mauern des Slawenschlosses mit geöffneten Türen und Fenstern, aber kein Gastfreund sprach im Eintreten dem Hause seinen Glückwunsch, nur wildes Geflügel flog aus und ein, und der Marder schlich neugierig über die Balkenlage. Nutzlos und häßlich standen die Mauern, sie drohten zu zerbröckeln und zu zerfallen wie das Geschlecht, das hier gehaust hatte.

Anton ging mit schnellen Schritten aus einem Zimmer in das andere, vergebens hoffte er einen Raum zu finden, in dem er sich die beiden Frauen denken konnte, welche auf diese Wohnung wie auf ein letztes Asyl hofften. Er öffnete eine Tür nach der andern, er stieg über die knisternden Treppen in die Höhe und wieder herunter, er störte die Vögel auf, welche durch die Öffnungen eingedrungen waren und noch an den Nestern des letzten Sommers hingen, aber er fand nichts, als unwohnliche Räume mit schmutzigen Kalkwänden oder rohen Mauern, überall Zugluft, klaffende Türen, verblindete Fenster. In dem großen Saale war etwas Hafer aufgeschüttet; einige Zimmer des Oberstocks mochten früher zum notdürftigen Aufenthalt für Menschen gedient haben, schlechte Stühle und ein roher Tisch war alles, was sich von Möbeln vorfand.

Endlich betrat Anton die verfallene Treppe des Turmes und stieg auf die Plattform. Dort sah er über den Mauerrand in die Tiefe und hinaus in die Ebene. Zu seiner linken Seite sank die Sonne hinter grauen Wolkenmassen hinab in den dunkeln Schatten der Nadelwälder, zur rechten Seite lag das unregelmäßige Viereck des Wirtschaftshofes, dahinter an der Landstraße die unschönen Hütten des Dorfes, in seinem Rücken der Bach, der von der untergehenden Sonne her nach dem Dorf zu floß, und an seinen Ufern einen Streifen Wiesenland zeigte. Um die Wiesen und den Anger lagen die Ackerstücke wie in toter Ruhe, ein unreines Grün war auf den meisten aufgeschossen, nur wenige lagen in braunen Schollen, den Zeichen neuer Kultur. Auf dem Ackerboden erhoben sich hier und da wilde Birnbäume, die Freude des polnischen Landes, starke Stämme mit einer mächtigen Krone; unter jedem war eine Insel von Gras- und Pflanzenbüscheln, buntgefärbt durch das abgefallene Laub. Die wilden Bäume allein, die Wohnungen zahlloser Vögel, unterbrachen die einförmige Fläche, sie und am Rande des Gesichtskreises der dunkle Wald. Denn hinter Wiese und Feld und hinter dem gelben Sande umschloß einförmiges Nadelholz die Aussicht. Der Himmel grau, der Boden mißfarbig, die Bäume und Sträucher am Bach ohne Grün, und der Wald mit seinen Vorsprüngen und Buchten einem Walle gleich, welcher diesen Erdfleck abschied von allen Menschen, von aller Bildung, von jeder Freude und Schönheit des Lebens.

Antons Herz wurde schwer. »Arme Lenore, ihr armen Leute!« seufzte er laut und faltete traurig die Hände. »Es sieht hier abscheulich aus, aber das läßt sich bessern. Wer Geld und Geschmack hat, der Mensch kann alles. Man kann dies Haus ausbauen und schmücken, ohne ungewöhnliche Kosten, Vorhänge, Teppiche, einige hundert Fuß Goldleisten, der Tapezierer und Maler würden es in ein stattliches Schloß verwandeln. Leicht wäre der Anger geebnet, mit feinem Gras besät, einige Blumenbeete von leuchtenden Farben hineingesetzt, dahinter eine Anzahl Büsche gepflanzt, die Hütten des Dorfes durch Baumlaub versteckt. Und käme dann zu Haus und Park das Gefühl der Kraft und Tätigkeit, dann könnte auch diese Landschaft, die trostloseste und ödeste, ein heiteres Bild werden. Es ist nichts dazu nötig, als Kapital, Menschenkraft und ein geordneter Sinn. Wie aber will der Freiherr diese Güter finden? Die behagliche Einrichtung dieses Hauses sollte die Blüte eines tätigen und erfolgreichen Lebens sein, und das Leben des Hausherrn ist zerbrochen, sie kann mit Verstand nur geschehen aus den Überschüssen, welche dieses Gut seinem Herrn bereitwillig gewährt, und Tausende von Talern werden nötig sein, um in dieser Anordnung die Anfänge eines neuen Lebens zu schaffen, und Jahre werden vergehen, bevor der Boden mehr trägt, als die Wirtschaftskosten oder dürftige Interessen des angelegten Kapitals.«

Unterdes betrachtete Karl zwei Zimmer des Oberstocks mit Kennerblick. »Diese beiden gefallen mir vor allen anderen«, sagte er zu dem Wirt. »Sie haben gekalkte Wände, sie haben Fußböden, sie haben Öfen, ja sie haben sogar Fenster. Zwar sind die Scheiben schadhaft, aber bis der Glaser kommt, ist dickes Papier nicht zu verachten. Hier richten wir uns ein. Könnt Ihr mir etwas holen, was mit Besen und Scheuerlappen umzugehen weiß? Gut, Ihr könnt's; und hört, sucht einige Bogen Papier zurecht, einen Leimtiegel führe ich mit mir. Wir wollen auf der Stelle Holz holen, dann will ich einheizen, Leim kochen, Papierfenster einsetzen und Ritze verkleben. Vor allem aber helft mir unser Gepäck vom Hof herschaffen. Rasch vorwärts.«

Er riß durch seinen Eifer den Wirt fort, das Gepäck wurde in die Stube getragen, Karl packte eine Kiste mit allerlei Handwerkszeug aus, und der Wirt lief nach der Schenke, seine Magd zu rufen.

Unterdes trabten auf der Landstraße einige Reiter dem Hofe zu, stattliche Männer in Herrentracht; sie hielten vor der Wohnung des Beamten. Einer von ihnen stieg ab und pochte heftig an die verschlossene Tür. Anton rief seinen Gefährten, Karl eilte über den Anger den Fremden entgegen. Die Reiter galoppierten heran. »Guten Tag«, rief der eine in sorgfältigem Deutsch, »ist der Inspektor zu Haus?«

»Wo ist der Ökonom? Wo ist Bratzky?« riefen die andern, ungeduldig wie ihre flüchtigen Pferde.

»Wenn Sie den früheren Inspektor dieses Gutes meinen«, erwiderte Karl trocken, »so wird er Ihnen nicht entlaufen, obgleich Sie ihn hier nicht vorfinden.«

»Was soll das?« frug der erste Reiter und ritt näher an Karl heran. »Ich ersuche Sie um Auskunft.«

»Wollen Sie Herrn Bratzky sprechen, so müssen Sie sich nach der Stadt bemühen, er sitzt im Stock.«

Die Pferde bäumten, die Reiter drängten sich näher an Karl heran, lebhafte Ausrufe in polnischer Sprache flogen von allen Lippen. »Im Stock? Weshalb?«

»Fragen Sie meinen Herrn«, erwiderte Karl und wies auf die Tür des Turms, in welche Anton getreten war.

»Habe ich das Vergnügen, den neuen Eigentümer des Gutes vor mir zu sehen?« frug der Reiter sich dem Turm nähernd hinauf und lüftete seinen Hut. Anton sah erstaunt auf den Fremden herunter, Stimme und Gesicht erinnerten ihn an einen Herrn mit weißen Glacehandschuhen, der in kritischer Zeit einen unangenehmen Eifer gezeigt hatte, Standrecht über Anton zu halten. »Ich bin der Geschäftsführer des Freiherrn von Rothsattel«, entgegnete er. Das Pferd des Reiters tat zwei Sprünge zurück, der Reiter wandte sich schnell ab und sprach einige Worte zu seinen Begleitern. Darauf rief ein älterer Mann mit einem schlauen Fuchsgesicht: »Wir wollten in einer Privatangelegenheit den bisherigen Inspektor des Gutes sprechen. Wir erfahren, daß derselbe in Haft ist, und bitten Sie, uns zu sagen, weshalb.«

»Er hat sich durch die Flucht der Übergabe der Güter an mich entziehen wollen. Es ist Verdacht, daß er unredlich gehandelt hat.«

»Sind seine Sachen mit Beschlag belegt?« frug der Reiter wieder hinauf.

»Weshalb tun Sie diese Frage?« frug Anton zurück.

»Um Vergebung«, entgegnete der andere, »der Mann hatte durch Zufall Akten, welche mir gehören, in seiner Wohnung, es könnte mich in Verlegenheit setzen, wenn mir die Disposition darüber entzogen würde.«

»Seine Effekten sind mit ihm nach der Stadt geschafft worden«, erwiderte Anton. Wieder fuhren die Pferde der Reiter durcheinander, eine leise Unterredung entstand, dann stoben die Fremden mit kurzem Gruß in gestrecktem Galopp zurück nach dem Dorfe, dort hielten sie eine Augenblick vor der Schenke und verschwanden endlich auf dem Fahrweg hinter dem Walde.

»Was wollten die, Herr Wohlfart?« frug Karl. »Das war ein Besuch im Sturmwind.«

»Jawohl«, erwiderte Anton, »auch ich habe Grund, ihn für auffallend zu halten. Wenn ich nicht irre, habe ich einen der Herren bereits in ganz anderer Umgebung gesehn. Wahrscheinlich hat dieser Herr Bratzky sich Freunde zu erwerben gewußt durch ungerechten Mammon.«

Der Abend hüllte Schloß und Wald in seine grauen Decken. Die Knechte kehrten mit den Pferden aus dem Walde zurück, Karl führte sie vor Antons Augen, hielt ihnen in polnischer Sprache eine kurze Rede und nahm sie für den neuen Herrn in Pflicht. Dann kam noch der Wirt zum Rechten sehen, er brachte Wasser und eine Tracht Holz und sagte zu Anton: »Ich bitte den gnädigen Herrn, vorsichtig zu sein in der Nacht, die Bauern sitzen in der Schenke und räsonieren über Ihre Ankunft, es sind schlechte Leute darunter; ich traue nicht, daß nicht einer zur Nacht einen Schwefelfaden in das Stroh steckt und Ihnen den Hof abbrennt.«

»Ich traue, es tut's keiner«, entgegnete Karl, einen neuen Holzblock in den Ofen werfend. »Es bläst ein hübscher Wind gerade auf das Dorf zu, 's wird niemand ein Narr sein und sich selbst die volle Scheuer in Brand stecken. Wir wollen dafür sorgen, daß derselbe Westwind von heut ab immer weht, solange wir hier sind. Sagt das Euren Leuten. – Habt Ihr mir die beiden Kartoffeln mitgebracht?«

Anton bestellte den Wirt zum nächsten Morgen, und die beiden Gefährten waren allein in dem öden Hause.

»Auf das Anlegen dürfen Sie nichts geben, Herr Anton«, fuhr Karl fort, »es ist überall in der Welt die Unart betrunkener Schlingel, mit Feuer zu drohen. – Und zuletzt – mit Respekt zu sagen – wär's auch noch kein großer Schaden. – Jetzt, Herr Anton, sind wir unter uns, jetzt sieht man sowenig als möglich von dieser polnischen Wirtschaft, jetzt fängt's an und wird gemütlich.«

»Du hast recht«, sagte Anton und schob sich einen Schemel zum Ofen.

In den grünen Kacheln knisterte das Holz, und der rote Schein der Flamme versuchte auf dem Fußboden einen feurigen Teppich zu malen und streifige Lichter und Schatten durch die ganze Stube zu ziehn.

»Die Wärme tut wohl«, sagte Anton, »aber riechst du keinen Rauch?«

»Natürlich«, erwiderte Karl, welcher vor dem Ofenloch mit seinem Messer runde Löcher in die Kartoffeln bohrte. »Gerade die besten Öfen rauchen am Anfange des Winters am kräftigsten, bis sie sich wieder an ihre Arbeit gewöhnen: Und vollends dieser grüne Dickkopf hier hat vielleicht seit einem Menschenalter kein Feuer gesehn; es ist in der Ordnung, daß er nicht sogleich in Zug kommt. Bitte, schneiden Sie ein Stück Brot ab und streichen Sie hier den Ritz zu, ich verfertige unsere Leuchter.« Er holte ein großes Paket Lichter hervor, steckte in jede Kartoffel ein Licht, schnitt die halbe untere Rundung ab und stellte sie auf den Tisch, dann setzte er die Blechbüchse auf: »Die ist unerschöpflich«, sagte er, »sie hält noch über morgen mittag vor.«

»Gewiß«, stimmte Anton vergnügt bei. »Ich habe einen merkwürdigen Appetit. Und jetzt laß uns überlegen, wie wir unsre Wirtschaft einrichten. Was wir von Hausrat nicht entbehren können, holen wir aus der Stadt, ich will sogleich ein Verzeichnis machen. Das eine Licht löschen wir wieder aus, wir müssen sparen.«

So verging der Abend unter guten Plänen, Karl machte die Entdeckung, daß er aus Kisten und Brettern einen Teil der Möbel in wenig Stunden zusammenschlagen konnte. Und lustig klang zuweilen das Lachen der Genossen in den Wänden des Starostenhauses wider. Endlich riet Anton zu Bett zu gehn. Sie schüttelten ihr Lager aus Stroh und Heu zurecht, schnallten die Mantelsäcke auf und holten ihre Matrazenstücke und Decken hervor. Karl befestigte ein Schraubenschloß aus seinem Kasten an der Stubentür, untersuchte die Ladung der Karabiners, ergriff seine Kartoffel und sagte salutierend: »Wann befehlen der Herr Generalbevollmächtigte morgen geweckt zu werden?«

»Du guter Junge«, rief Anton, die Hand von seinem Lager nach ihm ausstreckend.

So ging Karl in das Nebenzimmer, das er für sich ausgesucht hatte. Kurz darauf verlöschten die beiden Lichter, der erste Schimmer des Lebens, welcher in dem verlassenen Hause wieder aufgeglüht war. In dem Ofen knackten noch lange die kleinen Kobolde des Hauses über dem neuen Feuer, sie summten in dem Rauchfang, sie klopften an Türen und Fenster, erstaunt über das Treiben der fremden Männer. Endlich fuhren sie zusammen in eine Ecke des alten Turmes und fingen an, sich zu streiten, ob die Flamme, die heut abend angezündet war, von jetzt ab fortbrennen würde, und ob aus den Fenstern von jetzt ab alle Tage ein fröhliches Licht hinausfallen würde auf den Anger, die Felder, den Wald. Und während sie zweifelten, ob das Neue stark genug sei, sich zu erhalten, trieb der Rauch die Fledermäuse aus ihrer Wohnung im Schornstein, daß sie schlaftrunken um die Zinnen des Turms flatterten; und die Käuze im Mauerritz schüttelten ihren dicken Kopf und stöhnten über die neue Zeit.

Wer immer in den gebahnten Wegen des Lebens fortgegangen ist, begrenzt durch das Gesetz, bestimmt durch Ordnung, Sitte und Form, welche in seiner Heimat als tausendjährige Gewohnheit von Geschlecht zu Geschlecht vererbt worden, und wer plötzlich als einzelner unter Fremde geworfen wird, wo das Gesetz seine Rechte nur unvollkommen zu schützen vermag, und wo er durch eigene Kraft die Berechtigung zu leben sich alle Tage erkämpfen muß; der erst erkennt den Segen der heiligen Kreise, welche um jeden einzelnen Menschen Tausende der Mitlebenden bilden, die Familie, seine Arbeitsgenossen, sein Volksstamm, sein Staat. Ob er in der Fremde verliere oder gewinne, er wird ein anderer. Ist er ein Schwächling, so wird er die eigene Art den fremden Gewalten opfern, in deren Bannkreis er getreten ist. Hat er Stoff zu einem Manne, jetzt wird er einer. Doppelt teuer werden seiner Seele die Güter, in deren Besitz er aufgewachsen war, vielleicht auch die Vorurteile, die an seinem Leben hingen; und manches, was er sonst gleichgültig angesehen hatte, wie Luft und Sonnenschein, das wird jetzt sein höchstes Gut. Erst im Auslande lernt man den Reiz des Heimatdialekts genießen, erst in der Fremde erkennt man, was das Vaterland ist.

Auch Anton sollte erproben, was er besaß und was ihm noch fehlte.

Am nächsten Morgen begann die Besichtigung der Bodenfläche. Die Besitzung bestand aus dem Hauptgut und drei Vorwerken, nur die Hälfte des Bodens stand unter der Pflugschar, ein kleiner Teil lag in Wiesen, fast die Hälfte war Wald und an dem Saume desselben nackter Sand. Schloß und Dorf lagen ungefähr in der Mitte der großen Lichtung, zwei Vorwerke an den entgegengesetzten Enden gegen Morgen und Abend, beide durch Vorsprünge des Waldes versteckt. Das dritte Vorwerk im Süden war durch den Wald ganz von dem Gute getrennt, es lehnte sich an ein anderes polnisches Dorf, hatte einen eigenen Wirtschaftshof und wurde seit alter Zeit als getrenntes Gut bearbeitet. Es umfaßte über den vierten Teil der Bodenfläche, hatte eine Brennerei und war seit einigen Jahren in Pacht des Branntweinbrenners, eines wohlhabenden Mannes. Der Kontrakt des Pächters war durch Ehrenthal auf einige Jahre verlängert worden, der Pachtzins war niedrig und mehr zum Vorteil des Arrendators als der Gutsherrschaft festgesetzt. Doch war dies Pachtverhältnis gegenwärtig ein Glück für das Gut, weil es von einem Teil desselben Einkünfte gewährte. Der verwüstete Wald stand unter einem Förster.

Der erste Gang durch die Flur des Hauptgutes war so unerfreulich als möglich; die Felder waren für die Winterfrucht fast ohne Ausnahme nicht bestellt, und wo ein kleiner Teil die Spuren der Pflugschar zeigte, da war sie durch die Bewohner des Dorfes hingetragen worden, welche das herrenlose Gut als ihre Beute betrachteten und die fremden Ansiedler mürrisch und mit verhaltenem Grimme anstarrten. Seit Jahren hatten sie keine Hand- und Spanndienste geleistet, und der Schulze, den Anton herbeirufen ließ, erklärte trotzig, die Gemeinde werde sich nicht gefallen lassen, daß die alte Zeit wiederkehre. Er gab vor, kein Wort deutsch zu verstehen, auch Karls Beredsamkeit vermochte nur unbehilfliche Reden aus ihm herauszubringen. Der Ackerboden selbst, vernachlässigt und durch Unkräuter entstellt, war in vielen Feldstücken besser als Anton erwartet hatte, und der Schenkwirt rühmte seine Erträge; nur in der Nähe des Waldes erwies er sich als dürftig, auf manchen Stücken gar nicht für Fruchtbau geeignet.

»Das wird ein ernster Tag«, sagte Anton, seine Brieftasche einsteckend. »Laß die Britschka anspannen, wir fahren zu den Kühen.«

Das Vorwerk, auf welchem das Rindvieh einquartiert war, lag gegen Abend, eine halbe Stunde vom Schlosse entfernt. Ein erbärmlicher Stall, daran die Wohnung eines Knechtes, das war alles. Die Rinderherde und zwei Paar Zugochsen waren dem Großknecht übergeben, er hauste dort mit seiner Frau und einem schwachsinnigen Hirten. Die Leute verstanden nur wenig Deutsch und flößten kein Zutrauen ein; die Frau war eine unsaubere Dame ohne Schuhe und Strümpfe, deren Milchschüsseln die reinigende Macht des Wassers wohl selten erfahren hatten. Der Knecht und zuweilen der Hirt pflügten mit den Ochsen, wo ihnen gerade gut schien, die Herde weidete auf den ungebauten Äckern um das Vorwerk. »Hier ist Arbeit für dich«, sagte Anton, »untersuche die Herde und was du etwa von Winterfutter findest. Ich notiere die Gebäude und das Gerät.« Karl berichtete: »Vierundzwanzig Milchkühe, halb soviel Jungvieh und ein alter Stier; höchstens ein Dutzend Kühe sind brauchbar, die andern unnütze Grasfresser. Das Ganze ist schlechte Rasse; es sind früher einmal fremde Kühe, wahrscheinlich Schweizer, hierhergeschafft worden, und ein Zuchtstier, der für den hiesigen Schlag viel zu groß war, so sind häßliche Mischlinge entstanden. Die besten Stücke sind offenbar ausgetauscht, denn einiges elende Landvieh läuft in der Herde, das sich apart zusammenhält, es kann noch nicht lange bei den andern sein. Von Futter ist etwas Heu für den Winter, und einige Stock Haferstroh da, Streu fehlt ganz.«

»Die Gebäude sind trostlos«, rief Anton. »Fahr, Kutscher, nach der Brennerei. – Ich habe den Pachtvertrag genau durchgesehen und bin dort noch am besten orientiert.«

Der Wagen rollte auf einer schlechten Brücke über den Bach, dann über Äcker und über eine kahle Sandfläche, spärlich mit Wolfsmilch und Sandgras bewachsen, in deren Wurzeln zuweilen das Samenkorn einer Kiefer gekeimt hatte und als krummer Strauch seine Äste über den Sand legte. Darauf kam der Wald, Büsche aus Stangenholz mit weiten Zwischenräumen, zwischen denen der nackte Sand zutage lag, überall Wurzelstöcke der geschlagenen Bäume, mit Flechten und Büscheln Heidekraut umwachsen. Schritt um Schritt wateten die Pferde durch den lockern Sand, keiner der beiden Gefährten sprach, ungeduldig haftete ihr Blick auf jedem

Baum, den ein günstiger Zufall höher und breiter geformt hatte, als die dürftigen Nachbarn.

Endlich erweiterte sich die Aussicht, noch ein Dutzend Kiefernbäume am Wege, und wieder lag eine Ebene vor den Reisenden, ebenso einförmig, ebenso mit Wald eingefaßt, wie die Ackerinsel, aus welcher sie kamen. Vor ihnen stand ein Kirchdorf, sie fuhren bei einem hölzernen Kruzifix vorüber und hielten auf dem Hofe des Vorwerks. Der Pächter hatte wohl schon ihre Ankunft gehört, wahrscheinlich war er mit den Verhältnissen des Freiherrn besser bekannt, als Anton lieb war; denn er empfing seinen Besuch mit einer Gönnermiene und steifem Nacken. Kaum daß er sie in ein leeres Zimmer führte. Und eine seiner Fragen war: »Glauben Sie denn, daß der Rothsattel das Gut wird behaupten können? Es ist viel daran zu tun, und wie ich höre, ist der Mann nicht im Stande, Kapitalien hineinzustecken.«

Die anmaßende Kälte erbitterte Anton, aber er erwiderte mit der zähen Ruhe, welche der Handelsverkehr dem Eingeweihten gibt: »Wenn Sie mich fragen, ob der Freiherr von Rothsattel die Herrschaft behaupten wird, so erwidere ich Ihnen, daß er dies um so eher imstande sein wird, je gewissenhafter seine Pächter und Zinsleute ihren Verpflichtungen gegen ihn nachkommen. Gegenwärtig bin ich hier, um nachzusehn, ob Sie selbst diese Pflichten erfüllt haben. Ich bin bevollmächtigt, Ihr Inventarium auf Grund Ihres Pachtvertrags durchzusehen. Und wenn Ihnen an dem guten Willen des Freiherrn jetzt und in der Zukunft gelegen sein sollte, so gebe ich Ihnen den wohlmeinenden Rat, höflicher gegen seinen Stellvertreter zu sein.«

»Der gute Wille des Barons ist mir ganz gleichgültig«, erwiderte der aufgeblasene Pächter. »Aber da Sie von Ihrer Vollmacht reden, so zeigen Sie mir doch das Papier.«

»Hier ist sie«, sagte Anton, ruhig das Dokument aus der Tasche ziehend.

Der Arrendator sah die Schrift sorgfältig durch, oder gab sich wenigstens den Anschein, endlich reichte er die Blätter nachlässig zurück und sagte grob: »Ich weiß gar nicht, ob Sie das Recht haben, jetzt durch meine Wirtschaft zu gehn. Indes habe ich nichts dawider. Gehen Sie und sehen Sie an, was Sie wollen.« Dabei setzte er seine Mütze auf und wandte sich ab, um nach der Nebenstube zu gehen.

Karl faßte in seinem Zorn einen Stuhl und stieß ihn auf den Boden, Anton aber vertrat mit schnellem Schritt dem Pächter den Weg und sagte ihm in ruhigem Geschäftston: »Ich lasse Ihnen die Wahl, ob Sie uns auf der Stelle selbst durch die Wirtschaft führen wollen, oder ob ich eine Inventur durch das Gericht veranlassen soll. Das letztere wird Ihnen Kosten verursachen, die ich für unnütz halte. Ihre Anwesenheit ist notwendig, den Bestand des Inventariums festzustellen, und deshalb sind Sie verpflichtet, Sie selbst, uns zu begleiten. Außerdem will ich Ihnen noch andeuten, daß jedem Pächter der gute Wille des Eigentümers notwendig ist, wenn er eine Verlängerung seiner Pacht beabsichtigt; und die Ihre geht in zwei

Jahren zu Ende. Auch mir ist es keine Freude, in Ihrer Gesellschaft die nächsten Stunden zuzubringen, wenn Sie aber die Pflichten des Kontrakts und der Höflichkeit gegen mich nicht erfüllen, so wird der Eigentümer Ihres Vorwerks jede kontraktwidrige Nachlässigkeit, welche sich hier findet, dazu benutzen, durch die Gerichte sein Verhältnis zu Ihnen aufzulösen. Jetzt haben Sie die Wahl.«

Der Pächter sah einige Augenblicke verdutzt in das entschlossene Gesicht Antons und sagte endlich: »Wenn Sie durchaus darauf bestehen – es war nicht so böse gemeint.« Unwillkürlich rückte er an der Mütze und ging voran in den Hof. Anton folgte und zog wieder seine Schreibtafel heraus. Die Besichtigung begann. Nr. 1. Wohnhaus, das Dach defekt. – Nr. 2. Kuhstall, ein Fach der Lehmwand ausgefallen usw. – So ging es lange fort in unerquicklichem Betrachten und Hadern. Das geschäftsmäßige Wesen Antons und die kriegerische Haltung seines Begleiters übten zuletzt ihre Wirkung auf den Pächter, er wurde kleinlauter und murmelte sogar einige Entschuldigungen.

Als Anton den Wagen heranwinkte, sagte er dem Mann: »Ich gebe Ihnen vier Wochen Zeit, die bemerkten Übelstände zu beseitigen. Nach dieser Frist komme ich wieder.« Und vom Wagen aus rief Karl dem plumpen Mann zu: »Wollten Sie vielleicht die Güte haben, jetzt Ihre Mütze abzunehmen, wie ich tue, dies ist der passende Augenblick. – So ist's recht, mit der Zeit werden Sie das Ding schon lernen. Vorwärts, Kutscher! – Wenn Sie wiederkommen«, sagte er zu Anton, »wird der Mann sein, wie ein Ohrwurm, der aus einer Pflaume kriecht. Er ist dick geworden auf dem Vorwerk.«

»Und das Hauptgut ist schlechter geworden durch ihn«, sagte Anton. – »Nach dem neuen Vorwerk!«

Ein dürftiges Wohnhaus, auf der einen Seite der lange Schafstall, auf der andern der Pferdestall und die Scheuer.

»Es ist merkwürdig«, sagte Karl, aus der Ferne auf die Gebäude sehend, »dieses Dach hat keine Löcher; dort in der Ecke ist ein Viereck von neuem Stroh eingesetzt. Bei Gott, das Dach ist ausgebessert.«

»Hier ist die letzte Hoffnung«, erwiderte Anton.

Als der Wagen vorfuhr, zeigte sich der Kopf einer jungen Frau am Fenster, neben ihr ein blondhaariger Kinderkopf, beide fuhren schnell zurück.

»Dies Vorwerk ist das Juwel des Gutes«, rief Karl und sprang über den Rand der Britschka herunter. »Es sind deutliche Spuren einer Düngerstätte hier. Dort läuft ein Hahn und die Hennen hinterdrein, alle Wetter, ein regulärer Hahn mit einem Sichelschwanz. Und hier steht ein Myrtenstock am Fenster. Hurra! Hier ist eine Hausfrau, hier ist Vaterland, hier sind Deutsche.«

Die Frau trat aus dem Hause, eine saubere Gestalt, gefolgt von dem krausköpfigen Knaben, der beim Anblick der Fremden schleunigst seine Finger in den Mund steckte und sich hinter der Schürze seiner Mutter verbarg. Anton frug nach dem Mann. »Er kann Ihren Wagen vom Felde sehen, er wird sogleich hier sein«, sagte die errötende Frau. Sie bat die Herren in die Stube und stäubte mit ihrer Schürze eilig zwei Holzstühle ab. Es war ein kleines geweißtes Zimmer, die Möbel mit roter Ölfarbe gestrichen, aber sauber gewaschen, im Kachelofen brodelte der Kaffeetopf, in der Ecke tickte eine Schwarzwälder Uhr, und auf einem kleinen Holzgestelle an der Wand standen zwei gemalte Porzellanfiguren und einige Tassen, darunter wohl ein Dutzend Bücher; hinter dem kleinen Wandspiegel aber steckte die Fliegenklappe und eine Birkenrute, sorgfältig mit rotem Band umwunden. Es war der erste behagliche Raum, den sie auf der weiten Gutsfläche gefunden hatten.

»Ein Gesangbuch und eine Rute«, sagte Anton freundlich; »ich hoffe, Sie sind eine brave Frau. Komm her, Blondkopf.« Er zog den verdutzten Knaben auf seinen Schoß und ließ ihn auf dem Knie reiten, im Schritt, im Trab und Galopp, bis der kleine Kerl sich entschloß, seine Hände anderswo unterzubringen, als im Munde. »Er kennt das«, sagte die Frau erfreut, »sein Vater macht's ihm gerade so, wenn er artig ist.«

»Sie haben eine schwere Zeit durchgemacht«, warf Anton hin.

»Ach, Herr«, rief die Frau, »als wir hörten, daß eine deutsche Herrschaft das Gut gekauft hatte, und daß wir jetzt alles für sie zusammenhalten müßten, und daß sie nächstens kommen würden und vielleicht hierher ziehen, da haben wir uns gefreut wie Kinder. Mein Mann war den ganzen Tag wie einer, der in der Schenke gewesen ist, und ich habe vor Freuden geweint. Wir glaubten, daß jetzt Ordnung werden sollte, und man will doch wissen, für wen man arbeitet. Mein Mann hat ernsthaft mit dem Schäfer gesprochen, – er ist auch aus unserer Gegend, – und die beiden Männer haben miteinander abgemacht, daß sie es nicht leiden wollen, wenn der Inspektor noch etwas verkauft. Und dasselbe hat mein Mann dem Inspektor gesagt. Aber niemand ist gekommen in vielen Wochen, wir haben alle Tage in der Schenke nachgefragt, und mein Mann ist in Rosmin beim Gericht gewesen und hat sich erkundigt, bis es zuletzt hieß, sie würden gar nicht kommen, und das Gut würde wieder verkauft werden. Da, es sind jetzt vierzehn Tage her, ist der Inspektor mit einem fremden Fleischer angefahren und hat verlangt, mein Mann soll ihm die Hammel übergeben. Mein Mann hat sich geweigert. Da haben sie ihm gedroht und mit Gewalt in den Schafstall gewollt. Und der Schäfer und mein Mann haben sich davorgestellt und die beiden zurückgeworfen. Darauf sind diese mit Flüchen weggefahren und haben gewettert, sie werden sich die Schafe doch holen. Seit der Zeit haben unsere Männer jede Nacht gewacht, dort hängt die geladene Flinte, die sich der Vogt dazu geborgt hat; und wenn des Schäfers Hund bellte und sich etwas im Hofe rührte, bin ich aufgefahren und habe um den Mann und das Kind eine fürchterliche Angst gehabt. Es sind gefährliche Menschen hier, Herr Oberamtmann, und Sie werden das auch finden.«

»Ich hoffe, vieles soll jetzt besser werden«, sagte Anton. »Ihr habt ein einsames Leben hier.«

»Es ist wohl einsam«, sagte die Frau, »nach dem Dorfe kommen wir fast gar nicht, und nur manchmal des Sonntags in die deutschen Dörfer, wenn wir zur Kirche gehen. Aber es gibt immer im Hause zu schaffen, und«, fuhr sie verlegen fort, »ich will's nur gerad heraussagen, wenn es Ihnen nicht recht ist, soll es auch aufhören. Ich habe einen kleinen Fleck hinter der Scheuer umgegraben, wir haben ihn eingezäunt und einen Garten daraus gemacht; da habe ich mir gezogen, was ich für die Küche brauchte, und dann«, fuhr sie stockend fort, »dann sind auch noch die Hühner – und auch ein Dutzend Enten, und wenn Sie nicht böse sein wollten, die Gänse auf der Stoppelweide, und«, sie fuhr mit der Schürze an die Augen, »noch die Kuh und das Kalb.«

»Unser Kalb«, rief der kleine Blondkopf laut und schlug mit den Händen auf Antons Knie.

»Wenn Ihnen nicht recht ist, daß ich das Vieh für mich gehalten habe«, fuhr die Frau weinend fort, »so soll ja alles aufhören. Lohn hat mein Mann und der Schäfer seit der letzten Wollschur nicht bekommen, und was wir zum Leben gebraucht, das haben wir uns durch Verkauf schaffen müssen; aber mein Mann hat Rechnung geführt über alles, und er wird sie Ihnen vorlegen, damit Sie sehen, daß wir keine unehrlichen Leute sind.«

»Ich hoffe, es wird sich so ausweisen«, tröstete Anton die aufgeregte Frau. »Unterdes zeigen Sie mir Ihren Garten; wenn es möglich ist, sollen Sie ihn behalten.«

»Es ist nichts mehr darin«, sagte die Frau entschuldigend und führte die Gäste zu dem eingehegten Platz, dessen Beete schon in großen Schollen umgegraben waren für die Winterruhe. Sie beugte sich nieder, und suchte von Blumen zusammen, was sie noch fand, einige Astern, und ihren Stolz, die Herbstveilchen. Sie band einen Strauß und überreichte ihn Anton. »Weil Sie ein Deutscher sind«, sagte sie dabei mit freudigem Lächeln.

Im Hofe hörte man eilige Schritte. Der Vogt kam in der Arbeitsjacke mit geröteten Wangen heran und stellte sich vor. Er war ein junger stattlicher Mann von verständigem Wesen mit einem Zutrauen erweckenden Gesicht. Anton sagte ihm einiges Ermunternde, und im Diensteifer eilte der Mann ins Haus und brachte seine Rechnungen herzu.

»Erst betrachten wir die Wirtschaft«, sagte Anton, »die Bücher nehme ich mit, Ihr kommt morgen auf das Schloß, dort besprechen wir das Weitere.«

»Die Pferde sind auf dem Felde«, erklärte der Vogt, »ich selbst führe den einen Pflug, bei dem andern muß Schäfers Knecht helfen. Es sind nur vier Pferde hier, sonst standen zwölf in dem Stall. Wir haben in diesem Jahre wenig mehr gebaut, als unser Deputat und Futter für das Vieh. Es fehlte an allem.« – Der Gang durch die Wirtschaftsräume war doch erfreulich, die Gebäude waren in erträglicher Ordnung, und die vorhandenen Vorräte gaben Hoffnung, die Herde über den Winter zu erhalten. Zuletzt öffnete der Vogt mit freudigem Gesicht eine Tür im Bodenraum des Wohnhauses und wies auf einen Haufen Erbsen. »Das Stroh haben Sie über dem Schafstall gesehn, hier sind die Erbsen selber, ich habe sie vor dem Inspektor versteckt, weil ich dachte, sie gehörten Ihnen. Es war auch Eigennutz dabei«, fuhr er ehrlich fort, »denn wir waren so gestellt, daß wir nichts erhielten, und ich mußte auf etwas denken, was diesem Vorwerk das Leben rettete, wenn der Winter keine Hilfe brachte.«

Die Frau des Vogts trat mit ihrem Knaben herzu, als die Männer aufbrachen, ihr Gesicht leuchtete vor Freude über die bevorstehende Verbesserung ihrer Lage.

»Es ist gut«, sagte Anton lächelnd, »ich hoffe, wir werden miteinander zurechtkommen. Und jetzt zu den Schafen. Wir gehen, kommt mit uns, Vogt.« Der Wagen fuhr langsam über das Feld voraus, der Vogt erklärte eifrig den Zustand der Feldstücke; nicht der vierte Teil des Ackers, welcher zu dem Vorwerk gehörte, war bestellt, lange Strecken lagen seit Jahren als Weideland in Ruhe.

Ungeduldig eilte Karl voraus, als sie sich dem wolligen Volk näherten, welches gegenwärtig fast der einzige Schatz lebender Wesen war, der dem Gut gehörte. Langsam mit breitem Schritt kam der Schäfer den Fremden entgegen, begleitet von seinen zwei Hunden, dem erfahrenen alten, welcher gleichen Schritt mit seinem Herrn hielt und ebenso bedächtig, wie sein Brotherr das neue Schicksal des Gutes herankommen sah, und von einem jungen Köter, der als Lehrling in dem schweren Berufe eines Schäferhundes sich vergeblich bemühte, den Schein ruhiger Würde zu behaupten; er lief immer wieder in jugendlicher Hitze seinem Herrn vor und bellte die Fremden an, bis ein mißbilligendes Knurren seines erfahrenen Kameraden ihn zum Stillstehn brachte. Der Schäfer nahm mit Förmlichkeit seinen breiten Filzhut ab und erwartete die Anrede der Fremdlinge. Als denkender Mann und Naturkundiger wußte er allerdings, wen er vor sich sah, aber es hätte einem, dessen ganzes Leben darauf gerichtet war, vorschnelles Wesen an Schafen und Hunden zu bändigen, sehr schlecht gestanden, wenn er selbst die Neugierde eines Böckleins gezeigt hätte. Der Vogt stellte mit einer kreisförmigen Handbewegung dem Schäfer die beiden Herren vor, und der Schäfer neigte mehrmals seinen Kopf in einer Weise, welche anzeigte, daß er die Wahrheit der ausgesprochenen Worte vollständig begreife. »Eine hübsche Herde, Schäfer«, redete ihn Anton an.

»Fünfhundertfünfundzwanzig Stück«, erwiderte der Schäfer, »darunter sechsundachtzig Lämmer, dort hinten vierzig Masthammel.« Er suchte mit forschendem Blick in der Herde nach einem Schaf, welches die wünschenswerten Eigenschaften eines Probestücks hatte, beugte sich nieder, faßte das Tier mit schnellem Ruck bei den Hinterbeinen und präsentierte die Wolle. Karl begann die Untersuchung. Es waren große starkgebaute Tiere, wie sie zu den Verhältnissen des Gutes paßten, und gleichmäßiger in Bau und Wolle, als sich nach allem hoffen ließ. »Wenn sie Futter kriegen, geben sie ihre Wolle«, sagte der Schäfer stolz. »Es ist Kernwolle.«

Ein Jährling war so unvorsichtig, zu husten. Der Schäfer sah mißbilligend auf das vorlaute Tier; »die Herde ist ganz gesund«, sagte er.

»Wie lange seid Ihr hier im Dienst?« frug Anton.

»Neun Jahre«, erwiderte der Mann. »Als ich herkam, war das Vieh, wie die Pudel in der Stadt, mit nacktem Hinterteil. Es hat Mühe gemacht, niemand hat sich um die Herde bekümmert; es ist deswegen nicht schlechter gegangen. Wenn ich nur immer Erbsenstroh gehabt hätte, und in diesem Winter die ordinären Erbsen für die Mütter.«

»Wollen sehn, was sich tun läßt«, erwiderte Anton; »es ist knapp in der Wirtschaft für diesen Winter.«

»Das ist wahr«, sagte der Schäfer, »aber das hier ist schöne Brachweide.«

»Ich glaube gern«, sagte Anton lächelnd, »daß Eure Schafe nicht unzufrieden sind. Es gibt wenig Felder hier, auf denen Euer Hund nicht zu jeder Jahreszeit gebellt hat. Mit Freuden habe ich gehört, wie brav Ihr die Herde für Euren neuen Herrn verteidigt habt. Sind die Leute hier Euch oft ärgerlich gewesen?«

»Ich könnt's nicht sagen, Herr«, erwiderte der Schäfer, »die Menschen sind sich überall gleich, sie wollen nicht parieren und sie haben keine Überlegung. Ich richte eher einen Hund ab für die Herde, als einen Menschen.« Er stützte sich breitspurig auf seinen langen Stab und sah mit Wohlgefallen auf seinen Hund herunter, der unterdes pflichtgetreu die Herde umbellt hatte und jetzt zu seinem Herrn zurückkam, um seine Schnauze vertraulich an den Hosen desselben abzuwischen. »Sehen Sie diesen Hund an! Wenn ich einen Hund zwei Jahre in der Lehre gehabt habe, so ist er entweder gut, oder er ist nicht gut. Wenn er nicht gut ist, so jage ich ihn fort und ich bin fertig mit ihm; wenn er einmal gut geworden ist, so kann ich mich, solange er lebt, auf ihn verlassen, wie auf mich selber. Den Jungen dort bei den Hammeln habe ich drei Jahre im Dienst, und ich kann keine Stunde dafür stehn, daß er nicht einen verrückten Einfall bekommt, und anstatt meine Schafe nach rechts zu treiben, selber nach links läuft. Deswegen sage ich, es ist auf Menschen kein Verlaß.«

»Und auf wen verlaßt Ihr Euch in dieser Welt?« frug Anton.

»Zuerst auf mich selber«, sagte der Schäfer, »denn ich kenne mich, und dann auf meinen Hund Krambow, den kenne ich auch, und außerdem noch zuletzt, wie sich's gehört«, – er winkte mit dem Kopf ein wenig nach der Höhe, dann pfiff er leise seinem Hunde, Krambow fuhr wieder im Kreis um die Herde. »Und Sie«, fuhr der Schäfer fort, »werden Sie hierbleiben bei dem Herrn Baron?«

»Ich denke ja«, erwiderte Anton.

»Und darf ich fragen, als was? Inspektor und Amtmann sind Sie nicht, denn Sie haben sich die Hammel noch nicht angesehen. Die Hammel müssen fort, es ist hohe Zeit. Also, darf ich fragen, was sind Sie bei dem neuen Herrn?«

»Wenn's ein Titel sein soll«, erwiderte Anton, »so nennt mich Rechnungsführer.«

»Rechnungsführer«, sagte der Schäfer nachdenklich, »da darf ich wohl mit Ihnen über mein Deputat reden?«

»Das sollt Ihr, Schäfer, das nächste Mal, wenn ich Euch sehe.«

»Es hat keine Eile«, sagte der Schäfer, »man will nur wissen, wie? In meiner Stube ist eine Glasscheibe zerbrochen, der Glaser wird jetzt wohl wieder aufs Schloß kommen, da bitte ich, Herr Rechnungsführer, daß Sie an mich denken.«

Karl und der Vogt traten heran, Anton rief den Kutscher: »Nach der Försterei!«

»Sie wollen zum Förster?« frug der Vogt mit verlegener Miene.

»Er will zum Förster!« wiederholte der Schäfer und trat einige Schritte näher.

»Weshalb wundert Euch das?« frug Anton aus dem Wagen.

»Es ist nur« – sagte der Vogt stockend, »der Förster ist ein wunderlicher Mann. Und wenn nicht der Herr Baron selbst kommt, so wird er sich nicht ergeben.«

»Wohnt er denn in einer Festung?« frug Anton lachend.

»Er hat sich eingeschanzt«, sagte der Vogt, »und läßt niemanden in sein Haus, er lebt auf seine eigentümliche Weise.«

»Er ist ein Waldmensch«, sagte der Schäfer mit dem Kopfe nickend.

»Die Polnischen sprechen, es ist ein Schwarzkünstler«, fuhr der Vogt fort.

»Er kann verschwinden«, rief der Schäfer.

»Glaubt Ihr das auch?« frug Karl erfreut.

»Es gibt keine Hexriche«, sagte der Schäfer mit starker Mißbilligung dieses Vorurteils, »die im Dorfe halten manchen dafür. Der Förster ist ein natürlicher Mann.«

»Er ist im Grunde ein guter Mann, aber er hat seinen Eigensinn«, sagte der Vogt.

»Ich hoffe, er wird meine Vollmacht respektieren«, entgegnete Anton, »es wäre sein Schaden, wenn er es nicht täte.«

»Es wird doch besser sein, wenn ich mit dem Förster spreche«, bat der Vogt. »Wenn Sie mir erlauben wollen, mit Ihnen zu fahren – er hat zu mir ein gutes Zutrauen.«

»Meinetwegen«, schloß Anton, »nehmt die Zügel, der Knecht mag unterdes den Pflug führen, auf dem Rückweg setzen wir Euch ab. Und jetzt vorwärts zu dem gefährlichen Mann.«

Der Vogt lenkte in einen Feldweg, der in den Wald zwischen junges Kiefernholz führte. Der Boden war wieder Sand, der Baumwuchs kümmerlich. Über Wurzeln und Steine ging es auf einem Seitenwege tiefer in den Wald hinein, an einem Schlage von fünfzehnjährigem Holz hörte der Fahrweg auf, der Vogt schlang die Zügel um einen Baumstamm und bat die Herren auszusteigen. Auf schmalem Fußpfade schritten sie durch dickes Kieferngebüsch vorwärts, die langen Nadeln streiften an ihre Kleider, die eingeschlossene Luft war mit kräftigem Waldgeruch angefüllt. Hinter dem jungen Holz senkte sich der Boden, der Grund wurde feucht, grünes Moos hatte seine weichen Polster ausgebreitet, und eine Gruppe mächtiger Föhren streckte ihre dunklen Kronen hoch in die Luft. Hier lag das Försterhaus, von den braunen Ästen der Waldbäume überdacht, ein niedriger Holzbau von einem starken Bretterzaun umgeben, um dessen Außenseite eine dreifache Reihe junger Fichten als Hecke gepflanzt war. Ein kleiner Quell rieselte unter dem Holz des Zauns hervor, von den Wedeln großer Farnkräuter überdeckt fiel er murmelnd über einige Steine. Unten das saftige Moosgrün, darüber die Stämme hundertjähriger Bäume mit bärtigen Flechten bewachsen, und darin das Haus hinter grünendem Zaune versteckt, das war ein Anblick, der zwischen Sand und Heide wohl erfreuen mußte. Nirgend war ein Weg zu sehen, auf dem Moose nicht einmal die Spuren eines Fußtritts, nur das Hundegebell im Hofe verkündete, daß nicht Frau Holle oder die sieben kleinen Zwerge in der Hütte wohnten, sondern leibhaftige Menschen. Die Männer gingen um den Zaun herum, bis sie an eine schmale Tür kamen, die aus starken Bohlen zusammengenagelt und fest verschlossen war.

»Sein Dompfaff sitzt oben am Fenster«, sagte der Vogt, »er ist zu Hause.«

»So ruft ihn an«, befahl Anton.

»Er weiß längst, daß wir hier sind«, erwiderte der Vogt und wies auf eine Reihe kleiner Öffnungen im Zaune; »sehen Sie die Gucklöcher? Er beobachtet uns schon, aber das ist seine Art so. Ich muß mein Zeichen geben, sonst wird er nicht aufmachen.« Der Vogt steckte zwei Finger in den Mund und pfiff dreimal, aber alles blieb still. »Er ist tückisch«, sagte der Vogt bekümmert. Wieder tönte sein gellender Pfiff, bis das Gebell der Hunde in Geheul überging, und der Dompfaff am Dachfenster mit den Flügeln um sich schlug.

Endlich erklang eine rauhe Stimme von der andern Seite der Wand: »Wen zum Henker bringt Ihr mit Euch?«

»Macht auf, Förster«, rief der Vogt, »die neue Herrschaft ist da.«

»Geht zum Teufel mit Eurer Herrschaft«, antwortete die Stimme unwillig, »ich habe die Zucht satt.«

Der Vogt sah bestürzt auf Anton. »Öffnen Sie das Tor«, befahl dieser, »es wird Ihnen nützlich sein, wenn Sie freiwillig tun, wozu ich Sie zwingen kann.«

»Zwingen?« frug die Stimme; »seht zu, ob Ihr mit dem fertig werdet.« Der Lauf einer Doppelflinte schob sich durch das Loch in der Tür und bewegte sich gemächlich hin und her.

»Das Gewehr wird Euch nichts helfen«, erwiderte Anton, »wir haben etwas bei uns, was von heut ab in diesem Walde stärker sein soll, als die Gewalt, und das ist unser Recht und das Gesetz.«

»So?« frug die Stimme, »und wer sind Sie denn?«

»Ich bin der Bevollmächtigte des neuen Gutsherrn und befehle Euch, diese Tür zu öffnen!«

»Heißen Sie Moses oder Levi?« rief die Stimme wieder. »Ich will mit keinem Bevollmächtigten der Welt zu tun haben. Wer als Bevollmächtigter zu mir kommt, den halte ich für einen Spitzbuben.«

»I so soll doch das Donnerwetter auf Euren harten Kopf fahren«, rief Karl in tiefster Entrüstung. »Wie könnt Ihr Euch unterstehen, von meinem Herrn so despektierlich zu reden, Ihr verrückter Kommisstiefel!«

»Kommisstiefel?« frug die Stimme, »das lasse ich mir gefallen, daß ist das verständigste Wort, welches ich seit langer Zeit gehört habe.« Der Riegel schob sich zurück, und der Förster trat vor die Tür, die er wieder hinter sich zuzog. Er war ein kleiner breitschultriger Mann mit grauem Haar und einem langen grauen Bart, der ihm bis auf die Brust herabhing; in dem runzligen Gesicht glänzten zwei schlaue Augen wie Kohlen; er trug einen dicken abgeschabten Rock, dem Sonne und Regen jede Farbe ausgezogen hatten, hielt seine Doppelflinte in der Hand und blickte trotzig auf die Fremden. So glich er einem Stück Baumstamm aus dem Walde. Endlich sagte er: »Wer hat hier geschimpft?«

»Ich«, antwortete Karl vortretend, »und Ihr sollt mehr erhalten, als schwere Worte, wenn Ihr in Eurer Insubordination fortfahrt.«

»Was tragt Ihr für eine Mütze?« frug der Alte, Karl aufmerksam betrachtend.

»Seid Ihr ein Pilz geworden in Eurem Walde, daß Ihr die nicht kennt?« erwiderte Karl und schwenkte seine Soldatenmütze um den Kopf.

»Husar?« frug der Alte. »Invalide«, erwiderte Karl.

Der Alte wies auf ein kleines Band an seinem Rocke. »Landwehr«, sagte er, »1813 und 1814.«

Karl griff an die Mütze und salutierte: »Respekt, Alter; aber ein Grobian seid Ihr doch.«

»Na, Euch hört man's auch nicht an, daß Ihr Invalide seid«, sagte der Förster. »Ihr seht toll genug aus, und fluchen könnt Ihr auch. Also Sie sind keine Händler und keine Agenten?« frug er zu Anton gewandt.

»So nehmt doch Vernunft an«, rief der Vogt. »Dieser Herr hier hat den Auftrag, das ganze Gut zu übernehmen und von jetzt ab zu verwalten, bis die Herrschaft selber kommt. Es wird bessere Zeit werden, Förster, der Herr ist anders, als die in der letzten Zeit hier waren. Ihr stürzt Euch ja ins tiefste Unglück mit Eurem widerhaarigen Wesen.«

»So?« sagte der Förster. »Um mein Unglück kümmert Euch nicht, ich werde schon allein damit fertig. Also Sie sind ein Bevollmächtigter? In den letzten Jahren ist alle Augenblicke ein anderer gekommen mit einer Vollmacht. Und das will ich Ihnen sagen«, fuhr er zornig fort und trat einige Schritte vor, »Bücher und Rechnungen finden Sie nicht bei mir. Meine Sache steht so: Seit fünf Jahren habe ich als Förster, der über diesen Wald gesetzt ist, mich mit den Vollmachten herumgezankt, jede Vollmacht hat Klaftern geschlagen in ihre Tasche, und zuletzt sind die Bauern gekommen aus allen Dörfern und haben sich Holz geholt, soviel sie wollten, und wenn ich ihnen mein Eisen unter die Nase hielt so hielten sie mir einen Spitzbubenzettel von einem Bevollmächtigten unter die Nase, der ihnen alles erlaubte. Ich hab nichts mehr zu sagen gehabt und habe hier für mich gelebt. Wild gibt's wenig, was ich geschossen habe, habe ich aufgegessen, und Haut und Balg verkauft, denn der Mensch muß leben. Seit fünf Jahren habe ich keinen Pfennig Salär erhalten, ich habe mir's selbst genommen. Alle Jahre fünfzehn Stämme von diesen hier. So weit Sie dort die Lichtung sehen, stand neunzigjähriges Holz, fünfmal fünfzehn Stämme habe ich für mich niedergeschlagen, noch drei Winter reichen die Stämme, die hier stehen, auf so lange geht meine Rechnung. Wenn der letzte niedergeschlagen war, dann wollte ich meine Hunde totschießen und mir einen stillen Platz im Walde aussuchen.« Er sah finster auf seine Flinte. »Dreißig Jahre habe ich hier gelebt, ich habe mein Weib und meine Kinder auf dem deutschen Kirchhofe begraben; was jetzt mit mir geschieht, bekümmert mich nicht. So weit um dieses Haus herum der Blaff meiner Hunde reicht und meine Kugel trägt, ist der Wald im Stande, das andere hat den Bevollmächtigten gehört. Das ist meine Rechnung, und jetzt machen Sie mit mir, was Sie wollen.« Er stampfte in großer Aufregung den Kolben auf die Erde.

»Auf das, was Sie mir gesagt haben«, erwiderte Anton, »werde ich Ihnen antworten in der Försterei und in der Stube, welche von jetzt ab Ihrem Brotherrn, dem Freiherrn von Rothsattel gehört. Er schritt zu der Tür und legte die Hand an den hölzernen Riegel: »So ergreife ich Besitz von dem Eigentum des neuen Grundherrn.« Er öffnete die Tür und winkte dem Förster: »Halten Sie Ihre Hunde zurück und führen Sie uns in Ihr Zimmer, wie es sich schickt.«

Der Förster widersprach nicht, er ging langsam voran, rief die Hunde ab und öffnete die Klinke seiner Haustür.

Anton trat mit seinen Begleitern in die Stube. »Und jetzt, Förster«, sagte er, »da Sie uns dies Haus geöffnet haben, will ich Ihnen zur Stelle Bescheid sagen. Was bis zu diesem Tage an dem Walde von Ihnen geschehen ist, das ist nicht zu ändern, und darüber soll fortan keine Rede sein. Von heut an erhalten Sie wieder festes Gehalt und ihr Deputat, und wir werden deshalb untereinander einen neuen Vertrag machen. Und von heute stelle ich den Wald des Gutes und alles, was zur Wald- und Jagdgerechtigkeit gehört, unter Ihre Aufsicht. Ihre Pflicht ist, von jetzt ab als braver Förster dem Gutsherrn zu stehen für sein Recht, und von dieser Stunde an mache ich Sie dafür verantwortlich. Ich werde Sie schützen bei jedem gesetzlichen Tun, wo ich selbst dies nicht vermag, werde ich die Hilfe des Gesetzes für uns fordern. Gegen jedes Unrecht, das an dem Walde verübt wird, werden wir strenge sein, damit die Unordnung aufhöre. Eine bessere Zucht soll auf diesen verwilderten Gütern eingeführt werden, und der neue Herr erwartet von Ihnen, daß Sie als gehorsamer und treuer Mann ihm dabei helfen. Auch das wilde Leben im Busch, das Sie in den letzten Jahren geführt, soll aufhören, wir sind Landsleute, Sie werden regelmäßig auf das Schloß kommen, und über den Wald Rapport bringen, und wir werden dafür sorgen, daß Sie sich in Ihren alten Tagen nicht verlassen fühlen. Wollen Sie ehrlich alles tun, was ich von Ihnen verlange, so reichen Sie mir jetzt Ihre Hand.«

Der Förster hatte verdutzt mit abgezogener Mütze die Rede Antons angehört, jetzt schlug er in die dargebotene Hand und sagte: »Ich will.«

»Mit diesem Handschlag«, fuhr Anton fort, »nehme ich Sie in Pflicht und Dienst im Namen des Gutsherrn.«

Der Förster hielt lange mit beiden Händen die Hand Antons fest und rief endlich: »Wenn ich's noch erlebe, daß es auf diesem Gut besser wird, so soll mich's freuen. Ich will tun, was ich kann; aber ich sage Ihnen im voraus, es wird harten Tanz setzen; durch die Verwalter und die liederliche Wirtschaft sind die Gutsleute wie die Räuber geworden, und ich fürchte, meine alte Flinte wird mehr als einmal das letzte Wort sprechen müssen.«

»Wir werden kein Unrecht ertragen und kein Unrecht tun, den Erfolg müssen wir abwarten«, erwiderte Anton ernst. »Und jetzt, Förster, zeigen Sie uns Ihre Wohnung und machen Sie sich zurecht, uns in den Wald zu begleiten.« Anton durchschritt das kleine Haus. Es war von Balken gezimmert, die Stube von innen mit Brettern verschlagen. Durch die kleinen Fensterscheiben fiel das Licht trübe herein, die braune Farbe der Bretterwände und die schwarze Balkendecke vermehrten die Dunkelheit und gaben dem Zimmer ein geheimnisvolles Aussehen. Nur undeutlich war zu erkennen, was rundum an der Wand befestigt war, Geweihe, Hundehalsbänder, Jagdgerät und ausgestopfte Vögel. Am Ofen stand ein kleiner Schrank mit Küchengeschirr. »Ich koche mir selbst«, sagte der Förster: »was ich brauche, hole ich aus der Schenke.« An den Fenstern hingen Vogelbauer zu zweien und dreien übereinander, und das Gezwitscher der kleinen Waldvögel, ein unaufhörliches Zanken, Locken und Schwatzen, klang wie eine heimliche Unterredung, die der Wald selbst mit seinem alten Wächter hielt. In der Nähe des Ofens saß ein Rabe mit struppigem Gefieder, weiße Federn schimmerten an seinem Kopf und den Flügeln und bewiesen das hohe Alter des Vogels. Er hatte seinen Hals zusammengezogen und schien ganz in sich versunken, aber seine glänzenden Augen beobachteten jede Bewegung der Fremden. Neben der Wohnstube war die Schlafkammer, dort hingen die Gewehre, an dem Bett stand eine hölzerne Lade. Ein Gitter vor dem Fenster verriet, daß hier die Zitadelle des Hauses war.

»Wohin führt diese Tür?« frug Anton, auf eine Falltür im Boden deutend.

»Es ist ein Kellerloch«, erwiderte der Förster zögernd.

»Ist es gewölbt?« frug Anton.

»Ich führe Sie wohl hinunter«, sagte der Förster, »wenn Sie allein kommen wollen.«

»Erwartet uns im Hofe«, rief Anton seinen Begleitern in die Stube hinein.

Der Förster zündete eine Lampe an, verriegelte sorgfältig die Kammertür und ging mit dem Licht voran. »Ich hätte nicht gedacht«, sagte er, »daß bei meinen Lebzeiten ein fremdes Auge mein Geheimnis sehen sollte.« Wenige Stufen führten hinunter in ein enges Gewölbe, das durch einen Mauerritz notdürftig Luft erhielt. An der einen Seite aber war die Grundmauer durchbrochen, ein niedriger Stollen führte in die Erde. Er war durch Baumstämme abgestützt, die in spitzem Winkel aneinander ruhten.

»Dies ist mein Dachsbau«, sagte der Förster und hielt die Lampe in die dreieckige schwarze Öffnung; »der Weg führt unter der Erde fort in das junge Holz. Er ist über vierzig Schritt lang, und ich habe lange Zeit gebraucht, ihn auszugraben. Auf dem Wege krieche ich aus dem Haus und wieder herein, ohne daß es jemand merkt; und ihm verdanke ich, daß ich hier ausgehalten habe, denn er ist Ursache, daß die dummen Bauern mich als einen Hexenmeister fürchten. Wenn sie mich belauert hatten, daß ich in dem Hof hineinging, und sich sicher glaubten bei einer Dieberei, stand ich auf einmal wieder hinter ihnen. Es sind jetzt zehn Jahre her, da überfiel eine Bande mein Haus, damals war es auf mein Leben abgesehen, ich aber fuhr als Dachs durch die Röhre. Verraten Sie niemandem, was ich Ihnen gezeigt habe.«

Das versprach Anton, und sie kehrten zurück in den Hofraum. Dort fanden Sie Karl beschäftigt, den hölzernen Trog eines jungen Fuchses zwischen vier Pflöcken festzuklammern, die er in den Boden schlug. Der Fuchs war unempfindlich gegen die Aufmerksamkeit des Husars, er fauchte ihn wütend an, rasselte mit seiner Kette und suchte fortwährend unter dem Brett, durch welches ihn Karl in der Hütte eingeschlossen hatte, die Hände und Waden des Arbeitenden anzufallen. »Willst du mir die Hand küssen, kleiner Rotkopf!« rief Karl hämmernd, »du bist ein artiger Junge, was du für treuherzige sanfte Augen hast! So, fertig; jetzt spring herüber und wieder zurück. Er folgt aufs Wort, Förster. Ein gutmütiges Tier, ganz Euer Naturell, Kamerad.«

Der Förster lachte. »Versteht Ihr mit einem Fuchseisen umzugehen?«

»Ich denke«, sagte Karl.

»Es sind mehr solche Burschen hier«, fuhr der Förster fort, »wenn's Euch recht ist, stellen wir den nächsten Sonntag zusammen.«

So schritten alle im besten Einvernehmen durch das Holz, Anton rief den Förster neben sich und ließ sich von ihm die nötigste Auskunft geben. Was der Alte berichtete, war freilich nicht gut, von schlagbarem Holze war kaum vorhanden, was die Wirtschaft selbst nötig hatte. Das alte Plünderungssystem hatte in rohester Weise den Forst ruiniert. Als der Förster am Rand des Waldes seine Mütze zog und respektvoll frug, zu welcher Stunde er morgen auf das Schloß kommen dürfe, da empfand Anton mit Freude, daß es ihm gelungen war, die innere Unsicherheit zu verbergen, die ihn in den neuen Verhältnissen so sehr störte.

»Sieh«, sagte er zu seinem Getreuen, als beide am Abend vor dem grünen Kachelofen saßen, »das ist es, was mir hier die größte Sorge macht; ich fühle mich unwissend und hilflos jedem Knecht gegenüber, und ich habe doch die Aufgabe, auch die Wirtschaft in Respekt zu erhalten. Wie wenig der gute Wille allein nützt, habe ich in diesen beiden Tagen deutlich erkannt. Jetzt gib guten Rat. Was sollen wir zunächst in der Wirtschaft tun?«

»Was von Vieh unbrauchbar ist, verkaufen Sie auf der Stelle, die schlechten Leute bei den Kühen entlassen Sie auf der Stelle. Rindvieh und Pferde bringen Sie auf den großen Hof zusammen, damit sie unter Aufsicht sind. Was von Feldbestellung mit den geringen Kräften noch geschafft werden kann, das wird regelmäßig gemacht, nichts übereilt. Gekauft muß jetzt werden Stroh und Hafer. Hier auf dem Hofe übergeben Sie bis zum nächsten Frühjahr, wo ein ordentlicher Beamter notwendig wird, mir die Aufsicht, ich werde meine Sache nicht gut machen, aber besser als ein anderer von Ihren Leuten.«

Es war spät am Abend, als ein eiliger Tritt auf der Treppe gehört wurde. Mit einer großen Stallaterne und einem Gesicht voll von argen Neuigkeiten trat der Schenkwirt in Antons Stube. »Ich wollte dem Herrn doch melden, was ich gehört habe. Ein Deutscher aus Kunau, der soeben hier durchkam, hat die Nachricht gebracht, daß der Bratzky gestern nicht in Rosmin angekommen ist.«

»Nicht angekommen?« rief Anton aufspringend.

»Eine halbe Meile vor Rosmin im Walde ist der Wagen von vier Reitern überfallen worden, es war finster, der Bratzky saß gebunden im Wagen, neben ihm der Gendarm. Die Reiter aber haben den Gendarm überwältigt und selbst gebunden, und den Bratzky mit allen seinen Sachen vom Wagen gehoben, und fort mit ihm auf ein Pferd und in die Büsche. Zwei Reiter sind bei dem Wagen geblieben und haben den Kutscher gezwungen, von der Straße abzufahren in ein Dickicht, und dort haben sie ihre Pistolen zwei Stunden lang dem Kutscher und dem Gendarm vorgehalten. Dann sind sie weggeritten. Der Kutscher sagt, die Pferde wären Herrenpferde gewesen, und die Männer hätten vornehm miteinander gesprochen. Der Gendarm ist zerstoßen, sonst ist ihm nichts geschehn; nur Ihren Bericht haben sie ihm genommen.«

Die Stubengenossen sahen einander betroffen an und dachten an die Reiter von gestern. »Wo ist der Mann, der die Nachricht gebracht hat?« frug Anton und griff nach seinem Hut.

»Er war eilig, weiter zu kommen, wegen der Finsternis«, sagte der Wirt. »Morgen werden wir vieles hören von der Geschichte. Das ist nicht vorgekommen seit Jahren, daß sie zu Pferde überfallen haben einen Wagen, in welchem sitzt der Gendarm selber. Wenn sie bei uns geraubt haben, so haben sie es immer getan zu Fuß.«

»Habt Ihr einen der Reiter erkannt, welche gestern nachmittag im Dorfe waren und nach dem Inspektor riefen?« frug Anton.

Der Wirt warf einen schlauen Blick auf Anton, zögerte aber zu antworten.

»Nun«, drängte Anton, »die Herren waren doch aus der Gegend, einen und den andern müßt Ihr kennen.«

»Warum soll ich ihn nicht kennen?« erwiderte der Wirt unruhig. »Es ist doch der reiche Herr von Tarow selber mit seinen Gästen. Ein mächtiger Mann, Herr Wohlfart, welcher hat die oberste Polizei auch über Ihre Güter. Und was er hat zu tun gehabt mit dem Bratzky? Der Bratzky hat doch als Inspektor hier auch versehen die Polizei, und ist manchmal gewesen ein Händler für die Edelleute beim Pferdekauf und bei andern Dingen. Wenn die Polizei mit dem Inspektor hat sprechen wollen, warum soll sie's nicht tun? Die von Tarow sind schlaue Leute, sie wissen, was sie haben zu tun und was sie haben zu reden.« So sprach der Wirt mit großer Zungenfertigkeit, aber seine Augen und der Ausdruck seines Gesichtes sagten etwas ganz anderes.

»Ihr habt einen Verdacht«, rief Anton, den Wirt fixierend.

»Soll mich Gott bewahren vor allem Verdacht«, fuhr der Wirt erschrocken fort. »Und Herr Wohlfart, wenn ich mir erlauben darf, Ihnen zu sagen meine Meinung, wozu wollen auch Sie haben einen Verdacht auf jemanden? Sie werden genug zu tun haben hier im Gut und werden brauchen die Edelleute mehr als einmal. Wozu wollen Sie sich Feinde machen ohne Nutzen? Es ist hier das Land, wo die Herren auf einen Haufen reiten und wieder auseinander, und ihre Köpfe zusammenstecken und dann wieder auseinander. Wer sich nicht darum kümmert, der handelt am klügsten.«

Als der Wirt mit einem Nachtgruß das Haus verlassen hatte, sagte Anton finster zu seinem getreuen Gefährten: »Ich fürchte, daß nicht das Gut allein uns Sorge machen wird, sondern daß noch etwas anderes um uns vorgeht, wogegen wir beide mit allem Witz nichts ausrichten werden.«

Der dreiste Überfall brachte die ganze Gegend in Aufregung. Anton wurde in den nächsten Wochen einigemal nach Rosmin beschieden, seine Aussagen hatten keine Resultate, es gelang den Behörden nicht, die Täter zu ermitteln oder die Person des entführten Inspektors in ihre Gewalt zu bekommen.

3

Die ersten Wochen vergingen den beiden Kolonisten in einer Tätigkeit, welche sie alle Abende bis zum Tod ermüdet auf das Lager warf, langsam setzten sie sich an dem Ort fest. Karl wurde gleich am nächsten Tage als Amtmann eingeführt und ergriff mit fester Hand, was von Zügeln auf dem Gut noch vorhanden war. Den Haushalt und die Küche übergab Anton einer rüstigen Frau, die er in einem deutschen Dorf der Nachbarschaft warb; sie besorgte die einfache Kost der Schloßbewohner und der Knechte. Die schwerste Aufgabe war, mit dem Dorfe in ein erträgliches Verhältnis zu kommen. Der ruhigen Festigkeit Antons gelang wenigstens, den Ausbruch der Opposition zu verhindern; eine seiner ersten Maßregeln war, daß er bei den Behörden auf Ablösung der gegenseitigen Verpflichtungen antrug. Karls Reitermantel zog einige gediente Männer zu ihm hin, und durch sie, die Weltleute im Dorf, erlangten die Ansiedler einigen Einfluß auch auf die andern. Zuletzt erboten sich mehrere freiwillig, auf dem Schloß zu dienen oder im Taglohn zu arbeiten.

Anton hatte an die Baronin geschrieben und ihr den Zustand des Gutes, die unfreundliche Umgebung und seine Bedenken gegen eine Übersiedelung der Familie in diesem Winter nicht verschwiegen. Er hatte gefragt, ob sie nicht vorziehen würden, bis zum Frühjahr in der Hauptstadt zu bleiben. Als Antwort kam ein Brief Lenorens, worin sie ihm im Auftrag ihrer Eltern anzeigte, daß sie doch an ihrem Entschluß festhielten, die Stadt zu verlassen, wo dem Vater und ihnen selbst der Aufenthalt peinlich sei. Sie bat ihn, das Schloß soviel als möglich in wohnlichen Stand zu setzen. Anton rief seinen Getreuen zu: »Sie kommen doch.«

»Alle Wetter!« sagte Karl, »es ist ein Glück, daß wir uns nach den Handwerkern erkundigt haben, Maurer, Tischler, Schlosser, Töpfer, Glaser. Wenn's Ihnen recht ist, schicke ich auf der Stelle einen Boten nach Rosmin. Wenn ich nur diesen schändlichen braunen Anstrich von den Türen losmachen könnte, er verdeckt das schöne Eichenholz. Aber Lauge nutzt nichts. – Also wieviel Öfen brauchen wir?«

So begann eine eifrige Beratung. »Den ganzen Unterstock lassen wir unausgebaut«, sagte Anton, »die Fenster verschlagen wir mit dicken Brettern, nur an die Türöffnung der Vorhalle machen wir eine starke Tür, weil man dort alle Stunden vorüber muß. Wie die Wände jetzt sind, können sie nicht bleiben, und wir haben hier niemanden, als den Maurer von Rosmin.«

»Wenn die Sache so ist«, sagte Karl, »so schlage ich vor, daß wir die Stuben selbst malen; ich bin ein Daus im Marmorieren.«

»Du wärst's imstande«, erwiderte Anton, mit einiger Besorgnis auf seinen Getreuen blickend. »Nein, wir lassen alle Stuben mit gleicher Farbe streichen; was meinst du zu Braun?«

»Hm, hm, nicht übel«, sagte Karl.

»Ich weiß, Fräulein Lenore liebt diese Farbe vor andern. Es muß aber nicht zu dunkel sein, sondern eine helle Mischung aus Gelb, Grau, Rot und Grün, vielleicht etwas Schwarz.«

»Aha«, sagte Karl verdutzt; »so eine gewisse Farbe.«

»Natürlich«, fuhr Anton eifrig fort und rückte seinen Stuhl näher, »wir wollen dem Tüncher die Farbe selbst mischen.«

»Das ist mein Fall«, stimmte Karl bei, »aber ich sage Ihnen im voraus, diese Kalkfarben sind Racker: Sie streichen Blau auf, und den andern Tag ist's Weiß, Sie haben das schönste Orange im Pinsel, und wenn es an der Wand getrocknet ist, sieht's aus wie vergilbte Wäsche.«

»Im Vertraun gesagt«, erwiderte Anton, »wir werden's den Damen doch nicht recht machen, also denke ich, wir richten's so ein, daß es billig ist und erträglich aussieht.«

Am nächsten Tag begann im Hause das Hämmern und Streichen. Im unteren Stock schlug der Tischler mit seinen Gesellen die Werkstatt auf, im oberen fuhr der große Pinsel des Tünchers unermüdlich über die Wände, und weißliche Gestalten mit großen Schürzen trugen die Kalkgefäße treppauf treppab. Karl war in dieser ganzen Zeit wie ein Mann mit zehn Armen, sooft er sich von der Wirtschaft frei machen konnte, strich er mit jeder Art Pinsel auf Holz und Wände, er lief mit einem Zollstock herum, schlug Nägel und Gardinenhaken ein und war im nächsten Augenblick wieder auf dem Felde und im Pferdestall, überall pfiff er seine Soldatenlieder und trieb die Arbeiter an. Als die Einrichtung des Hauses fortschritt, wurde der Verschönerungstrieb in ihm immer mächtiger. Er hatte einige Zentner Ölfarbe eingekauft, die er vorzüglich fand, und eine große Virtuosität im Malen entwickelt. Jetzt wagte er sich daran, einer Anzahl Gegenstände, welche ihm zum Anstreichen geeignet schienen, das Aussehen von feinem gemasertem Holz zu geben, und es gelang ihm mit Hilfe eines Federbarts und weicher Pinsel, große Wirkungen hervorzubringen. Er trug den Pinsel und seine Verschönerungen sogar auf den Wirtschaftshof und bat Anton so lange, bis dieser in einen Abputz der Lehmwände willigte. »Bei diesem Wetter trocknet es wie im Sommer«, sagte Karl; »die Strohdächer kann ich nicht überstreichen, das ist mein einziger Kummer.« Dagegen ließ er sich nicht nehmen, zwei neue Kartoffelwagen, die alte Feuertonne und die besten Pflüge mit schöner blauer Ölfarbe zu überziehen. »Es muß in diesem Hofe doch etwas sein, woran sich das Auge erfreut«, sagte er entschuldigend. »Und es bezahlt sich, denn diese Polen hier gehen mit allem, was bunte Farbe hat, besser um.«

Das Schloß war notdürftig eingerichtet, an einem kalten Dezembertage wurde die Ankunft der Gutsherrschaft erwartet. Der Himmel selbst war den Wünschen Karls zu Hilfe gekommen, er hatte sein reines Weiß über die Erde gezogen und vieles Unschöne dem Auge der Ankommenden verhüllt. Der Schnee lag auf Anger und Sand, die Gipfel der Kiefern waren mit weißen Kronen geschmückt, und an den blätterlosen Bäumen blitzten die Zweige von prächtigen Eiskristallen. Die häßlichen Strohdächer der Dorfhäuser waren weiß übermalt, auf dem zerbrochenen Brückengeländer lag die Farbe aus den Wolken wie gefrorner Schaum; am Schloß trug jeder Vorsprung der Mauer, die Zinne des Turmes, der First des Daches eine weiße Festkappe, und kräftig stachen die braunroten Mauern davon ab. Es war für die im Schlosse ein Tag voll Geschäftigkeit und Erwartung. Wagen mit Möbeln und Hausrat wurden abgepackt und alles, so gut es in der Eile ging, aufgestellt. Die Schaffnerin und die Frau des Vogts wanden große Girlanden von Waldzweigen und schmückten die Vorhalle und die Stubentüren. Jetzt ging die Sonne unter, und die Silberfarbe in der Landschaft verwandelte sich in Goldglanz, dann in ein mattes Rot, bis auch dieser Schimmer verblich und der heraufsteigende Mond Flur und Wald mit geisterhaftem bläulichem Schein überzog. Im Hause wurden einige Wandlampen angezündet, in den

Zimmern soviel Lichter als möglich aufgestellt, in allen Öfen brannte das Feuer, und die behaglich erwärmten Zimmer füllten sich mit dem kräftigen Harzgeruch der Waldzweige. Nach vielen Versuchen hatte Anton die braune Wandfarbe gefunden, nach der sein Herz strebte. Die bunten Gardinen waren heruntergelassen, und die geöffnete Zimmerreihe sah bei dem Glanz der Lichter heut so wohnlich aus, daß Anton erstaunt frug, wie die Arbeit weniger Wochen eine so große Veränderung hervorgebracht habe. Karl hatte auf beiden Seiten des Schlosses Pechpfannen aufgestellt, ihr loderndes Licht fiel grell auf den Schnee und färbte in weitem Umkreise die Mauern des Hauses mit warmem Rot.

Unten in der Vorhalle versammelten sich die Würdenträger des Gutes. Der Förster mit einem neuen grünen Rock, auf seiner Brust die Denkzeichen der Kriegsjahre, einen Hirschfänger an der Seite, stand in kriegerischer Haltung neben dem Vogt und dem Schäfer. Die Schaffnerin und die Frau des Vogts hatten ihre besten Bänder an die Hauben gesteckt und trippelten in unruhiger Erwartung um die Männer herum. Auch Karl trat in seinem Frack zu ihnen. Unterdes schritt Anton noch einmal durch die Zimmer und horchte nach dem Peitschenschlag, der ihm aus der Ferne die Ankunft des Gutsherrn verkünden sollte. Ihm pochte das Herz, auch für ihn sollte mit dem heutigen Tage eine neue Zeit beginnen. So reich an Entbehrungen das Leben der Ansiedler bis heut auch gewesen war, er und sein Gefährte hatten sich als Herren des Schlosses gefühlt, sie hatten in dem stündlichen Verkehr auch sorgenvolle Stunden leicht überwunden. Jetzt war Karl nach dem Wirtschaftshof hinübergezogen, er selbst sollte nach dem Wunsch der Baronin in einem Zimmer des Schlosses bleiben, dadurch kam er mit der Familie in tägliche Verbindung, und er frug sich, wie diese sein werde. Der Freiherr selbst war ihm fast ganz fremd, nur auf Augenblicke hatte er ihn gesprochen; im Krankenzimmer unter großen Schmerzen hatte der Leidende die Vollmacht für ihn unterschrieben. Seine Tätigkeit und seine Person, wie würden sie dem Freiherrn gefallen? Und dieser Mann war blind. Ja blind. Lenore hatte geschrieben, daß der Arzt keine Hoffnung habe, den geblendeten Augen des Vaters die Sehkraft wiederzugeben. Aus Schonung hatte man dem Freiherrn dies Furchtbare verborgen, er selbst tröstete sich in seiner Finsternis noch immer mit der Hoffnung, daß die Zeit und eine geschickte Hand entfernen würden, was wie eine schwarze Wolke über seinem Auge lag. Seinem Vertrauten hatte Anton die Wahrheit nicht verborgen, auch den Gutsleuten hatte er sagen müssen, daß der Herr gegenwärtig an den Augen leide und eine Binde darüber trage. Und auf den Gesichtern von allen hatte er gelesen, wie sehr sie verstanden, daß es ein Unglück sei, wenn dem Gut das Auge des Herrn fehle. – Und wieder schlug sein Herz unruhig, wenn er an Lenore dachte, neben der er jetzt als Hausgenosse leben sollte. Wie würde ihr und der Mutter Benehmen gegen ihn sein? Er nahm sich vor, sorgfältig alles zu unterdrücken, was er in dieser Stunde für eiteln Anspruch hielt, er wollte sich gleich im Anfange so zu ihnen stellen, daß sie sein Selbstgefühl nicht demütigen konnten. Und doch frug er sich, ob sie ihn als Vertrauten und ebenbürtigen Gesellschafter behandeln würden, oder ob sie ihm fühlbar machen könnten, daß er Kost und Sold von ihnen als der Herrschaft erhalte. Vergebens sagte er sich, daß sein eigenes Zartgefühl gerade dies letztere fordern müsse. Immer wieder stiegen Traumbilder in ihm auf, wie reizend das Zusammenleben mit Lenore für ihn werden könne.

Von dem Dorfe knallten die Peitschen der Knechte, in zwei Wagen fuhr die Herrschaft an ihrem Schlosse vor. Um die Pechpfannen standen die Leute vom Hofe, der Schenkwirt und einige aus dem Dorfe. Diensteifrig öffnete der Vogt das Fenster des geschlossenen Wagens. Und als Lenore ausstieg und ihr Gesicht von dem hellen Licht beschienen wurde, drängten sich die Frauen näher heran, die Männer brachen in lauten Zuruf aus, alles sah erwartungsvoll in den Wagen. Aber die Bereitwilligkeit der Leute, den Gruß des Willkommens entgegenzubringen, wurde durch keinen freundlichen Gegengruß ermuntert. Mühsam wurde der Freiherr aus dem Wagen gehoben, mit gesenktem Haupt schritt er, von der Tochter und dem Bedienten gestützt, die Treppe hinauf. Das bleiche Antlitz der Baronin hinter ihm hatte nur einen stummen Blick für die Beamten ihres Gutes, nur einen kurzen Gruß auch für Anton, der voranschritt, sie in die eingerichteten Zimmer zu führen. »Das ist ja alles sehr schön, Herr Wohlfart«, sagte sie zu Anton mit zuckenden Lippen, und als Anton stehenblieb, um ihre ersten Aufträge zu erwarten, verabschiedete sie ihn mit einer leichten Bewegung der Hand und mit den Worten: »Ich danke.« Als sich hinter ihm die Tür geschlossen hatte, stand der Freiherr hilflos zusammengesunken in der fremden Stube, die Baronin brach in lautes Weinen aus. Lenore lehnte am Fenster, sie blickte hinaus in den weißen Winter und auf den schwarzen Rand am Horizont, und große Tränen rollten an ihren Wangen herunter. Mit schwerem Herzen trat Anton unter die Leute und sagte ihnen, daß die Herrschaft von der Reise angegriffen sei und die einzelnen erst morgen sprechen wolle. Karl ließ die Wagen abladen, führte die alte Köchin, welche weinte wie ihre Herrschaft, in das Souterrain und zeigte ihr ihre Küche. Niemand von der Familie wurde an dem Abend wieder gesehen. Bald verschwand das Licht in den Zimmern, nur vor den Türen des finstern Hauses loderte noch das Pech in den Pfannen, in dem Zugwind fuhr die rote Flamme hin und her, und eine rußige Wolke zog hinauf an das Fenster, wo der Freiherr sein Haupt mit den Händen verbarg.

So war der Einzug der Familie in das neue Gut.

»Wie hübsch Wohlfart alles eingerichtet hat«, sagte Lenore am andern Tage zur Mutter.

»Diese hohen Räume sind fürchterlich«, erwiderte die Baronin und wickelte sich schauernd in ihr Tuch, »und das einförmige Braun der Zimmerdecke macht die Wohnung noch öder.«

»Es wird Zeit sein, ihn herüberzubitten«, drängte Lenore kleinlaut.

»Noch ist der Vater nicht in der Stimmung, ihn zu sprechen.«

»Laß den Vater nicht allein mit Wohlfart«, bat die Tochter. »Es wäre schrecklich, wenn der Vater ihn unfreundlich behandelte.«

Die Baronin seufzte. »Wir werden uns gewöhnen müssen, gegen einen Fremden in unserem Hause Regards zu beobachten, die den Vater, wie uns, Überwindung kosten.«

»Wie willst du es mit der Hausordnung halten?« frug Lenore wieder, »Wohlfart wird doch mit uns essen?« – »Das ist unmöglich«, sagte die Baronin fest. »Du weißt, wie traurig unser Mittagstisch vergeht; dein Vater ist noch nicht so ruhig, daß er die tägliche Anwesenheit eines Fremden ertragen könnte.«

»So soll er an den Tisch der Dienstleute?« frug Lenore bitter.

»Ihm wird auf seinem Zimmer gedeckt werden, wir werden ihn alle Sonntage herüberbitten, und wenn seine Person dem Vater leidlich wird, auch manchmal des Abends. Mehr wäre für alle Teile eine Last. Es ist gut, sich gleich im Anfang eine bequeme Freiheit zu reservieren. Der Zustand des Vaters wird das entschuldigen.«

Sie klingelte, Anton wurde herübergeladen. Dem Eintretenden ging Lenore entgegen, sie reichte ihm schweigend mit nassen Augen die Hand. Auch er war bewegt, als er die Spuren des Grams im Gesicht der Mutter sah. Die Baronin bat ihn, Platz zu nehmen, und drückte ihm in gewählten Worten ihren Dank für seine treue Sorge aus. Sie ließ sich von ihm erzählen, was er im Schlosse eingerichtet hatte, sie lobte alles in wohltuender Weise und besprach mit ihm die Einrichtung des Haushalts. Sie zog ihn dabei zu Rate, wie einen Freund, und ließ ihn selbst vorschlagen, was sie von ihm wollte. Dann fuhr sie fort: »Mein Mann wünscht Sie zu sprechen. Ich bitte Sie herzlich, in jeder Stunde daran zu denken, daß der Freiherr ein Kranker ist. Er hat furchtbar gelitten, seine Seele, wie sein Körper. Noch jetzt ist er keinen Tag ohne Schmerzen und das Ungewohnte seines hilflosen Zustandes peinigt ihn unaufhörlich. Wir selbst vermeiden sorgfältig, was ihn aufregen kann, und doch vermögen wir nicht Stunden, ja Tage finsterer Verstimmung von ihm fernzuhalten. Auch Sie werden Nachsicht üben, wenn seine düstere Laune Sie unangenehm berührt. Die Zeit soll ja alles heilen, ich hoffe, sie wird auch ihm den Frieden wiedergeben.«

Anton versprach ihr jede Vorsicht.

»Mein Mann wird natürlich wünschen, von allem in Kenntnis gesetzt zu werden, was dem Gutsherrn zur Entscheidung vorgelegt wird. Es ist begreiflich, daß er gerade jetzt in seinen ruhigen Stunden mit einem gewissen Eifer darauf besteht, seine eigene Ansicht geltend zu machen. Und doch bangt mir vor jedem unangenehmen Eindruck, der ihm von außen kommt. Deshalb bitte ich, wenn Sie ihm etwas Wichtiges mitzuteilen haben, suchen Sie es vorher mir begreiflich zu machen, vielleicht gelingt mir, Ihnen manche lästige Stunde zu ersparen. Ich werde meinen Schreibtisch in eines der Zimmer tragen lassen, welche Ihrer Wohnung am nächsten sind, ich will jeden Morgen einige Stunden dort zubringen. Lenore ist der

Privatsekretär des Vaters geworden. So wird es möglich sein, Ihnen Ihre Stellung in unserem Hause weniger unangenehm zu machen. – Haben Sie die Güte, mich hier zu erwarten, ich gehe, Ihren Besuch dem Freiherrn anzukündigen.«

Die Baronin verließ das Zimmer, Anton sah ernst vor sich nieder. Lenore eilte auf ihn zu und rief so heiter, als sie vermochte: »Alles braun, Wohlfart, wir Braunen wollen auch hier treu zusammenhalten. Es ist Ihnen nicht recht, daß wir hergekommen sind, Sie ungalanter Herr.«

»Nur um Ihretwillen«, erwiderte Anton und wies auf die Schneefläche draußen. »Wenn ich durch die Felder ging, habe ich immer gedacht, wie einsam es Ihnen hier werden muß. Wenn ich des Abends durch die großen Stuben schritt, da sorgte ich, wie langsam Ihnen der Tag hier vergehen wird. Die Kreisstadt ist über zwei Meilen entfernt, auch dort werden Sie wenig finden, die kleine Leihbibliothek ist für Sie gar nicht zu brauchen.«

»Ich will zeichnen«, sagte Lenore, »ich will Frauenarbeit machen. Ach, das wird mir sauer werden, Herr Wohlfart, ich bin darin sehr ungeschickt. Ich selbst mache mir nichts aus Kragen und Spitzen, aber Mama, die gewöhnt ist, das alles so reichlich und in Ordnung zu haben. Ach, was mir Mama leid tut.«

Anton versuchte zu trösten.

»Wir mußten fort aus der Hauptstadt«, rief Lenore, »es wäre unser aller Untergang gewesen, wenn wir in der schrecklichen Umgebung geblieben wären. Unser Gut unter fremder Verwaltung, überall verlegene und kalte Gesichter, überall falsche Freunde, gleißende Worte und ein Bedauern, welches das Herz empört. Mir ist wohl, daß wir hier allein sind. Und wenn ich hier frieren und hungern muß, ich will alles lieber ertragen, als das Achselzucken der Frau von Werner und ihrer Kinder. Ich habe die Menschen hassen gelernt«, rief sie heftig. – »Wenn Sie bei Papa gewesen sind, komme ich herunter, dann müssen Sie mir das Haus, den Hof und das Dorf zeigen; ich will sehn, wo mein armer Pony steht, und wie die Leute hier aussehn.«

Die Baronin kam zurück und führte Anton in das Zimmer ihres Gemahls. Verlegen und unbehilflich erhob sich der Freiherr aus seinem Sessel. Als Anton das verfallene Gesicht, die gebeugte Haltung und die schwarze Binde über den Augen sah, fühlte er ein tiefes Bedauern mit dem Unglücklichen. Mit warmem Gefühl sprach er aus, wieviel guten Willen er habe, ihm zu dienen, und wie er um Nachsicht bitte, wenn er in dieser Zeit etwas nicht recht gemacht. Darauf erzählte er ihm noch einmal, wie er die Wirtschaft gefunden, und was bis jetzt geschehen war.

Der Freiherr hörte schweigend den Bericht an, nur kurze Bemerkungen kamen aus seinem Munde. Als Anton aber anfing, von den übrigen Geschäften des Freiherrn zu sprechen, als er mit der größten Rücksicht, aber doch mit der Bestimmtheit eines Geschäftsmannes von den Verpflichtungen sprach, die der Freiherr jetzt hatte, und von den unzureichenden Mitteln, sie zu erfüllen: da wand der

Edelmann sich auf seinem Stuhl, wie ein Angeklagter unter der Folter. Und Anton empfand, während er sprach, wie peinlich es für ihn war, als ein Fremder in die geheimsten Angelegenheiten des Freiherrn eingeweiht zu sein, als ein Fremder, der den andern sehr schonte, aber bei jeder vorsichtigen Wendung verriet, daß er schonen mußte. Die Baronin, welche hinter dem Sessel stand, sah immer ängstlicher auf die Versuche ihres Gemahls, seine Aufregung zu bemeistern, endlich winkte sie heftig mit der Hand, und Anton mußte mitten in seinem Bericht abbrechen.

Als er das Zimmer verließ, warf sich der Freiherr zornig zu seiner Frau zurück und rief in innerster Seele empört: »Ihr habt mir einen Vormund gesetzt.« Er war ganz außer sich, und vergebens suchte ihn die Baronin zu beruhigen.

Das war der Eintritt Antons in die Familie.

Auch er ging traurig in sein Zimmer zurück. In diesen ersten Stunden erkannte er, daß zwischen ihm und dem Freiherrn sich schwerlich ein gutes Verhältnis bilden werde. Er war in allen Geschäften an schnelles Verständnis der Beteiligten und an kurze Behandlung gewöhnt und sollte jetzt durch den Mund der Frauen vielleicht nach langen Auseinandersetzungen unzweckmäßigen Entscheid erhalten. Auch seine Stellung zu den Frauen erschien ihm unsicher. Die Baronin hatte ihn sehr rücksichtsvoll behandelt, aber als einen Fremden. Auch sie, so fürchtete er, würde ihm eine vornehme Dame bleiben, die grade so viel Vertrauen zuteilt, als ihr nützlich scheint, und jedes nähere Verhältnis durch artige Kälte von sich abzuhalten weiß. Selbst Lenorens freundliche Stimme vermochte ihn nicht aufzurichten. Beide schritten durch den Hof, nachdenkend, wie zwei Geschäftsleute, die nur die Absicht haben, das Gut zu taxieren.

Wie in den ersten Tagen, ging für Anton das Leben auf dem Gute durch einige Monate fort, ernsthaft, einförmig, nicht ohne Zwang. Er arbeitete und aß allein auf seinem Zimmer, schweigend trug der alte Diener die Speisen auf und wieder ab. Auch wenn er als geladener Gast mit der Familie zusammenkam, war die Unterhaltung wenig erfreulich. Der Freiherr saß wie ein Eisklumpen und störte jedes Aufleben eines lebhaften Gesprächs. Früher hatte Anton die Umgebung der Familie, die Einrichtung ihres Salons, die elegante Dekoration ihres Hauses gern bewundert. Jetzt standen dieselben Möbel in den Besuchszimmern, die kleinen Vögel der Baronin hatten unter sorgfältigem Schutz die Winterreise überstanden, es waren dieselben Teppiche, Stickereien, dasselbe Parfüm der Zimmer. Aber jetzt, wo er die fremden Vögel täglich sah, kamen sie ihm langweilig vor, und an den Stuben war ihm bald nichts interessant, als daß er selbst die erste Einrichtung besorgt hatte.

Anton hatte einen tiefen Respekt vor dem gewandten Ton, der leichten Unterhaltung und den geschliffenen Formen des Umgangs in die Familie mitgebracht. Gedrückt, verstimmt und niedergeschlagen, wie die Familie war, konnte er nicht die zierliche Heiterkeit erwarten, die ihm im Tanzsalon der Frau von Baldereck so wohlgetan hatte. Sie waren herausgerissen aus dem gewohnten Kreise, alle die kleinen Beziehungen fehlten, die Anregung fehlte, welche den Geist elastisch erhält und Verstimmung und Schmerz überwinden hilft. Er sagte sich bescheiden, daß er diese nicht geben konnte. Aber noch anderes befremdete ihn. Wenn er nach einem wortkargen Abend in sein Zimmer zurückkehrte, beklagte er oft, daß sie an vielem, was ihm geläufig war, keinen Anteil nahmen, ja daß sie eine völlig andere Bildung besaßen, als er. Und bald nahm er sich die Freiheit, zu behaupten, daß ihre Bildung nicht die bessere war. Das meiste, was er gelesen, war der Familie fremd; beim Besprechen der Zeitung, dem gewöhnlichen Unterhaltungstoff, verwunderte ihn das geringe Verständnis fremder politischer Zustände. Die Tiefen der Geschichte waren dem Freiherrn kein angenehmer Aufenthalt, und wenn er das englische Staatsleben verurteilte, so konnte er seinen Standpunkt mit einigem Recht unbefangen nennen, denn es war ihm ganz fremd. An einem anderen Abende ergab sich zu Antons Betrübnis, daß die Familienansichten über die Lage der Insel Ceylon im entschieden Widerspruch mit der Weltstellung standen, welche diesem Eilande durch die Seefahrer zugeteilt worden ist. Die Baronin, welche Interesse an unterhaltender Lektüre hatte und viel auf Vorlesen gab, verehrte Chateaubriand und las außer kleinen Modenovellen die Romane blasierter Damen; Anton fand Atala abgeschmackt und die Romane fade. Bald erkannte er, daß seine Hausgenossen alles, was die Welt ihnen entgegentrug, von einem Standpunkte betrachteten, den er nicht hatte. Überall maßen sie, ohne es selbst zu wissen, nach den Interessen ihres Standes. Was diesen schmeichelte, fand Gnade, auch wenn es für andere Menschen unerträglich war; was damit nicht zu stimmen schien, wurde verworfen, oder wenigstens still beiseite geschoben. Ihr Urteil war oft mild, zuweilen liberal, immer aber saß ein unsichtbarer Helm mit der Krone auf ihrem Nacken, sie sahen aus der engen Öffnung des Visiers in das Treiben der anderen Erdgeborenen hinein; und wenn sie ärgerte, was nicht zu ändern war, so klappten sie schweigend den Helmsturz herunter und schlossen sich ab. Der Freiherr machte das zuweilen ungeschickt, aber seine Gemahlin verstand meisterhaft, durch eine kleine reizende Handbewegung sich von Unwillkommenem abzusperren.

Die Familie gehörte zu der deutschen Kirche in Neudorf. Dort aber war kein Chor und keine Loge neben dem Altar, man hätte im Schiff der Kirche neben den Landleuten sitzen müssen. Das war unpassend. Der Freiherr richtete eine Kapelle in seinem Hause ein und ließ den Geistlichen zuweilen nach dem Schloß holen. Anton erschien selten bei dem Hausgottesdienst, er ritt nach Neudorf hinüber und saß dort an der Seite des Schulzen unter der Gemeinde.

Auch seine Tätigkeit war nicht ohne allerlei Störung. Der Reisende einer Weinhandlung drang durch Sand und Kiefernwälder bis in das Arbeitszimmer des Gutsherrn. Er war ein kecker Schlingel mit einer großen Beredsamkeit und einer leidenschaftlichen Neigung zu Wettrennen und Steeplechase. Er brachte eine ganze Tasche voll

Sportneuigkeiten und betörte dadurch den Freiherrn, ein Ohoft
Rotwein zu bestellen. Anton sah auf die leere Kasse, fluchte dem
Ohoft und eilte in das Audienzzimmer der Baronin. Es bedurfte
einer langen Intrige im Damenzimmer, um diese Bestellung auf ein
bescheidenes Maß zurückzuführen.

Der Freiherr war mit seinen Wagenpferden unzufrieden. Sie
waren nicht mehr jung und waren Füchse. Diese letztere Eigenschaft
hätte dem armen Herrn gleichgültig sein können, aber gerade sie
bekümmerte ihn schon seit Jahren. Denn der Sinn seiner Familie war
von je auf eine besondere Pferdefarbe gerichtet. Nach einer alten
Sage hatte ein Ahnherr des Geschlechtes auf einem Rotschimmel in
einer verschollenen Schlacht ausgezeichnete Taten verrichtet; ja, es
gab ein schönes Lied von ältlichem Aussehn, in welchem folgender
Vers vorkam:

> Wer ritt durch das Getümmel
> Ein edler Rittersmann,
> Das Blut vom roten Schimmel
> Und rot vom Sattel rann.

Dieses Lied deuteten die Rothsattel auf ihren Vorfahr und schätzten
deshalb Rotschimmel vor andern Rossen. Da aber diese Farbe bei
guten Pferden ziemlich selten ist, so war dem Freiherrn eine solche
Erwerbung noch nie geglückt. Jetzt wollte das Schicksal, daß ein
Händler aus der Nachbarschaft ein Paar Rotschimmel vorzuführen
wußte. Der blinde Freiherr zeigte eine Freude an den Tieren, welche
den Frauen sehr beweglich war; er ließ sich die Pferde immer wieder
vorreiten und vorfahren, hörte auf den Schlag ihrer Füße, betastete
sie sorgfältig, holte Karls Ansicht ein und vertiefte sich in den Plan,
seiner Gemahlin durch ihren Ankauf eine Freude zu machen. Karl
lief in der Angst vor einer unnützen Ausgabe zu Anton und vertraute diesem die drohende Gefahr. Anton ging wieder in das Audienzzimmer, aber diesmal fand er auch hier kein geneigtes Gehör. Die
Baronin gab zu, daß er nicht unrecht hatte, aber sie bat ihn dringend,
nur diesmal ihrem Gemahl seinen Willen zu lassen. Zuletzt wurden
die neuen Pferde in aller Stille an die Krippe gebunden, und der
Käufer gab außer den Füchsen und allem Geld seiner Privatkasse
dem Händler noch das Versprechen, nach der nächsten Ernte zweihundert Scheffel Hafer zu einem übermäßig niedrigen Preis zu
liefern. Anton und Karl waren über diese letzte Bedingung, welche
ihnen erst nach einigen Monaten zu Ohren kam, im Interesse des
Gutes sehr erzürnt.

Der Förster hatte das Unglück, bei der Gutsherrschaft nicht in
sonderlicher Gunst zu stehen. Daß Anton sein erstes Zusammentreffen mit dem Waldmenschen in lebhaften Farben schilderte, trug
möglicherweise dazu bei, diesen dem Freiherrn zu verleiden. Der
Baronin mißfiel das kurze Wesen des Alten, der in seiner Einsamkeit
allerdings die Geschmeidigkeit verloren hatte, welche die Herrschaft

an ihren Untergebenen wünschte. An einem Teeabend kam der Plan zum Vorschein, den Mann zu entlassen, bevor er durch längeren Dienst Ansprüche auf Unterhalt im hilflosen Alter erwerbe. An seiner Stelle sollte ein jüngerer Förster gesucht werden, der gelegentlich in der Livree des Freiherrn als repräsentierender Jäger zur Bedienung brauchbar wäre. Die Familie war von dem frühern Gute an ein solches Verhältnis gewöhnt. Anton bezwang mit Mühe seinen Unwillen, als er auseinandersetzte, daß bei der wilden und unsichern Nachbarschaft des Gutes gerade der erfahrene Mann, der von jedem Strauchdieb der Gegend gefürchtet wurde, viel zuverlässiger sei, als ein Fremder. Lenore schlug sich auf seine Seite und unter kaltem Schweigen des Freiherrn und einem resignierten Blick der Baronin wurde der Plan beiseite gelegt. Beide ertrugen fortan mit zugeklapptem Visier und gutem Anstand den verbauerten Alten.

Das waren kleine Verstimmungen, wie sie unvermeidlich sind, wenn Menschen mit verschiedenen Gewohnheiten sich zu gemeinsamem Leben verbinden, aber es war kein Zeichen von Behagen, daß Anton sich dies häufig sagen mußte. Er verstand sich nicht nur mit Karl, auch mit dem Förster und Schäfer in vielen Dingen besser, als mit der Herrschaft des Gutes, und er fühlte jetzt zuweilen mit Stolz, daß er anders als sie und einer aus dem Volke war.

Auch Lenore war nicht so, wie er sie geträumt hatte. Immer hatte er in ihr das vornehme Fräulein verehrt, und die herzliche Vertraulichkeit, mit der sie ihn behandelte, als einen Vorzug empfunden. Jetzt hörte sie ihm auf, eine vornehme Erscheinung zu sein. Er kannte die Muster ihrer Spitzenärmel persönlich und sah sehr gut einen kleinen Riß im Hauskleide, den die sorglose Lenore lange nicht beachtete. Er hatte die wenigen Bücher, die sie mitgebracht, gelesen, und war in der Unterhaltung oft um die Grenzen ihres Wissens herumgegangen. Ihre Aussprüche imponierten ihm nicht mehr, und er hätte jetzt seinen Freund Fink schwerlich wegen der Frage, ob sie auch Geist habe, geprügelt. Er frug sich das selbst und beantwortete die Frage recht verständig. Sie hatte nicht soviel gelernt, als ein anderes Mädchen, das er kannte, und ihr Empfinden war durchaus nicht so gebildet; aber sie war eine gute frische Natur, kräftig in ihrem Gefühl und ehrlich in ihrem Urteil. Und sie war schön. Immer hatte er sie dafür gehalten, aber seine zarte Ehrfurcht umgab lange ihr Bild mit einer duftigen Wolke. Jetzt, wo er sie täglich sah, im einfachen Morgenrock, in der gewöhnlichen Stimmung des Arbeitstages, jetzt erst fühlte er den ganzen Zauber ihrer blühenden Jugend.

Er war manchmal unzufrieden auch mit ihr. Gleich in den ersten Tagen frug sie ihn dringend, wie sie sich dem Hause nützlich machen könnte. Er sagte ihr, daß die Aufsicht über den Haushalt und die genaue Führung der Hausrechnung eine sehr nützliche Arbeit sei. Er linierte ihr ein Rechenbuch, und da sie Mangel an Übung zeigte, die gezogenen Linien zweckmäßig zu benutzen, so hatte er die Freude, sie das zu lehren. Sie warf sich mit Eifer auf die neue Tätigkeit und lief den Tag zehnmal zu Babette in die Küche, um sich Auskunft zu holen. Aber ihre Rechnung erwies sich unsicher, und die mysteriösen Striche Babettens immer noch zuverlässiger. Und wenn sie eine Woche die Bücher gewissenhaft geführt hatte, kamen einige Tage, wo die Sonne lustig schien, dann konnte sie sich nicht enthalten, mit dem Förster schon am Morgen auf die Jagd zu gehen oder auf ihrem kleinen Pferde weit über die Grenzen des Gutes hinauszustreifen, dann vergaß sie den Stadtboten, die Köchin und ihre Buchführung. – Sie wollte Geschichte treiben und unter Antons Anleitung etwas Englisch lernen. Anton war glücklich über den Einfall. Aber die Jahreszahlen konnte sie nicht behalten, die Vokabeln waren ihr schrecklich, sie entlief diesen Hieroglyphen und ging in den Pferdestall, oder wohl gar in die Stube des Amtmanns, dessen mechanischen Kunstarbeiten sie stundenlang mit großem Interesse zusah. Als Anton sie einst zur englischen Stunde rufen wollte, fand er sie in Karls Stube, einen Hobel in der Hand, eifrig an der Pritsche eines neuen Schlittens arbeitend, und gutmütig sagte sie ihm: »Geben Sie sich nicht soviel Mühe mit mir, Wohlfart. Ich lerne nichts, ich habe immer einen harten Kopf gehabt.«

Wieder lag Schnee auf der Erde, und im Sonnenlicht glitzerten Millionen Eiskristalle auf den Bäumen und dem Feld. Karl setzte zwei Schlitten instand, einen alten zweisitzigen und einen Rennschlitten für das Fräulein, den er selbst zusammenschlug und unter dem Beistand Lenores mit schöner Ölfarbe überzog. Bei der Morgenaudienz sagte Anton der Baronin, daß er heut nachmittag in einem Polizeigeschäft nach Tarow müsse. »Wir kennen die Familie Tarowski vom Bade her«, erwiderte die Baronin. »Dort haben wir gern mit Frau von Tarowska und ihren Töchtern verkehrt. Ich wünsche lebhaft, daß der Freiherr nicht ganz außer Verbindung mit der Nachbarschaft bleibt, vielleicht vermag ich ihn zu bestimmen, daß er heut mit uns seinen Besuch macht. In jedem Falle wollen wir Frauen diese Gelegenheit benutzen und unter Ihrem Schutz einen Ausflug dorthin wagen.«

Anton erinnerte leise an den verschwundenen Bratzky und seinen Verdacht.

»Es ist ja nur ein Verdacht«, erwiderte die Baronin begütigend, »und unsere Verpflichtung, der Familie einen Besuch zu machen, ist unzweifelhaft. Auch kann ich nicht glauben, daß Herr von Tarowski selbst an der Entführung Anteil hat.«

Am Nachmittag fuhren die Schlitten vor, die Baronin setzte sich mit dem Freiherrn in den größern, Lenore bestand darauf, in ihrem neuen Rennschlitten selbst zu fahren. »Wohlfart setzt sich hinter mich auf die Pritsche«, bestimmte sie. Der Freiherr frug seine Gemahlin leise: »Wohlfart?«

»Ich lasse dich nicht allein fahren«, erwiderte die Baronin ruhig. – »Sei ohne Sorge. Außerdem ist er in deinem Dienst, die Inkonvenienz ist nicht groß. Und wir fahren ja miteinander vor.«

Die Glöckchen klangen über die Ebene, Lenore saß selig in ihrer Nußschale und trieb ihr Pferd mit kräftigem Zuruf an. Sie wandte sich oft zurück und zeigte Anton ihr lachendes Antlitz, das unter der dunklen Kappe heut so schön war, daß ihr sein ganzes Herz entgegenflog. Ihr grüner Schleier flatterte im Winde und streifte seine Wange, hing sich an sein Gesicht und verbarg ihm die Aussicht. Dann erblickte er die verhüllte Gestalt vor sich in einem grünen Dämmerlicht wie aus weiter Ferne; und gleich darauf berührte wieder der Hauch seines Mundes die Bandschleife, welche an ihrem Nacken flatterte, und er sah, daß nur die seidne Hülle seine Hand von ihrem goldenen Haar und dem weißen Hals trennte. Anton versenkte sich in diese Betrachtung und widerstand kaum noch dem Gelüst, ihr mit seinem Pelzhandschuh leise über die Kapuze zu fahren, als dicht neben ihm ein Hase aus einem Schneeloch aufsprang. Der Hase winkte drohend mit seinen Ohren und machte einen bedeutsamen Purzelbaum auf Anton zu. Dieser verstand die freundliche Warnung und zog den Pelzhandschuh zurück; der Hase, vergnügt, eine gute Tat vollbracht zu haben, galoppierte über den Schnee.

Anton gab seinen Gedanken eine andere Richtung. »Der weiße Weg zeigt keine Spur eines Menschen, kein Gleis, keinen Fußtritt, nirgend ist ein anderes Leben zu sehen, als der lautlose Schlaf der Natur. Wir sind Reisende, welche in ein fremdes Land dringen, das noch niemand vor ihnen betreten. Ein Baum ist wie der andere, die Schneefläche ist endlos, rundherum Grabesstille, und oben wieder der lachende Sonnenschein. Ich wollte, es ginge den ganzen Tag so fort.«

»Ich bin glücklich, daß ich Sie einmal fahren kann«, rief Lenore, beugte sich zu ihm zurück und hielt ihm eine Hand hin. Anton vergaß sofort den Hasen, er konnte sich nicht enthalten, einen Kuß auf den Handschuh zu drücken.

»Es ist dänisches Leder«, lachte Lenore, »bemühen Sie sich nicht.« – »Hier ist eine Lücke«, sagte Anton, bereit den Versuch zu wiederholen.

»Sie sind heut so artig«, rief Lenore, die Hand langsam zurückziehend, »das steht Ihnen hübsch, Wohlfart.«

Der Pelzhandschuh streckte sich aus, um die zurückweichende Hand zu verfolgen. Darüber gerieten zwei Krähen auf den Bäumen in starken Zank, sie schrien um die Wette, flogen auf und schwebten schimpfend über Antons Kopf. »Geht zum Teufel, ihr Gesindel«, dachte der leidenschaftliche Anton, »ihr sollt mich nicht mehr stören.«

Aber Lenore sah ihn treuherzig an. »Ich weiß doch nicht, ob Ihnen gut steht, so artig gegen mich zu sein«, fuhr sie ernster fort. »Sie dürfen mir die Hand nicht küssen, denn ich habe keine Lust, Ihnen dasselbe zu tun, und was dem einen recht ist, soll dem anderen billig sein. Hussa, mein Pferd, vorwärts!«

»Ich bin neugierig, wie uns die Polen empfangen werden«, begann Anton wieder die regelmäßige Unterhaltung.

»Sie können nicht anders als freundlich sein«, sprach Lenore zurück. »Wir haben mit Frau von Tarowska wochenlang in einem

Hause gewohnt und alle Partien gemeinschaftlich gemacht. Sie war die eleganteste Dame des ganzen Bades, sie und die Töchter machten Aufsehen durch ihr distinguiertes Wesen; sie sind sehr liebenswürdig und vom besten Ton.« –

»Er aber hat zwei Augen, gerade wie der Fuchs des Försters«, sprach Anton, »ich traue ihm nicht über den Weg.«

»Ich habe mich heut sehr schöngemacht«, lachte Lenore sich wieder umwendend, »denn die Mädchen dort sind reizend, und die Polen sollen nicht sagen, daß wir uns schlecht bei ihnen präsentieren. Wie gefällt Ihnen mein Kleid, Wohlfart?« Sie streifte einen Zipfel ihres Pelzes zurück.

»Sie werden sich darin nicht ganz schlecht ausnehmen«, sagte Anton mit weiser Miene, »es ist etwas Braun dabei, folglich ist es wunderhübsch.«

»Sie treuer Herr Wohlfart!« rief Lenore und reichte ihm wieder die Hand über den Schlittenrand. Ach! jetzt waren die kleinen warnenden Tiere zu schwach, um den Zauber abzuleiten, welcher den Pelzhandschuh zu dem Dänen hinzog: etwas Größeres mußte geschehen. Als Anton zum drittenmal die Hand ausstreckte, bemerkte er, daß seine eigene Hand sich wider seinen Willen immer höher hob und in der Luft einen Kreis beschrieb, während er selbst sich senkte, bis er der Länge nach im Schnee lag. Erstaunt erhob er seinen Kopf und sah Lenore einige Schritt weiter neben dem umgestürzten Schlitten sitzen, das Pferd stand ruhig auf dem Wege und lachte in seiner Art laut vor sich hin. Lenore hatte zuviel nach ihrem Gefährten und zuwenig auf den Weg gesehen, so hatten sie umgeworfen. Fröhlich erhoben sich beide, schüttelten den Schnee ab, Anton richtete den Schlitten auf, und im Galopp ging es wieder vorwärts. Aber das Schlittenmärchen war zu Ende, Lenore sah mehr auf den Weg, und Anton stäubte sich den Schnee aus den Ärmeln.

Die Schlitten fuhren in einen weiten Hofraum. Ein langes einstöckiges Lehmhaus, mit Kalk beworfen und mit Schindeln gedeckt, schaute mit seinen blauen Fenstern vertraulich auf die hölzernen Ställe nebenan. Anton sprang ab und frug einen Mann in Livree nach der Wohnung des gnädigen Herrn. »Hier ist der Palast«, erwiderte der polnische Diener mit tiefer Verbeugung und half der Herrschaft aus dem Schlitten. Erstaunt sahen Lenore und die Baronin einander an. Sie traten in einen unsaubern Hausflur, mehrere schnurrbärtige Geister eilten herzu, rissen diensteifrig die Winterhüllen der Gäste ab und eine niedrige Tür auf. In dem großen Wohnzimmer war zahlreiche Gesellschaft versammelt. Eine hohe Gestalt in schwarzer Seide trat den Gästen entgegen und begrüßte sie in der besten Haltung von der Welt. Die Töchter eilten herzu, schlanke Damen mit Augen und Turnüre der Mutter. Mehrere Namen der jungen Herren wurden genannt, Herr von, Graf von, alle elegante Männer im Salonkleid. Zuletzt kam auch der Hausherr. Sein schlaues Gesicht strahlte von herziger Freude, und die Fuchsaugen leuchteten von Harmlosigkeit. Der Empfang war tadellos, von

allen Seiten die wohltuende Leichtigkeit eines sicheren Selbstgefühls. Der Freiherr und die Frauen wurden als werte Bekannte
begrüßt, auch Anton erhielt seinen Teil Zuvorkommenheit. Sein
Geschäft war nach wenig Worten abgemacht und Herr von Tarow
erinnerte ihn lächelnd daran, daß er ihn schon einmal flüchtig
gesehen. »Der Schlingel von Inspektor ist Ihnen entsprungen«, sagte
er bedauernd, »seien Sie ohne Sorge, er wird seinem Schicksal nicht
entgehen.« – »Ich hoffe«, erwiderte Anton, »er und seine Helfer.«
Die Augen des Herrn von Tarow bemühten sich Taubenaugen
gleich zu werden, als er fortfuhr: »Der Kerl liegt irgendwo versteckt.« – »Wahrscheinlich in der Nähe«, sagte Anton und warf einen
argwöhnischen Seitenblick auf die schlechten Gebäude des Hofes.

Vergebens suchte Anton unter den anwesenden Männern jenen
Fremden, den er bereits zweimal gesehen hatte und dem er den
Wunsch zutraute, vor deutschen Augen unbekannt zu bleiben. Dagegen war ein anderer Herr von entschiedenem Wesen vorhanden, der
von den übrigen mit hoher Achtung behandelt wurde. »Sie kommen
und verschwinden«, dachte Anton, »sie reiten zusammen und wieder
auseinander, wie der Schenkwirt sagt; es sind hier nicht einzelne, mit
denen man zu tun hat, sondern eine ganze Gattung.« In dem Augenblick trat der Fremde an ihn heran und begann ein artiges Gespräch.
So unbefangen er aber auch redete, so merkte Anton doch, daß er
bemüht war, das Gespräch zu leiten und ihn, den Deutschen, über
Gesinnung und Sympathie auszuholen. Er hielt deshalb vorsichtig
zurück, und als der Pole das wahrnahm, verlor er plötzlich das
Interesse an dem Gast und wandte sich zu den Damen.

Jetzt hatte Anton Muße, sich im Zimmer umzusehen. Unter den
rohen Möbeln des Dorftischlers stand ein Wiener Flügel, die Fensterscheiben waren geflickt, auf dem schwarzen Fußboden lag in der
Nähe des Sofas ein zerrissener Teppich. Die Damen saßen auf
Samtsesseln um einen abgenutzten Tisch. Die Frau vom Hause und
ihre erwachsenen Töchter waren in eleganter Pariser Toilette, aber
als sich eine Seitentür öffnete, sah Anton in dem grauen Nebenzimmer einige Kinder mit so mangelhafter Garderobe umherlaufen,
daß sie ihn bei der Winterkälte herzlich dauerten. Sie selbst machten
sich jedenfalls nicht viel daraus, denn sie balgten sich und lärmten
wie Unholde.

Über den wankenden Tisch wurde eine feine Damastserviette
gelegt und ein silberner Teekessel aufgesetzt. Die Unterhaltung floß
vortrefflich. Leichte französische Bonmots und lebhafte Ausrufe in
melodischem Polnisch fuhren durcheinander, dazwischen klang die
eintönige deutsche Phrase. An dem schnellen Lachen, den Mienen
der Sprechenden und dem Feuer der Unterhaltung merkte Anton,
daß er unter Fremden war. Schnell flogen die Worte, in den Augen
und auf den Wangen glänzte das flüchtige Feuer der heitern Erregung. Es war ein beweglicheres Volk, elastischer, schwunghafter,
leichter ergriffen. Erstaunt sah Anton, wie behaglich Lenore in der
Unterhaltung schwamm. Auch ihr Antlitz glänzte von höherem Rot,

sie lachte und gebärdete sich wie die anderen, und dreist blickten ihre Augen in die verbindlichen Gesichter der anwesenden Herren. Dasselbe Lachen, die herzliche Unbefangenheit, die ihn im Schlitten entzückt hatte, verschwendete sie jetzt an Fremde, die in der Nacht auf der Landstraße zum Schaden ihres Vaters gearbeitet hatten. Das mißfiel ihm höchlich. Dazu das Zimmer so wunderlich ausgeputzt, die Tapeten schmutzig und zerrissen, die Kinder in der Nebenstube barfüßig, und der Hausherr der stille Beschützer eines Schuftes und wahrscheinlich noch etwas Schlimmeres! So begnügte er sich mit kalter Zurückhaltung die Gesellschaft zu betrachten und nur das Notwendige auf die freundlichen Worte des Hausherrn und seiner Gäste zu erwidern.

Endlich schlug ein junger Herr einige Akkorde auf dem Flügel an, alles sprang auf und wollte tanzen. Die gnädige Frau klingelte, vier wilde Männer stürzten in das Zimmer, ergriffen den großen Flüsel und trugen ihn rücksichtslos hinaus. Die Gesellschaft drängte nach über den Hausflur in den gegenüberliegenden Saal. Als Anton eintrat, kam er in die Versuchung, sich die Augen zu reiben. Es war ein leerer Raum mit rohem Kalkanstrich, Bänke an den Wänden, und in der Ecke ein abscheulicher Ofen. Mitten im Saal hing Wäsche auf Leinen; Anton begriff nicht, wie man hier tanzen wollte. Aber im Hui wurde die Wäsche durch die Fäuste der Diener herabgerissen, einer lief zum Ofen und blies das Feuer an, nach wenig Augenblikken waren sechs Paar zur Quadrille angetreten. Da der Damen zu wenig waren, band ein junger Graf mit einem schwarzen Samtbärtchen und zwei wunderschönen blauen Augen sein Battisttuch um den Arm und erklärte sich mit einem graziösen Knix für eine Dame. Sogleich wurde er von einem andern Herrn ritterlich zum Tanz geführt. Selig drehte sich das Völkchen im Takt. Durch die Nachlässigkeit, welche die Mode von den Tänzern des gebildeten Europa verlangt, flatterte zuweilen das Feuer ihres Stammes auf. Lenore trieb mitten darunter. Auch die Baronin war in heiterer Unterhaltung mit dem Hausherrn, und Frau von Tarow machte sich zur Aufgabe den blinden Freiherrn zu beschäftigen. Das war wieder die vornehme Form, der leichte Genuß des Augenblicks, welchen Anton so oft bewundert hatte; aber heut verzog sich sein Mund zu einem kalten Lächeln. Es schien ihm nicht männlich und nicht würdig, daß die deutsche Familie sich so hingebend unter Gegnern bewegte, welche wahrscheinlich in diesem Augenblick Feindliches gegen sie und gegen ihr Volk im Sinne hatten. Als Lenore nach dem ersten Tanz bei Anton vorbeiging und ihn leise frug: »Warum tanzen Sie nicht mit mir?« erwiderte er: »Ich erwarte jeden Augenblick das Gesicht des Herrn Bratzky in einem Winkel dieses Saales zu sehen.«

»Wer wird jetzt daran denken«, rief Lenore und wandte sich gekränkt ab.

Tanz folgte auf Tanz, die Köpfe der jungen Herrschaften glühten, die Locken wurden schlaff vom warmen Tau. Schnurrbärtige Diener drangen wieder in das Zimmer und boten Champagner in Eis.

Stehend, auf dem Sprunge schlürften die Tänzer den kalten Trank, und gleich darauf stürmte von allen Ecken der Ruf nach einem polnischen Nationaltanz zu dem Hauslehrer, welcher am Flügel saß. Jetzt flatterten die Gewänder, die Tänzer schnellten sich wie auf Sprungfedern durch das Zimmer, wie Bälle flogen die Mädchen aus einem Arm in den andern. Ach und Lenore immer mitten darunter! Anton stand neben dem ansehnlichen Polen in mattem Gespräch und hörte kühl das Lob an, welches dieser der deutschen Tänzerin freigebig erteilte. Was den polnischen Mädchen natürlich stand, die schnellen Bewegungen, die starke Erregung das machte Lenore wild und, wie Anton sich mit Mißfallen sagte, unweiblich. Und von ihr weg irrte sein Blick an den rohen Wänden umher auf den bestäubten Ofen, in dem ein großes Scheit Holz loderte, bis zu der Decke, von welcher lange graue Spinnweben herunterhingen.

Es war spät, als die Baronin zum Aufbruch trieb; die Pelze wurden in den Saal gebracht, die Gäste wickelten sich ein, die Schelle läutete und das Glöckchen klang wieder über die Schneefläche. Aber Anton war es wohl zufrieden, daß jetzt die Tochter mit dem Vater fuhr, und daß er selbst hinter der Baronin die Zügel führte. Schweigsam lenkte er den Schlitten und immer wieder dachte er daran, daß eine andere, die er kannte, sich unter den Spinnweben im Hause der Feinde niemals in der Mazurka geschwenkt hätte. – Auch Lenore trug ihm heut den Stahlhelm auf dem weißen Nacken.

4

Herr Itzig war als Geschäftsmann etabliert. Wer ihn besuchte, schritt durch ein vielbetretenes Vorderhaus und erstieg in einem Seitenflügel eine nicht ganz saubere Treppe. Neben der Treppe glänzte die weißlackierte Entreetüre, auf welcher ein großes Messingschild mit abgeschrägten Ecken den Namen »V. Itzig« zeigte. Das Entree war verschlossen, ein dicker Porzellangriff war auch vorhanden, alles schöner und idealer, als es bei Ehrenthal gewesen war. Durch die Tür konnte der Besuchende in ein leeres Entree gelangen, in welchem sich den Tag über ein verschmitzter Junge aufhielt, halb Portier, halb Laufbursche, außerdem Spion für die Geschäfte, welche sein Brotherr machte. Der Junge unterschied sich von dem ursprünglichen Herrn Veitel durch auffälliges Wesen von schäbiger Gentilität. Er trug die letzten Überreste des Kleidergeschäftes auf, glänzende Seidenwesten und einen Frack, der ihm nur wenig zu groß war. Er bewies, daß die neue Firma auch in Sachen der Toilette und Bildung avancierter war, als das in vielen Dingen gewöhnliche Geschäft des Ehrenthal. Den Eintretenden empfing Herr Itzig in zwei kleinen Geschäftsstuben, von denen die erste wenig Möbel, aber zwei auffallend schöne Lampen enthielt, eine gelegentliche notwendige Übernahme für nicht gezahlte Zinsen eines Solawechsels. Die zweite war das Schlafzimmer, ein einfaches Bett, ein langes Sofa, ein großer runder Spiegel mit breitem Goldrahmen, dieser ein Erwerb aus dem geheimen Lager des ehrlichen Pinkus. Itzig selbst hatte sich auffallend verändert, er war an trüben Tagen bei dem zweifelhaften Lichte, welches aus dem Hofraume in die Stuben gelangte, von weitem betrachtet, nur noch wenig von einem eleganten Herrn verschieden. Sein schmales Gesicht war voller geworden, die großen Sommersprossen, welche ihn früher getigert hatten, waren verblichen, und sein Haar hatte durch Pomade und kunstvolle Bürstenstriche eine dunklere Farbe und ein anschmiegendes Wesen erhalten. Noch hatte der neue Geschäftsmann eine Vorliebe für schwarze Kleider, aber sie waren neu und saßen nicht mehr schlottrig über seinen Gliedmaßen. Denn Herr Itzig hatte auch zugenommen an äußerer Behaglichkeit, er gönnte sich jetzt gute Kost, ja auf seinem Arbeitstische war zuweilen eine leere Weinflasche zu sehn, auf welcher das Wort »Mosel« stand, daneben ein Zuckerbecher und ein silberner Löffel. Wie prächtig aber auch das neue Etablissement war, Itzig benutzte dasselbe doch nur bei Nacht und in seinen offiziellen Geschäftsstunden. Noch immer trieb ihn sein Herz nach seiner alten Herberge zu Löbel Pinkus. So führte er ein doppeltes Leben, für die große Welt als feiner Geschäftsmann in den neugestrichenen Stuben unter dem Glanze der Astrallampen, bedient von einem modern gekleideten Gnom, und ein zweites für sein Gemüt, gerade unter der Karawanserei, ein bescheidenes Leben mit rotbaumwollenen Gardinen und einem viereckigen Kasten als Sofa. Vielleicht machte ihm dieses Asyl am behaglichsten, daß er jetzt eine unbestrittene Herrschaft über den Besitzer des Hauses ausübte. Pinkus war, zu seiner Schande sei es gesagt, herabgesunken zu einem Kommissionär, einem Hilfsarbeiter Veitels. Und Frau Pinkus hing an dem aufstrebenden Geschäftsmann mit einer Verehrung, welche ihren Mann aller Gänsebrüste beraubte, die in dem Hause geschlachtet wurden.

Heut saß Itzig in seinem Geschäftslokale nachlässig auf dem Sofa und rauchte aus einer Bernsteinspitze; er war ganz Gentleman und erwartete vornehmen Besuch. Da hörte man im Vorzimmer schellen, der Diensttuende flog zur Tür, eine scharfe Menschenstimme wurde hörbar. Bald entstand ein Zank im Vorsaale, welcher Veitel bewog, schnell den offenen Kasten seines Schreibpultes zuzuschließen und den Schlüssel in die Tasche zu stecken.

»Nicht zu Hause ist er? Er ist aber hier, du erbärmlicher, grünhaariger Dummkopf«, schrie die scharfe Stimme den wachehaltenden Jüngling an. Man hörte einen widerstehenden Körper beiseite schieben, Veitel beugte seinen Kopf tief in ein altes Hypothekeninstrument, die Türe wurde geöffnet, und Herr Hippus erschien mit gerötetem Antlitz, schäbig, mit zerrauften Federn an der Tür. Nie hatte er einem alten Raben ähnlicher gesehn.

»Du läßt dich verleugnen? Du befiehlst dem Wurme dort draußen, alte Freunde abzuweisen? Natürlich, du bist vornehm geworden, du Narr! Hat man je eine solche Unverschämtheit gesehen! Weil der Bengel sich in zwei neue Stuben hineingeschwindelt hat, sind ihm seine alten Freunde nicht mehr gut genug. Du bist bei mir an den Unrechten gekommen, mein Söhnchen, ich lasse mich nicht so abspeisen.«

Veitel betrachtete den kleinen Herrn, welcher zornig vor ihm stand, mit Blicken, die nichts weniger als freundschaftlich waren. »Was macht Ihr mit dem jungen Menschen für einen Lärm«, sagte er kalt, »er hat nur seine Schuldigkeit getan. Ich erwarte einen Geschäftsbesuch und habe ihm befohlen, alle Fremden abzuweisen. Wie konnte ich wissen, daß Ihr hierherkommen würdet? Haben wir nicht ausgemacht, daß Ihr mich nur des Abends besuchen sollt? Was kommt Ihr zu meinen Geschäftsstunden?«

»Deinen Geschäftsstunden! Du junger Wiedehopf, der seine Eierschalen noch am Steiß herumschleppt«, rief Hippus, immer noch erzürnt, und setzte sich auf das Sofa. »Deine Geschäftsstunden«, – fuhr er mit unendlicher Verachtung fort, »für deine Geschäfte ist jede Stunde gut genug.«

»Ihr seid wieder betrunken, Hippus«, antwortete Veitel in aufrichtigem Ärger, »wie oft habe ich gesagt, daß ich mit Euch nichts zu tun haben will, wenn Ihr aus der Branntweinstube kommt!«

»So«, rief Herr Hippus, »du Sohn einer Trödelhexe, mein Besuch ist für dich zu allen Zeiten eine Ehre. Ich wäre betrunken?« fuhr er schluckend fort, »wovon denn, du Hanswurst? Womit soll man sich betrinken«, schrie er, »wenn man kein Geld hat, ein Glas zu bezahlen?«

»Ich wußte, daß er wieder kein Geld hatte«, sagte Veitel mit tiefer Entrüstung. »Erst neulich habe ich Euch zehn Taler gegeben, aber Ihr seid wie ein Schwamm, es ist schade um jeden Groschen, den man auf Euch wendet.«

»Du wirst mir aber heut zeigen, daß es nicht schade ist«, antwortete der Alte höhnisch, »du wirst mir wieder zehn Taler geben und auf der Stelle.«

»Das werde ich nicht«, rief Veitel. »Ich habe satt, Euch zu füttern. Ihr wißt, was wir abgemacht haben; Geld bekommt Ihr nur, wenn Ihr mir etwas dafür tut. Und jetzt seid Ihr nicht in der Verfassung, etwas Ordentliches zu lesen oder zu schreiben.«

»Für dich und deinesgleichen bin ich immer noch gut genug, und wenn ich zehnmal besser gefrühstückt hätte, als heut«, sagte der Alte ruhiger. »Gib her, was du für mich zu arbeiten hast. Du bist ein geiziger Filz geworden, aber ich will dir's nicht nachtragen. Ich will dir verzeihen, daß du mich abweisen wolltest, ich will dir auch verzeihen, daß du ein hochmütiger Esel geworden bist und dich mit einer solchen Lampe breitmachst, die für bessere Leute, als du, gut genug wäre; und ich will dir meinen Rat nicht entziehen, vorausgesetzt, daß du mich honorierst. Und so wollen wir Friede machen, mein Sohn. Jetzt rede, welche Teufelei hast du wieder vor?«

Veitel schob ihm ein dickes Hypothekeninstrument hin und sagte: »Zuerst sollt Ihr mir das durchsehen und einen Auszug daraus schreiben, wie ich ihn brauche, und sagen, wie es damit steht. Es ist mir angeboten worden zum Kauf. Jetzt aber erwarte ich jemand, Ihr müßt in die andere Stube gehen, dort setzt Euch an den Tisch und macht die Arbeit. Wenn Ihr fertig seid, dann reden wir über das Geld.«

Herr Hippus schob sich das schwere Aktenstück unter den Arm und steuerte nach der zweiten Stubentür. »Heut tue ich dir noch einmal deinen Willen, weil du's bist«, sagte er gemütlich und erhob seine Hand, um Veitel auf die Backe zu klopfen.

Veitel ließ sich die Liebkosung leidend gefallen und wollte die Tür zumachen, als der betrunkene Alte sich noch einmal herandrängte und mit schlauem Blick fragte: »Also du erwartest jemanden, mein Söhnchen? Wen erwartest du, kleiner Itzig? Ist's ein Männlein oder ein Fräulein?«

»Es ist ein Geldgeschäft«, antwortete Veitel die Achsel zuckend.

»Ein Geldgeschäft?« wiederholte der trunkene Herr, mit einer gewissen zärtlichen Bewunderung seinen Bundesgenossen betrachtend. »Ja, darin bist du groß. Groß als Mensch und als Schwindler! Wahrhaftig, wer von dir Geld haben will, der ist verloren. Es wäre ihm besser, er spränge ins Wasser, obgleich Wasser auch verächtlich ist. Du kleiner Sackermentsschwindler, du!« Dabei erhob er den Kopf und stierte aus seinen schwimmenden Augen liebevoll auf Veitel.

»Seid Ihr doch selbst gekommen, um Geld von mir zu holen«, antwortete ihm Veitel mit gezwungenem Lächeln.

»Ja, ich bin fest«, antwortete Hippus lallend, »ich bin nicht von Fleisch und Blut, ich bin Hippus, ich bin der Tod.« Dabei versuchte er geistreich zu lachen.

Draußen tönte die Schelle, Veitel rief: »Verhaltet Euch ruhig!« schloß die Tür, setzte sich auf das Sofa, faßte die Bernsteinspitze und erwartete seinen Besuch.

In dem Vorzimmer klirrte ein Säbel, ein Husarenoffizier trat ein. Eugen Rothsattel war in dem letzten Winter ein wenig älter geworden, sein feines Gesicht war hagerer, und um den untern Teil seiner Augen zog sich ein bläulicher Ring. Er trat mit einem Schein von Gleichgültigkeit ein, der Herrn Itzig keinen Augenblick zu täuschen vermochte, denn hinter dieser Maske erkannte sein erfahrener Blick deutlich das Fieber, welches bedrängten Schuldnern eigentümlich ist.

»Herr Itzig?« fragte der Offizier von oben herunter.

»So heiße ich«, antwortete Veitel und stand nachlässig vom Sofa auf.

Unruhig sah Eugen in das Gesicht des Geldmanns. Der jetzt seine Anrede erwartete, war derselbe, vor dem schon sein Vater gewarnt war, und jetzt trieb das Schicksal auch ihn in dasselbe Netz. »Ich habe in diesen Tagen eine Schuld an hiesige Agenten zu zahlen«, begann der Leutnant, »an Herren Ihrer Bekanntschaft. Als ich deshalb Rücksprache mit ihnen nehmen wollte, ist mir von beiden mitgeteilt worden, daß sie ihre Forderungen an Sie verkauft haben.«

»Ich habe es ungern getan«, erwiderte Veitel, »ich habe nicht gern zu tun mit den Herren Offizieren. Es sind zwei Schuldscheine über elfhundert und achthundert, zusammen neunzehnhundert Taler.« Er griff in eine Mappe und holte die Dokumente heraus. »Erkennen Sie diese Unterschrift als die Ihrige?« fragte er kalt, »und erkennen Sie diese neunzehnhundert Taler als die Summe an, welche Ihnen geliehen ist?«

»Es mag wohl soviel darin stehen«, antwortete der Leutnant unwillig.

»Ich frage, ob Sie anerkennen, daß Sie mir zu zahlen haben diese Summe auf diese zwei Verschreibungen?« fragte Veitel wieder.

»In Teufels Namen, ja«, rief der Leutnant, »ich erkenne die Schuld an, obgleich ich nicht die Hälfte in Geld erhalten habe.«

Veitel schloß die Solawechsel in sein Pult und sagte, indem er die Achseln zuckte, spöttisch: »Ich habe doch die volle Summe bezahlt den beiden Leuten. Ich werde mir also holen bei Ihnen morgen und übermorgen mein Geld.«

Der Offizier schwieg eine Weile, langsam röteten sich seine eingefallenen Wangen. Endlich, nach einem harten Kampfe, begann er: »Ich bitte Sie, Herr Itzig, mir noch Frist zu geben.«

Veitel ergriff seine Bernsteinspitze und drehte behaglich daran, als er antwortete: »Ich gebe Ihnen keinen Kredit weiter.«

»Seien Sie verständig Itzig«, sagte der Offizier mit erzwungener Vertraulichkeit. »Ich bin vielleicht in kurzem in der Lage, Ihnen zu zahlen.«

»Sie werden in einigen Wochen so wenig Geld haben, als jetzt«, entgegnete Veitel grob.

»Ich bin bereit, Ihnen eine größere Summe zu verschreiben, wenn Sie sich gedulden.«

»Ich mache niemals solche Geschäfte«, log Veitel.

»Ich schaffe Ihnen eine Anerkennung der Schuld durch meinen Vater.«

»Der Herr von Rothsattel hat geradeso viel Kredit bei mir, als Sie selber.«

Der Leutnant stieß zornig seinen Säbel auf den Boden. »Und wenn ich nicht zahle?« brach er los. »Sie wissen, daß ich gesetzlich dazu nicht verpflichtet bin.«

»Ich weiß«, versetzte Veitel ruhig. »Werden Sie zahlen morgen und übermorgen?«

»Ich kann nicht«, rief Eugen in aufrichtiger Verzweiflung.

»Dann tragen Sie Sorge für den Rock, den Sie anhaben«, sagte Veitel sich abwendend.

»Wohlfart hatte recht, mich vor Ihnen zu warnen«, rief Eugen außer sich. »Sie sind ein hartgekochter –«, er drängte das letzte Wort zurück.

»Sprechen Sie ruhig aus«, sagte Itzig, »es hört Sie niemand. Was Sie reden, ist wie das Feuer im Ofen, es knistert, in einer Stunde ist's Kohle. Was Sie mir hier wollen sagen unter vier Augen, das werden von Ihnen in drei Tagen die Leute auf der Straße sagen, wenn Sie nicht zahlen.«

Eugen wandte sich mit einem Fluche ab, an der Tür blieb er noch einen Augenblick stehen, dann stürzte er zornig hinaus. Veitel sah ihm triumphierend nach. »Der Sohn wie der Vater, er sitzt darin, wie er sitzen muß«, sagte er vor sich hin; »er kann nicht schaffen das Geld. Es geht zu Ende mit den Rothsatteln, und der Wohlfart wird sie nicht halten. – Wenn ich verheiratet bin mit der Rosalie, so sind mein auch Ehrenthals Hypotheken. Dann können die Scheine, die bei dem Schwiegervater verschwunden sind, sich unter seinen Papieren wiederfinden. Dann habe ich den Baron in Händen und das Gut ist mein.«

Nach diesem Selbstgespräch öffnete er die Tür, welche Herrn Hippus und den vornehmen Besuch, den Versunkenen und den Sinkenden, getrennt hatte, und fand den kleinen Advokaten eingeschlafen, den Kopf auf den Händen, die Hände über den Akten. Mit herzlicher Verachtung sah Itzig auf das schwärzliche Bündel und sagte: »Er wird mir lästig. Er sagte, er wäre der Tod, ich wollte, er wäre tot, und ich wäre von ihm frei.« Unsanft rüttelte er den alten Mann auf und schrie ihn an: »Ihr seid zu nichts gut, als zum Schlafen, was mußtet Ihr hierherkommen, um zu schnarchen? Geht nach Hause, ich werde Euch die Akten geben, wenn Ihr in besserer Verfassung seid.«

Als der Advokat unter dem Versprechen, am Nachmittag wiederzukommen, schläfrig hinausgewankt war, bürstete Itzig mit beneidenswerter Fertigkeit seinen seidenen Hut, zog den besten Rock an, gab seinem Haar vor dem goldenen Spiegel den genialen Fall und ging nach dem Hause seines Gegners Ehrenthal.

Als er in den Hausflur trat, warf er seinen scheuen Blick auf die Tür des Comtoirs und eilte vorüber nach der Treppe. Auf der untersten Stufe hielt er an. »Er sitzt wieder im Comtoir«, sagte er horchend zu sich selbst, »ich höre ihn brummen, so brummt er oft, wenn er allein ist. Ich will's wagen, ich gehe hinein, vielleicht ist mit ihm ein Wort zu reden.« Er schritt zögernd zu der Tür und horchte wieder, dann faßte er ein Herz und öffnete schnell. In dem dämmrigen Raume saß auf dem Lederstuhle einsam eine zusammengedrückte Gestalt, auf dem Kopfe einen unförmlichen Hut; sie nickte mit dem Kopfe vor sich hin und murmelte unverständliche Worte. Wie hatte sich Hirsch Ehrenthal in dem letzten Jahre verändert! Als er das letztemal vom Gute des Freiherrn fuhr, war er ein rundlicher Mann von ansehnlicher Art gewesen, ein wohlkonservierter Mann, der seine Busennadel anzustecken wußte, um vor den Frauen stattlich auszusehen; das Haupt, welches jetzt in nervöser Schwäche nickte, war das Haupt eines alten Mannes, und an dem faltigen Gesicht hing ein Bart, den das Schermesser wochenlang nicht berührt hatte. Er war ein Bild des kläglichen Verfalles, wo der Geist dem Körper noch vorläuft auf dem Wege zur zweiten Wiege.

Der Agent stand an der Tür und sah betroffen auf seinen früheren Brotherrn, der in seine Träume versunken nur noch halb der

Geschäftswelt angehörte. Endlich begann er näher tretend: »Ich will mit Ihnen reden, Herr Ehrenthal.«

Der Alte fuhr fort mit dem Kopfe zu nicken und antwortete mit zitternder Stimme: »Hirsch Ehrenthal bin ich, was haben Sie zu reden mit mir?«

»Ich will mit Ihnen sprechen über ein großes Geschäft«, fuhr Itzig fort.

»Ich höre«, sagte Ehrenthal ohne aufzusehn. »Wenn es ein großes Geschäft ist, warum sprechen Sie nicht?«

»Sie kennen mich doch, Hirsch Ehrenthal?« schrie Itzig sich zu dem Alten vorbeugend.

Der Mann im Lederstuhle sah mit müden Augen auf und starrte den andern an, endlich erkannte er ihn. Er rückte sich heftig von seinem Sitze in die Höhe und stand mit vorgebeugtem Halse da. Immer noch nickte das Haupt, aber die Augen ruhten mit einem Blicke voll Furcht und Haß auf dem Agenten. »Was wollen Sie hier in meinem Comtoir?« rief er mit bebender Stimme. »Wie können Sie wagen, zu treten vor meine Augen? Gehn Sie hinaus, Sie Mensch.«

Itzig blieb stehen. »Schreien Sie nicht wie ein Hahn, ich tue Ihnen nichts, ich will mit Ihnen reden über große Sachen, wenn Sie ruhig sein wollen, wie ein Mann in Ihren Jahren sein muß.«

»Es ist der Itzig«, murmelte der Alte vor sich hin, »er will reden von großen Sachen, ich soll ruhig sein. – Wie kann ich ruhig sein«, schrie er wieder auf, »wenn ich Sie erblicke vor meinen Augen? Sie sind mein Feind, sie haben mich ruiniert hier und haben mich ruiniert da. Sie sind gewesen für mich, wie der Böse mit dem Schwerte, an welchem der Tropfen Galle hängt. Ich habe aufgetan den Mund, und Sie haben mir hineingestoßen Ihr Schwert, die Galle ist gekommen in mein Herz, und ich muß zittern, wenn ich Sie ansehe.«

»Werden Sie ruhig«, sagte Itzig, »und wenn Sie ruhig sind dann hören Sie mich an.«

»Heißt er Itzig?« summte der Alte wieder vor sich hin. »Er nennt sich Itzig, aber wenn er in die Stadt geht, heulen die Hunde. Ich will Sie nicht sehen«, rief er, sich wieder aufrichtend, »gehen Sie hinaus, es ist mir zuwider Ihr Anblick, ich will lieber zu tun haben mit einer Spinne, als mit Ihnen.«

Veitel sagte mit Ergebung: »Was geschehn ist, Ehrenthal, ist geschehn und ist darüber nicht mehr zu reden. Sie sind feindlich gewesen gegen mich, und ich habe gehandelt gegen Sie, es ist gewesen einer wie der andere.«

»Er hat gegessen alle Sonntage in meinem Hause«, grollte der Alte wieder.

»Weil Sie daran denken«, fuhr Veitel fort, »will ich auch daran denken. Ja, ich habe gegessen an Ihrem Tische, und deswegen tut es mir leid, wenn wir beide in Feindschaft gekommen sind. Ich habe immer gehabt eine große Anhänglichkeit an Ihr Haus.«

»Du hast mir gezeigt deine Anhänglichkeit, junger Itzig«, fuhr der Alte fort. »Du bist es, der gekommen ist in mein Haus und der mich hat geschlagen, noch bevor ich liege in meinem Grabe; du bist es, welcher mir macht alle Tage des Chibbut Hakkefer.«

»Was reden Sie für ungewaschenes Zeug«, rief Veitel ärgerlich, »was tun Sie immer, als ob Sie wären tot, und ich der böse Geist mit dem Schwerte. Ich bin hier und will Ihnen bringen gutes Leben und nicht den Tod. Ich will machen, daß Sie wieder zu Ansehen kommen unter unseren Leuten, und daß die auf der Straße wieder abnehmen den Hut, wie sie ihn abgenommen haben, bevor der Hirsch Ehrenthal kindisch wurde.«

Ehrenthal nahm mechanisch seinen Hut ab und setzte ihn wieder auf. Sein Haar war weiß geworden.

»Es soll Freundschaft werden zwischen Ihnen und mir«, fuhr Veitel beredt fort, »und Ihre Geschäfte sollen mir sein, wie die meinigen. Ich habe Ihnen geschickt mehr als einen Mann aus Ihrer Verwandtschaft und habe Ihnen sagen lassen, was ich von Ihnen, will, und Ihre Frau, die Madame Ehrenthal, hat Ihnen oft dasselbe gesagt. Ich bin ein Mann geworden, der seine Geschäfte mit den besten Leuten macht, ich kann Ihnen ein sicheres Kapital aufweisen, das größer sein wird als Sie denken. Warum sollen wir nicht unser Geld zusammentun? Wenn Sie als Vater mir geben wollen Ihre Tochter Rosalie, so werde ich an Ihnen handeln können als Ihr Schwiegersohn.« Der alte Ehrenthal sah den Freiwerber mit einem Blicke an, in dem ein Strahl der alten Schlauheit durch die blöde Schwäche blitzte. »Wenn Sie haben wollen meine Tochter Rosalie«, erwiderte er, »so sollen Sie hören die einzige Frage, die ich habe an Sie. Was können Sie mir geben, wenn ich Ihnen gebe die Rosalie?«

»Ich will's Ihnen vorrechnen zu jeder Stunde«, rief Veitel.

»Sie können mir vorrechnen vieles«, sagte Hirsch Ehrenthal abwehrend. »Aber ich will nur eines von Ihnen fordern. Wenn Sie mir wiedergeben können meinen Sohn Bernhard, so sollen Sie haben meine Tochter. Können Sie mir nicht holen meinen Bernhard aus dem Grabe, so sage ich Ihnen, solange ich eine Stimme habe in meinem Munde: Gehn Sie hinaus, hinaus aus meinem Comtoir. Hinaus!« schrie er in plötzlicher Wut und ballte beide Hände gegen den Freier. Veitel trat eilig in den Schatten der Tür, der alte Mann sank wieder in seinen Stuhl und drohte und schwatzte vor sich hin.

Itzig sah von der Tür dem Treiben zu, bis die Klage des Alten aufhörte, und wieder undeutliche Worte von seinen Lippen fielen; dann zuckte er mit den Achseln und verließ das Zimmer.

Während er die Treppe hinaufstieg, den Frauen seinen Besuch zu machen, bewegte er noch oft die Achseln, um seine Verachtung des Schwächlings auszudrücken. Dann zog er an der Klingel und wurde von der Köchin mit zerknitterter Haube unter vertraulichem Lächeln eingelassen.

Unterdes eilte Eugen ratlos aus einer Offizierstube in die andere. Er trat in die Weinstube von Feroni, die Austern waren nicht zu genießen, der Burgunder schmeckte wie Tinte. Wieder lief er die Straßen auf und ab, Angstschweiß auf der Stirn. So verging dem armen Jungen der Tag. Endlich setzte er sich todmüde in eine Konditorei und überdachte noch einmal die letzten Möglichkeiten. Wenn Wohlfart zur Stelle wäre! Aber es war zu spät, ihn zu benachrichtigen. Die Agenten hatten ihn mit unbestimmten Versprechungen einer Verlängerung hingehalten, erst gestern abend hatten sie ihm beide zu gleicher Zeit geschrieben, daß ihre Forderung auf Herrn Itzig übergegangen sei. Wohl war es zu spät, an Wohlfart zu schreiben, aber hatte dieser zuverlässige Freund nicht irgendeinen Bekannten am Orte? – Als Anton den jungen Sturm empfohlen, hatte er ihm gesagt, »der Vater des Amtmanns ist ein sicherer Mann; und nicht ohne einige Mittel«. Vom Vater eines Husars, der im Dienste seiner Familie stand, konnte er vielleicht das Geld erhalten, wenn der Alte überhaupt Geld hatte. Das war die Frage. Er forderte das Adreßbuch: Johann Sturm, Auflader, Inselgasse Nr. 7. In einer Droschke fuhr er hinaus. Eilig pochte er an, ein mächtiges Herein war die Antwort. Der geängstigte Offizier überschritt die Schwelle des Aufladers.

Vater Sturm saß einsam bei seinem Bierkruge, ein kleines Tageblatt in der Hand, so klein, daß jedermann einsah, es war für den alten Sturm weder geschrieben, noch gedruckt, noch ausgegeben worden. »Ein Husar«, rief Sturm und blieb vor Erstaunen auf seiner Bank sitzen. Auch der Offizier war betroffen von der kolossalen Gestalt, die ihn mit großen Augen anblickte; so sahen beide einander an.

»Richtig«, sagte der Riese, »es ist ein Husar, vom Regiment meines Karl; der Rock stimmt, die Schnüre stimmen. Seid mir gegrüßt, Kamerad«, und er erhob sich. Jetzt erst erkannte er das Metall der Schnüre. »Der Tausend, ein Herr Offizier!«

»Mein Name ist Eugen von Rothsattel«, begann der Leutnant, »ich bin ein Bekannter von Herrn Wohlfart.«

»Von Herrn Wohlfart und von meinem Sohne Karl«, sagte Sturm in Eifer, »hier nehmen Sie Platz, Herr Offizier, es ist mir ausnehmende Freude und Ehre.« Er trug einen Stuhl herbei und setzte ihn in seinem Diensteifer vor Eugen hin, daß die Tür schütterte. Eugen wollte sich setzen. »Noch nicht«, sagte der alte Sturm, »erst abwischen, die Uniform könnte leiden. Seit mein Karl fort mußte, ist es hier etwas staubig.« Er wischte und glättete mit einem Tuche den Stuhl für seinen Gast. »So mein Herr, jetzt erlauben Sie, daß ich mich Ihnen gegenübersetze. Sie bringen mir Nachricht von meinem Kleinen?«

»Keine andere«, erwiderte Eugen, »als daß er sich wohlbefindet und daß mein Vater mit seiner Tätigkeit sehr zufrieden ist.«

»So?« rief Sturm, über das ganze Gesicht lachend und klopfte mit seinen Fingern auf den Tisch, daß ein kleines Erdbeben in der Stube entstand; »ich wußte, daß Ihr Herr Vater mit ihm zufrieden sein würde. Ich hätte Ihnen das schriftlich geben wollen auf Stempelpapier. Er war schon ein praktischer Junge, als er noch so groß war«, er bezeichnete mit der Hand einen Zustand menschlicher Kleinheit, welche keinem sterblichen Menschen, auch nicht am ersten Tage seines sichtbaren Lebens, vergönnt ist.

»Kann er denn aber auch alles machen?« frug er ängstlich weiter,

»wegen dem, Sie wissen schon!« Er hielt dem Leutnant seine großen Finger entgegen und machte mit diesen vertrauliche Zeichen in der Luft. »Mittelfinger und Goldfinger, ach, das war ein großes Unglück, Herr Offizier.«

Eugen erinnerte sich an den unglücklichen Zufall. »Er hat's überwunden«, sagte er verlegen über die Rolle, zu welcher das Vatergefühl des Riesen ihn verurteilte. »Was mich zu Ihnen führt, ist eine Bitte.«

»Eine Bitte?« lachte Sturm, »fordern Sie, Herr Baron! Das ist keine Redensart. Jeder aus dem Hause, in welchem mein Karl wohnt und Amtmann ist, hat das Recht, von dem alten Sturm zu fordern. Das ist meine glatte Ansicht.« Er strich mit der Hand über den Tisch.

»Um es also kurz zu sagen, Herr Sturm«, fuhr Eugen fort, »ich bin in der Lage, morgen eine große Zahlung zu machen, und bedarf dazu Geld. Die Sache ist plötzlich gekommen, ich habe keine Zeit mehr, meinen Vater zu benachrichtigen. Ich weiß hier in der Stadt niemanden, an den ich mich mit solchem Vertrauen wenden möchte, als an den Vater unsers Amtmanns.«

Sturm beugte sich vor und schlug den Offizier in seiner Freude heftig auf das Knie. »Das war ehrlich gesprochen; Sie sind ein Herr, der auf sein Haus hält, und der nicht zu Fremden geht, wenn er das Ding von seinen Leuten haben kann. Sie brauchen Geld? Mein Karl ist Amtmann bei Ihrem Herrn Vater, mein Karl hat etwas Geld, so ist alles in der Ordnung. Wieviel brauchen Sie? Sind's hundert, sind's zweihundert Taler? Geld ist da.«

»Fast nehme ich Anstand, Herr Sturm, Ihnen die Summe zu nennen«, sagte Eugen befangen, »es sind neunzehnhundert Taler.«

»Neunzehnhundert Taler«, wiederholte der Riese erstaunt, »das ist ein Kapital, es ist ein Haus, das ist, was die Leute ein Geschäft nennen.«

»Das ist es, Herr Sturm«, fuhr Eugen bekümmert fort. »Und da Sie so freundlich gegen mich sind, so muß ich Ihnen auch sagen, es tut mir herzlich leid, daß es so viel ist. Ich bin bereit, Ihnen einen Schuldschein darüber auszustellen und das Geld, so hoch sie wünschen, zu verzinsen.«

»Wissen Sie was«, sagte Sturm nachdenkend, »über die Zinsen wollen wir nicht reden, das machen Sie mit meinem Karl ab. Was aber den Schuldschein betrifft, so ist das ein guter Gedanke von Ihnen. Ein Schein ist angenehm wegen Leben und Sterben. Sie und ich, wir brauchen das nicht gegeneinander, aber ich kann sterben vor meiner Zeit. Das würde nicht schaden, denn alsdann sind Sie da, der von der Geschichte weiß. Aber Sie könnten sterben, was ich gar nicht fürchte; im Gegenteil«, setzte er begütigend hinzu, »aber Sie könnten doch sterben, und dann müßte mein Karl Ihre Unterschrift haben, damit er hervortreten könnte und sagen: ›Mein armer junger Herr Baron hat dieses hier geschrieben, folglich zahlt.‹«

»Also Sie wollen die Güte haben, mir das Geld zu leihen?«

»Es ist keine Güte«, sagte Sturm verweisend, »es ist meine Schuldigkeit, da die Sache ein Geschäft ist, und mein Zwerg Ihr Amtmann ist.«

Gerührt sah Eugen in das lachende Gesicht des Riesen. »Aber, Herr Sturm, ich brauche das Geld schon morgen«, sagte er.

»Natürlich«, erwiderte Sturm, »das ist gerade, was mir recht ist. Kommen Sie, Herr Baron.« Er nahm das Licht und führte ihn in die Kammer. »Entschuldigen Sie nur, daß es hier so unordentlich aussieht, ich bin ein einzelner Mann und den ganzen Tag bei meiner Arbeit. Sehen Sie, hier ist mein Geldkasten. Er zog den eisernen Kasten hervor. »Vor Spitzbuben ist er sicher«, sagte er mit Selbstgefühl. »Niemand in der Stadt kann ihn von der Stelle rücken, als ich, niemand kann ihn aufschließen, denn das Schloß ist ein Meisterstück von dem Vater meiner seligen Frau. Es können wenige den Deckel aufheben, außer mir, und wenn ihrer viele kommen, so finden sie Arbeit, die ihnen zu heiß wird. Glauben Sie, daß das Geld hier sicher ist vor Gaunern und solchem Volk?« sagte er triumphierend. Er war im Begriff, den Schlüssel ins Schloß zu stecken. »Halt«, unterbrach er sich, »noch eins: ich habe ein Vertrauen zu Ihnen, Herr Baron, wie zu meinem Karl, das versteht sich, aber beantworten Sie mir zuvor diese Frage: Sind Sie auch der junge Herr Baron?«

Jetzt konnte Eugen lächeln, er griff in seine Tasche und sagte: »Hier ist mein Patent.«

»Ah, viel Ehre!« rief Sturm, faßte das Papier behutsam und las bedächtig den Namen, dann sah er auf die Züge, die darunterstanden, neigte sein Haupt und gab es mit zwei Fingern in großem Respekt zurück.

»Und hier«, fuhr Eugen fort, »habe ich zufällig einen Brief Wohlfarts in der Tasche.«

»Versteht sich«, rief Sturm, auf die Adresse blickend, »dieses ist seine leibhaftige Hand.«

»Und hier seine Unterschrift«, sagte Eugen.

»Ihr ergebenster Wohlfart«, las der Riese; »ja, wenn der das schreibt, so können Sie glauben, daß es wahr ist. – So, jetzt ist das Geschäftliche abgemacht«, fuhr er fort und schloß den Kasten auf. »Hier ist Geld. Also neunzehnhundert Taler. Er hob fünf große Beutel aus dem Kasten, faßte sie gemächlich mit einer Hand und überreichte sie Eugen. »Hier tausend.«

Eugen versuchte vergebens, die Beutel festzuhalten.

»Ja so«, sagte der Riese, »ich werde sie Ihnen schon in den Wagen tragen, das andere muß ich Ihnen in Pfandbriefen geben. Diese sind etwas weniger wert, als hundert Taler, das wissen Sie natürlich.« »Es tut nichts«, sagte Eugen.

»Nein«, sagte der Riese, »Sie bemerken es in dem Schuldschein. So ist das Geschäft glücklich abgemacht.« Er schloß den Kasten wieder zu und schob ihn unter das Bett.

Eugen trat mit leichtem Herzen in das Zimmer. »Jetzt trage ich Ihnen die Säcke nach dem Wagen«, rief Sturm.

»Noch den Schuldschein«, erinnerte Eugen.

»Richtig«, nickte der Riese, »Ordnung muß sein. Sehen Sie zu, ob Sie mit meiner groben Feder schreiben können. Hätte ich gewußt, daß ich einen so feinen Besuch haben würde, so hätte ich mir eine bessere von Herr Schröter mitgebracht.«

Eugen verfaßte einen Schuldschein, Sturm saß unterdessen neben seinem Bierkruge ihm gegenüber und sah ihm in behaglicher Stimmung zu. Dann begleitete er ihn zum Wagen und sagte beim Abschiede: »Grüßen Sie mir recht herzlich meinen Kleinen und Herrn Wohlfart. Ich hatte dem Karl versprochen, zu Weihnachten zu ihm zu kommen wegen des Christbaums. Aber es geht nicht mehr recht mit meiner Gesundheit. Neunundvierzig sind vorbei.«

Einige Zeit darauf schrieb Eugen an Anton und zeigte ihm kurz an, daß er von dem Vater Sturm neunzehnhundert Taler gegen einen Schuldschein geliehen habe. »Suchen Sie die Sache zu arrangieren«, schloß der Brief, »natürlich darf mein Vater nichts davon erfahren. Ein gutherziger närrischer Teufel, der alte Sturm, denken Sie auf etwas Hübsches für seinen Sohn, den Husar, das ich ihm mitbringen kann, sobald ich zu Euch komme.«

Empört warf Anton den Brief auf den Tisch. »Es ist ihnen nicht zu helfen, der Prinzipal hatte recht. In goldenen Armbändern für eine feile Tänzerin, mit den Würfeln unter zuchtlosen Kameraden den hat er das Geld vergeudet und bezahlt seine Wucherschulden mit dem sauern Verdienst eines ehrlichen Arbeiters.« Er rief Karl in sein Zimmer.

»Es hat mir manchmal leid getan, daß ich dich in diese Unordnung hereingezogen habe, heut fühle ich tief, daß es ein Unrecht war. Ich schäme mich, dir zu sagen, was geschehen ist. Der junge Rothsattel hat die Gutherzigkeit deines Vaters benutzt, ihm neunzehnhundert Taler abzuborgen.«

»Neunzehnhundert Taler von meinem Alten!« rief Karl erstaunt. »Hat mein Goliath soviel Geld zu verleihen? Gegen mich hat er immer getan, als verstände er nicht zu sparen.«

»Ein Teil deines Erbes ist hingegeben gegen einen wertlosen Schuldschein, und die Sache wird noch empörender durch die Gleichgültigkeit, mit welcher der leichtsinnige Borger sie behandelt. Hat dir denn dein Vater gar nichts darüber geschrieben?«

»Der!« rief Karl, »das tut er sicher nicht. – Mir ist nur unlieb, daß Sie sich über die Geschichte so sehr ärgern. Ich bitte Sie um alles, machen Sie keinen Lärm. Sie wissen am besten, wieviel Wolken über diesem Hause stehen, vergrößern Sie den Kummer der Eltern nicht um meinetwillen.«

»Hier schweigen«, erwiderte Anton, »heißt sich zum Mitschuldigen eines schlechten Streichs machen. Du schreib deinem Vater auf der Stelle, er soll in Zukunft niemals wieder so gefällig sein; denn der Kavalier ist imstande, bei nächster Gelegenheit wieder zu deinem Vater zu gehn.«

Darauf schrieb Anton an Eugen: »Ein Arrangieren Ihrer Schuld ist unmöglich, wenn ich Ihrem Herrn Vater nichts davon mitteilen soll, und selbst in diesem Fall weiß ich wenigstens nicht, wo eine Deckung derselben gefunden werden kann. Ich verschweige Ihnen nicht, daß ich Ihre Anleihe bei dem Vater des Amtmann Sturm für sehr unrecht halte. Sie und Ihr Herr Vater haben der aufopfernden Tätigkeit des Sohnes ohnedies so viel zu danken, daß der geringe Gehalt, den derselbe unter den hiesigen Verhältnissen erhalten kann, nur als eine ungenügende Vergütung erscheint. Deshalb muß ich Sie dringend bitten, dem Auflader Sturm wenigstens soviel Sicherheit zu verschaffen, als ihm gegeben werden kann. Diese Sicherheit liegt in der Anerkennung der Schuld durch Ihren Herrn Vater. Sie werden mit mir einverstanden sein, daß am zweckmäßigsten Sie selbst dem Herrn Freiherrn die nötigen Mitteilungen machen. Ich bitte dies nicht bis zu Ihrem Besuch hinauszuschieben, weil mir jede Woche, in welcher diese Angelegenheit unerledigt bleibt, als Verlängerung einer Täuschung erscheint, welche Ihrer nicht würdig ist.«

Und zu Karl sagte Anton: »Wenn er seinem Vater kein Bekenntnis macht, so werde ich am ersten Tage seines Besuchs den Freiherrn in seiner Gegenwart von dem Schuldschein unterrichten. Sprich nicht dagegen, du bist gerade wie dein Vater.«

Die Folge dieses Briefes war, daß Eugen an Anton gar nicht mehr schrieb und den nächsten Brief an seinen Vater einige nicht ganz verständliche Sätze zufügte. Wohlfart sei ein Mann, gegen den sie wohl einige Verpflichtungen hätten, das Schlimme sei nur, daß bei solchen Leuten dadurch Dünkel entstehe und ein Hofmeisterton, der unerträglich werden könne. Am besten sei, sich dergleichen Menschen mit gutem Anstand vom Halse zu schaffen. Diese Ansicht war sehr nach dem Herzen des Freiherrn, und er lobte sie höchlich. »Eugen hat immer ein richtiges Urteil«, sagte er; »auch wünsche ich sehnlich, daß der Tag recht bald kommt, wo ich selbst wieder imstande bin, die Wirtschaft zu übersehen und unsern Herrn Wohlfart zu entlassen.«

Die Baronin, welche den Brief ihrem Gemahl vorgelesen hatte, entgegnete: »Du würdest Wohlfart doch sehr vermissen, wenn er je von uns scheiden sollte«; dann legte sie den Brief zusammen und verbarg ihn in die Tasche ihres Kleides.

Lenore aber war außerstande, ihren Unwillen zu beherrschen, sie verließ schweigend das Zimmer und suchte Anton in dem Wirtschaftshofe auf.

»Was haben Sie mit Eugen?« rief sie ihm entgegen.

»Hat er mich bei Ihnen verklagt?« frug Anton zurück.

»Bei mir nicht«, erwiderte Lenore, »aber er spricht in seinem Briefe an die Eltern nicht in der Weise von Ihnen, die ihm so gut stand.«

»Vielleicht ist's Zufall«, erwiderte Anton, »oder eine Verstimmung, die sich wohl geben wird.«

»Nein, es ist mehr, und ich will es wissen.«

»Wenn es mehr ist, so können Sie es nur von ihm selbst erfahren.«

»Dann, Wohlfart«, rief Lenore, »hat Eugen etwas Unrechtes getan, und Sie wissen davon.«

»Was es auch sein mag«, entgegnete Anton ernst, »es ist nicht mein Geheimnis, sonst würde ich es Ihnen nicht verschweigen. Ich bitte Sie, zu glauben, daß ich gegen Ihren Bruder ehrlich gehandelt habe.«

»Was ich glaube, kann Ihnen nichts nützen«, rief Lenore. »Ich soll von nichts wissen, ich verstehe nichts, ich kann in dieser angstvollen Zeit nichts tun, als mich ärgern, wenn man ungerecht gegen Sie ist.«

»Oft«, fuhr Anton fort, »fühle ich die Verantwortlichkeit, welche mir durch die Krankheit Ihres Herrn Vaters aufgelegt wird, als eine gefährliche Last; seine Verstimmung richtet sich natürlich auch manchmal gegen mich, der ich ihm Unwillkommenes mitteilen muß. Das ist nicht zu vermeiden. Ich habe den Mut, auch peinliche Stunden durchzumachen, solange Sie und die Frau Baronin sich die Überzeugung nicht erschüttern lassen, daß ich immer in Ihrem Interesse handle, so gut ich es verstehe.«

»Meine Mutter weiß, was Sie uns sind«, sagte Lenore, »niemals spricht sie zu mir von Ihnen, aber ich sehe es an ihrem Blick, wenn sie über den Tisch auf Ihr Gesicht sieht. Sie hat immer zu verbergen gewußt, was sie dachte, ihren Schmerz und ihre Sorgen, jetzt verhüllt sie sich noch mehr als sonst. Auch vor mir. Wie hinter einem weißen Schleier sehe ich ihr reines Bild, ihr Körper ist so schwach geworden, daß mir manchmal die Tränen in die Augen steigen, wenn ich sie ansehe. Sie spricht immer das Gute und Verständige, aber sie scheint teilnahmslos für vieles, und wenn sie bei meinen Reden lächelt, so ist mir, als mache auch die Heiterkeit ihr innern Schmerz.«

»Ja, so ist sie«, rief Anton traurig.

»Sie lebt nur noch für die Pflege des Vaters; was sie innerlich leidet, das erfährt niemand, auch ihre Tochter nicht. Sie ist wie ein Engel, Wohlfart, der nur noch ungern auf dieser Erde verweilt. Ich kann ihr nur wenig sein, und ich fühle das; ich bin unbehilflich, und mir fehlt alles, was meine Mutter so schön macht, die Selbstbeherrschung, ihre ruhige Haltung, die reizende Form. – Die Krankheit des Vaters, der leichte Sinn des Bruders, und meine Mutter bei aller Liebe verschlossen gegen mich, Wohlfart, ich bin recht allein.« Sie lehnte sich auf den Brunnenrand und weinte.

»Vielleicht mußte es so kommen zu Ihrem Besten«, tröstete Anton mit warmem Mitgefühl von der andern Seite des Brunnens. »Sie sind eine kräftige Natur, und ich glaube, Sie können sehr leidenschaftlich empfinden.«

»Ich kann sehr böse sein«, sagte Lenore unter Tränen beistimmend, »und wieder sehr ausgelassen.«

»Sie waren aufgewachsen, sorglos, in glücklichen Verhältnissen, und Ihr Leben war leicht wie ein Spiel.«

»Das Lernen ist mir schwer genug geworden«, schalt Lenore ein.

»Ich denke mir, daß Sie in Gefahr waren, bei Ihrem Wesen ein wenig wild und übermütig zu werden.«

»Ich fürchte, ich war's«, rief Lenore.

»Jetzt haben Sie schwere Leiden ertragen müssen, und die Gegenwart sieht hier recht ernsthaft aus. Und wenn ich das Ihnen sagen darf, liebes Fräulein, ich meine, Sie werden hier gerade das finden, was die Frau Baronin in der großen Welt gewonnen hat, Haltung und Innerlichkeit. Mir kommt manchmal vor, als hätten Sie sich schon verändert.«

»Ich war früher ein recht unausstehlicher Wildfang?« frug Lenore unter Tränen lachend und sah Anton trotz ihrer Ehrlichkeit mit mädchenhafter Schelmerei an. Anton mußte an sich halten, ihr nicht zu sagen, wie liebenswürdig sie in diesem Augenblick war. Aber der gute Junge bezwang sich tapfer und sagte so kühl als möglich: »Es war nicht so arg, liebes Fräulein.«

»Und wissen Sie, was Sie sind?« frug Lenore scherzend. »Sie sind, wie Eugen schreibt, ein kleiner Schulmeister.«

»Also das hat er geschrieben«, rief Anton erleichtert.

Lenore wurde plötzlich ernst. »Sprechen wir nicht von ihm. Als ich seinen Brief hörte, kam ich her, um Ihnen zu sagen, daß ich Ihnen vertraue wie niemandem sonst auf Erden, wenn es nicht meine gute Mutter ist, daß ich Ihnen immer vertrauen werde, so lange ich lebe, daß nichts meinen Glauben an Sie erschüttern kann, daß ich überzeugt bin, Sie sind der einzige Freund, den wir in unserer Not haben, und daß ich Ihnen auf den Knien abbitten möchte, wenn jemand sie in der Stille mit Worten kränkt, oder auch nur durch seine Gesinnung.«

»Lenore! Liebes Fräulein«, rief Anton glücklich, – »sprechen Sie nicht weiter.«

»Und noch wollte ich sagen«, fuhr Lenore fort, »wie ich Sie bewundere, daß Sie so sicher unter uns Ihren Weg gehn und mit allen Leuten fertig werden, ohne sich etwas zu vergeben, und wie Sie allein es sind, der auf diesen Gütern Ordnung einführt und einen bessern Zustand. Das lag mir auf der Seele, und jetzt wissen Sie's, Wohlfart.«

»Ich danke Ihnen, Fräulein«, rief Anton, »Sie machen mir durch Ihre Worte einen frohen Tag. Aber ich bin nicht so sicher und stark, als sie glauben. Wenn ich dies Gut ansehe, und was darauf geschehen muß, so fühle ich alle Tage mehr, daß ich's nicht bin, der hier gründlich helfen kann. Wenn ich jemals wünschen könnte, daß Sie nicht die Tochter des Freiherrn wären, sondern ein Mann, so ist es, wenn ich über die Äcker dieses Gutes gehe.«

»Ja, sehen Sie«, sagte Lenore, »das ist mein alter Kummer, unser früherer Amtmann hat mir das auch schon gesagt. Wenn ich über meinem Stickmuster sitze und Sie mit Herrn Sturm auf das Feld gehn sehe, dann wird mir glühend heiß, und ich werfe meinen unnützen Kram beiseite. Ich kann nichts als Brot essen, und verstehe nichts als Geld für Spitzen ausgeben, und auch das verstehe ich noch nicht einmal, wie Mama sagt. Sie aber müssen sich schon die ungeschickte Lenore gefallen lassen, als Ihre gute Freundin.« Dabei sah sie ihm treuherzig in die Augen.

»Seit vielen Jahren habe ich Ihre Freundschaft in meiner Seele gefühlt als ein großes Glück«, rief Anton bewegt. »Immer, bis zu dieser Stunde, ist es meines Herzens Freude gewesen, mich in der Stille als Ihren treuen Freund zu betrachten.«

»Und so soll es immer zwischen uns beiden bleiben«, sagte Lenore. »Jetzt bin ich wieder ruhig. Und jetzt ärgern Sie sich nicht mehr über Eugens dumme Streiche, ich tu es auch nicht.«

So trennten sich die beiden, wie unschuldige Kinder, die ein süßes Behagen darin finden, einander das zu erzählen, was die Leidenschaft zu verbergen sucht.

5

Die Feindschaft zwischen Pix und Specht war wieder hell aufgebrannt. Diesmal stand aber Specht nicht allein, das Quartett war auf seiner Seite, denn Specht wurde in Gefühlen gekränkt, welche das Quartett anerkannt und durch seinen Gesang geweiht hatte. Herr Specht war verliebt. Dieser Zustand war bei dem lebhaften Herrn nichts Befremdliches, ja, man kann sagen, daß der Hauptinhalt seines Lebens ein ewig flackerndes Liebesgefühl war, welches, wie das Feuer der Vesta, als poetische Flamme brannte, um welche niemals die praktischen Kochtöpfe des täglichen Lebens, der Gedanke an Heirat und einen eigenen Haushalt, herumgesetzt wurden. Die Liebe des Herrn Specht war ewig, aber die Gottheit, welcher sein Feuer loderte, wechselte oft. Alle Damen in seinem Gesichtskreise hatten nacheinander die Ehre gehabt, von ihm angebetet zu werden. Selbst die Tante war eine Zeitlang Gegenstand seiner Träume gewesen, damals, als die schmerzliche Geschichte der erhabenen, aber nicht mehr jugendgrünen Sappho sein Herz bewegte.

Diesmal aber hatte die Neigung des Herrn Specht eine solide Grundlage. Er hatte eine junge Frau entdeckt, eine wohlhabende Hausbesitzerin, Witwe eines Pelzwarengeschäfts, mit runden Bäckchen und zwei freundlichen nußbraunen Augen. Er verfolgte sie im Theater und in öffentlichen Gärten, strich, sooft er durfte, bei ihren Fenstern vorüber und tat, was seine Erfindungskraft vermochte, ihr Herz zu erschüttern. Er störte die Ruhe ihres resignierten Lebens durch zahllose anonyme Billetts, in denen ein Unbekannter mit Vers und Prosa die Absicht aussprach, die Nüchternheit dieses Lebens gegen das unbekannte Jenseits zu vertauschen, wenn sie ihn verschmähe. In dem Anzeigenblatte des Orts erschienen unter frischem Kaviar, Schellfischen und Dienstgesuchen zum Erstaunen des Publikums zahlreiche dichterische Kunstgebilde, in denen der Vorname der jungen Witwe, Adele, bald an dem Anfang der Zeilen, bald an einer Reihe von Hauptwörtern durch dicke Buchstaben zutage trat. Endlich konnte Herr Specht sich nicht enthalten, das Quartett zum Vertrauten seiner Empfindungen zu machen. Zuerst offenbarte er sich Herrn Liebold; an einem Abende, wo die Bässe ihn brüderlich beim Absingen feuriger Liebeslieder unterstützt hatten, wagte er, auch diesen zu bekennen, daß er der Verfasser der viel besprochenen Adele-Gedichte sei. Die Bässe erstaunten sehr, daß von ihrem Comtoir ein so epochemachendes Ereignis ausgegangen war. Zwar hatten sie oft mit den andern Herren über die Gedichte gelächelt, während Specht im stillen über die Kritik seines Comtoirs stöhnte, aber als sie jetzt erfuhren, daß einer von ihnen der Täter war, erwachte der Korpsgeist, und sie hörten seine Bekenntnisse mit Wohlwollen an. Der Fall erschien ihnen nicht unpraktisch, die Witwe war hübsch, besaß ein Haus, und, wie verlautete, außerdem ein achtungswertes Vermögen. Deshalb beschlossen sie, ihren Kollegen bei einem Ständchen die Mitwirkung nicht zu versagen. Der Nachtwächter vor dem Haus der Witwe erhielt einige Viergroschenstücke, das Ständchen wurde gebracht, im Schlafzimmer der Witwe öffnete sich ein Fensterflügel und etwas Weißes ward auf Augenblicke in der Finsternis sichtbar. Specht schwamm in Seligkeit, und da dieser Zustand nicht geeignet ist, den Menschen schweigsam zu machen, beging er die Unvorsichtigkeit, auch gegen die andern Kollegen geheimnisvolle Andeutungen zu wagen. So erfuhr Pix das Sachverhältnis.

Jetzt entspann sich im Anzeigenblatt des Ortes ein merkwürdiges Spiel von Katze und Maus. Es erschienen geheimnisvolle Inserate, durch welche ein Herr S. an alle möglichen entlegenen Orte der Stadt bestellt wurde, um dort jemand zu finden, der ihm teuer sei. Specht lief regelmäßig hin und fand niemals die, welche er suchte, dagegen erfuhr er bei diesen Nachforschungen ernste Unbequemlichkeit, er litt sehr durch Kälte und Sturmwind, er wurde von fremden Damen, die er anredete, gröblich zurechtgewiesen, ein Schusterjunge, den er für seine verkleidete Schöne hielt, warf ihm ein Zigarrenende ins Gesicht, er ward in einer Sackgasse wegen seines scharfen Umherspähens für einen Polizeispion erklärt und bösartig geschimpft. Natürlich erhob er seinerseits in dem Lokalblatt verschleierte, aber starke Beschwerden über die Wortbrüchigkeit der Bestellerin, diese hatten zur Folge, daß Entschuldigungen kamen und die Andeutung neuer Möglichkeiten. Nie aber fand er, die er suchte.

Das zog sich durch einige Wochen fort, und Specht geriet über die unaufhörlichen Schikanen des Schicksals in eine Aufregung, welche selbst den Bässen unheimlich wurde.

An einem Morgen stand Pix wie gewöhnlich im Hausflur, als eine artige runde Dame mit nußbraunen Augen und einem prachtvollen Pelz in das Haus trat und zornig nach Herrn Schröter frug.

»Herr Schröter ist nicht zu Hause«, sagte Pix. »Kann ich Ihnen mit etwas dienen?« Er legte den schwarzen Pinsel beiseite, und da die Fremde zu sprechen zögerte, forderte er sie durch eine befehlende Handbewegung auf, sich aus dem Gedränge der Hausknechte und Fässer in das offene Warengewölbe zu retten. Seine ruhige Autorität imponierte der Dame so, daß sie eintrat, und jetzt verbeugte sich Herr Pix ein wenig und wiederholte herablassend: »Wünschen Sie etwas von unserm Geschäft?«

»Ich wünsche den Herrn der Handlung zu sprechen«, begann die Dame aufs neue.

»Ich stehe an seiner Stelle hier«, sagte Pix mit seinem Feldherrnblick.

Die Fremde sah ihn furchtsam an und begann endlich: »Ich komme, mich über einen Herrn Ihres Comtoirs zu beklagen. Seit längerer Zeit bin ich der Gegenstand von Neckereien und Zudringlichkeiten, welche mich in Gefahr setzen, zum Stadtgespräch zu werden. Ich erhalte von fremder Hand Briefe und Gedichte, im Tageblatt wird mit meinem Namen ein unwürdiges Spiel getrieben. Ich habe erfahren, daß der Urheber dieser Schändlichkeiten in Ihrem Geschäft ist, und ich verlange seine Bestrafung.«

Pix ahnte den Zusammenhang. Er streckte die Hand in die Weste und frug weiter: »Können Sie mir diesen Herrn nennen?«

»Den Namen weiß ich nicht«, sagte die Witwe, »er ist groß und hat krauses Haar.«

»Hager von Statur und eine starke Nase?« frug Pix. »Es ist gut, Madame, Sie sollen von heut nicht mehr belästigt werden, Sie sollen vollständige Genugtuung erhalten, ich bürge Ihnen dafür.«

»Aber ich möchte doch Herrn Schröter selbst –«, begann wieder die Dame im Pelz.

»Es ist besser, Sie tun's nicht. Der junge Mann hat sich in einer Weise gegen Sie benommen, für welche ich keinen Ausdruck finde. Aber Ihr gütiges Herz wird darauf reflektieren, daß seine Absicht gewiß nicht war, Sie zu kränken. Er war ungeschickt und ohne Takt, das ist sein Verbrechen. Aber der arme Mensch ist im Ernst von einem krankhaften Gefühl für Sie ergriffen. Seit ich die Ehre habe, Sie zu kennen, finde ich das in Ordnung.« Er verbeugte sich aufs neue. »Wie gesagt, ich verurteile ihn, aber ich finde es in Ordnung.«

Die hübsche Witwe stand verlegen und wußte nicht recht, was sie dem stolzen Herrn antworten sollte.

»Zu gleicher Zeit«, fuhr Pix fort, »gebe ich mir die Ehre, Sie im Namen unsers Geschäfts um Verzeihung zu bitten. Unser Haus muß sehr bedauern, Ihnen auch nur einen unangenehmen Augenblick bereitet zu haben. Es würde uns glücklich machen, wenn der freundliche Sinn, welchen ich aus Ihrem Gesicht lese, unserm Geschäft und vor allem dem Schuldigen diese Verzeihung gewährte.«

»Ich habe allerdings nicht die Absicht, andere für das ungeschickte Benehmen des einen verantwortlich zu machen«, sagte die Witwe.

»Ich danke Ihnen von ganzem Herzen für Ihre Liebenswürdigkeit«, fuhr Herr Pix siegreich fort, »und bitte Sie noch um Entschuldigung, Madame, daß ich Sie hier hereinführte; ich wußte nicht, wen ich zu sprechen die Ehre habe. Dies ist das kleine Warenmagazin für meinen täglichen Bedarf.«

»Für den täglichen Bedarf?« wiederholte die Dame erstaunt über den großartigen Bedarf des Herrn. Pix griff in ein Kaffeefaß und ließ eine Handvoll Bohnen wie einen Goldregen nachlässig in das Faß zurücklaufen. »Vielleicht finden Sie hier einiges, was Ihnen von

Ihrem Haushalt her nicht uninteressant ist«, fügte er hinzu und stellte seine Waren mit einer leichten Handbewegung vor.

Die hübsche Pelzhändlerwitwe brach in artige Verwunderung über die Masse des vorhandenen Kaffees aus, Herr Pix führte sie zu einigen Sorten von ausgezeichneter Güte, machte sie auf die ärgerlichen Steine des Domingo aufmerksam und auf die künstliche grüne Farbe einer Sendung Java. Die Dame hörte erstaunt und gefesselt die wirtschaftliche Belehrung an, welche der Herr so herablassend aussprach.

»Unser Geschäft würde sich sehr freuen, wenn es Ihnen wenigstens ein kleines Zeichen der Verehrung übersenden dürfte«, sagte endlich Pix mit einer sehr verbindlichen Verbeugung. »Sie gestatten mir, Ihnen einige Proben von Qualitäten zu schicken, die Ihnen hier gefielen.«

»Ich kann das unmöglich annehmen, Herr –«, erwiderte die Witwe mit Haltung.

»Mein Name ist Pix. Wegen der Übersendung bitte ich keine Worte zu machen, wir haben das Detailgeschäft zwar längst aufgegeben, indes versteht sich von selbst, daß wir für einzelne Gönnerinnen der Handlung ein Konto offenhalten. Wenn Sie in Zukunft einmal einen kleinen Einkauf machen wollten, so würde ich sehr glücklich sein, wenn ich Ihnen denselben zu unserm Kostenpreis berechnen könnte. Und was den erwähnten Herrn betrifft, so wiederhole ich Ihnen, Sie sollen vollständige Genugtuung haben, ich selbst werde dafür sorgen.«

»Ich bin Ihnen sehr dankbar, mein Herr«, sagte die Dame mit freundlichem Lächeln und trennte sich in versöhnlicher Stimmung von dem Geschäft.

Pix ging in das Comtoir und nahm Specht beiseite. »Sie haben schöne Dinge angerichtet«, sagte er strenge. »Wissen Sie, daß Ihnen ein Donnerwetter gedroht hat, welches Sie leicht von Ihrem Pult herunterwerfen konnte? Die junge Witwe war hier und wollte Sie durchaus bei Herrn Schröter verklagen, sie ist wütend auf Sie. Wie konnten Sie wagen, eine anständige Dame zum Gegenstand so gewöhnlicher Huldigungen im Lokalblatt zu machen? Schämen Sie sich, Specht«, rief er mit großer Mißbilligung.

Specht verlor vor Schreck die Sprache. »Sie hat ja im Tageblatt angefangen«, rief er endlich trostlos, »sie hat mich bestellt zuerst ins Theater, dann zum Schwanenhaus auf der Promenade, dann gar auf den Turm, um die Aussicht zu bewundern.«

»Pfui«, sagte Pix in tugendhafter Entrüstung, »merken Sie denn nicht, daß ein Spaßvogel seinen schlechten Witz mit Ihnen gemacht hat? Die Dame ist sehr unglücklich über Ihr Benehmen, ich sage Ihnen im Vertrauen, sie hat über Sie geweint.« – Specht rang die Hände.

»Ich habe alles angewandt, sie zu beruhigen, ich habe in Ihrem Namen versprochen, daß Sie sich des Lokalblatts und aller Angriffe auf ihre Ruhe von heut ab enthalten werden. Richten Sie sich danach: wo nicht, so erfährt Herr Schröter die ganze Geschichte.« –

»Ich kann mich dabei nicht beruhigen«, rief der unglückliche Specht, »Sie wissen nicht, was ich fühle.«

»Fühlen Sie was Sie wollen« sagte Pix mit zermalmender Härte, »aber unterstehen Sie sich nicht noch einmal eine Zeile an Adele drucken zu lassen, sonst haben Sie es mit mir zu tun.« Dabei ging er zornig hinaus und ließ Specht in einem Zustand zurück, der mit dem Behagen eines Erhängten viel Ähnlichkeit hatte.

Während Specht mit dem Quartett beriet, was in dieser Lage zu tun sei, handelte Pix. Ein Hausknecht trug gegen Abend ein mächtiges Paket mit verbindlichen Empfehlungen in das Haus der Witwe; und Herr Pix ließ gewissenhaft die Sendung sich selbst zur Last schreiben. An demselben Abend machte er der Witwe seine Aufwartung und berichtete ihr, daß der Schuldige streng zurechtgewiesen, und die Ruhe ihrer Tage und Nächte wiederhergestellt sei. Am nächsten Sonntag trank er selbst den Kaffee bei der Witwe, welche eine Freundin zu ihrem Schutz eingeladen hatte. Vier Wochen darauf hatten die braunen Augen der Dame und sein tyrannisches Wesen sich so weit genähert, daß er in seinem besten Staat zu ihr ging und ihr einen Antrag machte. Dieser Antrag wurde angenommen. Herr Pix wurde erklärter Bräutigam und faßte den Entschluß, trotz Motten und Haaren das Pelzgeschäft aufs neue in Gang zu bringen und sich selbst zum Mittelpunkt desselben zu machen.

Zu seiner Ehre muß mitgeteilt werden, daß er sich verpflichtet fühlte, dieses Sachverhältnis zuerst Herrn Specht mitzuteilen und diesem dabei einige Worte zu gönnen, welche man allenfalls für eine Entschuldigung halten konnte: »Der Zufall hat es so gewollt«, sagte er, »seien Sie verständig, Specht, und finden Sie sich ruhig drein. Sie müssen daran denken, daß es doch wenigstens einer von Ihren Kollegen ist, der sie heiratet.«

»Aber nicht ich«, rief Specht außer sich, »es ist mir gar kein Trost, daß Sie es sind, denn ich fürchte, Sie haben hinterlistig gegen mich gehandelt.«

»Wissen Sie was, Specht«, sagte Pix reuevoll, »handeln Sie als guter Kerl, der Sie im Grunde sind, und verlieben Sie sich schnell in eine andere. Ihnen macht das keine Mühe.«

»Sie denken, das geht nur so«, rief Specht zornig.

»Freilich geht's«, sagte Pix, »wenn man nur ernsten Willen hat. Und wir bleiben die alten. Bei meiner Hochzeit dürfen Sie nicht fehlen.«

»Auch das noch!« schrie Specht.

»Sie sollen mir den Polterabend einrichten, Sie verstehen so etwas ausgezeichnet, und Sie sollen Brautführer sein. Sputen Sie sich nur, eine andere zu finden, auf die Sie Verse machen können, ob die Dame Adele oder Genoveva heißt, ist Ihnen ja gleichgültig.«

Dies aber war Herrn Specht nicht gleichgültig, er zürnte heftig auf die Treulosigkeit seines Gegners Pix und genoß die schmerzliche Freude, daß diesmal das ganze Comtoir seine Partie nahm, und Herr Pix in allen Zimmern des Hinterhauses als kalter Egoist verteilt wurde. Allmählich aber träufelte die Zeit lindernden Balsam in Spechts Herz. Es ergab sich, daß die Witwe eine Nichte hatte, deren Augen blau und deren Haare rötliches Gold waren, und so machte sich's, daß Specht zuerst die Sommersprossen des Fräuleins interessant, dann ihr Benehmen reizend fand, und sich zuletzt auf seiner Stube mit dem Gedanken herumtrug, der angeheiratete Neffe von Herrn Pix zu werden.

Der Kaufmann saß in seinem Armstuhl und sah nachdenkend vor sich hin. Endlich wandte er sich zu seiner Schwester. »Fink ist wieder verschwunden«, sagte er.

Sabine ließ ihren Knäuel fallen. »Verschwunden? In Amerika?«

»Ein Agent seines Vaters war heut im Comtoir. Wie er erzählt, hat ein neues Zerwürfnis zwischen Vater und Sohn stattgefunden; und diesmal, fürchte ich, ist Fink in besserm Recht als die Handlung. Er hat plötzlich die Leitung der Geschäfte aufgegeben, hat eine große Kompagnie, die sein Oheim gegründet, durch gewaltsame Maßregeln bis zur Auflösung gebracht, hat gegenüber dem Vater auf seinen Anteil an der Erbschaft verzichtet und ist verschwunden. Nach den unsichern Nachrichten, die von New York gekommen sind, ist er in die Wildnisse des Innern gegangen.«

Sabine hörte gespannt zu, aber sie sprach kein Wort. Auch der Bruder schwieg. »Es war doch ein mächtiger Stoff in ihm!« sagte er endlich. »Diese Zeit braucht eine Schnellkraft wie die seine. – Auch Pix verläßt uns. Er freit um eine Witwe mit Vermögen und will sich selbst etablieren. Ich werde Balbus an seine Stelle nehmen. Er wird ihn nicht ersetzen.«

»Nein«, sagte Sabine bekümmert.

»Es wird leer bei uns«, fuhr der Bruder fort, »und ich fühle, daß meine Kraft nicht zunimmt. Die letzten Jahre waren schwer. Man gewöhnt sich an die Gesichter, selbst an die Schwächen der Menschen. Niemand denkt daran, wie bitter es oft auch dem Vorsteher eines Geschäftes wird, das Band zu lösen, das ihn mit seinen Gehilfen verbindet. An den Pix war ich gewöhnt, wie an wenig andere, es kommt mir hart an, ihn zu missen. Und ich werde alt. – Ich werde alt und es wird leer bei uns. In einer finstern Zeit sehe ich dich allein im Hause, wenn ich dich verlassen muß, bleibst du einsam zurück. Mein Weib und mein Kind sind dahin. Auf deine blühende Jugend habe ich meine ganze Hoffnung gesetzt, an deinen Mann und deine Kinder habe ich gedacht, du armes Herz. Ich bin darüber alt geworden, und ich sehe dich an meiner Seite gehen, mit freundlichem Lächeln und wunder Seele, tätig, teilnehmend und doch allein, ohne eine große Freude und ohne Hoffnung.«

Sabine legte ihr Haupt auf das Haupt des Bruders und weinte still: »Einer war dir lieb, den du verloren hast«, sagte sie leise.

»Sprich nicht von ihm, denke nicht an ihn«, sagte ihr Bruder finster. »Und wenn er auch von dort zurückkehrte, er wäre doch für uns verloren.« Er strich mit der Hand über das Haupt der Schwester, ergriff seinen Hut und verließ das Zimmer.

»Und er selbst denkt immer an Wohlfart«, rief die Tante aus ihrer Fensternische, »erst heut hat er den alten Sturm die Kreuz und Quer nach Karl und dem Gute ausgefragt. Ich verstehe diesen Mann nicht.«

»Ich verstehe ihn«, seufzte Sabine und setzte sich wieder zu ihrer Arbeit. Die Tante schmollte: »Ihr seid eins wie das andere, mit euch ist über gewisse Dinge nicht zu reden«, und verließ unwillig das Zimmer.

Sabine saß allein. Im Ofen knisterte das Feuer, und der Pendel der Uhr bewegte sich im einförmigen Schlag. »Immer so fort, ja immer so fort«, summte die Wanduhr, leise knisterte die Flamme des Lebens in dem fest eingeschlossenen Raum dieser Mauern, jeden Morgen aufgezündet, jeden Abend verglühend. In gleichmütigem Ernst sahen die Bilder ihrer Eltern herunter auf das letzte Kind des Hauses, ohne Bewegung, seit vielen Jahren. So verging ihre Jugend, ernst, still, unbewegt, wie die Gestalten an der Wand. Sabine neigte ihr Haupt und lauschte. Horch, kleine geisterhafte Tritte in den Winkeln der Stube, und horch, ein fröhliches Lachen von Kindesmund, und näher trippelte es an sie heran, und ein lockiges Haupt legte sich schmeichelnd in ihren Schoß, und zwei kleine Arme streckten sich begehrlich nach ihrem Halse aus. Sie beugte sich herab und küßte die Luft vor ihrem Munde und horchte wieder nach den holden Tönen, die ihr Herz in Entzücken hoben und freudige Tränen in ihr Auge trieben. Ach, sie faßte mit der Hand in die Leere, und nichts war wirklich, als die Tränen, welche in ihren Schoß fielen.

So saß sie lange, bis die Dämmerung des Abends in das Zimmer drang. Müde bewegte sich der Pendel der Uhr, das Feuer im Ofen verglühte, die letzten Funken verglommen, immer undeutlicher wurden die Umrisse der Bilder an der Wand, ein Haupt nach dem andern verschwand in der Finsternis; immer dunkler wurde das Zimmer, einsam, farblos, ohne Licht; immer enger umschloß sie die Nacht, wie eine Sargdecke verhüllte sie ihr Haupt und Glieder.

Da schlug draußen der Schlegel des alten Sturm lustig an die Reifen der Fässer. Stark und wuchtig tönte jeder Schlag durch den Hof und die Räume des Hauses. Sabine erhob sich. »Es sollte so sein«, rief sie entschlossen. »Zweimal habe ich gefürchtet und gehofft, es war zweimal eine Täuschung, jetzt ist es vorbei. Er allein, dem ich alles bin, ist meinem Leben geblieben. Ich kann ihm den Gatten, auf den er gehofft hatte, nicht entgegenführen, und keine Kinderhand wird sich um seinen Hals schlingen. Ja, es wird fortgehn bei uns, wie es geworden ist, immer stiller, immer leerer. Mich aber soll er haben und mein ganzes Leben. Mein Bruder, du sollst nicht mehr mit Schmerz empfinden, daß deinem und meinem Leben der Frohsinn fehlt.«

Sie ergriff den Schlüsselkorb und eilte in das Zimmer des Bruders.

Unterdes faßte die Tante den Entschluß, Herrn Baumann einen Besuch zu machen.

Zwischen der Tante und Baumann bestand schon lange ein stilles

Einverständnis. Das Schicksal hatte gewollt, daß er ihr Tischnachbar geworden war. Wenn die Tante auf die Reihe ihrer Nachbarn bei der Mittagstafel, der größten Begebenheit des Tages, zurücksah, so kam sie zu der Ansicht, daß diese Reihe nach und nach ebensosehr an lustiger Laune abgenommen, als an christlicher Frömmigkeit zugenommen hatte. Fink war gottlos, aber sehr unterhaltend gewesen; Wohlfart hielt in Tugend und guter Laune ein gewisses mäßiges Gleichgewicht; Baumann war der Frömmste, aber der Schweigsamste. »Was man nicht alles erlebt«, dachte dann die gute Tante. Das Gespräch der Tante mit Herrn Baumann war nie aufregend, aber es war erbaulich, denn auch die Tante hielt viel auf Gottesdienst, und am Montag tauschten die beiden leise ihre Bemerkungen über die letzte Predigt aus. Außer dem theologischen Gespräch gab es aber auch noch ein anderes Band zwischen der Tante und Baumann, und dies Band hieß Anton. Die Tante konnte sich noch immer nicht in das finden, was sie einen unnatürlichen Abschied nannte. Sie war unsicher, wem sie die Schuld der plötzlichen Verstörung beimessen sollte, die über Anton gekommen war, dem Chef oder seinem Korrespondenten. Mit Entschiedenheit hielt sie an der Überzeugung fest, daß dieser Abgang Wohlfarts unnötig, unverständig und verderblich für alle Teile gewesen sei, und sie arbeitete daran, denselben auf Umwegen wieder in das Geschäft zu rückzubringen, soweit zarte Winke und weibliches Zureden die Entschlüsse männlicher Brummbären zu bestimmen vermögen. Sie hatte deshalb nach Antons Abreise in der ersten Zeit sowohl gegen den Kaufmann als gegen Sabine bei jeder Gelegenheit über Anton gesprochen und denselben gerühmt. Aber sie kam schlecht an. Der Kaufmann antwortete immer kurz, zuweilen rauh, mit dem war gar nichts zu machen, und Sabine lenkte das Gespräch ab, oder verstummte ganz, sobald die Tante ihr Loblied sang. Das täuschte die Tante nicht. Die gestickten Vorhänge hatten einen blendenden Schein in ihrer Seele zurückgelassen, mit welchem sie seit der Zeit selbstzufrieden Sabine beleuchtete. Sie wußte, daß Herr Baumann der einzige von den Herren war, welcher mit Anton in Briefwechsel stand, heut beschloß sie, auf der Stelle der Starrköpfigkeit aller Parteien zur Hilfe zu kommen. Sie ergriff deshalb eine kleine Broschüre, welche sie von Herrn Baumann geliehen hatte, den Jahresbericht über einen wohltätigen Verein, und ging gleichgültig nach dem Hinterhause, wo sie im Vorbeigehn an Herrn Baumanns Tür klopfte und diesem die Broschüre hineinreichte. »Sehr hübsch«, sagte sie auf der Schwelle, »der Himmel wird dem Unternehmen seinen Segen geben«, und dabei steckte sie ihm in einem Papiere einen kleinen Beitrag für den Verein in die Hand. »Schreiben Sie mich mit dem Betrag auch für die Zukunft auf.« Herr Baumann dankte im Namen der Armen. Darauf begann die Tante in der Tür: »Was hört man denn Neues von Ihrem Freund Wohlfart? Er ist wie aus der Welt verschwunden, auch der alte Sturm weiß nichts zu erzählen.«

»Er hat viel zu tun«, sagte der schweigsame Baumann.

»Na, ich denke, nicht mehr, als hier. Wenn es ihm um Arbeit zu tun war, so konnte er ruhig hierbleiben.«

»Er hat dort eine schwere Pflicht zu erfüllen und verrichtet ein gutes Werk«, fuhr Herr Baumann vorsichtig fort.

»Gehn Sie mir mit Ihrem guten Werk«, rief die Tante, trat in der Zerstreuung ins Zimmer und machte die Tür hinter sich zu. »Das war auch ein gutes Werk, was er hier zu verrichten hatte. Nein, nehmen sie es mir nicht übel, so etwas ist mir noch nicht vorgekommen. Er läuft hier weg, gerade wo ein kluger Mann, der in alle Geheimnisse der Handlung eingeweiht war, am allernotwendigsten wurde. Dafür gibt es gar keine Entschuldigung, Wenn er sich selbst etabliert hätte, oder wenn er geheiratet hätte, das wäre etwas anderes, der Mensch will einen Haushalt, er will auch ein eignes Geschäft haben. So etwas ist Gottes Wille, und in diesem Fall würde ich kein Wort verlieren. Aber so aus dem Comtoir fortzurennen unter Schafe und Kühe und unter die Polen und Edelleute, das ist gar nicht zu entschuldigen; und noch dazu aus einem Geschäft, wo man es so gut mit ihm meinte und wo er liebes Kind war in allen Stuben. Wissen Sie, wie ich das finde, Herr Baumann?« fuhr sie eifrig fort, und die Bänder ihrer Haube wackelten. »Ich finde das undankbar! – Und was soll jetzt hier werden? Es ist ja in diesem Haus eine völlige Verwüstung. Fink fort, Jordan fort, Wohlfart fort, Pix fort, Sie sind noch der einzige, der im ersten Comtoir bei dem guten Herren geblieben ist, und Sie können doch nicht alles machen.«

»Nein«, sagte Baumann betrübt, »und ich bin auch in einer schlimmen Lage. Ich hatte mir vorigen Herbst als den letzten Termin gestellt, bis zu dem ich in der Handlung bleiben wollte, und jetzt ist das Frühjahr nahe, und ich bin der Stimme noch nicht gefolgt, die mich ruft.«

»Reden Sie mir nicht solch Zeug!« rief die Tante erschrocken; »Sie werden doch nicht auch fort wollen?«

»Ich muß«, sagte Herr Baumann, die Augen niederschlagend. »Ich habe Briefe bekommen von meinen englischen Brüdern, die Brüder schelten mich wegen meiner Lauheit. Ich fürchte, es ist ein großes Unrecht, daß ich nicht schon gegangen bin, aber wenn ich wieder ins Comtoir komme und die Haufen Briefe und das sorgenvolle Gesicht von Herrn Schröter sehe, und wenn ich denke, wie schwer die Zeit ist, und welches Unglück die Handlung mit ihren besten Kräften gehabt hat, da hält mich's immer wieder hier fest. Ich wollte auch, Wohlfart käme wieder, er tut der Handlung not.«

»Er muß wiederkommen«, rief die Tante, »das ist seine christliche Pflicht und Schuldigkeit. Schreiben Sie ihm das. – Freilich ist uns gerade kein lustiges Leben«, fuhr sie vertraulich fort, »er mag es dort wohl besser haben. Unter den Polen geht das in Saus und Braus.«

»Ach nein«, erwiderte Herr Baumann ebenso vertraulich, »in Braus lebt er nicht. Ich fürchte, er hat dort Kummer und schwere Tage; was er schreibt, ist nicht sehr lustig.«

»I, was Sie sagen«, sagte die Tante sich setzend und sah erwartungsvoll in Baumanns Gesicht. Baumann rückte seinen Stuhl nahe an die Tante heran, und die beiden Frommen begannen halblaut ein kleines menschenfreundliches Geklätsch.

»Er schreibt bekümmert, er sieht die Zeit finster an«, begann Herr Baumann, »er fürchtet neue Unruhen und schlimme Jahre.«

»Gott behüte«, rief die Tante, »davon haben wir schon genug gehabt.«

»Er lebt in einer unsichern Gegend«, fuhr Herr Baumann fort, »unter schlechten Menschen; die Polizei muß dort mangelhaft sein.«

»Es gibt dort schreckliche Räuberhöhlen«, stimmte die aufgeregte Tante bei.

»Und ich fürchte, es sieht auch mit seinen Einnahmen schlecht aus, im Anfange habe ich ihm noch manchmal einige Kleinigkeiten, an die er gewöhnt war, von unserem guten Tee und von den Zigarren hinschicken müssen, in dem letzten Brief schreibt er mir, er wolle gute Wirtschaft treiben und sich davon entwöhnen. Er muß wenig Geld haben«, fuhr Baumann kopfschüttelnd fort, »nicht über zweihundert.«

»Er leidet Not«, rief die Tante, »gewiß, so ist es; der arme Wohlfart! Wenn Sie ihm schreiben, schicken wir ihm eine Kiste mit von dem Pekoetee und ein paar von unseren Schinken.«

»Schinken auf das Land?« fragte Baumann zweifelhaft. »Ich glaube, Schweine werden dort noch am ersten zu finden sein.«

»Aber sie gehören nicht ihm!« rief die Tante. »Hören Sie, Herr Baumann, es ist Christenpflicht, daß Sie ihm auf der Stelle schreiben, er soll sogleich hierher zurückkommen. Die Handlung braucht ihn, sie fordert ihn. Ich weiß am besten, wie mein Neffe sich in der Stille über diese Zeit kümmert und über den Verlust der besten Herren, die wir gehabt haben, und wie sehr er sich freuen würde, seinen Wohlfart wiederzusehen.« Das letztere war eine fromme Lüge der Tante. – »Es sieht mir doch nicht so aus«, warf Baumann bedenklich ein. – »Erst heut hat meine Nichte zu ihrem Bruder gesagt, wie lieb Wohlfart uns allen gewesen ist und was wir an ihm verloren haben. Wenn er dort Pflichten hat, er hat Pflichten auch hier, und seine hier sind älter.«

»Ich will ihm schreiben«, sagte Herr Baumann, »aber ich fürchte, verehrte Frau, es wird nicht viel nützen, denn gerade wenn es ihm schlechtgeht, wird er den Pflug nicht verlassen, an den er die Hand gelegt hat um anderer willen.«

»Er ist nicht vom Pfluge, sondern von der Feder«, rief die Tante ärgerlich, »und er gehört hierher. Das andere ist alles dummes Zeug. Wenn er hier seinen feinen Tee trinkt und sein gutes Auskommen hat, so tut er deswegen nicht weniger seine Pflicht, Und dasselbe sage ich Ihnen, Herr Baumannn, daß Sie mir nicht wieder mit Ihren afrikanischen Ideen kommen.« Baumann lächelte in stolzer Überlegenheit. Aber als die Tante das Zimmer verlassen hatte, setzte er sich doch gehorsam hin und schrieb Anton die ganze Unterredung mit der Tante, und er schrieb ihm dazu, wie grau und ernsthaft das

Leben in der Handlung geworden war, und wie finster das Gesicht des Prinzipals alle Morgen dareinschaute, wenn er durch das vordere Comtoir ging.

Der Schnee auf dem Gut ist weggeschmolzen, im hochgeschwollenen Bach flutet das Schneewasser, noch liegt die Landschaft still und farblos, der belebende Saft der Erde beginnt seinen ersten Kreislauf in den Stämmen der Bäume und treibt in den Sträuchern am Bach die ersten Blütenkätzchen. Das Winterwasser hat die schlechte Brücke abgeworfen, und Anton steht in der Nähe des Schlosses am Wasser und beaufsichtigt die Arbeiter, welche neue Balken legen und Bohlen daraufnageln; Lenore sitzt auf einem abgehauenen Baumstamm ihm gegenüber und sieht zu, wie er das Holz mit dem Zollstabe mißt und der großen Säge die Bleistiftzeichen macht. »Das Ärgste ist überstanden«, ruft Lenore, »das Frühjahr kommt! Schon sehe ich im Geist die Bäume und den Rasen grünen, auch das finstere Haus soll in dem hellen Frühling lustiger aussehen als heut. Aber Ihnen will ich das Schloß zeichnen, wie es jetzt ist, Sie sollen sich erinnern, wie der erste Winter war, den wir in Ihrem Schutz hier verlebten.«

Und Anton sieht mit leuchtendem Auge auf das schöne Mädchen vor ihm und zeichnet mit dem Bleistift das Profil ihres Gesichts auf ein neues Brett. »Sie treffen mich nicht«, sagt Lenore, »Sie machen meinen Mund immer zu groß und die Augen zu klein. Geben Sie mir den Stift, das verstehe ich besser, halten Sie still. Sehen Sie, das ist Ihr Gesicht, Ihr treuherziges Gesicht, ich kann's auswendig. – Hurra, der Stadtbote!« ruft sie, wirft den Bleistift weg und eilt auf das Schloß zu. Anton folgt ihr, denn der Stadtbote, beladen mit einem schweren Pack, ist für die vom Schlosse das Schiff, welches durch den tiefen Sand steuert, um in das abgeschlossene Eiland die guten Dinge aus der Welt zu bringen. Am Hause wird dem Manne die Last abgenommen, und Lenore ergreift vergnügt das Zeichenpapier, das sie in Rosmin bestellt hat. »Kommen Sie, Wohlfart, jetzt suchen wir den Punkt, von dem ich das Schloß am besten zeichnen kann, das Bild soll in Ihrer Stube an Stelle des alten hängen, das mich traurig macht, so oft ich es ansehe. Einst zeichneten Sie unser Haus, jetzt tu ich's für Sie. Ich will mir rechte Mühe geben, Sie sollen sehen, daß ich auch etwas kann.«

So spricht sie fröhlich in Anton hinein, er aber hört nicht auf ihre Worte. Ungeduldig hat er den Brief Baumanns erbrochen, und während er liest, rötet sich sein Gesicht vor innerer Bewegung. Langsam, in tiefen Gedanken, geht er in sein Zimmer hinauf und kommt nicht wieder herunter.

Lenore ergreift das Kuvert, welches auf den Boden gefallen ist: »Das ist wieder die Hand seines Freundes aus der Handlung«, sagt sie traurig, »so oft er einen Brief von dort erhält, wird er finster und kalt gegen mich.« Sie wirft das Kuvert weit weg und eilt in den Stall, ihren Vertrauten, den Pony, zu satteln.

Es war Wochenmarkt in der kleinen Kreisstadt Rosmin. Seit uralter Zeit war der Markttag für die Landleute der Umgegend ein Fest von besonderer Bedeutung. Fünf Tage der Woche mußte der Bauer seinen Kohl bauen oder dem gestrengen Herrn fronen, am Sonntage war sein Herz geteilt zwischen der Jungfrau Maria, seiner Familie und der Schenke, der Markttag trieb ihn über die Strenge seiner Feldmark hinein in die große Welt. Dann fühlte er sich auch gegenüber den Fremden als ein schlauer Mann, welcher schafft und gebraucht, er sah Bekannte wieder, die er sonst niemals getroffen, er erblickte neue Dinge aus der Fremde, er hörte von andern Städten und Ländern und genoß, was andere für ihn erfunden hatten, in vollen Zügen. Und am Abend dieses Tages flogen die Neuigkeiten aus der weiten Welt bis in das entfernte Walddorf, in jede Hütte, in jede einzelne Menschenseele des Kreises. So war es schon damals gewesen, als noch die Slawen allein auf dem Boden saßen, der Bauer leibeigen unter schmutzigem Strohdach, der Edelmann hoffärtig in seinem hölzernen Palast. Damals war ein offenes Feld gewesen, was jetzt Rosmin heißt; vielleicht stand eine Kapelle darauf mit einem gnädigen Bilde, oder ein paar mächtige Bäume noch aus der Heidenzeit, oder das Haus eines klugen Grundherrn, der weiter sah, als seine langbärtigen Genossen. Damals war der deutsche Kaufmann zum Markte über die Grenze gekommen mit seinem Wagen und Dienern, er hatte unter dem Schutz des Kruzifixes oder eines slawischen Säbels seine Truhen geöffnet und die Werke des heimischen Fleißes, Tuche, buntfarbige Kleider, Zwickelstrümpfe, Halsbänder von Glas und teuren Korallen, Heiligenbilder und Kirchengeräte, aber auch, was den Gaumen erfreut, süße Backwaren, fremden Wein und wohlriechende Zitronen feilgeboten, und hatte dagegen eingetauscht, was die Landschaft ihm entgegenbrachte: Wolfsfelle, Hamsterpelze, Honig, Getreide, Vieh und anderes. Nicht lange, so schlug neben dem Kaufmann auch der Handwerker seine Werkstatt auf, der deutsche Schuster kam, und der Knopfmacher, der Blechschmied und der Gürtler, die Zelte und Hütten verwandelten sich allmählich in feste Häuser, die im Viereck um den großen Marktplatz aufstiegen, auf dem viele hundert beladene Polenwagen Raum haben mußten. Fest schlossen sich die fremden Ansiedler zusammen, sie kauften den Grund, sie kauften ein Stadtrecht von dem slawischen Grundherrn, sie gaben sich ein Statut nach dem Muster deutscher Städte. Die neuen Bürger bauten ihr Rathaus in die Mitte des großen Vierecks und daran ein Dutzend Häuser für Kaufleute und Schenken, und der Marktring war geschlossen. Um die Hofräume, die Hintergebäude und Gassen wurde die Stadtmauer gezogen, und über die beiden gewölbten Tore nach dem Brauch der Heimat wohl auch die Wachttürme gesetzt, unten hauste der Zöllner, oben der Wächter. Und mit Verwunderung erzählte man sich draußen in den Wäldern und auf der Heide, wie schnell die Männer mit fremder Sprache gewachsen waren, und daß jeder Landmann, der durch ihr Tor fuhr, ihnen ein Kupferstück bezahlen mußte als Brückengeld, ja der Edelmann, der allmächtige, mußte auch bezahlen. Manchen Slawen aus dem Umkreise warf sein Schicksal zu den Bürgern in der Stadt, er wurde heimisch unter ihnen, ein Handwerker, Kaufmann, Bürger, wie sie. So war Rosmin entstanden, so viele deutsche Städte auf altem Slawengrund, und sie sind geblieben, was sie im Anfang waren, die Märkte der großen Ebene, die Stätten, wo polnische Ackerfrucht eingetauscht wird gegen die Erfindungen deutscher Industrie, die Knoten eines festen Netzes, welches der Deutsche über den Slawen gelegt hat, kunstvolle Knoten, in denen zahllose Fäden zusammenlaufen, durch welche die kleinen Arbeiter des Feldes verbunden werden mit andern Menschen, mit Bildung, mit Freiheit und einem zivilisierten Staat.

Noch immer ist der Markttag von Rosmin der große Tag für die Umgegend. Vom frühen Morgen an ziehen Hunderte von Korbwaren mit Ackerfrüchten nach der Stadt und hoch auf den Säcken sitzt der breitschultrige Bauer und die Bäuerin; aber nicht mehr peitscht der Leibeigene die abgetriebenen Gäule seines Gebieters, ein frei geborenes Slawenkind lenkt die stattlichen Pferde, deren Vater sogar ein Hengst des Königs ist. Und wenn der Federwagen eines Edelmanns vorbeifährt, dann treibt auch der Bursch seine Pferde zu schnellerem Lauf, und wenn er artig ist, rückt er nur ein wenig an seinem Hut. Auf allen Straßen und Feldwegen zieht es der Stadt zu, die kleinen Leute fahren ihre Gänse auf der Radber, und die Frau trägt im Korbe die Butter ihrer Kuh, Beeren und Pilze und ganz unten auf dem Boden vielleicht einen heimlichen Hasen, den ihr Mann durch einen Wurf seines Stockes getötet hat. Vor allen Gasthäusern der Vorstadt stehen Haufen abgespannter Wagen, an jeder Schenktür drängen sich die ein- und ausgehenden Leute. Auf dem Markt sind die Getreidewagen dicht nebeneinander aufgefahren, der große Platz ist bedeckt mit runden Säcken und Gespannen, und Pferde von jeder Größe und in allen Farben stehen nebeneinander, an den guten Plätzen am Rande auch die Hoffuhren der Edelleute. Und in dem Viereck der hundert Wagen, zwischen den Knechten, Pferdeköpfen und Heubündeln windet sich aalgleich der jüdische Faktor hindurch, Getreideproben in jeder Tasche, in zwei Sprachen fragend und antwortend. Neben dem weißen Kittel und blauen Schnurrocke der Slawen und ihrem Hut mit der Pfauenfeder zeigt sich das einförmige Dunkelblau des deutschen Kolonisten. Dazwischen Soldaten aus der nächsten Garnison, Stadtbewohner, Wirtschaftsbeamte und feine Herren vom Landadel. An der Ecke des Marktes hält auf seinem großen Pferde hoch erhaben der Gendarm, auch er ist heut im Eifer, und seine Stimme klingt herrisch über das Gewirre der Wagen, welche die Einfahrt zur Straße verstopft haben.

Überall in der Stadt sind die Kaufläden weit geöffnet, und vor den Häusern stellen die kleinen Händler auf Tischen und Tonnen ihre Ware aus. Bedächtig schreitet das Bäuerlein, gefolgt von den

Viehtreibern seiner Hütte, die Reihen der Schautische entlang, mit kurzem Befehl hält er die Frauen zusammen, welche begehrlich stehenbleiben und die Köpfe zusammenstecken, wo bunter Kattun, Tücher oder Halsbänder aufgehängt sind, bis auch sein künstlicher Gleichmut von einem Ausruf der Bewunderung durchbrochen wird, wenn er bei einem Tisch voll Stahlwaren ankommt, oder bei einem Pferdegeschirr, oder einem großen Schinken im Fleischladen. Lange wird geprüft, bevor der Einkauf geschieht, wohl fünf Minuten biegt er das gestählte Blatt der Säge hin und her, bis der Kaufmann ihm gelangweilt das Stück aus der Hand nimmt, dann erst entschließt er sich zum Kauf; fast ebensolange klopft sein Weib an den irdenen Töpfen herum, ob nicht an einer Stelle ein schnarrender Mißton den Sprung verrät. Der Genuß des Kaufens wird hier viel stärker empfunden, als da, wo Tausende mit einem Wort weggegeben werden. Immer wird stillgehalten, wenn ein bekannter Mann oder ein Blutsfreund aus einem andern Dorf den Kaufenden entgegenkommt. Dann entsteht ein lautes Begrüßen, die Frauen drängen sich heran, die Neuigkeiten fliegen aus einem Mund in den anderen, bis der ganze Trupp zuletzt gemeinsam seine Warenschau fortsetzt. Endlich halten die Ermüdeten vor dem Tische, wo durchgeschnittene Würste durch ihr marmoriertes Füllsel anmutig locken, wo Semmelberge stehn und wo der ewig wünschenswerte Hering in der Tonne liegt. Hier wird der letzte Einkauf gemacht und dann in ein Wirtshaus gezogen, die weiße Flasche gefüllt, und da kein Platz auf den Bänken zu finden ist, wird in einer Ecke des Hauses niedergesetzt und ein langsames Mahl gehalten. Die weiße Flasche geht im Kreise, die Wangen werden röter, die Gebärden lebendiger, die Gespräche lauter, die Männer fangen an, sich zu küssen, alte Feinde suchen sich auf, miteinander zu zanken. Weithin auf die Straße tönt aus jeder Schenkstube das Gesumme und Geschrei. Unterdes, wer andere Gänge hat, besorgt diese, wer eine Klage anzubringen hat, heut läuft er aufs Gericht, wer Steuern abzuliefern hat, heut pflegt er sie zu zahlen; alle Behörden sind heut in großer Tätigkeit, alle Schreiber dehnen heut ihre Finger, um die Feder schnell über das Papier zu führen; alle Schulzen erscheinen heut in den Ämtern, um zu melden und zu hören. Auch die Weinstuben sind gefüllt, und der Weinkaufmann Löwenberg macht heut die besten Geschäfte, er hat neben seinem Wein auch einen großen Handel mit Getreide und Wolle, er verleiht Gelder und ist der Vertraute vieler Gutsherren. In seiner großen Vorderstube sitzen die Gäste einzeln, deutsche Oberamtleute, ältere polnische Gutsbesitzer, vielleicht ein reicher deutscher Bauer, der einen guten Viehhandel gemacht hat. In dem Hinterzimmer aber geht's höher zu, dort sind die Edelleute des Kreises versammelt, manches wüste Gesicht mit stumpfen Zügen, aber auch der edle Schnitt des polnischen Herrenantlitzes, kräftige Männer von adligem Wesen. Dort springt der Kork des Champagners zur Decke und neben den Geschäften der Woche wird noch manches andere verhandelt, was fremde Ohren nicht hören dürfen.

Ist's nicht Politik, so rollen vielleicht die Würfel auf dem Tisch, oder ein Spiel Karten fliegt aus einer Tasche unter die Weingläser, schnell fährt dann an der Ecke des Tisches eine Gruppe zusammen, es wird still in der Stube und nur kurze Ausrufungen in französischer Sprache werden gehört. So vergeht der Markttag als ein unaufhörliches Anrufen und Handeln, Erwerben und Genießen, unter Wagengerassel und Pferdelenken, bis der Abend seine graue Decke über den Marktplatz breitet, dann zieht die Bauersfrau ihren Mann am Rocke, sie denkt an die irdenen Töpfe, welche so leicht zerschlagen sind, und an die kleinen Kinder, die jetzt nach der Mutter rufen. Dann fahren die Wagen wieder auf allen Straßen auseinander, der Bauernbursch trägt einen Strauß von Flitter auf seinem Hut, er klatscht unaufhörlich mit der neugekauften Peitsche, und in trunkenem Mut treibt er seine Pferde zum rasenden Wettlauf mit andern Gespannen. Auf allen Feldwegen ziehen die kleinen Leute in ihre Dörfer, die Frau hat die Töpfe auf den Rücken gebunden, ein schönes rotes Tuch und ein Stück Pfefferkuchen für die Kinder liegen darin, und neue Kochlöffel und Quirle ragen daraus hervor, und neben ihr schreitet der Mann unsicher und schwer, die stählerne Säge auf der Schulter, vergeblich bemüht, die Würde eines Hausherrn vor den Fremden zu bewahren. Viel später fahren auch die Wagen der Herren vor das Weinhaus, die Kutscher müssen lange auf den Aufbruch warten, denn auch den Herren wird die Trennung schwer von dem Tisch der Trinkstube. Jetzt wird es stiller in der müden Stadt, der Kaufmann öffnet seinen Ladentisch, zählt und sortiert mit seiner Frau das eingenommene Geld und schlägt die falschen Silberstücke zornig mit einem Nagel vorn an den Ladentisch, zur eindringlichen Warnung für alle unsichern Zahler. Jetzt führt auch der Gendarm sein Pferd in den Stall, überzählt die Vagabunden, die Marktdiebstähle, die Händel, die er heut angezeigt, und hofft auf einen gnädigen Blick. Endlich macht der Nachtwächter seine Runde, er achtet heut sorglich auf die Schenkstuben, in denen noch immer einzelne Schreier sitzen, und sieht beim trüben Laternenlicht erstaunt auf den unsaubern Marktplatz, den sein Besen morgen von allem Schmutz befreien soll.

So war der Wochenmarkt von Rosmin immer gewesen. In dem letzten Winter war der Marktverkehr nicht geringer als sonst, aber es war eine Unruhe sichtbar in vielen Köpfen, am meisten bei den Herren. Beim Weinkaufmann sah man zuweilen fremde Männer von kriegerischem Aussehn in die Hinterstube treten, dann wurde das Zimmer verschlossen. Auf den Straßen sah man junge Burschen in auffallender Tracht mit roten viereckigen Mützen durch das Gedränge schreiten, sie schlugen zuweilen einem Landsmann auf die Schulter, riefen andere beim Namen und zogen sie aus dem Gedränge in eine Ecke. Wo sich ein Soldat sehen ließ in seiner Uniform, sahen die Leute auf ihn wie auf einen verkleideten Mann, manche wichen ihm aus, viele waren doppelt freundlich gegen ihn, Deutsche wie Polen. In den Schenken saßen die von den deutschen

Dörfern apart und mischten sich nicht mit den andern, und die Polnischen von den Gütern des Herrn von Tarow tranken viel und fingen noch mehr Händel an, als sonst. Der Vogt vom neuen Vorwerk hatte am letzten Markte in der ganzen Stadt keine neue Sense finden können, und der Förster beklagte sich gegen Anton, daß er neulich in keinem Kaufladen mehr Pulver gefunden hatte, als ihm auf eine Woche reiche. Es schwebte etwas in der Luft, niemand wollte sagen, was es war.

Heut war wieder Markttag zu Rosmin, und Anton fuhr mit einem Knecht nach der Stadt. Es war einer der ersten Frühlingstage, die Sonne schien warm auf den Boden, der noch im winterlichen Schlummer dalag. Anton dachte daran, daß jetzt die ersten Gartenblumen blühen müßten, und daß er und die Frauen im Schloß in diesem Jahr keine sehen würden als etwa auf dem Vorwerk im Winkel hinter der Scheuer. Es war auch keine Zeit, sich an Blumen zu freuen, überall waren die Herzen aufgeregt, und alles, was durch so viele Jahre fest gewesen war, schien zu wanken. Über große Länderstrecken zog der politische Sturmwind, die Zeitungen erzählten alle Tage Unerwartetes und Furchtbares, ein großer Krieg schien im Anzuge, aller Besitz, alle Bildung schien in Gefahr. Er dachte an die Verhältnisse des Freiherrn, und welches Unglück für diesen entstehen mußte, wenn das Geld teuer wurde und der Grundbesitz spottwohlfeil. Er dachte auch an die Firma in der Hauptstadt, an seinen Platz im Comtoir, den er in der Stille noch immer als sein Eigentum betrachtete, und an den sorgenvollen Brief, den ihm Herr Baumann geschrieben, wie finster der Prinzipal sei, und wie zänkisch die Kollegen am Teetisch in Herrn Baumanns Stube.

Aus solchen kummervollen Gedanken weckte ihn ein Geräusch auf der Straße. Eine Reihe von Herrenwagen fuhr vorbei, in dem ersten saß Herr von Tarowski, der im Vorbeifahren artig zu Anton herübergrüßte. Anton sah erstaunt, daß er seinen Jäger auf dem Bedientensitz hatte, als zöge er zur Jagd. Noch drei Wagen rollten vorüber, alle mit Herren bis auf das Trittbrett beladen, und hinter den Wagen jagte ein ganzer Trupp Reiter, der deutsche Inspektor von Tarow mit darunter.

»Jasch«, rief Anton dem Kutscher zu, »was war das, was die im zweiten Wagen zudeckten, als sie vorbeifuhren?«

»Flinten«, antwortete der Kutscher kopfschüttelnd.

Der sonnige Tag nach langem Schnee- und Regenschauer lockte die Leute aus allen Höfen nach der Stadt, in kleinen Haufen zogen sie eilig vorwärts, wenig Frauen darunter, es war ein lautes Anrufen der verschiedenen Gesellschaften und ein Leben auf der Straße, wie sonst am Abend bei der Heimkehr. Vor dem ersten Wirtshaus an der Straße ließ Anton halten. Der Kutscher frug: »Es ist von hier weit nach dem Markte, wie wird es sein mit dem Aufladen des Hafers?«

»Bleib bei den Pferden«, befahl Anton, »und geh nicht nach der Stadt; wenn ich etwas kaufe, lasse ich's herausfahren zum Umladen.« Eilig schritt er durchs Tor in das Gewühl der Gassen. Die Stadt war mit

Menschen überfüllt, es wogte schon vom Tore an in hellen Haufen, kaum daß die Getreidewagen durchdrangen. Als Anton auf den Marktplatz kam, war er betroffen über das Aussehen der Männer. Überall erhitzte Gesichter, gespannte Züge, es waren nicht wenige in Jägertracht unter dem Volke, und häufig sah man auf den Mützen eine fremde Kokarde. Vor dem Hause des Weinkaufmanns war das Gedränge am größten, dort standen die Leute Kopf an Kopf und sahen hinauf nach den Fenstern, an denen bunte Fahnen hingen, zuoberst polnische Farben, andere ausländische darunter. Noch sah Anton finster auf die Front des Hauses, da öffnete sich die Tür, und auf die steinerne Treppe trat der Herr von Tarow und ein Fremder mit einer Schärpe um den Leib. Anton erkannte in ihm den Polen, der ihn einst mit Standrecht bedroht und vor einigen Monaten nach dem Inspektor gefragt hatte. Ein junger Mann sprang aus dem Haufen auf die unterste Stufe, rief laut etwas in polnischer Sprache und schwenkte die Mütze: ein lautes Geschrei war die Antwort, dann wurde alles still. Der Tarowski sprach einige Worte, von denen Anton nichts verstand, hinter ihm rasselten die Wagen, und die Menge drängte sich hin und her. Darauf begann der Herr mit der Schärpe eine mächtige Rede. Er sprach lange, oft wurde er durch lautes Beifallsgeschrei unterbrochen; als er geendet hatte, erscholl ein betäubender Lärm, wilder polnischer Zuruf. Die Türen des Hauses wurden weit geöffnet, die Menge wogte durcheinander wie ein unruhiges Meer. Ein Haufe stürzte fort und verteilte sich auf dem Markte, andere sprangen in das Haus; wer hineingeeilt war, kam nach wenig Augenblicken mit einer Kokarde an der Mütze, bewaffnet mit einem Sensenspeer wieder heraus. Im Nu hatte sich ein Haufen Sensenmänner und ein Trupp mit Feuergewehren vor dem Hause aufgestellt. Die Zahl der Bewaffneten wurde größer, kleine Abteilungen Sensenmänner, von einzelnen Flintenträgern geführt, eilten von dem Hause weg nach allen Richtungen des Marktes. Hinter Anton klang Kommandoruf und Befehl, er wandte sich um und sah einzelne bewaffnete Reiter, welche die aufgefahrenen Wagen mit strengen Worten zur Abfahrt vom Markt trieben. Der Lärm und das Getümmel wurden immer größer, mit ängstlichem Zuruf hieben die Landleute auf ihre Pferde, die Verkäufer flüchteten mit ihren Waren in die Häuser, die Läden wurden geschlossen. Nach wenig Augenblicken hatte der Markt ein unheimliches Aussehen. Die Wagen waren entfernt; an den Marktecken standen einzelne Posten von Sensenmännern, ihre langen Spieße blinkten hell in der Morgensonne. Auf dem Platze selbst wogte die unsichere Menge. Betäubt, erschüttert, empört eilte Anton in dem Haufen fort, so kam er auf die andere Seite des Platzes. Dort lag das Steueramt, schon von weitem kenntlich durch das Wappenbild des Staates, das auf Holz gemalt neben dem Fenster hing. Dort drängten sich die Massen wieder; ein Posten von Sensenmännern stand vor dem Hause, aus der Ferne sah Anton, daß ein Mann eine Leiter ansetzte, zu dem Wappen hinaufstieg und mit einem Hammer auf das Schild pochte, bis es herabfiel auf die Steine. Als das Wappen auf die Steine schlug, ging durch die versammelte Menge ein leiser Ton, wie ein Seufzen; es war so still geworden, daß man jeden Laut hören konnte. Eine Rotte von trunkenem Gesindel stürzte sich mit wildem Jauchzen auf das Schild, ein Strick wurde darumgebunden, und mit Hohngeschrei wurde es in den Rinnstein und über die Straße geschleift.

Anton war außer sich, eine Flut von stürmischen Leidenschaften drängte nach seinem Herzen. »Ihr Schurken!« rief er laut und rannte durch die Umstehenden auf die Bande zu. Da faßte ihn ein starker Arm um den Leib, und eine bebende Stimme sprach: »Nicht vorwärts, Herr Wohlfart, heut ist ihr Tag, morgen kommt unser Tag.« Anton riß sich los und sah neben sich die große Figur des Schulzen von Neudorf, er sah sich den Augenblick umgeben von einer Anzahl dunkler Männergestalten. Es waren die blauen Röcke deutscher Bauern, Gesichter voll Zorn und Kummer, welche ihn wie mit einem Wall einschlossen. »Laßt mich heraus!« rief Anton noch immer außer sich. Wieder aber legte sich die schwere Hand des Schulzen auf seine Schulter, und mit nassen Augen sprach der Mann: »Schonen Sie Ihr Leben, Herr Wohlfart, es ist jetzt umsonst, wir haben nichts, als unsere Faust und sind die Minderzahl.« Und von der andern Seite wurde seine Hand umfaßt von Schrauben, und der alte Förster stand schluchzend neben ihm und stöhnte: »Daß ich diesen Tag erleben muß, o die Schande, die Schande!« Dabei schüttelte er krampfhaft Antons Hand, schlug sich dann mit seinen Fäusten vor die Stirn und weinte laut wie ein Kind. Der wilde Schmerz des Alten gab Anton einen Teil seiner Ruhe wieder, er umschlang den Hals des Försters und hielt ihn fest an sich. Und wieder erscholl in ihrer Nähe mißtönendes Geschrei, und eine Stimme brüllte: »Durchsucht die Deutschen! Nehmt ihnen die Waffen, niemand darf den Markt verlassen!« Anton sah sich hastig in dem Haufen um und rief: »Das dürfen wir nicht leiden, Ihr Männer, daß wir hier in der deutschen Stadt umstellt werden, wie Gefangene, und daß sie unser Wappen beschimpfen, die Schändlichen!« Von fern wirbelte eine Trommel. »Es ist die Schützentrommel«, rief der Schulz, »die Bürgerschützen von Rosmin kommen zusammen. Sie haben Gewehre.« – »Vielleicht ist noch nicht alles verloren«, rief Anton wieder. »Ich kenne einige Leute hier, die zuverlässig sind. Faßt Euch, mein Alter«, tröstete er den Förster. »Die Deutschen vom Lande sollen nicht zerstreut bleiben, so weiß niemand, was wir tun können. Wir wollen wenigstens miteinander den Markt verlassen; hier bei dem Brunnen sammeln wir uns. Jeder geht und ruft seine Bekannten zusammen. Und jetzt keine Zeit verloren! Ihr dorthin, Schulz; Ihr kommt mit mir, Schmied von Kunau.« Der Haufen fuhr nach zwei Richtungen auseinander, Anton von dem Förster und dem Schmied gefolgt eilte noch einmal über den ganzen Markt. Nie hatte er eifriger gesucht, nie hatte einer den anderen schneller verstanden. Wo er einen Deutschen fand, ein Blick des Auges, ein schneller Händedruck, das flüchtige Wort: »Die Deutschen versammeln sich am Brunnen, erwartet uns«, das trieb die Unschlüssigen schnell zu den Landsleuten.

Vor dem Hause des Weinkaufmanns hielt er mit seinen Gefährten in dem dichten Gedränge einen Augenblick an. Etwa fünfzig Sensenmänner standen vor dem Hause, daneben ein Dutzend Gewehre; noch waren die Türen weit geöffnet, und einzelne traten immer noch hinein, sich Waffen zu holen. Die Menge war scheu zurückgewichen, es wogten hier Polen und Deutsche, Städter und Landleute durcheinander, Anton sah, daß auch die polnischen Bauern verstört im Haufen standen und einander zweifelnd ansahen. Vor dem Hause sprachen einige junge Herren in die Masse. Während der Kunauer Schmied und der Förster den Deutschen ihr Zeichen gaben, fuhr Anton auf einen kleinen Mann los, der in seinem Arbeitsrock mit berußtem Gesicht in den Haufen drängte, und faßte ihn am Arm: »Schlosser Grobisch, Sie stehen hier? Warum eilen Sie nicht zum Sammelplatz, Sie sind Schütz und Bürger, wollen Sie diese Schmach ertragen?«

»Ach, Herr Rentmeister«, sagte der Schlosser, Anton beiseite ziehend, »das Unglück! Denken Sie, ich arbeite in meiner Werkstatt mit dem Hammer und höre von gar nichts. Bei unsrer Arbeit kann man wenig hören. Da stürzt meine Frau herein.«

»Wollen Sie diese Schmach ertragen?« rief Anton und schüttelte den Mann heftig. »Gott bewahre, Herr Wohlfart«, erwiderte der Schlosser, »ich führe einen Zug bei den Schützen. Während mein Weib den Rock heraussucht, bin ich schnell über den Platz gelaufen, um zu sehen, wieviel ihrer sind. Sie sind größer, als ich, wieviel sind's, die Waffen tragen?«

»Ich rechne fünfzig Sensen«, erwiderte Anton schnell.

»Nicht die Sensen«, sagte der Kleine, »das ist zugelaufenes Volk, nur die Gewehre.«

»Ein Dutzend vor der Tür, ebensoviel mögen wohl noch im Hause sein.«

»Wir sind etwa dreißig Büchsen«, sagte der Kleine bekümmert, »aber es ist nicht auf alle zu rechnen.«

»Können Sie uns Gewehre schaffen?« frug Anton.

»Nur wenige«, sagte der Schlosser kopfschüttelnd.

»Wir sind ein Hauf Deutsche vom Lande«, sagte Anton in fliegender Eile, »wir wollen uns durchschlagen bis in die Vorstadt zum Roten Hirsch, dort halte ich die Leute zusammen, schicken Sie uns um Gottes willen durch eine Patrouille Nachricht heraus, und was Sie von Gewehren auftreiben können. Wenn wir die Edelleute herauswerfen, läuft der andere Haufe von selbst auseinander.«

»Aber diese Rache von diesen Polacken!« sagte der Schlosser mit aufgehobenem Zeigefinger, »die Stadt wird's bezahlen müssen.«

»Nichts wird sie bezahlen, Meister, Sie bekommen morgen Militär, wenn Sie heut die Wahnsinnigen hinauswerfen. Nur fort, jeder Augenblick vergrößert die Gefahr.«

Er trieb den Schlosser vorwärts und eilte auf die Brunnenseite, Dort fand er die Deutschen in kleinen Gruppen zusammenstehen, der Schulz von Neudorf kam ihm entgegen.

»Es ist keine Zeit zu verlieren«, rief dieser, »die andern werden aufmerksam, dort stellt sich ein Trupp Sensenmänner gegen uns auf.«

»Folgt mir«, rief Anton laut, »schließt euch dicht zusammen, vorwärts, hinaus aus der Stadt!« Der Förster sprang von Haufe zu Haufe und drängte die Leute aneinander, Anton schritt mit dem Schulzen voran. Als sie an die Ecke des Marktes kamen, kreuzten die Sensenmänner ihre Waffen vor der engen Gasse, der Anführer des Postens spannte den Hahn seiner Flinte und rief Anton in phrasenhaftem Ton zu: »Warum wollen Sie fort, mein Herr! Nehmt Waffen, ihr Leute, heut ist der Tag der Freiheit!«

Er sprach nicht weiter, denn der Förster stürzte vor und gab ihm einen ungeheuren Backenstreich, daß er zur Seite taumelte und sein Gewehr im Fallen losging. Auf dem Markt erhob sich lautes Geschrei, der Förster ergriff die Flinte und die beiden Sensenmänner, überrascht und ohne Befehl, wie sie waren, wurden von dem vordringenden Trupp an die Häuser geworfen, die Sensen aus ihrer Hand gerissen und von den zornigen Leuten an dem Steinpflaster zerbrochen. Ohne verfolgt zu werden, drängte der Haufe bis an das Stadttor, auch dort wich der feindliche Posten zurück und ließ die dichte Masse ungehindert durch. So kamen sie beim Gasthofe an. Dort trat der Schulz, von Anton aufgefordert, vor die Leute. »Es geht dort drin gegen die Regierung«, sagte er, »es geht gegen uns Deutsche. Der bewaffneten Feinde sind nicht viel, wir haben eben gesehen, wie der Bauer mit ihnen fertig wird. Wer ein ordentlicher Mann ist, der bleibt hier und hilft den Bürgersleuten in der Stadt, die Fremden hinauszujagen. Die Schützen wollen einen zu uns senden und uns sagen, wie wir ihnen helfen können. Deshalb bleibt zusammen, Landsleute.«

Nach diesen Worten riefen viele: »Wir bleiben hier.« Manchem auch kam die Sorge und er stahl sich um das Haus und auf das Feld. Wer blieb, suchte eine Waffe, wo er sie fand, schwere Holzknittel, Radstangen, Heugabeln und was sonst in der Nähe aufzutreiben war.

»Ich kam her, mir Pulver und Schrot zu kaufen«, sagte der Förster zu Anton, »jetzt habe ich eine Flinte, und das letzte Korn soll heut draufgehen, wenn wir uns rächen können für den Schimpf an unserm Vogel.«

Unterdes waren in dem Schloß die Stunden wie gewöhnlich verlaufen bis gegen Mittag. Der Freiherr ging, von seiner Gemahlin geführt, im Sonnenschein um das Schloß herum; er grollte ein wenig, daß die Maulwurfshügel, an welche sein Fuß stieß, noch immer nicht geebnet waren, und kam zu dem Resultat, daß kein Verlaß auf Beamte und Dienstleute sei, und Wohlfart noch vergeßlicher als alle andere. Bei diesem Thema verweilte er mit mürrischem Behagen. Die Baronin widersprach ihm nur soviel als möglich war, ohne seine krankhafte Laune aufzuregen, und so setzte er sich endlich im Freien auf einen Stuhl nieder, den ihm der Bediente nachtrug und hörte friedlich seiner Tochter zu, welche mit Karl den

Platz für eine kleine Baumpflanzung absteckte. Niemand dachte Arges, jeder war mit seiner nächsten Umgebung beschäftigt.

Da flog die schlimme Kunde, daß etwas Schreckliches vorgehe, mit Eulenflügeln über die Ebene. Auch zu der Waldinsel des Freiherrn kam sie heran, sie flatterte über die Kiefern und Birnbäume, über Getreidefelder und Anger bis auf das Schloß. Zuerst kam sie undeutlich, wie eine kleine Wolke am sonnigen Himmel, dann wurde sie größer, wie ein ungeheurer Vogel, der die Luft verfinstert, sie schlug mit ihren schwarzen Fittichen die Herzen aller Menschen in Dorf und Schloß, sie machte das Blut in den Adern stocken und trieb heiße Tränen über die Wangen.

Mitten in seiner Arbeit sah Karl plötzlich auf und sagte erschrocken zum Fräulein: »Das war ein Schuß!«

Lenore sah ihn betroffen an, dann lachte sie über ihren eigenen Schreck und erwiderte: »Ich habe nichts gehört; vielleicht war's der Förster.«

»Der Förster ist in der Stadt«, entgegnete Karl ernst.

»Dann ist's ein verdammter Wilddieb im Walde«, rief der Freiherr ärgerlich.

»Es war ein Kanonenschuß«, behauptete der hartnäckige Karl.

»Das ist nicht möglich«, sagte der Freiherr, aber er selbst lauschte mit gespanntem Gesicht; »es steht kein Geschütz auf viele Meilen in der Runde.«

In dem Augenblick rief eine Stimme vom Wirtschaftshofe her: »Es brennt in Rosmin.« Karl sah das Fräulein an, warf sein Grabscheit zu Boden und lief nach dem Hof; Lenore folgte. »Wer hat gesagt, daß Feuer in Rosmin ist?« frug er die Knechte, welche zu ihrer Mittagskost über den Hof gingen. Keiner hatte gerufen, aber alle liefen erschrocken aus dem Hof auf die Landstraße und versuchten nach Rosmin hinzusehn, obgleich jeder wußte, daß die Stadt über zwei Meilen entfernt war und keine Aussicht dorthin.

»Es sind vorhin Weiber gelaufen auf dem Weg nach Neudorf wie in der Angst«, sagte der eine Knecht, und ein anderer rief: »Es muß gefährlich zugehn in Rosmin, denn man sieht den Rauch über dem Walde stehn.« Alle glaubten einen dunklen Schatten über der Stelle zu sehn, wo die Stadt lag, auch Karl. Immer größer wurde die Aufregung ohne sichern Grund. Die Dorfleute traten auf der Straße zusammen. Alle sahen nach der Richtung von Rosmin und erzählten von dem Unglück, das über die Stadt gekommen sei. »Die Edelleute sind heut darin«, rief der eine, »sie haben die Stadt angezündet«, und sein Nachbar hatte von einem Mann auf dem Felde gehört, daß heut ein Tag sei, an den alle Gutsherren denken sollten. Der Mann sah feindselig auf Karl und fügte hinzu: »Noch kann manches kommen bis auf den Abend.« Der Schenkwirt kam herzugelaufen und rief Karl entgegen: »Wenn nur erst der heutige Tag vorbei wäre«, und Karl entgegnete in derselben Gemütsstimmung: »Ich wollte das auch.« Keiner wußte recht, weshalb.

Von der Zeit kamen immer neue Schreckensbotschaften aus der

Welt jenseits des Waldes. »Die Soldaten und Polen liefern einander eine Schlacht«, hieß es. »Auch in Kunau brennt's«, riefen einige Weiber, die vom Felde heimeilten. Endlich kam die Vogtin vom neuen Vorwerk außer Atem zu Lenore gelaufen: »Mein Mann schickt mich, weil er das Gehöft an diesem Angsttage nicht verlassen will. Er läßt fragen, ob Sie nichts vom Förster wissen, es ist Mord und Totschlag in der Stadt, und die Leute sagen, der Förster schießt mitten darunter.« – »Wer sagt das?« fuhr der Freiherr auf. – »Einer, der über das Feld lief, hat es meinem Mann erzählt«, rief die entsetzte Frau, »und es muß wahr sein, daß dort alles durcheinander ist, denn als der Förster nach der Stadt ging, hatte er gar keine Flinte bei sich.« Allen kam vor, als ob das Unglück deshalb wahr sein müßte. »Und heut nacht hat es einen feurigen Schein gegeben auf dem Feld«, klagte die Frau weiter, »unsre Stube wurde ganz hell, und mein Mann ist aufgesprungen und hinausgegangen. Da zog ein blaues Licht wie eine Schwefelflamme über den Wald nach Rosmin zu.«

So schlug das Gerücht mit seinen Flügeln auf die Herzen der Menschen. Mit Mühe brachte Karl die Knechte dazu, daß sie mit ihren Gespannen wieder aufs Feld zogen. Lenore stieg mit Karl auf den Turm, um etwas Neues zu ersehn. Ob eine Rauchwolke über der Stadt war, das wollte Karl nicht entscheiden, aber an mehr als einer Stelle sahen sie hinter den Wäldern etwas wie Feuerschein und Rauchwolken. Kaum waren sie herab, so kam der eine Knecht mit den Pferden zurückgejagt und meldete, daß ihm ein Bauer aus dem andern Kreise, der auf dem Waldweg im Galopp durchgefahren war, gesagt habe, ganz Rosmin sei angefüllt mit Sensenmännern und mit Leuten, welche rote Fahnen in der Hand hielten, und alle Deutschen im Lande würden erschossen. Die Baronin rang die Hände und fing an zu weinen, und ihr Gemahl verlor darüber den letzten Schein von Ruhe, den er mühsam bewahrt hatte. Er schalt heftig auf Wohlfart, der an solchem Tage nicht zu Hause sei, und ließ Karl zu sich rufen, der, nicht weniger erschrocken, sich jetzt um Antons Schicksal ängstigte. Er befahl ihm, alles im Hofe zu verschließen; gleich darauf forderte er ihn wieder, und verbot durch ihn dem Schenkwirt, heut den Dorfleuten Branntwein zu verkaufen, und immer frug er ihm ab, was man gehört hatte. Lenore konnte die schwüle Unruhe im Schloß nicht ertragen, sie ging unaufhörlich zwischen dem Schloß und dem Hofe ab und zu und hielt sich in Karls Nähe, in dessen treuherzigem Gesicht noch der meiste Trost zu finden war, dabei sah sie immer wieder auf die Landstraße, ob nicht etwas zu erblicken sei, ein Wagen, ein Bote.

»Er ist ruhig«, sagte sie zu Karl, »er wird sich einer so fürchterlichen Gefahr nicht aussetzen«, sie wünschte eine tröstende Antwort.

Karl aber schüttelte den Kopf: »Auf seine Ruhe ist kein Verlaß; wenn's in der Stadt so aussieht, wie die Leute sagen, so ist Herr Anton nicht der letzte, der darunterfährt. Er wird nicht an sich denken.«

»Nein, das tut er nicht!« rief Lenore und rang die Hände.

So ging es fort bis gegen Abend. Karl hielt die Dienstleute, welche alle vor dem Hofe standen, streng zusammen, er ergriff seinen Karabiner, er wußte selbst nicht, wozu, er ließ sich ein Pferd satteln und band es wieder an die Krippe. Da kam der Wirt mit einem Knecht aus der Brennerei zum Schloß gerannt, der gutmütige Mann rief schon von weitem dem Fräulein entgegen: »Hier ist eine Nachricht, eine schreckliche Nachricht von Herrn Wohlfart.« Lenore fuhr auf den fremden Knecht zu. Der Mensch machte in polnischer Sprache einen verwirrten Bericht von den Schrecken des Tages in Rosmin. Er hatte gesehn, daß auf dem Markte Polen und Deutsche aufeinander geschossen hatten, daß der Herr Rentmeister an der Spitze der deutschen Bauern marschiert war. »Ich wußte das«, rief Karl stolz.

Dann erzählte der Knecht, wie er selbst geflüchtet sei, gerade als alle Polen auf den Herrn gezielt hätten; ob er tot sei, oder noch lebe, das könne er nicht genau sagen, denn er sei in großer Angst gewesen; aber er glaube wohl, der Herr müsse tot sein.

Lenore lehnte sich an die Mauer, Karl fuhr verzweiflungsvoll mit den Händen nach seinem Haupt. »Satteln Sie den Pony!« sagte Lenore mit klangloser Stimme.

»Sie wollen doch nicht selbst bei Nacht durch den Wald, den weiten Weg nach der Stadt?« rief Karl.

Ohne zu antworten eilte das tapfere Mädchen auf den Stall zu, Karl sprang ihr in den Weg. »Sie dürfen nicht!« schrie er, »die Frau Baronin wird vor Angst um Sie den Tod haben, und was können Sie unter den wütenden Männern ausrichten?«

Lenore blieb stehen. »So schaffen Sie ihn her«, rief sie halb bewußtlos, »bringen Sie ihn zu uns, lebendig oder tot.«

»Soll ich Sie an diesem Tage allein lassen?« rief Karl wieder außer sich.

Lenore riß ihm den Karabiner vom Arm und rief: »Fort, wenn Sie ihn lieben, ich werde an Ihrer Stelle wachen.«

Karl stürzte nach dem Hofe, riß das Pferd heraus und jagte auf der Straße von Rosmin dahin.

Der Hufschlag des Pferdes verklang, es wurde wieder still, Lenore eilte mit hastigen Schritten vor dem Schlosse auf und ab. Ihr Freund war in tödlicher Gefahr, vielleicht war er verloren! Und durch ihre Schuld, denn sie hatte ihn hierhergetrieben; sie fühlte eine heiße Sehnsucht nach seinem Anblick, nach dem Ton seiner Stimme. Was er ihr und den Eltern gewesen war, überdachte sie jetzt in ihrer Verzweiflung unaufhörlich. Es schien ihr unmöglich, ohne ihn die Zukunft in dieser Einsamkeit zu ertragen. Die Mutter sandte nach ihr, der Vater rief nach ihr zum Fenster hinaus, sie wies die Aufforderungen kurz ab, all ihr Empfinden war aufgegangen in dem Gefühl der reinen und innigen Neigung, welche zwischen ihr und dem Verlorenen erblüht war.

In der Stadt stand Anton mit den Landleuten wohl eine halbe Stunde erwartungsvoll vor dem Roten Hirsch. Immer noch zogen die verscheuchten Marktleute bei ihnen vorüber in die Dörfer, flüchtigen Fußes die meisten, aber mancher blieb stehen und schloß sich ihnen an, oft auch wurde ein polnischer Gruß gehört, und mehrere Polen traten zu Anton und frugen, ob er sie brauchen könne. Endlich kam, nicht auf der Straße, sondern von dem Garten des Wirtshauses her, der Schlosser in seiner grünen Uniform mit Epauletten, gefolgt von einigen Bürgerschützen.

Anton eilte auf ihn zu und rief: »Wie steht's?«

»Achtzehn Mann sind gekommen«, sagte der Schlosser, »es sind die sichern Leute. Das Volk auf dem Markt verläuft sich, die im Weinhause sind nicht viel stärker geworden. Sie sind jetzt dabei, die Behörden abzusetzen. Unser Kapitän hat Courage wie ein Teufel. Wenn Sie ihm helfen wollen, so ist er bereit, etwas zu wagen. Wir können von hinten hinein in Löwenbergs Haus, ich habe das Schloß zum Hintertor selber gemacht und weiß Bescheid, vielleicht ist es gar nicht verschlossen. Wenn wir's geschickt machen, können wir die Anführer drin überfallen, wir können sie fassen und ihre Waffen.«

»Wir müssen von vorn und hinten zu gleicher Zeit angreifen«, entgegnete Anton, »dann haben wir sie sicher.«

»Ja«, sagte der Schlosser, ein wenig verblüfft, »wenn Sie mit Ihren Leuten von vorn kommen wollten.«

»Wir haben keine Waffen«, rief Anton. »Ich will mit Euch nach vorn und der Förster auch und vielleicht noch einer oder der andere; aber ein unbewaffneter Trupp gegen die Sensen und ein Dutzend Gewehre, das ist unmöglich.«

»Sehn Sie«, sagte der ehrliche Schlosser, »für uns ist's auch schwer. Wer so gerade im ersten Schreck von Weib und Kind kommt, der ist auch nicht in der Verfassung sich gleich als Scheibe hinzustellen. Unsre Leute haben ja guten Willen, aber die drüben sind verzweifelte Menschen. Und deswegen lassen Sie uns ruhig hintenherum gehn; wenn wir sie überraschen, gibt's weniger Blutvergießen, und das ist doch auch eine Hauptsache. Gewehre bringe ich nicht, nur einen Säbel für Sie.«

Schweigend setzte sich der Haufe in Bewegung, der Schlosser führte. »Unsere Schützen haben sich im Hause des Hauptmanns versammelt«, sagte er, »dorthin können wir durch die Gärten, ohne daß die am Tor uns gewahr werden.« Durch Gemüsegärten zogen sie vorwärts, einige Male mußte der ganze Hauf über niedrige Zäune klettern, dann kreuzten sie schnell den Weg, der um die Stadtmauer herumführte, überschritten auf einigen Brettern den Bach und drangen durch eine Mauerpforte, welche sie in den Hofraum eines Gerbers führte.

»Hier waren Sie«, sagte der Schlosser mit einiger Unruhe. »Der Gerber ist einer von uns Schützen, aus der Haustür tritt man auf dieselbe Hintergasse, welche der Eingang zu Löwenbergs Hofraum ist. Ich gehe zum Hauptmann melden, wir holen Sie ab.«

Nur wenige Minuten standen die Landleute unter dem Haufen Lohe, als der Förster, der als Wache in der Haustür stand, den Anmarsch der Schützen meldete. Auf der Hintergasse stießen die beiden Haufen zusammen, nur kurze Begrüßungen wurden ausgetauscht. Der Hauptmann, ein wohlbeleibter Fleischer, forderte Anton auf, neben ihm zu gehen und seinen Zug den Schützen anzuschließen. Schweigend rückten sie an das Hintertor von Löwenbergs Hause, das Tor war nicht verschlossen und nicht besetzt, der Schlosser sah durch das Hintergebäude in den leeren Hofraum. Der Trupp hielt einen Augenblick an, der Förster eilte zu den Führern. »Wir sind mehr Leute, als in dem Haus nötig sind«, sprach er mit fliegender Eile. »Hier daneben ist eine breite Quergasse, die auf den Markt führt. Geben Sie mir den Trommler, einen Zug Schützen und die Hälfte von den Landleuten, wir laufen bis an den Markt und besetzen mit Geschrei die Öffnung der Quergasse. Die auf dem Markt werden dadurch gestört, sie müssen auf uns sehen, unterdes dringen Sie ein und nehmen die ganze Bande gefangen. Sobald ich trommeln lasse, springt der Herr Kapitän mit dem Hauptkorps durch den Hof in das Vorderhaus, die Tür halten Sie besetzt.«

»Mir ist's recht«, sagte der dicke Hauptmann, echauffiert und in der Aufregung, welche vor einem Angriff auch dem beherzten Mann die Brust beengt. »Nur vorwärts fort.«

Der Förster raffte sechs Schützen zusammen, winkte dem Schulz und einem Haufen der Landleute, und zog sich mit dem Haufen ohne großes Geräusch in die offene Seitengasse. Auch Anton fühlte das Blut an seine Schläfe hämmern in der Erwartung der nächsten Augenblicke. Endlich hörte man Trommelwirbel, gleich darauf ein lautes Hurra. Wie Löwen sprangen die Bürger durch den Hof, der Hauptmann voran seinen Säbel schwingend, neben ihm Anton. So drangen sie in den Hausflur, bevor jemand auf sie achtete. Alles war im Hause an die Fenster und an die Tür gestürzt.

»Hurra«, rief der Hauptmann, »wir haben sie«, und ergriff in dem Hausflur einen der Herrn im Genick. »Keiner soll entrinnen. Schließt die Tür!« schrie er und hielt sein Opfer am Kragen fest, wie eine Kuh bei den Hörnern. Durch die Kraft von zehn Leibern wurde die Haustür von innen zugedrückt und verschlossen, so daß die Eifrigen auch die Feinde, welche in der Tür standen, hinausdrängten. Darauf stürzten die Schützen in die Stube, ein Teil nach dem obern Stock. Wer von Herren in der Stube war, sprang zum Fenster hinaus. So kam es, daß die Bürger in der Weinstube nichts ergriffen, als eine Namenliste, einen Haufen zusammengebundener Sensen, und in der Ecke ein halbes Dutzend Gewehre, welche den Edelleuten gehörten. Der Schlosser faßte sogleich die Gewehre und rannte mit Anton und einigen andern, die er anrief, wieder hinten zum Hause hinaus in die Quergasse zu dem Zuge, den der Förster führte. Sie fanden den Zug in bedenklicher Lage. Er war mutig hinter dem Förster vorwärtsgestürmt bis an den Ausgang der Gasse. Die Trommel und das Hurra und gleich darauf der feindliche Angriff im Hause hatten die Gegner in Verwirrung gebracht. Die Sensenmänner waren von dem Hause weggeeilt, sie standen in ungeordnetem Haufen mitten auf dem Markte, der Mann in der Schärpe, selbst ohne Gewehr, war beschäftigt, die Unbehilflichen aufzustellen. Dagegen war der Trupp mit Gewehren, Ökonomen, Jäger und einige junge Herren, den Anrückenden kühn entgegenmarschiert und hatte Front gegen sie gemacht. Vor der bewaffneten Schar stutzten die Bürgerschützen und drängten an den Ausgang der Gasse zurück, der Förster stand allein mitten zwischen den feindlichen Parteien. In dieser Verlegenheit fing der Trommler wieder an aus Leibeskräften zu trommeln, die Polen hielten ihre Gewehre an die Backen, der Förster kommandierte ebenfalls: »Legt an!« und beide Haufen blieben im Anschlage voreinander stehen, jeder auf Augenblicke zurückgehalten durch die Scheu vor den furchtbaren Folgen, welche das erste Kommando haben würde. Da drang der Schlosser mit seinen Begleitern vor, die Gewehre wurden blitzschnell den Männern, welche danach griffen, in die Hand gegeben, Anton und der tapfere Schlosser sprangen in die erste Reihe der Bürgerschützen. Ein blutiger Kampf auf dem Pflaster schien unvermeidlich.

In diesem Augenblick erscholl aus dem Fenster der Weinstube die Stimme des Hauptmanns laut über den Marktplatz: »Mitbürger, wir haben sie. Hier ist der Gefangene. Er ist der Herr von Tarow selber!« Alles setzte die Gewehre ab und hörte nach der Stimme. Der Hauptmann hielt den Kopf des Gefangenen zum Fenster hinaus, der, in sein Schicksal ergeben, keinen Versuch machte, sich aus der unbequemen Lage zu befreien. »Und jetzt hört auf meine Worte. Alle Fenster dieses Hauses sind besetzt, alle Straßen sind besetzt, wie dort auf dieser Seite zu sehn; sobald ich einen Finger hebe, werdet ihr Leute alle in Grund und Boden geschossen.«

»Hurra, Hauptmann«, rief eine Stimme gerade gegenüber von den mittlern Häusern des Marktes, und der Kaufmann, welcher dort wohnte, steckte seine Entenflinte zum Fenster des ersten Stocks heraus, neben ihm der Apotheker und der Postmeister, die Pächter der städtischen Jagd.

»Guten Morgen, meine Herren«, rief der Fleischer erfreut hinüber, denn eine kühne Sicherheit war auf ihn gekommen. »Ihr seht, Leute«, fuhr er fort, »daß jeder Widerstand nutzlos ist, werft eure Sensen weg, oder ihr seid sämtlich Kinder des Todes.« Eine Anzahl Sensen klirrte auf das Pflaster.

»Und Ihr, Ihr Herren Jäger«, fuhr der Hauptmann fort, »Ihr sollt freien Abzug haben, wenn ihr eure Gewehre abgebt, denn wenn nur einer von euch noch ein Gesicht schneidet, so soll dieses Mannes Blut über euer Haupt kommen.« Dabei ergriff er den Kopf des Tarowski, hielt ihn wieder zum Fenster hinaus und zog ein großes Schlachtmesser aus seiner Uniform. Er warf die Scheide auf die Straße und schwenkte das Messer so fürchterlich um das Haupt des Gefangenen, daß der brave Fleischer in diesem Augenblick wahrhaft gräßlich und wie ein Kannibale aussah.

Da rief der Förster begeistert: »Hurra, wir haben sie, vorwärts, marsch!« Der Trommler fing an zu trommeln, und im Sturm drangen die Deutschen vor. Auch die Schützen warfen sich aus dem Hause hervor auf die Treppe und die Straße. Der Haufe der polnischen Flintenträger geriet in Unordnung, einige der Beherzten schossen ihre Gewehre ab, auch aus den Reihen der Angreifer fielen einzelne Schüsse. Die übrigen Sensen fielen zusammen und die Sensenmänner zerstreuten sich zuerst in wilder Flucht, gleich darauf flohen die mit den Gewehren. Die Deutschen stürmten ihnen nach, noch einige Schüsse wurden abgefeuert, die Flüchtigen wurden rund um den Markt gejagt, einzelne versteckten sich in den Häusern, andere liefen zum Stadttor hinaus. Der Trommler schritt um den ganzen Marktplatz und schlug Alarm. Von allen Seiten kamen jetzt bewaffnete Bürger herzugerannt, auch die säumigen Schützen erschienen einer nach dem andern. Der Hauptmann übergab seinen Gefangenen einigen handfesten Leuten und rief, die Glückwünsche seiner Freunde mit der Hand abwehrend: »Der Dienst vor allem, meine Herren! Das wenigste ist, daß wir die Tore schließen und besetzen. Wo ist der Kapitän unserer Bundesgenossen?«

Anton trat hinzu. »Herr Kamerad«, sagte der wackere Fleischer staunend, »ich denke, wir sammeln unsere Leute, wir halten eine Musterung und teilen die Wachen ein.«

Die einzelnen Korps stellten sich auf dem Markte auf, zuerst die Schützen, daneben unter Anführung des Försters die Landleute, auf der andern Seite eine Schar Freiwilliger, die sich fortwährend vergrößerte. Es war eine lange Reihe, und mit Stolz sahen die von Rosmin, wie stark sie waren. Der Hauptmann ließ schwenken und in Zügen vorbeimarschieren. Darauf wurde der Wachdienst eingeteilt, die Tore besetzt und Ehrenwachen vor die Ämter gestellt, halb Bürger, halb Landleute. Die heruntergerissenen Wappen wurden gesäubert, eifrige Frauenhände trugen aus den Gärten der Stadt die ersten Blumen zusammen und schmückten die Wappenbilder mit Kränzen und Gewinden. In feierlichem Zuge wurden sie an das Steueramt und die Post getragen, die ganze Mannschaft marschierte auf, präsentierte das Gewehr, und der Hauptmann brachte eine Anzahl patriotischer Hochs aus, welche von vielen hundert Kehlen nachgerufen wurden. Anton stand zur Seite, und als er die Frühlingsblumen auf dem Wappen sah, fiel ihm aufs Herz, wie er heut morgen gezweifelt hatte, ob er in diesem Jahre welche erblicken werde. Jetzt glänzten ihre Farben so lustig auf dem Schildzeichen seines Vaterlandes. Aber was hatte er seit dem Morgen erlebt?

Aus seinem Sinnen wurde er durch den Hauptmann geweckt, der ihn auf das Rathaus in den Ausschuß einlud, welcher sich für die Sicherheit der Stadt gebildet hatte. So sah er sich auf einmal in der Ratsstube vor dem grünen Tisch mitten unter fremden Männern, als einer der Ihrigen. Bald hatte er eine Feder in der Hand und schrieb einen Bericht über die Ereignisse des Tages an die Behörde. Der Ausschuß entwickelte große Tätigkeit, Boten wurden an das nächste Militärkommando abgesandt, die Häuser Verdächtiger wurden nach Flüchtlingen durchsucht, für die Landleute, welche sich bereit erklärt hatten, bis zum Abend in der Stadt zu bleiben, wurde durch freiwillige Beiträge der Bürger Speise und Trank besorgt, Patrouillen wurden nach allen Richtungen ausgeschickt, einzelne Gefangene verhört, und die Nachrichten, welche jetzt aus der Nachbarschaft einliefen, gesammelt. Von allen Seiten kamen Meldungen. Aus mehreren Dörfern waren polnische Banden auf dem Wege zur Stadt, in dem Nachbarkreise war in ähnlicher Weise ein Aufstand versucht worden, und dort war er geglückt, die Stadt war in den Händen der polnischen Jugend, die Flüchtlinge erzählten von Plünderung, von Fanalen, welche durch das ganze Land brannten, von einem allgemeinen Aufstande der Polen und von dem Gemetzel, das sie unter den Deutschen anfangen wollten. Die Gesichter der von Rosmin wurden länger, die Siegesfreude, welche durch einige Stunden in dem Rathaussaal geherrscht hatte, wich der Sorge um eine gefahrvolle Zukunft. Einige sprachen davon, daß die Stadt sich mit dem gefangenen Herrn von Tarow verständigen müsse, weil man der Bürger selbst nicht sicher sei, viele polnisch Gesinnte säßen innerhalb der Mauern, auch feindliche Gewehre wären noch versteckt. Doch wurden die Furchtsamen durch den kriegerischen Mut der Majorität überstimmt. Es ward beschlossen, die Nacht über in Waffen zu bleiben und die Stadt gegen fremde Banden zu halten, bis Militär hereinkomme.

So kam der Abend heran. Da verließ Anton, beunruhigt durch die zahlreichen Gerüchte von Plünderungen auf dem offenen Lande, den Sitzungssaal des Rathauses und schickte den Schulz aus, um die Deutschen aus ihrer Gegend zum gemeinschaftlichen Abmarsch zu sammeln. Zwischen dem Schützenhauptmann und dem Schlosser schritt er unter dem Gerassel der Trommel und einem dreimaligen Hoch der Bürgerschützen mit seinen Leuten durch das Tor bis zu den letzten Häusern der Vorstadt. Dort an der hölzernen Brücke, welche über den Bach führt, nahmen die Städter und die vom Lande brüderlich Abschied.

»Ihr Wagen ist der letzte, der heut hinüber soll«, sagte der Schlosser, »wir brechen hinter Ihnen die Bohlen von der Brücke und stellen einen Posten daneben.« Und der Hauptmann zog seinen Hut und sagte: »Im Namen der Stadt und einer löblichen Bürgerschützenkompagnie bedanke ich mich für die freundliche Hilfe bei euch allen. Wenn eine schwere Zeit kommt, wie wir alle fürchten, so wollen wir Deutsche immer zusammenhalten.«

»Das Wort soll gelten«, rief der Schulz, und die Landleute riefen es nach. So zogen die Landleute hinaus auf die dunkle Ebene. Anton ließ seinen Wagen langsam nachfahren und ging mit dem Haufen zu Fuß. Der Förster zog einige junge Burschen, welche die erbeuteten Gewehre trugen, aus dem Trupp und formierte sie zu einer Avantgarde. Der Schmied von Kunau, der jeden Mann aus dem Kreise kannte, stellte das vor, was der Förster die Spitze nannte. Alle Gebüsche und unsichere Stellen wurden sorgsam abgesucht, einzelne Leute, die ihnen aufstießen, wurden angehalten und ausgefragt. Sie hörten vieles Gefährliche, fanden aber ihren Weg durch keinen Haufen verlegt. So schritten die Männer im ernsten Gespräch vorwärts. Alle fühlten sich gehoben durch ihr Tun an diesem Tage, aber keiner verbarg sich, daß dies erst der Anfang sei, und daß noch Schweres nachfolgen werde. »Wie sollen wir vom Lande die Zeit ertragen?« sagte der Schulz, »die in der Stadt haben ihre Mauern und wohnen dicht aneinander, wir aber sind der Rachgier jedes Bösewichtes ausgesetzt, und wenn ein halbes Dutzend Landstreicher mit Flinten in das Dorf kommt, so sind wir geliefert.«

»Es ist wahr«, sagte Anton, »vor den großen Scharen können wir uns nicht hüten, und der einzelne muß in solcher Zeit ertragen, was der Krieg ihm auferlegt, aber die großen Haufen, welche unter dem Kommando von festen Befehlshabern stehen, sind für uns auch nicht das schlimmste. Das ärgste sind die Banden von schlechtem Gesindel, die sich zusammenrotten, die Brandstifter und Plünderer, und gegen solche müssen wir uns von heut ab zu verteidigen suchen. Haltet euch morgen zu Hause, ihr von Neudorf und Kunau, und beschickt mit euren Boten die andern Deutschen in der Nähe, welche zu uns halten. Morgen bei guter Zeit komme ich zu euch hinüber, dort laßt uns beraten, ob wir etwas tun können für unsre Sicherheit.«

So kamen die Männer an den Kreuzweg, wo der Weg nach dem Schlosse abgeht durch den herrschaftlichen Wald. Anton stand mit dem Schulzen und dem Schmied noch eine Weile in Beratung zusammen, dann grüßten sich die drei wie alte Freunde, und jeder Haufen eilte nach seinem Dorfe.

Anton bestieg seinen Wagen und nahm den Förster mit sich, damit dieser zur Nacht das Schloß bewachen helfe. Mitten im Walde wurden sie durch ein lautes »Halt! Wer da?« angerufen.

»Karl!« rief Anton erfreut. »Hurra, hurra, er lebt!« rief Karl außer sich vor Freude und sprengte an den Wagen. »Sind Sie auch unverwundet?« – »Ich bin es«, erwiderte Anton; »wie steht's auf dem Schlosse?«

Jetzt begann ein schnelles Erzählen. »Daß ich nicht dabei war!« rief Karl einmal über das andere.

Als sie beim Schloß vorfuhren, flog eine helle Gestalt auf den Wagen zu. »Fräulein Lenore!« rief Anton herunterspringend.

»Lieber Wohlfart!« rief Lenore und faßte seine beiden Hände. Sie legte sich einen Augenblick auf seine Schulter, und die Tränen stürzten ihr aus den Augen. Anton hielt ihre Hand fest und sagte, indem er ihr mit zärtlicher Teilnahme in die Augen sah: »Es kommt eine schreckliche Zeit, ich habe den ganzen Tag an Sie gedacht.«

»Da wir Sie wiederhaben«, sagte Lenore, »will ich alles ruhig anhören, kommen Sie schnell zum Vater, er vergeht vor Ungeduld.« Sie zog ihn die Treppe hinauf.

Der Freiherr öffnete die Tür und rief Anton auf dem Gang entgegen: »Was bringen Sie?«

»Krieg, Herr Freiherr«, antwortete Anton ernst, »den häßlichsten aller Kämpfe habe ich gesehen, blutigen Krieg zwischen Nachbar und Nachbar. Das Land ist im Aufstand.«

FÜNFTES BUCH

1

Die Güter des Freiherrn lagen in einer Ecke des Rosminer Kreises. Nördlich hinter dem Walde das deutsche Bauerndorf Neudorf, und weiter ab im Osten Kunau. Durch einen breiten Strich Sand und Heideland waren diese Orte von polnischen Gütern getrennt, unter denen die des Herrn von Tarowski die nächsten waren. Im Westen und Süden des Gutes grenzten Kreise mit gemischter Bevölkerung, die Deutschen waren dort stark, reiche Grundherren und große Bauerndörfer saßen unter den Slawen. Im Norden hinter Neudorf und Kunau war ein polnischer Strich, viele kleine Rittergüter, zum Teil tief verschuldet, mit heruntergekommenen Familien.

»Von dort droht uns die größte Gefahr«, sagte der Freiherr am Morgen nach dem Markttage zu Anton. »Die Bauerndörfer sind unsre natürlichen Feldwachen. Wenn Sie die Dorfleute dazu bringen, einen regelmäßigen Wachtdienst einzurichten, so müßten ihre Wachen die Kreisgrenze im Norden besetzen, wir würden dann versuchen, eine regelmäßige Kommunikation mit ihnen zu unterhalten. Vergessen Sie die Fanale und Alarmhäuser nicht. Da Sie mit den Bauern schon so kameradschaftlich verkehrt haben, so werden Sie das am besten besorgen. Mir lassen Sie anspannen. Ich will in den nächsten Kreis fahren und versuchen, uns mit den Gutsbesitzern dort in ebensolche Verbindung zu setzen. Den jungen Sturm nehme ich mit.«

So ritt Anton nach Neudorf. Dorthin waren in der Nacht neue Unglücksbotschaften gekommen. Einige deutsche Dörfer waren von bewaffneten Banden besetzt, die Häuser nach Waffen durchsucht, junge Leute mitgeschleppt worden. Niemand arbeitete auf dem Felde, die Männer saßen in der Schenke oder standen vor dem Hause des Schulzen, ratlos, jede Stunde einen Überfall erwartend. Antons Pferd wurde sogleich von einem dichten Haufen umdrängt; als der Schulze die Männer in die Gemeindestube rufen ließ, war nach wenig Augenblicken die Gemeinde vollzählig versammelt. Anton setzte ihr auseinander, was geschehen könne, ihr Dorf vor dem Schrecken eines plötzlichen Überfalls zu schützen; Einrichtung einer Bauernwehr, regelmäßige Wachen an den Dorfwegen längs der Grenze, Lärmstangen, Patrouillen; ein Alarmhaus im Dorfe und Vorsichtsmaßregeln ähnlicher Natur, wie der Freiherr sie ihm angegeben hatte. »Ihr werdet dadurch«, fuhr er fort, »unsre, der

Nachbarn, Hilfe in kurzer Zeit herbeirufen, ihr werdet imstande sein, euch gegen einen schwächern Feind gemeinschaftlich zu verteidigen, gegen einen stärkern schnell die Hilfe des Militärs herbeizurufen. Ihr werdet eure Weiber und Kinder, was euch von eurem Hausrat am liebsten ist, vielleicht auch euer Vieh vor Plünderung und Mißhandlung retten. Es wird keine kleine Beschwerde für euch sein, die Wachen bei Tag und Nacht zu stellen, aber euer Dorf ist groß. Vielleicht wird diese Einrichtung in kurzer Zeit durch die Behörden befohlen, es ist sicherer für uns alle, wenn wir nicht darauf warten. Wir können schon in den nächsten Tagen wehrhaft sein.«

Seine eindringlichen Vorstellungen und das Ansehen des verständigen Schulzen brachten die Gemeinde zu einem einmütigen Beschluß. Mit dem Schulzen und einigen vom Ortsvorstande beritt er die Grenzen und bestimmte die Punkte für Wachen und Alarmzeichen. Unterdes entwarf der Schulmeister das Register der Bauernwehr, verzeichnete die, welche zu Pferde, und die, welche zu Fuß Dienst tun konnten, und ließ sich angeben, was von Waffen im Dorfe war. Manche erklärten sich bereit, ein Gewehr zu kaufen. Die jungen Leute des Dorfes faßten die Sache mit Feuer an, die Hausfrauen packten vorsorglich in Kisten und Bündeln das Wertvollste ihrer Habe zusammen. Von Neudorf fuhr Anton mit den Häuptern der Gemeinde hinüber nach Kunau; auch dort fand er guten Willen, ähnliche Einrichtungen wurden verabredet und zuletzt besprochen, daß die jungen Leute aus den beiden Dörfern jeden Sonntagnachmittag auf das Gut des Freiherr ziehen sollten, um dort in Gemeinschaft zu exerzieren.

Als Anton nach dem Schloß zurückkehrte, wurden die Verteidigungsmittel des Gutes erwogen. Ein kriegerisches Feuer entbrannte in der deutschen Kolonie. Jeder wurde davon ergriffen, auch die Friedfertigsten, der Schäfer und sein Hund Krambow, welcher durch nächtlichen Vorpostendienst und Patrouillen in einen Zorn gegen fremde Waden geriet, den er sonst an seinem jüngern Gefährten oft beknurrt hatte. Aller Gedanken waren auf gefährliche Werkzeuge gerichtet; was das Gut von Mordwaffen besaß, wurde hervorgesucht. Ach, die Gesinnung war vortrefflich, aber die Schar war klein, es fehlte an diensttuender Mannschaft. Dagegen war der Stab ausgezeichnet. Da war zuerst der Freiherr selbst, zwar Invalide, aber für alle Theorie schätzbar, dann Karl und der Förster, als Führer der Reiter und des Fußvolks, und Anton, nicht zu verachten in der Intendantur und im Festungsbau.

Der Freiherr verließ jetzt täglich sein Zimmer, um in der Mittagsstunde Kriegsrat zu halten, er besprach die Einübung der Bauernwehr, er hörte Berichte über die Bewegungen der Umgegend an und sandte Boten nach den deutschen Kreisen. Ein Schimmer von militärischem Stolz glänzte auf seinem Gesicht, er schalt gutmütig die Angst seiner Gemahlin, sprach ermunternde Worte zu den Deutschen, welche ihm nahe kamen, und drohte allen Übelgesinnten im

Dorf, sie sofort bis auf weiteres einzustecken und auf Wasser und Brot zu setzen. Dem ganzen Hof war es beweglich anzusehen, als der blinde Herr hoch aufgerichtet mit einer Muskete in der Hand dastand, um dem Förster einige Griffe zu zeigen, und dann das Ohr auf ihn zu hielt, um aus dem Anschlag der Hand zu erkennen, ob der andere ihn recht verstanden. Auch Anton umgürtete sein Herz mit dem Panzer kriegerischen Zornes; er heftete eine Kokarde auf die Mütze, und seine Rede erhielt einen Anflug von militärischer Strenge; er trug seit dem Tage von Rosmin ungeheure Wasserstiefel, und sein Tritt fiel schwer auf die Stufen der Treppe. Er selbst würde über sich gelacht haben, wenn man ihn gefragt hätte, zu welchem Zweck er die Erhebung seines Gemüts an den Beinen ausdrücke. Aber es frug ihn niemand, jeder erkannte, daß so etwas notwendig war. Und vollends Karl! Er zeigte sich nicht anders, als in den Überresten seiner Extra-Uniform, die er sorgfältig aufgehoben hatte, in Mütze, Schnurrock und einem alten Soldatenmantel. Er kräuselte seinen Schnurrbart und pfiff den ganzen Tag seine Soldatenlieder. Da von den zuchtlosen Menschen des eigenen Dorfes am meisten zu fürchten war, so rief er alle, welche gedient hatten, in der Schenke zusammen und hielt ihnen mit Hilfe des Försters, der als Hexenmeister in großem Ansehn stand, eine mächtige Rede im Kalpak und Dolman, den Säbel an der Seite; er behandelte sie als Kameraden, schlug auf den Säbel und rief: Wir vom Militär wollen hier unter den Bauern Ordnung halten. Dann ließ er einige Quart Branntwein aufsetzen und sang mit ihnen leidenschaftliche Kriegslieder. Zuletzt teilte er neue Kokarden aus und nahm sie als Landsknechte der Gutswehr in Pflicht. So befestigte er die rührigsten Leute wenigstens für einige Zeit und erfuhr durch sie, was von Verschwörungsgedanken in der Schenke zutage kam.

Als am Tage darauf die Streitkraft des Guts vor dem Schlosse gemustert wurde, sahen die Männer erstaunt einander an. Sie waren alle durch die letzten Tage umgewandelt. Der Herr Rentmeister sah aus wie ein wilder Mann, der aus einem fremden Sumpflande heranzieht, wo er tagtäglich bis an die Hüften im Wasser sitzt und höchstens mit dem Oberleibe auf Raub ausgeht. Und die vom neuen Vorwerk kamen angezogen wie Geister aus einer untergegangenen Zeit. Der Förster mit seinem kurzgeschorenen Haar und dem langen Bart, in einem ausgewetterten Rock, mit dem finstern Gesicht voll Runzeln und seinen buschigen Augenbrauen, glich einem alten Söldling aus Wallensteins Heer, der zweihundert Jahr im tiefen Walde geschlafen hat und jetzt wieder in die Welt schreitet, weil Unheil und Greuel mächtig werden. Und wenn verzweifelte Gedanken und trotziger Haß gegen den Feind zu einem Wallensteiner machen konnten, so war er auch, was er schien. Wie ein frommer Hussit marschierte der Schäfer neben ihm. Die breite Krempe des runden Hutes hing ihm bis auf den Rücken herunter, ein breiter Ledergurt umschlang seinen Leib, in der Hand hielt er einen Hakenstock, an den er eine glänzende Eisenspitze geheftet hatte. Sein phlegmatisches Gesicht und der sinnende Ausdruck seiner Augen machten ihn dem Waldmann so unähnlich als möglich.

Alles in allem war die bewaffnete Mannschaft des Gutes nicht stärker als zwanzig Mann. Bei dieser kleinen Zahl brauchbarer Leute war es schwer, einen Wachtdienst im Schloß und dem Dorfe einzurichten. Jedem einzelnen mußten die größten Anstrengungen zugemutet werden, indes niemand klagte darüber, alle, auch die Gedienten aus dem Dorfe, waren zu jeder Art von kriegerischem Werk bereit. Nachdem die Männer zusammengebracht waren, dachte man an die Sicherung des Schlosses. Um die Hinterseite des großen Gebäudes vor nächtlichem Einbruch zu schützen, ließ Anton einen Zaun aus starken Bohlen von einem Flügel bis zum andern ziehn. So wurde ein ziemlich großer Hofraum eingeschlossen und darin an die Mauer des Hauses ein offener Schuppen angelehnt, wo Flüchtlinge oder die Pferde der Einquartierung im Notfall auf kurze Zeit ein Obdach finden konnten. Da der Unterstock des Hauses sich hoch über den Boden erhob, die Fenster desselben durch starke Holzverschläge geschützt waren, und da alle Eingänge des Hauses in dem neuen Hofraum lagen, so war der Zugang für Unberufene soviel als möglich erschwert. Der Schloßbrunnen lag außerhalb dem eingezäunten Hofe, mitten zwischen dem Wirtschaftshof und dem Schloß, deshalb wurde ein großer Wasserbottich in das Schloß gestellt und alle Morgen neu gefüllt.

Auch von Rosmin kam Nachricht. Der Schlosser erschien nach einigen Tagen auf wiederholte Bitten, um die Türen in der Turmhalle und im Hofzaun zu beschlagen und mit starken Riegeln zu versehen. Er brachte kriegerische Grüße von dem Bürgerkapitän und die Nachricht, daß ein Kommando Infanterie in die Stadt eingerückt sei. »Es sind der Soldaten nur wenige«, sagte er, »und auch wir Schützen haben schweren Dienst.«

»Und was habt Ihr mit Eurem Gefangenen gemacht?« frug Anton.

Der Schlosser fuhr sich hinter das Ohr und rückte seine Mütze, als er kleinlaut antwortete: »Also, sie wissen noch nichts? Gleich in der ersten Nacht kam eine Botschaft von den Feinden, wenn wir ihnen nicht den Edelmann auf der Stelle wieder herausgäben, würden sie mit voller Macht anrücken und unsre Scheuern abbrennen. Ich sprach dagegen, und unser Kapitän auch, aber wer eine Scheuer hatte, fing an zu lamentieren, und so kam's, daß sich die Stadt mit dem von Tarow verglichen hat. Er mußte sein Wort geben, daß er mit seinen Leuten nichts weiter gegen die Stadt unternehmen wollte; darauf haben wir ihn über die Brücke geführt und losgelassen.«

»Er ist frei, der falsche Mann!« rief Anton entrüstet.

»Freilich«, sagte der Schlosser, »er sitzt wieder auf seinem Gut und hat einen Haufen junger Herren um sich. Sie reiten mit ihren Kokarden über die Felder, gerade wie vorher. Der Tarowski ist ein schlauer Mann, der schließt Ihnen mit einem Federbart jedes Schloß auf, er wird mit allen Leuten fertig. Dem ist nichts anzuhaben.«

Natürlich litt die Wirtschaft unter solchen Rüstungen. Zwar hielt

Anton mit Strenge darauf, daß wenigstens das Notwendigste getan wurde, aber auch er fühlte, daß eine Zeit gekommen war, wo die Sorge um das eigne Wohl und Wehe schwindet über der Angst um das Größte, das der Mensch auf Erden besitzt. Die Gerüchte, welche jeden Tag drohender wurden, erhielten ihn und seine Umgebung in einer fortwährenden Aufregung und brachten zuletzt einen Zustand hervor, in dem der Seele die fieberhafte Spannung Gewohnheit ist. Man sah mit einer wilden Gleichgültigkeit in die Zukunft und ertrug das Unbehagen des Tages als etwas Natürliches.

Mehr aber, als die Männer des Guts alle zusammen, wurde Lenore von dem allgemeinen Fieber ergriffen. Seit jenem Tage, wo sie den abwesenden Anton erwartet hatte, begann für sie ein neues Leben. Die Mutter trauerte und wollte verzweifeln über eine solche Zeit, das junge Herz der Tochter schlug kräftig dem Sturme entgegen, und die Aufregung wurde ihr ein wilder Genuß, dem sie sich leidenschaftlich hingab. Sie war den ganzen Tag im Freien, im rauhesten Wetter lief sie in ihren Halbstiefelchen zwischen dem Schloß und Wirtschaftshof auf und ab, als Adjutant des Vaters oder als Parteigänger auf eigene Faust. An der Tür der Schenke wurde sie in dieser Zeit so oft gesehen, wie der ärgste Schlemmer des Dorfes, denn täglich hatte sie von dem Wirt und seiner Frau etwas zu hören. Seit Karl den Husarenrock trug, behandelte sie ihn mit kameradschaftlicher Vertraulichkeit, und wenn er mit dem Förster verhandelte, so beugte auch Lenorens Haupt sich zur vertraulichen Beratung. Manche Stunde saßen die drei im Kriegsrat zusammen, in Karls Stube, oder auf dem Hofe; mit Achtung hörten die Männer auf den mutigen Rat des Fräuleins und verfehlten nicht, ihre Ansicht zu erbitten, ob es ratsam sei, dem Ignaz, Gottlieb oder Blasius aus dem Dorfe ein Gewehr anzuvertrauen. Vergebens bat und schalt die Baronin die kriegslustige Tochter, vergebens suchte auch Anton ihr zu wehren. Denn sosehr Anton selbst im Eifer war, sowenig gefiel ihm dieselbe Stimmung am Fräulein. Wieder erschien sie ihm zu dreist und heftig, und er deutete ihr das an; dann schmollte sie ein wenig und suchte ihr kriegerisches Interesse vor ihm zu verbergen, aber sie änderte sich deshalb nicht. Sie wäre so gern mit ihm nach Neudarf und Kunau gegangen, um auch bei den Nachbarn Krieg zu spielen, aber Anton, sonst über ihre Begleitung so glücklich, protestierte jetzt eifrig dagegen, und das Fräulein mußte auf seine Bitten am Ende des Dorfes umkehren.

An dem Tage, wo die erste Übung der Gutswehr sein sollte, kam Lenore mit einer Mütze und einem leichten Säbel aus dem Schlosse, zog ihren Pony aus dem Stall und sagte zu Anton: »Ich reite mit.«

»Tun sie das nicht, Fräulein.«

»Ich will aber«, entgegnete Lenore trotzig, »es fehlt Ihnen an Leuten, ich kann so gut Dienst tun, wie ein Mann.«

»Aber, liebes Fräulein«, bat Anton weiter, »es ist so auffallend.«

»Es ist mir gleichgültig, ob es jemandem auffällt«, sagte Lenore. »Ich bin stark, ich halte etwas aus, ich will nicht müde werden.«

»Aber vor den Knechten«, stellte Anton vor; »Sie vergeben sich etwas auch vor den Leuten.«

»Das ist meine Sorge«, erwiderte Lenore hartnäckig, »widersprechen Sie nicht, ich will es, und damit gut.«

Anton zuckte die Achseln und mußte sich's gefallen lassen. Lenore ritt neben Karl und machte die kriegerischen Bewegungen mit, soviel der Damensattel das erlaubte, aber Anton sah aus der Reihe des Fußvolks unzufrieden nach der hellen Gestalt hinüber. Sie hatte ihm nie so wenig gefallen. Wenn sie wild mit den andern vorsprengte, ihr Pferd herumriß und mit dem Säbel in die Luft schlug, wenn ihr helles Haar sich im Winde löste und ihr Auge vor Kampflust strahlte, so war sie hinreißend schön. Aber was Anton beim leichten Spiel entzückt hatte, das kam ihm jetzt, wo diese Übungen bitterer Ernst waren, sehr unweiblich vor; er mußte an eine Kunstreiterin denken. Einst hatte gerade diese Ähnlichkeit sein ganzes Herz gefangengenommen, heut erkältete sie ihm die Seele. Und als die Übung vorüber war, und Lenore mit heißen Wangen in seiner Nähe hielt, damit er sie anrede, da schwieg er, und Lenore selbst mußte an ihn heranreiten und ihn lachend fragen: »Sie sehen so mürrisch aus, mein Herr, wissen Sie, daß Ihnen das gar nicht gut steht?«

»Es gefällt mir nicht, daß Sie so wild sind«, erwiderte Anton. Lenore wandte sich schweigend ab, übergab das Pferd einem Knecht und ging ärgerlich nach dem Schloß zurück.

Seit der Zeit verzichtete sie auf die Teilnahme an den Übungen, aber sie fehlte niemals, wenn die bewaffnete Macht sich versammelte; dann sah sie sehnsüchtig von weitem zu. Und wenn Anton nicht zugegen war, suchte sie doch heimlich mit Karl auf die Nachbardörfer zu reiten, aber sie revidierte wohl auch auf ihren Spaziergängen aus eigener Begeisterung die Fanale, sie strich allein durch Feld und Wald, mit einem Taschenterzerol bewaffnet, und war glücklich, wenn sie einen Wanderer anhalten und ausfragen konnte.

Auch darüber machte ihr Anton Vorstellungen. »Die Gegend ist unsicher«, sagte er; »wie leicht, daß Ihnen ein Strauchdieb etwas zuleide tut. Und ist's kein Fremder, so sind's vielleicht gar Leute aus dem Dorfe.«

»Ich fürchte mich nicht«, sagte dann Lenore, »und die Männer aus unserm Dorfe tun mir nichts.« Und in der Tat wußte sie mit diesen besser fertig zu werden, als Anton und irgendein anderer. Sie allein wurde von jedem, auch von den Rohesten, ehrerbietig in polnischer Weise gegrüßt; sooft ihre hohe Gestalt durch die Dorfgasse schritt, neigten sich die Männer herab bis an ihr Knie und die Weiber liefen an die Fenster und sahen ihr bewundernd nach.

Und sie erlebte die Freude, daß die Leute selbst ihr in Antons Gegenwart das sagten. An einem Sonntagabend saßen Karl, der Förster und der Schäfer als Wachtposten im Wirtschaftshofe, während die Bauern in der Schenke tranken; denn der Sonntag war für die im Schlosse am gefährlichsten. Karl hatte im Amtmannshaus eine Stube für militärische Zwecke eingerichtet, einige Bund Stroh zum Schlafen, einen Tisch, Bänke und Stühle hineingesetzt. Heute trug Lenore mit eigener Hand eine Flasche Rum und Zitronen aus dem Schloß zu den Wächtern hinüber und gab dem Amtmann den Rat, daraus einen Kriegspunsch zu kochen. Der Schäfer und der Waldmensch zogen beglückt über diese Aufmerksamkeit den Mund von einem Ohr zum andern, Karl sprang herbei, setzte dem Fräulein einen Stuhl zurecht, der Förster begann sogleich eine schreckliche Geschichte von einer Räuberbande aus dem Nachbarkreis, und so machte sich's von selbst, daß Lenore sich auf einige Minuten niedersetzte und ihre Ansichten über den Lauf der Welt mit den Getreuen austauschte. Da trat, gerade als der Punsch fertig war und von dem Fräulein selbst in zwei Gläser und einen Topf gegossen wurde, auch Anton herein. Er kam ihr ungelegen, das war wieder nichts für ihn. Indes, er schalt nicht, sondern wandte sich zur Tür und winkte einen Fremden aus dem Hausflur herein. Ein schlanker Bauernbursch in blauem Rock mit hellen Wollschnüren, eine Soldatenmütze in der Hand, die weiten Leinwandhosen in die Stiefel gesteckt, trat stolz in das Zimmer. Da fiel sein Auge auf das Fräulein. Wie der Blitz fuhr er zu ihren Füßen, küßte ihr das Knie, und blieb dann mit gesenktem Haupt, die Mütze in der Hand, die Augen auf den Boden geheftet, vor ihr stehen. Karl trat zu ihm. »Nun, Blasius, was Neues aus der Schenke?«

»Oh, nichts«, erwiderte der Bursche in dem melodischen Tonfall, mit dem der Pole sein gebrochenes Deutsch spricht, »Bauer sitzt und trinkt und ist lustig.«

»Sind Fremde hier, ist jemand von Tarow gekommen?«

»Nichts«, sagte Blasius. »Niemand ist da, als dem Wirt seine Muhme ist gekommen, das Judenmädel, die Rebekka.« Dabei sah er unverrückt Lenore an, als die Herrin, der er seine Meldung zu machen habe. Lenore trat zum Tisch, goß ein Glas voll und reichte es dem Burschen. Glückselig nahm der schmucke Junge das Glas, wandte sich zur Seite, trank ohne abzusetzen aus, setzte das leere wieder auf den Tisch und neigte sich wieder auf Lenorens Knie, alles mit einem Anstand, um den ihn ein Prinz hätte beneiden können. »Sie dürfen keine Furcht haben«, redete er in plötzlicher Begeisterung das Fräulein an, »keiner im Dorfe tut Ihnen was, wer sich gegen Sie wagt, den schlagen wir tot.«

Lenore errötete und sagte, auf Anton sehend: »Du weißt, ich fürchte mich nicht, am wenigsten vor euch«, und der Amtmann verabschiedete den Kundschafter mit dem Auftrag, in einigen Stunden wiederzukommen.

Beim Herausgehen sagte Lenore zu Anton: »Wie gut seine Haltung ist.«

»Er war bei der Garde«, erwiderte Anton, »und ist nicht der Schlechteste im Dorfe, aber ich bitte Sie doch, sich nicht zu sehr auf die Ritterlichkeit des ehrlichen Blasius und seiner Freunde zu verlassen. Ich habe heut wieder den ganzen Nachmittag Sorge um Ihr Ausbleiben gehabt und habe Ihnen gegen Abend Ihr Mädchen auf den Weg nach Rosmin entgegengeschickt. Denn ein erschrockener Handwerksbursche kam auf das Schloß gelaufen und erzählte, er sei auf dem Wege von einer bewaffneten Frau angehalten worden und habe ihr sein Wanderbuch vorzeigen müssen. Nach seiner Erzählung hatte diese Frau einen ungeheuern Hund so groß wie eine Kuh hinter sich; er klagte, sie hätte schrecklich ausgesehen. Der Mann war ganz außer sich.«

»Es war ein Hase«, sagte Lenore verächtlich. »Als er mich mit dem Pony sah, lief er davon wie von bösem Gewissen gejagt. Da rief ich ihm nach und drohte ihm mit meinem Taschenpuffer.«

Unter solchen Vorbereitungen erwarteten die vom Gut täglich den Ausbruch der Empörung auch auf ihrer Waldinsel. Unterdes verbreitete sich die Glut des Aufstandes wie ein Waldbrand über die ganze Provinz. Wo die Polen dicht aneinander saßen, schlug die helle Flamme zum Himmel, an den Rändern flackerte das Feuer bald hier, bald da, wie der Brand im grünen Holze. An mancher Stelle wurde gelöscht, eine Zeitlang blieb alles still, dann loderte die Flamme plötzlich wieder auf.

An einem Sonntagnachmittag war große Übung der verbündeten Dörfer. Mit ihren Fahnen kamen die von Neudorf und Kunau herangezogen, das Fußvolk voran, die Burschen zu Pferde hinterher, vom Schloßhofe ritt die kleine Reihe der Knechte, von Karl geführt, ihnen entgegen, außerdem einige Mann zu Fuß, denen der Förster als Generalissimus der drei Heerscharen voranmarschierte. Auch Anton hatte sich unter das Kommando des Försters gestellt. Als Lenore ihn aus dem Hause treten sah, befahl sie, den Pony zu satteln.

»Ich will zusehen«, sagte sie zu Anton.

»Aber nur zusehen, gnädiges Fräulein«, bat dieser.

»Schulmeistern Sie nicht«, rief ihm Lenore nach.

Am Rande des Waldes war der Exerzierplatz. Der Förster hatte sich aus alten Erinnerungen und nach mehrfachen Beratungen mit dem Freiherrn ein Kommando gebildet, welches ungefähr ausreichte, die Leute zu dem zu bringen, was er wollte, und Karl führte seine Eskadron mit einem Feuer, welches die Mängel in der Führung und in den Leistungen ersetzen mußte. An der Seite war ein Kugelfang aufgeworfen, und Karl hatte mit dem Rest seiner Ölfarbe eine Scheibe gemalt, auf welcher ein Drache mit drei Schwänzen und sechs Beinen zwar rotes Feuer spie, aber wenn man von dieser Familienunart absah, wieder durch die Gutmütigkeit versöhnte, mit der er sein großes Herz den Schützen darbot. Es wurde eine Zeitlang marschiert, geschwenkt, abgebrochen und zuletzt geladen. Lustig knallten die blinden Schüsse in den Wald. Lenore sah den Übungen von weitem zu, endlich konnte sie der Lust nicht widerstehen, die Schwenkungen der Reiter mitzumachen; sie trabte an die Züge heran und sagte leise zu Karl: »Nur ein paar Augenblicke.«

»Wenn's aber Herr Wohlfart sieht?« frug Karl ebenso.

»Er wird's nicht sehen«, erwiderte Lenore lachend. So stellte sie sich mit dem kleinen Pferd in die Reihe. Die Burschen sahen neugierig auf die schlanke Gestalt, welche neben ihnen trabte und als Vedette vorritt, wie sie. Bei der Bewunderung, mit welcher sie nach dem Fräulein schauten, exerzierten sie schlecht, und Karl hatte viel zu tadeln. »Das Fräulein macht's am besten!« rief in der Pause einer der Neudorfer, die Bewunderer schwenkten die Hüte und brachten ihr ein Hoch aus. Lenore verneigte sich und zwang den Pony zu einigen anmutigen Beinbewegungen. Aber die Freude dauerte nicht lange, denn Anton kam über das Feld herüber und trat neben das Fräulein. »Es ist wirklich nicht gut«, sagte er leise, im Ernst erzürnt über ihre kriegerische Tätigkeit, »Sie setzen sich einer dreisten Bemerkung aus, die gewiß nicht böse gemeint ist, die Sie aber doch verletzen würde. Hier ist kein Ort für Ihre Reitkunst.«

»Sie gönnen mir auch keine Freude«, erwiderte Lenore aufgebracht und warf den Pony zur Seite.

So tummelte sie ihr Pferd allein, ließ es in der Nähe eines großen Birnbaums Volten machen und grollte in der Stille mit Anton. »Wie unzart, daß er mir das sagt«, dachte sie, »der Vater hat recht, er ist sehr prosaisch. Damals, als ich ihn zuerst sah, war es auch auf dem Pony, da gefiel ich ihm besser, damals waren wir beide Kinder, aber sein Wesen war rücksichtsvoller.« Der Gedanke schoß ihr durch die Seele, wie glänzend, schön und leicht das Leben früher gewesen war und wie herb die Gegenwart. Und während sie darüber träumte, ließ sie das Pferd eine Achte nach der anderen machen.

»Nicht übel – aber mehr Faust, Fräulein Lenore«, rief eine sonore Männerstimme neben ihr. Erschrocken sah Lenore zur Seite. An dem Baume lehnte die schlanke Gestalt eines fremden Mannes, die Arme übereinandergeschlagen, auf dem edel geformten Gesicht ein spöttisches Lächeln. Der Fremde schritt langsam auf sie zu und griff an seinen Hut. »Es wird dem alten Herrn sauer«, sagte er, auf das Pferd weisend. »Hoffe, Sie kennen mich noch.«

Lenore sah ihm starr ins Gesicht, wie einer Erscheinung, und glitt endlich in ihrer Verwirrung vom Pferde herunter. Ein Bild aus alter Zeit trat ihr leibhaftig entgegen, das kühle Lächeln, die elegante Gestalt, die nachlässige Sicherheit dieses Mannes gehörten auch zu der Vergangenheit, an die sie eben gedacht hatte. »Herr von Fink«, rief sie verlegen, »wie wird sich Wohlfart freuen, Sie zu sehen.«

»Und ich«, erwiderte Fink, »habe ihn schon aus der Ferne betrachtet, und wenn ich nicht aus gewissen untrüglichen Kennzeichen« – hier sah er wieder auf Lenore – »erkannt hätte, daß er es ist, der dort als geharnischter Mann durch den Sand watet, ich hätte es nicht für möglich gehalten.«

»Kommen Sie schnell zu ihm«, rief Lenore, »Ihre Ankunft ist die größte Freude, die ihm werden konnte.«

So schritt Fink neben ihr zu dem Schießplatz, wo jetzt die Männer sich anschickten, auf den Drachen zu zielen. Fink trat hinter Anton und legte die Hand auf seine Schulter. »Guten Tag, Anton«, sagte er.

Anton drehte sich erstaunt um und warf sich an den Hals des Freundes. Heftige Fragen und kurze Antworten flogen durcheinander. »Wo kommst du her, du lieber Wiedergefundener?« rief Anton endlich.

»Ziemlich auf geradem Wege von drüben«, erwiderte Fink, in die Ferne weisend; »ich bin erst seit wenigen Wochen wieder im Lande. Der letzte Brief, den ich von dir erhielt, war aus dem vorigen Herbst. Durch ihn wußte ich ungefähr, wo ich dich zu suchen hatte. Bei der Konfusion, die unter euch herrscht, halte ich es für ein merkwürdiges Glück, daß ich dich gefunden. Da ist auch Meister Karl«, rief er, als Karl mit lautem Freudenruf heransprengte. »Jetzt ist die halbe Firma versammelt, und wir können auf der Stelle anfangen, Comtoir zu spielen. Ihr freilich macht euch hier ein anderes Vergnügen.« Er wandte sich zu Lenoren und fuhr fort: »Ich habe mich dem Freiherrn vorgestellt und von der gnädigen Frau erfahren, daß ich die kriegerische Jugend im Freien finden würde. Jetzt möchte ich noch Ihre Fürsprache für mich erflehen. Ich kenne hier diesen Mann ein wenig und würde gern einige Tage in seiner Nähe zubringen; ich fühle lebhaft, wie unbescheiden es ist, in solcher Zeit selbst von Ihrem gastfreien Hause die Aufnahme eines Fremden zu erbitten. Tun Sie um seinetwillen, der doch im ganzen ein guter Junge ist, ein übriges, und gönnen Sie mir die Freude, hierbleiben zu dürfen, bis ich über die Fasson der unerhörten Jagdstiefel ins reine gekommen bin, die der Knabe über seine Knie gezogen hat.«

Ebenso artig erwiderte Lenore: »Mein Vater wird Ihren Besuch stets für eine große Freude halten, in dieser Zeit hat ein guter Freund doppelten Wert. Ich gehe auf der Stelle, unsern Leuten zu sagen, daß sie alle Stiefel von Herrn Wohlfart in Ihrem Zimmer aufstellen, damit Sie recht lange über ihre Fasson nachdenken müssen.« Sie verneigte sich und schritt, den Pony am Zügel führend, dem Schlosse zu.

Fink sah ihr nach und rief: »Beim Zeus! sie ist eine Schönheit geworden, die Haltung ist tadellos, sie versteht sogar zu gehn. Ich bezweifle durchaus nicht mehr, daß sie Verstand hat.« Er ergriff Antons Arm und lenkte den Freund von dem Schießplatz ab bis unter den wilden Birnbaum. Dort schüttelte er ihm herzhaft die Hand und rief: »Noch einmal sei mir gegrüßt, du Treuer. Laß dir sagen, daß ich vor Erstaunen noch nicht zu mir kommen kann. Wenn mir jemand gesagt hätte, daß ich dich als rot und schwarz bemalten Indianer, eine Streitaxt in der Hand und Skalplocken an der Hosennaht, wiederfinden würde, ich hätte den Mann für wahnsinnig erklärt. Dich, den Ruhigen, Bedächtigen, geboren, eine Berlocke zu tragen, dich finde ich hier auf wüstem Heideland mit Mordgedanken im Busen, und, bei meiner Seele, ohne Halsbinde. Wenn wir uns verändert haben, du hast's nicht am wenigsten getan. Nun, du kannst dir die Veränderung gefallen lassen.«

»Du weißt, wie ich hierhergekommen bin,« erwiderte Anton.

»Ich denke mir's«, sagte Fink, »ich habe die Tanzstunde nicht vergessen.«

Antons Auge umwölkte sich. »Verzeih«, fuhr Fink lachend fort, »und halte einem alten Freund etwas zugut.«

»Du irrst«, entgegnete Anton ernst, »wenn du glaubst, daß mich ein leidenschaftliches Gefühl hierhergetrieben hat. Durch eine Reihe von Zufällen bin ich mit der Familie des Freiherrn in Verbindung gekommen.« Fink lächelte. »Ich gestehe dir, daß sie an mir vorübergegangen wären, wenn nicht mein Gemüt sehr empfänglich für die Eindrücke von dort gewesen wäre. Doch darf ich mit Recht sagen, daß ich durch Zufall in die Lage gekommen bin, ein großes Vertraun zu erhalten. In einer Zeit, wo der Freiherr in schwieriger Lage war, wurde ich von seinen Angehörigen für den Mann angesehn, der wenigstens den guten Willen hatte, ihnen zu nützen. Sie sprachen gegen mich den Wunsch aus, ich möchte eine Zeitlang für ihr Interesse tätig sein. Als ich ihren Vorschlag annahm, ist es erst nach einem innern Kampfe geschehen, den ich selbst dir zu enthüllen kein Recht habe.«

»Das alles ist recht schön«, entgegnete Fink, »aber wenn der Kaufmann sich ein Feuergewehr und einen Säbel kauft, so muß er doch wissen, weshalb er diese Ausgaben macht. Und deshalb verzeihe mir die runde Frage: Was willst du hier?«

»Hierbleiben, solange ich das Gefühl habe, daß ich hier nötig bin, und mir dann einen Platz in einem Comtoir suchen«, erwiderte Anton.

»Bei unserm alten Prinzipal?« fragte Fink schnell.

»Oder woanders.«

»Teufel!« rief Fink, »das sieht nicht aus, wie ein gerader Weg, und auch nicht wie ein offenes Geständnis; indes muß man von dir in der ersten Stunde nicht zuviel verlangen. Ich will ehrlicher gegen dich sein. Ich habe mich dort drüben frei gemacht. Und ich danke dir für deinen Brief und den Rat, welchen deine Weisheit mir gegeben. Ich habe, wie du vorschlugst, die Zeitungspresse benutzt, um meine Westlandkompagnie in die Luft zu sprengen. Natürlich flog ich mit in die Luft. Für einige tausend Dollar erkaufte ich ein halbes Dutzend Federn und ließ die Blätter von New York und mehrere andere unaufhörlich mit haarsträubenden Berichten über die Nichtswürdigkeit der Gesellschaft anfüllen. Aus jeder Tonart ließ ich gegen mich und meine Leute klagen und fluchen. Die Sache machte Aufsehn. Bruder Jonathan wurde aufmerksam, alle unsre Nebenbuhler und Konkurrenten stießen in mein Horn. Und ich hatte das Vergnügen, mich selbst und meine Gesellschaft als blutdürstige Schwindler und Schinder täglich in einem Dutzend Blätter porträtiert zu sehen. Alles für mein schweres Geld. Es war eine tolle Hetzjagd. Nach vier Wochen war die Westlandkompagnie so herunter, daß kein Hund ein Stück Brot von ihr genommen hätte. Da kamen meine Mitdirektoren von selbst zu mir und boten mir an, mich auszuzahlen und von ihrer Gesellschaft zu befreien. Du kannst denken, wie froh ich war. Übrigens habe ich die Freiheit teuer erkauft und habe, nebenbei bemerkt, dort drüben das Renommee hinterlassen, der leibhaftige Teufel zu sein. Bah! es tut nichts, bin ich doch frei! – Und jetzt habe ich dich aufgesucht aus zwei Gründen: erstens, um dich wiederzusehen und mit dir zu plaudern, und zweitens, um mit dir einiges von meiner Zukunft ernsthaft zu besprechen. Und, gradeheraus gesagt, ich wünsche dich dafür zu werben. Du hast mir gefehlt die ganze Zeit. Ich weiß nicht, was ich in dir finde, denn im Grunde bist du ein trockner Bursch, und widerspenstiger, als mir manchmal recht ist. Aber trotz alledem empfand ich in der Fremde eine gewisse Sehnsucht nach dir. Ich habe mich auch mit meinem Vater auseinandergesetzt, es ist nicht ohne heiße Kämpfe, und darauffolgende Kälte abgegangen. Und jetzt wiederhole ich dir den alten Antrag: komm mit mir. An die See, nach England, über das Wasser, je nachdem. Wir wollen uns zusammensetzen und überlegen, was wir anfangen. Wir sind jetzt beide frei, und die Welt steht uns offen.«

Anton schlug den Arm um den Hals des Freundes. »Mein lieber Fritz«, rief er, »nimm an, daß alles Herzliche gesagt sei, was ich bei deinem edelmütigen Antrag fühle. Aber du siehst, ich habe vorläufig hier Verpflichtungen.«

»Nach dem, was du mir soeben offiziell mitgeteilt hast, schließe ich, daß sie nicht ewig dauern werden«, entgegnete Fink. »Das ist wahr, aber wir stehn doch nicht gleich. Sieh«, sagte Anton, die Hand ausstreckend, »so reizlos diese Landschaft ist, und so unangenehm ein großer Teil der Menschen, welche hier leben, so sehe ich sie doch mit andern Augen an, als du. Du bist viel mehr Weltbürger als ich, du wirst kein großes Interesse haben an dem Leben des Staates, von welchem diese Fläche und dein Freund Teile, wenn auch kleine, sind.«

»Nein«, sagte Fink, verwundert auf Anton blickend, »ein großes Interesse habe ich nicht, und was ich jetzt von der Wirtschaft hier bei euch höre und sehe, das macht mir den Staat, als dessen Bruchteil du soviel Selbstgefühl empfindest, durchaus nicht respektabel.«

»Ich aber denke anders«, unterbrach ihn Anton. »Wer nicht gezwungen wird, soll gerade jetzt nicht das Land verlassen.« »Was höre ich?« rief Fink verwundert.

»Sieh«, fuhr Anton fort, »in einer wilden Stunde habe ich erkannt, wie sehr mein Herz an dem Lande hängt, dessen Bürger ich bin. Seit der Zeit weiß ich, weshalb ich in dieser Landschaft stehe. Um uns herum ist für den Augenblick alle gesetzliche Ordnung aufgelöst, ich trage Waffen zur Verteidigung meines Lebens, und wie ich hundert andere mitten in einem fremden Stamm. Welches Geschäft auch mich, den einzelnen, hierhergeführt hat, ich stehe jetzt hier als einer von den Eroberern, welche für freie Arbeit und menschliche Kultur einer schwächern Rasse die Herrschaft über diesen Boden abgenommen haben. Wir und die Slawen, es ist ein alter Kampf. Und mit Stolz empfinden wir, auf unserer Seite ist die Bildung, die Arbeitslust, der Kredit. Was die polnischen Gutsbesitzer hier in der Nähe geworden sind – und es sind viel reiche und intelligente Männer darunter – jeder Taler, den sie ausgeben können, ist ihnen direkt oder indirekt durch deutsche Intelligenz erworben. Durch unsere Schafe sind ihre wilden Herden veredelt, wir bauen die Maschinen, wodurch sie ihre Spiritusfässer füllen; auf deutschem Kredit und deutschem Vertraun beruht die Geltung, welche ihre Pfandbriefe und ihre Güter bis jetzt gehabt haben. Selbst die Gewehre, mit denen sie uns jetzt zu töten suchen, sind in unsern Gewehrfabriken gemacht, oder durch unsere Firmen ihnen geliefert. Nicht durch eine ränkevolle Politik, sondern auf friedlichem Wege, durch unsere Arbeit, haben wir die wirkliche Herrschaft über dieses Land gewonnen. Und darum, wer als ein Mann aus dem Volk der Eroberer hier steht, der handelt feig, wenn er jetzt seinen Posten verläßt.«

»Du sprichst so stolz auf fremdem Grund«, erwiderte Fink, »und daheim bei euch bebt der eigne Boden.«

»Wer hat diese Provinz zu Deutschland gebracht?« frug Anton die Hand ausstreckend. »Die Fürsten eures Geschlechts, ich leugne es nicht«, sagte Fink.

»Und wer hat die große Landschaft erobert, in der ich geboren bin?« frug Anton weiter.

»Einer, der ein Mann war.«

»Ein trotziger Landwirt war's«, rief Anton, »er und andere seines Geschlechts. Mit dem Schwert oder durch List, durch Vertrag oder mit Überfall, auf jede Weise haben sie den Boden an sich gezogen, in einer Zeit, wo im übrigen Deutschland fast alles tot und erbärmlich war. Als kühne Männer und gute Wirtschafter, die sie waren, haben sie ihren Boden verwaltet. Sie haben Gräben gezogen durch das Moor, haben Menschen hingepflanzt in leeres Gebiet und haben sich ein Geschlecht gezogen, hart, arbeitsam, begehrlich, wie sie selbst waren. Sie haben einen Staat gebildet aus verkommenen oder zertrümmerten Stämmen, sie haben mit großem Sinn ihr Haus als Mittelpunkt für viele Millionen gesetzt und haben aus dem Brei unzähliger nichtiger Souveränitäten eine lebendige Macht geschaffen.«

»*Das war*«, sagte Fink, »das taten die Ahnen.«

»Sie haben für sich gearbeitet, als sie uns schufen«, fuhr Anton beistimmend fort, »aber wir haben jetzt Leben gewonnen, und ein neues deutsches Volk ist entstanden. Jetzt fordern wir von ihnen, daß sie unser junges Leben anerkennen. Es wird ihnen schwer werden, gerade ihnen, die gewöhnt sind, ihr zusammengebrachtes Land als eine Domäne ihres Schwertes zu betrachten. Wer mag sagen, wann der Kampf zwischen ihnen und uns beendigt sein wird, lange vielleicht werden wir den häßlichen Erscheinungen fluchen, welche dieser Streit hervorruft. Wie er aber auch enden mag, davon bin ich überzeugt, wie von dem Lichte dieses Tages, der Staat, den sie geschaffen, wird nicht wieder in die Trümmer zerschlagen werden, aus denen er herausgewachsen. Wenn du gelebt hättest, wie ich in den letzten Jahren, in verschiedener Tätigkeit, viel unter den kleinen Leuten, du würdest mir glauben. Noch sind wir als Volk arm, noch ist unsere Kraft schwach, aber wir arbeiten uns herauf, mit jedem Jahr wächst mit unserer Arbeit Intelligenz, Wohlstand und das Gefühl, daß einer zum andern gehört. Und in diesem Augenblick fühlen wir in dem Grenzlande uns zueinander wie Brüder. Wenn die weiter drinnen ärgerlich miteinander streiten, wir sind einig, und unser Kampf ist rein.«

»Wohlan«, sagte Fink Beifall nickend, »das war gesprochen, wie ein Deutscher immer sprechen wird. Je dürrer die Zeit, desto grüner die Hoffnung. Aus allem sehe ich, Master Wohlfart, du hast keine Lust, jetzt mit mir zu gehen.«

»Ich darf nicht«, antwortete Anton bewegt; »du zürne mir deshalb nicht.«

»Höre«, lachte Fink, »wir haben seit unsrer Trennung die Rollen getauscht. Als ich vor Jahren von dir fortging, war ich wie ein Gaul in der Wüste, der eine Quelle riecht, ich hoffte aus dem langweiligen Leben bei euch herauszukommen in fröhliches Grün, und was ich fand, war ein garstiger Sumpf. Und jetzt komme ich ermüdet zu dir und sehe dich keck mit Tod und Teufel Karten spielen. Du bist frischer, als du warst. Das kann ich von mir nicht rühmen. Vielleicht kam's deshalb so, weil du eine Heimat hast, und ich keine. Jetzt aber genug der Weisheit, komm, belehre mich, auf welche Weise du hier deinen Krieg führst. Stelle mich den Squattern vor und zeige mir womöglich einen Quadratfuß Land auf dieser reizenden Besitzung, wo man nicht bis an die Knöchel in den Sand versinkt.«

Anton führte den Freund zu den Landleuten, dann durch den Wald bis zu den ausgestellten Posten der Nachbardörfer, er zeigte ihm die Reihe der Lärmstangen und die Alarmhäuser und erklärte ihm die Maßregeln, welche getroffen waren, das Schloß vor einem plötzlichen Überfall zu schützen. Fink ging mit Feuer in die Einzelheiten ein und sagte endlich: »Die Hauptsache habt ihr doch durchgesetzt, ihr erhaltet Ordnung unter euren Leuten und guten Mut.«

Unterdes rüstete man im Schloß für den fremden Gast. Der Freiherr ließ durch den Bedienten nachsehen, ob ein genügender Vorrat von weißem und rotem Wein im Keller war, und schalt auf den Knecht, der einen Schaden am Reitzeug nicht hatte ausbessern lassen; die Baronin ließ ein Kleid hervorsuchen, das sie seit der Ankunft auf dem Gut nicht mehr angesehen hatte; auch Lenore dachte mit geheimem Bangen an den Übermütigen, der ihr schon in der Tanzstunde so gründlich imponiert hatte, und den sie seit dieser Zeit oft wie ein Traumbild vor sich gesehen hatte. Im Souterrain war die Aufregung nicht geringer, außer flüchtigen Geschäftsbesuchen war dies der erste Gast. Die treue Köchin beschloß, eine künstliche Mehlspeise zu wagen, dazu fehlten ihr aber in diesem unglücklichen Lande die wichtigsten Substanzen; sie dachte daran, einige Hühner aus dem Wirtschaftshof zu schlachten, dagegen aber empörte sich Suska, eine kleine Polin, die Vertraute Lenorens, sie vergoß Tränen über den entschlossenen Charakter der Köchin und drohte das Fräulein zu rufen, bis die Köchin zur Besinnung kam und einen barfüßigen Jungen in der größten Eile nach der Försterei schickte, um dort etwas Außergewöhnliches zu erlangen. Gegen Spinnenweben und Staub wurde ein schneller Streifzug angestellt und ein Zimmer neben Anton eingerichtet. Der kleine Diwan Lenorens, der Samtstuhl und Teppich ihrer Mutter wurden hineingetragen, um die Familie repräsentieren zu helfen.

Fink ahnte wenig von der Unruhe, welche seine Ankunft im Schlosse verursachte, er zog neben Anton über die Felder in einer heitern Stimmung, wie er sie lange nicht empfunden hatte. Er erzählte von seinen Erlebnissen, von den raffinierten Geldgeschäften, und von dem riesigen Wachstum der Neuen Welt. Und Anton hörte mit Freude, daß aus den Scherzen des Freundes eine tiefe Empörung über die Schlechtigkeit, die er erlebt hatte, hervorbrach. »Es ist ein mächtiges Leben dort«, sagte er, »aber ich habe in dem Gewühl erst recht deutlich empfunden, daß ihr hier auch etwas wert seid.« So kamen sie in das Schloß zurück, sie wechselten ihre Toilette, Anton warf einen erstaunten Blick auf die Einrichtung des Gastzimmers, bald wurden sie durch den Bedienten zur Baronin hinübergeladen. Jetzt, wo die Sorge der Einrichtung überstanden war und die Lampen ihren milden Glanz über die Zimmer breiteten, fühlte die Familie sich durch den Besuch des reichen Elegants doch heiter angeregt. Es war wieder wie sonst in ihrem Hause, der leichte Ton der flatternden Unterhaltung, die zarte Rücksicht, welche jedem das Gefühl zu geben weiß, daß er das Behagen des andern erhöhe, es waren die alten Formen, die sie gewöhnt waren, zuweilen auch derselbe Gesprächsstoff. Und Fink löste die Aufgabe, welche dem Gast am ersten Abend eines Familienbesuches wird, mit einer Fertigkeit, die dem Schelm wohl zu Gebote stand, sooft er wollte. Allen gab er das Gefühl, wie angenehm ihre Häuslichkeit sei. Er behandelte den Freiherrn mit der achtungsvollen Vertraulichkeit eines jüngern Standesgenossen, die Baronin mit Ehrerbietung, Lenore mit einfacher Offenheit. Gern richtete er das Wort an diese und schnell hatte er ihre Befangenheit überwunden. Die Familie fühlte, daß er einer der Ihrigen war, es war eine stille Freimaurerei unter ihnen. Und auch Anton frug sich, wie es möglich sei, daß Fink, der neue Gast, ganz als ein alter Freund des Hauses erscheine, und er selbst als ein Fremder. Und wieder kam etwas von dem Respekt in seine Seele, den er als Jüngling vor allem gehabt hatte, das elegant, vornehm und exklusiv erschien. Aber diese Empfindung war nur noch ein leichter Schatten, der über sein klares Urteil hinflog.

Als Fink aufbrach, versicherte der Freiherr mit aufrichtiger Wärme, wie gern er ihn als Gast recht lange bei sich halten möchte, und selbst die Baronin sagte nach seiner Entfernung, die englische Art kleide ihn gut, und er mache den Eindruck eines großen Herrn. Lenore dachte nicht über sein Wesen nach, aber sie war redselig geworden, wie lange nicht. Sie begleitete die Mutter in das Schlafzimmer, setzte sich noch auf eine Fußbank neben das Bett der Ermüdeten und fing lustig an zu plaudern, nicht von dem Gast, aber von vielem, was sie sonst interessierte, bis die Mutter ihre Stirn küßte und ihr sagte: »Jetzt ist es genug, mein Kind; geh zu Bett und träume nicht.«

Fink streckte sich behaglich auf dem Diwan aus. »Diese Lenore ist ein prächtiges Weib«, rief er vergnügt. »Einfach, offen, kurz ab, nichts von der weichlichen Schwärmerei eurer Mädchen. – Setze dich noch eine Stunde neben mich, wie sonst, Anton Wohlfart, freiherrlicher Rentmeister in einer slawischen Sahara. Höre, du bist in einer so abenteuerlichen Lage, daß mir vor Verwunderung noch immer die Haare zu Berge stehn. Du hast mir früher bei meinen Streichen manches liebe Mal als verständiger Schutzgeist beigestanden; jetzt steckst du selbst mitten in der Tollheit, und da ich gegenwärtig den Vorzug genieße, bei gesunden Sinnen zu sein, so verbietet mir mein Gewissen, dich in dieser Konfusion zu verlassen.«

»Fritz, lieber Freund«, rief Anton freudig.

»Schon gut«, sagte Fink. »Ich wünsche also die nächste Zeit in deiner Nähe zu bleiben. Überlege, wie sich das machen läßt. Mit den Frauen wirst du wohl fertig werden, aber der Freiherr?«

»Du hast gehört«, erwiderte Anton, »auch er hält für einen günstigen Zufall, daß gerade jetzt ein Ritter wie du in sein einsames Schloß zieht, es ist nur« – er sah sich bedenklich im Zimmer um, »du wirst vorliebnehmen müssen.«

»Hm, ich verstehe«, sagte Fink, »ihr seid genaue Leute geworden.«

»So ist es«, sagte Anton, »wenn ich den gelben Sand im Walde in Säcke füllen und als Weizen verkaufen könnte, ich müßte viele Säcke verkaufen, um in unsere Kasse einen kleinen sicheren Bestand zu bringen.«

»Da du dich hier als Kassenführer eingedrängt hast, konnte ich mir denken, daß die Kasse leer sein würde«, sagte Fink trocken.

»Ja«, erwiderte Anton, »meine Hauptkasse ist ein alter Toilettenkasten, und ich versichere dich, es würde mehr hineingehen, als darin ist. Ich fühle jetzt manchmal einen unbesiegbaren Neid gegen Herrn Purzel und seine Kreide im Comtoir. Wenn ich nur einmal das Glück hätte, eine Reihe grauleinener Beutel zu erblicken, an Banknoten und an eine Mappe mit Aktien wage ich gar nicht zu denken.«

Fink pfiff einen Marsch. »Du armer Junge«, sagte er. »Es sind aber doch große Güter und eine geordnete Wirtschaft, sie müssen entweder bringen oder kosten, wovon lebt ihr denn?«

»Das«, sagte Anton, »ist ein Geheimnis der Frauen, das ich kaum verraten darf. Unsere Pferde kauen Diamanten.«

Fink zuckte mit den Achseln. »Aber wie ist es möglich, daß die Rothsattel so weit gekommen sind?«

Mit Schonung schilderte Anton den Verfall des Freiherrn. Dann sprach er mit Begeisterung von den Frauen, von der würdigen Resignation der Baronin, der gesunden Kraft Lenorens.

»Ich sehe«, sagte Fink, »daß es noch schlechter steht, als ich annahm. Wie ist es möglich, daß du eine solche Wirtschaft erträgst? Die Vögel auf den Bäumen sind ja Rentiers gegen euch.«

»Wie die Sachen einmal liegen«, fuhr Anton fort, »gilt es, bis zu ruhiger Zeit sich durchzuschlagen, zunächst bis zur Subhastation des Familiengutes. Die Gläubiger werden jetzt nicht drängen, und die Gerichte sind fast ganz außer Tätigkeit. Der Freiherr kann ohne große Kapitalien diesen Besitz nicht behaupten, er kann ihn jetzt nicht aufgeben, sonst wird das wenige verwüstet, was einen Verkauf in Zukunft möglich macht, und die Familie hat kein Obdach für ihr Haupt. Alle meine Versuche, sie in diesen unruhigen Wochen zur Abreise aus dieser Provinz zu bewegen, waren vergeblich, sie sind wie Verzweifelte entschlossen, hier ihr Schicksal zu erwarten. Der Stolz des Freiherrn sträubt sich gegen eine Rückkehr in den Kreis, in dem er einst gelebt; und die Frauen wollen ihn nicht verlassen.«

»So schicke sie doch wenigstens nach einer größeren Stadt in der Nähe und setze sie nicht dem Anfall jedes betrunkenen Bauernhaufens aus.«

»Ich habe getan, was ich konnte, in dem Punkte bin ich machtlos«, entgegnete Anton finster.

»Dann, mein Sohn, laß dir sagen, daß dein kriegerischer Apparat nicht sehr ermutigend ist. Mit dem Dutzend Leute, das du in diesem Dorf erst zusammenblasen mußt, wirst du schwerlich eine Rotte Spitzbuben abhalten. Du kannst damit nicht den Hofraum verteidigen, ja nicht einmal die Flucht der Frauen decken. Habt ihr keine Aussicht, Militär zu erhalten?«

»Keine«, erwiderte Anton.

»Ein recht gemütlicher, trostreicher Zustand!« rief Fink. »Und bei alledem habt ihr Felder bestellt, und die kleine Wirtschaft schnurrt in ihrer Ordnung ab. Ich habe mir von Karl erzählen lassen, wie das Gut aussah, als er herkam, und was ihr bis jetzt gebessert habt. Ihr habt euch respektabel benommen. Das hätte kein Amerikaner und kein anderer Landsmann durchgesetzt, in so verzweifelter Lage lobe ich mir den Deutschen. Die Frauen sowohl, als eure junge Wirtschaft müssen besser geschützt werden. Miete dir zwanzig Männer mit tüchtigen Fäusten, sie sollen dieses Haus bewachen.«

»Du vergißt, daß wir zwanzig müßige Brotesser ebensowenig beköstigen können wie der Kauz auf dem Turme.«

»Sie sollen arbeiten«, rief Fink, »ihr habt hier eine Bodenfläche bei der hundert Hände nützliche Beschäftigung finden. Hast du keinen Sumpf zu entwässern und Gräben zu ziehen? Dort unten breitet sich ja eine Reihe trauriger Wasserlachen.«

»Das ist Arbeit für eine andere Jahreszeit«, erwiderte Anton, »der Grund ist jetzt zu naß.«

»Laß einige hundert Morgen Waldland besäen oder bepflanzen. Hält der Bach im Sommer aus?«

»Ich höre, ja«, erwiderte Anton.

»So laß sie irgend etwas schaffen.«

»Vergiß nicht«, sagte Anton lächelnd, »wie schwer es sein wird, zuverlässige Arbeiter, die noch außerdem kriegerische Anlagen haben, gerade jetzt in unserer berüchtigten Gegend zu werben.«

»Zum Henker mit deinen Bedenklichkeiten!« rief Fink, »schicke den Karl in eine deutsche Gegend auf Werbung, er schafft dir Leute genug.«

»Wir haben kein Geld, du hörst's ja. Der Freiherr ist noch nicht imstande, eine größere Melioration durchzuführen, die sich erst in einiger Zeit bezahlt macht.«

»Dann laß mich's tun« versetzte Fink.

»Du wirst einsehen, Fink, daß das unmöglich ist; der Freiherr kann von seinem Gast ein solches Opfer nicht annehmen.«

»Ihr zahlt mir's zurück, wenn Ihr Geld habt«, sagte Fink.

»Es ist unsicher, ob wir jemals imstande sein werden, die Rückzahlung zu leisten.« – »Nun denn, so braucht er's nicht gerade zu wissen, was die Leute kosten.«

»Er ist blind«, antwortete Anton mit leisem Vorwurf, »und ich stehe in seinem Dienst und bin verpflichtet, ihm Rechnung abzulegen. Er freilich wird ein Darlehn von dir nach einigen Kavalierbedenken wohl annehmen, denn seine Ansichten über seine Lage wechseln mit der Stimmung. Die Frauen aber machen sich solche Täuschungen nicht. Du würdest sie durch jede Stunde deiner Gegenwart demütigen, wenn sie die Empfindung hätten, daß sie deinem Vermögen eine Erleichterung ihres Lebens danken.«

»Und das größere Opfer, das du ihnen gebracht, haben sie doch angenommen«, sagte Fink ernster.

»Vielleicht halten sie meine bescheidene Tätigkeit für kein Opfer«, erwiderte Anton errötend. »Sie haben sich gewöhnt, mich als Rechnungsführer, als Beamten des Freiherrn in ihrer Nähe zu sehen. Du bist ihr Gast, ihr Selbstgefühl wird sie veranlassen, dir das Bedenkliche ihrer Lage nach Kräften zu verhüllen. – Um dir das Zimmer wohnlich einzurichten, haben sie die eigenen Stuben geplündert, der Diwan, auf dem du liegst, ist aus der Schlafstube des Fräuleins.«

Fink sah sich den Diwan neugierig an und legte sich wieder zurecht. »Da es mir nicht gefällt, auf der Stelle abzureisen«, sagte er, »so wirst du die Güte haben, mir einen Weg anzugeben, auf dem ich mit Anstand hierbleiben kann. Erzähle mir schnell einiges über die Hypotheken und Aussichten des Gutes. Nimm an, ich wäre ein unglücklicher Käufer dieses Paradieses.«

Anton berichtete.

»Das wenigstens ist so verzweifelt nicht«, sagte Fink; »jetzt höre meinen Vorschlag: In der bisherigen Weise darf das hier nicht fortgehen, diese knappe Wirtschaft ist zu ungesund für alle Beteiligten, zumeist für dich. Die Güter mögen furchtbar verwüstet sein, aber es scheint mir wohl möglich, etwas daraus zu machen. Ob ihr die Leute seid, das Gut zu behaupten, will ich nicht entscheiden, wenn du Lust hast, noch einige Jahre deines Lebens dranzusetzen und dich fernerhin für die Interessen anderer zu sakrifizieren, so ist auch das nicht unmöglich, vorausgesetzt, daß ihr in ruhigerer Zeit das nötige Betriebskapital schaffen könnt. Unterdes gebe ich einige, vielleicht fünftausend Taler, und der Freiherr gibt mir dafür Hypothek auf dieses Gut. Diese Anleihe wird euch nicht viel schlechter stellen, und sie wird euch leichter machen, dies verrückte Jahr zu überstehen.«

Anton stand auf und ging unruhig in der Stube umher. »Es geht nicht«, rief er endlich aus, »wir können deinen hochherzigen Antrag nicht annehmen. Sieh, Fritz, im vorigen Jahr, ehe ich diese Menschen hier so genau kannte, als jetzt, habe ich lebhaft gewünscht, daß unser Prinzipal ein Interesse an den Verhältnissen des Barons nehmen möchte, ich wäre damals sehr glücklich gewesen, wenn du mir dasselbe Anerbieten gemacht hättest. Wie ich jetzt den Freiherrn und seine Lage kenne, halte ich es für ein Unrecht gegen dich und gegen die Frauen, deinen Antrag anzunehmen.«

»Soll der Diwan aus Lenorens Schlafstube durch die Tabaksasche eurer Gäste beschmutzt werden? Jetzt tu ich's, später werden es die polnischen Sensenmänner tun.«

»Wir müssen es durchmachen«, erwiderte Anton traurig.

»Trotzkopf«, rief Fink, »du sollst mich doch nicht loswerden. Jetzt mache, daß du herauskommst, halsstarriger Tony.«

Seit dieser Unterredung erwähnte Fink sein Anleiheprojekt nicht weiter, dagegen hatte er den nächsten Tag mehrere vertrauliche Unterredungen mit dem Husaren. Und am Abend sagte er zum Freiherrn: »Darf ich Sie für morgen um Ihr Reitpferd bitten, es ist ein alter Bekannter von mir. Ich möchte über Ihre Felder reiten. Zürnen Sie nicht, gnädige Frau, wenn ich morgen mittag nicht erscheine.«

»Er ist reich, er kommt her, um zu kaufen«, sagte sich der Freiherr im stillen. »Dieser Wohlfart hat seinem Freund gemeldet, daß hier ein Geschäft zu machen ist, die Spekulation fängt an, nur vorsichtig!«

2

Es war ein sonniger Morgen im April. Einer von den schönen Tagen, wo eine feuchte Wärme die Knospen der Bäume entfaltet und das Menschenherz zu schnelleren Schlägen treibt. Lenore ging mit Hut und Sonnenschirm aus dem Schlosse nach dem Hofe und schritt in dem Rinderstall die Reihe der gehörnten Häupter entlang. Mit großen Augen sah das Volk der Kühe nach ihr hin, alle erhoben die breiten Mäuler, zuweilen brüllte eine lustige Kuh und erbat etwas Gutes aus ihrer Hand. »Ist Herr Wohlfart hier?« frug Lenore den Amtmann, der am Stall vorübereilte.

»Er ist im Schlosse, gnädiges Fräulein.«

»Sein Besuch ist doch wohl bei ihm?« frug sie weiter.

»Herr von Fink ist schon diesen Morgen nach Neudorf geritten, der hat keine Ruhe in der Stube, er ist am liebsten zu Pferde. Der wäre ein Husarenoffizier geworden!«

Als Lenore so erfahren hatte, wohin Herr von Fink geritten war, ging sie, um dem Gast nicht zu begegnen, langsam in anderer

Richtung über den Bach und die Äcker dem Walde zu. Sie sah nach dem blauen Himmel und auf die sprossende Erde. In dem klaren Morgenlicht glänzten die Wintersaat und die grünen Spitzen des Grases so fröhlich, daß ihr das Herz lachte. Auf den Weiden am Bach lag der Frühling wie ein durchsichtiger Hauch, die goldgelben Ruten strotzten von Saft, und aus den geschwollenen Knospen brachen die ersten Blätter hervor. Auch der Sand war ihr heut kein Ärger, sie schritt mit leichtem Fuß über den breiten Gürtel, der den Wald umgab, und eilte auf dem Fußwege durch die Kiefern dem Försterhause zu. Im Walde tummelte sich mit Geschrei und Brummen die kleine Tierwelt. Wo eine Gruppe Laubbäume unter den Nadeln stand, tönte jedesmal der kräftige Schlag des Finkenhahns, oder das eifrige Gezwitscher eines neuvermählten Paares kleiner Waldvögel, welche miteinander zankten, auf welchem Zweig sie ihr Nest in diesem Jahr erbauen wollten. In ihrem schwarzen Küraß schnurrten die Käfer um die Knospen der Birke, zuweilen summte eine wilde Biene, die früh aus dem Winterschlaf aufgeflogen war, auch die braunen Schmetterlinge flatterten schon über den Beerenstrauch, und wo der Grund tiefer war, leuchteten im Schatten die weißen Sterne der Anemone und gelbe Himmelsschlüssel. Lenore nahm den Strohhut ab und ließ die warme Luft um ihre Schläfe ziehn, mit tiefen Zügen atmete sie den Duft des Waldes ein, der um die jungen Stämme der Föhren schwebte. Oft stand sie still und horchte auf die Stimmen in ihrer Nähe, sie sah in das zarte Laub der Bäume und schlug mit der Hand auf die weiße Rinde einer Birke, sie stand an dem murmelnden Quell vor dem Försterhause und fuhr liebkosend in die kleinen Fichten am Zaun, welche gedrängt und regelmäßig wie Bürstenhaare standen. Ihr war, als hätte sie den Wald noch nie so lebendig gesehen. Die Hunde im Hofe des Försters bellten wütend, sie hörte den Fuchs mit seiner Kette rasseln und sah hinauf zu dem Dompfaff, der in seinem Bauer auf und ab sprang und wie die großen Herren, die Hunde, zu bellen versuchte.

»Still, Hektor, still, Bergmann«, rief Lenore an die Pforte klopfend. Der stürmische Ruf der Hunde verwandelte sich in freundliche Begrüßung. Als sie die Pforte öffnete, kam ihr Bergmann, der Dachshund, breitbeinig entgegen und wedelte unmäßig mit seinem Schwanz, und Hektor umsprang sie in kühnen Sätzen und roch nach ihrer Tasche, selbst der Fuchs kroch in seine Hütte zurück, legte den Kopf lauschend auf seinen Futtertrog und blinzelte sie schlau an. An der andern Seite des Zaunes aber sah sie einen Pferdekopf über die Fichten ragen, – gerade er, den sie vermeiden wollte, war in dieser Einsamkeit. Sie stand einen Augenblick unschlüssig und war im Begriff, sich still wieder zu entfernen, als der Förster auf die Türschwelle trat und sie begrüßte. Jetzt konnte sie nicht mehr zurück; sie folgte dem Alten nach seiner Stube. In der Mitte des Zimmers stand Fink, hell beleuchtet von dem gelben Sonnenstrahl, der durch die kleinen Scheiben fiel. Er trat ihr artig entgegen. »Ich ging aus, das Handwerk zu grüßen«, sagte er auf den Förster deutend, »und bin gerade dabei, mich über Ihren trotzigen Vasallen und seine heimliche Wohnung zu freuen.« Der Förster rückte einen Stuhl, Lenore mußte sich setzen, Fink lehnte ihr gegenüber an der braunen Holzwand und sah sie mit unverhohlener Bewunderung an. »Sie sind ein mächtiger Gegensatz zu dem alten Knaben hier und diesem Raume«, sagte er sich umsehend. »Ich bitte, winken Sie nicht mit Ihrem Sonnenschirm, alle diese ausgestopften Vögel erwarten nur Ihren Befehl, um wieder lebendig zu werden und sich zu Ihren Füßen niederzulassen. Dort der Reiher hebt schon seinen Kopf in die Höhe.« - »Es ist nur der Schein von der Sonne«, sagte der Förster beruhigend.

Lenore lachte. »Diese Ausreden kennen wir«, rief Fink, »Ihr seid mit im Komplott, Ihr seid der Gnom dieser Königin. Wenn hier keine Zauberei getrieben wird, will ich alle Tage meines Lebens verschlafen. Ein Zeichen mit diesem Stabe, und die Deckbalken dieses großen Vogelbauers klappen zurück und Sie fliegen mit Ihrem Gefolge aus der Hütte hinaus in das Sonnenlicht. Es ist kein Zweifel, in dem Gipfel der Föhren draußen ist Ihre Residenz, die luftige Halle, in welcher Ihr Thron steht, mächtige Herrin dieser Hütte, blondlockige Göttin des Frühlings.«

»Mein Trost ist nur«, sagte Lenore etwas verwirrt, »daß nicht ich es bin, die Sie zu solchen Erfindungen veranlaßt, sondern die Freude an der Erfindung selber. Ich bin nur zufällig der unwürdige Gegenstand Ihrer Laune, Sie sind der Dichter.«

»Pfui, wie können Sie mir so etwas nachsagen«, rief Fink, »ich ein Dichter! Außer einigen lustigen Matrosenliedern, deren Text ein gütiges Geschick ewig von Ihrem Ohr fernhalten möge, kenne ich kein einziges Gedicht auswendig. Was ich von Poesie schätze, sind nur einige Bruchstücke der älteren Schule, zum Beispiel: ›Hurre, hurre, hop, hop, hop‹, in einem Gedicht, welches, wenn ich nicht irre, Ihren Namen trägt. Und selbst in dieser klassischen Zeile habe ich noch auszusetzen, daß sie mehr den harten Trab eines Bauerngaules, als den Karrierelauf eines Geisterpferdes ausdrückt. Indes, man muß es mit den Herren von der Schreibstube nicht so genau nehmen. Außer dieser Zeile wird wenig Dichterarbeit in mir aufzufinden sein. Etwa noch der ansprechende Reim des großen Schiller: ›Potz Blitz, das ist ja die Gustel von Blasewitz.‹ In dieser Stelle liegt viel Wahrheit.«

»Sie spotten über mich«, sagt Lenore gekränkt.

»Wahrhaftig nicht«, beteuerte Fink. »Wenn es Ihnen Freude macht, will ich gern noch einige poetische Kleinigkeiten einiger Dichter gelten lassen, vorausgesetzt, daß ich sie nur selten lesen darf. Wie kann man in unserer Zeit Gedichte lesen oder gar machen, wenn man alle Tage selbst welche erlebt. Seit ich wieder in diesem alten Lande bin, vergeht kaum eine Stunde, wo ich nicht etwas sehe oder höre, woran sich in hundert Jahren die Herren von der Feder berauschen werden. Gloriose Stoffe für jede Art von Kunstgeschäft. Hätte ich das Unglück, ein Poet zu sein, so müßte ich jetzt vor Begeisterung hinausstürzen und kopfüber zum Fuchs in die Hütte springen, um dort in sicherer Entfernung von der Leidenschaft ein leidenschaftliches Sonett zu machen, während mich der Fuchs in die Beine beißt. Da ich aber kein Mann von der Feder bin, so ziehe ich vor, das Schöne, das ich hier sehe, zu genießen, und nicht in Reime zu setzen.« Und wieder sah er bewundernd auf das Fräulein.

»Lenore«, rief eine grämliche Stimme aus der Tiefe des Zimmers. Lenore und Fink sahen sich erstaunt um.

»Er hat's gelernt«, sagte Förster auf den Raben weisend, »er lernt sonst nichts mehr, und sitzt da, grimmig gegen alle Kreatur, aber das hat er doch gelernt.«

Der Rabe am Ofen bog seinen Hals und sah mit scharfen Augen auf die beiden Gäste, er bewegte den Schnabel und schien still in sich hineinzusprechen, bald nickte er mit dem Kopf, bald schüttelte er ihn.

»Schon fangen die Vögel an zu reden«, rief Fink zu dem Raben tretend, »die Stubendecke wird sogleich in die Höhe gehn, und ich werde allein zurückbleiben und mit Bergmann und Hektor Ihnen traurig nachsehn. Nun, Hexenmeister, kocht das Wasser?«

Der Förster sah in den Ofen. »Es kocht tüchtig«, sagte er, »aber was tun wir jetzt?«

»Wir bitten das Fräulein um Hilfe«, erwiderte Fink. »Ich habe vor«, sagte er zu Lenore gewandt, »mit Ihrem Familientrapper durch den Wald bis nach der Brennerei zu ziehn und von da weiter; hier habe ich mitgebracht, was mir auf Reisen als Frühstück und Mittagessen dient.« – Er holte einige Tafeln Schokolade hervor. »Wir wollen daraus etwas machen, was einem Tranke ähnlich sieht. Wenn Sie nicht verschmähen, uns bei unserm Unternehmen Gesellschaft zu leisten, schlage ich vor, daß wir diese Schokoloade so gut als möglich mit dem Wasser zu verbinden suchen. Es wäre reizend von Ihnen, wenn Sie eine Ansicht darüber aussprächen, wie wir das anfangen sollen.«

»Haben Sie ein Reibeisen oder einen Mörser?« frug Lenore lachend den Förster.

»Diese Geräte habe ich nicht«, erwiderte der Waldmensch.

»Aber einen Hammer«, frug Fink, »und einen reinen Bogen Papier?« Der Hammer wurde schnell gebracht, der Bogen Papier fand sich nach längern Forschungen. Fink übernahm das Geschäft, die Schokolade zu zerschlagen, der Förster holte frisches Wasser aus dem Quell, Lenore spülte einige Gläser aus, und Fink klopfte eifrig auf dem Tisch herum. »Dies ist antediluvianisches Papier«, sagte er pochend, »lederartig, noch aus der Zeit, wo es keine Papiermaschinen gab; es mußte einige Jahrhunderte in dieser verzauberten Hütte gelegen haben.« Lenore schüttete die zerstampfte Masse in den Topf mit Wasser und brachte sie durch einen Quirl in Bewegung. Dann setzten sich alle drei an den Tisch des Försters und tranken mit großem Behagen aus den Gläsern ihrer Hände Werk.

Goldig drangen die Lichtstrahlen in das Zimmer, sie suchten die helle Gestalt des schönen Mädchens und das kräftige Antlitz des Mannes ihr gegenüber, dann fielen sie auf die Wand, wo sie den Kopf des Reihers mit buntem Glanz schmückten und die Flügel des Habichts. Der Rabe schloß sein Selbstgespräch, er flatterte von seinem Sitz auf, hüpfte vor die Füße des Fräuleins und krächzte dort von neuem: Lenore, Lenore!

Friedlich unterhielt sich Lenore mit dem Gast, der Förster gab zuweilen ein kluges Wort dazu. Sie sprachen von der Landschaft und den Menschen darin.

»Wo ich die Polen in fremden Ländern gesehen«, sagte Fink, »habe ich mich immer gut mit ihnen vertragen. Jetzt tut mir leid, daß die Spannung hier so schwer macht, sie in ihrer Heimat aufzusuchen, denn freilich lernt man die Menschen am besten kennen, wenn man sie in ihren Pfählen sieht.«

»Es muß ein großes Glück sein, so vieles Verschiedene zu sehen«, rief Lenore.

»Nur im Anfange fällt das Verschiedene mächtig in die Seele. Wenn man allerlei Volk beobachtet hat, so ist die letzte Empfindung, daß die Menschen einander überall sehr ähnlich sind. Etwas Unterschied in der Hautfarbe und andern Zutaten, aber Liebe und Haß, Lachen und Weinen findet der Reisende allerwegen, und diese Dinge sehen überall ziemlich gleich aus. Es sind jetzt zwanzig Wochen, da war ich eine halbe Erde von hier entfernt in der Holzhütte eines Amerikaners auf öder Grassteppe. Es war nicht anders als hier. Wir saßen an einem dicken Holztisch wie diesem, und mein Wirt sah dem alten Herrn hier so ähnlich, wie ein Ei dem andern. Und gerade wie hier fiel das Licht der Wintersonne durch die kleinen Fenster. – Und wenn die Männer noch mehr haben, was sie unterscheidet, die Frauen vollends sind in der Hauptsache überall dieselben. Nur in einer Kleinigkeit sind sie verschieden.«

»Und was ist dieses?« fragte der Förster.

»Etwas mehr oder weniger reinlich«, sagte Fink nachlässig, »das ist der ganze Unterschied.«

Lenore erhob sich empört, mehr über den Ton, als die Worte.

»Es wird Zeit, daß ich zurückgehe«, sagte sie kalt und band den Strohhut auf.

»Da Sie aufstehen, verschwindet der Glanz aus der Stube«, rief Fink.

»Es ist nur eine kleine Wolke vor die Sonne gelaufen«, sagte der Förster zum Fenster tretend, »diese macht den Schatten.«

»Unsinn«, entgegnete Fink, »der Strohhut macht ihn, der das Haar des Fräuleins versteckt, von den goldenen Locken ging das Licht aus.«

Sie traten aus dem Hause, der Förster verschloß die Pforte, in entgegengesetzter Richtung entfernten sie sich von der Hütte.

Lenore eilte nach Hause, der Zeisig sang, die Amsel pfiff, sie achtete nicht darauf. Sie schalt sich, daß sie die Schwelle des Försterhauses betreten hatte, und doch konnte sie nicht aufhören, daran zu denken. Der Fremde machte sie unruhig und unsicher. War er frech, weil ihm nichts heilig war? War er nur so übermütig sicher? Mußte sie ihm zürnen, oder war das Gefühl von Angst nur die Torheit eines unerfahrenen Mädchens: das frug sie sich unaufhörlich, ach und sie fand keine Antwort!

Als Anton gegen Abend dem Schäfer eine Bestellung auftragen wollte, war weder Karl noch ein Bote zu finden, und da die Herde in keiner großen Entfernung vom Schlosse trieb, so ging Anton selbst in dem Wege, welcher nach dem Brennereigute führte, auf den Schäfer zu. Er war nicht wenig verwundert, als er auf den letzten Äckern an der Straße seinen Freund Fink zu Pferde entdeckte, Karl und den Vogt geschäftig in seiner Nähe. Fink ritt wie ein Kunstreiter kurze Strecken im Galopp, die andern trugen sich mit schwarz und weiß bemalten Stangen, die sie in den Boden steckten und wieder herausrissen. Und dabei sah Karl durch ein kleines Fernrohr, das er über einer Stange befestigt hatte. »Fünfundzwanzig Galoppsprünge«, rief Fink.

»Zwei Zoll Fall«, schrie Karl von hinten.

»Fünfundzwanzig, zwei, steht«, sagte der Vogt und schrieb die Zahlen in seine Brieftafel.

»Kommst du auch herangeschlichen?« rief Fink dem Freunde lachend zu. »Wart eine Weile, wir sind sogleich fertig.« Noch eine Anzahl Galoppsprünge, Blicke durch das Fernrohr und Notizen in der Brieftafel, dann nahmen die Männer ihre Stangen zusammen, Fink ergriff die Brieftasche des Vogts und rechnete eifrig. Endlich gab er die Tasche mit einem Lächeln zurück und sagte: »Komm weiter herauf, Anton, jetzt will ich dir etwas zeigen. Stelle dich mit dem Gesicht gegen Norden auf den Bach und das Schloß zu. Dann bildet der Bach, wenn du ihn als gerade Linie ansiehst, eine Sehne, die von West nach Ost läuft, der Rand des Waldes hinter dir einen Kreisbogen. Wald und Bach begrenzen einen Kreisabschnitt.«

»Das ist deutlich«, sagte Anton.

»In alter Zeit lief der Bach anderswo«, fuhr Fink fort, »hier längs dem Walde in der Bogenrundung, das alte Flußbett ist noch zu erkennen. Wenn man am Waldesrand in der alten Wasserrinne hinaufgeht, kommt man dort oben im Westen zu dem Punkt, wo das alte Bett von dem gegenwärtigen abgeht. Es ist der Punkt, wo eine schlechte Brücke über den Bach führt, und das Wasser in seinem jetzigen Bett einen Fall von mehr als einem Fuß hat, stark genug, die beste Mühle zu treiben. Die verfallenen Gebäude eines Vorwerks stehen daneben.«

»Ich kenne den Punkt gut genug«, sagte Anton.

»Unterhalb des Dorfes krümmt sich das alte Flußbett vom Walde ab, wieder dem Bache zu. Es umschließt eine mächtige Fläche, über fünfhundert Morgen, wenn ich mich auf die Sprünge dieses Gauls verlassen kann. Dieses ganze Terrain hat seinen Abfall von dem alten Flußbett nach dem neuen. Es sind nur einige Morgen Wiesen und wenig erträgliches Ackerland darin, das meiste ist Sand und Weideland, wie ich höre, der schlechteste Teil eurer Gutsfläche.«

»Das alles gebe ich zu«, sagte Anton neugierig.

»Jetzt merke auf. Wenn man den Bach wieder in sein altes Bett zurückführt und ihn zwingt, im Bogen zu laufen, statt in der Sehne, so kann man mit dem Wasser, das jetzt zu eurer Schande unnütz in die Welt fließt, die ganze Fläche von fünfhundert Morgen berieseln und den dürren Sand in grünes Wiesenland verwandeln.« – »Du bist ein Schlaukopf«, rief Anton aufgeregt durch die Entdeckung.

»Was kostet euch der Morgen im Durchschnitt?« frug Fink.

»Dreißig Taler.«

»Und ebensoviel höchstens betragen bei diesem Boden die Kosten der Wiesenanlage. Macht zusammen sechzig Taler, also drei Taler jährliche Zinsen, dazu schlage an Unterhaltungskosten, Abgaben usw. für den Morgen jährlich zwei Taler, so hast du fünf Taler Kosten. Rechnest du dagegen vom Morgen zwanzig Zentner Heu zum halben Taler, so erhältst du vom Morgen fünf Taler Reinertrag, also bei fünfhundert Morgen zweitausendfünfhundert jährlichen Gewinn. Um diesen zu erhalten, ist ein Anlagekapital von höchstens fünfzehntausend Talern nötig. Das war's, Anton, was ich dir erzählen wollte.«

Anton stand überrascht. Es war nicht zu verkennen, daß die Zahlen, welche Fink hingeworfen hatte, nicht ganz aus der Luft gegriffen waren, weder die Kosten, noch die Erträge. Und die Aussicht, welche eine solche Anlage dem Gut eröffnete, beschäftigte ihn so, daß er lange in tiefem Schweigen neben dem Freund vorwärts schritt. »Du zeigst mir in der Wüste Wasser und grüne Wiesen«, rief er endlich bekümmert, »das ist grausam von dir, denn nicht der Freiherr wird imstande sein, diese Verbesserung zu machen, sondern ein Fremder. Fünfzehntausend Taler!«

»Vielleicht werden's auch zehn tun«, sagte Fink spottend. »Ich habe dir dies Luftbild nur vor die Augen geführt, um dich für deinen Trotz von gestern abend zu strafen. Jetzt laß uns von anderem reden.«

Am Abend rief der Freiherr mit wichtiger Miene seine Frau und Lenore: »Kommt nach meiner Schlafstube, ich habe euch etwas mitzuteilen.« Er setzte sich dort in seinem Lehnstuhl zurecht und sagte mit größerem Behagen, als er seit langer Zeit an den Tag gelegt hatte: »Es war leicht zu merken, daß dieser Besuch Finks nicht ganz zufällig war, und nicht durch Freundschaft für Herrn Wohlfart veranlaßt, wie die jungen Männer sich den Schein gaben. Ihr waret beide klüger als ich; ich habe doch recht gehabt, der Besuch hat einen Grund, der uns näher angeht, als unsern Rechnungsführer.« Die Baronin warf einen erschreckten Blick auf ihre Tochter, aber Lenorens Augen waren so groß auf den Vater gerichtet, daß die Mutter sich wieder beruhigte.

»Und was glaubt ihr wohl, hat den Herrn aus der Fremde hierhergeführt?« fuhr der Freiherr fort. Die Frauen schwiegen. Lenore schüttelte den Kopf; endlich sagte sie: »Vater, Herr von Fink ist von alter Zeit mit Wohlfart eng befreundet, sie haben einander seit mehreren Jahren nicht gesehen. Es ist so natürlich, daß Fink eine flüchtige Bekanntschaft mit dir benützt, um einige Wochen bei seinem nächsten Freunde zuzubringen. Wozu wollen wir einen andern Grund für seine Anwesenheit suchen?«

»Du sprichst, wie die Jugend solche Verhältnisse auffaßt. Die Menschen werden weniger durch ideale Empfindungen und mehr durch Eigennutz regiert, als deine junge Weisheit annimmt.«

»Eigennutz?« frug die Baronin.

»Was ist dabei zu verwundern?« fuhr der Freiherr ironisch fort; »beide sind Kaufleute, Fink hat auch so viel von den Reizen des Handels kennengelernt, daß er nicht umhin kann, ein gutes Geschäft zu machen, wo sich eine Gelegenheit dazu findet. Ich will euch sagen, wie er hergekommen ist. Unser vortrefflicher Wohlfart hat ihm geschrieben: Hier ist ein Gut, und dieses Gut hat einen Herrn, der gegenwärtig verhindert ist, die Wirtschaft selbst zu übersehen. Es ist ein Geschäft hier zu machen, du hast Geld, komm her. Ich bin dein Freund, es wird wohl etwas für mich abfallen.«

Die Baronin sah starr auf ihren Gemahl, Lenore aber sprang auf und rief mit der Energie eines tiefgekränkten Herzens: »Vater, ich will nicht hören, daß du so von einem Manne sprichst, der uns nie etwas anderes gezeigt hat, als die größte Uneigennützigkeit. Seine Freundschaft für uns geht so weit, daß er die Entbehrungen dieses einsamen Aufenthaltes und das Peinliche, das seine Stellung vielen andern verleiden würde, mit einer grenzenlosen Langmut erträgt.«

»Seine Freundschaft?« sagte der Freiherr; »auf einen so hohen Vorzug haben wir niemals Anspruch gemacht.«

»Wir haben es getan«, rief Lenore in aufloderndem Eifer. »In einer Zeit, wo die Mutter niemanden fand, der uns beigestanden hätte, da war es Wohlfart, der treu zu uns hielt. Er allein hat von dem Tage an, wo der Bruder ihn bei uns einführte, bis zu dieser Stunde für uns gesorgt und dich vertreten.«

»Nun«, lenkte der Freiherr ein, »ich sage ja nichts gegen seine Tätigkeit, ich gebe gern zu, daß er die Rechnungen in Ordnung hält und für einen geringen Gehalt viel Fleiß beweist. Wenn du das Treiben der Menschen mehr verständest, würdest du meine Worte ruhiger aufnehmen. Zuletzt ist kein Unrecht bei dem, was er getan«, setzte er gedrückt hinzu. »Mir fehlt es gegenwärtig an Kapitalien, und ich bin, wie ihr wißt, auch sonst verhindert. Was ist dagegen zu sagen, wenn andere mir Vorschläge machen, die ihnen Vorteil bringen und mir keinen Schaden?«

»Um Gottes willen, Vater, was für Vorschläge? Es ist unwahr, daß Wohlfart irgendein anderes Interesse dabei hat, als dein eigenes.«

Die Mutter forderte durch eine Handbewegung Lenore auf, zu schweigen. »Will Fink dir das Gut abkaufen«, sagte sie, »so werde ich diesen Entschluß als ein Glück für dich segnen, als das größte Glück, das dir gerade jetzt widerfahren kann, geliebter Oskar.«

»Von Kaufen war vorläufig nicht die Rede«, erwiderte der Freiherr, »ich würde mich auch unter den jetzigen Aussichten bedenken müssen, das Gut so schnell wegzugeben. Fink hat mir einen andern Vorschlag gemacht. Er will mein Pächter werden.«

Lenore sank lautlos in einen Stuhl. »Er will mir fünfhundert Morgen von der Gutsfläche abpachten, um dieselben in Kunstwiesen zu verwandeln. Ich kann nicht leugnen, daß er offenherzig und als Ehrenmann mit mir gesprochen hat. Er hat mir mit Zahlen bewiesen, wie groß sein Vorteil sein würde, er hat sich erboten, den Pachtbetrag für die ersten Jahre auf der Stelle zu zahlen, ja er hat sich erboten, dies Pachtverhältnis nach fünf Jahren aufzulösen und mir die Wiesen zu übergeben, wenn ich ihm die Kosten der Anlage zurückerstatte.«

»Großer Gott!« rief Lenore, »du hast diesen edelmütigen Vorschlag doch zurückgewiesen?«

»Ich habe Bedenkzeit verlangt«, erwiderte der Freiherr behaglich. »Das Anerbieten ist, wie gesagt, auch für mich nicht gerade nachteilig, indes wäre es doch unvorsichtig, einem Fremden durch fünf Jahre so große Vorteile einzuräumen, da Hoffnung ist, daß ich selbst in einem Jahre über Summen verfügen kann, um diese Anlagen für unsere eigene Rechnung zu machen.«

»Du würdest sie niemals selbst machen, mein geliebter, armer Mann«, rief die Baronin unter Tränen, sie umschlang den Hals ihres Gemahls und hielt ihre Hand über seine Augen. Der Freiherr sank vernichtet zusammen und legte wie ein Kind sein Haupt an ihre Brust.

»Ich muß wissen, ob Wohlfart von diesem Plane weiß und was er dazu sagt«, rief Lenore entschlossen, »wenn du erlaubst, Vater, schicke ich sogleich hinüber und lasse ihn holen.« Da der Freiherr keine Antwort gab, klingelte sie dem Bedienten und verließ das Zimmer, diesen vor der Tür zu erwarten.

Fink saß in Antons Stube, eifrig beschäftigt, den Freund auszuschelten. »Seit du nicht mehr Zigarren rauchst, ist dein besserer Genius von dir gewichen, nachdem er sich alle Haare über deine Ungemütlichkeit ausgerauft hat. Jetzt ist er im Himmel unter den psalmierenden Engeln durch eine Tour auffällig, und unser Herrgott muß von Zeit zu Zeit den Hofmarschall fragen: ›Wer ist denn dieser unglückliche Genius mit der Perücke?‹ dann antwortet Raphael: ›Der Kavalier war früher dem Scheusal Anton Wohlfart zugeteilt.‹ Dann fragt der Herr: ›Weshalb hat er ihn verlassen?‹ Und Raphael muß antworten: ›Weil der Unselige die Trabukos abgeschworen hat.‹ Und der Herr wird zornig sprechen: ›Fort mit ihm zur Hölle; seine Seele soll in ein Rübenblatt eingenäht und dort alle Tage von kleinen Speiteufeln verraucht werden.‹«

»Bist du in Amerika Mitglied einer frommen Gemeinde geworden, daß du im Himmel so genau Bescheid weißt?« frug Anton von seiner Rechnung aufsehend.

»Schweig!« sagte Fink, »sonst hattest du doch noch einige Stunden, wo du zu faulenzen verstandest, jetzt verführst du eine ewige Buchrechnung, und beim Tantalus, um nichts und wieder nichts.«

Der Bediente trat ein und rief Anton zum Freiherrn. Als Anton an der Tür war, rief Fink ihm nach. »Apropos, ich habe dem Freiherrn angeboten, die fünfhundert Morgen von ihm zu pachten. Zweieinhalb Taler Pachtgeld für den Morgen; nach fünf Jahren Rückgabe der Wiesen gegen Erstattung der Anlagekosten, Zahlung bar oder in Hypothek. Jetzt geh, mein Junge.«

Als Anton bei dem Freiherrn eintrat, saß die Baronin an der Seite ihres Gemahls und hielt seine Hand in der ihren, Lenore ging unruhig im Zimmer auf und ab. »Haben Sie von dem Vorschlage gehört, den Herr von Fink meinem Vater gemacht hat?« frug sie. »In diesem Augenblick hat er mir davon gesagt«, erwiderte Anton. Der Freiherr verzog den Mund.

»Und was ist Ihre Meinung, darf mein Vater das Anerbieten annehmen?«

Anton schwieg. »Für das Gut ist es vorteilhaft«, sagte er endlich mit innerer Überwindung. »Die Anlage könnte die beste Hilfe für diese Besitzung werden.«

»Nicht das will ich wissen«, entgegnete Lenore ungeduldig, »sondern ob Sie als unser Freund den Rat geben, diesen Vorschlag anzunehmen.«

»Nein«, sagte Anton.

»Ich wußte, daß Sie so sprechen würden«, rief Lenore und trat hinter den Stuhl ihres Vaters.

»Sie sagen nein, und weshalb? wenn's beliebt«, frug der Freiherr. »Die gegenwärtige Zeit, welche alles in Frage stellt, scheint mir wenig geeignet für eine so große Spekulation. Außerdem glaube ich, daß Fink bei seinem Anerbieten durch Rücksichten geleitet wurde, welche vielleicht ihm selbst Ehre machen, die aber Ihnen, Herr Baron, die Annahme seiner Vorschläge erschweren müssen.«

»Sie werden mir erlauben, selbst darüber zu entscheiden, was ich annehmen darf, und was nicht«, erwiderte der Freiherr. »Das Unternehmen wäre als Geschäft für beide Parteien vorteilhaft.«

»Das muß ich einräumen«, sagte Anton.

»Und wie man die gegenwärtige politische Lage ansieht, ist Sache der persönlichen Auffassung. Wer sich dadurch in seinen Unternehmungen nicht stören läßt, verdient doch wohl mehr Lob, als der, welcher in einer unbestimmten Furcht das Nützliche zu tun versäumt.«

»Auch das muß ich zugeben.«

»Würde dies Unternehmen die Folge haben, daß Herr von Fink in unserer Gegend seinen dauernden Aufenthalt nähme?« frug die Baronin.

»Das glaube ich nicht, gnädigste Frau, die Arbeiten selbst wird er jedenfalls einem Techniker übertragen; sein lebhafter Geist wird ihn schnell genug wieder in die Welt treiben. Was ihn bestimmt hat, dem Herrn Baron sein Anerbieten zu machen, das kann ich nur mutmaßen. Ich glaube, daß großen Anteil daran die Verehrung hat, welche er gegen Ihr Haus empfindet, und der Wunsch, Ihnen und vielleicht auch mir in diesen unruhigen Tagen mit einigem Recht nahe zu sein. Gerade das, was andern jetzt diese Gegend verleidet, die Gefahr, das hat für sein kühnes Herz viel Lockendes.«

»Und würde Ihnen nicht lieb sein, den Freund hier zu behalten?« frug die Baronin weiter.

»Ich habe dies bis heut noch nicht gehofft«, erwiderte Anton. »In früherer Zeit war zuweilen meine Aufgabe, ihn von schnellen Entschlüssen zurückzuhalten, bei denen er um einer Laune willen vieles auf das Spiel setzte.«

»Sie halten es also für vorschnell«, sagte der Freiherr, »daß Ihr Freund mir einen solchen Antrag gemacht hat?«

»Sein Antrag ist gewagt für ihn selbst«, antwortete Anton nachdrücklich, »und es ist etwas darin, Herr Freiherr, was mir auch in Ihrem Interesse nicht gefällt, obgleich ich in Verlegenheit käme, wenn ich aussprechen sollte, was es ist.«

»Wir danken Ihnen«, sagte der Freiherr, »und wollen Sie nicht weiter bemühen, die Sache hat ja keine Eile.« Anton verbeugte sich und verließ das Zimmer.

Lenore stand schweigend am Fenster, ein langer Blick folgte dem Abgehenden. »Ich kann nicht aussprechen, was es ist«, wiederholte sie Antons letzte Worte, und ein Heer von ängstlichen Bildern und Ahnungen flog durch ihre Seele. Sie zürnte der Schwäche ihres Vaters, sie war empört über Fink, der es wagte, ihnen Wohltaten anzubieten. Ob der Vater annahm, ob er ablehnte, ihr aller Verhältnis zu dem Gast war ein anderes geworden. Sie waren ihm verpflichtet, er war ihnen kein Fremder mehr, er selbst hatte sich als Vertrauter in ihre stillen Leiden eingedrängt. Sie dachte an das Zucken seines Mundes, an seine zusammengezogenen Augenbrauen, sie hörte, wie er spottete über den Vater und über sie. Keck war er in ihr Haus getreten und nach wenigen Tagen faßte er gleichgültig wie im Scherz nach den Zügeln, um ihr Schicksal nach seinem Willen zu lenken. Seiner übermütigen Laune sollten ihre Eltern vielleicht die Rettung verdanken. Heut hatte sie noch mit ihm, dem glänzenden Mann aus der großen Welt, scherzen können, er war ein Gast, mit dem man auf gleichem Fuß steht, wie sollte sie ihn ansehn von morgen ab? Von morgen war er ein großer Herr für sie, und ihr Vater in Wahrheit sein Untergebener. Ihr Stolz bäumte hoch auf gegen sein Wesen, dessen Macht sie in dieser Stunde so lebhaft fühlte; sie nahm sich vor, ihn mit Kälte zu behandeln; sie grübelte über die Worte, die er zu sprechen könnte, und über ihre Antworten, und immer flog ihre Seele um das Bild des mächtigen Fremden, wie der aufgescheuchte Vogel um den Feind seines Nestes.

»Und was wirst du tun, Oscar?« frug die Baronin.

»Der Vater darf nicht annehmen«, rief Lenore mit Energie.

»Und was ist deine Meinung?« sprach der Freiherr zu seiner Frau gewandt.

»Wähle, was dich am ersten von diesem Gute befreit, was die Sorge von dir nimmt, den Trübsinn, die Unsicherheit, die dich jede Stunde im stillen quälen. Laß uns in die Ferne ziehn, wo die Leidenschaften weniger häßlich sind, weit weg aus diesem Lande. In den engsten Verhältnissen werden wir ruhiger sein, als hier.«

»Du rätst also, seinen Vorschlag anzunehmen«, sagte der Freiherr. »Wer den Teil gepachtet hat, übernimmt wohl auch das Ganze.«

»Und zahlt uns eine Pension«, rief Lenore.

»Du bist ein törichtes Mädchen«, sagte der Vater, »ihr regt euch beide auf, das ist unnütz. Der Vorschlag ist zu bedeutend, um ihn kurz von der Hand zu weisen, oder im Sprunge anzunehmen. Ich will mir das Nähere überlegen. Dein Wohlfart wird Gelegenheit haben, die Bedingungen zu prüfen«, fügte er in besserer Laune hinzu.

»Höre, mein Vater, auf das, was Wohlfart dir sagt, und ehre auch, was er verschweigt.«

»Ja, er soll gehört werden«, schloß der Freiherr, »und jetzt gute Nacht ihr beiden, ich werde mir's überlegen.« – »Er wird annehmen«, sagte Lenore im Zimmer der Baronin, »er wird annehmen, weil Wohlfart abgeraten hat, und weil der andere ihm Geld gibt. Mutter, warum hast du ihm nicht gesagt, daß wir Frauen diesem Fremden nicht mehr ins Gesicht sehen können, wenn er uns in unserm eignen Hause die Almosen zuteilt?«

»Ich habe keinen Stolz, ich habe keine Hoffnung mehr«, sagte die Mutter leise.

Als Anton langsam in sein Zimmer zurückkehrte, rief Fink ihm lustig entgegen: »Wie steht's, Prokurist, darf ich Pächter werden, oder wird der Baron die Anlage selbst machen? Er hatte große Lust dazu. In diesem Fall erhebe ich Anspruch auf Finderlohn. Freie Station für mich und mein Pferd, solange sie hier Krieg spielen.«

»Er wird deinen Vorschlag annehmen«, erwiderte Anton, »obgleich ich ihm abgeraten habe.«

»Du?« frug Fink; »ja, das sieht dir ähnlich. Wenn eine ertrinkende Maus sich an ein Holzklotz klammert, du hältst ihr eine Rede über das Drückende moralischer Verpflichtungen und schleuderst sie ins Wasser zurück.«

»Du bist nicht so unschuldig, wie ein Holzklotz«, sagte Anton, wider Willen lachend.

»Höre«, fuhr Fink fort, »ich habe keinen Überfluß an Sentimentalität, aber in diesem Fall würde ich es doch nicht für freundschaftlich halten, wenn du mich mit einer Strafrede erbauen wolltest. Ist dir's denn so unangenehm, wenn ich dir helfe, eine verrückte Zeit durchzumachen?«

»Ich kenne dich lange genug, du Schelm«, sagte Anton, »um zu wissen, daß deine Freundschaft für mich an deinem Anerbieten viel Anteil hat.«

»Wirklich?« spottete Fink, »und wie groß war dieser Anteil? Es ist eine nichtsnutzige Zeit, man mag so tugendhaft handeln, als nur irgend möglich, man wird so lange seziert, bis die Tugend sich unter dem Messer der Bosheit in Egoismus verwandelt.«

Anton streichelte ihm die Wangen. »Ich seziere nicht«, sagte er. »Du hast ein großartiges Anerbieten gemacht, und ich bin nicht mit dir unzufrieden, wohl aber mit mir. In der ersten Freude über deine Ankunft habe ich dir über die Verhältnisse des Freiherrn und über den stillen Kummer der Frauen mehr mitgeteilt, als sich mit meiner Pflicht vertrug, ich selbst habe dich in die Geheimnisse dieses Hauses eingeweiht, und du hast dieses Wissen auf diese behende Weise in Anspruch genommen. So habe ich selbst dich mit der Familie verflochten und deine Kapitalien mit diesem unruhigen Lande. Daß dies so plötzlich geschehen, ist gegen mein Gefühl, und daß meine Unvorsichtigkeit die Veranlassung gegeben, das ärgert mich.«

»Natürlich«, lachte Fink; »für dich ist der süßeste Genuß, wenn du dir um deine Umgebung Sorge machen kannst.«

»Zweimal ist mir begegnet«, fuhr Anton fort, »daß ich, dessen Vorsicht du so oft verspottest, über die Lage der Familie ohne Beruf mit Freunden gesprochen habe. Das erste Mal erbat ich Hilfe für die Rothsattel, sie wurde mir verweigert, und dieser Vorgang hat mich mehr als etwas anderes aus dem Comtoir und in dies Haus getrieben; jetzt führt meine zweite Indiskretion die nicht mehr erbetene Hilfe in das Haus, was wird die Folge sein?«

»Daß sie dich wieder aus dem Hause und in das Comtoir wirft«, lachte Fink. »Hat man je einen so spitzfindigen Hamlet in Transtiefeln gesehn? – Wenn ich nur dahinterkommen könnte, ob du einen solchen logischen Ausgang in der Stille ersehnst oder fürchtest?« Er zog ein Geldstück aus der Tasche: »Kopf oder Schrift, Anton? – Blond oder schwarz? – Werfen wir!«

»Du bist nicht mehr in Tennessee, du Seelenverkäufer!« erwiderte Anton wider Willen lachend.

»Es sollte ehrliches Spiel sein«, sagte Fink gleichmütig, das Geldstück wieder einsteckend. »Ich wollte dir die Wahl lassen. – Denke in Zukunft daran.«

3

Der Freiherr nahm an. In der Tat war es schwer, dem Anerbieten Finks zu widerstehn, selbst Anton mußte zugeben, daß eine Zurückweisung kaum erfolgen konnte, nachdem es einmal im Ernst ausgesprochen war. Allerdings kam der Freiherr zu seiner Einwilligung nicht auf der geraden Linie, in welcher der gemeine Menschenverstand sonst auf irdische Interessen losgeht. Seine Seele machte mehrere Quersprünge. Immer wieder fiel ihm ein, daß er einen ansehnlichen Gewinn aus seinem Gut auf einige Jahre einem Fremden lassen sollte; und wenn er sich seufzend die Unmöglichkeit eingestanden hatte, diesem Verlust zu entgehn, so fiel ihm wieder ein, wie zudringlich es von dem Fremden sei, ihm am dritten Tag nach seiner Ankunft einen solchen Antrag zu machen, und wie Lenorens fortgesetztes Widerstreben doch einen Grund habe. Dann erschien er sich armselig, unselbständig und unter Antons Vormundschaft, und kam erbittert bis zu dem Gedanken, die Sache aufzugeben. Aber nach solchen Wallungen schwankte er zuletzt doch immer wieder auf die Straße seines Vorteils zurück. Er wußte sehr wohl, welche Hilfe die vorausbezahlte Pacht für das laufende Jahr sein mußte, er ahnte, daß die Anlage in einigen Jahren den Wert des Gutes um die Hälfte erhöhen konnte. Ja, er gab zu, daß Fink selbst in den Unruhen dieses Jahres ein wünschenswerter Bundesgenosse sei. Gegen die Frauen beobachtete er ein hartnäckiges Stillschweigen, Lenorens wiederholte Versuche, ihn zu bestimmen, wies er mit einem auffallenden Anflug von guter Laune ab; sein ganzes Wesen war in dieser Periode der Überlegung gehobener.

Nach einigen Tagen rief er den alten Diener und sagte im engsten Vertrauen: »Gib acht, Johann, ob Herr Wohlfart im Laufe des Tages einmal ausgeht, und Herr von Fink allein in seinem Zimmer ist, dann melde mich bei ihm und hole mich ab.« Als er ganz in der Stille bei Fink eingeführt worden war, sagte er ihm in verbindlicher Weise, daß er seinen Vorschlag annehme und ihm überlasse, gelegentlich mit dem Anwalt in Rosmin den Kontrakt zu entwerfen.

»Abgemacht«, rief Fink, ihm die Hand schüttelnd; »haben Sie aber auch bedacht, Herr Freiherr, daß ich durch Ihre freundliche Einwilligung in die Lage kommen kann, noch auf Wochen, vielleicht auf Monate die Gastfreundschaft Ihres Hauses in Anspruch zu nehmen? Denn ich halte meine Gegenwart für wünschenswert, wenigstens bis die Arbeit in Gang kommt.«

»Es wird mir eine große Freude sein«, erwiderte der Freiherr aufrichtig, »wenn Sie in unserm noch nicht eingerichteten Haushalt vorliebnehmen wollen. Ich werde mir die Freiheit nehmen, Ihnen einige Zimmer in diesem Flügel wohnlich zu machen und ganz zu Ihrer Disposition zu stellen. Haben Sie einen Diener, an den Sie gewöhnt sind, so bitte ich, ihn kommen zu lassen.«

»Einen Diener nicht«, sagte Fink, »wenn Sie Ihrem Johann gestatten wollen, meine Zimmer in Ordnung zu halten. Aber etwas Besseres habe ich, wovon ich mich nicht lange trennen möchte, ein Halbblut, das noch im Stall meines Vaters steht.«

»Sollte es nicht möglich sein, das Pferd herzuschaffen?«

»Wenn Sie das erlauben«, sagte Fink, »bin ich Ihnen sehr dankbar.«

So besprachen die beiden im besten Einvernehmen ihre Verbindung, und der Freiherr verließ Finks Zimmer mit dem Gefühl, daß er doch einen klugen Streich gemacht habe.

»Die Sache ist in Richtigkeit«, sagte Fink zu dem eintretenden Anton. »Jetzt lamentiere nicht, sondern finde dich darein, das Unglück ist einmal geschehn. In zwei Zimmer auf der Ecke dieses

Flügels werde ich mich einquartieren, die Einrichtung besorge ich selbst. Morgen fahre ich nach Rosmin und von dort weiter. Ich bin einem geschickten Mann auf der Spur, der das Technische der Anlage leiten soll; den Mann und einige Arbeiter bringe ich mit. Kannst du mir unsern Karl auf acht Tage überlassen?«

»Er ist hier schwer zu entbehren, indes, wenn es sein muß, werde ich ihn zu vertreten suchen. Laßt mir nur ein Bündel mit weisen Lehren zurück.«

Am nächsten Morgen reiste Fink in Begleitung des Husars ab, und die alte Ordnung im Schloß kehrte zurück. Die kleine Schar Gutswehr hielt regelmäßig ihre Übungen, Patrouillen wurden gemacht, wie früher; arge Gerüchte wurden eifrig erzählt und angehört; einmal kam die Meldung, daß auf der nächsten Landstraße ein Haufe Sensenmänner marschiere, ein andermal betrat ein Trupp feindlicher Ritter die Feldmark, ritt aber, ohne das Dorf zu berühren, auf dem Waldwege vorüber. Auch Militär erschien als Einquartierung auf einzelne Nächte, kleine Abteilungen, welche weiter ins Land hineinzogen. Die Offiziere waren willkommene Gäste des Schlosses, sie erzählten von dem Kampf der Leidenschaften jenseits der Wälder und beruhigten die Frauen durch das mutige Versprechen, daß dem Aufstand ein schnelles Ende bereitet werde. Nur Anton empfand die schwere Last, welche selbst durch die kleinen Truppenmärsche auf das Gut gelegt wurde.

Fast vierzehn Tage waren vergangen, Fink und Karl wie verschwunden. An einem sonnigen Tage war Lenore bei ihrer Pflanzung beschäftigt, sie ließ durch einen Arbeiter Löcher für die Wurzelballen kleiner Waldbäume ausgraben. Schon bildete ein halbes Hundert von Fichten und jungen Birken ein anspruchloses Gebüsch, das zur Zeit einem Rebhuhn mehr Schatten gab, als einem Menschen. In ihrem Strohhut, einen kleinen Spaten in der Hand, erschien Lenore dem vorübereilenden Anton so anmutig, daß er sich nicht enthalten konnte, stehnzubleiben und ihr zuzusehn.

»Habe ich Sie endlich, treuloser Herr«, rief ihm Lenore zu. »Seit acht Tagen haben Sie sich gar nicht um meine Bäume gekümmert, ich habe alles allein begießen müssen. Hier ist Ihr Spaten, kommen Sie und helfen Sie mir Löcher graben.«

Anton ergriff gehorsam den Spaten und begann tapfer den Rasen auszustechen. »Ich habe im Walde junge Wacholder gesehn, vielleicht können Sie die brauchen.«

»An den Rändern«, antwortete Lenore versöhnt.

»Ich habe in den letzten Tagen mehr zu tun gehabt, als sonst«, fuhr Anton fort, »Karl fehlt uns überall.«

Lenore stieß ihren Spaten tief in die Erde und beugte sich herab, den aufgeworfenen Boden anzufühlen. »Hat Ihr Freund immer noch nicht geschrieben?« frug sie gleichgültig.

»Ich weiß nicht, was ich denken soll«, sagte Anton, »der Postenlauf ist nicht unterbrochen, denn andere Briefe sind angekommen. Fast fürchte ich, daß den Reisenden ein Unglück zugestoßen ist.«

Lenore schüttelte den Kopf. »Können Sie sich denken, daß Herrn von Fink ein Unglück zustößt?« fragte sie weitergrabend.

»Es ist schwer zu denken«, sagte Anton lachend, »er sieht nicht aus, als ob er sich ein boshaftes Schicksal leicht über den Kopf wachsen ließe.«

»Das meine ich auch«, erwiderte Lenore trocken.

Anton schwieg eine Weile. »Es ist merkwürdig, daß wir miteinander noch nicht über die Veränderung gesprochen haben, welche durch Finks Hierbleiben entsteht«, sagte er endlich nicht ohne Zwang, denn er empfand undeutlich, daß zwischen Lenore und ihn selbst eine Befangenheit gekommen war, ein leichter Schatten auf goldgrünem Rasen, von dem man nicht weiß, woher er fällt. »Sind Sie auch nicht unzufrieden mit seiner Ansiedelung?« Lenore wandte sich ab und ließ einen Zweig durch ihre Finger gleiten. »Sind Sie zufrieden?« frug sie zurück.

»Ich für meinen Teil kann mir die Anwesenheit des Freundes wohl gefallen lassen«, sagte Anton.

»Dann tu ich's auch«, erwiderte Lenore aufsehend. »Aber es ist doch auffallend, daß auch Herrn Sturm nicht geschrieben hat. Vielleicht kommen sie gar nicht wieder«, rief sie aus.

»Für Karl leiste ich Bürgschaft«, sagte Anton.

»Aber für den andern? Der sieht aus, als ob er veränderlich wäre, wie eine Wolke.«

»So ist er nicht«, erwiderte Anton; »wenn er Schwierigkeiten zu bekämpfen hat, erwacht alle Energie seines Lebens; nur was ihm keine Mühe macht, das langweilt ihn.«

Lenore schwieg und grub eifrig weiter.

Da hörte man aus dem Wirtschaftshofe das Gesumm von fröhlichen Stimmen, die Leute liefen von ihrem Mittagstisch auf die Landstraße, »Herr Sturm kommt«, rief ein Knecht den Grabenden zu. – Ein stattlicher Zug bewegte sich durch das Dorf auf das Schloß zu. Voran schritt ein halbes Dutzend Männer in gleicher Tracht; sie trugen graue Jupen, breitkrempige Filzhüte, die an einer Seite aufgeschlagen und mit einem grünen Busch verziert waren, auf der Schulter eine leichte Jagdflinte, an der Seite ein Matrosenmesser. Hinter ihnen kam eine Reihe beladener Wagen, der erste voll von Schaufeln, Grabscheiten, Hacken und Erdkarren, welche zu kunstvoller Symmetrie ineinandergesetzt waren, dahinter andere Wagen mit Mehlsäcken, Kisten, Kleiderbündeln und eingepackten Möbeln. Den Zug schloß wieder eine Anzahl Männer in grauer Uniform und denselben Waffen. In der Nähe des Schlosses sprang Karl mit einem Fremden von dem letzten Wagen herab. Karl stellte sich an die Spitze des Zuges, ließ die Wagen an der Front des Schlosses auffahren, ordnete die Männer in zwei Reihen und kommandierte mit einigem Erfolg: »Präsentiert das Gewehr!« Hinter dem Zuge galoppierte Fink auf seinem Pferde heran.

»Willkommen!« rief Anton dem Freunde entgegen.

»Sie bringen eine Armee mit Bagage«, lachte Lenore ihn begrüßend, »ziehen Sie immer mit so schwerem Gepäck ins Feld?«

»Ich bringe ein Korps, das von heute ab in Ihrem Dienst stehen soll«, erwiderte Fink vom Pferde springend. »Es scheinen ordentliche Leute«, sagte er zu Anton gewandt, »sie sollen den Stamm bilden für meine Arbeiter. Doch hat es Mühe gemacht, sie zusammenzufinden. Hände sind jetzt rar, und doch wird nichts gearbeitet. Wir haben in deiner Heimat getrommelt und gelockt, wie Werbeoffiziere. Zur Arbeit allein wären sie schwerlich gekommen. Die grauen Jacken und die Jägerhüte haben's ihnen angetan. Einige gediente Männer sind darunter, dein Husar weiß sie zusammenzuhalten, wie ein geborener General.«

Der Freiherr und seine Gemahlin traten in die offene Halle. Die Arbeiter brachten auf Karls Kommando ein dreimaliges Hoch aus, dann zogen sie auf die vordere Seite des Hauses und lagerten sich in der Sonne.

»Hier sind Ihre Pioniere, mein Chef«, sagte Fink nach den ersten Begrüßungen zum Freiherrn. »Da Ihre Güte mir erlaubt hat, für die nächste Zeit Ihr Hausgenosse zu werden, so habe ich auch das Recht gewonnen, etwas für die Sicherung Ihres Schlosses zu tun. Es sieht bedenklich aus in dieser Provinz. In Rosmin selbst hält man sich keinen Tag für sicher. Ihre Einrichtung einer Bauernwehr ist auch dem Feind nicht entgangen und hat seine Aufmerksamkeit auf Ihr Haus gelenkt.«

»Es ist mir eine Ehre«, unterbrach der Freiherr, »diesen Herren zu mißfallen.«

»Gewiß«, stimmte Fink höflich bei. »Um so mehr haben Ihre Verehrer die Verpflichtung, für Ihre und Ihrer Familie persönliche Sicherheit zu wachen. Noch sind Sie kaum stark genug, dies Schloß gegen abgeschmackte Einfälle Ihrer Ortsangehörigen zu schützen. Das Dutzend Arbeiter, welches ich herbringe, könnte eine Schutzwache für Ihr Haus bilden, die Leute haben Waffen und wissen zum Teil damit umzugehen. Ich habe die Arbeiter auf ein Reglement verpflichtet, welches so viel militärischen Anstrich hat, daß es helfen kann, sie in Ordnung zu halten. Sie sollen täglich einige Stunden weniger arbeiten und sich in dieser Zeit einexerzieren, Patrouillen machen und, soweit Ihnen, Herr Freiherr, dies wünschenswert erscheint, eine regelmäßige Verbindung mit der Umgegend erhalten. Unterhalt und Beköstigung der Leute liegen natürlich mir ob, ich habe vorläufig für die ersten Wochen gesorgt. Mein Wunsch ist, für sie ein leichtes Haus auf dem Felde zusammenzuschlagen; bis dahin aber wird es nötig sein, die Männer nahe beieinander zu halten, wo möglich in der Nähe des Schlosses. Und deshalb bitte ich Sie um vorläufiges Quartier auch für diese Leute.«

»Alles, was Sie wünschen, lieber Fink«, rief der Freiherr fortgerissen von dem unternehmenden Geist des Jüngern; »was wir von Räumlichkeiten haben, stelle ich zu Ihrer Verfügung.«

»Dann erlaube ich mir den Vorschlag«, sagte Anton, »im Schloß ein Zimmer des untern Stocks als Wachstube einzurichten. Dort werden die Waffen und Werkzeuge der Leute aufbewahrt, und jede Nacht ziehen einige dorthin auf Posten. Die übrigen müssen in dem Wirtschaftshof untergebracht werden. Dadurch werden die Männer gewöhnt, dies Schloß als ihren Sammelplatz zu betrachten.«

»Vortrefflich«, sagte Fink, »wenn nur die Damen der Unruhe, welche dadurch auch in das Schloß kommt, nicht zu sehr zürnen.«

»Die Frau und Tochter eines alten Soldaten werden die Maßregeln, welche für ihre Sicherheit getroffen werden, mit dem größten Dank aufnehmen«, erwiderte der Freiherr mit Würde.

So wurde von allen Seiten bereitwillig angegriffen, die neue Kolonie anzusiedeln. Die befrachteten Wagen wurden abgeladen. Der Techniker und die Arbeiter fanden vorläufig ein notdürftiges Unterkommen auf dem Wirtschaftshofe.

Die erste Tätigkeit der Arbeiter war, Leinwand und Strohseile von Möbeln abzuwickeln und diese in die Zimmer ihres neuen Brotherrn zu tragen. Die Dienerschaft vom Schlosse stand herum und sah neugierig auf den einfachen Hausrat. Ein Stück aber erregte so laute Verwunderung, daß auch Lenore zu der Gruppe trat. Es war ein kleines Sofa von abenteuerlichem Aussehen. Beine und Armlehnen waren die Füße eines großen Raubtiers, die Polster waren überzogen mit dem Fell derselben Katzenart, gelbbrauner Grund mit regelmäßigen schwarzen Flecken. Zur Rücklehne und den Seitenkissen waren drei ungeheure Katzenköpfe in Polster verwandelt, das Gestell war statt von Holz von kunstvoll geschnitztem Elfenbein.

»Wie allerliebst!« rief Lenore aus.

»Wenn das Ding Ihnen nicht mißfällt«, sagte Fink gleichgültig, »so schlage ich Ihnen einen Tausch vor. In meinem Zimmer steht ein kleiner Diwan, in dem sich's so bequem ruht, daß ich ihn gern behalten möchte. Erlauben Sie den Leuten, dies Ungetüm in einem andern Zimmer des Schlosses niederzusetzen, und überlassen Sie mir dafür den Diwan.«

Lenore fand bei dieser kurzen Weise nicht sogleich eine Antwort, sie verbeugte sich zu stummer Einwilligung. Und doch war sie unzufrieden mit sich, daß sie den Tausch nicht im Augenblick ablehnte. Als sie in ihr Zimmer kam, fand sie das Katzensofa darin aufgestellt. Darüber ärgerte sie sich noch mehr, sie rief Suska und den Diener, das Möbel in eine andere Stube zu tragen, aber beide protestierten und erhoben großen Lärm, als sie behaupteten, das prächtige Tier stehe nirgend besser als in dem Zimmer des gnädigen Fräuleins; bis endlich Lenore, um nicht Aufsehen zu verursachen, beide hinaustrieb und sich leidend in den Tausch ergab. So ruhte jetzt Lenorens schöner Leib auf den Jaguarfellen, die Fink in fernen Wäldern erbeutet hatte.

Am nächsten Tage begann die neue Tätigkeit. Der Wiesenbauer zog mit seinen Instrumenten auf das Feld, die Arbeiter wurden an ihr Werk gestellt. Karl suchte Tagelöhner in den deutschen und polnischen Orten, auch im Dorfe waren einige Leute willig, nach

wenig Tagen wurde ein halbes Hundert Arbeiter auf dem gepachte-
ten Land beschäftigt. Nebenbei bemerkt, nicht ohne viele Störung,
die Leute waren unruhig und zerstreut, und die Arbeiter aus den
nächsten Dörfern kamen unregelmäßiger, als wünschenswert war,
aber der Stamm hielt doch fest und Finks Einrichtung bewährte sich,
vielleicht deshalb, weil sowohl er als Karl die Leute zu bändigen
wußten, er selbst durch stolze Energie, Karl durch gute Laune, mit
der er lobte und schalt. Die militärischen Übungen zu leiten, kam der
Förster unermüdlich aus seinem Walde hervor, das Schloß wurde
alle Nächte durch Wachen besetzt, die Patrouillen nach den Nachbardörfern pünktlich versehen. Der kriegerische Geist verbreitete
sich von dem Schlosse über die ganze deutsche Umgegend. Schnell
lebte in der Schar mit aufgekrempten Hüten ein Korpsgeist auf, der
die Handhabung der Disziplin erleichterte; nach wenig Tagen wurde Fink mit zahlreichen Bitten anderer Leute überlaufen, sie ebenfalls mit einem Anzuge und einer Flinte, mit guter Kost und Löh-
nung zu versehen und in seine Garde aufzunehmen.

»Die Wachtstube ist in Ordnung«, sagte Fink zu Anton, »in die
Fensterverschläge des Unterstocks laß noch Schießlöcher schneiden.«

So trug man im Schloß die Lasten der Zeit mit neuem Mut. In das
Leben jedes einzelnen kam durch den Gast ein neuer Zug, auch die
Wirtschaft empfand seine Gegenwart, und der Förster war stolz,
einem solchen Herrn die Honneurs des Waldes zu machen. Fink war
viel mit Anton auf dem Felde, und dieser wie Karl gewöhnten sich,
ihn um Rat zu fragen. Er kaufte zwei derbe Wagenpferde, wie er
sagte, für die eigene Bequemlichkeit und für die Wiesen, aber er ließ
sie tüchtig in der Wirtschaft arbeiten und lachte den Freund aus, als
dieser ein besonderes Konto für die beiden Rosse einrichtete und
ihnen alle Wochen ihre Anzahl Pferdetage gutschrieb. Anton selbst
war glücklich, den Freund in der Nähe zu haben. Etwas von der
fröhlichen alten Zeit war wiedergekommen, jene Abende, wo die
beiden Jünglinge miteinander geplaudert hatten, wie nur junge
Männer vermögen, bald in kindlicher Tollheit, bald weise über die
höchsten Dinge. In vielem hatte sich Fink verändert, er war ruhiger
geworden und, wie Anton in der Sprache des Comtoirs sich ausdrückte, solider. Aber er war freilich noch mehr als früher geneigt,
andere Menschen für seine wechselnden Interessen zu benutzen
und auf sie herunterzusehn wie auf ein Spielzeug. Seine Lebenskraft
war noch dieselbe. Wenn er den Morgen bei seinen Wiesenarbeitern
gestanden, mit dem Förster den Wald durchstreift hatte, wenn er am
Nachmittag auf seinem Pferde, trotz Antons Vorstellungen, meilen-
weit in das unsichere Land hineingeritten war, um Nachrichten zu
holen, oder Verbindungen anzuknüpfen, und wenn er auf dem
Rückwege die Posten des Guts und der Bauerndörfer revidiert hatte,
dann war er noch abends am Teetisch der Baronin ein heiterer
Gesellschafter, der unermüdlich aushielt, und oft durch Antons
Winke erinnert werden mußte, daß die Kraft der Hausfrau nicht so

unzerstörbar war, als seine eigene. Den Freiherrn hatte er bald vollständig überwunden. Gegen die gallige Laune, welche dem armen Herrn zur Gewohnheit geworden war, zeigte er nicht die mindeste Nachsicht, er gestattete ihm keine bittere Bemerkung, keinen Ausfall gegen Wohlfahrt oder gegen die eigene Tochter, ohne ihm sein Unrecht auf der Stelle fühlbar zu machen. So setzte er durch, daß der Gutsherr wenigstens in seiner Gegenwart sich gewaltig zusammennahm. Dagegen tat er ihm auch manchen Gefallen, der ihm selbst bequem war. Er half ihm dazu, eine Partie Whist zu spielen, indem er ihm den Rat gab, sich in die Karten kleine Zeichen zu stechen, die er mit dem Finger fühlen konnte; er führte Lenore zu dem Whisttisch und brachte ihr die Anfänge des Spiels bei. Wie von selbst machte sich's, daß Wohlfart zur Partie herangezogen wurde. So half er dem Freiherrn über langsame Stunden weg und bewirkte, daß sein Freund von jetzt ab fast alle Abende in der Familie zubrachte und noch nicht zu Bett war, wenn Fink die Laune hatte, ein Nachtgespräch zu halten und in Gesellschaft ein Glas Kognakpunsch und eine letzte Zigarre zu genießen.

Nur die Frauen des Schlosses schienen die Vorteile nicht zu empfinden, welche Finks Anwesenheit allen übrigen brachte. Die Baronin erkrankte. Es war keine heftige Krankheit, und doch kam sie plötzlich. Noch am Nachmittag hatte sie heiter mit Anton gesprochen und ihm einige Briefe abgenommen, die der Briefbote für den Freiherrn gebracht. Am Abend erschien sie nicht am Teetisch; der Freiherr selbst betrachtete ihr Unwohlsein als vorübergehend. Sie klagte über nichts, als Schwäche; der Arzt, welcher sich von Rosmin auf das Gut wagte, wußte ihre Krankheit nicht zu nennen. Lächelnd wies sie alle Arznei zurück und sprach selbst die feste Zuversicht aus, daß die Abspannung vorübergehen werde. Um Lenore und ihren Gemahl nicht an das Krankenzimmer zu fesseln, äußerte sie zuweilen den Wunsch, an den Familienabenden teilzunehmen, sie vermochte dann nicht auf dem Sofa zu sitzen und legte ihr Haupt auf das Kissen der Lehne.

So war sie die stille Gesellschafterin der andern, ihr Auge sah dann unruhig auf den Freiherrn und prüfend auf Lenore, bis beide am Spieltisch saßen, dann lehnte sie sich in die Kissen zurück und schien auszuruhen, wie von einer Arbeit.

Anton sah mit inniger Teilnahme auf die Kranke. Wenn er im Spiel einen Rubber zu pausieren hatte, versäumte er nie, leise zum Sofa zu treten und nach ihren Befehlen zu fragen. Es war ihm eine Freude, wenn er ihr ein Glas Wasser überreichen, oder einen Auftrag ausrichten konnte. Immer sah er mit Bewunderung in das feine Antlitz, das noch jetzt, bleich und abgespannt, die schönen Umrisse zeigte. Es war ein stilles Einverständnis zwischen ihm und der Kranken. Sie sprach mit ihm noch weniger als mit den andern. Denn wenn sie in der Nähe ihres Gemahls oft in munterm Ton das Wort ergriff und den Erzählungen ihres Gastes mit den Augen und dem Haupt folgte, so bemühte sie sich nicht, vor Anton ihre Schwäche zu verbergen. Sie sank dann in sich zusammen, oder starrte teilnahmslos in das Zimmer hinein, aber wenn sie ihn ansah, war es mit dem ruhigen Vertrauen, das man einem alten Hausgenossen schenkt, vor dem man Geheimnisse nicht mehr zu hüten hat. Vielleicht war es, weil die Baronin den Wert seines Gemüts vollkommen zu würdigen wußte, vielleicht weil sie ihn seit dem Tage, wo er ihr seine Dienste anbot, bis zu dieser Stunde immer als einen zuverlässigen Diener ihres Hauses angesehen hatte. Aber wäre auch diese Auffassung unserm Helden bemerkbar geworden, sie hätte seine ritterliche Treue gegen die Edelfrau nicht erschüttert. So wie sie war, erschien sie ihm fertig und in ihrer Art vollkommen, als ein Bild, welches das Herz eines jeden erfreut, der ihr nahetritt. Er konnte den stillen Verdacht nicht loswerden, daß eine Einwirkung von außen, vielleicht eines von den Schreiben, die er selbst übergeben, die Veränderung ihrer Gesundheit hervorgebracht habe. Auf einem der Briefe hatte eine zitternde Hand die Adresse geschrieben, der Brief hatte ein bösartiges Aussehen gehabt, und Anton hatte ahnend empfunden, daß er Unwillkommenes enthalten müsse. An einem Abend, als die andern am Spieltisch saßen, war der Kopf der Kranken von dem seidenen Kissen heruntergeglitten. Als Anton das Kissen zurechtgerückt, und die Kranke ihr Haupt mit Mühe wieder daraufgelegt hatte, sah sie ihn dankend an und sagte ihm leise, wie schwach sie sei. »Ich wünsche noch einmal allein mit Ihnen zu reden«, fuhr sie nach einer Pause fort, »nicht jetzt, aber die Zeit wird kommen«, und dabei sah sie mit einem tiefen Ausdruck von Schmerz in die Höhe, daß Anton voll trüber Befürchtungen wurde.

Weder der Freiherr noch Lenore hatten so große Sorge. »Mama hat schon einigemal an solcher Schwäche gelitten«, sagte Lenore, »immer war die Sommerluft ihre beste Heilung, ich hoffe alles von der Zeit, wo es wärmer wird.« Lenore selbst war nicht unbefangen genug, ihre Umgebung mit scharfen Augen anzusehen, auch sie hatte sich verändert. Manchen Abend saß sie stumm am Teetisch und fuhr auf, wenn das Wort an sie gerichtet wurde, an andern war sie ausgelassen heiter. Sie vermied Fink, sie mied aber auch Antons Nähe, beiden gegenüber war sie befangen. Ihre blühende Gesundheit schien erschüttert, die Mutter selbst trieb sie oft aus der Krankenstube ins Freie; dann ließ Lenore ihr Pferd satteln und ritt allein hinaus in den Wald, wo sie stundenlang umhertrabte und zuletzt nicht darauf achtete, wenn sie der erzürnte Pony, ohne ihren Befehl abzuwarten, nach dem Hofe zurückbrachte. Anton sah diese Veränderung mit stiller Trauer. Er fühlte tief, daß es anders wurde zwischen Lenore und ihm, aber er vermied, mit ihr darüber zu sprechen, und verschloß in seinem Herzen, was er empfand.

Es war ein schwüler Nachmittag im Mai. Über den Wäldern hingen dunkle Gewitterwolken, und die Sonne warf ihre Strahlen heiß auf das trockne Land, da kam der Mann, der als Patrouille nach den Bauerndörfern ausgeschickt war, eilig nach der Wachtstube des Schlosses zurück und meldete, fremdes Volk laure im Kunauer

Wald, die Kunauer ließen fragen, was zu tun sei. Fink gab den Arbeitern das Lärmzeichen und sandte Botschaft zum Förster und nach dem neuen Vorwerk. Während die Arbeiter das Gerät nach dem Schlosse trugen und die Knechte mit ihrem Gespann vom Felde heimritten und sich zum Aufbruch rüsteten, jagte ein Reiter von Kunau mit der Nachricht heran, eine polnische Bande sei in ein Gehöft des Dorfes eingebrochen, die Landleute ließen um Hilfe bitten.

Alle Männer waren in der mutigen Aufregung, welche ein Alarm hervorruft, wenn er die Aussicht auf Abenteuer bringt.

»Behalte einige der Arbeiter zurück«, sagte Fink zu Anton, »und übernimm die Wache im Schloß und im Dorfe, den Förster schicke mit der Gutswehr nach Kunau, ich reite mit dem Amtmann und den Knechten voraus.« Er sprang nach dem Stall des Schlosses und sattelte selbst sein Pferd, während Karl neben ihm das Reitpferd des Barons für sich herausführte. »Sehn Sie nach den Wolken, Herr von Fink«, sagte Karl, »nehmen Sie Ihren Mantel mit, es gibt ein tüchtiges Gewitter. Heut nacht regnet's Hafer für das Gut.« Fink rief nach seinem Plaid, und die kleine Schar rasselte auf Kunau zu.

Als sie in den Wald kamen, merkten sie, wie stickend die Schwüle war, selbst die rasche Bewegung der Pferde vermochte nicht das unbehagliche Gefühl zu bannen. »Sehen Sie die Unruhe in den Tieren«, rief Karl, »mein Pferd spitzt die Ohren, es ist etwas im Walde.« Die Reiter hielten still. »In dem Gebüsch trabt einer, dort rasselt's in den Ästen.« Das Pferd, welches Karl ritt, fuhr mit dem Kopf auf das Gehölz zu und schnaubte laut.

»Es ist ein Bekannter, einer von uns«, sagte Fink auf das Pferd sehend.

Die Zweige des jungen Holzes fuhren auseinander, auf ihrem Klepper kam Lenore herausgesprengt und verlegte den Reitern den Weg. »Halt, wer da!« rief sie lachend.

»Alle Wetter, das Fräulein!« schrie Karl.

»Die Losung!« rief Lenore martialisch.

Fink ritt vor, salutierte und sagte leise: »Potz Blitz, das ist ja die Gustel von Blasewitz.«

Lenore errötete und lachte. »Passiert«, sagte sie, »ich reite mit.«

»Natürlich«, rief Fink, »nur vorwärts!« Der Pony warf nach Leibeskräften seine Beine neben dem großen Pferd des Gastes durcheinander. So kamen sie nach Kunau und hielten vor dem Alarmhause. Dort war die Bauerwehr aufgestellt, der Schmied als Befehlshaber kam ihnen sorgenvoll entgegen.

»Was in unserm Holze steckt, ist verwettertes Volk«, rief er, »bewaffnete Polacken. Heut in der hellen Mittagsstunde ist ein Haufe von zehn Männern mit Flinten an des Leonhard Hof gekommen, der dort hinausliegt auf den Wald zu, sie haben die Hoftüren besetzt, dann ist der Anführer mit seiner Bande in die Stube getreten, wo die Leute gerade um den Tisch saßen, und hat Geld verlangt und das Kalb aus dem Stall. Es war ein schändlicher Kerl mit einer langen Flinte, er hatte eine Pfauenfeder auf dem Hut, und die roten Schnüre auf dem Rock, wie ein echter Klopiez. Der Bauer hat sich geweigert, das Geld zu geben, da haben sie ihm ein Gewehr an den Kopf gesetzt, bis sein Weib in der Angst zu dem Kasten gelaufen ist und den Kerlen einen Säckel mit Geld hingeworfen hat. Darauf haben sie das Kalb aus dem Stall gerissen und vier Gänse aus dem Hofe, und sind mit ihrem Raube wieder nach dem Wald gezogen. Vier Schufte mit Flinten haben sie im Hofe stehnlassen als Wache, so daß niemand herauskonnte, bis die andern mit den gestohlnen Sachen im Walde waren. Zuletzt haben zwei von dem Raubvolk ihre Gewehre in das Dach abgeschossen, dann sind auch die vier weggelaufen. Das Dach fing an zu glimmen, aber wir haben's glücklich gelöscht.«

»Seitdem sind Stunden vergangen«, sagte Fink, »die Schurken sind über alle Berge.«

»Ich glaub's nicht«, erwiderte der Schmied. »Den Leonhard habe ich mit unsern Berittenen sogleich um den Wald herumgeschickt an die Grenze, damit sie aufpassen, wenn das Räubervolk sich aus dem Wald schleicht. Und eine Frau aus Neudorf, die im Wald war, hat noch vor zwei Stunden polnische Leute gesehn, auf der Grenze von unserm nach dem Neudorfer Wald, grade da, wo der Grenzstein unter der alten Eiche steht. Sie hatten ein Vieh bei sich, ob es ein Kalb war oder ein Hund, hat die Frau in ihrer Angst nicht gesehn, wenn's das Kalb war, so haben's die Hungerleider lieber aufgegessen als fortgetragen. Ich komme eben von Neudorf, die Neudorfer sind gesammelt wie wir. Wir möchten ein Treiben durch die Wälder anstellen, wenn Ihre Leute uns von Ihrer Seite helfen, und wenn Sie uns die Richtung geben wollten.«

»Gut«, sagte Fink, »frisch ans Werk.« Er sandte einen Boten dem Förster entgegen, damit die aus dem Schloß gleich von ihrer Seite das Treiben begönnen, und besprach mit dem Schmied Aufstellung und Richtung der Kunauer. Karl mit den Knechten schickte er zu den Kunauer Reitern auf die entgegengesetzte Seite des Waldes, nach welcher der Trieb zugehn sollte. »Machen Sie keine Umstände mit den Schuften«, rief er dem abreitenden Karl zu und klopfte auf die Pistolen im Halfter. »Vorwärts!« sagte er zum Schmied, »ich selbst reite nach Neudorf. Wenn Ihr Euer Vorholz abgesucht habt, erwartet uns, dort soll die Neudorfer Kette sich an Eure schließen.«

So zogen die von Kunau aus, den Diebstahl zu rächen. Fink galoppierte von Lenore begleitet nach dem Nachbardorf. Auf dem Wege sagte er zu ihr: »Hier werden wir uns trennen, Fräulein.« – Lenore schwieg.

Fink sah sie von der Seite an. »Ich glaube nicht«, fuhr er fort, »daß die Schelme uns die Freude machen werden, unsern Besuch im Walde zu erwarten. Und wenn sie weglaufen wollen, der Abend ist nahe, wir werden sie schwerlich hindern. Aber die Jagd ist eine gute Übung für unsre Leute, und deshalb soll sie uns willkommen sein.«

»Dann gehe ich mit nach dem Walde«, sagte Lenore entschlossen.

»Notwendig ist das grade nicht«, erwiderte Fink, »ich fürchte zwar keine Gefahr für Sie, aber Ermüdung und vielleicht Regen.«

»Lassen Sie mich mit«, bat Lenore, zu ihm aufsehend.

»Ich habe verständig abgeraten, mehr ist von einem Menschen nicht zu verlangen, und im Vertrauen gesagt, mich freut's, daß Sie so mutig sind. Galopp, Kamerad!«

In Neudorf stellte Fink die Pferde in den Hof des Schulzen und führte die Schar der Neudorfer an den Waldrand. Die Linie stellte sich auf, die Durchsuchung des Forstes begann. In langer Kette betraten die Männer das Holz, die Entfernung zwischen den einzelnen Gliedern mußte größer sein, als wünschenswert war, Fink schritt mit Lenore auf dem äußersten rechten Flügel, wo der Anschluß an die Linie der Kunauer geschehen sollte, der Nebenmann Finks hatte die Richtung anzugeben. Die Jäger gingen in tiefem Schweigen vorwärts und spähten mit scharfem Auge von Baum zu Baum. Als sie den Wald betraten, rauschte es in den Baumwipfeln, durch die Lücken des Nadelholzes sah man den bleischwarzen Himmel. Unten aber lag noch die Schwüle des heißen Tages, die Vögel saßen in die Zweige geduckt, die Käfer waren in die Heidelbeeren gekrochen.

»Der Himmel selbst kommt den Spitzbuben zu Hilfe«, sagte Fink, auf die Wolken deutend, zu seiner Begleiterin, »es wird so finster dort oben, daß wir in einer halben Stunde hier unten nicht zehn Schritt vor uns sehen werden.«

Das Holz schloß sich dichter, das Tageslicht nahm ab, Lenore hatte Mühe, die Reihe der Männer zu erkennen. Der Grund wurde morastig, Lenore versank bis an die Knöchel in dem Bruch. »Wenn's nur kein Katarrh wird«, lachte Fink sie aus.

»Es wird keiner«, erwiderte Lenore herzhaft, aber der Zug in den Wald erschien ihr nicht mehr so harmlos, wie vor einer Stunde.

Der Mann neben Fink blieb stehn, sein leises Zeichen lief die Kette hinab, die lange Reihe hielt an, die Kunauer zu erwarten. Immer schwärzer wurde es über den Bäumen, immer dunkler im Holz. In der Ferne rollte der Donner, wie ein dumpfer Wirbel klang der Ton unter dem großen Dach von Nadeln. So standen die Männer wohl eine Viertelstunde, da tönte von rechts ein leiser Ruf durch die Dunkelheit, die Treiber aus dem Nachbardorf kamen heran. Die Warnung: »Nebenmann rechts und links im Auge behalten!« flog durch die Reihe, dann setzte sich der ganze Zug in Bewegung, die Führer aus den beiden Dörfern schritten jetzt nebeneinander, Fink und Lenore in ihrer Spur. Da fuhr ein starker Donnerschlag über den Wald, es pfiff und rasselte in der Luft, der Regen rauschte hernieder. Zuerst klang der Tropfenfall nur in den Ästen der Bäume, bald drangen einzelne schwere Tropfen herunter. Immer lauter schlug der Regen auf die Kronen der Bäume, immer stärker tropfte es von den Ästen, endlich rauschte die Wasserflut von dem Himmel und durch die Zweige herab auf den Boden; jeder Stamm, jeder Strauß Nadeln, jeder herabgebogene Ast verwandelte sich in eine Wasserrinne. Wie ein Flor verhüllten die Wassertropfen die Aussicht. Um jeden einzelnen war ein enger Kreis gezogen durch Finsternis und strömenden Regen, die Männer riefen einander mit gedämpfter Stimme zu, um die Richtung nicht zu verlieren.

Da stieß Lenore, als sie auf Fink sah, mit dem Fuße an eine Baumwurzel, sie unterdrückte einen Schmerzensschrei und sank auf ein Knie; Fink eilte zu ihr.

»Ich kann nicht weiter«, sagte sie den Schmerz bezwingend, »lassen Sie mich hier zurück, ich beschwöre Sie, und holen Sie mich auf dem Rückwege ab.«

»Sie in dieser Lage verlassen«, rief Fink, »wäre eine Barbarei, gegen welche das Menschenfressen als unschuldige Ergötzlichkeit erscheinen müßte. Sie werden sich schon meine Nähe gefallen lassen. Vor allem erlauben Sie, daß ich Sie aus dieser Baumtraufe fortführe an eine Stelle, wo der Regen weniger unverschämt ist. Unsre Vordermänner habe ich ohnedies verloren, ich sehe durchaus nichts mehr von den breiten Schultern der ehrlichen Knaben.« Er richtete Lenore in die Höhe, sie versuchte mit dem verletzten Fuß aufzutreten, aber der Schmerz preßte ihr einen neuen Klagelaut aus, sie wankte und hielt sich an Finks Schulter. Da schlug dieser seinen Plaid um sie, hob sie vom Boden und trug sie eingewickelt, wie man ein Kind trägt, auf seinen Armen unter einige Tannen, welche mit ihren dichten Zweigen einen kleinen geschützten Raum einschlossen. Wenn ein Mensch sich beugte, konnte er darunter erträglichen Schutz finden.

»Hier herunter müssen Sie sich setzen, liebes Fräulein«, sagte Fink und setzte Lenore vorsichtig auf den Boden. »Ich werde vor Ihrem grünen Haus Wache halten und Ihnen den Rücken zukehren, damit Sie Ihr nasses Tuch um den unartigen Knöchel binden.« Lenore drückte sich unter das dichte Tannendach, Fink stellte sich mit dem Rücken gegen sie an einen Baumstamm. »Es ist doch nichts beschädigt«, frug er, »können Sie den Fuß im Gelenk bewegen?«

»Es tut etwas weh«, sagte Lenore, »aber es geht.«

»Das ist brav«, sprach Fink hinter sich, »jetzt binden Sie das Tuch um, ich hoffe, in zehn Minuten werden Sie auftreten können. Wikkeln Sie sich fest in das große Tuch, es hält warm; sonst holt sich mein Kriegskamerad noch das Fieber, und damit wäre die Jagd nach dem gestohlenen Kalb doch zu teuer bezahlt. Sind Sie fertig mit dem Verband?« frug er wieder, »darf ich mich herumdrehen?«

»Ja«, sagte Lenore.

»Dann erlauben Sie mir, Sie einzuwickeln.« Vergebens protestierte das Fräulein gegen diesen Ritterdienst, Fink schlang das große Tuch um den ganzen Körper der Sitzenden und band es hinten in einen festen Knoten. »Jetzt sitzen Sie im Walde wie das graue Männchen.«

»Etwas Gesicht lassen Sie mir frei«, bat Lenore.

»So«, sagte Fink, »jetzt wird Ihnen behaglich werden.« Bald empfand Lenore eine wohltätige Wärme; schweigend saß sie unter ihren Zweigen, bekümmert um die seltsame Lage, in der sie sich befand. Fink hatte wieder seinen Platz am Baumstamm eingenommen und kehrte ihr ritterlich den Rücken zu. Nach einer Weile rief Lenore aus dem Gebüsch: »Sind Sie noch da, Herr Kamerad?«

»Halten Sie mich für einen Verräter, der seinen Zeltgenossen verläßt?« frug Fink zurück.

»Es ist hier unten ganz trocken«, fuhr Lenore fort, »nur auf meine Nase fällt zuweilen ein Tropfen. Sie aber, armer Herr, werden da draußen ganz durchnäßt. Welch furchtbarer Regen!«

»Dieser Regen flößt Ihnen Schrecken ein?« frug Fink achselzuckend, »der ist nur ein schwaches Kind! Wenn er einen Zweig vom Baume gerauft hat, meint er Wunder getan zu haben. Da lobe ich mir den Regen in solchen Ländern, wo die Sonne heißer brennt. Tropfen wie Äpfel, nein, keine Tropfen mehr, armdicke Strahlen, das Wasser stürzt aus den Wolken, wie ein Wasserfall. Stehenbleiben kann man nicht, denn der Boden schwimmt unter einem fort, unter Bäume flüchten kann man auch nicht, denn der Sturmwind zerbricht die dicksten Baumstämme wie Strohhalme. Man läuft auf das Haus zu, das vielleicht nicht weiter entfernt ist, als von Ihnen bis zu der nichtswürdigen Baumwurzel, die Ihren Fuß verletzte, und das Haus ist verschwunden, an der Stelle befindet sich ein Loch, ein Strom, ein Haufe herangespülter Felsen. Vielleicht fängt dann auch die Erde an ein wenig zu beben und schlägt Wellen, wie das Meer im Sturme. Das ist ein Regen, der sich sehen lassen kann. Kleider, die er durchnäßt hat, werden nie wieder trocken, was ein Oberrock war, ist acht Tage nachher noch eine schwarze unförmliche Masse, welche das Aussehen und die Feuchtigkeit einer Morchel hat. Behält man einen solchen Rock auf dem Leibe, so bleibt er fest genug sitzen, die Aufschläge am Ellbogen, die Taille am Hals, aber nie wird man ihn wieder ausziehn können, außer mit Hilfe eines Federmessers und in schmalen Streifen, die man abschneidet, wie Apfelschalen.«

Lenore mußte in ihrem Schmerz lachen. »Ich wünsche mir wohl einen solchen Regen zu erleben«, sagte sie.

»Ich bin uneigennützig, wenn ich mir nicht wünsche, Sie in solcher Lage zu sehen«, erwiderte Fink. »Die Frauen sind am schlimmsten daran, alles was sie zur Toilette rechnen können, verschwindet in solcher Strömung vollständig. Ist Ihnen das Kostüm der Frau Venus von Milo bekannt?«

»Nein«, antwortete Lenore ängstlich.

»Gerade wie diese Dame sehen alle Frauen aus, die ein tropischer Regen getroffen hat, und die Männer wie Vogelscheuchen. Ja, es soll vorgekommen sein, daß Menschen von solchem Regen platt geschlagen wurden, wie Kupferdreier, nur mit einem Knopf in der Mitte, der bei näherer Betrachtung sich als ein Menschenkopf auswies und den Vorübergehenden traurig zurief: O ihr Mitmenschen, das kommt davon, wenn man ohne Regenschirm ausgeht.« Wieder mußte Lenore lachen. »Mein Fuß tut nicht mehr so weh«, sagte sie, »ich glaube, ich kann jetzt gehn.«

»Das sollen Sie nicht«, entgegnete Fink, »noch läßt der Regen nicht nach, und es ist so finster, daß man kaum die Hand vor den Augen sieht.«

»Dann tun Sie mir die Liebe und suchen Sie die Männer auf. Mir ist jetzt wohler, ich sitze hier wie ein Reh geschützt vor dem Regen und vor fremden Leuten.«

»Es geht nicht«, sprach Fink von seinem Baume zurück.

»Ich bitte Sie flehentlich darum«, rief Lenore angstvoll und streckte ihre Hände aus dem Tuch, »lassen Sie mich jetzt allein.«

Fink wandte sich um, ergriff ihre Hand und drückte sie an seine Lippen, dann eilte er schweigend in der Richtung fort, welche die Landleute genommen hatten.

So saß Lenore allein unter den Tannenzweigen. Noch immer rauschte der Regen herab. Er schlug klatschend an die Baumwipfel und strömte von den Ästen herunter auf den Boden. Dazu rollte oben der Donner, das Gewitter kam herauf; zuweilen fuhr ein grelles Licht durch die Dunkelheit, dann sah Lenore die beleuchteten Baumstämme in langen Reihen wie goldgelbe Säulen eines unabsehbaren Gebäudes vor sich stehen und darüber ein schwarzes Dach, mit hellen Lichtern geflammt. Dann erschien der Wald wie ein verwünschtes Schloß, das aus der Erde steigt und im Nu wieder versinkt. Durch den Regen klangen geheimnisvolle Töne, wie sie zur Nachtzeit durch den Wald gehn. Über ihr schlug es an den Stamm mit regelmäßigem Klopfen, als wenn ein schlimmes Waldgespenst an das Holz ihrer Hütte anpochte, sie fuhr zusammen und frug sich gleich darauf, ob das ein Specht sein könnte, oder ein Baumast. Aus der Ferne tönte der heisere Klageschrei einer Krähe, der das Wasser in das Nest gedrungen war und den ersten Schlaf gestört hatte. Neben ihr lachte es schauerlich: »Huhu, huhu!« und wieder erschrak Lenore; war es ein tückischer Kobold aus dem Walde, oder war es nur eine kleine Eule? In hundert melancholischen Lauten sprach die Natur. Lenore empfand den wilden Reiz dieser Einsamkeit bald mit Freude und gleich darauf wieder mit Angst. Und dazwischen zogen andere Gedanken durch ihre Seele, wie töricht sie gehandelt hatte, sich vom Hause fortzustehlen zu einem Zuge, der ein solches Abenteuer möglich machte; wie man sie im Schloß suchen würde, und vor allem, was er von ihr denken müsse, der sie auf ihre Bitten verlassen. Sie zog das Tuch von ihrem Ohr und lauschte, es war nichts von Menschenstimmen zu hören; nichts war zu hören, als der Fall des Regens und die Seufzer des Waldes. Aber neben ihr rauschte es an dem Boden, zuerst leise, dann vernehmlicher, das Regenwasser floß in einer kleinen Rinne zusammen und murmelte, wenn es an einen großen Busch von Waldbeeren stieß, an einen Wurzelstock oder an die Knolle eines Farnkrauts. Und hinter ihr rasselten die Blätter und mit eiligem Sprunge kam es heran, sie drückte erschrocken ihr Haupt an den Baumstamm. Etwas setzte sich neben sie nieder, und eine fremde Gestalt rührte an dem Plaid, den sie umhatte. Sie fuhr mit der Hand unter dem Tuch vorsichtig nach dem Nachbar und fühlte das weiche Fell eines Hasen, der, durch das rinnende Wasser aus seiner Vertiefung aufgeschreckt, unter den Bäumen Schutz suchte, wie sie selbst. Sie hielt den Atem an, um den kleinen Genossen ihrer Hütte nicht zu verscheuchen; und eine Weile kauerten die beiden nebeneinander, der Hase drückte sich dicht an das Tuch.

Da klangen in der Ferne durch Regen und Donner einzelne Schüsse, Lenore zuckte zusammen, mit großem Satz fuhr der Hase in die Finsternis hinein. Dort kämpften Menschen miteinander, dort wurde Blut vergossen auf dem schwarzen Boden. Ein Geschrei wurde gehört, es klang noch aus der Ferne zornig und drohend, dann wurde alles still. »War er in einer Gefahr gewesen?« So frug sie sich, aber sie fühlte darum keine Angst und schüttelte das Haupt unter ihrem Tuch. Wo er auch war, für ihn gab es keine Gefahr. Das Gewehr, das nach ihm zielte, schlug ein niederfallender Baumast in den Grund; das Messer, das gegen ihn gezückt wurde, zerbrach wie ein Span Holz, bevor es ihn traf; der Mann, der gegen ihn eindrang, mußte straucheln und fallen, ehe er sein stolzes Haupt berührte. Er war fest gegen alle Gefahr, und er war fest gegen jede Furcht; er kannte keine Sorge, keinen Schmerz, ach, er fühlte nicht, wie andere Menschen. Frei erhob er sein Haupt, und heiter war sein Auge, wo alle andern gedrückt zur Erde sahen. Keine Schwierigkeit schreckte ihn, kein Hindernis verlegte ihm den Weg. Mit einer leichten Bewegung des Fußes stieß er weg, was andere erdrückte. So war er. Und der Mann hatte sie jetzt schwach gesehn, vorschnell und hilflos; durch ihre eigene Schuld hatte er das Recht erhalten, sie mit flüchtiger Vertraulichkeit zu behandeln. Sie zitterte, daß er dies Recht benutzen könnte, durch einen Blick, ein übermütiges Lächeln, ein schnelles Wort. So pochte ihr Herz, und so flogen ihre Gedanken wohl eine Stunde lang.

Das Wetter verzog sich. Statt der rauschenden Güsse fiel jetzt ein dauerhafter Landregen aus den Wolken, leiser gurgelte die kleine Wasserrinne, und häufiger tönte der Schrei der Eule; auf den Wechsel von schwarzer Finsternis und feuriger Helle folgte ein mattes Grau am Himmel und in dem Walde. Aus dem einförmigen Dunkel hoben sich nur die Säulen der nächsten Bäume als düstere Schatten von dem Hintergrunde ab. Beängstigend stieg das Gefühl der Einsamkeit in Lenore auf. Da drang wieder der ferne Ton von Menschenstimmen an ihr Ohr, Ruf und Gegenruf wurden laut, und die Stimme des Amtmanns rief: »Über den Bruch sind sie noch gegangen, dorthin, ihr von Neudorf.« Die Tritte der Sprechenden kamen näher, dicht an den Tannen bewegte sich die Gestalt eines Mannes. Karl setzte die Hände an den Mund und johlte laut in den Wald hinein: »Hallo, Fräulein Lenore!«

»Ich bin hier«, rief eine feine Stimme zu seinen Füßen.

Verwundert trat Karl einen Schritt zurück und schrie freudig: »Gefunden!« Die Landleute umringten Lenorens Hütte mit lautem Ruf. »Unser Fräulein ist hier!« rief ein Bursch aus Neudorf und jauchzte in seiner Freude, wie bei einer Hochzeit. Lenore erhob sich, noch schmerzte der Fuß, aber auf Karls Arm gestützt, versuchte sie tapfer vorwärts zu gehn. »Nur bis an den Bruch«, sagte dieser, »dort stehn die Bäume dünner.« Unterdes brachen die jungen Männer einige Stangen ab und legten Nadelzweige darüber. Trotz ihrem Sträuben wurde Lenore von den Dienstfertigen genötigt, sich auf die kunstlose Trage zu setzen, während einer in den Hof des Schulzen vorauslief, ihr das Pferd entgegenzuführen.

»Haben Sie die Diebe?« frug Lenore den Amtmann, der neben ihr ging.

»Zwei«, erwiderte dieser. »Das Kalb war geschlachtet, wir bringen die Haut und einen Teil des Fleisches, die Gänse hingen mit umgedrehten Hälsen an einem Ast, aber das Geld hatten die Schurken schon geteilt. Es ist bei den zweien nur wenig davon gefunden worden.«

»Es sind Leute von Tarow, die wir gefangen haben«, sagte der Schulz finster, »die schlechtesten Kerle im Dorfe. Und ich wollte doch, sie wären woandersher, denn es leben rachsüchtige Menschen dort.«

»Ich hörte schießen«, frug Lenore weiter, »ist ein Unglück geschehn?«

»Uns nichts«, antwortete Karl. »Sie hatten in ihrem Übermut ein Feuer angemacht, hinten unweit dem Waldrand, wo wir zu Pferd Kette machten. Noch durch den Regen glimmt der Brand; so haben sie sich selbst verraten. Wir stiegen von den Pferden, schlichen heran und fielen über sie her. Sie schossen ihre Flinten ab und liefen ins Gebüsch. Dort verschwanden sie in der Finsternis. Es dauerte lange, ehe die zu Fuß durch den Wald zu uns kamen; ohne die Schüsse und den Lärm hätten sie uns nicht gefunden. Herr von Fink hat uns die Stelle beschrieben, wo wir Sie finden würden. Er führt die Gefangenen auf dem Fahrwege, sie sollen aufs Gut, morgen schaffen wir sie weiter ins Deutsche.«

»Aber daß Herr von Fink Sie im Walde so allein gelassen hat«, sagte der ehrliche Schulz kopfschüttelnd, »das war doch ein gewagtes Stück.«

»Ich bat ihn, nicht zurückzubleiben«, antwortete Lenore und schlug trotz der Dunkelheit die Augen nieder.

Auf halbem Weg zum Dorf kam Lenorens Pony dem Zug entgegen. In Neudorf empfing Karl das Pferd des Freiherrn aus den Händen der Knechte zurück und geleitete das Fräulein nach dem Schlosse. Es war spät am Abend, als sie dort ankamen. Lenorens lange Abwesenheit hatte die Angst der Mutter und die allerschlechteste Laune des Freiherrn hervorgerufen. Hastig machte sich die Tochter von den Fragen los, die auf sie eindrangen, und eilte auf ihr Zimmer. Eine Stunde später kam Fink mit dem Förster aus Kunau zurück und brachte die beiden Gefangenen, welche mit ihren gebundenen Händen trotzig zwischen den Wächtern daherschritten und ihre Pfauenfeder so hoch trugen, als zögen sie zum Tanz in die Schenke.

»Ihr sollt's uns bezahlen«, sagte der eine von ihnen auf polnisch zu den begleitenden Männern und ballte die gefesselte Faust.

4

Noch immer regnete es. Bei Anbruch des Tages hatte der Himmel eine Pause gemacht, aber nur, um seine feuchte Arbeit mit doppelter Stärke fortzusetzen. Die Wiesenarbeiter waren am frühen Morgen auf das Feld gezogen und bald wieder zurückgekehrt. Jetzt saßen sie schweigsam in der Wachtstube des Schlosses und trockneten ihre durchnäßten Kleider am Ofen.

Der Freiherr lag im Ledersessel seiner Hinterstube; er ließ sich von dem alten Johann aus den Zeitungen vorlesen, welche am Tage zuvor wieder einmal in das Schloß gedrungen waren. Die eintönige Stimme des Dieners meldete nur Unwillkommenes, die Regentropfen klapperten an der Dachrinne, und der Sturmwind schlug heulend an die Hausecke, sie begleiteten in Mißtönen die Worte des Lesenden.

Anton war an seinem Schreibtisch beschäftigt. Vor ihm lag ein Brief des Justizrats Horn, er meldete, daß der Termin zum gerichtlichen Verkauf des Familienguts auf die Mitte des nächsten Winters festgestellt sei; gleich nach Bekanntmachung des Termins seien mehrere Hypotheken des Guts aus einer Hand in die andere übergegangen, wie er fürchte, aufgekauft von *einem* Spekulanten, der sich hinter verschiedenen Namen zu verbergen wisse. So überdachte Anton in trüber Stimmung die gefährliche Lage des Freiherrn.

In dem Zimmer daneben leistete Fink den Damen Gesellschaft; die Baronin lag in die Kissen des Sofas gedrückt, zugedeckt mit einem Tuch Lenorens. Sie sah schweigend vor sich hin, und nur wenn die Tochter mit zärtlicher Frage zu ihr trat, nickte sie ihr lächelnd zu und sprach beruhigende Worte. Lenore war am Fenster mit einer leichten Arbeit beschäftigt und hörte mit Entzücken auf die Scherze, durch welche Fink das trübe Grau des Zimmers aufzuhellen wußte. Er war heut trotz dem Regen in der übermütigsten Laune. Zuweilen klang Lenorens Lachen durch die eichene Tür in Antons Ohr, dann vergaß Anton Güterkauf und Hypotheken, sah mit umwölktem Blick auf die Tür und empfand nicht ohne Bitterkeit, daß ein neuer Kampf für ihn und die Familie heranziehe.

Draußen aber strömte der Regen, stürmte die Luft. Laut rief der Wind vom Walde her seinen Klageruf nach dem Schloß. Im Kiefernwald knarrten die Äste, und von den Wipfeln der Föhren wogten die Nadelbüschel rastlos auf das Schloß zu. In den Birnbäumen auf dem Ackerland fuhren die Blätter und die weißen Blüten zitternd durcheinander. Zornig warf der Sturm die Blüten herab zur Erde, schlug sie mit seinen Regentropfen fest auf dem nassen Boden und heulte: Herunter mit eurem lachenden Glanz, graue Trauerfarbe soll heut tragen, was zum Schlosse gehört. – Von den Bäumen fuhr der Wilde an die Mauern des Schlosses, er schüttelte die Fahnenstange auf dem Turm, er schleuderte das Wasser der Wolken in schrägen Linien an die Fensterscheiben, er fuhr stöhnend in den Schlot und donnerte an die Türen. Zu jeder Öffnung rief er herein: »Wahret euer Haus!« So trieb er es stundenlang, aber die drin verstanden nicht seine Sprache.

So achtete auch niemand auf den Reiter, der sein ermüdetes Pferd im eiligen Jagen durch das Dorf dem Schlosse zutrieb. Endlich schlug der Hammer an das Pfahlwerk des Hofes, ungeduldig tönten die Schläge, und Stimmen wurden laut im Hofe und auf der Treppe. Anton öffnete die Tür, ein bewaffneter Mann, triefend von Wasser, bespritzt mit dem Kot der Straße, trat in die Stube.

»Du bist es!« rief Anton erstaunt.

»Sie kommen«, meldete Karl, sich vorsichtig umsehend; »machen Sie sich gefaßt, diesmal gilt es uns.«

»Die Feinde?« frug Anton schnell; »wie stark ist der Haufe?«

»Es ist kein Haufe, den ich gesehn«, erwiderte Karl ernst, »es ist ein Heer; an die tausend Sensenmänner, wohl hundert Reiter. Sie sind auf dem Zuge zum Hauptkorps. Ich höre, sie haben Befehl, alle polnischen Männer mitzunehmen und die deutschen Gemeinden zu entwaffnen.«

Anton öffnete die Tür des Nebenzimmers und bat Fink, hereinzukommen.

»Ah«, rief Fink eintretend, mit einem Blick auf Karl, »wer so die halbe Landstraße mit sich in die Stube trägt, bringt nichts Gutes. Von welcher Seite kommt der Feind, Sergeant?«

»Vom Neudorfer Birkenwald her zieht sich's in hellen Haufen auf uns herunter. Die Leute hier im Dorf sind in der Schenke versammelt, trinken Branntwein und zanken.«

»Kein Fanal hat gebrannt, es ist noch kein Rapport von den nächsten Dörfern gekommen«, rief Anton am Fenster. »Haben die Deutschen in Neudorf und Kunau geschlafen?«

»Sie sind selbst überrascht worden«, fuhr der Unglücksbote fort; »ihre Wachen hatten schon gestern am Abend den Feind gesehen, er zog eine halbe Meile von Neudorf auf der großen Straße nach Rosmin zu. Als er passiert war bei der Stelle, wo der Weg nach Neudorf von der Straße abgeht, wurden die von Neudorf guten Mutes. Ihre Reiter folgten von fern den Sensenmännern, bis ihnen der letzte Haufe aus dem Gesicht war. In der Nacht aber sind die Banden umgekehrt, heut morgen haben sie das Dorf überfallen, sie haben gewirtschaftet wie die Teufel. Der Schulz liegt auf dem Stroh voll Wunden, ein gelieferter Mann, das Alarmhaus ist in Brand geraten, dort über den Wald hin müßte man den Rauch sehen, wenn dieser dicke Regen nicht wäre. Jetzt haben sich die Feinde geteilt, sie durchsuchen die deutschen Dörfer, ein Trupp zieht nach Kunau, ein Haufe auf unser neues Vorwerk zu, ein großer Haufe kommt hierher.«

»Wieviel Zeit haben wir noch, die Herren zu empfangen?« frug Fink. »Bei dem Wetter braucht das Fußvolk eine Stunde bis hierher.«

»Ist der Förster gewarnt«, frug Anton, »und wissen sie's auf dem Vorwerk?«

»Es war keine Zeit, sie anzurufen, das Vorwerk liegt von Neudorf weiter ab, als das Gut, ich wäre zu spät hierher gekommen. Unser Fanal habe ich angezündet, aber bei diesem Wetter ist weder Feuer noch Rauch zu sehn, und jedes Signal ist vergeblich.«

»Wenn sie nicht für sich selbst ausgesehen haben«, sagte Fink beistimmend, »wir können nichts weiter für sie tun.«

»Der Förster ist ein Fuchs«, erwiderte Karl, »den fängt keiner, aber der Vogt auf dem Vorwerk und des Vogts junge Frau, der Himmel sei ihnen gnädig!«

»Retten Sie unsere Leute!« rief eine flehende Stimme neben Fink; Lenore stand in der Stube, bleich, mit gefalteten Händen.

Anton eilte an die Tür, durch welche Lenore geräuschlos eingetreten war. »Die gnädige Frau!« rief er besorgt.

»Noch hat sie nichts gehört«, erwiderte Lenore hastig; »senden Sie nach dem Vorwerk, helfen Sie unsern Leuten!«

Fink ergriff seine Mütze. »Führen Sie mein Pferd heraus«, sagte er zu Karl.

»Du darfst jetzt nicht fort«, rief Anton, ihm in den Weg tretend; »ich werde dein Pferd nehmen.«

»Um Vergebung, Herr Wohlfart«, warf Karl dazwischen, »wenn ich das Pferd des Herrn von Fink reiten darf, – ich bin noch imstande, den Weg zu machen.«

»Meinetwegen«, entschied Fink. »Den Förster und wen Sie von Männern auftreiben können, senden Sie hierher, die Weiber, die Pferde und Schafe schicken Sie nach dem Wald. Der Vogt soll sich mit dem Vieh tief in das Holz hineinziehn und von den alten Kiefern an der Sandgrube das Schloß beobachten. Sie aber bleiben auf meinem Pferde, das ich leider Ihren Beinen für die nächsten Tage überlassen muß. Reiten Sie auf Rosmin zu und suchen Sie die nächste Abteilung unserer Truppen, wir lassen dringend um Hilfe bitten, womöglich Kavallerie dabei.«

»Unsere Rotmützen sollen eine Stunde hinter Rosmin stehn«, sagte Karl im Abgehn; »der Schmied von Kunau rief mir's zu, als ich bei ihm vorbeiritt.«

»Was Sie von Militär in Bewegung setzen, bringen Sie hierher. Während Sie das Pferd satteln, schreibe ich eine Zeile an den Kommandierenden.«

Karl machte militärisch grüßend kehrt und sprang hinunter, Anton mit ihm. Während Karl am Sattelgurt schnallte, sagte Anton eilig: »Im Vorbeireiten rufe die Leute auf dem Hofe an, ich gehe sogleich hinüber. – Armer Junge, du hast heut noch kaum gefrühstückt und hast wenig Aussicht, in den nächsten Stunden etwas zu bekommen.« Er sprang in das Haus zurück, holte aus der Küche eine Flasche Likör, ein Brot und Überreste eines Schinkens, steckte den Proviant in einen Sack und reichte diesen mit dem Briefe dem Reiter, der gerade im Begriff war, den Hofraum zu verlassen.

»Ich danke«, sagte Karl, Antons Hand ergreifend, »Sie sorgen für alles. Jetzt aber noch eine Bitte an Sie, denken Sie auch an sich selbst, Herr Wohlfart; diese ganze polnische Wirtschaft hier und da draußen ist nicht wert, daß Sie Ihr Leben dafür in die Schanze schlagen; es gibt bei uns daheim Leute, die es schwer ertragen würden, wenn Ihnen etwas zustieß.«

Anton schüttelte herzhaft die Hand des Treuen. »Lebe wohl, ich werde meine Pflicht tun; vergiß nicht, den Förster zu uns zu schikken, und rette vor allem die Frau. Das Militär führe auf dem Waldwege hierher.«

»Keine Sorge«, sagte Karl lustig, »der vornehme Braune soll heut merken, was ein Kommißschenkel durchsetzen kann.« Bei diesen Worten schwenkte er seine Mütze und verschwand in gestrecktem Galopp hinter den Gebäuden des Wirtschaftshofes.

Anton verriegelte das Tor, dann eilte er in die Wachtstube und zog die Lärmglocke, er befahl dem Obmann, die Leute antreten zu lassen, das Hintertor zu besetzen und niemand ohne Anfrage einzulassen, auch die Flüchtlinge nicht. »Eßt reichlich und trinkt mit Maß, wir werden heut zu tun bekommen«, rief er ihnen zu. Oben in seinem Zimmer stand unterdes Fink am Tisch und lud die Gewehre, Lenore reichte ihm von der Wand, was er forderte, sie war bleich, aber die Augen glühten ihr in einer Aufregung, welche dem eintretenden Anton nicht entging. »Lassen Sie diese ernsten Spielereien uns allein besorgen«, bat er zu ihr tretend.

»Es ist das Haus meiner Eltern, das Sie verteidigen«, rief Lenore, »mein Vater ist außerstande, Sie anzuführen, Sie sollen um unsertwillen Ihr Leben nicht auf das Spiel setzen, ohne daß ich dabei bin.«

»Verzeihen Sie«, erwiderte Anton, »Ihre erste Pflicht ist jetzt wohl, die Frau Baronin vorzubereiten und in den nächsten Stunden nicht zu verlassen.«

»Meine Mutter, meine arme Mutter!« rief Lenore die Hände zusammenschlagend, legte das Pulverhorn hin und eilte in das Nebenzimmer. »Ich lasse die Leute essen«, sagte Anton zu Fink. »Von jetzt ab übernimm du den Befehl.«

»Gut«, erwiderte Fink, »hier ist deine Ausrüstung, diese Doppelflinte ist leicht, ein Lauf Kugel, der andere Repost. Der Kugelsack liegt unter deinem Bett.«

»Du gedenkst eine Belagerung auszuhalten?« frug Anton.

»Wir dürfen uns entweder gar nicht zur Wehr setzen, und müssen uns der freundlichen Diskretion der heranziehenden Haufen übergeben, oder wir müssen uns zu halten suchen bis zur letzten Kugel. Auf diesen letztern Fall haben wir uns immer vorbereitet, vielleicht ist Ergebung das Klügere, ich gestehe, daß sie nicht nach meinem Geschmack ist. Da aber noch ein Hausherr vorhanden ist, so mag er sprechen, geh zum Freiherrn.«

Anton eilte durch den Korridor nach dem andern Flügel. Schon von weitem hörte er im Zimmer des Barons heftig mit den Stühlen rücken. Auf ein zorniges Herein! trat er in das Zimmer. Der Freiherr stand hoch aufgerichtet in der Mitte der Stube und fuhr ihm entgegen. »Ich höre, daß etwas vorgeht, ich muß es als einen unverzeihlichen Mangel an Aufmerksamkeit betrachten, daß man mich von nichts unterrichtet.«

»Verzeihung, Herr Baron«, erwiderte Anton, »vor wenig Minuten ist die Nachricht angekommen, daß ein feindlicher Haufe von Sensenmännern und Reitern gegen Ihr Gut heranzieht, wir haben in größter Schnelligkeit einen Boten nach dem nächsten Militärkommando geschickt, dann haben wir das Tor verriegelt und erwarten jetzt Ihre Befehle.«

»Rufen Sie mir Herrn von Fink«, erwiderte der Baron herrisch.

»Er ist in diesem Augenblick in der Wachstube.«

»Ich lasse ihn bitten, sich sogleich zu mir zu bemühen«, rief der zornige Herr, »mit Ihnen kann ich über militärische Maßregeln nicht sprechen. Fink ist Kavalier und ein halber Soldat, ihm will ich die nötigen Instruktionen geben. Was warten Sie noch?« fuhr er rauh fort. »Glaubt Ihr jungen Leute mit mir spielen zu können, weil ich das Unglück habe, blind zu sein? Wer bei mir in Brot und Lohn steht, der wenigstens soll meine Befehle respektieren.«

»Vater!« rief Lenore die Hände zusammenschlagend auf der Schwelle und sah mit flehendem Blick auf Anton.

»Sie haben recht, Herr Baron«, antwortete Anton, »ich bitte Sie um Vergebung, daß ich in der Verwirrung meine erste Pflicht vergessen habe. Ich werde Herrn von Fink im Augenblick herschikken.« Er eilte aus dem Zimmer und benachrichtigte Fink in der Vorhalle von der gereizten Stimmung des Freiherrn.

»Er ist ein Narr«, sagte Fink.

»Geh nur sogleich hinauf«, bat Anton, »die Frauen müssen von seiner Laune leiden.« Darauf hing Anton die Jacke eines Arbeiters um und sprang durch die Hinterpforte hinaus in den Regen nach dem Wirtschaftshofe.

Auf dem Hofe sah er ein wüstes Durcheinander. Deutsche Familien aus den Nachbardörfern hatten sich in das Alarmhaus geflüchtet und saßen dort mit den Kindern und einigen Stücken ihrer Habe. Es waren wohl an zwanzig Personen auf der Tenne gelagert, Männer, Frauen und Kinder; die Weiber jammerten, die Kinder weinten, die Männer starrten finster vor sich hin, mehrere gehörten zum Landsturm der Dörfer, einer oder der andere war mit einer Flinte bewaffnet. Auf dem Hofraum standen die kleinen Wagen der Flüchtigen. Knechte, Pferde und Kühe rannten durcheinander. Anton rief den Techniker zu Hilfe bei der nötigen Aufsicht. Dem zuverlässigsten Knechte und der deutschen Großmagd übergab er die Ackerpferde und die Rinderherde. Er nahm den Knecht, einen entschlossenen Mann, beiseite und besprach mit ihm einige Stellen im Dickicht unweit der Sandgrube, wo für Menschen und Tiere Verborgenheit und einiger Schutz vor dem Wetter zu hoffen war. Dorthin sollte der Knecht die Herde treiben, und fleißig nach dem Vogt vom Vorwerk aussehen, der im Walde die Aufsicht zu führen hatte. Dann befahl er der Magd, eine Kuh zurückzulassen, öffnete der Herde selbst das Hintertor und sah, wie die Leute, mit Lebensmitteln bepackt, auf den Wald zutrieben.

»Was aber tun wir mit den Pferden des Barons und der Fremden?« frug der Techniker in Eile.

»Sie müssen mit einigen Wagen ins Schloß, wie es auch gehen mag. Wer weiß, ob wir nicht fliehen, wenn's zum letzten kommt.«

So ließ Anton schnell in die neuangestrichenen Wagen Karls einige Säcke Kartoffeln laden, Mehl, Hafer und was von Heubündeln Raum hatte. Auch an die Feuertonne ließ er ein Gespann haken und die Tonne mit frischem Wasser füllen. Noch immer goß es vom Himmel wie mit Kannen und in dem strömenden Regen warfen die Knechte Säcke, Kasten und Bündel auf die Wagen; alles lief durcheinander, weinte und fluchte in deutscher und polnischer Sprache. Als Anton unter die Flüchtlinge trat, wurde das Geschrei der Frauen noch lauter, die Männer umdrängten ihn und fingen an ihr Unglück zu erzählen, die Kinder hingen sich um seine Füße, es war ein trauriger Anblick. Anton tröstete: »Vor allem haltet Ruh, wir werden euch schützen, so gut wir können. Ich hoffe, daß Militär zu unserer Hilfe kommt, unterdes sollt ihr aufs Schloß in Sicherheit. Ihr habt treu zu uns gehalten in dieser bösen Zeit, solange wir Brot haben, soll es auch euch nicht fehlen.«

Nach einer Viertelstunde angestrengter Arbeit trieb Anton nach dem Schlosse. Die Knechte fuhren mit dem Wagen an der Hintertür vor, der Trupp der Flüchtlinge folgte. Noch immer kamen Leute an, welche sich aus den deutschen Dörfern gerettet hatten, auch der Schmied von Kunau stand mit einem Haufen seiner Dorfnachbarn vor dem Schloßtor. Der ganze Zug wurde jetzt geordnet und der Reihe nach hereingelassen, die Pferde abgeschirrt, die Wagen entladen. Die Frauen und Kinder führte Anton in zwei Stuben des Unterstocks, welche zwar finster, aber immer noch behaglicher waren, als die Alarmhäuser oder das regendurchweichte Feld. Die größte Mühe machte das Unterbringen der Pferde; eng aneinandergedrängt stand ein Dutzend Tiere unter einem offenen Schuppen, notdürftig geschützt vor dem Regen und vor anschlagenden Kugeln. In die Mitte des Hofraums wurde der Wasserbottich gestellt und die Kartoffelwagen an das Pfahlwerk geschoben, um den Schützen im Notfall einen Stand zu geben. Darauf wurden die wehrhaften Männer durch den Schmied gesammelt, außer dem Wiesenbauer und vier Knechten waren es noch fünfzehn deutsche Kolonisten, die meisten bewaffnet. Wuchtig tönte ihr Tritt in dem langen Gange des Schlosses; sie zogen in die Vorhalle und stellten sich an der Seite der Arbeiter auf. Dort war die streitbare Macht der Festung versammelt, Fink ging in seinem Jagdrock vor seiner Arbeiterkompanie ruhig auf und ab. Anton trat an ihn heran und meldete, was bis jetzt geschehen war.

»Du bringst uns Männer«, erwiderte Fink, »das ist in der Ordnung, aber auch einen ganzen Klan Weiber und Kinder, das Schloß ist voll, wie ein Bienenkorb, über sechzig Mäuler und fast ein Dutzend Pferde, wir werden trotz deiner Kartoffelwagen noch vor vierundzwanzig Stunden die Steine anbeißen müssen.«

»Konnte ich sie draußen lassen?« frug Anton unwillig.

»Sie wären im Walde ebenso sicher gewesen als hier«, sagte Fink die Achseln zuckend. »Möglich«, erwiderte Anton, »aber die Leute im strömenden Regen nach dem Walde zu jagen, ohne Nahrung und in der furchtbaren Angst einer Flucht ohne Ziel, das wäre eine Grausamkeit gewesen, die ich nicht verantworten will. Und meinst du, daß wir die Männer bekommen hätten ohne die Weiber und Kinder?«

»Die Männer wenigstens können wir brauchen«, schloß Fink, sich zu den Angekommenen wendend; »sorge du für Verproviantierung der Masse.« Fink gab den Unbewaffneten Gewehre und teilte die Mannschaft in vier Sektionen, die eine für den Hof, zwei für den Unter- und Oberstock und eine als Reserve in die Wachstube. Dann ließ er sich durch den Schmied von Kunau und einige andere genauen Bericht über den Feind abstatten. Unterdes war Anton in das Souterrain geeilt, dort übergab er dem Wiesenbauer die Aufsicht über die Vorräte und ließ durch den Diener des Freiherrn Holz und Wasser zusammentragen. Ein Sack Kartoffeln und einer mit Mehl wurde in der Nähe des Herdes aufgestellt und der große Kessel über das Feuer gesetzt. Im Herausgehen vertraute er der Köchin, daß eine Milchkuh in den Stall gezogen war, wo das Pferd des Herrn von Fink gestanden hatte, damit wenigstens die Herrschaft in diesen Tagen die Milch nicht entbehre. Der alten Babette flogen vor Angst die Hände. »Ach, Herr Wohlfart, was für ein schreckliches Unglück«, rief sie, »die Kugeln werden in meine Küche fliegen.«

»Behüte«, sagte Anton, »das Fenster liegt zu tief, es kann Sie keine treffen, kochen Sie ruhig fort. Die Leute sind ausgehungert, ich werde Ihnen zwei von den fremden Frauen zur Hilfe herunterschicken.«

»Wer wird essen bei solcher Gefahr!« rief die Köchin.

»Wir alle werden essen«, beruhigte Anton.

»Befehlen Sie eine Suppe oder Kartoffelbrei?« frug Babette in ihrer Verzweiflung und schwenkte mit dem Löffel fieberhaft hin und her.

»Beides, Mütterchen.«

Die Köchin hielt ihn zurück.

»Aber Herr Wohlfart, es fehlt an Eiern für die Herrschaft, auch nicht ein Ei ist im ganzen Hause. Gott erbarme, daß das Unglück gerade heute kommen mußte. Was wird der Herr Baron sagen, wenn er heut abend kein geschlagenes Ei bekommt.«

»Zum Teufel mit den Eiern«, rief Anton ungeduldig; »es wird heut nicht so genau genommen.«

Als er zurückkehrte, rief ihm Fink zu: »Die Posten sind aufgestellt, wir können jetzt ruhig den Anzug erwarten. Ich gehe auf den

Turm und nehme einige Schützen mit. Wenn etwas vorfällt, bin ich dort zu treffen.«

So wurde es leer in der Halle und wieder still im Hause. Die Wachen standen schweigend und starrten auf den Saum des Waldes; in der Wachstube saß die Mannschaft in leisem Gespräch, nur unten in den Kinderstuben hörte der Lärm nicht auf; und ein emsiger Verkehr entstand zwischen der Küche und den besetzten Räumen des Unterstocks. In unruhiger Erwartung schritt Anton auf und ab, von dem Hause in den Hof und wieder in sein Zimmer, wo er die Papiere des Freiherrn zusammenband, und durch die Gänge und Stuben, in denen die Bewaffneten standen. So verstrich eine Viertelstunde nach der anderen, endlich trat Lenore aus dem Zimmer der Mutter und rief: »Diese Ungewißheit ist unerträglich!«

»Auch von dem Vorwerk kommt keine Nachricht«, erwiderte Anton finster; »aber der Regen hört auf, und was heut noch geschehen soll, wird im Sonnenschein vor sich gehen. Dort zerreißen die Wolken, der blaue Himmel scheint durch. Wie geht es der Frau Baronin?«

»Sie ist gefaßt«, sagte Lenore, »gefaßt auf alles.«

Beide gingen schweigend im Vorsaal auf und ab. Endlich trat Lenore vor Anton und rief mit leidenschaftlichem Ausdruck: »Wohlfart, es ist mir fürchterlich, daß Sie um unsertwillen in diese Lage gekommen sind.« – »Ist diese Lage so schrecklich?« frug Anton mit trübem Lächeln.

»Für Ihr Gefühl vielleicht nicht«, sagte Lenore, »aber Sie opfern uns mehr, als wir verdienen. Wir sind undankbar gegen Sie, Sie würden in andern Verhältnissen glücklicher sein.« Sie stellte sich an das Fenster und weinte bitterlich. Erschrocken trat Anton heran, sie zu beruhigen. »Wenn Sie die lebhaften Äußerungen Ihres Herrn Vaters von vorhin meinen«, sagte er, »so ist kein Grund, mich zu bedauern, Sie wissen, was wir über diesen Punkt bereits früher gesprochen haben.«

»Es ist nicht das allein«, rief Lenore weinend.

Anton wußte, wie sie, daß es nicht das allein war, er fühlte, daß ein Geständnis in den Worten lag. »Was es immer sein mag«, sprach er heiter, »wollen Sie nicht auch mir die Freude gönnen, ein Abenteuer zu erleben? Freilich bin ich ein ungeschickter Soldat, aber wie es scheint, wollen die Feinde mir auch nur wenig Gelegenheit geben, ihnen Schaden zu tun.«

»Niemand dankt Ihnen, was Sie für uns ertragen, niemand!« rief Lenore wieder.

»Niemand?« fragte Anton. »Habe ich nicht eine Freundin hier, welche nur zu sehr geneigt ist, das zu überschätzen, was ich etwa tun kann? Lenore, Sie haben mir erlaubt, Ihnen näherzutreten, als in gewöhnlichen Verhältnissen möglich wird. Rechnen Sie für nichts, daß ich einige von den Rechten eines Bruders an Sie gewonnen habe?«

Lenore ergriff heftig seine Hand und drückte sie. »Auch ich bin in der letzten Zeit anders gegen Sie gewesen, als ich hätte sein sollen. Ich bin sehr unglücklich«, rief sie leidenschaftlich aus. »Keinem Menschen kann ich gestehen, was in mir vorgeht, der Mutter nicht, auch Ihnen nicht. Alles Vertrauen habe ich verloren und alle Fassung.« Sie preßte ihr Tuch an die Augen.

»Lenore!« rief ungeduldig der Vater aus seinem Zimmer.

»Es ist jetzt keine Zeit zu Erklärungen«, sagte sie ruhiger, »wenn wir diesen Tag überstanden haben, will ich mir Mühe geben, stärker zu sein, als jetzt. Helfen Sie mir dabei, Wohlfart.«

Lenore eilte nach dem Zimmer des Freiherrn, Anton blieb in trüben Gedanken zurück. Unterdes fiel das helle Sonnenlicht auf den Hofraum des Schlosses, die Männer gingen aus der Wachstube und stellten sich auf die Schwelle auf, auch die Weiber drängten aus den finstern Räumen und mußten mit Ernst zurückgewiesen werden. Nachdem der erste Schreck überstanden war, hatten die Leute wieder Mut und allerlei Gedanken. »Wer weiß, ob sie das Schloß nicht vergessen haben«, sagten die einen, »oder ob sie den Mut haben, uns anzugreifen«, die andern, und ein kluger Schneider bewies durch geschicktes Zusammenflicken der verschiedenen Nachrichten, alle polnischen Röcke seien längst bis hinter Rosmin gezogen. Aber so eifrig auch jeder die Überzeugung aussprach, daß die Gefahr vorüber sei, so hörten doch alle ängstlich auf den Tritt der Wachen im Hause und sahen immer wieder nach dem Turm hinauf, ob nicht von dort ein Signal komme. Auch Anton fand das Warten unleidlich, er stieg endlich auf den Turm. Dort war auf der Plattform die befehlende Macht des Schlosses versammelt, der blinde Freiherr saß auf seinem Sessel, hinter ihm lehnte die hohe Gestalt Lenorens, welche ihren Sonnenschirm über die Augen des Vaters hielt; in den breiten Schießscharten saßen vier Büchsenschützen, oben auf dem Mauerwerk ließ Fink die Beine in die freie Luft hinaushängen und blies die blauen Wolken einer Zigarre in den Wind.

»Nichts zu sehen?« frug Anton.

»Nichts«, erwiderte Fink, »als ein betrunkener Haufe unserer Dorfleute, welcher dort auf dem Wege nach Tarow abzieht.« Er wies auf eine dunkle Masse, welche gerade im Walde verschwand. »Es ist gut, daß wir das Gesindel los sind. Sie haben Furcht vor den grauen Jupen und ziehen vor, woanders zu plündern. Noch ist jede Stunde Verzögerung ein Gewinn, wir haben eben berechnet, daß Hilfe im besten Fall vor morgen mittag nicht zu erwarten ist. Für einen Besuch von vollen vierundzwanzig Stunden sind die Herren hinterm Walde nicht interessant genug. Ein vortrefflicher Punkt, Herr von Rothsattel, dieses Dach hier. Zu sehen ist nicht viel, etwas Kiefernwald, Ihre Felder und Sand. Aber eine gloriose Höhe zur Verteidigung. Daß es um das Schloß herum so kahl ist und kein Baum und kein Strauch steht, ist von gefühlvollen Herzen als unangenehm beklagt worden. Ich finde gerade das prachtvoll; mit Ausnahme der ersten Scheuer des Hofes, die immerhin in gerader Linie gegen dreihundert Schritt von diesem Punkt entfernt ist, gibt es für einen feindlichen Tirailleur keinen Versteck, der größer wäre als ein Maulwurfshügel. So weit eine Büchsenkugel reicht, beherrscht man hier die Ebene souverän. Nur das Gebüsch dort ist im Wege, ich glaube, es ist eine Anpflanzung von Fräulein Lenore.«

»Ich bekenne mich schuldig«, sagte Lenore.

»Wohlan«, entgegnete Fink nachlässig, »dann sollen Sie die Kurkosten bezahlen, wenn wir getroffen werden. Ein halbes Dutzend Schützen findet Versteck darin.«

»Es ist Lenorens Lieblingsplatz«, sagte der Freiherr entschuldigend, »sie hat dort eine Rasenbank, es ist die einzige Stelle, wo sie im Freien sitzen kann.«

»Ah«, sagte Fink, »das ist etwas anderes«; er sah sich nach Lenore um, sie war von der Seite ihres Vaters verschwunden. Gleich darauf wurde das Hoftor geöffnet, Lenore eilte, gefolgt von einigen Arbeitern, auf den Busch zu. Fink rief verwundert herunter: »Was wollen Sie, Fräulein?« Lenore machte mit der Hand die entschlossene Gebärde des Niederschlagens, sie selbst faßte ein Fichtenstämmchen und hob es mit Anspannung aller Kräfte aus der Erde. Die Männer folgten ihrem Beispiel. Nach wenig Augenblicken war die junge Pflanzung ausgerissen. Dann nahm Lenore im Eifer selbst die Hacke und schlug auf die Rasenbank, diese zu zerstören.

Anton hatte die Bäume mit dem Fräulein gepflanzt, beide hatten sich lebhaft über die gute Wirkung gefreut, die das Gebüsch hervorbrachte, täglich war seitdem Lenore dort gewesen, jeder von den kleinen Stämmen war ihr ein persönlicher Freund. Jetzt sah Anton schweigend der Vernichtung zu, zuletzt konnte er sich nicht enthalten, mit einiger Kälte zu sagen: »Die schwache Pflanzung hätte uns wenig geschadet, du hast sicher eine unnütze Zerstörung veranlaßt.«

»Ei«, erwiderte Fink, »Fräulein Lenore handelt wie ein vorsichtiger Festungskommandant. Die erste Bravour solcher Talente ist immer, die Anlagen um ihre Festung zu rasieren, und dieses Gebüsch kann an jedem Frühlingstage wieder gesetzt werden. Tragt das Holz weiter ab nach dem Wirtschaftshof«, rief er den Männern zu, »werft auch die hölzerne Einfassung des Brunnens auseinander, schafft die Bohlen nach dem Hof und verdeckt die Öffnung.«

Als Lenore wieder hinter den Stuhl des Freiherrn trat, nickte er ihr zu wie ein älterer Genosse dem jüngern, nahm sein Fernrohr und untersuchte wieder den Rand des Waldes.

So blieb die Gesellschaft wohl eine Stunde lang, niemand hatte Lust zu sprechen, was Fink gelegentlich scherzte, fiel auf unfruchtbaren Boden. Anton stieg hinunter, die Leute in Ordnung zu halten, aber es trieb ihn wieder auf die Zinne, und wie die andern sah er unverwandt nach dem Waldwege. Endlich sagte Fink nach längerm Stillschweigen, seine Zigarre wegwerfend: »Es wird Abend, wir erweisen unsern Gästen zuviel Ehre, wenn wir dabei beharren, sie in solcher stillen Andacht zu erwarten. Als die Nachricht von dem Anmarsch zu uns kam, waren Wohlfart und ich hier im Hause nötig, und da Karl in der Ferne meinem armen Pferde die Beine bricht, so hatten wir niemand, den wir als Patrouille zum Rekognoszieren ausschicken konnten. Jetzt rächt sich diese Unterlassungssünde, wir sitzen hier im Bau gefangen und die Leute ermüden, bevor der Feind kommt. Es wird unvermeidlich, daß sich einer von uns mit ein paar Leuten auf die Gäule wirft und weitere Nachricht über den Feind einholt. Diese Stille ist unnatürlich, man sieht auf dem ganzen freien Felde keinen Menschen, keinen auf all den Feldwegen; es scheint mir seltsam, daß seit zwei Stunden keine Flüchtlinge mehr vom Walde her kommen, auch die Rauchwolke auf Neudorf zu ist verschwunden.

Anton schickte sich schweigend an, den Turm zu verlassen. »Geh, mein Sohn«, sagte Fink, »nimm dir die sichersten Leute mit, sieh nach, wie es im Dorfe steht, und hüte dich vor dem Kiefernwald. Halt, noch einen Augenblick; ich will den Wald noch einmal mit dem Fernrohr durchsuchen.« Er sah lange hin, betrachtete jeden Baum und setzte das Rohr endlich ab. »Es ist nichts zu sehen«, sagte er nachdenkend. »Trügen die Herren, die wir erwarten, etwas anderes in der Hand als Bauernsensen, so müßte man annehmen, daß eine Teufelei im Werk wäre. So aber ist alles Ungewißheit. Hüte dich vor dem Walde.«

Anton verließ den Turm, rief den Techniker und zwei Knechte, ließ das Pferd des Barons und drei der schnellsten Ackerpferde losbinden und vom Schmied das Tor öffnen. Die Reiter ritten zuerst auf den Wirtschaftshof. Alles war still und im tiefsten Frieden. Die Hühner, welche Karl vor einigen Wochen gekauft hatte, scharrten auf dem Mist, seine Tauben gurgelten auf dem Strohdach, ein kleiner Hund, der mit dem Schmied aus Kunau gelaufen war, hatte sich unterdes selbst zum Wächter des verlassenen Hofes gemacht und bellte die Reiter argwöhnisch an. Geschlossen trabten sie durch das Dorf vor die Schenke, die Schenkstube war leer, Anton rief nach dem Wirt. Nach einer Weile kam der Mann bleich an die Tür gestürzt und schlug die Hände zusammen, als er Anton sah. »Gerechter Gott, Herr Wohlfart, daß Sie noch hier sind; ich habe geglaubt, Sie wären längst mit der Herrschaft geflüchtet nach Rosmin oder unter unsere Soldaten. Gott, ist das ein Unglück! Der Bratzky ist hier in der Stube gewesen und hat die Leute aufgeredet gegen die Herrschaft im Schlosse und gegen die Deutschen. Er konnte sie aber nicht dazu bringen, daß sie vor das Schloß rückten. So ist der größte Teil der Dorfleute auf Tarow zu den Polen gezogen; die zurückgebliebenen sind, haben sich versteckt; ich bin dabei, zu vergraben, was ich in der Eile wegschaffen kann«.

»Wo stehen die Feinde jetzt?« fragte Anton.

»Ich weiß es nicht«, rief der Schenkwirt, »aber ich weiß, daß es ist ein großes Heer, auch Ulanen dabei in Uniform.«

»Wißt Ihr, ob der Wald sicher ist nach Neudorf zu?«

»Wie kann er sicher sein, es ist in den letzten Stunden niemand von Neudorf hergekommen. Wäre der Weg frei, so müßte jetzt das halbe Dorf hiersein, in meiner Schenke oder bei Ihnen auf dem Schloß.«

»Ihr habt recht. Wollt Ihr die Banden hier erwarten?« frug Anton, zum Abritt bereit; »Ihr seid im Schlosse sicherer.«

»Wer weiß!« rief der Wirt. »Ich kann nicht fort, wenn ich gehe, wird mir verwüstet der ganze Kretscham.

»Aber Eure Weiber?« fragte Anton, das Pferd anhaltend.

»Ich muß Leute haben zur Hilfe«, klagte der verzweifelte Wirt. »Wenn sie auch jung sind, sie müssen es durchmachen. Da ist die Rebekka, meiner Schwester Kind, sie ist aus einer Familie, die gewöhnt ist an den Handel. Sie versteht das Wesen mit den Bauern, sie weiß Geld zu kriegen, auch wenn einer ganz betrunken ist. Rebekka«, rief er zurück, »der Herr Wohlfart lassen dich fragen, ob du willst aufs Schloß, daß du sicher bist vor den wilden Männern.« Das volle Gesicht Rebekkas, von rötlichem Haar eingefaßt, tauchte aus dem Kellerloch des Hauses hervor.

»Was tu ich mit dem Schloß, Onkel?« rief sie entschlossen. »Was heißt wilde Männer? Unsre Bauern sind die wildesten Männer in der ganzen Gegend, wenn ich mit den fertig werde, werde ich auch fertig mit den andern. Die Muhme hat verloren ihren Kopf, es muß doch ein Mensch dasein, der mit den Gästen hantiert. Ich bedanke mich, gnädiger Herr, ich fürchte mich nicht; die Herren, welche sind bei den Haufen, werden nicht leiden, daß mir einer etwas antut.«

»Vorwärts, ihr Männer!« rief Anton. Sie trabten weiter durch das Dorf, alle Türen waren geschlossen, aus den kleinen Fenstern sah hier und da ein Frauenkopf verstört den Reitern nach. So kamen sie auf dem breiten Feldweg bis in die Nähe des Waldes. »Wo der Weg in den Wald hineinläuft«, sagte der eine Knecht zu Anton, »ist zur linken Hand junges Holz. Dort können viele hundert Mann im Versteck liegen, und wir sehen sie nicht, sie werden uns wegputzen oder den Weg nach dem Schlosse abschneiden.«

»Du hast recht«, sagte Anton, »wir reiten über das Feld bis an die hintere Seite des jungen Schlages, dort stehn die Stämme einzeln, wir können hinein und wieder zurück. Von dort suchen wir zu Fuß das junge Holz ab.« So lenkten sie von der Straße, ritten über das Brachfeld, und ihre Pferde betraten in Schußweite von der Schonung den Wald. »Jetzt herunter von den Pferden«, sagte Anton zu den Knechten. Anton und die Knechte gaben die Zügel dem Techniker, nahmen die Gewehre in die Hand und schritten vorsichtig an das Buschwerk. »Schießt hinein«, befahl Anton, »und dann zurück zu den Pferden, so schnell Ihr laufen könnt.« Die Schüsse rasselten in das junge Holz, einige Sekunden darauf antwortete ein unregelmäßiges Feuer aus mehrern Gewehren, ein lautes Geschrei folgte. Die Kugeln pfiffen über den Kopf Antons, aber die Entfernung war nicht gering, und im schnellen Lauf kamen die Männer unbeschädigt zu ihren Pferden. »Galopp, wir wissen genug. Sie waren nicht so schlau, ruhig zu bleiben.« Flüchtig rasselte die kleine Schar auf der Landstraße dem Schlosse zu, hinter ihnen klang der laute Ruf ihrer Verfolger. Atemlos kamen die Reiter vor dem Schlosse an, im Hofe fand Anton alle alarmiert, Fink erwartete ihn am Eingange.

»Du hattest recht«, rief ihm Anton entgegen, »sie lagen im Hinterhalt, gewiß schon mehrere Stunden, vielleicht war ihnen zumeist daran gelegen, dich oder uns beide auf dem Wege nach Neudorf zu fassen. Sie hätten dann das Schloß ohne Kampf in die Hände bekommen.«

»Wieviel mögen ihrer sein?« frug Fink.

»Du sahst, wir hatten keine Zeit zum Zählen«, entgegnete Anton. »Sicher ist ein Haufe vorgeschoben und die größere Masse liegt weiter hinten im Walde.«

»Wir haben sie aufgestört«, entgegnete Fink, »jetzt können wir ihren Besuch erwarten. Es ist unserer Leute wegen besser jetzt vor Sonnenuntergang, als bei Nacht.«

»Sie kommen«, rief Lenorens Stimme vom Turme herunter.

Die Freunde eilten auf die Plattform. Als Anton über die Zinne des Turmes sah, neigte die Sonne zum Untergang. Der Himmel strahlte in blendender Goldfarbe und verwandelte das Grün der Wälder in bräunliche Bronze. Aus dem Waldwege trabte ein Trupp Reiter, etwa eine halbe Eskadron, in geordnetem Zuge auf das Dorf zu, mehr als hundert Mann zu Fuß folgten, der erste Zug mit Gewehren, der andere mit Sensen bewaffnet. Das schöne Abendlicht umstrahlte die Gestalten auf dem Turm. Ein Käfer summte lustig um Antons Ohr, und oben in der Luft klang das Abendlied der Lerche. Unterdes zog unten die Gefahr heran. Immer näher wand sich auf dem gekrümmten Wege, eine dunkle langgestreckte Masse, unhörbar, nur dem Auge erkenntlich. Vor dem Ohre summte unterdes der Käfer fort, und die Lerche sang weiter in ihrem Freudenlied. Endlich verschwand der Zug hinter den ersten Hütten des Dorfes. Es waren Augenblicke lautloser Stille, alle sahen unverwandt auf die Stelle, wo der Feind wieder sichtbar werden mußte; neben Anton stand Lenore, sie umklammerte mit der Linken ein Gewehr und hielt die Rechte in einer Jagdtasche, in der ihre Hand, ohne daß sie es wußte, die Kugeln klappernd in Bewegung setzte. Als die Reiter in der Mitte des Dorfes sichtbar wurden, griff Fink an seine Mütze und sagte feierlich: »Jetzt auf unsere Posten, ihr Herren. Du, Anton, habe die Güte, den Freiherrn herunterzuführen.« Als Anton, den Blinden stützend, die Stufen hinabstieg, wies er zurück auf Lenore, welche unbeweglich auf den heranziehenden Feind hinstarrte. »Auch Sie, gnädiges Fräulein, bitte ich, an Ihre Sicherheit zu denken«, fuhr Fink fort.

»Ich bin am sichersten hier«, erwiderte Lenore trotzig und stieß mit dem Kolben ihres Gewehrs auf den Stein. »Sie werden nicht verlangen, daß ich jetzt den Kopf in das Sofa drücke, wo Sie im Begriffe sind, um das Leben zu spielen.«

Fink sah voll Bewunderung in das schöne Antlitz und sagte: »Ich habe nichts dagegen. Wenn Sie sich entschließen können, auf diesem Sessel Platz zu nehmen, so sind Sie hier so sicher, wie irgendwo im Schloß.«

»Ich werde vorsichtig sein«, erwiderte Lenore mit einer abwehrenden Bewegung der Hand.

»Und ihr verbergt euch hinter der Mauer, meine Knaben«, sagte Fink, »hütet euch, eine Schulter oder den Zipfel eurer Mütze zu zeigen; und feuert nicht eher, als bis ich euch mit diesem Schreihals ein Zeichen gebe, ihr werdet den Ton auch hier oben hören.« Er holte eine breite Pfeife von fremdartigem Aussehen hervor. »Auf Wiedersehen«, sagte er, Lenoren mit strahlendem Blick betrachtend. »Auf Wiedersehen«, antwortete Lenore ihren Arm aufhebend und sah dem Herabsteigenden nach, bis die Tür hinter ihm zufiel.

In der Vorderhalle fand Fink den Freiherrn. Der arme Herr war durch die Spannung des langen Tages und durch das Gefühl seiner Unbrauchbarkeit, da wo er tätig zu sein für ein Vorrecht seines Standes hielt, in einen Wirbelwind von schmerzlichen Empfindungen versetzt. In frühern Jahren hätte er jede persönliche Gefahr mit der besten Haltung durchgemacht. Wie sehr seine Kraft gebrochen war, zeigte sich jetzt, wo es ihm nicht gelang, seine Fassung zu bewahren. Seine Hände griffen unruhig umher, als suchten sie eine Waffe, und ein schmerzliches Stöhnen drang aus tiefer Brust herauf. »Mein gütiger Gastfreund«, redete Fink ihn an, »da Ihre Unpäßlichkeit Ihnen noch unbequem machen muß, mit den Fremden zu verhandeln, so bitte ich Sie um Erlaubnis, dies in Ihrem Namen zu tun.«

»Sie haben Vollmacht, lieber Fink«, erwiderte der Freiherr mit heiserer Stimme; »in der Tat ist das Befinden meiner Augen nicht so, daß ich hoffen kann, etwas zu nützen. Ein jämmerlicher Krüppel!« rief er laut und bedeckte das Gesicht mit seinen Händen. Fink wandte sich achselzuckend ab, öffnete einen Schieber in der eichenen Bohlentür, welche bestimmt war, auf die noch nicht aufgeschüttete Rampe zu führen, und sah hinaus.

»Erlauben Sie mir«, bat Anton den Freiherrn, »Sie an einen Platz zu führen, wo Sie den Kugeln nicht unnötig ausgesetzt sind.«

»Bekümmern Sie sich um mich, junger Mann«, sagte der Freiherr; »es ist heut an mir weniger gelegen, als an dem ärmsten Tagelöhner, der um meinetwillen ein Gewehr in die Hand nimmt.«

»Hast du mir noch etwas aufzutragen?« sagte Anton zu Fink, sein Gewehr ergreifend.

»Nichts«, erwiderte dieser lächelnd, »als daß du deine Vorsicht nicht vergißt, wenn du selbst ins Handgemenge kommst. Gute Geschäfte.« Er streckte ihm die Hand hin, Anton ergriff sie und eilte in den Hof.

»Jetzt begutachten die Feinde Ihre Wirtschaft«, sagte Fink zu dem Freiherrn; »in wenig Augenblicken werden wir die Herren hier haben. Da kommen sie, Reiter und Fußvolk. Sie machen halt an der Scheuer, ein Reitertrupp avanciert, es ist der Stab, hübsche Jungen darunter, ein paar elegante Pferde, sie reiten außer Schußweite um das Schloß. Sie sind vorsichtiger, als ich erwartete. Sie suchen einen Eingang, wir werden sogleich den Hammer am Hintertor hören.«

Alles blieb still. »Merkwürdig«, sagte Fink. »Es scheint mir

Kriegsgebrauch, die Besatzung vor dem Angriff zur Übergabe auf-zufordern, dort aber kommen die Offiziere um das Schloß herum in Karriere zu ihrem Fußvolk zurück. Hat ihnen Wohlfart solchen Schrecken eingejagt, daß sie ventre à terre geflohen sind?«

Das Dröhnen der Pferdehufe und der dumpfe Tritt des Fußvolks wurde gehört.

»Wetter«, sagte Fink, »das ganze Korps marschiert wie zur Parade auf unserer Seite des Schlosses auf; wenn sie von dieser Seite Ihre Festung erstürmen wollen, so müssen sie merkwürdige Begriffe von Berennung eines festen Platzes haben. Sie machen Front gegen uns, fünfhundert Schritt Distanz. Das Fußvolk zwei Mann hoch in der Mitte, die Reiter an den Flügeln. Ganz römische Schlachtordnung, der reine Julius Cäsar. Seht, sie haben einen Tambour, der Kerl tritt vor, das Geklapper, welches Sie hören, ist ein Trommelwirbel. – Ah! der Anführer reitet vor die Front. Er kommt heran und hält gerade vor dieser Tür. Die Artigkeit erfordert, daß wir nach dem Begehr dieses Herrn fragen.« Fink faßte den schweren Riegel der Tür und schob ihn zurück, die Türe flog auf, Fink trat auf die Schwelle, den Eingang deckend, die Doppelflinte nachlässig in der Hand. Als der Reiter die schlanke Gestalt im waidgerechten Kostüm so ruhig vor sich stehen sah, parierte er sein Pferd und griff an den Hut, Fink dankte durch eine leichte Neigung des Kopfes.

»Ich wünsche den Besitzer dieses Gutes zu sprechen«, rief der Reiter hinauf.

»Nehmen Sie unterdes mit mir vorlieb«, antwortete Fink, »ich stehe an seiner Stelle hier.«

»So sagen Sie dem Gutsherrn, daß wir einen Befehl der Regie-rung in seinem Hause zu erfüllen haben«, rief der Reiter.

»Möge Ihre Ritterlichkeit mir die Frage erlauben, welche Regie-rung so leichtsinnig war, Ihnen einen Befehl für den Freiherrn von Rothsattel zu übergeben. Wie ich höre, sind hierzulande die Ansich-ten über Regierung in Unordnung gekommen.«

»Das polnische Zentral-Komitee ist Ihre wie meine vorgesetzte Behörde«, rief der Reiter.

»Es ist sehr artig von Ihnen, daß Sie einem Zentral-Komitee die Disposition über Ihren Hals einräumen; Sie werden uns erlauben, in diesem Punkte der entgegengesetzten Ansicht zu sein.«

»Sie sehen, daß wir die Mittel haben, Gehorsam für die Befehle des Gouvernements zu erzwingen, und ich rate Ihnen, uns nicht durch Widersetzlichkeit zur Anwendung von Gewalt zu zwingen.«

»Ich danke Ihnen für diesen Rat, und würde Ihnen noch mehr verbunden sein, wenn Sie in Ihrem Diensteifer nicht vergessen wollen, daß der Grund, auf dem Sie stehen, kein öffentlicher Mar-stall, sondern Privateigentum ist, und daß fremde Pferdehufe ihre Sprünge darauf nur mit Bewilligung des Gutsherrn machen dürfen. Soviel ich weiß, haben Sie diese nicht eingeholt.«

»Genug der Worte, mein Herr«, rief der Reiter ungeduldig; »Wenn Sie in der Tat das Recht haben, den Besitzer dieses Gutes zu vertreten, so fordere ich Sie auf, den Zugang zu diesem Schloß ohne Verzug zu öffnen und Ihre Waffen auszuliefern.«

»Ach, mein geehrter Herr«, erwiderte Fink, »eine solche Forderung, selbst wenn sie von einem Zentral-Komitee ausgeht, muß von ruhigen Leuten für sehr unverschämt gehalten werden.«

»Sie verweigern also den Gehorsam?«

»Leider«, erwiderte Fink, »bin ich in der unbequemen Lage, Ihren Wunsch nicht zu gewähren. Ich füge noch die Bitte hinzu, daß Sie, nebst den Herren in zerrissenen Stiefeln, welche dort hinten stehen, so schnell als möglich diesen Ort verlassen. Meine jungen Leute sind gerade im Begriff, zu untersuchen, ob sie die Maulwürfe unter ihren Füßen treffen können. Es würde uns leid tun, wenn wir dabei die nackten Zehen Ihrer Begleiter beschädigen sollten. – Gehen Sie, mein Herr!« rief er, plötzlich seinen nachlässigen Ton verändernd, mit einem so kräftigen Ausdruck von Zorn und Verachtung, daß das Pferd des Reiters bäumte und der Mann nach der Pistole im Halfter griff.

Während dieser Unterredung hatten sich die Reiter und einzelne Haufen des Fußvolkes näher herangezogen, um die Worte des Gesprächs aufzufangen. Mehr als einmal senkte sich ein Flintenlauf, er wurde aber jedesmal durch einzelne Reiter, welche ihr Pferd vor die Reihe der Bewaffneten drängten, zurückgeschlagen. Bei den letzten Worten Finks legte eine wüste Gestalt in einer alten Friesjacke die Waffe an, ein Schuß knallte, die Kugel fuhr neben Finks Wange in die Bohlen der Tür. In demselben Augenblick erscholl in der Höhe ein unterdrückter Schrei, an der Zinne des Turmes flammte es hell auf, der vorschnelle Gesell stürzte getroffen auf den Boden. Der Parlamentär warf sein Pferd herum, die Angreifer fuhren zurück, und Fink verschloß die Tür. Als er sich umwandte, stand Lenore auf dem ersten Absatz der Treppe, das abgeschossene Gewehr in der Hand, die großen Augen verstört auf Fink geheftet. »Sind Sie verwundet?« rief sie außer sich.

»Durchaus nicht, mein treuer Kamerad«, rief Fink. Lenore warf das Gewehr weg und sank zu den Füßen ihres Vaters nieder, ihr Gesicht auf seinem Knie verbergend. Der Vater beugte sich über sie, faßte ihr Haupt mit den Händen, und die nervöse Erschütterung der letzten Stunden verursachte, daß ein konvulsivisches Schluchzen über ihn kam. Die Tochter umschloß leidenschaftlich die bebende Gestalt des Vaters und hielt ihn lautlos in ihren Armen. So hielten sie einander umschlungen, ein gebrochenes Leben und ein anderes, in welchem die Glut des Lebens zu hellen Flammen aufschlug. Fink sah zum Fenster hinaus, die Feinde hatten sich zurückgezogen, die Führer ritten außer Schußweite zusammen, wie es schien, zur Beratung. Schnell trat er zu Lenore, und die Hand auf ihren Arm legend, sagte er: »Ich danke Ihnen, gnädiges Fräulein, daß Sie so entschlossen die Strafe an dem Elenden vollzogen. Jetzt bitte ich Sie, mit Ihrem Herrn Vater diese Stelle zu verlassen. Wir werden uns besser halten, wenn nicht die Sorge um Sie unser Auge vom Feinde abzieht.« Lenore schreckte bei seiner Berührung zusammen, und eine heiße Röte stieg ihr auf Wangen und Stirn.

»Wir werden gehen«, antwortete sie mit niedergeschlagenen Augen, »komm, mein Vater.« Sie führte den Freiherrn, der ihr widerstandslos folgte, die Treppe hinauf in das Zimmer der Mutter. Dort rang sie mit Heldenkraft nach Fassung, sie setzte sich an das Lager der Kranken und erschien den Abend nicht wieder in Finks Nähe.

»Jetzt sind wir unter uns«, rief Fink den Wachen zu, »jetzt kurze Distanz und ruhiges Zielen. Wenn sie an diesen Steinhaufen stürmen, so sollen sie sich nichts als blutige Köpfe holen.«

So stand er mit seinen Genossen und sah mit scharfem Auge auf die Reihen der Gegner. Dort war große Rührigkeit, einzelne Abteilungen zogen nach dem Dorf, die Reiter ritten auf der Straße hin und her, es war etwas im Werke. Endlich schleppte ein Trupp dicke Bretter und eine Reihe leerer Wagen herbei. Die obern Teile derselben wurden heruntergehoben und die Untergestelle in einer Reihe aufgefahren, die Deichseln vom Schloß ab, die Hinterräder dem Schloß zugekehrt; dann wurden Bretter auf dem Boden übereinander genagelt und Schirmdächer gemacht, welche, durch Stangen schräge an dem Hinterteil der Wagen befestigt, einige Fuß über das Wagengestell vorragten und fünf bis sechs Männern erträglichen Schutz gaben.

»Bittet Herrn Wohlfart, sich hierher zu bemühen«, rief Fink einem der Schützen zu.

»Hier wurde geschossen«, frug Anton in die Halle tretend, »ist jemand verwundet?«

»Diese dicke Tür, und einer von dem Gesindel dort«, entgegnete Fink. »Sie gaben vom Turme ohne Befehl Antwort auf den ersten Schuß der Feinde.

»Im Hofe ist kein Feind zu sehen. Vorhin kam ein Trupp Reiter an das Tor, einer wagte sich bis dicht an die Planken und versuchte durchzusehen. Als ich mich aber über den Zaun erhob, stob er wie entsetzt davon.«

»Sieh dorthin«, sagte Fink, »sie machen sich ein Familienvergnügen, kleine Barrikaden. Solange dies Abendlicht uns zu sehen verstattet, ist die Gefahr nicht groß. Aber in der Nacht können sie mit diesen Räderdächern nahe genug heran.«

»Der Himmel bleibt klar«, sagte Anton, »es wird eine helle Sternnacht.«

»Wenn ich nur wüßte«, sagte Fink, »weshalb sie die Tollheit haben, gerade die stärkste Seite unserer Festung anzugreifen. Es ist nicht anders, dein friedliches Gesicht hat auf sie gewirkt, wie das Haupt der Gorgo. Du wirst von jetzt ab als Scheuche verschrieben werden in allen Slawenkriegen.«

Es war dunkel geworden, als das Hämmern an den Wagen aufhörte. Ein Kommando wurde gehört, die Befehlshaber riefen einzelne Leute bei Namen an die Deichseln, sechs bewegliche Dächer

fuhren mit großer Schnelligkeit etwa dreißig Schritt von der Vorderseite des Schlosses auf.

»Jetzt gilt's«, rief Fink. »Bleibe hier und wahre den Unterstock.«
Fink sprang die Treppe hinauf, die lange Reihe der Vorderzimmer
war geöffnet, man konnte von einem Ende des Hauses zum anderen
sehn. »Hütet Eure Köpfe«, rief er den Wachen zu. Gleich darauf fuhr
eine unregelmäßige Salve nach den Fenstern des Oberstocks, der
bleierne Hagel rasselte durch die Glasscheiben, klirrend flogen die
Splitter auf die Dielen. Fink ergriff seine Pfeife, ein gellender Ton
drang mit langen Schwingungen durch das ganze Haus, oben vom
Turm und aus beiden Stockwerken antworteten die Salven der Belagerten. Und jetzt folgten von beiden Seiten unregelmäßig die knat-
ternden Schüsse. Die Belagerten waren im Vorteil, ihr Schutz war
besser und die Dunkelheit in den Zimmern größer, als im Freien. In
den kurzen Pausen hörte man Finks laute Stimme: »Ruhig, Ihr
Männer, deckt Euch!« Er war überall, sein leichter Tritt, der helle
Klang seines Zurufs, zuweilen ein wildes Scherzwort, ermutigten
jeden Schützen des Hauses. Sie erfüllten mit Entzücken und Schauer
auch die Seele Lenorens, welche das Fürchterliche ihrer Lage kaum
empfand und bei den krampfhaften Bewegungen des Vaters und
dem leisen Stöhnen der Mutter nicht verzweifelte, denn wie ein Gruß
des Heils tönten die Worte des geliebten Mannes in ihr Ohr.

Wohl eine Stunde dauerte der Kampf um die Mauern des Hauses. Finster lag der riesige Bau in dem matten Licht der Sterne, kein
Licht, keine Gestalt war von außen zu erblicken, nur der Feuerstrahl,
welcher zuweilen aus einer Ecke der Fensteröffnungen herunter-
fuhr, verkündigte den draußen, daß tödliches Leben im Schlosse
war. Wer durch die Zimmerreihe schritt, der konnte hier und da eine
dunkle Gestalt hinter dem Schatten eines Pfeilers erkennen, er sah
vielleicht das Auge in Spannung glänzen und das Haupt sich vorbeu-
gen, um eine Blöße des Feindes zu erspähen. Wohl keiner der
Männer, welche jetzt Kriegsdienste taten, war an blutige Arbeit
gewöhnt, vom Pfluge, von der Werkstatt, aus jeder Art von friedli-
cher Tätigkeit waren sie hier zusammengekommen, und ängstliche
Spannung, fieberhafte Erwartung war den ganzen Tag über auch im
Gesicht der Stärksten sichtbar gewesen.

Jetzt sah Anton mit einem düstern Behagen, wie ruhig er selbst
und wie mutig die Leute waren. Sie waren in Tätigkeit, sie arbeiteten; noch bei dem tödlichen Werke der Zerstörung war die Kraft zu
erkennen, die jedes emsige Tun dem Menschen gibt. Nach den
ersten Schüssen luden die auf der Vorderseite so besonnen, als übten
sie ihr gewöhnliches Tagewerk. Das Gesicht des Knechtes sah nicht
sorgenvoller aus, als wenn er zwischen seinen Ochsen hindurch auf
die Ackerfurche hinsah, und der gewandte Schneider faßte Rohr
und Kolben seiner Waffe mit derselben Gleichgültigkeit, wie das
Holz seines Bügeleisens. Nur die Wachen im Hof waren unruhig,
aber nicht aus Furcht, sondern weil sie mißvergnügt waren über die
eigene Untätigkeit. Zuweilen versuchte ein kecker Gesell sich hinter

Antons Rücken in das Haus zu stehlen, um auf der Vorderseite seinen Schuß abzufeuern, und Anton mußte den Techniker an die Hoftür postieren, um das mutige Entweichen zu hindern.

»Nur einmal, Herr Wohlfart, lassen Sie mich auf das Volk schießen«, bat ein junger Bursch aus Neudorf flehentlich.

»Warte«, erwiderte Anton im Laden, »auch Ihr werdet darankommen, in einer Stunde löst Ihr die auf der Vorderseite ab.«

Unterdes stiegen die Sterne herauf, immer höher, auf beiden Seiten wurden die Schüsse spärlich, wie eine Ermüdung kam es über beide Teile.

»Unsre Leute haben die bessere Kraft«, sagte Anton zu dem Freunde, »die im Hofe sind nicht mehr zu halten.«

»Das Ganze ist nicht viel mehr, als blindes Schießen«, erwiderte Fink, »sie versuchen zwar ehrlich zu zielen, aber es ist doch zumeist Zufall, wenn eine Kugel Unglück anrichtet. Außer einigen leichten Verwundungen ist uns kein Schade geschehn, und ich glaube, die dort unten haben das Vergnügen auch nicht viel teurer bezahlt.« Man vernahm das Rollen der Räder. »Horch, sie fahren ihre Streitwagen zurück.« Das Feuern hörte auf, auf der ganzen Linie verschwanden die dunklen Massen in der Nacht. »Laß ablösen«, fuhr Fink fort, »und wenn du hast, gib ihnen etwas zu trinken, denn sie haben sich als brave Männer gezeigt. Dann erwarten wir ruhig die Fortsetzung des Werks.«

Anton ließ eilig einige Stärkungen unter die Mannschaft verteilen und durchschritt das ganze Haus, die Mannschaft ablösend und die Räume vom Boden bis zum Keller untersuchend. Als er an die Frauenstuben im Unterstock kam, hörte er schon von weitem ein klägliches Chaos von Stimmen. Als er eintrat, fand er die kahlen Wände durch eine kleine Küchenlampe notdürftig erhellt, der Boden war mit Stroh bedeckt, und auf der Streu kauerten und lagen in kleinen Häufchen die Frauen und Kinder neben ihren Sachen. Die Frauen drückten ihre Angst durch jede Art von leidenschaftlichen Bewegungen aus, manche hoben unaufhörlich die Hände in die Höhe und riefen die Hilfe des Himmels an, ohne etwas anderes zu empfinden, als unendliche Angst, andere starrten verzweifelt vor sich hin, ganz betäubt durch die Schrecken der Nacht; den behaglichsten Eindruck machten noch die Kinder, welche mit ganzer Seele heulten und sich um nichts weiter kümmerten. In diesem Jammer lagen drei kleine Kinder, mit den Köpfen auf ein Bündel Betten gelehnt und schliefen, die Händchen geballt, so ruhig, wie in ihrer Bettstelle zu Haus, und eine junge Frau saß in der Ecke, wiegte ihr schlummerndes Kind in den Armen und schien alles übrige zu vergessen. Endlich trat sie, immer auf ihr Kind sehend, leise zu Anton heran und frug, wie es ihrem Mann gehe.

Unterdes zündeten die Feinde draußen große Feuer an, ein Teil der Bewaffneten saß an den Flammen, man sah, daß sie Töpfe an das Feuer trugen und ihre Abendkost kochten. Auch in dem Dorfe ging es laut her, man hörte dort schreien und kommandieren, und von der Höhe sah man überall Lichter und ein starkes Hin- und Herlaufen auf der Dorfstraße. »Das sieht nicht aus, wie Ruhe«, sagte Anton.

In dem Augenblick pochte laut der Hammer am Hintertor; die Freunde sahen einander an und sprangen schnell in den Hof. »Rothsattel und Rebhühner«, murmelte eine Stimme, die Losung improvisierend. »Der Förster!« rief Anton. Er schob die Verrammelung zurück und ließ den Alten ein. »Schließen Sie zu«, sagte der Förster, »sie sind mir auf der Spur. Guten Abend allerseits, ich komme fragen, ob Sie mich brauchen können?« – »Schnell ins Hause«, rief Anton, »dort erzählen Sie.«

»Im Wald ist alles still, wie in einer Kirche«, sagte der Förster.

»Auf der Waldwiese am Erlenbruch liegt das Vieh, auch der Schäfer ist mit seinen Kreaturen dort. Der Vogt hält die Wache. Ich habe mich in der Finsternis als Schleichpatrouille in das Dorf gedrückt und komme Sie warnen. Da es mit dem Schießen nicht geglückt ist, wollen's die Schufte mit Feuer versuchen. Sie haben den Teer und die Wagenschmiere aus dem ganzen Dorf zusammengesucht; die Kienspäne der Bauerweiber aus den Höfen geholt, und wo sie eine Öllampe fanden, haben sie diese über Reisigbündel ausgegossen.«

»Sie wollen das Hoftor in Brand stecken?« frug Fink.

Der Förster verzog sein Gesicht. »Das Hoftor ist es nicht, vor dem haben sie eine Höllenfurcht. Weil Sie doch Artilleriewagen und eine Haubitze im Hofraum haben.« – »Artillerie?« riefen die Freunde erstaunt. »Ja«, nickte der Förster; »sie haben durch die Schießlöcher des Zauns blaue Wagen gesehn und eine Lafette.«

»Karls neue Kartoffelwagen und die Bespannung«, rief Anton, »und die Feuertonne.«

»Diese wird wohl die Haubitze sein«, erwiderte der Förster.

»Auf meinem Wege hierher guckte ich von hinten in den Hof der Schenke und lauerte, ob ich einen Bekannten erwischen könnte. Da kam die Rebekka mit Wassereimern in den Hof gelaufen, ich pfiff leise und rief sie hinter den Stall. ›Seid Ihr auch da, alter Schwede?‹ sagte das tolle Ding, ›nehmt Euch nur in acht, daß sie Euch nicht eins an den Kopf brennen; ich habe keine Zeit, mich mit Euch abzugeben, ich muß die Herren bedienen, sie wollen Kaffee trinken.‹ ›Warum nicht gar Champagner‹, sagte ich. ›Sie sind wohl recht artig, die Herren, du hübsches Schicksel‹, sagte ich, denn mit Floretten gewinnt man die Weiber. ›Ihr seid selber ein häßlicher Schekez‹, sagte das Mädchen und lachte mich an, ›macht, daß Ihr fortkommt.‹ ›Sie werden dir doch nichts tun, kleine Rebekka‹, sagte ich wieder und kniff sie ein wenig in die Backen. ›Das geht Euch nichts an, Ihr Hexenmeister‹, sagte wieder der kleine Molch, ›wenn ich schreie, kommt mir die ganze Stube zu Hilfe. Ich will nichts mit Euch zu tun haben.‹ ›Sei nicht so widerspenstig, mein Kind‹, sagte ich, ›sei ein gutes Mädel, fülle mir die Flasche hier und bringe sie mir heraus. Man muß in schlechten Zeiten etwas für seine Freunde tun.‹ Darauf riß mir das Ding die Flasche aus der Hand und sagte: ›Wartet, aber haltet Euch still‹, und rannte mit ihren Eimern zurück. Nach einer Weile kam sie wieder und brachte mir die Buddel ganz gefüllt, Kümmel und Korn, es ist ein gutmütiges Geschöpf. Und als sie mir die Flasche gab, rief sie mir noch zu: ›Wenn Ihr zu den jungen Herren im Schloß kommt, so sagt ihnen, daß die dadrin große Angst vor ihrer Artillerie haben, sie haben uns ausgefragt, ob es wahr wäre, daß sie eine Kanone hätten. Ich habe ihnen gesagt, ich wüßte wohl, daß so ein großes Ding auf dem Gut sein müßte.‹ – So schlich ich mich wieder fort und kroch im Graben bei Kerlen mit Sensen vorbei, die hinter unserm Hof auf Wache stehn. Als ich ihnen an die hundert Schritt vor war, riß ich aus, sie sakermenterten hinter mir her. So steht's.«

»Das mit dem Feuer ist ein unbequemer Einfall«, sagte Fink, »wenn sie das Handwerk verstehn, können sie uns ausräuchern, wie Dachse.«

»Diese Schwelle ist von Stein und die dicke Tür ist hoch über dem Boden«, sagte der Förster.

»Ich fürchte nicht die Flammen, sondern den Rauch und die Helle«, entgegnete Fink; »wenn sie unsre Fenster erleuchten, so werden die Leute noch schlechter treffen. Unser Glück ist, daß die Herren auf englischen Sätteln, welche den Feind anführen, bis jetzt schwerlich andre Festungen eingenommen haben, als solche, die durch einen Unterrock verschanzt waren. Wir wollen alle Leute ins Vorderhaus werfen und hinten nur die notwendigsten Wachen halten, und wollen Rebekkas Lüge vertrauen.«

Neue Patronen wurden ausgeteilt und eine neue Einteilung der Mannschaft vorgenommen, in die Turmhallen des Unter- und Oberstocks und oben auf die Plattform wurde mehr Mannschaft gestellt, unten kommandierte der Schmied, im Oberstock Anton, der Förster blieb mit einem kleinen Trupp in Reserve. Und es war Zeit, denn wieder hörte man in der Ferne ein lautes Gesumm, Kommandowörter, den Tritt der Heranziehenden und das Rollen von Wagen.

»Haltet die Kugel im Lauf«, rief Fink, »und schießt nur auf das Volk, das sich an die Tür herandrängt.«

Die Wagen mit dem Bretterdach fuhren auf, wie vorher, ein polnisches Kommando erklang und ein heftiges Feuer der Feinde begann, diesmal ausschließlich auf die verhängnisvolle Tür und die Fenster in der Nähe gerichtet. Wie mächtige Schläge donnerten die Kugeln an die Tür und das Mauerwerk, mehr als eine fand ihren Weg durch die Fensteröffnungen und schlug über den Häuptern der Verteidiger an die Decke. Fink rief den Förster: »Sie sollen etwas wagen, Alter, stellen Sie Ihre Leute am Hintertor auf, öffnen Sie die Pforte, schleichen Sie dicht am Haus herum und fassen Sie die Gesellen hinter den drei Wagen links, die sich zu nahe an das Haus gewagt haben, von der Seite. Rücken Sie ihnen nah auf den Leib, Sie können die Mannschaft rasieren, wenn Sie gut zielen. Die Wagen haben keine Deckung, ehe das Gesindel von hinten herzuläuft, sind Sie wieder zurück. Seien Sie schnell und vorsichtig, ich gebe Ihnen mit der Pfeife ein Zeichen, wenn Sie aus dem Schatten der Mauer hervorbrechen sollen.«

Der Förster nahm seine Leute zusammen und eilte in den Hof, Fink sprang in den Oberstock zu Anton. Immer heftiger wurde das Feuer der Feinde. »Diesmal wird es grimmiger Ernst«, sagte Anton. »Auch unsre Leute geraten in Hitze.« »Dort kommt die Gefahr«, rief Fink und wies durch die Mauerluke auf eine hohe unförmige Masse, welche sich langsam näher schob. Es war ein Erntewagen, breit und zu mächtiger Höhe beladen, der von unsichtbarer Hand regiert gerade auf die Mitte des Schlosses zufuhr. »Ein Brander! Oben glänzen die gelben Strohschütten. Ihre Absicht ist klar, sie haben sich an die Deichsel gestemmt und stoßen den Wagen gegen die Tür. Jetzt gilt es zu zielen, keiner der Wichte, welche ihn heranstoßen, darf zurück.« Er flog die Treppe zum Turm hinauf und rief den Leuten, die auf der Plattform postiert waren, zu: »Alles hängt jetzt von Euch ab, sobald Ihr die Leute seht, welche den Wagen dort vorwärts schieben, gebt Feuer; wo Ihr einen Schädel oder ein Bein erkennt, gebt Feuer. Wer an diesen Wagen stößt, muß getötet werden.« Langsam kam der Wagen näher, Fink erhob den Doppellauf seiner Büchse und preßte den Kolben an die Wange. Zweimal zielte er und zweimal setzte er unzufrieden wieder ab. Der Wagen war so hoch beladen, daß es unmöglich wurde, die Gestalten, welche ihn fortschoben, zu erkennen. Es waren Augenblicke ängstlicher Spannung von beiden Seiten, auch das Feuer der Feinde hörte auf, alle Blicke hingen an dem friedlichen Wagen, der jetzt den erbitterten Streit zum tödlichen Ende bringen sollte. Endlich wurde der Rücken der Hintersten, welche an der Spitze der Deichsel drückten, sichtbar. Ein Doppelblitz fuhr aus Finks Büchse, zwei gellende Schreie wurden gehört, der Wagen bieb stehn, die Stoßenden drängten sich dicht aneinander, man erkannte zwei dunkle Schatten am Boden. Fink lud, um seine Lippen schwebte ein wildes Lächeln. Ein wütendes Schießen nach dem Turm war die Antwort der Feinde. Einer der Leute auf dem Turm wurde in die Brust geschossen, sein Gewehr fiel über die Mauer hinab und rasselte auf den Boden, der Mann stürzte zu Finks Füßen nieder. Fink warf einen halben Blick auf den Gefallenen und schlug die zweite Kugel in den Lauf. Da flogen einige Gestalten mit Windeseile aus der Dämmerung an den Wagen heran, ein kräftiger Zuruf wurde gehört, und wieder setzte sich die Maschine in Bewegung. »Brave Jungen«, murmelte Fink, »sie sind dem Tode verfallen.« Es wurde mehr von den Körpern an der Deichsel sichtbar. Wieder legte Fink an und dicht hintereinander flogen vom Turm die tödlichen Kugeln an die Deichsel des Wagens. Wieder ein Wehruf, aber der Wagen bewegte sich vorwärts. Nicht mehr dreißig Schritt war er von der Tür, es war die höchste Zeit. Da klang der gellende Ton der Knochenpfeife langgezogen durch die Nacht, aus den Fenstern des Oberstocks flog die feurige Salve, und von der linken Seite des Hauses erhob sich ein lautes Geschrei. Der Förster brach vor, ein Haufe dunkler Schatten stürzte gegen das

Bretterdach, das der Hausecke zunächst stand, ein Augenblick Handgemenge, einige Schüsse; erschreckt liefen die überfallenen Feinde von den Dächern zurück in das freie Feld. Zum drittenmal traf der tödliche Doppelblitz vom Turme die Deichsel des Erntewagens, von panischem Schreck ergriffen stürzten auch aus seinem Schatten die Leute rückwärts nach der rettenden Finsternis. Nicht zu ihrem Heil. Vom Turme und aus den Fenstern des Oberstocks trafen verfolgende Kugeln die Schutzlosen. Die im Schlosse erkannten, daß mehr als einer zusammenbrach. Hinten erhob sich zorniges Geschrei, im Schnellschritt rückte eine dunkle Linie vor, ihre Flüchtlinge aufzunehmen. Ein allgemeines Feuer der Massen gegen das Haus begann. Dann zog sich der Feind mit derselben Schnelligkeit zurück, mit der er vorgedrungen war, er zog die Gefallenen und die Bretterwagen mit sich aus der Schußlinie. Nur der Brander, eine dunkle Masse, stand noch einige Schritt von der Tür. Das Feuer hörte auf, auf den tödlichen Kampf folgte eine unheimliche Stille.

In der Halle des Oberstocks traf Anton mit Fink zusammen, gleich darauf kam der Förster. Schweigend suchte jeder der Freunde in dem matten Dämmerlicht zu erkennen, ob der andere unverletzt vor ihm stand. »Vortrefflich gemacht, Förster«, rief Fink, »erbitten Sie Einlaß beim Freiherrn und statten Sie Bericht ab.«

»Und bitten Sie Fräulein Lenore, Ihnen die Mittel zu einem Verband zu geben, wir haben Verluste gehabt«, sagte Anton traurig und wies auf den Boden der Halle, wo an die Wand gelehnt zwei Männer saßen und stöhnten.

»Hier kommt noch ein dritter«, antwortete Fink, auf einen dunklen Körper weisend, welcher langsam durch zwei Männer die Turmtreppe herabgetragen wurde. »Ich fürchte, der Mann ist tot, er lag wie ein Stück Holz zu meinen Füßen.»

»Wer ist es?« frug Anton schaudernd.

»Borowski, der Schneider«, erwiderte halblaut einer der Träger.

»Welch eine furchtbare Nacht!« rief Anton sich abwendend.

»Daran dürfen wir jetzt nicht denken«, sagte Fink, »das Menschenleben ist nur etwas wert, wenn man den Gleichmut hat, dasselbe bei passender Gelegenheit zu quittieren. Die Hauptsache ist, daß wir uns diese Brandfackel vom Halse gehalten haben; es ist nicht unmöglich, daß es den Schelmen noch gelingt, sie anzustecken, sie wird da, wo sie steht, wenig Schaden tun.«

In diesem Moment glänzte ein heller Schein durch die Schießlöcher des Turmes. Alles stürzte an die Fenster. Von dem abgewandten Teil des Wagens flammte ein blendendes Licht auf, und mit einem plötzlichen Ruck krachte die schwere Masse an die Mauer des Hauses. Ein einzelner Mann sprang von dem Wagen zurück, ein Dutzend Gewehre flog im Nu gegen ihn in Anschlag.

»Halt!« rief Fink mit durchdringender Stimme, »es ist zu spät, schont ihn, er ist ein Braver, das Unglück ist geschehn.«

»Merci, Monsieur, au revoir«, rief eine Stimme von unten, und der Mann sprang unverletzt vom Hause weg in die Finsternis.

Im Nu stand der Wagen in Brand, aus dem Stroh und Reisig, womit er auf der Höhe beladen war, stiegen züngelnd die gelben Flammen, und durch die lodernde Glut fuhren prasselnd weiße Feuergarben nach allen Richtungen auf. Das Haus war von plötzlichem Lichte erhellt, der Qualm drang massenhaft durch die zertrümmerten Fenster.

»Das ist Pulver«, rief Fink. »Ruhig, ruhig, Ihr Männer. Wir halten die Feinde ab, wenn sie wieder eindringen; du, Anton, sieh, ob du das Feuer bewältigst.«

»Wasser!« riefen die Leute, »dort brennt das Fensterkreuz.«

Und draußen erklang neuer Kommandoruf, die Trommel wirbelte, und mit wildem Siegesgeschrei rückte der Feind in einer Tirailleurkette an das Haus. Von neuem begann das Feuer der Belagerer, um das Löschen des Brandes zu verhindern. Aus dem Wasserbottich im Hofe wurde Wasser heraufgebracht und an die züngelnde Flamme des Fensters gegossen; es war eine gefährliche Arbeit, denn die Front des Hauses war erleuchtet, und auf jede Gestalt, welche sichtbar wurde, richteten sich die Schüsse der Tirailleure, welche immer kecker andrängten. Ängstlich sahen die Verteidiger nach der Flamme und erwiderten nur unsicher das Feuer der Gegner. Auch die Wachen im Hof sahen mehr hinter sich als nach vorn, die Unordnung wurde allgemein, der Augenblick der höchsten Gefahr war gekommen, alles schien verloren.

Vom Turme lief ein Mann herab: »Sie bringen kurze Leitern aus dem Dorf, man sieht die Äxte in ihrer Hand.«

»Sie wollen über den Bretterzaun, sie schlagen die Fenster im Unterstock ein«, riefen die Männer erschrocken durcheinander. Der Förster stürzte nach dem Hof, Fink riß einige Männer in seiner Nähe fort nach der Seite des Hauses, auf welche ein Haufe mit Leitern heranzog. Alles schrie durcheinander, selbst Finks drohender Zuruf drang nicht mehr in das Ohr der Leute.

Da eilten einige Männer mit Stangen aus dem Hofe an die Tür der Vorhalle. »Macht Platz!« rief eine stämmige Figur, »hier ist Schmiedearbeit.« Der Mann riß die Riegel der Tür zurück, die Türöffnung war vollständig geschlossen durch den brennenden Wagen. Mit der schweren Stange stieß der Schmied trotz Rauch und Flammen aus Leibeskräften in das brennende Holz des Wagens. »Helft mir, ihr Hasen«, schrie er im zornigen Eifer.

»Er hat recht«, rief Anton, »heran, Ihr Männer!« Bretter und Deichselstangen wurden herzugeschleppt, und in dem Qualm drangen die Männer unermüdlich vorwärts und drückten und stachen in die glühende Masse. Mehr als einmal mußten sie zurückweichen, aber immer wieder trieb der Schmied in das Feuer hinein. Endlich gelang es dem Kunauer, als er nach oben stach, einzelne Garben von der Höhe herunterzuwerfen. Man sah durch die lodernde Flamme am Oberteil der Tür den dunklen Nachthimmel, ein Luftzug entstand, der Rauch wurde weniger erstickend. »Jetzt haben wir die ganze Bescherung«, schrie er triumphierend, ein brennendes Bund nach dem andern flog auf den Boden; dort brannten die einzelnen Flammenhäufchen unschädlich nieder. Immer schneller wurde der Wagen entladen, brennende Federbetten und Holzscheite fielen herab. Anton ließ die Tür zur Hälfte schließen, weil jetzt die feindlichen Kugeln durch die Flammen des Wagens schlugen, die Arbeiter mußten ihre Hebel von der Seite regieren. Die Wagenleitern fielen verkohlt herunter, und mit einem frohen Ruf setzten die Arbeiter ihre Stangen nebeneinander an das Wagengerüst und schoben die Trümmer des Wagens einige Schritt vom Tore ab. Die Tür wurde schnell wieder geschlossen und die Leute, schwarz wie Teufel, mit verbrannten Kleidern, wünschten einander laut Glück.

»Solche Nacht macht gute Freundschaft«, rief der Schmied vergnügt und ergriff in der Freude seines Herzens Antons Hand, die nicht weniger geschwärzt war, als die seine. Unterdes schmetterten die Äxte der Belagerer an den Verschlag mehrerer Fenster des Unterstocks, die abgelösten Bretter krachten und Finks Stimme erscholl: »Schlagt sie mit dem Kolben herunter!« Anton und der Schmied warfen sich an die Fenster, durch welche die Belagerer einzudringen suchten. Auch dort war die gefährlichste Arbeit getan, als sie herzurannten. Fink kam ihnen entgegen, die blutige Axt eines Insurgenten in der Hand, er schleuderte die Axt von sich und rief dem Haufen Antons entgegen: »Schlagt neue Bretter an die Fenster, ich hoffe, die Schlächterei ist zu Ende.«

Noch einige Salven von draußen und einzelne Schüsse vom Turm, dann wurde es wieder still im Schloß und auf der Ebene; noch schimmerten die Wände des Hauses von rötlichem Licht, aber der Schein wurde matter und grauer. Draußen erhob sich der Wind und trieb den Rauch, der aus den Fenstern wirbelte und aus den verbrannten Trümmern vor der Tür aufstieg, die Mauern entlang in die Finsternis. Die reine Nachtluft füllte wieder den Korridor und die Halle, und ruhig glänzte das Sternlicht herunter auf die Gesichter der Verteidiger, auf tiefliegende Augen und bleiche Wangen. Die Kräfte der Kämpfenden waren erschöpft, im Hause, wie draußen auf dem Felde.

»Welche Stunde der Nacht ist?« frug Fink und trat zu Anton, der durch die Schießlöcher der Halle die Bewegungen des Feindes beobachtete. »Mitternacht vorüber«, erwiderte Anton. Sie stiegen zum Turme hinauf und sahen in der Runde umher. Der Anger um das Schloß war leer. »Sie haben sich schlafen gelegt, die Guten«, sagte Fink, »auch die Feuer dort unten verglühn, aus dem Dorf klingen noch einzelne Stimmen herüber. Nur die Schatten dort zeigen an, daß wir umstellt sind. Sie haben eine Postenkette in weitem Bogen rings um das Haus geführt, das sind unsere Nachtwächter. Wir haben einige Stunden Friede vor uns. Und da wir morgen bei Tageslicht schwerlich ausschlafen werden, müssen unsere Leute diese Stunden benutzen. Laß nur die nötigsten Wachen stehn und die Posten in zwei Stunden ablösen. Wenn du nichts dawider hast, geh auch ich zu Bett. Laß mich wecken, sobald sich draußen etwas regt. Die Nachtposten wirst du sehr gut besorgen, das weiß ich.« So wandte sich Fink ab und ging in sein Zimmer, wo er sich auf das Bett warf und nach einigen Augenblicken ruhig einschlief. Anton eilte in die Wachstube, verteilte mit dem Förster die Posten und bestimmte die Reihenfolge der Ablösung. »Ich schlafe doch nicht«, sagte der Alte, »erstens in meinen Jahren und dann als Jäger; ich will, wenn's Ihnen recht ist, die Nachtwache anführen und überall zum Rechten sehen.«

Noch einmal sah Anton in den Hof und die Ställe, auch hier war die Ruhe eingekehrt, nur die Pferde schlugen unruhig mit den Hufen auf den harten Boden. Leise öffnete Anton die Tür der Frauenstuben, dort in dem zweiten Zimmer hatte man die Verwundeten niedergelegt. Als Anton eintrat, saß Lenore auf einem Schemel neben dem Strohlager, zu ihren Füßen zwei der fremden Frauen. Er beugte sich über das Lager der Verwundeten, die farblosen Gesichter und das verworrene Haar der Armen stachen grell ab gegen die weißen Kissen, welche Lenore von ihrem Bett gerafft hatte. »Wie steht's mit ihnen?« frug Anton leise. »Wir haben versucht, die Wunden zu verbinden«, erwiderte Lenore, »der Förster sagt, daß beide Hoffnung geben.«

»Dann«, fuhr Anton fort, »überlassen Sie den Frauen die Pflege und benutzen auch Sie die Stunden der Ruhe.«

»Sprechen Sie mir nicht von Ruhe«, sprach Lenore aufstehend, »Sie sind in dem Zimmer des Todes.« Sie faßte ihn bei der Hand und führte ihn in die andere Ecke, dort zog sie an einem dunkeln Mantel und wies auf eine menschliche Gestalt, die darunter lag.

»Er ist tot!« sagte sie mit klangloser Stimme, »als ich ihn mit diesen Händen aufrichtete, ist er gestorben. An meinem Kleide hängt sein Blut, und es ist nicht das einzige, das heut vergossen worden. Ich bin es gewesen«, rief sie mit wildem Ausdruck und drückte krampfhaft Antons Hand, »ich habe den Anfang gemacht mit diesem Blutvergießen. Wie ich den Fluch ertragen soll, weiß ich nicht. Wie ich nach dem heutigen Tage leben werde, weiß ich nicht. Wenn ich noch wohin gehöre in der Welt, so ist es in dieses Zimmer. Lassen Sie mich hier, Wohlfart, und sorgen Sie nicht mehr um mich.«

Sie wandte sich ab und setzte sich wieder auf den Schemel an das Strohlager. Anton deckte den Mantel über den toten Mann und verließ schweigend das Zimmer.

Er ging nach der Wachstube und ergriff sein Gewehr. »Ich gehe auf den Turm, Förster«, sagte er.

»Jeder hat seine eigene Art«, brummte der Alte. »Der andere ist klüger, er schläft aus. Aber es wird frisch dort oben, ohne Mantel soll er nicht bleiben.« Er schickte einen Mann mit einem Bauernmantel hinauf und befahl ihm, bei dem Herrn oben zu bleiben. Anton ließ den Mann zum Schlaf niedersetzen, und wickelte sich in die warme Hülle. So saß er schweigend und stützte sein Haupt an die Mauer, über welche sich Lenore gebeugt hatte, als sie hinunterschoß. Und seine Gedanken flogen über die Ebene fort, aus der finstern Gegenwart in die unsichere Zukunft. Er sah über den Kreis der feindlichen Wachen und über den dunkleren Ring der Kiefernwälder, welche ihn hier gefangenhielten und ihn festbannten an Verhältnisse, die ihm jetzt so fremd und abenteuerlich vorkamen, als läse er sie ab aus einem Buch. Seine eigenen Schicksale betrachtete sein müder Blick gleichmütig, wie ein fremdes; und ruhig konnte er hineinblicken in die Tiefen seiner Seele, die ihm sonst das wogende Gefühl des Tages verbarg. Er sah sein vergangenes Leben vor sich vorüberziehn, die Gestalt der Edeldame auf dem Balkon ihres Schlosses, das schöne Mädchen auf dem Kahn unter ihren Schwänen, den Kerzenglanz im Tanzsalon, die traurige Stunde, wo die Edelfrau ihren Schmuck in seine Hände legte, alle Augenblicke, wo Lenorens Auge so liebevoll das seine gesucht hatte, alle diese Zeiten sah er vor sich und deutlich erkannte er den Zauber, den sie um ihn gelegt hatten, alles, was seine Phantasie gefesselt hatte, sein Urteil bestochen, seinem Selbstgefühl geschmeichelt, das erschien ihm jetzt als eine Täuschung.

Ein Irrtum war's seiner kindischen Seele, den die Eitelkeit großgezogen hatte. Ach schon längst war der glänzende Schein zerronnen, der dem armen Sohn des Kalkulators das Leben der Ritterfamilie stark, edel, begehrungswert gezeigt hatte. Ein anderes Gefühl war an die Stelle getreten, ein reineres, eine zärtliche Freundschaft zu der einzigen, die in dem Kreise sich stark erhalten hatte, als die andern zerbrachen. Und jetzt löste auch sie sich von ihm. Er fühlte, daß es so war und immer mehr geschehen mußte. Er fühlte das jetzt ohne Schmerz als etwas Natürliches, was nicht anders kommen konnte. Und er fühlte, daß er selbst dadurch frei wurde von den Banden, welche ihn hier festhielten. Er erhob sein Haupt und sah über die Wälder hinüber in die Ferne. Er schalt sich selbst, daß ihm dieser Verlust nicht mehr Schmerzen bereitete, und gleich darauf, daß er einen Verlust fühlte. War im Grunde seiner Seele doch ein stilles Begehren gewesen, hatte er das schöne Mädchen für seine Zukunft zu erwerben gedacht, hatte er davon geträumt, in der Familie, für die er jetzt arbeitete, heimisch zu werden für immer? Wenn er in einzelnen Stunden der Schwäche dies Gefühl gehabt hatte, jetzt verurteilte er es. Er war nicht immer gut gewesen, er hatte im stillen eigennützig auch an sich gedacht, wenn er Lenore ansah. Das war unrecht gewesen, und ihm geschah sein Recht, daß er jetzt allein stand unter Fremden, in Verhältnissen, die ihn wund drückten, weil sie nicht klar waren, in einer Lage, aus der auch sein Entschluß ihn nicht lösen konnte, nicht jetzt, und schwerlich in der nächsten Zukunft.

Und doch fühlte er sich frei. »Ich werde meine Pflicht tun und nur für ihr Glück sorgen«, sagte er laut. – Aber ihr Glück? Er dachte an Fink und an das Wesen des Freundes, das ihm selbst immer wieder imponierte und ihn so oft ärgerte. Würde er sie wieder lieben, und würde er sich fesseln lassen in diesen Verhältnissen? »Arme Lenore!« seufzte er.

So stand Anton, bis der helle Schein vom Nordrand des Horizontes herüber zog auf Osten zu, und von dort ein fahles Grau am

Himmel aufstieg, der schauerbringende Vorbote der Morgensonne. Da sah Anton noch einmal auf die Landschaft um sich herum, schon konnte er die Wachen der Landleute zählen, die zu zweien das Schloß umstanden; hier und da blinkte ein Sensenspieß in hellem Licht. Anton beugte sich nieder und weckte den Mann, der neben der Blutlache des getöteten Kameraden eingeschlafen war, dann stieg er herunter in die Wachstube, warf sich auf das Stroh, das ihm der Förster sorgsam auseinanderschüttelte, und schlief ein, gerade, als die Lerche aus dem feuchten Boden aufflog, um durch ihren fröhlichen Ruf die Sonne herbeizuholen.

5

Nach einer Stunde weckte der Förster den Schlafenden. Anton fuhr auf und sah verdutzt in die fremdartige Umgebung.

»Es ist fast Sünde, Sie zu stören«, sagte der ehrliche Alte; »draußen ist alles ruhig, nur die Reiterei der Feinde ist auf dem Wege nach Rosmin abgezogen.«

»Abgezogen?« rief Anton, »so sind wir frei.«

»Bis auf das Fußvolk«, sagte der Förster, »es kommen immer noch zwei auf einen von uns. Sie halten uns fest. – Und noch etwas habe ich zu sagen. In der Tonne ist kein Wasser mehr. Die Hälfte haben unsere Leute ausgetrunken, das übrige ist ins Feuer gegossen. Ich für meinen Teil mache mir nichts aus dem Getränk, aber das Schloß ist voll Menschen, ohne einen Trunk werden sie schwerlich den Tag aushalten.«

Anton sprang auf. »Das war ein schlechter Morgengruß, mein Alter.«

»Der Brunnen ist kassiert«, fuhr der Alte fort, »aber wenn wir jetzt eine von den Frauen an den Bach schickten? Die Wachen würden den Weibern nicht viel tun, vielleicht würden sie ihnen nicht wehren, einige Eimer Wasser zu holen.« – »Einige Eimer«, sagte Anton, »die werden uns wenig nützen.«

»Es ist doch etwas fürs Herz«, erwiderte der Alte, »man müßte es einteilen. Wenn die Rebekka hier wäre, die schaffte uns Wasser. So müssen wir es mit einer andern wagen. Die Sakermenter dort sind nicht schlecht gegen Frauenzimmer, wenn nämlich diese Dreistigkeit haben. Wenn es Ihnen recht ist, will ich's mit einem von unsern Bälgern versuchen.«

Der Förster rief in die Küche hinunter: »Suska!« Das Polenkind sprang aus dem Souterrain herauf.

»Höre, Suska«, sagte der Förster bedächtig, »wenn der Herr Baron aufwacht, wird er frisches Wasser verlangen; das Wasser im Schlosse ist zu Ende, zum Trinken haben wir Bier und Schnaps genug, aber welcher Christenmensch kann sich in Bier die Hände waschen? Nimm schnell die Eimer und hole uns Wasser, lauf hinunter zum Bach, du wirst schon mit den Nachbarn dort fertig werden. Schwatze aber nicht lange mit ihnen, sonst kriegen wir ein Donnerwetter vom Herrn. – Und hör, frage die Nachbarn doch, wozu sie noch mit ihren Spießen dastehn, ihre Reiter sind ja schon abgeritten. Wir haben nichts dawider, wenn die dort unten sich auch fortmachen.«

Willig ergriff das Mädchen die Wassereimer, der Förster öffnete die Hoftür und die Kleine trabte dem Wasser zu. Mit unruhiger Erwartung sah ihr Anton nach. Das Mädchen kam bis an den Bach, ungehindert und ohne sich um den Posten zu kümmern, der etwa zwanzig Schritt von ihr stand und ihr neugierig zusah. Endlich ging einer der Sensenmänner auf sie zu, das Mädchen setzte die Eimer zu Boden, schlug die Arme übereinander, und beide fingen eine friedliche Unterhaltung an. Zuletzt ergriff der Sensenmann die Eimer, bückte sich selbst zum Wasser hinunter und reichte die gefüllten dem Mädchen. Langsam brachte die Kleine ihre vollen Eimer zurück, der Förster, öffnete wieder das Tor und sagte schmunzelnd: »Brav, Susanne. Was hat denn die Wache mit dir gesprochen?«

»Dumme Dinge«, erwiderte das Mädchen errötend, »er hat mir gesagt, ich soll ihm und seinen Kameraden das Tor aufmachen, wenn sie wieder an das Schloß kommen.«

»Wenn's weiter nichts war«, sagte der Förster schlau. »Also sie wollen wieder an das Schloß!«

»Freilich wollen sie«, sagte die Kleine, »die Reiter sind gegen das Militär nach Rosmin gezogen, wenn sie zurückkehren, laufen sie alle zusammen gegen das Schloß, sagte der Mann.«

»Wir werden sie schwerlich hereinlassen«, erwiderte der Förster, »keiner soll zum Tor herein, als dein Schatz dort unten. Du hast's ihm doch versprochen, wenn er allein kommt und bei der Nacht?«

»Nein«, antwortete Susanne aufgebracht, »aber ich durfte doch nicht böse sein.«

»Vielleicht können wir's zum zweitenmal probieren«, fragte der Förster auf Anton blickend.

»Ich zweifle«, erwiderte dieser; »dort reitet einer der Offiziere an den Posten heran, der arme Bursch wird für seinen Diensteifer einen rauhen Morgengruß erhalten. Kommt her, wir teilen den kleinen Vorrat. Der erste Eimer zur Hälfte für die Herrschaft, zur Hälfte für uns Männer, der zweite zu einer Morgensuppe für die Frauen und Kinder.« Er goß selbst das Wasser in die verschiedenen Gefäße und stellte den Schmied als Wächter dazu. Beim Eingießen sagte er zu dem Förster: »Das ist die schwerste Arbeit, die wir während der Belagerung gehabt haben. Noch weiß ich nicht, wie wir den Tag aushalten wollen.«

»Es geht vieles«, erwiderte tröstend der Förster.

Ein heller Frühlingstag begann, wolkenlos stieg die Sonne hinter dem Wirtschaftshofe herauf, bald erwärmte ihr milder Strahl die Luft, welche feucht um die Mauern des Schlosses lag. Die Leute suchten die sonnige Ecke des Hofes, in kleinen Gruppen saßen die Männer mit ihren Frauen und Kindern zusammen, alle zeigten gute Zuversicht. Anton trat unter sie: »Wir müssen uns gedulden bis

Mittag, vielleicht bis Nachmittag, dann kommen unsere Soldaten.«

»Wenn die drüben nicht mehr tun als jetzt, so können wir's ruhig ansehn«, erwiderte der Schmied, »sie stehn so hölzern wie eingegrabene Zaunpfähle.«

»Sie haben gestern ihre Courage verloren«, sagte ein anderer verächtlich.

»Es war Strohfeuer, der Schmied hat ihnen die Bündel vom Wagen geworfen, sie haben nichts mehr zuzusetzen«, rief ein Dritter.

Der Schmied schlug die Arme übereinander und lächelte stolz, und vergnügt sah seine Frau zu ihm auf.

Jetzt wurde es in dem oberen Stock lebendig, der Freiherr klingelte und forderte Bericht. Anton eilte hinauf, ihm und den Damen zu erzählen, dann trat er in Finks Zimmer und weckte den Freund, der noch im festen Schlummer lag.

»Guten Morgen, Tony«, rief Fink und dehnte sich behaglich; »ich komme im Augenblick hinunter. Wenn du mir durch deine Konnexionen etwas Wasser verschaffen könntest, würde ich dir sehr dankbar sein.«

»Ich will dir eine Flasche Wein aus dem Keller holen«, erwiderte Anton; »du mußt dich heut mit Wein waschen.«

»Hui!« rief Fink, »steht es so? Es ist doch wenigstens kein Rotwein?«

»Wir haben überhaupt nur wenige Flaschen«, fuhr Anton fort.

»Du bist ein Unglücksrabe«, sagte Fink seine Stiefel suchend, »um so mehr Bier wird in euern Kellern sein.«

»Gerade so viel, als zu einem Trunk für die Mannschaft reicht; ein Fäßchen Branntwein ist jetzt unser größter Schatz.«

Fink pfiff die Melodie des Dessauers. »Siehst du wohl, mein Sohn, daß deine Zärtlichkeit für die Frauen und Kinder ein wenig sentimental war? Ich sehe dich im Geiste vor mir, wie du mit aufgestreiften Hemdsärmeln die magere Kuh schlachtest und mit deiner alten Gewissenhaftigkeit dem hungernden Volk bissenweis in den Mund steckst. Du in der Mitte, fünfzig aufgesperrte Mäuler um dich herum. Binde dir nur gleich ein Dutzend Birkenruten, in wenig Stunden wird ein Geschrei hungernder Kinder zum Himmel aufsteigen, und du wirst genötigt sein, trotz deiner Menschenliebe die ganze Bande auszuhauen. Übrigens denke ich, wir haben uns gestern nicht schlecht gehalten, ich habe ausgeschlafen, und so mögen heut die Dinge gehn, wie sie können. Und jetzt laß uns nach dem Feinde sehn.« Die Freunde stiegen auf den Turm, Anton berichtete, was er erfahren hatte, Fink untersuchte sorgfältig die Postenkette und sah mit dem Fernrohr die hellen Bänder der Feldwege entlang, bis dahin, wo der dunkle Wald sie verdeckte. »Unsere Lage ist zu friedlich, um trostreich zu sein«, sagte er endlich, das Rohr zusammenschiebend.

»Sie wollen uns aushungern«, sagte Anton ernst.

»Ich traue ihnen diese Schlauheit zu, und sie kalkulieren nicht schlecht, denn im Vertraun, ich habe starken Zweifel, ob wir überhaupt Entsatz hoffen dürfen.«

»Auf Karl können wir uns verlassen«, sagte Anton.

»Auf meinen Braunen auch«, erwiderte Fink; »aber es ist wohl möglich, daß mein armer Blackfoot in diesem Augenblicke bereits das Unglück hat, das Gesäß irgendeines Insurgenten zu tragen. Ob Junker Karl nicht einem der Haufen, welche sicher in der ganzen Gegend umherschwärmen, in die Hände gefallen ist, ob er überhaupt die Regulären aufgefunden hat, ob diese ferner Lust haben, uns zu Hilfe zu marschieren, ob sie endlich den Witz haben, zu rechter Zeit anzukommen, und ob sie zuallerletzt stark genug sind, die Schar, welche ihnen den Weg zu uns verlegt, zu zerstreuen, das, mein Junge, sind alles Fragen, welche wohl aufgeworfen werden dürfen, und ich will lieber alle Brombeeren der Welt aufessen, als eine fröhliche Antwort darauf geben.«

»Wir könnten's mit einem Ausfall versuchen, freilich er würde blutig werden«, erwiderte Anton.

»Bah«, sagte Fink. »Aber was schlimmer ist, er würde nichts nutzen. Einen Haufen werfen wir vielleicht, die nächste Stunde ist ein anderer da. Nur siegreicher Entsatz kann uns aus der Klemme helfen. Solange wir in diesen Mauern unser Hausrecht wahren, sind wir stark, auf freiem Feld mit Weibern und Kindern werden wir von einem Dutzend Reitern überrannt.«

»Warten wir's also ab«, sagte Anton finster.

»Weise gesprochen, der ganze Witz des Lebens ist zuletzt der, daß man sich und andern keine Fragen vorlegt, die nicht zu beantworten sind. Die Sache droht langweilig zu werden.«

So stiegen die Freunde wieder herab, und so verstrich Stunde auf Stunde, langsame Stunden bleierner Untätigkeit. Bald sah Anton, bald Fink mit dem Fernrohr nach den Öffnungen des Waldes, es war wenig Auffallendes zu sehn, Patrouillen der Feinde kamen und gingen, bewaffnete Haufen von Landleuten zogen dem Dorfe zu und wurden nach verschiedenen Richtungen wieder abgesandt, die Postenkette wurde regelmäßig revidiert und alle zwei Stunden abgelöst. Es war richtig, die Belagerer waren beschäftigt, die Dörfer der Umgegend zu durchsuchen und zu entwaffnen, um die im Schloß zuletzt mit vereinter Kraft anzugreifen. Die Deutschen waren in ihrem Steinbau umstellt wie ein wildes Tier in seinem Lager, und die Jäger warteten mit ruhiger Sicherheit die Stunde ab, wo der Hunger oder Feuer und Waffen die Bezwungenen heraustreiben mußten.

Unterdes versuchte Fink die Leute zu beschäftigen, die Männer mußten Waffen und Armatur reinigen und putzen, sie mußten antreten und Fink untersuchte selbst die einzelnen Gewehre; darauf wurde Pulver und Blei verteilt, Kugeln gegossen und Patronen gemacht. Die Frauen wies Anton an, Haus und Hof zu reinigen, soweit dies ohne Wasser möglich war. Das hatte die gute Wirkung, die Eingeschlossenen durch einige Stunden in Tätigkeit zu erhalten.

Die Sonne stieg höher und die Luft trug von dem nächsten Dorf das leise Bimmeln der Glocke herüber. »Die erste Mahlzeit ist spär-

lich genug ausgefallen«, sagte Anton zu seinen Kameraden, »die
Kartoffeln sind in der Asche gebraten, auch Fleisch und Speck sind
zu Ende, die Köchin kann das Mehl nicht mehr verbacken, es fehlt
wieder an Wasser.«

»Solange wir die Milchkuh im Stalle haben«, erwiderte Fink,
»besitzen wir immer noch einen Schatz, den wir dem hungrigen Volk
vorzeigen können. Dann bleiben noch die Mäuse des Schlosses und
zuletzt unsere Stiefel. Wer in diesem Lande verurteilt war, bisweilen
Beefsteak zu essen, der kann Stiefelleder für kein zähes Gericht
halten.«

Der Förster unterbrach das Gespräch mit der Meldung: »Ein
einzelner Reiter kommt vom Wirtschaftshof auf das Schloß zu,
hinter ihm geht ein Frauenzimmer; ich wette, es ist die Rebekka.«

Der Reiter näherte sich, ein weißes Taschentuch schwenkend, der
Tür in der Vorhalle, er hielt neben den verkohlten Trümmern des
Erntewagens und sah nach den Fenstern des Oberstocks. Es war der
Parlamentär vom Tage zuvor. »Wir wollen nicht so unhöflich sein,
den Herrn warten zu lassen«, sagte Fink, schob den Riegel zurück
und trat unbewaffnet auf die Schwelle. Der Pole grüßte schweigend,
Fink lüftete seine Mütze.

»Ich habe Ihnen gestern abend gesagt«, begann der Reiter, »daß
ich heut das Vergnügen haben würde, Sie wiederzusehn.«

»Ei«, erwiderte Fink, »Sie selbst waren der Herr, der uns den
Rauch verursachte. Es war schade um den Erntewagen.«

»Sie haben gestern Ihre Leute verhindert, auf mich zu feuern«,
fuhr der Pole in deutscher Sprache mit hartem Akzent fort, »ich bin
Ihnen dankbar dafür und möchte Ihnen meine Erkenntlichkeit
beweisen. Wie ich höre, sind Damen in diesem Hause, das Mädchen
bringt ihnen Milch. Wir wissen, daß man hier im Schloß kein Wasser
hat, und ich wünsche nicht, daß die Damen durch unsern Streit zu
Entbehrungen genötigt werden.«

»Du Racker«, murmelte der Förster.

»Wenn Sie mir erlauben, Ihnen für die Milch einige Flaschen
Wein aus unserem Keller zurückzugeben, so nehme ich Ihr Geschenk mit Dank an«, erwiderte Fink. »Ich setze voraus, daß Ihnen in
der Schenke diese Flüssigkeit ebenfalls nicht im Überfluß zu Gebote
stehn wird.«

»Es ist gut«, sagte der Pole lächelnd. Rebekka eilte mit ihrem
Krug nach der Pforte des Hofraums, gab die Milch ab und empfing
durch den brummenden Förster die Flaschen mit Wein. Der Pole
aber fuhr fort: »Wenn Sie auch mit Wein versehen sind, so kann
dieser doch nicht das Wasser ersetzen, Ihre Garnison ist zahlreich,
und wir hören, daß Sie viele Frauen und Kinder im Hause haben.«

»Ich werde es für kein Unglück halten«, erwiderte Fink, »wenn
die Frauen und Kinder einige Tage mit uns Männern Wein trinken,
bis Sie uns den Gefallen erweisen, um den ich Sie schon gestern
ersuchte, dies Gut und den Brunnen drüben zu verlassen.«

»Hoffen Sie darauf nicht, mein Herr«, sagte der Pole ernst, »wir werden jede Gewalt anwenden, Sie zu entwaffnen; wir wissen jetzt, daß Sie keine Artillerie haben, und es ist uns jede Stunde möglich, den Eingang in dies Haus zu erzwingen. Sie haben sich aber als tapfere Männer gehalten, und wir wünschen nicht weiter zu gehn, als wir müssen.«

»Vorsichtig und verständig«, versetzte Fink beistimmend.

»Deshalb mache ich Ihnen einen Vorschlag, der Ihr Ehrgefühl nicht verletzen wird. Sie haben auf keinen Entsatz zu hoffen. Zwischen Ihrem Militär und diesem Dorf steht ein starkes Korps unserer Truppen, ein Zusammenstoß beider Armeen ist an den nächsten Tagen einige Meilen von hier zu erwarten, und Ihre Kommandeure sind deshalb außerstande, einzelne Korps zu detachieren. Ich sage Ihnen keine Neuigkeit, denn Sie wissen das so gut als wir selbst. Und so verbürge ich Ihnen und allen, welche in diesem Hause sind, bei meinem Ehrenwort freien Abzug, wenn Sie Ihre Waffen und das Schloß übergeben. Wir sind bereit, Sie und die Damen durch eine Eskorte in jeder Richtung, welche Sie wünschen, so weit zu geleiten, als wir das Terrain behaupten.«

Fink erwiderte ernsthafter, als er bis dahin gewesen: »Darf ich Sie fragen, aus wessen Munde das Ehrenwort kommt, das mir soeben gegeben wurde?«

»Obrist Zlotowsky«, erwiderte der Reiter sich leicht verneigend.

»Ihr Vorschlag, mein Herr«, entgegnete Fink, »verpflichtet uns zu Dank. Ich setze keinen Zweifel in die Aufrichtigkeit Ihres Anerbietens und will auch annehmen, daß Ihr Einfluß auf die Männer, welche Sie begleiten, groß genug ist, um diese Bedingungen aufrechtzuerhalten. Da ich aber nicht selbst Herr dieses Hauses bin, so muß ich diesem Ihre Vorschläge mitteilen.«

»Ich warte«, erwiderte der Pole, ritt auf eine Entfernung von dreißig Schritt zurück und hielt der Tür gegenüber still.

Fink schloß die Tür und sagte zu Anton: »Schnell zum Freiherrn! Was ist deine Meinung?«

»Aushalten«, erwiderte Anton.

Sie trafen den Freiherrn in seinem Zimmer, den Kopf in seine Hände gestützt, mit verstörtem Gesicht, ein Bild des Leidens und nervöser Unruhe. Fink trug ihm das Anerbieten des Polen vor und bat um seine Entscheidung.

Der Freiherr erwiderte: »Ich habe bis jetzt vielleicht mehr gelitten, als irgendeiner der Braven, welche in diesem Hause ihr Leben gewagt haben. Es ist ein furchtbares Gefühl, hilflos dazusitzen, wo die Ehre gebietet, in der vordersten Reihe zu stehn. Aber eben deshalb habe ich kein Recht, Ihnen Vorschriften zu machen. Wer außerstande ist, zu kämpfen, hat auch kein Recht, zu bestimmen, wann der Kampf aufhören soll. Ja ich habe kaum das Recht, Ihnen meine Ansicht zu sagen, weil ich fürchte, daß sie für Ihren hochherzigen Sinn bestimmend sein würde. Außerdem kenne ich Unglücklicher nicht die Leute, welche mich verteidigen, ich habe kein Urteil über ihre Stimmung und über ihre Kraft. Ich überlasse Ihnen alles, und lege das Schicksal der Meinen vertrauend in Ihre Hand. Der Himmel möge Ihnen vergelten, was Sie für mich tun. Nicht für mich, um Gottes willen nicht für mich, das Opfer wäre zu groß«, rief der erregte Mann, erhob seine gefalteten Hände und starrte mit den glanzlosen Augen in die Höhe; »denken Sie an nichts als an die Sache, welche wir verteidigen.«

»Wenn Sie uns ein so hohes Vertrauen schenken«, sagte Fink mit ritterlicher Haltung, »so sind wir entschlossen, Ihr Schloß zu halten, solange wir noch eine schwache Hoffnung auf Entsatz haben. Unterdes sind ernste Zufälle möglich, die Weigerung unserer Leute, sich ferner zu schlagen, oder das gewaltsame Eindringen der Feinde.«

»Meine Frau und Tochter bitten, wie ich, daß Sie in dieser Stunde auf ihr Wohl keine Rücksicht nehmen. Gehen Sie, meine Herren«, rief der Freiherr, seine Arme ausstreckend, »die Ehre eines alten Soldaten liegt in Ihrer Hand.«

Beide Männer verneigten sich tief vor dem Blinden und verließen das Zimmer. »Es ist doch Ehre in den Leuten«, sagte Fink auf dem Wege mit dem Kopfe nickend. Er öffnete die Tür, der Offizier ritt heran.

»Der Freiherr von Rothsattel dankt Ihnen für Ihr Anerbieten, er ist entschlossen, sein Haus und das Eigentum derer, welche sich ihm anvertraut haben, gegen Ihre Angriffe zu verteidigen bis zum äußersten. Wir nehmen Ihren Vorschlag nicht an.«

»So tragen Sie die Folgen«, rief der Reiter zurück, »und die Verantwortung für alles, was jetzt geschehen muß.«

»Ich übernehme die Verantwortung«, sagte Fink. »An Sie aber noch eine Bitte. Es sind außer den Frauen und Kindern der Landleute zwei Damen in diesem Schloß, die Gemahlin und Tochter des Freiherrn von Rothsattel, wenn ein Zufall Ihnen doch Gelegenheit geben sollte, die Räume dieses Hauses zu betreten, so empfehle ich die Wehrlosen Ihrem ritterlichen Schutz.«

»Ich bin ein Pole«, rief der Reiter stolz, sich auf seinem Pferde erhebend. Er nahm den Hut ab und ritt in kurzem Galopp nach dem Wirtschaftshof zurück.

»Er sieht aus wie ein kühner Bursch«, sagte Fink sich umwendend zu den Leuten, welche aus der Wachstube herzugeeilt waren. »Aber meine Männer, wenn man die Wahl hat, ob man sich verlassen soll auf die Versprechungen eines Feindes, oder auf dies kleine Rohr von Eisen, so bin ich allemal der Meinung, daß man lieber dem vertraut, was man in der Hand hält.« Er schüttelte sein Gewehr. »Der Pole verspricht uns freien Abzug, weil er weiß, daß in ein paar Stunden seine Bande vor unsern Soldaten auseinanderlaufen wird. Wir wären für ihn ein guter Bissen, an die dreißig Gewehre! Und wenn die Reiter kämen und uns nicht in dem Hause fänden, zu dem wir sie gerufen, sondern dies Gesindel mit seinen Krötenspießen, sie würden uns ein schönes Donnerwetter nachschicken, und wir hätten den Schimpf für immer.«

»Ob er es ehrlich gemeint hat?« frug einer der Leute zögernd.

Fink faßte den Mann vertraulich an der Klappe seines Rockes: »Ich glaube, daß er es ehrlich meint, mein Junge, aber ich frage euch, wie weit reicht bei diesem Volk der Gehorsam? Wir wären noch nicht hinter der Waldecke dort unten, so käm ein anderer Haufe über uns, und die Weiber und Eure Sachen würden vor unsern Augen malträtiert. Und deswegen kalkuliere ich, tun wir am besten, wenn wir ihnen die Zähne zeigen.«

Lebhafte Beistimmung der Hörer erfolgte, und einige Hoch! auf die jungen Herren im Schlosse wurden ausgebracht.

»Wir danken«, sagte Fink, »und jetzt alle auf Posten, ihr Männer, denn es kann wohl kommen, daß sie sich wieder blutige Köpfe holen. – Das hält sie wieder auf eine Stunde hin«, fuhr er zu Anton gewandt fort, »bei alledem ist quer, daß die Leute diese Verhandlung angehört haben. Ich glaube nicht an einen Angriff bei Tage, aber auf Posten stehn ist besser für sie, als die Köpfe zusammenstekken.«

Auch der strenge Dienst, den Fink jetzt einrichtete, vermochte nicht die Entmutigung aufzuhalten, welche allmählich, je weiter die Sonne am Himmel stieg, über die kleine Garnison kam. Die Worte des Polen waren von vielen gehört worden, auch die Weiber hatten neugierig ihre Tür geöffnet und sich in die Halle gedrängt. Leise, nach und nach fiel die Furcht in die Herzen und ansteckend wie eine Krankheit erfaßte sie einen nach dem andern. In der Frauenstube brach sie aus. Plötzlich empfanden einzelne eine große Sehnsucht nach Wasser, sie klagten über Durst, zuerst schüchtern, dann lauter, sie drängten sich an der Tür der Küche zusammen und begannen laut zu schluchzen. Nicht lange, so schrien alle Kinder nach Wasser, und viele, die unter andern Umständen nicht an Trinken gedacht hätten, fühlten sich unsäglich elend. Anton ließ die letzten Flaschen Wein aus dem Keller holen; zerschnitt das letzte Brot in Bissen, tauchte jedem einzelnen einige Bissen in den Wein ein, bis sie ganz durchgeweicht waren, und verteilte sie mit der ernsthaften Versicherung, dies sei das beste Mittel gegen Durst, wenn man das in den Mund stecke, sei man einen ganzen Tag lang nicht imstande, Wasser zu trinken, und wenn man Geld dafür bekomme. Das half auf eine Weile, aber die Angst fand andere Türen, durch welche sie sich einschlich. Manche überlegten, was sie denn zu verlieren hätten, wenn sie ein altes Gewehr abgäben und dafür die Freiheit erhielten und das Recht, überall hinzugehn, wohin sie wollten. Diese Ansicht wurde vorläufig durch den Förster bekämpft, der sich in die Mitte der Wachstube stellte und entschlossen erwiderte: »Ich will Euch sagen, Gottlieb Fitzner, und Euch, Ihr dicker Bökel, daß das Weggeben des Gewehrs für uns alle eine Kleinigkeit ist, es ist nur der Übelstand dabei, daß der von Euch, der auf diesen kanailleusen Gedanken käme, ein ganz gemeiner feiger Schuft wäre, vor dem ich alle Tage ausspucken würde, sooft ich ihn träfe.« Darauf gaben Fitzner und Bökel dem Förster eifrig recht, und Bökel erklärte, er werde es mit jedem solchen Kerl ebenso machen, wie der Förster. Und auch diese Gefahr war beseitigt. Aber die abgelösten Wachen blieben in unruhiger Unterhaltung. Die Streitkräfte des Schlosses wurden mit denen des Feindes verglichen; endlich wurde die geringe Stärke des Pfahlwerks im Hofe der herrschende Gegenstand einer furchtsamen Kritik. Es war klar, daß dort der nächste Angriff erfolgen würde, und auch die Beherzten nahmen an, daß der Bohlenzaun nur geringen Widerstand leisten könnte. Sogar der treue Schmied schüttelte mit der Hand an dem Zaun und fand keinen Gefallen an der Art, wie er zusammengenagelt war. In den Mittagstunden waren diese Anfälle von Zaghaftigkeit noch nicht gefährlich, denn der größte Teil der Männer erwartete, das Gewehr in der Hand, jeden Augenblick den Anmarsch des Feindes. Als sich aber die Sonne von ihrer Höhe neigte, ohne daß ein Angriff erfolgte und ohne daß der Posten auf dem Turm den Entsatz meldete, da wirkten Tatlosigkeit und Abspannung zusammen, das Leiden allgemein zu machen. Die Mittagskost war ungenügend, Kartoffeln mit verkohlter Rinde und etwas Salz dazu. Natürlich fingen die Leute wieder an zu dursten, wieder kamen die Frauen jammernd zu Anton und klagten, sein Mittel habe nur auf kurze Zeit geholfen. Und auch unter den Männern flog die Angst um Hunger und Durst von einem Pfeiler zum andern, aus der Wachstube in den Hof bis hinauf in den Turm. Anton hatte die doppelte Ration Branntwein ausgeteilt, auch das half nicht bei allen. Die Männer wurden nicht aufsässig, es war zuviel gute Art in ihnen, sie wurden nur kleinlaut und schwächer. Fink sah mit verächtlichem Lächeln auf diese Symptome eines Zustandes, der seinem elastischen Geist und seinen stählernen Nerven unbegreiflich war. Aber Anton, den alle mit Bitten und Klagen überliefen, fühlte die ganze Verlegenheit dieser Stunden. Etwas mußte geschehen, um gründlich zu helfen, oder alles war verloren. So trat er in den Hof, entschlossen, die Kuh zu opfern. Er stellte sich vor die Milchkuh, klopfte sie auf den Hals: »Liese, armes Tier, du mußt jetzt daran.« Als er sie am Strick herauszog, fiel sein Blick auf die leere Wassertonne, und ihn überkam ein glücklicher Gedanke. Die Erhebung des Bodens über das Wasser des Baches betrug nur wenige Fuß; die ganze Gegend war quellenreich, es war wahrscheinlich, daß man in geringer Tiefe Wasser finden würde. Es war für die Besatzung eine leichte Sache, ein Brunnenloch auszugraben. Wenn man die ausgegrabene Erde an das Pfahlwerk stampfte, so wurde die Festigkeit desselben beträchtlich vermehrt. Und was die Hauptsache war, die Arbeit setzte alle müßigen Hände in Bewegung, sie konnte stunden-, ja tagelang fortgesetzt werden. Aus früheren Yersuchen wußte er, daß das Wasser um das Schloß schlammig und in gewöhnlicher Zeit nicht zu brauchen war, aber darauf kam es heut nicht an. Anton sah nach der Sonne, es war keine Minute zu verlieren.

Er rief den Techniker in den Hof, und als dieser freudig beistimmte, alle freien Hände des Schlosses, auch die Weiber und stärkeren Kinder. Das Werkzeug der Arbeiter wurde herzugeholt, nach wenig Augenblicken waren zehn Männer mit Hacke und Spaten beschäftigt, in der Mitte des Hofes ein großes Loch mit schräger Böschung nach unten zu graben, die Frauen und Kinder mußten unter Aufsicht des Technikers die aufgegrabene Erde an dem Pfahlwerk feststampfen. Einige Männer, und was von Frauen noch zur Hand war, rief Anton zum Schlachten der armen Kuh, welche noch einmal dem Volk gezeigt wurde, bevor sie dem Verhängnis des Tages erlag. Schnell war alles in eifrigster Tätigkeit. Das Brunnenloch, an der Oberfläche viel weiter, als für eine regelmäßige Röhre notwendig gewesen wäre, vertiefte sich zusehends, und an dem Bohlenzaun stieg ein Wall in die Höhe, wie durch die Kraft hilfreicher Gnomen aus dem Boden gehoben. Die Leute griffen an, wie sie in ihrem Leben nicht getan hatten, im Wettkampf flogen die Spaten der Männer, barfüßige Beinchen sprangen begeistert über die Erde, Holzschuhe und Pantoffeln stampften ihre Spuren tief hinein. Jeder wollte mit angreifen, es waren mehr Hände zur Stelle, als der Raum zu bewegen erlaubte. Alle Bangigkeit war verschwunden, lustige Scherze flogen hin und her. Auch Fink kam herbei und sagte zu Anton: »Du bist ein Heidenbekehrer, du verstehst für das Seelenheil deiner Gemeinde zu sorgen.«

»Die Gemeinde arbeitet«, erwiderte Anton fröhlicher, als er in den letzten vierundzwanzig Stunden gewesen war.

Das Brunnenloch vertiefte sich, daß man mit einer kurzen Leiter hineinsteigen mußte, der Grund wurde feucht, die Männer arbeiteten in einem Sumpf, zuletzt mußte der Schlamm in Kübeln heraufgereicht werden, aber die Leute drängten sich zum Tragen, die Eimer flogen aus einer Hand in die andere. Mit lautem Gelächter, wie Kinder, begrüßten sie jeden Schmutzfleck, der aus den Eimern auf die Kleider der Ungeduldigen spritzte. Der Wall erhob sich bereits fußhoch über das Pfahlwerk, und da es an Rasen fehlte, schlugen die Leute an der innern Böschung Holz und Steine mit einer Kraft hinein, welche die Masse festmachte, wie Stuck. Kaum, daß Anton die schmale Seitenpforte frei erhielt. Unter den feindlichen Posten am Bach zeigte sich eine unruhige Bewegung, Reiter sprengten die Postenkette entlang und sahen auf das neue Festungswerk, zuweilen wagte sich einer näher heran, zog sich aber zurück, wenn der Förster sein Gewehr über den Wall erhob. So verrann Stunde auf Stunde, die Sonne sank hinab, und der rote Schein der Abendröte flog über den Himmel. Die Leute im Hof achteten nicht darauf, unten im finstern Brunnenloch standen die Männer bis an den Leib im Wasser. Es war eine gelbe schmutzige Flüssigkeit, aber die Leute starrten in die Öffnung, als ob dort ein Schatz von flüssigem Gold heraufquölle. Endlich, als schon die Schatten des Abends dunkel auf der Öffnung lagen, befahl Anton den Arbeitern, aus der Grube zu steigen. Ein großes Tuch wurde gebracht und über den Wasserbottich gelegt, man schöpfte das Wasser in Eimern herauf und seihte es durch das Tuch.

»Zuerst meine Pferde«, rief ein Knecht und riß die Eimer für die dürstenden Tiere an sich. »Wenn sich der Trank gesetzt hat, wird er so gut wie Bachwasser«, rief der Schmied vergnügt, die Arbeiter wurden nicht müde, sich eine Probe auszuschöpfen, und jeder bestätigte siegesfroh die Meinung des angesehenen Mannes. Unterdes ließ Anton oben auf dem Wall, der bis zum Fußboden des oberen Stockwerks heraufgewachsen war, neue Pfähle einschlagen und die starken Bretter der Kartoffelwagen als Schutzwehr daran befestigen. Als die Finsternis der Nacht sich über das Schloß legte, war das Werk vollendet. Die Frauen klärten unermüdlich über dem Bottich, große Stücke Fleisch wurden nach der Küche geschafft, dort knisterte ein großes Feuer, und die anmutige Aussicht auf ein kräftiges Nachtessen zog in die Seele aller Belagerten.

Da rasselte draußen im Felde wieder die feindliche Trommel, und der schrille Ruf der Knochenpfeife zitterte durch die Räume des Hauses. Einen Augenblick standen die Männer im Hofe erschrocken, sie hatten in den letzten Stunden nur wenig an den Feind gedacht, dann stürmte alles nach der Wachstube und ergriff die Gewehre. Schnell wurde der Unterstock mit doppelter Mannschaft besetzt, der Förster eilte mit einer starken Abteilung nach dem Hofe und kletterte auf den neuen Wall.

»Die Entscheidung naht«, sagte Fink leise zu Anton, »in den letzten Stunden sind starke Banden im Dorf eingerückt, im letzten Abendlicht ein Haufe Reiter. Wir vermögen eine zweite Nacht nicht zu widerstehn. Sie werden auf allen Seiten zugleich angreifen, mit einem Schock kurzer Leitern dringen sie in das Schloß. Und sie wissen das, denn sieh, jede Rotte, die aus dem Dorf heranzieht, ist mit Axt und Leiter versehen. Laß uns gemütlich durchmachen, was nicht zu ändern ist, dein ist das Verdienst, wenn wir als Männer unterliegen, und nicht als Memmen. Ich war bei dem Freiherrn, er und die Frauen sind vorbereitet; sie werden sich zusammen in seinem Zimmer halten. Hast du noch einige Worte in der Kehle, wenn einer von den Messieurs der Bande über dich wegsteigt, so erinnere ihn an die Frauen. Gott befohlen, Anton, ich nehme die Hofseite, du die Front.«

»Mir ist's unmöglich«, rief Anton, »daß wir unterliegen sollen, ich habe nie so frohe Hoffnung gehabt, als in dieser Stunde.«

»Hoffnung auf Entsatz?« frug Fink die Achseln zuckend und wies durch das Fenster auf die feindlichen Haufen, »und wenn er in einer Stunde kommt, er kommt zu spät. Seit Rebekkas Kanone abgefahren ist, sind wir in den Händen des Feindes, sobald dieser einen ernstlichen Sturm wagt. Und er wird ihn wagen. Man muß sich keine Illusionen machen, die nicht länger glimmen, als eine Zigarre. Deine Hand, mein lieber Junge, lebe wohl!« Er drückte kräftig Antons Hand, und das stolze Lächeln glänzte wieder auf seinem Antlitz. So standen die beiden nebeneinander, jeder sah liebevoll auf die Gestalt des andern, ungewiß, ob er sie je wieder erblicken werde.

»Fahre wohl!« rief Fink und erhob die Büchse, seine Hand aus der des Freundes lösend; aber er blieb wie eingewurzelt stehn und lauschte, denn über dem Trommelwirbel der Feinde und dem Lärm der anrückenden Haufen fuhr ein heller Klang durch die Nachtluft, eine fröhlich schmetternde Fanfare, und als Antwort klang von dem Dorfe her der regelmäßige Sturmschlag eines Tambours der Linie, darauf eine starke Gewehrsalve und ein fernes Hurra.

»Sie kommen«, rief es aus allen Ecken des Schlosses, »unsre Soldaten kommen.« Der Förster stürzte in die Halle: »Die Rotmützen«, schrie er, »sie reiten am Bach herauf zur Brücke, hinten im Dorf stürmt die Infanterie.«

»Alle in den Hof«, rief Fink, »zum Ausfall, ihr Männer, vorwärts!« Die Verrammelung der Pforte wurde weggerissen, die Mannschaft war im Augenblick außerhalb der Verschanzung, kaum daß Anton den Techniker und einige Knechte als Besatzung des Hauses in den Hof zurücktrieb. Der Förster schritt die Reihe entlang und ordnete die Leute. Fink sah nach dem Stand des Gefechts. Die Infanterie-Kolonne drang im Dorfe vor, das unaufhörliche Knattern des Gewehrfeuers verriet die Erbitterung des Kampfes, aber das Feuer kam langsam näher, die Feinde wichen, schon rannten einzelne Flüchtlinge derselben aus dem Wirtschaftshof hervor. Unterdes passierte eine Abteilung Husaren gegenüber dem Schlosse den Bach, sie trieb kleine Haufen der Belagerer vor sich her. Fink führte seine Bewaffneten um das Haus herum und stellte sie an der Ecke auf, die dem Dorfe zunächst lag. »Geduld«, rief er, »und wenn ich euch vorführe, vergeßt euren Kriegsruf nicht, sonst werdet ihr in der Dunkelheit überritten und zerstampft, wie die Feinde.« Nur mit der größten Mühe waren die Ungeduldigen im Gliede zu halten.

Vom Bache her flog ein einzelner Reiter auf sie zu. »Hurra, Rothsattel!« rief er schon aus der Ferne. »Sturm!« schrie ihm ein Dutzend Stimmen entgegen, Anton sprang aus dem Gliede auf den treuen Mann zu. »Wir haben die Feinde«, rief Karl, »der Feind hat die Straße von Rosmin besetzt, ich aber führte unsere Leute auf Umwegen durch den Wald.«

Ein dunkler Haufe wurde an den letzten Häusern des Dorfes sichtbar, Berittene sprengten vor, der feindliche Trupp machte halt und sammelte sich am Wirtschaftshofe. Dort setzte sich der Kampf, die Führer trieben ihre Leute wieder zurück ins Gefecht. »Jetzt gilt's«, rief Fink. Im Schnellschritt zog die Schar über den Anger, stellte sich seitwärts vom Wege an der ersten Scheuer auf, und eine Salve aus fünfundzwanzig Gewehren drang in die Seite des Feindes. Dadurch kam Verwirrung in die gedrängte Schar der Feinde, die Masse löste sich auf und stürzte in wilder Flucht über die Ebene. Wieder klang hinter denen vom Schloß die Trompete, im vollen Rosseslauf stürmten die Husaren vor und hieben in einen Haufen ein, der noch standhielt. Karl warf sich zu ihnen und verschwand im Getümmel. So trieben sie den Feind in die Felder.

Aus dem Dorf aber sprengten jetzt die polnischen Reiter, ihnen voran der Parlamentär, der seine Leute mit lautem Zuruf auf die Husaren trieb.

»Rothsattel«, rief eine jugendliche Stimme vom Pferde dicht neben Anton, und vor einem Zug Husaren stürmte ein schlanker Offizier den polnischen Reitern entgegen. Fink richtete seine Büchse gegen den polnischen Oberst.

»Ich danke«, rief dieser, auf seinem Pferde wankend, und schoß mit letzter Kraft seine Pistole in die Brust des Husars ab, der auf ihn einritt. Getroffen sank der Husar vom Pferde, mit dem Körper des Polen jagte das Pferd von dannen.

Nach wenigen Minuten war die Umgebung des Schlosses von Feinden gereinigt; die Nacht deckte die Flüchtigen, schützend breiteten die Waldbäume ihre Äste über die Söhne des Landes. In kleinen Abteilungen verfolgten die Sieger den letzten Haufen der Feinde.

Vor dem Schlosse kniete Anton am Boden und stützte das Haupt des gefallenen Reiters mit seinen Armen. Mit Tränen im Auge sah er von dem Sterbenden zu dem Freund auf, welcher mit einer Gruppe von Offizieren teilnehmend zur Seite stand. Der Siegesjubel war verstummt, die Landleute umgaben in düsterem Schweigen die Stätte. Langsam wurde der Regungslose auf den Händen der Männer nach dem Hause getragen.

In der Vorhalle stand an der Treppe der Freiherr mit seiner Tochter, bereit, die willkommenen Gäste zu begrüßen. Als Lenore den wunden Mann erblickte, stürzte sie unter die Träger, welche schweigend den Körper vor dem Freiherrn niederlegten, und sank mit einem Schrei zu Boden.

»Wer ist es?« stöhnte der blinde Mann und griff mit den Händen vor sich in die Luft. Niemand antwortete, scheu traten alle zurück.

»Vater«, murmelte der Verwundete, und ein Blutstrom quoll aus seinem Mund. »Mein Sohn, mein Sohn!« schrie der Blinde wie rasend, und seine Knie brachen zusammen.

Den Sohn hatte es aus seiner Garnison fortgetrieben zu dem Heere, welches sich nahe bei seinen Eltern zusammenzog. Er hatte es durchgesetzt, ein anderes Regiment zu begleiten, er hatte Erlaubnis erhalten, die Eskadron zu begleiten, welche dem Vater zu Hilfe entsendet wurde. Er wollte seine Eltern überraschen und brachte ihnen mit dem Entsatz seine blutende Brust in das Haus und den Tod in die Herzen.

Jetzt lag eine unheimliche Stille auf dem hohen Slawenschloß. Der Sturm hatte ausgetobt, von den Blütenbäumen im Felde fielen lautlos die weißen Blätter und lagen im Sternenlicht am Boden, rein, wie ein weißes Totentuch. Wo seid ihr, lustige Pläne des blinden Mannes, der gebaut, gesündigt, gelitten hat, um euch lebendig zu machen? Horche, du armer Vater, mit verhaltenem Atem; es ist still geworden im Schloß und auf den Gipfeln der Bäume, und doch vermagst du nicht mehr zu hören den einen Ton, an den du immer gedacht hast bei deinen Luftschlössern, unter deinen Pergamenten, den Herzschlag deines einzigen Sohnes, des ersten Majoratsherrn der Rothsattel.

SECHSTES BUCH

1

Traurige Tage kamen über das Schloß, schwer zu tragen für jeden
der in seinen Mauern wohnte. In der Familie des Freiherrn saß das
Siechtum, wie der Wurm in einer Pflanze. Nach der schwarzen
Stunde, wo man dem Vater den sterbenden Sohn ins Haus getragen
hatte, verließ der Freiherr nicht sein Zimmer. Das wenige, was noch
von Kraft in ihm gewesen war, jetzt war es zerbrochen, der Schmerz
zehrte an seinem Geist mehr als an seinem Körper, er brütete tagelang still vor sich hin, und nicht die Bitten Lenorens, nicht die Nähe
seiner Frau vermochten ihn zu beleben. Als der Baronin die Un-
glücksbotschaft gebracht wurde, zitterte Anton, daß das dünne Band
zerreißen müsse, welches das Leben noch an ihrem Körper hielt, und
wochenlang ging Lenore nicht von ihrem Lager. Aber zur Verwunderung aller erfolgte das Gegenteil. Der Zustand des Gatten nahm
bald ihre Sorge so sehr in Anspruch, daß ihr selbst Schmerz und
Schwäche zu schwinden schien. Sie zeigte sich kräftiger, als sie
vorher gewesen war, nur auf die Pflege des Freiherrn bedacht,
gewann sie über sich, stundenlang neben seinem Stuhl zu sitzen. Der
Arzt freilich schüttelte gegen Anton den Kopf und sagte, daß dieser
plötzlichen Erhebung wenig zu trauen sei. Lenore wurde in den
ersten Wochen nach dem Tode des Bruders kaum von jemandem
gesehen. Wenn sie einmal außer dem Krankenzimmer erschien, so
waren es fast nur Fragen nach dem Befinden der Kranken, die sie
beantwortete, oder Bitten nach dem Arzt, die sie an Anton richtete.

Unterdes zog draußen ein wildes Frühjahr vorüber, ein stürmischer Sommer folgte. Zwar die Schrecken des Bürgerkrieges hatte
das Gut nicht mehr zu fürchten. Aber die schweren Lasten der Zeit
legten sich erdrückend auf die Wirtschaft. In der stillen Waldinsel
tönte jetzt täglich der Trommelschlag des Tambours oder das Signal
des Trompeters, Dorf und Schloß hatten Einquartierung, welche
häufig wechselte. Anton hatte mit allen Händen zu tun, Mannschaft
und Pferde unterzubringen und für ihre Verpflegung zu sorgen.
Bald waren die geringen Kräfte des Gutes erschöpft, ohne Finks
vorausbezahlte Pachtgelder wäre es unmöglich gewesen, diese Zeit
zu überstehen. Auch in der Wirtschaft nahmen die Störungen kein
Ende. Mehr als ein Morgen war in den Tagen der Belagerung durch
die Fußtritte von Rossen und Menschen zerstampft worden, jetzt
hielten requirierte Fuhren die Gespanne auf, die Leute selbst verwil-

derten in der unruhigen Zeit und verloren die Lust zu regelmäßiger Tätigkeit. Aber im ganzen wurde die Ordnung doch erhalten, die Arbeiten des Jahres nahmen nach dem Plan, der im Frühjahr gemacht war, ihren Fortgang. Noch besser ging es mit dem Wiesenbau. Nicht alle Arbeiter, welche Fink auf das Gut geführt hatte, hielten aus, aber sie wurden durch andere Leute ersetzt, die sich in dieser Zeit bewährten. Ja, die Zahl der grauen Jacken und schwarzen Hüte vermehrte sich, und die Garde des Herrn von Fink wurde in der ganzen Umgegend als eine trotzige Gesellschaft besprochen, mit der nicht gut anzubinden sei. Fink selbst war jetzt oft abwesend, er hatte viele Offiziere kennengelernt, alte Bekanntschaften erneuert, er fuhr im Lande umher, verfolgte mit Eifer die kriegerischen Operationen und machte als Freiwilliger das Treffen mit, welches einige Meilen von dem Gut gegen die Insurgenten gewonnen wurde. Seine Verteidigung des Schlosses hatte ihn in der Umgegend zu einer gefürchteten Person gemacht, welcher aller Haß der feindlichen Partei ebensosehr zufiel, als die Bewunderung der Freunde.

Es war einige Wochen nach dem Entsatz des Schlosses, als Lenore in die Hoftür trat, vor welcher Anton mit dem Förster verhandelte. Lenore sah über den Hof, in welchem jetzt eine Pumpe stand, und über den Zaun, von dem der Erdwall abgefahren war, in die Landschaft, welche jetzt in dem hellen Grün des ersten Sommers glänzte. Endlich sagte sie mit einem Seufzer: »Es ist Sommer geworden, Wohlfart, und wir merken nichts davon.«

Anton sah ihr besorgt in das bleiche Gesicht. »Draußen im Walde ist's jetzt hübsch, ich war gestern beim Förster; nach dem letzten Regen stehn Holz und Blüten in vollem Saft. Wenn Sie sich nur einmal entschließen könnten, hinauszugehen.« Lenore schüttelte verneinend das Haupt. »Was ist an mir gelegen!« rief sie bitter.

»Vor allem hören Sie eine Nachricht, die mir soeben der Förster zugetragen hat«, fuhr Anton fort. »Der Mann, den Ihr Schuß getroffen, war der elende Bratzky. Sie haben ihn nicht getötet. Wenn Sie sich darüber einen Vorwurf machen, von diesem Schmerz kann ich Sie befreien.«

»Gelobt sei Gott!« rief Lenore und faltete die Hände.

»Schon damals, als der Förster über Nacht zu uns ins Schloß kam, sah er, daß der Schurke mit verbundenem Arm in der Schenke saß. Gestern wurde er von dem Militär als Gefangener in Rosmin eingebracht.«

»Ja«, sagte der Förster dazutretend, »eine Kugel tut dem nichts, der denkt höher hinaus.« Er griff mit der Hand an den Hals und machte die Pantomime des Hängens.

»Es lag auf mir bei Tag und Nacht«, sagte Lenore leise zu Anton, »wie verdammt kam ich mir vor; in der Finsternis quälten mich schreckliche Traumgesichter, daß ich aus dem Schlaf auffuhr und schrie; immer sah ich den Mann vor mir, wie er die Faust ballte, hinstürzte und das Blut aus seiner Schulter floß. O Wohlfart, was haben wir erlebt!« Sie lehnte sich an die Tür und starrte mit tränenlosen Augen vor sich nieder. Vergebens suchte Anton sie zu beruhigen, sie hörte kaum seine Worte.

Der Huf eines Pferdes klapperte auf den Steinen, Finks Brauner wurde herausgeführt.

»Wo reitet er hin?« frug Lenore hastig.

»Ich weiß es nicht«, versetzte Anton, »er ist jetzt viel auswärts, ich sehe ihn tagelang nicht.«

»Was soll er auch bei uns?« rief Lenore, »das unglückliche Haus ist kein Ort für ihn.«

»Wenn er sich nur etwas in acht nehmen wollte«, sagte der Förster, »die Tarower sind giftig auf ihn, sie haben geschworen, ihm eine Kugel nachzuschicken, und er reitet immer allein und bei Nacht.« – »Es ist umsonst, ihn zu warnen«, sagte Anton. – »Sei endlich verständig, Fritz«, rief er dem Freunde zu, der aus dem Hause trat, »reite nicht so allein, wenigstens nicht über die Tarower Flur.«

Fink zuckte die Achseln. »Ah, unser Fräulein ist hier. Wir haben so lange nicht die Freude gehabt, Sie zu sehen, daß es uns hier bereits sehr langweilig geworden ist.«

»Hören Sie auf die Warnung des Freundes«, erwiderte Lenore ängstlich, »und hüten Sie sich vor den bösen Menschen.«

»Wozu?« versetzte Fink; »eine respektable Gefahr ist nicht vorhanden, und vor einem dummen Teufel, der hinter einem Baum steht, kann sich in solchen Zeiten niemand bewahren, das würde zu viel Zwang auflegen.«

»Wenn Sie's nicht um Ihretwillen tun, so denken Sie an die Angst Ihrer Freunde«, bat Lenore.

»Habe ich noch Freunde?« frug Fink lachend; »manchmal ist mir's, als wären sie untreu geworden. Meine guten Freunde gehören zu der Klasse, welche sich pflichtgetreu zu beruhigen weiß. Hier unser ehrenwerter Wohlfart wird ein reines Sacktuch in die Tasche stecken und seine feierlichste Miene aufsetzen, wenn ich einmal mein Spiel verliere; und ein anderer Waffenkamerad wird sich noch leichter trösten. Heran mit dem Pferde«, rief er, schwang sich hinauf und sprengte mit kurzem Gruß davon.

»Er reitet gerade auf Tarow zu«, sagte der Förster, welcher ihm nachgesehen hatte, mit Kopfschütteln. Lenore ging schweigend in das Zimmer der Eltern zurück.

Aber am späten Abend, als die Lichter des Schlosses längst verlöscht waren, bewegte sich noch lange eine Gardine, und ein Weib lauschte angstvoll auf den Hufschlag des heimkehrenden Rosses. Stunde auf Stunde verrann, erst gegen Morgen schloß sich der Fensterflügel, als ein Reiter vor der Pforte anhielt, und eine Melodie vor sich hin trällernd, das Pferd selbst in den Stall führte. Nach einer durchwachten Nacht verbarg Lenore ihr schmerzendes Haupt in die Kissen.

So ging es durch Monate fort. Endlich kam der Freiherr, auf den Arm seiner Tochter und auf einen Stab gestützt, wieder manchmal herunter ins Freie, dann saß er entweder schweigsam im Schatten der

Schloßmauer oder er hörte mit galliger Laune auf jede Kleinigkeit, die ihm zu schelten möglich machte. In solchen Stunden bogen die Leute gern in weitem Umweg aus, um ihm nicht zu nahe zu kommen, und da Anton dies nicht tat, so war er nicht selten das Opfer, über dem sich die Verstimmung des Freiherrn Luft machte. Antons Verhältnis zu dem Kranken wurde bald so lästig, daß nur ein ungewöhnlicher Grad von Geduld darüber weghelfen konnte. Täglich mußte der Freiherr hören, daß die Leute bei seinen Querfragen sich damit entschuldigten, »Herr Wohlfart hat es so befohlen«, oder, »der Herr Rentmeister hat das nicht gewollt«, mit Eifer suchte er die Aufträge, welche Anton gegeben hatte, durch seine Willensäußerung zu stören; aller Groll, alle Gehässigkeit, die sich in der Seele des Unglücklichen aufgesammelt hatte, konzentrierte sich in ein schwächliches Gefühl des Hasses gegen seinen Bevollmächtigten.

Fink kümmerte sich jetzt wenig um den Freiherrn, wenn er das Gezänk mit Anton bemerkte, verzog er schweigend die Augenbrauen und sagte höchstens: »Es mußte so kommen.« Am besten kam noch Karl mit dem Freiherrn aus; er nannte ihn nie anders, als Herr Rittmeister, und schlug kriegerisch mit den Absätzen zusammen, so oft er ihm eine Meldung machte; das hörte der blinde Herr, und das tat ihm wohl. Und das erste Zeichen von Teilnahme, welches der Freiherr für das Befinden Fremder zeigte, wurde dem Amtmann zuteil. Ein Gartenstuhl war in der Sonne eingetrocknet und drohte auseinanderzufallen, Karl ergriff im Vorübergehn den Stuhl und schlug ihn mit der geballten Hand zusammen. »Sie schlagen doch nicht mit Ihrer rechten Hand, lieber Sturm?« frug der Freiherr.

»Wie's kommt, Herr Rittmeister«, erwiderte Karl.

»Das sollten Sie nicht tun«, ermahnte der Blinde, »eine solche Wunde will geschont sein, es setzt sich manchmal nach Jahren eine Krankheit hinein. Sie sind gar nicht sicher, ob das nicht in späterer Zeit auch bei Ihnen der Fall sein wird.«

»Lustig gelebt und selig gestorben, Herr Rittmeister«, erwiderte Karl, »ich sorge nicht um die Zukunft.«

»Er ist ein sehr brauchbarer Mensch«, sagte der Freiherr zu seiner Tochter.

Die Ähren der Halmfrüchte blühten ab, die grünen Felder überzogen sich mit hellem Gelb, das fröhliche Geräusch der Ernte begann. Als der erste Erntewagen in den Hof rollte, stand Anton bei der Scheuer und überwachte das Einbringen. Da trat Lenore zu ihm: »Wie wird die Ernte?«

»So weit wir in diesem Jahr ernten können, sind die Aussichten nicht schlecht. Wenigstens mit der Garbenzahl ist Karl zufrieden, sie scheint größer zu werden, als unser Anschlag war«, erwiderte Anton vergnügt.

»So haben Sie doch eine Freude, Wohlfart«, sagte Lenore.

»Es ist eine Freude für alle auf dem Hofe, Sie sehen's aus der rührigen Geschäftigkeit der Leute. Auch der Träge arbeitet jetzt mit doppelter Kraft. Wenn aber ich mich freue, so ist's auch über Ihre

Frage. Sie sind dem Hofe und allem, was zum Gut gehört, so fremd geworden.«

»Ihnen nicht, mein Freund«, sagte Lenore niedersehend.

»Sie selbst müssen krank werden«, fuhr Anton eifrig fort. »Wenn ich dürfte, möchte ich Sie schelten, daß Sie die ganze Zeit so wenig an sich selbst gedacht haben. Ihr kleines Pferd ist im Stall steif geworden, Karl muß manchmal darauf reiten, damit es das Laufen nicht verlernt.«

»Mag es dahingehn, wie alles andere«, rief Lenore, »ich werde mich nicht wieder darauf setzen. Haben Sie Mitleid mit mir, Wohlfart, mir ist manchmal, als verlöre ich die Besinnung, es ist mir alles auf der Welt gleichgültig geworden.«

»Wozu so hart, Fräulein?« sprach eine spöttische Stimme hinter ihr. Lenore schrak zusammen und wandte sich um. Fink, der länger als eine Woche verreist gewesen, trat zu ihnen. »Mache, daß du den Blasius wegjagst«, sagte er zu Anton, ohne sich weiter um Lenore zu kümmern; »der Schlingel ist schon wieder betrunken, er peitscht in die Pferde, daß die armen Tiere mit Schwielen bedeckt sind. Ich hatte große Lust, seinen Pferden eine Satisfaktion zu verschaffen und ihn vor ihren Augen abzustrafen.«

»Habe Geduld bis nach der Ernte«, erwiderte Anton, »wir können ihn jetzt nicht ersetzen.«

»Ist er nicht sonst ein gutmütiger Mensch?« frug Lenore schüchtern. »Gutmütigkeit ist ein bequemer Titel für alles mögliche Ungesunde«, erwiderte Fink. »Bei den Männern heißt's gutmütig und bei den Frauen gefühlvoll.« Er sah Lenore an. »Was hat das arme Geschöpf der Pony, verschuldet, daß Sie ihn nicht mehr reiten wollen?«

Lenore errötete, als sie zur Antwort gab: »Das Reiten hat mir Kopfschmerz gemacht.«

»Ei«, spottete Fink, »Sie hatten sonst den Vorzug, weniger weich zu sein; ich kann nicht sagen, daß dies larmoyante Wesen Ihnen zuträglich ist, Sie werden den Kopfschmerz dabei nicht verlieren.«

Lenore wandte sich gedrückt zu Anton: »Sind die Zeitungen angekommen? Ich kam, Sie für den Vater darum zu bitten.«

»Der Bediente hat sie in das Zimmer der Frau Baronin getragen.«

Lenore wandte sich mit einer Verbeugung ab und ging nach dem Schlosse zurück.

Fink sah ihr nach und sagte zu Anton: »Schwarz kleidet sie nicht, sie sieht ganz verstört aus. Es ist eins von den Gesichtern, die nur gefallen, wenn sie stattliche Fülle haben.«

Anton blickte finster auf seinen Freund. »Dein Benehmen gegen das Fräulein war in den letzten Wochen so auffallend, daß ich mich oft darüber geärgert habe. Ich weiß nicht, ob es in deiner Absicht liegt, aber du behandelst sie mit einer Nachlässigkeit, die nicht sie allein verletzt.«

»Sondern auch dich, Master Wohlfart«, sagte Fink und sah den Zürnenden groß an. »Ich habe nicht gewußt, daß du auch die Duenna dieses Fräuleins bist.«

»Diese Sprache hilft dir nichts«, versetzte Anton ruhiger. »Ich habe recht, wenn ich dich erinnere, daß du schlimmer als unzart gegen ein ehrliches Gemüt handelst, das jetzt jede Rücksicht mit doppeltem Recht verlangen kann.«

»Habe du die Güte, ihr diese Rücksicht zu gönnen, und kümmere dich nicht um meine Weise«, erwiderte Fink kurz.

»Fritz«, rief Anton, »ich verstehe dies Wesen nicht, es ist wahr, du bist rücksichtslos –«

»Hast du das so oft erfahren?« unterbrach ihn Fink.

»Nein«, erwiderte Anton, »wenn du es gegen andere warst, mir hast du dich immer gezeigt, wie du im Herzen bist, hochgesinnt und voll Teilnahme, aber eben deshalb tut mir weh, mehr als ich sagen kann, daß du gegen Lenore so verändert bist.«

»Darum laß mich«, versetzte Fink, »jeder hat seine eigene Weise, Vögel abzurichten. Nur nebenbei laß dir sagen, wenn dein Fräulein Lenore nicht aus diesem kränklichen Leben aufgerüttelt wird, so geht das Beste an ihr in kurzer Zeit zum Teufel. Der Pony allein wird's nicht tun, das weiß ich, aber du, mein Sohn, mit deiner wehmütigen Teilnahme wirst's auch nicht tun. Und so wollen wir den Dingen ihren Lauf lassen. – Ich gehe heut noch nach Rosmin, hast du etwas zu bestellen?«

Diese Unterredung brachte zwar keine Entfremdung zwischen den Freunden hervor, aber sie wurde wenigstens von Anton nicht vergessen. Er zürnte in der Stille der herrischen Weise des andern und beobachtete unruhig jedes zufällige Zusammentreffen desselben mit Lenore. Fink suchte und vermied das Fräulein nicht. Die Familienabende wurden nicht wieder eingerichtet, auch als der Herbst herankam. Wenn Fink auf dem Gut war, speiste er mit Anton auf seinem Zimmer, und nur im Freien traf er mit Lenoren zusammen. Dann sah man ihrem Benehmen den Zwang an, und Fink behandelte sie seit der Unterredung mit Anton wie eine Fremde.

Anton selbst sollte über seine eigne Stellung Erfahrungen machen. Sosehr er vermied, dem Freiherrn Unangenehmes mitzuteilen, so gab es doch etwas, was er ihm nicht länger ersparen konnte, die Regulierung der Schulden, welche der verstorbene Sohn gemacht hatte. Denn bald nach dem Tode desselben waren zahlreiche Briefe mit eingeschlossenen Forderungen auf dem Schlosse angekommen. Lenore hatte sie Anton übergeben und Anton hatte alle, unter ihnen auch den Schuldschein Sturms, an den Justizrat Horn geschickt und von diesem redlichen Mann ein Gutachten und eine genauere Ermittelung der Forderungen erbeten. Das Gutachten war jetzt angekommen. Der Jurist verbarg ihm nicht, daß der Schuldschein, welchen der junge Rothsattel dem Auflader ausgestellt hatte, in der Form so fehlerhaft war, daß er vor Gericht nur als eine Quittung über empfangenes Geld betrachtet werden konnte. Eine gesetzliche Verpflichtung des Freiherrn, für den Sohn zu zahlen, war nicht vorhanden. Die Summe der Schulden war so groß, daß eine augenblickliche Tilgung ganz unmöglich war. Und Anton selbst hatte dem jungen Verschwender mehr als achthundert Taler geliehen. Als er den Schuldschein Eugens aus seinen Papieren heraussuchte, sah er lange auf die Züge des Verstorbenen. Das war die Summe, durch welche sein eitler Sinn ihn in das Leben der Familie eingekauft hatte. Und was hatte ihm dieser Kauf gebracht? Damals war ihm eine Ehrensache gewesen, seinem vornehmen Freund aus der Verlegenheit zu helfen, jetzt erkannte er, wie vorschnell er es dem Leichtsinnigen leichtgemacht hatte, Geld zu erhalten. Finster verschloß er den eignen Schein wieder in die Schublade.

Mit schwerem Herzen ließ er den Freiherrn um eine Unterredung ersuchen. Schon bei der ersten Erwähnung seines Sohnes geriet der Freiherr in heftige Bewegung, und als Anton in seinem Eifer den Verstorbenen kurzweg beim Vornamen nannte, erhob sich die Galle in dem verletzten Vater. Er unterbrach die Rede Antons durch die heftigen Worte: »Ich verbitte mir diese familiäre Bezeichnung meines verstorbenen Sohnes, lebend oder tot, ist er für Sie immer der Freiherr von Rothsattel.«

Anton erwiderte an sich haltend: »Herr Eugen, Freiherr von Rothsattel, hat bei seinen Lebzeiten etwas über viertausend Taler Schulden gemacht.«

»Das ist unmöglich«, unterbrach ihn der Freiherr.

»Die beglaubigten Abschriften der Schuldscheine und Wechsel, sowie die Einsicht in die Originaldokumente, welche Justizrat Horn gefordert hat, machen die Tatsache selbst unzweifelhaft. Bei neunzehnhundert Talern, dem größten Posten, ist die Wahrheit der vollen Zahlung um so weniger zu bezweifeln, als der Vater des Amtmann Sturm, welcher das Darlehen gemacht hat, ein Mann von der größten Redlichkeit ist. Ein Brief des Verstorbenen an mich erkennt diese Schuld ausdrücklich an.«

»Sie also haben von diesen Schulden gewußt«, rief der Freiherr in steigendem Zorn, »und Sie haben mir ein Geheimnis daraus gemacht? Ist das Ihre vielgepriesene Treue?«

Vergebens setzte ihm Anton die nähern Umstände auseinander, der Freiherr hatte die Herrschaft über seine Empfindungen verloren. »Schon längst habe ich erkannt«, rief er laut, »wie eigenmächtig Ihr ganzes Verfahren ist. Sie benutzen meinen Zustand, um die Disposition über mein Vermögen zu erhalten, Sie machen Schulden, Sie lassen Schulden machen, Sie ziehen Geld ein, Sie verrechnen mir, was Ihnen gut dünkt.«

»Sprechen Sie nicht weiter, Herr Freiherr«, rief Anton mit starker Stimme. »Nur das Mitleid mit Ihrer Hilflosigkeit verbietet mir, Ihnen die Antwort zu geben, welche Sie in diesem Augenblick verdienen. Wie groß dies Mitgefühl ist, mögen Sie daraus sehn, daß ich mich bemühen will, Ihre Rede zu vergessen, und daß ich Sie jetzt um Ihre Erklärung bitte: Wollen Sie die Schulden, welche der Verstorbene gemacht hat, anerkennen, und wollen Sie namentlich dem Auflader Sturm oder seinem Sohn, Ihrem Amtmann, durch diese Anerkennung eine Sicherheit geben, oder wollen Sie es nicht tun?«

»Nichts will ich tun«, rief der Freiherr außer sich, »was Sie mit solcher Prätension von mir fordern.«

»Dann ist es unnütz, jetzt weiter mit Ihnen zu sprechen. Ich bitte Sie, Herr Freiherr, noch einmal die Angelegenheit zu überlegen, bevor Sie Ihren letzten Entschluß aussprechen. Ich werde mir die Ehre geben, heut abend Ihre Entscheidung entgegenzunehmen. Ich hoffe, daß bis dahin Ihr Gerechtigkeitsgefühl den Sieg über eine Verstimmung davontragen wird, deren Gegenstand ich nicht zum zweitenmal zu werden wünsche.«

Mit diesen Worten verließ er den Freiherrn und hörte noch, wie dieser im Zorn einen Stuhl umwarf und an die Möbel stieß. Kaum war er in seinem Zimmer angekommen, so erschien der vertraute Diener und forderte im Auftrage des Freiherrn die Akten und Rechnungsbücher, welche Anton bis dahin in seinem Zimmer aufbewahrt hatte. Schweigend übergab Anton die Papiere dem erschrokkenen Mann.

Er war entlassen, in der rohesten Weise entlassen, seine Redlichkeit war bezweifelt, dieser Bruch war unheilbar. Wohl mochte der Freiherr andern Sinnes werden, und Anton wußte, nach wenigen Stunden würden die Vorstellungen der Frauen den kranken Mann umstimmen; aber für ihn selbst gab es keine Rückkehr, er mußte fort. Welche Pflichten er auch gegen die Baronin und Lenore übernommen, jetzt sprach die Pflicht, die er gegen sich selbst hatte, lauter als jede andere. Bitter war diese Stunde. Schon jetzt, wo er zornig in seinem Zimmer auf und ab schritt, fühlte er, daß in der Beleidigung, die ihm zugefügt wurde, auch eine Strafe für ihn selbst lag. Rein war sein Wille, und unsträflich sein Tun gewesen, aber die enthusiastischen Gefühle, die ihn in dieses Haus geführt, hatten nicht vermocht, zwischen ihm und dem Freiherrn ein sittliches Verhältnis, das des Arbeitgebers und des Arbeiters, zu begründen. Nicht der freie Wille beider und nicht verständiger Entschluß hatte sie verbunden, sondern der Zwang unklarer Verhältnisse und seine eigene jugendliche Schwärmerei. Diese gaben ihm selbst Ansprüche, die größer waren, als seine Stellung, und dem andern einen Druck, der ihn einengte und schwächer machte.

In diesen Gedanken wurde er durch Lenore unterbrochen, welche hastig in sein Zimmer trat. »Meine Mutter wünscht Sie zu sprechen«, rief sie: »Was werden Sie tun, Wohlfart?«

»Ich muß gehn«, sagte Anton ernst. »Daß ich Sie verlassen muß in dieser Lage, Ihre Zukunft so unsicher, das hätte ich niemals für möglich gehalten. Nichts gab es, das mich hätte bewegen können, von hier zu scheiden, bevor ich stärkeren Händen die Verwaltung des Gutes übergeben konnte, nichts als eines. Und dies eine ist jetzt eingetreten.«

»Gehen Sie«, rief Lenore außer sich. »Alles stürzt über uns zusammen, es gibt keine Hilfe, auch Sie können uns nicht retten, gehen Sie und lösen Sie Ihr Leben von den Sinkenden.«

Als Anton bei der Baronin eintrat, lag die Leidende auf dem Sofa.

»Setzen Sie sich zu mir, Herr Wohlfart«, sagte sie leise. »Es ist die Stunde gekommen, wo ich Ihnen etwas mitteilen muß, was ich um meinetwillen für die Zeit aufgespart habe, wo man am offenherzigsten miteinander spricht, auf die letzte Stunde des Zusammenseins. Der Freiherr ist durch seine Krankheit so weit gekommen, daß er Ihre treue Hilfe nicht mehr versteht. Ja Ihre Gegenwart verschlimmert den unglücklichen Zustand, worin er sich befindet, mit jedem Tage. Er hat in seiner Aufwallung Ihr Zartgefühl so sehr verletzt, daß ich eine Versöhnung nicht mehr für möglich halte. Er würde durch Ihre Anwesenheit von jetzt ab nicht in der Einbildung, sondern in Wahrheit gedemütigt werden. Auch wir würden das Opfer, welches Sie uns von heut ab bringen müßten, für zu groß halten, als daß wir es annehmen könnten, selbst wenn Sie vergessen wollten.«

»Ich habe die Absicht, in den nächsten Tagen dies Gut zu verlassen«, entgegnete Anton.

»Was mein Mann gegen Sie versehen, kann ich nicht gutmachen, aber ich wünsche Ihnen eine Gelegenheit zu geben, sich an dem Freiherrn in der Weise zu rächen, welche Ihrer würdig ist. Der Freiherr hat Ihre Ehre angegriffen; die Rache, welche ich, seine Frau, Ihnen dafür biete, ist die, daß Sie ihm seine eigene Ehre zu retten suchen.«

Sie hatte ruhig gesprochen, die Worte glitten ihr von den Lippen, wie bei der Unterhaltung in großer Gesellschaft, jetzt hielt sie an und suchte die Worte. »Er hat vor Jahren sein Ehrenwort gegeben, eine Verpflichtung zu erfüllen, und hat in einem verzweifelten Augenblick sein Wort gebrochen. Die Beweise, daß er das getan hat, sind wahrscheinlich in der Hand gemeiner Menschen, welche ihr Wissen benutzen können, ihn zu verderben. Daß ich Ihnen dies gerade jetzt mitteile, wird Ihnen ein Beweis sein, wie ich Ihr Verhältnis zu unserm Hause ansehe.« Sie zog einen Brief aus den Kissen. »Mit diesem Brief lege ich seine und unser aller Zukunft in Ihre Hand; wenn einer uns davor schützen kann, daß seine Verfolger diese Waffe gegen ihn gebrauchen, so werden Sie es tun; wenn es noch möglich ist, seinem verstörten Gemüt einigen Frieden zurückzugeben, so werden Sie es tun.« Sie streckte ihre Hand aus und übergab Anton den Brief.

Anton trat an das Fenster und sah mit Erstaunen ein Schreiben Ehrenthals. Zweimal mußte er es durchlesen, bevor er den Sinn erriet. Es war eine zitternde Hand und es war ein ungeordneter Geist, welche die Feder geführt hatten. In einer hellen Stunde war dem kindischen Mann sein Verhältnis zu dem Edelmann in die Seele gefallen. In der Angst um seine Kapitalien erinnerte er ihn an die gestohlenen Schuldscheine, er forderte das Geld von ihm und drohte. Und dazwischen kamen wieder Klagen über die eigene Schwäche und die Bosheit anderer Menschen. Was der verworrene Brief nicht offenbarte, wurde klar durch die Abschrift eines Schuldscheins, wahrscheinlich nach einem Konzept, welches Ehrenthal und der Freiherr zusammen gemacht hatten, denn Ehrenthal erwähnte in dem Briefe, das Original sei von der Hand des Freiherrn, und er werde es gegen ihn benutzen.

Anton faltete den Brief zusammen und sagte: »Die Drohungen wenigstens, welche er an die mitgeteilte Abschrift knüpft, dürfen Sie, Frau Baronin, nicht beunruhigen; es ist gar keine Unterschrift des Freiherrn unter dem Entwurf, und Ehrenthal, so unklar der Brief auch sonst ist, würde die Unterschrift nicht vergessen haben. Auch ist die Summe, zu welcher dieser einzelne Schein den Freiherrn verpflichten könnte, nicht bedeutend.«

»Und glauben Sie, daß der Brief die Wahrheit erzählt?« frug die Baronin.

»Ich glaube daran«, sagte Anton; »dies Schreiben erklärt mir manches, was ich bis jetzt nicht verstand.«

»Ich weiß, daß er Wahres enthält«, sprach die Baronin so leise, daß ihre Worte kaum bis zu Antons Ohr drangen. »Wie ich zu dieser Gewißheit gekommen bin, nach und nach, das gehört nicht hierher.« Ein matter Schimmer von Rot legte sich auf ihre Wangen.

»Und Sie, Herr Wohlfart, wollen Sie übernehmen, für uns die gestohlenen Papiere zurückzuschaffen?« frug sie sich aufrichtend.

»Ich will«, sprach Anton ernst. »Aber meine Hoffnungen sind gering. An die gestohlenen Schuldscheine hat gegenwärtig der Freiherr noch gar kein Recht, sie gehören Ehrenthal, und es ist vor allem eine Verständigung mit diesem notwendig. Sie wird schwierig sein. Außerdem kann ich noch nicht einmal das Sachverhältnis genau übersehen, und ich fürchte, ich werde auch Sie bemühen müssen, mir alles, was Sie etwa über den Diebstahl selbst erfahren können, mitzuteilen.«

»Ich werde versuchen, Ihnen zu schreiben«, sagte die Baronin. »Zeichnen Sie mir genau auf in bestimmten Fragen, was Sie wissen müssen, Sie sollen Antwort haben, so genau ich sie Ihnen geben kann. Welchen Erfolg auch Ihre Mühe haben mag, ich danke Ihnen im voraus aus voller Seele dafür. Wie groß Ihre Tätigkeit für unser Wohl auch hier gewesen ist, die größte können Sie uns jetzt beweisen. Die Schuld, welche unser Haus gegen Sie hat, werden wir Ihnen niemals bezahlen. Wenn der Segen einer Sterbenden ein freundliches Licht auf Ihre Zukunft werfen kann, so nehmen Sie ihn mit auf Ihren Weg.«

Anton erhob sich.

»Wir sehen uns nicht mehr wieder«, sagte die Kranke, »in dieser Stunde nehmen wir Abschied. Leben Sie wohl, Wohlfart, für diese Erde sehe ich Sie zum letzten Male.« Sie hielt ihm ihre Hand hin, Anton beugte sich darauf und verließ bewegt, mit einer tiefen Verbeugung das Zimmer.

Ja, sie verdiente eine Edelfrau zu heißen. Adlig war ihr Sinn, nicht klein ihr Urteil über andere, und vornehm war die Art, wie sie Antons Diensteifer belohnte. Sehr vornehm! Er hatte in ihren Augen immer eine weiße Perücke und silberne Knieschnallen getragen.

Gegen Abend klirrte Finks Tritt auf dem Korridor, gleich darauf trat er in das Zimmer des Freundes. »Hallo Anton, was ist hier im Hause los? Johann schleicht so scheu herum, als hätte er die größte Porzellanvase zerbrochen, und als die alte Babette mich sah, rang sie die Hände!«

»Ich muß dies Haus verlassen, mein Freund«, sagte Anton finster, »ich habe heut mit dem Freiherrn eine peinliche Szene gehabt.« Er erzählte ihm, was vorgefallen, er erwähnte die Unterredung mit der Baronin, so weit er dies ohne Indiskretion durfte, und schloß mit den Worten: »Nie war die Lage der Familie so verzweifelt, als grade jetzt. Sie braucht jetzt wieder die freie Disposition über zwanzigtausend Taler, um ein neues Unheil abzuwehren!«

Fink warf sich auf einen Stuhl. »Vor allem hoffe ich, daß du diese schöne Gelegenheit, dich zu ärgern, so wenig als möglich benutzt hast. Über die Szene selbst wollen wir untereinander kein Wort verlieren, der Freiherr ist nicht zurechnungsfähig. Und im Vertrauen gesagt, der Vorfall überrascht mich nicht. Daß so etwas kommen würde, war vorauszusehn, daß du in diesem sentimentalen Verhältnis nicht bleiben konntest, habe ich den ganzen Sommer erwartet. Ebenso klar ist, daß du als Beichtvater der Frauen und vertrauter Geschäftsführer der Familie den Leuten hier unentbehrlich bist. Und daß mir dein plötzlicher Abgang einen dicken Strich durch mehrere Rechnungen macht, brauche ich dir nicht zu sagen. Zuerst also die Frage: Was wirst du selbst tun?«

»Ich reise so bald als möglich nach unsrer Hauptstadt«, erwiderte Anton. »Dort werde ich noch einige Monate im Interesse der Rothsattel zu tun haben. Mein Dienstverhältnis ist vom heutigen Tage gelöst; sobald das Familiengut des Freiherrn verkauft ist, betrachte ich auch die moralische Verpflichtung, die ich gegen die Familie eingegangen bin, als völlig aufgehoben.« – »Gut«, sagte Fink, »das ist in der Ordnung. Wenn du überhaupt noch eine Feder für diese Leute ansetzen willst, so kann das jetzt nur so geschehn, daß du ihnen als freier Mann dein Mitgefühl gönnst. Ein anderer Punkt ist, daß Rothsattel durch seine Torheit auch hier in eine Krisis gekommen ist. Denn ohne dich kann es in der alten Weise auf dem Gut nicht vier Wochen fortgehn. Jetzt entsteht die Frage, Meister Anton, was soll hier werden?«

»Ich habe den ganzen Tag darüber gesonnen«, erwiderte Anton, »ich weiß nicht. Es gibt nur eine Möglichkeit: daß du selbst den Teil meiner Geschäfte übernimmst, den Karl nicht besorgen kann.«

»Ich danke«, sagte Fink, »dir für das gute Zutrauen, und im übrigen für das freundliche Anerbieten. Einem Narren, der noch nicht unter Kuratel steht, die Geschäfte besorgen, heißt sich selbst zum Narren machen. Nimm mir das nicht übel. Du bist ein solcher guter Narr gewesen, ich habe nicht das Zeug dazu. Nach acht Tagen würde ich in der unangenehmen Lage sein, den Mann malträtieren zu müssen. Weißt du keinen andern Rat?«

»Keinen«, rief Anton. »Wenn du dich nicht dieses Guts mit aller Kraft annimmst, so verdirbt, was wir in diesem Jahre eingerichtet haben, und unsre deutsche Kolonie geht zu Grunde. Das Gut fällt wahrscheinlich den Seitenverwandten des vorigen Besitzers zu, welche die Hauptforderung darauf haben, und die alte polnische Wirtschaft fängt wieder an.«

»So ist's«, sagte Fink.

»Und du, Fritze«, fuhr Anton fort, »bist durch dein Verhältnis zu mir mit deinem Geld hier hereingezogen worden, auch du bist in Gefahr, Verluste zu erleiden.«

»Richtig«, sagte Fink, »gesprochen wie ein Buch. Du läufst weg und läßt mich mit meiner Bande unter den Schlachtschitzen zurück. – Weißt du was, erwarte mich hier, ich will erst einige Worte mit Lenore sprechen.«

»Was willst du tun?« rief Anton, ihn festhaltend.

»Keine Liebeserklärung machen«, erwiderte Fink lachend, »verlaß dich darauf, mein Junge.« Er klingelte dem Bedienten und ließ Fräulein Lenore zu einer Unterredung in das Gesellschaftszimmer bitten.

Als Lenore eintrat, mit verweinten Augen, nur mit Mühe ihre Fassung behauptend, ging er ihr artig entgegen und führte sie zu dem Sofa.

»Ich enthalte mich gegen Sie jedes Urteils über das, was heut vorgegangen ist«, begann er. »Wir wollen annehmen, daß meines Freundes Aufenthalt in der Hauptstadt in Ihrem Interesse noch wünschenswerter ist, als ein Verweilen im Gut. Nach allem, was ich höre, ist dies in der Tat der Fall. Wohlfart wird übermorgen abreisen.«

Lenore verbarg ihr Gesicht hinter der Hand. Fink fuhr kaltblütig fort: »Unterdes erfordert mein eigner Vorteil, daß ich mich um eine Sicherung der hiesigen Verhältnisse bemühe. Ich habe mehrere Monate hier gelebt und einigen Anteil an dieser Besitzung gewonnen. Deshalb bitte ich Sie, der Bote einer Mitteilung zu werden, die ich in diesem Augenblick am liebsten durch Sie Ihrem Herrn Vater mache. Ich bin bereit, dem Freiherrn dies Gut für mich selbst abzukaufen.«

Lenore fuhr zusammen und stand von ihrem. Sitz auf. Mit gerungenen Händen rief sie: »Zum zweitenmal!«

»Haben Sie die Güte, mich ruhig anzuhören«, fuhr Fink fort. »Ich beabsichtige durchaus nicht, gegenüber dem Freiherrn von Rothsattel die Rolle eines rettenden Engels zu spielen, ich habe weniger von einem Flederwisch auf dem Rücken, als unser geduldiger Anton, und vollends jetzt fühle ich mich durchaus nicht veranlaßt, Ihrem Herrn Vater etwas anzubieten, was irgendwie als leichtsinnige Behandlung meines eignen Vorteils erscheinen könnte. Betrachten Sie in dieser Stunde uns als Gegner, und meinen Antrag, wie er ist, als in meinem eignen Interesse gemacht. Mein Anerbieten ist folgendes. Der Kaufpreis dieses Gutes würde, wenn ihn der Freiherr so berechnen wollte, daß er selbst keine Verluste leidet, jetzt mehr als hundertundsechzigtausend Taler betragen. Ich biete Ihnen das Höchste, was das Gut nach meiner Ansicht in der gegenwärtigen Zeit wert sein mag; Übernahme der Gutsschulden und Auszahlung von zwanzigtausend Talern an den Freiherrn binnen vierundzwanzig Stunden; nach Ablauf dieser Frist wird das Gut an mich übergeben. Bis zu nächstem Ostern wünsche ich das Schloß in Ihren Händen zu lassen und würde, wenn dies ohne beiderseitige Inkonvenienz geschehen kann, mich bis dahin gern als Ihren Gast betrachten. Ich werde in der Regel abwesend sein und Ihnen nicht zur Last fallen.«

Lenore sah ängstlich in sein Gesicht, welches in diesem Augenblick hart aussah, wie das eines zähen Yankee; der Rest ihrer Fassung fiel zusammen, sie brach in dem Widerstreit stürmischer Gefühle in Tränen aus.

Fink lehnte sich ruhig in seinen Stuhl zurück, und ohne Rücksicht auf diese Stimmung fuhr er fort: »Sie sehen, ich biete Ihnen einen Verlust, was ich Ihnen nehmen will, ist wahrscheinlich die Hälfte Ihres Erbes, es ist in der Ordnung, daß Sie das verlieren. Der Freiherr hat zu schnell sein Vermögen an dieses Gut gewagt; daß Ihre Familie diesen Mangel an Vorsicht bezahlt, wird nicht zu vermeiden sein. Denn höher, als mein Gebot, ist der Kaufwert des Gutes in seiner gegenwärtigen Verfassung sicher nicht. Ich würde unehrlich sein, wenn ich Ihnen verschweigen wollte, daß das Gut bei zweckmäßiger Behandlung in einigen Jahren das Doppelte wert sein kann, ich habe aber die feste Überzeugung, daß es unter Verwaltung des Freiherrn diesen Wert niemals erhalten wird. Wäre Anton hier geblieben, so hätte nicht er, aber die Verhältnisse hätten es möglich gemacht, Ihnen dies Vermögen zu erwerben. Jetzt ist auch diese Hoffnung für Sie dahin. Ich verberge Ihnen ferner nicht, Wohlfart hat mir soeben die Forderung gestellt, daß ich an seine Stelle treten soll.«

Lenore machte noch in ihrem Schluchzen mit der Hand eine abwehrende Bewegung.

»Es freut mich«, fuhr Fink fort, »daß wir hierin einerlei Meinung sind; ich habe dies Anerbieten sehr bestimmt und für immer zurückgewiesen.« So schwieg er und sah prüfend auf das Mädchen vor ihm, welchem seine Worte das Herz zerrissen. Er sprach so rauh zu ihr, der Mann, für den sie alles getan hätte, um ein Lächeln, einen freundlichen Blick zu erhalten. Mit schlecht verhehlter Verachtung redete er von ihrem Vater, seine Worte waren die eines starren Egoisten. Und doch, als der herbe Ton, in dem er sprach, in der Stube verhallt war, fiel ihr in die Seele, daß sein Anerbieten für ihre hilflose Lage immer noch ein Glück sein konnte. Und mit der Sehergabe eines liebenden Herzens ahnte sie hinter dem Antrag eine Meinung, die sie nicht verstand, die ihr aber wie ein ferner Hoffnungsstrahl in die Tiefe ihres Schmerzes leuchtete. Wie er sich auch stellte, es war kein gemeiner Sinn, der aus seiner Weise hervorbrach. Das krampfhafte Schluchzen löste sich in ein heftiges Weinen, sie versuchte sich vom Sofa zu erheben und glitt hinunter auf den Boden. So lag sie neben seinem Stuhl und stützte ihr Haupt auf die Lehne, ein Bild der leidenden Hingebung. Und unter strömenden

Tränen sprach sie: »Sie täuschen mich nicht, machen Sie mit uns, was Sie wollen.«

Das stolze Lächeln flog über das Gesicht des Mannes, er beugte sich zu ihr nieder, schlang seinen Arm um ihr Haupt, drückte einen Kuß auf ihr Haar und sagte: »Mein Kamerad, ich will, Sie sollen frei werden.« Lenorens Haupt glitt an seine Brust, sie weinte ruhig fort, er hielt sie in seinem Arm. Endlich faßte er ihre Hand und schüttelte sie herzlich. »Wir beide wollen von heut ab einander verstehn. Sie sollen frei werden, Lenore, mir gegenüber frei, und frei von allem andern, was Sie hier einengt. Sie verlieren einen Mann, der die aufopfernde Zärtlichkeit eines Bruders für Sie gehabt hat, und mir ist's recht, daß er sich von Ihnen löst. Ich frage heut nicht, wollen Sie als mein Weib sich an mein Leben binden? Denn Sie haben jetzt nicht die Freiheit, nach Ihrem Herzen zu entscheiden. Ihr Stolz soll nicht nein sagen, und das Ja soll Ihre Selbstachtung nicht verringern. Wenn der Fluch gelöst ist, welcher über Ihrem Hause liegt, und wenn es Ihnen freisteht, bei mir zu bleiben oder zu gehn, dann hole ich mir Bescheid. Bis dahin ehrliche Freundschaft, mein Kamerad.«

Lenore erhob sich.

»Und jetzt denken wir an nichts, als an unser Gut«, sagte Fink in verändertem Ton; »trocknen Sie die Tränen, die ich in Ihrem großen Auge sehr ungern sehe, und teilen Sie die offizielle Hälfte meines Antrags dem Freiherrn und Ihrer Mutter mit. Wenn nicht eher, erbitte ich mir morgen um diese Zeit Antwort.«

Lenore ging zur Tür, dort blieb sie stehn, sie wandte sich noch einmal nach ihm um und reichte ihm schweigend die Hand.

Langsam schritt Fink in Antons Zimmer zurück. Er trat zu dem Freund, der mit verschränkten Armen am Fenster stand und auf die Felder sah, welche im Dämmerlicht des Mondes vor ihm lagen. »Erinnerst du dich an das, Anton, was du am Tage meiner Ankunft von deinem Patriotismus erzählt hast?«

»Es war ja seit der Zeit oft die Rede davon«, erwiderte Anton trübe.

»Ich habe mir's gemerkt«, fuhr Fink fort. »Dies Gut soll nicht wieder unter den Zepter eines Herrn Bratzky kommen. Ich kaufe die Herrschaft, wenn der Freiherr will.«

Anton wandte sich überrascht um. »Und Lenore?«

»Sie teilt das Schicksal ihrer Eltern, wir haben das soeben miteinander abgemacht.« Er erzählte dem Freund von seinem Anerbieten.

»Jetzt hoffe ich, daß alles gut wird«, rief Anton.

»Warten wir's ab«, sagte Fink. »Drüben brennt jetzt ein Fegefeuer für den Sünder; es ist mir lieb, daß ich seinen Jammer nicht anhören darf.«

Am nächsten Morgen in der Frühe brachte der Bediente jedem der Freunde einen Brief aus dem Zimmer des Freiherrn; sie waren von Lenores Hand, ihr Vater hatte in zitternden Zügen unterschrieben. In dem Briefe an Anton bat der Freiherr mit sorgfältig gewählten Worten um Vergebung, daß er ihn in einer krankhaften Aufwallung verletzt habe, und sprach seinen Dank für die treuen Dienste aus, die er ihm bis jetzt geleistet; in dem Briefe an Fink nahm er das Anerbieten an und bat ihn, den Schreiber, so schnell als möglich von der Sorge zu befreien, die ihm die Verwaltung des Gutes bei seiner Krankheit machen müsse. Schweigend tauschten die Freunde diese Zuschriften gegeneinander aus.

»So ist es entschieden«, rief endlich Fink; »ich bin die halbe Welt durchlaufen und hatte überall etwas auszusetzen, und jetzt wühle ich mich in diese Sandgrube ein, wo ich gegen die polnischen Wölfe allnächtlich ein Feuer anzünden möchte. Du aber, Anton, erhebe dein Haupt und sieh vor dich, denn wenn ich jetzt eine Heimat gefunden habe, auch du gehst dorthin zurück, wo der beste Teil deines Herzens ist.«

»Und deshalb, mein Junge, laß uns noch einmal deine Instruktion überlegen. Du hast die Aufgabe, gewisse gestohlene Papiere zu ermitteln. Denke auch an die zweite. Tu, was du kannst, um der Familie das wenige, was sie hier gerettet hat, zu sichern. Sieh zu, daß das alte Gut der Rothsattel bei der Versteigerung einen Preis erhält, der die Ansprüche aller Hypothekengläubiger deckt. Du mußt fort, ich fordere dich nicht auf, jetzt noch hierzubleiben, aber du weißt, daß unter allen Umständen da, wo ich wohne, auch du zu Hause bist. – Und noch eins. Ich würde den Amtmann ungern entbehren; wende deine Beredsamkeit an, damit dein treuer Sancho hierbleibt, wenigstens über den Winter.«

»Noch weiß niemand«, erwiderte Anton aufstehend, »daß ich dies Gut verlasse, er muß der erste sein, der das erfährt. Ich gehe sogleich zu ihm.«

Das unsaubere Zimmer, in dem einst Herr Bratzky der Verräter gehaust hatte, war durch Karls Hände in einen wohnlichen Raum verwandelt, der nur an dem einen Übelstand litt, daß er zu voll von allerlei nützlichen Dingen war. Karl selbst hatte die Stube mit schöner Rosafarbe angestrichen, an der Wand hing im goldenen Rahmen ein Bild des alten Blücher und daneben eine große Sammlung von Gerätschaften des Krieges und des Friedens, Flinte und Pulverhorn, Säge und Axt, Lineal und Winkelmaß. Am Fenster war eine kleine Hobelbank aufgestellt, eine Anzahl Rotkehlchen flatterte hin und her, es roch stark nach Leim. Oft hatte Anton hier ausgeruht und sich an Karls frischem Mut erholt, wenn ihm in den letzten Monaten das Leben schwer geworden war. Als er heut auf die bekannten Wände sah, fiel ihm mächtig aufs Herz, daß er auch von dem anspruchslosen treuen Mann scheiden müsse. Er lehnte sich an die Hobelbank und sagte: »Lege deine Rechnung beiseite, Karl, und laß uns ein ernstes Wort miteinander reden.«

»Jetzt kommt's«, rief Karl, »es ist schon lange etwas im Werke; ich sehe an Ihrem Gesicht, daß alle Bomben geplatzt sind.«

»Ich gehe fort von hier, mein Freund.«

Karl ließ die Feder aus der Hand fallen und sah stumm in das ernste Antlitz ihm gegenüber.

»Fink übernimmt dies Gut, er hat es heut gekauft.«

»Hurra!« rief Karl, »wenn Herr von Fink der Mann ist, welcher – so ist alles gut. Ich gratuliere von Herzen«, sagte er Antons Hand schüttelnd, »daß es so gekommen ist. In diesem Frühjahr hatte ich schon andere einfältige Gedanken. Jetzt aber ist's in der Ordnung. Und auch unsre Wirtschaft ist gerettet.«

»Das hoffe ich auch«, bestätigte Anton lächelnd.

»Aber Sie«, fuhr Karl fort, und seine Miene wurde plötzlich ernst.

»Ich gehe nach unsrer Hauptstadt zurück«, erwiderte Anton; »dort habe ich für den Freiherrn noch einige Geschäfte abzumachen, dann suche ich einen Stuhl in einem Comtoir.«

»Und wir haben hier ein Jahr zusammen gearbeitet«, sagte Karl betrübt. »Sie haben die Plage gehabt, und ein anderer wird ernten.«

»Ich gehe zurück, wohin ich gehöre. Aber, lieber Karl, nicht um mich, sondern um deine Zukunft handelt sich's jetzt.«

»Ich gehe natürlich mit Ihnen«, rief Karl.

»Ich komme dich bitten, dies nicht zu tun. Könnten wir beide miteinander gemeinsam ein Geschäft beginnen, so würde ich dich mit aller Kraft an meiner Seite festhalten. Aber das ist unmöglich. Ich muß mir eine Stelle suchen. Ich war nie in der Lage, durch mein eigenes Vermögen eine selbständige Stellung zu gewinnen. Ein Teil von dem wenigen, was ich hatte, ist daraufgegangen; ich gehe nicht reicher von hier, als ich hergekommen bin. So würden wir uns trennen, sobald wir nach der Heimat kämen.«

Karl saß mit gesenktem Haupt und dachte nach. »Herr Anton«, sagte er, »kaum wage ich Ihnen von etwas zu reden, wovon ich selbst nichts weiß. Sie haben mir einigemal gesagt, daß mein Alter ein Kauz ist, der auf Geldsäcken sitzt. Wie wär's?« fuhr er zögernd fort und arbeitete mit seinem Stemmeisen in den Stuhl. »Wenn Ihnen nicht zu wenig wäre, was in dem eisernen Kasten liegt – Sie nehmen das, und wenn's etwas mit Produkten sein könnte, – es ist zwar sehr verwegen von mir – vielleicht könnte ich Ihnen dann als Ihr Kompagnon nützlich sein. Es ist nur so ein Gedanke, und Sie müssen mir das nicht übelnehmen.«

Anton erwiderte bewegt: »Sieh, Karl, daß du mir einen solchen Vorschlag machst, ist ganz in deiner uneigennützigen Weise; aber es wäre ein Unrecht, wenn ich ihn annähme. Das Geld gehört deinem Vater, und wenn auch er seine Einwilligung gäbe, und ich glaube, er würde es tun, so würde doch deine eigene Zukunft unsicherer, als sie jetzt ist. Jedenfalls wird dir das Vermögen deines Vaters in dem Berufe, in dem du heimisch bist, ein besseres Leben verschaffen, als in einem andern, in den du dich aus Liebe zu mir erst einarbeiten müßtest. Deshalb ist es besser für dich, mein Freund, daß wir uns trennen.«

Karl griff nach seinem Taschentuch und räusperte sich kräftig, bevor er weiter frug: »Und Sie allein wollten das Geld nicht benutzen? Sie würden uns ja gute Interessen geben.«

»Es ist unmöglich«, erwiderte Anton.

»Dann gehe ich zu meinem Alten zurück und stecke meinen Kopf in einen Heuboden unserer Gegend«, rief Karl ärgerlich.

»Das darfst du nicht«, sagte Anton. »Du hast von diesem Gute mehr kennengelernt, als ein anderer; es wäre unrecht, wenn das verlorengehen sollte. Gerade Fink braucht jetzt einen Mann wie du, die Wirtschaft kann dich bis zum nächsten Sommer gar nicht entbehren. Als wir herkamen, zogen wir nicht in das Land, um uns Gutes zu tun, sondern um etwas zu schaffen. Mein Werk ist zu Ende, du bist mitten in deiner Arbeit. Du tust ein Unrecht gegen dich und deine Arbeit, wenn du jetzt scheidest.« Karl hing wieder den Kopf.

»Was mir deinen Aufenthalt hier bisweilen ängstlich machte, war der geringe Lohn, den das Gut geben konnte, das wird jetzt anders werden.«

»Reden wir nicht davon«, sagte Karl stolz.

»Es ziemt sich davon zu reden«, sagte Anton, »denn der Mensch tut unrecht, wenn er sein Bestes, seine Kraft, auf eine Arbeit verwendet, die ihm nicht in dem Grade lohnt, wie seine Tätigkeit verdient. Das gibt ein ungesundes Leben, und der Mensch kommt dabei in Gefahr, unsicher zu werden. Mir kannst du das glauben. Also ich bitte dich, hierzubleiben, wenigstens bis zum nächsten Sommer, wo bei der großen Ausdehnung, welche die Wirtschaft jetzt erhalten wird, ein erfahrener Inspektor an deine Stelle treten kann.«

»Und dann«, frug Karl »soll ich auch gehen?«

»Fink wird dich immer festhalten; wenn du aber dann gehen willst, Karl, so denke an das, was wir in diesem Jahre oft miteinander gesprochen haben. Du hast dich an das Leben unter den Fremden gewöhnt, du hast alle Erfordernisse eines Kolonisten auf neuem Grunde. Wenn dich nicht eine größere Pflicht forttreibt, so ist deine Aufgabe, hier im Lande zu bleiben als einer von uns. Wenn du von diesem Gut fortgehst, so kaufe dich unter den Fremden an. Es wird kein leichtes Leben für dich sein, und vieles Behagen wirst du entbehren, aber wir leben nicht in einer Zeit, wo ein tüchtiger Mann sich zur Ruhe setzen soll, um gemächlich seine Garben zu schneiden. Du hast ein mutiges Herz, du bist nicht gewöhnt zu genießen, sondern zu erwerben. Du wirst mit der Pflugschar in der Hand hier ein deutscher Soldat sein, der den Grenzstein unserer Sprache und Sitte weiter hinausrückt gegen unsere Feinde.« – Er wies mit der Hand nach Morgen.

Karl reichte dem Freunde die Hand und sagte: »Ich bleibe.«

Als Anton aus der Wohnung des Amtmanns trat, stand Lenore vor der Tür. »Ich erwarte Sie«, rief sie Anton hastig entgegen, »kommen Sie mit mir, Wohlfart; solange Sie noch hier sind, gehören Sie mir!« – »Wenn Ihre Worte weniger herzlich wären«, erwiderte Anton, »so würde ich glauben, daß Sie sich in der Stille darüber freuen, mich loszuwerden. Denn, liebes Fräulein, seit langem habe ich Sie nicht so mutig gesehn. Aufgerichtet und mit geröteten Wangen treten Sie mir entgegen, auch das schwarze Kleid ist verschwunden.«

»Dies ist das Kleid, das ich trug, als wir zusammen im Schlitten fuhren, damals freuten Sie sich darüber. Ich bin eitel«, rief sie mit trübem Lächeln, »ich will, daß der letzte Eindruck, den ich Ihnen hinterlasse, ein fröhlicher sei. Anton, Freund meiner Jugend, was ist das für ein Verhängnis, daß gerade wir scheiden müssen an dem ersten sorgenfreien Tage, den ich seit langer Zeit verlebe. Das Gut ist verkauft, heut atme ich wieder. – Was war das für ein Leben in den letzten Jahren, immer gequält, gedrückt, gedemütigt von Freund und Feind, immer etwas schuldig zu sein, bald Geld, bald Dank, es war fürchterlich. Nicht Ihnen gegenüber, Wohlfart. Sie sind mein Jugendfreund, und wenn Sie im Unglück wären oder in Not, so würde ich glücklich sein, wenn auch Sie mich riefen und zu mir sagten: Jetzt brauche ich dich, jetzt komm her, du wilde Lenore! – Ich will nicht mehr wild sein. Ich will an alles denken, was Sie mir gesagt haben.« So sprach sie aufgeregt in ihn hinein, und ihr Auge leuchtete. Sie hing sich an seinen Arm, was sie nie getan hatte, und zog ihn durch alle Räume des Hofes. »Kommen Sie, Wohlfart, den letzten Gang durch die Wirtschaft, die unser war! – Diese Kuh mit der Blesse haben wir zusammen gekauft«, rief sie. »Sie frugen mich beim Kauf um meine Meinung, das hat mir sehr wohlgetan.«

Anton nickte. »Wir wußten beide nicht recht Bescheid, und Karl mußte den Ausschlag geben.«

»Ei was! Sie haben das Geld bezahlt, ich habe ihr das erste Heu gegeben, folglich gehört sie uns beiden. – Sehen Sie sich noch einmal das schwarze Kalb an. Es sieht reizend aus. Herr Sturm droht, er will ihm die Ohren rot anstreichen, damit es ganz aussieht, wie ein kleiner Teufel.« Sie kauerte vor dem Kalbe nieder, drückte es an sich und streichelte es; plötzlich stand sie auf und rief: »Ich weiß nicht, warum ich so hübsch mit ihm tue, es ist nicht mehr mein, es gehört einem andern.« Aber hinter ihrem Zorn klang es wie Schelmerei. Sie zog ihn weiter. »Kommen Sie zum Pony«, bat sie. »Mein armes kleines Tier! Es ist alt geworden seit dem Tage, wo ich in unserm Garten hinter Ihnen herritt.«

Anton liebkoste das Tier, und der Pony wandte seinen Kopf bald zu ihm, bald zu Lenore.

»Wissen Sie, wie es damals zuging, daß ich Ihnen auf dem Pony begegnete?« fragte Lenore über den Rücken des Pferdes herüber. »Es war gar kein Zufall. Ich hatte Sie unter dem Strauch sitzen sehen, heut darf ich's Ihnen sagen, und ich hatte gedacht: Wetter! das ist ein hübscher Junge, den wollen wir uns doch einmal ansehen. So war es gekommen, wie's kam.«

»Ja«, sagte Anton, »es kamen die Erdbeeren, es kam der See. Ich stand vor Ihnen und stopfte die Beeren hinein und war etwas weinerlich; aber bei alledem war mein Herz doch voll Freude über Sie, so schön und majestätisch standen Sie vor mir, ich sehe Sie noch im flatternden Gewand mit kurzen Ärmeln, und an dem weißen Arm ein goldenes Armband.«

»Wo ist das Armband hin?« frug Lenore ernst und stützte ihr

Haupt auf den Hals des Pferdes. »Sie haben's verkauft, böser Wohlfart.« – Die Tränen rollten ihr aus den Augen, sie faßte mit beiden Händen über den Rücken des Pony nach der Hand des Freundes. »Anton, wir konnten nicht Kinder bleiben.« Dann strich sie mit der Hand über seine Wange und rief: »Mein Herzensfreund, lebe wohl. Ade, ihr Mädchenträume, ade, du leichte Frühlingszeit, ich muß jetzt lernen ohne meinen Schutz durch die Welt laufen. – Ich werde Ihnen nicht Schande machen«, sagte sie ruhiger, »ich werde immer verständig sein, ich werde auch gute Wirtschaft treiben. Von morgen fange ich an, ich gehe jetzt zu Babette in die Küche, ich weiß, daß Ihnen das lieb sein wird. Und ich werde sparen. Ich will wieder das Buch machen mit drei langen Strichen auf jeder Seite, ich werde alles aufschreiben. Wir werden diese Sparsamkeit auch im kleinen brauchen, Wohlfart. Ach, du arme Mutter!« Sie rang die Hände und sah wieder sehr bekümmert aus.

»Kommen Sie hinaus ins Freie«, bat Anton; »wenn es Ihnen recht ist, gehen wir nach dem Walde.«

»Nicht in den Wald, nicht in die Försterei«, sagte Lenore feierlich; »aber auf das neue Vorwerk gehe ich mit Ihnen.«

So zogen beide miteinander über das Feld. »Sie müssen mich heut führen«, sagte Lenore, »ich lasse Sie nicht los.«

»Lenore, Sie wollen mir den Abschied recht schwermachen.«

»Wird er Ihnen schwer?« fragte Lenore erfreut und schüttelte gleich darauf den Kopf. »Nein, Wohlfart, es ist nicht so, Sie haben sich in der Stille oft von mir fortgesehnt.«

Anton sah sie überrascht an.

»Ich weiß es«, rief sie vertraulich und drückte ihn leise am Arm, »ich weiß es recht gut. Auch wenn Sie mit mir zusammen waren, Ihr Herz war nicht immer bei mir. Manchmal, ja; damals im Schlitten wohl, aber häufiger noch dachten Sie in die Fremde. Wenn Sie gewisse Briefe bekamen, die lasen Sie mit einer Hast – wie heißt doch der Herr?« frug sie.

»Baumann«, erwiderte Anton arglos.

»Gefangen!« rief Lenore und drückte ihm wieder den Arm. »Wissen Sie, daß mich das eine Zeitlang sehr unglücklich gemacht hat? Ich war ein törichtes Kind. – Wir sind klug geworden, Wohlfart, wir sind jetzt freie Leute und deshalb können wir miteinander Arm in Arm gehen, o Sie lieber Freund!«

Als sie auf dem neuen Vorwerk ankamen, sagte Lenore zu der Frau des Vogtes: »Er geht fort von uns. Er hat mir erzählt, daß Sie ihm die erste Freude auf dem Gut gemacht haben durch den Strauß, den Sie für ihn pflückten. Holen Sie ihm jetzt den letzten. Ich selbst habe keine Blumen, in meiner Pflege gedeihn sie nicht. Hier hinter der Scheuer hat alles geblüht, was von Gartenblumen auf dem Gute war.«

Die Vogtin band wieder einen kleinen Strauß zusammen, überreichte ihn Anton mit einem Knicks und sagte dabei wehmütig: »Es ist gerade wieder so wie vor einem Jahre.«

»Er aber geht«, rief Lenore, wandte sich ab und drückte ihr Tuch in die Augen.

Dem Vogt und dem Schäfer schüttelte Anton herzlich die Hand. »Denkt freundlich an mich, ihr braven Leute!«

»Sie haben uns immer ein gütiges Herz gezeigt«, rief die Frau des Vogtes. »Und Futter für Menschen und Tiere«, sprach der Schäfer seinen Hut abnehmend, »und Überlegung, und Ordnung vor allem.«

»Für Eure Zukunft ist gesorgt«, sagte Anton; »Ihr erhaltet einen Herrn, welcher mehr vermag als ich.« Zuletzt küßte Anton noch den krausköpfigen Knaben des Vogts, hieß ihn seine kleine Sparbüchse holen, die in dem Schrank stand, und steckte ihm ein Andenken hinein. Das Kind hielt ihn am Rock fest und wollte ihn nicht fortlassen.

Auf dem Rückwege sagte Anton: »Wenn mir etwas die Trennung erleichtert, so ist es die Zukunft, welche das Gut jetzt hat. Und ahnend hoffe ich, daß auch in Ihrem Leben sich glücklich lösen wird, was noch unsicher ist.«

Lenore ging schweigend an seiner Seite, endlich frug sie: »Darf ich mit Ihnen über den Mann reden, der jetzt Herr dieses Gutes ist? Ich möchte wissen, wie Sie sein Freund geworden sind.«

»Ich bin es geworden, weil ich mir ein Unrecht, das er mir zufügte, nicht gefallen ließ. Unser Verhältnis ist so fest geblieben, weil ich ihm in allen Kleinigkeiten gern nachgab, in größeren Dingen fest auf meiner eigenen Überzeugung stand. Er hat eine hohe Achtung vor aller Kraft und Selbständigkeit, er wird leicht hart, wo ihm Schwäche des Urteils und des Willens entgegentritt.«

»Wie soll eine Frau Festigkeit gewinnen, gegenüber einem solchen Wesen?« sagte Lenore niedergeschlagen.

»Ja«, erwiderte Anton nachdenkend, »einem Weibe, das sich ihm mit Leidenschaft ergibt, wird das viel schwerer werden. Alles, was aussieht, wie Trotz und Eigensinn, wird er mit herber Strenge brechen, und die Besiegte wird er nicht schonen. Aber wo ihm ein würdiger und gehaltener Sinn entgegentritt, wird er ihn ehren. Und wenn ich jemals in die Lage käme, seiner künftigen Gattin einen Rat zu geben, so wäre es der Rat, daß sie gerade ihm gegenüber sich vor allem hüte, was bei Frauen für gewagt oder keck gilt. Was ihm eine Fremde angenehm macht, weil es ihm schnell leichte Vertraulichkeit gestattet, gerade das wird er an seiner Hausfrau am wenigsten achten.«

Lenore lehnte sich fester an ihn an und senkte ihr Haupt. So kehrten beide in tiefem Schweigen auf das Schloß zurück.

Am Nachmittage ging Anton an Karls Seite noch einmal durch Feld und Wald. Immer hatte er das Leben auf dem Gute als einen Aufenthalt in der Fremde empfunden, und jetzt, wo er scheiden sollte, erschien ihm alles so vertraut, wie in seiner Heimat. Überall fand er etwas, worüber er in dem Jahre gesorgt hatte; an den Ackerstücken, den Häusern, den Tieren und dem Gerät haftete seine Arbeit. Er hatte den Weizen gekauft, der auf diesem Stück stand, er hatte die neuen Pflüge besorgt, womit der Knecht, den er in Dienst genommen, ackerte. Dort hatte er ein Dach gedeckt, hier eine schadhafte Brücke ausgebessert. Und wie jeder, der neu in eine Tätigkeit hineinkommt, hatte er auf das frisch erworbene Wissen gern Pläne gebaut, über allen Teilen des Gutes schwebten Entwürfe, Hoffnungen und Glück verheißende Projekte. Stets hatte er beklagt, daß er zu wenig für die Geschäfte vorbereitet war, die er so schnell übernommen hatte; jetzt, wo er sich von ihnen löste, empfand er nur, wie lieb sie ihm waren. – In der Försterei saß er noch eine Stunde mit dem ehrlichen Alten zusammen. Draußen warf der Herbst die Blätter von den Bäumen und entfärbte das lustige Grün der Natur. Hier um den Alten grünte der Wald, und in der vollen Kraft der späten Mannesjahre saß der trotzige Waldmann ihm gegenüber. Beim Abschied an der Pforte sagte der Förster: »Als Sie zuerst die Hand an diese Tür legten, dachte ich nicht, daß die Bäume über uns so fest stehen würden, und daß ich noch einmal anfangen sollte, mit andern Menschen zu leben. Sie haben einem alten Mann das Sterben schwergemacht, Herr Wohlfart.«

Die Trennungsstunde kam. Anton suchte den Freiherrn in seinem Zimmer auf und nahm von ihm einen kurzen und förmlichen Abschied, Lenore war ganz aufgelöst in weichem Gefühl, und Fink herzlich gegen ihn, wie gegen einen Bruder. Als Anton neben ihm stand und mit Rührung auf Lenore hinsah, sagte Fink: »Sei ruhig, mein Freund, hier wenigstens werde ich versuchen zu sein, wie du warst.« Fink und Lenore begleiteten den Scheidenden zum Wagen, noch einen Blick warf Anton auf das Schloß, das an dem grauen Herbsttage so finster auf der öden Ebene stand, wie damals, wo er eingekehrt war. Dann sprang er in den Wagen, ein letzter Händedruck, ein Lebewohl; Karl ergriff die Zügel, sie lenkten bei der Scheuer in den Dorfweg, das Schloß war verschwunden. Die Reihe der schlechten Dorfhütten, die Brücke am Bach, den Wald, alles sah er zum letztenmal für lange Zeit. Am Ende des Waldes, an der Grenze des Gutes, dort, wo der Weg nach Kunau und Neudorf abgeht, hielt Karl an. Ein Trupp Männer stand am Grenzstein. Es waren die Leute vom Gut, der Förster, der Vogt und der Schäfer, dann der Schmied von Kunau mit einigen Nachbarn, und der Sohn des Schulzen von Neudorf.

Erfreut sprang Anton vom Wagen und begrüßte noch einmal die Genossen.

»Der Vater schickt mich, Sie zu grüßen«, sprach der Schulzensohn; »es geht besser mit seinen Wunden, aber er darf noch nicht aus der Stube«, und der Kunauer Schmied rief ihm als letztes Lebewohl nach: »Grüßen Sie unsere Landsleute da drin im Deutschen, und sie sollen unser niemals vergessen.«

Schweigend, wie am Tage seiner Ankunft, fuhr Anton neben seinem Getreuen auf der Landstraße dahin. Er war jetzt frei, frei von dem Zauber, der ihn hierhergelockt hatte, frei von manchem Vorurteil, aber er war frei wie ein Vogel in der Luft. Er hatte ein Jahr rastlos gearbeitet und er mußte sich jetzt lösen von allem, was ihn hier beschäftigt hatte; er hatte die gerade Linie seines Lebens verlassen, um für andere tätig zu sein, und er ging jetzt, sich selbst neue Arbeit zu suchen, er mußte von vorn anfangen. Ob er seine eigene Zukunft durch dieses Jahr stärker oder schwächer gemacht hatte, das war noch die Frage. Er hatte kennengelernt, wie hohen Wert ein sicheres, geformtes und gesundes Leben in selbständiger Tätigkeit habe, und er fühlte jetzt, daß er diesem Ziel ferner stehe, als vor einem Jahr. Er erkannte, daß er mit seiner eigenen Kraft ein keckes Spiel gewagt, und der Gedanke fiel wie ein trüber Hauch auf den Spiegel, in dem er die Gestalten der letzten Vergangenheit sah. Aber er bereute nicht, was er getan. Er hatte Verluste gehabt, aber auch gewonnen, er hatte durchgesetzt, daß auf unkultivierter Fläche ein neues Leben aufgrünte; er hatte geholfen, eine neue Kolonie seines Volkes zu gründen, er hatte dem Menschen, die er liebte, den Weg zu einer sichern Zukunft gebahnt; er selbst fühlte sich reifer, erfahrener, ruhiger. Und so sah er über die Häupter der Pferde, die ihn seiner Heimat zuführten, und sagte zu sich selbst: »Vorwärts! ich bin frei, und mein Weg ist jetzt klar.«

2

Unterdes stand Antons Hausgeist, die lederfarbene Katze, traurig auf ihrem Postament. Ein Jahr voll Grimm und Getöse war vergangen, die Katze hatte nichts davon gemerkt. Mit gesenktem Haupte sah sie in die leere Stube. Die Rouleaus waren niedergelassen, und kein Sonnenstrahl streifte ihr an die kleinen Ohren. Nichts regte sich in dem Zimmer, als der Staub, welcher zu den Fenstern eindrang, eine Weile um die Katze wirbelte und endlich müde dahinsank auf ihr Gipsfell, auf den Schreibtisch und den Teppich des Fußbodens. Es war ein schlimmes Jahr für den Gips, und er wäre in der Einsamkeit untergegangen, daß man seine schlauen Äuglein und sein glattes Fell unter mißfarbigem Staub nimmermehr erkannt hätte, wenn ihm nicht manchmal ein freundschaftlicher Besuch zu Hilfe gekommen wäre. Denn an stillen Abenden vergoldete der Schein einer wandernden Lampe das Barthaar der Katze. Dann fuhr eine weiche Hand ihr liebkosend über das Fell, die Fenster der Stube wurden auf eine Viertelstunde geöffnet, etwas Mondschein drang in das Zimmer, und einige Schwämme und Bürsten dienstbarer Mädchen fuhren schnell über den Fußboden. Dann schnurrte die Katze ein wenig, aber gleich darauf fiel ihr ihre Verlassenheit schwer aufs Herz, und sie versank wieder in ihren regungslosen Zustand.

Heut ist eine frische Mondnacht, alles im Hause schläft, in allen Stuben und Kammern sind die Menschen zur Ruh' gegangen, alles schläft und niemand denkt daran, daß er sich zur Heimkehr bereitet, der schon ein Kind der Handlung war, als ihn sein alter Vater mit dem Samtkäppchen noch auf dem Knie hielt. Kein Mensch im

Hause denkt daran, und wer weiß, ob viele es wünschen. Aber das große Haus weiß es, und in der Nacht rührt sich's in allen Winkeln. Und es knistert im Holz, und es summt in den Galerien, und es arbeitet leise in allen Wandverschlägen, der Mondschein überzieht heut alle Gänge mit mattem Silber, und in den geheimsten Winkeln zittert ein dämmriges Licht.

Wer heut nacht die gelbe Katze sehen könnte, der würde sich wohl wundern. Sie leckt sich und strählt sich, sie streckt die steifen Beinchen und hebt den Schwanz lustig in die Höhe; endlich springt sie vom Schreibtisch herunter und zur Stubentür hinaus in den Hof. Feierlich schreitet sie durch alle Gänge und Löcher des Hauses. Und wo sie hinkommt, da wird es lebendig, und alles kleine Gesindel von Hausgeistern, das in einem solchen Baue unvermeidlich ist, das rührt sich und fährt aufgeregt durcheinander. Graue, schattenhafte Kerlchen kommen aus den Ofenlöchern und unter den Pulten der Schreibstube hervorgeschlüpft, sie fegen die Treppen und die Gänge rein und fahren um den alten Pluto herum, der neben dem schlafenden Hausknecht die Wache hält, so daß der große Hund nicht einschlafen kann und mit Knurren und leisem Gebell auf die Arbeit der Heimlichen hinblickt.

Und die Katze kommt bei der Schlafkammer Sabinens vorbei und miaut leise, für Menschen unhörbar; aber das Wichtelmännchen, das dort in der Höhlung von Sabinens Lampe wohnt, kommt nicht heraus, es schüttelt mit dem Kopf und murmelt: »Wir wollen uns nicht freuen«; und im Zimmer des Kaufmanns ist auch kein guter Wille, die Ankunft des Entfernten zu feiern, ja was von dem stillen Volk dort wohnt, das ist stolz und schimpft durchs Schlüsselloch auf die Katze. Aber der Gips läßt sich nicht stören; und das ganze übrige Haus läßt sich nicht stören. Und auf der großen Waage sitzt eine zahlreiche lustige Gesellschaft. Was von Wichtelmännchen im Hause ist, und es gibt viel solches Zeug in dem fleißigen Hause, das ist heut zu großer Festfeier versammelt, und in der Mitte sitzt die Katze, schnurrend und glänzend, und sie leckt sich vor Freude, und die Lustigkeiten der Sozietät klettern hinauf zu dem Balken der Waage und schneiden von da Gesichter gegen die Stube des Prinzipals, ja auch gegen ihren Liebling Sabine.

Kein Mensch weiß, daß er zurückkommen wird, aber das Haus merkt es, und es schmückt sich und öffnet seine Türen, den heimkehrenden Freund zu empfangen.

Es ist den Tag darauf gegen Abend, Sabine steht in ihrer Schatzkammer vor den geöffneten Schränken, sie ordnet die neue Wäsche und bindet wieder rosafarbene Zettel um die Nummern der Gedekke. Natürlich weiß sie' von nichts und sie ahnt nichts. Ihr weißer Damast glänzt heut wie Silber und Atlas; der geschliffene Glasdekkel, den sie von dem alten Familienpokal hebt, gibt einen friedlichen Klang gleich einer Glocke, und lange noch zittern die Schwingungen in dem Holz des großen Schrankes nach. Alle gemalten Köpfe auf ihren Porzellantassen sahen heut ausnehmend lustig aus, Doktor

Martinus Luther und der Schwarzkünstler Faust verziehen die Gesichter und lachen, sogar der Schiller lächelt, und es ist gar nicht zu sagen, wie sehr der alte Fritz lacht. Es blinkt und schimmert in allen Fächern der Schränke, jeder alte Glasnapf verspürt ein heimliches Ziehen und Klingen; nur Sabine merkt nichts, die kluge Herrin des Hauses weiß gar nicht, was alle Kleinen wissen. Oder ahnt sie doch etwas? Horch! sie singt. Lange ist kein fröhliches Lied von ihren Lippen geflogen, heut aber ist ihr leicht ums Herz, und wenn sie auf das glänzende Heer von Glas und Silber sieht, das vor ihr im Schranke aufgestellt ist, fällt etwas von dem bunten Glanz in ihre Seele; ihre Lippen bewegen sich, und leise, wie der Gesang eines Waldvogels, klingt ein Lied aus der Kinderzeit in der kleinen Stube. Und von dem Schrank tritt sie plötzlich ans Fenster, wo das Bild ihrer Mutter über dem Lehnstuhl hängt, und sie sieht das Bild fröhlich an und singt vor dem Angesicht der Mutter dasselbe Kinderlied, das die Mutter vom Lehnstuhl aus einst der kleinen Sabine gesungen.

Da gleitet eine verhüllte Gestalt durch den Hausflur. Im offenen Warengewölbe steht Balbus, der jetzt im Kreis der großen Waage befiehlt, er sieht mit halbem Blick auf die Gestalt und denkt verwundert: »Der sieht ein wenig Anton ähnlich.« Die Hausknechte schlagen eine Kiste zu, und der älteste wendet sich zufällig herum und sieht einen Schatten, der durch die Laterne auf die Wand geworfen wird, und hält einen Augenblick mit Schlagen inne und sagt: »Das war fast, als wenn's Herr Wohlfart wäre.« Und hinten im Hofe hört man ein lautes Bellen und das Springen des Hundes, und Pluto kommt außer sich zu den Hausknechten gelaufen und schlägt mit dem Schwanze, bellt und leckt ihre Hände und erzählt in seiner Art die ganze Geschichte. Aber auch die Hausknechte wissen von nichts, und einer sagt: »Es war ein Geist, man sieht nichts mehr.«

Da öffnete sich die Tür zu Sabinens Kammer. »Sind Sie's, Franz?« fragt Sabine sich unterbrechend. Niemand antwortet. Sie wendet sich um, ihr Auge blickt gespannt und ängstlich auf die Männergestalt, welche an der Tür steht. Da zittert ihre Hand und faßt nach der Lehne des Stuhls, sie hält sich fest und er eilt auf sie zu, und in leidenschaftlicher Bewegung, ohne daß er weiß, was er tut, kniet er neben dem Stuhl nieder, in den sie gesunken ist, und legt sein Haupt auf ihre Hand.

Das war Anton. Keines sprach ein Wort. Wie auf eine holde Erscheinung sah Sabine auf den Knienden nieder, und leise legt sie die andere Hand auf seine Schulter. Und in dem Raume blinkt und klingt es fort; die Lampe wirft ihren hellen Schein auf die beiden Kinder der Handlung, und das Bild der Hausfrau über dem Armstuhl sieht freundlich auf die Gruppe herab.

Sie frug nicht, weshalb er kam, nicht ob er frei war von dem Zauber, der ihn fortgetrieben hatte. Als er vor ihr kniete und sie in sein offenes Auge sah, das ängstlich und voll Zärtlichkeit das ihre suchte, da verstand sie, daß er zurückkehrte zu dem Hause, zum Bruder, zu ihr.

»So lange waren Sie in der Fremde«, sagte sie klagend, aber mit einem seligen Lächeln auf ihrem Antlitz.

»Immer war ich hier«, rief Anton leidenschaftlich. »Schon in der Stunde, wo ich von diesen Mauern schied, wußte ich, daß ich alles aufgab, was für mich Friede und Glück heißt. Jetzt treibt es mich unwiderstehlich in Ihre Nähe, ich muß Ihnen sagen, wie es in mir aussieht. Sie habe ich verehrt wie ein geweihtes Bild, solange ich in Ihrer Nähe lebte. Der Gedanke an Sie war auch in der Fremde mein Schutz. Er behütete mich in der Einsamkeit, in einem ungeordneten Leben, in großer Versuchung. Ihre Gestalt stellte sich rettend zwischen mich und eine andere. Oft sah ich Ihr Auge auf mich gerichtet, wie damals, wo ich bei Ihnen Hilfe suchte vor mir selbst; oft erhob sich Ihre Hand, sie winkte und warnte vor der Gefahr, die mich lockte. Wenn ich mich nicht verloren habe, Ihnen, Sabine, danke ich das.«

Wieder beugte er sich über ihre Hand. Sabine hielt ihn fest und sprach leise über seinem Haupt: »Mein Freund, mein lieber Freund! Beide mußten wir dasselbe erfahren, wir haben geträumt, und mit unserem Gefühl gerungen, und wir haben uns entschlossen, beide haben wir überwunden. Was müssen Sie gelitten haben, mein Freund!«

»Nein«, rief Anton, »es war nicht dasselbe Leid und nicht dieselbe Kraft. Ich habe Sie damals gesehen und angebetet, während Sie in stiller Fassung sich selbst vertrauten. Ich war ein schwacher, begehrlicher Mann, und ich weiß nicht, wohin ich gekommen wäre, wenn nicht die Erinnerung an Sie in meiner Seele gelebt hätte. In der Ferne wurde die Macht, die Ihr Wesen auf mich ausübt, immer größer, und nur weil ich an Sie dachte, wurde ich frei.«

»Und wissen Sie denn, ob es bei mir nicht ebenso war?« frug Sabine und sah ihn zärtlich an.

»Sabine!« rief Anton hingerissen.

»Ja, das ist Ihr ehrliches Angesicht«, rief das Mädchen. »Ach, auch in Ihren Zügen finde ich die Spur der eisernen Zeit.« – Sie erhob sich. »Wir haben von Ihren Heldentaten gehört, obgleich Sie in dem langen Jahr nichts für uns hatten, als einen kurzen Gruß.«

»Durfte ich anders?« unterbrach sie Anton eifrig.

Sabine nickte ihm zu. »Wie habe ich auf jede Nachricht gelauscht, die uns durch Ihre Vertrauten kam. Wenn ich in diesen sicheren Mauern an den Freund dachte, der draußen unter erbitterten Feinden lebte, jedem Angriff der Wütenden ausgesetzt – Wohlfart, Wohlfart, ich freue mich, daß ich Sie wiedersehe!«

»Ein anderer hat jetzt das Gut und die Sorge für die Schutzlosen«, erwiderte Anton.

»Es ist eine Fügung des Schicksals, daß es so gekommen ist«, rief Sabine und sah mit holder Freude auf den Wiedergefundenen.

In dem gleichförmigen Leben des Hauses hat sie jahrelang eine herzliche Neigung zu Anton herumgetragen. Seit er von ihr gezogen, weiß sie, daß sie ihn liebt, mit stiller Fassung hat sie wieder den

Schmerz in sich verschlossen. Weder ihre Liebe, noch ihre Entsagung ist in dem regelmäßigen Hause sichtbar geworden. Kaum durch einen Blick, durch keine Miene hat sie verraten, was in ihr vorgeht; wie sich für das Kind einer Handlung schickt, in welcher das Soll und Haben der Menschen pünktlich und ohne alles Gefühl gebucht wird. Jetzt, in der Freude des Wiedersehens bricht aus ihrem gehaltenen Wesen die Blüte der Leidenschaft. Sie steht in strahlender Freude vor dem Mann und denkt an nichts, als das Glück, ihn wiederzuhaben, und sie merkt in ihrer Freude nicht, daß in Antons bleichen Zügen noch eine andere Empfindung zuckt. Er hat sie gefunden, aber nur, um sie für immer zu verlieren.

Noch immer hält ihn Sabine an der Hand und sie zieht ihn fort durch die Glasgalerie über den Flur bis an das Arbeitszimmer des Bruders.

Was tust du, Sabine? Dies Haus ist ein gutes Haus, aber es ist keins, wo man poetisch fühlt und sich leicht rühren läßt, die Arme schnell öffnet und den ans Herz drückt, der grade kommt, um hereinzufallen. Es ist ein nüchternes, prosaisches Haus! Mit kurzen Worten wird hier gefordert und verweigert. Und es ist ein stolzes und strenges Haus! Denke daran! Kein zärtlicher Willkommen wird es sein, zu dem du deinen Freund führst.

Das empfand auch Sabine, und ihr Fuß zögerte einen Augenblick, ehe sie die Tür öffnete, aber sie entschloß sich schnell, und Antons Hand festhaltend, zog sie ihn über die Schwelle, und mit glücklichem Antlitz rief sie dem Bruder zu: »Hier ist er, er kommt zu uns zurück!«

Der Kaufmann erhob sich von seinem Arbeitstisch, aber er blieb am Tisch stehen, und was er zuerst sprach, ruhig, kalt im Ton des Befehls, das waren die Worte: »Lassen Sie die Hand meiner Schwester los, Herr Wohlfart.«

Sabine trat zurück, Anton stand allein in der Mitte des Zimmers und sah erschüttert auf den Kaufmann. Die kräftige Gestalt des Mannes war in den letzten Jahr gealtert, sein Haar ergraut, die Züge noch tiefer gefurcht. Nicht klein war der Kampf gewesen, der ihn so verändert hatte. »Daß ich auf die Gefahr, Ihnen unwillkommen zu sein, hier eintrete«, sprach Anton, »wird Ihnen zeigen, wie stark meine Sehnsucht war, Sie und die Handlung wiederzusehn. Habe ich einst Ihre Unzufriedenheit erregt, lassen Sie mich das nicht in dieser Stunde fühlen.«

Der Kaufmann wandte sich zu seiner Schwester: »Verlaß uns, Sabine, was ich mit Herrn Wohlfart zu besprechen habe, will ich ohne Zeugen abmachen.« Sabine eilte auf den Bruder zu und stand ihm aufgerichtet gegenüber. Sie sprach kein Wort, aber mit hellem Blick, in dem ein fester Entschluß zu lesen war, sah sie in seine zusammengezogenen Augen, dann verließ sie das Zimmer. Der Kaufmann sah ihr düster nach und wandte sich zu Anton: »Was führt Sie zu uns zurück, Wohlfart?« frug er, »haben Sie auf dem Lande nicht erreicht, was Ihr jugendlicher Eifer träumte, und kommen Sie jetzt her, in dem Bürgerhause das Glück zu suchen, das Ihnen einst für Ihre Ansprüche zu leicht schien? Ich höre, Ihr Freund Fink hat sich auf dem Gut des Freiherrn festgesetzt, hat er sie in unser Haus zurückgeschickt, weil Sie ihm dort im Wege waren?«

Antons Stirn umwölkte sich. »Nicht als Abenteurer, welcher das Glück sucht, trete ich vor Ihre Augen. Sie sind ungerecht, wenn Sie einen solchen Verdacht aussprechen, und mir ziemt nicht, ihn zu ertragen. Es gab eine Zeit, wo Sie freundlicher über mich urteilten, an diese Zeit dachte ich, als ich Sie aufsuchte; ich denke jetzt daran, um Ihre kränkenden Worte zu verzeihn.«

»Sie haben mir einst gesagt«, fuhr der Kaufmann fort, »daß Sie sich in meiner Handlung und in diesem Haus fühlten, wie in Ihrer Heimat. Und Sie hatten hier eine Heimat, Wohlfart, in unseren Herzen und im Geschäft. In einer leichten Wallung haben Sie uns aufgegeben, und wir, trauernd und mit schwerem Herzen, haben mit Ihnen dasselbe getan. Wozu kehren Sie zurück? Sie können uns kein Fremder sein, denn wir haben Sie liebgehabt, und ich persönlich bin Ihnen tief verpflichtet. Sie können uns der alte Freund nicht mehr sein, denn Sie selbst haben gewaltsam das Band gelöst, das Sie an uns fesselte. Sie haben mich gerade, als ich so etwas am allerwenigsten erwartete, daran erinnert, daß nur ein einfaches Kontraktverhältnis Sie in meinem Comtoir festhielt. Was suchen Sie jetzt? Wollen Sie wieder einen Platz in meinem Comtoir, oder wollen Sie, wie es den Anschein hat, noch mehr?«

»Ich will nichts«, rief Anton in überströmendem Gefühl, »nichts, als die Versöhnung mit Ihnen. Ich will keinen Platz im Comtoir und nichts anderes. In der Stunde, wo ich das Gut des Freiherrn verließ, stand in mir fest, daß mein erster Weg in Ihr Haus sein mußte, und mein nächster wieder hinaus, um mir woanders eine Tätigkeit zu suchen. Was ich auch in diesem Jahr verloren habe, meine Selbstachtung habe ich nicht verloren, und wenn Sie mir so freundlich entgegengekommen wären, wie mein Herz mich zu Ihnen zog, ich würde Ihnen in der ersten Stunde dasselbe gesagt haben, was Sie jetzt von mir hören wollen. Ich weiß, daß ich nicht hierbleiben kann. Ich habe es schon in der Fremde gefühlt, sooft ich an dies Haus dachte. Seit ich diese Mauern betreten habe, und seit ich Ihre Schwester wiedergesehn, seitdem weiß ich, daß ich nicht hier bleiben darf, ohne unehrlich zu handeln.«

Der Kaufmann trat an das Fenster und sah schweigend in die Nacht hinaus. Als er sich umwandte, war die Härte von seinem Gesicht verschwunden, er sah mit prüfendem Blick auf Anton. »Das war ehrlich gesprochen, Wohlfart«, sagte er endlich, »und ich will hoffen, auch ehrlich gedacht; und eben so offen will ich Ihnen sagen, es tut mir noch jetzt leid, daß Sie von uns gegangen sind. Ich kannte Sie, wie selten ein älterer Mann den jüngeren kennenlernt; unter meinen Augen waren Sie in der Handlung heraufgekommen, ich konnte auf die Reinheit Ihrer Empfindungen vertrauen, ich wußte, daß kein unehrenhafter Gedanke in Ihrer Seele heimisch war. Jetzt, lieber Wohlfahrt, sind Sie mir ein Fremder geworden. Verzeihen Sie, daß ich Ihnen das sage. Ein ungeregeltes Begehren hat Sie in Verhältnisse gelockt, welche nach allem, was ich davon weiß, ungesund sein müssen für jeden, der darin lebt. Sie haben in einer Landschaft, wo die Gewissen oft weiter sind, als bei uns, und die menschlichen Verhältnisse weniger fest geordnet, die Verwaltung eines zerrütteten Wohlstandes gehabt, Sie sind der Vertraute eines bankrotten Schuldners gewesen, der manche Eigenschaft eines braven Mannes bewahrt haben mag, der aber in schlechten Geschäften mit verzweifelten Menschen das verloren hat, was in meiner Handlung Ehre heißt. Gern nehme ich an, daß Ihre Redlichkeit sich geweigert hat, dort etwas zu tun, was gegen Ihre Überzeugung war; aber, Wohlfart, ich wiederhole Ihnen jetzt, was ich Ihnen schon früher gesagt habe: jede fortgesetzte Tätigkeit unter Schwachen und Schlechten bringt auch den Ehrenmann in Gefahr. Allmählich und ohne daß er es merkt, erscheint ihm erträglich, was ein anderer in sicherer Lage von sich fernhalten wird, und die gebieterische Notwendigkeit zwingt ihn, in Maßregeln zu willigen, die er anderswo mit kurzem Entschluß abgewiesen hätte. Ich bin überzeugt, daß Sie geblieben sind, was die Welt einen ehrenhaften Geschäftsmann nennt, aber die stolze Reinheit Ihrer kaufmännischen Ehre, die leider bei vielen in unsrer Geschäftswelt für eine Pedanterie gilt, ob Sie die sich bewahrt haben, das weiß ich nicht; und daß ich in der Stunde, wo ich Sie wiedersehe, daran zweifeln muß, und daß ich Ihnen das sagen muß, sehen Sie, das macht mir diese Zusammenkunft schmerzlich.«

Anton wurde bleich wie das Tuch, das er in der Hand hielt, und seine Lippe zitterte, als er antwortete: »Es ist genug, Herr Schröter! Daß Sie mir in der ersten Stunde das Bitterste sagen, was man einem Gegner sagt, ist mir ein Beweis, daß ich unrecht getan habe, dies Haus wieder zu betreten. Ja, Sie haben recht. In dieser ganzen Zeit hat mich das Gefühl nicht verlassen, daß die Gefahr, die Sie erwähnen, um meine Seele schwebte. In dem ganzen Jahr habe ich als das größte Unglück empfunden, daß die Geschäfte, für welche ich mich interessieren mußte, mir nicht erlaubten, den Mann hochzuachten, für den ich arbeitete. Ihnen aber darf ich, nicht weniger stolz als Sie, antworten, daß die Reinheit des Mannes, welche sich ängstlich vor der Versuchung zurückzieht, nichts wert ist, und wenn ich etwas aus einem Jahr voll Kränkungen und bitterer Gefühle mir gerettet habe, so ist es gerade der Stolz, daß ich selbst geprüft worden bin, und daß ich nicht mehr wie ein Knabe aus Instinkt und Gewohnheit handle, sondern als ein Mann, nach Grundsätzen. Ich habe in diesem Jahr zu mir ein Vertrauen gewonnen, das ich früher nicht hatte; und weil ich mich selbst achten gelernt habe, so sage ich Ihnen jetzt, daß ich Ihren Zweifel sehr wohl verstehe, daß ich aber, seit Sie ihn ausgesprochen, das Band für zerrissen halte, welches mich auch in der Fremde an Ihr Haus fesselte. Ich gehe, um diese Stätte nicht wieder zu betreten. Leben Sie wohl, Herr Schröter!«

Anton wandte sich zum Gehn, der Kaufmann eilte ihm nach, und seine Hand legte sich auf Antons Schulter.

»Nicht so schnell, Wohlfart«, sagte der Kaufmann weich; »der Mann, welcher den Streich des polnischen Säbels von mir abgewandt hat, soll nicht gekränkt und im Zorn mein Haus verlassen.«

»Erinnern Sie uns beide nicht an die Vergangenheit«, sagte Anton, »das ist jetzt unnütz. Nicht ich, Sie selbst haben Kränkung und Zorn in unser Wiedersehn gebracht. Und Sie, nicht ich, haben vernichtet, was uns aus alter Zeit aneinanderfesselte.«

»Nein, Wohlfart«, sagte der Kaufmann. »Wenn ich Sie durch meine Worte mehr verletzt habe, als ich wollte, so sehn Sie das meinem grauen Haar nach, und einem Herzen, welches jahrelang voll schwerer Sorgen war, auch voll Sorgen um Sie. Wir sehen uns beide nicht so wieder, wie wir uns getrennt haben, und wenn zwei Männer etwas gegeneinander auf der Seele haben, so sollen sie das in der Stunde des Wiedersehens ehrlich aussprechen, damit ihr Verhältnis klar werde. Wären Sie mir weniger wert, so hätte ich mein Bedenken wohl zurückgehalten, und mein Gruß wäre höflicher gewesen. Jetzt aber biete ich Ihnen den Willkommen. Schlagen Sie ein.«

Anton legte seine Hand in die des Kaufmanns und sprach. »Leben Sie wohl.«

Der Kaufmann aber hielt die Hand Antons fest und sagte lächelnd: »Nicht so schnell; ich lasse, Sie noch nicht fort. – Denken Sie, daß es ihr ältester Bekannter ist, der Sie jetzt ersucht, zu bleiben«, fügte er ernst hinzu, als Anton noch immer an der Tür still stand.

»Ich bleibe heut abend, Herr Schröter«, sagte Anton mit Haltung.

Der Kaufmann führte ihn zum Sofa. »Manches habe ich von Ihren Abenteuern gehört, aus Ihrem Munde möchte ich das vollständiger erfahren. Und auch Sie werden Interesse daran nehmen, wie es uns gegangen ist, davon zuerst.« Er begann zu erzählen, was unterdes in der Handlung geschehen war. Es war kein heiteres Bild, das er Anton zeigte, aber sein Bericht bannte aus Antons Herzen einen Teil der Kälte, welche der herbe Empfang des Prinzipals angesammelt hatte, denn Anton verstand, welches Vertrauen der Kaufmann ihm durch seine Worte schenkte. Dieser erwähnte manches, was der Geschäftsmann nur selten seinen Freunden mitteilt, alle wichtigeren Geschäfte, den geringen Gewinn und die großen Verluste des letzten Jahres.

Nach und nach zog wieder Friede und ein Schimmer von Behagen durch das Haus, alle guten Hausgeister, die während der Unterredung zwischen den beiden Männern erschreckt in die Mauselöcher gekrochen waren, steckten jetzt mutig die Köpfe hervor, und die unter dem Geheimbuch fingen an, gegen die andern vertraulich zu werden.

Unvermerkt war Anton in das Geschäft zurückversetzt, schnell machte er alle Stimmungen des Jahres noch einmal durch, wieder rötete sich seine Wange, sein erloschenes Auge erhielt Glanz, und unwillkürlich begann er von den Geschäften der Handlung zu sprechen, als gehörte er noch dazu. Da hielt ihm der Kaufmann wieder mit trübem Lächeln die Hand hin, und jetzt schlug Anton herzhaft ein, die Versöhnung war geschlossen.

»Und jetzt sprechen wir von Ihnen, lieber Wohlfart«, fuhr der Kaufmann fort; »Sie haben mir einst über Ihre Tätigkeit für den Freiherrn Mitteilungen gemacht, die ich damals ungeduldig zurückwies, jetzt bitte ich Sie mir zu erzählen, was Sie dürfen.«

Anton berichtete, was kein Geheimnis war; der Kaufmann hörte gespannt, ja ängstlich auf alles, was Anton von den Geschäften des Freiherrn und seiner eigenen Arbeit erwähnte. Anton sprach mit Zurückhaltung, denn sein Stolz bäumte in der Stille gegen das Ausfragen auf. Aber er gönnte dem Kaufmann doch manches, was dazu half, diesen getrosten Muts zu machen.

»Erlauben Sie mir auch über Ihre Zukunft zu reden«, begann der Kaufmann endlich und erhob sich von seinem Stuhl. »Nach dem, was Sie mir angedeutet haben, fordere ich Sie nicht auf, die nächsten Jahre in meinem Geschäft zuzubringen, so willkommen Ihre Hilfe mir gerade jetzt wäre. Aber ich bitte, daß Sie mir überlassen, eine Stellung zu suchen, die für Sie paßt. Wir wollen gemeinsam prüfen und uns darin nicht übereilen. Unterdes bleiben Sie in den nächsten Wochen bei uns. Ihr Zimmer ist leer, alles darin unverändert. Wie ich höre, haben Sie in den nächsten Monaten ohnedies noch eine Verpflichtung zu erfüllen. Davon werden Sie sich unterdes befreien können. Und wenn Sie Zeit und Lust haben, mir nebenbei im Comtoir zu helfen, so wird mir das sehr willkommen sein. – Was Ihr Verhältnis zu meinen Hause betrifft«, fuhr er ernster fort, »so vertraue ich Ihnen vollständig. Es ist mir Bedürfnis, Ihnen das zu beweisen, auch deshalb mache ich Ihnen diesen Vorschlag.«

Anton sah schweigend vor sich nieder.

»Ich mute Ihnen nichts Peinliches zu«, sagte der Kaufmann; »Sie wissen, wie es in unserm Haushalt zugeht, man muß manchmal die Gelegenheit sehr suchen, miteinander zu sprechen. Für Sabine und für Sie wünsche ich auf einige Wochen das Zusammenleben in der alten Weise, und wenn die Zeit kommt, ein ruhiges Scheiden. Ich wünsche das auch meiner Schwester wegen, Wohlfart«, fügte er mit Offenheit hinzu.

»Dann«, sagte Anton, »bleibe ich.«

Unterdes ging Sabine unruhig in ihrem Zimmer umher und lauschte auf einen Ton aus der Arbeitsstube des Bruders. Aber wie oft ihr traurige Gedanken kamen, heut vermochten sie sich nicht festzusetzen. Wieder knisterte das Feuer, und wieder lauschte sie auf den Schlag der Uhr, aber das Tannenholz knackte und prasselte heut lustig im Ofen und machte einen ungewöhnlichen Lärm. Unaufhörlich fuhren kleine Freudenraketen in der Glut umher, und die Funken flogen durch das Zugloch der Ofentür mitten in die Stube. Sie konnte nicht traurig werden und sie konnte sich nicht ängstigen, denn immer wieder tickte die Uhr in ihre Gedanken: Er ist gekommen, er ist da!

Die Tür öffnete sich, die Tante trat eilig herein. »Was höre ich!« rief die Tante. »Ist es möglich? Franz behauptet, daß Wohlfart bei deinem Bruder ist.«

»Er ist da«, sagte Sabine abgewandt.

»Was ist das wieder für ein geheimnisvolles Benehmen!« fuhr die Tante unzufrieden fort. »Warum bringt Traugott ihn nicht herüber? Und in seiner Stube ist noch nichts zurechtgemacht. Wie kannst du so ruhig hier stehen, Sabine? Ich begreife dich nicht.«

»Ich warte«, sagte Sabine leise, aber sie selbst faßte mit einer Hand nach der andern und hielt sie am Gelenk fest, denn die Hand zitterte.

Da näherten sich Männerschritte dem Zimmer, der Kaufmann trat mit Anton ein und rief schon an der Tür: »Hier ist unser Gast.« Und als Anton und die Tante einander freudig begrüßten, sagte der Kaufmann: »Herr Wohlfart wird einige Wochen bei uns wohnen, bis er eine Stelle gefunden hat, wie ich sie für ihn wünsche.« Höchlich erstaunt hörte die Tante diesen Beschluß, und Sabine rückte stark mit den Tassen, um ihre Unruhe zu verbergen. Aber keine der Frauen machte eine Bemerkung, und die eifrige Unterhaltung an der Abendtafel überdeckte die Bewegung, welche in allen nachzitterte. Jeder hatte viel zu fragen und viel zu erzählen, denn für alle war das letzte Jahr reich an großen Begebenheiten gewesen. Wohl war ein Zwang bemerkbar in Antons Haltung, als er von seinem Leben in der Fremde sprach, von Fink und von der deutschen Kolonie, die sich auf dem Gute festgesetzt hatte. Und mit gesenktem Haupt hörte Sabine auf seine Worte. Aber der Kaufmann wurde immer heiterer, und als Anton sich erhob, um nach seinem Zimmer zu gehen, da lag auf dem Angesicht des Kaufmanns fast das gütige Lächeln von ehedem, kräftig schüttelte er Antons Hand und sagte im Scherz: »Schlafen Sie wohl und achten Sie auf Ihren Traum in der ersten Nacht; man sagt, ein solcher Traum geht in Erfüllung.«

Und als Anton sich entfernt hatte, zog der Kaufmann die Schwester in das dunkle Nebenzimmer, dort küßte er sie auf die Stirn und sprach ihr leise ins Ohr: »Er ist brav geblieben, das hoffe ich jetzt mit ganzer Seele!« Und als er mit ihr wieder in das Helle trat, da glänzte es feucht in seinem Auge, und er fing an die Tante mit ihrer stillen Neigung für Wohlfart zu necken, so daß die gute Tante endlich die Hände zusammenschlug und ausrief: »Der Mann ist heut ganz ausgelassen.«

Ermüdet und angegriffen warf sich Anton aufs Lager. Freudenleer erschien ihm seine Zukunft, und der Gedanke an die bittern Empfindungen des Abends und an den stillen Kampf der nächsten Wochen lag schwer auf seinem Herzen. Und doch lag er kurz darauf in ruhigem Schlummer. – Und es wurde wieder still in dem Patrizierhaus. – Es war ein nüchternes altes Haus mit vielen Ecken und mit einigen verborgenen Winkeln. Es war gar kein Ort für glühende Schwärmerei und auflodernde Leidenschaft. Aber es war auch ein gutes Haus und es deckte sicher jeden, der in seinen Mauern schlief.

Und wieder waren die kleinen Heimlichen heut nacht geschäftig, sie fuhren durcheinander und schwatzten und lachten, und in alle Winkel summte die Nachricht, daß das Kind der Handlung zurückgekehrt war, und der Gips auf dem Postamente sah stolz auf den schlafenden Anton nieder, hob feierlich seinen hübschen geringelten Schwanz in die Luft und schnurrte die ganze Nacht hindurch.

3

Am nächsten Morgen eilte Anton zu Ehrenthal. Der Kranke war für ihn nicht zu sprechen, die Frauen empfingen ihn so feindselig, daß er für schädlich hielt, ihnen irgend etwas über die Absicht seines Besuches zu sagen. Er ließ deshalb an demselben Tage dem Anwalt Ehrenthals durch Justizrat Horn anzeigen, daß zwanzigtausend Taler bereit lägen, um die Ansprüche Ehrenthals auf diese Summe zur Stelle zu tilgen, für die übrigen Forderungen, welche Ehrenthal – ohne Berechtigung – gegen den Freiherrn erhoben hatte, sollte richterliche Entscheidung abgewartet werden. Der Anwalt des Gläubigers weigerte sich, diese Zahlung anzunehmen. Sofort ließ Anton bei Gericht die nötigen Schritte tun, um Ehrenthal zur Annahme der Summe und zum Verzicht auf die Ansprüche, die er ihretwegen erhob, zu zwingen.

Es war gegen Abend, als Anton einen alten Comtoirrock anzog und mit eiligem Geschäftsschritt in das Haus von Löbel Pinkus trat. Durch das Fenster sah er in die kleine Branntweinstube. Er fand den würdigen Pinkus hinter seinem Schenktisch und richtete eine kurze kaufmännische Frage aus: »Herr T. O. Schröter läßt fragen, ob Schmeie Tinkeles aus Brody angekommen ist, oder ob er erwartet wird. Er soll sich sogleich wegen eines Geschäfts in der Handlung einfinden.«

Pinkus erwiderte vorsichtig, Tinkeles sei nicht anwesend, und er wisse nicht, ob und wann derselbe kommen werde. Tinkeles spreche manchmal bei ihm vor, manchmal auch nicht, die Sache sei unsicher. Er werde übrigens den Auftrag ausrichten, wenn er den Mann sehe.

Am andern Tag öffnete der Diener die Tür Antons, und Schmeie Tinkeles schlüpfte in das Zimmer. »Willkommen, Tinkeles«, rief Anton ihm entgegen und sah mit stillem Lächeln auf den Mann im Kaftan.

Der Händler war überrascht, als er sich Anton gegenüber fand. Über sein verschmitztes Gesicht flog ein Schatten, und eine innere Unruhe wurde aus dem lebhaften Gewirbel sichtbar, womit er seine Freude über das Wiedersehen auszudrücken suchte. »Gottes Wunder daß ich Sie leibhaftig wiedersehe, ich habe mich oft erkundigt im Geschäft bei Schröter, und habe nicht können erfahren, wo Sie hingereist sind. Ich habe immer gern mit Ihnen zu tun gehabt, wir haben doch zusammen gemacht manchen schönen Kauf.«

»Wir haben auch Krieg miteinander geführt, Tinkeles«, warf Anton dazwischen.

»Es war ein schlechtes Geschäft«, sagte Tinkeles ablenkend, »es sieht jetzt traurig aus mit dem Handel, das Gras wächst auf den Landstraßen. Es ist gewesen eine böse Zeit im Lande. Der beste Mann, wenn er sich schlafen gelegt, hat nicht gewußt, ob er morgen noch wird Beine haben zum Stehen.«

»Ihr habt es doch durchgemacht, Tinkeles, und ich nehme an, die Zeit ist Euch nicht schlecht bekommen. Setzt Euch, ich habe mit Euch zu reden.«

»Wozu setzen?« frug der Jude mißtrauisch, als Anton nach der Türe ging und diese verriegelte, »beim Geschäft hat man keine Zeit zum Sitzen. Verzeihen Sie, was verriegeln Sie die Tür? Man braucht keinen Riegel, wenn man machen will Geschäfte, es stört uns niemand.«

»Ich will mit Euch etwas im Vertrauen besprechen«, sagte Anton vor den Händler tretend, »es soll Euer Schade nicht sein.«

»So sprechen Sie«, sagte Tinkeles, »aber lassen Sie offen die Tür.«

»Hört mich an«, begann Anton. »Ihr erinnert Euch an die letzte Unterredung, die wir hatten, damals, als wir auf der Reise zusammentrafen.«

»Ich erinnere mich an nichts«, sagte der Händler kopfschüttelnd und sah unbehaglich nach der Tür.

»Ihr gabt mir damals einen guten Rat, und als ich mehr von Euch erfahren wollte, wart Ihr aus der Stadt verschwunden.«

»Das sind alte Geschichten«, antwortete Tinkeles immer unbehaglicher. »Ich kann mich jetzt nicht erinnern, ich habe auch zu tun auf dem Markt, ich dachte, Sie wollten mit mir reden von einem Geschäft.«

»Es ist ein Geschäft, von dem wir sprechen, und es kann für Euch ein gutes Geschäft werden«, sagte Anton nachdrücklich. Er ging an seinen Schreibtisch und holte eine Geldrolle heraus, die er vor Tinkeles auf den Tisch legte. »Diese hundert Taler gehören dem, welcher mir eine Nachricht gibt, die ich brauche.« Tinkeles sah mit einem schlauen Seitenblick auf die Rolle und erwiderte: »Hundert Talerstücke sind gut, aber ich kann keine Nachricht geben, ich weiß von nichts, ich kann mich nicht besinnen. Sooft ich Sie sehe, fangen Sie an von ärgerlichen Sachen«, schloß er unwillig, »es ist mir kein Glück, wenn ich habe mit Ihnen zu tun, ich habe immer nur gehabt Not und Kummer.«

Anton ging schweigend zu seinem Pult und holte eine zweite Geldrolle, die er neben die erste legte. »Zweihundert Taler«, sagte er, ergriff die Kreide und schloß die Rollen durch vier Striche ein. »So viel ist Euer, wenn Ihr mir die Auskunft geben könnt, die ich haben will.« Die Blicke des Galiziers hefteten sich sehnsüchtig auf das Viereck. Anton stand daneben und wies schweigend mit dem Finger darauf. Der Händler kämpfte einen schweren Kampf, er sah auf

Anton und verzog sein Gesicht zu einem harmlosen Lachen; er versuchte unbefangen auszusehen und blickte wie gleichgültig in der Stube herum; aber immer wieder fiel sein Blick auf Antons Zeigefinger und das weiße Viereck auf dem Tische. Keiner sprach, das stumme Schweigen dauerte einige Augenblicke, und doch war es eine lebhafte und beredte Unterhandlung. Immer glänzender wurden die Augen des Galiziers, immer unruhiger seine Gebärden, er zuckte mit den Schultern, hob die Brauen in die Höhe und rang heftig von dem Zauber loszukommen, der ihn festbannte. Endlich wurde ihm der Zustand unerträglich. Er griff mit der Hand nach den Rollen.

»Erst redet«, sagte Anton und hielt die Hand über das Geld.

»Seien Sie nicht so hart gegen mich«, bat Tinkeles.

»Hört mich an«, sagte Anton. »Ich will nichts Unrechtes von Euch, nichts, was ein ehrlicher Mann einem andern verweigern dürfte; ich könnte vielleicht Eure gerichtliche Vernehmung durchsetzen und ohne Kosten zu sicheren Geständnissen kommen; ich weiß aber von früher, welchen Widerwillen Ihr gegen das Gericht habt, und nur deshalb biete ich Euch das Geld. Verstündet Ihr eine andere Sprache, so würdet Ihr mir sagen, was Ihr wißt, wenn ich Euch erzähle, daß eine Familie unglücklich geworden ist dadurch, daß Ihr mir früher nicht alles gesagt habt. Diese Sprache aber würde bei Euch nichts nützen.«

»Nein«, sagte Tinkeles ehrlich, »sie würde nichts nützen. Lassen Sie sehen das Geld, das Sie haben hingelegt für mich. Sind es richtig zweihundert Talerstücke?« fuhr er fort, auf die Rollen starrend. »Es ist gut, ich weiß, sie sind richtig. Fragen Sie mich, was Sie wollen wissen.«

»Ihr habt mir gesagt«, begann Anton, »daß Itzig, der frühere Buchhalter Ehrenthals, darauf arbeite, den Freiherrn von Rothsattel zu ruinieren.«

»Ist es nicht gewesen, wie ich habe gesagt?« frug Tinkeles.

»Ich habe Grund, anzunehmen, daß Ihr wahr gesprochen. Ihr habt damals zweie erwähnt, wer ist der andere?«

Der Händler stockte; Anton griff nach den Geldrollen. »Lassen Sie liegen«, bat Tinkeles die Hand bewegend; »der andere heißt Hippus, wie ich habe vernommen. Er ist ein alter Mann und hat gewohnt lange Zeit bei dem Löbel Pinkus.«

»Ist er vom Geschäft?« frug Anton.

»Er gehört nicht zu unsern Leuten und ist nicht vom Geschäft, er ist vertauft, er ist gewesen Sachwalter.«

»Habt Ihr mit Itzig in irgendeinem Geschäft zu tun?« frug Anton weiter.

»Soll mich bewahren der gerechte Gott vor diesem Menschen«, rief Tinkeles. »An dem ersten Tage, wo er ist gekommen in die Stadt, hat er mir wollen aufmachen den Schrank, worin sind gewesen meine Sachen. Ich habe gehabt meine Mühe, ihn zu verhindern, daß er mir nicht hat genommen meine Kleider. Er nimmt's von den Lebendigen. Ich mag nichts zu tun haben mit einem solchen Menschen.«

»Um so besser für Euch«, antwortete Anton; »jetzt hört mir zu. Dem Freiherrn ist ein Kasten gestohlen worden, in welchem wichtige Papiere aufbewahrt wurden. Der Diebstahl ist in dem Comtoir Ehrenthals verübt worden. Habt Ihr zufällig etwas über den Diebstahl gehört, oder habt Ihr Argwohn, wer der Dieb sein könnte?«

Der Galizier sah unruhig in der Stube umher, auf Anton und die Rollen, und sagte endlich entschlossen, die Augen zudrückend: »Ich weiß von nichts.«

»Und gerade dies will ich von Euch erfahren; und dies Geld ist für den, der mir darüber Auskunft gibt.«

»Wenn ich also muß reden«, sagte der Galizier, »so soll es gesagt sein. Ich habe gehört, daß der Mensch, welcher heißt Hippus, als er ist gewesen betrunken, hat geschrien und hat gesagt: ›Jetzt haben wir den Rothschwanz, er ist geliefert, wegen der Papiere ist er geliefert.‹

»Und weiter wißt Ihr nichts?« frug Anton in ängstlicher Spannung. – »Nichts«, sagte der Galizier, »es ist lange her, und ich habe nur wenig können verstehn, was sie haben miteinander gesprochen.«

»Ihr habt das Geld, welches hier liegt, Euch nicht verdienen können«, entgegnete Anton nach einer Pause, »was Ihr mir gesagt habt, ist wenig. Damit Ihr aber seht, daß mir daran liegt, von Euch Auskunft zu erhalten, so nehmt hier diese hundert Taler; das zweite Hundert ist Euer, sobald Ihr mir irgendeine Spur des gestohlnen Kästchens oder der entwendeten Papiere schaffen könnt. Vielleicht ist das Euch nicht unmöglich.«

»Es ist nicht möglich«, sagte der Galizier bestimmt, die empfangene Geldrolle in der Hand wägend und die zweite betrachtend. »Was der Itzig tut, tut er nicht so, daß ein anderer auf seinen Weg sehen kann, und ich bin doch nur ein Fremder im Ort und mache keine Geschäfte mit Spitzbuben.«

»Versucht es doch«, entgegnete Anton. »Sobald Ihr etwas erfahrt, bringt mir Nachricht, dies Geld hebe ich für Euch auf. Ich habe nicht nötig, Euch zu sagen, daß Ihr sehr vorsichtig sein und unter allen Umständen vermeiden müßt, dem Itzig oder seinen Spießgesellen Argwohn zu geben. Verratet gegen niemand, daß Ihr mich kennt.«

»Ich bin kein Kind«, antwortete Tinkeles beistimmend, »aber ich fürchte, ich werde Ihnen nichts dienen in dieser Sache.«

So entfernte sich der Galizier, nachdem er die Geldrolle in die Tasche seines Kaftans versenkt hatte.

Anton hatte den Namen dessen erfahren, der vielleicht den Diebstahl verübt hatte. Es war ihm die Möglichkeit gegeben, an diesen Namen weitere Nachforschungen zu knüpfen. Aber die Schwierigkeit, die fehlenden Dokumente ohne Hilfe der Behörde wiederzuerlangen, wurde immer größer. Unter diesen Umständen faßte er den Entschluß, welcher einem Kaufmann näher lag, als einem Beamten. Es war ein gewagter Schritt, aber er bot die Möglichkeit, in kurzer Zeit und ohne Aufsehn die Papiere in die Hände des Barons zurückzubringen.

Er wollte mit Itzig selbst in Verbindung treten und das wenige, was er durch den Galizier erfahren hatte, dem Verschlagenen, Gewissenlosen gegenüber so gut als möglich zu benutzen suchen. Wohl fühlte er, wie unsicher der Schritt sei, und daß ein harter Kampf mit Itzig bevorstehe. Hätte er alles gewußt, was der unternehmende Geist des Agenten in sich herumtrug, er hätte noch mehr Bedenken gehabt, den Weg zu machen.

Itzigs verschmitzter Bursch öffnete die Tür. Anton stand seinem Schulkameraden gegenüber. Der Agent wußte bereits, daß Anton von dem Gut bei Rosmin nach der Stadt zurückgekehrt war, und hatte sich auf diesen Besuch vorbereitet. Einen Augenblick betrachteten die beiden Männer einander, beide bemüht, in Gesicht und Haltung des Gegners zu lesen und sich zu dem beginnenden Kampf zu rüsten. Beiden hatte ein vieljähriger vorsichtiger Verkehr mit Menschen und den Interessen des Handels einiges Gleichartige gegeben. Beide waren gewöhnt, den Schein kaltblütiger Ruhe zu behaupten und das Ziel, das sie erreichen wollten, zu verbergen, beide waren gewöhnt an schnelle Überlegung, an behutsames Sprechen, an kühle Haltung, beide zeigten auch in Sprache und Gebärde etwas von der Form, welche der kaufmännische Verkehr dem Geschäftsmann verleiht, beide waren heut in einer großen innern Aufregung, welche die Wange Antons rötete und die Backenknochen Veitels mit einem hellen Schimmer überzog. Aber dem klaren Blick Antons begegnete das Auge des Gegners unruhig und lauernd, dem herben Ernst seiner Haltung eine Mischung von Trotz und Unterwürfigkeit; beide erkannten im ersten Augenblick, daß der Gegner gefährlich und schwer zu besiegen sei, und beide sammelten ihre ganze Kraft. Der Kampf begann. Itzig eröffnete ihn in seiner Weise. »Es ist mir eine Freude, auch Sie einmal bei mir zu sehn, Herr Wohlfart«, sagte er mit plötzlicher Freundlichkeit; »es ist lange her, daß ich nicht das Vergnügen gehabt habe, Ihnen zu begegnen. Ich habe doch immer ein großes Interesse genommen an Ihnen. Wir sind zusammen in der Schule gewesen, wir sind an einem Tag hierhergekommen, wir haben uns beide vorwärtsgebracht in der Welt. Ich hatte gehört, daß Sie seien gegangen nach Amerika. Die Leute reden so vieles. Ich hoffe, daß Sie jetzt wieder in der Stadt bleiben. Vielleicht treten Sie auch wieder in das Geschäft des Herrn Schröter, man sagt, er hat sehr bedauert Ihren Abgang.« – So flossen ihm die Worte von den Lippen, aber sein Blick suchte von allen Seiten durch die Außenseite Antons durchzudringen in das, was den Besuchenden beschäftigte.

Er hatte sich eine Blöße gegeben, als er sich anstellte, nicht genau zu wissen, wo Anton in der letzten Zeit gewesen war. Denn daß er den Namen Rothsattel zu nennen vermied, gab Anton die feste Überzeugung, er habe Grund, bei Nennung dieses Namens ungewöhnliche Vorsicht zu beobachten.

Anton erwiderte, diesen Fehler Veitels benutzend, so kalt, als ob der andere seine ganze Rede in die Luft gesprochen hätte: »Ich komme, Herr Itzig, um in einer Geschäftsangelegenheit mit Ihnen

Rücksprache zu nehmen. Sie sind mit den Verhältnissen des Familiengutes bekannt, welches dem Baron Rothsattel gehört und jetzt im Wege der notwendigen Subhastation verkauft werden soll.«

»Im allgemeinen bin ich damit bekannt«, antwortete Veitel und lehnte sich entschlossen an die Ecke des Sofas, »wie man bekannt ist mit so etwas; ich habe manches darüber gehört.«

»Sie haben im Comtoir von Ehrenthal die Geschäfte desselben mit dem Baron, welche jahrelang verliefen und die Geldverhältnisse des Gutes betrafen, geleitet, und müssen, wie sich voraussetzen läßt, dadurch genaue Einsicht erhalten haben. Da gegenwärtig mit Ehrenthal selbst seiner Krankheit wegen ein geschäftlicher Verkehr nicht möglich ist, so ersuche ich Sie um einige Auskunft.«

»Was ich etwa in Ehrenthals Comtoir erfahren habe als Buchhalter«, sagte Itzig, »das habe ich im Vertrauen erfahren und kann es einem andern nicht mitteilen. Ich wundere mich, daß Sie so etwas von mir verlangen«, schloß er mit einem maliziösen Blicke.

Anton erwiderte kaltblütig: »Ich verlange nichts, wodurch das Pflichtgefühl, welches Sie äußern, verletzt werden könnte. Es liegt mir daran, zu erfahren, in welchen Händen die Hypotheken gegenwärtig sind, welche auf dem Gute haften.«

»Das können Sie leicht erfahren durch einen Auszug aus dem Hypothekenbuch«, sagte Veitel mit wohlangenommener Gleichgültigkeit.

»Sie werden vielleicht gehört haben«, fuhr der angreifende Anton fort, »daß einige der Hypotheken in den letzten Monaten am hiesigen Platz aus einer Hand in die andere gegangen sind; die gegenwärtigen Besitzer sind jedenfalls im Hypothekenbuche nicht eingetragen. Es ist anzunehmen, daß die Instrumente aufgekauft sind, um einem Kauflustigen bei der Subhastation den Kauf entweder zu erleichtern, oder auch zu erschweren.«

Bis hierher war das Gespräch eine alltägliche Vorbereitung zum ernsten Gefecht gewesen, etwa wie die ersten Züge im Schach, oder wie der Anfang eines Wettrennens. Itzigs Ungeduld führte durch einen Sprung weiter hinein.

»Haben Sie Auftrag, das Gut zu kaufen?« frug er plötzlich.

»Nehmen Sie an, ich habe einen solchen Auftrag«, erwiderte Anton, »und ich wünsche mir dabei Ihre Mitwirkung zu sichern. Sind Sie imstande, mir in kürzester Zeit Auskunft zu verschaffen? Und wollen Sie die etwa nötigen Verhandlungen wegen Ankauf der Hypotheken übernehmen?«

Itzig überlegte. Es war möglich, daß Anton nur deshalb kam, um dem Freiherrn oder seinem Freunde Fink bei der Subhastation das Gut zu sichern. In diesem Fall war er in Gefahr, das stille Ziel langer Arbeit, gefährlicher Taten verrückt zu sehen. Wenn Fink durch sein Vermögen den Freiherrn rettete, so verlor Itzig das Gut. Dann wurde dem Pinkus sein Kapital ausgezahlt, und er mußte einen anderen Weg einschlagen, sich von dem Baron Geld zu machen. Während er dies in stürmischer Bewegung überlegte, sah er, wie forschend Anton auf ihn blickte. Er schloß daraus mit dem Scharfsinn eines bösen Gewissens, daß Anton etwas von seinen Plänen erraten habe und daß er noch anderes von ihm wolle. Wahrscheinlich war dieser Antrag nur eine Finte. Er beeilte sich daher mit großer Geläufigkeit, seine Mitwirkung zu versprechen, und äußerte die Hoffnung, daß ihm wohl gelingen werde, die gegenwärtigen Besitzer der Hypotheken noch zu rechter Zeit zu ermitteln.

Anton sah, daß der Schurke ihn verstanden hatte und auf seiner Hut war. Er änderte den Angriff.

»Kennen Sie einen gewissen Hippus?« frug er schnell und sah seinem Gegner scharf ins Gesicht.

Einen Moment zuckten die Augenlider Itzigs, und die leise Röte zeigte sich wieder auf seiner Wange. Zögernd, als suche er den Namen in seinem Gedächtnis, antwortete er: »Ja, ich kenne ihn. Er ist ein heruntergekommener, nichtsnutziger Mann.«

Anton merkte, daß er den rechten Punkt getroffen hatte, er ging deshalb schnell vorwärts. »Vielleicht erinnern Sie sich, daß vor einundeinemhalb Jahr aus dem Comtoir Ehrenthals eine Kassette des Freiherrn mit Papieren und Dokumenten gestohlen wurde, welche für den Freiherrn große Wichtigkeit hatte.«

Itzig saß ruhig, nur seine Augen fuhren unsicher hin und her. Kein Fremder würde dieses Zeichen eines bösen Gewissens erkannt haben, aber Anton sah in den veränderten Zügen deutlich das alte Gesicht des Ostrauer Schulknaben, dasselbe Gesicht, welches der Knabe Veitel gemacht hatte, wenn ihm der Diebstahl einer Feder oder eines Bogens Papier vorgeworfen wurde. Itzig wußte um die Papiere, er wußte um den Diebstahl.

Endlich erwiderte der Agent gleichgültig: »Ich habe von der Kassette gehört, es war kurz bevor ich Ehrenthals Geschäft verließ.«

»Wohl«, fuhr Anton fort, »die gestohlenen Papiere konnten für den Dieb keinen Wert haben. Es ist aber Grund, anzunehmen, daß dieselben auf irgendeine Weise in die Hände eines Dritten hier am Ort gekommen sind.«

»Das ist nicht unmöglich«, antwortete Itzig, »aber für wahrscheinlich halte ich nicht, daß jemand wertlose Papiere so lange aufhebt.«

»Ich weiß«, fuhr Anton fort, »daß die Papiere vorhanden sind, ja ich weiß, daß sie dazu benutzt werden sollen, von dem Baron auf irgendeine Weise Vorteile zu erlangen.«

Itzig bewegte sich unruhig auf seinem Stuhl, er sah vor sich nieder, und die Flecke auf seiner Wange wurden immer röter, aber er schwieg, auch Anton machte eine Pause. Überlegend standen beide einander gegenüber. Endlich wurde dem Angegriffenen das Schweigen unerträglich, er rückte sich mit festem Entschluß zurecht, zwang sich, seinen Gegner anzusehen, und frug mit heiserer Stimme. »Und wozu erwähnen Sie gegen mich diese Sache?«

»Sie sollen über das, was ich will, nicht in Zweifel bleiben«, sagte Anton. »Ich weiß, daß die Papiere hier vorhanden sind, ich habe Grund, anzunehmen, daß es Ihnen bei Ihrer Gewandtheit möglich sein wird, den Besitzer derselben zu ermitteln, Sie werden durch jenen Hippus die Auskunft erhalten können, welche Sie etwa noch brauchen.«

»Warum durch diesen?« frug Veitel schnell.

»Er hat in Gegenwart von Zeugen Äußerungen getan, welche die sichere Überzeugung begründen, daß er mit dem Inhalt jener Papiere genau bekannt ist.« Itzig preßte die Zähne zusammen, und nur ein Murmeln wurde vernehmlich, welches, bis zu Worten verstärkt, ungefähr gelautet hätte: »Der betrunkene Schuft!«

Anton fuhr fort: »Der Freiherr hat die Rechte, welche Ehrenthal an die gestohlenen Schulddokumente hat, durch gerichtliche Deposition der betreffenden Summe bereits abgekauft. Die Kassette und ihr Inhalt sind Eigentum des Freiherrn. Wenn durch Ihre Hilfe die Papiere geschafft und den Händen des Freiherrn oder seines Bevollmächtigten übergeben werden können, so würde der Freiherr, dem weniger an der Verfolgung des Diebes, als an Wiedererlangung der Papiere gelegen ist, bereit sein, eine Summe an denjenigen zu zahlen, der ihm die Dokumente wiederschafft.«

Wohl hatte dieser Antrag für Itzig viel Lockendes, selbst er hatte in der ganzen Zeit den Druck des Verbrechens gefühlt, mit steigendem Widerwillen hatte er die Kameradschaft des trunkenen Hippus ertragen. Wenn jetzt fremdes Geld dem Baron zu Hilfe kam, wenn er selbst die Aussicht, das Gut zu erwerben, aufgeben mußte, so war der Augenblick gekommen, wo er gegen eine gute Summe das verhängnisvolle Papier in die Hände des Freiherrn zurückgeben konnte. Aber das angebotene Geschäft war auch gewagt, wenn Anton nach Auslieferung der Papiere noch an Verfolgung des Diebes dachte. Deshalb frug Itzig: »Wenn dem Baron soviel daran liegt, die Kassette wiederzuerhalten, wie kommt es, daß damals, als sie verschwunden war, so wenig Lärm gemacht wurde, weder von Ehrenthal noch von dem Baron selbst? Ich habe nicht gehört, daß der Polizei Anzeige zugekommen ist, und daß man Nachforschungen angestellt hat.«

Diese Frechheit empörte Anton. Er antwortete gereizt: »Der Diebstahl war von Umständen begleitet, welche für Ehrenthal eine Untersuchung peinlich machen mußten, die Kassette verschwand aus seinem verschlossenen Comtoir, vielleicht unterblieb aus solchen Rücksichten die gerichtliche Nachforschung.«

Itzig erwiderte: »Wenn ich mich recht erinnere, sagte Ehrenthal damals zu seinen Bekannten, daß die Untersuchung unterbliebe aus Rücksicht auf den Baron.« Anton empfand tief diesen Hieb des Gauners, er dachte an Lenore, an die große Zahl demütigender Empfindungen, welche die Familie in dem letzten Jahr gehabt hatte, und vermochte nur mühsam seine Ruhe zu behaupten, als er sagte: »Vielleicht hatte der Baron noch andere Gründe, damals die Sache fallenzulassen.«

Jetzt war Veitel sicher. An Antons unterdrücktem Ärger erkannte er, wie lebhaft dieser die Notwendigkeit fühlte, den Freiherrn zu schonen; sein Anerbieten war ernstlich gemeint, der Freiherr hatte

Angst vor dem Diebe. Und von diesem Augenblick bekam er alle Ruhe wieder, sein Benehmen wurde so kalt und sicher, daß Anton empfand, er sei in Nachteil gesetzt, und sein schlauer Gegner entschlüpfe ihm unter den Händen, denn ruhig begann Itzig: »Soweit ich den Hippus kenne, ist er ein unzuverlässiger Mensch, der sich oft betrinkt. Wenn er im Trunke etwas gesagt hat, so fürchte ich, wird es uns nicht viel helfen, zu den Papieren zu kommen. Hat er Ihnen denn sichere Anzeige gebracht, worauf wir ihm Anerbietungen machen können?«

Jetzt hatte Anton Ursache, auf seiner Hut zu sein. »Er hat vor Zeugen Aussagen getan, welche die Überzeugung geben, daß er die Papiere kennt, daß er weiß, wo sich dieselben befinden, und die Absicht hat, sie zu irgendeinem Zweck zu gebrauchen.«

»Vielleicht ist das genug für die Juristen, aber nicht genug für einen Geschäftsmann, um mit ihm zu unterhandeln«, fuhr Veitel fort; »wissen Sie genau, was er gesagt hat?«

Anton parierte und schlug auf seinen Gegner, indem er sagte: »Seine Mitteilungen sind mir und mehreren andern Personen genau bekannt, sie sind der Grund, daß ich Sie aufgesucht habe.«

Itzig mußte dies gefährliche Thema verlassen. »Und welche Summe will der Baron daran wenden, die Papiere wiederzuerlangen? Ich will sagen«, verbesserte er einlenkend, »ist es ein Geschäft, auf welches Mühe und Zeit zu verwenden lohnt? Ich habe jetzt vieles andere, was mir zu tun macht. Sie werden nicht verlangen, daß ich wegen ein paar Louisdor meine Zeit verbringe, um etwas zu suchen, was so unbedeutend ist und so schwer zu fassen, wie Papiere, die einer versteckt hält.«

Vor Jahren, als die beiden miteinander nach der Hauptstadt zogen, welche sich jetzt als Feinde gegenüberstanden, da war es der Judenknabe, welcher nach Papieren suchte, von denen er in kindischem Unverstand das Glück seiner Zukunft abhängig glaubte. Damals war er bereitwillig gewesen, das Gut des Freiherrn für Anton zu kaufen. Und jetzt war der andere ausgegangen, geheimnisvolle Dokumente zu suchen, der andere forderte jetzt das Gut des Freiherrn von ihm, und er war ein Wissender geworden. Er hatte die geheimnisvollen Rezepte gefunden, er hielt das Gut des Freiherrn fest in seiner Hand für sich selbst, und sein Schicksal näherte sich der Erfüllung. Beide Männer dachten in demselben Augenblick an den Tag ihrer gemeinsamen Reise.

Anton antwortete: »Ich habe Vollmacht, über die Summe mit Ihnen zu verhandeln; ich bemerke Ihnen aber, daß die Angelegenheit eilt. Deshalb ersuche ich Sie, mir vor allem zu erklären, ob Sie geneigt sind, die Dokumente an den Baron von Rothsattel zu überliefern und bei Ankauf der Hypotheken in unserm Interesse tätig zu sein.«

»Ich werde Erkundigungen einziehen und mir überlegen, ob ich Ihnen dienen kann«, erwiderte Veitel kalt.

Anton frug ebenso: »Welche Zeit verlangen Sie, um sich zu entscheiden?«

»Drei Tage«, erwiderte der Agent.

»Ich kann Ihnen nur vierundzwanzig Stunden bewilligen«, sprach Anton bestimmt; »wenn mir in dieser Zeit Ihre Erklärung nicht wird, so werde ich im Auftrage des Freiherrn jedes, auch das äußerste Mittel anwenden, die Papiere wiederzuerlangen, oder mich von Vernichtung derselben zu überzeugen. Und alles, was ich über die Entwendung und den gegenwärtigen Versteck der Dokumente weiß, werde ich benutzen, um die zu entdecken, welche das Verbrechen verübt haben.« Er zog seine Uhr und wies auf das Zifferblatt: »Morgen zu derselben Stunde werde ich mir Ihre Antwort holen.«

So verlief die verhängnisvolle Unterredung. Als Anton die Tür hinter sich zuzog, stand Itzigs Entschluß fest. Er warf noch einen Blick auf den Davoneilenden, einen Blick voll Furcht und Haß. Sein Schulkamerad war sein gefährlichster Feind geworden. Er wußte jetzt, wie sehr Anton im Interesse des Freiherrn handelte. Er hatte eine dunkle Ahnung davon, daß die Verbindung Antons mit der Familie des Freiherrn an jenem Tage begonnen hatte, wo die Tochter des Freiherrn den andern über den Teich ruderte und er im Staube der Landstraße zusah. Er war geneigt, anzunehmen, daß Anton auf einem ganz andern Wege als er für sich nach dem Besitz desselben Gutes strebe. So erwachte aller Trotz seiner selbstsüchtigen Seele und machte ihn fest. »Noch acht Tage«, murmelte er, »bis zur Verlobung mit Rosalie. Den Tag darauf finde ich die Schuldscheine in einem Winkel von Ehrenthals Comtoir. Dann sollen der Rothsattel und seine Freunde den Vergleich suchen auf die Bedingungen, die ich ihnen stelle. Durch die einzige Drohung, daß ich die Auseinandersetzung gerichtlich machen lasse und das Verfahren des Barons unter die Geschäftsleute bringe, zwinge ich diesen Wohlfart zu allem, was ich will. Nur noch acht Tage! So lange halte ich ihn hin und dann hab ich gewonnen.«

Als Anton nach Verlauf von vierundzwanzig Stunden an Itzigs Wohnung kam, fand er die Tür verschlossen. Er kehrte an dem selben Abend zweimal wieder, für ihn war niemand zu Hause. Am nächsten Morgen empfing ihn der verschmitzte Bursch und erwiderte auf Antons Frage: Herr Itzig sei verreist, es sei möglich, daß er schon in dieser Stunde zurückkomme, es sei auch möglich, daß er erst in einigen Tagen wieder zu sprechen sei.

Aus dem geläufigen Geschwätz erkannte Anton, daß der Knabe nach Anweisung redete.

Von der Tür Itzigs ging Anton zu einem Beamten, welcher in dem Ruf stand, das tätigste Mitglied der Entdeckungspolizei zu sein. Er teilte diesem mit Vorsicht das Nötigste über die gestohlene Kassette und deren Inhalt mit, und bat um seinen Rat; er äußerte seinen Verdacht, daß der Diebstahl durch den Advokaten unter Mitwissen des Agenten Itzig verübt sei, und verschwieg nicht die unvollständigen Warnungen, welche der ehrenwerte Tinkeles gemacht hatte. Der Beamte hörte mit Anteil auf Antons Bericht und sagte endlich: »Bei dem ungenügenden Material, welches Sie geben, hat mir der

Name Hippus das meiste Interesse. Er ist ein sehr gefährliches Subjekt, das ich bis jetzt immer noch nicht recht habe fassen können. Wegen Schwindelei und kleiner Betrügereien ist er öfter bestraft und steht unter polizeilicher Aufsicht. An die andere Person, welche Sie mir nennen, habe ich allerdings nicht dieselben Rechte. Übrigens sind die Indizien, auf welche Sie hinweisen, so gering, daß eine amtliche Verfolgung der Sache kaum tunlich erscheint. Ist doch der Diebstahl selbst, der vor Jahresfrist verübt sein soll, der Behörde noch nicht einmal offiziell angezeigt.«

»Raten Sie mir«, frug Anton, »nach dem, was Sie von diesem Hippus wissen, ihn aufzusuchen, und vielleicht im Wege der Unterhandlung die verschwundenen Dokumente zu erwerben?«

Achselzuckend erwiderte der Beamte: »Von meinem Standpunkt darf ich einen solchen Rat nicht erteilen, ich fürchte aber auch, dieser Schritt würde keinen Erfolg haben. Denn wenn der Verdächtige die Dokumente zum Nutzen eines andern verwendet hat, so werden sie nicht mehr in seinen Händen sein. Und daß er seinen Mitschuldigen verraten sollte, ist wenigstens vorläufig nicht anzunehmen.«

»Und sind Sie unter solchen Umständen ganz außerstande, mir zur Wiedererlangung der Dokumente behilflich zu sein?« fragte Anton.

»Da die erste Bedingung für meine Tätigkeit sein muß, daß der Diebstahl angezeigt, und in der Anzeige die gestohlenen Sachen so genau als möglich angegeben sind, so kann ich Ihnen jetzt noch bei Ihren Nachforschungen keine direkte Hilfe leisten. Da Sie aber gerade Herrn Hippus, an dem ich ein persönliches Interesse nehme, zum Gegenstand Ihrer Verfolgung erwählt haben, so will ich tun, was ich irgend vermag. Ich will noch heut bei ihm Haussuchung vornehmen. Ich sage Ihnen im voraus, daß wir nichts finden werden. Ich bin ferner bereit, diese Haussuchung einige Tage darauf zu wiederholen, auf die Gefahr, meinen guten Ruf in den Augen des wackeren Hippus einzubüßen. Denn der Kunstgriff, Diebe durch eine oberflächliche Haussuchung sicher zu machen, ist zwar bei Neulingen wirksam, aber bei diesem erfahrenen Mann so wenig angebracht, daß er mir deshalb möglicherweise seine Verachtung gönnen wird. Ganz sicher ist, daß wir auch bei der zweiten Haussuchung nichts finden werden.«

»Und welchen Vorteil kann diese Maßregel für mich haben?« frug Anton resigniert.

»Einen größern, als Sie glauben. Da Sie den Weg der Verhandlung mit dem Agenten Itzig bereits eingeschlagen haben, so werden Sie möglicherweise durch unser Eingreifen leichteres Spiel gewinnen. Denn eine Heimsuchung hat in der Regel die Wirkung, die Betroffenen zu beunruhigen. Und obgleich ich gar nicht sicher bin, wie Hippus eine solche Haussuchung aufnehmen wird, so glaube ich doch annehmen zu dürfen, daß sie auch ihm ein gewisses Unbehagen einflößen wird. Das kann Ihre Bemühungen unterstützen. Ich will zum Überfluß dafür sorgen, daß die Haussuchung das erste Mal ungeschickt und mit Ostentation gemacht wird. Glücklicherweise hat er jetzt wieder eine feste Wohnung, er hat eine Zeitlang Ruhe vor uns gehabt und ist sicher geworden. Auch hörte ich, daß er alt und kränklich wird, das alles mag Ihnen helfen, den Mann auf irgendeinem Wege zu fangen.«

Mit diesem Bescheide mußte sich Anton entfernen.

4

Es war ein finsterer Novemberabend; der Nebel lag auf der Stadt, er füllte die alten Straßen und Plätze und drang durch die offenen Türen in die Häuser. Er ballte sich um die Straßenlaternen, deren Licht in einer rötlichen Dampfkugel flackerte und nicht drei Schritt weit den Boden erleuchtete. Er schwebte über dem Flusse und wälzte sich dort in dicken Massen durcheinander. Eine Schar langschleppiger, grauer Gestalten zog über den schwarzen Strom dahin, über die alten Wasserpfähle, unter den Brücken durch, eine gespenstige Bande von giftigen Dünsten! Sie rollten an den Treppen hinauf, hefteten sich an die Holzpfeiler der Galerien und wogten geschäftig durcheinander. Zuweilen entstand eine Lücke zwischen den Gebilden des Nebels, dann konnte man auf das schwarze Wasser hinabsehen, welches wie ein unterirdischer Strom des Verderbens an den Wohnungen der Menschen dahinfloß. Die Straßen waren leer, zuweilen sah man eine Gestalt in der Nähe einer Laterne auftauchen und schnell wieder in der Finsternis verschwinden. Unter diesen dämmrigen Wesen war auch ein kleiner zusammengedrückter Mann, der mit unsicherem Schritt vorwärtsstrebte und unter den Laternen fortschlüpfte, so schnell ihm dies die wankenden Füße erlaubten. Durch den Hausflur wankte er in den Hof, in welchem Itzigs Comtoir war, und sah nach den Fenstern des Agenten hinauf. Die Vorhänge waren heruntergelassen, aber durch die Ritzen drang ein Lichtschimmer. Der kleine Mann versuchte festzustehen, starrte nach dem Licht, streckte die geballte Faust nach der Höhe und schüttelte sie drohend; dann stieg er die Treppe hinauf und klingelte heftig zwei-, dreimal. Endlich hörte man einen leisen Schritt, die Tür geöffnet, der Kleine fuhr hinein und lief durch das Vorzimmer welches Itzig hinter ihm abschloß. Veitel sah noch bleicher aus als gewöhnlich, und sein Auge fuhr unstet über die Gestalt des späten Gastes. Hippus aber war nie ein einladendes Bild männlicher Schönheit gewesen, heut sah er wahrhaft unheimlich aus. Seine Züge waren tief eingefallen, eine Mischung von Angst und Trotz saß in dem häßlichen Gesicht, und tückisch sahen seine Augen über den angelaufenen Brillengläsern auf den früheren Schüler. Sicher war er wieder betrunken, aber eine fiebrige Angst hatte seine Lebensgeister alarmiert und für den Augenblick die Wirkung des Branntweins gelähmt.

»Sie sind mir auf dem Nacken«, rief er und fingerte mit seinen Händen unruhig in die Luft. »Sie suchen mich!«

»Wer soll Euch suchen?« frug Itzig, aber er wußte, wer ihn suchte.

»Die Polizei, du Schuft«, schrie der Alte. »Um deinetwillen stecke ich in der Klemme. Ich darf nicht mehr zu Hause, du mußt mich verstecken.«

»So weit sind wir noch nicht«, antwortete Veitel mit aller Kälte, die ihm zu Gebote stand; »woher wißt Ihr, daß Euch die Polizeidiener auf der Ferse sind?«

»Die Kinder auf der Straße erzählen einander davon«, rief Hippus; »auf der Straße hab ich's gehört, als ich in mein Loch kriechen wollte. Es war ein Zufall, daß sie mich nicht in meiner Stube fanden. Sie stehn an meinem Hause, sie stehn auf der Treppe, sie warten, bis ich zurückkomme. Du sollst mich verstecken, Geld will ich haben, über die Grenze will ich; hier ist meines Bleibens nicht mehr; du mußt mich fortschaffen.«

»Fortschaffen«, wiederholte Veitel finster, »und wohin?«

»Dahin, wo mich die Polizei nicht einholt, über die Grenze nach Amerika!«

»Und wenn ich nicht will«, sprach Itzig feindselig und überlegend.

»Du wirst wollen, Einfaltspinsel. Bist du noch so grün, daß du nicht weißt, was ich tun werde, wenn du mir nicht aus der Klemme hilfst, du Taugenichts? Sie werden auf dem Kriminalgericht Ohren haben für das, was ich von dir weiß.«

»Ihr werdet so schlecht nicht sein und einen alten Freund verraten«, sagte Itzig in einem Tone, der sich vergebens bemühte, gefühlvoll zu sein. »Seht die Sache ruhiger an, was ist zuletzt für Gefahr, wenn sie Euch arretieren? Wer kann Euch etwas beweisen? Sie müssen Euch aus Mangel an Beweis wieder loslassen. Ihr kennt das Gesetz ja ebensogut, wie die vom Gericht.«

»So?« schrie der Alte giftig. »Meinst du, daß ich ins Loch kriechen werde um deinetwillen, um eines solchen Hanswurstes willen! Daß ich bei Wasser und Brot sitzen werde, während du hier Gänsebraten ißt und den alten Esel von Hippus auslachst. Ich will nicht in's Loch, ich will fort, und bis ich fort kann, sollst du mich verstecken.«

»Hier könnt Ihr nicht bleiben«, antwortete Veitel finster, »hier ist keine Sicherheit für Euch und für mich; der Jakob wird Euch verraten, die Leute im Hause werden merken, daß Ihr hier seid.«

»Das ist deine Sorge, wo du mich unterbringst«, sagte der Alte, »aber von dir verlange ich, daß du mir heraus hilfst, oder –«

»Halt Euer Maul«, sagte Veitel, »und hört mir zu: Wenn ich Euch auch Geld geben will und dafür sorgen, daß Ihr mit der Eisenbahn nach Hamburg und über das Wasser kommt, so kann ich es doch nicht machen gleich und nicht machen von mir aus. Ihr müßt bei Nacht ein Paar Meilen bis zu einer kleinen Station der Eisenbahn geschafft werden, ich darf Euch die Fuhre nicht mieten, das könnte Euch verraten, und wie Ihr hier vor mir steht, seid Ihr zu schwach zum Gehen. Ich muß Euch mit einer Gelegenheit fortbringen, von der ich erst sehen muß, ob ich sie finde. Unterdes muß ich Euch an einen andern Ort schaffen, wo die Polizei nicht weiß, daß ich selbst hinkomme, denn ich fürchte, sie wird Euch bei mir suchen. Wenn Ihr nicht zu Hause kommt, so wird sie Euch suchen bei mir vielleicht schon heut nacht. Ich will gehn und nachsehn, daß ich Euch eine Fuhre verschaffe und einen Ort, wo Ihr bleiben könnt. Unterdes sollt Ihr bleiben in der hintern Stube, bis ich zurückkomme.« Er öffnete die Tür, Herr Hippus schlüpfte wie eine gescheuchte Fledermaus hinein. Veitel wollte die Tür hinter ihm schließen, aber das alte Geschöpf klemmte seinen Leib zwischen die Türe und schrie in voller Entrüstung: »Ich will nicht im Finstern bleiben, wie eine Ratte, du wirst mir Licht hier lassen. Ich will Licht haben, du Satan!« schrie er laut.

»Man wird unten sehen, daß Licht in der Stube ist; das wird uns verraten.«

»Ich will nicht im Finstern sitzen!« schrie der Alte wieder.

Mit einem Fluch ergriff Veitel die Lampe und trug sie in das zweite Zimmer. Dann schloß er die Türe und eilte auf die Straße.

Vorsichtig näherte er sich dem Hause des Löbel Pinkus. Dort war alles ruhig; von dem Hausflur sah er durch das kleine Schiebefenster in den Branntweinladen, wo Pinkus und einige Gäste in der Sorglosigkeit eines guten Bewußtseins zusammensaßen. Er schlich die Treppe hinauf nach seiner früheren Stube, holte dort aus einem versteckten Winkel einige verrostete Schlüssel, betrat vorsichtig den Schlafsaal und sah mit Freude, daß dieser nicht erleuchtet und leer war. Er eilte auf die Galerie. Dort blieb er einen Augenblick stehen und sah auf die rollenden Nebelmassen und die dunkle Flut. Der Augenblick war günstig, es war hohe Zeit, ihn zu benutzen, denn unregelmäßig strich ein Luftzug über das Wasser; schon war am Nachthimmel ein unruhiges Treiben sichtbar, zerrissen flogen die dunkeln Wogen über dem Strom dahin, in kurzer Zeit mußte der Wind auch den Strome, die Umrisse der Häuser und die Laternen freimachen, welche an der Straßenecke wie rote Punkte glänzten.

Itzig eilte an das Ende der Galerie und steckte einen Schlüssel in die Tür, welche den Eingang zur Wassertreppe verdeckte. Knarrend flog die Tür auf, er stieg bis an den Rand des Flusses hinab und untersuchte die Höhe der Flut. Hohl gurgelte das Wasser und staute sich an den letzten Stufen der Treppe. Der Fußsteig war überschwemmt, welcher längs den Häusern am seichten Rande des Strombettes fast das ganze Jahr sichtbar war. Aber nur wenige Schritte durfte man im Wasser gehen, um von dieser Treppe zu der Treppe des Nebenhauses zu gelangen. Veitel sah starr auf das Wasser und steckte seinen Fuß in die eiskalte Flut, um zu fühlen, wie tief man zu steigen habe, um auf den Grund zu kommen. So besorgt war er für die Rettung des alten Mannes, daß er die Kälte an seinem Bein nicht beachtete; er empfand sie nicht einmal. Das Wasser reichte ihm bis an die Knie. Noch einen Blick warf er auf die Häuser in der Nähe. Alles war Finsternis, Dampf, Grabesstille, nur das Wasser und der Wind murmelten klagend.

Unterdes versuchte Hippus sich in der verschlossenen Stube häuslich einzurichten. Nachdem er den abgehenden Veitel durch gottlose Flüche und geballte Fäuste, die er ihm nachschleuderte, auf seinem Gange gesegnet hatte, wandte er seinen verstörten Geist auf Untersuchung des Zimmers. Er wankte zu einem niedrigen Schrank, drehte den Schlüssel und suchte nach einer Flüssigkeit, die ihm die sinkende Kraft und den trockenen Gaumen erfrischen könnte. Er fand eine Flasche mit Rum, goß ihren Inhalt in ein Bierglas und schlürfte ihn mit so großer Hast hinunter, als das scharfe Gift möglich machte. Ein kalter Schweiß trat dem unglücklichen Geschöpf sogleich auf die Stirn, er zog die Reste eines Taschentuchs hervor, wischte sein Gesicht eifrig ab und ging breitspurig mit trunkenen Schritten und mit schnell wachsendem Mut in der Stube auf und ab, indem er laut dazu phantasierte.

»Er ist ein Lump, ein schuftiger, feiger Hase, ein jämmerlicher Schacherer ist er; wenn ich ihm ein altes Taschentuch verkaufen will, er muß es kaufen, es ist seine Natur, er ist ein verächtliches Subjekt. Und mir will er trotzen, mich will er ins Gefängnis stecken, und er selbst will hier sitzen auf diesem Sofa und bei dieser Rumflasche, der Hundsfott!« Dabei ergriff er die leere Flasche und warf sie zornig gegen das Sofa, daß sie an dem Holz der Lehne zersprang. »Wer war er?« fuhr er in steigendem Zorne fort. »Ein schachernder Hanswurst. Durch mich ist er geworden, was er ist; ich habe ihn pfeifen gelehrt, den Gimpel. Wenn ich pfeife, muß er tanzen, er ist nur mein Lockvogel, ich bin der Vogelsteller. Dein Vogelsteller bin ich, du ruppiges Scheusal.« Hier versuchte der Alte zu pfeifen: »Freuet euch des Lebens«, erhob die Beine und machte einen Versuch, lustig umherzuspringen. Wieder strömte ihm der kalte Schweiß von der Stirne, er zog wieder den Lappen aus der Tasche, trocknete sich das Gesicht ab und steckte das Tuch sorgfältig wieder ein. – »Er wird nicht zurückkommen«, rief er plötzlich; »er läßt mich hier sitzen, sie werden mich finden.« Er rannte nach der Tür und rüttelte heftig daran. »Eingeschlossen hat mich der Schuft, ein Jude hat mich eingeschlossen«, schrie das Geschöpf kläglich und rang die Hände. »Ich muß verhungern, ich muß verdursten in diesem Gefängnis. Oh, oh! er hat schlecht an mir gehandelt, niederträchtig an seinem Wohltäter, er ist ein undankbarer Bösewicht, ein Rabensohn ist er.« Dabei fing er an zu schluchzen. »Ich habe ihn gepflegt, als er krank war, ich habe ihn Kunststücke gelehrt, ich habe ihn zu einem Manne gemacht, und so lohnt er seinem alten Freund.« Der Advokat weinte laut und rang die Hände. Plötzlich blieb er vor dem Spiegel stehen, auf welchen der helle Glanz des Lichtes fiel, erschrocken starrte er die Gestalt an, welche ihm in dem Spiegel gegenüberstand. Immer zorniger wurde sein Blick, immer grausiger der Glanz seiner Augen, er sah von dem Spiegelglas auf den Rahmen, schob sich die verbogene Brille zurecht und bewegte suchend den Kopf den Rahmen entlang. Der Spiegel kam ihm bekannt vor. Hatte der Zufall ein Möbel aus seinem frühern glänzenden Leben in den geheimen

Trödel des Pinkus und von da in Itzigs Wohnung geführt, oder täuschte den Trunkenen nur eine Ähnlichkeit? – aber die Erinnerung an sein Schicksal erfüllte ihn mit Wut. »Es ist mein Spiegel«, schrie er laut, »mein eigener Spiegel ist es, den der Schurke in seiner Stube hat«; toll fuhr er durch das Zimmer, packte einen Stuhl in wahnwitziger Kraft und stieß ihn mit den Beinen gegen das Spiegelglas. Klirrend zerbrach die Platte in Scherben, aber immer und immer wieder stampfte der Betrunkene mit dem Stuhle gegen das Holz und schrie dabei wie rasend: »In meiner Stube hat er gehangen, der Schurke hat mir den Spiegel gestohlen, er hat mein Glück gestohlen, zur Hölle mit ihm!«

In dem Augenblicke stürzte Veitel herein, schon auf dem Vorsaal hatte er wüsten Lärm gehört und fürchtete das Ärgste. Als der Advokat den Eintretenden sah, stürzte er mit gehobenem Stuhle auf ihn zu und schrie: »Du hast mich ins Elend gebracht, du sollst die Zeche bezahlen!« Dabei führte er einen Schlag nach Itzigs Haupt. Dieser fing den Stuhl auf, warf ihn beiseite und faßte den Alten mit überlegener Kraft. Hippus sträubte sich zwischen seinen Händen wie eine wilde Katze und rief alle Flüche, die er finden konnte, auf seinen Bändiger herab. Veitel drückte ihn mit Gewalt in eine Ecke des Sofas und flüsterte, ihn festhaltend: »Wenn Ihr nicht ruhig seid, alter Mann, so ist's um Euch geschehen.« Der Alte sah aus den Augen Itzigs, welche dicht vor den seinen starrten, daß er von dem Empörten das Ärgste zu fürchten hatte, der Paroxysmus verließ ihn, er sank kraftlos zusammen und wimmerte nur leise, am ganzen Körper schaurend: »Er will mich töten!«

»Das will ich nicht, Ihr betrunkener Narr, wenn Ihr ruhig seid; welcher Teufel treibt Euch, mir meine Stube zu verwüsten?«

»Er will mich töten«, wimmerte der Alte, »weil ich meinen Spiegel wiedergefunden habe.«

»Ihr seid verrückt«, rief Veitel, ihn schüttelnd, »nehmt Eure Kraft zusammen, Ihr dürft hier nicht bleiben, Ihr müßt fort, ich habe ein Versteck für Euch.«

»Ich gehe nicht mit dir«, wimmerte der Alte, »du willst mich umbringen.«

Veitel tat einen gräßlichen Fluch, packte den schäbigen Hut des Alten, drückte diesen auf den Kopf, faßte den Alten am Nacken und rief: »Ihr müßt mitkommen oder Ihr seid verloren. Die Polizei wird Euch hier suchen und wird Euch finden, wenn Ihr noch zögert. Fort oder Ihr zwingt mich, Euch ein Leids zu tun.«

Die Kraft des Alten war gebrochen, er wankte, Veitel faßte ihn unter dem Arme und zog den Widerstandslosen fort. Er zog ihn aus den Zimmern die Treppe hinunter, ängstlich spähend, ob ihnen niemand begegne. Alles war still. Der Advokat gewann in der kalten Luft einen Teil seiner Besinnung wieder, und Veitel raunte ihm zu: »Seid still und folgt mir, ich werde Euch fortschaffen.«

»Er wird mich fortschaffen«, murmelte ihm der Advokat mechanisch nach und lief an seiner Seite vorwärts. Als sie in die Nähe der

Herberge kamen, ging Veitel vorsichtiger, zog seinen Gefährten in den finstern Hausflur und flüsterte: »Faßt meine Hand und steigt leise mit mir die Treppe hinauf.« So kamen sie in das große Gastzimmer, sie fanden das Zimmer noch leer, wie es zuvor gewesen. Erleichtert sagte Veitel: »Nebenan im Hause ist ein Versteck, Ihr müßt hinein.«

»Ich muß hinein«, wiederholte der Alte.

»Folgt mir«, rief Veitel und zog den Advokaten auf die Galerie und von da die bedeckte Treppe hinunter.

Der Alte wankte unsicher die Stufen hinab und klammerte sich fest an den Rock seines Führers, der ihn halb hinuntertrug. So kamen sie Stufe für Stufe bis hinunter zu der letzten, über welche die Strömung dahinrauschte. Veitel ging voraus und trat rücksichtslos bis an die Knie ins Wasser, bemüht, den Alten nachzuziehn. Der alte Mann fühlte das Wasser an seinem Stiefel, er stand still und schrie laut: »Wasser!«

»Still«, flüsterte Veitel zornig, »sprecht kein Wort!«

»Wasser!« schrie der Alte; »Hilfe! er will mich umbringen.«

Veitel packte den Schreienden und hielt ihm den Mund zu, aber der Todesschreck hatte noch einmal das Leben des Advokaten aufgestört, er hob die Füße auf die nächste Stufe zurück; klammerte sich so gut er konnte an die Seitenbretter und schrie wieder: »Zu Hilfe!«

»Verrückter Schuft!« knirschte Veitel, durch den hartnäckigen Widerstand in Wut gesetzt, drückte ihm mit einem Schlage den alten Hut bis tief über das Gesicht, faßte ihn mit aller Kraft am Halstuch und schleuderte ihn hinunter in das Wasser. Die Flut spritzte auf, das Geräusch eines fallenden Körpers und ein dumpfes Gurgeln wurde gehört; dann war alles still.

Unter den bleigrauen Nebeln, welche mit langen Schleppen längs dem Wasser hinzogen, wurde noch einmal eine dunkle Masse sichtbar, welche mit dem Strome fortzog. Bald war sie verschwunden. Die Gespenster des Nebels bedeckten sie, die Strömung zog darüber hin. Das Wasser brach sich klagend an den Holzpfählen und Treppenstufen, und oben heulte der Nachtwind sein eintöniges Lied.

Der Täter stand einige Augenblicke regungslos in der Finsternis, an das Holzwerk gelehnt. Dann stieg er langsam hinauf. Im Aufsteigen fühlte er an das Tuch seiner Kleider, um sich zu überzeugen, wie weit er durchnäßt war. Er dachte daran, daß er sie am Ofenfeuer trocknen müsse, noch heut nacht; er sah das Ofenfeuer in seinem Zimmer brennen und sich im Schlafrock davor sitzen, wie er gern tat, wenn er über seine Geschäfte nachdachte. Wenn er jemals in seinem Leben des Gefühls behaglicher Ruhe genossen hatte, so war es in solchen Stunden gewesen, wo er müde von den Gängen und Sorgen des Tags das Holz in den Ofen steckte und davor saß, bis ihm die müden Augen zufielen. Er fühlte deutlich, wie müde er auch jetzt sei, und wie wohl es ihm tun würde, am warmen Feuer einzuschlafen. In diesen dämmrigen Träumen blieb er wieder einige Augenblicke stehen, wie einer, der einschlafen will, und fühlte dabei einen dumpfen Druck irgendwo in seinem Innern, einen Schmerz, der ihm schwermachte, Atem zu holen, und seine Brust wie mit eisernen Bändern zusammenzog. Da dachte er an den Ballen, den er jetzt in das Wasser geworfen hatte, er sah ihn eintauchen in die Flut, er hörte das Rauschen des Wassers und erinnerte sich daran, daß der Hut, den er dem Manne über das Gesicht gezogen, noch zuletzt über dem Wasser zu sehen gewesen war, als ein rundes wunderliches Ding. Er sah den Hut deutlich vor sich, abgegriffen, die Krempe halb abgerissen und oben auf dem Deckel zwei alte Ölflecke. Es war ein sehr schäbiger Hut gewesen. Als er daran dachte, merkte er, daß er jetzt lächeln könnte, wenn er wollte. Er lachte aber nicht. Während seine Seele so in halber Erstarrung um die Stelle herumflatterte, die ihn in seinem Innern schmerzte, war er heraufgestiegen. Als er die Treppentür herumlegte, sah er noch einmal in die schwarze Röhre, in welche vor wenig Augenblicken zweie hinuntergestiegen waren, während jetzt nur einer zurückkehrte. Er sah auf den grauen Schimmer des Wassers, und wieder fühlte er einen dumpfen Druck. Eilig huschte er durch das große Zimmer die Treppe hinunter, im Hausflur stieß er auf einen der fremden Gäste, welche in der Karawanserei wohnten; beide eilten schnell, ohne ein Wort zu sprechen, aneinander vorüber.

Diese Begegnung brachte die Gedanken des Heimkehrenden in andere Richtung: War er sicher? Noch immer lag der Nebel dick auf den Straßen, niemand hatte ihn mit dem Advokaten hereingehen sehen, niemand hatte ihn beim Herausgehen erkannt. Und wenn man den alten Mann im Wasser fand, dann fing die Untersuchung an. War er dann noch sicher?

Alles das dachte der Mörder so gleichgültig, als läse er die Gedanken aus einem Buche ab. Dazwischen kam ihm wieder die Idee, ob er seine Zigarrentasche bei sich habe und warum er keine Zigarre rauche. Er grübelte darüber längere Zeit und kam endlich in seiner Wohnung an. Er schloß auf; als er das letzte Mal aufgeschlossen hatte, war in der zweiten Stube ein wüster Lärm gewesen. Er blieb stehn und horchte, ob derselbe Lärm nicht wieder zu hören sei. Er wollte ihn durchaus hören. Vor wenig Augenblicken war er gewesen. O was hätte er darum gegeben, wenn die letzten Augenblicke nicht gewesen wären! Wieder fühlte er den dumpfen Schmerz, aber stärker, immer stärker. Er trat in die Zimmer, die Lampe brannte noch, die Scherben der Rumflasche lagen noch um das Sofa, das Quecksilber des Spiegels glänzte auf dem Boden wie silberne Taler. Veitel setzte sich erschöpft auf einen Stuhl und sah starr auf die glänzenden Trümmer seines Spiegels. Dabei fiel ihm ein, daß oft seine Mutter eine Kindergeschichte erzählt hatte, in welcher silberne Taler auf die Dielen eines armen Mannes fallen: Er sah die alte Judenfrau am Herde sitzen und sich als kleinen Jungen daneben. Er sah sich selbst neugierig auf die schwarze Erde blicken und erwarten, ob die weißen Taler nicht auch vor ihm niederfallen würden. Jetzt wußte er, bei ihm in der Stube sah es gerade so aus, als hätte es silberne Taler geregnet. Er fühlte wieder etwas von dem unruhigen Entzücken, das er als kleiner Veitel bei dieser Erzählung der Mutter gehabt hatte, und mitten in dieser Erinnerung kam plötzlich wieder der dumpfe Druck, den er in seinem Innern merkte, er wußte nicht wo. Schwerfällig stand er auf, kauerte auf dem Boden und suchte die Glassplitter zusammen. Die Splitter trug er in die Ecke eines Schranks, den Rahmen des Spiegels löste er von der Wand ab und stellte ihn verkehrt in eine Ecke. Dann nahm er die Lampe und das Glas, welches er mit Trinkwasser für die Nacht zu füllen pflegte, aber als er das Glas faßte, überlief ihn ein Fieberschauer und er setzte es wieder hin. Der, welcher nicht mehr war, hatte aus dem Glase getrunken. Er trug die Lampe zu seinem Bett und zog sich aus. Die Beinkleider versteckte er in dem Schrank und holte sich ein Paar andere herzu, deren Fußenden er an seinen Stiefeln rieb, bis sie schmutzig wurden. Darauf löschte er die Lampe aus, und als das Docht noch einmal aufflackerte, bevor es verlöschte, da fiel ihm ein, zufällig als etwas Gleichgültiges, daß die Leute die Flamme des Lichtes mit dem Leben eines Menschen vergleichen. Er hatte eine Flamme ausgedreht. Und wieder fühlte er den Schmerz in seiner Brust, aber undeutlich, seine Kraft war erschöpft, seine Nerven abgespannt, er schlief ein. Der Mörder schlief.

Aber wenn er erwacht! Dann wird die Schlauheit verloren sein, mit der sein verstörter Geist wie im Wahnwitz umhergriff nach allen kleinen Bildern und Gedanken, die er in der Finsternis auffinden konnte, um den einen Gedanken zu vermeiden, das eine Gefühl, welches von jetzt ab immer in ihm drückt und preßt. Wenn er aufwacht! Dann wird er schon im Halbschlaf fühlen, wie die Ruhe abzieht und die Angst, der Jammer wieder einziehen in seiner Seele, er wird noch im Traume fühlen, wie süß die Bewußtlosigkeit ist, und wie furchtbar das Denken, er wird sich sträuben gegen das Erwachen, aber in seinem Sträuben wird ihm der Schmerz immer stärker kommen, immer nagender. Bis er in Verzweiflung die Augen aufreißt und hineinstarrt in die gräßliche Gegenwart, in eine gräßliche Zukunft.

Und wieder wird sein Geist anfangen, die Spukgestalt mit feinen Fäden zu überziehen, und alle möglichen Gründe wird er zusammentragen, sich das Ungeheuer unkenntlich zu machen, er wird daran denken, wie alt der Tote war, wie schlecht, wie elend, er wird sich vorzustellen suchen, daß es nur ein Zufall war, der den Tod herbeiführte, ein Schwung seiner Arme, den plötzliche Wut verursacht, welch unglücklicher Zufall es war, daß der Alte mit seinen Füßen nicht festen Grund gefunden! Dann wird ihm plötzlich einfallen, ob er auch sicher sei, und eine heiße Fieberangst wird sein bleiches Gesicht rot färben, der Tritt des Dieners auf der Treppe wird ihm Entsetzen einjagen, das Klirren einer Eisenstange auf den Steinen des Hofes wird er für das Getöse der Waffen halten, welche das Gesetz gegen ihn ausschickt. Und wieder wird sein Geist arbeiten, während er verstört im Zimmer auf und ab rennt, er wird jeden Schritt, den er gestern tat, jede Bewegung der Hand und jedes Wort, das er gesprochen, noch einmal durchleben, und wird bei jedem einzelnen, was geschehen ist, zu beweisen suchen, daß es unmöglich entdeckt werden kann. Niemand hat ihn gesehen, niemand gehört, der traurige alte Mann, halb verrückt, wie er war, hat sich selbst den Hut über die Augen gezogen und hat sich selbst ersäuft.

So wird er auch von dieser Seite um die Gestalt des alten Mannes seine Fäden ziehen. Und immer fühlt er die furchtbare Last, bis er endlich erschöpft von dem inneren Kampfe sich herausstürzt aus seiner Wohnung, in seine Geschäfte, unter die Menschen, voll Sehnsucht, etwas zu finden, was ihn vergessen macht. Wer ihn auf der Straße ansieht, der wird ihn quälen, wenn er einen Beamten der Polizei erblickt, muß er schnell in ein Haus treten, um seinen Schreck vor den spähenden Augen zu verbergen. Wo er Menschen findet, die er kennt, wird er sich in den dicksten Haufen drängen, er wird überall den Kopf hinhalten, an allem teilnehmen, er wird mehr sprechen und lachen als sonst, aber seine Augen werden unruhig umherirren, und seine Seele wird in beständiger Furcht sein, etwas zu hören von dem Getöteten, und wie die Leute über den plötzlichen Tod desselben denken. Er täuscht seine Bekannten, sie werden ihn vielleicht für besonders aufgeweckt halten, und zuweilen sagt einer: »Der Itzig ist guter Dinge, er hat große Geschäfte gemacht.« Er wird sich an manchen Arm hängen, den er sonst nicht berührt, und wird den Leuten lustige Geschichten erzählen und sie nach Hause begleiten, weil er weiß, daß er nicht allein sein kann. Er wird in die Kaffeehäuser eilen und in die Bierstuben, um Bekannte aufzusuchen, und wird sich zu ihnen setzen und wird trinken und aufgeregt werden, wie sie, weil er weiß, daß er nicht allein sein darf.

Und wenn er am Abend spät nach Hause kommt, ermüdet bis zum Umsinken, erschlafft und abgearbeitet von dem furchtbaren Kampfe: dann fühlt er sich leichter, er hat durchgesetzt, das, was in ihm ist, undeutlich zu machen, und er findet ein trübes Behagen an der Mattigkeit und der Bewußtlosigkeit, und erwartet den Schlaf, als das einzige Glück, was er auf Erden noch hat. Und wieder wird er einschlafen, und wenn er am nächsten Morgen erwacht, werden alle die Spinneweben zerrissen sein, und von neuem wird die furchtbare Arbeit beginnen. So soll es gehen einen Tag, viele Tage, immer, solange er lebt. Nicht mehr lebt er, wie andere Menschen, sein Dasein ist fortan ein Kampf, ein gräßlicher Kampf gegen einen Leichnam, ein Kampf, den niemand sieht, und der doch allein seinen Geist beschäftigt. Was er tut, in seinem Geschäft, in Gesellschaft mit Lebenden, ist nur ein Schein, eine Lüge. Wenn er lacht und wenn er anderen die Hand schüttelt, und wenn er auf Pfänder leiht und fünfzig vom Hundert nimmt, alles ist nur eine Täuschung für andere. Er weiß, daß er ausgeschieden ist aus der Gesellschaft der Menschen, daß alles leer und verächtlich ist, was er angreift; nur eines ist es, was ihn beschäftigt, wogegen er arbeitet, weshalb er trinkt

und schwatzt und sich unter Menschen umhertreibt, und das eine ist
der Leichnam des alten Mannes im Wasser.

5

Außer dem Gips auf Antons Schreibtisch feierten noch andere lebende Wesen des Hauses einen stillen Triumph. Wer dieses Haus
und die Menschen darin so von Grund aus kannte, wie zum Beispiel
die Tante, der durchschaute die Täuschungen, welche gewisse Leute
sich selbst und andern vorspiegelten. Es war möglich, daß Fremde
über vieles den Kopf schüttelten, was jetzt in der Familie vorging; die
Tante tat das ebensowenig, als die übrigen guten Hausgeister. Daß
Anton still, wortkarg, mit bleichen Wangen im Comtoir saß und
außer am Mittag niemals in der Familie erschien, daß Sabine jetzt in
Gegenwart ihres Bruders eine Neigung zum Erröten zeigte, die sie
früher nicht gehabt hatte, daß sie stundenlang, ohne ein Wort zu
sprechen, bei ihrer Arbeit saß und danach auf einmal durch das
Haus fuhr, übermütig, wie ein kleines Kätzchen, welches mit einem
Zwirnknäuel spielt, und daß endlich der Hausherr selbst immer auf
Anton hinsah, mochte dieser sprechen oder schweigen, und dabei
von Tag zu Tag lustiger wurde, so daß er gar nicht aufhörte, die
Tante zu necken: das alles schien allerdings sehr seltsam, aber wer
seit vielen Jahren genau wußte, was diese Menschen am liebsten
aßen, und was man ihnen alle Monate nur einmal auf den Tisch
setzen durfte, ja wer ihre Strümpfe gestrickt hatte und ihre Halskragen eigenhändig stärkte, wie die Tante bei mehreren von diesen
dreien tat, der sollte doch wohl hinter ihre Schleichwege kommen.
Natürlich kam die Tante dahinter.
Die gute Tante schrieb sich allein das Verdienst zu, daß Anton
zurückgekehrt war. Sie hatte dem Comtoir den Herrn zurückgeben
wollen, der ihr selbst am liebsten war, weiter hinaus hatte sie nicht
gedacht, wenigstens hätte sie das in den ersten Tagen nach Antons
Rückkehr jedem abgeleugnet. Denn trotz dem rosafarbenen Futter
der Überzüge wußte sie auch, daß das Haus, zu dem sie gehörte, ein
stolzes Haus war, welches seinen absonderlichen Willen hatte und
sehr subtil behandelt sein wollte. Und als sie erfuhr, daß der nieder-
geschlagene Anton nur als Gast bei ihnen bleiben sollte, da wurde
selbst sie auf einige Wochen recht zweifelhaft. Bald aber erhielt sie
das stille Übergewicht über den Kaufmann und ihre Nichte wieder
zurück, denn sie machte Entdeckungen. Der zweite Stock des Vorderhauses war seit vielen Jahren unbewohnt. Der Kaufmann hatte
zur Zeit seiner Eltern mit seiner jungen Frau dort oben gelebt. Als er
kurz hintereinander die Eltern, seine Frau und den kleinen Sohn
verloren, war er heruntergezogen, und seit der Zeit hatte sein Fuß
den oberen Stock nur ungern betreten. Graue Jalousien hingen das
ganze Jahr vor den Fenstern, Möbel und Bilder waren grau überhan-
gen. Ein verzaubertes Schloß Dornröschens war der ganze Stock,

und unwillkürlich wurde der Tritt der Frauen leiser, wenn sie über den Flur des schlummernden Reiches gehn mußten.

Jetzt kam die Tante vom Boden herab. Aus dem endlosen Kriege mit Pix hatte sie nur noch einen kleinen Raum für das Trocknen der Wäsche gerettet. Sie dachte eben daran, daß die bürgerliche Stellung den Menschen doch sehr verändert, denn Balbus, der Nachfolger von Pix, auf dessen bescheidnes Wesen sie große Hoffnungen gesetzt hatte, erwies sich in seinem neuen Amt ebenso geneigt zu Übergriffen, als sein Vorgänger. Wieder fand sie einen Haufen Zigarrenkisten außerhalb der drei Kammern aufgestellt, welche Pix gewalttätig in ihr Gebiet hineingebaut hatte, und eben war sie im Begriff, Herrn Balbus deshalb eine Kriegserklärung zu machen. Da sah sie mit Schrecken eine Zimmertür des zweiten Stocks weit geöffnet. Sie dachte einen Augenblick an Diebe und wollte gerade Hilfe schreien, als ihr der verständige Gedanke kam, die auffallende Erscheinung vorher zu untersuchen. Sie schlich sich leise in die verhangenen Zimmer. Aber sie kam in Gefahr, aus Verwunderung zu versteinern, als sie ihren Neffen selbst ganz allein in der Wohnung sah. Er, der seit dem Tode seiner Frau diese Räume nicht betreten hatte, stand jetzt in dem Zimmer, in welchem die Verstorbene gewohnt hatte. Mit gefalteten Händen, in tiefen Gedanken, stand der Mann da und sah auf ein Bild, welches seine Frau als Braut darstellte, im weißen Atlaskleide, den Myrtenkranz im Haar. Die Tante konnte sich nicht enthalten, mitfühlend zu seufzen. Überrascht wandte sich der Kaufmann um. »Ich will das Bild in meine Stube herunternehmen«, sagte er weich.

»Aber du hast ja das andere Bild von Marie darin, und dieses hat dich immer verstimmt«, rief die Tante.

»Die Jahre machen ruhiger«, erwiderte der Kaufmann, »und hierher wird doch mit der Zeit ein anderes kommen.«

Die Augen der Tante glänzten wie Leuchtkugeln, als sie frug: »Ein anderes?«

»Es war nur so ein Gedanke«, sagte der Kaufmann ausweichend und schritt mit musterndem Blick durch die Reihe der Zimmer. Stolz und mit innerm Achselzucken ging die Tante hinter ihm her. Diese Leute mochten sich verstellen, soviel sie wollten, es half ihnen nichts mehr.

Und der vorsichtigen Sabine ging es nicht besser.

Anton hatte am Mittag schweigsam neben der Tante gesessen. Als er seinen Stuhl rückte und sich erhob, sah die Tante, daß Sabinens Auge mit leidenschaftlicher Sorge auf seinem bleichen Gesicht ruhte und sich mit Tränen füllte. Nachdem er das Zimmer verlassen, stand auch Sabine auf und trat an das Fenster, welches in den Hof führte. Die Tante zog sich in ihre Nähe und spähte hinter der Gardine durch. Sabine blickte mit großer Spannung in den Hof, plötzlich lächelte sie und sah ganz verklärt aus. Behutsam schlich die Tante näher und sah ebenfalls in den Hof hinab. Dort war aber gar nichts zu schauen, als Anton, der ihnen den Rücken zukehrte und den

Pluto liebkoste. Er gab dem Hund einige Semmelbrocken, und Pluto bellte um ihn herum und sprang lustig nach seinem Rock.

»Oho«, dachte die Tante, »der Pluto ist's nicht, über den sie in einem Atem weint und lacht.«

Und kurz darauf, als einmal der Neffe die Tür des Damenzimmers öffnete, sah die Tante im Vorsaal einen Mann mit einem großen Paket stehn. Ihr scharfer Blick erkannte den Ausläufer der großen Schnittwarenhandlung. Der Kaufmann rief seine Schwester in die Nebenstube, die Tante horchte. Zuerst sprach der Neffe, dann Sabine, aber ganz leise, dann hörte die Tante ein Gemurmel, welches große Ähnlichkeit mit unterdrücktem Schluchzen hatte. »Was dieses Mädchen weinerlich wird«, dachte sie verwundert. Sie war gerade im Begriff, in das Zimmer einzudringen, als die Geschwister ihr entgegentraten. Sabine hing am Arm des Bruders, ihre Wangen und ihre Augen waren stark gerötet, und doch sah sie glücklich und sehr verschämt aus. Als die Tante nach einer längeren Pause, wie sie der Anstand nötig machte, in das Nebenzimmer ging, um etwas zu suchen, fand sie das große Paket auf einem Stuhl liegen. Sie stieß zufällig mit der Hand daran, und da das Papier nicht zugebunden war, ging es natürlich auseinander, und sie erblickte prachtvolle Möbelstoffe, und unten noch eine andere Erfindung, die so heftig auf ihre Nerven wirkte, daß auch sie sich hinsetzte und auf der Stelle einige Tränen vergießen mußte. Es war die weiße Robe vom schwersten Stoff, welche das Weib nur einmal in ihrem Leben, an einem feierlichen Tag voll Andacht und frohen Schauers zu tragen pflegt.

Fortan behandelte die Tante ihre Umgebung mit der Sicherheit einer Hausfrau, welche andern verzeiht, wenn sie sich eine Weile närrisch gebärden, weil sie recht gut weiß, daß das letzte Ende von solchem künstlichen Wesen eine starke Bewegung in ihrem eigenen Gebiet sein wird, heftige Arbeit in der Küche, ein langer Speisezettel, großartiges Schlachten von Geflügel und ein vernichtender Angriff auf alle Gefäße mit eingemachten Früchten. Auch sie wurde geheimnisvoll. Alle Tönnchen und Töpfe mit Konfitüren wurden plötzlich einer außerordentlichen Revision unterworfen, und bei der Mittagstafel erschienen zuweilen ausgezeichnete Versuche von neuen Speisen. Die Tante kam an solchen Tagen mit geröteten Wangen aus der Küche und war sehr empfindlich, wenn nicht jedermann das neue Gericht vortrefflich fand, obgleich sie nie verfehlte, hinzuzusetzen: »Es ist nur ein vorläufiger Versuch der Köchin.« Und dabei sah sie ihren Neffen und Sabine mit einem triumphierenden Ausdruck von Überlegenheit an, welcher deutlich sagte: »Ich habe alles erraten«, so daß der Kaufmann die Brauen zusammenziehen und der Tante einen strengen Blick zuwerfen mußte.

Aber der Kaufmann selbst sah in der Regel nicht strenge aus. Sabine und Anton wurden mit jedem Tag stiller und verschlossener, er wurde zusehends heiterer. Er war jetzt gesprächiger als seit Jahren und wurde nicht müde, bei Tische Anton in die Unterhaltung zu ziehen. Er zwang ihn, zu erzählen, und hörte mit Spannung auf jedes

Wort, das von Antons Lippen kam. In den ersten Wochen sah er oft prüfend auf Antons Pult, nach kurzer Zeit tat er auch im Geschäft, als wäre sein Verhältnis zu Anton noch das alte. Mit munterem Schritt ging er durch die vordern Comtoire. Noch war im Geschäft viel Flauheit, ihn kümmerte das wenig. Wenn Herr Braun, der Agent, sein belastetes Herz ausschüttete, lachte er dazu und ließ einen kurzen Scherz fallen.

Anton gewahrte diese Veränderung nicht. Wenn er im Comtoir arbeitete, saß er einsilbig Herrn Baumann gegenüber und mühte sich, an nichts zu denken, als an die Briefe. Die Abende brachte er häufig allein auf seinem Zimmer zu, dann senkte er sein Haupt in die Bücher, welche Fink ihm vermacht hatte, und versuchte seinen finstern Gedanken zu entrinnen.

Er fand die Handlung nicht so wieder, wie er sie verlassen. Durch viele Jahre war hier alles fest gewesen, jetzt war das Geschäft in unruhiger, schwankender Bewegung. Viele von den alten Verbindungen des Hauses waren abgeschnitten, mehrere neue waren angeknüpft. Er fand neue Agenten, neue Kunden, mehrere neue Artikel und neue Arbeiter.

Auch im Hinterhause war es still geworden. Außer den Würdenträgern des zweiten Comtoirs, Herrn Liebold und Herrn Purzel, welche niemals aufregende Elemente der bürgerlichen Gesellschaft gewesen waren, traf er von seinen nähern Bekannten nur noch den treuen Baumann und Specht; und auch diese dachten daran, das Geschäft zu verlassen. Baumann hatte gleich nach Antons Rückkehr dem Prinzipal gestanden, daß er zum nächsten Frühjahr fort müsse, und auch Antons ernstliche Vorstellungen prallten diesmal von dem festen Entschluß des Missionars ab. »Ich kann den Termin nicht verlängern«, sagte er; »mein ganzes Gewissen schreit dagegen. Ich gehe von hier auf ein Jahr nach London in die Missionsanstalt, und von dort, wohin man mich schickt. Ich gestehe, daß ich eine Vorliebe für Afrika habe. Es sind dort einige Könige«, – er nannte schwer auszusprechende Namen – »die ich nicht für ganz schlecht halte. Dort muß mit der Bekehrung etwas zu machen sein. Noch ist bei ihnen eine elende Wirtschaft. Den heidnischen Sklavenhandel hoffe ich ihnen abzugewöhnen. Sie können ihre Leute zu Hause brauchen, um Zuckerrohr zu pflanzen und Reis zu bauen. In ein paar Jahren schicke ich Ihnen über London die ersten Proben von unserm Plantagenbau.«

Und auch Herr Specht kam zu Anton. »Sie haben mir immer gute Freundschaft gezeigt, Wohlfart. Ich möchte Ihre Meinung wissen. Ich soll heiraten, ein ausgezeichnetes Mädchen, sie heißt Fanny und ist eine Nichte von C. Pix.«

»Ei«, sagte Anton, »und lieben Sie die junge Dame?«

»Ja, ich liebe sie«, rief Specht begeistert. »Aber ich soll auch in das Geschäft von Pix treten, wenn ich sie heirate, und deshalb wollte ich Sie fragen. Meine Geliebte hat etwas Vermögen und Pix meint, das würde am besten in seinem Geschäft angelegt. Nun wissen Sie, Pix ist im Grunde ein guter Kerl, aber ein anderer Kompagnon wäre mir doch lieber.«

»Ich dächte nicht, mein alter Specht«, sagte Anton. »Sie sind ein wenig zu eifrig, und es wird immer gut für Sie sein, einen sichern Kompagnon zu haben. Pix wird Sie zwingen, seinen Willen zu tun, und das wird kein Schade sein, denn Sie werden sich gut dabei stehn.«

»Ja«, sagte Specht, »aber denken Sie, die Branche, die er gewählt hat. Kein Mensch hätte es für möglich gehalten, daß unser Pix sich zu so etwas entschließen könnte.«

»Was hat er denn alles?« frug Anton.

»Vieles durcheinander«, rief Specht, »was er vorher niemals angesehen hätte; außer Fellen und Häuten jede Art von Pelzwerk, vom Zobel bis zum Maulwurf, und außerdem Filz und dergleichen, ganz nach seiner Natur, alles, was haarig und borstig ist. – Es sind gemeine Artikel darunter, Wohlfart.«

»Seien Sie kein Kind«, versetzte Anton, »heiraten Sie, mein guter Junge, und begeben Sie sich unter die Vormundschaft des Schwagers, es wird Ihr Schade nicht sein.«

Den Tag darauf trat Pix selbst in Antons Zimmer. »Ich habe Ihre Karte gefunden, Wohlfart, und komme Sie auf Sonntag zum Kaffee einladen. Kuba und eine Manila. Sie sollen meine Frau kennenlernen.«

»Und Sie wollen Specht zum Kompagnon nehmen?« frug Anton lächelnd. »Immer hatten Sie einen großen Widerwillen, sich zu assoziieren.«

»Ich tät's auch mit keinem andern als mit ihm. Im Vertrauen gesagt, ich bin in einer Schuld gegen den armen Kerl, und ich kann für mein Geschäft die zehntausend brauchen, die er sich erheiratet. Ich habe ein Detailgeschäft mit übernommen, verdammte Kürschnerwaren, da stecke ich ihn hinein. Das wird ihm Spaß machen. Er kann alle Tage gegen die Weiber artig sein, die in den Laden kommen, und alle Jahre einen neuen Pelz um sich hängen. Er wird dort brauchbarer sein, als hier im Comtoir.«

»Wie kommt's, daß Sie gerade dies Geschäft gewählt haben?« frug Anton.

»Ich mußte«, erwiderte Pix, »ich fand noch ein großes Warenlager von meinem Vorgänger vor; in traurigem Zustand, das versichere ich Ihnen; und ich sah mich auf einmal in einer großen Gesellschaft von Leuten, welche Hasenfelle und Schweinsborsten für preiswürdig hielten.«

»Das allein hat Sie doch nicht bestimmt«, erwiderte Anton lachend.

»Vielleicht war's auch noch etwas anderes«, sagte Pix. »Hier am Orte mußte ich bleiben, wegen meiner Frau, und Sie werden einsehen, Anton, daß ich, der ich in diesem Hause Disponent des Provinzialgeschäfts gewesen bin, mich nicht an diesem Platz in derselben Branche auftun konnte. Ich kenne das ganze Provinzialgeschäft besser, wie der Prinzipal, und alle kleinen Kunden kennen mich besser, als den Prinzipal. Ich hätte diesem Geschäft geschadet, obgleich meine Mittel kleiner sind; ich hätte leicht gute Geschäfte machen können, aber dies Haus hätte den Schaden gehabt. So mußte ich etwas anderes ergreifen. Ich ging deshalb zu Schröter, sobald ich mich entschlossen hatte, und besprach das mit ihm. Ich werde mit Euch nur in einem konkurrieren, und das sind Pferdehaare, und darin werde ich Euch totmachen. Ich habe auch das dem Prinzipal gesagt.«

»Das wird die Handlung ertragen«, sagte Anton und schüttelte dem Borstenhändler Pix die Hand.

Aber nicht im Comtoir allein, auch unter den Arbeitern an der großen Waage war eine Veränderung eingetreten. Vater Sturm, der treue Freund des Hauses, drohte die Handlung und diese kleine Erde zu verlassen.

Eine der ersten Fragen Antons nach seiner Rückkehr war Vater Sturm gewesen. Sturm war seit einigen Wochen unpaß und verließ das Zimmer nicht. Voll Besorgnis eilte Anton am zweiten Abend nach seiner Ankunft zu der Wohnung des großen Mannes.

Schon auf der Straße hörte er ein merkwürdig tiefes Gesumm, als wenn ein Schwarm Riesenbienen sich in dem rosafarbenen Haus häuslich niedergelassen hätte. Als er in den Flur trat, klang das Summen wie das ferne Gemurr einer Löwenfamilie. Verwundert klopfte er an, niemand antwortete. Als er die Tür geöffnet hatte, mußte er auf der Schwelle anhalten, denn im ersten Augenblick sah er in dem Zimmer nichts, als einen grauen undurchdringlichen Rauch, in welchem ein gelber Lichtpunkt mit bleichem Dunstkreis schwebte. Allmählich unterschied er in dem Rauch einige dunkle Globusse, welche um das Licht herum wie Planeten aufgestellt waren, zuweilen bewegte sich, was ein Männerarm sein konnte, aber einem Elefantenbein sehr ähnlich war. Endlich brachte die Zugluft der offenen Tür den Dampf in Bewegung, und ihm gelang, durch die Wolken einzelne Blicke in die Tiefen der Stube zu tun. Nie war eine Menschenwohnung einer Tabagie von Zyklopen ähnlicher. An dem Tisch saßen sechs riesige Männer, drei auf der Bank, drei auf Eichenstühlen, alle hatten Zigarren im Mund, und auf dem Tisch hölzerne Bierkrüge; das dröhnende Brummen war ihre Sprache, die so klang, weil sie leise sprachen, wie sich für eine Krankenstube schickt.

»Ich rieche etwas«, rief endlich eine mächtige Stimme, »ein Mensch muß hier sein, es kommt eine kühle Luft, die Tür steht offen. Wer hier ist, der melde sich.«

»Herr Sturm!« rief Anton von der Schwelle.

Die Globusse gerieten in rotierende Bewegung und verfinsterten das Licht.

»Hört Ihr's«, rief die Stimme wieder, »ein Mensch ist gekommen.«

»Ja«, erwiderte Anton, »und ein alter Freund dazu.«

»Diese Stimme kenne ich«, rief es hastig hinter dem Tisch hervor.

Anton trat näher an das Licht, die Auflader erhoben sich und riefen laut seinen Namen. Vater Sturm fuhr auf seiner Bank bis auf die äußerste Ecke und hielt Anton beide Hände entgegen. »Daß Sie hier sind, wußte ich schon durch meine Kameraden. Daß Sie gesund zurückgekommen aus diesem Lande, von diesen Sensenmännern und von diesen Schreihälsen, welche ihre Tonne mit Sauerkraut in der Stube stehn haben, dieses ist mir eine angenehme Freude.« Antons Hand ging zuerst in die Hände des alten Sturm über, der sie kräftig drückte und dann wieder zurechtstreichelte, und dann in die Hände der fünf anderen Männer, und kam wieder heraus, gerötet, aufgelaufen, im Gelenk erschüttert, so daß Anton sie sogleich in die Rocktasche steckte. Während die Auflader einer nach dem andern ihre Begrüßungen mit Anton austauschten, frug Sturm plötzlich dazwischen: »Wann kommt mein Karl?«

»Haben Sie ihm denn geschrieben, daß er kommen soll?« frug Anton.

»Geschrieben?« wiederholte Sturm kopfschüttelnd, »nein, dies habe ich nicht getan, von wegen seiner Stellung als Amtmann darf ich es nicht tun. Denn wenn ich ihm schreibe: Komm, so würde er kommen, und wenn eine Million Sensenmänner zwischen ihm und uns aufmarschiert wäre, aber er könnte dort nötig sein bei den Herrschaften. Und deswegen, wenn er nicht von selber kommt, soll er nicht kommen.«

»Er kommt zum Frühjahr«, sagte Anton und sah prüfend auf den Vater. Der Alte schüttelte wieder den Kopf:

»Zum Frühjahr wird er nicht kommen, zu mir nicht; es ist möglich, daß mein kleiner Zwerg dann herkommt, aber zu seinem Vater nicht mehr.« Er setzte den Bierkrug an und tat einen langen Zug, klappte den Deckel zu und räusperte sich kräftig; dann sah er Anton mit einem entschlossenen Blick an und drückte die Faust als Stempel auf den Tisch. »Fünfzig«, sagte er, »noch vierzehn Tage, dann kommt's.«

Anton legte seinen Arm um die Schultern des Alten und sah fragend den andern ins Gesicht, welche ihre Zigarren in der Hand hielten und vor der Gruppe standen, wie ein griechischer Chor in der Tragödie. »Sehen Sie, Herr Wohlfart«, begann der Chorführer, der, als Mensch betrachtet, groß, als Riese kleiner war, denn sein Oberster: »das will ich Ihnen erklären. Dieses Mannes Meinung ist, daß er schwächer wird, und daß er immer schwächer werden wird, und daß in einigen Wochen der Tag kommt, wo wir Auflader eine Zitrone in die Hand nehmen müssen und einen schwarzen Schwanz an unsre Hüte stecken. Solches ist unser Wille nicht.« Alle schüttelten den Kopf und sahen mißbilligend auf ihren Obersten. »Es ist nämlich ein alter Streit zwischen uns und zwischen ihm wegen der fünfzig Jahre. Jetzt will er recht behalten, das ist das Ganze, und unsre Meinung ist, daß er nicht recht hat. Er ist schwächer geworden, dieses ist möglich. Manchmal hat einer mehr Kraft, manchmal weniger. Was braucht der Mann aber deshalb daran zu denken, diesen

Platz zu verlassen? Ich will Ihnen sagen, Herr Wohlfart, was es ist, es ist eine Ausschweifung von ihm.«

Alle Riesen bestätigten durch Kopfnicken die Worte des Sprechers.

»Also er ist krank?« frug Anton besorgt. »Wo sitzt die Krankheit, alter Freund?«

»Es ist hier und dort«, erwiderte Sturm, »es schwebt in der Luft, es kommt langsam heran, es nimmt zuerst die Kraft, dann den Atem; von den Beinen fängt's an, dann steigt es herauf.« Er wies auf seine Füße.

»Wird Ihnen das Aufstehn sauer?« frug Anton.

»Gerade das ist es«, erwiderte der Riese, »es wird mir sauer, und mit jedem Tag mehr. Und ich sage dir, Wilhelm«, fuhr er gegen den Sprecher fort, »in vierzehn Tagen wird auch das aufhören; dann wird nichts sauer sein, als Eure Zitronen, und ich hoffe, auch Eure Gesichter, ein paar Stunden, bis zum Abend; dann sollt Ihr wieder hierher kommen und Euch an dieser Stelle niedersetzen. Ich werde dafür sorgen, daß die Kanne hier steht, wie heut, dann könnt Ihr von dem alten Sturm reden, als von einem Kameraden, welcher sich zur Ruhe gelegt hat, und der nichts mehr heben wird, was eine Last ist; denn ich denke mir, da, wo wir hinkommen, wird nichts mehr schwer sein.«

»Da hören Sie's«, sagte Wilhelm bekümmert, »er schweift wieder aus.«

»Was sagt der Arzt zu Ihrer Krankheit?« frug Anton schnell.

»Ja, der Doktor«, sagte der alte Sturm, »wenn man den fragen wollte, er würde genug sagen; aber man fragt ihn nicht. Es ist, unter uns gesprochen, auf die Ärzte kein Verlaß. Sie können wissen, wie es in manchem Menschen ist, das leugne ich nicht ab; aber woher wollen sie wissen, wie es in einem von uns ist? Es kann keiner ein Faß heben.«

»Wenn Sie keinen Arzt haben, lieber Herr Sturm, so will ich sogleich anfangen, Ihr Arzt zu sein«, rief Anton, eilte an die Fenster und öffnete alle Flügel. »Wenn das Atmen Ihnen schwer wird, so ist diese dicke Luft Gift für Sie, und wenn Sie an den Füßen leiden, so sollen Sie auch nicht mehr trinken.« Er trug die Bierkanne auf den andern Tisch.

»Ei, ei, ei«, sagte Sturm, dem geschäftigen Anton zusehend, »die Meinung ist gut, aber es nutzt nichts. Etwas Rauch hält warm, und an das Bier sind wir einmal gewöhnt. Wenn ich den ganzen Tag allein sitze auf dieser Bank, ohne Arbeit, ohne einen Menschen, so ist es mir eine Freude, wenn meine Kameraden des Abends ihre Bequemlichkeit bei mir haben. Sie reden dann zu mir, und ich höre doch ihre Stimme wie sonst und erfahre etwas vom Geschäft, und wie es in der Welt zugeht.«

»Aber Sie selbst sollen dann wenigstens das Bier meiden und sich vor Tabakrauch hüten«, erwiderte Anton. »Ihr Karl wird Ihnen dasselbe sagen, und da er nicht hier ist, so erlauben Sie mir, seine Stelle zu vertreten.« Er wandte sich zu den andern Aufladern. »Ich will ihm zu beweisen suchen, daß er unrecht hat, lassen Sie mich eine halbe Stunde mit ihm allein.«

Die Riesen entfernten sich, Anton setzte sich dem Kranken gegenüber und sprach über das, was dem Vater am meisten Freude machte, über seinen Sohn.

Sturm vergaß seine finstern Ahnungen und geriet in die glücklichste Stimmung. Endlich sah er Anton mit zugedrückten Augen an und sagte, sich zu ihm herüberlegend, vertraulich: »Neunzehnhundert Taler. Er ist noch einmal hier gewesen.«

»Sie haben ihm doch nichts gegeben?« frug Anton besorgt.

»Es waren nur hundert Taler«, sagte der Alte entschuldigend. »Er ist jetzt tot, der arme junge Herr, er sah so lustig aus mit seinen Schnüren am Rocke. So lange ein Mensch Sohn ist, muß er nicht sterben, das macht zu großes Herzeleid.«

»Wegen Ihres Geldes habe ich mit Herrn von Fink gesprochen«, sagte Anton, »er wird vermitteln, daß man die Schuld an Sie bezahlt.« – »An den Karl«, verbesserte der Alte auf seine Kammer sehend. »Und Sie, Herr Wohlfart, werden es übernehmen, meinem Karl das in die Hände zu geben, was dort in dem Kasten ist, wenn ich selber den Kleinen nicht mehr sehen sollte.«

»Wenn Sie diesen Gedanken nicht aufgeben, Sturm«, rief Anton, »so werde ich Ihr Feind, und ich werde von jetzt ab mit größter Härte gegen Sie verfahren. Morgen früh komme ich wieder und bringe Ihnen den Arzt des Herrn Schröter mit.«

»Er mag ein guter Mann sein«, sagte Sturm, »seine Pferde haben sehr gutes Futter, sie sind stark und dick, aber mir kann er doch nicht helfen.«

Am andern Morgen besuchte der Arzt den Patienten. »Ich kann seinen Zustand noch nicht für gefährlich halten«, sagte er, »seine Füße sind geschwollen, auch das mag sich wieder geben, aber das untätige, sitzende Leben ist für diesen starken Körper so ungesund, und seine Diät ist so schlecht, daß die schnelle Entwickelung einer gefährlichen Krankheit leider sehr wahrscheinlich ist.«

Anton schrieb dies sogleich an Karl und fügte hinzu: »Unter diesen Umständen macht mir der Glaube Deines Vaters, daß er seinen fünfzigsten Geburtstag nicht überleben wird, große Sorge. Am besten wäre, wenn Du selbst um diese Zeit herkommen könntest.«

Seit Anton dies an Karl geschrieben, war längere Zeit vergangen, er hatte unterdes den Kranken täglich besucht. In dem Befinden Sturms war keine auffallende Änderung eingetreten, aber er hielt hartnäckig an seinem Entschluß fest, den Geburtstag nicht zu überleben. An einem Morgen kam der Bediente in Antons Zimmer und meldete, der Auflader Sturm wünsche ihn dringend zu sprechen.

»Ist er kränker?« frug Anton erschrocken, »ich gehe sogleich zu ihm.«

»Er ist selbst mit einem Wagen vor der Tür«, sagte der Diener. Anton eilte vor das Haus. Dort hielt ein Fuhrmannswagen, über das

Weidengeflecht waren große Tonnenreifen gespannt und über diese eine weiße Decke gezogen. Ein Zipfel der Leinwand schlug sich zurück und der Kopf des Vater Sturm fuhr mit einer ungeheuren Pelzmütze heraus. Der Riese blickte auf Anton und die Hausknechte, welche sich um den Wagen drängten, von der Höhe herunter, wie der große Knecht Ruprecht auf die erschrockenen Kinder. Aber sein eigenes Gesicht sah sehr bekümmert aus, dem herantretenden Anton hielt er ein Blatt Papier entgegen: »Lesen Sie dieses, Herr Wohlfart. Einen solchen Brief habe ich von meinem armen Karl bekommen. Ich muß sogleich zu ihm. – Auf das Gut hinter Rosmin«, erklärte er dem Kutscher, einem stämmigen Fuhrmann, der neben dem Wagen stand.

Anton sah in den Brief, es waren die ungeschickten Buchstaben des Försters; erstaunt las er den Inhalt: »Mein lieber Vater, ich kann nicht zu Dir kommen, denn ein Sensenmann hat mir jetzt abgehauen, was von der Hand noch übrig war. Deshalb bitte ich Dich, sogleich nach Empfang dieses Briefes zu Deinem armen Sohn zu reisen. Du nimmst einen großen Wagen und fährst damit bis Rosmin. Dort hältst Du vor dem roten Hirsch. Im Hirsch wartet ein Wagen und ein Knecht vom Gut auf Dich. Der Knecht versteht kein Wort Deutsch, ist aber sonst ein guter Kerl, er wird Dich schon erkennen. Zu der Reise kaufst Du Dir einen Pelz, auch Pelzstiefel, diese müssen bis über die Knie gehn und unten mit Leder besetzt sein. Wenn Du für Deine großen Beine keine Stiefel findest, so muß der Gevatter Kürschner Dir noch in der Nacht über Deine Füße einen Pelz nähen. Grüße Herrn Wohlfart. Dein getreuer Karl.«

Anton hielt den Brief in seiner Hand und wußte nicht gleich, was er daraus machen sollte.

»Was sagen Sie zu diesem neuen Unglück?« frug der Riese traurig.

»Jedenfalls müssen Sie sogleich zu Ihrem Sohn«, erwiderte Anton.

»Natürlich muß ich hin«, sagte, der Auflader. »Das Unglück trifft mich hart, gerade jetzt, übermorgen sind's fünfzig.«

Anton merkte den Zusammenhang. »Sind Sie denn aber auch vorbereitet, wie Karl will?«

»Ich bin's«, sprach der Riese und schlug die Leinwanddecke zurück, »es ist alles in Ordnung, der Pelz und auch die Stiefel.« Anton sah in den Wagen und hatte Mühe, ernst zu bleiben. In einen großen Wolfspelz eingewickelt nahm Sturm die ganze Breite des Wagens ein. Auch seine Füße waren mit einem Wolfsfell übernäht; wenn er jemals einem Ungeheuer ähnlich gewesen, so war er es jetzt. Er stieß mit seiner Mütze oben an die weiße Leinwand, und die Säulen seiner Füße füllten den ganzen Wagenraum zwischen Vorder- und Rücksitz. Er saß auf einem Bettsack und hatte einen Futtersack zur Rückenlehne. Das wenige, was noch von leerem Raum in dem Wagen übrig war, wurde in Anspruch genommen durch allerlei Ballen und Eßkober, welche die Kameraden ihrem scheidenden Obersten kunstvoll zusammengeschnürt und angebunden hatten, kleine Tonnen und Kisten waren um ihn herum eingestaut und gerade vor ihm hing eine geräucherte Wurst und eine Reiseflasche von dem Reifen herab. So saß er wie ein Bär der Urwelt in seinem Winterlager. Ein großer Säbel lehnte an seiner Seite: »Gegen diese Sensenmänner«, sagte er und schüttelte ihn zornig. – »Jetzt habe ich noch eine große Bitte an Sie. Den Schlüssel zu meinem Hause verwahrt der Wilhelm, diese Kiste bitte ich Sie zu übernehmen, hierin steckt, was unter meinem Bett stand; heben Sie's auf für den Karl.«

»Ich werde die Kiste Herrn Schröter übergeben«, erwiderte Anton, »er ist nach dem Bahnhof gefahren und muß jeden Augenblick zurückkehren.«

»Grüßen Sie ihn«, sagte der Riese, »ihn und Fräulein Sabine, und sagen Sie beiden, daß ich ihnen von Herzen danke für alle Freundlichkeit, die sie in meinem Leben mir und dem Karl bewiesen haben.« – Bewegt sah er in den Hausflur hinein. »Manches liebe Jahr habe ich dort drinnen hantiert; wenn die Ringe an Ihren Zentnern glatt sind wie poliert, meine Hände haben redlich dazu geholfen. Was dieses Geschäft durchgemacht hat seit dreißig Jahren, das habe ich mit durchgemacht, Gutes und Trauriges; aber ich kann wohl sagen, Herr Wohlfart, wir waren immer tüchtig. Ich werde Eure Fässer nicht mehr rollen«, fuhr er zu den Hausknechten gewandt fort, »und ein anderer wird Euch helfen, die Leiterbäume an den Wagen setzen. Denkt manchmal an den alten Sturm, wenn Ihr im Zuckerfaß anbindet. Es kann nichts ewig bleiben auf der Welt, auch wer stark ist, geht zum Ende; aber diese Handlung, Herr Wohlfart, soll stehen und blühen, so lange sie einen Chef hat, wie diesen, und Männer, wie Sie, und ehrliche Hände an der Waage. Dieses ist meines Herzens Wunsch.« Er faltete seine Hände auf dem Weidengeflecht und Tränen rollten über seine Wangen. »Und jetzt leben Sie wohl, Herr Wohlfart, geben Sie mir Ihre Hand.« Er zog einen großen Fausthandschuh aus und steckte seine Hand aus dem Wagen heraus. »Und Ihr, Peter, Franz, Gottfried, Ihr Hausknechte alle, lebt wohl und denkt freundlich an mich.« Der Hund Sabinens kam wedelnd an den Wagen und sprang an dem Weidenkorb herauf. »Da ist auch der alte Pluto«, rief Sturm und fuhr mit der Hand auf den Kopf des Hundes. »Pluto, adjes.« Der Hund leckte ihm die Hand. »Adjes alle!« rief der Scheidende. »Nach Rosmin, Kutscher!« So zog er sich in den Wagen zurück. Der Frachtwagen rasselte über das Pflaster, nach einer Weile öffnete sich noch einmal die weiße Leinwand, der große Kopf Sturms sah noch einmal zurück, und seine Hand winkte.

Anton war durch mehrere Tage in lebhafter Besorgnis um das Schicksal Sturms. Endlich kam ein Brief von Karls Hand.

Lieber Herr Wohlfart, schrieb Karl, Sie werden wohl gemerkt haben, weshalb ich die letzten Zeilen an meinen Goliath schrieb. Er mußte fort aus seiner Stube, und ich mußte ihn von seinem Eigensinn wegen des Geburtstages abbringen. Deshalb erdachte ich in meiner Angst eine Notlüge. Es kam also folgendermaßen.

Am Tage vor seinem Geburtstag erwartete ihn der Knecht zu Rosmin im Hirsch. Ich selber war in die Schenke gegenüber geritten, um zu sehn, wie der Vater ankam und wie er aussah. Ich hielt mich versteckt. Gegen Mittag kam der Wagen langsam angerasselt. Der Fuhrmann half dem Vater vom Wagen, denn das Absteigen wurde ihm sehr sauer, so daß ich wegen der Beine große Furcht bekam, es war aber mehr der Pelz und das Schütteln des Wagens schuld. Der Alte nahm auf der Straße einen Brief in die Hand und las darin, dann stellte er sich vor den Jasch, der zum Wagen gelaufen war und der tun sollte, als verstehe er kein Wort Deutsch, und machte vor ihm verschiedene Zeichen und erschreckliche Bewegungen mit den Hän-den. Er hielt seine Hand zwei Fuß vom Steinpflaster, und als der Knecht mit dem Kopf schüttelte, duckte der Alte sich selbst auf die Erde. Dies sollte so viel bedeuten, als »mein Zwerg«, aber der Jasch konnte es nicht verstehn, dann packte der Vater das Gelenk seiner einen Hand mit der andern und schüttelte die Hand heftig vor Jaschs Nase, so daß der Knecht, der ohnedies schon über den großen Mann erschrocken war, beinahe weggelaufen wäre. Endlich aber wurde der Vater mit seinen Sachen in unseren Korbwagen geschafft, nachdem er noch einigemal um unseren Wagen herumgegangen war und ihn mit Mißtrauen befühlt hatte. So fuhr er ab. Dem Knecht hatte ich gesagt, er sollte auf geradem Weg nach der Försterei fahren, und hatte mit dem Förster alles verabredet. Ich ritt auf einem Seitenwege vor, und als der Wagen gegen Abend ankam, sprang ich in des Försters Bett und ließ mir die Hand unter der Bettdecke festbinden, um sie nicht in der Freude herauszustecken. Als der Alte zu meinem Bett trat, war er so sehr gerührt, daß er weinte, und es tat mir in der Seele weh, daß ich ihn täuschen mußte. Ich erzählte ihm, daß es schon wieder besser wäre, und daß mir der Arzt erlaubt hätte, am nächsten Tag aufzustehn. Darauf wurde er ruhiger und sagte mir mit wichtiger Miene, das wäre ihm lieb, denn morgen wäre für ihn ein großer Tag, morgen müßte ich an sein Bett. Somit fing er wieder von seinem Unsinn an. Aber nicht lange, so wurde er lustig, der Förster kam dazu, und wir aßen, was das gnädige Fräulein mir vom Schloß geschickt hatte. Ich setzte dem Alten Bier vor, welches er sehr schlecht fand, darauf machte der Förster Punsch, und wir tranken alle drei recht tapfer, der Vater mit seinen verzweifelten Gedanken, ich mit der abgehauenen Hand, und der Förster.

Von der langen Reise, der warmen Stube und dem Punsch wurde der Vater bald schläfrig. Ich hatte für eine große Bettstelle gesorgt, die in des Försters Stube aufgestellt war. Er küßte mich beim Gute-nachtgruß noch auf den Kopf, klopfte auf die Bettdecke und sagte: »Also morgen, mein Zwerg.« Gleich darauf war er eingeschlafen. Und wie fest schlief er. Ich fuhr aus des Försters Bett und wachte die Nacht bei ihm in der Stube, es war eine bangsame Nacht, und ich mußte immer wieder auf seinen Atemzug hören. Spät am anderen Morgen wachte er auf. Sobald der Alte sich im Bett rührte, trat der Förster in die Stube, und schon an der Tür schlug er die Hände zusammen und rief einmal über das andere: »Aber Herr Sturm, was haben Sie gemacht!« »Was habe ich denn gemacht?« frug mein Goliath noch halb im Schlaf und sah sich ganz erstaunt in der Stube um. Es war ein großes Geschrei der Vögel, und die ganze Wirtschaft kam ihm so fremd vor, daß er gar nicht wußte, ob er noch auf der Erde war. »Wo bin ich denn?« rief er, »dieser Ort steht nicht in der Bibel.« Der Förster aber rief immerzu: »Nein, so etwas ist noch nicht erhört worden!« bis der Alte ganz erschrocken wurde und ängstlich frug: »Na, was denn?« – »Was haben Sie gemacht, Herr Sturm?« rief der Förster, »Sie haben eine Nacht, und einen Tag und wieder eine Nacht geschlafen.« »Warum nicht gar«, sagte mein Alter, »heut ist der dreizehnte, es ist Mittwoch.« »Nein«, sagte der Förster, »heut ist der vierzehnte, es ist Donnerstag.« So zankten die beiden miteinander. Endlich holte der Förster seinen Kalender, in welchem er alle vergangenen Tage ausgestrichen hatte und auch den gegenwärtigen Mittwoch mit einem dicken Strich, und hatte zum Dienstag unter seine Bemerkungen geschrieben: »Heut 7 Uhr ist der Vater des Amtmann Sturm angekommen, ein großer Mann, kann viel Punsch vertragen«, und Mittwoch: »Heut hat dieser Vater den ganzen Tag über geschlafen.« Mein Alter sah hinein und sagte endlich ganz verwirrt: »Es ist richtig. Hier haben wir's schriftlich. Dienstag um sieben Uhr bin ich gekommen, die Größe und der Punsch, alles stimmt, der Mittwoch ist quittiert, es ist heut Donnerstag, es ist der vierzehnte.« Er legte den Kalender hin und saß ganz betreten in seinem Bett. »Wo ist mein Sohn Karl?« rief er endlich. Jetzt trat ich in die Stube, ich hatte meine Hand unter den Rock gebunden und verstellte mich ebenso wie der Förster, bis der Alte endlich rief: »Ich bin wie behext, ich weiß nicht, was ich denken soll.« »Siehst du denn nicht«, sprach ich, »daß ich außer Bett bin? Gestern, als du schliefst, war der Doktor hier und hat mir erlaubt, aufzustehn. Jetzt bin ich schon so stark, daß ich den Stuhl hier mit steifem Arm heben kann.« »Nur nichts Schweres mehr«, sagte der Alte. »Und auch deinetwegen habe ich mit dem Doktor gesprochen«, redete ich weiter, »er ist ein kluger Mann und hat uns gesagt, entweder – oder; entweder er geht drauf, oder er schläft sich durch. Wenn er den ganzen Tag schläft, hat er's überstanden. Es ist gefährlich für ihn, es kommen manchmal solche Zufälle bei den Menschen vor.« »Bei uns Aufladern«, sagte darauf der Alte. So brachten wir ihn dazu, daß er aus dem Bett aufstand. Und er war recht munter. Aber ich hatte doch den ganzen Tag große Sorge und ging ihm nicht von der Tasche. Er durfte nicht aus dem Hof heraus. Und doch wäre am Nachmittag bald alles verloren gewesen, als der Vogt ankam, mich zu sprechen. Glücklicherweise hielt der Förster die Hoftür verschlossen, er ging hinaus und unterwies den Vogt. Als dieser hereinkam, rief ihm mein Vater schon von weitem entgegen: »Welcher Tag ist heut, Kamerad?« »Donnerstag«, sagte der Vogt, »der vierzehnte.« Da lachte der Vater über das ganze Gesicht und rief: »Jetzt ist's sicher, jetzt glaub ich's.« Noch eine Nacht schlief er beim Förster, bis der Geburtstag überstanden war. Am nächsten Morgen ließ ich den Wagen kommen und fuhr ihn nach dem Hof und führte ihn in die Stube, gegenüber der meinen, wo der Techniker gewohnt hat. Ich hatte ihm die Stube schnell eingerichtet, Herr von Fink, welcher von allem wußte, hatte handfeste Möbel aus dem Schloß herüberschaffen lassen, ich hatte dem Vater den alten Blücher hereingehängt, hatte die Rotkehlchen hereingelassen, die Hobelbank hereingestellt und einiges Werkzeug dazu, damit die Stube für ihn bequem war. Und jetzt sagte ich ihm: »Dies ist deine Wohnung, Alter. Du mußt jetzt bei mir bleiben.« »Oho«, sagte er, »dieses geht nicht, mein Zwerg.« »Es wird nicht anders sein«, sagte ich wieder, »ich will es, Herr von Fink will es, Herr Wohlfart will es, Herr Schröter will es. Du mußt dich ergeben. Wir werden uns jetzt nicht mehr trennen, so lange wir beide noch zusammen auf dieser Erde sind.« Und darauf zog ich meine Hand aus dem Rock und hielt ihm eine tüchtige Strafrede, wie ungesund sein Leben gewesen sei, und daß er seiner Einbildungen wegen mich verlassen wolle, so lange, bis er ganz weichherzig wurde und mir alles mögliche Gute versprach. Darauf kam Herr von Fink herüber und begrüßte den Vater in seiner lustigen Weise, und am Nachmittag kam das Fräulein und brachte den Herrn Baron geführt. Der blinde Herr freute sich außerordentlich über den Vater, seine Stimme gefiel ihm sehr, und er fühlte oft nach der Größe, und beim Abschied nannte er ihn einen Mann nach seinem Herzen. Und das muß wohl sein, denn der Herr kommt seitdem alle Nachmittage zum Vater in die kleine Stube und hört zu, wie der Vater schnitzt und pocht.

Noch ist der Vater verwundert über alles, was er hier sieht, auch mit dem Tage, den er verschlafen hat, ist er noch nicht ganz im reinen, obgleich er's wohl merkt, denn er faßt mich manchmal mitten in der Unterredung beim Kopf und nennt mich einen Spitzbuben. Dieses Wort wird er jetzt wohl für den alten Zwerg in seiner Rede einführen, obgleich es für einen Amtmann noch schlimmer ist. Er wird sich auf die Stellmacherei legen, er hat heut schon über Radspeichen geschnitzt. Ich fürchte nur, er wird sehr ins Schwere arbeiten. Ich bin froh, daß ich ihn hier habe, und daß alles so abgelaufen ist, wenn er nur erst den Winter überstanden hat, wird er die Schwäche in seinen Füßen schon auslaufen. Das kleine Haus will er verkaufen, aber nur an einen Aufladen. Er läßt Sie bitten, dasselbe dem Wilhelm auszutragen, welcher zur Miete wohnt, er soll's billiger haben, als ein Fremder.«

6

Acht Tage nach dem Untergang des Advokaten saß Anton in seinem Zimmer und schrieb an Fink. Er teilte diesem mit, daß man den Leichnam des Advokaten am Ende der Stadt beim Wehr aus dem Wasser gezogen habe, die Ursache seines Todes sei nicht klar. Ein Kind aus dem Hause, in welchem der Mann wohnte, hatte erzählt, daß es ihm am Abende der Haussuchung nahe bei seiner Wohnung auf der Straße begegnet war; seitdem war der Tote nicht wieder erblickt worden. Unter diesen Umständen sei ein Selbstmord nicht unmöglich. Der Polizeibeamte jedoch halte die Ansicht fest, daß der herabgeschlagene Hut eine fremde Hand indiziere. Beim Durchsuchen der Wohnung habe man die Papiere nicht gefunden. Die weitern Nachforschungen der Polizei seien bis jetzt ohne Erfolg gewesen. Seine eigene Meinung über den furchtbaren Zwischenfall gehe dahin, daß Itzig auch hierbei eine Schuld habe.

Da wurde die Tür geöffnet, der Galizier trat hastig in das Zimmer und legte, ohne zu sprechen, eine alte Brille mit rostiger Stahleinfassung vor Anton auf den Tisch. Anton sah in das verstörte Gesicht des Mannes und sprang auf.

»Seine Brille«, flüsterte Tinkeles in heiserem Tone, »ich habe sie gefunden beim Wasser. Gerechter Gott, daß man muß erleben solchen Schreck!«

»Wessen ist die Brille, und wo habt Ihr sie gefunden?« frug Anton; ihm ahnte, was der Galizier zu sagen nicht die Kraft hatte, und sein Aufge sah scheu nach den trüben Gläsern. »Faßt Euch, Tinkeles, und sprecht.«

»Es kann nicht bleiben verborgen, es schreit zum Himmel«, rief der Galizier in heftiger Bewegung. »Sie sollen hören alles, wie es verlaufen ist. Zwei Tage, nachdem ich habe gesprochen mit Ihnen wegen der hundert Taler, bin ich gegangen des Abends zu Löbel Pinkus in die Schlafstelle. Wie ich bin in das Haus getreten, ist ein Mann im Finstern an mich angerannt. Ich habe gedacht, ist das der Itzig, oder ist er's nicht? Ich habe mir gesagt, es ist der Itzig; es ist sein Laufen, wie er läuft, wenn er in Eile ist. Als ich bin gekommen hinauf in die große Stube, ist alles gewesen leer, und ich habe mich gesetzt zum Tisch und habe nachgesehen in meiner Brieftasche. Und wie ich sitze, geht draußen der Wind, und es klopft an das Geländer, und es klopft immerfort, als wenn einer draußen steht, der herein will, und kann nicht öffnen die Tür. Ich habe mich erschreckt und habe meine Briefe eingepackt und habe gerufen: Ist jemand hier, so soll er sagen, daß er hier ist. Es hat keiner geantwortet, aber es hat an der Türe geklappert ohne Aufhören. Da habe ich mir gefaßt ein Herz, ich habe genommen die Lampe und bin gegangen an das Geländer und habe geleuchtet in alle Winkel. Ich habe niemand gesehen. Und wieder hat's geklopft dicht vor mir und hat gegeben einen großen Krach; da ist aufgeflogen eine Tür, welche niemals offen gewesen ist, und von der Tür hat eine Treppe hinuntergeführt ins Wasser. Als ich nun habe geleuchtet auf der Treppe, habe ich gesehen, daß ein nasser Fuß hat getreten auf die Stufen und ist heraufgekommen; die Spuren von dem Fuße sind gewesen zu sehen bis in die Stube, nasse Flecke auf dem Boden. Und ich habe mich gewundert und habe zu mir gesagt: Schmeie, habe ich gesagt, wer ist gegangen bei der Nacht aus dem Wasser herauf in die Stube, und hat offengelassen die Tür, wie ein Geist? Es kümmert dich nicht, habe ich mir gesagt, es ist nicht dein Geschäft. Und ich habe mich gefürchtet.

Und eh' ich zuschließe die Tür, habe ich mit der Lampe noch einmal auf die Treppe geleuchtet, und da habe ich unten am Wasser auf der letzten Stufe etwas gesehen, das gefunkelt hat im Licht. Und ich habe mich hinuntergewagt eine Stufe nach der andern, weh, ich kann Ihnen sagen, Herr Wohlfart, es ist gewesen eine schwere Arbeit. Der Wind hat geheult und hat geblasen um meine Lampe, und der Weg die Treppe hinunter ist gewesen so finster wie ein Brunnen. Und was ich aufgehoben habe, ist gewesen dieses da«, - er wies auf die Brille - »das Glas, das er vor seinen Augen getragen hat.«

»Und woher wißt Ihr, daß es die Brille des Toten ist?« fragte Anton gespannt.

»Sie ist zu erkennen an dem Gelenk, das verbunden ist mit schwarzem Zwirn. Ich habe ihn mit dieser Brille beim Pinkus in der Stube gesehn mehr als einmal. Darauf habe ich die Brille zu mir gesteckt, und ich habe gedacht, ich will dem Pinkus nichts sagen von der Geschichte und will das Glas geben dem Hippus selbst und sehen, ob es mir kann nützen für unser Geschäft. Und ich habe die Brille bei mir getragen bis heut und habe auf den Hippus gewartet, und als er nicht gekommen ist, habe ich den Pinkus gefragt, und dieser hat mir geantwortet: ›Weiß ich doch auch nicht, wo er steckt.‹ Und heute zum Mittag, als ich gekommen bin in die Herberge, ist mir der Pinkus entgegengelaufen und hat mir gesagt: ›Schmeie, hat er gesagt, wenn Ihr den Hippus noch sprechen wollt, so müßt Ihr gehn ins Wasser; er ist gefunden worden im Wasser.‹ Das ist mir gewesen wie ein Schuß in mein Herz, als er mir gesagt hat: geh ins Wasser und such dir ihn. Und ich habe mich halten müssen an die Wand.«

Anton eilte an den Schreibtisch, schrieb einige Zeilen an den Beamten, der erst vor kurzem das Zimmer verlassen hatte, klingelte und gab dem Diener den Auftrag, das Billett eiligst abzugeben.

Unterdes war Tinkeles wie gebrochen auf einen Stuhl gesunken, er starrte auf die Tischplatte und murmelte vor sich in unverständlichen Tönen.

Anton ging nicht weniger ergriffen im Zimmer auf und ab. Es war ein trauriges Schweigen. Nur einmal wurde es unterbrochen, als der Galizier von seinem Gemurmel zu lauten Tönen überging und fragte: »Glauben Sie, daß die Brille wert sein wird die hundert Taler, die Sie für mich haben in Ihrem Schreibtisch?«

»Ich weiß es noch nicht«, antwortete Anton kurz und setzte seinen Weg durch die Stube fort.

Schmeie verfiel wieder in Abspannung und Seufzen, schlug manchmal seine zitternden Hände ineinander und gurgelte vor sich hin. Endlich blickte er wieder auf und sagte: »Aber zum wenigsten doch fünfzig?«

»Schweigt jetzt mit Eurem Schacher«, erwiderte Anton streng.

»Was soll ich schweigen«, rief Tinkeles entrüstet, »ich stehe aus eine große Angst, soll das sein um gar nichts?« Und wieder versank er in seinen Schmerz.

Die Unterhaltung wurde durch die Ankunft des Beamten unterbrochen. Der gewandte Mann ließ den Händler noch einmal seinen Bericht wiederholen, nahm die Brille, bestellte einen Wagen für sich und den widerstrebenden Tinkeles und sagte beim Abschiede zu Anton: »Machen Sie sich gefaßt auf eine schnelle Entwickelung; ob ich meinen Willen durchsetze, ist noch zweifelhaft; für Sie ist aber jetzt einige Aussicht da, die Dokumente, welche Sie suchen, aufzufinden.«

»Um welchen Preis!« rief Anton schaudernd.

Die Zimmer im Hause Ehrenthals waren hell erleuchtet, durch die herabgelassenen Vorhänge fiel ein trüber Schimmer in den Sprühregen, der aus der dicken Nebelluft auf die Straße sank. Mehrere Räume waren geöffnet, schwere silberne Leuchter standen umher, glänzende Teekannen, bunte Prozellanschalen, alles Schaugerät war gebürstet, gewaschen und aufgestellt, der dunkle Fußboden war neu gebohnt, sogar die Küchenfrau trug eine neugeplättete Haube; das ganze Haus hatte sich gewaschen und gereinigt. Die schöne Rosalie stand mitten unter dieser Herrlichkeit in einem Kleid von gelber Seide mit purpurroten Blüten geschmückt, schön wie eine Huri des Paradieses, und bereit wie diese, den Auserwählten zu empfangen. Die Mutter strich ihr die Falten des schweren Stoffes zurecht, sah triumphierend auf ihr Werk und sagte in einer Anwandlung von mütterlichem Gefühl: »Was du heut schön bist, Rosalie, mein einziges Kind.« Aber Rosalie war zu sehr gewöhnt an diese Huldigungen der Mutter, sie achtete wenig auf das Lob und nestelte unwirsch an einem Armband, welches auf ihrem vollen Arm durchaus nicht festhalten wollte. »Daß der Itzig mir Türkise gekauft hat, war wieder recht unpassend von ihm, er hätte auch wissen können, daß sie nicht in der Mode sind.«

»Sie sind gut gefaßt«, sagte die Mutter beruhigend, »es ist ein schweres Gold, und die Fasson ist nach dem neusten Geschmack.«

»Und wo bleibt Itzig? Heut sollt' er doch kommen zur rechten Zeit; die Familie wird da sein, und der Bräutigam wird fehlen«, fuhr Rosalie schmollend fort.

»Er wird zur Stunde kommen«, antwortete Itzigs Patronin, »du weißt, wie er sich müht und arbeitet, damit du ein glänzendes Haus machen kannst. Du bist glücklich«, schloß sie seufzend. »Du trittst jetzt in das Leben, und wirst eine angesehene Frau. Ihr werdet nach der Trauung zuerst auf einige Wochen nach der Residenz reisen, wo der Itzig dich vorstellen wird meiner Familie, und wo Ihr miteinander in aller Ruhe die Flitterwochen verleben könnt. Unterdes werde ich euch dieses Quartier einrichten, und ich werde hinaufziehn in den obern Stock. Ich werde den Rest meines Lebens den Ehrenthal pflegen und mit ihm sitzen in der leeren Stube.«

»Soll der Vater heut in die Gesellschaft kommen?« frug Rosalie.

»Es muß sein wegen der Familie, daß er hereinkommt; er muß als Vater den Segen über euch sprechen.«

»Er wird uns einen Affront machen und wieder törichtes Zeug reden«, sagte die kindliche Tochter.

»Ich habe ihm gesagt, was er sprechen soll«, antwortete die Mutter, »und er hat mir zugenickt zum Zeichen, daß er es hat verstanden.«

Es klingelte, die Tür öffnete sich, die Verwandtschaft erschien. Bald füllten sich die Zimmer. Damen in schweren seidenen Kleidern mit Goldschmuck, blitzenden Ohrringen und Ketten besetzten das große Sofa und die Stühle der Runde. Es waren meist volle Gestalten, hier und da ein brennendes dunkles Auge, eine imposante Gestalt. Sie saßen in getrennter Versammlung wie ein buntes Tulpenbeet, in welches der Gärtner vermieden hat, eine dunkle Blüte zu setzen. Und wieder in Gruppen standen die Männer, schlaue Gesichter, die Hände in den Hosentaschen, weniger feierlich und weniger behaglich. So harrte die Verwandtschaft des Bräutigams, der immer noch zu kommen säumte.

Endlich erschien er, der gezeichnet war. Argwöhnisch fuhr sein Auge umher, unsicher klang sein Gruß an die Braut. Er strengte sich an bis aufs äußerste, nur einige Redensarten zu finden, die er dem schönen Mädchen hinwerfen konnte, und er selbst hätte grimmig lachen mögen über die Leere, die er in sich fühlte. Er sah nicht ihr glänzendes Auge, nicht den schönen Hals und die Pracht des Leibes; als er zu ihr trat, mußte er auf einmal an etwas anderes denken, woran er jetzt immer dachte. Er wandte sich schnell von Rosalie ab und trat in den Haufen der Herren, der nach seiner Ankunft gesprächiger wurde. Einige gleichgültige Redensarten der Jüngern wurden gehört, als: »Fräulein Rosalie sieht bezaubernd aus« und: »Ob der Ehrenthal kommen wird?« und: »Dieser lange Nebel ist ungewöhnlich, er ist ungesund, man muß Jacken von Flanell tragen«, bis aus einem Munde die Worte kamen: »Viereinhalbprozentige.« Da hörten die Fragen auf, es war ein Gespräch gefunden. Itzig war einer der lautesten, er gestikulierte nach allen Seiten. Man redete von den Kursen, von der Wolle und von dem Unglück eines Geschäftsmannes, der in Papieren so viel gemacht hatte, daß er gefallen war. Die Frauen waren vergessen, und an solche Isolierung gewöhnt, hielten sie feierlich die Teetassen in der Hand, strichen die Falten an ihren Gewändern zurecht und bewegten anmutig Hals und Arm, daß ihre Ketten und Armbänder im Kerzenlicht blitzten.

Da ward die Unterhaltung durch ein Geräusch unterbrochen, eine Tür ging auf, allgemeine Stille entstand, ein schwerer Armstuhl wurde in das Zimmer gerollt.

Auf diesem Armstuhl saß ein alter Mann mit weißem Haar, ein dickes aufgedunsenes Gesicht, zwei glotzende Augen, welche vor sich hin starrten, der Leib gekrümmt, die Arme schlaff über die Lehne herabhängend. Das war Hirsch Ehrenthal, ein blödsinniger Greis. Als der Stuhl in die Mitte der Versammlung niedergesetzt war, sah er sich langsam um, nickte mit dem Kopf und wiederholte die eingelernten Worte: »Guten Abend, guten Abend.« Seine Frau beugte sich zu ihm herab und rief mit lauter Stimme in sein Ohr: »Kennst du die Herrschaften, welche hier sind? Es ist die Verwandtschaft.«

»Ich weiß«, nickte die Gestalt, »es ist eine Soiree. – Sie sind alle gegangen zu einer großen Soiree, und ich bin allein geblieben in meiner Stube. – Und ich habe gesessen an seinem Bett. Wo ist der Bernhard, daß er nicht kommt zu seinem alten Vater?« Die Anwesenden, welche den Lehnstuhl umringt hatten, traten verlegen zurück, und die Hausfrau schrie dem Alten wieder ins Ohr: »Bernhard ist verreist, aber deine Tochter Rosalie ist hier.«

»Verreist ist er?« frug der Alte traurig, »wohin kann er doch sein verreist? Ich habe ihm wollen kaufen ein Pferd, daß er kann darauf reiten, ich habe ihm kaufen wollen ein Gut, damit er soll leben als ein anständiger Mensch, was er immer ist gewesen. Ich weiß«, rief er, »als ich ihn habe gesehn das letzte Mal, ist er gewesen auf einem Bett. Auf dem Bett hat er gelegen, und er hat seine Hand erhoben und hat sie geschüttelt gegen seinen Vater.« Er sank in den Stuhl zurück und wimmerte leise.

»Komm her, Rosalie«, rief die Mutter, geängstigt durch diese Phantasie des Schwachsinnigen. »Wenn dich der Vater sieht, mein Kind, kommt er auf andere Gedanken.« Die Tochter trat heran und kniete, ihr Taschentuch unterbreitend, vor dem Stuhl des Vaters. »Kennst du mich, Vater?« rief sie.

»Ich kenne dich«, sprach der Alte, »du bist ein Weib. Was braucht ein Weib zu liegen auf der Erde? Gebt mir meinen Gebetsmantel und sprecht die Gebete. Ich will knien an deiner Stelle und beten, denn es ist gekommen eine lange Nacht. Aber wenn sie wird vorüber sein, dann werden wir anzünden die Lichter und werden essen. Dann wird es Zeit sein, daß wir die bunten Kleider anziehn. – Was trägst du einen bunten Rock, jetzt, wo der Herr zürnt auf die Gemeinde?« – Er begann ein Gebet zu murmeln und sank wieder in sich zusammen.

Rosalie erhob sich unwillig; die Mutter sagte in großer Verlegenheit: »Es ist heut ärger mit ihm, als es jemals gewesen ist. Ich habe gewollt, daß der Vater gegenwärtig sein sollte beim Ehrentage der Tochter, aber ich sehe, daß er die Pflichten des Hausherrn nicht erfüllen kann. So werde ich als Mutter der Gesellschaft eine frohe Mitteilung machen.« Sie faßte feierlich die Hand ihrer Tochter: »Treten Sie näher, Itzig.«

Itzig hatte bis dahin stumm unter den andern gestanden und auf den Alten gestarrt. Er hatte zuweilen mit den Achseln gezuckt und mit dem Kopfe geschüttelt über den Unsinn des Kranken, weil er fühlte, daß das bei seiner Stellung in der Familie schicklich war. Aber vor seinem Auge schwebte eine andere Gestalt, er wußte besser als die andern, wer jammerte und stöhnte, er wußte auch, wer gestorben war und nicht verziehen hatte. So trat er mechanisch neben die Frau vom Hause, den Blick stier auf den Alten gerichtet. Die Gäste umringten im Kreise ihn und Rosalie, die Mutter ergriff seine Hand.

Da fing der Alte in seinem Lehnstuhl wieder an zu schwatzen. »Seid still«, sagte er vernehmlich, »dort steht er, der Unsichtbare. Wir gehn heim vom Begräbnis, und er tanzt unter den Weibern.

Wen er ansieht, dem schlägt er die Glieder. Dort steht er«, schrie er laut und erhob sich aus seinem Stuhl. »Dort – dort. – Stürzt Eure Wasserbecken um und flieht in die Häuser. – Denn der da steht, er ist verflucht vor dem Herrn. Verflucht!« schrie er und ballte die Hände und wankte wie rasend auf Itzig zu.

Itzigs Gesicht wurde fahl, er versuchte zu lachen, aber seine Züge verzogen sich in grimmiger Angst. Da wurde schnell die Tür aufgerissen, sein Laufbursche sah ängstlich herein. Itzig warf nur einen Blick auf den Knaben, und er wußte alles, was der andere ihm sagen wollte. Er war entdeckt, er war in Gefahr. Er sprang zur Tür und war verschwunden.

Lege deinen Brautschmuck ab, schöne Rosalie, wirf das goldene Armband mit Türkisen in die finstere Ecke des Hauses, wo der Moder an den Wänden sitzt und nie ein Lichtstrahl auf Gold und Edelsteine blitzt. Die Steine sollen verbleichen und das Gold unscheinbar werden im Laufe der Jahre, die Kellerasseln sollen in den Gliedern des Armrings ihr Lager aufschlagen und durch das goldene Kettengelenk schlüpfen. Langbeinige Spinnen werden darüberkriechen und werden ihre Röhre daran spinnen, um einfältige Fliegen in der Finsternis zu überraschen. Wirf das Armband weit weg von dir, denn jeder Gran Gold daran ist durch eine Schurkerei bezahlt. Zieh dein hochzeitlich Gewand aus und hülle deinen schönen Leib in Trauerkleider, und von den Blumen in deinem Haar pflücke die Blätter ab und wirf sie hinaus in die Nacht, dem kalten Nachtwind zum Spiele. Sieh ihnen nach, wie sie im Lichtscheine des Fensters flattern und in dem Dunkel verschwinden; sie fallen hinab in den Schmutz der Straßen, und der Fuß der Vorübergehenden bedeckt sie mit Schlamm. Du wirst keine Verlobung, kein Hochzeitsfest feiern mit deinem vielversprechenden Bräutigam; du wirst in den nächsten Tagen mit gesenktem Haupt über die Straßen eilen, und wo du vorübergehst, werden die Leute einander anstoßen und flüstern: »Das ist seine Braut.« Und wenn die Zeit kommt, wo die Hoffnung der Mutter dich in der Residenz sah, in lustigen Flitterwochen, da wirst du in einer fremden Stadt sitzen, wohin du fliehst, um dem Spott der Boshaften zu entrinnen. Du gehst nicht im Schmerz unter, und deine Wange erbleicht nicht; du hast ein glänzendes Aussehen, und dein Vater hat viel Geld zusammengescharrt; du findest mehr als einen, der bereit ist, der Nachfolger von Itzig zu werden. Dein Los ist, einem heimzufallen, der dein Kapital heiratet und deine Glieder mit vergnügtem Lachen in Kauf nimmt, und du wirst ihn vom ersten Tage deiner Ehe an verachten, und wirst ihn ertragen, wie man einen Schaden trägt, den der Arzt nicht wegschaffen kann. Neue Gewänder von glänzender Seide wirst du tragen, und ein anderer Goldschmuck wird an deinem Arm klirren, und der Inhalt deines Lebens wird sein, als geschmückte Puppe umherzuwandeln und deinen Mann höhnisch mit andern Männern zu vergleichen. Das Geld aber, welches der alte Ehrenthal durch Wucher und Schlauheit mit tausend Sorgen für seine Kinder zusammengebracht hat, das wird wieder rollen aus einer Hand in die andere, es wird dienen den Guten und Bösen, und wird dahinfließen in den mächtigen Strom der Kapitalien, dessen Bewegung das Menschenleben erhält und verschönert, das Volk und den Staat groß macht und den einzelnen stark oder elend, je nach seinem Tun.

Draußen war finstere Nacht, durch die dicke Luft rieselte ein kalter Sprühregen, und die Haut der Fußgänger schauerte unter den dichten Herbstkleidern. Itzig sprang die Treppe hinab. Er hörte noch auf den Stufen eine bebende Stimme: »Die Polizei ist in der Wohnung, sie stehn im Hofe, sie lauern auf der Treppe, sie brechen die Stubentür auf.« Dann hörte er nichts mehr, eine furchtbare Angst überschüttete seine Seele. Mit rasender Schnelligkeit fuhren die Gedanken durch sein Haupt. Flucht, Flucht, schrie alles in ihm. Er fühlte nach seiner Tasche, worin er seit der letzten Woche einen Teil seines Vermögens herumtrug. Er dachte an die Züge der Eisenbahn, es war nicht die Stunde, wo ein Zug abging, der ihn zum Meere führen konnte. Und auf allen Bahnhöfen fand er Verfolger, die auf ihn lauerten. So rannte er hinein in die Nacht durch enge Gassen in entlegene Stadtteile. Wo eine Laterne brannte, fuhr er zurück. Immer flüchtiger wurde sein Gang, immer verworrener der Zug seiner Gedanken. Endlich verließ ihn die Kraft, er kauerte in eine Ecke und preßte die Hände an seinen Kopf, um die Gedanken zusammenzuhalten. Da hörte er das dumpfe Horn des Wächters in seiner Nähe, wenige Schritte von ihm stand der Mann, und seine Hellebarde klapperte an den Schlüsseln, die er am Gürtel trug. Tief zur Erde beugte sich der Flüchtige, die Angst schnürte ihm die Brust zusammen, daß er stöhnte, obgleich es sein Leben galt. Auch hier war die Gefahr. Wieder stürzte er zwischen den Häuserreihen vorwärts auf den einzigen Ort zu, der noch deutlich vor seiner Seele stand, vor dem er sich graute, wie vor dem Tode, und zu dem es ihn doch hinzog, als zu dem letzten Versteck, das er auf Erden noch hatte. Als er in die Nähe der Herberge kam, sah er einen dunklen Schatten vor der Tür. Dort hatte der kleine Mann oft in der Dunkelheit gestanden und auf den heimkehrenden Veitel gewartet. Auch heute stand er dort und wartete auf ihn. Der Unselige fuhr zurück und wieder näher heran, die Tür war frei. Er fuhr mit der Hand nach einem verborgenen Drücker und schlüpfte hinein. Aber hinter ihm hob sich wieder drohend der Schatten aus dem Dunkel eines vorspringenden Kellers, er glitt hinter ihm an die Tür und blieb dort regungslos stehn. Der Flüchtling zog seine Stiefel aus und huschte die Treppe hinauf. Er fühlte sich im Finstern an eine Stubentür, öffnete sie mit zitternder Hand und griff nach einem Schlüsselbund an der Wand. Mit den Schlüsseln eilte er durch den Saal auf die Galerie, wie in weiter Ferne hörte er die Atemzüge schlafender Menschen. Er stand vor der Treppentür. Ein heftiger Schauer schüttelte seine Glieder, wankend stieg er hinunter, Stufe auf Stufe. Als er den Fuß in das Wasser setzte, hörte er ein klägliches Stöhnen. Er hielt sich an die Holzwand, wie der andere getan, und starrte hinunter. Wieder stöhnte es aus tiefster Brust, er merkte, daß er es selbst war, der so Atem holte. Mit dem Fuß suchte er den Gang im Wasser. Das Wasser war gestiegen seit jener Zeit, es ging ihm hoch über das Knie, er hatte Grund gefunden und stand im Wasser.

Finster war die Nacht, immer noch rieselte der Regen durch die schwere Luft, der Nebel überzog Häuser und Galerien längs dem Flusse, nur undeutlich trat eine Wassertreppe, ein stützender Pfeiler oder das Giebeldach eines Hauses aus der dunkelgrauen Masse hervor. Das Wasser staute sich an den alten Pfählen, den Treppen und den Vorsprüngen der Häuser und murmelte eintönig. Es war der einzige Laut in der finstern Nacht, und er drang wie Donnergetös in das Ohr des Mannes. Alle Qual der Verdammten fühlte er jetzt, wo er watend, mit den Händen fühlend, durch Wasser und Regen seinen Weg suchte. Er klammerte sich an das schlüpfrige Holz der Pfähle, um nicht zu sinken. Er stand an der Treppe des Nachbarhauses, er fühlte nach den Schlüsseln in seiner Tasche, noch ein Schwung um die Ecke, und sein Fuß berührte die Stufen der Treppe. Da, als er sich wenden wollte, fuhr er kraftlos zurück, der gehobene Fuß sank in das Wasser, vor sich auf dem Pfahlwerk über der Flut sah er eine dunkle, gebückte Gestalt. Er konnte die Umrisse des alten Hutes erkennen, er sah trotz der Finsternis die häßlichen Züge eines wohlbekannten Gesichts. Unbeweglich saß die Erscheinung vor ihm. Er fuhr mit der Hand an seine Augen und in die Luft, als wollte er sie wegwischen. Es war keine Täuschung, das Gespenst saß wenige Schritt vor ihm. Endlich streckte das Schreckliche eine Hand aus nach Itzigs Brust. Mit einem Schrei fuhr der Verbrecher zurück, sein Fuß glitt von dem Wege herunter, er fiel bis an den Hals ins Wasser. So stand er im Strom, über ihm heulte der Wind, an seinem Ohr rauschte das Wasser immer wilder, immer drohender. Er hielt die Hände in die Höhe, sein Auge starrte noch immer auf die Erscheinung vor ihm. Langsam löste sich die fremde Gestalt von dem Balken, es rauschte auf dem Wege, den er selbst gegangen war, das Gespenst trat ihm näher, wieder streckte sich die Hand nach ihm aus. Er sprang entsetzt weiter ab in den Strom. Noch ein Taumeln, ein lauter Schrei, der kurze Kampf eines Ertrinkenden, und alles war vorüber. Der Strom rollte dahin und führte den Körper des Leblosen mit sich.

An dem Rand des Flusses wurde es lebendig, Pechfackeln glänzten am Ufer, Waffen und verhüllte Uniformen blinkten im Schein der Lichter. Der Zuruf suchender Menschen wurde gehört, und vom Fuß der Treppe watete ein Mann längs dem Ufer und rief hinauf: »Er ist fortgetrieben, bevor ich ihn erreichen konnte, morgen wird er am Wehr zu finden sein.«

7

Die Herberge des Löbel Pinkus wurde durchsucht, das geheime Magazin im Nebenhause mit Beschlag belegt; und da man die Beute zahlreicher alter und neuer Diebstähle darin angesammelt fand, wurde der Herbergsvater selbst ins Gefängnis gesetzt. Unter den aufgefundenen Gegenständen war auch die leere Kassette des Freiherrn; in einem verschlossenen Schrank der geheimen Höhle lagen im Winkel zusammengepackt die Ehrenscheine des Freiherrn, die beiden Hypothekeninstrumente über die ersten und die letzten zwanzigtausend Taler der Gutsschulden. In der Wohnung des Agenten Itzig fand sich ein Dokument, in welchem Pinkus versicherte, daß Veitel Itzig Eigentümer der ersten Hypothek sei. Der harte Sinn des Pinkus wurde durch die Untersuchungshaft erweicht; er gestand, was zu leugnen er nicht mehr großes Interesse hatte, daß er nur im Auftrag des Ertrunkenen dem Freiherrn das Geld gezahlt, und daß dieser in der Tat nicht mehr als zusammen ungefähr zehntausend Taler von Itzig erhalten habe. So erhielt der Freiherr auch sein Anrecht an die Hälfte der ersten Hypothek zurück.

Pinkus wurde zu langer Gefängnisstrafe verurteilt. Die stille Herberge ging ein, und Tinkeles, der das zweite Hundert gleich nach Itzigs Tod von Anton gefordert hatte, trug fortan sein Bündel und seinen Kaftan in einen andern Schlupfwinkel. Sein Gefühl für die Handlung erhielt durch die letzten Ereignisse und Wärme, welche die Handlung veranlaßte, ihm gegenüber ungewöhnliche Vorsicht zu beobachten und einige große Geschäfte zurückzuweisen, die er jetzt durchaus mit ihr unternehmen wollte. Die natürliche Folge dieser Kälte war, daß Tinkeles um so höhere Achtung vor der Klugheit des Geschäfts erhielt und fortfuhr, dem Comtoir seine Besuche zu gönnen, ohne daß eine neue kühne Spekulation das gute Verhältnis unterbrach. Das Haus des Pinkus wurde verkauft, ein ehrlicher Färber zog hinein, und von der Galerie, an welcher einst die hagere Gestalt des jungen Veitel gelehnt hatte, hing jetzt blau und schwarz gefärbtes Garn hinunter bis in die trübe Flut.

Nach langen Verhandlungen mit dem Anwalt und der gedrückten Familie Ehrenthals empfing Anton im Wege des Vergleichs die Ehrenscheine und die letzte Hypothek gegen Zahlung der zwanzigtausend Taler zurück.

Unterdes kam der Subhastationstermin des Familiengutes heran. Noch vor dem Termin suchte ein Kauflustiger Anton auf, und Anton traf mit ihm unter Zuziehung seines Rechtsbeistands und mit Einwilligung des Freiherrn das Abkommen, daß der Käufer im Termin wenigstens eine Kaufsumme zu bieten habe, welche dem Freiherrn auch die letzte für Ehrenthal ausgestellte Hypothek rettete. Bei dem noch immer niedrigen Güterpreis war eine höhere Verkaufssumme für das Gut nicht zu hoffen, und im Termin, dessen Ende Anton in großer Spannung abwartete, erstand der neue Käufer in der Tat das Gut zu dem vorher besprochenen Preise.

Am Tage nach dem Termin schrieb Anton der Baronin, er übersandte ihr die Schuldscheine des Freiherrn und seine Vollmacht. Er siegelte den Brief mit dem frohen Gefühl, daß er aus all der Verwirrung für Lenore doch ein Erbteil von ungefähr dreißigtausend Talern gerettet hatte.

Auf dem Dach des Starostenhauses lag wieder der weiße Schnee, und die Krähen drückten die Spur ihrer Füße hinein. Das glänzende Festkleid des Winters war über Flur und Wald ausgebreitet, in tiefem Schlaf lag die Erde, kein Schäferhund bellte auf den Feldern, das Ackergerät stand untätig in einem Schuppen des Hofes. Und doch war auf dem Gut ein heimliches Leben sichtbar, und über den weiten Hofraum eilten geschäftige Arbeiter mit Zollstab und Säge. Der Boden in dem Wirtschaftshof war uneben, denn der Grund für neue Gebäude war ausgegraben, und in den Stuben, und sogar draußen im Sonnenschein arbeitete eine Schar Handwerker aus der Stadt, Zimmerleute, Tischler und Stellmacher. Lustig pfiff der Gesell sein Lied bei der Arbeit, und die gelben Späne flogen weit in den Hof hinein. Es war eine neue Kraft auf dem Gut sichtbar, und ein neues Leben, und wenn das Frühjahr kommt, wird eine Schar Arbeiter sich über den polnischen Grund verbreiten und den ausgeruhten Boden zwingen, emsiger Arbeit Früchte zu tragen.

In seiner warmen Stube saß Vater Sturm auf der Schnitzbank unter Tonnenreifen und Faßdauben, und sein Eisen arbeitete mächtig in das Eichenholz hinein. Und ihm gegenüber auf dem einzigen Polsterstuhl der Stube lehnte der blinde Freiherr, den Krückstock in der Hand, sein Ohr auf den alten Sturm gerichtet.

»Sie müssen müde sein, Sturm«, sagte der Freiherr.

»Ei«, rief der Riese, »mit den Händen geht es noch wie sonst. Das hier wird eine kleine Tonne für das Regenwasser, es ist bloße Kinderarbeit.«

»Auch er hat einmal in einer kleinen Tonne gesteckt«, sagte der Freiherr vor sich hin. »Er war ein schwaches Kind, die Amme hatte ihn zum Baden hineingesetzt, und er hatte seinen Rücken darin gebogen und vorn die Knie angestemmt, so konnte er nicht mehr heraus. Ich mußte die Reifen der Tonne abschlagen lassen, um den Knaben aus seinem Gefängnis zu erlösen.«

Der Riese räusperte sich: »Waren es eiserne Reifen?« fragte er teilnehmend. »Es war mein Sohn«, sagte der Freiherr mit zuckendem Antlitz.

»Ja«, sagte Sturm leise, »er war stattlich, er war ein hübscher Mann, es war eine Freude, zu hören, wenn sein Säbel rasselte, und zu sehen, wie er seinen kleinen Bart drehte.« – Ach, er hatte dasselbe dem blinden Vater schon oft gesagt, alle Tage mußte er es wiederholen, wenn der Freiherr ihm gegenüber saß!

»Es war des Himmels Wille«, sagte der Freiherr und faltete die Hände.

»So war es«, wiederholte der alte Sturm, »unser Herrgott wollte ihn zu sich nehmen, grade als er bei seiner besten Arbeit war. Das war ehrenvoll für ihn, und kein Mensch kann schöner die Erde verlassen. Für sein Vaterland und für seine Eltern zog er in seinem Schnurrock aus, und er war siegreich und jagte die Polacken in die Felder, als der Herr seinen Namen rief und ihn unter seine eigene Garde versetzte.«

»Ich aber mußte zurückbleiben«, sagte der Freiherr.

»Und mich freut's, daß ich unsern jungen Herrn noch gesehn habe«, fuhr Sturm mit großer Beredsamkeit fort, »denn wie Sie wissen, war er damals unser junger Herr. Sie vertrauten meinem Karl die ganze Wirtschaft an, und so war es für mich eine Ehre, auch Ihrem Herrn Sohn ein Vertrauen zu zeigen.«

»Es war unrecht, daß er zu Ihnen kam Geld zu borgen«, sagte der Freiherr kopfschüttelnd. Und er sagte so, weil er die trostvolle Antwort Sturms schon oft gehört hatte und sie wieder hören wollte.

Der Riese legte sein Schnitzeisen weg, fuhr sich in die Haare und bemühte sich, recht unternehmend auszusehn, als er in leichtsinnigem Ton begann: »Wissen Sie was, man muß mit einem jungen Herrn auch Nachsicht haben. Jugend will austoben. Es borgt sich mancher Geld in jungen Jahren, und vollends wenn einer einen so lustigen Rock hat, mit Quasten und Silber. Wir waren auch keine Geizhälse, Herr Baron«, fuhr er bittend fort und klopfte mit seinem Eisen leise an die Knie des Blinden. »Und der Herr Offizier war sehr artig, und ich glaube, er war etwas verlegen. Und als er mir das Geld gab, sah ich ihn an, wie leid es ihm tat, daß er es brauchte. Ich gab's ihm um so lieber. Und als ich ihm in die Droschke half und er sich aus dem Wagen beugte, ich versichere Ihnen, da war er ganz bewegt, er griff mit beiden kleinen Händen heraus und suchte meine Faust, um sie noch einmal zu schütteln. Und wie er so da saß, fiel das Licht der Straßenlaterne in sein Gesicht. Es war in diesem Augenblick ein freundliches liebes Gesicht, etwa wie das Ihrige und noch mehr wie das der Frau Baronin, soweit ich dieses gesehn habe.«

Auch der Blinde streckte die Hände aus und suchte die Faust des Aufladers. Sturm schob die Schnitzbank vor, faßte mit seiner Rechten die Hände des Freiherrn und streichelte sie mit der Linken. So saßen beide stumm nebeneinander.

Endlich begann der Freiherr mit gebrochener Stimme: »Sie sind der letzte Mensch gewesen, der meinem Eugen Freundlichkeit bewiesen hat – ich danke Ihnen, ich danke Ihnen von Herzen. Es ist ein unglücklicher zerschmetterter Mann, der Ihnen das sagt. Aber solange ich noch auf dieser Erde lebe, werde ich den Segen des Höchsten für Sie erflehn. Es sollte nicht sein, daß mein Sohn mir in meinen alten Tagen den wankenden Schritt stützte, Ihnen aber hat der Himmel einen guten Sohn erhalten. Was ich von Friede und Glück für meinen armen Eugen wünschen würde, das, flehe ich zu Gott, soll Ihrem Sohn werden.«

Sturm fuhr sich über die Augen und umschloß gleich darauf wieder die Hände des Freiherrn. So saßen die beiden Väter wieder stumm nebeneinander, bis der Freiherr sich mit einem Seufzer erhob. Behutsam faßte Sturm den Arm des Blinden und führte ihn über Hof und Anger bis auf die Rampe des Schlosses. Jetzt ist ein Weg zu der Turmtür aufgeschüttet, er hat eine Vormauer von großen Quadersteinen, und man kann zu Fuß und zu Wagen die Turmtür erreichen. Und Sturm zieht den Draht einer Glocke, der Diener des Freiherrn eilt herzu und führt seinen Herrn die Schloßtreppe hinauf, denn das Treppensteigen wird dem Vater Sturm noch sauer. –

In den Wirtschaftshof fuhr unterdes ein Wagen, Karl eilte respektvoll aus seiner Stube, der neue Gutsherr sprang herab.

»Guten Tag, Sergeant«, rief Fink, »wie steht's im Schlosse und in der Wirtschaft? Was macht das Fräulein und die Frau Baronin?«

»Alles in Ordnung«, meldete Karl, »nur mit der Frau Baronin geht's schwach. Wir erwarteten Sie schon seit vierzehn Tagen. Die Herrschaften im Schloß haben alle Tage gefragt, ob keine Nachricht von Ihnen gekommen sei.«

»Ich wurde aufgehalten«, sagte Fink, »und ich wäre vielleicht noch nicht zurück, aber seit dem Schneefall ist nicht mehr viel an den Gütern zu sehn. Ich habe Dobrowitz gekauft.«

»Alle Wetter!« rief Karl erfreut.

»Mächtiger Boden«, fuhr Fink fort, »fünfhundert Morgen Laubwald, in dem die Baumasche fast einen Fuß hoch liegt. In dem polnischem Loch daneben, das sie dort Kreisstadt nennen, fuhr das Schachervolk wie Ameisen durcheinander, als es erfuhr, daß von jetzt unser Sporn täglich über ihren Markt klirren soll. Sie aber, Amtmann, werden sich freuen, wenn Sie das neue Gut sehn. Ich habe Lust, Sie im ersten Frühjahr hinzuschicken.

Was halten Sie in der Hand? Ein Schreiben von Anton? Geben Sie her.«

Er brach den Brief hastig auf. »Ist das Fräulein im Schloß?« –

»Ja, Herr von Fink.« – »Gut. Heut abend geht ein Bote zum Pastor nach Neudorf.« Mit schnellen Schritten ging er nach dem Schloß.

Lenore saß in ihrem Zimmer, um sie herum lag zerschnittene Leinwand, sie nähte. Emsig stach sie mit der Nadel in den harten Stoff, legte zuweilen die Naht auf das Knie, glättete mit dem Fingerhut und betrachtete dann mißtrauisch die einzelnen Stiche, ob sie auch klein und regelmäßig waren. Da klang auf dem Korridor der schnelle Schritt, sie sprang auf, und krampfhaft preßte ihre Hand die Leinwand zusammen. Aber sie faßte sich mit kräftigem Entschluß und setzte sich wieder zu ihrer Arbeit. Es klopfte an ihre Tür. Ein tiefes Rot stieg ihr langsam über Hals und Wange, und ihr Herein! gelangte kaum bis an das Ohr des Gastes. Der eintretende Fink sah sich neugierig in dem schmucklosen Raume um; an der Wand einige Kreidezeichnungen Lenores, sonst nur der unentbehrlichste Hausrat. Das kleine Sofa aus Pantherfellen stand nicht mehr darin.

Als Fink sich vor Lenore verneigte, frug sie in gleichgültigem Ton: »Hat etwas Unangenehmes Sie aufgehalten, wir alle machten uns Sorge.«

»Ein Gut, das ich gekauft habe, verzögerte die Rückkehr. Jetzt komme ich in Eile, mich bei meiner Herrin zu melden; zugleich bringe ich Ihnen ein Paket, welches Anton für die Frau Baronin gesandt hat. Wenn das Befinden der gnädigen Frau mir erlaubt, sie zu begrüßen, wünsche ich ihr meine Aufwartung zu machen.«

Lenore nahm den Brief: »Ich gehe sogleich zur Mutter, verzeihen Sie!« Mit einer Verbeugung suchte sie bei ihm vorbeizukommen.

Fink hielt sie durch eine Handbewegung zurück und sagte scherzend: »Ich sehe Sie hausmütterlich mit Schere und Nadel beschäftigt. Wer ist der Glückliche, für den Sie diese keilförmigen Stücke zusammennähen?«

Lenore errötete wieder: »Das ist Frauenarbeit, und ein Herr darf danach nicht fragen.«

»Ich weiß doch, der Fingerhut steht sonst nicht in Ihrer Gunst«, sagte Fink gutmütig. »Ist es denn nötig, liebes Fräulein, daß Sie sich die Augen verderben?«

»Ja, Herr von Fink«, erwiderte Lenore in festem Tone, »es ist nötig und es wird nötig sein.«

»Ei, ei«, rief Fink kopfschüttelnd und stützte sich gemächlich auf eine Stuhllehne. »Glauben Sie denn, daß ich Ihre geheimen Feldzüge mit Nadel und Schere nicht schon längst gemerkt habe? Und dazu Ihr ernstes Gesicht und die wahrhaft glorreiche Haltung, mit der Sie mich dreisten Knaben behandeln. Wo ist das Katzensofa? Wo ist die brüderliche Offenheit, die ich nach unserm Vertrag erwarten durfte? Sie haben unser Abkommen schlecht gehalten. Ich sehe deutlich, mein guter Freund ist geneigt, mich aufzugeben, und zieht sich mit bestem Anstande zurück. Aber gestatten Sie auch mir die Bemerkung, daß Ihnen das schwerlich etwas nützen wird. Sie werden mich nicht los.«

»Seien Sie edelmütig, Herr von Fink«, unterbrach ihn Lenore in heftiger Bewegung, »machen Sie mir nicht noch schwerer, was ich tun muß. Ja, ich bereite mich vor, von hier zu scheiden, zu scheiden auch von Ihnen.«

»Sie weigern sich also, hier bei mir auszuhalten?« sagte Fink mit gefurchter Stirn. – »Wohlan, ich werde wiederkommen und so lange bitten, bis Sie mich erhören. Wenn Sie mir entlaufen, reise ich Ihnen nach, und wenn Sie Ihr schönes Haar abschneiden und in ein Kloster fliehen, ich sprenge die Mauern und hole Sie heraus. Habe ich nicht um Sie geworben, wie der Taugenichts im Märchen um die Königstochter? Um Sie zu gewinnen, stolze Lenore, habe ich Sand in Gras verwandelt, und mich selber in einen ehrbaren Hauswirt. Diese Wundertaten haben Sie verschuldet. Darum, geliebte Herrin, seien Sie gescheit und quälen Sie uns nicht durch mädchenhafte Launen.«

»O ehren Sie diese Launen«, rief Lenore in Tränen ausbrechend. »In der Einsamkeit dieser Wochen habe ich jede Stunde mit meinem Schmerz gerungen. Ich bin ein armes Mädchen, das jetzt die Pflicht hat, für ihre leidenden Eltern zu leben. Die Mitgift, welche ich in Ihre Zukunft bringen würde, heißt Krankheit, Trübsinn und Hilflosigkeit.«

»Sie irren«, unterbrach sie Fink ernst. »Unser Freund hat für Sie gesorgt. Er hat zwei Schurken ins Wasser gejagt und die Schulden Ihres Vaters bezahlt; dem Freiherrn bleibt ein hübsches kleines Vermögen, alle Not ist zu Ende, und Sie selbst, Trotzkopf, sind gar keine schlechte Partie, wenn Ihnen daran etwas liegt. Der Brief, den Sie in der Hand halten, ruiniert Ihre Philosophie.«

Lenore starrte auf das Kuvert und warf den Brief von sich weg. »Nein«, rief sie außer sich. »Als ich von Jammer zerrissen an Ihrem Herzen lag, damals riefen Sie mir zu, ich sollte Kraft gewinnen auch Ihnen gegenüber. Und jeden Tag fühle ich, daß ich Ihnen gegenüber keine Kraft habe, keine Überzeugung und keinen Willen. Was Sie sagen, erscheint mir wahr, und ich vergesse, was ich selbst anders gedacht; was Sie von mir fordern, das muß ich tun, widerstandslos, wie eine Sklavin. Die Frau, welche neben Ihnen durch das Leben geht, soll Ihnen ebenbürtig sein an Geist und Kraft, und sicher soll sie sich fühlen in dem eigenen Kreise. Ich bin ein ungebildetes, hilfloses Mädchen. In törichter Leidenschaft habe ich Ihnen verraten, daß ich um Ihretwillen wagen kann, was ein Weib nie wagen sollte. Sie finden in mir nichts, was Sie ehren können. Sie werden mich küssen und – werden mich ertragen.« – Lenores Hand ballte sich und ihre Augen flammten. So stand sie vor ihm und ihre Gestalt erbebte in dem Kampf von Stolz und Liebe.

»Reut Sie so sehr, daß Sie für mich eine Kugel in die Schulter des Mordgesellen sandten?« frug Fink finster. »Was ich sehe, sieht nicht aus wie Liebe, eher wie Haß.«

»Ich Sie hassen!« rief das Mädchen und schlug die Hände vor das Gesicht.

Er nahm ihr die Hände vom Antlitz, zog sie an sich und drückte einen Kuß auf ihre Lippen. »Vertraue mir, Lenore.«

»Laß mich, laß mich«, rief Lenore sich sträubend, aber ihr Mund hing wieder heiß an dem seinen, sie umschlang ihn fest und zu ihm aufsehend mit einem leidenschaftlichen Ausdruck von Liebe und Furcht, glitt sie zu seinen Füßen nieder.

Erschüttert beugte sich Fink herab und hob sie auf: »Mein bist du, und ich halte dich fest«, rief er. »Mit Büchse und Blei habe ich dich erbeutet, du stürmisches Herz! – In einem Atem sagst du mir Liebevolles und Hartes. – Alle Wetter, bin ich denn ein solcher Sklavenvogt, daß ein braves Weib fürchten muß, unter mein Joch zu kommen? So wie du bist, Lenore, entschlossen, kühn, ein kleiner Teufel von Leidenschaft, gerade so will ich dich haben und nicht anders. Wir sind Waffenbrüder gewesen und wir werden es in diesem Lande bleiben. Der Tag kann wiederkommen, wo wir beide in unserm Hause den Kolben an die Wange legen, und das Volk um uns verlangt einen Sinn, der eher einen Schlag gibt, als einen erträgt. Und wärest du niemals die Sehnsucht meines Herzens gewesen, und wärest du ein Mann, ich würde dich für mein Leben zu gewinnen suchen als meinen Genossen. Denn, Lenore, du wirst mir nicht nur ein geliebtes Weib sein, auch ein mutiger Freund, der Vertraute meiner Taten, mein treuester Kamerad.«

Lenore schüttelte den Kopf, aber sie hielt ihn fest umklammert: »Ich soll deine Hausfrau werden«, klagte sie. Fink strich ihr liebkosend über das Haar und küßte die glühende Stirn. »Gib dich zufrieden, mein Herz«, sagte er zärtlich, »und finde dich drein. Wir haben miteinander in einem Feuer gesessen, das stark genug war, um ein großes Gefühl zur Reife zu bringen. Und wir kennen eines das andere. Unter uns gesagt, wir werden manchmal einen Wirbelwind in unserm Hause haben. Ich bin kein bequemer Gesell, am wenigsten für ein Weib, und du wirst deinen eigenen Willen, dessen Verlust du jetzt beklagst, recht gemütlich wiederfinden. Sei ruhig, Liebchen, du wirst wieder ein Trotzkopf werden, wie du gewesen bist, du brauchst dich deshalb gar nicht zu grämen. Also auf einige Stürme mache dich gefaßt, aber auch auf herzliche Liebe und auf ein fröhliches Leben. Du sollst mir wieder lachen, Lenore. Meine Hemden brauchst du nicht zu nähen, wenn du das Wirtschaftsbuch nicht führen willst, so läßt du es bleiben. Und wenn du deinen Söhnen zuweilen im Eifer einen Backenstreich gibst, er wird unserer Brut nicht schaden. Also ich denke, du gibst dich.«

Lenore schwieg, aber sie drückte sich fest an seine Brust.

Fink zog sie fort. – »Komm zur Mutter«, rief er.

Über das Bett der Kranken beugten sich Fink und Lenore. Um das bleiche Gesicht der Mutter flog ein heller Schein, als sie die Hände auf das Haupt des Mannes legte und ihm ihren Segen gab.

»Sie ist weich und noch immer ein Kind«, sagte sie zu dem Manne. »In Ihren Händen, mein Sohn, liegt es, eine gute Frau aus ihr zu machen.«

Sie trieb die Kinder aus dem Zimmer. »Geht zum Vater«, bat sie, »führt ihn dann zu mir und laßt uns allein.«

Als der Freiherr neben seiner Gemahlin saß, zog die Baronin seine Hand an ihre Lippen und sprach leise: »Heut will ich dir danken, Oscar, für viele Jahre des Glücks, für all deine Liebe.«

»Armes Weib!« murmelte der Blinde.

»Was du erfahren und gelitten hast«, fuhr die Baronin fort, »das hast du erfahren und gelitten für mich und meinen Sohn, und beide lassen wir dich allein zurück in einer freudelosen Welt. – Dir sollte das Glück nicht werden, deinen Namen in der Familie zu vererben. In deinem Haus bist du der letzte, welcher den Namen Rothsattel trägt.«

Der Freiherr stöhnte.

»Aber der Ruf, den wir hinterlassen, soll ohne Flecken sein, wie dein ganzes Leben war, – bis auf zwei Stunden der Verzweiflung.« Sie hielt die Hand des Blinden an das Bündel Schuldscheine und riß jeden einzelnen durch, sie klingelte dem Diener und ließ die Papiere Stück für Stück in den Ofen werfen. Die Flamme flackerte hellauf und warf ein rotes Licht über das Zimmer, es rauschte und knisterte, bis der Brand verglommen. Die Dämmerung des Abends füllte die Stube, und an dem Bett der kranken Frau lag der Freiherr und drückte das Haupt in die Decken, und sie hielt ihre Hände über ihm gefaltet, und ihre Lippen bewegten sich im leisen Gebet.

Im Morgengrau flatterten die Krähen und Dohlen über dem Schnee des Schloßdaches. Die schwarzen Vögel schweben um die Zinne des Turms, und sie brechen mit lautem Geschrei nach dem Walde auf und erzählen ihrem Volk, daß im Hause eine Braut sei und eine Tote. Die bleiche Frau aus der Fremde ist in der Nacht gestorben, und der Blinde, welcher jetzt zusammengesunken in den Armen seiner Tochter liegt, hat in seinem Schmerz nur ein tröstendes Gefühl, daß er ihr, die endlich Ruhe gefunden, in kurzem nachfolgen wird: Und die Unglücksvögel rufen in alle Lüfte, daß auch die fremden Einwanderer dem alten Slawenfluch verfallen sind, der auf dem Schlosse und auf dem Grunde liegt.

Aber den Mann, welcher jetzt im Schloß gebietet, kümmert es wenig, ob eine Dohle schreit, oder die Lerche; und wenn ein Fluch auf seinem Boden liegt, er bläst lachend in die Luft und bläst ihn hinweg. Sein Leben wird ein unaufhörlicher siegreicher Kampf sein gegen die finstern Geister der Landschaft; und aus dem Slawenschloß wird eine Schar kraftvoller Knaben herausspringen, und ein neues deutsches Geschlecht, dauerhaft an Leib und Seele, wird sich über das Land verbreiten, ein Geschlecht von Kolonisten und Eroberern.

Mit wenigen herzlichen Worten zeigte Fink dem Freund seine Verlobung und den Tod der Baronin an. Ein versiegelter Brief an Sabine lag dem Schreiben bei.

Es war Abend, als der Postbote den Brief in Antons Zimmer brachte. Lange saß Anton den Kopf auf die Hand gestützt vor der Botschaft, endlich ergriff er den Brief an Sabine und eilte nach dem Vorderhaus.

Er traf den Kaufmann im Arbeitszimmer und übergab diesem den Brief. Der Kaufmann rief sogleich Sabine herein. »Fink ist verlobt, hier die Anzeige an dich.«

Sabine schlug erfreut die Hände zusammen und eilte auf Anton zu, aber sie hielt errötend auf dem Wege an, trug den Brief zur Lampe und öffnete. Es mußte nicht vieles darin stehen, denn sie war im Augenblick zu Ende; sie mühte sich ernsthaft auszusehen, aber der Mund gehorchte ihr nicht, sie vermochte ein Lächeln nicht zu unterdrücken, Anton hätte zu anderer Zeit diese Stimmung mit leidenschaftlichem Interesse beobachtet, heut achtete er kaum darauf.

»Sie bleiben doch heut abend bei uns, lieber Wohlfart?« frug der Kaufmann.

Anton erwiderte: »Ich selbst wollte Sie bitten, mir einige Minuten zu schenken. Ich habe Ihnen etwas mitzuteilen.« Er sah unruhig auf Sabine.

»Lassen Sie hören! – Bleib, Sabine«, rief der Kaufmann der Schwester zu, welche nach Antons Worten entschlüpfen wollte. »Ihr seid gute Freunde, Herr Wohlfart wird an deiner Gegenwart keinen Anstoß nehmen. Sprechen Sie, Freund, womit kann ich Ihnen dienen?«

Anton preßte die Lippen zusammen und blickte wieder auf die Geliebte, welche an den Türpfosten gelehnt vor sich niedersah. »Darf ich fragen, Herr Schröter«, begann er endlich mit Überwindung, »ob Sie die Stelle gefunden haben, welche Ihre Güte mir vermitteln wollte?«

Sabine bewegte sich unruhig, auch der Kaufmann sah verwundert auf. »Ich glaube, Ihnen etwas anbieten zu können, aber eilt das so sehr, lieber Wohlfart?«

»Ja«, erwiderte Anton feierlich. »Ich habe keinen Tag zu verlieren. Meine Beziehungen zu der Familie Rothsattel sind jetzt völlig gelöst, die furchtbaren Ereignisse, welche noch in den letzten Wochen durch meine Tätigkeit herbeigeführt wurden, haben auch meinen Körper angegriffen. Ich sehne mich nach Ruhe. Regelmäßige Arbeit in einer fremden Stadt, wo mich nichts mehr an die Vergangenheit erinnert, ist mir jetzt Bedürfnis.«

Wieder bewegte sich Sabine, ein ernster Blick des Bruders hielt sie zurück.

»Und diese Ruhe, die auch ich für Sie wünsche, können Sie bei uns nicht finden?« frug der Kaufmann.

»Nein«, erwiderte Anton mit klangloser Stimme, »ich bitte Sie mir nicht zu zürnen, wenn ich heut von Ihnen Abschied nehme.«

»Abschied!« rief der Hausherr verwundert. »Ich verstehe nicht, weshalb das so eilig ist. In unserm Hause sollen Sie sich erholen, die Frauen sollen besser für Sie sorgen, als sie bisher getan. Wohlfart beklagt sich über dich, Sabine. Er sieht blaß und angegriffen aus. Du und die Tante, ihr dürft so etwas nicht leiden.«

Sabine antwortete nichts.

»Ich muß fort, Herr Schröter«, sprach Anton fest, »morgen reise ich ab.«

»Und wollen Sie Ihren Freunden nicht sagen, weshalb dies so plötzlich sein muß?« frug der Kaufmann ernsthaft.

»Sie wissen weshalb. – Ich habe mit meiner Vergangenheit abgeschlossen. Ich habe bis jetzt schlecht für meine Zukunft gesorgt, denn ich bin in der Lage, mir in der Fremde als Dienender erst Zutrauen und gute Gesinnung erwerben zu müssen. – Ich bin auch an Freunden sehr arm geworden. Von allen Menschen, welche mir lieb sind, muß ich mich entfernt halten auf Jahre, auf lange Zeit. Ich habe einige Ursache, mich allein zu fühlen, und da ich mein Leben von neuem gestalten muß, so soll das so bald als möglich geschehen, denn jeder Tag, den ich hier verlebe, ist fruchtlos, er macht meine Kraft geringer und die notwendige Trennung schwerer.« So sprach er mit tiefer Bewegung; die Stimme bebte ihm, aber er verlor nicht seine ruhige Haltung. Er trat auf Sabine zu und faßte ihre Hand. »In dieser letzten Stunde sage ich Ihnen, in Gegenwart Ihres Bruders, was zu hören Sie nicht beleidigen kann, weil Sie auch das schon längst wissen. – Die Trennung von Ihnen schmerzt mich mehr, als ich sagen kann. Leben Sie wohl.« Jetzt übermannte ihn die Rührung, er wandte sich schnell ab und trat an das Fenster.

Der Kaufmann begann nach einer Pause. »Daß Sie so eilig von uns gehen, lieber Wohlfart, kommt auch meiner Schwester ungelegen. Sabine hatte gerade jetzt den Wunsch, Sie um einen Ritterdienst zu ersuchen, wie ihn die Schwester eines Kaufmanns verlangen kann. Auch ich wünsche sehr, daß Sie diese Bitte nicht abschlagen. Sabine bittet, daß Sie ihr einige Blätter durchsehen und dabei ihr Interesse mir gegenüber wahrnehmen. Es ist keine große Arbeit.«

Anton wandte sich mit Überwindung um und machte ein Zeichen der Einwilligung.

»Zuvor aber erfahren Sie einen Umstand, der Ihnen vielleicht noch nicht bekannt ist«, fuhr der Kaufmann fort. »Sabine ist seit dem Tode meines Vaters mein stiller Associé; ihr Rat und ihre Willensmeinung hat in unserm Comtoir öfter den Ausschlag gegeben, als Sie wohl meinen. Sie ist auch Ihr Chef gewesen, lieber Wohlfart.« Er winkte der Schwester und verließ das Zimmer.

Erstaunt sah Anton auf den Chef im hellen Frauengewande mit schwarzen Haarflechten. Manches Jahr hatte er, ohne es zu wissen, auch ihr gehorcht und ihr zu Diensten gehandelt. Und wie in alter Zeit sich der reisige Vasall seiner jungen Lehnsherrin neigte, so verneigte auch er sich unwillkürlich vor der jungfräulichen Gestalt, welche jetzt mit geröteten Wangen auf ihn zutrat.

»Ja, Wohlfart«, sprach Sabine schüchtern. »Auch ich habe ein kleines Anrecht an Ihr Leben gehabt. Und wie stolz war ich darauf! – Schon um die Weihnachtskiste, welche in Ihr Haus kam, wußte ich, und mein war der Zucker und Kaffee, den der kleine Anton trank. Als Ihr guter Vater zu uns kam und eine Stelle für Sie suchte, da war ich's, die den Bruder bestimmte, Sie zu uns zu nehmen. Denn Traugott frug mich Ihretwegen, und er selbst hatte Bedenken, er meinte, Sie wären zu alt, um noch bei uns zu lernen. Ich aber erbat Sie für uns. Seit der Stunde nannte Sie der Bruder im Scherz meinen Lehrling. – Ich war's, die Ihrem Vater versprach, hier im Hause für Sie zu sorgen. Ich war selbst noch ein unerfahrenes Kind, und das Vertrauen des fremden Herrn machte mich glücklich. Ihr Vater, der würdige alte Herr, wollte bei uns sein Samtkäppchen nicht aufsetzen, das ihm aus der Tasche guckte, bis ich es ihm herauszog und auf die weißen Locken drückte; damals dachte ich, wird mein Lehrling auch so hübsche Locken haben? – Und als Sie zu uns kamen und allen gefielen, und der Bruder Sie den besten unter den jüngeren Herren nannte, da war ich so stolz auf Sie, wie nur Ihr guter Vater hätte sein können.«

Anton stützte sich auf das Pult und verbarg seine Augen mit der Hand. »Und an jenem Tage, wo Fink Sie beleidigt hatte, und damals nach der Wasserfahrt, da verletzte mich nicht nur, daß er sich so gewalttätig benommen hatte, sondern mein Herzenskummer war auch, daß er gerade Sie, meinen getreuen Lehrling, in solche Gefahr brachte. – Und weil ich immer empfand, daß Sie ein wenig mir gehörten, bat ich den Bruder, Sie auf der gefährlichen Reise mitzunehmen; ich wußte Sie bei ihm und fühlte mich nicht ganz von ihm getrennt. Auch für mich haben Sie in der Fremde gearbeitet, Wohlfart, und als Sie in der Schreckensnacht unter Feuer und Waffenlärm auf den Frachtwagen standen, da waren mein die Waren, die Sie retteten. Und deshalb, mein Freund, komme ich auch jetzt als Kaufmann zu Ihnen und noch einmal bitte ich Sie, eine Arbeit für mich abzumachen. Sie sollen mir ein Konto durchsehen.«

»Ich will, Fräulein«, erwiderte Anton abgewandt, »aber nicht in dieser Stunde.«

Sabine griff in den Schrank, sie legte zwei Bücher mit goldenem Schnitt, in grünes Leder gebunden, auf das Pult. Und Anton bei der Hand fassend bat sie mit zitternder Stimme: »Kommen Sie doch, sehn Sie mein Soll und Haben an.« Sie öffnete das erste Buch. Unter kunstvollen Schnörkeln standen die Worte: »Mit Gott.« »Geheimbuch von T. O. Schröter.«

Anton trat erschrocken zurück: »Es ist das Geheimbuch der Handlung«, rief er, »das ist ein Irrtum.«

»Es ist kein Irrtum«, sagte Sabine, »ich wünsche, daß Sie es durchsehn.«

»Das ist unmöglich, Fräulein«, rief Anton. »Nicht Ihr Herr Bruder und nicht Sie können das im Ernst wollen. Verhüte Gott, daß sich ein anderer an dieses Buch wage als die Herren des Geschäfts. Solange eine Handlung steht, sind diese Blätter für keines Menschen Auge, als für die Augen der Herren, und nach ihrem Tode für die nächsten Erben. Wer in dies Buch gesehn hat, der weiß, was nie ein Fremder erfahren darf. Und diesem Buch gegenüber ist auch der treuste Freund ein Fremder. Als Kaufmann und redlicher Mensch darf ich Ihren Wunsch nicht erfüllen.«

Sabine hielt seine Hand fest. »Sehen Sie doch hinein, Wohlfart«, bat sie, »sehen Sie wenigstens die Aufschrift an.« Sie schlug den Deckel zurück. »In diesem Buche steht: T. O. Schröter«, sie fuhr mit der Hand über die Blätter. »Es sind nur noch wenige leere Seiten darin, dies Buch geht mit dem letzten Jahr zu Ende.« Sie schlug den Deckel des zweiten Bandes auf und sprach: »Dies Buch ist leer, hier aber steht eine andere Firma. Was steht hier?«

Anton las: »Mit Gott.« »Geheimbuch von T. O. Schröter und Kompagnie.«

Sabine drückte seine Hand und sprach leise und bittend: »Und der neue Kompagnon sollen Sie sein, mein Freund.«

Anton stand regungslos, aber sein Herz pochte laut, und hell stieg die Röte auf seine Wangen. Noch immer hielt Sabine ihn an der Hand, er sah ihr Antlitz nahe an dem seinen, und wie einen Hauch fühlte er ihren leisen Kuß auf seinen Lippen. Da schlang er den Arm um die Geliebte und lautlos hielten die Glücklichen einander umfaßt.

Die Tür öffnete sich, der Kaufmann stand auf der Schwelle. »Halte ihn fest, den Flüchtling!« rief er. »Ja, Anton, seit Jahren habe ich diese Stunde ersehnt. Seit du in der Fremde an meinem Lager knietest und meine Wunde verbandest, trug ich im Herzen den Wunsch, dich für immer mit unserm Leben zu vereinigen. Als du von uns gingst, sah ich mit Zorn meine liebste Hoffnung zerstört. Jetzt halten wir dich, du Schwärmender, in den Blättern des Geheimbuchs und in unsern Armen.« Er zog die Liebenden an sich.

»Du hast dir einen armen Kompagnon gewählt«, rief Anton am Herzen des neuen Bruders.

»Nein, mein Bruder, Sabine hat als kluger Kaufmann gehandelt. Besitz und Wohlstand haben keinen Wert, nicht für den einzelnen und nicht für den Staat, ohne die gesunde Kraft, welche das tote Metall in Leben schaffender Bewegung erhält. Du bringst in das Haus die rüstige Jugendkraft und einen geprüften Sinn. Sei willkommen in diesem Hause und in unsern Herzen.«

Und strahlend vor Freude hielt Sabine beide Hände des Verlobten fest. »Kaum konnte ich länger ertragen, dich so still und traurig zu sehen. Jeden Mittag, wenn du den Stuhl rücktest, war mir, als müßte ich dir nachfliegen und dir sagen, daß du zu uns gehörst für immer. – Du hast nicht gesehen, du Blinder, was in mir vorging, und Lenorens Bräutigam hat doch alles gewußt.«

»Er?« frug Anton. »Ich habe zu ihm niemals von dir gesprochen.«

»Sieh her«, rief Sabine und zog den Zettel Finks aus der Tasche. Es stand nichts darin als die Worte: »Gute Freundschaft, Frau Schwägerin.«

Und wieder schloß der glückliche Anton die Geliebte in seine Arme.

Schmücke dich, du altes Patrizierhaus, freue dich, du sorgliche Tante, tanzet, ihr fleißigen Hausgeister im dämmerigen Flur, schlage Purzelbäume auf deinem Schreibtisch, du lustiger Gips! Die poetischen Träume, welche der Knabe Anton in seinem Vaterhause unter den Segenswünschen guter Eltern gehegt hat, sind ehrliche Träume gewesen. Ihnen wurde Erfüllung, und ihr Zauber wird fortan sein Leben weihen. Was ihn verlockte und störte und im Leben umherwarf, das hat er mit männlichem Gemüt überwunden. Das alte Buch seines Lebens ist zu Ende, und in eurem Geheimbuch, ihr guten Geister des Hauses, wird von jetzt ab »mit Gott« verzeichnet: sein neues Soll und Haben.

WEITERFÜHRENDE LITERATUR

LINDAU, H.: Gustav Freytag, Leipzig 1907.

KIENZLE, M.: Der deutsche Erfolgsroman. Zur Kritik seiner poetischen Ökonomie bei Gustav Freytag und Eugenie Marlitt, Stuttgart 1975.

MARTINI, F.: Deutsche Literatur im bürgerlichen Realismus 1848 – 1898, Stuttgart 1992.

SCHNEIDER, M.: Apologie des Bürgers. Zur Problematik von Rassismus und Antisemitismus in G. Freytags Roman »Soll und Haben«, in: JbDSG 25 (1981).

STEINECKE, H.: »Soll und Haben« (1855). Weltbild und Wirkung eines deutschen Bestsellers, in: Horst Denkler (Hg.), Romane und Erzählungen des Bürgerlichen Realismus, Stuttgart 1980.